山西文華·著述編

陳廷敬集

第一册

張建偉◎點校

《山西文華》編纂委員會　編

山西出版傳媒集團
三晋出版社

圖書在版編目（CIP）數據

陳廷敬集 / (清) 陈廷敬著；張建偉點校. —太原：三晋出版社，2015.11

ISBN 978-7-5457-1267-4

Ⅰ. ①陳… Ⅱ. ①陳… ②張… Ⅲ. ①古典詩歌—詩集—中國—清代 ②古典散文—散文集—中國—清代 Ⅳ. ①I214.92

中國版本圖書舘 CIP 數據核字（2015）第 297147 號

陳廷敬集

點 校 者：張建偉
責任編輯：董潤澤
封扉設計：山西天目·王明自

出 版 者：山西出版傳媒集團·三晋出版社（原山西古籍出版社）
地　　址：太原市建設南路 21 號
郵　　編：030012
電　　話：0351-4922268（發行中心）
　　　　　0351-4956036（綜合辦）
　　　　　0351-4922203（印製部）
E-mail：sj@sxpmg.com
網　　址：http://www.sjcbs.cn

經 銷 者：新華書店
承 印 者：山西人民印刷有限責任公司

開　　本：700mm × 1000mm　1/16
印　　張：73.75
字　　數：980 千字
版　　次：2015 年 11 月　第 1 版
印　　次：2015 年 11 月　第 1 次印刷
書　　號：ISBN　978-7-5457-1267-4
定　　價：300.00 圓（全三册）

ISBN 978-7-5457-1267-4

出版説明

山西東屏太行，西瀕黄河，北通塞外，南控中原，是中華民族的主要發祥地之一。中華文明輝煌燦爛，三晋文化源遠流長。歷史文獻豐富、文化遺産厚重，形成了兼容並包、積澱深厚、韵味獨特的晋文化。山西省政府决定編纂大型歷史文獻叢書《山西文華》，以彙集三晋文獻、傳承三晋文化、弘揚三晋文明。

《山西文華》力求把握正確方向，尊重歷史原貌，突出山西特色，薈萃文化精華，按照搶救、保護、整理、傳承的原則整理出版圖書。叢書規模大，編纂時間長，參與人員多，特將有關編纂則例簡要説明如下。

一、《山西文華》是有關山西現今地域的大型歷史文獻叢書，分"著述編""史料編""圖録編"。每編之下項目平列；重大系列性項目，按其項目規模特徵，製定合理的編纂方式。

二、"著述編"以1949年10月1日前山西籍作者（含長期在晋之作者）的著述爲主，兼收今人有關山西歷史文化的研究性著述。

三、"史料編"收録1949年10月1日前有關山西的方志、金石、日記、年譜、族譜、檔案、報刊等史料，以影印爲主要整理方式。

四、“圖録編”主要收録1949年10月1日前有關山西的文化遺產精華，包括古代建築、壁畫、彩塑、書畫、民間藝術等，兼收古地圖等大型圖文資料。

五、今人著述采用簡體漢字横排，古代著述采用繁體漢字横排。

《山西文華》編纂委員會

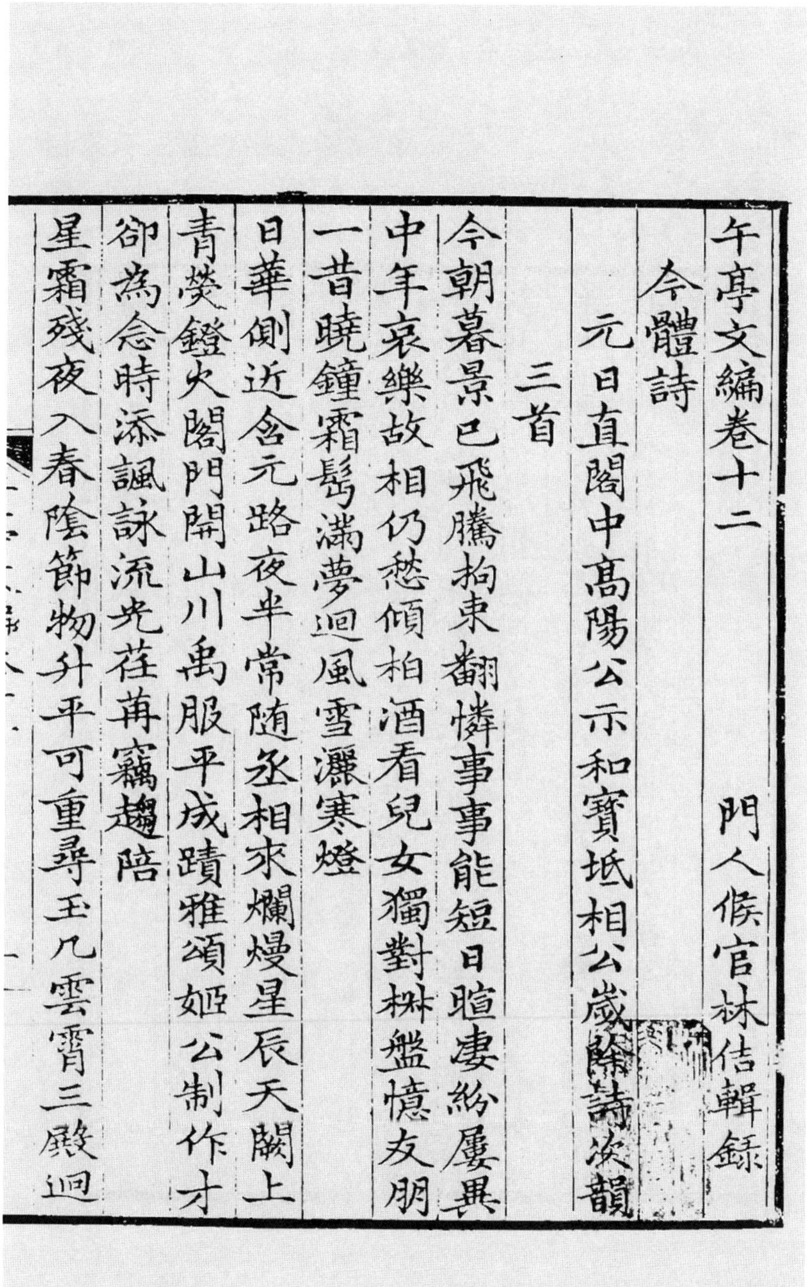
午亭文編卷十二　門人候官林佶輯録

今體詩

元日直閣中高陽公示和寳坻相公歲除詩次韻

三首

今朝暮景已飛騰拘束翻憐事事能短日暄凄紛屢異
中年哀樂故相仍愁傾柏酒看兒女獨對椒盤憶友朋
一昔曉鐘霜鬢滿夢迴風雪灑寒燈

日華側近含元路夜半常隨丞相來爛熳星辰天闕上
青熒鐙火閣門開山川禹服平成蹟雅頌姬公制作才
郤為念時添諷詠流光荏苒竊趨陪

星霜殘夜入春陰節物升平可重尋玉几雲霄三殿迴

清康熙刻本《午亭文編》書影

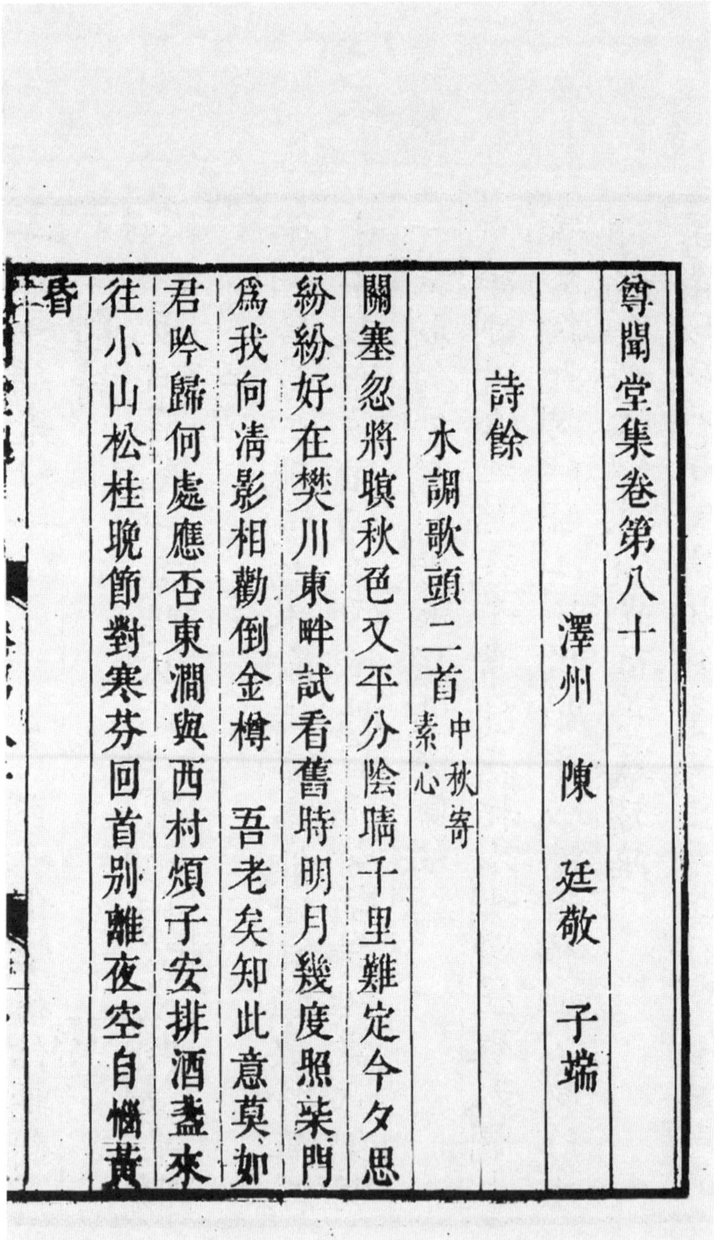
尊聞堂集卷第八十

澤州 陳廷敬 子端

詩餘

水調歌頭二首 中秋寄素心

關塞忽將暝秋色又平分陰晴千里難定今夕思紛紛好在樊川東畔試看舊時明月幾度照柴門爲我向清影相勸倒金樽 吾老矣知此意莫如君吟歸何處應否東澗與西村煩子安排酒盞來往小山松桂晚節對寒芬回首别離夜空自惱黄昏

清康熙刻本《尊文堂集》書影

出版前言

陳廷敬(1639—1712),字子端,號説巖,晚號午亭山人,清代山西澤州(今山西晋城市陽城縣北留鎮皇城村)人。順治十五年(1658)進士,選爲庶吉士。初名敬,因同科考取有同名者,故由朝廷改名爲“廷敬”。歷任經筵講官、工部尚書、户部尚書、吏部尚書、文淵閣大學士,《康熙字典》總纂等職。陳廷敬工詩文,器識高遠,文詞淵雅,有《午亭文編》五十卷,收入《四庫全書》,另有《午亭山人第二集》三卷等著述存世。

陳廷敬是清初的重要政治家,康熙朝的重臣之一,在中央的多個要害部門長期擔任要員,爲官清廉,《清史稿》曾給予“清勤”的評價。陳廷敬又是一位頗有成就的學者兼詩人,平生勤於寫作,幾無擱筆。他曾將《午亭文編》送呈康熙御覽,被康熙譽爲“擬諸姚房李杜”,所作各體詩“清雅醇厚,非積字累句之學所能窺也”。陳廷敬一生參與編撰了衆多典籍,特别是他主持了《康熙字典》的編纂工作,這是中國第一部用“字典”命名的字書,也是中國歷史上第一部官修字典,成爲中國文化史上的重要辭書,對後世影響很大。陳廷敬詩、文、詞兼備,他的詩歌風格雖不如同時代的王士禛等人,但功力較深,詩風雍容,崇尚杜甫,語多沉鬱頓挫之氣。陳廷敬文章致力於學習宋代歐陽修、曾鞏,爲文功底深厚,有思想,見地深遠。陳廷敬時常與當時的文人唱和,由於他官高名重,詩文的影響很大。鑒於陳廷敬崇高的歷史地位和卓越的文學成就,特將《陳廷敬集》收入《山西文華》叢書。

2012 年,我社出版了張建偉、李衛鋒點校的《陳廷敬集》一書。該書以康熙刻本《午亭文編》爲底本,分内編與外編兩部分:内編爲《午亭文編》,外編爲《午亭文編》之外的詩文。外編在《午亭山人第二集》的基礎上補入了陳廷敬生前刊刻的《尊聞堂集》《午亭集》中未收入《午亭文編》的篇什,使該點校文本成爲一個較爲全面的陳氏個人文集。此次出版,依照叢書統一體例,改爲繁體横排,并在初版的基礎上,改正錯訛,查漏補缺,使之更趨完善。雖已盡心竭力,然不當之處在所難免,請方家不吝指正。

三晋出版社

2015 年 7 月

整理説明

《陈廷敬集》收録清代陳廷敬《午亭文編》《午亭山人第二集》,以及《尊聞堂集》與《午亭集》中《午亭文編》未收的詩文,末録集外佚詩。

陳廷敬(1639—1712),字子端,號説巖,晚號午亭山人,清代澤州(今山西省晋城市陽城縣北留鎮皇城村)人。順治十五年(1658)進士,選庶吉士。初名敬,因同科考取有同名者,故由朝廷給他加上“廷”字,改爲“廷敬”。康熙年間累遷翰林院侍講學士,充日講起居注官。十四年(1675),擢内閣學士,兼禮部侍郎,充經筵講官,改翰林院掌院學士,教習庶吉士。十七年,命直南書房。滇南平,更定朝會燕饗樂章,命廷敬撰擬,下所司肄習。二十三年,調吏部,兼管户部錢法,後擢左都御史。陳廷敬在任時,針對存在的問題,上疏言鑄錢之事、服飾定制、官員廉潔、督撫選拔、凶荒賑災等,多爲朝廷採納。康熙二十五年,遷工部尚書。當時朝廷修輯三朝《聖訓》《政治典訓》《方略》《一統志》《明史》,廷敬並充總裁官。後累調户、吏二部。二十七年,因牽連入張汧案,廷敬以父年老爲由,上疏乞歸養,朝廷詔許解任,仍管修書事。二十九年,起左都御史,遷工部尚書,調刑部。四十二年,拜文淵閣大學士,兼吏部,仍直經筵。四十四年,扈從康熙南巡,召試士子,命陳廷敬閲卷。四十九年,廷敬以疾乞休,朝廷應允,但適逢大學士張玉書卒,李光地病在告,仍召廷敬入閣視事。五十一年(1712)卒,康熙帝深爲惋惜,親製挽詩一章,命皇三子奠茶酒,謚文貞。陳廷敬生平見《清史稿》卷二百六十七。

陳廷敬現存世的著述，除奉敕編纂的《康熙字典》《佩文韻府》《御製詞譜》《御選唐詩》等十餘部大型文獻外，還有自己生前編撰的或門人、子孫編撰的詩文集《參野詩選》（已佚）、《尊聞堂集》八十卷、《午亭文編》五十卷、《午亭集》三十卷、《午亭山人第二集》三卷等。

《午亭文編》五十卷爲陳廷敬晚年手定，康熙年間其門人侯官林佶繕寫付雕。包括詩二十卷，雜著四卷，經解四卷，奏疏序記及各體文共二十卷，杜律詩話二卷。本書以山西大學圖書館藏乾隆四十三年（1778）重刊康熙本《午亭文編》爲底本，以文淵閣四庫全書本《午亭文編》爲校本。卷首有陳廷敬自序，徐昆序，卷末有林佶後序，廷敬子壯履跋，今並移入附録。

《午亭山人第二集》三卷爲詩集，每卷均題爲"歸去詩集"，收録了陳廷敬自康熙四十八年（1709）九月至五十一年（1712）四月間所作詩，由其子豫朋、壯履裒輯，乾隆七年（1742）其孫婿于大梃刊刻，山西大學圖書館有藏本。卷首有元龍序、于振序、陳廷敬自識、豫朋識，今並移入附録。此集所收詩歌《午亭文編》均未收，故此次全文録入。

《尊聞堂集》八十卷爲陳廷敬生前所編定，包括詩賦三十卷，經解十一卷，文三十六卷，杜律新箋（即杜律詩話）二卷，詞一卷。今有南京圖書館藏本，著録爲清康熙刊本，但該本避諱"玄"、"胤"，不避諱"弘"、"曆"，應爲雍正刻本。爲避免重復，本次整理時只收《午亭文編》未録者。《午亭文编》收録者與《尊聞堂集》所録文字多有不同，説明陳廷敬修改過自己的詩文。

另有《尊聞堂集鈔》，卷數不明，版式大同于《尊聞堂集》，私人收藏。僅就所見之部分補入文五篇，《尊聞堂集鈔》卷五十八《御選古文淵鑒後序》、卷五十九《七夕唱和詩序》、《遊西山詩序》補入《尊聞堂集》卷六十三，《尊聞堂集鈔》卷六十五《惠民祠記》補入《尊聞堂集》卷六十六，《尊聞堂集鈔》卷七十九《刑部堂諭》補入《尊聞堂集》

卷七十九。

《午亭集》三十卷，康熙四十一年（1702）刊本，今藏中國社會科學院文學研究所，收入《四庫存目叢書補編》。據《午亭集》金德嘉康熙四十一年（1702）序及姜宸英序，《午亭集》原本包括詩文、經解、雜著，共八十卷，今藏日本。《四庫提要》之《午亭集》五十五卷，爲詩三十卷，古樂府及古今體賦一卷，經解十卷，雜著十四卷。今存三十卷本，爲詩集。卷首有金德嘉序、曹禾序、汪懋麟序、姜宸英序，及李霨、繆彤、徐乾學《北鎮集序》，今並移入附録。本次整理，將《午亭文編》未收者按《午亭集》原先排列順序，依次輯出。清魏憲輯《百名家詩選》卷十六收録陳廷敬詩五十四題六十八首，其中四首不見於陳氏别集，今據吉林大學圖書館藏康熙魏氏枕江堂刻本（《續修四庫全書》第1624册）依次輯録。其餘六十四首詩文字與陳氏别集多有不同。清丁紹儀撰《聽秋聲館詞話》卷十有陳廷敬《紅窗聽》佚詞，據《詞話叢編》所收清同治刊本補入。

書稿整理點校過程中，本着尊重文獻原貌，對原文一仍其舊，不對書中的文字做過多的統一。

目　録

第一册

午亭文編卷二

樂　府

午亭文編卷三

古體詩

午亭文編卷四

古體詩

午亭文編卷五

古體詩

午亭文編卷六

古體詩

午亭文編卷七

古體詩

午亭文編卷八

今體詩

午亭文編卷九

今體詩

午亭文編卷十

今體詩

午亭文編卷十一

今體詩

午亭文編卷十二

今體詩

午亭文編卷十三

今體詩

午亭文編卷十四

今體詩

第二册

午亭文編卷十五

今體詩

午亭文編卷十六

今體詩

午亭文編卷十七

今體詩

午亭文編卷十八

今體詩

午亭文編卷十九

今體詩

午亭文編卷二十

今體詩

午亭文編卷二十一

賦

雜著

午亭文編卷二十二

雜著

午亭文編卷二十三

雜著

午亭文編卷二十四

雜著

午亭文編卷二十五

經解一　易

午亭文編卷二十六

經解二　易

午亭文編卷二十七

經解三　易

午亭文編卷二十八

經解　書詩禮

午亭文編卷二十九

午亭文編卷三十

奏疏

午亭文編卷三十一

奏疏

午亭文編卷三十二

表論

午亭文編卷三十三

史評　漢書

午亭文編卷三十四

史評　後漢書　三國志

午亭文編卷三十五

序

午亭文編卷三十六

序

午亭文編卷三十七

序　引　疏

午亭文編卷三十八

記

午亭文編卷三十九

書

午亭文編卷四十

頌　箴　銘　贊

午亭文編卷四十一

傳

第三册

午亭文編卷四十二

傳

午亭文編卷四十三

阡表

午亭文編卷四十四

誌銘

午亭文編卷四十五

誌銘

午亭文編卷四十六

誌銘

午亭文編卷四十七

神道碑　墓碑　墓表　祭文

午亭文編卷四十八

題跋　雜文

午亭文編卷四十九

杜律詩話上

午亭文編卷五十

杜律詩話下

午亭山人第二集卷一

歸去詩集一

午亭山人第二集卷二

歸去詩集二

午亭山人第二集卷三

歸去詩集三

尊聞堂集卷三

五言古詩一

尊聞堂集卷六

五言古詩四

尊聞堂集卷九

七言古詩三

尊聞堂集卷十

五言律詩一

尊聞堂集卷十一

五言律詩二

雨夕……八八二
晚行……八八二
客居……八八二

尊聞堂集卷十二

五言律詩三

尊聞堂集卷十三

五言律詩四

尊聞堂集卷十四

五言律詩五

尊聞堂集卷十五

七言律詩一

尊聞堂集卷十六

七言律詩二

尊聞堂集卷十七

七言律詩三

尊聞堂集卷十八

七言律詩四

尊聞堂集卷十九

七言律詩五

尊聞堂集卷二十

七言律詩六

尊聞堂集卷二十一

七言律詩七

尊聞堂集卷二十三

五言絕句

尊聞堂集卷二十四

七言絕句一

尊聞堂集卷二十五

七言絶句二

尊聞堂集卷二十六

七言絶句三

尊聞堂集卷二十七

七言絶句四

尊聞堂集卷二十八

七言絕句五

尊聞堂集卷二十九

尊聞堂集卷三十

御覽詩下賦附

賦

尊聞堂集卷三十一

經解一

尊聞堂集卷三十八

經解　詩

尊聞堂集卷四十一

尊聞堂集卷四十三

奏疏二

尊聞堂集卷四十五

尊聞堂集卷四十七

尊聞堂集卷五十

尊聞堂集卷五十一

尊聞堂集卷五十二

尊聞堂集卷五十三

三國志評論

尊聞堂集卷五十四

書一

尊聞堂集卷五十六

書三

尊聞堂集卷五十七

跋

尊聞堂集卷五十九

序二

尊聞堂集卷六十

序三

尊聞堂集卷六十一

序四

尊聞堂集卷六十二

序五

尊聞堂集卷六十三

序六

尊聞堂集卷六十四

辨

尊聞堂集卷六十五

記一

尊聞堂集卷六十六

記二

尊聞堂集卷六十八

題跋

尊聞堂集卷六十九

狀

尊聞堂集卷七十六

祭文

尊聞堂集卷七十九

劄示

尊聞堂集卷八十

詩餘

午亭集卷四

午亭集卷五

午亭集卷六

午亭集卷七

午亭集卷八

午亭集卷九

午亭集卷十

午亭集卷十二

午亭集卷十三

午亭集卷十四

午亭集卷十六

午亭集卷十七

午亭集卷十八

午亭集卷十九

午亭集卷二十

午亭集卷二十一

午亭集卷二十二

午亭集卷二十四

午亭集卷二十五

午亭集卷二十六

午亭集卷二十七

午亭集卷二十八

午亭集卷二十九

午亭集卷三十

清魏憲輯《百名家詩選》卷十六

清丁紹儀《聽秋聲館詞話》卷十

附　録

序　跋　傳記

午亭文編卷一

樂　府

朝會燕饗樂章十四篇并序

康熙二十年十二月，定饗祀樂章，詔禮部翰林院議。明年正月，尚書臣帥顏保、學士臣陳廷敬等集議，言郊廟樂章世祖章皇帝所親定，臣等不敢變易。獨朝會燕饗沿習前明，典章未備，祈勅臣下等考古樂之原，定聲律之節，作爲雅歌，用昭盛美。詔曰："可。"於是禮臣曰："此詞臣職也，以屬臣廷敬、臣待皋。"掌院事乃集諸詞臣，謂之曰："廷敬材能淺薄，不足以光制述之事，樂歌之作無如公等爲宜。"諸詞臣固以讓臣，臣不得辭。

嘗考古樂之備者莫如《詩》，朝會之樂正，大雅之詩是也，燕饗之樂正，小雅之詩是也。漢以來失雅詩之義，魏得杜夔所傳古樂四篇，遂倣《鹿鳴》作《於赫篇》以祀武帝，倣《騶虞》作《巍巍篇》，以祀文帝，倣《文王》作《洋洋篇》以祀明帝，則直以雅爲頌，且亂以風，又烏能得雅詩正義乎？晉以後去古雖遠，間存雅詩之遺，逮梁武帝，南北郊明堂太廟三朝悉名爲雅，則是頌聲亡而正雅之用混也。唐分雅俗二部，然所謂雅者以别俗之名耳，其實皆俗樂也。宋郊廟之樂曰安，其義亦猶唐曰和，隋曰夏也，而朝會燕饗之樂亦以安名，詞皆短歌，其亦猶有雅詩之遺意者與？惟六變之曲聲調靡曼，實皆五字長句也。及乎明之樂無有足觀者矣。我朝郊廟之樂名曰平，今臣所撰樂章實先定名義。

朝　會

皇帝升坐曰隆平，還宮曰顯平。萬壽升坐曰乾平，還宮曰泰平。元旦升坐曰元平，還宮曰和平。冬至升坐曰遂平，還宮曰允平。小宴升坐曰協平，還宮曰興平。郊祀導迎曰祐平，廟祀導迎曰禧平。謝見曰慶平，外藩謝見曰治平。雖略倣乎宋，而要皆以雅詩之義爲準，至於六變之曲則槩無取焉。臣又嘗誦正雅朝會之詩，曰“無念爾祖”，曰“無遏爾躬”，燕饗之詩曰“視民不恌”，曰“偏爲爾德”，不盡其反覆丁寧之意，而不專主乎鋪張揚厲之辭。臣雖愚陋，竊取此義，故十四章之中所以陳述天命之不易，大業之艱難者，雖不能盡其辭，亦略舉其指焉。臣不任皇恐，頓首謹序。

朝　會

皇帝升坐，中和韶樂作，奏隆平之章。赫矣天鑒，眷求惟聖。保右我清，既集有命。假樂大君，天位以正。莅下有容，監于萬方。念兹崇功，駿命孔常。

右隆平之章十句

皇帝還宮，中和韶樂作，奏顯平之章。

於昭三后，誕降世德。亹亹我皇，克艱袞職。治定功成，中和建極。龍飛在天，鳳儀于庭。式奏王夏，垂億萬齡。

右顯平之章十句

萬　壽

皇帝升坐。中和韶樂作，奏乾平之章。

二儀清寧，三辰順則。維帝凝命，函冒區域。仁恩廣覃，訖于動植。久道化成，隆功駿德。聖人多壽，年世萬億。

右乾平之章十句

皇帝還宮，中和韶樂作，奏泰平之章。

鑒觀惟德，丕命惟皇。肇兹壽域，薄海要荒。物性育茂，謡俗樂康。冠帶之國，望斗辨方。曰惟萬年，同于昊蒼。

右泰平之章十句

元　旦

皇帝升坐，中和韶樂作，奏元平之章。

於穆元后，敬授人時。四始和令，三陽肇基。鸞路倉龍，載青其旂。迎氣布德，百工允釐。行慶施惠，及我烝黎。

右元平之章十句

皇帝還宫，中和韶樂作，奏和平之章。

有奕元會，天子穆穆。蹡蹡羣公，至自九服。正朔所加，海外臣僕。率土惠懷，萬民子育。千齡億祀，永綏茀禄。

右和平之章十句

冬　至

皇帝升坐，中和韶樂作，奏遂平之章。

乾符在握，道轉鴻鈞。天心見復，物始資元。景長舜日，紀協堯春。玉琯應瑞，寶曆肇新。衆正在位，輔翼一人。

右遂平之章十句

皇帝還宫，中和韶樂作，奏允平之章。

皇帝在宥，一陽斯溥。淵默臨朝，天職修舉。君子道長，駢珪聯組。占日書雲，産祥降嘏。宜暘而暘，宜雨而雨。

右允平之章十句

小　宴

皇帝升坐，丹陛大樂作，奏協平之章。

聖皇莅止，穆穆皇皇。百爾卿士，章服斯光。吹笙鼓琴，式燕嘉賓。萬福既同，歸美一人。

右協平之章八句

皇帝還宫,丹陛大樂作,奏興平之章。

湛湛露零,維豐之芑。猗與在公,思皇多士。宴示慈惠,以洽百禮。敬慎威儀,福禄來只。

右興平之章八句

郊祀導迎,樂作,奏祐平之章。

皇天有命,列聖承之。我后配德,文匡武綏。海隅寧謐,神靈宴娭。於萬斯年,流慶降釐。

右祐平之章八句

廟祀導迎,樂作,奏禧平之章。

於皇紹烈,累熙重光。銷鑠羣慝,我武奮揚。肅肅清廟,峩峩奉璋。奠鬯斯馨,祚命無疆。

右禧平之章八句

謝見丹陛,大樂作,奏慶平之章。

皇覆萬寓,品物咸亨。九賓在列,百譯輸誠。濟濟卿士,式造在庭。帝仁如天,帝明如日。親賢任能,愛民育物。禮備樂成,聲教四訖。

右慶平之章十二句

外藩謝見丹陛,大樂,作奏治平之章。

天盡所覆,以畀我清。我德配命,涵濡羣生。萬國蹈舞,來享來庭。俁俁儛儛,視彼干戚。天威式臨,其儀不忒。

右治平之章十句

獻平滇雅表一首

臣廷敬嘗誦《詩》,見大小雅、《六月》、《采芑》、《江漢》、《常武》,皆言周宣王南征北伐,興治撥亂,以定四方,平天下之功,臣嘗竊歎,以爲如詩所載,可謂盛哉!後讀柳宗元《平淮雅表》,言宣王之形容與其輔佐,由今望之,若神人然,直以雅之故也。

臣按宗元意，以謂宣王定四方，平天下，苟非其臣尹吉甫、召穆公輩作爲雅詩，傳之于今，今雖欲望宣王之形容，及其輔佐之盛，其道無從，而宣王定四方、平天下之功亦不能赫赫必傳於後世。烏虖！宣王之功後罕匹矣。迺推較往古，驗之方今，功德盛隆，邁于周雅，而適無有尹吉甫、召穆公其人播爲聲詩，彰大其道，其何以昭宣治績，丕揚成功，傳之於後？然則雅之作厥義重矣哉！臣伏見皇上文武神聖，天錫智勇，光宅天下，奠安八荒，仁威所加，率土内外罔不讋服。乃有孽臣潛伏伺釁，煽搆禍亂，震摇我疆圉，俶擾我人民。皇上赫然一怒，命將授鉞。頃年以來，定秦隴，降閩海，平兩粵，收巴蜀，天兵所向，次第告捷，而滇逆竊據南楚，實爲亂首，皇上神機中斷，指授規略，埽清湖湘，進克黔南，破堅摧險，直薄滇城之下，師久不解，朝旨督進，軍麾一動，氛祲消滅，皆由廟堂動罔遺策，是以疆埸舉必有功，海外怖駭，臣黎懽躍，太平之會實當今日。臣嘗計滇逆之興亂干誅也，耗糜帑賦，私籍甲兵，招納亡命，擅行威福，尾大不掉，反勢已成，正如漢削七國，唐縱藩鎮，蚤發則易圖，優容則難拔，故三藩之事聖慮先覺，不辭大創之勞，永奠萬年之治，所謂功德過於宣王，而大雅不作，不勝惑焉。顧朝臣至多，豈無尹吉甫、召穆公其人者，以颺大清之盛美於無窮，臣獨何人，敢專斯事，然備員法從，尤以文章爲職業，不得以能薄材譾不足以自効爲解，謹撰平滇雅三篇，再拜以獻。臣廷敬誠惶誠恐，稽首頓首謹言。

平滇雅三篇并序

岳湖，逐寇也。

岳湖洋洋，我武洸洸。謂南有藩，無敢撼我疆。岳湖滔滔，我武蹻蹻。謂南有藩，無敢闞我郊。一章

我疆大矣，我圉溢矣。牙蘖其間，竦棘合蝟。昔我南藩，化爲異類。二章

帝曰大君，以覆以載。推食以食，解衣以衣。遷之善地，勿剪勿拔。三章

彼惟狂昏，狡焉生心。肆爲誅首，啓戎于南。如螗奮臂，如蚋決背。首仰臆張，如豕斯鶩。四章

惟帝咨嗟，惠威是崇。薄往禽之，孰佐予功。予矜下民，救此一方。取其殘凶，是類是造。禡于臨衝，楛矢敦弓。五章

我弓我矢，靡旌摩壘。兵無遺鏃，耕無失耜。天塹茫茫，限此江水。既斷其趾，且斬其頞。六章

盗負險阻，距趯躍踉。翾飛饑歊，羽翅以張。候在太白，占于天狼。我涇我隴，是震是驚。七章

維彼閩粤，波盪海垠。帝屢下顧，哀此墊昏。盗往連結，倚以父母。乃餌乃誘，乃爲盗守。八章

帝援天矛，鎩羽截鱗。嶺海革面，蒙羞來臣。禽虓于威，柔肌于恩。盗失厥助，飛魄殞命。九章

老雄野死，梟雛棲棲。巢湖飲江，傾摇于波。爾居鶂廄，我步逶遲。大祖高驤，賊焉遯逃。十章

洞庭湯湯，岳陽峨峨。載驅載馳，爰拔厥家。十一章

惟人歸德，惟帝之謨。窮經窟宅，是剪是屠。我武燀燿，式廓鬼區。百蠻萬國，徯我來蘇。十二章

岳湖十有二章，八章章八句，二章章六句，一章十句，一章四句。

湘東，克衡也。衡盗倚爲巢，克之，武功將成也。

師踰于江，于湘之東。師如雷馮，震衡岳以尊。一夫爲逆，多方則病。播虐抗有德，我人斯奮，卒歸厥命。一章

歸命伊何，衡人之災。衡盗所家，追奔逐北，犀甲雕戈。虎旂龍節，天威所加。二章

帝臣如虎，帝師貔武。烈烈旓旌，淵淵金鼓。嶷嶷綏章，嘽嘽戎路，莫我敢拒。三章

右刈武陵，左埽星沙。磨崕岣嶁，我功孔嘉。戎馬晨服，候烽夕

遮。剿絶惡本，敢遺萌芽。四章

其恃楓木，其恃辰龍。震之拔之，自西自東。陟嶺踰徼，于山于川。遠招邇歸，囚豪解顔。五章

東西合師，進次于沅。孽童日蹙，怙兇忍頑。左擣其虚，右攻其堅。載闢載祓，會于中權。六章

既克于沅，沅人嬰嬰。如日之昇，如霖遇晞。以肉其枯，以勍其羸。式歌且舞，以樂我師。七章

南訖羅施，來迎壺漿。鳴鞞銅鼓，洗兵盤江。彼寇輿屍，晝匿宵奔。滇人荒荼，待我于門。八章

凡此滇功，惟天子乃成〔一〕。古者推轂，梱外以行。今者決勝，一秉廟庭。孰是遺孽，而釐睿明。九章

師徒渾渾，漸集于滇。惟天威式監，官臣恪守。乃獲其醜。保大定功，流聲焉窮。十章

湘東十章，一章九句，三章章七句，六章章八句。

【校記】

〔一〕天子　四庫本作"斷"。

滇池，盜伏于滇，師受聖平之，武功成也。

滇池洶洶，帝乃平之。匪彼元戎，惟帝之功。高居北極，洞視下方。惟仁智勇，克靖萬邦。一章

帝命臣塔，汝從西粤，急擣其窟。塔拜受命，銜枚束刃。環滇其來，龍駭鵬騫。軍聲轟然，如墜自天。二章

帝命臣里，汝從巴蜀，横剪側入。里拜受命，量沙追蓐。有疾其驅，無暴我邦。踣柵跳壘，言壁其東。三章

帝命臣泰，汝從黔趨。惟此蝨賊，數載曠誅。汝將士用命，賊其敢逋。泰拜受命，于皇之訓。四章

我旄我旗，于苗于蠻。度幕輕留，彌險蔽闕。奪其阻隘，掀其籬

藩。獸窮負嵎，我師固以完。五章

帝命我師，勢爲掎角。麾城撕邑，萬里手握。維彼鷇麛，敢抗喬嶽。維彼萌枿，敢傲霜雹。六章

彼枿繁矣，于焉蟠根。雨露既濡，忘帝力之勤。聖人神武，施設芟夷。馘彼梟鷙，張我熊螭。七章

傃鐔批亢，下甲陷堅。箕張翼舒，合圍于原。獸窮于阱，人或獸哀。快彼凶醜，覆卵毁胎。八章

帝曰吁嗟，勞我人師。日費百萬，大農不支。滇人望拯，如餔療饑。載礪載攻，天策攸宜。九章

孟冬月杪，師薄于城。降旛夕竪，逆骸縱横。林野涂腦，郵驛遞顱。滇人歌舞，于屋于衢。十章

夜半捷來，天心惻楚。閔憐下氓，罹此荼苦。我將我師，于野暴露。布惠疇功，急疾如火。十一章

于廟于郊，其儀孔熾。華俎腯牲，永言昭事。都人士女，白岁黄童。歡呀噎笑，祝我聖躬。十二章

帝曰歸來，予開明堂。制禮興樂，登賢拔良。孩養無告，施厚仁滂。熙我庶績，綱舉目張。永萬斯年，率由不忘。十三章

滇池十三章，十章章八句，二章章九句，一章十句。

北征大捷功成振旅凱歌二十首并序

日者皇上北顧邊陲，永惟戡定，聖心獨斷，決策親征，羣臣震悚，表請遣命將士，毋煩車駕遠行。蒙詔旨開喻弗允，臣廷敬伏念皇上爲天下勤勞，歷涉沙磧，躬莅戰陣，而臣下晏然安處，其何以自寧於時？謹詣宫門，奏乞扈從，蒙天心矜憐〔一〕，謂臣年力就衰，恩旨下頒，臣恭聽之頃，不覺涕零。伏念臣以衰薄，不克備戎行，効職役，今者天戈一指，兇醜破滅，朝至暮捷，功成漏刻，敷天率土，罔不懽忻。臣受恩高厚，無所報稱，惟譔述文句，以導揚盛德於萬一，而臣愧非其才，惶恐踰時，復不能自已。臣

伏見皇上覆育四海，撫有萬邦，東西朔南，懷仁歸義，聲教所通，遐荒異域，侯王君長，稽顙闕廷。至若聖略天威，武功丕顯，御極以來，平察哈爾，定三逆，取臺灣，服倭羅斯，收喀爾喀，埽蕩邊塵，廓清疆宇，固已烜赫炳耀，亘古今而昭天壤，弘恢服而奠生民矣。迺厄魯特噶爾丹者違我德化，自絶生成，梟獍猖狂，侵我屬國，洵法所必討，師出有名，皇上躬御六龍，親護諸將，驅鷹揚螭虎之士，臨大荒，盡窮幕，風行電激，聲震雷霆，而天申顯佑，百靈効順，風雨不驚，水草應候。時日吉良，士馬利賴，殲廿年逋誅之寇，建萬世不拔之功，此誠開闢迄今，簡冊所宣布，宇宙所流傳，聖績神猷，曠古無匹者也。臣雖不能侍行幄，至營壘，親見剪獯屠戎之盛，猶欲形之篇翰，製爲詠歌，以敬颺我九伐之光明，亦臣之至幸也。謹按王師大獻，奏愷樂，周禮始著其義，釋者曰：愷，兵樂也。司馬法云：得意則愷樂，所以示喜也。漢有短簫鐃歌，魏克官渡，晉征遼東，皆製歌曲，被之聲樂，凡以諷道戰伐之事，而申寫三軍凱樂之情。唐柳宗元有鐃歌鼓吹曲，宋有姜夔聖宋鐃歌曲，皆其所自作，以進之朝廷，此皆古體詩也。然自岑參、劉禹錫諸人已自以今體爲凱歌聲調，具有風雅之遺。臣今竊取宗元、夔進詩之義，詩用參、禹錫之體，作北征大捷功成振旅凱歌二十首。臣目雖昏眵，勉自繕寫，字畫蕪穢，仰塵慈覽，臣不任榮忭，不任兢惕之至。

皇家本意爲銷兵，刻日邊沙一戰清。九伐元從天子出，翠華親總六師行。

聞道神功斷乃成，盈庭連表諫親征。誰知聖算高千古，一著戎衣定太平。

蕭蕭龍笛出關聲，雲旆晴翻朔吹輕。十萬羽林眠夜月，迴看北斗挂南營。

汗馬河源飲欲乾，夕陽萬竈冷炊烟。玉鞭應有山靈護，指處三軍見井泉。

宜暘時節草芊芊，便是窮荒大有年。風伯雨師齊効順，可知聖德格皇天。

算得西營計日糧，玉音纔罷見封章。懸知宿飽三軍士，金革銜恩在戰場。

祇爲生民事遠征，前軍馬上捷書成。絲綸簿載蛟龍筆，批答人知出塞情。

月上旄門映細旃，旄頭影落斷狼烟。尚衣高鎖黄金甲，長記龍韜決勝年。

開拓邊疆四接天，職方環海浩無邊。黄雲萬疊青霄外，收取山河直到燕。

苗格于今正七旬，兩階干羽更森森。全收瀚海爲靈囿，要置天山列禁林。

幕南庭北接王畿，一道清塵捷騎飛。四十九藩先拜舞，朔天生養在皇威。

漠漠雲隨露布生，人知天意爲親征。朝衣半溼蒼龍雨，點點分明浄洗兵。

迴軍吹角罷連營，疊鼓風多破陣聲。寫入天朝新樂府，流傳神武見昇平〔二〕。

武功文德並崔巍，聖藻篇章每獨裁。萬古燕然留片石，磨崖親與勒銘迴〔三〕。

春歸苑樹别長安，六月龍沙草露溥。邊柳千條花萬朵，一時留取待回鑾〔四〕。

今來楊柳正依依，昔去關山雨雪霏。魚海輕陰猶未散，五雲常繞六龍飛。

天廐驍騰汗血斑，嘶風别去籋雲還。瓜時不遣黄龍戍，苜蓿青青意自閒。

九邊萬里抱神京，地盡遥荒戍不驚。夜夜闗門開曉月，天家本不用長城。

劍花弓月拂雲還，歸路邊庭障塞閒。數首新詞翻鼓吹，凱歌聲裏舊關山。

帝德天威日正中，九賓王享百蠻通。炎黄以降多青史，萬乘臨戎第一功。

【校記】

〔一〕四庫本"蒙"前多"仰"。

〔二〕神武　四庫本作"奕世"。

〔三〕親與　四庫本作"共仰"。

〔四〕取待回鑾　四庫本作"助凱歌歡"。

謹獻大駕三臨沙漠親平僭逆聖武雅表一首

臣廷敬伏見我皇上撫御萬方，盡有四海，内外恩德鴻龐，聲教遐曁。比年以來，天下宴安，而推溯武功所由戡定，則誅三逆以平滇黔粵閩楚蜀，外闢察哈爾、臺灣、俄羅斯、喀爾喀之地，幅幀之廣超越前古，治化之隆巍焕莫並。今神謀獨斷，聖武布昭，伐罪救民，躬行天討，大憝授首，餘黨歸誠。厄魯特全國蕩平，捷書至日，雷動嵩呼，中外臣士、閭巷小民罔不歡欣忭慶。蓋是時車駕親征，馳驅戎壘，凡三出朔塞矣。當天衷决策，初御六師，中朝悚慄，僚庶攀留，臣以年力就衰，蒙恩矜憐，弗允扈從之請，自是以來，祇遵成命，不敢再瀆天慈而違離聖顔，日夕虔惕。伏念皇上爲天下掃除殘賊，爲邊疆永致廓清，跋歷窮荒，經涉寒暑，勤勞軍務，旰食宵興，而臣子安居，略無寸効，今已無事，言念國恩，無所報稱，猶欲俯竭愚誠，撰擬文句，敬颺聖烈之無窮，而臣竛鄙無學，尋繹累日，莫知所擇。竊惟自古帝王有功於天下，其名聲彰著於後世者，方重則之所紀載，金石之所刊録，聲詩之所流傳，後之人覽其事而遐想其盛焉，是以昭昭然若昨日事也。然而其盛者亦不數數覯矣，阪泉涿鹿以還，古今稱善用兵者，漢之高帝、唐之太宗，皆自興事之始乘時搆會，底於成功。

若我皇上聖德而踐天位，躬居大寶，志切生民，仁育羣倫，義征不譓，尊臨九重，制勝萬里，天威所至，攻戰多方，撲滅兇殘，蕩埽巢窟，宿寇遺孽一朝頓除。伏卅載之逋誅，樹九邊之壯觀，殲其渠魁，降其支黨，燧烽永息，亭堠不施，曠古難平之部落盡爲臣僕，普天所有之土宇咸入版圖。自此寰海清平，兆民樂業，集萬年之鴻慶，成千古之大功。臣仰窺聖烈，俯稽往古，漢祖唐宗起於側陋，角一時之雄，乘末流之敝，雖精於兵事，而我皇上文謨武烈，聖德神功，實遠邁前徽矣。若夫書冊所載，既有天下，優游宫禁之中，不過遣將興師，身居其逸，坐收其效，間有親征如宋藝祖之北伐，明成祖之行邊，宋則失利，明則鮮功，是以方策金石聲詩之文仿佛儗比，可導揚盛美之萬一者。盖徬徨震掉，而莫知所擇焉。求之於詩，惟周宣王身爲天子，南征北伐，有定天下之功，雖淮夷諸小敵，未爲甚難平之寇，而玁狁之伐，止於太原，皆命臣士以行，事蹟殊不類然，其臣詠歌之詞，孔子有取焉，唐臣柳宗元本其義作唐雅。臣於嚮者滇逆之平，不度固陋，竊取其義，進平滇雅，曾上塵聖覽。今臣伏思後世鐃歌鼓吹之曲，未足以盡聖武之形容，仍依古體，謹譔大駕三臨沙漠親平僭逆聖武雅三篇，繕録以進。臣之愚意固以敷宣人事之盛美，而其義則歸本於天。我皇上即天也，覆載照臨，雷霆風雨，天之所以爲道；栽培傾覆，治亂侮亡，皇上之所以爲功。彼噶爾丹自外於覆載照臨之内，干雷霆之誅，絶風雨之澤，盖所謂逆天者亡也。我皇上天威所臨，賊始則沙塲麋敗，妻孥磔屠，繼則衆叛親離，孤雛就縛，其卒也我皇上親揮將士，廹抵賊巢，賊知逆天必誅，飲藥自殺。遡始訖終，我皇上馳驅萬里，勞苦艱難，若非親征大舉，必不克迅致膚功，此人事也，即天也。至若晴暘以時，靈泉表異，水草應候，百神致祥，旋師之先，甘雨灑郊，飲至之日，雲陰開霽。臣僚擁道恭迎，都人父老孺子瓣香欣躍，愷樂慶成，臣推本於天之義，由兹益自信焉。臣不任榮幸歡忭之至。

聖武雅三篇并序

惟天，初臨沙漠，安邊靖寇，破敵大捷，行慶于民，振旅還京，武功盛也。

惟天惟帝，惟帝乃天。盡天所覆，我徼我邊。何彼逆鷔，爲我人患。帝自伐之，往取其殘。一章

衆曰至尊，毋勞萬乘。我師武臣，孰不恭命。帝曰吁哉，自昔弔民，如水斯溺，如火斯焚。二章

帝謂卿士，朕必親往。彼惡貫盈，煽虐滋廣。擣其腹心，離其支黨。安我荒服，除彼狙獷。三章

諏春吉日，是類是宜。聖謨先定，叶于神祇。既攻我車，既秣我馬。峙我糇糧，于塞之下。四章

六龍遄飛，闟雲四開。師行如山，如霆如雷。蠲租已賦，民有慶哉。屬國讙呀，天子自來。五章

茫茫荒磧，伐薪孔遐。溼烟不爨，萬竈以譁。我軍之行，晴空洋洋。雨師避道，宜暘而暘。六章

帝減尚食，哺我士飢，飲我士渴，朝斯暮斯。野曠無水，何以爲糜。玉鞭所指，靈泉瀰瀰。七章

無人之鄉，絶轡之野。五日窮追，賊衆解瓦。彼狂何知，竄徙顛醜。不謂帝來，初猶笑啞。八章

寇昏以驚，聞帝自將。獸窮突奔，心膽墮喪。軍扼于途，大殲巨創。瀚海塵揚，天山簸蕩。九章

築顱于丘，波血于河。九州百蠻，爲鑒孔多。燕然之山，蒼崕嵯峨。伐石紀功，萬載不磨。十章

都人黄耇，扶攜來迎。鐃吹所歌，告武之成。桑麻在郊，民熙以耕。戎衣一著，四海永清。十一章

惟天十有一章，章八句。

皇矣，再臨沙漠，相機宜，撫降人，安兵民，武功再盛也。

皇矣聖功，邊氓孔安。惟帝念兹，冀即于完。自我來歸，由暑訖寒。旅師在野，雨雪其漫。一章

天初生人，豈擇莠良。帝德好生，并包八荒。從化者存，不龔者亡。汝尚能來，無或汝戕。二章

汝家糜矣，汝徒蔘矣。羈孤單棲，云何嬉矣。汝尚能來，食之衣之。天無不幬，天無不持。三章

怙終者誅，國有明紀。彼頑不悛，盗我儲峙。師進逐之，原野萬里。皆我職方，何奔何止。四章

皇命于廷，是礪是攻。拔本塞亂，惟義之中。朕不親往，邊人煢煢。我怙我恃，豈憚征行。五章

朔風蕭蕭，捲我旆旃。翠華載臨，儼涉我郊。藩落老稚，簞壺以勞。帝來撫我，于險于遥。六章

或擁周道，或控馬首。帝顔霽温，下拊以手。如燠如春，恩語勤厚。坐使來前，薄饗其有。七章

言幸師營，言迫賊壘。烜赫天聲，賊黨破徙。其降如歸，其趨如市。來者既多，惟恐後至。八章

帝待降人，曰彼大辜。汝則何罪，罹彼毒荼。致汝于鋒，致汝于屠。其來汝拔，爰止爰居。九章

帝謂降人，我黎我赤。草枯于原，冰堅于磧。藹藹陽和，于疆于陌。盡降其人，大醜斯獲。十章

我士我旅，歲其云還。帝念我人，言歸言旋。凱聲載路，士女闐闐。帝威帝德，振古無前。十一章

皇矣十有一章，章八句。

武成，三臨沙漠，禽其孽子，殲其渠兇，餘黨歸命，武功大成也。

武成自初，三援天戈。惟皇之命，神人以和。長彼蟊螟，奈此嘉禾。既化其類，胥顛其窠。一章

載祓載嚴，式張我武。雲旂飄翩，日繞熊虎。風飈烈烈，揚于金

鼓。弧矢朱弓，不殊干羽。二章

皇眷西土，我理我疆。于關于塞，于邊之牆。于隴于畝，于河之陽。下民何幸，近天子光。三章

皇撫吾民，以覆以載。是幸是臨，恩逾汪濊。帝來人歡，帝行人思。六師所過，言錫我釐。四章

帝行天中，如日正車。咨遣兩師，以翼漠沙。尅日並進，毋謂遠遐。角之掎之，天威所加。五章

爰陟爰止，狼居胥山。四顧藩部，于川于原。皆我在宥，矜兹彈丸。如毒斯螫，如爪斯搴。六章

彼梟日蹙，孤雛棲棲。我禽獮之，檻致于畿。人之無良，不保妻子。惟汝之爲，求禍自爾。七章

我師日進，言廹其巢。卵傾翼折，梟困以嘷。腊斯焚斯，不復遠跳。乃如之賊，爲戒兹昭。八章

戮尸于軍，傳首于邊。變容慄股，孰敢不虔。皇赫斯怒，遠人所觀。如帶如礪，如石之磐。九章

載馳載旋，言歸凱樂。于以慶成，于郊于廟。載沛德音，四方是告。帝開明堂，萬邦畢照。十章

惟天同符，以清以寧。自此無事，泰階永平。惟帝之功，與天無極。斯歲斯年，于萬于億。十一章

武成十有一章，章八句。

南巡歌十二章并序

聖駕親視河工，宏恤民隱，恩膏廣沛，遠邇同庥。臣廷敬誠懽誠忭，稽首稽首，上言。臣備員户曹，於今六易年所，每蒙天語垂問郡國水旱年歲豐歉。仰見我皇上天覆四海，子育兆民，尊居九重，慮周萬里，無時不以黎庶爲念，無事不以仁愛爲心。兹以黄運兩河關漕輓之安危，繫民生之休戚，乘輿臨歷，指示規爲，翠華所莅，皇澤覃敷，所不及知者多矣。臣以所領職事奉明

詔而宣德意者，數日之中，新綸徧於寰宇，湛恩普於四方。郵驛所傳，源源而未有涯也〔一〕。臣等謹循職守，恭繹恩綸，俯同官僚，欣感聖政。惟我皇上德盛功高，仁深澤厚，際天蟠地，曠古振今，生民以來所未有也。臣等雖未獲與扈蹕之榮，而實竊幸遭逢之盛，每接詔旨，仰遵宣布，傳示遐邇，朝臣颺頌，閭巷歡舞，以及四遠之人無不手額稱慶，僉曰："聖德厚矣，至矣，無以加矣。吾曹何幸而生聖人之世也。"臣伏惟皇上念切民依，特事巡省，恩波肆暨，江海同沾，而始也以河決不治，患及吾民，仰煩聖慮。夫治河誠國之大事也。臣嘗稽之往古，禹底九河之績，《禹貢》詳其文，漢築宣房之宫，作歌紀其事，盖篇籍所傳，詠歌所述，厥務亦綦重矣。我皇上仰符天道，俯愜輿情，盼睞之間，指揮斯定，已收數十年不奏之功，肇億萬載平成之績。聖謨廣運，媲隆神禹，而恩澤弘普，恤民之災，謀其生計，憫民之乏，免其正供，有《禹貢》之所不能載者。扈從諸臣，宜備書方冊，垂休奕禩矣。若夫漢塞瓠子，作宫其上，是名宣房，而作《瓠子之歌》，章美其事，載在《漢書》中。臣以謂漢塞一決河耳，且猶詠歌之，我皇上治河上下數千里，至於江海之廣咸蒙聖恩，誠有非漢代之所能幾及萬一者，而樂府不作，其何以闡揚盛美。臣不揣固陋，謹因臣部所奉詔旨，每譔一歌，仰識聖德神功於永永無極，且以慶幸臣之榮遇焉。至若寬恤有司，矜釋刑獄，事下他部而臣所及知者，亦謹併識焉。詞雖不文，然其聲調頗取漢魏以來樂府。夫樂府之作，皆以被之金石絲竹，薦之朝廟，用之家國，非徒爲文字觀美而已。今臣所譔雖不敢妄擬古之作者，實欲俾奕世知我國家功德誠遠侔三代之隆，斷非漢以來盛時所可比擬萬一。於治定功成，播朝廷之美，宣天地之和，庶幾其義有取焉爾。臣不任兢惕，不任忻忭以聞。

歲二月第一頌奉皇太后鑾輿時巡也。

歲二月巡狩，惟虞帝之則。其始由岱宗，順時布令德。我皇握天樞，舉事合經籍。煌煌大業初，慈闈共夙昔。及兹撫金甌，九圍覩式廓。晨昏在帷鑾，玉顔正怡懌。孝理通烝民，歡心洽萬國。

右歲二月十四句。

平成第二紀閲河也。

平成際時雍，聖人肇興萬世功。以仁爲涵，濡義爲繩。約禮爲隄防，智爲疏鑿。清河排決萬斛泥。高堰水落蛟鼉移，上下河海。吾皇不來，民其將焉如，爰取其陳，惠此貧者，士女歌舞金堤下。

右平成十四句。

淮水清第三述留漕也。

淮水清，黄水波，中有漕船過。率三十鍾，才致一石多。淮揚水，流滂沱。水中人營巢居，其能免乎爲魚。寒者待衣，饑者待餔。留船漕二十萬石，行者得休，居者得食。感皇恩，歌以易，泣稼穡艱難。一粒一珠，皇恩浩汗。

右淮水清十九句

江南北第四紀免江南北逋賦也。

江南北，江茫茫，吾君恩澤，江流與長。江以南，江以北，頌洋洋。緩新除舊賦，婦子偕樂康。江天高，高崇隆。上天施雨露，時乘駕六龍。瞻雲而就日，萬姓來邕邕。視聽自我民，民依與天通。壽萬億年福禄同，年年三月春風中。

右江南北十九句

時和第五紀免淮揚額賦也。

時和,景鴻長,聖人莅阼萬斯年。恩膏溥流布,我民一時違作息,潤枯甘雨,盡賜舊年租。新穀登塲在旦暮。曲體民生。從來王道本人情,仁且明。愛民如此,所以致昇平。

右時和十三句

吳山第六紀免浙江逋賦也。

吳山高,越水長。江流無波海不揚。引領望,幸慰我耕桑。攀留鑾輿,福我子婦。復其民,無有所與。長吏安所事蒲鞭,九年耕賜三年賦。

右吳山十一句

海濱田第七紀恤商也。

海濱田,川貢珍。皎玉雪,奔若雲。民所重,儼耕芸。聖澤隆,瑞氣氳。沛汪濊,潤下土。寬餘筴,惠萬估。靈露零,錫嘉祜。叙八政,修九府。鹺殷殷,爛揚光。若農晦,禾稼穰。四時榮,和衆芳。聖人出,萬寶昌。

右海濱田二十四句

江湖盤第八述廣入學額也。

江湖盤坡陀,美哉磊犖而英多,菁菁者莪在中阿。言采其芹,于泮之沚。芃芃棫樸,薪槱是以。奕奕龍光,濟濟多士,萬年以寧媚天子。

右江湖盤十句

淮南第九紀免鳳陽額賦也。

淮南涘渚混牛馬,禾穟生耳卧原野。秋穀在田中,囷篅盖寡。帝南巡，恩澤滂。欲令里閭富蓄藏，天豈獨私一方。十行詔下通雨暘，不事金木占饑穰。穀我婦子，千倉萬箱。祝聖君，萬壽昌。

右淮南十四句

岱峰第十紀免山東額賦，并賜緩征逋租也。

岱峰觸雲根，膏雨來天門。自皇之來矣，解網賜生存。天下民自以不寃，自皇之旋矣，頻施除復恩。岱峰峨峨，肅然祥風。乘朝曦，播神功。周覽滄海，聖澤龐洪。道光素王，心傳魯東。躋民仁壽中，刑措銷兵戎。

右岱峰十七句

於昭第十一頌天藻留題，聖書頒賜也。

於昭惟天惟聖皇，盡覆下土臨萬方。文思被格侔陶唐，讀書萬卷摛天章。倬哉雲漢神龍翔，彤池灑墨江海光。山川留題奕葉長，從官拜賜羅御牀。賚及守土同巖廊，舊臣何幸趨帝傍。鸞迴鳳舞親攜將，心依日月身江鄉。我皇文治洵煒煌，輝映百彙皆蕃昌。微臣奉職占農祥，欲請未敢中傍徨，作歌傳後示不忘。

右於昭十七句

擊壤第十二頌太平也。皇上創興鴻基，連歲北伐，率土臣服，四方晏然，猶復治益求治，宵旰不遑。兹者巡歷吳越，凡所經過，自守土之臣及四方靡不沾被湛恩，蠲租除賦，赦過省刑，太和之化洋溢萬國。記曰：心和形和，則天地之和應之，此作樂之本也。

擊壤歌太平，惟吾君聖神。萬里絶沙漠，掃除妖氛安黎元。尚慮疾苦壅上聞，歲在木日營室皇乃時巡，供張不復煩吾民。枯者以濡，寒者以暄。除租賦，以裕其儲蓄。方伯二千石，復其爵秩，俾謹身撫字，子養有若父與昆。蠲釋苛與煩，囹圄之幽回春温。天子實活我，不知獄吏尊。自兖沿吳越，愷澤流無垠。路無拾遺之夫，恤商惠農時，吏不呼門。九歌既叙兮，九叙惟歌。九州懽愉兮，九奏孔多。億萬斯年兮，舞蹈太和。

右擊壤三十句

【校記】

〔一〕源源而未有涯也　四庫本作"源源靡已"。

午亭文編卷二

樂府

遠遊篇

遠遊何所之,乃在大海隅。海波何澹澹,雲氣何舒舒。赤螭爲我駕,翠虯爲我驅。神魚如山長,電目邱松鬚。緑髮兩仙童,指引神所居。飄緲白玉闕,照耀黄金鋪。珊瑚爲階砌,木難爲門樞。星娥倚東廂,微笑玉齒殊。仙老三五人,龎眉曳輕裾。食我以瓊蕋,遺我石函書。書中何所云,保汝千年軀。永同金石固,日月齊靈符。下視人間世,榮華真斯須。

白馬篇

白馬驕秋霜,銀鞍照路傍。黄金爲馬銜,珊瑚爲劍裝。被服閑且都,雜以綺羅香。交遊競意氣,俯仰垂榮光。長兄二千石,小弟侍中郎。身冠羽林籍,名艷鬬雞塲。要間烏號弓,右發左挽强。一縱連兩禽,鳴鏑隨低昂。歸來道狹邪,緩帶傾華觴。猗嗟陽阿舞,迭奏邯鄲倡。爲樂苦不極,紅顔坐凋傷。

關山月

烽冷天山色,霜明瀚海流。臨關弓抱影,度隴劍横秋。玉笛三更夢,金閨萬里愁。龍堆看夜夜,長歎上邊樓。

陌上桑

曉日渭橋東,行人春思中。桑間秦樓女,緑映顔花紅。玉釧低枝露,香羅隔葉風。蠶饑正歸去,五馬立烟空。

班婕好

顔色春桃李,東風寧久留。昭陽飛燕寵,長信婕好愁。玉階惟見月,團扇已驚秋。試問承恩者,常懷衰謝憂。

明妃怨

千古蛾眉意,丹青畫不成。生綃空有恨,掖寢本無情。紅淚邊花色,朱絃磧雁聲。那堪孤塚月,還照漢時營。

銅雀臺

昔時銅雀伎,曾薦綺羅香。遺恨千秋令,雄心六尺牀。舞餘金鳳冷,望極玉蛾長。日暮西陵道,悲風生濁漳。

折楊柳二首

樓下與君别,柳條初覆肩。柳今與樓長,揺曳金窓煙。春暗黄龍塞,花明黑水川。含情忍攀折,遠寄東風前。

楊柳三春樹,年年别恨長。曲中官渡月,枝上塞門霜。紅粉倡園色,黄沙劍客妝。金鞭不可贈,攀折暮情傷。

山鷓鴣

何處鷓鴣飛,湘江斑竹枝。夕煙人影外,斜日客行時。斷續虞妃淚,蒼黄屈子辭。更聞賈太傅,鵬鳥賦深悲。

猗蘭操

猗猗其蘭，廼在空谷。我行四野，奚處奚宿。其蘭猗猗，幽幽其香。雜彼蕃蕪，我心相羊。蘭其如何，維霜及霰。時節晚暮，不我能見。子不我見，我心則夷。悠哉以老，樂天弗疑。

將歸操

河之水湯湯，我欲濟兮川無梁。豈繄川無梁，我褰我裳。河之水幽幽〔一〕，我欲濟兮波無舟。豈繄波無舟，我曳我裾。我裳我裾，不可以濡兮，吾將焉求。

【校記】

〔一〕幽幽　四庫本作“悠悠”。

雉朝飛操

雉夜兩兩朝雙飛，雄者氣盈挾其雌。雌欲啄，雄欲飛，雌不敢以東西。彼獨何者，羣遊中野。雉子斑，奏鳴絃，羇孤向人生自憐。

梁父吟

我歌梁父吟，慨慷誰與陳。君不見公旦巧能世絶倫，吐哺握髮衆士親。嗛嗛赤舄下白屋，後來豈有如公人。君不見吹簫販繒士所羞，得時睥睨輕儒流。賈生歎鵬陸生老，刀筆之吏爲通侯。

烏夜啼

寒夜夜長夜不明，五更盼斷霜禽聲。紅顔易歇緑窓裏，塞鴻欲度林鵶起。金井雙桐露葉低，秋閨月落玉闕西。年年爲伴相思老，莫向高樓别處啼。

冉冉孤生竹

冉冉孤生竹，今爲薊邱篁。地寒出不高，枝葉稀飄揚。不恨枝葉稀，三冬被嚴霜。豈無雨露滋，時至則萎黄。託根失處所，撫心多慨傷。

幽澗泉

白石爛爛流泉深，松風寂歷吹素琴。山窓明月弔孤影，别來五度秋猨吟。猨吟人不歸，怨鶴空山飛。泉水波，木葉稀，緝商綴羽張急徽。

北邙行

洛陽城北山峨峨，城中人少山墓多。白鳥半夜啄大屋，青燐當晝燔陵谷。自經喪亂墓無主，野田髑髏悲自語。寒食誰家送紙錢，魂孤眼望愁鴟鳶。客來遊眺蒼茫裏，東見虎牢西熊耳。山川酹酒一高歌，光武陵邊杏最美。

君子有所思行

生民皇古前，心志自澹泊。迨彼喜怒煩，憂患抵中惡。聖人急其病，道和捄以藥。作樂反性初，緣情禮乃託。悠哉咸韶音，風淳合冥漠。絙桐通神明，截竹諧葦籥。千秋鳳一鳴，四海皆安樂。

艾如張

艾而張，羅旌門。蕭蕭馬鳴，獸嘷于田。非好殺，取足盈大庖。白露下來，麇鹿始交。鹿有匹兮山有羅，吹聲象匹鹿奈何。

芳　樹

芳樹長摇摇，四邊多烈風。黄鵠在其上，養子芳樹中。寒影濯清露，羽毛亦不豐。託身寧非高，心欲陵蒼穹。迴頭謂芳樹，勿作風中蓬。大者拔本根，小能傷青葱。稀枝兼落葉，與子分西東。芳樹謝黄鵠，此言何愚蒙。風來無時休，將吾誰適從。汝自慎身口，大造無全功。黄鵠舉翅飛，攜子躡雲蹤。後來見芳樹，低摧横煙空。

種葛篇

鬱鬱南山葛，離離東井瓜。本自不同生，兔絲緣女蘿。葛藟亦已長，瓜蔓亦已多。霜天各刈除，棄捐于中阿。種瓜瓜有種，種葛葛有芽。瓜葛相結連，我心則匪他。拳拳執明信，歲寒夫如何。

蒲生行浮萍篇

浮萍東西流，離離青蒲間。小年事君子，不知心所歡。錦衾生恐慄，半臂承夜寒。恪勤在婦道，冰雪灑肺肝。霜天弄機杼，繅絲織縑紈。充君下體服，自顧衣裳單。米鹽碎小務，家室粗以完。慊慊三十載，一日無歡顔。容色不再好，罪尤誠有端。故人足可棄，新人亦可憐。人誰不娶婦，君家婦良難。新人不待故，聞聲發永歎。蒲生何離褷，浮萍何汍瀾。此曲不可竟，曲竟增悲酸。

蒿里行

青青松柏原，鬱鬱古蒿里。留待市朝人，容華謝桃李。桃李春光摇曳時，東風未老已先悲。蟲蝕葉，雨摧枝，成陰結子難豫知。人生朝露日易晞，滿堂歡笑翻涕洟。言駕幽山去，親戚相攀追。遺君舊劍佩，卷君舊羅幃。清酒安可酌，餘罍空盈卮。狐兔夜深語，賓朋四散歸。各各有一日，不必相歔欷。蒿里路遠在，百年近旦暮。生時不自縱意樂，坐見春花委芳樹。

隴頭吟

生不願爲隴頭客，亦不願聞隴水聲。隴頭作客腸應斷，隴水聲多帶别情。别情未已紅顔老，北流是向龍城道。一箭烽傳瀚海雲，三時馬絶交河草。隴坂回看隴樹春，隴闕四外戰塵昏。行人莫作隴頭客，從此邊心不可論。

豫章行

秋風吹白楊，揺揺豫章山。落葉辭本根，隨風不復還。男兒遠别離，戚戚成頹顔。跳丸有迅晷，逝波無停川。生短嗟世長，何况寡所歡。賢聖齊窮達，流坎天命然。委順全遠節，去日難重攀。介福自己求，鬢髮誰令斑。

猛虎行

朝從猛虎食，暮從野雀棲。野雀無定端，猛虎還苦饑。水濁不見底，水清石纍纍。清濁各有以，溝水流東西。天風吹海色，昏昏渺無涯。遊心三神山，百年曾幾時。

長歌行

鰕䱇細小蟲，生長潢潦間。燕雀自儕侶，寄命于柴藩。豈知六月鵬，高翅摩雲天。潛鱗濯鬐鬣，游戲于深淵。物生各有分，吾終慕羲軒。

空城雀

鴻鵠翔寥廓，鷦鷯聲啾啾。翩翩嗟汝雀，嗷嗷云何求。回顧黄口兒，常有羅網憂。烏鳶各異態，爪觜每見投。摧頹太倉粟，口腹身所仇。物生有天命，知止絶禍尤〔一〕。

【校記】

〔一〕止　四庫本作“此”。

節雁行史館僚友語近事

羅者獲雄雁，雁活翎翅全。置之樊籠中，哀鳴欲有宣。每當秋春時，塞雁來翩翩。顧步忍長縶，飲啄苟自存。賴彼牧豎兒，飤眡兩踰年。其秋其雌來，聞聲於九天。夜半翔而下，悲吟何闋闋。以頸投籠中，咽吭交相纏。晨起人眡之，雁則雙死焉。適予在史館，有官屯民田。屯夫既來告，官因爲予言。風檐展書坐，雁唳過前軒。聽者盡訝歎，終朝掩遺編。思用厲堅操，作此節雁篇。

東海頭

東海頭，古來白骨成荒丘。天生海水向東注，日出月没滄波流。嗟我人民，何用相讐。東海頭，長城起。秦人築怨海水深，不見長城見海水。

堠傍路

堠傍路，日日征人從此去。古人行盡今人行，春草春花只如故。莫言今人與古人，昨日車輪疊馬蹄，寒風一夜吹何處。

雁門行

雁門闕，雁不度。闕上長城高挿天，鴻雁高飛從此去。雁飛長城間，遊子闕門還。雁南君北向，相望何由扳。塞山連緜秋雲起，西度五原東遼水。傳語幽并輕俠兒，雄飛雌伏休相疑。

饑烏行

北風吹樹樹怒呼，深枝饑啄雙老烏。身微願違心羈孤，野日凍雪霜蓬枯。天寒夜昏何時旦，黄鵠單飛淚如綫。

鳴雁行

鴻雁鳴，度雁門。風霜慘慄羽翮存。養子俱高飛，中有斷雁陵雲翻。渺然獨宿沙磧間，江湖適遠伴侶非。稻粱雖多身不肥，羈孤畏人行色微。心志皎潔衆雁知，君有矰繳慎莫施，彈射孤鳥古所悲。

門有萬里客

門有萬里客，落日照顔色。問客適何鄉，未言先歎息。生長西蜀人，故里多荆棘。荆棘不可居，虎豹嘷相索。離鄉客四野，席草蔭松柏。草長茵以厚，松柏上鬱錯。不虞幕府書，催令還鄉陌。鄉陌不可居，竟言雙淚落。

白鳩篇

古之紀官，或以四時，或以雲。其在於物，或以龍鳥，至於鳩，蓋鳥之一耳，而以名官。《左氏》郯子曰：祝鳩氏司徒，鴡鳩氏司馬，鳲鳩氏司空，爽鳩氏司寇，鶻鳩氏司事。鳩亦異於凡爲鳥者哉！余有感焉，作白鳩篇，亦古詩遺意也。

拂舞歌白鳧，吳歌且吳舞。感此清商音，淚下不能語。亦有白鳩辭，新聲翻舊譜。白鳩之白性安馴，其子雖七恩平均。食之朝上暮自下，鳥有如此義且仁。丹山鳳皇五色文，身將九子凌青旻。豈惟九子身自將，百鳥不間疎與親。嗚呼鳳德殊絶倫，白鳩一遇三千春。

午亭文編卷三

古體詩

詠古四首

託志在大雅，講德觀王風。永言播聲律，和平民所衷。五絃奮逸響，竽瑟難爲工。詩亡演別體，綺靡將焉終。我聖放鄭聲，偉哉刪述功。爛然三千篇，磨滅浮煙空。

伊傅起巖野，千載道寥寥。子房王者佐，英風振孤標。報韓計不就，椎秦功已高。嗚呼博浪中，舉事輕鴻毛。後來劉項輩，以此氣益豪。匹夫定王霸，片言勝蕭曹。晚從赤松遊，黄石可相邀。

虞帝善使民，造父善使馬。吾生良有涯，精爽詎相假。人命如蟲蛾，膏火競涂赭。達人且樂天，悠然以陶寫。日月從跳丸，匡坐自瀟灑。

孟門雖嶮巇，洪濤尚容楫。大行盤羊腸，轅車可馮式。君子貴自信，流俗亂珠礫。聞言識醨明，聽歌知甯戚。哲人領其微，而況目所擊。

石鼓歌

石鼓歌者韓與蘇，我今捉筆捋虎鬚。蚍蜉撼樹何爲乎，推尋鳥跡聊自娱。皇頡古愁凝斯須，浮雲變化萬事徂。斗宿下天羣靈趨，羲娥掩苒焚刼餘。陳倉之野纍纍俱，高穹如屋厚土鋪。古物敢侮明神扶，博士西顧空嗟吁。偉哉餘慶亦一夫，鳳翔廟置煩枝梧。是時十鼓一鼓殊，僞有作者其誰與。傳師向氏何雅儒，殷勤求訪鼓不孤。

辟雍保和皆埤汙，大觀靖康尾畢逋。東遷北徙鳳在笯，王宣撫宅湮榛蕪。虞集矯矯真吾徒，羅列國子森津途。安頓妥帖星當樞，聖道無害兹無虞。天作石鼓宣籀書，歐陽雖疑理不誣。獻襄宇文宣所奴，寶玉詎可方碔砆。嗚呼石鼓窮鏤鏤，流浪豈憚馳與驅。艱難盡歷形模糊，鱗甲剗落中不枯。人生誰能汝鼓如，時哉不遇生良虛。我歌石鼓排鬱紆，韓蘇歌後補所無。

昌化寺吴偉畫壁歌

峰巔折屐下半嶺，霜蘿煙昏白日冥。松風吹鐙山殿開，粉圖黯黮丹青冷。問誰畫者留古牆，江夏吴生遠擅場。神光出没視不定，動摇地軸天低昂。崑崙磊嵬坼四壁，倒翻河源走霹靂。陽池蒲類皆細流，瀛海茫茫喪歸魄。殊形奇詭殫莫論，蠻人鬼伯頭如黿。僧言五百阿羅漢，細觀一一皆緇髡。古今人貌誰相同，吴生作筆如化工。想其用意極變態，上下萬古羅心胸。生也畫手一世雄，當時待詔金門中。仁智殿西被召見，短褐垢臉雙鬢蓬。豈知圖寫偶然事，後來攬古尋遺蹤。君不見功德寺、望湖亭，昔日宣宗遊幸處，東風依舊春草青。新豐翠華莽岑寂，遊人往往知生名。人生不如一筆畫，千秋萬載傳其情。

東嶽廟像元劉元塑

元字秉元，薊之寶坻人。官至昭文館大學士、正奉大夫、祕書監卿。

上都塑像今誰存，劉其同姓鑾與元。元昔黄冠事青帝，既貴惝怳營精魂。神居青霄清且尊，碧雲騰湧連朝暾。真仙上謁不可以面覿，况能摶捖以手捫。元也埶藝高絶倫，帝命象教如通神。雕梁繡户不入眼，石闆日觀皆微塵。運意豈覺滄海濶，凝思暗與春天親。駕言岱宗夫如何，設像已覺驚生民。其西炳靈公，其東司命君。絳紗玉斧蒼龍仗，宰執介士俱天人。元乎今也不可作，高墳何處荒麒麟。又聞大都城，遺廟秋原斜。古像亦元製，凄迷沉風沙。塞長路遠跡不到，撫卷稽古空咨嗟。人生一藝足自命，流傳百古稱專家。亦知虛名竟何益，吾生有涯憐無涯。

萬壽寺華嚴鐘歌永樂四年姚少師廣孝所製

萬石之鐘誰所作，矗立平地嵬然高。不屋而壇豈謂是，土花緑碧松蕭梢。鐘踣於地。我行其下驚突兀，兩屐倦著繞周遭。夙知徧寫貝葉文，五指欲捫心鬱陶。華嚴八十一卷字，星離雲布撐煙霄。初如恒河筭沙數，忽如大地吹秋毫。又如天門下鈎鎖，隄防撇捩神龍跳。縮形極意謹條鏇，豈知鵬路容摶翱。玉勾劃有餘境，沈郎運筆光動搖。華亭沈度書。濃點垂露灑銀漢，纖波倒海抽琳絛。寶書諸品補隙罅，下者銑于高蒲牢。盡刻雷回雲紜跡，直監昆城鷲嶺標。良工鏤刻心亦苦，藕絲鍼鋒憐攫搔。邇來漂轉三百載，覆以風雨棲蓬蒿。詎有石砆厭贔屭，空令金鈕閒鼉蛟。姚師組缽遊市朝，鼎鐺有耳爲爾曹。鑄此那數九州鐵，金精焜燿飛號。吾聞先王古有制，不過鈞石諧簫韶。師也佐命專魁杓，徒令天樂聲迢迢。雲門大吕神降格，何必萬石爲鐘豪。嗚呼，何必萬石爲鐘豪。

右軍書樂毅論真蹟歌觀于張吏部家

刻石多有樂毅論，風格獨讓快雪堂。摩挲卷帙老將至，想像用意分豪芒。藤陰别館見真蹟，得此令我書傳香。昔者晉室遘喪亂，南渡士民何倉皇。兵革未偃盛文藻，風流墨妙傳兩王。大令學書特從横，右軍作此嚴其防。庖丁遊刃中肯綮，東野鈎百看騰驤。金繩玉鎖不受縛，天馬脱轡羣鴻翔。神光陸離勢欲動，洛靈容與驂鸞皇。又如大海迴波瀾，珊瑚碧樹枝柯長。夏瑚周鼎歷世寶，法墨直欲與頡頏。展轉六朝誰所得，漂零百戰同興亡。晉陽之甲雜儒翰，貞觀御府親收藏。太平主家借摹寫，明珠翡翠羅縹緗。如雲賔客一朝散，丹青豪素空篋箱。大索十日閉朱邸，老嫗衣縫潛攜將。投之爨下實虚語，人間那得知其詳。世上小兒學解事，詆誚正士嫌鋒鋩。

蛟龍豈無角牙厲,雷霆變化誰能量。岐陽石鼓久漫滅,昭陵繭本沉芬芳。我貧詎有千金直,過眼矜燿神揚揚。是日聚觀如堵牆,擊撞觝觸頭低昂。檐花正落飄不入,燕泥欲下能禁當。心記指畫爭俄頃,焉得常置几案傍。黙囑鬼物善訶護,干戈時代遥相望。斷行短紙人愛惜,晉家陵土今荒凉,對此涕淚翻淋浪。人壽幾何徒羨女,日斜掩卷魂黯傷。

牆　花

牆花繁香新葉肥,苔徑漠漠蛺蝶飛。鄰軒可假非我樂,故園此時音信稀。我生鄙野性放散,池魚籠鳥愁羈鞿。青門送客一惆悵,煙緜草長柳十圍。黙記舊日所來道,行店歷歷雙板扉。我家南谿富泉石,兩山夾流村路微。幽處窈窕出林屋,山紅澗碧含芳菲。試歌韓公犖确句,安得至老不更歸。

城南黑龍潭寺西樓對酒歌

春殘龍尾横斜道,羸驂退食隨年少。文書叢裏過東風,欲寫幽懷何處好。天晴古陂南城南,城陰水碧金沙潭。是日宿雨林景澹,微波流影青于藍。寺前野亭向冥寞,狂飈吹塵暗寥廓。雜花紅蕊寒且禁,幸不逢花悵零落。亭中褭窕西樓開,遠煙空翠山光來。渼陂波濤琉璃色,漢江春酒葡萄醅。直須對此銜金杯,搥琴擊筑心徒哀。蒼茫萬事渺如昨,幾度落日軒轅臺。鳳兮栖栖不得意,東山繡斧流言忌。古來賢聖亦復爾,醉舞高歌吾老矣。回頭笑謝新少年,有才無命古所憐。

貽上湘北同遊放生池作

王生矯矯殊絶倫,李生氣骨何嶙峋。高秋風日稍晴美,出遊得與二子頻。城南滄池鬱漭沆,彷彿置我江湖濵。雲棲弟子真隱淪,閉關書坐浄六塵。猛獸不搏鷙鳥伏,勑龍取水霑枯鱗。靈雞喔咿鈴磬寂,白兔撲朔當階馴。世上網罟足怖駭,爾曹此地娱秋春。可憐四海數兵革,感事觸物含悲辛。天狗墮地走郊野,熊貔豺虎生攫人。蒼生性命等螻蟻,刀俎往往屠麒麟。吾衰念此涕沾臆,買放蟲鰕隨細民。兩生才可登要津,向我肝膽傾輪囷。會當萬里驤足,努力斯世謀致身。

九日宋玉叔招同諸子讌集梁家園池亭兼送繹堂之中州訪愚山嵩嶽以秋菊有佳色爲韻五首

佳日樂清曠,登臨池上樓。蕭條鴻雁來,城闕颯已秋。四邊木葉下,亭午寒翠流。頫察林樹變,仰眂天雲浮。何意京陌間,臺榭豁遠眸。含歡媚短景,步屧延阻脩。陟危興屢竒,永念數子遊。

結軫來西園,佳辰快休沐。况有舟楫具,林風方謖謖。谿渚委寒卉,時節秀芳菊。水汎忻始遊,波摇駭流目。靡靡葭菼開,洄洄蘋藻逐。遠窮林塘幽,不異在深谷。鼓棹入莽蒼,興酣欲往復。還擬挂輕帆,去逐鳧鷖速。

冉冉節序高,風雨懷重九。及此弄晴暉,清歡亦希有。南原恣羣遊,北亭饗朋酒。坐密觥籌交,語多藩籬剖。明霞散林薄,落日延户牖。暝色蒼然來,嚴城急刁斗。明月懸中林,欲去更回首。

回首立躊躇,念此秋氣佳。娱樂豈終極,戚戚動中懷。美人適梁宋,驪駒發天街。朔色起離筵,霜露泫前階。列宿參差明,參辰何由偕。

客子感遠遊,願期金石諧。宛陵含清真,論詩造精域。憶昨遊嵩峰,飄然辭京國。君今定相訪,雲壑想行色。同宿玉女窗,朗吟三花側。羽客鍊金骨,於此生雲翼。相攜掇瑶草,寶訣自兹得。竒蹤入紫冥,化心合窅默。下界瞰九州,中天擥四極。惜哉緇塵人,臨風空歎息。

沈繹堂翰林殿廷槖筆閤門賜貂圖

憶昔先朝策士年〔一〕，手披射策春風前。雲間才子擢上第，掩映金閨榜墨鮮。羽獵長楊時扈從，校書東觀欻聯翩。詔言中外須敭歷，入爲公輔出旬宣。觚稜回首青霄上，棨戟還開嵩少邊。一自鼎湖弓劍遠，寂寞蒼梧生野煙。龍飛鳳起旋天柄，人文際會風雲盛。澴州學士領機要，風裁奕奕清操勁。浙東葛公招不來，益使清時重徵聘。侍從當時更人，聲華寥落才難並。白頭宫監閤門東，勑旨傳宣沈侍中。曾見章華工作賦，紅綾分餅賜恩濃。政事堂前昔待詔，集賢學士新年少。咨嗟沈君天下奇，文采風流傳墨妙。重過承明舊直廬，螭頭行上近宸居。便殿召來臨玉几，内庭不用輦金輿。尚方筆札鶩谿絹，龍團墨花埽飛雷。生平所學惟正心，天子斂容知筆諫。欲將無逸進箴規，不數清平供奉詩。是時積雪明丹陛，好景斜陽度玉墀。自此乾清頻侍直，往往公卿伺顔色。有時揮翰晚從容，漏下重城歸不得。温語親承退食遲，鍾王楷法鬭風姿。特上漢家寬大詔，間書唐代頌歌辭。賜對夾城又移日，左右微聞潛太息。九重解賜御貂裘，中使催頒鏤金織。丹青寫與異時看，覽圖暗憶魚水歡。近代遭逢誰似此，天顔有喜畫來難。男兒致身在報國，恥學時人甘肉食，恩深不疇良可惜。我聞豪俊頻煩側席求，曾誰能緩旰宵憂。柏梁詞賦詎偶爾，宣室蒼生須借籌。

【校記】

〔一〕憶昔先朝　四庫本作"爲憶疇昔"。

送李同年之桂林

昔者子往官京縣，李昔爲大城令。寒夜雪來相見。雪花盈盈墮酒杯，鐙前細酌成歡宴。有客曾爲百粵遊，耳熱高歌騁雄辯。卻話嶺表山水奇，足跡未到目已眴。中州邢生舊令永福，是日談粵中山水。沈吟别子不能寐,起坐題詩廢朝飯。回首離堂夜雪時,人生流景如犇電。子今尋客舊遊處,水石風流吾所羨。五斗折腰且莫辭,四十青衫應未倦。莫言天驥隨羸牛,要使昆吾淬百鍊。猺獞能爲襦袴歌,桑麻久已銷刀劍。藤江花落雁來時,薦書應奏明光殿。

秋日祖氏園同肇余湘北以秋水席邊多爲韻五首

日高出南城,郊野紛晚秋。蒼茫微徑開,蒲葦風颼飀。紅葉捎鞭絲,紫花羅馬頭。興來忘嬾漫,我行如有求。

苔徑連野橋,池塘落秋水。飄摇臨虚亭,寒流通其裏。始至孤雲飛,坐久白鷗起。獨遊良已歡,幽懷同二子。

甫白渺千載,美人接瑶席。飛閣如扁舟,寒空下遥碧。樂幽趣屢同,懷古思逾積。落葉滿深林,惆悵來時跡。

將軍東橋竹,乃在韋曲邊。軒窓新結搆,臺榭已百年。林疏出遠岫,谿回凝寒煙。風景長不殊,昔遊思渺然。

爲樂雖及時,日暮哀情多。平生滄洲想,江海今如何。秋高急戰鼓,烽火鬱嵯峨。獨愧此亭上,臨風空歗歌。

詠漢事六首

漢高續秦虐,開國乏遠猷。作僞導其下,雲夢胡爲遊。既貴忘急難,畏惡如敵讐。婦言惟是用,功勳滋愆尤。嗟哉青衣路,已去不復憂。道逢吕后來,泣涕翻見收。牝雞伏猛士,羞中鍾室謀。惜無周身智,辟穀從留侯。

沛公破咸陽,仗劍入秦宫。美人充帷帳,珍寶如山崇。一朝意已得,遑復恤其終。興亡在轉瞚,虎眡眈重瞳。自非樊將軍,禍亂如影從。寧待鴻門會,脱身刀俎中。噲也起屠狗,所見真豪雄。儒冠故可溺,齷齪多凡庸。

項王起隴畝,意已無强秦。矯矯名將家,所敵必萬人。大戰鉅鹿下,諸侯莫敢前。事定從壁上,剗行趨轅門。偉哉戲西會,制命杯酒間。項王東向坐，沛公獨騎奔。如何去咸陽，宫室皆燒燔。亞夫無一語，韓生空殺身。伊昔割鴻溝，天下約均分。太公脱高俎，吕后辭下陳。漢王欲罷歸，子房勸進軍。楚歌四面起，往事真酸辛。至今下相祠，黯淡荒荆榛。虞兮色彫落，帷帳凝流塵。坐傍伏烏騅，猛氣慘不伸。英雄遞成敗，懷古一霑巾。

安劉必絳勃，平智足交驩。王陵雖少戇，大義折其端。知人誠匪易，處婦良獨難。娥姁牝司晨，禄産虎而冠。自非朱虚侯，非種除方艱。辟陽遊卧内，人彘棲厠間。骨肉亦何辜，酖飲裂胃肝。吕公奇此女，與之遺禍患。

漢文恭儉主，止輦事最傳。亦復事羽獵，不敢盤遊田。萬乘登虎圈，嘷歔羅滿前。山禽與原獸，名數方紛然。顧問上林尉，十問十不言。蒼黄左右眂，嗇夫代尉宣。口對如響應，帝曰此吏賢。釋之汝受詔，特拜嗇夫官。逡巡不肯拜，謂佞奚取焉。上言周張輩，下言秦漢間。納諫誠可貴，聽言古所難。謁者論嗇夫，嗇夫罷超遷。絳灌短賈生，賈生亦棄捐。

田横能得士，高義陵千秋。横來大者王，横來小者侯。慷慨五百人，不與韓彭儔。富貴苟不樂，沈殞遂所求。至今滄海上，天風激清流。

黄鶴樓歌送魏使君

我初旅食京華遊，結髮願識韓荆州。掖梧蕭蕭苑花寂，憶昨含香西殿頭。是時武英數奏事，九重動色親嗟異。驄馬朝回白玉鞍，銅龍夜直青綾被。使君幾載爲清郎，我曹文采争輝光。宣武水樓煙柳碧，城南古臺野菊黄。聯翩不悞尚書期龔宗伯芝麓，婉孌能傾翰墨場。即今會合亦何有，汪王程董仳離久苕文、西樵、阮亭、湟榛、玉虬。别夢初驚朔塞鴻，離筵又醉都亭酒。青霄使者下南雲，翼軫星文拱北斗。使君家世清忠臣，步武流風應絶塵。要與丹青争氣象，足令琬琰重嶙峋。江表人才席上珍，驊騮造父遇有神。送君車騎翩然行，仰視白日霜天清。秋色已老漢陽樹,春風空憶武昌城。我聞崔顥詩中語,黄鶴長江萬里情。白雲縹緲楚天外,黄鶴飛去樓空在。使君登樓黄鶴來,煙波渺渺心悠哉。

書上官松石所藏程鵠畫梅即送之還河東

我觀程生所畫梅,宛在萬里厓壑間。蹇驢風雪曉陵兢,便欲跨之尋寒山。樓角嗚嗚笛聲起,燈前花落清霜裏。曲中畫圖相向開,吳綃一幅天如水。北風曠野凉蕭騷,平林低亞生輕濤。屈鐵溜雨蟠積石,瓊英拂地連蘅臯。上官中丞好奇賞,對此亦足生清豪。掉頭攜畫不肯住,野宿谿行任芒屩。藐姑神人冰玉肌,散作寒花亦無數。卻憶少年行樂時,綺窓狼藉羅浮姿。山中雪深疏影亂,紅橋界出横斜枝。橋下沽酒橋上醉,耳熱狂吟百不思。舊遊已散空雲樹,酒醒鐘微隔煙霧。回憶三更挂月村,夢魂十載還家路。殘香冷艷真愁予,隴頭驛使誰寄書。君歸試過草堂問,梅花遶屋今何如。

憶樊川梅花用東坡松風亭梅花韻

半林喬木樊川邨,數株梅花牽夢魂。嫱娥靡曼不挂眼,夭桃野杏爲狂昏。一廛未安揚子宅,五畝欲老香山園。玉妃鬖髿露身手,暗香冷艷來相温。有時先生春睡美,綺窓唤起驚朝暾。經寒故嘗卻羅幔,避風勤與闔柴門。翻笑孤山林處士,擁衾對花花無言。只今人去花寂寞,誰憐落月閒清尊。

送富雲麓少宗伯還閩中

瑶華易衰歇,相識紅顔稀。往者公卿人,至老不更歸。我病卧送子,心與閒雲飛。秋月照離席,挂帆揚澄輝。滄溟波萬里,客夢相因依。築堂面海水,島嶼開巖扉。敷榮日南花,荔子生已肥。一噉三百顆,孰與斗粟饑。予亦同流萍,浩蕩江湖違。茫然惜遠别,白首思音徽。

赴北鎮發京作三首

塞雨作雪花,春風落庭樹。時節尚苦寒,遠行生百慮。蒼涼城東亭,門外舊京路。驅馬覽大荒,黽俛戒徒御。離鴻何翩翻,黄鵠已軒翥。平生曠逸懷,海山得奇遇。

銜命出京邑,含情向朔塞。春色蒼然來,雄關渺安在。征馬蕭蕭鳴,東風卷旌旆。鄉國别已久,况復窮荒外。前臨碣石古,頫視滄海大。朱輪日交馳,山靈邀我輩。豈無江湖樂,兹遊亦已最。

舊披遼海圖,天地疑將窮。遠遊足自豪,萬里浮空濛。日月出海水,乃在扶桑東。男兒志四方,蹩迫以自終。翻慕遊俠兒,鞍馬生雄風。行行盡絶漠,仗劍陵長虹。

曉發通州

陵晨命夙駕,旌旆風悠悠。連蜷沙浦隄,浩渺開滄洲。回首見樓堞,孤城如浮舟。荒陂下遠雁,細浪迴輕鷗。煙中出飄影,仿佛不可求。誰能捨短策,萬里乘春流。

射虎行

北平太守飛將軍,城南射獵天風昏。射虎中石没羽箭,至今石戴霜花痕。蕭關昔日良家子,結髮從軍動邊鄙。寂寞南山憶夜行,霸陵亭尉醉呵止。一朝飛蓋來北平,三邊夜無刁斗聲。將軍善射出天性,射敵欲盡兼射生。虎也騰傷上猿臂,將軍意氣輕搏刺。怒形威振萬物伏,精爽足可貫厚地。我來訪古盧龍傍,廣不逢時吾黯傷。吹簫屠狗有異表,時來起作諸侯王。

食榆關驛有老卒語世父侍御公令樂亭時事

下馬食驛亭,杯酒乾欲去。憫此人凋殘,停驂詰其故。驛卒老記事,灑泣跽而語。此地古要衝,車馬繁徒御。小縣丁徭稀,取足外協助。樂亭籍民夫，十人九饑仆。當時陳縣尹，吾民賴調護。走謁大府官，抵掌借前箸。庶人者在官，定禄出邱賦。枵腹事公家，公事亦繆悮。是時大府賢，立爲尹拜疏。僱直餘貲糧，行役乃犇赴。尹去民寒饑，尹來有衣袴。驛東古神祠，尹至常此駐。驛南荒沙磧，是向樂亭路。邇來四十年，吾民思乳哺。我聞驛卒言，雙淚零如雨。尹吾先伯父，宰木已拱墓。縣路邈難踰，古祠在何處。馳馬往視之，祠門日斜暮。故額宛猶存，戊寅字細署。戊寅吾以降，老大凛百慮。酹酒再拜行，春風吹獨樹。

澂海樓觀海

燕山蜿蜿如游龍，東將入海陵虚空。巒壑洶湧變形狀，騰波赴勢隨飛虹。長城枕山尾掉海，海樓倒挂長城外。地坼天分界混茫，山迴城轉横煙靄。樓脚插入大海頭，巨靈觸搏海怒流。呼吸萬里走雷電，嶄鑿中涌堆山丘。乍到魂慮忽變慴，意象懺慌難尋求。五岳拳石渺一粟，九州小嶼浮輕漚。滄溟浩蕩乾坤窄，弱水流沙在咫尺。扶桑弄影杳何處，空青一綫摇金碧。卻憶洪濤汎濫時，蒼茫神禹經營迹。百川既導萬穴歸，天吳海若安窟宅。四海以内真彈丸，秦還漢往如翻瀾。海月萬古堆玉盤，願得一食青琅玕。乘風破浪生羽翰，我來手拍洪厓肩，仰天大笑忘愁歎。

出塞行

平沙漠漠虎跡高，春風蕭蕭馬鳴號。雕弓韔服箭在腰，南登碣石東度遼。江湖細瑣不足數，滄溟萬里觀雲濤。丈夫得時展壯畧，坐擁爵印麾旌旄。不然五嶽及四海，笑看珪珇如秋毫。安得白首事文翰，苦吟寂莫隨蓬蒿。新購龍鱗雙寶刀，雪華照地寒生毛，佩之金鐶紫錦縧。酬恩未忍便歸去，且向沙場看射鵰。

首　山

塞外山益奇,圖經無其名。土荒昧勝蹟,問之傷我情。首山名頗佳,三峰何崢嶸。上有古時戍,下有今時城。南山如龍卧,北山如象行。中裂忽如鑿,漢漢春水生。厓寺面怪石,角立森從横。林岨繡苔蘚,丹碧含晶英。山川既盤鬱,風氣亦高閎。太息炊烟稀,沃野無人耕。

宿十三山下

暝憩投孤煙,野宿臨大荒。夜窓過虎豺,青狐齗空梁。摩挲玉函字,凛凛置我傍。精禱寡宵寐,明發嚴晨裝。禹跡昧疏鑿,虞書分紀疆。齋祓入神境,王事肅有常。豈敢憚險遠,皇命被寵光。萬靈應來格,鎮此枌榆鄉。

醫巫閭山登覽

我尋桃花洞,花源寒蕊遲。縹緲吕公巖,遺蹟不可追。古松千年物,下有無字碑。黤慘積鐵色,石苔銅緑滋。雕斲慨秦漢,混濛思黄羲。靈風生兩腋,扶轂凌攲危。羽節儼前導,雲旗紛後隨。神人展歆肹,賜我金莖芝。服之身力健,延年以樂嬉。

涂河行

拍天風滚邊沙來,亂石却走如崩雷。馬蹄摧裂車輪折,涂河三日鳥飛絶。野陰晝昏對面疑,猛虎在前何由知。黄熊赤豹紛相追,勸君早宿荒茅茨。

入盤山至中盤寺望李靖菴絶頂諸勝蹟顧念歸路不得徧遊爲詩寫懷

我聞盤山七十二佛寺,寺寺落花流水中。古木分徑延客入,谷口往往聞微鐘。稍喜怪石堆磊砢，位置天巧煩神工。飛巖百尺下磵水，谿流時帶殘香紅。山深日斜意惆悵，車顛馬仆何悤悤。中盤崚嶒倦登陟，山靈奇詭焉能窮。衛公舞劍臺最古，磨厓勒石真豪雄。天門中開飛鳥過，巉巇峭壁雙青銅。絶頂塔輪照西日，影落塞外隨長虹。我行荒徼困鞍馬，親按唐壘尋遺蹤。春風血染邊花赤，夜雨苔生戰骨空。誓臺草木莽岑寂，將軍片石青山崇。此來探勝樂幽閴，翻增惋歎愁心胸。孤峰飄忽不可到，還顧所歷煙濛濛。歸途草草罷遊覽，他時蠟屐扶短笻。

高陽公生孫作歌

名家父子至宰輔，漢有韋平宋韓呂。高陽吾師真天人，風雲接跡夔龍武。門地朝廷舊羽儀，沙隄夙昔經行處。西平有子生更奇，兩人並是麒麟兒。長君娟静玉雪質，次君矯厲鸞鶴姿。仙李盤根久碩大，謝家玉樹恒華滋。前年次君引鳳雛，我公退朝清讌娱。錦筵繡茵紅氍毹，彈絲擊鼓吹笙竽。賓客合沓臨交衢，後堂高會羅生徒。今年長君懷明珠，瑶環瑜珥嗟不如。我公不樂胡爲乎，側聞聖主勞宵旰。邊機日奏明光殿，廟謀勝算倚元公，軍檄詔書駐馬辦。嗚呼爲臣既不易，我公精忠日月貫，所以當筵再三歎。太平指日定戎行，我公名與凌煙長，一身常繫安危望。頷首兒孫笏滿牀，君不見裴晉公、郭汾陽。

八月十四夜月

五更雨作漏點歇，凉風吹衣坐東闕。正恐秋陰欺出日，翻愁雨色礙行月。騎馬掖門雨細微，黄昏茅堂燈火稀。登樓高雲亦解駮，暉暉月上古城角。天寒野曠沙塲多，嗚呼奈此明月何。

中秋夜王北山給諫見過有懷吴玉隨孫惟一兩編修

昔者與孫吴，翫月城西亭。蕭蕭天風來，萬里摇青冥。寒空盪圜魄，驚鳥羣悲鳴。明鐙曜曲房，淥酒凄以清。短歌易慷慨，良時傷我情。奄忽浮雲馳，躑躅東南征。光景不可駐，犇落如流星。二子渺江湖，芳顔坐凋零。四海何寂寥，獨處思平生。惟我與君子，綢繆結至精。遥夜命儔匹，羽觴羅中庭。清淺河漢流，金波正泠泠。濡翰發妙製，朱絃激新聲。今日不爲樂，别後徒屏營。

書湘北秋水漁父圖

吾聞瀟湘洞庭煙塵中，滄洲不合容漁翁。今之畫圖尚復爾，孤舟渺渺寒林東。遠峰青冥水雲白，秋樹莽蒼楓葉赤。草木曾無戰伐愁，谿山欲老菰蘆客。李生雅好江海奇，張颿鼓檝遊何時。且當結束事鞍馬，與子射獵南山陲。

吴大理宅觀菊行

自爲燕山十載客，軒窓寂莫無黄花。今年何處花最盛，走馬來尋大理家。九日傳聞思一見，人事經秋阻遊宴。十月向盡開未殘，天寒野陰颯霜霰。小闌曲幕雲錦張，屏風隔花花低昂。想君位次有深意，宛然置我東籬傍。坐中豪健富與王，亦有兩吴成清狂。逡巡相視不欲去，白日漸没冬夜長。冬夜沈沈鐘漏度，鐙火交横花影互。不知雨雪空中多，銅槃絳蠟銷煙霧。萬點繁英豈等閒，百罰深杯莫論數。君不見去年花貴京城裏，朱門進花如流水。今年花賤軍興時，公侯邊頭征馬嘶。世間萬事反覆俱如斯，與君傾倒且盡花前巵。

孫籜菴贈篆章歌

射州學士才力健，上慕稷契羞管晏。天生文采兼奇懷，在於敬也徒然羨。方寸之石珍南金，篆刻變化窮古今。恍然置我秦漢上，熟視歎絶誰能禁。想君拭石初經營，意匠鑿石石怒生。弩張劍拔相盤蹙，捉刀如筆刀從横。自言工巧不貴物，藝技那與流輩爭。憶交學士十載餘，太學釋褐同時趨。門前石鼓纍纍俱，字勢蝌蚪分錙銖。

我初開口恨詰曲，學士發聲如貫珠。寶符玉璽今焉如，絲綸手握承明廬。太史大篆訝贔屭，中郎石經紛魯魚。天子今年開石渠，校書同異羅諸儒。今君請急何爲乎，吁嗟汝歸形影孤，古人戀闕憂江湖。

題容齋所藏畫松

曉蹋掖垣松色濃，宫樹緑陰宫日紅。歸來卧想西窗中，西窓恰對西山峰。雕闌玉碣紛璁瓏，碧雲寺前雙老松。别久霜風應更長，當時蠟屐曾同往。幾人雲散與星飛，只今惟有松濤響。山徑冥冥松有聲，苑松山松無限情。急呼濁醪埽醉墨，爲作李侯松樹行。

立秋日子頎繹堂貽上湘北幼華過集

遊子感時節，含意難獨立。秋色蕭條來，西日忽已入。風落庭草低，雨過檐禽集。高月夕尚圜，明星露猶溼。兵出吟笳稀，戍遠擣衣急。良時今欲暮，無爲苦憂悒。請看頭上絲，日夜不可戢。危涂行潦深，白駒願維縶。

九日同貽上湘北集城南水閣

高閣峨峨凌寒空，眼底城闕秋光濃。雜木葉丹晚菊瘦，杯影遥度長天鴻。殘陽未斂浦煙積，渚波細浪涵青銅。明霞吹落山勢動，蒼茫檐際聞悲風。頫身願接兩羽翰，探奇何必扶短筇。

送張篔山歸廬陵

秋陰匿景光，淒淒增暮寒。鴻雁應候起，黄鵠臨風翻。高飛覽九州，誰能鎩羽翰。念我同袍士，矯矯青雲端。北風吹河梁，車徒不可攀。高林集天霜，大海激回瀾。君子抱亮節，志士多苦顔。君恩當識察，臣義擇所安。肉食等藜藿，榮名配芳蘭。勗哉千歲業，離别何足歎。

益詠堂歌爲宋玉叔先人作

頓邱之野古臺側，宋公几筵儼在兹。杲日對峙霽雲廟，朱暉映射青霞祠。宋公昔時治兹土，摘擢姦良桑穀滋。召去民若失慈母，待公不來交涕洟。我民立祀謹伏臘，桂棟蘭橑施華榱。公來翠輅驂鸞螭，流雲前戒翼兩旗。朱衣仿佛靈風吹，高冠長佩紛陸離。耇耋傴僂薦酒犧，老巫起舞韶穉嬉。進跪再拜前致詞，我民報事無盡期。君不見南山松柏斧聲悲，不知何王陵，蔓草縈纍纍。野棠開落無寒食，麥飯凄凉記歲時。又不見朱邑桐鄉冢、羊公墮淚碑，千秋終古英靈在，留與遺民作去思。

送宋荔裳觀察赴成都因寄艾石方伯

當余束髮負奇氣，草莽夢想英雄人。黄塵走馬京華道，逆旅蒼茫會有神。片語交懽如故久，更兩王生夙所友。謂子底、貽上。步屧春風日往還，韋曲殘花灞陵柳。錦貂數付黄公壚，劍歌蕭條白日徂。龍鸞之文奮奇響，傳觀賓客争嗟吁。才名舊壓金華省，畫戟清香輟朝請。忽漫扁舟掉五湖，輕鷗浩蕩烟波冷。盛世求賢重外臺，玉驄金絡日邊來。隋堤楊柳蜀岡道，驛樓官閣爲君開。吴洲渺渺楚鄉去，斜日西川在何處。送遠秋風萬里橋，懷人暮雨三巴路。津亭解纜彩雲生，岸草汀花紛古情。江帆笳鼓黄陵廟，野戍旌旗白帝城。君家吏事兼文藻，伯氏并州吾舊好。與君前後間清塵，相逢爲道相思老。阿戎七歲筆陣强，草書大字森琳琅。更煩傳語寄一幅，我欲攜之貢玉堂。艾石幼子七歲能草書。

贈賈中丞

尚書奇瑋姿，騰踔萬夫上。徒步霄漢間，談笑躐卿相。風雲入高懷，眉宇展清曠。自余韶穉年，轟雷激犇放。聞聲慕執鞭，拘牽屢惆悵。當公撫豫還，余獲拜天仗。相識交下，退朝覺神王。聖皇念才臣,秦關迫亭障。詔曰汝往哉,厥績今孰讓。石經魯壁餘,散缺亂纖纊。七篇爛熳出,炳如日星亮。是時邊陲静,舉事愜人望。棧道細雲連,行旅色沮喪。下臨不測江,中有魚腹葬。火攻出上策,慘澹勞意匠。此時又用兵,通行得無恙。餘威動絶域,猛氣快所向。今之新將軍,公之舊門將。廉頗尚善飯,審琦加酒量。城南獨樂園,紅亭枕清漾。彊健賜林泉〔一〕,念時增惻愴。同之喬山鄉,風義不可忘。公言此宅舍,身外即冗長。乃知英雄人,出處有殊狀。雜記公生平,挂一恐失當。他日尊酒間,從容或細訪。

【校記】

〔一〕賜　四庫本作"歸"。

吴耕方翰林自其先世三爲國學官詩

世祖臨御日,邊隅宴無事。向用文學臣,豁達少拘忌。曰惟嚴制科,始進絶流弊。南北上賢書,殿廷詔歷試。曉風含元側,儒衣飄翩侍。輦路細草菲,抽豪發遥思。漏鼓隔花外,宫鶯囀蒼翠。閤門下題目,重瞳校文藝。翰林冠南彦,三試名不二。雖匪一戰霸,十上徒顑頷。至今春雨詩,雅縟稱經義。帝歎此奇材,準以貢士例。對策銅龍前,帝喜在高第。竟至越春官,此人上所置。回首蒼梧雲,往事横涕泗。穰穰時會殊,冉冉日月逝。左遷學署丞,經年獨留滯。朗吟百寮底,脱略公卿勢。屈賈才見疎,皋稷時所致。吁嗟老鄭虔,三絶今猶記。揭來惠長謡,風流鬱清製。上言陳主恩,下言引家世。君之高王父,亦仕成均地。是時貴生徒,人文實振厲。肅肅胄子行,落落青衿意。磨丹漬墨間,闗國家大計。名臣三數公,皆先生高弟。逮君之王父,先後清塵繼。緬懷莊烈時,臨雍步階戺。公班立館下,望見容狀異。顧問此何官,厥官何姓字。引坐黄幄右,傾耳聆論議。琅琅魯頌音,大吐儒生氣。錦綺出上方,小臣前拜賜。故知人重官,初不以禄位。君今繩祖武,肯使聲華替。迺者聖天子,羅賢充中祕。

東馬嚴枚流,登用各以次。嘗欲開薦口,揣分輒遜避。中原方治兵,豪英手戎轡。幕府資參謀,朝廷望開濟。君其務韜晦,寶玉豈終棄。名譽起賤貧,君臣視遭際。古來賢將相,静養俟所至。

送崔定齋還百泉

讀書不求聲跡高,棄如涕唾輕鴻毛。譬之飲酒不盡醉,此中爲樂方陶陶。十年閉户閱墳典,千秋懷古相遊翺。朅來登車意慷慨,攀轡奮褎干雲霄。一髮凛凛引鈞石,百川浩浩驚狂濤。世人遁戒但指口,坐令志士空疲勞。我戀微官尚爾耳,跌宕文史惟嬉遨。少壯幾時堪把翫,意思蕭颯枯蓬蒿。晚聞至道頭欲白,嬰觸塵網非賢豪。君歸待我蘇門上,攜家欲往從招要。買田築室可終老,安能頫仰隨桔槔。

贈孝感相公

十有四載春,惟三月日吉。枚卜擇近臣,學士登密勿。搢紳賀於朝,處士慶於室。僉曰帝知人,吾等夙願畢。公無得志容,庭館轉蕭瑟。公誠王者佐,生平學稷契。致君慕堯舜,自此見施設。銅扉半夜開,沙隄帶月出。暮讀書百篇,朝入語移日。勞瘁咫尺地,欲使萬國活。時方事南征,戎馬久未歇。黎元尚瘡痍,原野肯騷屑。晴風卷軍旗,禾稼委未折。况我仁義師,忍此田間物。公爲民請命,聞者涕淚落。數日政事堂,絲綸慰飢渴。中朝相司馬,姓字及走卒。身當畫凌煙,名其懸日月。昔時同學人,雲霄歎蹇劣。

午亭文編卷四

古體詩

春遊摩訶菴三首

微雲如媌娥,峰嶺立鱗次。幽尋即郊野,山遠已愜意。落花委清晨,疎雨溼宿翠。繫馬柳陰斜,尋僧殿廬閟。松風吹冷院,憩寂吾所嗜。

涉徑憐青蕪,尋花悵細萼。覽遊登故墟,裴回感今昨。荒庭步野鸛,廢谿委石玃。翏翏悲風鳴,觀身轉靡託。聲聞自狹劣,即事動心魄。

娟娟西軒竹,生此祇樹林。疎磬度寒翠,時聞天籟音。頗覺衆緣盡,泠然清客心。落景下遠堞,孤霞斂夕岑。回鞭拂暝色,歎彼歸巢禽。

施愚山見寄長歌和答

闌珊夜雨雞鳴號,闕山夢回心魂勞。我所懷思渺天末,凉風一起秋蕭條。美人昔贈相逢篇,吳綃三尺森瓊瑶。今晨曉牕坐展翫,我欲報之情鬱陶。憶昔相逢客京輦,城南華徑紛招要。酒酣惆悵秋燈紅,羡我鬢髮漆黑同。即今倏忽别四載,頭上已有霜枯蓬。眼前諸子幾人在,浮雲溝水馳西東。萬事回頭淚沾臆,人生朝露誰能必。楚澤難招宋玉魂,緱山不返王喬舄。指荔裳、西樵。二子歌詞自絶塵,聲華爛熳今何益。男兒七尺良可哀,生存華屋終黄埃。儒術用世行已矣,浮名寂寞何爲哉。不如放意遊八極,埽除文字栖淵默。塵根未斷幽憂來，相思茫茫江南北。

述舊贈胡海若

昔者在瑣闈，下簾過春風。給諫吾朋鄰，接剡視聽同。寢食雜鉛槧，文墨羅青紅。尚書契祕解，洞矚疏心胸。兼旬秉華燭，往往連晨鐘。君壯我年少，意氣陵雲鴻。翻飛却垂翼，頭腦非冬烘。至今封事草，烜赫動九重。悠悠二十年，别君如轉蓬。吾壯行及衰，君復何豪雄。託志在忠雅，夔契可比蹤。功成思歸來，與子尋赤松。

題汪蛟門百尺梧桐閣圖

别館秀雲木，碧梧散層陰。高閣與之齊，登兹静客心。映簾出脩枝，開牕面平林。清暉滿瑶席，含情託書琴。美人獨晤言，舉世難知音。

送杜翰讀還南宮

二月急霰零，微緑蔽春草。飄摇離筵花，嘉會苦不蚤。生平嬰世網，簪紱自紛繞。至人貴樂行，所憂爲其道。炳燿乾初爻，觀玩可終老。悵别盈酒觴，贈言傾懷抱。灝灝將安窮，已大萬物小。古之英雄士，進退凛師保。時來樹功名，浮雲點蒼昊。

豆　葉

我家谿谷間，隘陋碪田多。細岑驅羸牛，如蟻緣嵯峨。高秋八九月，豆葉紛交加。婦子散丘野，採擷窮烟蘿。盛之維筐莒，湘之匪鹹鹺。菹之老瓦盆，濯之清流河。潔比金薤露，美如瓊山禾。條枚感時節，調飢發吟哦。

贈于子龍秀才

天地大晝夜，終古旦暮間。渺然思洪荒，忽已幾萬年。子夜及晝辰,五時去翩翩。堯舜適在巳,文明麗中天。仲尼丁我會,日午今少偏。炯炯青春遠,凄凄草木繁。天工窮藻繢,聖道芟榛菅。未過而戌來,人物皆磨鐫。堯夫有此語,紫陽著之篇。且娱圖書側,聊想羲文前。一息而萬古,不隨運世遷。于生蚤契道,謂予云之然。

治家一首喻家僮

治家良獨難,僮僕恣面欺。文誡悵徒設,鞭撻憐屢施。我乏克己功,訓化乖所宜。每玩家人爻,嗃嗃無嘻嘻。終然悔厲集,喜怒生妍媸。我愛未果是,我憎未果非。渺然八口多,紛於將六師。旨哉古昔云,人固不易知。何况天下廣,利巧争芒絲。謡諑工噎娟,忠信經嶮巇。結髮已白首,那用相乖違。感此諭汝曹,愴惻垂涕洟。

祝氏園同王幼華給諫汪蛟門舍人作

斜日秋城隅,丘冢如履綦。念我爲娱遊,懷古心翻悲。花荒奉誠園,草積平泉池。食客一朝散,朱門生棘茨。昔者場牧地,高樓浮雲齊。飛除通窈窕,曲榭迂攀躋。夜凉增脂燭,柔指彈哀絲。迴谿激清風,音響何淒迷。椎牛擊肥豕,行爵正逶迤。東方日欲出,霜落凋華滋。不見幽居客,貧賤甘如飴。

爲汪鈍菴作

聖路久充塞,百家羣背馳。弱齡謬志道,中與夫子期。斯文映朝著,每見慰渴飢。高詞媲墳典,渺論窮黄羲。往牒徒紛紜,蹤緒幸可追。迢迢數千載,此理不復疑。傾膝接誦説,辟咡將焉師。摻袪詎忍别,抽簪去若遺。江湖逾千里,日月垂十朞。聖皇重儒雅,詔使舉所知。是時忝從臣,玉榻侍右螭。下直金明門,羸馬驅何遲。呼燭夜草奏,晨謁前致詞。爲言此人賢,邈焉超班資。至尊鑒樸鄙,耿耿勤睿思。每蒙再四問,願見心則夷。堯峰卧未起,敦迫煩有司。君抱移疾志,我懷將母悲。寒暄語未竟,驚喜翻涕洟。倉皇聞閔凶,號天失我慈。青門灑血泣，此恨無津涯。隴阡得書札，報我還山時。盛名不易居，精理寧淺闚。行身凜尺寸，涉俗虞磷緇。大賢民所仰，永言福履綏。

贈日者

學道無定力，忽忽悲其生。願得如雲翮，振奮乘風行。我辰命在乙，酉金來伏藏。譬彼松柏姿，徑寸遭殘戕。園林植弱木，所喜隣春陽。萌芽雖蟠屈，節幹森微茫。虚乏棟梁用，懼爲斤斧傷。間尋日者語，聊寄樗散情。謂如月在天，雲卷三霄晴。微纖不受汚，皎皎金水清。我何落世網，婚宦相牽縈。躭野向瓢笠，識分遺簪纓。輕肥恥蔡澤，揮手辭唐生。

春日遣懷

人生誰百年，一愁一回老。愁斷還復來，人老不再好。青春能幾時，落花已堪埽。夜牕盈觴酒，暫輟憂心擣。寄語金閨人，山中長瑶草。

送吴孟舉還語溪

雪晴夜闌鐙花長，西園祖席飛華觴。風笛數聲迴塞雁，驪歌同聽是他鄉。燕山城頭落月白，罷酒登樓念遥昔。江上桃花春水生，孤舟惆悵南歸客。

贈施硯山侍御

北斗挂席銀漢横，秋晴炯炯明長庚。遥思避馬棲烏地，錦燭華堂觴綴行。丈夫五十如少壯，努力清時致卿相。瓌瑋大衡東序懸，威稜喬木干霄上。憶昔迴翔郎署辰，傾朝才調更無倫。奏賦明光傳制草，批答淋漓御墨新。柱史東臺分鈇鉞，霜驄遥度關山月。坐挹南薰解鬱陶，行經隴水聞嗚咽。回首流光十五秋，我初通籍從公遊。

只今老大看如此，公也聲華罕與儔。天子宵衣臨玉榻，對仗朝回趨入閤。霖雨吹嘘徧野烟，風雲指顧生閶闔。珥筆儒勲上景鐘，猶龍異世繼仙蹤。身有葛洪丹竈術，名成王掾黑頭公。棲遲金馬看銅狄，十五年間事歷歷。殿門執手繡衣人，猶是當時好顏色。

送孫古喤赴南靖

當時應詔蓬萊宮〔一〕，孫郎射策實第一。紅綾分賜上三頭，榜墨中更臚唱日。故事科名領石渠，校書初入承明廬。不然翺翔郎署含香趨折腰，手版胡爲乎朅來詞賦遊鴻都，留滯山公啓事書。未老馮唐顏色在，豈應騎省鬢毛疏。萬事反覆浮雲徂，人生意氣無時無。一朝懷綬闓天去，驪駒蹋春草色暮。十載親闈奉檄歸，版輿門外芳菲路。落日蛟龍江水深，煙濤鼓檝鳴素琴。縣道茘香雲錦爛，訟庭花合海風陰。青衫皂蓋行春地，急牒繁詞滿巾笥。虚左名王毒冒牀，征南幕府樓船騎。足令島嶼坐銷兵，炎荒盡處無燧燧。天隅民社仗書生，漢家功勲重邊吏。君不見長安貴人簪華纓，撫時坐論空深情。朝擁文書夕鞍馬，羡爾騰驤萬里行。

【校記】

〔一〕應詔　四庫本作"策士"。

出守行送程使君之桂林

使君去歲當于役，道出并州不十日。明月闗山塞上樓，長歌爲報長相憶。使君今年出守行，翩然五馬西南征。一别青門無近遠，况爾迢迢萬里情。吁嗟往事重回首，舍人供奉金門久。校書我在日華東，槖筆君隨丞相後。紫薇典故問西廳，鸞紙詞頭歸大手。窈窕清禁步逶迤，欲出往往呼曹偶。長安水樓三月時，畫簾柳影青交枝。御溝殘紅引吟興，草橋暮雨同襟期。自從輟直承明殿，畫省回翔阻歡讌。飄零海内賓朋稀，經旬不覩故人面。雖不覩故人面，跨馬城南走相見。火雲突兀山崎嶔，五嶺炎熱愁人心。君今朝辭燕嶠日，夢魂夕到湘灕潯。君不見劉蕡上書翻見抑，同時數輩無顔色。李廣難封數果奇，延之出守情於邑。丈夫身爲二千石，通侯爵印唾手得。行矣風塵須努力，獨有别離心，日夜隨君去。蒼茫百粤烟巒深，相思江上相思處。若過横江見李卿，李令永福，爲道新知不如故。

書張滄溪畫花鳥

山北山南春十里，兩岸桃花夾谿水。畫圖相向春風開，山草山花紛未已。水漫漫兮山巋巋，張侯邀我題畫尾。問侯胡爲獨閉門，巖檻冥冥花氣昏。水禽陸禽各相命，千樹萬樹春風翻。君不見張侯昔日官滄谿，郡郡花柳流鶯啼。秋錦山前紅溼處，至今猶憶海棠谿。

照　鏡

多照湖州鏡，容華能幾時。霜風吹暮雪，短鬢怯成絲。此夜關山月，空懸萬里思。

萬泉寺二首

野峰青巉巉，濤瀧或相似。北遊慕江湖，睆眴久非是。塵沙激箭鏃，聒聒困人耳。眼明柳郡樹，草徑披烟水。落鴈隨緑波，放鴨逐紅蕊。輕濤不容楫，濺沫纔濡軌。空陂自擊撞，枯荷鬱填委。渺然想滄洲，駕飆涉涯涘。

寺門落花時，泱泱流泉注。我昔遊南郡，小丘柳夾路。馬箠颺迴風，帽簷岸斜樹。豁然登土城，垝垣慄晚暮。濁醪蕩羇情，殘陽窘野步。禁鑰下急符，昏鵶屢相赴。及兹頗放浪，悲樂亦更互。且復遠吏舍，無妨日歌呼。

爲王黄麋給事題戴蒼五君圖

黄門逸氣空雲烟，翰林風度豪且妍。舟次。眼中兩人吾所賢，餘子意態皆翩翩。摩挲久視心茫然，羣游憶昔城南園。禹生畫我黄門間，蚤衰影入秋毫顛。我爲生誦蘇公篇，潞州别駕電目懸，浩然吟詩肩聳山。飢寒富貴雲在天，仿彿圖畫空流傳。人生是幻繭自纏，童牙華髮俱可憐。不見戴蒼寫真年，黄門顔色得似前。

和子瞻飲酒四首

市朝遞相欺，幽獨娱吾真。自非飲者流，百感危其身。蕭然杯觴進，宛爾顔頰新。指口但此物，掉頭謝時人。

我生命在天，舉杯屬雲漢。疇能卻老病，聊用緩憂患。幻影悉破除，風霜一銷散。夜長忽復醒，愁來每投間。

少寐甘獨眠，枯腸輟夜茗。膠膠晨雞鳴，睒睒鰥魚醒。今來紅塵中，頗涉黑甜境。所幸肺病蘇，一杯還酩酊。

梅蕊忽在眼，蕉葉時沾脣。自識瓮頭味，不數梨花春。英英林開府，此事功莫鄰。空傳梅麓翁，白首爲波神。林開府家有瓮頭春酒，世傳河督朱公爲河神。

夢松歌寄素心

前年百鶴阡，種松宿山家。去年客京洛，兩見寒梅華。松小隔丘隴，人老長天涯。我生一飄蓬，翻如繫匏瓜。夜夢過石閭，明滅隨陰霞。山僧色冥默，問訊松如何。旅魂知歲寒，鬱鬱霜中柯。流風響深谷，疎影吹交加。龍雛無卑勢，蒼然鬱爪牙。對面天馬山，高樹聲相摩。歸來闃塞黒，林木猶紛拏。殘鐙記往路，别淚落滂沱。得句如春草，爲此夢松歌。

十二月二十六日湘北貽上幼華蛟門見過用東坡饋歲别歲守歲韻三首

爲客心久孤，踽踽孰予佐。冠蓋富烟海，取友譬權貨。錦衾混袒裼，物豈在細大。以玆寡歡遊，窮年掩關卧。至竟二三子，邀賓必在座。東風迴龍杓，西日遁蟻磨。别時已屢多，歲闌詎重過。相對各衰鬢，陳迹留賡和。

歡多歲易速，愁多歲易遲。我今既不樂，歲往焉用追。載賡别歲吟，與子俱天涯。城南菊花候，水亭楊柳時。江東有歸客，蓴美鱸魚肥。謂茗文。人生聚與散，念此能不悲。舊歲及舊人，去去長若辭。歲去還復來，人老終就衰。

歲宴方羣蟄，吾道如龍蛇。天運有節宣，存神以自遮。但可勤飲酒，苦志將如何。空堂久蕭瑟，今夕同笑譁。巾車既投轄，櫪馬且置撾。生涯須爛醉，暮景亦太斜。座中汪舍人，少年未蹉跎。豈惟争一歲，一日猶可誇。蛟門長予一歲。

蛟門見和復次前韻三首

邈矣燧人氏，實始命四佐。譬彼構廣厦，程材市其貨。匠伯引繩墨，宋桷中細大。蕭蕭櫟社木，輪囷空偃卧。誰能爲犧尊，青黄光照座。同生天宇内，如蟻共在磨。來風一披拂，沃若青陽過。請君聆此歌，意卑非寡和。

鶀雁緒繳疾，羅鷲鼓羽遲。黄鵠遊萬里，一舉何能追。井鼃笑東海，鰌鰍安津涯。長蛟在泥滓，雲雨貴及時。丈夫自齟齬，奚能事甘肥。一鸞食海鳥，顧視增憂悲。盰洋見渚崖，潎潎將焉辭。願爲逍遥遊，無使翎羽衰。

駟不及吾舌，遂爲添足蛇。茹之則逆已，吐之誰可遮。不知汪夫子，背面謂我何。六街漸鐙火，兒鼓已競譁。且爲犀首飲，不學漁陽撾。君看如眉月，清影又復斜。良辰難合并，一笑無蹉跎。吟詩自喁噞，軒輊謝衆誇。

人日雪宿左掖用坡公聚星堂韻

春氣涉七蓂弄葉，魯陽戈迴六瓣雪。花神作意争日時，青帝行空渺愁絶。掖梧弱枝不勝寒，苑松老榦渾欲折。斷續銅龍漏有無。離披鳷鵲光明滅。細草應知兔跡深，錦韝乍見鷹翎掣。坐憶屏牕隔翠微，生憐綾被消紅纈。已堪羈夢滛如雲，賴有清言霏似屑。閉簾覔睡何陰森，呼童試問還飄瞥。千秋出守杳流風，十韻强哦供笑説。雖無玉月梨李梅，用意宜如金點鐵。

夕垣與南溟容齋

夕垣鳥啁啾，棲樹求朋行。而我悵交友，相逢如面墻。曹署豁野性，二妙同疎狂。名理摻險語，幽賞娱中腸。東除簾户閉，曉暮接一牀。自吟各有以，妍媚非時妝。刻燭驚童奴，不知老鬢蒼。蛾眉弄新影，所惜在景光。

同南溟湘北春宿左掖聞貽上將至用坡公喜劉景文至韻迎之

李生晝眠驚相呼，謂言數子不滿隅。歷下髯王久不見，只今如髯天下無。俄而起舞忽離立，問言不答歌夫夫。故知斯人有真賞，何論醉倒蛾眉扶。同時聚集者三子，張公九尺美鬢鬚。爲人風義好文藻，亦云此理良非迂。蒼龍奮蟄烟景媚，萬象品物皆昭蘇。星光下燭耀衆采，誰能謡詠驚彼姝。我顧二子發長歗，碧山差樂寧負吾。髯兮與爾俱白首，扁舟可載終江湖。

放歌再用坡公韻

明月在牕誰與呼，數枝風竹鳴墻隅。先生宴坐白不忠，更鼓未起人聲無。三旬九食天所病，霍然中夜歌可夫。絲竹不解作陶寫，藥餌頗賴相撐扶。銅鏡顛頷已上面，更堪揀摘霜髭鬚。敝屋青山何太晚，殘經白首正坐迂。得句淺澹取押韻，哦詩漫浪非和蘇。朝餐暮卧聊爾耳，雖百年活豈復殊。先王道在古聖遠，茫茫天壤乃有吾。明月與汝生爲徒，隨風一棹遊江湖。

雙鐙檠

雙檠便且光，雖雙同一足。量之尺不盈，夜夜棲雙燭。雙燭照殘書，開卷愁已續。揩摩老眼困，一字屢詰曲。念昔年少時，六籍高閣束。時文侮聖言，譸語中流毒。背人探古冊，未齔若嗜慾，羣童守師説，每見遭誚辱。及今半面識，炎冷豈同俗。閒退轉益親，雙檠對相勗。單檠不努力，坐待華顔促。寄語少俊生，檠燭寸如玉。無爲墻角棄，此義韓公告。

書于章雲所藏惲慶仿王摩詰晴川覽勝圖

丹青亦小藝，粉墨留終古。華纓走黄埃，過眼誰復數。藍田老畫師，生綃在何許。歷歷晴川花，翳翳淨初吐。正恐隨春風，飄零作紅雨。

祀夜壇門呈張南溟侍郎

凍髭呵復解，滴衣如溼雨。殘夜月逾明，天寒翳更吐。風枝鳴幽禽，藉草命徒侶。是夜冬節長，坐久數更鼓。引氣温丹田，聊以救疲苦。老面新多紋，熨冷手數舉。我本田家夫，日出事畎畝。故嘗把鉏犁，所願畢雞黍。請看兩鬢絲，量力守環堵。

虎坊南别墅健菴招同西溟竹垞燕集

掩關過春風，吟謳害寢食。朋遊豈不佳，舊故頗遁匿。類别微尚殊，嬾性况偪側。夫君磊落人，二子不雕飾。折簡呼相從，高樓展顔色。檻牖俛遠林，尋尺納衆域。野桃斂纈紅，壇樹積鐵黑。杳窱初來徑，欲記自閔默。廊迴惜行深，石危訝步仄。羣巒像犖嶨，交檐解掎踣。飲酣屏惆悵，語讙露挺特。外俗誓早捐，幽清幸兩得。懲忿除咿嚘，爲樂争晷刻。虚亭改斜影，昏鳥接歸翼。夜魄棲空牕，醉歌寫胸臆。

同健菴竹垞登黑窰廠高處讌集

吾曹文字飲，同遊無擇行。虎坊南尋春，龍潭北探勝。北臺風摇摇，所貴豁野興。空濶不礙目，四天垂欲竟。峰堆衆嵐昏，水漾一波淨。日下松壇陰，深碧鬱交暎。俛仰乃自適，飛躍各相命。夫君獨棲棲，曷不師尼聖。刪述志千秋，反魯樂則正。吾歌或可夫，安能獨無懜。亦有木强韓，窄韻長詩稱。嗚乎敢望公，窘曲押競病。

豐臺看芍藥

東方射牕一寸白，殘夢猶爲看花惜。玉街清酒隔夜沽，提壺喚起驚僮客。豐臺花盡芍藥新，狂香浩態愁殺人。黄金買醉不快意，與君空負頭上巾。

次韻宋穉恭兼寄孫止瀾

磊落同歲生，吾愛孫射州。聖道雖浩邈，志士耽林丘。朝寄詎不任，避榮追前修。五年三請急，歸必與予謀。斯文在草澤，才俊勤羅搜。宋生清門子，偉盼俯匹儔。矯矯有父風，弓箕傳吳歐。高情慕篠簣，塵鞅辭由求。洪河方奔決，誰輓滔滔流。結駟誠漫浪，枕石亦繆悠。時潛或樂行，試上金閨遊。問知射州信，神往不得休。皇天老眼明，日月雙瞳眸。胡不照幽清，痼疾紛相繆。牀笫困此人，恐爲衆士羞。取友必豪賢，可與學孔周。宋生父子間，逸氣横霜秋。淮水出桐柏，近爲禾稻憂。忍飢誦古書，吐氣卻輭柔。芒刃終不頓，目久無全牛。生觀上國光，我欲棲汀洲。逝將遠悔吝，寧獨嫌傴僂。閒爲秧馬歌，或與漁者謳。因風寄故人，此意誰爲優。故人昔喜酒，爲我傾一甌。回頭謝世上，不知蘭與蕕。

送穉恭兼寄尊甫射陵先生

鳳鳥千仞翔，遺音渺八極。麟角世亦稀，見之渾未識。宋生名父子，清流展物色。淮水行舒舒，乃出桐柏側。金莖露高潔，朱絲絃正直。壯筆戲海鴻，野鶩豈兹得。欲作綵衣歸，不願龍巾拭。先生山嶽姿，亦復弄毫墨。寄我空中書，千秋石不泐。臨風景豪賢，絮語不能默。

送張南溟侍郎還京口

離堂起蕭瑟，絲管淒微風。夫子秉遐尚，高揖辭羣公。結歡二十載，往往連孤踪。餞酒不能飲，渌波盈樽中。揮手且勿道，會合安所窮。潞河雲水清，倒影秋花重。殘月挂海樹，芳蘭靡汀叢。江樓繫烟艇，晴日天冲融。隴岡盤龍目，作鎮金焦雄。采秀玉蕊亭，鐵瓮森芙蓉。長笑青雲人，别久巖户空。他時或相訪，騎鹿茅山東。

送徐健菴尚書歸吴門

青春帝座傍，紫垣明一宿。尚書森寒芒，璇衡相左右。公真天人姿，神寄邈巙岫。九重念别深，三接動連晝。造膝語不聞，宫壺每添漏。賓牀扶龍鱗，華茵㖞鳳咮。賜書墨猶溼，鑪烟裛歸袖。南牕鶩儕輩，東華問門候。聖朝禮賢臣，歷古不一覯。公其愛玉體，名在金甌覆。

聞道

晚歲得聞道，懶不復吟詩。今兹理藥餌，因病多閒時。呻吟秋蟬聲，斷續春繭絲。知希則我貴，綺麗安足爲。古昔賢達士，陶白良可師。以我觀二子，猶未掀藩籬。不免文字習，恐爲聖者嗤。今之雕蟲人，聞此必反訾。而我欲無言，溟濛順希夷。

新年

新年塵事静，歌笑亦已闌。喈喈午雞聲，空簾風搴翻。人生渺滄海，一波幻影間。得此且爲樂，不慕天上仙。海波本無意，隨彼春風還。仙者多畏忌,竦息蓬萊班。花開青綺牕,酒半生朱顔。看花酌美酒,與子娱新年。

新年送别

曉駕午在門,離堂語難久。君歸愴朱顔,我留傷白首。微霰欲成花,輕煙未着柳。長恨送别心,不在春風後。

燈夕醉歌示廖樊兩生

東風作寒波泛酒,出遊不如杯在手。六街塵土吾所憐,萬事沉冥輸笑口。眼前物態輕鴻毛,閉門明月春天高。燈火如山坐如塊,醉歌亦復尋二豪。西樓烟牕寂如此,有酒盈樽呼不起。玉京仙人騎鶴還,午朝碧落暮三山。謂言汝曹酒謫仙,即今不飲空百年。

行廬贈張上舍琇瞻敦復尚書猶子也

行廬周微垣,索鈴連禁篽。張公江海姿,魚帶必雙綰。匿牀非浩然,伴直得小阮。森如玉樹質,會是竹林選。鈞車吾方營,刑柄詎當攬。謁謝上東門,經過華陽館。瞥然見公子,耳目頓清遠。野花紅始然,園果緑何纂。山鳥嚶其鳴,林風泠逾善。欲别上馬遲,垂鞭不覺緩。

醉眠對月放歌

落日已遠烟雲殘,三兩星宿森芒寒。頃之月出庭南端,醉卧短檐大地寛。咫尺不疑星漢遠,放眼那覺闗山難。玉京金闕隔何許,狂吟驚絶難攀緣。黄帝乘龍所蹋路,微茫陡絶一髪懸。葛許之徒可詫異,白晝直上擕飛仙。沈想此事心如顛,使我竟夕不得終歡顔。洗醆更酌酒,蕩滌萬古愁。寂莫此形骸,昔人無良謀。堯舜之名如浮漚,秋風蔓草縈荒丘。歌終渺渺增繁憂。

錢宫聲松屋圖歌

春風射策明光殿，玉勒蹋花共遊宴。風塵澒洞歲序移，十年不見錢郎面。江路漫漫江水深，攜畫遠涉時悲吟。東華輭紅没鞍馬，秋城寒山勞寸心。歸來細視松十尋，長風謖謖吹衣巾。蒼濤飛翻白日出，窈窕爲我開深林。青山空濛落瀑布，石痕杈枒水洄冱。流入萬里之長江，游龍行天挾煙霧。錢郎錢郎何爲鬱鬱久居此，舊隱如斯不歸去。君不見昨日東園花，夭桃穠李空霜露。天寒歲暮百卉凋，惟有青松尚如故。古來材大非偶然，坎壈豈受時人憐。

京東贈張玉田兼寄張廣寧

京東至陪京，郡縣連亭障。文武吏士中，所見或冗長。千里得二張，每念不能忘。玉田楚才士，風操鬱清壯。夕陽城西亭，接語領微尚。使署開早花，牕月暎帷帳。客路役夢魂，憶子頗神王。晨别燕山側，黄雲迷背向。回飈遵塞垣，驚濤鳴瓮盎。行行灤江濱，秀色稍奔放。十日見大海，長城亦殊狀。關門野鷄鳴，方軌狹而妨。豁達忽無際，天開渺空曠。相顧徒侶單，邊心增惻愴。竄墟想人民，戰壘恥將相。軍壕委白骨，蔓草甘所葬。經過狐兔蹤，豺虎步蹇亢。半月抵醫閭，縣令非漫浪。廣寧昔重地，亂後色凋喪。祀事亦孔明，經營到纖纊。萋萋木葉山，陵土豈無恙。並馬行東路，鴨江引春望。窮塞得鄉彦，精意矧神諒。平生足跡窄，兹遊已云暢。寤言懷二子，浩歌雜忻悵。

角山贈程淄川

昔我出關東，登望關門樓。羣山連波濤，騰涌天龍遊。長城爲鱗鬣，角山爲舌喉。尾蟠荒陬外，首注大海頭。高亭冠山巔，步檻俯滄洲。程生傑雄人，翺翔夫舊邱。蓬萊與方丈，眼底自拍浮。縹緲三神山，脱躧萬户侯。奚爲客京輦，遊戲驅羸騶。關樓留我詩，君歸試一謳。

喜　雨

久旱氣始潤,五月生新凉。霧宿林景碧,雨過斜照黄。未知黍豆色,已覺花藥香。京城百萬家,糧艘仰四方。小人習獄市,朝宁憂農桑。昨者下詔書,切責在官常。委職操文墨,忼慨中徬徨。高雲閉赤日,太白晝遯藏。今當見開霽,青空絶纖芒。理數相感召,天心爲低昂。乃知帝好生,此身逢時康。

晚眺贈吴玉隨編修時移居東鄰

横絶城頭山,放眼不到地。蒼然百萬峰,杳杳落檐際。雲樹無兩色,天嶺但一氣。連緜亘明霞,嵒谷積空翠。城中端居人,户牖分遠勢。荒庭稀遊從,長夏寡人事。山色時時來,短牆得羅致。喜我素心友,巷南新移至。雖未晨夕俱,客情覺中遂。焉知君看山,非我看山意。

即事憶山園

陰雲滿中閨,曉露泫金井。種花三徑荒,落葉萬山静。玉徽流凄響,錦禽弄孤影。歸來早閉關,水樹歡朝景。

聞雁懷張公孚

陽景翳飄風,孤雁行且吟。不見過庭影,空聞天外音。之子渺江渚,悠悠春水深。新裁一書札,遠寄南飛禽。

月下懷樊葦村

門掩春院月,無人與我共。娟娟照庭樹,花落影遥送。迴飇懸砌陰,含煙嵌牕縫。清泠閒七絲,思君聊一弄。

午亭文編卷五

古體詩

立夏氣始至贈湯潛菴司空

立夏氣始至,晝日昏昏然。歲月真白駒,悔吝成華顛。歎恨晚學道,欲老今衰顔。先生玉潤姿,眸子瞭且妍。修辭寡則要,妙理無支繁。物我通冥悟,冲和相盤旋。對之心融釋,追往徒險艱。景光不肯留,此日足可憐。别後三數晨,示我以文篇。浩浩河江流,漭漭星宿源。聖路久充塞,百家翻狂瀾。誰能芟淫詖,默識天無言。遊心墳索外,斂精羲皇前。誓將奮遲暮,矯厲思孤騫。

瀛臺進講贈孫屺瞻學士

歷歷河上柳,宛宛城邊路。夜短雞始號,月出天已曙。驅馬瀛臺門,神居渺烟霧。玉繩低繚垣,金波耿迴渡。屢修獨對辭,一邀重瞳顧。湖州真天人,秀眉心膽露。上闡羲軒文,下晰王霸務。至尊時霽顔,鄙儒謬學步。荷風翻縹緗,鑪香裊章句。終恐徒冰兢,感激愧恩遇。忽復秋風凉,疎雨滴瑶樹。

破屋行贈葉子吉侍講

破屋不任葺,四壁空嵯峨。夜半風雨至,屋漏成洪河。漂摇增繁憂,夏秋連滂沱。崩騰奪視聽,耳目被傾邪。詎惟錯昏晝,實恐陰陽譌。重茅卷驚湍,餘花委迴波。空梁燕雀飛,蝙蝠伺其窠。禽鳥飢爲身,所見理則那。黄鵠翅翎溼,亦如嬰虞羅。悲鳴欲有訴,翻懼彈射加。偪側南巷士，移居近西家。書籍正捆載，瓶罍亦紛拏。君如遷喬鶯，我如槃室蝸。破屋雨不止，壓覆將如何。感君有同患，寫意於詩歌。

御府藏翰歌時上御乾清宫，召臣賜觀名賢法書，越日臣爲詩以獻。

聖皇稽古典制作，覃敷文命流荒朔。玉榻引近親儒臣，縹緗羅列探祕閣。書法無過王右軍，淋漓寶墨今尚存。龍跳虎卧在眼底，置身鳳闕當天門。草聖昔時誰獨步，漢有張芝唐懷素。長沙自言得三昧，快筆風飆與神遇。平原大節何嶙峋，端人正士儼垂紳。世人學書工側媚，涂飾形貌無其真。五代以來推趙宋，眉山作勢看飛動。大海紫瀾波濤雄，琅玕碧樹枝柯重。米家書畫滿載船，字跡逸宕尤争妍。近來董王皆自出，翰墨風流天下傳。考亭樂道亦游藝，縱横妙得蒼史意。頓挫盤蹙勢最奇，行空天馬羣鴻戲。其餘書者紛紛多，承旨秀出誰能過。東晉遺法宛猶在，戈鋩波磔含冲和。數卷蛟螭盤玉軸，名家豪素藏天禄。寶篋開封近御頻，光華偏入重瞳目。丹霄綈几罏烟浮，宸章五色兼銀鉤。神姿結搆世無比，落筆萬象風雲收。至尊宵衣偶揮灑，敻絶天巧非人謀。允惟睿聖超百辟，生知好古而敏求。

中秋屺瞻送酒

去年登樓風雨夜，肺病不飲杯空把。今年明月夜登樓，有酒無病心何憂。湖州學士猶記某，遺以香醪可一斗。開瓶傾寫清光來，醉舞狂歌迴白首。卻憶西清風露凉，殿門帷幄静高張。影娥池畔金波月，曾照攜書近御牀。

夜　行

遠樹啼荒雞，秋城滴疎漏。起坐夜方宴，獨行念如舊。寒沙草色微，殘月人影瘦。韶華去已遠，朱顔不可又。千載笑子雲，投閣寧自救。

夜直懷屺瞻

窈窕洞門夕,持被入屏營。周廬爛官燭,列宿摇空明。民碞近崇高,夜久宫漏清。皎皎階月淨,漠漠池水平。羣居寡所諧,獨處懷友生。晨朝陪經席,鬢髮添霜莖。

韋蘇州詩書後

我觀韋公詩,瀹然生道心。鮮食冰玉潔,浩歌流清音。疏絃下衆響,繁手聲方淫。誰能追大雅,辭多吾所箴。

昔遊贈衞慎之明府

昔遊灤江上,落日弭輕榜。浪花暎圜蘚,魚泳出浮響。薄雲邀旅宿,孤霞駐清賞。沙邊桃花邨,野徑散遥想。君今鳴琴暇,遺蹤一相訪。

秋　夜

凜凜天氣變,冉冉時節違。明星帶檐樹,凄風吹荆扉。秋夜何漫漫,褰幃伺晨晞。黄葉旦夕賈,鴻雁東南飛。萬彙思本根,吾生亦何依。運遷感物理,時往悟世機。空軒獨寤言,穨然如委衣。

歲　暮

峥嶸歲華臨欲滿,一如寸寸彎强弓。十年往迹宛在眼,艱難默數風中蓬。流光衮衮奔輪裏,暮景飛騰已如此。有酒且飲酣且歌,萬事無憂亦無喜。天晴斜陽牕雪明,紅梅蔫緜蕊半委。何處紫芝與石髓,濁醪此中有妙理。世上紛紛焉足齒。

廳前水石

怪石誰所作,開池俛前牕。其上想丘壑,其下觀湖江。輕風澹微波,藻魚自擊撞。颯然風雨至,流聲亦淙淙。念此一曲水,不殊萬里瀧。時節逼炎燠,即物心屢降。

移居别庭前山石

東書遊京國,卅載無一椽。僦居胭脂巷,怪石羅堂前。僻性寡朋侶,對此情孤騫。落月偏曉勢,斜日迴遠烟。春花不岑寂,秋樹相連娟。閉門長兀傲,隱几舒沉緜。有時因塵鞅,芒角遭磨鐫。兹石不改色,專静無尤愆。蕭條别汝去,况復當殘年。回首風雪夜,幽夢遥相憐。

流求刀歌爲汪舟次作

丈夫得志爲雲龍,摶服蛟兕羞雕蟲。歸來畫笏奏天子,寶刀拜獻明光宫。餘者虎氣亦騰躍,拔鞘漠漠生凉風。滄波險絶窮髮東,乘槎使者浮空濛。圖書裝輕不滿篋,碧花鐫錯青芙蓉。含霞飲景霜鍔動,方口斫地如渴虹。麟角鸞趾詎所觸,剸割暴猛蠲妖凶。古强入山豺虎逸,方平獨卧鬼物空。豈似此刀光熊熊,大食日本皆提封。三金合冶紫烟重,海日鼓橐波雲紅。洮鴨緑石不受礪,雪刃凌亂神鼇峰。東方侏儒飽斗粟,昔者賜出驚鳴鴻。君方入侍禮遇崇,身挾日月乘天風。遠人脱贈意有以,斷金切玉理則同。沙場此物久不試,來庭文齒兼穴胸。禁中頗牧掞翰藻,摇筆辟易千夫雄。清晝造膝三數公,英盼往往迴重瞳。男兒致身有如此,况值威德兼黄農。試看渭叟鼓刀者,干戈載戢櫜强弓。

夏　夜

朱曦晝晷長,入夜絶衆緣。撫枕獨不寐,危坐臨前軒。自非蚤聞道,奈此百感纏。風埃苟不興,水鏡良復然。朗月生奇懷,皎皎光輝妍。易簡澹自足,何爲紛險艱。以兹頗念世,人誰金石堅。

問蝗行

六月八日蝗暮飛,紛如接翅昏鴉歸。忽欺斜日夕影亂,漸掩列宿寒芒稀。汝曹璅璅行醜惡,能令天宇沈晶輝。昨者朝宁下明詔,憂旱問蝗何因依。公卿不語面平視,或舉五事及細微。某也昂首矯奮臆,上言主聖臣職違。下言小民吾根本,三時勤苦終歲饑。長官鞭笞吏卒怒,但向公府供輕肥。夏秋税糧分應爾,緩之數月穀庶幾。自知無有大裨補,傳聞此語是耶非。天心至仁諒無他,涼雲吹雨蠲煩苛。傾注四野蘇黍禾,蝗欲下來愁奈何。吾言不中理則那。

題禹尚基自寫真

禹生静者懷孤騫,摇筆風雨落屋椽。雨收風止萬象寂,海霞島日相澄鮮。丹青好手衆所憐,幽樹卷石皆娟娟。水邨之圖世最傳,禁廬一見心悠然。集賢學士共嗟賞,瑣牕晴晝生雲烟。生也此圖擬水邨,神妙意若無王孫。更自寫真著蓑笠,便欲漁釣歸柴門。王孫遭時昔多故,齒豁頭童不歸去。丹青猶有身後名,富貴真如草頭露。生方年少豈長貧,奮飛一舉陵高旻。

録别二首

皎皎明月光,照我清夜牀。欲寢不能寐,攬衣起徬徨。羇人思萬里,各在天一方。雙雙兩黄鵠,中道陵寒霜。羽翼一以乖,河漢遥相望。

北風吹河梁,明星隱歷歷。悠悠征馬嘶,驅車將安適。白日照東隅,黄沙揜行跡。念我同袍人,高舉奮羽翮。離顔如卉草,霜露忽復易。時節已晚暮,窮賤竟何益。

出　門

十日嬾出門，萬事何叢殘。事如風中花，心如古井瀾。飛花投墮水，井瀾寂不起。此語解書紳，時行而時止。

浮山和敦復時在直盧

我聞浮渡山，欲往情蕭騷。瑣牕閉晴晝，寫興於謌謠。嵒崿忽在眼，飛薄如奔濤。石罅粲可數，一一穿青霄。空靈駭澒洞，倒側疑簸搖。翏翏長風聲，萬竅皆怒號。中有千載雲，出岫不可招。蒸嵐自通透，濺瀑巧適遭。真宰工刻鏤，無乃用意勞。卓犖龍眠公，嘯詠冠偶曹。鳳鸞在巖廊，猿鶴空林皐。斐然繼有作，聊足以自豪。

夏日遣興四首

幽居卧青林，白日不得晚。語默失端倪，情欲争舒卷。不如捨之遊，寓目成登覽。昔者古幽州，平沙曠浩衍。飛甍何参差，引流亦宛潬。此中英雄人，朽骨疇可辨。茫茫六合間，人命何能逭。誓從今日後，悠哉謀獨善。

西日既隱山，餘光樹顛明。赤雲帶連岡，綺霞散層城。虚檐交微風，當牕落青冥。林景稍一動，翛然烟磬聲。寡欲性有託，息慮身無營。大雅久寂寞，苦吟誰見榮。勲名苟不立，章句老此生。

依依見新月，下照古時城。古人對新月，應如今人情。列星初爛漫，滅燭何杳冥。河霧宿近樹，竹烟羅前楹。風鳴弦素響，夜静吹玉笙。閲世樂幽獨，外物身崢嶸。有酒起自酌，誰能闕浮名。

我本蓬室士，田牧東山椒。山家閒歲月，即事以自勞。水碧日照色，麥黄風翻濤。西莊邀社酒，東鄰饗炰羔。遄歸方三載，行遊違林皐。中情異絶裾，吾生希挂瓢。解愛五千言，日玩乾初爻。志士陵鴻鵠，小人争牛毛。遯世以無悶，託興長消摇。

洞陽山

我家太行盡處郫，蛟龍欲落留爪痕。蜿蜿腹背故隆起，振鱗掉尾如雷奔。波濤隱見吞萬壑，似覽衆水窮河源。古稱上黨天下脊，兹山拔地尤騰騫。俯視砥柱一卷石，析城王屋雙杯樽。頗訝大禹所經畫，足跡未到回南轅。徑下河濟急疏瀹，北顧參井高莫捫。乃知龍性躍天漢，肯同蝘蜓尺水渾。太行以南多峻山，地勢愈下難並論。兹山何不列嶽鎮，使我歎息增煩寃。何爲歎息增煩寃，萬古無害兹山尊。

開元鐘後唐李嗣昭守上黨，勝梁範銅爲鐘，在開元寺，後置元妙觀。

蒼茫陵谷開元寺，古鐘猶帶開元字。尋向桃花觀裏來，鐘聲依舊浮空翠。此鐘流傳自後唐，誰與作者李昭義。黄塵清水變須臾，鬭雞小兒聊角戲。昭義此時亦人傑，屹立孤城下無地。夾寨重雲鳥不飛，余吾殘營白晝閉。流矢拔足客不知，血暗淋漓痛劈臂。龍驤神捷等沙蟲，銘以蒲牢毋失墜。生子當如李亞子，進通忠孝先王識。我怪歐陽傳五代，嗣昭特書多可紀。當時亦有劉羲叟，飄零頗恨文章躓。今我來觀開元鐘，與客談詠梁唐事。更數百年歌者誰，鐘聲未歇聞歎喟。

冬日雜詩四首

雪後落照紅，陰風黯中夕。蕭條關塞情，杳然生咫尺。念我故鄉人，同作他鄉客。冰堅蛟龍深，山長鳥獸寂。戚戚傷精魂，悠悠阻筋力。寒鐙閉門時，明月照促膝。

流風舞迴雪，飄颻盈客衣。連雁去安極，路遠何時歸。含情掩房闥，憂來不可揮。觸物悔吝集，觀身色相違。達人慎其端，託想謝危機。擁衾抱霜月，四壁生清暉。

仙人王子晉，霞舉陵太清。緬想鍊金液，呼吸獵至精。所以緱氏嶺，時聞吹玉笙。逸響久歇絶，誰聆空外聲。徒令千載下，寂寞傳其名。

少負英邁氣，索居逃人羣。偶然事詩書，遣情遊天雲。一自落世網，昏宦相糾紛。起舞擊短劍，忼慨雞鳴晨。流浪時忽徂，三十無令聞。空名竟何益，心懷難重陳。

東岡獨遊

亭午風日佳，陟高循前澗。石古徑杳冥，溪長水清淺。巘中熏疏蘭，汀曲蔭蒼蘚。臺行既脩迴，樹坐乃幽緬。挂蘿弱可捫，落花多愁踐。懷古事豈殊，人往跡空顯。依依楊柳華，萋萋葛葉展。時序催物情，悠哉誰與遣。

東岡同子弟及張王二客

樊川美風日，羣遊陟東岡。少長各異趣，曹偶森成行。張卿頗解事，王郎興亦長。子姓復朗拔，矯矯凌雲翔。伊余少欣悦，頗怪鬢髮蒼。叢祠晚雲薄，哀歌何激昂。遲暮賴陶寫，此意成悲涼。登高望古城，墟里烟微茫。俛仰已今昔，塵世鬱中腸。寄言少俊人，及時爲樂方。

空　山

空山悽心魂，中夜四五起。憭慄天蚤寒，悲風鳴不已。六月草閣涼，况乃秋節邇。牕月炯殘明，壁燈凝暮紫。稚兒睡爛漫，倦僕坐觸抵。人生雖殊涂，勞逸本一理。念我徒自傷，多憂應爾耳。呼僮使之卧，抱膝當隱几。

石閭晚眺

山高墟落出，社鼓晚欲歇。林陰暝色來，邨燈見復没。獨立聞虎風，小步蹋松月。羣動又已息，幽尋愧倉卒。農人夜早眠，鼾睡侵卧榻。更多秋蟲聲，仰枕兩耳聒。誰與寫愁憂，野宿寄傲兀。

返舍留三日復往石閭

秋風前日來，我亦薄言歸。雞鳴發山館，日高到柴扉。寄跡如飛鴻，爪雪相因依。一墮泥涂中，膠擾森重圍。算口計米鹽，將老生事微。兀兀困細瑣，愁卧至夕暉。開我所居室，凝塵蔽敗幃。拂拭愴孤懷，坐念百事違。明鐙飢鼠竄，昏院蝙蝠飛。妻子可脱屣，身世真羈鞿。吹笙憶子喬，化鶴思令威。感此捨之去，聊用息吾機。

秋日往石閭

捨策涉險艱，窈窕窮清秋。溪流沙徑細，草長荒陂幽。日高臨往路，亭午陟遠丘。舊居渺蕞爾，中有萬古憂。返躬集悔吝，閱世紛愆尤。遯跡心逾危，憫俗行且休。遊戲采芝藥，芳序忽已遒。羨門不可即，徐生入海求。仙者良冥漠，塵埃難久留。何得奮翎翅，遐舉凌滄洲。

思母菴夜雨

空山夜雨秋浪浪，危樓夢迴衾簟凉。我今獨來神黯傷，千憂萬恨堆心腸。雞鳴牕白雨不細，睡鄉避人亦避世。長松裊雲烟漲谿，杳杳人蹤門晝閉。陰黑睡起疑日中，山前山後雨濛濛。去家十里信不通，山澗水滿岸路窮。前日我來秋風凄，今日欲歸秋雨迷。人生聚散隔風雨，蹇驢卧鳴僕誶語。前日日晴不肯歸，薪芻雨阻人驢饑。

樊川東岡寫懷二首

伊昔少賤時，志在泉石間。高步謝時輩，遊射窮谿山。隱遯事不集，挾冊謁帝闕。睨眴公卿側，跌宕文史班。歸來忽華髮，壯日不可攀。陟丘感舊跡，照水羞故顏。南山獨尚爾，蒼翠横烟鬟。安得遂雲卧，仙侶與往還。

謝客慕張邴,乞身不待年。嵇生愧嚴鄭,樂道欲自全。我無安石量,而乏絲竹歡。亦有東山遊,仿佛臨斜川。展步涉林澗,忘疲恣躋攀。且無念百歲,聊開一日顔。淒風生巖壑,暝色紛烟巒。端居集遥慨,息慮終閉闗。

高齋二首

高齋日已暝,憭慄霜氣寒。倚闌望遠道,露下衣裳單。入門復出門,躊躇心未安。委委池中荷,萋萋牕下蘭。及時媚榮景,惜哉芳歲闌。

北風日淒淒,中堂明燈低。北風不入户,所居各東西。隔河有言辭,阻風莫致之。雖不聞好音,清芳夾路垂。

南樓夜歌

日落闌干霜氣幽,燈昏鐘鳴山寺樓。書帷牕幔下已久,天風新寒增暮愁。鴻雁嗷嗷集中洲,沙明月高繁露流。思君不見城南夜,黄草白雲天盡頭。

東山亭子放歌

東山望南山,百里墮我前。山亭横絶浮空翠,闌干縹緲臨無地。我來氣與霜天高,風塵歸後寒蕭騷。拂衣枕石每獨往,垤螘羣笑滄溟鼇。百事回頭如舊否,一片青山落吾手。倦客重尋岡上廬,童時舊種門前柳。盡埽西風萬古愁,且傾落日三杯酒。君不見謝公高卧東山時,起爲蒼生已白首。昔時絲竹轉淒涼,美人黄土今安有。百年我亦一東山,日夕樵歌動林藪。

譜牒後書

側聞長老訓,諸祖稱豪賢。披籍閲往代,歎息良復然。誠詞炳星日,志氣薄雲天。處士及吏隠,　　皆可傳。淳休被邑里,聲華如蟬聯。緬維卜東莊，始自宣德年。耕稼三百載，風義桑梓前。小子恥甘肥，食利忘所先。惕然從中懼，勗哉以無愆。

南樓見砥柱午壁亭西南有山，亦名砥柱。

樓外砥柱山，几席浮青空。神禹所表置，高標天闕通。王屋連析城，秀色摩蒼穹。登樓遥見之，懷古心憂忡。二崤秦壘滅，三川晉國雄。蠻觸紛鬬争，役役會有窮。渺然想開闢，元化觀無終。

題東坡先生集

星宿渺一泉，漭沆歸滄池。黄河天上來，仿彿青蓮詞。杜韓鬱崩騰，廻風激瀧涓。香山放乎海，澹澹天無涯。餘子導其流，遥遥分纖支。蘇公天上人，萬丈銀河垂。舉手捫星辰，足蹋龍與螭。旋斡周四運，浩氣森淋漓。感心生直亮，體道忘艱危。聖刪三千篇，刼火燒其遺。真宰固有意，風雅將在兹。斯文配天命，大化需人爲。何不陟輔相，致民如堯時。一聞韶濩音，季葉還春熙。

道上逢張參首丈

驅車越郊邑，落日下馮軾。豈不急歸思，惜此輿臺力。既夕煙霧生，星月互相匿。遲回大道傍，感舊勞胸臆。睠言更歲華，霜雪暗顔色。對面始若疑，聞聲乃歎息。心懸秋浦西，目斷黄雲北。相逢逆旅間，離别情何極。

九女臺北黑龍潭

維南有金焦，江間屹不動。詎知砥柱東，山起挾河縫。河流兩沄沄，此山磬而控。其北皆連峰，排拶故縱送。陡崕臨數仞，潭水鬱澒洞。相傳是海眼，仰口若大瓮。鬼工施鑿成，人力匪所用。俛視悸心魂，危立仗傔從。四山下驚風，崩墜影與共。取道青石叢，出險衆聲哄。此中龍潛棲，禱雨屢則中。古祠明月高，秋軒發幽夢。囊中五絃琴,改調一撫弄。

送韓六一僉憲赴桂林

春明門外柳,往往拂行裝。疇昔攀柳時,送人還故鄉。故鄉今送人,駕言適何方。遥發天北隅,軒車指南疆。居人戀落日,客子懷路長。矯矯雙黄鵠,陵風各分翔。良無萬里翮,何因附頡頏。

贈李翰之

吾州隱君嘗樂饑,一生高視世不羈。西崖古屋蓬蒿衰,小亭晝閉春陰移,我時徒步往見之。顔色渥丹霜鬢滋,年近九十心膽奇。大書灑墨光淋漓,短札細字如毫絲。方瞳炯如巖電垂,僊者縹緲高莫追。浮丘洪崖世難知,吾徒縮手歸來時。赤松黄石今可師。

偶觸懷故山

道攬輿地圖,適見岳神字。悲惻從中來,潸然落寒淚。此山天馬形,浮空勢東至。其陽宛迴龍,母阡鬱蒼翠。兩載閲晨昏,新松常守視。悄悄巖谷間,曾有萬端思。歲月何逾邁,真如過隙駛。臨别屢回頭,欲去每停轡。晝思勞遠魂,夜念驚慙寐。時忖所歷山,或與此山類。忽然覩名稱,感觸心中事。朔風含酸辛,落日助怛悸。恨不如飛鳥,疾往有翎翅。掩冊神太傷,孤征渺行騎。

登屯留城至龍潭

登城秋氣變,凄風屢增愁。路遠一望鄉,但見漳水流。漳水南自去,客行北未休。寒雁相背發,渺渺高雲浮。城荒悵籬落,樹古驚潭湫。小邑窮歷覽,孤征獨夷猶。立馬更延佇,應知道阻脩。

宿沁州懷吴銅川通政

凌晨涉野流,岈入澗口。林深長木魈,堠古立土偶。霜葉得紅梨，風條惜黄柳。歲物森愴懷，闕山鬱回首。地聞叔向賢，郇云徐勣後。舊蹟渺猶存，遺風嗇而厚。懸崖人散居，營窟老相守。華榱及鼎肉，蕭然此安有。仁里銅川子，潔清吾所友。夙歡結同心，離居念分手。重爲京雒遊，然諾應無負。獨覺感異方，鄉心亂已久。

六賢堂

下馬平潭驛，訪古六賢堂。滏陽政寬簡，湧雲思煒煌。趙尚書秉文，堂即湧雲樓舊基，趙有記。文獻總文柄，楊趙齊輩行。楊文獻雲翼。左司富才藻，晚節猶芬芳。元左司好問。欒城老封龍，鑑湖暎末光。李文正治。四賢既卓犖，堪此一瓣香。後益以王吕，名蹟能禁當。王司業構、吕忠肅思誠。山川景英哲，祠宇成蒼凉。士節古所重，此道今凋傷。荒城鬱茂草，倚徙悲殘陽。

梅花用坡公次李公擇韻

寒夜凛客心，雞鳴車轂動。節往如逝湍，光景一玩弄。稍惜幽牕梅，著花破嚴凍。天公憐寂寞，物態競喧鬨。飛霜點衣裘，風埃暗騶從。我生無町畦，昔者每自縱。山澤延四友，竹徑從二仲。息景棲東岡，水石獲清貢。泠梅坼冰雪，析析柯屢重。卧厭短檐日，疎影雜禽哢。有時但孤吟，足供樵牧諷。今是寧昔非，當歡忍前痛。光寵愧少俊，鞍馬事上雍。未招羅浮魂，但惹春明夢。何當十年計，遶屋手溉種。春風吹白日，羲馭不得鞚。别後綺牕前，何人燈火共。挂枝愛桐花，蹲池怪老鳳。得如黄葉山，灑埽青螺洞。待我花下歸，白酒傾百瓮。

午亭文編卷六

古體詩

七夕以柳惲流景對秋夕爲韻作者錢亮工蔣京少吴震一方皂宗宋稚恭于蓮士兒子豫朋五首

霜娥垂半鬢，清暉寒欲流。復此照銀浦，影落榆花秋。天人苟無情，靈匹何相求。况我二三子，能不結綢繆。

清響迴新飈，絶冥倒浮景。流盼年光斜，數子入眼冷。擊筑今遊燕，變徵或歌郢。鍼樓人應眠，文字坐馳騁。

青鵲西飛來，承華閟靈對。此時東方生，矯矯蒙英睞。我本曬書人，兼有標褌態。心慕王子喬，吹笙騎鶴背。

玉露未摇落，志士懷凛秋。清淺河漢水，盈盈萬古愁。星明佇含睇，美人凝目留。思君薦瑶席，託興於牽牛。

鳳駕歲不虚，龍梭月再擲。平時掃門人，已斷轍蹄迹。縱酒酌清流，濯纓謝華劇。將子復能來，餘歡繼閏夕。

贈于蓮士

逢君薊門樓，對月滄海頭。濯髮青漢邊，下視渺九州。我生走燕營，意亦陵高秋。南行不百里，江湖思遠遊。蘭橈帶桂槳，萬里横中流。巨靈撑兩足，金焦雙拍浮。物産必英異，所見何殊尤。豈知籬鷃輩，不與飛鵬儔。美才具舟楫，明義敦山邱。勗哉賢知士，攬古光前修。

天禧宫古松歌次敦復韻

張公走馬旋風松,如騎鶴背陵仙宫。青山崩迫白日冷,天驚破碧騰遊龍。抓挐霜霧勢嵂屼,劈裂雷雨聲籠銅。太華並根盤后土,扶桑接葉横高穹。相傳已自昧年歲,殷柏周栗將無同。孤高節目復磊砢,落落寧許秦人封。計株四十又加四,大荒野陰連鬱葱。樛枝交加影疊見,晴雲曉月還玲瓏。苔色常濃殆自古,濤響不息非關風。千年茯苓此易得,便欲劚之誰吾從。神訶鬼守語匪幻,心旌摇摇胸杵舂。再拜肅謝愧自責,干霄豈辱塵埃中。不見慈恩雙老樹,馬嘶羊觸紛西東。棲棲盤踞不得地,只今枯榦無留蹤。松乎託身有如此,能令萬古凡松空。日斜杖策陪公去,烟村已遠聞微鐘。

露潸閣望西山懷退谷舊遊二首

秋山日轉佳,天清遠峰集。蒼然氣高浮,薄雲飛不入。風吹縹緲樓,對此每獨立。徑微忖昔遊,松落思俯拾。何時曳芒履,未憂露草溼。寂寥退翁亭,遺蹟渺難及。

退翁耕近郊,九經騁劇談。尺五韋杜曲,氣與霜空函。及其棲此山,捷徑非終南。遊子領微尚,幽僻性所耽。旅食走京輦,冷眼衝雲嵐。青箱王公堂,酌我春酒甘。王文正公。二老道淪喪,後生失毛晡。短歌繼八哀,冥漠天如藍。退谷孫公北海所居。

廖生行

廖生文采殊絶倫,萬卷讀破筆有神。試之有司輒不利,生顔閔默亦不嗔。爲生短歌添酒巡,棄置世事談蒼旻。天公居高葢覆廣,豈盡照燭窮幽垠。役使衆靈雜鬼物,擎執造化摶鴻鈞。轟雷掣電走風雨,鞭驅日月排星辰。妖祥彗蝕猶尚爾,况分曹府滋紛綸。陸飛水潛山土藏,各有主者如官臣。量才大細百失一,欂櫨宗桷寧皆真。

生乎與汝在世上，直須勤買拋青春。我歌君飲休辭頻，萬事飈忽風中輪。驥子十齡吾所珍，頭白笑我徒苦辛。淵明賢愚挂懷抱，不見韓昶謁根銀。煩生教兒粗識字，姓名足記堪漁薪。何必嘔咿學老子，鼓刀販繒亦致身。

西山道中作二首

我築晚晴臺，以瞰西山故。明滅嶺上霞，依微巖際樹。未解塵鞅緣，遥寄邱中趣。埤墉仰樵蹤，簾閣俛鳥路。遊思娱清暉，清暉時一遇。川長限無梁，彩雲不可度。振衣寒松嶺，税駕流泉處。良遊勿蹉跎，歲月易遲暮。旅行循烟村，幽探散沙鷺。臺高輟迴眺，山近展徐步。二客儼能從，英流況厨顧。既同西園遊，時吟晚晴句。石欄點筆人，空翠没巾屨。同遊廖芸夫、于蓮士。

昔與王侍郎阮亭，受詔並爲詩。兼徵夙所製，君進西山辭。兹訪山中勝，因以此卷隨。凉風開篋笥，山鬼來潛闚。四顧舊所歷，蒼茫多路岐。侍郎既特達，拙疾予棲遲。山水自陶寫，猿鶴相攀追。離鴻過我前，鳴聲何苦悲。往時山遊人，北宋與南施。荔裳、愚山。文采今已矣，大雅將在誰。荒途披蔓草，空谷羅華滋。行行騁遠步，言近兹山陲。

自聖感寺至寶珠洞西山最高處

迴磴陵虚空，秋雲御道長。六龍所經處，萬壑流神光。半嶺礙河漢，列宿方低昂。猶未窮絶頂，已足擥大荒。平坡名豈稱，新額題鸞凰。故平坡寺賜額聖感。窈窕陟危徑，兩腋靈風翔。洞中雖幽仄，其外何堂堂。雙闕那可辨，一氣連混茫。碣石在眼底，滄海濵城隍。我聞道家説，三十六玉皇。上有無極天，此山或相當。帝都跨嶽鎮，頂背孰敢望。俛視宇内山，蠟屐可卷藏。惜哉近市朝，終焉難徜徉。樊山一卷石，臨老神黯傷。

龍泉寺下院

日隱原上村，秋陰起桑柘。杳杳隨烟鐘，悠悠遠峰下。境空放梵長，天迴飛雲瀉。松門晚色静，碧草淨可藉。風吹籬邊花，寒香正盈把。薄遊涉清曠，所歷向瀟灑。樂幽抵嗜芰，味道如啖蔗。至人患有身，矧復簪纓假。息心同冥寥，聊此縶吾馬。

玉佳菴

商飈振幽厓，杖策跨蹊谷。翻悵去徑窅，何以極吾目。稍上天影開，餘翠澹林木。高臺秀遠峰，日入淨如沐。微興方陶然，滅迹向茅屋。仰躋清泉流，泠泠灑飛瀑。攀危不辭疲，留念遲往復。

龍泉寺

金銀二泉流，乃在星漢間。泠風不可御，遠望空雲烟。忽見秋山池，暎此碧玉環。神魚長鬐鬛，色異凡鮪鱣。日影布石上，魚躍不在淵。食葉如樹遊，吹氣成花圜。洑流繞砌來，吾欲尋其端。稍憐松殿側，泉眼明微瀾。西軒俛木杪，巘徑聞哀湍。此泉自遥昔，斯人如逝川。誰能向杳靄，終掩青蘿關。

徑祕魔崕登盧師山作

谿迴秋風温，徑仄殘陽閃。坡陁下高風，草木相掩苒。填咽谷葉丹，山翠疊磨颭。流澗波叢林，清暉濃於染。輟策稍忘疲，騈席不覺險。昔人晏坐處，苔石無崕广。狎玩大小青，理至物自感。視龍猶蝘蜓，蟲豸亦拘檢。而我遊人間，所遇足嗤點。悵然盧師山，觀身老冉冉。

碧雲寺二首

寺門臨高橋，澗松交其端。徑幽室何許，欲憩行便姍。瑣細花蒙密，駮犖苔龕緑。長楣棲閒雲，曲榭縈孤烟。稍深境轉佳，靈風來清穌。流泉隔篁竹，日斜聲濺濺。琤琮寫哀玉，迸落如佩環。山水解娱人，何事歸塵寰。

渫雲被層阿，餘霞帶前軒。夕泉流愈駛，林際驚湍奔。尋山欣野宿，汲水遲夜餐。迢迢漏鼓斷，漠漠烟磬昏。煩囂於此息，清迴悽心魂。風定寒蛸響，月黑歸鳥翻。匡牀静無寐，松牕明曉暾。是日宿寺中。

來青軒觀紅葉歌

來青之軒颯高爽，我來直欲攀蒼穹。便因長空溯海月，側身萬里三山東。深山晦魄心轉悸，假道北寺烟溟濛。晨光小雨暗青笠，白雲如絮連遥峰。緑溪林木亦瑣細，寒香幽草方葱蘢。豁然此軒俛下界，千樹萬樹新霜紅。是時西顥實司令，赤帝行氣何冲融。跨坑駕谷太陵競，金烏避路争曈曨。視之睆眴久不定，羈魂閃爍眼力窮。我本看山悵無月，豈知奇詭驚愚蒙。黄鶴仙人日來往，霓旌火傘紛相從。白榆但見露葉墜，碧桃不覺春花濃。丹砂布地靈境閟，朱顔一笑迴天風。

西山歸憩西樵門外雜記遊事

山行意軒然，不復肯慵惰。同來盡所親，幽探亦屢作。友生各有適，語默相答和。大兒學阿爺，吟詩勤自課。小兒十齡許，能騎駿馬大。迴策已如縈，歷塊欲揚堁。未忍斥輕肥，一哂衰顔破。草菴具野餐，歸路發清餓。乍辭山泉甘，頗怯塵羹涴。怖鴿晨不鳴，蒼蠅晚相過。擾擾浮埃間，掩耳但困卧。

昭王臺

春風吹緑草，歷亂昭王臺。空憐天下士，祇爲黄金來。燕山落日出滄海，古人白骨今安在。海水東流西日斜，但沽美酒燕姬家。莫問當年陵谷事，薊樓明月土城花。

輓鄭大夫振華

建安秀江嶺,萬古一考亭。天遊羣鸞翔,三十六峯青。一峰上巉絶,屹若劃巨靈。紫陽光日月,我公聲雷霆。小學字忠孝,大篇文六經。舍生取仁義,宜祀於孔庭。女史並記載,烈烈同芳聲。郎君辱齊年,遐躅思儀型。回首題名處,春風語塔鈴。年年蒲柳緑,人散稀晨星。曹官偶接膝,遺直明邦刑。銜餐訊往跡,輟箸涕泗零。以余謬好古,命我爲公銘。銘當三熏沐,短歌侑神聽。

贈衍聖公翊宸

見公問廟檜,溯往徵其形。世六十有七,二千三百齡。元氣祕柯葉,修幹苞蒼青。我聖宰萬彙,豈獨一物靈。不賢識其小,有問辱公聆。答言林多花,被徑如繁星。記一不辨九,無名但芳馨。皆門人土宜,手自來封扃。惟少杏與桃,此理尤晶熒。林端所生蓍,莫敢擷寸莛。旁下略采掇,候過秋上丁。積之凡二歲,數適大衍零。許以當持贈,奚慕堯時蓂。斯文慨遐邈,俄頃瞻儀型。公親聖人裔,淵角兼山庭。絶學可繼聖,爲公几杖銘。

前山望王屋山懷蔡松年

青山深淺中,丘壑不一致。清晨登前山,高秋散幽意。千里如玦環,黛色遥相次。杳杳數峰間,閒雲忽飄墜。我遊王屋山,靈境仙所閟。君昔從我遊,棲隱偕宿志。故人今在否,臨風發遠喟。

池上晚秋

山池如迴溪,緑流時獨往。潺潺出石間,幾曲聲逾響。殘荷雖已零,秋水日夜長。澗邊木芙蓉,亭亭接幽賞。波淨理輕舟,聊作江湖想。

木芙蓉

灼灼拒霜花，顏色衆所殊。豈不惜芳時，乃與晚歲俱。夭桃太冶豔，野菊何蕭疎。感此淩寒姿，獨立將焉如。

秋曉由樊溪至山園

徑迴水鳥喧，寒流隱疎樹。風竹覆野橋，離披豁幽步。巖柯交日影，籬花明曉露。池館寂無人，雙溪杳自注。

雨後至南園

初霽涉南園，曉池風寂歷。前村雲未歸，高樹雨猶滴。塵外體自舒，林中欣有適。遊目極遠山，秋烟淨如滌。

遣興四首

牽牛徑人田，田主取其牛。徑則良不直，取牛致足羞。螳蜋與異鵲，忘身將誰尤。微哉乘除理，芒芴不可求。

重耳重五賢，卓犖霸圖起。胥臣賞先茅，所貴在得士。流風傳自今，齷齪安足儗。祁奚請老歸，舉讐且舉子。

前驅射叔武，弦高犒秦師。見義爲則勇，功過焉用知。嗟此志士節，遭彼愚者嗤。別嫌古所戒，來日猶可追。

嗣宗澹蕩人，寄懷特高妙。臧否不挂口，林壑展清眺。蕭然蘇門生，對之發長歗。寥寥鸞鳳音，千載孰同調。

【校記】

其一兩"徑"字，四庫本作"蹊"。

待　友

微曛度斜澗，暝色赴前嶺。石泉激清響，風篁澹疎影。烟鐘殷林深，山禽宿夜永。思君拂鳴琴，巖壑渺愈静。

秋　懷

寒色起亭皐，高樓遠峰集。山斂夕曛低，牕疎野烟溼。畫欄見木末，一葉新可拾。景逸情未懶，心賞歡何極。

自南村徑石院抵九仙臺

紅葉深紅與淺紅，濕雲細雨如春濃。桑柘半凋柳黄落，三里五里村村同。徑轉溪開歎奇絶，千山萬山皆玲瓏。誰令巑壑擅異色，純以金碧施神工。寒烟消歇亦變態，怪石磊砢環孤峰。宇内名山亦無數，此山如畫展毫素。我聞虞山最佳麗，丹崖紺壁儼畫具。一峰道人飛仙人，揮染平生釣遊處。浮嵐暖翠曉千重，玉洞桃花春萬樹。仙人既去亦復還，白雲黄鶴遊人間。清都渺渺在何許，玉階朝罷棲名山。只今畫者誰其匹，天高氣清風寥慄。欲攬太空爲粉圖，消得仙人兩三筆。時攜得大癡畫卷。

南　村

烟中見南村，窈眇徑迷舊。陟危驚景佳，問俗訝名陋。陋村其名。丹砂一林染，鳴玉衆泉漱。傍巑開荆扉，雞犬喧清晝。幽興未云足，古道迎隻堠。

宿石淙院

山房行欲近，半空人不知。微逕礙古木，青靄來差池。鴨脚寒已亂，鳥翼昏相追。林開孤烟出，飛崖落㕒㕒。巨靈擘左股，元氣猶淋漓。森嚴驚鬼物，幽險疑蛟螭。石坎象鐵盆，千古垂流澌。淙淙一綫長，晴雨無盈虧。逝者有如此，吾生幾何時。

潞州留別送者

相送潞州道，別袖屢已揮。親賓自此盡，徒侣相對稀。薄暮涉漳河，波浪沾人衣。悲風起中流，木葉交加飛。四顧別時跡，行塵連夕暉。遊子感居人，况乃骨肉違。我無經世術，空自勞驂騑。所願官吏賢，敢嗟生事微。耕稼供井税，逍遥侍親闈。誰甘遠離別，遠離還思歸。

滹酒歌因玉田孟君寄曹冠五使君

易酒甜多雪酒惡，見花對月空蕭索。前年滄酒貰滄州，長瓶開瀉碧玉流。年年泛溢東風蚤，臘味輕香不全好。依舊花前又寂寥，那能月下常傾倒。卻憶遼西塞上行，酣歌劍舞出關城。離筵嘗徧京東酒，滹酒淋漓最有情。東流滹水行相餞，近海清波淨於練。誰將滹水變春醅，曹家兄弟成歡宴。兄爲二千石，小弟尚書郎。錦衣休澣敬愛客，醉卧玉缸新酒傍。朔雲去雁分飛後，回首邊沙盈別袖。鴒原宿草幾畨青，使君朱顏宛如舊。玉田孟君飲者豪，絲繩絡送瓷罌高。東過滹水谿邊路，因風爲寄相思句。滹酒歌，歌正愁，我今潦倒行歸休。千巘萬壑太行險，焉能致此燕山頭。

對　酒

秋山銜落日，對酒黄金臺。坐失萬古愁，朱顏一爲開。孤斟快心賞，海月天邊來。連霞隱高雁，吟風空復哀。霜邊野菊色，盈盈照尊罍。含情忽不飲，白鬢紛相催。忘形在濁醪，浮名焉用哉。

東坡和淵明讀山海經十三首謂其七首皆仙語讀抱朴子有感和之余嘗欲作遊仙詩因次其韻

人生醉與夢，去天猶未疎。以兹二者故，終日息吾廬。興至一把杯，倦時或枕書。故人多輕肥，不必迴其車。閉户長幽草，近市便美蔬。形影互相答，神明聊與居。蹔爲生時計，亦豫世外圖。列仙不可幾，吾衰將焉如。

至人黄石公，青瞳方朱顔。來往穀城道，隱見千萬年。上天下瀛海，遊戲碣石山。遺我丹臺書，肯與世人言。

子房師黄石，太華凌垤邱。辟穀西入關，英風渺難儔。降心圯上老，俯視園綺流。聖道久不作，且復爲仙游。

維南有王屋，維北乃洞陽。靈仙所窟宅，杳杳烟雲長。朝罷金銀闕，鶴駕來輝光。授我丹竈訣，坐待爐芽黄。

散遣雙玉童，孤鶴生愛憐。晨騎朝碧落，暮跨歸神山。道逢青鳥使，相贈以好言。服食飲美酒，與子保遐年。

伊余恨物感，神喪如槁木。泠然御長霄，墮此深崖谷。仙人憐垢氛，爲我勤湔浴。時乎迫崦嵫，悲歌至秉燭。

矯矯瓊樹枝，羅生玉堂陰。丹鳳一來儀，和鳴成高林。半空天樂流，誰能寫其音。翹首虞山下，肅然清我心。

登真御寥廓，頗怪日月長。當其寂寞時，洞天爲故常。織女縫裳衣，帝厨具餱糧。豈特善口體，萬年樂未央。

生不能追飛，復不能投走。季布諾千金，在世誠無負。硜硜執鄙吝，於我意何有。仙人勸酒杯，且飲乾勿後。

東遊登高邱，渺然望雲海。金堂玉室間，仙真一一在。青天絶紅埃，一去應不悔。丹砂定可成，白髮幸相待。

淵明真仙人，明明凛帝旨。太傅才英奇，至今皆不死。偉哉東坡公，忠亮可蹈履。三賢友黄石，萬劫足相恃。

翩翩雲中鶴，下覩漫浪士。仙人騎之來，物外爰集止。百年雖旦暮，小住聊復耳。願爲仙人鶴，鳴和及其子。

吾本幽憂人，自無磊落才。世故豈我願，紛然胡爲來。六鑿滋罣礙，諸天多嫌猜。海山非歸處，兜率或庶哉。

出　郭

出郭沙水清，野林日杲杲。柳眠風弄姿，花落枝亦好。遠山森入畫，亂紅堆可掃。昨日鏡中人，朱顏今日老。花稀柳復濃，玉壺自傾倒。及兹華髮時，且勿驚衰早。

循西山下夜行達曉

落月欲落山之西，綠烟未滅金盆低。插天青嶂横丹梯，林壑窈冥微徑迷。臨風悵望心魂悽，道轉高橋溪碧沙。堤平柳眠雀啄花，杏飄殘雪桃蒸霞。我行已到山之涯，東方海雲騰日車。

書沈石田山木畫次其自題韻

我拙不解畫，亦自喜竒逸。朱粉姑置之，蕭森此木石。放意寫荒寒，棲神遊遠碧。染雲山半青，落墨葉盡赤。提挈羈旅頻，卷舒日月疾。署字是何年，誰爲弔古客。

見　月

夏雲如水交横過，上有明月新嵯峨。我欲弄月乘輕波，青天無梁風浪多，陵風一舉君謂何。

久　雨

久雨殊未佳，幽懷况鮮樂。愁此偪仄居，凜凜陷於淖。高旻停日車，積陰連雲駮。流霧捲地飛，驚泡濺堦閙。平土水數尺，窪處在泥窖。暫歇還更然，檐禽語稍稍。稚子緫無憂，不能復騰趠。排墻慮見及，所傷豈皴皰。天神自明聰，乖龍失告教。吾欲扣上穹，微悃諒弗効。中夜坐咿嚘，困眠曉不覺。

五月十二日重遊崇效寺尋雪公看花之約後二日阮亭侍郎亦往遊焉以五月江深草閣寒爲韻賦詩予亦作七首

野行不覺遲,人影改亭午。言尋惠休居,豈獨招提古。門前閒草花,戲蝶自迎舞。脩槐可中庭,緑陰欲拾取。飄然紅樓客,笑齒粲可數。問法離文字,吟哦劇何苦。斜風見動旛,落日隱懸鼓。我亦困詩妄,新集編夏五。

昨遊尋東風,徑草細緑髮。微憐屐齒香,散步意超忽。青春歸茫茫,幽芳亦未歇。曲廊通野園,曠若人寰闕。古邱今猶存,崩剥瘦見骨。有似鱗爪枯,中心自突兀。四邊千樹棗,嫩蕊嬌不發。報花如報竹,素書來一月。

書中何所云,上云花在椿。會當菖蒲節,可供纓絡幢。下云梔子林,清芬散北牕。長謡寄遐想,覯止心則降。開函愁細字,數數挑銀缸。我詩如虢鄶,子男亦陋邦。大師鄙島可,居士慕老龐。潘鬢已久白,安用文如江。

文章小技耳,吾欲觀其深。以兹破萬卷,寓我不住心。湛然遺句字,忽流天樂音。譬之雲在天,變化無古今。形影豈一同,蹤跡難重尋。所以自開闔,天雲長浮沈。我心正如此,萬刼勞相侵。雖被世俗嗤,或爲知者欽。

折簡謝見招,單車徑相造。古殿横翠微,初地長瑶草。夭矯槐龍蟠,嚶呦竹鳥好。顧渚瀹泉芳,來禽展匣寶。因從學佛閒,便欲爲農老。留客看治瓜,餉鄰擬剥棗。還坐讀我書,西軒日杲杲。何當卜夜闌,軟語傾懷抱。

寄詩詩如何,問花花恐落。漠漠塵沙中,鬢絲想禪樂。别後秉晝燭,横陳蠟如嚼。誰能從老僧,破衲鐺折脚。永絶羅綺緣,亦無妻子縛。又聞王侍郎,欸門攜酒杓。諸子並豪英,紅顔矜綽約。而我方寂然,清風開卧閣。

憶昨俯寺閣，縹緲高雲端。青天琉璃道，日暮凝薄寒。驚電徹罘罳，宛紅垂闌干〔一〕。山門揖塵土，歸徑跡已殘。黄綠映繡轂，憂患如翻瀾。幸枉霞上作，猶論巘中懽。浮艷不挂眼，新詩獨永歎。子美師粲可，良遊思渺漫。

【校記】

〔一〕紅　四庫本作"虹"。

北　峰

西山轉北峰，城中見尋尺。始晴出半岑，横雲帶斷碧。劃如人静好，嫦娥露修額。紫臺連邊沙，紅顔慨遥昔。年年黒山春，雪花青塚積。羇士心多悲，對此成目逆。

久雨喜晴懷王顓菴侍郎兼簡阮亭

曉雨送廉纖，晚雨迎絡繹。歸來困欲卧，屋漏牀牀窄。稍聞流泉響，樵語間嚧嚧。夢裏青山長，行盡溼無迹。忽覺失烟霞，孤枕斜光射。晴鳥引圓吭，風櫺轉清嗌。陰雲雖解駮，書琴久狼籍。低徊把君詩，吟誦手忍釋。不獨銷愁憂，兼亦快夙昔。公朝時聯鑣，官曹日接席。玉山暎頹顔，瑶草起沉癖。但無樽酒懽，流連展遥夕。況逢濟南生，腹笥藏簡冊。説書口瀾翻，論古人辟易。一臺二妙俱，我老壯神魄。風流雜案牘，相對未蕭索。往來同廨署，何俟越阡陌。已辦青銅錢，共醉慰衰白。

六月二十五日召至南書房賜御書手卷挂幅扇恭紀

金猊踞地龍蟠棟，赤霄雲卷晴暉重。玉堦行上近椒風，小殿開簾褰額鳳。青疏斜明飛紫烟，封題宛轉光射天。下臣姓名起微陋，磨丹覲署迹未乾。一函三錫煩屢識，恩華炯炯浮長箋〔一〕。臣名上所自署。驪珠迸出蛟螭纏，颷若雷電隨毫巔。皎若日星麗璣璇，霖雨初霽萬象妍。錦機匹練天孫製，淋漓御墨香螺漬。書罷留題與後人，剪刀不上絞綃織。橫書綾以全端賜。直書更有迴鸞字，仰觀再拜千金賜。預恐茅齋破壁寒，只應珍襲藏巾笥。九華宫扇日邊來，楚竹齊紈次第開。明月烟銷香鴨動，海天風起戲鴻迴。十九年中被恩遇，承顏往往親縑素。畫筵雲章喜絶倫，凉秋未敢嗟遲暮。丹青自古誰良臣，終始君恩有幾人。便蕃榮寵今如此，恐懼獨立持其身。

【校記】

〔一〕恩　四庫本作“光”。

題王石谷山水清暉卷後有序

王君石谷以畫名聞天下，比侍内廷。東宫殿下高其品誼，書賜“山水清暉”四字，蓋取靈運詩中之義。廷敬捧睿書以觀，欽仰久之，謂山人何不遂稱清暉老人乎。山人曰“諾”，乃爲賦清暉老人行云。

清暉老人王石谷，紫鸞曾傍紅雲宿。醉翻東華祕笈文，黄塵霜掃秋眉緑。君不見洛陽郭恕先，君不見富陽黄大癡。古來謫仙多畫師，石谷汝畫天人姿。真宰開鑿初淋漓，烟雲欲落神龍隨。鼠麋角空爾爲，九重聞之亟召見。寫圖每覲重瞳面，彷彿凌霄夢裏遊。不知身在蓬萊殿，承華日永問安迴。寶墨書奩次第開，揮賜謝家詩上句。知君山水興難裁，我聞一峰道人文采風流世無敵，作畫半染君家虞山色。彭祖巫咸皆輩行，遊戲江湖不可測。相逢夙昔若爲情，人間石谷留香名。惜哉不以清暉稱，誰爲稱者午涯生。

擬古一首寄林吉人

渌水湛明鏡，照我青蛾眉。幾回芳樹下，蕩漾凉風吹。思君渺銀漢，洪濤浩無涯。雙星雖迢迢，會合歲有期。不見機中人，停梭感鬢絲。

送廖衡素還雲間

蕭條邊朔心，時節迫晚暮。以我幽憂居，思君在岐路。平生困鞍馬，不識江湖處。懷情向南雲，極目空烟樹。繫艇及流潮，春風信來去。

送杜遇徐大宗伯致政歸檇李

玉京仙人侍帝還，紫清朝別暮丹山。長風萬里留不得，明河倒瀉隨潺潺。金壺銀箭南宮漏，尚書午夜遲箋奏。扶桑弄影海雲生，繚繞觚稜夢如舊。遥思供奉西清日，詔試與君連第一。柏梁歌就賦長楊，琉璃硯水蛟龍筆。我愧紅顔君少年，相逢意氣凌雲烟。白駒晚景真過隙，緑鬢秋霜已上顛。詞華勳業鄒枚老，曹省功名蹇夏偏。簿書往事紛填委，文酒風流只浪傳。君如阮嗣宗，臧否不挂口。我如王無功，泥飲欲濡首。我留君去天蕭蕭，離心千疊江山高。君過長蘆試相訪，雞黍近局堪招邀。謂朱竹垞。

巢學士賢母歌

北門學士雙銀魚，晨隨玉檮晝直廬。有時惠我蓬萊書，開函磊砢千驪珠。上言母氏行，凛凛與衆殊。下言弱弟賢，母教勤復劬。朱門貴富世所慕，孝弟爲寶今有無。又言子之文，可以式浮趨。子爲我歌歌，以壽母。餘流傳篇籍無刪除。我感公言爲躊躇，母善纍纍不可以别區。母昔佐夫子，惟孝忠不渝。公今昆弟刀華涂，移孝作忠理不誣。參執魁柄争斯須，守母善行爲楷模。吾聞母言，食君之禄，勿使我虞。賢哉母言真丈夫，青史萬年名與俱，福禄永綏神明扶。

廣陵學士北征扈從圖

方花磚影日未紅，相逢鸞珮坳螭東。臣朔空飽太倉米，頗牧驚看在禁中。蓬山仙官寂無語，八牕雲開見下土。清水蟾蜍咽玉壺，紫塞胭脂卧鼙鼓。龍旃一捲沙漠塵，青山黄屋相嶙峋。神功如天難繪畫，歸來高閣圖麒麟。生綃别寫君年少，横槊簪毫皆入妙。衰白對此意飛動，掩卷臨風起清歗。

飲酒寄荀少

老至顔復酡，飲少興無涯。前有尊酒行，樂府名最佳。呼童使之歌，聲澀如秦娃。昔者與諸季，樵唱相讙諧。别來四五秋，分散空荆柴。遠或隔嶺嶠，近或踰河淮。君往官湘州，湘州水湝湝。渌水可作酒，飲之寬君懷。飲水還飲酒，歌此當優俳。

出北郭門贈吴天章

月斜雞未鳴，中宵塵鞅閒。心清不染境，眼明惟見山。初日動林景，和風吹客顔。花枝自冉冉，鳥語亦闗闗。城中幽居者，高眠棲闤闠。思君共芳草，青春偕往還。

野亭對酒懷朱悔人

朝來公事罷，客心静無氛。頗訝衰拙跡，忝兹鵷鷺羣。悵然一樽酒，無由舉屬君。徘徊且未去，爲近青山雲。

午亭文編卷七

古體詩

李厚菴少司馬生日詩

紫陽起八閩，斯文振千古。夫子繼清塵，鄉國近接武。流風五百年，名世天所許。伊昔王道微，儒冠賤如土。紛紛霸與雄，管樂僅遇主。嬴火照西秦，遺經壁東魯。其後稍稍出，寒芒翳復吐。五星聚於井，隱見豈再覩。濂洛不逢時，渡江況齵齵。得如休明運，龍飛當九五。斂容陳周孔，講學佐堯禹。奎文移禁中，兵柄攬畿輔。民有耕桑居，士有側陋舉。封章贊廟謨，兼多造榻語。梧桐高岡音，聲聞達九宇。五色所披拂，德輝蕩羣羽。古來儒者流，誰及文明普。會當臨閶闔，雲霄灑霖雨。天壽卜人歡，輿歌翻樂譜。公聽旌門外，千村連社鼓。

送吴天章歸中條壽母歌

君不見太華山前黄河水，山前沄沄走萬里。崑崙之源天上來，十二玉樓相向開。丹山有鳥形如鶴，王母騎之珠繡絡。五色神龍斑狻猊，黄金茸茸頷彨垂。仙真羽節從所適，小駐崆峒下姑射。太華連綿中條長，黄河之水流滂洋。龍門結束玉谿古，男兒不出亦不處。有文萬卷不求名，聊向京華走塵土。仙人一笑子歸來，黄河十月冰崔嵬。太華不騫爲母壽，玉女金盆酌春酒。

送桐城張相國還龍眠山歌

聞道龍眠山,龍眠今不眠。白雲從之去,縹緲青冥天。一朝嘘氣生紫烟,沾灑千山與萬川。先生昔時此山居,白雲出岫隨軒車。自從雲去山逾静,春猿秋鶴相吟呼。雲今冉冉歸來乎,山前修竹林,山下芙蓉湖。水石公釣遊,花鳥公友于。曲江荔子嗟莫致,成都桑樹餘幾株。乃知賢達少儔侶,赤松黄石差可夫。且如白雲何山無,龍眠之山山不如。

朱悔人遊廬山觀三疊泉圖歌

五老峰邊三疊泉,飛流三疊落九天。誰其觀者前謫仙,後有坡老差並肩。邇來千載風流歇,空使江山坐超忽。建安已來蓬萊姿,矯矯才名又清發。見君朗如行玉山,萬里卷入胸懷間。手持觀泉圖,颯颯天風還。燕山雲動海月出,照此令我開心顔。欲騎白黿去,銀河相躋攀。倒身笑殺五湖水,平流淺碧徒潺潺。

上元即事簡湯西厓都諫

春山蒼蒼春樹緑,月高起行月漸没。今夜元夜月應圓,曉月雖去夜還出。我初擊筑北遊燕,横腰寶劍光可憐。行向燕人問岐路,易水清流古道邊。歸來落日紫烟生,壯心未已白髮驚。遥看青綺門前月,已度黄雲塞上城。少年踏月瓊樓下,清輝照耀銀鞍馬。漏水金壺達曉稀,祖屣歌筵與舞社。只今閉門對月閒,門前燈火高如山。忽聞剥啄聲逾静,雲章五色投柴關。撫卷摩挲揩老眼,頓使少年看月精魂還。嗚呼！此月萬古長出瀛海裏,此詩萬古長留天地間。西厓示使黔集。

紫毫筆歌

誰何磊落天人姿,手捫星斗騎蛟螭。長風萬里上閶闔,玉皇香案親來隨。彩毫掀舞墨花落，鋪張霞綺搴雲旗。昨朝示我筆精妙，法從天授非人爲。龍跳虎卧勢宛爾，紫貂顥力如熊羆。文犀琬象式古雋，朱綢翠羽光淋漓。會稽鼠鬚少牙角，中山兔潁徒毛錐。良工市肆皆則效，都人四遠傳流之。侍中直廬蒙眷睞，奎章雲翰常攜持。承恩往往賜此筆〔一〕，黄封題字標瓌奇。貯以幽蘭含郁馥，濯以清流開芬滋。染以芳松之烟霧，疏以端溪之紋漪。邇英側畔青藜閣，剡藤鵞絹攔烏絲。誠懸心正存矩矱，世南戈法多風儀。丹青點染具生動，山光水色心情移。寫詩作畫無不適，雅與此筆稱相宜。無何惠我意則厚，風流文采焉能追。生花五色夢特異，别管三品書難窺。珊瑚爲閣巧安置，寶玉在執憂顛危。君不見吴興承旨迹不泯，華亭尚書聲方馳。至尊文思高萬古，猶憐二子非同時。吾屬幸生休明世，公乎努力當如斯。人生遇合豈易得，况逢聖神爲君師。

【校記】

〔一〕承恩　四庫本作"囊中"；賜　四库本作"藏"。

野亭懷魏無僞

孤雲隨客來，飄飄自舒卷。言遵西山行，不覺野亭遠。微吟記獨遊，憶我心所善。魏生西山西，闗河阻幽緬。

徐給事虞門宣沙視牧寫真

邊沙夜静晝不昏，長城不鎖開闗門。時清歸馬天山下，千匹萬匹如雲屯。宣沙千廐尤最盛，考牧攻駒得雄俊。誰其典領坐致此，臨城長官亦縣令。使君今爲掖闥臣，風貌奕奕愈有神。肯信書生事鞍馬，故爾寫真傳後人。更畫此圖著省壁，青瑣花驄照夜白。就中八尺生有神，恠底龍池飛霹靂。

書江補齋太常江山覽勝圖

我聞漾水出崑崙，禹所導漾非其源。東流爲漢走萬里，仙人黄鶴隨孤鶱。黄鶴樓空逾千載,黄鶴高飛至今在。漢水東流無盡時,朝發閬風暮碧海。青霄宫闕渺何許,身到紅雲最深處。不知經歷幾春秋,還憶江山汗漫遊。大别山,滄浪水,今之畫圖得無似。掀髯英盼夫爲誰,仙骨驚人見吾子。吾子巍巍廊廟姿,寄興烟霞聊爾耳。玉宸朝退凝清香,江山一片空明裏。

九日贈同直近公聲山

玉晨俯清都,高處閲九州。何暇尋遠山,蕭條增繁憂。瑣牕過白日,坐對黄花幽。兩賢真好我,語默皆綢繆。始愜絶紛擾,遂欲恣冥搜。耳目寡外緣,一室安天游。翻念登高人,徒令日暮愁。

野亭望西山

青山有何好,望之開我心。我心含虚空,豈受谿壑侵。奈此前塵影,鬱若交蘆森。明鏡鎖匣中,清光寧久沉。一見青山色,豁然愜幽尋。

再哭孟孫三月廿一日

我老夙少歡,奄忽遭深悲。皇天豈私酷,要是業所爲。淚流輒復咽,焉得成綆縻。我生實愚戇,衾影恒自持。魔事與魔民,侵陵無盡時。此心痛自恨,克己將尤誰。汝去逾半載,執筆爲此辭。汝則聰慧人,去去慎所之。

歸詹事孝儀畫像

鳳鳴時一聞,窅窕千秋長。飛鵬上萬里,重霄閟其光。喈嗟天下士,有道不得行。丹青貌顔色,攬圖神揚揚。此中含誠明,可以爲世坊。詞林枝葉大,根柢誰持將。風輪激海水,日夜沃扶桑。自非此理存,斯文得不亡。偉哉桐城公,管領翰墨場。春雲靄萬卉,高議無否臧。有時屈一指,詹事傳芬芳。昔余知詹事,公實告之詳。所得副所聞，歷久彌煒煌。自聽山陽笛，感舊猶沾裳。公今謝政歸，雲卧龍眠莊。詹事有賢子，藹足陟澗崗。乞公一紙書，細字森琳瑯。上言陳主恩，歲月游虞唐。下言叙友誼，斐然及文章。謂非子一言，實至名不彰。余味作者意，念古徒傍徨。七哀難可繼，一慟有餘傷。紀事畏掛漏，選詞愁倉皇。惟賢故知賢，舉綱目以張。以兹示來哲，筆簡情無量。

題汪東山寫真

聚奎堂中二十夕，闈棘森如背芒刺。況復冬烘鬼眯眼，老夫耄矣嗟狼籍。座中汪君壓萬夫，手握隋珠奪秦璧。文采風流貌有神，蛟龍欲落摇空碧。筆陣橫掃詞源傾，斂我精魂壯心魄。散若風雨飄雲烟，聞君將泛五湖船。衡門兩版晝常閉，剥啄過我生無緣。我時早出歸在夜，軟塵漠漠吹華顛。當歸不歸歸未得，君歸卻是當少年。丹青畫出好顔色，攬圖對君猶依然。我留此圖君不可，回首春時院空鎖。君是名場第一人，來乎來乎思致身。

舟　行

舟行迷南北，杳杳信所適。但見東月生，銀灣落帆席。回首軟紅塵，車馬倦行役。及兹稍休駕，涉境喜地僻。浮家欲恣情，羈旅畏滯跡。遥看江鴈過，高舉雲中翮。逝將跨黄鶴，觀海先碣石。

風泊沙河

玉杓指東風，聯綿送遠道。留帆潞河水，氷澌欲盡掃。舳艫行稍遲，雲山歷更好。微茫平沙流，出没迴巒抱。仰視圓月高，俯覺衆星倒。六鼇奠坤維，四海際蒼昊。且欲觀長江，未暇覽絶島。從此涉波濤，忠信以爲寶。

放　棹

水宿無常程,春氣今日佳。篙師喜相將,故棹河之涯。一自發京輦,登艫願始偕。復此美烟景,良辰天公排。岸轉捷飛鳥,樹過迴奔騧。初或礙淨目,久乃增奇懷。物象雖有變,藴真無所乖。君看六幅蒲,何如十二街。不動而謂動,長年來俳諧。

舟中題李龍眠畫佛像歌

龍眠畫佛誰可摹,大等須彌細入無。三十二相信有諸,一相本無相乃殊。千幅輪文雁王綺,紺青宛轉珂雪俱。耳門三昧詎易畫,廣長之舌聲難呼。平生説法不閉口,一字未説驚萬夫。師利再請遭佛訴,清凉臺寺歸來乎。居士作詩説法如,以詩觀詩堪盧胡。船牕水急日已晡,微雲澹月光模糊。高卧卷卻龍眠圖,前塵分别心不孤。

天津北分水處放舟南行二十里夜泊

漾舟今始佳,分流波轉急。津條近堪攀,水華俯可拾。落日滿孤帆,餘霞帶輕楫。鄙人耽幽懷,夙昔寡遊集。得此稍自娱,風景亦屢挹。采緑雖不盈,臨川每獨立。見月仍尚圓,計日忽欲十。慎持中夜心,無使百憂入。

静海弔勵近公侍郎

公昔侍禁庭,惟余日月至。桐城解機務,勑蚤暮勿離。無何公卧疾,池亭鬱把臂。迄今行旅間,凜凜佩明義。初發抵津南,静海吾所志。仲春九日夜,宣召御舟次。大艑换小艑,輕風緩遥吹。雲月互蔽虧,漁燈照一穗。丁東漏水聲,旌門屢顛躓。玉音下已久,至尊坐不寐。謂言公慎勤,卅載獨勞勩。今兹臨故居,天書寫奠屬。閣臣偕禮官,議賜以令謚。嗚呼公精誠,更僕難徧記。夜分始迴船,嗚雞覆奏事。詔曰汝議可,文恪標朱字。大恩潤羣萌,露雨灑蕉萃。我衰如柳蒲，本根幸蒙庇。飄飄玉墀傍，葉稀恐失墜。日斜龍尾道，顧影却欲避。春流遶山溪，吾生亦浮寄。宿草何茫茫，三年數行淚。遥酹一巵酒，匆匆絮難漬。

晚泊青縣懷勵文恪公

山陽笛裏聲，淒斷催人去。遥遥河上帆，渺渺烟中樹。回首蓬萊宫，高話滄洲趣。何處君釣遊，遠道猶返顧。

滄州微雪

河曲連烟村，岸古鬱沙柳。蕭蕭蘆荻花，猶灑秋風後。是時當春陽，潤色上隴畝。雲師豈無意，滕六初試手。微雪映鸛跡，横靄薄鷁首。我行適江海，臨深堅所守。欲搴湘沚芳，不醉滄州酒。

望中條懷吴天章

條山蒼，河水黄。陽城諫議不可作，白雲終古空茫茫。滄州已過官河長，時清無事容徜徉。我思昔人遥相望，隱淪更訪河之陽。高達夫，劉文房，二子此地曾頡頏。蒲東佳士吴天章，新詩可與二子當。此去中條踰千里，高才秀士知有幾。吴生相近玉溪村，干旌若賁事堪論。

論晉中詩人懷天章

摩詰秀千葉，柳州儼天人。義山最崛起，流别自有真。上下五百載，遺山接清塵。自餘諸作者，海山羅奇珍。嘗鼎分一臠，已足甘喉脣。鄙人老無學，枌榆私所親。豈惟鄉里賢，名與天壤新。我初慕聖道，矯首思河津。緬維三千篇，删述垂千春。大雅久凋喪，風流隨波淪。昔者卜子夏，論詩河之濱。沿洄溯洙泗，餘潤沾窮鱗。文章寧小技，矩矱存先民。以兹慰衰晚，奮翼攀鳳麟。既得金鸑子，金鸑，天章齋名。刮眼辨玉珉。子居玉溪上，義山舊卜鄰。況復龍門峻，岧嶤臨高旻。執鞭今所願，參駕豈同倫。蚍蜉與大樹，天賦理則均。撼之適足笑，安分不失身。扁舟阻千里，寸心無由申。所期鄉國間，詩教還清淳。

武　城

行行慕往跡，況復聖所至。此非費武城，昔人以名識。而我以其名，寫此流覽意。斜陽望極浦，風帆渺河涘。當時河未鑿，絃歌繞平地。雲天故如常，陵谷不相似。我來情實耽，恐與曩者異。覩兹屢慆悵，悠悠起遐思。轍環齊衛間，西邁見簡子。趙氏殺鳴犢，臨河阻風義。鄙夫本晉人，丱角知靦耻。我生謬好古，千秋有恨事。今此入征途，頹垣傍沙水。猶幸一笑留，聖目所眄視，誰謂沮溺賢，滔滔同一喟。

穀城山在東阿東北五里

子房年少時，擊秦博浪中。亡匿游下邳，折節圯上翁。期後十三載，相見穀城東。伏臘祠黄石，此義千古雄。昔夢黄鶴客，綢繆蓬萊宫。亦有山澤約，俟我乎河嵩。河嵩不可到，穀城訪遺蹤。扁舟渺然去，但見烟濛濛。

觀汶水南北分流處

昨行天津北，汶水東流出。今行濟寧北，汶水西流發。西流來不近，及此初蕩潏。南北忽分流，北三分南七。投木柹試之，其數不一失。悠悠百年後，此豈有牽率。緬想開鑿人，用意必祗栗。憑之儼有神，不匱復不溢。利涉通湖江，倉庾衞京室。盈盈一水間，伴我已廿日。往路幸相從，溯洄猶未畢。有情若汶水，生理向君説。老夫今老矣，往往情懷惡。晨夕亦已久，君應悉本末。使我飲水心，即事自欣悦。

分流水送人北歸

分流水，流濺濺。行人到此寂無語，别淚滴作分流泉。我行南來幾千里，多情送遠北河水。北河相送去茫茫，南河相迎客路長。與君相别分流處，春草春花易斷腸。

魚臺東境山水

好山過客不知名，好水圖經不入選。我行魚臺山水間，輕綃半幅平如剪。連峰依人行欲近，翠嶺横天去復遠。山青水緑畫新就，道人宴坐却掩卷。東行若更見麻姑，不問蓬萊水深淺。

湖風行

獨山微山東兩湖，獨山光淨平練鋪。微山宿雨春糢糊，侵曉衆皺堆不舒。初猶料峭成崎嶇，既乃簸揚塵漲途。神靈卷舌帝命敷，大塊噫氣嘘焦枯。誰令如雷聲如呼，摶鵬退鷁奔天吳。下逮水黿鼉龜魚，魴鯉魦鱮鱣鯽鱸。潛形息影四散逋，罾網雖設愁三虞。行人高卧棲艦艫，守湖使者前相於。爲言船行牛酒俱，盔池肉屯神其娱。我謂飛廉盍少徐，錢帛已空單衣襦。葷血不飽甘藜蔬，村醪十日一懶酤。神之清潔淩太虚，飡霞吸露奚啜餔。我斟河水奠滿盂，生民正直神所扶。作歌反風在斯須，歌殘雨來帆影孤。

洳河詠雪

春寒不歸柳欲催，輕烟醮水如青苔。宿麥在隴色自好，農夫尚未争黄埃。河水沄沄可灌溉，我欲手挽東流迴。惜哉老耄身無力，雲師風伯多見猜。龍公作意初試手，映空小雨行徘徊。土膏沾潤拜明惠，縱横忽訝紛瓊瑰。資清以化本天德，夾鐘之律猶飛灰。表賀瑞雪吾豈敢，詩詠豐年亦快哉。

淮南放舟抵金山作

太行窈窕穿林麓，千里相隨到京國。我本崎嶇山谷人，泛泛湖河望平陸。人生無奈是有情，流水青山憶茅屋。十日見水不見山，今朝喜見三烟鬟。船頭低昂如有意，招我紫金浮玉間。忽焉江天萬里豁，丹青幻出峰巉巉。鵾鵬摶風乍羈紲，龍象截流猶崢潺。靈巘湧出多寶塔，隨身宫殿忘却還。帝釋冥搜巧施設，豈同工力煩人寰。廬山面目在山外，此山在水尤孱顔。天下江山難徧到，得此已足栖幽閒。故山有夢不歸去，江神抵掌笑我頑。

惠山泉和東坡追用唐處士王武陵竇羣朱宿所賦詩韻兼以泉水貽桐城先生三首

昨夕發京口，不踏焦山蒼。今夕過惠山，不登漪瀾堂。昔者蘇夫子，鸞鶴空翱翔。邈然下江海，泉水流雲光。虚明見何色，清淨聞何香。今我亦栖栖，塵影豈易忘。

水行亦近山，清暉相娱人。湖江去浩淼，巖澗來幽新。吾生亦聊爾，與物無緇磷。性僻耽佳句，道遠泥客塵。夜來濁水珠，皎皎淩清旻。永言沿餘波，猶冀德潤鄰。

殘紅亞山坳，微緑散林樾。夙聞此中泉，色味稱兩絶。遣舟取一壺，蕩槳烟明滅。去山亦已遠，傾水瀉山月。眷言臭如蘭，佳處相映發。分甌隨清波，川行靡定轍。

南園贈彭訪濂

我行泊船來胥門，銀濤日落昭闕昏。短衣走馬蘇臺北，迴鞭忽漫思南園。南園近在故人舍，剥啄相驚喜復訝。開軒掃榻具盤飧，二十年中一夕話。酒闌燈灺夜何其，月出凉風吹白髭。荏苒海山歸去路，凄迷林壑到來時。海山林壑差相似，南園閲盡興衰事。金谷花凋蔓草生，平泉石散孤雲逝。吴越舊國廣陵王，此地豪華擅一方。

辛苦爲園逾一世，美人詞客盈高堂。前有麋鹿後狐兔，元璙那復蹈其故。如今亭閣盡埃塵，菜圃紛紛野烟暮。君家結屋數茅椽，歸來手種南園田。吳中相識亦無數，與君似是前生緣。六日淹留不欲去，臨行執手心茫然。吾生有涯知無涯，爲我試問南華仙。

滄浪亭次歐陽公韻

清水濯纓濁濯足，朅來高詠滄浪篇。歐子吟詩跡不到，我今遊目亭依然。應知結搆存古制，故令閱世如尋環。喬木已疎閒弄影，雜花交映春爭妍。冷梅苦竹亦間發，時有百舌來啾喧。蘇君在日不得志，精魂此地棲雲烟。我生幸值休明運，不應與子相賫緣。嗟予賦性慕放誕，一枕喜遇龜茲仙。十洲三島不可望，天留老眼湖江邊。公乎避讐如避寇，雒陽豈無二頃田。嵩丘萬古疊蒼翠，洪河清濟波淪漣。賢妻孺子飽蔬食，那肯浪用公紙錢。惜哉與時自齟齬，汹汹人怒天須憐。人生有命天所定，屈申未了還聽天。水清水濁源自異，如金在沙玉在淵。鬱於生前昌厥後，回頭萬事輸醉眠。自昔遺臭甘百世，流芳故自經千年。我來弔古君識取，惡詩不用人間傳。

長水道中重題滄浪亭懷宋牧仲中丞

昨吟滄浪詩，衹作滄浪觀。滄浪見野老，語多頻雜亂。短歌欲申寫，挂一定漏萬。謂言滄浪亭，都堂公所玩。公來活我吳，百事費廉幹。此亭幾興廢，排墻亦畫墁。公暇求古跡，文字並堂按。悠悠一千年，人往亭亦换。公曰但因之，勿令滋漶漫。作無侈前模，成不張彩幔。錢財出食餘，俸禄計口算。又言我蘇州，正賦天下冠。賦外曰火耗，似是冶與鍛。不知始何年，長吏恣壟斷。始初輸一金，四三分兼間。後來至七八，實重吳人患。公曰悉除之，無已稍及半。猶然四三分，亦可足私便。人生堪俯仰，何苦慕富羡。大哉仁人言，境壤謳歌徧。是時行舟急，野老相追餞。殷勤再四語，春鳩相鳴唤。細雨荷鋤去，枝詞爲點竄。回望滄浪亭，旅泊客遊倦。請公聽此歌，諒不謂河漢。

自靈隱至韜光菴

靈隱之峰世所稀，天巧不煩人施爲。誰與妄者久雕鑿，我今來遊長嗟咨。藏嵐洩雲故宛爾，徒令汝輩尋刀錐。冷泉之亭蹟最古，青松危石粲可數。涷能墮指當炎熱，深始出淵連厚土。我今衰顔時復寒，對此翩然欲霞舉。爲問此泉可飲乎，僧言衆水泥涂俱。接竹連筒致山水，山上有泉如噴珠。徑隨水道覓往路，新篁紫籜森扶疎。韜光之寺餘杭無，浙江滄海巖前鋪。斜陽不見海日出，輕烟遠覺江潮孤。江潮海日常時在，行人速去山靈怪。仙客何須歎寂寥，岧嶢自與神明會。雪山葱嶺杳何許，渺渺恒河亦溝澮。江山歷盡好安禪，只恐兹遊不可再。

雲棲寺

湖亭賞未愜，言尋山寺幽。巖溪杳微徑，忽見長江流。隨潮送遠目，島浪海氣浮。天開豁遥想，路永生羇愁。崖花方爛爛，野竹何脩脩。臺殿稀壯觀，雲霞媚林丘。道人棲此山，了悟空中漚。吾兹佩遺教，息心將焉求。

婁東道中次韻西齋題夏重初白菴圖

行行江樹驕春風，誰識秋風待枯槁。婁東美人青瑣客，溪外落花紅不掃。朱顔如渥鬢如漆，亦解人生有衰老。查田居士金閨彦，心寄山林事幽討。朅來畫作初白圖，不將宴坐離煩惱。吳生有文能達觀，弄筆吟牕展懷抱。白髮白盡與初白，所白不殊見顛倒。縱道長安多少年，富貴何須致身早。感君清興寓瑶篇，一爲勞人慰草草。查田漠漠望如雲，征途不辨方與皁。有似前年鎖院時，看花時節冬烘腦。初白之名名最佳，白盡尤知白髮好。

四月三十日龍見於金山

余月月夕明欲蘇，金山傳漏方午餘。微波吹江江水舒，靈風歘吸雲四鋪。蒼龍挾雨光有無，濃靄畫出一縷軀。自南亘北横天樞，度之十丈長自逾。圓徑數尺不可摹，白雲周遭中糢糊。我未見龍誠有諸，同時見者皆呀吁。指點似有鱗爪俱，倚空流盼争斯須。儻怳自北而南趨，斂形就小尾不逋。摇曳撇簸重雲膚，天晴日晶景氣殊。吾聞龍者德之符，感應和氣遊沼湖。自從羲皇河出圖，榮光休至當有虞。舜東巡狩龍當涂，五彩負卷留舜車。爾後寂寥栖八虚，無聖則隱見不渝。漢皇有道來不誣，及其矯僞分龍豬。吾君聖德同古初，神靈表瑞盈亨衢。作歌紀祥徵策書，塵埃載筆愧雅儒。

與虞良

嗚呼三千篇，什一今尚存。宣尼絶韋編，於此尤討論。好古述不作，精意探化元。我衰才思劣，歸老道德源。滄海不可涉，沿流競追奔。日暮失津涯，賈涕流潺湲。吾子誠賢哲，夙植詞林根。朅來二十載，風雅方騰騫。樂志尋孔顔，放意遊羲軒。願言共晨夕，相對各忘言。

惠濟祠觀河歌

桐柏之山兮高峨峨，下有清淮兮汎濫多，浩浩洋洋兮殫爲洪河。殫爲洪河兮浮罋桑，走臨淮兮騰維揚。使淮水其安流兮河弗逆，經之營之兮匪伊朝夕。烏用白馬兮湛玉璧，駕飛龍以周遊兮，指舊川以爲期。彼滔滔兮來迎，澹容與兮河之湄。荷葢兮驂螭，登東陸兮遐思。攬日月兮時正中，奠四海兮將焉窮。

蜀　山

廣陵亦屢宿，不到平山堂。蜀岡如夢寐，歸來心傍徨。蜀山山磊磊，蜀山湖洋洋。蜀山萬丈青城長，花明玉洞雲錦張。峨眉插天兩相映，仙經地志不可詳。此山似是巨靈開鑿時，殘峰斷嶺分攜將。東置汶田西維揚，汶水連綿浩淼茫。灑作雲海東邊窈窕色，巘岫噴薄天門傍。天門高高日觀遠，我欲登之日已晚。此山此湖難久留，丁東玉漏催方舟。仙人騎羊跨白鹿，雲中笑我來遲去何速。空負青霞賞，遥謝紫芝曲。朱顏白髮已如斯，歸向茅堂卧幽谷。

西齋遊城西南詩三首余見之因亦往遊焉次韻有作

吕仙祠

訪古悵秋城，尋幽快仙閣。即無黄鶴飛，時見白雲落。未能餐烟霞，且欲飽蔬藿。天人不可攀，三復岩上作。

黑龍潭

蕭蕭蘆葦花，奈此凉風夕。沙水入秋清，松雲近潭黑。朅來見海眼，神龍所窟宅。頻年禱祀稀，憫我田畯厄。

陶然亭

野水延清暉，寺亭豁遠趣。煙流鐘隨殷，裊裊落岩樹。聲聞竟何歸，塵影此蹔聚。山僧習辟支，吾向大乘住。

題牧仲冢宰西陂魚麥圖

去年相别滄浪亭，春水緑波春草青。今年相見長安道，西華夢想西陂好。西陂烟水似滄浪，我欲從之路阻長。誰料軟紅香土裏，幻出雲山翰墨場。披圖最有江南意，春月春風滿巾笥。五湖三畝未歸人，紅欄緑浪經過地。滄浪野老别來久，瓦盆酹酒爲公壽。想見攀轅卧轍情，棠樹村村間花柳。藤陰兩株今作家，扶桑萬疊影不斜。

回憶西陂此時節，釣魚刈麥荷有花。鏡湖一曲天所賚，也待行年八十外。潞公未老魏公壯，高會耆英且莫讓。

因安溪先生寄梅定九處士

待漏院中清晝長，安溪閣老來平章。公所薦士不可數，宛陵處士尤芬芳。梅君好古懷軒唐，胸羅七曜包八荒。御舟三日三召對，懸河東注河伯忙。老笨多時語屢誤，聞此不覺神揚揚。又聞日坐玉座傍，龍箋賜出星日光〔一〕。賈生一見便前席，劉洎何勞登帝牀。丈夫遭遇有如此，稽古之榮世莫比。白衣宣至白衣還，他年正可書青史。昔我與君俱壯年，交親氣概迴雲天。職在論思不能薦，忽忽白首空徒然。耆舊飄零萬事畢，新知記一不識十。如君幾人王佐才，聖朝優老令歸來。我今時節已晚暮，江湖魏闕心悠哉。人生會面難再得，短歌長吟淚填臆。若附音書寄李公，爲道良時須努力。

【校記】

〔一〕賜　四庫本作“捧”。

中條行

金吾將軍八十餘，直入延英門上呼。中條山人事得已，貞元亦是明天子。我望中條思諫議，小事不言言大事。延齡奸佞陸贄賢，外人皆知天下傳。九重深閉不得見，人言不信誰敢言。金吾敢言帝肯聽，一朝忠謇回唐天。山人昔在中條久，窮達於君亦何有。終南捷徑誰爾疑，犀首無事但飲酒。泉石烟霞世豈知，折檻披鱗時亦偶。千里中條日暮過，迢迢回望舊巇阿。秦山渭水不可見，白雲青靄空復多。

登舟酬别宋牧仲太宰

御溝屬瀛海，馳道連大川。流澌及晨潮，解纜春風前。湖江渺萬里,似攬崑崙源。巍巍居崇高,下念臨深淵。羽衞静無聲,波濤平不喧。息慮寡朝謁,離羣曠周旋。既慙隱淪樂,尚慕肥遯賢。别意方超忽,贈處昔所敦。

維舟懷朱竹垞潘稼堂

河闕渺吴越,一水行可至。吴越有故人,天遠浮空翠。登舟夢見之,明月照不寐。老將歸田廬,荒山寡車騎。悠悠川路閒,此行上所賜。海潮動逸響,津樹饒野意。極浦來風聲,枉渚蓄春氣。永懷期明發,旅泊展遐思。

河間道中懷阮亭

陶謝吾生晚,斯文阨横流。非君展心目,千古誰冥搜。結交四十載,往往異沉浮。京洛雖夙好,雲山復悠悠。及兹事行役,聊爲千里遊。南浦草未緑,青門柳色稠。息軌陸涂疲,鼓枻川路幽。未愜隱淪想,每懷離析憂。遠烟生海樹,孤月隱河樓。懷人渺晨夕,瞻言此夷猶。倘惠瑶華音,庶以永綢繆。

河間道中劉隨州故里

瀛州百里路,五緯生寒芒。東有高達夫,西有劉文房。高君不坎軻,劉君遭謗傷。更憐二子名差異,無定千秋翰墨場。惜哉二子生同地,聲華並美誰能繼。善善欲長惡惡短,况復文章一小技。我趁輕鷗刺船去,隨州杳杳知何處。可堪蹭蹬向時人,得意猶爲草頭露。寂寞悠悠身後名,爲君三歎傷我情。相如同時子雲老,蒼茫掩卷涕縱横。

南皮道中和京江先生楊村旅宿與客譚江夏郭侍郎舊事詩

伊余侍公下天漢,桂舟容與海西岸。敢云千里結同心,自顧凌風矯短翰。朅來惠我楊村篇，孤篷日上流餘絢。清文迢遰引芳音，陳迹蒼茫起遐觀。昔者遺腹華奎兒，孿生兩兒事並奇。楚王無子乃有二，何怪悠悠道路疑。楚宗奏上不得入，楚王辯章恣抵巇。中朝貴人習省事，樂取軟熟誇嚅唲。江夏侍郎勵風操，居是邦也行則危。但請勘王跡自白，大義炯炯世所知。親王不勘是何語，四明一言兼八疵。侍郎竟刺扁舟去，舟膠涷水河邊住。妖書告密何紛紛，北寺南衙莽錯互。金吾緹騎夜如飛，十口孤村墜霜霧。百年青簡誰爲編，蕉園遺藳猶如故。攬公新詠一高歌，弔古懷賢寄興多。杜若洲長烟樹遠，相從無奈暮愁何。

吴橋道中題劉隨州詩寄查夏重

望望東陽城，曖曖將陵樹。我慕劉隨州，清詩美無度。此地颺蛾眉，同生逢妒嫭。惜哉後來者，耳食狥好惡。非君誰與言，佳期不可遇。行行已晦月，離心馳永路。長川雖暫娛，大江欲飛渡。故人來何時，春水悠悠去。

德州道中寄繆虞良

前年共君來，吴地芳草菲。去年送君去，燕山木葉飛。今年此懷君，春帆凌浩淼。燕山在青霄，吴地限江表。雲中岱宗出，天際黄河流。嚴程赴長淮，王事有淹留。儻入京口船，應泊楓橋夜。南園昔所經，高齋榻可下。曙牕語烟禽，雜花滿故枝。君其尚能來，正及前年時。

水　宿

水宿谿渚幽，晴暉入枕席。何異巘棲時，夢醒一畝宅。雲雁去屢遥，沙禽方自適。散帙坐清曉，塵務罕見迫。願言謝朋徒，從此解纓舃。暫陟泰山高，欲訪勞山僻。仙人豈我欺，我名挂玉籍。縱未證無生，亦復往息迹。千秋幸若斯，結歡慰于役。紛吾慕遠遊，沉憂竟何益。

白雁行

我有錦字書,欲寄歸鴻語。歸鴻入雲長,超忽不可數。前行雙白雁,眼明粲可覩。實秉皎潔姿,非因霜雪苦。一雁俄後飛,單孤不成侶。本欲託音書,翩翻自無主。將書置懷袖,淚落三春雨。

南旺分水行

導淮桐栢會泗沂,東流於海禹所治。趙宋黄河決而南,淮與泗沂兼併之。河於中土一大物,况挾衆流行恣睢。爾後六百有餘載,多爲世患違津涯。吳艘越舶亘天來,神京陸挽人驢疲。偉哉潘生伏下職,建言爲國陳良規。濟寧同知潘叔正建言開河通漕運。宋公舉事不漫浪宋尚書禮,下采羣策褒参裨。是何老人白其姓,厥名曰英超等夷。銅壺倒影測累黍,玉尺量地窮四維。老人白英建策分水。河灣接流二十里,北走千里誠一奇。我行南旺分水處,此豈地利皆人爲。百川朝宗盡東下,却與西北浮雲馳。君不見漢漕山東百萬粟,更歷砥柱多險巇。又不見唐挽江淮道汴洛,濁濤惡浪紛追隨。泗沂實與汶水合,禹跡不湮勞川師。洪河德水寧有二,細流不擇成大陂。古來萬事亦如此,短歌微吟風漣漪。

次濟寧有憶

漕水向北流,春草日夜緑。今朝水南下,緑草連湖曲。湖波淡淡草萋萋,北去南來人解攜。臨風欲采芳洲寄,歸雁何由到隴西。

仲家淺望嶧山作

言過仲家淺,仲廟河水傍。嶧山對廟門,百里來青蒼。影連初日動,勢接春水長。遥峰插天漢,空翠分崕岡。不覩泰山尊,争長雄東方。歘吸亘南戒,透迤趨西疆。豁然去欲無,林巒鬱迴翔。掩映仲子廟，千禩嶫相望。我茲在川上，漾舟涉微茫。前浦行脩途，未登洙泗堂。生不逢孔子，日月依末光。扣舷問漁父，夕照明滄浪。

古意二首

春草隨長陌，年年著舊痕。教人歸未得，且莫怨王孫。

單飛不作行，單宿不同處。記得雙宿時，前年舊洲渚。

徐州道中二月十五夜月

一身爲太虛，明月在其裏。天邊見明月，太虛復如此。

仲春三五月，宛是前年明。明月不改色，所見有虧盈。

泊舟清口凱公學士惠以篇什即事有作

淮水生桐柏，及此勢屢變。金波帶餘霞，翠紋迴淨練。烟深色逾澄，夜久光不眩。滄滄已朝宗，滚滚復春見。持此皎潔質，得與潢汙薦。眺遠意少悰，撫景興寧倦。一身爲虚舟，孤懷託才彦。秀眉揚芳風，清言發雅倩。高文迥朝列，新詩廣篇翰。思君如淮水，千里纔未半。淝水出其側，百里日已晏。上窺河漢流，下照星宿爛。夕靄辨經途，晨暉戒申旦。稍知達人心，聊同性所翫。

渡江見焦山有作懷林吉人

江流近海迎朝暾，焦山蒼蒼當海門。憶君焦山古鼎篇，勢凌海日傾江源。金山樓觀特瑰麗，撞鐘伐鼓風濤喧。我行再過焦山下，海雲堂中空夢魂。兹山不到屢惆悵，懷慙竟踐蘇公言。惟我於君亦如此，知禰不薦昔人耻。只有思君日夜心，長江湛湛東流水。

登報恩寺塔

大海漚滅無虚空，多寶古塔何獨雄。金陵南郭長千里，高標屹立滄江東。昔遊不到去惆悵，使我情想紛難窮。浮生萬事皆顛錯，更堪筋力枯秋蓬。眼明忽覩琉璃影,陡覺兩翼摶長風。捫星歷斗涉清漢,彷彿似已凌蒼穹。吳宫晉代那復道,三山二水烟濛濛。曼陀優曇灑香界,野花閒草徒蒙蘢。夙觀勝因悟淨理,身雲湧現空明中。諸天龍象亦偶爾,豈與人世爭沙蟲。登臨浩歌日欲暮,歸途且逐春塵紅。

惠山泉

青林欲斷蒼山起,山色沉沉出泉水。散作清暉百道飛,遠暎千船萬船裏。急呼雙槳快幽尋,清賞迢迢愜素心。溪邊霾靡披瑶草,石上潺湲寫玉琴。我行吳越千山道,春山處處流泉好。玉牀金井紛徒然,一酌清泉可終老。山僧知我再來情,汲泉遣致雙瓷瓶。黄泥赤印漫天下,見此雙瓶信可憑。龍團手試清漚發,引滿浮空對明月。七椀一飲不盡興,夜來少睡心愲愲。摩挲雙缾爲三歎,我自愁多豈汝怨。提攜珍惜向故山,折脚鐺中煮粥飯。

石門舟次

桑葉緑溪陰,映我孤篷去。飄摇楊柳花,千里隨來處。及兹契幽情,那得問新故。柳條攀更生,桑枝亦已附。物理信有常,人意荓更互。超忽不可尋,沉沉戒往路。

武林歸舟懷龍眠先生

前年同宿浮玉山,海風吹月照別顔。蓬瀛縹緲不可到,大江東流去不還。今年相別闔閭城,寒烟漠漠春水清。滄浪亭上白雲古,古人今人無限情。歸舟一夜武林道,夢回枉覺湖山好。老去那能五岳遊,茆檐竹簟自悠悠。不買蘇卿二頃田,不搆元龍百尺樓。一邱一壑足游釣,摧眉折腰謝年少。短歌聽者龍眠公,緱嶺仙人獨長嘯。

平山堂

我浮大江來，迴望江上山。山遠翠猶送，江去潮復還。江山迺明滅，暝宿茱萸灣。訪古平山堂，水竹清心顔。遂登堂上樓，江流山色閒。是時夏景殊，雲峰争烟鬟。歐公千載後，何人共躋攀。風流寄欣賞，寬簡蘇煢鰥。豈惟雄文字，實將激懦頑。門前清渠水，至今餘潺湲。留題渺何處，似有墨痕斑。

夢太白五月初六日作

太白天上人，入世思沉冥。昔過酒樓下，扁舟繫客情。昨夜忽夢公，千載猶崢嶸。花月十年醉，聲名一日榮。十年花月西園醉，一日聲名北斗高。予庚午歲夢中所得句也。此義我贈君，出處亦甚明。年至不歸去，惜哉身後名。風雅亦細故，所患在有生。無生斯無死，天人渾一成。餘語不可悉，孤篷急晨征。明當過酒樓，靈爽使人驚。

魯郡南泊舟寄龍眠先生

龍眠公，龍眠公，長江與子分帆風。君向江南歸，我向江北去。别時雙纜解流潮，潮迴不到長淮路。微生著處如浮烟，那惜飄零限江樹。舟中得病萬慮空，十日卧渡黄河東。感公勸我舒懷抱，有同慧日開愚蒙。人生踏地莫憂老，兩脚能行便是好。此言未寒吾已踐，爲樂從公苦不早。泰山高，滄海深，鳳歌邈矣不可尋。穀城黄石圯橋水，千古惟公知此心。

汶水舟中寄阮亭

朝發濟水南，暮泊汶水東。思君如流水，日夜隨征篷。征篷雖泛泛，所歷物象雄。遥望泰嶽雲，孤撐摩蒼穹。澒洞出遠岫，飄飖乘長風。灑然忽歸來，星月相朣朧。卷舒亦何心，託興將無同。尤憐汶水淨，清波映玉虹。解作西北流，千里浮烟空。縱復雜行潦，皎潔含冲融。低徊赴滄海,意若無成功。奔滐謝衆壑,浩蕩將焉窮。對此感離别,與子期鴻濛。

題寄齋尚書雙松五桂圖

公才天所篤,矯矯凌雲姿。班朝面槐棘,青春貫四時。紫薇間紅藥,香與清風吹。而我攬此圖,霜榦含芳滋。喬松表遐心,粹然君子儀。嵩高千丈齊,百木紛離披。下蔭丹桂花,松前開五枝。譬彼芝蘭秀,玉樹連軒墀。畫師巧用意,根葉相猗猗。達人體造物,至德通皇羲。雨過長卉草,陽回傾藿葵。功宣化自洽,感此動植知。公其佐鴻鈞,斯理更不疑。桃李豈有言,成蹊如路逵。一唱松桂篇,或可絃聲詩。

蔣南沙宫贊畫紅牆下小槐樹

飄颻塵外跡,清賞寄草木。迢迢紅牆陰,芳樹騁幽矚。天秋衆卉凋,見此生意足。風葉留餘暄,霜餘灑新緑。瑣牎展書人,寫生盈簡牘。委身垂華纓,結念同林谷。持畫對芳樹,宛在山澗曲。

題林吉人北阡草廬圖

草廬之圖雲龍蹲,下見閩海横飛翻。海山隱顯走萬里,出没日月旋乾坤。開闢以來奠鰲極,漢家拓地秦東門。自東以南海氣昏,扶桑弄影萬象吞。流球南交可指數,十步五步如烟村。天作崧高東鼓山,勝概如此難具論。林生惟嶽降有神,矯如威鳳初騰騫。德輝遠覽翔欲下,徘徊返顧西山樊。松楸鬱鬱枌榆古,歲時伏臘陳樽俎。築堂丙舍兼家塾,絃誦殷殷答石鼓。漢家寂寞東西京,二十四帝無抔土。生也邱墳四百年,名流輩出繩其武。君不見劉郎石馬泣秋風,相如凌雲氣如虎。

半日村以詩代書答張麋田白東谷先生嘗盛稱張"門前芝草鹿麋田"之句,因遂字之以麋田。

朝謁得幽蹤,遠心展阡陌。袖中一紙書,清言想平昔。門外鹿麋田,千里在咫尺。芝草秀歲寒,元氣肖翕闢。蘿蔦因風翻,靈根詎蕭槭。已從白社招,孰假元纁辟。悠然人世寬,不覺天地窄。念子如孤雲,託以桑榆夕。

尋暢樓詩爲吴孟舉賦

南國有佳人,高步凌太清。周覽四荒外,延佇臨層城。層城十二樓,一樓何亭亭。迢迢若木枝,拂我東簷楹。銀河水清淺,欲落當牕横。散爲三江流,下與吴山平。還顧蓬瀛間,海月灎灎生。登兹俯百川,川上月俱明。我心正如此,皎潔含至精。春月與春風,四序相迴縈。伊昔遘嘉會,歡言邁羣英。客亭載酒時,題樓聞令名。厥名曰尋暢,此理可服膺。别來四十載,宛爾歲寒盟。松柏千年姿,寧羨桃李榮。彼哉塵事,邈矣浮雲情。持用祝眉壽,諧之金石聲。

三峽流泉歌爲曹鍊師作

惜哉高漸離,燕市擊筑徒。爾爲却笑陳梓州,瑶琴椎碎求人知。老夫埋名燕山陲,有客抱琴請賦詩。自言此中可度世,三峽流泉挂我青桐枝。聞公有雅志,高枕談庖羲。鴻濛闓元氣,彈出七條絲。不論高山與流水,一丘一壑庸詎奇。蓬萊方丈可徑到,阮公仲容儼在兹。何用仙人赤城杖,騰駕自有長風吹。是日空堂花落時,一彈爲我生顔姿。寂寂幽牕語,沉沉若有思。豁然野曠當簾帷,琮琤萬馬揺金羈。奔厓走石幾千里,五丁運斧神工施。飛泉漠漠皎如練,銀河倒下清且漪。楚雲窈窕作變態,挾將暮雨凉侵肌。章華人去細腰盡,彷彿似有猿聲悲。終彈使我再三歎,師今年少紅兩頤。老我衰颯雙白鬢,故山有約相參差。感君古音發妙指,狀君雅調無妍辭。

攫深醳愉各有以，鼓琴直可還春熙。

史胄司端尹奉使南海却寄

昔我北鎮奉明詔，東上海樓俯清眺。海水沄沄不滿眼，望遠倚樓獨長嘯。三十年餘一瞬過，回頭頗惜朱顔少。驅馳未盡登臨意，偪仄依然卧蓬藋。今君南海使再行，往事不殊官同調。昔予亦以詹事奉使。少壯能爲萬里遊，山行水宿向炎洲。黄木灣徑扶胥口，紫瀾碧浪堆陵丘。祝融冠冕儼王者，視諸海神如公侯。使星所臨氣晻靄，方饗拱揖若有求。只今天帝眷四顧，中原黎庶安鉏耰。海波不興歲屢稔，五穀飽飫魚蝌休。蜃樓蛟室盡帖妥，實惟廊廟思遐幽。八極大瀛在懷抱，兹海一泓纔浮漚。曰歸此意達帝所，精魂怳忽神光留。使者詩盡人間意，入海窮搜百靈閟。韓公之碑蘇公詩，如子之才端可致。仙人託興雖偶然，莫使斯文但游戲。歸來歸來玉座高，直上青天展鵬翅。

午亭文編卷八

今體詩

草　堂

東風窗樹外，吟望倚斜陽。萬里驚春色，三年卧草堂。蚤花能破蘂，新柳忽成行。往日青門道，紅芳壓驌驦。

濂村以濂泉得名泉在兔垸，當午亭之北。

舊業東山麓，濂泉在北原。引渠通野圃，分翠入烟村。一勺支流水，諸峯耳葉孫。道州千古意，勝絶敢重論。

月巖亦曰説巖閒居成詠

巖居非石隱，山舘有餘清。輞水漁樵興，斜川故舊情。宿雲開峭壁，新月上孤城。遥識青門柳，春風緑處生。

春日松嶺寺

孤峯春院迥，晚景野鐘初。山勢兼雲動，松陰帶月虚。禽因僧梵引，泉爲圃花疏。香閣登臨處，閒情世不如。

析城山

河東形勝古王畿，蒲坂南來疊嶂奇。禹貢山川連底柱，唐風宫室盡茅茨。陰埋半嶺雲車過，翠入中峯雨脚移。極目下方千萬壑，樵村歸路客先知。

太行四首

天井闕門跨碧空，太行開闢想神功。遥連絶塞羊腸盡，下視中原虎踞雄。嵩嶽諸峯元拱北，河源萬里遠隨東。驛樓斜日憑軒意，回首蕭蕭落木風。

家山歸處路分明，北上車輪夢裏聲。每憶梁公如葢語，高歌孟德苦寒行。橫遮四塞如長塹，俯抱三川似列城。午壁亭前方畝地，祇應耕鑿足吾生。

比似人間路較强，崔巍歷盡亦康荘。嵇生未解青泥飲，孫綽空登赤石梁。少華西看峯影小，大形東望海雲長。遺民敢笑唐風陋，山水連天接混茫。

絶嶂登臨興未孤，白雲迴合盡平蕪。界分韓魏初盟土，表裏山川舊帝都。曾度千峯趨大漠，懶從五嶽問真圖。更看天上黄河水，長作巖前雪練鋪。

過海會院二首

川長塔迴費躋攀，路轉溪雲杳靄間。石鏡泉鳴寒夜月，翠屏鳥拂曉春山。上方色界諸天静，雙樹香林萬象閒。除却山僧與樵叟，松門無客不須關。

浮圖金碧照山隈，略彴横斜隔浦廻。鐘動幽林風葉落，鳥銜空翠雨花來。引泉不礙孤生竹，埽石長防未破苔。曲徑禪房容易好，高亭還對野塘開。

韓大韓山送柿酒二首

白茨烏菱得比倫，黄柑差擬洞庭春。不辭風味清如水，一片寒光解醉人。

旋埽風軒洗破樽，朱顔零落酒人存。瓦盆舊是田家物，柴汝官哥莫漫論。

春雪懷李容齋檢討

二月曉花紅,霏微春雪中。有香争入樹,無力怯從風。詞伯今誰敵,清樽聊可同。十年梁苑客,賦罷各西東。

東山上懷古之作

太行南欲盡,萬里勢猶雄。地迴標河朔,川長起岱嵩。六卿空晉土,二典自唐風。遠遡龍門業,誰當繼史公。

月巖二首

萬古東巖月,柴門獨照時。溪花連竹塢,林卧觀黄羲。

家在山巖中,清暉帶林樾。門前碧玉流,金波漾新月。

晏　起

日照中林曉夢餘,離離花影映窗虚。平明心事三春後,一覺閒眠巧破除。

樓　夜

樓上風簾燭淚深,曉凉庭院似秋陰。夜殘無寐單衾冷,一枕荒雞半世心。

登月院山觀普照寺

樹杪水濺濺,羣峯矗碧天。松門留曉月,板屋過流泉。谷口山城遠,窗中鳥道懸。前林少人跡,寒磬下溪烟。

珏　山

鐵鎖鈎梯細磴分,半空時有鳳簫聞。雙峯夾送三清月,萬壑全收太岳雲。揷漢桂榆垂欲下，摩霄龍鶴動成羣。人間何限卑栖意，待剪香茅嶺上耘。

青蓮寺禪人方丈二首

明月高高在上方，禪心不住水流長。埽花風定苔依徑，穿樹鐘來葉滿廊。白社南朝常侍宅，紅樓北寺贊公房。杪欏别院清凉境，惟見威儀古道場。

寺名不愧是青蓮，始信人間别有天。花比金輪寒映月，藕多玉井大如船。吟身漸老知詩妄，愁鬢新稀識酒權。欲向支公聊問法，可憐神駿意翩翩。

午亭詩二十首

午　園

結廬午壁側，著書午園間。上有沁水流，下有砥柱山。

濂　泉

泉水清且漣，古村濂泉下。不見昔時人，浩歌寄來者。

流花峪

曉風吹殘紅，夜雨洗微緑。不愁風雨多，流花滿溪谷。

飛魚閣有石魚出山間

石魚出山時，山雲宿舊處。高閣風雨多，魚飛自來去。

梯　橋

桃花橋上枝，殘紅帶茅屋。夫君行不歸，緑陰桃子熟。

浴鶴池

荷花生川池，葉小荷未起。海鶴欲下時，夕陽照春水。

梅子岡

遠林聞微香，青春入叢薄。散步梅子岡，幽花自開落。

太丘峯

斷雲出横嶺，明月生高峯。無人與晨夕，時倚巖際松。

嶺泉亭

方池鑒山翠，石罅清泉滴。客心映空寒，明月鑒寂歷。

雙　谿

雙谿來交横，谿源森難即。惟見石上流，清泉不改色。

老姥掌

夜静山月高，照我山樓上。微聞松蘿風，遥遞石泉響。

詠歸亭

野水流溪遠，春泉入檻深。殘生不寂寞，童冠有知音。

七柿灘

秋水落汀渚，古木餘磊砢。山家黄葉村，晚紅拾霜顆。

端　畦

漠漠谿田水，萋萋野墅花。何人解來往，相識是山家。

西　田

行逐前溪雲,疎雨挂晴蝀。日斜桑柘陰,犂鋤手自弄。

兔　垸

兹山數峯落,一峯出一泉。尋泉杖輕策,遥見墟中烟。

西　垞

朝爲西垞遊,暮爲東垞宿。谿行人不知,野橋夾脩竹。

西山院

落日清磬響,數峯相對閒。復此值秋色,坐見烟禽還。

小西山院

後山惟白雲,幽人對極目。前山行雨歸,還就山雲宿。

樊　口

樊山南下處,十里到樊口。春風夫如何,惟見花與柳。

沁水道中

谷口千巖合,闗門驛路分。秋風迎馬首,晴日亂鷗羣。峽轉黄厓水,山開古鎮雲。孤城何處是,碪杵急斜曛。

宿榼山寺天外樓

祇林廻望沁流明,數里深山到漸平。翠柏不隨雙鬢老,白雲常共一身輕。高峯月上僧初定,亂水風多鳥自驚。新桂舊松青未了,半生難問況三生。

南谿遊詩六首

涉溪緑窈窕，不識有山家。忽到松門外，春風埽落花。

泉聲來遠山，空林間人語。響多聞不殊，春風復春雨。

春陰柔桑枝，映此谿沙緑。烟中聞耒聲，暮就田家宿。

十日宿山房，春光變啼鳥。山月上復斜，半簾落花曉。

道人行藥時，東垞復西崦。日斜返深林，落葉山扉掩。

晚雲寒不飛，凍雨宿峯首。惟有遠鐘聲，相隨出谿口。

臺樹二首

去倚臺樹送，來倚臺樹迎。來時臺樹在，去日不同情。

臺上古時樹，下蔭今城曲。秋風樹葉黄，春風樹葉緑。

碧落寺重遊二首

碧落天邊寺，青山有夢尋。逕迷初地遠，人覺化城深。猿鶴三秋意，鐘魚一昔心。到來想陳迹，黄葉滿前林。

十里荒寒路，栖栖續舊遊。泉鳴松澗冷，雲卧石堂秋。粉堞山城古，香燈佛火幽。畫龍猶掉尾，飛去殿西頭。

樊溪二絶句

岡嶺廻遮曲曲村，高齋日日坐黄昏。庭蕪緑徧無人到，惟有花飛時欵門。

緑深台巷雨初微，漠漠陰凉布穀飛。但使時清官長好，早驅黄犢暮來歸。

古臺曲三首

古臺雲日午，溪口水烟昏。恰到茅堂裏，春風自閉門。

幽人住何許，朝眠紫霞室。夢覺聞松風，起行理瑶瑟。

有客希到門，蹋破碧苔色。春風瑶草花，聞香不曾識。

柴扉

柴扉開向曉，秋氣覺初凉。夜雨侵苔徑，西風落草堂。村烟山市蚤，社日野農忙。獨有幽居者，琴書在一牀。

倦客

倦客夜無睡，秋窗應欲明。人行殘月影，犬吠隔林聲。物理何多故，吾生太有情。風軒衾席冷，輾轉百憂生。

遊可寒山乾明寺

窈窕溪山路，孤峯迥自尊。秋花隱危石，斜日到閒門。鳥影烟中寂，泉聲雨後喧。法雲堪倚徙，不擬向前村。

月巖二首

月明南園樹，緑陰紛如積。溪村人未歸，山窗夜蕭瑟。

幽人耽林卧，軒窗面高樹。秋風羅帷開，明月照深處。

再遊乾明寺二首

峯腰雨歇野雲留，晴樹斜陽在上頭。野蘚全凝臺殿色，土花半老繚牆秋。丹青照夜餘神鬼，河漢凌空近斗牛。除却牧闌樵隝客，何人解作看山遊。

千峯排浪湧遥空，一抹雙林磴道通。山暝僧歸紅雨外，樹深鳥度碧烟中。澗泉色冷元無暑，松閣聲多豈爲風。擬學香山老居士，往來蹤跡似秋鴻。

桂叢草堂書壁

蕭颯天風吹羽翰，疏雲凉雨别長安。夢回藜閣金鐙暗，路遠蓬山晝漏寒。苑裏紫薇霜樹落,山中青桂晚花殘。自憐亦似相如渴,漢闕秋來賜露盤。

曉雪懷富雲麓杜遇徐兩編修

遥夜闕山夢,霜風各一天。新寒高枕外,白雪曉窗前。書卷開宵帙,罏熏繞夕烟。折梅如可贈,鴻雁久凄然。

冬曉懷青岳宗玉

北窗上寒日,落木正紛紛。殘夜碪猶急,清晨雁屢聞。厨烟開屋雪,樓霽對山雲。天氣宜晴曉,悠悠念樂羣。

臘月十九日立春

朔氣曉沉沉,東風變夕陰。月臨寒夜早,春入舊年深。殘臘晴光轉,韶華瑞雪侵。忽聞歌管發,一半落梅音。

宿定興寄盧明府已下七首追録壬寅假歸舊作

迢遞停驂遠帝京,郵亭今宿第三程。荆闕紅葉随征騎,易水清流遶縣城。隔院碪聲秋卓午,古牆槐影月平明。蕭蕭曉發投何處,悵望龍山一日行。

夜宿欒城

平沙開小邑,數騎宿長亭。映月收書帙,聽更下枕屏。秋城譙鼓暗,古驛壁燈青。望遠雲山外,西風度井陘。

栢鄉道中

楊柳荒亭道,勞勞一放歌。望山鄉路少,歸馬夕陽多。郊樹積黄葉,城流横碧波。數聲風笛晚,摇落近闕河。

内丘驛壁見西華王信初御史黄岡王慎菴檢討唱和詩次韻

十日郵亭過薊丘，見君題壁憶同遊。客窗前後吟紅葉，驛路迢遥數緑疇。河朔白雲飛漢水，太行明月照南州。各千萬里羈離遠，玉院槐陰感去秋。

宋廣平祠次碑陰韻

鳳閣衣冠古廟荒，闕山秋晚更斜陽。一時仙李原春色，千古梅花自異香。轉恨君臣空蔓草，獨看隴墓下黄羊。魯公遺蹟裵回久，新月泠泠映石牀。祠有顔平原書碑。

戊戌春同長公兄偕計吏過武安有王生好俠喜客置酒旅亭壬寅長公捐館舍而余西歸再見王生感舊有作二首

馬跡桃花雙玉鞍，河陽縣裏萬人看。重來寂寂秋風晚，一路荒山雁唳寒。

萬壑霜林一鳥鳴，鄉心怯入故山程。更憐野渡尋舟處，依舊斜陽滿縣城。

潞　州

道路孤征際，川原薄暮時。天寒潞子國，日澹衛公祠。浩蕩英風往，蒼凉霸業移。地形天下脊，王土晉侯師。河朔臨雄鎮，燕雲俯近陲。閒花留戍壘，蔓草失旌麾。鄉國縈心緒，征途長鬢丝。闕山去無極，憑弔益凄其。

武鄉道中山

天工用拙莽難猜，畫手曾經斧劈來。莫道荒寒少才思，米家山子有灰堆。

盤陀河

盤陀險路每含愁，亂石清沙水北流。送别天涯知客意，多情隨我到并州。

分水嶺南水下循環舖北水入祁縣界

分水嶺前水兩流，南來北往總悠悠。南水細微北水大，可憐來往不同愁。

智伯祠

洞渦水没鑿臺悲，寒日深山智伯祠。千載人思國士感，趙宫烟草亦離離。

野史亭

柔翰功名一葉萍，也將文字照丹青。朱門萬户凄凉盡，惟有元家野史亭。

太原夜夢故園

晉北燕南滯此行，栖栖遥夜故園情。間闊千里成歸夢，惜别城頭曉角聲。

赤橋太原縣西南晉水北渠上，舊謂豫讓橋也。

赤橋北跨晉渠遥，自古人稱豫讓橋。流水自應知客恨，故添風雨夜瀟瀟。

王生致酒

百壺青鬢醉顔酡，旅病如今一醆多。空對故人桑落酒，真教無奈別離何。

并州剪刀

霜淬風摶出冶豪，雪花照地捷吹毛。鄉心如水知難斷，嗟爾并州快剪刀。

獲鹿對月

今夜鹿泉月，閨中應再圓。光留長塞外，影斷故山前。香霧含空色，清暉映獨妍。別來小兒女，相憶在天邊。

太安驛夜

擊柝夜沉沉，空山離思侵。馳驅千里道，去住往時心。杖策黃塵晚，趨庭白髮深。草堂先業在，何用買山金。

真定道中

南北分岐處，西來兩度行。沙明滹沱水，山澗鎮州城。地界雄關盡，天臨野塞平。古稱燕趙士，忼慨一含情。

墨牡丹四首

新綠蛾眉畫未匀，瑣窗日影淡如銀。玉顔自抱臨妝恨，不比昭陽鏡裏人。

玉貌黃金事不同，鉛華誰肯借春風。眼前未解真顔色，嗤點何須用畫工。

舞衣連夜惜殘春，只染天香肯染塵。喚醒玉奴慵不起，紫金醆酒未霑脣。

烟鎖西陵翠帳塵，綺羅香散鄴臺春。風流占斷陳王賦，始信人間有洛神。

竹

栽竹蕭蕭色，高齋涼暗侵。連叢添徑曲，空翠入簾深。接葉青丝障，低枝碧玉簪。翻愁攪清夢，時有籜龍吟。

睡起詠鸜鵒二首

人世喧啾不要聽，任他百舌費丁寧。醉鄉已到無人處，又被鸜哥喚得醒。

利嘴新紅褪緑衿，能言終不離飛禽。笑卿所訴真何事，閒煞斜陽半樹陰。

書報楊生題後

憐汝相思意，題書遠寄將。别來皆老大，歸去益淒涼。秋病眠山屋，春遊罷野航。鄉心紛紙尾，零亂不成行。

記　夢

春風南浦柳條閒，别久離魂黯自還。夢斷桑乾嗚咽水，車輪纔過磨兒山。

寄韓少室先生

家在行山第一峯，石泉雲裊出疏松。黄河渺渺霜風起，收拾漁竿放白龍。

病　後

得閒除是病，病後轉愁生。吠犬欺殘夢，荒雞喚早行。月痕移枕近，風緒入簾輕。數日衣裳嬾，蒼涼盥濯清。

雲麓雨中來借琴

牆角荒花寂寂垂,閒庭苔徑子來遲。尊前白髮難抛得,匣裏瑶琴可贈誰。瑟縮丝桐還自語,蕭條風雨最相思。暝烟簾閣人歸去,又是秋鐙欲上時。

龔賢畫四首

湘漢青春外,岷峨落照邊。江山入圖寫,風景一凄然。

龔賢畫山水,萬里尺寸間。此水瞿唐水,此山岣嶁山。

野曠鋪烟樹,沙明立渚禽。秋山平遠在,夢向玉堂尋。

遠峯如欲無,颿影何處泊。秋山少人行,楓葉寒自落。

題竇晼畫三首晼,故推官河内公子。

摩詰遺詩畫意閒,烟雲粉本有無間。風流一變添文采,小李將軍著色山。

春蚓秋蛇蠆尾鈎,家雞野鶩豈同儔。祇應落墨驚紈扇,畫作桓家烏犉牛。

與君蓬轉向天涯,幾度春時不在家。近日寫生知客意,王孫芳草隴頭花。

題朱小晉侍御臥牛莊記後二首

水石毫端出,開函空翠流。東來多紫氣,高卧或青牛。松雨生瑶草,樵風埽石樓。雲山異鄉縣,蠟屐可從遊。

午橋遺蹟在,渺渺憶湖園。樹杪山河出,霜餘松菊存。峯晴姑射雪,花暖卧牛村。誰接令公美,幽懷與寤言。

小雪夜

孟冬風景正凄凄,斷卉飛蓬霜滿畦。短日作寒逢小雪,流年催曉報黄雞。珥貂碧落癡如夢,縱酒清時醉似泥。鐙火客窗過夜半,家山好在月輪西。

新年湘北玉階過集

風沙連上日,烟景易黄昏。新月初三夜,春筵第一樽。催詩燒短燭,留客閉重門。猶是椒盤會,年光與細論。

幽　人

幽人客京洛,不異在山林。夜雨長春草,東風啼曙禽。烟輕寒食近,花落故園深。回首清川曲,還憐此日心。

楊　花

楊花不寂寞,衮衮逐芳塵。摇落多情客,顛狂薄命身。晚風過别樹,細雨送殘春。幾度河橋外,相憐一愴神。

燕　草

燕草芳菲候,關山客望孤。長風吹大漠,古道入平蕪。野樹殘紅映,春沙淨緑鋪。連緜向天末,客思不能無。

荒　圃

斜陽荒圃古城西,薺麥霜苗細緑齊。百口凄涼賓客散,何人還解韭萍虀。

舊琴感懷

故舊何人唱渭城,瑶琴重整十年情。客窗寂歷殘鐙火,獨聽悲風曉角聲。

友人見過

鄉山我已訝歸遲，何事逢君問路岐。世態可堪官達日，客懷先喜病輕時。重過舊邸吟寒雪，試倚西窗聽竹枝。更話故交零落盡，香殘鐙冷十年思。

鄰　園

高臺陂池何莽蒼，夾林窈窕通短牆。櫻桃風落庭砌赤，棗花日熏簾户香。紫苔生暈蜨作陣，白蜜滿脾蜂出房。鄰園如此亦暫樂，回首青山心欲狂。

宣武門外水亭用壁上王文安公韻

古亭荒木緑陰初，壁上飄零數字書。萬里五湖悲昔夢，十年三畝問吾廬。重來水石情如舊，自别園林興不疏。城路草痕歸騎晚，月明苔竹夜窗虚。

鄰園懷韓山

鄰園亦暫到，酒榼自相將。檐鳥猜幽處，庭蟬快晚凉。竹深陰屢憩，果熟落先嘗。回首秋雲外，山林興頗長。

春夜懷素心

旅宿西亭夜，不知池草生。關河南北雁，鐙火短長檠。春老他鄉客，花開故國情。樊川烟柳道，風景近清明。

幽　事

雙扉長晝閉，過客自周遮。揀日移新竹，嗔人掃落花。風簾通乳燕，雨檻數歸鴉。幽事春來徧，今年不憶家。

枯　樹

城邊枯柳樹,隔水映疎帘。獨鶴蕭蕭過,昏鵶箇箇添。虚鐃風露美,尚假雪霜嚴。憔悴東陽客,江潭鬱滯淹。

秋　月

秋月當軒蚤,風林破暝昏。攬眠偏近枕,留影不闗門。桂闕明新露,江潮帶舊痕。夢中家萬里,休遣照離魂。

秋日同客齋郊行有懷同舘諸子

爲客端居久,嚴裝似遠行。譙門開落照,畫角咽寒聲。歲月秋山色,蹉跎旅鬢情。少年皆老大,衣馬不肥輕。

秋夜懷馮訥生助教

委巷追遊處,寒齋獨宿中。故園當落月,鄉思入西風。山雪長鑱白,書鐙短檠紅。十年羈旅客,心事幾人同。

秋日彈琴招楊山人

玉河水落秋雲深,高城晚色空陰陰。橋邊老樹行屢歎,馬上夕陽時一吟。出門催貰舍西酒,來坐獨捶牀上琴。夜永揮杯攻雅操,霜露颯颯霑衣襟。

西譙門外臺上登眺

斜日横門道,西風客思豪。古臺臨大漠,秋色滿平臯。樹點烟村小,雲連粉堞高。野花迷戍壘,寒水落城壕。凉冷猶悲角,羈孤且濁醪。闕樓銜暮景,廻馬興蕭騷。

懷七柿灘

洞陽風落滿林霜，萍蔗甘寒味許長。解道黄柑三百顆，不如紅柿熟千章。

孤　雁

蘆花寒影夢三更，風雨沙邊夜自驚。惆悵故人消息斷，年年孤雁寄離情。

雪中晚歸李段邢三君子至時邢將赴永福令

行遊遵北渚，飛霰灑寒汀。小苑堆銀樹，西山點翠屏。驟逢驅騎返，審作下簾聽。速客三人集，留歡二妙停。段先歸。碧凝扶檻竹，紅濕映鐙檽。玉笛吹何處，霜碪響客亭。坐中風漠漠，天外氣冥冥。一嶺江門險，千巖桂樹青。蠻方花自異，天柱雁還經。惜别春明外，相思倒玉缾。

雪夜懷吴玉隨編修使閩

北風吹歲暮，雪景閉門低。窗樹夜離立，城烏曉嬾啼。路寒歸驛晚，江遠泊颿迷。無定春來雁，音書未可題。

曉雪感舊

瑶華逦窗影，落葉亦娟娟。折竹聞荒徑，微鐘記往年。酒消銀燭跋，香冷博罏烟。怊悵晨雞語，寒宵獨不眠。

除夜憶樊川寄舍弟四首

小杜香名别，樊川莫浪看。東風來日下，春色到河干。藍尾浮金醆，青腰上玉盤。如今直北望，燕趙是長安。余所居樊川在樊山之下，欲自别於牧之之京兆樊川，故往往寓意焉。

相思爲客後，猶似到家初。親養甘辭禄，君恩許讀書。草堂新日月，竹徑舊田廬。一作牽裾别，天涯又歲除。

依約懷人處，樓前石版橋。别離傷歲晚，消息隔年朝。臘逐桃符換，寒隨栢酒銷。同心不同賞，咫尺暮情遥。

嚴裝趨隔日，夜半向承明。百歲猶今夕，殘年有二更。衣香仙仗影，珂響玉階聲。春殿鑪烟外，低徊十載情。

奉懷工部侍郎楊公于役孝陵

銀蠶金雁玉衣寒，王氣千年此鬱盤。舊日鼎湖曾灑泣，同時侍從獨頻看。杉松石隧聽蕭瑟，風雨穹碑拜奠安。應念先朝恩遇重，藏來弓劍淚汍瀾。

徐孟樞侍御過集徐自舘職入臺。

誰遣臺烏報曉還，玉堂清冷憶君賢。自憐易過同官日，可惜相逢汎愛前。人散寒廳判獨醉，月明永夜不成眠。繡衣咫尺金門路，封事何時到日邊。

春日戲寄韓山

車栖輪卧費淹留，不是閒居是浪遊。過雁星霜驚朔塞，落花風雨夢西樓。陽關别恨歌三疊，隴阪相思賦四愁。笑煞鴟夷太狡獪，春光占斷五湖舟。

遊　仙

曾似天台見玉真，星娥含笑閱流塵。神光倚徙三千界，仙刼迢遥五百春。河漢已非來處路，雲霞猶是夢中身。愁翻茅許天官籍，誤判劉盧世上姻。

睡起偶書二首

睡鄉功並醉鄉齊，一枕春寒落月西。殘酒未消清夢斷，城烏偏向蚤時啼。

翻覆人情笑幾廻，天公寒暖不須猜。宿雲未礙晨光好，殘月依然上冷梅。

曉雨懷王十一貽上

細雨入幽夢，醒聞松際殘。開窗歸雁過，拂樹啼鶯闌。雲亂遠峯翠，晴回初夏寒。昨朝王儀部，吟興接餘歡。

丁　香

插蘆聊擬竹，移杏欲當梅。容易丁香樹，縱横小院栽。雨中愁自結，月下影還來。春色漁陽晚，繁英且細開。

合歡花二首

子豈無知者，枝開斂復斜。青蓂空有莢，朱草不生花。暈碧籠輕靄，裁紅散晚霞。合歡名並美，相伴在天涯。

春芳亦既歇，艷質麗天中。桃葉轟嫌俗，楊花細讓紅。卷舒應愛日，開落最禁風。長記嵇生語，忘憂並著功。

晚春二絶句

已遣清尊換玉貂，晚風蓬鬢醉蕭蕭。自從舊雨無人過，贏得閒門閉寂寥。

風作狂濤一陣寒，春衣添盡怯成單。落花日暮飛何處，不遣殘紅著地看。

高陽公林亭宴集五首

東閣従遊日,西園許數過。樓臺容地少,雨露近天多。樹帶長楊色,池涵太液波。公無輕獨樂,萬井接謳歌。

雅志在丘壑,亭皐鑿翠初。書堂新柳映,客徑小松疎。渌水波窗動,紅欄架石虚。謝公墩好在,正莫憶林廬。

歷歷好厓谷,悠然在帝城。情忘憐水石,境絶想柴荆。野雀銜恩重,江鷗狎浪輕。滄洲無限興,臢欲訴平生。

歲閏清和候,鶯花夏未遲。碧桃天上種,紅杏海南枝。歸第銅龍晚,開尊玉漏移。年年京洛會,延賞衆芳時。

忝切龍門客,追陪鵷鷺行。齒随杖叟後,坐近令公傍。官燭春星爛,宫壺玉露香。酒酣紛起舞,爲壽樂千觴。

老　樹

老樹空牆裏,春來著數花。葉蒙垂草暗,枝與蔓藤斜。濯露高難下,飛雲近自遮。婆娑想生意,長此送年華。

流　水

牆下分流水,潺湲有濁清。柳濃斜照影,蟬亂晚凉聲。池沼終然小,風波也自輕。浮雲碧空盡,冉冉共遐征。

春日寫懷呈宛平公十四韻

絳帳重來日,柴門病起身。雲霄立雪夜,歲月掃門人。弱冠謬通籍,十年甘積薪。散才矜匠石,小草辱鴻鈞。志切傳經久,思惟枋國新。公忠參密勿,調燮用深純。環海烟烽静,三秋雨露均。四門明舜目,率土望堯仁。簪紱登台輔,文章致要津。青春殊淡蕩,黄閣正嶙峋。永叔門生衆,虞翻骨相屯。穠花愁偃卧,今雨對傷神。翹首看勳業,無心耻賤貧。菰蘆樵侣在,情至敢重陳。

午亭文編卷九

今體詩

世廟實録預纂修恭紀二首

天顔如覲祕函新，東觀重登載筆頻。日曆早垂青史事，編年仍屬舊詞臣。容衣弓劍春前淚，玉几江山戰後塵。手闢太平歸聖主，寢園雲氣繞楓宸。

清霜版屋起炊烟，車馬重城轉寂然。寒夜衣裳眠待漏，蕭辰婦子話歸田。攜家身計兼生計，拜禄餐錢倍俸錢。史職月給餐錢倍俸。卻念兩朝虚供奉，秋風霑灑孝陵編。

郊祀朝賀恭紀呈實録館諸公

昨夜陽回曉仗過，天門鐘鼓競鳴珂。朝衣舊染鑪烟重，宫日新移扇影多。雲物編年書鳳簡，歲華簪筆紀鸞坡。亦知詞賦工無益，若爲昇平許載歌。

蚤春局中感成

苑樹輕烟已鬱葱，玉霄散吏閤門東。日疏直草官真曠，月有餐錢橐未空。輦路三年春色裏，家山千里夕陽中。承恩終乏涓埃報，老大從教歎轉蓬。

題家書後

楊柳紅亭路，青青又放春。遠遊思弟妹，薄禄謝交親。客裏南來雁，愁邊北去人。梅花窗下月，二十五回新。

生日次韻酬熊次侯學士

詞垣風義動簪紳，門引詩賢有白申。相見官曹貧似病，敢論人物積如薪。焚餘蕉史思殘事，别後槐廳共幾人。先是同直明史舘。自笑陸生新鬢髮，浮沉空歎二毛辰。

生日寄張氏妹

年華驚久客，宅相足離憂。姻婭思前事，園林阻一丘。到州無百里，歸路卻千愁。爲報高堂語，年來尚黑頭。

三月廿八日劉户部公㦷招同汪户部茗文吴編修玉隨董御史玉虬梁御史曰緝王儀部貽上李檢討湘北集宣武門東河樓看柳三首

十載來燕市，三春上薊樓。樹驚爲客老，人惜送春遊。烟月章臺路，風花灞水流。纖條兼弱絮，管盡古今愁。

城下春流憶遠江，樓邊柳色坐平窗。東風還肯留三日，乘興能來倒玉缸。

紅簾亭子枕城河，雲氣青青水碧波。楊柳千條春不去，一聲吹笛落花多。

高陽公爲廣文楊廣生索詩

平生托贈興蕭然，東閣驚呼賜彩箋。君許才名三省重，我慙詩句萬人傳。絳紗早設諸公帳，醴酒新開相國筵。最羨龍門門下士，後堂高會過彭宣。

夏夜懷玉谿舊隠寄張顯卿四輔

三伏向盡朱火藏，炎蒸未已愁中腸。流螢入簾故宛轉，明星照席何低昂。琴書休夏年力異，藥餌經時歸興長。焉得清溪千尺水，與君濯足臨滄浪。

立秋夜懷張貴白吉甫丈

露濕西清螢火流，東山花月想同遊。宦情寂寞従人嬾，客路悲歌可自由。暮雨幽花閒戍壘，驚風吹角動城樓。庭前揺落梧桐影，知到鄉園幾葉秋。

樓　堞

樓堞青霄外，黃雲帶古城。凉天鶩築動，斜日槖駞鳴。朔色沉西塞，秋光冷北平。闗山對何極，霜露遠含情。

舊　舘

舊舘金臺坼，秋城粉堞斜。凉風吹白草，落日澹黄沙。交道存屠狗，人情忌畫蛇。誰能市駿骨，委棄在天涯。

雙　扉

白版雙扉掩，青籬小院幽。心情堪舊事，肺病及新秋。疎樹墻月墮，閒花堦露流。誰知清夜景，一併入縈憂。

心　跡

月上還在路，雞鳴已出門。養親甘仕宦，爲客别田園。白髮無才思，青山只夢魂。輭塵没鞍馬，心跡向誰論。

郊壇道院

臺下青陰覆院牆，槐花落地點微黄。風軒便是修心處，欹枕蟬聲送午凉。

夜　歸

白月清沙照夜深，城南歸路漏沉沉。笙歌豈是無情物，不染西窗晏坐心。

懷青丘舊隱

愁絶懷人夜，心飛一葉秋。孤征猶北雁，别恨自南樓。一夏幸無病，三年成薄遊。陽坡瓜熟否，摇落舊青丘。

與比鄰孫侍御懷傅隱君青主

西山出屋角，峯色共東家。墻上頻過酒，籬邊數見花。嶺雲連歲晚，鄉樹極天涯。汾水相思處，殘陽幾度斜。

送孔動之赴瀘州

舊知瀘水遠，天盡暮雲邊。雁過逢江雪，蠻歌隔瘴烟。到京逾萬里，爲郡在明年。南顧勞黄屋，還將喻檄傳。

秋夜懷吴玉隨玉騧

碧雲似遠水，銀浦漾寒流。幾度長安月，何人江上樓。潮廻揚子渡，山擁秣陵秋。憭慄西風起，蕭蕭落木愁。

八月十一夜夢中作

夕夢遊仙散客愁，羽衣鐵笛海山秋。笑看泰華如卷石，星宿黄河一線流。

城下夜行憶樊溪

秋近高樓玉漏清，金笳吹月送殘更。馬蹄夢續關山路，猶聽泠泠澗水聲。

秋日懷崔定齋移家百泉

青門楊柳送君行，露葉風林遠思生。忽見荒寒秋樹色，却憐烟月舊遊情。關河雁後書難寄，風雨鐙前夢未成。聞道移家傍淇水，范陽桑柘接凄清。

玉隨使還夜集有作

一行書信附詩筒，兩見燕山木葉紅。嶺外啼猿江路險，閩中秋雁海天空。郵籤夜語船窗月，驛騎朝吟浦岸風。芳草王程歸路遠，今宵清漏禁城東。

答平定齊守

西來山驛停車日，回首并州又兩年。歲暮懷人逢雨雪，天寒行部問耕田。政成神爵元堪下，旱後螟蝗劇可憐。尹鐸昔曾勤保障，使君今比晉陽賢。

十月十五夜月蝕

圓魄初無影，浮雲亦暫明。衆星翻歷亂，寒夜自青熒。蓂莢疑全落，姮娥似始生。鼓鐘連大内〔一〕，曖曖動皇情。

【校記】

〔一〕連大内　四庫本作“聲不斷”。

閒　情

習習簾風動，娟娟窓月明。歡娱分夜漏，安隱謝時名。文賦粗能解,山經細欲評。較量身外事,難得是閒情。

花　月

對月但覺好,看花欲奈何。登樓還縱目,把酒復高歌。不畏風凉冷,能禁病折磨。青蘿掩窗坐,宴息似山阿。

友人送梅

瑶華肯相贈,逸興滿春雲。屋小稀枝放,窗明細蕋分。影憐寒日伴,香惜定中聞。渾似深山坐,朝朝到夕曛。

瓶　梅

林下沙邊憶舊時,野梅今向綺窗移。坐看疎影横斜勢,行索寒香淺澹枝。未許風塵妨笑眼,肯令冰雪老愁眉。勞生共爾徘徊意,釣艇漁磯是後期。

上元雪過靈祐道院

六分春色一分知,暇日初遊興不遲。野舘陰晴連時樹,廟門風雪下靈旗。鶯花世界空濛裏,燎火京城雜沓時。歷遍海山尋兜率,雲霞歸路重相思。

上元夜雪過吴玉隨編修次孫惟一侍讀韻贈潘吴兩生

暮雪寒威獨有權,帝城如海醉誰先。東華歲月新正酒,北斗陰晴萬里天。走馬競尋元夜約,題詩須趁落鐙傳。孫郎帳下才無敵,不少江東子布賢。

會稽唐公以寧國郡丞入覲示詩留別依韻奉酧二首

青門祖道少人知，歸去翻酬別後詞。湖海未消新意氣，東南應起舊瘡痍。督郵束帶心難下，閭左無衣淚欲垂。此日澄清闕大吏，一官那肯合時宜。

誰言司馬江州日，却是宣城治郡時。落落公才今並駕，悠悠吾道欲何之。昭亭草色縈征騎，宛水春流入夢思。別後吳天諸父老，閒田争讓府君慈。

蚤春有懷同館諸公

往事淒涼供奉秋，明光曉蹋記同遊。衣冠諸子今誰在，昏宦三生可自由。遲日燕鶯京陌路，東風花柳故園樓。年華幾度垂垂老，擥鏡潘生欲白頭。

清明日過吳耕方編修

寂寂桐華院，萋萋芳草茵。禁烟連日雨，射柳一年春。時序交游老，行藏鬢髮新。篋中三賦在，遺慟泣龍鱗。丁酉南北闈覆試，耕方三試皆第一。

夜　雪

春衾曉寒重，高齋殘夢清。窗前知夜雪，沉沉折竹聲。

絶　句

花魂柳影逓消磨，春日春情一半過。不是道人閒不出，前廊後院葛藤多。

寒食絶句

參差紅杏柳條斜，冷節闗山不見家。一陣晚寒風色惡，絶憐天意爲吹花。

與楊琴士城南野飲

官菜園西緑漸深，草痕隨路得幽尋。浮雲不定高天色，野水多連古岸陰。忽忽未知生是樂，茫茫須覓醉時心。一壺珍重銷愁物，曲罷還教與細斟。

集吴玉隨編修宅同令弟玉騧給事

兄是東坡弟潁濱，官曹文采並同倫。黄門草奏趨青瑣，紅藥翻書對紫宸。蚤夏酒杯三五夜，西華朝鼓十年鄰。曉天連步深更語，一月相邀定幾廵。

春日懷孝章素心六箴與可荀少公幹

簾閣翠微西，雲山望欲迷。晚風歸雁急，細雨落花低。文史何狼籍，音書故解攜。愁心牽短夢，春草遠萋萋。

午　夢

夾巷皆秋色，車塵稀到門。草花知旦暮，蚱蜢試寒温。午夢離西閣，青山入故園。久躭幽僻趣，有得是無言。

夜讀書情

一事悲歡酒一觴，百年回首興蒼茫。孤鐙讀史雄心在，明月懷人旅夢長。碧草逢春連大漠，紅顔經歲老漁陽。紙錢麥飯西陵路，惟有桃花欲斷腸。

春　曉

宿鳥檐前倦未飛，葱曨窗外曉星稀。闗心眠食何曾是，過眼榮枯旋覺非。凍樹雨翻花欲綻，雕梁風埽雁初歸。澄懷觀物三春過，且向塵埃自息機。

遊慈慧寺

春氣鳥鳴細，谿流花影重。雙林在何許，烟際聞微鐘。

記　夢

夢與故人語，同在南水頭。覺誦故人詩，淚添清波流。

天　漢

一道白虹秋，居然天漢流。荒雞聞午夜，殘角想邊樓。兵氣闘春色，花時送客愁。西凉今右臂，設險貴前謀。

雨中懷貽上慈仁寺

城南坊北路，遥思積空烟。窗急初更雨，衣寒四月緜。徘徊坐鐙燭，繾綣把詩篇。欲訪維摩室，愁時獨蚤眠。

過惟一夜歸口號

醉别清樽緑，歸憐蠟炬紅。六街星爛漫，一水月空濛。檐鳥宿已久，院花陰漸蒙。所居隔深巷，清漏此時同。

大司馬芝麓龔公招同劉公戫吳玉隨梁曰緝汪茗文程周量王貽上李湘北陳其年集城南送董玉虬御史赴隴右分用杜公秦州詩韻得疆字繁字

南院逢君日,秋來十載疆。曉風天語近,晝刻奏書長。度隴新旌節,行邊舊驌驦。秦州西日外,極目已蒼蒼。

日下秦關險,霜前隴樹繁。寒花迎驛騎,秋色動河源。渭北雲山道,江南烟水村。行藏倚聖主,莫更憶蓬門。此二詩玉虬一日因酒會謂諸公曰,一時作者,此爲第一。

雨夜憶故山與翊聖

柳色鶯歌别鳳池,春山寒雨夜相思。如何客舍青燈裏,却憶春山惆悵時。

曝　書

書帙閒庭曝晚凉,牙籤萬卷爛生光。螢窗蠹壁情何限,送老流年付夕陽。

書貽上所藏畫

秋來最有江山興,夜雨寒披積雪圖。水驛無人村徑晚,梅花滿地月明孤。

九日大司馬龔公招同諸子集城南登高以東籬南山爲韻四首

令公開宴地,秋色翠微中。雁帶邊城雨,臺臨古木風。鄉心紛遠近,客望各西東。四海孤蹤晚,登高幾處同。

灞滻登高會，龍沙久客時。望鄉秋步健，灑酒壯心衰。共訝狂花早，翻疑晚菊遲。暄寒驚節候，杏蕋艶疎籬。時春卉競開。

晚霽開亭帳，秋聲萬樹含。天清斜月下，地僻古城南。紅燭催更柝，黄花上盍簪。謝公墩似昔，長此得停驂。

尚書真北斗，供奉媿清班。密坐分杯數，歡游著屐閒。江天銷戰伐，秋戍静關山。鼓角中宵罷，酣歌未擬還。

菊遲簡鈍菴

梧桐欲落拒霜催，斜日空庭雁影來。更有寒花知客意，籬邊秋晚待君開。

秋日過惟一

故人憐寂寞，相見慰招尋。薄俗心難定，浮生病轉侵。花寒秋色晚，酒盡客情深。興發忘摇落，歸鞍聊一吟。

送孫古喤還嘉興

君是承明客，江蓴别思牽。才多科第外，名起孝廉前。海近聞琴處，潮分字鶴田。高堂游子意，白髮向秋偏。

中秋夜集惟一宅送别二首

百年今夜月，終古獨横秋。蕭颯三時别，空明萬象收。關河臨客路，星漢入歸舟。摇落天聲滿，清淮木葉流。

圓月秋頻見，離人酒一巵。高城霜下蚤，江路雁飛遲。霑灑臨風淚，淒清欲别詩。射湖足烟水，繫艇一相思。

送陳其年歸宜興

白雁過時木葉青，霜林秋氣已凋零。相思後夜孤帆客，知宿江程第幾亭。

送孫惟一還鹽城次李湘北餞別韻三首

秋花落盡雁還來，一到離筵尊一開。九月淮南芳草在，三年湖上釣船廻。尊罏已覺新恩重〔一〕，鷗鳥何知後命催。風柳青門黄葉路，交情白首爲裴徊。

三年兩度返巖阿，酒癖詩魔是舊疴。漸老離情今夜重，近來懷抱向君多。一官同舍歸偏蚤，有客孤蹤滯若何。明發更堅臨別約，高秋江上慎風波。

寒暄又歷歲時頻，忽漫鐙前百感新。綾餅夢回春宴地，旗亭詩寫酒闌身。鶯花過眼同官日，水旱驚心去國人。此夕重門猶咫尺，銅龍清漏易傷神。

【校記】

〔一〕恩重　四庫本作"詩好"。

對　菊

秋老凋羣卉，天寒有菊花。月稀堦影白，風定檻枝斜。獨立真憐汝，逢開每憶家。故園經别處，籬外是天涯。

秋夜聽楊山人彈琴

古調繁聲外，秋林方颯然。松風兼曲度，海月映人妍。信指初三疊，忘言只一絃。白頭温室夜，供奉説當年。

酬王北山給諫題寓亭竹影

如子寒天裏，能來夜叩門。高風摇菉竹，明月正黄昏。鐙亂廻看色，階移欲别痕。何時爲貰酒，留醉坐霜根。

十月晦日書懷

冬日初凄緊,年華已暗侵。不因身病蚤,那覺道緣深。筋力趨朝異,才名與世沉。晚風黄葉下,高鳥急投林。

長至日雪中下直

晚風人下校書樓,吏散烏啼暝色幽。日影已旋天北極,雲陰漸合殿東頭。金鋪欲鎖千門静,葭琯初吹六出浮。恰是微陽如綫日,九霄清冷不禁愁。

送李容齋還合肥

燈火空堂歲載陰,倉皇忍對欲分襟。一官竟有瞻雲恨,舊事誰憐捧檄心。南使關山音信少,北風雨雪淚痕深。國書未就歸偏蚤,京雒相看去雁沉。

廣寧門再送容齋二首

西門一步地,送客已他鄉。古廟官橋下,離亭大道傍。塞鴻初斷影,灞柳不成行。翹首懷人處,關河近夕陽。

壯遊芳歲晚,屢别客愁新。草土霑衣淚,烟霄抗手人。白雲虚在目,落日對傷神。忍約重來事,萋萋苑樹春。

歲暮寄午亭友人二首

小驛星軺問路岐,梅花寄與隴頭枝。烟霜關塞春來蚤,燈火音書夜到遲。爲客漸多殘歲事,懷人長别少年時。相思不及東風便,楊柳西園取次吹。

歲盡雲山客倦游,每當落日憶吾州。鼓鐘白墮荒城社,風雨黄昏舊寺樓。别久交親多入夢,官貧僮僕亦知愁。殘書濁酒真無那,有底閒時不自由。

歲暮二絶句

掾曹京兆亦何求，正使官貧得自由。寂寂年華尊酒在，蒲桃一斗勝凉州。

爆火紛紛近歲除，閼山迢遰記離居。南溪明月梅花路，香粉飄零十載餘。

次韻吳默巖司業戊申除夕韻二首

守歲椒花已頌春，芸香藜火待元辰。一天雨雪東風轉，萬里星河北斗新。玉漏滴殘藍尾酒，金龜解向謫仙人。年華終古蒼茫裏，甲子從頭幾戊申。

金鑰千門午夜風，玉珂聲在夢魂中。黄封酒賜春波緑，白獸尊開曉炭紅。石鼓文探岐獵後，蕉園草起日華東。十年朋舊官曹改，潦倒鵷行舞拜同。

己酉元日蚤朝疊除夕韻二首

斗轉風廻左掖春，頻年簪筆侍元辰。看移雉尾疏星落，行近螭頭曉霧新。三殿旌旗分閣道，九門鐘漏聽雞人。太平朝會垂衣蚤，欲採民風取次申。

玉律陽回静朔風，鑾坡歲月漏聲中。苑墻夕燎霏烟碧，宫閣春雲送曉紅。朝褎香濃天仗外，歸鞍日霽掖門東。欣逢主聖時清際，禁近何人作頌同。

正月七日孝陵忌辰

憶昔西清侍從辰，忽驚遺詔泣龍鱗。乾坤自此新陵寢，歲月依然舊史臣。幾度春光如短夢，每逢人日易傷神。當時記輓宫車出，慟哭東風賸幾人。

蚤春實録館呈素存編修

兩朝金鑒在鑾坡,春色東來王氣多。苑裏鶯花新歲月,眼中松杏舊山河。直廬風雨分藜火,散帙縑緗映玉珂。香案前頭親授簡,曲江風度好誰過。

新正故舊小集

渭城客路渺關河,惆悵何戡别後歌。千里鄉園春色遠,一時京雒故人多。愁邊燭影看書劍,花外杯香憶薜蘿。誰道長楊叨侍從,十年心事媿鳴珂。

上元夜二首

閒却銅街玉漏聲,落梅風起踏塵行。十年走馬歡娱地,卧看蜉蝛獨夜情。

玉館金牀坐上貂,鈿蟬銀甲鬧檀槽。健兒正罷征東役,刁斗無聲夜月高。

張侍郎送鯽魚

回首清江興渺然,玉鱗網送蚤春前。秋風漫有鱸魚思,已得槎頭縮項鯿。

曉　角

宣武門西聽曙更,東華魚鑰漸平明。獨聞曉角春城上,立馬風前第一聲。

摩訶菴再遊四首

别久祇林樹,山門繫馬開。清明三度過,花柳兩廻來。圃亂春畦水,僧閒退院苔。沙鷗相對立,鶯燕莫嫌猜。

暮景西村僻，精藍此地逢。殘花落清梵，深竹度烟鐘。春雨紅樓暗，香林碧樹濃。近來幽意愜，巾拂對從容。

後園臨野色，春日自凄迷。暄冷時無定，鶯花晚未齊。墟烟松鼠竄，山暝木魈啼。回首高梁水，蒼蒼落照低。

登臨小丘上，空際碧巉巉。澗底長松蔭，山叉落日銜。野花隨步屧，村酒濕春衫。大塊韶光晚，柴關憶舊巖。

酬上官松石廷尉二首

如茵芳草傍春城，三月東風聽蚤鶯。柳外朝衣霑雨過，花邊官馬隔塵行。鴛鷺歲月多新侶，水石風流少舊盟。莫問買山歸隱計，濟時今望宦先成。

春色輕陰暗禁城，宮花萬樹宿流鶯。斗間自識雙龍氣，門下今容駟馬行。法從君當雷雨候，冷官吾守歲寒盟。題詩欲盡燈前意，漏下虛堂句未成。

雨夜雜感

宿火微紅映曙光，楮衾猶挹博山香。愁心歸燕迷蓬户，客夢啼烏過女牆。裘馬故人誰感激，狗屠交道亦凄凉。春來歷亂傷心處，細雨寒生覺夜長。

送王北山給事歸茌平二首

惜别梧桐樹，西垣一院陰。封章終夜上，御札十行深。饑溺憂民日，艱難去國心。孤山開舊墅，簪紱羨投林。

珥筆承明地，回鑾羽獵辰。風波萬事濶，聚散十年頻。舊邸歌重聽，離亭酒一廵。時清東海上，未許戀垂綸。

雨中集田沛蒼學士宅和白東谷先生

琉璃厰西急雨飛，驅車到門雨細微。緑窗隔席寒淰淰，紅燭卷簾烟霏霏。潞州濁酒琥珀色，藐姑羣公氷雪肌。夜深霑醉此何適，得歸射獵開荆扉。

送少師衛公還曲沃二首

一卧雲霄殿閣空，主恩容易别鵷鴻。兩朝清論氷心後，四海蒼生病疏中。絳灌調和惟相國，廟堂鎮静賴元功。玉堂制草西清直，幾處孤踪歎轉蓬。

黄扉十載握丝綸，勑斷來章請急頻。食禄還同三省厚，賜金特爲二疏貧。舍人圖史歸装舊，驛路雲山入夢新。先帝老臣今澤渥，祝公眠食慰斯民。

書局即事

柳邊走馬夾城西，落盡桃花燕麥萋。玉局一春休沐少，金門十載夢魂迷。黄封勑使開緗帙，白首宫臣識御題。下直却如歸院晚，槐陰依舊暮鴉啼。

寄楊松谷鄴下

寒雁南飛欲盡時，北來鄉信苦參差。闗河匹馬身何適，風雪綈袍淚暗垂。漳水烟波空浪跡，銅臺歌舞自深悲。年華冉冉征途裏，寂寞黄門數首詩。松谷，故給諫沁涓子。

送劉公戫吏部還潁州

懷抱何由好，逢君欲細傾。行藏輸萬事，文酒負平生。數聽驪歌亂，猶聞玉漏清。藤陰他夜月，蕭颯别時情。

城南即目

莫作近前嗔,行游野水濱。委心隨萬物,留眼送殘春。眠柳如人嬾,孤鴻似客貧。晚花一含笑,多恐對傷神。

飲酒花下與翊聖

東風冉冉逐流塵,憶昔相逢似隔晨。幾樹庭花迎蚤夏,一年心事送殘春。青衣度曲傳新調,白首同歡感故人。記取坡公催秉燭,光陰臨老速奔輪。

買　馬

買馬黄金事已非,青驄門外繫斜暉。玉闕别後嘶風遠,苑路騎來汗血微。顧影自驚髀肉老,喜心翻覺羽書稀。渥洼空有騰驤步,蹋徧秋城草未肥。

寄素心六箴與可

蚤凉睡美輕鐘後,忽憶對牀風雨清。十年仕宦差一笑,少日文酒空深情。故園池臺渺岑寂,客路荆棘長從横。我行歸休君努力,那將嬾漫趨時名。

懷苟少公幹

少睡多愁夜,秋窗夢不成。西樓風雨恨,南浦别離情。有患吾身老,相憐萬事輕。年華又摇落,息念學無生。

冬夜行河上

潺潺石橋水,遥接漏聲長。澄月金鋪鏡,清沙玉糝霜。臘殘催物候,冬暖入年芳。莫紀無氷日,溝渠只向陽。

張東山少司寇宅觀奕

人事紛紛似奕棋，故山回首爛柯遲。古松流水幽尋後，清簟疏簾對坐時。舊壘滄桑初歷亂，曙天星斗忽參差。祇應萬事推枰外，夜雨秋燈話後期。

玉河橋夜行寄苕文

一道銀河下玉京，雙魚北上遠含情。九門夜鎖邊風落，愁聽南飛過雁聲。

王樸菴編修見過同作

落葉蕭蕭冷碧波，衝寒羸馬肯相過。五升方朔饑時米，八詠休文病裏歌。城闕秋陰風雨盛，江湖天濶夢魂多。即論婚嫁今難畢，歸去青山奈晚何。

睡起遣興寄汪沁水

霜月車輪犯曉沙，軒窗歸卧夕陽斜。嬾書咄咄空中字，自愛蘧蘧夢裏家。濁酒三杯聊送暖，寒鐙連夜自成花。却因寄語青山尹，擁被黄紬蚤放衙。

夜　行

雞聲催我行，起坐殘夢接。蕭條夜來風，開門滿落葉。
落葉何翻飛，驚風吹馬首。夜行不見人，明月照高柳。

詠史四首

舍人兒

七十好奇計，黄金生内疑。鴻門不見聽，笑殺外黄兒。

歷下軍

野渡平原水，孤軍歷下城。田横方縱酒，酈生已就烹。

李少卿

少卿軍數急，貳師何逡巡。腐刑下遷史，終爲李夫人。

蘇子卿

雪中何所餐，野鼠勞供億。流連青史編，一昔爲不食。

學書頗勤自嘲

筆冢成堆潑墨香，綀帬棐几抵縑緗。臨池晚覺黄庭好，掩鏡先愁白髮長。身世葛懷非浪迹，古今臧穀共亡羊。梅花書閣殘陽下，把翫流年亦自傷。

晚出宣武門懷舊遊寄公戫玉虬

宣武門東記舊遊，暮鴉啼徹夕陽秋。楊花落盡風流散，别後何人上水樓。

樓居望西山

秋杪思紅葉，冬來眺碧巒。夕陽過磵遠，山色入窗寒。嵐氣通書幔，香泉搦釣竿。烟光三十里，春到約重看。

夜雪懷人

夜雪逢君事渺然，梅花庭北緑尊前。如今見雪長相憶，旅舘寒燈十六年。

落葉

紅牆楊柳夾城頭，落葉西風滿逕幽。夜度玉橋秋色遠，清波明月送深愁。

己酉除夕前一夜小集懷午亭舊遊二首

此夜如除夜，他鄉是故鄉。殘年驚隔日，往事樂千場。山路梅花放，村帘竹葉香。平生嵇阮輩，歲月老清狂。

點檢京華事，叢殘守歲詩。葦桃催臘蚤，梅柳入春遲。署尾多新字，題襟減舊詞。風流銷歇甚，應遣故人知。

午亭文編卷十

今體詩

城西亭送沈繹堂翰林歸華亭

泖峯文采世無倫，翰墨風流奕葉存。謂學士度大、理粲兄弟。客裏蚤花隨步屧，愁邊積雪照離尊。舊遊已少仍揮袂，往事臨岐易斷魂。出守昔曾還近侍，柴門豈合老江邨。

西譙門書懷

出郭烟雲照眼新，輭紅回首隔流塵。一年好景逢春色，萬事今生讓古人。老治文書成底事，倦游花鳥恐傷神。低回百計輸行樂，歷落嵚崎寄此身。

移　居

移居頻作客，八口寄天涯。樹帶西家月，籬遮北里花。行藏一燕壘，身世兩蜂衙。便是雞窠老，遷流見物華。

棄　宅

蚤棄西街宅，栖栖不定居。邯鄲留一枕，秘監失殘書。酒醆空隨汝，花枝最記渠。平生多病意，卜築未情疎。

别舊居花樹

一宿天涯樹下情，塵根未斷笑平生。穠花細蘂尋常事，可奈雙株手種成。

閒　適

閒適吾堪老，園林興不違。游魚争晚景，哺燕接低飛。書展檐風亂，花捎徑雨微。輕陰漏明月，凉色在絺衣。

送王玉銘大司馬致政歸滇南二首

周歷曹堂解印年，青山黄髮羡歸田。雲霄自致勛名貴，軍國曾都將相權。賜對宵衣親借箸〔一〕，勑書天翰爲裁篇。蒼生尚憶商巖雨，廿載昇平啟細旃。

樓船戈甲久銷沉，滇海風清罷羽林。勲業舊存三殿詔，去留今見兩朝心。東山花月仍無恙，北極風雲轉自深。聞道舊恩思夙昔，莫言容易謝華簪。

【校記】

〔一〕賜對宵衣親借箸　四庫本作“拜手瑶階頻獻頌”。

寄題嚴氏嗜退菴

不識江南路，菰城何處邊。數椽方丈屋，萬里五湖天。苕霅雙鳴槳，烟波一畫船。富春山好在，高並客星懸。

午日小集

帝京逢午日，幾度遠柴扉。當暑思宫扇，趨朝感賜衣。少眠歡坐減，多病宦情微。却望行山道，晴雲只自飛。

書韋蘇州集後

韋公昔爲郡，計年九十餘。不似陶彭澤，解組折腰初。

夜　行

庭樹雞一鳴，起行如適遠。映堦月色微，葉落知深淺。

睡起二首

夢醒不覺暝，渺渺殘陽下。入簾秋色來，幽懷正瀟灑。

晨理頭上髮，又已數莖白。不須感秋風，含情自脈脈。

旅夜懷張子美子文

草際候蟲語，花邊螢火流。關山長旅夜，風雨近新秋。落葉下庭樹，寒瓜生故丘。樊溪嗚咽水，惜别在南樓。

氷　雪

氷雪遲來使，關河阻客居。風鴉過院晚，木葉下亭虛。薄醒銷憂酒，奇驚引睡書。天涯身漸老，局束欲何如。

觀　物

蕭條觀物意，又廹歲寒心。旅燕飛難定，哀蟬響易沉。晚霞猶閃閃，列宿已森森。流影看殘月，迢遥墮遠林。

冬夜懷樊川故居

愁銷寒夜酒，睡引舊時書。畫角三更外，荒雞一枕餘。身名厭潦倒，物理悶乘除。野艇花源水，柴門栗里居。只須長吏好，便覺宦情疏。冬日暄茅屋，春晴御版輿。樵風下籬落，松月照村墟。猿鶴多情者，經時應念予。

高同年入覲贈别

功名往事記題輿,佐郡風流十載餘。幕下鶯花春色换,天涯兄弟宦情疏。烟雲料理詩逾好,簿領從容政自如。時覲歸來開棨戟,畫梁塵滿舊懸魚。

贈張螺浮給事

西垣重歷幾朝昏,萬事波瀾過眼翻。伏閣何人驚白簡,臨朝有勅報黄門。雲霄鐘鼎推時望,魚水功名是異恩。正覩夔龍簪笏盛,莫因花鳥戀江邨。

春夜和王信初侍御兼懷鄒謙受檢討

雲霄有路已飛翻,寂寞官曹獨閉門。客舍鶯花連上巳,寺樓鐘鼓送黄昏。春衣暮冷添新火,濁酒人稀命舊尊。蒲柳年年江上緑,白頭零落幾人存。

劉果齋僉憲提學浙江索贈别詩

青霄藜火映含香,爲許傳經下栢梁。畫省仙郎閒劍履,絳紗才子典文章。春風桃李花圍坐,烟雨江山色滿堂。好爲藏書探禹穴,清時竹箭美琳瑯。

移居懷玉隨玉騧

蕭然蓬轉迹,似已接蘅臯。巷曲寺鐘近,夜深鄰語高。缾罍生計小,書劍客情豪。爲報素心友,移居欲和陶。

移居别舊居花樹

隔巷星河别館開,客亭臨去重徘回。青苔濁酒行吟地,惟有楊花日暮來。

城南見山桃花

黄塵風裏帽簷斜，桑柘稀疎柳半遮。千葉不須銷恨種，小桃已放破愁花。

曉　雞

短日寒雞半夜聲，漏長偏攪旅人情。羽毛今爲風霜苦，怪爾春來失曉鳴。

送張東山少司寇致政歸里二首

一辭劇職顔逾渥，三領西曹事自竒。張三拜刑侍。朝下清卿休沐日，天涯親舊别離時。官貧蚤割香山宅，身健長耽謝傅碁。回首緇塵京洛客，如公賢達幾人知。

舍南舍北連春色，竹樹交枝花滿坡。輦下居非村落近，天邊見比故鄉多。尊開法酒賓朋共，坐擁寒燈嘯詠過。欲解朝衣随杖屨，耦耕生計老東阿。

王方伯寓亭送姜鐵夫還會稽二首

惜别論文地，離亭是勝遊。紅箋傳郢曲，畫壁寫秦謳。落葉催歸棹，征鴻過倚樓。遠江秋色盡，渺渺送行舟。

高閣樹聲滿，夕陽相對閒。霜風送歸客，摇落動離顔。華髮三秋别，滄波一艇還。只今無賀老，相憶在稽山。

宋玉叔招同曹子顧沈繹堂施尚白王子底貽上集王方樸寓亭同賦五首

洛下耆英社，濟南名士亭。風流人未老，文字飲常醒。簾静張琴露，窗明冷劍星。新詩翻樂府，傳唱與秦青。

疎雨青燈暗，微風白葛凉。地非金谷麗，人是竹林狂。車騎閒韋曲，星辰隱建章。君王重詞賦，或恐動煇光。

花裹銀鞍馬，尊前錦帶鉤。園林過晚夏，荷芰入清秋。他日江湖外，應思鄠杜遊。歡娱兼别緒，爲我緩行舟。尚白將歸宣城。

行雲暮不息，主人終宴吟。詞華傾一代，風雨集同心。已踐銀青約，能爲清白箴。重開雙畫戟，掩映舊藤陰。玉叔昔爲吏部郎。

絶域尋源使，孤槎鑿空人。誰爲蕉葉樣，酌此梨花春。醉觸支機石，歸迷渡漢津。拍浮銀浦裹，肯與渴羌鄰。以銀槎行酒，是元人朱碧山所製。

秋日懷翊聖

秋老關河色黯然，壯心摇落望雲烟。楚山悔别三千里，燕市悲歌十五年。老去青萍藏匣裹，愁來白髮醉花前。鷓鴣啼斷瀟湘夢，回首清江落照邊。

夜聞促織

一昔新凉草際侵，攪眠促織夢難尋。舊知巧鬬逢場戲，老覺哀音動客心。多露庭除秋欲晚，閒花院落夜初深。啼時斷續身微細，白髮青鐙伴苦吟。

物　態

秋風策策獵菰蒲，炎冷尋常物態殊。畢竟埽門羞魏勃，豈須岐路泣楊朱。殘書自擁心情定，往事追思夢幻無。只似青山舊樵侣，不知人世幾榮枯。

秋　夜

忽忽生涯事事妨，寒沙曉蹋暮塵黄。鐙花半結人將睡，鑪火初温夜蚤凉。清漏點中秋欲盡，荒雞聲裹夢還長。緑蕉紅蓼晨窗影，無那朝來盥櫛忙。

遣　興

千歲愁多衹百年,琴書僻性未應捐。吟詩漸解論中晚,酌酒真忘辨聖賢。掩映秋燈疏竹外,招邀清影夜窗前。不須苦學安心法,倒枕瞢騰一覺眠。

秋　夕

窗際碧紗影,流雲月半黄。闕山連暮靄,枕簟得新凉。畫扇收殘暑,緗奩開暗香。西樓風露冷,歸夢向秋長。

天寧寺遊二首

蘭若譙門外,新霜古木清。寒山連霽色,白日落鐘聲。亭午塔鈴語,邊風沙雁鳴。西亭坐蕭瑟,蚤忘市朝情。

杖策緇塵晚,西林衹獨過。門前雙樹在,樓外夕陽多。百戰猶碑碣,千秋自薜蘿。暮鐘催客思,歸馬欲如何。

喜湘北至同直實録館

國史重徵李鄴侯,相逢追憶昔年遊。花邊左掖同騎馬,雪裏東華共倚樓。歲月孝陵書一卷,烟波江上夢三秋。何時副就蕉園稾,玉軸牙籤次第收。

冬曉入舘同容齋

夜色深窗曙未通,鐘聲杳杳去悤悤。鄉心曉挂西樓月,木葉長吹北户風。坊遠闕門三里外,官寒心事十年中。冬來碧瓦清霜重,幾見東華蚤日紅。

孝章至旋別

幾回風雪歲峥嶸,已改容顔識舊聲。父老尺書歸計定,高堂華髪旅魂驚。池塘昔夢三生恨。追悼長公。燈火寒齋此夜情。歸卧東軒窗下月，梅花疎影正從横。

立春日漫興

吾今三十五年過，衮衮流光奈爾何。人壽古稀忽已半，歲華春到幾分多。疎梅寂歷霑杯酒，畫鼓轟騰隱嘯歌。旅夜張燈悲節序，幾回莫惜醉顔酡。

簡叟同宿城北僧舍

花發南枝雁北飛，御溝西畔柳成圍〔一〕。三生佛火前塵在，一宿僧窗旅夢稀。笳鼓夜殘風瑟縮，枕衾春冷月依微。故人燕市悲歌客，投老英雄已息機。

【校記】

〔一〕御溝西　四库本作“漸看亭”。

韓編修請假完昏

九重殿外七香車，銀漢雙星路未賒。束髪昏姻逢晝錦，催粧勑旨出官家。蓮燈燄吐同心結，玉佩光添繫臂紗。歸去不言温室樹，芙蓉開作合歡花。

申皀盟五十得子

節愍流風奕葉垂，名家人比鄭當時。果生瀛海遲仙子，種是麒麟帶好兒。戈印堆牀連祖笏，椒蘭盈寢並孫枝。胎仙叠舞歌塵合，伯氏吹壎仲氏箎。

蚤　行

雨過廉纖漏點頻，火銷香冷睡初匀。當闕月出呼殘夢，倚枕雞號送晚春。楊柳漸逢官緑暗，杏花何處野紅新。蚤行只似婆娑意，解作禁愁耐事人。

寄安陽張明府叄首

鄴都形勝頫中州，紫氣臨闗日夜浮。勾漏不須尋葛令，圯橋今已約留侯。雲深銅雀歌鐘地，花滿河陽毒冒樓。蚤聽玉珂金鑰曉，掖垣封草殿東頭。

贈韓中丞

魏公家世足名流，開府還朝正黒頭。使相節旄歸上國，尚書劍履勝通侯。貂蟬西第閒清讌，丝竹東山領盛游。豈是書生輕萬户，何人不願識荆州。

立秋日簡翊聖招遊水闗三首

秋城過雨響潺潺，一道飛泉瀉水闗。此去便随銀漢轉，御溝流到自人間。

洗妝樓北挂殘霞，蕭后城南過晚鴉。秋色自需今日酒，夕陽猶照古時花。

水鶴低回鷗眼明，夏雲飛盡翠微生。西風落日菱歌起，今夜逢君不出城。

程翼蒼爲姊徐孺人索賢節詩

喜過程門問道初，看君宅相更何如。連枝自解娱庭樹，生子兼能讀父書。舊事嬋娟歌女嬃，念年高士記南徐。只今人近烏衣巷，香滿秦淮照緑蕖。

夜坐有感

天河欲落暑風清，客醉揮杯感未平。萬事飄摇随薄宦，十年潦倒愧浮名。自憐少壯愁中老，誰解鄉關去後情。芳草東山臨别路，那因重起爲蒼生。

送申随叔檢討還廣平兼寄梟盟

同官同病不同歸，久治文書戀北扉。一别殿廬秋色晚，重看直草舊游稀。懷人邸舍心長在，送客雲山興欲飛。寄語荆園老居士，緇塵正悔上吾衣。

題李太公正兼呈令嗣正孟編修

丹青人物想風流，令子聲華在鳳樓。天際夔龍依膝下，日邊綸綍到林丘。採芝遺老尊商皓，衣紫山人羡鄴侯。最是臨風看玉樹，金泥科第上三頭。

秋日懷貽上湘北

蕭蕭落葉滿秋城，不寐西堂聽曙更。寥落詩書增士氣，凄凉昏宦盡平生。寒衝匹馬風沙亂，霜咽啼烏曉月明。寄語年來素心友，清時焉敢學逃名。

晚秋懷張西園先生

淅淅西風吹客衣，曉行凉雨夕陽歸。胸中自遣齊朝市，世路何緣絓是非。居士有情翻近道，丈人與世本忘機。藕花落盡蘆花老，望斷秋河白鷺磯。

起居注日講賜貂裘羔衣各一襲二首

銅龍曙色接彤幃，橐筆螭頭候北扉。玉漏蚤催當直夜，清霜曉點侍臣衣。忽聞天語春温至，曾賜宫貂故事稀。最是小儒尤忝竊，皇情珍重及寒微。

曾陪貂珥金璫貴，載詠羔羊豹飾榮。綃帕籠牀趨玉陛，香烟滿褏直乾清。便教累葉傳君賜，何止終身荷聖情。蚤罷西征諸將士，尚方服御到書生。

侍宴外藩郡王賜石榴子恭紀

仙禁雲深簇仗低，午朝簾下報班齊。侍臣蚤列名王右，使者曾過大夏西。安石種栽紅豆蔻，火珠光迸赤玻瓈。風霜歷後含苞實，只有丹心老不迷。

經筵紀事八首

展書綈几曉風清，銅尺横斜壓未成。天子直将經義熟，玉音開卷已分明。

縹帶紅籤鈿軸齊，御書房在殿廊西。五經同異諸儒别，一一重瞳自品題。

玉几丹霄晝漏長，講章纔罷即封章。芙蓉别殿秋將晚，稀見君王幸栢梁。

閤門鑰入進書來，紅蠟光中對御開。知是至尊勤夜讀，三更燕寢月徘徊。

第二螭頭點筆時，起居親切近臣知。年來神藻光青簡，日曆長編御製詩。

一步天門生羽翰，凌霄宫闕路漫漫。玉清禁府尊嚴地，只恐人間報稱難。

内裏常餐自尚方，雲漿雪椀别教嘗。調羹真勝修莖露，賜食何須七寶牀。

蛾眉供奉别東頭，銅鴨香深跛燭留。下直玉階天漢上，金明門外月如鈎。

直廬贈韓主事

每逢同日侍鑾坡，宫草罏烟歲月過。年老潘生華髮滿，坐深荀令晚香多。才名我自慚金馬，風度君偏稱玉珂。清晝總長渾不厭，夕陽催别思如何。

梅花二絶句

燕市新花巧接栽，青春紅火一時催。憑君莫笑大庾嶺，南枝落盡北枝開。

幾度寒梅臘又殘，愁心一日對花寬。稀枝小蕊纔輕放，留取新年細細看。

送少師衛公致政還曲沃二首

十年三度謝簪纓，帷幄功高退始輕。天下公真清第一，兩朝今不愧平生。賜還别有銀青紱，請老仍爲晝錦行。去日臨軒思舊德，遭逢魚水動皇情。

閣道雲山仗外峯，朝回請急未從容。再來父老看司馬，此去乾坤有卧龍。夢繞細旃聞夜雨，春回長樂遠疏鐘。知公未穩江湖興，民隱還須達九重。

次韻程使君留别即送之官粤西兼寄開府馬公十首馬公雄鎮

相逢前十載，離别是中年。羈旅交游老，鶯花歲月遷。飛騰知意度，文酒破拘牽。一詠觚稜句，蕭條已共憐。

萬里之官路，還家到海村。琴書隨畫舫，詞賦在金門。桂樹臨江迥，梅花過嶺繁。灞橋衰柳色，折贈欲銷魂。

地角東西粤，行行過舊栖。孤篷江笛咽，斜日嶺猿啼。野宿桄榔暗，山行荔子低。褰帷畫圖裏，按部到蠻溪。

憶直承明裏，宫鶯竟日聞。苑花看並騎，隄草惜離羣。畫省香罏氣，江城粉堞雲。詞名兼試吏，此事不如君。

地接三江險，堂開八桂深。關山如憶遠，詩句費孤尋。卧閣梅花放，車輪蕙草侵。班春多暇日，海月照彈琴。

近日嘉陵驛，郵筒遠寄詩。謂阮亭使蜀懷使君及予詩。西川風雨夜，南海别離時。生理何心緒，天涯有鬢丝。桂江如可飲，先遣故人知。

落日伏波廟，行人拜路隅。靈旗精爽見，銅柱鬼神扶。勛業看如此，登臨意與俱。詠懷多古蹟，縹緲憶蒼梧。

烽烟千嶂静，道路百蠻通。朱邸今開鎮，丹書舊戰功。江山兵火後，耕鑿戍旗中。人近嫖姚幕，聽笳憶塞鴻。

建牙開幕府，吹角瘴雲間。一别蓬萊殿，相思供奉班。湘灕江上水，烟雨海南山。喜及昇平會，恩波徧百蠻。

世領中丞節，榮分禁苑臣。江風清蜑戶，海月照鮫人。鐃吹騰歡遠，轅門送喜頻。可堪晉父老，回首事酸辛。馬以晉撫改粤西。

送杜編修還南宫

爇稾蕉園徹院鈴，夜深藜火散槐廳。青門草色春堪惜，落日驪歌酒易醒。此别鶯花閒北署，十年車馬駐南亭。我留君去真無補，名玷諸儒愧一經。

七月二十一日賜宴瀛臺迎薰亭恭紀二十韻

右掖南薰水殿凉，宸遊此日命瑶觴。宜春小苑通平樂，太液神池接建章。金鎖北連馳道合，銀河西遶禁垣長。依稀晝漏傳鳷鵲，宛轉霓旌下鳳皇。暎曉紅蕖難辨影，廻風碧落只聞香。已同葵葉傾朝日，不與春花競艷芳。山雜夏雲峯四起，林含時雨樹千行。仙槎迴拂滄溟外，錦石曾支日月傍。雁沼芙蓉開别館，龍樓花蕚召諸王。公卿渥澤來丹陛，侍從恩深直玉堂。宵旰至今勞聖主，拜颺從此見明良。移將彩仗趨長樂，不待蕭韶出上陽。翠渚張筵雲幕濕，雕盤列俎繡綃黄。天杯泛露承仙掌，寶鼎調蘭飫尚方。無盡皇情同海岳，一時勝賞在林塘。蓬萊歲月春何限，魚水君臣興未央。會見大酺歡父老，已看燕樂徧巖廊。詩成宴鎬如周后，曲奏横汾陋漢皇。

御藻昭回騰紫極，詞曹翰墨侍明光。清時不獻長楊賦，譜入謳歌國步康。

是日詔賜西苑泛舟恭紀二十韻

宮府修和日，君臣悦豫年。昇平盛文物，睿賞洽林泉。北禁仙流祕，西清複道懸。曉雲迎步輦，瑞日下晴川。罷戰昆明後，留歡太液前。駕來祥鳳轉，杯向濯龍傳。午景凝芝蓋，天河入御筵。花明緹騎色，香接玉罏烟。鳴珮升蘭榜，華簪扣畫船。鹿苹欣有頌，魚藻樂難宣。空靄浮瑶島，明霞遶翠旃。闕樓陰漠漠，夏木淨娟娟。碧水黄簾外，紅臺錦纜邊。蹕停仙仗久，岸敞幔城延。舞詠班行右，光榮侍従偏。滄波真浩蕩，天語許流連。畫鼓催行漏，斜暉度晚蟬。和膏沾醉飽，報答乏微涓。覆載垂慈溥，生成錫祉駢。恩深慚薄技，長奏柏梁篇。

乾清門侍宴賜蘋果恭紀

龍牀日扇午陰團，第一螭頭飫大官。坐有俎筵霑異數，賜將苞品列常餐。上林種後收名果，内謙秋來薦玉盤。翠纈丹霞滿瓊液，不須更食蔗漿寒。

宴廓爾沁諸國貢使侍直賜蒲桃有頃賜西瓜恭紀

珠顆甘瓤出内園，靣蒙寵錫聖容温。初筵訝許長霑馥，一日驚逢再拜恩。玉指翠分親摘蔕，金盤紅重御嘗痕。尋常香案前頭坐，飽飫天庖渥澤蕃。

送素存歸覲二首

暫解西清直，南旋凉漸侵。游非司馬倦，興似季鷹深。山寺繙書處，江魚視饌心。君親恩並重，相送一沉吟。

載筆編摩日，微才也許參。誰能辭贊一，君自史長三。金匱書纔上,秋風櫂忽南。他時如念及,樵寄米家菴。

武闈貳益都相國次韻

詔貳公孤拜命驚,鷹揚盛典屬儒生。簪裾許接元寮席,綸綍時宣黼扆情。簾閣風雲新夜永,鎖廳鐙火幾回明。由來臺閣掄才地,元化應須在鑒衡。

奉次益都相國武闈韻

太平玉帛萬方同,校武常勤廟算中。已見彎弓開似月,頓令磨楯運成風。檐前落葉疎鐘度,樓上清霜畫角雄。夜半火城傳視草,奎堂遥映燭花紅。

講筵賜紫貂文綺白金一事恭賦一首

賜　貂

去歲含毫侍玉墀,錦裘天上拜恩時。衣冠曙色交龍衮,鵷鷺春温集鳳池。禁殿久依簪筆地,直廬重詠賜貂詩。微勞一髪何曾効,輕暖頻年媿聖慈。

賜文綺

紫纈青綾出尚方,恩深奏謝閤門傍。機丝巧度金梭月,刀尺頻霑錦綺香。袖拂螭頭鑪氣暖,步隨龍尾珮聲長。許身衮職無能補,空睹宫衣滿篋箱。

賜白金

榮光賜予報重重,内裹分金勅禦冬。赤縣尚鐫初進字,瑶函纔啟御前封。記恩未忍輸泉布,索米從教罄釜鍾。不羡長卿工賣賦,腐儒執簡慶遭逢。

賜貂蟒朝衣一襲

謝恩未了趁鵷行〔一〕,又見温綸下建章〔二〕。内製蚤鋪新樣錦,賜衣久染舊罏香。雲浮繡蟒明初日,風動盤貂點細霜。拜舞玉階春色裏,五紋先祝綵丝長。

【校記】

〔一〕謝恩　四库本作“恩頒”。

〔二〕温綸　四库本作“輝煌”。

待　梅

園桃巷柳豈湏論,梅信經年探野村。老怯谿橋妨滑路,慵憑簾幕伴閒門。窗虚細朶従疎影,硯涷斜枝認舊痕。索共寒香成一笑,愛他風雪近黄昏。

歲暮雜感二首

雲山萬里一雕鞍,急羽應須起謝安。嶺海梅花旌節遠,江城金鼓戍樓寒。苦吟獨客身將老,小酌幽襟醉後寛。旅興易傷西望眼,數峯深翠路漫漫。

紫極青霄悵遠天,桂陽險絶羽書懸。題詩萬馬中宵動,草檄孤城百道連。直北風雲憑障塞,征南笳鼓在樓船。将軍前部何時到,霧散龍沙夜月圓。

癸丑除夜

漸老天涯此夜中,兵戈闗塞意何窮。梅花影冩春醅緑,爆竹聲連蠟穗紅。夢繞庭闈雙素髪,身慚弟妹一飄蓬。强吟守歲還循例,愁絶寒宵畫角終。

人日都市有賣牡丹花者郭快菴太史同賦

人日晴雲媚蚤陽,玉闌干外競新妝。啼鶯舞燕紛何處,霧朶霜叢卻未妨。翠幔曉低憐瘦影,紅樓夜冷惜天香。仙郎已進清平調,與和高吟紫禁傍〔一〕。

【校記】

〔一〕紫禁傍　四庫本作"興正長"。

春　懷

玉醆金珂撥鳳槽,城頭星爛曉雞號。樹烏三匝棲難定,櫪馬無聲意自豪。羇旅生涯過夢境,年華勛業老詞曹。寂寥瓦屋繩床夜,絶勝丁男轉戰勞。

步虚詞二首

寶髻珠圓現幾時,珮環聲裹步虚詞。露香夜夜朝真語,心事分明欲訴誰。

金縷歌殘舞柘枝,關山連夜雨如丝。夢回紅版橋邊路,一種桃花似舊時。

送施匪莪歸泗州用歸來二字韻二首

零落賓朋又送歸,風烟重惜舊遊違。還鄉襆被官曹冷,間道兵戈野店稀。客久鶯花迷故壘,春寒雨雪在征衣。泗濱得比桃源否,到日殘紅歷亂飛。

故人今已賦歸來,白首行藏拂袖廻。淮汴雙流中擊楫,江山百戰舊登臺。詩成磊落従教在,酒罷襟懷得好開。只有交情垂老意,不堪霑灑到離杯。

朝日侍直恭紀

春色平分淑氣迎，龍樓鐘鼓報新晴。蚤随大駕千門出，只後乘輿一馬行。夾岸烟花臨御道，朱壇柴燎達皇情。禮成載筆還趨直，萬歲蓬萊日正明〔一〕。

【校記】

〔一〕萬歲　四庫本作"共仰"。

侍從朝日還侍宴江西提督趙國祚河南提督王永譽太原總兵郭拱宸賜紫梨有頃賜石榴子

羽林前隊屬車塵，纔解雕鞍藉錦茵。玉殿割鮮親將帥，金盤頒果重儒臣。香多盧橘來江驛，色勝珊瑚貢越人。旰食只今憂戰伐，分甘侍從幾回頻。

送洪暉吉還甬東

藉甚才名子自賢，酒杯詩卷劇流連。倦游金馬如殘夢，對策銅龍記往年。寒食鶯花千里道，春風鰕菜五湖船。耦耕我失歸田約，此别何能不惘然。

夢遊南樓歌

别久南樓已十秋，長風吹夢下西州。秖疑身躡青天影，真見黄河明月流。

送韓起蘇三首

春明門外來時路，愁見青青柳色多。欲唱驪歌人斷酒，直教無奈别離何。

容膝寒齋小幔垂，紙窗風雨上鐙遲。房櫳别後春蕭瑟，想見孤吟獨坐時。

東風楊柳河橋月，冷節關山野店花。送客還鄉仍是客，十廻禁火在天涯。

四月十三日昧爽夢屠芝巖給諫言頃孝感熊公誦子詩因爲余復誦之覺而忘後二句續成之

步屧中林逢數子，雕闌傑閣倚晴暉。長河直轉三千里，庭樹常留五百圍。老氣諸曹猶勁敵，雄心杯酒未忘機。夢回古壁曾題句，風雨冥濛隔翠微。

容園呈大司馬宛平公

北斗尚書第，西園翰墨情。闢堂延揖客，開閣引諸生。臺榭千峯出，山河四塞平。天虚含象緯，地遠劃陰晴。日月高雙闕，風雲抱古城。五陵多王氣，萬馬雜邊聲。談笑淮淝敵，鞭驅驃騎營。指揮驚宿將，帷幄異孤卿。羽檄書交至，軍機酒數行。中樞方授律，儒術亦論兵。鶯語喧金鼓，花飛點旆旌。隋珠恩未報〔一〕，還欲請長纓。

【校記】

〔一〕恩未　四庫本作“未銜”。

詠懷贈田兼三京兆

痛飲狂歌老鄭虔，諸公衮衮日朝天。幾人報國文章在，吾黨匡時奏草傳。西掖深花春漏轉，南臺列栢夕烏還。平生最愛張京兆，儒雅能如廣漢賢。

七月六日立秋懷王北山給事

清時要地重黄門，封事詞林共討論。詞林編纂六曹章奏。秋色邊烽還照耀，西風畫角又黄昏。雙星河漢隔鐘漏，一葉梧桐飛掖垣。記得延英去年事，宣豪江硯正承恩。去歲試臺省北山試第一。

疊前韻酬北山給事見和立秋日詩給事余同年生，去歲同武闈之役。

清時將略重期門，好武能文可細論。鎖院科名雙鬢髮，垂簾風雨十晨昏。縹囊久點還詞苑，彩筆誰兼似諫垣。玉勒宫花思往事，曲江宴後疊承恩。

往　昔

往昔歡游翰墨塲，五陵衣馬恣清狂。鬭情白髪參差短，回首青山寂寞長。十載雙親書數紙，寒燈獨宿淚千行。兵塵未解年將老，欲説歸田已闇傷。

輓毛錦來吏部

蕭蕭鄰杵動凄其，寂寂房櫳素幔垂。春日客亭分手後，夕陽老淚過門時。椒漿餘閣招魂晚，兵火孤兒上道遲。百口重圍傳警急，三秋旅櫬網蟲丝。

秋日草橋見龔大宗伯芝麓題壁詩感舊有作

荏苒京華亦轉蓬，芳菲零落舊青叢。遠山疏樹璁瓏碧，流水殘荷寂寞紅。霜重草橋秋色晚，歲寒花徑昔游空。右安門外西州路，酹酒荒原向晚風。

重游祖氏園

十五年前白鼻騧，青丝金絡酒重賒。長思别後凄凉地，再見秋來爛熳花。世事五侯新第宅，桑田幾度舊人家。將軍坐歗風烟外，帳底歌鐘閲歲華。

秋夜待漏書懷寄蕭韓坡侍讀

九門清漏隔銀河，午夜微風競玉珂。不寐秋蟲偏自語，長愁旅雁又相過。音書戎馬來人少，烽火江山戰地多。生養兩朝恩未報，苦操柔翰思如何。

城南憶舊游簡楊侍郎及茂才郎君

輭紅走馬夾城傍，下直深林坐夕陽。山色谿光猶在眼，松風花影最難忘。詞場賓客思公子，寺閣登臨憶侍郎。待漏朝來趨左闕，南宫秋點夜深長。

魏環谿先生邀集可亭以寓直不赴却簡

講堂高倚故山青，翹首風雲聚可亭。兩召天書光日月，三遷公望重朝廷。苦心開濟君前疏，大手文章座右銘。今夜清暉動星宿，蕭條藜火媿横經。

秋日見雁同湘北作

北風吹雁急南飛，邊馬長征去未歸。矰繳高秋辭大野，闗河落日過重圍。斷行飄泊孤洲遠，獨宿烟塵舊處非。江海蒼凉沙塞晚，尊前爲爾一霑衣。

午亭文編卷十一

今體詩

秋夜入直待漏東闕下有懷青岳翰長肇餘玉階兩學士

年光流盡宮前水，幾度寒聲雜玉珂。漆簡數行吾自媿，氷銜三字意如何。鼓笳中夜黄雲合，風雨深秋白髮多。最是周廬趨直地，侍班輪日不同過。

輓王考功子底宋觀察玉叔

素旐齊城北，朱旛蜀道東。蕭條萬里外，淪没一年中。世路憐諸子，交情盡二公。招魂傷宋玉，死孝憫王戎。賦鵩才猶壯，哀麟筆遂終。玉棺天上落，瑶瑟寢堂空。暮雨懸鄰杵，秋雲冷殯宫。夜臺歸有伴，泉路恨何窮。前後銓衡地，淒涼詔獄同。范滂真蹇諤，裴楷自清通。藻鏡南曹月，琅璫北寺風。宦途紛轗軻，襟抱得沖融。顛躓非天意，生全荷聖聰。荔裳、西樵前後官吏部，下詔獄。追隨思夙昔，狂醉笑兒童。名列班揚盛，文兼沈鮑工。妍媸慙刻畫，瑕垢屬磨礱。章句功名薄，生涯負販雄。霜摧漢時柏，風折嶧陽桐。歲月魚吞餌，乾坤鳥觸籠。漂摇驚汎梗，慘澹送飛蓬。腸斷山陽笛，悲迷朔塞鴻。池塘春草緑，謂阮亭、艾石。丘隴野棠紅。腹已真成痛，心還暗欲忡。九原人在否，灑淚向荒叢。

九日内直恭紀

禁鑰霜鐘度掖門，佳辰入侍亦新恩。夾城紅葉飄深樹，别殿黄花進内園。晝刻詞曹金簡祕，曉風天上玉音温。承平時節慚文翰，戎馬何能報至尊。

次韻曹頌嘉和田綸霞九日同謝方山飲黑龍潭晚遊剌梅園看松詩四首

高秋征馬幾時回，節序邊書日又催。鴻雁也從烽燧少，菊花應傍戰場開。雄都紫塞頻傳檄，霸業黄金舊築臺。且斂登臨詞賦手，故園遠望當歸來。

冉冉飛雲萬壑低，鄉心迢遞夕陽西。關山木葉歸來晚，兄弟茱萸插處齊。秋水平橋初擁席，寒花繞屋自成畦。樊川舊日登高地，濁酒淋浪醉似泥。

滿目青山赤羽馳，天寒沙磧野營移。城高白帝霜砧斷，秋盡黄陵畫角吹。幾處漁樵逢戍壘，千村征調見旌旗。多君苦憶昇平事，貰酒悲歌寂寞時。

城南咫尺吾難到，潭水園松兩絶塵。歷盡滄桑含貝闕，燒殘劫火老龍鱗。正思叔起呼垂釣，欲擬興公答比鄰。退食舍人無事否，好娱風日趁閒身。

菊遲有作

去歲采花香汎酒，今年對酒菊遲回。歡凄蚤判心顔改，風雨將闌節序催。似向高秋堅壁壘，故教嫩蕊近尊罍。上林霜後稀游幸，應遣寒英細細開。

追悼王西樵吏部兼懷阮亭

海内誰知己，相思大小王。風來關塞遠，月落夢魂長。多病寬腰帶，流年積鬢霜。鴒原悲宿草，重與淚霑裳。

魏環溪少司農爲李晉陽索題柳林二首

何處登臨望渺冥，柳花飛後柳烟青。灞橋官樹連鄉樹，子舍輿亭接柳亭。司農奉母太夫人所居曰輿亭。

韋公舊蒔庭前柳，郎省他時對斂容。惆悵柳林秋色裏，西風落葉滿居庸。

和貽上嘉陵驛見懷

客裏音書寂寞遲，西風過雁苦參差。窮交別後三年淚，好事傳來八子詩。杜曲寒花秋送遠，嘉陵古驛夜相思。銷魂橋外殘陽樹，衰柳天涯憶汝時。

風夜程子至

天風響不輟，吹汝到空堂。夜動霜林白，寒摇落月黄。鼓鐘連歲晚，碪杵入宵長。話盡蒼茫裏，因君思故鄉。

上官松石畫

雲樹蒼蒼隔寺樓，亂山飛瀑屋西頭。花時恐有漁舟入，肯使桃紅出磵流。

懷吴菌次揚州

十年僦屋西街住，山色東窗共短籬。隔坐秋燈聞夜語，蚤朝官馬並晨嘶。江寒北雁春前少，人去鄰花雪後遲。渺渺蕪城烟水濶，薊樓明月憶君時。

雪夜口號

黄沙漠漠雁聲微，鼓角緣邊送夕暉。大帳金川江月暗，前軍鐵鎖陣雲飛。塵昏壁壘長横槊，氣冷關山未授衣。最憶苦寒諸將士，好乘雪夜破重圍。

冬日寫懷同郭快菴太史李容齋侍讀袁杜少上舍作

朋舊栖遲旅興寬，西堂霽雪對憑闌。九邊馬槊霜雲動，大將龍堆曉月殘。裘馬黄金燕客老，關城横吹楚江寒。久憐詞賦朱顔減，尚倚狂豪議築壇。

弔富川令劉江屏殉節詩諱欽鄰，儀徵籍廬陵人，順治辛丑進士，死粤西亂，贈光禄少卿。

荒城落日陣雲閒，烈士如生碧血殷。太尉威靈高戰伐，杲卿風節壯河山。孤忠誓死收羣盜，數語臨危動百蠻。感泣至尊當殿詔，科名終不媿朝班。

瓶梅八首

紙窗竹屋奈銷魂，相對孤花自掩門。解愛寒鐙上疏影，不愁明月照黄昏。

嶺外烽清驛騎來，閣門傳火捷書開。殘年卧隠寒檐日，索共梅花笑幾回。

官閣谿橋記别離，山村風雪夜相思。不因蕊細枝斜處，愁絶天涯歲暮時。

博得身閒萬事輕，曉鵶啼後夢難成。朗吟對汝北窗下，冷艷寒香非世情。

人生婚宦多憂累，顦顇紅塵悔舊時。却笑孤山林處士，棄家還作有情癡。

禁鐘催曉别花行，凍壓寒雲雪滿城。駐馬風前聞玉笛，故園腸斷落梅聲。

舊時一本數金直，翠幙香綃逗蚤春。寂寞朱門半上鎖，樓前愁絶賣花人。

羅浮蕭瑟渺雲烟，庾嶺荒寒劇可憐。萬里邊愁惱清夢，五更風雪夜窗前。

歲除容齋席上送緯雲還宜興兼寄其年

隔夜春帆被急裝，一尊歲酒作離觴。江山易老東西别，風雨難分上下床。入洛機雲羈客恨，游秦枚馬著書狂。買田陽羡時將晚，寄語樵漁笠澤傍。

除夕二首

顛倒天吳繡兩頭，花鈿拆盡笑淹留。團圞醉舞春燈下，病婦飢兒也未愁。

玉箸金盤御榻高，昇平節物夢魂勞。王師蚤報收邊郡，更典朝衣貰濁醪。

元日祠祭免朝賀恭紀

東來王氣滿春城，馳道風雲接兩京。天意車書同奉朔，帝憐兵革罷朝正。鑪香影裏千旗動，燎火光中萬馬行。總爲蒼生禋祀切，漢家五畤是虚名。

孝陵忌辰呈楊侍郎楊新自陵上來

宫車思往日，園寢哭春風〔一〕。廿載兵戈後，先朝夢寐中。翠華臨想像，玉殿在虚空。白首儒官老，當時供奉同。

【校記】

〔一〕園寢　四庫本作“瞻拜”。

春夜齋宿院中有懷同學諸子

南内春雲接禁闈,御溝流水送斜暉。風前白燕寒無影,月下青槐大幾圍。侍従先朝同昔夢,弟兄廿載各分飛。齋宫此夜聽新漏,藜火燒殘閉舊扉。

春　月

圓月他時好,春來夜自明。九霄金鑰夜,萬里玉關情。宛轉懸雙闕,迢遥過列營。刀環空有夢,流影照霑纓。

晉　國

晉國强天下,秦關限域中。兵車千乘合,血氣萬方同。紫塞連天險,黄河劃地雄。虎狼休縱逸,父老願従戎。

午日同北山豐臺看芍藥二首

韋曲春時嘗爛漫,藥闌午日重裵回。已憐菡萏參差出,更遣榴花寂寞開。

兩度看花也滯留,重來風景不勝愁。飄零十載尊前客,惟有黄門記昔遊。

問王給事病

昨夜眠多少,思君落月時。高齋聞雁蚤,秋圃見花遲。省掖稀囊草,安危有鬢丝。連朝同寂寞,吾病亦揩離。

奉送宛平田公之奉天二首

千里嚴裝塞下過,雕鞍落日出關河。蚤聞星漏趨蘭省,歸約銀青送玉珂。遼海長城邉郡遠,南陽帝里近親多。趙張方略清威重,况是銷兵在政和。

形勝雄都百戰塵，留臺風紀節旄新。中朝應切安危計，内史須煩社稷臣。風雨諸陵秋色遠，雲山三輔夢魂親。綸書計日看徵召，回首鋒車塞草春。

送熊縣丞之錢塘

踈柳涼蟬潞水流，驪駒朝發暮扁舟。江山萬里多新壘，風月西湖是舊遊。客路音塵戎馬外，故人愁病别離秋。不須隱吏誇梅福，投筆君須學虎頭。

寄上何公江寧

江左風流間代興，相門森戟夢觚稜。錦袍逸韻花前著，團扇初恩袖裏承〔一〕。倚檻雲山連北塞，飛觴烽火過西陵。丈夫五十身强健，縮手菰蘆恐未能。

【校記】

〔一〕初恩　四庫本作"仁風"。

送趙玉藻編修典試東粤

炎天欲盡路冥冥，庾嶺梅花古驛亭。馬援柱邊銅鼓暗，尉佗城下燧烟青。百蠻文字珠光合，諸將弓刀海氣腥。傳語有苗干羽盛，垂衣天子日談經。

立秋日子顧繹堂貽上湘北幼華過集二首

生死傷心後，悲歌把臂初。西樵、荔裳相繼淪亡。皇天留數子，秋日集吾廬。風雨孤亭窄，苔花晚徑疎。不慚供給薄，離别較何如。

舊雨如今雨，新秋勝往秋。生涯堪一笑，杯酒失窮愁。吹角江雲斷，啼猿蜀道幽。飄零今暖眼，酩酊且相留。

移居懷林澮亭

鬱鬱久居此，天涯又卜鄰。秋花今別汝，社燕並辭人。岑寂長愁地，漂摇獨去身。偶因違咫尺，轉益念交親。

七月廿七日移居宣武門東街二首

衆峯晴自出，爲此卜幽棲。卷幔秋風入，鈎簾落日低。纔容旋馬地，已得種花畦。望眼雲山外，愁時只向西。

九逵倚徙遍，四海問吾廬。垂盡將歸橐，飄零舊著書。殘生闕藥餌，萬事託樵漁。鴻爪東西意，天涯任所如。

望西山

列嶂横天壁，連雲並女牆。晚風落空翠，疎雨濕斜陽。巘壑鄉心亂，關河別路長。白雲如葢處，冉冉近高堂。

送李仲如之奉天治中仲如相國子

相公門第映重暉，佐治留都願豈違。沛郡纔爲湯沐邑，鎬京元是帝王畿。六軍錦水新移陣，萬壘松山舊合圍。栩守四朝疆圉重，應須奏最報綸扉。

和湘北再送仲如

玉笛關山遠送行，欃槍影落罷東征。霜高元菟秋深戍，月上黄龍塞外城。木葉砧聲催别思，玉堂詩句悵離情。公餘詞賦知無敵，欲使才名重兩京。

送史子修編修歸省

十載詞臣省覲歸，直廬初罷講筵違。牙籤綈几辭天上，綵袖罏香出禁闈。歲月暫虚南史筆，兵戈猶見老萊衣。承歡縱説天顔喜，宵盱於今未霽威。

容齋招同子顧繹堂貽上讌集四首

苔竹參差長，軒窗杳窱通。故教迷出入，不自解西東。夏果侵階落，秋花遶屋紅。盆池緑蘋末，翻浪五湖風。

數過歡娱地，蹉跎鬢有丝。風塵憐縱酒，壁壘見殘棋。鴻雁又將至，明河今未遲。坐來新月上，流影照蛾眉。

檻古衆木秀，亭深初月妍。流螢破暝色，宿鳥投寒烟。高齋見水石，對酒懷山川。自此發秋興，松廬方渺然。

風雨日蕭蕭，初晴夜色饒。銀鞍歸路險，白馬向秋驕。漏遠疎城堞，燈明聚市橋。天涯朋舊少，不惜往還遥。

妙光閣次湘北韻閣故尚書芝麓龔公建

尚書游屐經行處，夕照殘花寂莫紅。舊館已孤簾幕月，六時猶響珮環風。英雄兒女前塵在，香火因緣願力空。往事不堪回白首，酒壚相就問黄公。

夢玉随

江湖渺渺見難期，怪爾經年入夢遲。别後頭須白幾許，可憐飛動似當時。

聞　笛

一片長安秋月明，誰吹玉笛夜多情。關山萬里無消息，腸斷風前入破聲。

八月十四夜月

南鴻北燕久差池，明月天涯處處随。風露已霑新鬢髪，關山猶照舊旌旗。步檐曳屦閒行數，簾閣吹鐙獨卧遲。遥憶故山凉冷候，桂花連夜影離披。

十五夜不見月

秋陰漠漠夜蕭騷，如水天河漲素濤。三帀繞枝烏宿蚤，數聲吹角雁飛高。遥連候火光偏照，不動浮雲勢自牢。我欲乘風上萬里，手排閶闔一呼號。

十六夜雨過容齋時移居比鄰

下馬堂前雨細傾，衝泥步屧惜逢迎。寒催落木秋碪動，夜近高樓玉漏清。隔屋檐花添客思，短檠燈火足交情。卜鄰我願同晨夕，投老終當學耦耕。

重陽前一日同貽上湘北放生池作

紅葉黄花古寺東，荷衣行亂渚禽中。多生解取伊蒲味，半偈難忘綺語工。秋色鳬鷖寒漠漠，夕陽烟水晚濛濛。佛燈夜上星河冷，便欲安禪就遠公。

同湘北送貽上東歸

青丝絡酒玉壺香，未到分攜意已傷。客路蕭條偏入夢，離魂老大易沾裳。即教對面翻成别，却費來書細作行。月落燈殘思後夜，斷鴻寒影最蒼茫。

顔澹園編修修來儀部爲兩尊人求詩顔復聖裔

泰山如礪帶如河，儒者勛名代不磨。輅冕蚤分新棨戟，簞瓢猶是舊絃歌。校書東觀青藜杖，下直南宫白玉珂。對舞華筵秋夕永，燭花横月酒廻波。

湘北宅宴集懷貽上東歸二首

氷雪寒沙路,歸遲曉月明。竹絲含别恨,鐘鼓亂離情。被酒猶燕市,聞歌是渭城。此時茅店裏,嗷嗷野鷄鳴。

過亭急寒雁,月影下紛紛。古寺鐘聲落,虚窗木葉聞。天涯潞河水,客夢鵲湖雲。行止知無定,蒼茫獨憶君。

冬日即事

連坊雞未唱,疲馬夜行遲。漏點催金鑰,珂聲動玉墀。朝班存近侍,官職在文辭。正喜勤封事,君王召對時。

生　日

梅花書閣晚婆娑,短景流年自勘磨。拘束正教如杜老,龍鍾猶未似東坡。文章小技聊爲耳,歲月浮生欲奈何。千里過庭風雪夜,天涯燈火伴吟哦。

日至陪祀宿天壇院

高居上帝列星環,人向天門生羽翰。漏盡金鐙渾未瞑,霜深瑶草不知寒。雲霞夜近通明殿,劍佩春回太乙壇。一昔九霄隔塵夢,却疑下界路漫漫。

三原房慎菴以季弟發公遺行屬爲詩

人物關中房季子,弟兄名重鄭當時。獨憐春草西堂句,不愧荒阡有道碑。結髪文章輕萬户,傷心書卷付佳兒。青衫黄壤連枝恨,淚葉翻風宰樹悲。

寄汪大長洲王十一新城五十韻

故舊皆何在,羈遊已自孤。天涯今寂寞,歲晚一踟躕。歷下周旋久，江東物色殊。别離吾欲老，消息近全無。雲樹何寥濶，風塵正鬱紆。魯連終蹈海〔一〕，張翰已歸吳〔二〕。魚鳥無嫌避，山林脱覬覦。乾坤雙睥睨，頫仰自昭蘇。憶昔芝如蕙，偏嗟亮與瑜。名聲陵沈鮑，交契到蕭朱。秋實繁堪擷，春華照若敷。一臺矜二妙，十稔拙三都。電掃詞鋒迅，星芒筆陣驅。文章宜特達，郎署偶同趨。頗覺時全盛，相逢屢讌娱。鶯花晨諷詠，風雪夜招呼。擇勝青絲障，當筵紫繡襦。尚書頻顧曲，芝麓龔公。吏部解投壺。貽上有劉公戫吏部投壺詩。自喜官疏散，能忘士賤拘。觴行銀鑿落，騎簇錦模糊。晚接金門轡，玉随、湘北。歸栖列栢烏。玉虬、曰緝。悲歌従俗怪，醉舞欲人扶。少日堂堂去，流年冉冉徂。漸離悲擊筑，南郭老吹竽。回首清歡地，空憐縱飲徒。折梅連舊蕊，去雁引新雛。魂夢迷行處，江山見畫圖。飄蓬思杖策，泛梗想乘桴。嶽觀通青帝，蘇臺長緑蕪。風流真秀美，物産自魁梧。城郭峯當面，烟波水一隅。燧烽昏戍壘，氷雪漲川途。戰地經三楚，軍船過五湖。遭逢還感激，間濶遂艱虞。處士非殷杜，清流有顧厨。凄凉懷卞玉，照燿握隋珠。歲月消鉛槧，豪華付狗屠。飛騰萬里志，孱弱百年軀。笑口妨多病，愁眉損壯夫。放懷齊塞馬，微分託轅駒。白髪耽詩卷，青春滯酒壚。殫精工句字，爲樂博須臾。處世從方朔，逃名謝董狐。根塵随浩刼，才命受洪鑪。心跡輸高致，行藏困小儒。觀身時自遣，觸事竟長吁。百一成驚愕，平生似友于。晚聞慚至道，故態恕狂奴。他日如重見，香醪爛熳酤。

【校記】

〔一〕魯連　四库本作“珊瑚”；蹈　四庫本作“拂”。

〔二〕張翰　四庫本作“蓴菜”。

哭張幹臣學士三十六韻

友朋既零落，賢哲幾凋傷。習俗交垂喪，清流獨奮揚。斯人高位置，吾道豈摧藏。泗水三千士，尼山數仞牆。顔瓢堪陋巷，由瑟已升堂。經閣初刊繆,名山續補亡。霸圖羞管樂,儒略慕軒唐。夙昔延英殿,追游供奉行。衣冠存正色,星宿麗寒芒。步緩晨趨珮,歸遲晚袖香。苦心隨豹尾,失涕近龍牀。奏對封章切,言詞面諍長。講筵多獻替,詞館自輝光。燀赫雷霆下,昭回日月傍。薄遊辭宛洛,厚譴得江鄉。帝念深依眷,天心頓激昂。再三中旨召,敦廹舍人裝。縱斧千尋幹,洪爐百鍊鋼。孱羸看吐舌,疾病見剛腸。燕寢鬚眉在,春鐙骨肉凉。葢棺猶布被,易簀只空囊。尚冀收遺草,臨危絶諫章。治安難畫　,存歿易沾裳。銅馬三軍憊,金戈萬户瘡。鼓鼙思大將,肺腑托天王。富貴恩宜報,艱難志敢忘。寒蟬咽危露,鳴鳳集高岡。天路嗟顛折,泉臺恨渺茫。孤兒將旅櫬,十口寄邊疆。黯黮初扃户,凄清舊直房。此行歌薤露,何地哭悲楊。素幕逢寒食,歸舟傍戰場。關山塵漠漠,江漢路蒼蒼。宿草樵蘇亂,新阡燧火荒。大名身寂莫,流慟淚滄浪。哀輓交期罷,千秋有范張。

丙辰元旦雪

歲除梅蘂破,夜半雪花翻。物色流年換,生涯舊俗存。風雲含萬象,燈火閉千門。馬跡春城蚤,鐘聲朔塞昏。自須迷玉勒,難可辨金根。潤點銅龍漏,光添白獸尊。占農雜憂喜,望日別寒暄。栢酒傳官舍,椒盤憶故園。歸田學耕稼,入社宴雞豚。領取豐年瑞,林廬老一村。

早春野望

客舍凄迷黯已傷,天涯悵望闕城傍。雄關過雁連春色,小苑昏鐘帶夕陽。歸夢不禁鄉路潤,旅魂空遶塞垣長。最憐野騎行吟處,細草啼鶯入大荒。

奉命祭告北鎮二首

使星十道出王城,獨奉函書到上京。大漠北來沙磧盡,神山東望海雲生。鶯花舊日朝陵路,楊柳春光出塞情。曾是翠華游歷處,臨軒故遣侍臣行。

雲霄北鎮興王地,官屬東來一作宫侍從年。御墨淋漓臣姓字,神光縹緲帝山川。經過玉輦生瑶草,望秩金庭接瑞烟。開國龍飛根本重,府寮奉使聖恩偏。

發京日作

皇家秩祀重名山,曉别青霄侍從班。行色單車趨朔漠,離心一夜滿燕關。平沙遠水春天濶,細草穠花客路閒。咫尺銅龍隔清漏,觚稜風雨夢魂間。

宿通州明日送者返城寄諸公

麗譙鼓角黯無聲,鐘漏千門出帝城。使院一鐙寒夜語,離亭殘酒别時情。雁過塞路將書去,草長河梁送客行。潞水東流却南下,北人從此更長征。

征途聞笛

一片關山春月明,邊愁遥起故園情。回思吹笛千門夜,落盡梅花送我行。

赴北鎮得家書

只問歸時更遠行,高堂書信語分明。那知重灑征衫淚,又是并州别後情。

晚次三河縣

九邊亭障迥,斜日縣樓明。接近千峯落,排空萬馬行。崩騰山忽斷,陡絶勢難平。舊合臨洵水,新開駐蹕城。荒烟知古戍,野火問殘營。草覆寒沙淺,春連朔氣生。丘陵終不改,道路若爲情。關塞東來意，蒼茫隔帝京。

發薊州循燕山下行向玉田道中作

迴合青冥路欲無，馬蹄盡處出平蕪。天臨絶塞圍沙漠，地湧連山接海隅。近日喜開三殿詔，當時閒按九邊圖。雕弓羽騎東遊壯，却笑終生有棄繻。

燕　山

一重邊鎮百重山，鳳翥龍騰向北還。對峙太行爲左輔，近連滄海作雄關。東西日月天門外，開闢乾坤帝座間。頫視九州形勝大，風雲直北戍樓閒。

豐潤道中

鵶鶻山前春鳥稀，盧龍塞上雁長飛。馬頭車軸紛如此，只送人行不送歸。馬頭、車軸，山名。

次豐潤明日入永平界有懷京師故舊

漁陽春色晚，二月尚凄凄。山遶孤城濶，天連野戍低。征途辭薊北，客夢近遼西。浭水朝京意，含情惜解攜

灤州界上

路傍古時一隻堠，沙際春日雙流谿。古時曾見邊烽落，春日惟聞野鳥啼。

灤　州

山勢長當面，峯巒忽四圍。地經烽戍苦，路遶塞天微。邊馬還東去，春鴻故北飛。扶蘇泉下水，曾此映斜暉。

宿七家嶺驛

桑柘青陰花藥紅，殘春家寄五陵東。行人兩地相思處，盡在寒鐙古驛中。

北平懷古

淺草寒沙路，春風數騎行。常思射虎石，何處北平城。没羽邊雲動，收弦塞月横。書生無燕頷，因爾倍含情。

次北平

薊門行已盡，杳杳復孤征。落日遼西郡，春風右北平。登高望遠海，飲馬出長城。不作關山使，誰知邊塞情。

過永平懷故觀察宋荔裳二首 宋昔兵備此郡

東臨碣石觀滄海，終古曹公一世雄。汝在遼西懷往蹟，振衣縹緲對天風。荔裳詩："東臨碣石觀滄海，縹緲天風一振衣。"

杜陵詩盡人間意，解道兼須入海求。一卷文章數行淚，祗應流恨到滄洲。

菟耳山

馬上盧龍塞，鴻邊菟耳山。流雲無定日，飛雨過重關。古木生空翠，孤峯點細斑。征途能暫息，絶頂一躋攀。

雙望堡

千里營平道，青冥萬仞山。烟烽雙望堡，征戍幾人還。塞柳春光斷，邊鴻夕照閒。蕭條懷古意，匹馬近榆關。

古榆關

白草黄雲出亂山，渝河東下古榆關。沙場多少征夫恨，行到長城慘客顔。

望海店望山海關

孤城連積水，一綫見波瀾。春色臨關盡，天風過海寒。滄溟今浩渺，江漢日驚湍。萬派朝宗意，登樓細細看。

出山海關二首

大漠孤城海氣生，關門漏盡野雞鳴。邊鴻欲度低殘月，曉角翻爲出塞聲。

角山關下角聲殘，口外桃林柳色寒。客路長城今日盡，平沙萬里更漫漫。

出關有懷府寮諸公

春衣灑酒别長安，二月貂裘出塞寒。青草不生烽戍地，黄沙已漲海雲端。鶯花禁苑邊城隔，雨雪關山客路殘。殿上羣公應賜食〔一〕，東華歸馬簇金鞍。

【校記】

〔一〕賜食　四庫本作"宴賞"。

出關門百里宿沙河站

關南滄海浮天盡，漠北連峯拔地青。一片山河圍郭塞，幾家烟火接邊庭。遼歌調苦風還斷，蘆酒愁多夜易醒。卻喜皇威臨絶域，鎮東門户不須扃。山海關東門曰鎮東。

雨宿沙石所

野陰連暮色，萬里接邊空。古蹟黄昏雨，沙塲慘淡風。客行烟火外，春盡道途中。茅店雞栖早，驅車越大東。

寒食日錦州道中

冷節關山外，邊沙暗玉鞍。海天常欲雨，春路自多寒。三月草未緑，長安花已殘。陰風吹錦水，落日正漫漫。

次錦州

世祖龍興日，旌旗向此行。風雲隨尺土，旄鉞壯孤城。萬歲還思沛，先朝久厭兵。山靈盤重鎮，應悉使臣情。

清明日抵十三山下五代史胡嶠北行記，十三山去幽燕二千里。

鴨江春水鴨頭平，木葉風高葉未生。客路不知行近遠，十三山下過清明。

廣寧齋居使院遥望北鎮十二韻

碣石三韓外，扶桑萬國東。幽營分地險，青冀接天崇。華蓋垂垂秀，芙蓉片片工。六重紛擁抱，定位屹當中。平冕疑羣帝，桓圭儼上公。生成思擘畫，巧絶歎鴻濛。望秩存虞典，随刋省禹功。晚霞舒疊浪，斜照貫晴虹。滄海縈襟帶，恒山配闕宫。神光終古在，嶽祀至今同。芝檢傳王命，瑶函啟薄躬。齋心塵外，始儗躡蒼穹。

北鎮祭告禮成紀述二首

崔巍坐鎮朔方孤，北嶽東來勢欲無。襟帶江湘參赤帝，神靈烟雨鎖雄都。祠壇有路通天表，禪草當年問地圖。親見五雲籠輦道，三聲萬歲尚傳呼。

法駕東廵海上迴，旌旗萬乘拂天來。自經玉趾披階草，遂發金錢作殿材。風入沛宫曾起舞，雲深芒碭一徘徊。小臣奉使名山日，擁節還如忝後陪。

閭陽驛留别廣寧令張雲麓

更盡陽關酒一杯，故人三日共裴回。桃花洞口尋春入，木葉山頭並騎來。地是先皇湯沐邑，君非百里簿書才。邊沙遠使歸心切，卻爲臨岐首重回。

入關見春草

去時春草白，來時春草青。塞上草生晚，客行還未停。

覺華島

昔聞滄海東南外，今見丹梯咫尺間。孤島拍浮萬里水，夕陽縹緲三神山。蜃樓雲霧連空幻，貝闕蛟龍礙往還。最訝根蟠無厚地，忘情不覺在人寰。

大陵河夜風雷

陰風何漠漠，流水自凄凄。近海奔雷壯，臨邊苦霧低。空城鬼火出，廢壘戍烏啼。野店寒更斷，無眠聽曙雞。

杏　山

千里三春使節回，遼陽不見一花開。杏山小店雙桃樹，細蕊稀枝亂後栽。

急水河

急水河深水急流，歸人三月滯邊州。石尤風解留行客，惆悵車輪與馬頭。

歡喜嶺有慢水河

歡喜嶺前慢水流，歸人歡喜去人愁。歸來也是天涯客，家在千山萬水頭。

歸　路

秦城唐壘遠經過，回首蒼涼秖浩歌。塞外連山何處盡，海邊陰雨一春多。野無烽燧如烟火，村有蓬蒿似薜蘿。稍喜關門歸路近，穠花深柳未蹉跎。

入　關

出塞今爲入塞行，東來萬里盡長城。平沙古堠孤烟色，落日危樓暮角聲。遠近青山如故國，淺深春草是王程。紅塵荏苒征人老，不見關門紫氣生。

關　樓

壁壘高樓壯，旌旗古鎮尊。塞風春不斷，邊日晝長昏。悲角關雲動，孤城海氣翻。往來憑弔意，辭賦欲銷魂。

關門館舍後樓晚登

一片青山勢壓城，晚風樓上海濤聲。滄溟萬里堪乘興，無那鄉心日夜生。

澂海樓觀海

雲起碧空盡，潮來紫浪翻。有天浮晝夜，無地著乾坤。日月還高下，蛟龍自吐吞。乘桴知聖意，浩蕩與誰論。

榆關驛見桃花

東行霜草白成堆，柳塞桃林待我來。誰道榆關春色晚，花開時節使車迴。

姜女祠

誰築長城萬里長，至今片石對蒼茫。輼輬風起鮑魚亂，得似空祠一瓣香。

姜女墳

秦皇抔土今安在，六國君卿劇可憐。何似望夫山上石，不隨海水變桑田。

入關雜題二首

今年馬上過春風，關西花柳村村同。柳葉可憐濃淡緑，桃花解愛淺深紅。

山遶盧峰水遶城，柳烟漠漠弄春晴。銷魂橋上重回首，短葉長條太有情。

夷齊廟

清聖祠堂滄海邊，首陽往事尚依然。崢嶸泰伯興周日，寂寞成湯放桀年。萬世君臣今論定，古來兄弟幾人傳。只將一勺灤江水，捋取山薇薦豆籩。

同永平唐太守灤州吴守灤河放舟晚登偏涼汀二首

灤江極浦移舟遠，桼水交流放櫂寛。隔渚濛濛空翠合，連波淼淼夕陽殘。漁村門巷桃花映，佛寺樓臺石筍攢。晚泊謝公棲隱處，欲攜襆被宿層巒。

黄洛城西歷翠微，金泉亭北頫斜暉。落花低檻時霑酒，細雨深林不濕衣。丹頂霞明雛鶴小，銀鱗水長魚肥。也從仙吏銷憂到，歸夢江湖憶釣磯。

使還次通州感成

蹤跡飄蓬不可尋，落花芳草暮愁侵。何堪客路來歸日，翻似離亭送别心。宫闕長安紅日近，關河親舍白雲深。他時卧隱柴荆裏，記取東游塞上吟。

次韻益都相公重陽前一日萬柳堂讌集二首

曉隨丞相鳳池頭，晚接花茵想勝游。萬里捷書頻送喜，一時佳節倍銷憂。松風有夢懷温樹，魚水多情羡野鷗。不盡謝公絲竹興，邊機尊俎在前籌。

勝蹟王孫萬柳賒，相公清興渺雲霞。元廉希憲萬柳堂在京城南，趙文敏諸公常讌集其中。今公名其堂曰萬柳，以此也。黄塵漠漠雙蓬鬢，艷蕊凄凄舊菊花。見説登臨猶昨日，笑憐歲月屬官家。何時蠟屐陪歡讌，也比參軍落帽紗。益都一日朝會，出此二詩，謂故相國徐立齋曰，終當讓此公。

送曹頌嘉還江陰

峨眉仙子建安流，游戲蓬萊殿上頭。兩制絲綸新史筆，五湖烟水舊扁舟。鱸魚解愛江東美，代馬長懸冀北愁。霑灑一杯文字酒，離魂去住結綢繆。

陳將軍忠愍輓詞

雄盼秦關指蜀江，將軍才氣世無雙。身經百戰曾輕敵，功蓋諸侯早受降。夜雪移營嚴號令，天寒伏甲近麾幢。竟須遺恨安危策，涇水含悲急隴瀧。

白髮

白髮長頭鬢,含情今奈何。榮枯堪一笑,身世付高歌。夜雨雁聲斷,秋燈人語多。殘花掩深户,吾欲保天和。

寫懷

日月速如此,歡娱得未曾。滑稽吾豈敢,禮樂力難勝。舊事青春隔,流年白髮增。文章聊自戲,送老漸無憑。

夜出閣門口號

宫樹栖鵶啼滿林,晚風人閉閣門深。黄昏騎馬秋河上,只有清波映客心。

閲武西苑紀事六首

繚牆北面苑門開,曾侍先皇羽獵來。武帳前頭親校射,當今聖主是雄才。

點筆螭頭歲月長,玉階龍尾步廻翔。新教扈蹕參天老,賜坐從容近御牀。

舞劍鳴弓决射侯,姓名争在上三頭。重瞳香案親題與,司馬前將御札收。

萬方送喜聖躬勞,試武連朝備六弢。不似唐家選文士,狀頭先進鬱輪袍。

龍武新軍舊羽林,技穿楊葉中飛禽。更教射與諸人看,一箭君王用意深。

飲馬龍池駐柳營,山河萬里接昆明。樓船水戰今都罷,已見弓刀定太平。

午亭文編卷十二

今體詩

元日直閣中高陽公示和寶坻相公歲除詩次韻三首

今朝暮景已飛騰，拘束翻憐事事能。短日暄凄紛屢異，中年哀樂故相仍。愁傾柏酒看兒女，獨對椒盤憶友朋。一昔曉鐘霜鬢滿，夢廻風雪灑寒燈。

日華側近含元路，夜半常隨丞相來。爛熳星辰天闕上，青熒燈火閣門開。山川禹服平成蹟，雅頌姬公制作才。卻爲念時添諷詠，流光荏苒竊趨陪。

星霜殘夜入春陰，節物升平可重尋。玉几雲霄三殿迥，鑾輿閣道九門深。蚤聞伐叛稽天討〔一〕，屢罷朝正廑帝心。坐聽索鈴歸舍晚，一杯歲酒向誰斟。

【校記】

〔一〕稽天討　四庫本作"勞師旅"。

送董蒼水歸華亭兼寄董閬石諸乾一時蒼水將遊閩粤

九峰問訊近何如，數子飄零十載餘。萬事黃金輸負販，幾人白首老樵漁。君今海上求仙藥，我欲山中葺敝廬。何限塞鴻凄斷處，江流西上憶雙魚。

送綸霞歸省

送歸郎署栖遲日，嗟爾承明著作才。渺渺秋河霜葉下，蕭蕭寒路朔鴻廻。黄塵官廨題詩壁，衰草城隅置酒臺。遥羡潘輿還御日，毛生捧檄喜重來。

連日入直

鈴索聲高漏點長，直廬長在殿西廊。内中數日多宣召，寂寞槐陰閉玉堂。

禁中春雨

西峯殿閣倚嵯峨，雨過青山晚翠多。不識玉泉流近遠，影娥池水夜增波。

懷西山舊遊簡阮亭容齋

磴道盤空山四圍，暮投林杪翠霑衣。幽禽大壑柴扉晚，疎磬孤峯夕照微。杖底登臨秋水落，坐中風雨塞鴻稀。夢魂谷口巾車路，猶記蒼茫倒載歸。

題北山給事真

青瑣通丹地，朱顔老玉墀。畫圖看十載，風貌憶當時。魚鳥忘機久，山林託興奇。獨慙碌碌者，顑頷向經帷。

送北山還茌平

諫坡郎省幾人存，拔擢深知國士恩。暫别雲霄龍尾道，回看風雨鳳巢痕。冰銜三字慚吾友，封事連章感至尊。五岳未須誇屐齒，恐君逸興太飛翻。

次韻葉訒菴見酬拙書春帖子之作

我亦漁樵憶孟諸,相随簪筆玉階除。敢云逸少無臣法,衹覺中郎有異書。祕殿敷言長獨對,御牀承旨更誰如。椒花欲頌慙虚劣,諫果封題意未疎。時以橄欖奉報。

和訒菴憶故山疊前韻見簡

傳柑時節見桃諸,已老誰能感歲除。節物一尊殘夜酒,年華幾卷舊時書。心憐去日都無處,夢醒浮生可自如。最是鄉園離别意,青山遲暮信音疎。

元日再叠前韻酬訒菴

欲向東風弔望諸,黄金館在玉階除。頻年綈几參經席,輪日牙籤侍御書。師友半生夫子共,文章當代幾人如。春來崇政朝朝會,名迹相親應未疎。

訒菴立春日再疊前韻次答

險韻從兹盍去諸,懸河瀉水想難除。偶然節物供題句,終古齋名有讀書。訒菴齋額讀書。紅蓼緑蒿生尚細,宫花幡勝剪能如。已過春酒黄柑會,與數交游晤合疎。

和訒菴立春日口號三長句兼懷阮亭

長鬚更遣致詩頻,忘卻新年十日春。萬井烟花連閉户,六街燈火隔流塵。稍憐將老親書卷,深覺多愁讓酒巡。極目川途滿氷雪,苑梅官柳暫留人。

相思元夜歡游日,劉董汪王興未賒。公戫、玉虬、苕文、西樵、貽上。客舍鐙前催羯鼓,水樓春盡賦楊花。存亡幾處無音耗,少壯于今有鬢華。却憶馮唐郎署在,閒門深閉苦思家。

舊好新知日自非，一臺二妙詎相違。時論貽上宜在禁林。寒空鴛鷺春風並，燎火魚龍曉勢飛。羽檄刺閨時漸少，文章報國事全稀。獵夫漁老吾終去，未許君才遂拂衣。

上元夜早起

顛倒衣裳月迥明，遊人一夜蹋歌聲。五更玉笛風蕭瑟，曾向關山萬里行。

照　鏡

方鏡青銅鑄得成，朱顔曾照幾回明。亞枝花蕊春風裏，點鬢繁霜不世情。

逢故人

客中借問是同鄉，欲説還鄉已斷腸。舊日相隨徒侶盡，無人解道易霑裳。

召見懋勤殿應制有序

戊午正月二十二日，召臣廷敬同户部郎中臣士正，且命各以近詩進見於懋勤殿，温語良久，至誦臣賜石榴子詩："風霜歷後含苞實，只有丹心老不迷。"蒙恩褒美，命至南書房，撤御膳以賜，内侍賚二題命賦詩。夜漏下乃退。

萬卷圖書滿御前，賡歌時聽玉音宣。韶華絳闕連深殿，春色彤闈接禁筵。己見文章昭代盛，向來雨露上林偏。吾君一德同堯舜，長媿夔龍際會年。

賜膳應制〔一〕

久泛流霞是露盤，每嘗仙膳勝調蘭。鳳池日暖恩波厚，内殿猶分玉箸餐。

【校記】

〔一〕應制　四庫本作“恭賦”。

寄李厚菴學士閩中二首

炎風朔雪盡皇輿，孝子忠臣世不如。青史數行滇海事，丹心千古蠟丸書。每思慷慨堪流涕，實有聲華到索居。近直邇英常被問，已知吾道未全疎。

南粤何人憤請纓，樓船幕府羽書驚。終憐蕭引空安坐，未許深源有盛名。生死臣心惟勠力，艱難天意爲銷兵。卻悲離亂晨昏事，回首當時捧檄情。

孝昭皇后梓宫遷厝鞏華城恭賦輓詞二首

五年兩度哭長秋，禁掖懷賢慟未休。曾見帷車隨鳳翣，忽驚縞素結龍輈。梨花寒雨深宫淚，椒寢春風野殿愁。舊日上陵同警蹕，幔城蕭瑟翠華留。

曾同宵旰儆慈心，午夜無勞更脱簪。環珮未歸陵路遠，風雲已護繚牆深。閟宫象物春如昨，玉殿容衣晚自臨。卷耳葛覃遺蹟在，侍臣沾灑一悲吟。

鞏華城北十里漢寇子翼唐劉去華故里

野宿寒沙夜火明，沉沉擊柝響孤城。支離半枕荒雞夢，寂寞千秋萬歲名。諫議祠堂邉草没，雍奴丘隴朔雲平。漢文分地居庸外，遺廟何人問顧成。

入直南書房紀事

給札朝朝赴蚤暉，玉階花落曉鶯飛。也知天上塵凡隔，未信仙官職事稀。繚繞文書堆硯墨，聯翩詩句滿宫闈。紅牆咫尺人間路，魚鑰銅壺下漏歸。

賜五臺山新貢天花恭紀有序

閏三月，臣廷敬同翰林院侍讀臣士正直南書房。蓋是時，臣謬掌翰林篆，前後同内直諸臣率常寓直。是日蒙賜手詔："朕召卿等編緝，適五臺山新貢天花，鮮馨罕有，可稱佳味。特賜卿等，使知名山風土也。"臣恭紀，賦詩進呈。

珍蔬遠貢自瑶岑，翰墨親題賜禁林。三殿恩頒天上蚤，九重封送御前深。含風玉蒂香仍動，映日金莖露未沉。退食和羹添味美，鹽梅還欲效餘箴。

賜櫻桃

清曉朱櫻進内園，每從丹禁飫頻繁。雲霞百子池頭色，風露三霄殿上恩。

賜觀人參植本應制

三椏玉蕊三珠樹，五葉銅池五色雲。不是乍從天上見，多應空向世間聞。

賜御書恭紀二首有序

二十八日賜掌院學士臣廷敬、侍讀學士臣方藹、侍讀臣士正御書，臣得"龍飛鳳舞"大字，唐人王涯早春宫詞，又石"刻清慎勤""格物"大字二幅。

行盡金坡近玉清，牙籤綈几影縱横。瑶箋露濕宸章潤，寶墨香含御氣清。霞起雲蒸同日麗，珠聯璧綴自天成。萬幾宵旰逢時暇，惟有書奩適聖情。

天藻真題龍鳳署，玉堂今刻御書碑。日星文曜施丹地，雲漢乾光照赤墀。親見驪珠初迸落，捧來鸞紙正淋漓。流輝館閣傳青簡，忝竊儒臣際會奇。“龍飛鳳舞”四字請刻石翰林署中,今恭置敬一亭。

世祖章皇帝御書正大光明四字上御製題跋勒石賜觀於内殿進詩一首

曾侍先皇近玉除,龍鸞重捧九霄書。兩朝寶翰輝天府,奕葉奎文映禁廬。典冊星雲光絢爛,勛華日月氣扶輿。還思開國規模遠,金匱藏編在石渠。

恭和御製喜雨詩

乍拂觚稜滿禁城,宫花含色柳烟輕。風雲萬象供天藻,雨露三農見聖情。

孝昭皇后輓詞四首應制

正位名初定,彌留淚已揮。内朝臨日少,宫仗列來稀。半載新龍節,三春舊玉衣。凄風掖門道,慘慘動幢旂。

禮自中闈進,恩還禁籞長。鏡奩留偃月,圖史在披香。玉燕空蕭瑟,金鸞竟渺茫。惟餘憂國念,流慟徧遐方。

問寢重闈日,宫輿早並來。烟花連複道,歲月在蓬萊。春咽銅龍漏,香銷寶露杯。含情思婦順,灑淚閤門迴。

京室任姜盛,徽音禁苑知。軒星沉彩曜,花月掩容儀。典册光千古,哀榮並一時。青編與彤管,紀美在風詩。

上御神武門召觀西洋進貢獅子

皇威遠被海西偏,靈産欣觀自九天。王會地圖過禹服,帝疆方物集堯年。條支入貢龍沙外,烏弋随朝鳳闕前。従此上林添獸簿,定知不賞畜夫賢。

蚤赴内直同貽上

楊柳紅牆映碧波，月明騎馬共婆娑。不知玉漏添如許，秋水潺湲一夜多。

八月十八日上御懋勤殿召臣廷敬賜之坐命賦經筵進講詩臣倉猝應詔退而謹録其句

頻年橐筆侍延英，御札分題見睿情。白玉螭頭闌畔立，青花龍尾道邊行。談經荏苒文焉用，論藝逡巡句未成。又是深恩逢造膝，儒臣何以答殊榮。

恭和御製賜輔國將軍俄啟詩有序

二十一日同侍讀學士臣方藹、臣英、侍讀臣士正、中書舍人臣士奇奉旨賦。

沛上雲飛起大風，射生猿臂挽强弓。日邊蚤識龍孫貴，天際新傳鳳藻雄。

九日内直同訒菴敦復澹人近公限登字高字二首

禁苑秋來爽氣澄，寒花時節伴茵憑。曉風閣道傳銀箭，夜色銅扉帶玉繩。臨渭新詩工最擅，集賢别會寵難勝。龍沙鳳嶺休還憶，閶闔三霄日共登。

授簡從游盡譽髦，年華荏苒在詞曹。九秋最覺清都近，四海無如此地高。戎馬禁中思李牧，文章輦路羡枚臯。歲時空負君恩重，遮莫黄花笑鬢毛。

聞湖南捷音恭和聖製

鐃吹騰歡幕上來，弓懸江月劍花開。天家蚤就麒麟閣，直待將軍汗馬來。

賜觀御製詩并序

歲戊午秋九月，上奉太皇太后幸温泉，以時享太廟，還宫行在，凡十七日，御製古今詩二十一章。十月朔日，召臣廷敬賜觀。臣職叨簪筆，學愧面牆，久依帷幄之傍，親覩文章之盛。瞻雲就日，靡罄高深；測海闚天，徒滋譾陋。今讀聖製，彌廑繹思，譬諸黄鐘天球，自洋洋而竦聽。穆乎璿霄碧漢，仍蕩蕩而難名。昔聞劉勰云："睿哲之心，懸於日月。"益信揚雄謂聖人之言，炳於丹青。况逢盛世賡歌，非若唐宗之試宫體，自顧庸姿牽率，惟慕永叔之記賜書。蓋以聖哲之君，其臣莫及，遂令制作之善，振古爲昭，謹拜手而颺言，爰齋心而獻頌，恭賦五言二十四韻，進呈睿覽，不勝欣惕交并之至。

聖母歡清暇，天王奉豫遊。龍光扶翠輦，鳳藻麗皇州。廵省經過處，篇章次第留。霜鐘深殿曉，丹葉禁門秋。繡轂環千騎，金鞍従列侯。山川爲别苑，笳鼓在行騶。九塞連軍戍，三河抱縣樓。帷宫朝警蹕，星漏夜移籌。縹緲中盤寺，登臨最上頭。古臺傳舞劍，重嶺應鳴虯。碣石邉雲合，盧龍海氣浮。望陵松柏遠，薦寢鼎湖幽。風雨開旄鉞，乾坤正冕旒。羽林嚴伏謁，仙仗迴含愁。寒路廻芝蓋，温湯駐采斿。陽和長不減，功化邈難儔。紅檻氍毹帳，黄簾玳瑁鈎。濕花漂砌近，香草映波流。玉甃連阿閣，瑶池到十洲。起居陪大駕，符瑞出靈湫。萬壽慈寧膳，清躬饗廟羞。往來見誠孝，製述必殊尤。毫翰乾文焕，詩思溟渤搜。虚懷蒙寵問，忭舞答神庥。

賜文雉於内直紀述四首

旌門尾扇羽林兵，竟爲斟羹校獵行。回輦九天先奏進，親調玉膳慰慈情。

射聲一矢疊霜空，萬歲齊呼羽仗中。陳寶祠前休悵望，官家已並得雌雄。

三面親驅祝網歸，錦禽宣賜有光輝。饔人未擬鸞刀割，曾近君王玉轡飛。

尚方筆札大官餐，珍賜時頒出上闌。繡臆花鋪金絡馬，分明誇向路人看。

鞏華城陪祀孝昭皇后梓宫即事恭紀二十四韻

宿雨郊原外，雞鳴夜渺漫。早行分夢短，往路入吟寬。肅肅白楊晚，依依青柳殘。微雲舒綺縠，晨漢没波湍。禾黍西風落，茅茨曉露溥。野花邀翠幰，蔓草簇銀鞍。徑闢蒼烟斷，窗虚緑樹攢。旌旗思警蹕，軒砌想鳴鑾。萬乘經過地，兹遊爛熳看。入門詢藻翰，再拜肅衣冠。日月乾光曜，蛟螭御氣蟠。彩毫題別墅，金牓賜臺官。灌莽天香接，瓊瑶寶篆刊。未來真繾綣，欲去尚盤桓。清河胡御史山莊，有御書在焉。落日山逾静，清流水自寒。飛梁疏澒洞，複嶂疊巑岏。行殿何蕭瑟，孤城此鬱盤。神光春杳杳，環珮暮珊珊。鳳翣椒風隔，龍樓桂月團。内人思未已，陛楯淚交彈。砧杵凄宫掖，梧桐黯井幹。歲時臨幄次，燈火駐河干。回首芳華歇，仙遊節序闌。鵷鴻續來往，歸馬獨蹣跚。

陟屺樓詩二十首并序

陟屺樓在百鶴阡西，余居樓中踰再朞矣，乃始爲詩。凡詩之作，爲吾母也，因以陟屺名篇。

冢樹蕭晨響正悲，祥琴欲奏已淒其。白沙霜凍霑衣蚤，黄葉風翻度隴遲。臨老泉臺多骨肉，十年存歿自分離。幾回夢見容顔在，猶是高堂遠别時。

兩年丙舍此棲遲，弔影空山夕照時。野草春添新復土，隧松涕損舊霑枝。折殘屐齒悲毛義，隱去緜封愧介推。悔向風塵耽禄仕，苦身勠力鬢成絲。

四尺新封馬鬣低，重泉沈痛杳含悽。香燈蚤上陰風起，烟火全稀苦霧迷。大野蒼凉人獨往，亂山昏黑虎時啼。墓田方畝春泥外，老學躬耕自把犂。

白日荒荒冷舊扉，高原哀輓露何晞。人無周勃吹簫送，客有陶家化鶴飛。百鶴集冢上。歲月再朞真過隙，笙歌十日盡霑衣。泉門自掩千重恨，雲散空堂黯不歸。

闕塞飄摇起戰塵，倚閭長罷事酸辛。還憐槁項憂時日，已誤青袍奉母人。杖節更誰能報主，絶裾空自忍辭親。棧雲隴月愁如許，嗚咽寒宵一愴神。

敢道肩輿上殿行，軟紅塵土最傷情。十年趨走春前恨，兩字音書望裏驚。長樂鼓鐘疑夢寐，直廬燈火憶平生。小人有母今安在，曾遺君王舊賜羹。

祕殿深嚴晝漏閒，御書房在碧虚間。遥思中禁従容地，别有東頭供奉班。風雨三春辭鳳侶，雲霄萬里夢龍顔。只今月落烏啼夜，羞點蛾眉兩鬢斑。紀内直也。

告諷空懷未上書，較殘朱墨玉編餘。時預修太宗文皇帝實録。聖朝孝治恩元重，臣子私情願已踈。烏鳥舊棲宫樹晚，鵷鸞長别禁林虚。衣冠原廟勤時享，法従曾陪濫石渠。

罷直乾清刻漏傳，詞臣奏事閣門前。幾回中使蒙宣問，曾道天顔賜閔憐。紀葉學士方藹、張庶子英奏臣丁憂事。講席乍温違玉几，書籤初冷輟瑶編。夢魂兩載趨丹地，白首青燈一惘然。

當年文獻僅猶存，特爲儒臣命討論。慰問本朝無故事，便蕃千載自新恩。賜茶雪乳分供御，漬酒金漿出上尊。天使一時增感動，傳宣帝語是春温。詔閣臣察前明實録慰問例，具聞。遣内閣學士屯泰、翰林掌院事學士喇沙里賫賜乳茶、挏酒、四器。盖慰問之典，實始於臣云。

随例榮光亦至恩，絲綸特旨出臨軒。微勞似髮叨三錫，厚澤如天到九原。部議以臣母用詹事封例，無卹典，上憫臣侍従微勞，用學士品級賜卹。石闕龍鸞迴藻翰，冢碑星斗爛荒垣。却思灑淚春明路，回首孤臣已斷魂。

麻衣扶杖薊城西，痛哭荒郊落日低。野宿寒沙惟過雁，蚤行茅店不聞雞。朋簪有夢知離散，鄰杵無聲助慘悽。相別銷魂橋上柳，夜烏猶爲昔時啼。

西園東閣想儀型，堊室霜天望壁星。紗幔秋殘悲舊業，機絲夜冷泣遺經。綸扉大手摩霄赤，藜火新編照汗青。師友謬恩需不細，蓼莪廢罷淚還零。高陽館師表先淑人墓，葉訒菴學士爲立傳。

一别相思在禁林，光華碑版未銷沉。臨文已踐升堂約，葢石空憐負土心。三歎似因聞寶瑟，長悲真欲廢祥琴。苕文嘗辯祥琴爲非禮。吞聲憶取燈窗語，獨向殘經細討尋。汪苕文編修爲先淑人銘。

舊遊名德是人師，相我號天伏地時。萬事臨危千古恨，此生難報寸心知。中朝司馬應安好，湖海元龍久退衰。自守殘書甘薄澹，他年無愧故山期。指魏環溪先生。

殘臘東風斗柄移，灞橋三度柳條垂。生芻致遠思徐穉，截髮留賓有范逵。遊子頻年諳物態，孤蹤四海問心知。天涯門外多春草，長守田廬記歲時。

村鐙宰木影縱横，獨宿高原萬感生。碧嶂夜猿啼有怨，黄沙石虎卧無情。春歸老屋家如寄，月墮荒丘路不明。屈指禫除將欲近，纔思去住淚交傾。

急雨凄風意若何，天寒歲晚在山阿。人生兄弟真難再，我老妻孥苦患多。往事庭闈誰訴語，向來身世足悲歌。那堪抔土荒凉處，躡磴攀林衹自過。

萬壑青山一病身，霜風摇落自傷神。嶺鐘夜度不知處，壠月秋來故照人。詩卷市朝堪斷續，音書京雒付沈淪。只應料理餘生事，體受歸全是報親。

黄卷中閨映白頭，班家孟母並朋儔。珮環東觀藏書閣，纓履西原陟屺樓。縹緲雲山千疊恨，迷離草土百年愁。吟成需灑梅花候，苦憶天香學冥搜。予九歲作牡丹詩，母見而異之。

百鶴新阡十景詩并序

洞陽旋馬

洞陽，洞天踞勢北維，昂首而東，天馬行空，跨騰欲下，接嶺連峰，逶迤入障。志稱岳神山者，盖嘗標靈著異云。

天馬騰驤東欲來，洞陽弭節尚裵回。二條氣色排空至，萬里風雷掣電開。瑶圃回看平似掌，黄河立飲小如杯。銅髻玉鬛青霄外，長伴麒麟卧石苔。

卧笏回龍

岳神之南，開屏列障，儼若拱向。稍西則山巒横出，形肖卧笏，阡實落脉，還顧洞陽。雲垂烟接，山帀谿環，故曰回龍也。

曾聞萬笏朝天矗，今見神龍踠地長。已挾風霆身變化，故驚鱗爪勢回翔。從雲漠漠嘘重壤，行雨濛濛潤八荒。蚤握驪珠堪照耀，斗間五色映琳琅。

品字珠屏

阡後三山形立如品字，中之一峯昇眺遐濶，勢盡千里而北望洞陽，測以圭景，不失杪忽。正阡之主山也。

台星入座夜珠明，品字屏風類削成。似擁鵷鸞朝帝去，卻排閶闔侍天行。芙蓉九蕊雲中色，環珮三階月下聲。争道神工開闢巧，羣峰羅列抱層城。

書臺繡几

阡之前曰書臺山，層岡秀出，中曲兩垂，如月偃弓。眂其上則奇松異花，被於崖谷，丹碧綺錯如畫，宛若繡几也。

丹地深嚴歲屢移，天寒月落影蛾池。雲霄經席承恩日，霜露書臺憶母時。銅尺牙籤新玉案，青燈黄卷舊機絲。白頭羸得如綸寵，若斧封成萬古悲。

榼山疊翠

榼山在洞陽山之右，新阡之左。秀障干霄，壁峙霞舉。離立天外，如拱如揖。老松古栢，飾巖蔽壑，實巨觀也。

蒼松中倚玉闌干，天外樓高翠欲團。地界河山爲左輔，峯廻屏障自千盤。扶桑弄影青空潤，太華連雲碧落寬。似有綵虹平接席，旌幢前導後乘鸞。

沁水環流

《山海經》云：謁戾之山，沁水出焉。兹入乾歷兑，抱阡左沙，繞幢東出。繚如縈帶，翼岸夾山，如爲新阡特設也。

繚河縈帶鎖遥峯，雲起霞明色正濃。九曲分流還抱嶂，百川終古自朝宗。波濤日月虞淵壯，風雨蛟龍貝闕重。欲攬鳳皇池上水，丹霄長映紫泥封。

萬松聳峙

阡之地統名樊山。尊嚴秀拔，衆山之長。蒼松萬數，峯隠谷，相傳神人所種植，其大者以圍，計之數十也。

四圍峰色故依然，萬壑松濤勢接連。天巧不煩神禹跡，仙人似種漢皇年。枝盤蒼昊青鸞度，葢倚丹霞彩鳳騫。爲謝山靈留勝蹟，只應此處問牛眠。

百鶴來翔

封山之日，白鶴百餘，自西徂東，至阡之中，翺翔欲下，久之乃去。開壙之日，鶴又復來，阡之名由此稱焉。

臨水登山秋氣清，仙禽遥集若爲情。青田養就雲初白，華表來時月正明。北戒闗河行處遠，南條烟水接天平。摩崖駐嶺回翔地，百鶴新阡送美名。

慈泉乳水

山巔去地千仞，岧岧孤上，其陽有泉，其巨若輪，其深盈尺，甘泉温洌，居人賴之，以給晨昏。揭其名曰慈泉，志母恩也。

神皐乳水接崐崙，天與慈泉見母恩。丙舍桑麻深雨露，山家飲啄長兒孫。銀河倒影流霞動，玉甃含暉浴日温。最訝興雲蒸霧力，長將時雨徧郊原。

神樹天香

阡之西，古東嶽廟，廟兩階各牡丹一本，黄蛇守其下，人莫敢攀折。枝榦輪囷，四廟中，花開輙數千頭也。

古廟空山占物華，石闌雙本牡丹花。染香面面臨芳樹，堆錦枝枝貫月槎。寶艷雲霞舒日景，神靈烟雨護天葩。玉房金蕊紛如此，瑶草仙源路未賒。

山行二首

旅舘寒燈信宿眠，客心去住杳如年。夢回春月春花夜，依舊啼烏泣墓田。

客路栖栖老更驚，山人只作看山行。冶桃狂柳紛無賴，白髮春風也自生。

陟屺樓别詩二首

松際昏鐘出翠微，淹留山鳥莫催歸。西樓明月關河路，春雁南來又北飛。

壠上東風春草青，春明感舊惜飄零。縣橋官柳銷魂處，愁見長條拂短亭。

别守冢人

萬樹青松萬簇花，居人惟有兩三家。因君更灑思親淚，泣向寒雲隴日斜。

次韻補和李容齋少司農送别二首

回首流年逐景光，白雲慘澹日昏黄。驟辭蓬閣如前世，重渡桑乾是故鄉。草澤夢魂稀語笑，雲霄契濶在班行。傷心趨走金明路，春月三回直北望。

瓊瑶開篋客心驚，團扇三年故舊情。草色含悲連大野，柳條惜别向春明。朝廷開濟須公等，閭左耕徭託此生。爲報石壕村吏少，司農憂國早知名。

得茗文請急還長洲書卻寄六首

頭白何時見汗青，禁門深籍鎖寒廳。應知别笥多藏藁，歸向名山作一經。

榈酒團茶自上方，御錢餅餌賜新嘗。江東大有思歸客，千里蓴羹味許長。

白首何緣問故新，驪駒聲斷堠傍塵。青門楊柳春如舊，相送城門更幾人。

萬壑千巖老一村，太行枝隴敢言尊。吴山楚水堪乘興，更向堯峯與細論。

乞守何曾得越州，還鄉終賜曲湖遊。洞庭雲樹三江水，一棹歸來合得休。

出處年來肯異君，西窗苦語記離分。已違白首江湖約，留取青山日暮雲。

晝卧百鶴阡古廟中夢愚山茗文

聞道長洲請急回，宛陵侍帝在蓬萊。江湖闊塞三千里，何得聯翩入夢來。

村舍贈别焦僉事

禁門清漏往時同，一宿孤村邂逅中。雙隻堠邊芳草暗，短長亭畔夕陽紅。軒車已浹崇朝雨，繡斧行開萬里風。幕府如今並才俊，柴扉安隱藉羣公。

星軺驛送人之官中州

留客雞鳴夜色悽，使君匹馬萬峯西。太行枝隴浮空盡，砥柱烟巒接近低。别路雲山勞悵望，對牀風雨惜分攜。河淇亦有萊公竹，相映潘生花滿谿。

樊川雜詩三首

山翠微茫積翠分，野花細草入斜曛。獨行惆悵緣何事，目斷南谿日暮雲。

欲别樊川欲斷魂，輕雲細雨濕苔痕。最憐緑樹通幽幌，月送花陰不閉門。

細蕊孤花太有情，春風作意送人行。誰言南浦傷心地，草色年年不更生。

與豫朋往石閭

白石清沙古澗深，川長秋氣遠相侵。往來蹤跡看流水，去住羈栖羡野禽。伴老癡兒諳旅宿，懶行疲馬戀谿陰。三年斷續殘詩卷，新句含悲自一吟。

午睡醒得茗文書

清風一枕北窓眠，門外音書剥啄傳。欲覺軟紅塵夢斷，夕陽千里草連天。

聞砧二首

蹉跎春晚向秋清，爲别南谿緩北行。欲理征衣無意緒，忽聽砧杵動離聲。

野舘清砧不可聞，更堪獨立近斜曛。何人解識徘徊意，惟有松間石上雲。

石間道院二首

空山小住又經旬，草屋孤村無四鄰。咫尺夕陽連暮雨，三义古路少行人。牛闌嶺上收常蚤，虎跡泥中見又新。寂寞不嫌樵牧者，來時一别一傷神。

急雨清宵古廟中，長松小院下秋風。時疑石澗翻驚瀑，頓覺巉泉接灌筒。遠夢闕山雙鬢白，鄰雞籬落一燈紅。到家却作無家客，襆被衝泥類轉蓬。

石間禪人二首

曾題舊句已朦朧，古壁蝸涎伴網蟲。此處無人解文字，不須重著碧紗籠。

雨笠烟蓑風露餐，獮師仙客久盤桓。夜窗芋熟松明火，出處無心問懶殘。

午亭文編卷十三

今體詩

南谿贈别

南谿卜築快幽深，况有樓居俯茂林。老至圖書従散亂，春歸魚鳥任浮沉。山畦花藥波紅雨，軒砌藤蘿暈緑陰。欲别夜闌勤秉燭，衹應明月照分襟。

次韻張子礎副憲兼懷賓在兹秀才

前後清班忝竊同，白頭相見意何窮。春來御水還新緑，别後東華自輭紅。已共侯生温釣石，蚤輸弘景卧松風。未應回首蓬山路，林壑鶯花竟付公。

辛酉八月北上道中寄里中游好四首

空山獨往已三年，近日羣游亦可憐。風雨斷魂迷隴上，闕河雙淚落燈前。離觴幾處還三宿，野館今宵是别筵。一夜西樓纔小寐，馬嘶人語聽凄然。

玉鵲菴西山寺東，黄鶯送客訴春風。花殘簾閣閒門閉，柳老河梁别席空。鄉樹斜陽迷故壘，郵亭夕露濕寒叢。栖栖夜火投人處，宿鳥深枝笑轉蓬。

二十年前燈火地，暫來重别易沾裳。已無揚子一廛老，空有陶家二徑荒。河漢影斜明月在，館池人散朔風凉。牀頭驛道車輪過，半枕闕山夢許長。

望遠脩門再往來,秋霖秋日此裹回。身随旅雁辭家去,心逐居人送我回。落木天風催遠别,寒花客路爲誰開。山川到處傷離别,數日旗亭酒數杯。

小　山

城西前日吾來處,野徑清流竹樹斜。日暮出城一過,不因水石爲思家。

三家店温生具食

出門已昏黑,煙火隔城闉。纔宿三家店,便爲千里人。豆羹肥勝肉,柿酒白如銀。邂逅臨岐路,情同故舊親。

過高平弔畢亮四方伯二首

重過躬耕地,秋原木葉稀。一哀銜别路,雙淚落行衣。書札臨危在,文章託付非。淒涼荒宅里,清德耿餘輝。先生以遺藁屬余訂定。

寒露淒淒重,悲雲漠漠清。松楸憐昔恨,絮酒慟餘生。暮景衰容慘,西風老淚傾。那堪車馬色,霑灑向長征。余居隴側,先生數以書存問。

野店曉發

三日山程十日行,郵亭漏鼓夜分明。寒雞已報清霜曉,夢後家園别後情。

潞安城南柳林二首

一路黄沙白日寒,柳林秋色送征鞍。更堪昨夜西風落,霜葉烟條太已殘。

野路籬花放蓝新,古墩殘柳閲黄塵。葉稀風起逢摇落,猶挽長條贈遠人。

渡河歌

白雲渡河河水陰,朔風卷雲飛遠岑。渡頭舟子青山曲,賈客相看淚滿襟。

屯留道中二首

留滯鄉關路,淒迷小縣城。野禽呼有字,村店問無名。秋樹變黄緑,漳流兼濁清。山川與時物,不減别離情。

鄉縣烟林外,停車記昔曾。此行秋色晚,再别意難勝。苦憶黄花放,生憐白鬢增。荒城時一憩,未敢夢觚稜。

九日屯留客舍

九日孤城對夕陽,空階人静館垣荒。寒花寂寂開閒戍,落木蕭蕭下濁漳。只有雁鴻聞憭慄,即無風雨意蒼茫。未須更約登高處,客路何時不望鄉。

沁州道中

山館郵籤數去程。短長亭堠送人行。悲風落葉銅鞮道,細雨寒蕪石勒城。漸遠關河秋色盡,欲投烟火暮雲平。荒郊茅店淒其夜,白髮黄塵莽自驚。

發沁州懷銅川

赤嶂黄沙草樹荒,銅鞮山色頗蒼蒼。離心隻堠兼雙堠,客淚清漳並濁漳。野宿征夫連曉語,南飛旅雁背人翔。雞鳴往路空回首,惆悵衣篝五夜霜。

漳水源

水石漳源鎮,清漳自此流。金風吹素瀨,玉鏡瀉靈湫。科斗收形小，蛟龍託勢幽。土人思德澤，鼓笛賽春秋。

緜　山

晉侯旌善地，夫子渺難攀。野草環封界，秋風緜上山。蛇龍今寂莫，水石日潺湲。有母能偕隱，蒼茫掩涕還。

龍洲驛雪懷南溪

九月并州道，飄颻早雪飛。風兼木葉下，寒映麥苗稀。郵驛人踪疊，雲山鳥路微。南溪此時節，籬菊正依依。

太原城南二首

車馬斜暉不入城，野亭北望路分明。翻愁嗷嗷南鴻去，却作天涯送客聲。

秋草寒雲壠麥遲，嘉禾難見潁同時。夜聞蟋蟀還多感，惆悵唐風歲暮時。

太原客夜

霜横月落曙燈親，一夜邊城刻漏頻。二十五聲秋點盡，直教點點到愁人。

客舍遇張子美

蕭瑟霜風日夜吹，棲遲客舍晚支離。躭書似蠹空鑽紙，兀坐如蠶自裹絲。爲别鄉山行漸緩，偶逢舊故語移時。還思接屋連牆日，相對天涯是路岐。

土橋柳

柳未全凋葉半新，土橋風暖拂行塵。邊關景物今如此，回首家園十月春。

晤劉訓夫提學旋別

冰雪風裁水鑒方，三年交儆寸心長。相逢前路無知己，未出并州是故鄉。桑落酒清離恨重，柳條風緊客情傷。絳紗欲徹歸朝近，應許追陪鴛鷺行。

鳴謙驛留别訓夫疊前韻

驪駒欲駕隻輪方，相送躊躇别語長。去遠心翻隨去雁，還朝情未似還鄉。經横馬帳人初過，客退龍門意轉傷。鎖院弟兄京雒舊，十年衰颯愧班行。

宿壽陽用韓公夕次壽陽驛題吴郎中詩韻寄弟素心里中與可京師

如今薊北是長安，纔過并州客路寒。憶别汝時花共柳，今宵三處月團團。

未至井陘口七里槐林鎮宿

翠蛟潭自險，青玉峽空名。土屋懸崖置，沙田帶石耕。晚風山鬼歗，夜月野雞鳴。浩蕩關門近，悠悠行旅情。

過井陘口暮投縣索逆旅主人不得行三十里宿微水鋪

朝從井陘過，暮向井陘投。明月關門閉，西風塞水流。青山連粉堞，黄葉隱朱樓。行路誰相識，棲棲夜未休。

先夫人服除抵京詣宫門候安蒙遣臣英臣士奇慰問恭紀

東華塵土帶征鞍，三載重來鬢髮斑。通謁竟由中貴使，問安許點閣門班。傳宣去久勞垂憶，別奏歸朝損舊顔。天語一時紛感激，不禁清淚落潺湲。

滇南大捷詩十首

夜半傳呼萬歲聲，邊書送喜拔圍城。霜天破賊烟塵静，不待新年賀太平。

羽騎星流掣電飛，宫門霜月照行衣。金鉦夜警投籤夢，知是征南奏捷歸。

玉座紗燈奏草開，捷音傳送滿宫來。天雞未動銅龍鬭，親報慈寧萬喜回。

玉斧金戈寢殿開，嘶風石馬殷奔雷。翠華正值朝陵日，輦上連章露布來。

烽火雙懸大將旗，孤城三道集王師。遥知銅柱銷兵地，别號昆明洗甲池。

碧雞騰距古梁州，飲馬瀾滄水不流。廟略有征無戰鬭，手提滇海付金甌。

一舉樓船定海隅，雕題卉服效前驅。三軍所過都無恙，况復頻年詔賜租。

萬年曆數尊王會，一統山河黜霸圖。文德武功相並美，應教大政紀平吴。

邊機兵畫在深宫，伐叛謀成睿想中。上將指麾皆廟算，皇輿恢拓是神功〔一〕。

索鈴神撼檄書成，幾載憂勤識聖情。别奏凱歌天一笑〔二〕，先教傳唱羽林兵。

【校記】

〔一〕皇輿　四庫本作“板畐”。

〔二〕天一笑　四庫本作“人共樂”。

送張敦復學士還桐城二首

詔恩相見慰浮沉，往事分明思不禁。朝退常陪經席蚤，内中初設直廬深。蓬山地近天人别，温樹春歸歲月侵。我去三年君宛在，重來還對欲分襟。辛酉還闕，命學士慰問於宫門。

門外桐陂水驛通，櫻桃初熟落帆風。别來客鬢愁先白，到日江亭問也紅。也紅，敦復亭，予爲作記。偕隱已悲緜嶺上，耦耕終約五湖東。我來君去如相避，解道人生是轉蓬。

送汪舟次檢討使流求二首

萬里滄波使，三宫法從班。吾曾泛積水，别久問神山。天遠客星見，孤帆秋汐還。丈夫事異域，那肯老離顔。

彭湖接烟火，軍鼓亦闐闐。絶島真無地，中原只有天。節旄來殿闕，戈甲在樓船。借問隆慮平聲將，何如陸賈賢。

禮闈校士得十四韻

數到掄才地，承恩自禁林。纔移經席仗，猶殷屬車音。白首氷銜晚，青春鎖院深。昔遊思裋褐，榮路愧華簪。銀燭三條盡，銅壺午夜侵。苑花應冉冉，闈棘自森森。簾下經過斷，風前語笑沉。樓明金牓月，臺轉玉衡參。地鄰觀象臺。屢輟中宵夢，回憐儤直心。香凝新繡綑，寒戀舊綾衾。忝竊繁文字，蹉跎細討尋。池邊蹲豈鳳，書裏穴成蟫。典職堪遲暮，登賢鬱滯淫。不辭鈎校切，有暇得微吟。

闈夜夢母

一夜春寒憶故山，五更雙淚落潺湲。重簾不鎖還鄉夢，壠樹花時見母顔。

瑣闈將出呈諸公

忝接公卿席，簪裾此地逢。到來堦草長，相憶野花濃。窗暗鳴禽曙，簾深報鼓重。對牀燈火夕，回首是離悰。

簡翊聖年八十別而再會於京師尚健無恙喜而有贈

物候青春晚，交情白首長。三年爲客在，八十別來彊。難老逢人少，無憂羨汝狂。平生瀟灑意，相見不能忘。

春夜憶舊遊示豫朋

獨宿寒齋夜悄然，闗山丘隴鬱高阡。還如三載棲遲意，未了平生寂莫緣。漏轉微鐘時憶舊，夢回殘月不成眠。分明陟屺樓中事，未齔相從最汝憐。

小　屋

小屋幽居稱，蓬茅作意低。窗開如釣舫，籬插似村溪。絮柳縈簾近，錢荷貼水齊。景光還自愛，未覺是羇栖。

登樓寄遠

户牖長岑寂，殘書且罷休。落花時倚檻，斜日一登樓。白髮堪多病，青春抵暮愁。飛雲如有意，冉冉下南州。

西樓懷潛菴時爲先生較勘文集

多病兼愁思，登臨每獨來。孤雲一飄渺，萬里共裵回。文字堪心得，風塵暫眼開。頓忘形氣小，空濶坐悠哉。

上手勅念諸臣勞命公暇遊賞苑中網魚攜歸恭述

渺渺蓬池接露臺,銀河一道象昭回。金華不輟宵衣直,玉几還隨講席來。記憶從官三伏近,傳宣御札十行開。侍臣空自慚歸遺,曼倩當時未易才。

直講口號

罘罳流影照青規,黄卷丹霄幾鬢絲。簾外卻看閒抵戲,羨他無事羽林兒。

恭和御製送杜相國致政歸寶坻

十年深密地,親見翊承平。龍尾隨天路,螭頭直殿楹。歸田三疏意,祖帳百僚情。賡和懷賢什,雲章麗太清。

恭和御製送馮相國致政歸益都

河山還禹蹟,帶礪得堯年。嶽攬岱宗石,海歸星宿泉。身名多上相,出處在高賢。日觀登臨數,長懷直北天。

八月八日賜觀御府藏畫於内殿進詩二首

輕綃潑墨憶從容,祕殿收來御印封。掩映液池秋水色,依稀仙仗翠微峯。金函鎖處銜蹲鳳,玉軸開時耀燭龍。自是山川羅萬國,畫圖江海見朝宗。

丹青龍蹴海三山,銅鴨香開玉座間。枝繞萬年花爛漫,池添百子水潺湲。紅羅夜閣胭脂濕,碧鏤春亭翡翠還。暇日每蒙天一笑,畫中金粉解承顔。

十二日蒙召至瀛臺賜食已復賜魚大小四十恭紀

畫槳文窗御舫開，五龍雲水接南臺。纔分玉箸蓬池膾，親網金鱗又賜來。

中秋西樓讌集

久别東巖月，還爲北塞游。關山頻對酒，風雨一登樓。坐減青山興，歌添白髮愁。兩年長肺病，顛頷況今秋。

甕頭春酒昔得之林中丞家近日孫生顯力能釀此酒歲暮獨酌爲作二首

風霜還飽舊時身，相勸愁多酒入脣。閉户不邀杯底月，隔年先探瓮頭春。陰陽清濁元同器，黍麥低昂亦有神。一笑朱顏今宛在，黄公壚畔見何人。

收拾樽前見在身，且教香味入吾脣。飄飖北雪初霑地，汎溢東風欲作春。罷遣桃符驅歲鬼，休催羯鼓惱花神。天寒日晚霜威重，一醆陽和已趁人。

懷陟屺樓

回首關河草木黄，浮雲西去野茫茫。松楸未長霜先落，陟屺樓空挂夕陽。

城南水榭懷施愚山

渼陂連紫閣，鳥影度秋屏。遠望知巇壑，高居接渺冥。湖光分裂帛，山色擁來青。花落題名處，相思在敬亭。

歲暮和子瞻與子由侍立邇英次韻絶句簡曹峨嵋編修四首

凄凄梅萼艷猶清，寂寂年華暗欲零。一卷牙籤雙白鬢，不應黄色上天庭。

侵曉衰顔鏡裏寒，蕭蕭華髪鬢絲乾。緇塵休點清霜色，自愛新彈沐後冠。

誰解先生謔浪言，摧頽病鶴亦乘軒。如今恐被林鴉笑，夜宿朝飛爲啄呑。

東坡居士香山老，出處差同晚節心。不信千秋身寂莫，名根終比道根深。

次韻彭美門編修

軟紅塵土又年餘，久廢詩篇歎索居。離别日多相憶老，交游歲晚幾人疎。閒門剥啄風微後，好句摩挲月上初。自點寒燈三過讀，因君吟興未全除。

鼻不知臭屺瞻學士頗用嘲謔戲簡

肺病經寒斗更加，霜風如簇著含沙。此身可入鮑魚肆，有鼻誰聞薝蔔花。未信運斤逢郢斲，猶知舉扇向塵遮。曉來頻嚔因君甚，相憶連朝盡歲華。

歲除有感簡屺瞻

華髪黄塵爆火前，桃符土梗與周旋。笑看敝帚千金貴，懶點蛾眉半額妍。空憶悲歡追昔夢，且尋詩酒樂新年。文書堆几風窗冷，短檠頻移博醉眠。

正月十日睡醒示豫朋往年嘗以是時宿新阡丙舍

夢回窗外午雞聲，睡足春陽潑眼明。正似石間攜汝宿，新年田舍老農情。

蚤行憶石間

夢廻鐘漏客心闌，馬首驚沙撲面寒。只似石間風雪路，不知春曉在長安。

午睡夢朱檢討錫鬯覺而讀其集

荒荒欲落幽窗日，策策時驚曲徑風。一卷竹垞書在枕，離心繚繞夢魂中。

二月二十六日同樊酉一飲酒城南古臺上

野廟無人春鳥鳴，古臺高樹遠含情。不因社日尋芳去，孏作城南半日行。

堤　柳

堤柳青如此，山花紅奈何。林鶯三月少，塞雁一春多。歷落愁心在，羇遲旅鬢過。吟詩聊自慰，不覺是悲歌。

社日黑窰廠同樊酉一

社日迴愁人，高臺絶四鄰。陰晴分遠樹，烟雨接殘春。地僻逢花少，川長對酒頻。柳陰澹斜照，沙際一垂綸。

送杜讓水令廣昌二十四韻

一線飛狐道，雙凫下帝鄉。地懸京邑險，山接塞垣長。留滯今爲吏,分岐忽異方。野花開正落,風雁過無行。亭堠紛相接,闗雲鬱在望。昔遊同寂莫,往事黙悽傷。乍散圖書地,虚随翰墨場。身名供刻畫,文采益凄凉。煩促賓朋絶,凌兢笑語妨。多才勤贈處,雅志必周詳。詩與名家稱,書兼姓字香。拜官非卜式,歎老是馮唐。曾奏重瞳聽,還邀一命光。孤城青塚月,大漠黑河霜。别意嗟飛動,含情助激昂。雄風生劍匣,朔色映錐囊。跡已輸屠釣,謀仍恥稻粱。故僚多背面,薄宦易霑裳。交道悲公叔,心期感仲翔。逢人難偃仰,入世勿徉狂。尚有遺簪戀,聊爲束帶忙。青山對垂綬,官舍解行裝。荒外皆侯服,邉沙盡我疆。此邦有民社,爲爾決行藏。

立齋都憲惠酒且盡戲簡二首

風雨城南一番新,提壺相勸獨遊頻。只今酒盡添愁坐,花落花開不當春。

已遣沉冥入醉鄉,懶從燕市酒人狂。故山亦有慈泉水,乞取江南釀秫方。

樓上獨酌二首

秋城如烟海,看雲抵看山。樓上一杯酒,心與孤鴻閒。

孤鴻日夜飛,悲鳴爲曹偶。道人學忘機,離心亦何有。

吴耕方侍讀急裝出廣寧門一夕卒於逆旅貧不能斂行道傷歎追悼寄其孤

多病交因窘,常貧世與疎。旅亭一宿客,昨日數行書。道術終何得,飢寒屢晏如。文章曹志在,流慟想充閭。

答李子静少司農兼索其書法二首

千古風流讓蜀人,西當太白望峨岷。眼高四海名無敵,狂客誰爲賀季真。

春蚓秋蛇老未休，戲鴻墨法晚相求。即無金玉裝匳軸，肯設桓家寒具油。

將卜居而灘泉酒垂盡簡郭快圃翰讀二首灘泉，郭釀也

山泉美酒色香清，故遣瓶罍細細傾。自入青春嘗獨醉，已多白髮未須驚。賞心四事違朋好，對影三人共月明。今日一尊還寂寂，憑誰相慰此時情。

鴻飛蹋雪去西東，浮蟻堂中憶雪鴻。雪鴻，郭堂名。樹下何人知有道，醉鄉我亦愛無功。六分春色三杯酒，半世生涯一畝宫。那有詩書堪乘載，瓦盆傾倒向春風。

檐鵲寄公幹

鵲蹋寒檐日影來，飛鳴遶樹卻飛廻。忽聞小弟傳書札，報道山花取次開。

移居簡李鄴園大司馬

門徑黄塵迥未侵，青春棨戟晝沉沉。避喧每覺無幽處，卜築翻因有素心。新草臨窓生意淺，落花欹枕夢魂深。卻憐燕雀依檐楝，敢道鵷鸞共一林。

樓上聞笛

惆悵高樓月迴明，關山無限曲中情。薊城楊柳多春色，解聽風前玉笛聲。

史事偶閒戲題長句爲醫者孫生

圖書跌宕謝公卿，貧病交游尚有情。藥裹年華逢薊子，枕中仕宦笑盧生。幾人青史題無愧，自古黄金鑄可成。留取一篇方伎傳，塵

埃擾擾勝浮名。

新居春夜

白首孤吟廹,青春永歎深。幽懷耿斜月,清夢覺寒衾。小巷更籌盡,高樓雁語沉。頻年羇客意,飄泊又從今。

送王仲昭還武林二首

太白飄然仙者流,凌風挂席下滄洲。眼中一勺西湖水,横海難爲跋浪遊。

鐵笛遺聲寄竹枝,扁舟應過水仙祠。閒堂賜墅笙歌地,惟有湖山似舊時。

對　鏡

昏黑柴門稚子迎,鄰雞催曉報人行。試看青鏡如絲髮,一日還禁白幾莖。

閒　門

小院斜陽盡,閒門過客無。晚花開欲笑,歸鳥自相呼。淨業觀前念,浮生問坦途。後生都莫較,看取白髭鬚。

磨勘宿省中呈容齋兼懷黄麇給諫

殿廊槐棘晚森森,斜日清烟紫禁深。把卷幾回同笑語,憐才終是共沉吟。露寒桂子三秋色,風落梧桐一夜陰。舊日鎖廳人好在,白頭蕭颯映華簪。

送魏環溪先生致政歸蔚州二首

君恩三疏得抽簪,緑野新開古塞陰。出處丞關天下計,清忠不盡老臣心。兩朝國是青編在,一代身名白髮深。金甲已銷耕鑿穩,朔雲邊月快登臨。

地近翻驚數仞牆，龍門賓客鄭公鄉。早瞻舊省尚書履，晚拂清塵御史牀。心事傳經留奏草，功名報國在文章。非才欲達重瞳聽，乞取青山傍講堂。

以黄柑羅酒博快圃灘泉之餉

灘泉味美罷村沽，折券殘年謝酒壚。獨酌已多還寂莫，細斟欲盡失歡娱。黄柑春色分三寸，白墮霜醅换百壺。洗醆風軒聊一笑，開嘗容對馬軍無。

歲晚與繆虞良

斜陽古巷歲空闌，寥落寒廬亦故園。梅際冷枝横凍硯，雀邊疎影帶閒門。縱拚泥飲防頻歎，且爲躭書與細論。猿鶴幾時音信少，荒雞咿喔似山村。

甲子除夕

還看上苑江梅蚤，卻憶樊川岸柳新。甽畝心長驚别舊，關河人老倦逢春。庭前燎火年光换，枕上鷄聲客夢頻。辟惡桃枝先插户，六街車馬逐流塵。

春日懷西園先生

流光堪把玩，烟景易風飈。旅夢牽花信，春心著柳條。露多憐緑徑，雨濕憶紅橋。將老甘離别，生涯付寂寥。

卧病輟直奉簡入直諸公

半月雙扉晝掩深，瑣窗朱綱憶沉沉。回驚廊閣三畨仗，稍學仙人五戲禽。勾檢篋書稀日草，料量圍帶減塵襟。數憐温語垂天問，蒲柳先秋自不禁。

聞雞寄逆旅故人

本置窗雞爲報明，疎林殘月半宵聲。未回旅夢催人起，底似征途惜别情。

戴文進畫漁家樂

曾寫紅袍緑水隅，衆中顔色果然殊。蓑衣篛笠雲天濶，可是秋江舊釣圖。

七夕城南晚歸書興

碧落微雲月似鈎，誰家簾捲曝衣樓。流年巧婦矜紅粉，半世癡兒已白頭。河漢星低清淺水，闗山人老别離秋。夜凉一枕殘書夢，潦倒西風萬古愁。

答立齋都憲

凉風吹積雨，晚景送新晴。白筆秋吟興，青編夜雨情。名多綾餅艷，心並玉壺清。遥望臺中柏，蒼蒼翠更生。

江村垂釣圖

江湖且莫羨垂綸，畫裏漁竿枉似真。試看渭濱圖羽獵，後車元載釣魚人。

文衡山潑墨山水

供奉歸來野意閒，紅欄緑浪五湖間。誰知水墨蕭森物，畫出荆闗著色山。

曉雪懷王幼華都諫

淅瀝疎更外，霏微小雪時。映窗何曙蚤，著樹欲銷遲。寒重花兼出，霑輕葉暫隨。坐殘鵁鶄影，先遣掖垣知。

雪夜懷簡翊聖

不見當時謔浪人，鐙花如晝鬢如銀。癡兒難了公家事，狂叟相憐自在身。午夜雲山連雁影，千門霜瓦冷魚鱗。風饕雪虐眠時蚤，縮項寒廬一愴神。

雪夜懷張子美子文

一片瑶華影，霏霏入夜寒。梅花疎故壘，雪色滿長安。漏下清霜迴，風高玉笛殘。那堪羈旅夕，蕭颯獨憑闌。

當　闕

當闕呼不置，殘夢幾迷離。鳥宿夜還散，雞聲寒漸遲。窗梅風寂歷，徑竹雪參差。睡美輕鐘外，何因得此時。

卜居不定題家書後二首

題得鄉書附短吟，地罏紙帳覺蕭森。姓名己受當時責，筋力空教老境侵。蝴蝶夢魂寒抱影，梅花風月夜同心。只須乞取青山在，江北江南宅易尋。

夢回夜氣勘分明，已睡還醒萬慮生。古堞夜烏啼自語，空梁山鬼嘯無情。蔣山第宅終須棄，潁水田園且未成。贏得寒宵渾不寐，風簾鐘漏度三更。

歲暮夜歸寫懷寄南谿游好二首

拂面流塵倦曲肱，人間只欲醉騰騰。此身至老終成錯，時輩多才合讓能。雪徑數聲傳漏柝，紙窗一醆讀書燈。絶交論廣休重擬，五術平生實未曾。

曉逐殘星暮落暉，不成贈處不成歸。尺書海内親朋斷，晚歲天涯弟妹違。河柳秋橋人判袂,野棠春社酒霑衣。叢祠西畔桑榆暖,鼓笛聲殘隱翠微。

病　齒

平生未解巧如簧,牙齒空然粲兩行。善病終當留舌在,多愁應不及脣亡。相逢已守金人戒,獨坐誰憐玉麈妨。身老得閒差自慰,雪梅烟竹倚殘陽。

露滑閣憶南谿

遠望當歸亦枉然,登臨遥憶在南川。亂山缺處杏花滿,危閣前頭松影圜。短笛吹斜牛背日,暮鐘聲散雁行天。清歌薄酒殘燈火,此事抛離又五年。

乙丑除夕移入青藤館新居

五春三度移居日,桃梗椒花總閉關。跌宕圖書新白髮,漂摇風雨舊青山。署門自信交游少,卜竈先祈歲月閒。預擬送窮還罷卻,殘年留伴老夫頑。

午亭文編卷十四

今體詩

丙寅元日

曙色葱蘢右掖門，上趨北極侍含元。鑪烟風轉銅龍仗，燎火寒迴白獸樽。欲報聖朝無闕事，濫重經席是深恩。多慙衰鬢青春早，映日宮花壓帽温。

敦復澹人二學士見和除夕元日詩疊前韻二首

春色蓬門取次還，總無過客也須關。休辭白墮頻傾醆，頗却青錢忘買山。爆竹誰家方競勝，桃符昨夜塹投閒。椒花滿眼紛相映，笑煞頑夫老更頑。

粗治文書久拒門，年光幾度向朝元。殘經獨抱時開卷，歲酒將闌已合樽。悶遣葦桃驅路鬼，戲從魚鼠問長恩。春寒切憶鵷鸞侶，身在凌霄氣象温。

上元夜扈從出永定門作

對仗金牀下殿行，玉街車馬溢春聲。天迴烟景低帷殿，野曠星河出幔城。北斗龍杓隨鳳輦，東風畫鼓雜鼉更。歸來獨擁殘書坐，一穗缸花夜笑生。

李唐長夏江寺圖於大内見之宋高宗題云李唐畫可比唐李思訓

花石綱殘艮岳空，湖山金粉畫難工。那知零落風烟外，郤閉金函玉櫝中。

水邨圖二首并序

水邨圖，趙文敏筆也。自署云，大德六年十一月望爲錢德鈞作。元人題者五十一人，皆秀逸可喜。康熙二十五年歸於大内，時在直廬，得縱觀，記以詩。

秋雨秋風澹墨間，燕雲粉本映闗山。百年智巧銷磨盡，却在清江水石間。

菰蘆門外水連天，我已移家約釣船。從此烟波秋色遠，憑誰先寫舊樊川。

張尚書賜金園圖

鸞坡鳳閣晝沉沉，畫裏龍眠著意尋。田宅漫成歸老計，江湖頻有託居心。買山不比千秋觀，置酒何須太傅金。直使君恩滿巖壑，流傳勝事紀園林。

春夜懷富雲麓侍郎

勞勞亭下水淙淙，送客沙頭倒玉缸。萬里長風吹别袖，五更疎雨落寒窗。羈魂炎海離愁濶，過眼紅塵老淚雙。城角欲殘清夢斷，相思惟有片心降。

新居送素心歸里

窗閣新開客過稀，茅茨只似舊雙扉。清明歲閏花禁坼，風雨春寒燕未歸。青鬢流年思弟妹，白雲長日戀庭闈。因君爲問田園事，何處烟波無釣磯。

陳白陽畫果蔬二首

正是江天櫻筍初，谿邨風露擷園蔬。春花開落多秋實，老圃吾生愧不如。

肉食朱門客滿堂，何人解識菜根香。鱸魚大有江東思，只是蓴絲味亦長。

晦日信芳齋遣興

萋迷春色老塵沙，晦日風光感物華。粗有軒窗安客舍，儘教籬徑似山家。天涯裊裊逢歸燕，世事紛紛送落花。一種垂楊愁萬疊，輕烟摇颺日西斜。

楊花六言二首

物態森如枳棘，客心弱似楊花。忙過雕闌玉碣，閒投茅舍山家。

垣短條垂弱縷，水明葉蘸微波。燕語巧催春去，花飛知奈愁何。

賜衣二首有序

閏四月二十八日直内庭，上遣内侍問臣廷敬在否，有頃賚賜御服紗衣臣同、臣英、臣士奇、臣訥，實被恩賚縠文金鈕，御香宛然，且諭曰："是朕所嘗服者。"臣服之，感而紀以詩。

天機雲錦帝垂裳，解賜丹霄黼座旁。不是裁縫收在笥，玉篝新染蚤時香。

碧紗鍼縷海圖明，垂領蕭蕭素髮驚。天上著來人欲老，不禁清淚卻霑纓。

齋中讀書即事二首

繙餘殘史意厭厭，清簟斜熏畫下簾。笑憶相如逢狗監，懶從詹尹拂龜占。心如苦筍風還折，愁比黄楊閏更添。剩有草庭生意在，筆花頻夜夢江淹。

花時事過甘頭白，老境春殘奈酒濃。近日情懷還漫浪，幾人語笑更從容。折腰已媿陶彭澤〔一〕，矢口常憐阮嗣宗。遺事吟殘杯一進，五更睡美不聞鐘。

【校記】

〔一〕折腰　四庫本作“歸田”。

次韻繆虞良見懷之作

載酒題襟少舊歡，鬢絲藥裹在長安。翻餘汗簡常多忘，畫出河圖欲細觀時方學易。薑蔗歸田羞負郭，風騷投老笑登壇。知非已迫桑榆晚，袖裏殘文擬自彈。

送故人王德新還太原三首

明月闗門影漸高，朔風猶照舊綈袍。離情遠似桑乾水，難斷并州快剪刀。

白雲汾水影離離，又是秋風雁去時。落盡别時官閣柳，晉陽宫畔最相思。

曾將刀筆傲通侯，掛檄歸來汗漫遊。畫榼香螺桑落酒，青州從此勝凉州。王嗜酒，選爲尉，不赴。

琉璃盛水蓄魚如繩者三兩頭外視之倐小而大游泳下上而見魚之多至不可勝數于子龍秀才爲詩戲和

掉尾鯨波笑伏鱗，眼光如海蝨如輪。晴窗試檢蟲魚注，亦是天涯磊落人。

丙寅除夕撰易圖成示虞良樾阡

玉漏金壺夜色新，藜牀蔬食不嫌貧。自成蕭索門庭在，無那歡娛節序頻。蠟炬椒花迎歲酒，火銷香灺隔年人。更闌點檢殘經罷，勘得浮生處處春。

丁夘元日即事示兩兒

華髮朝天蚤劇忙，青春閉閣興還長。年光得得如流水，旅夢蘧蘧向夕陽。驥子誦詩驚過客，虎兒弄筆勝諸郎。一枝應逐桑榆煖，三徑何當在帝鄉。

初春與與可

書卷生涯避要津，雀羅門巷燕鶯頻。也浮翠柏尊中酒，已放紅梅硯北春。五夜霜霏殘醉醒，萬家烟景一時新。朗吟夢草西堂句，好在池塘未是貧。

上元夜簡内直諸公

曲晏傳柑記往年，疎星澹月故依然。張燈小巷春無那，羅雀閒門意自便。節過欲泥丹竈火，夜來重爇賜鑪烟。九衢簫鼓三更夢，又是君恩放假眠。

寄湖上翁呈敦復翁敦復兄也

久向烟波擬釣筒，移家有約竟成空。平生解愛江南客，晚歲心知湖上翁。香草舊蓑閒卧月，蘆花小艇不驚風。眼明細寫烏絲字，寄與東華問軟紅。

晚春下直同健菴侍郎

如寄人生欲奈何，野桃村柳又蹉跎。百年强半酒人散，往年春日，嘗與苕文、貽上諸公水樓看柳。二十四畨花信過。細玩流光真漸少，總攖塵網也無多。軟紅歸馬東華路，好點青燈照醉歌。

閱農應制四月十日御乾清宫臨視諸臣作

聖作勤三事，天行啟四聰。有年惟帝力，無逸即田功。桑柘扶鑾輅，茅茨駐玉驄。野花穿仗發，山翠拂旗空。壤繡分交錯，川長引鬱葱。嘉禾方剡剡，瑞麥已芃芃。鶯度濯枝雨，柳眠吹絮風。周原千畝緑，漢粟萬箱紅。下濟光明遠，高居造化工。年華丹禁裏，烟景幔城中。粒食增堯匕，熏絃倚舜桐。九農應送喜，歌舞海隅同。

禹鴻臚畫樊川歸樵圖

巷柳園花又一巡，二毛加白向青春。平生但可供描畫，面目於今是假真。蔡澤輕肥原有相，揚雄容貌不踰人。東薪已辦腰鐮具，寫入樊川小様新。

晚同儼齋侍郎下直

長遣雙扉去後關，曉風驅馬夕陽還。曹司愧點圖書地，筋力虚陪供奉班。正落殘花留意別，欲棲幽鳥笑人頑。城鐘未起燈初上，了得公家事蚤閒。

排　悶

一步强彎一寸弓，滿船齊看滿帆風。呼牛應牛故爾爾，得馬失馬何悤悤。橡栗生涯愁杜甫，蛙蛇家口老盧仝。此身真作浮游計，到底輸他造化工。

閏歲七夕前二日

咫尺神霄奈若何，頻年相望不相過。頭童烏鵲忙如許，節厄黄楊閏較多。秋到雙蛾驚歲月，天留老眼見星河。九疑凝睇峰皆似[一]，不比盈盈一水波。

【校記】

〔一〕睇　四庫本作“目”。

蓼　花

臨砌妨檐短，秋來嫋嫋長。緑捎新雨霽，紅透晚風凉。野水蘆花外，江村竹篠傍。只應伴笭箵，繫艇近斜陽。

七月九日召左都御史臣廷敬侍郎臣乾學學士臣英侍讀學士臣士奇編修臣訥賜食西苑秋雲亭遣中使就賜御書及内製法瑯浍金罏缾匙箸香合各一恭紀五首

鴛行拂曙影裵回，風舞槐龍翠作堆。北極金輿天上轉，西清黄繖日邊來。從容刻漏傳仙饌，親切烟霄侍帝臺。詔許甘泉承曲宴，幾人榮遇得追陪。

御匳書卷日相隨，勤政簾前奏對時。文囿先知新稼穡，堯階不剪舊茅茨。渚花含笑移舟近，水鳥銜恩度檻遲。自有衢樽聯鎬飲，微臣長誦蓼蕭詩。

鈿軸開函翠帕舒，羲圖頡迹豈能如。驪珠何止千金賜，鳳藻曾經萬卷書。日曆定須編翰簡，流傳應許到樵漁。桑榆記取茅檐下，長捧恩華望屬車。

珍錫琳瑯列禁筵，曆山新製侑嘉籩。含熏欲泛金莖露，宿火猶分玉篆烟。光爛卿雲逢舜日，文鐫寶曆紀堯年。銀罌翠管休相擬，歸路天香滿繡韉。

龍尾追趨内掖門，綴班烏署直微垣。飫知中禁蘭庖味，别賜西園玉膳恩。坐對宮花偏露重，歸來臺柏帶春温。叨隨芝閣分藜火，剩有冰心奉至尊。

九日晚晴臺泥飲

九日悤悤節序頻，高臺摇落上逡巡。生逢白髮相欺老，家有黄花不厭貧。愁遣眼前憑濁酒，名争身後是癡人。牧之詩句陶公興，笑口常開漉葛巾。

鄉人王踈菴先生爲太宰時構水鏡堂於署後之東南隅余在翰林以事曾一至焉今謬繼公後瓦礫茂草故處不可復問冬夜宿署中感而有作

水鏡堂曾到，遺蹤悵莫尋。鳥栖荒署蚤，葉落短垣深。黯澹題名字，蒼茫啟事心。夜寒霜月白，猶照古藤陰。

靈祐宫夜憶石間

抱膝支頤計未非，黑甜贏得到斜暉。飄蓬欲訪敲爻去，度世終思跨鶴飛。自爲逃名甘隐吏，已因觀妙解忘機。石間流水寒松夜，一枕騰騰夢裹歸。

五十初度

華髮童心老竟真，自驚身埒老人羣。新詩翻許推高適，健筆猶誇屬右軍。梅柳眼看過至日，犁粗手把向春雲。青山舉白一浮汝，自此相從已暮曛。

夜過六友齋與樾阡

客舍一柴荆，歸時夕照明。寒花簾外影，新雁月中聲。老境親書卷，幽懷託友生。秋齋燈火近，城柝易深更。

與芸夫

沙塞鴻飛日，風林葉落時。百年猶旦暮，往事益淒其。屠狗身宜貴，雕蟲技未奇。急將瀟灑意，爲緩鬢成絲。

晚晴臺咏懷示謙吉

晚晴一上晚晴臺，片片明霞映酒杯。燕掠檐牙殘靄去，柳低樓角夕陽來。經過物理愁眉放，勘破生涯笑口開。田舍未成頭半白，青山買得敢褰回。

大行太皇太后輓辭六首次都御史徐乾學韻

帝孝重華並，慈徽太姒齊。陵園新玉座，匳匣舊金泥。長樂疎鐘外，瑶池落月西。雞鳴思問寢，龍尾接城隄。

警衛連宫仗，行帷出苑牆。鶴驚宵館露，鳳咽曉樓霜。翣柳飄哀輓，陵花濺淚行。盡聞天子孝，親切侍中郎。

尚想戎衣著，謳歌起鎬豐。親逢開創日，身享太平功。文物三朝備，榮哀萬國同。還因思厚載，率土泣攢宫。

倚廬心未已，歠粥孝難名。素靷鑾刀斷，詔步詣陵園，斷輦紖以示不御。青繩砥道平。攀號天步遠，顑頷聖顔清。臣庶皆人子，誰無感激情。

神光留武帳，雨淚變彤幃。雲慘青山暮，風纏紫極悲。金蠶寒食後，玉燕上陵時。苑柳年年發，長垂寢殿枝。

禮成衰絰盛，制與諒闇同。詔諭情何限，封章意未窮。劬勞知聖德，忠愛結臣衷。孝饗榮名貴，清歌小閟宫。

王黄麋在吏垣有文名没三年矣夜宿省中追悼之

禁掖難勝感舊情，諫坡留得幾人名。夢醒月落朱顔在，宿草春來老淚傾。

孫怍庭少司馬來赴國恤憶往時余與怍庭同環溪先生禮闈校勘連牀數晨夕今蔚州殁而余銘其墓有存亡之感爲詩别怍庭兼呈高念東先生二首

知君定似阮光禄，朝罷山陵却便還。忍説凄涼十年事，更誰追别到方山。

歷下羣公海嶽姿，風流耆舊是人師。相逢一事煩傳語，無愧新阡有道碑。

合和羹二首并序

合和羹，雜菽麥野菜爲之。太史公所謂民之食，大抵飯菽藿羹者是也。然自秦及燕趙皆食之，而南方聞者每竊笑焉。嘗與南溟、湘北宿左闕下，二公皆南人而獨喜食此，且爲歌詩以見贈。余亦和而歌之，所以志余之辱交於二公，亦以物之幸而見知於世有如此也。

衢歌含哺敢忘情，華省翻成麥飯名。不笑唐風多儉陋，茅茨曾啖小人羹。

鹽豉休烹婁護鯖，山蔬點就瓦盆盛。交情淡久真如水，肉食何人憶大羹。

大行太皇太后仙馭遐升詔行倚廬之禮百官有司更進遮諫詔旨開喻益切宣聽之際恭紀以詩

彩仗金輿隔暮雲，倚廬涕淚濕斜曛。已知孝饗同虞帝，何止期禫似魏文。苴杖三年千古事，封章一日幾回聞。他時青簡留題處，惟有芳名屬聖君。

除夕同南溟容齋即事二首

一院梧桐影漸移，西垣山色在簾帷。欲尋巘壑抒心跡，辦取樵漁寄鬢絲。林鳥倦隨鴛鷺後，野梅蚤避燕鶯時。草廬門巷斜暉外，禁省端居有夢思。

櫪馬林鴉節序頻，同曹聯步集蕭晨。銅龍日冷東朝會，金爵星明左掖春。欲盡漏鐘添一歲，不須杯月得三人。踈燈寒燼淒其夜，青瑣相看鬢似銀。

鹿　尾

塞草秋肥斑鹿鳴，那知斷尾是珍烹。三驅解識君王意，長憶慈寧進御情。

戊辰元日左闕下呈南溟容齋兩少宰

過眼交遊閲世忙，星趨漏散只隨行。春遲荀令香三日，正月三日立春。花共江淹夢一牀。剩有蓼芽驚節物，更無綵勝惜年芳。相依渾似舟船坐，夕照蓬窗影漸長。

疊元日韻與兩少宰

擾擾塵埃一夜忙，新年追逐在班行。嶠嶇阮藉東西路，顛倒元龍上下牀。臘退柳桃應自媚，辛殘薑桂有餘芳。蒼顔白髮吾曹甚，愁入青春睡味長。

春宿左掖高二鮑給事空所居室以居余二鮑工畫嘗爲余作修禊圖末句及之

掖垣栖鳥暮啾啾，襆被居然接勝流。賀革方牀纔六尺，士龍瓦屋在東頭。周廬宿火多時共，燕寢清香盡日留。不是南山來伴直，畫圖輞水已同遊。

春日晚歸書懷

一官遲重寸心清，榆莢圜時柳絮輕。衣上緇塵渾不染，鏡中華髮蚤忘情。鶯花怨客侵愁老，蟣蝨欺人薄肉生。暝色不歸歸亦倦，揶揄路鬼正縱横。

睡起晚晴臺野眺懷南谿遊好

一枕黄塵眯眼開，關河清夢片時回。屢因春睡思長假，衹爲鄉心上小臺。雙闕萬家還閬寂，孤烟落日共裴回。故園只在青山外，管領鶯花待我來。

昔使廣寧出東便門十三年矣今春重過此門感成

城門曉色時啼鴉，征馬長嘶向磧沙。雨雪關山初出塞，清明時節正思家。鄉心萬里逢歸雁，野館三春見落花。少壯遠遊俱寂莫，衹應衰老惜年華。

大風落花二首

自入青春只醉眠，花開花落捲簾前。顛風作意吹將去，不是花時不放顛。

風本無情一陣空，花如有意向春風。殘香徙倚斜陽外，飛入儂家酒醆中。

口號與翁寶林少宰

春城楊柳三眠後，江館櫻桃九熟時。贏得殘年歸計晚，眼中花霧髩邊絲。

九日夜雨

何處登高會。端居獨掩扉。草蟲閒自語。霜雁遠還飛。殘夜開籬菊,高秋見篋衣。南谿今日酒,酩酊幾人歸。

雨夜懷思母菴

小幕窗風入,閒堦檐溜懸。苑鐘疎點外,塞雁曉聲前。漱石三秋雨,流花第二泉。爲親從禄仕,書信問歸田。樊山慈泉第一泉也,菴之泉爲第二。

送荀少之官臨湘

落葉滿征衣,鞭絲掛夕暉。壯遊非寂莫,歸興卻翻飛。白髮一莖蚤,黄金萬事違。宦途憐小弟,慎莫愛輕肥。

畫鷂雀

翻翔鷂雀在高秋,老隱天台用意幽。但欲雕龍開别墅,至今常笑郭營丘。

題蔡方麓修撰寫真二首

青縑被暖火紅銷,正是熏衣事蚤朝。幾日金鐙歸院晚,天寒須整侍臣貂。

蓬山靈鵲鎮常啼,鈴索聲寒曉月低。一卷牙籤心十載,東華牡鑰汝南雞。

橄　欖

祝鯁何煩戒老饞,解酲不畏酒頻添。葉飄欅柳枝邊弱,身殢桃膠味後甜。誰解撥魚堪作楫,最愁調鼎要無鹽。縱教苦口心還在,寒緑森森色正嚴。

歲暮閒居二首

頻年萬事苦紛挐，頗喜衡門賦索居。子度何堪署紙尾，河東空解誦亡書。江梅有信衝寒蚤，牕樹多情帶月疎。茗椀藥囊隨客意，殘杯冷炙待何如。

平生寂歷少清歡，又覺蕭條節序闌。世上宦遊今已足，天涯風物幾回看。杏花眼孔三春熱，梅子心腸隔歲酸。迂叟當年思一笑，閒居洛下不休官。

戊辰除夕與樾阡

休將樂事等虚名，魚躍鳶飛妙臭聲。千仞跛羊行自喜，一時駑馬路羞爭。冰霜不惜經殘夜，泉石終堪託此生。會得舞雩童冠意，春風何處不春情。

己巳元日與樾阡談白沙之學效其體作二首

桃符土梗浪相侵，舊雨何人肯見臨。一日又過誰用力，百年空老未求心。鶯花有約春還到，風月無邊樂重尋。回首姚江成别派，輸他嶺海自閒吟。

歸老羲文物候侵，更看蓍扐布成臨。布蓍得臨卦。詩因聞道知真味，學不求名見自心。白日只今耽酒過，黄粱何用曲肱尋。紛紛得失遺編在，留與閒人作笑吟。

春日出城看花戲作四絶句

賣花已喚山桃開，馬軍走探園花回。風花爛熳喜相報，明日不出狂枝摧。

出門十里旋治裝，賃車借馬半夜忙。料得旁人破口笑，觸忤物態神暗傷。

西鄰杏花亦不惡，兩頭夾籬牆邊紅。比似摩訶菴裏樹，千株萬株同春風。

憶昔年少看花時，城邊水樹梁園池。故人雖在少音信，閒門惟有春風吹。

春日經水樓感舊

浮雲閲世閉門中，惟有閒游事不空。過客竟誰如舊雨，尋春相識是東風。多情柳絮依然白，無主桃花只自紅。吟散酒樓人在否，懶將詩句寄郵筒。

春遊

韋曲城邊灞水涯，詩籤酒榼鎮常隨。閒花滿樹春蕪長，正是先生行樂時。

社日遊城南看花不飲自嘲與檝阡

黄四娘家花朶紅，多情白髮颺春風。佯聾入世君知否，社日何妨酒醆空。

賓在玆至懷韓韓山

問汝西來事，韓山是小山。飛花隨釣艇，叢桂掩柴關。棖觸經時别，低徊落月顔。相憐清汩曲，幾度共潺湲。

書查夏重蘆塘放鴨圖二首

春水江潮掉浪輕，扁舟烟雨有誰争。白鷗萬里滄波興，偶寄紅闌鬬鴨情。

君是金鳧殿裏人，寒蘆鷗鳥却情親。相隨欲作江南老，魚藻池邊又過春。

社日不飲有詩漫與樾阡未幾兩耳岑岑有聲經旬不散對酒戲作

顛倒春來事，沉冥物外情。一杯還酩酊，兩耳任嘲轟。鶯語都無次，花飛別有聲。回憐社日酒，爛醉不辭傾。

春　晚

檐角殘紅斂，牆陰暗緑斜。月侵飛絮柳，風弄折枝花。春色閒將盡，霜毛陡自加。不愁難過遣，飄忽是年華。

書局與健菴

池上人看老鳳來，多情鷗鳥合相猜。休言洛下閒居事，猶是西京御史臺。

孝懿皇后輓詞六首

軒曜璇階映，長秋網户緘。玉衣人自覆，石字燕來銜。鍾乳調靈匕，文螭進別函。椒涂纔隔日，園寢泣松杉。

長慟彌留際，褕衣送寢門。大文推陸九，盛典邁貞元。冊謚崇朝並，榮哀奕葉尊。勤民知内治，脱珥是深恩。

白日淒蘭殿，清秋冷桂宫。星娥一夕返，雲馭九霄空。淚濺銀河水，悲纏玉樹風。詠歌傳六寢，應紀二南中。

楚輓悲鸞輅，虞歌咽鳳笳。燎庭殘曉月，叢殿落秋花。北首青山近，西風綵仗斜。公桑零露葉，猶望濯龍車。

每憶朝陵日，宫車並往來。花迎綃帳合，柳拂幔城開。輦路皆陳迹，山園引舊哀。夢迴閒故館，涼雨濕莓苔。

景胄淩烟貴，神儀偃月長。安貞應地厚，聖善翊天王。異豈徵沙麓，祥曾定洽陽。宵衣思女則，遺澤及遐方。

竹林寺觀一峰道人畫

千古高風憶閉關,地偏人静軟紅間。坐深祗樹雲常定,朝散清都鶴自還。身度尾箕燕斗宿,跡留方丈海神山。前塵影事三生話,珍重晴窗學駐顔。

木瓜二首

正是橙黄掩緑陰,秋烟一樹照華林。包殘橘柚揚州貢,投比瓊琚衛叔心。霜實豈應防化枳,寒香終不逐來禽。宣城洛下無芳訊,長伴江梅入夜吟。

朝雲晻靄忽蕭辰,纔過花開落實新。盧橘寒分秦苑雨,海棠色借蜀江春。削泥藥籠兼防老,漬粉香匳不勸人。更與封題霜後顆,清芬也合避緇塵。

山西文華・著述編

陳廷敬集

第三册

張建偉◎點校

《山西文華》編纂委員會　編

山西出版傳媒集團
三晋出版社

山西文华

午亭文編卷四十二

傳

封中憲大夫希聲吳公傳

吳公諱道默，字希聲，沁州人。大父諱某，躬耕讀書隴上，有學問行義。父諱某，孝友忠信，能化其鄉人。蓋吳氏世世有隱德云。公生而質直重厚，不喜遊嬰。稍長，謹繩墨，蹈規矩，老師宿儒歎以爲不及。與其昆季以文學相切劘，家貧不能致師，聖賢精理[illegible]玩索，心自得之。里中從而請業者數十百人，勸誘訓戒，各因[illegible]使有所成就。諸子皆自教以學，爲世賢人。公初補博士弟子[illegible]應省試，不合於有司，退而益以明道授徒爲己任。其後以子琠[illegible]封至中憲大夫通政使司右通政。公自少至老，以孝悌仁義修[illegible]以教其家與鄉。蓋鄉之知有師自公始也。昔余過銅鞮，夜見[illegible]旅，鬚眉軒偉，布衣敝冠，與余語，意往往合。旦日往謁謝，見所居陋巷蓬門，隱約寒素，意泊如也。蓋公之操義風槩如此。子三人，琠，都察院左副都御史，爲朝廷名臣，蓋所謂世之賢人也。琪、璟皆有名膠庠中。公之殁，琠屬廷敬爲公傳。贊曰：余過銅鞮時，問吳公家在徐村。村有唐徐勣廟，故名。考勣家曹州離狐，客衛南，不聞其在銅鞮也。或曰勣守并，數出雲中，戰有功，德在民，民祠之。其東有文中子祠，以通嘗讀書於此。沁人之慕義不忘如此哉！若公者，非所謂古之鄉先生殁而可祭於社者與？况修其身以教家及鄉，鄉之有師自公始，則尸祝而俎豆公者，雖比於英公、文中子，不爲失倫矣！

張太公傳

張太公鉁字宇奇，别字見虚。先世陽城人，元末遷沁水之竇莊。竇莊者，在榼山下，沁水環焉，以所居人得名。然張氏由明以來爲士林華族，實冠冀南，他族姓鮮可爲比。父五典累官太子太保、兵部尚書、宫保公，子六人，曰銓，以巡按御史死遼事，謚忠烈，墓道祠廟肅若神明；曰鉿，舉人；曰鉻，進士；曰鏓，舉人；曰鑰，貢士。時方重科目，自鉿以下皆矯厲自奮，而太公宫保公第三子，俯躬下氣，恂恂束飭，嘗曰："古之君子讀書遂志，豈以爲遇不遇哉？"再舉於有司，輒不利。以子道湜官翰林編修，封太公如其官。於是宫保公之子六人皆通貴，益大顯其家。當宫保公時，太公爲博士弟子員，文名蔚起，時方有兄弟競爽之目。宫保公曰："吾家故貧，自吾爲吏，産益落。汝曹守文墨，皆不治家人生事。家人食指多，又疊罹寇殣，吾憂之。可以寄百口者，察無若鉁賢。"太公聞之曰："吾知遵吾父命而已。"游太學，歸管轄家事，内外纖悉，罔不如宫保公意。宫保公色喜曰："我固知鉁賢，鉁果克吾家。"仲早世，遺孤子殤，宫保公既命忠烈公子道濟爲之後，依其婦劉，時道濟已長成人，太公懼無以慰寡嫂心，提其幼子道湜於襁褓中屬劉。且十五年不幸太公長子卒，劉遣道湜歸，曰："兒無母我。"太公不得已，命之曰："兒無背劉。"道湜始終事劉如母，太公之命也。初宫保公謝賓客時，忠烈公已仗節殉難，鉿年十六，鏓、鑰生才五六歲，三人者，太公異母弟也。太公推食飲，解衣服，以養以教，垂三十年，皆有所樹立，有聞於時。於是太公謂："吾事乃今畢矣。"其誠孝友弟，出乎天性若此。明末舉賢良方正科，有司屬意太公，太公聞之，即日騎蹇驢遯去，下太行，渡河涉江，隱跡武林湖山之間。後既以子貴，益退損如常人，籜冠布袍，過市門，一人負重力不勝，睥睨太公，謂："丈人助我一臂力。"太公急呼旁舍人助之力，旁舍人曰："此張太公也。"負者懼謝罪，太公笑而遣之。始余至太公家，甌盎蕭然，瓦器脱粟，時余方少，然已知太公修身閑家，心敬慕其爲人。其後又三十年,太公白首魁艾,歸然長德,壽考燕喜,夫婦偕老,即其家罕有能並者。鄉里稱張太公長者,能操行仁義而天之報施善人不爽也。陳子曰:嘗覽觀史遷以來所傳記畸人軼事多奇怪絶特可喜之行,世亦樂稱之。蓋庸德者,衆人之所去也。以余所覩張太公行事,何其謹厚純樸退讓君子與!席藉榮寵,何難取富貴以就功名。顧蕭然自外,獨行其志,非有德者孰能之,其賢矣哉!

廖氏傳

嘗覩建文朝遺事,未嘗不掩卷欷歔。至成祖殺方孝孺連引九族,則又不禁瞋目竪髮,恚恨其所爲。今三百年,一時忠臣烈士事多湮滅無傳。余在史局摎羅散失,苟幸得之,則喜以悲,而况得見其子孫苗裔耶?廖永忠,巢縣人,楚國公永安弟,有功太祖時,封德慶侯。子權嗣封,孫銘、鏞受學孝孺。孝孺被禍,禁勿得收其屍。銘、鏞兄弟獨往慟哭,收葬之。成祖怒,戍之金山。余既載其事,後見廖生鳳徵文,竒其人,請與居,二年矣,不知其巢縣子孫也。生之言曰:金山距松江百里,瀕海,子孫世襲指揮千户。明之末年,鳳徵之祖某知天下将亂,金山軍民並處,且有變,移家之松江。清兵南伐,衛堅守不下,積屍與城堞等,兵乃躍上城,伯祖某於城樓上手格數人,與其長子某皆自刎死。次子某亟歸,遣散其家人。自焚親屬二十餘口,還刎父屍傍以死。鳳徵之祖以郡居,弗及於難,搆屋申浦之南,教子孫以農賈爲業。國初徵領旗軍子弟爲運漕干總,戒勿往。今雲間廖無二姓,皆巢縣裔也。今吾乃知生烈士之子孫,而益歎慕其先有當稱述者。或以節死,或以見幾去,其致命遂志者爲忠義臣,潔身遠害以教其子孫,可謂賢人君子矣。吾獨惜其名字皆失而不可求也,故爲記其略如此。

旭白韓君傳

韓氏其先魏工琦,家在相州,宋亂相州數被兵,國子祭酒曰永實始遷洪洞。當其時洪洞之韓累數世不仕,然皆屈首受《詩》、《書》,尤精黄岐之學,能以業其家,所活人大多功。葢與古之良相者侔,洪洞之人曰真韓王裔孫也。前明成化中以進士起家,累官户部尚書,曰文,有直聲。最後抗章暴劉瑾罪,武宗驚泣爲不食。瑾矯旨奪尚書官,下詔獄。瑾誅,復尚書。嘉靖初,數薦不起,進太子太保,賜誥褒美。卒,贈太傅,謚忠定。忠定公子士聰高唐知州,士奇刑部主事,皆以瑾故奪官。於是韓氏始大顯名於時矣。君諱光曉,字旭白,高唐公五世孫。祖汝松家齎用素饒,不省計,喜施,至靡財單幣,洪洞人謂韓氏世有其德。父承寵濟南同知,敦樸謹愿,能繼父志,不屑以財自雄,然時以其留餘稍稍用鹽筴,才足給食指,遂移其家津門。在濟南既不樂仕宦,解其官歸,曰:"吾韓氏世有德於洪洞,吾其可遠先人之墓廬?且洪洞人愛我,吾必歸。"歸次曲陽,無疾而卒。君時獨從,哀號路側,過者酸鼻。既歸葬,會京東兵,君母亢留張灣,及於難。君卒遭變,執喪行古制,雖士大夫習禮者莫能過焉。濟南公二子,君其季,與伯氏異母,君母亢安人。初亢氏善富高貲,亢之來歸也,豐其奩金累數萬,濟南公曰:"季亢之自出也,金必歸季。"後君皆以金歸伯氏。里中賈豎素怨伯氏,訟伯氏欺其孤,君曰:"我固以讓吾兄。"由是訟者大屈。君事兄如嚴父,待兄之子如己子,人高其行,化漸於鄉焉。君嘗爲博士弟子員,嶄嶄立名譽,妒媢者妎其能,将遺書督學使者使黜君。然其人陽與君相交驩,傭奴數數來,奴誤謂遺君者,遂以書抵君,君視書嘸然,語奴:"非遺我也。"奴持書去後,君竟用是黜。君終不語家人,以故妒者後覺之,大慚恚,曰:"吾傷長者,無面目自活。"其意度行事多此類。封文林郎,娶亢氏,封孺人,子象起主事。象起初爲福山令,有異政。陳子曰:今人爲其父母傳者,直以爲誌表之餘事耳,豈真能知文字之可貴哉?夫人不皆有奇德卓行,故傳者尤往往難之。象起之求傳其親獨異焉,曰:"誌以納諸幽,表以揭其外,然而不皆可行世致遠也於傳乎?是重敢以煩公。"余見今户部尚書福山王公嘗數稱福山之政有異王韓婚也,故語韓事有足徵。及退而考其家世,奇德卓行果皆可傳也,是以叙著於篇。嗚呼!韓君之賢,知文字之可貴如此。而大司農謂韓君曰:"今之名能文而可爲子先人傳者,陳子也。"夫王公擇人而使爲文,則福山之爲政,其得於鄉邑賢大夫也,有由然矣。

三烈婦傳

裴氏,陽城龍莊里民張琦妻。琦,賈人,常游河南北間,客死禹州。裴聞而號泣曰:"天乎!夫死無子,我義不再辱。我昔嘗笑人,何至令人笑我耶?"絶食五日,不死。其兄來祭琦,裴止之曰:"姑待我。"而家人防視愈益嚴,强之食,復食。於是守者稍懈,遲明視之,自經死矣。及含斂,貌如生,莊靚,猶未聞琦死信時。夫以婦人稱説大義,凜凜有古烈士風,其亦可以愧世之爲丈夫偷生苟免者矣。時康熙己未歲正月也。其後陽城以夫死自經從葬者復有二人,其一在陽城之化源里,曰李氏。

李氏者,石基永妻。基永家貧好學,至不能繼餔糜,而誦讀不輟。遭時喜賄,年二十七不得列邑庠,鬱鬱以死。有二女一男,男才二歲,基永死之明日,男亦死。基永以貧故,五日始克棺斂。李取基永手鈔秦漢文唐詩各數卷内棺中,是夕櫛沐自經棺傍。

張任妻王氏,陽城白巷里人。曾大父參政公徵俊,死崇禎時流賊難者也。大父、父皆儒生,任大父中丞公,父民部君。兩家俱高門,王年十六,歸任才數月。任爲學官弟子員,數日病卒。王絶飲食,居樓中,矢必死,家人環守之。明日紿其家人,趣使下取食。有小女奴在傍,陽怒之,女奴驚趨出,遂自經死衣桁間。經以夫故腰組,項下經痕處受以白縑數寸許,衣上下縫紉牢固,不可易。未死前一日,嫁時衣履巾帨諸飾用物,從王氏來及夫家者,各别置不亂。室中羅列悉就完整,不以倉卒改常度,其從容暇豫如此。死時年十有七,康熙庚申八月朔也。

陳子曰:自吾居里中二年,三見烈婦事,近世鮮鄉間之教、烈婦之事，謂非出於性生者耶？始張琦妻裴，余嘗語邑令以聞於大吏，請表之，已而格不行。余嘗觀古烈女雖猶未至於三婦人所爲者，皆得史傳著之以勸天下後世，如三人者使聞於朝而旌異之，以助風化，其不亦偉哉？

張太恭人傳

張太恭人者，德州人。通《詩》、《春秋傳》及羣書，嫁爲田大夫妻。大夫順治中以進士知麗水，有能名，卒於官。恭人取庭中牘籍，勾稽驗覆，召管庫，謹視賦徭所入，曰："代者至，則必以是淹吾行。吾貧不能賂，庶謹備之。"後代者至，果以爲言。恭人牒太守，請自臨督。太守王君來，坐縣堂上，恭人身自立堂下，見太守，顧家僮持籍以進。太守按籍閲，所入出無一舛漏者，代者屈，恭人得以大夫櫬行。當此時，恭人提其孤歸，數困於强豪。孤雯，予友也，爲予言曰："雯母，師也。一室之内，十年之間，午夜篝燈紡績聲、讀書聲、哭聲三者而已。"予聞之，泣泫然不自止。其後雯、需先後成進士，雯填撫三吳，移撫黔，需在翰林；霦亦以文行選入太學，皆恭人所自教。年七十七，凡四進封，以卒。恭人能文章，工詩，詩成輒焚棄，謂其孤："無非無儀，惟酒食是議。詩之教也。"孤弗敢强，然猶傳其茹荼吟三十首，咏歌於士人，世之自以爲能詩者莫能及也。文多，後悉取其藁燔之，今著其存者一篇。葢恭人年七十時，里黨爲恭人壽，恭人以戒其孤之辭。辭曰："示雯輩。女昨來言，里中先進學校鄉曲諸君子父老謀欲醵錢寘酒筵，合諸名家文詞張屏幛，如前歲壽蕭太夫人事將以壽吾者，此親串盛心，洽比雅事，吾烏能無感？然自度有甚不可者，今得詳爲女曹言之。按禮，婦人無夫者稱未亡人，凡吉凶交際之事不與，亦不爲主名。故《春秋》書紀履緰來逆女，《公羊傳》曰：紀有母，何以不稱母，母不通也。何休學云：婦人無外事，所以遠别也。後世禮意失，始有登堂拜母之事。戰國時嚴仲子自觴聶政母前，且進百金爲壽。葢任俠好交之流有所求而然耳，豈禮意當如是耶？吾自女父之歿於官，攜扶小弱，千里歸櫬，含艱履戚，三十年餘。闔户辟績，以禮自守，幸女曹皆得成立，養我餘年。然此中長有隱痛，每歲時伏臘，兒女滿前，牽衣嬉笑，輒怦怦心動。念女父之不及見，故或中坐歎息，或輟箸掩淚。今一旦賓客填門，羊酒塞路，爲未亡人稱慶，未亡人尚可以言慶乎？三十年吉凶交際之事不與知，而今日更强我爲主名，其可謂之禮乎？處我以非禮，不足爲我慶而適足增我悲耳。且我何可以蕭太夫人比也。蕭太夫人年躋八十，於古謂之中壽。蕭封君即世不過十餘年，爲白首夫婦。女父之亡，吾年未四十，今更三十一年，亦僅古之中壽耳。何可以蕭太夫人比？且其子侍讀君居里已十七年，德望高，善行被於鄉黨，鄉黨德其子而慶及其母，宜也。女曹中外薄宦，偶歸里閭，無善及人，而亦偃然受鄉先生里父老之捧觴拜跽，其又何以爲情？頃者米價翔湧，邑井蕭然，親故素多貧乏，若復合錢市饔，爲未亡人進一日之甘，未亡人更皐戾是懼矣。女曹官，於朝宜曉大體，其詳思禮意，以安老人之心，爲我先事而婉辭之，惟勿忽也。”其遇事引經傳以合乎大道，類如此。此皆其可爲傳者也。贊曰：初廷敬嘗私怪雯在京師時，獨久從余游，日以其所爲詩若文來。廷敬居西街，雯亦徙西街居，既乃知恭人之教命然也。昔敬姜見文伯之友，降堦卻行，奉劍正履，召而數之，以其所與游，皆媚事己者。文伯謝而擇友，引衽攘捲，親饋事之甚至，君子謂文伯之母備於教化。予於友無能爲益，然亦自信非媚事人者，是以恭人樂得爲其子友與。若子輿氏見俎豆揖讓之事而悦之，母曰：“此真可以居吾子。”予不敢援是以爲比也。恭人之賢，豈遂遠於孟母也哉？

午亭文編卷四十三

阡　表

百鶴阡表

我陳氏實舜後，世稱侯邦，賓於三代，子孫散處列國，爲代著姓。顧瞻蒲坂，興言舊畿，則吾陳氏尤近在封域者也。陳氏世德仁厚，播於山右，誕我先公，孤廷敬庸敢即先公之德業顯著於家邦者，詮次而繫以辭。先公諱昌期，字大來，晚而號魚山老人。初爲廩膳生，垂聲黌序，順治中詔郡縣用文試各舉高第一人，先公文冠一州，名上吏禮部。志在養母，不樂仕，爲學以窮經爲亟，深於《易》、《禮》經，尤好程子《易傳》。嘗言《曲禮》上下篇當倣《學》、《庸》列四子書中。自少壯而老，吐辭制行務合經義，以故見於家邦者，可爲世表儀焉。先公生明萬曆中，親見國家之所以興廢，君子小人之所以消長，人心風俗之所以隆替盛衰。故修身教家，敦行厲世，本於學術，不移於物情，不奪於利勢，不憂不懼，特立獨行，惟準乎聖人之道而盡心焉。流賊起西秦，先公先事謀保聚，築樓河山間，樓将卒工，而賊數萬果遽集樓下，圍攻之數重。先世父侍御公時爲孝廉，在樓中，我先公謂侍御公，賊勢衆矣，即固守，圍久不解，樓中食盡人饑，終不可保。自請間道告於州，幸州人救援，我尚可圖存。侍御公曰："此危道，奈何？"我先公曰："苟得，當活樓上下千人，且不使賊驚吾母，爲益大矣。若坐斃於此，非計之得也。"慨然固請行，中夜自樓顛縋而下，縋絶，先公墮地，久不聞音聲。賊火照山上下，明如晝，治攻具益急，樓中人人目相懾，無敢下樓救者。僕李忠奮前曰："死生，命也。捄主，義也。義在而死，命之正也。忠願下樓。"忠下樓縋先公而上，未甦也。質明宛然無恙，若神有相者，一時樓中人咸異焉。賊圍樓攻之三晝夜，謂樓中渴且降。先公汲樓井中水，揚樓四邊，賊驚相視，謂不可以渴降也，徐驅去。長老曰："吾聞活千人者，其後必大。陳氏其興乎！"當是時，中外恬熙，州郡久不被兵，流賊漫衍而東，騰華蹀河，景霍之城、汾澮之淵如履房闥，如跨澗溪，所過壞裂糜沸，而野處巖居無牆堞垣墉之限屠毒尤慘。先公創兹樓也，里富人竊笑之曰："我将謂陳氏爲園囿觀遊之娱也，無故築爲樓，過矣。"賊至，則縛富人拷掠金帛，挾樓下以讋衆，及賊去而富人亦效爲樓，樓亦至今在焉。蓋先公之盛德哲謀，先事而備，類若此。廷敬每念縋樓事，視平原之抗賊，霽雲之乞師，艱危有甚焉。以一書生欲穿賊壘、冒鋒刃，跣行七十里，以達於州，此萬不可必得之勢，故縋之絶，我公之不往者，天也，非人之所能爲也。賊退，有羽客過而言，此樓活千人，其名當與河山並永，題曰河山爲囿，其意又若應前富人園囿爲娱之說者，長老至今呼河山樓云。崇禎末，流賊隳突，走北京，别遣賊劫掠澤潞，我公奮然曰："勿待彼來，當先往以折其鋒。"馳驅一晝夜，行達賊壘，賊率坐帳中，矛棘森立，鈎鏑挺露。我公從容曉譬天道人事順逆禍福之故，謂民實無辜，孽毋自作，左右趨前，欲逼，賊率曰："此狂生，縱之去。"且令與一箭爲信，戒其黨勿犯，我里恃以安。當明之季，急黨朋，亂正邪，騁空言，略實效，而封疆之事不可問矣。我公不出而任人家國事，以危樓撑拒數萬之賊，以立談摧挫羣兇之氣，行其義於一鄉者如此，此可以論世而知人矣。大清蕩除醜類，臣壹四海，叛帥姜瓖擾雲中，煽惑晉以南郡縣。澤州則賊渠張斗光據州治，迫脅士夫，獨卑詞招先公，先公怒，裂皆罵賊："賊奴死在旦夕，敢辱我耶？"拉其書寸寸斷，賊慙恚。己丑十月，率賊數千人直抵吾家。家故於樓南擴爲堡，賊圍攻如流賊。廷敬是時年十二歲矣，猶記賊於薄暮射書堡中，先公得書，手裂之，登陴忼慨謂衆曰："受恩本朝，爲臣子，誓不陷身於賊。賊反覆倡亂，此特待命漏刻耳。吾已度外置妻子，若汝曹不協力堅守，一旦爲賊所污，王師至，無噍類矣。”衆皆聽命，賊度不可攻，則索金帛。先公曰：“金帛以勞守者。”賊怒，攻三日，堡且陷，賊忽開一角去，已而盡去。及後乃知賊聞天兵自北下也，賴國家之恩以有今日，使遲三日不至，我盡室委命矣。先公治家勤儉，以其餘賙給鄉人，戊辰捐穀焚券，鄉人感德，詣撫軍請旌奏。先公知之，遽追抑其事數日，人益感奮，罷市輟農，疊上狀郡縣，求請旌建祠。郡上之方伯，方伯上之撫軍，皆交口嗟咨，竟通牒禮部。先公聞之大驚，自草狀辭，辭極懇苦，乞速寢其事，遣使七晝夜達京師。廷敬上狀禮部，部大人感歎久之，曰：“成長者志。”檄撫軍曲體至情，仰成謙德，自行褒旌，以答衆好。其時都人士競爲文若詩以鋪述咏歌，而鄉人之懷思頌義，刻石以載其詞者至三十餘所，卒不能禁焉。易簀之月，盡出篋中貲，易米數斛，以賙鄰里。當捐貲時，諸子或無以爲食，而先公怡然不以屑意。蓋積仁累義，樂善不倦，出於至誠如此。待諸子嚴，教兄子庶常君如諸子，世父侍御公宦遊久，庶常君自六歲就家塾，至弱冠以經魁其鄉，皆先公躬自訓督之也。嘗曰：“學者攻應舉文字，恒視讀書立品爲二事，吾所以教汝曹者，以讀聖賢書當實存諸心而見之行事。凡讀書令往復涵泳其中，身體力行，以變化氣質爲先。”庶常君及諸子言動略有過差，訶責終日，尤戒多言，謂：“多言多尤，汝不聞乎？”所接人有言行之越於理，雖近理而佞，或喋喋者，則不憚規其人，退必舉示諸子以爲戒。侍御公既捐館舍，庶常君始舉進士，庶常君嘗曰：“公，吾父也。”先公燕居無隋容怠色，起居食息有常度，中夜或踰時而寢，雞鳴必興盥洗，詣范太夫人榻下，終身無間日。太夫人見背，廢問安之禮，而興也常在昧爽前。嚴冬不具火，盛暑不解衣，所居室圖書滿前，凝塵蔽席，四壁多張古人前言往行，如《曲禮》所載。生平無私語，無嗜好，未嘗以細故鞭扑僮奴，食飲菲惡，常衣敝衣，食取充口，物雖精好，略嘗而止，不恣食。飲酒則無量不亂，夜就枕輒酣寢。當張賊圍攻時，堡中人舉皇皇不能寐。每伺攻稍間，先公就睡如無事，時人皆異焉。侍御公假而歸，一日雨，與飲於山園，路滑失足傷臂。侍御公大驚，同卧堂中，侍御公方輾轉不安席，先公鼾聲殷殷然。侍御公曰："吾不及汝父也。"蓋事無巨細，應之則已，無幾微凝滯於中。臨事斷決，無遲回卻顧自圖便私意。與人言不隱情惜己，無沮色忸辭。上自達官貴人，下至簞豆微賤，無炎涼高下，常面折人，人無不服。無城府崖岸纖毫務己自私之意，望之如泰山喬嶽，即之如滄海澄江，坦平寬大，益覺和易，如春風披人，時雨潤物。於人無宿怨藏怒，是是非非準乎理道，而務適其宜，不爲煦煦之行以要浮名。卒之盛德感人，化而爲善人者歌頌而禱祝焉。蓋先公性稟天成，學術醇正，純乎天理，以義勝物，得《易》之"直、方、大，不習，無不利"，得《禮》之"毋不敬，儼若思，安定辭"。居家尤力行家禮，故由家而達於鄉國，其彰彰在人耳目者，此其大較也。蓋其詩書仁義之澤源遠流長，所鍾祥而挺生者有由然也。陳氏自明宣德初七世祖諱林遷陽城中道莊，樂其山巖水泉之勝居焉。六世祖諱秀有詩名，以人材爲西鄉尉，清操勁節著聞。方是時，士大夫修名行，潔去就，雖小官亦卓然自立，西鄉公尤爲上官重禮。爲尉數年，皎然自持，民戴之若慈母。攝固城令，居久之，不得代，一旦竟挂冠廳事壁去。西鄉公子珏爲滑尉，贈户部主事。户部公子天祐，明嘉靖甲辰科進士，歷官陝西副使，廉正不阿，以詩聞於時。副使公於先公爲曾伯祖，曾祖諱修，隱居耕稼，以餘粟惠鄉人，鄉人以公利人濟物，羣稱之曰歲星。祖諱三樂，忼慨有節概，克修父業，初贈光禄大夫、刑部尚書，累贈光禄大夫、吏部尚書、文淵閣大學士。考諱經濟，諸生，初贈文林郎、浙江道御史，累贈光禄大夫、吏部尚書、文淵閣大學士。祖妣、妣皆累贈一品太夫人。先公以廷敬官翰林，歷院部，遇聖上登極，恩勅封翰林院庶吉士，徵仕郎，以親政恩勅封檢討文林郎。又以慈和皇太后祔廟，恩誥封奉政大夫、内弘文院侍讀學士，以加上兩宫徽號，恩誥封通議大夫、日講官、起居注詹事府詹事，兼翰林院侍讀學士。以滇南蕩平，恩誥封翰林院掌院學士，兼禮部侍郎、通議大夫。以東巡恩誥封資政大夫、經筵講官、都察院左都御史。以文皇后祔廟,恩誥封資政大夫、吏部尚書。以克襄公務,恩晉封光禄大夫、經筵講官、刑部尚書。嗚呼!自是先公棄不孝孤矣。後二十年,廷敬以非才入閣辦事,主上推恩,誥贈先公光禄大夫、吏部尚書、文淵閣大學士。先公之自號魚山老人也,當西鄉公時有石魚飛出山巖大石中,及兵燹後石魚不知所歸。先公建一閣石魚所出處,閣前圖刻飛魚形,故自號魚山也。吾母先太夫人初封孺人,再封孺人,晉封宜人、淑人,而先太夫人棄不孝孤矣,又贈淑人,晉贈夫人,再贈夫人,晉贈一品夫人。先公贈閣銜,先夫人贈一品,太夫人前母李夫人贈並同。廷敬追叙先公軼事,葢所爲者事難而節著,功倍而澤溥,方之古獨行之傳無多讓焉。後之君子擇而采之,光於册書,孤之志也。先公以康熙三十一年壬申七月二十五日終於中道莊之里第,享年八十有五。近遠哀號奔赴。明年癸酉十二月四日啓太夫人百鶴阡之兆而合葬焉。太夫人之棄諸孤也,先先公十五年,實康熙十七年十月二十九日也,享年五十有九。其時廷敬方官於京師,承乏翰林掌院事學士,在講筵上,聞而軫惻,特遣内閣學士屯泰翰林院掌院學士喇沙里慰問,諭以節哀自愛,賜茶酒四器,廷敬捧而跽,酹以謝。國家故事,勳舊大臣遭喪者方蒙此典,漢臣前此所未有也。及廷敬蒲伏歸子舍,部議廷敬母以詹事任封,例不得與祭葬。上曰:"廷敬侍從勤勞,其母準以學士品級賜卹。"嗚呼!微吾母之賢,曷以及此?逮先公之訃,上軫惻勞問,遣重臣賜茶酒,諸典禮如太夫人焉。太夫人姓張氏,家世沁水名族,皆以文學科目顯。高祖鏜以文高爲歲貢生,起家瑞金王府教授。曾祖知本贈禮部員外郎,祖之屏萬曆甲戌科進士,累官陝西商洛道左參政。父諱洪翼,字萬涵,萬曆癸夘科舉人,署教朝邑,至廣平府威縣知縣。母王孺人,吏部尚書諱國光公孫女。萬涵公年壯無子,既得太夫人,少而穎慧特異,與王孺人皆奇愛之。萬涵公在朝邑,手授太夫人四子、《通鑑》及《列女傳》諸書,無不背誦,通曉大義,能文,工書道,如經生然。王孺人既以宗胄顯懿,克修禮範。太夫人祇順母儀，合於國史肅肅雝雝。王孺人固欲擇良配，久之，聞我先公節操行義州里矜式，士林推高，乃歸我先公。歸而孝仁恭儉，德專行淑，冠於九族，范太夫人賢之而安焉。時先王父贈侍御公已歿，先王父有三子，長昌言，世稱道莊公，崇禎甲戌科進士，官至浙江道監察御史。次我先公，又次大虞公昌齊，州學生。侍御公配李安人，善病，大虞公夫婦又皆早夭，獨太夫人侍范太夫人側。吾家自上世已來，雖業儒，然本農家，衣食僅自給，而侍御公自爲樂亭令，有廉名，性嚴峭，不能與時俯仰，有一介不取與之風，囊無私積，俸入之餘，以公同爨。嘗曰："吾不以爲家累也。"流賊拷掠紳士，至我先公，賊渠謂："此雖御史弟，吾聞御史清官，遽釋之。"則不以爲家累者世父與！我先公蓋已辨之早矣。當太夫人之主饋也，家益清貧，凡烹飪縫紉諸瑣，皆躬親之。范太夫人老而長齋，喜潔清，非太夫人饋食則不甘。太夫人多子女累，又苦力作，每免身三日即趨事范太夫人。諸米鹽器什嘗不繼，太夫人每鬻簪珥以辦給，間與先公往復論説者，悉皆前古忠孝義烈之行。當姜瓖之亂也，賊攻莊堡，先公既手裂賊書，賊怒攻堡，堡中人人震恐。太夫人初育第三妹在蓐中，奮然曰："此非安卧時。"遂起具糗糧，給酒炙，佐先公拊循堡中人，一堡得完。諸感頌先公者，無不感頌太夫人也。太夫人於家政稍暇，即出書籍，凴几莊誦，非丙夜不歸寢，經生好學者亦無以加也。廷敬尚未就外傅，凡四子書、《毛詩》皆太夫人口授以誦。及官京師，每先公有書至，太夫人亦必附手書以教誡。廷敬所以兢兢自守至今日者，固皆主上非常之恩，蓋亦兩大人之教使然也。太夫人有子八人，廷敬其長也。廷繼、廷藎、廷愫、廷扆、廷統、廷弼、廷翰，女五人。凡昏宦及諸内外孫及詳誌中者不備書，書其大略焉。廷敬爲太夫人初卜吉於樊山，百鶴來翔，故名百鶴阡。今謹輯兩大人軼事爲百鶴阡表，竊取歐陽子瀧阡之義云。廷敬浮沉仕路，以先人遺教，更歷世故，稍從事於性命道德之學，冀無忝所生，不虧名節。主上聖明，下鑒樸鄙，以康熙四十二年令入閣辦事，今六年矣。蒙聖恩賜爵賜封，顯崇先世，庇賴後昆，乃列其世系。又載我先公先太夫人之懿行遺烈，所以詒謀積慶，俾余小子克承先緒者具刻於碑，以昭眡於無窮。康熙四十又七年月朔，男賜進士出身、光禄大夫、吏部尚書、文淵閣大學士廷敬表。

午亭文編卷四十四

誌銘

資政大夫刑部尚書致仕謚敏果魏公墓誌銘

國朝以理學名儒爲時用,有清節直聲,謀議勞烈聞天下,則刑部尚書致仕魏公。自公卿大夫以至窮閻委巷有識之士,莫不樂道其行事而慨然歎慕其爲人。蓋公之學用於時而天下信之久矣。若夫朝廷之知公,與公之受知於朝廷,君臣遭遇之隆俾得以行其所學,世之人容有不得盡知者焉。今欲誌公而傳之無已,亦第舉其世之所能知者,而於其所不能知者則俟之百世以後之知公者而已,此亦公之意也。公起家先朝,爲名諫議,其始彈擊封疆大吏,中外憚之。由刑科給事中轉工科右給事中、刑科左給事中,時世廟初親萬幾,公言慎起居、盡啓沃,責備時宰,人爲公危,上曰:"給事言是。"因災異言天變爲人事所致,語多忤權貴者,詔廷臣集議,左給事故事不與議,公則抗疏請與議,議時面折諸貴人,無所阿避,由是衆皆側目矣。遷吏科都給事中,掌大計,戒僚友絶賕賂,日夜宿省中邸寓,則令兵馬司傳檄闞防。於是言四事,其一事上尤嘉允,謂言官糾拾例當復。雖失實,不當反坐,得旨。比年糾拾,反坐言官壞吏治,塞言路,其已之。所糾拾與麗八法同科,編之令勅。又言言官得罪,宜治以考功法,不可置重典。在諫垣前後疏凡三十餘上,其大要,崇治本,别人才,修實政,通民隱,皆關時大政,於是忌者思有以中之而未得其牙蘖也。會故相溧陽得罪,遂藉是以傾公,上察其誣,釋勿坐。然方其時,倚重言官，比事未發，不糾舉，謂何於是則空垣皆鐫級而黜之。公坐是黜爲詹事府主簿，稍遷光禄寺寺丞，尋乞養母太夫人以去，講學讀書，修身教家，以化其鄉人。居十年，太夫人殁，喪葬悉準古禮。當是時，今天子鋭意堯舜三代之治，政具畢張，進賢退不肖，思得學問經術有名跡可用佐國家興理平者，於是相國益都馮公首薦公。上召公，以病辭，再召，趨朝，授貴州道御史。公初進見，退而喜曰："聖主在上，以弘太平無疆之業，實惟其時矣。一切小功近利、姑且補苴之論，非所以告君也。"乃言教化爲王道所先，滿漢臣僚宜敦家教以廣盛化，言督撫有不容不盡之職分，有不容不去之因循，宜責成互糾，並請慎重督撫之選。言科臣余司仁欺罔不法，言湖南布政使劉顯貴侵公帑，不當内陞。言制禄所以養廉，今罰俸例太嚴密，請紀過以示罰，增秩以示恩。言朝儀祀事貴肅，言戒淫巧以正人心，言輯禮書以勵天下，前後所言上多褒納。比一年，陞京卿，畱管御史事，未幾遷左僉都御史。是時方急滇事用兵，公所言戰守機宜有密奏輒削其藁。累遷順天府尹、大理寺卿、户部左右侍郎，措兵食，察帑藏，公經營擘畫爲多。葢公十九在言官，言官有章疏，故其議論風采在人耳目間，恒易有所豎立。六曹卿貳以循分盡職爲賢而已，其可傳於世者嘗少，公則不然。至是又上三疏言事，曰確估值以杜浮冒，曰核關課以防侵漁，曰簡藩司以清賦税，皆命確議以聞。公在户部稍久，聲績益著，左都御史闕，上特簡任公。公則首請申明憲綱，其言曰："國家根本在百姓，百姓安危在督撫，督撫忍肥家悮國，以屬官之竒貪，爲一己之竒貨耶？臣願諸臣爲國家培元氣，爲朝廷正紀綱，爲臣子勵名節。"列十事以上，俞旨嘉焉。次言吏治漸壞，公道宜彰，今貪官廉官參處同例，盡職溺職，保薦無分，豈稱賞罰至意？舉清廉知縣陸隴其，劾知州曹廷俞最貪，宜斥。既又舉督學道公明者二人，貪墨者二人，廉者或復其官，或不次用，貪者悉置諸法。其時爲吏者肅然知警動矣。爲左都御史九月，遷刑部尚書。上言："主上宵旰憂勤，臣不敢計身家，恤嫌怨。奉陛下之法，與海内臣工共相遵守。臣忝風紀之司，職多未盡，敢援漢臣汲黯自請爲郎故事，得拾遺補闕，辭新命而就見所領職。”上鑒其無欺，從之，仍加刑部尚書銜。一日拜三疏，言撫臣溺職、司官不法等事，疏甫入而地震，公言：“地，臣道。臣失職則地反常。臣總風憲，咎實在臣。”是日獨被召對，近御座前，語移時，或至泣下，其言秘不傳。公既於言無所不盡，尤留意人才，所薦引皆蒙擢用。至是又列薦侍郎以下十人，尋復申刑部之命，始去言路，然公始終以言表著者如此。其爲司寇持法不撓，嘗曰：“法自天子，寬之則爲施仁，刑官市恩則爲骩法。”至遇上所矜宥，則又未嘗不對僚屬感頌德意，宛轉以求其法之可生也。康熙甲子春以病乞歸，上温旨慰留。八月再乞歸，降旨稱其實心任事，令以原官致仕，馳驛回籍，恩禮有加焉。蓋公之進退不違乎禮，而其所建白施設彰彰如是，可謂能行其所學者矣。夫公之所以能致此者，本主上知公，公受知之深故也。不然，公抱其學修於身、施於家而已矣，化其鄉人而已矣。其所建白施設，豈能彰彰如此之盛哉？又豈能進退不違乎禮如此哉！是以記公之事而推本於君臣遭遇之隆，以見君之得臣，臣之得行其所學，非偶然也。戊午鄉試，特命公磨勘順天試卷，與公偕命者兵部侍郎孫公光祀及余。余時爲翰林學士，從公後，公則相率宿禮闈，如鎖廳，校士竭日夜力，繼晷焚膏，覃思品騭。蓋是科黜者三人，其臨事精審有力皆此類也。大臣巡察畿輔，則特簡命公，與公偕行者吏部侍郎科爾坤。公兩人同心諮訪，誅剪奸慝，稱使命焉。奏事殿廷，命侍臣傳諭，居官勤慎。每當敷奏，剴切詳明，不負職任，賜御書唐詩一卷，清慎勤格物大字各一幅。廷臣間賜貂朝衣，於公則諭以今年暫著，來年別製，更賜公。卧疾數日朝，上見之。命近侍問公飲食如何。他日賜參膏一器、人參二觔，自餘恩意與羣臣同者不書。書公之特被者如此。則上之於公，爲何如也。公之歸也，陛辭，上曰：“比行，當三入朝。”入則賜大内珍饌，命内侍視公所食幾何，再入則賜茶，三入則賜御筆題寒松堂額、古北口詩一卷，以榮其行。去國之日，朝士大夫祖餞國門之外，道旁觀者相與感歎，以爲君臣相遇近古未有。所謂進退以禮者,不其然與?公歸而張額於堂,藏書於閣,更有書數百卷,無長物,顧瞻而樂之,笑曰:"尚書門第,秀才家風,貽子孫足矣。"公歸三年而卒,康熙丁卯七月二十九日也,得年七十有一。上聞悼惜,勑所司給祭葬如禮,謚曰敏果。蓋此皆公事之可記,世之所知,其所不能知,雖余亦不得記焉。公諱象樞,字環溪,别號庸齋,以賜額,故晚而稱寒松老人。蔚州人也。其先江南鳳陽人,明永樂初從軍北渡河,以武功顯世,授明威將軍,隨侍代王之國大同,襲指揮。有遷蔚州者,數傳至儒官公,諱宦,有德行,隱居不仕。王考諱九經,考諱卿,孝義聞鄉國,爲新城主簿。兩世皆以公贈資政大夫、刑部尚書。祖妣劉氏、妣蔣氏、李氏皆贈夫人。李夫人生二子,公其仲也。公生而聰穎英異,稍長,孝弟忠信出天性。壬午以春秋舉於鄉,癸未上公車。比入試矣,聞王父病,急馳歸。時流賊披猖,所至以官職浼人士,公奉母居山洞中,賊慕公名,大索不得。我朝丙戌首設科舉進士,選庶吉士,歷今官。公娶李氏,太學生名經權女,封夫人。男三人,學誠,壬戌進士,内閣試辦事中書舍人;學謙、學謐,俱庠生。幼某,嗣公兄某爲後。女三人,一適天城参将劉君三汲子鄒平縣丞天賜,一適大同府中路通判李君濬子候補内閣中書舍人恒烑,一適陜西平涼府通判姚君永康子之稷。孫一人,吉祥。公将葬,學誠以狀來乞銘,以余公之鄉人也,謂稔知公。嗚呼!余何以銘公?公自少至老,未嘗一日輟書不讀,讀有所得,未嘗不見之行事,而尤邃於宋儒之書,故所得於理學者爲尤深,所著有《儒宗録》、《知言録》若干卷。公嘗謂余曰:"昔孔子殁,羣弟子各以其學傳四方。自子夏教授於西河之上,彬彬乎文學之風,晉有人哉!薛公文清以來,曹公真予而後,斯道将猶未絶也。子得無意於斯乎?"余媿公言而莫之能學也。余又烏乎銘公?既不得辭,則排纂公事而繫以銘。銘曰:

斯文未墜,誰與作者。四祀孔明,河東磊砢。参井之墟,有爛其書。於代有光,豈適鄉閭。惟蔚州公,翼翼崇崇。敬我桑梓,惠我顓蒙。開來繼往，爲天下宗。相彼洛閩，誦言滿家。干禄則已，吐棄如遐。公喟然云，豈謂是耶？其辭金臒，其道瓦礫。或飾其貌，或騰其説。公探密微，老而彌樂。公有令問，流於海邦。公有偉行，勒之鐘鏞。銘公宜此，永藏幽宫。

翰林編修汪鈍翁墓誌銘

康熙二十九年十二月十日，翰林編修汪先生琬卒。明年，其學者爲狀，以其孤書幣走京師，乞銘於其友人陳廷敬，曰："先生治命也，公毋辭。"予是以不辭而銘。先生字苕文，又字鈍菴，晚而天下學者皆稱曰鈍翁云。順治中，廷敬在翰林，大宗伯端毅龔公以能詩接後進，先生與今宰相合肥李公天馥、今户部侍郎新城王公士禛、吏部郎中潁州劉公體仁、監察御史長洲董公文驥及海内名能詩之士後先來會。顧予亦以詩受知龔公，日與諸子相見於詞場，先生初見予詩大驚，語新城曰："此公，異人也。"葢是時予年踰弱冠矣。先生雖以詩與諸公游，實已巋然攬古文魁柄，自立標望，抗前行而排後勁，嘬鋒踣壁，騰踔萬夫之上。予既感先生知己之言，又方年少志鋭，雅不樂以詩人自命，至是始學爲文。先生又語人曰："我固以爲異人也。"龔公既殁，諸子或散去，或留。其後先生以户部主事病免，歸長洲。廷敬嘗侍上禁中，問今能爲古文者誰與，輒舉先生以對。先生方卧堯峯，不肯起，學者又皆稱堯峯先生。王公以户部郎中召見懋勤殿，曰："廷敬與俱來，各以所爲詩來。"既進見，退，留臣問士禛學行，明日改翰林侍讀，自是上鋭意嚮用文學之士矣。詔舉博學鴻儒，廷敬遂奏疏薦先生，兵部尚書宋公德宜亦别爲疏同日以薦，而余以母夫人憂去京師，有司敦迫先生以來，實康熙十七年也。明年詔試，上親拔其文，授翰林編修，與修《明史》。先生既以道德文章爲己任，由是有側目之者，益思歸故山。在史館六十日，撰史藁百七十五篇，杜門稱疾者一年，以病免而歸。歸十年而卒，年六十有七。始先生以孤童自奮，讀書一目能五行俱下，盡三徧不忘。順治十一年經魁其鄉，明年舉進士。時進士觀政於諸曹，先生以二甲得通政，未幾假而歸。研古纂辭，一埽絶今文陋跡。嘗慨然念前明隆萬以後古文道喪，沿泝宋元以上唐韓柳宋歐蘇，迄明之唐應德、王道思、歸熙甫諸家，葢追宗正派而廓清其夾雜不醇者，卓然思起百數十年文運之衰，此先生之志也。自户部福建司主事分司大通橋，歲滿進雲南司員外，尋改刑部河南司，遷山東司郎中，以例降北城兵馬司指揮，轉户部山西司主事，選榷江寧西新倉，還而歸卧堯峯也。凡職事之餘，觴詠之次，無時不以古文自娱，而四方賢士大夫苟知文之可貴，求爲金石鏤刻傳敘之作以示後裔附不朽者，惟先生是歸。先生由文見道，務爲經世有用之學，故向所歷京朝官及一再分司，皆有名蹟可稱紀。爲刑部郎時，河南巡按御史覆奏部民張潮兒手格殺其族兄生員三春，罪當死，詔法司核議。先生以潮兒母先爲三春所殺，宜下御史復訊爲復讐論，引律文祖父母父母被殺而子孫擅殺行兇人者，杖六十，又引罪人本犯應死而擅殺者杖一百爲據。他疑獄必援經附律，務毋枉縱。降而爲兵馬指揮也，不變易剛直。閣學某公欲并其鄰人居，會鄰人之母自經死，閣學欲因以重其罪，巡城御史故閣學所取士也，以之屬先生，先生卒辨其枉誣。閣學怒，必欲置鄰人於理，先生毅然争於同官，同官欲上聞，事乃得解。旗人與民争，縛民至司，其黨數十人皆偃仰臥踞廳事中，官出視事，岸然屹不動，先生舉手讓衆人，厲聲言："曲在民，當盡法；若曲在旗，敢厲民乎？"卒直民而懲旗人。關忠義廟道士弟子爲人所殺，無主名，禱於神，神告以夢，鞫一瞽者，得其情。其人匿西山中，雜逮徒黨與瞽索之，遂正厥辜。道路死暴尸者親爲收瘞，笞治奸民之以假命噬人者，懲豪家奴以勢凌脅人者。當任滿且去，空北城民炷香於道，提酒漿送者填溢衢巷當道，大官呼殿至者擠塞不得行，問之，曰："民送兵馬司也。"兵馬司秩卑而職冗，士大夫左官於此，往往偃蹇不屑其事，故前此無得民心至去時請留遺愛如先生者也。及再入户部，部設左右餉司，先生在左司，尚書王公弘祚以郎拜侍郎，晉秩正卿，故嘗物色諸郎，雅重先生，曰："君異日當繼此席也。”先生亦感王公言，盡心郎事，勾校逓年存貯錢糧，得移文十四司及右司。會户科都給事中姚君文然疏言，夏税以五六月，秋糧以九十月，請下部察糧項果足充一季兵餉，則緩徵實便於是。先生大集諸司，窮日夜會計，得存貯銀二百四十萬兩有竒，以復於王公，曰：“兵餉可以無虞，而緩徵可行矣。”退而緝其遺意，撰爲兵餉一覽，書成，朝議格不行。書置篋衍中，先生曰：“異日有爲緩徵之政者，吾書可取而視也。”議民輸糧加漕贈外五米十銀爲官收官兑法，而旗弁之横息。議裁吴三桂兵餉以充國用，而强藩之勢沮，其端皆自先生發之。分司於北，則條議三閘及車户利弊數事。分司於南，則上其羨餘金如干，一皆洗手莅事，有潔清名，世徒目先生爲文章之士，豈知其施於用者卓卓自持守樹立有如此哉？先生性狷介，雖交游天下賢人文士，而庸衆人往往不悦其所爲，而深中者尤忌畏之，以故自登仕籍，前後退而閒居者二十餘年。雖其不合於流俗，亦先生泊然有以自樂於中也。自史職歸也，日猶手一編書，窮年矻矻，若爲諸生攻苦者，客問之，曰：“吾老，猶冀有所得也。”四方賢士從游請業者日益衆，爲設科以誨之，使學者悠然以得，快然以解，如春風時雨也。世有知先生所張設於時者如彼，豈知其歸而老也，以其所自得使人各得其所得有如此哉？以先生之才，所施於隠見之際者於世，賢豪之士不無觖望而先生之所自得者固亦已厚矣。惟上重念文學砥行之儒，嘗論本朝人物，首稱數先生，則先生之所以自得者，亦不可謂徒然已矣。予自踰弱冠與先生游，既數年而别，别而復合，又别十年而先生殁。始終之際，先生惓惓於予者，是豈可漠然忘於心也哉？先生先世徽州人，明初葉遷蘇州，隸衛官籍。曾大父禧，萬曆丙子舉人，贈中大夫江西右參政。大父起鶴，贈參政公，第三子有文名。父膺，天啓丁夘舉人，贈奉政大夫刑部郎中，妣徐，贈宜人。先生喪父方十有一齡，家貧，自立爲世大儒，賢矣哉！子男五人，長筠，諸生。次蘅，殤。次是穮，監生。次穀詒，廪膳生。次景蘇，殤。女四人，皆嫁士人。其學者顧君希喆實爲狀，賢而有文者也。銘曰：生不夔皋顯且顛，仕以樂行否已焉。退斯進學文乃傳，惟汪夫子僉謂然。五湖欽心嶽嶽賢，斗杓所建四氣旋。漢津海梁迴狂瀾，霧雺披抉光晶穿。末流俗學相夤緣，取青媲白子所憐。遺經獨抱老愈專，迥如一手障百川。生徒婉孌相後先，宗鱗集翼風氣還。天長地極元會殘，斯文不没星芒寒。鄙夫斯寛薄者敦，光我銘石永不鐫。

汾州府推官竇公雲明墓誌銘

順治中，天子思以廉隅風厲天下，一時朝著歙然從欲，於是始有君子小人之目，皆知較邪正而别黑白矣。顧外則督撫大吏，其人雖多賢者，而其不肖者亦盤互錯廁於其間，貪惏之風猶未衰止也。嗚呼！士君子讀書服官，未始不欲以功名自見，而或見詘於上官，進不得行其所志，退而泯焉以終老者，可勝道哉！况又有耆儒長德，奮立崛起，守合則留不合則去之義，而不肯詭隨以就功名者也。公釋褐爲汾州推官，大吏疾其剛直，以事中公，罷官去。始公之在汾州也，搜剪大奸，劈解重獄，偪偪自持，有不可犯之色，雖賁育不能過其勇。而誠信樂易，推赤心待吏民，所至厨傳蕭然，不知有官，汾州人稱曰“竇佛”。行部沁州，沁州守懷金十鎰夜視寢，潛置牀下，公察知，夜深召守來，檢還守。守大慙，謝公，亦不使人知，曰：“畏人知我清也。”汾寖以大治，而上官愈益不悦。汾有富賈人，監司某陰以事欲致其賂，否則坐以法，公曰：“此人無罪。”符牒往復至十六七，卒格不行。巡按御史某性素剛，好嫚罵人，藩臬以下動遭詬斥，獨知重公。最後公屬官有升秩者，大吏謂其美遷也，挾其陰事，諷以貨賄，公執不可，遂以此投劾去。脂車之日，摒擋篋笥，無長物，典敝衣，裹糗糧以歸。汾州人念公貧，競獻錢帛，公悉慰而卻之。自汾晉至銅鞮山南數百里，執香華夾道兩旁，呼號之聲殷地。公去後，汾人勒碑石道上，父老至今過其下時時墮淚云。當世廟時，主威不測，贓吏觸法，縲絏繫闕下，天子親臨問，伏辜，立置重典不少貸，亦稍稍知屏斂矣。壬人猶罔上行私，而使正人君子鬱抑困蹇，不獲自盡其才如此。余是以覩公之軼事，流連感歎而不能已也。公歸後築一室於溪流篁竹之間，飲水食蔬，率諸子稚戲娱母太夫人側。先人敝廬薄田，盡以畀其弟，母太夫人益歡。葢自公歸養親垂二十餘年，回視一時與公爲難者，或身爲僇人，爲世所指目，或聲塵絶滅而無聞焉，果孰爲得失哉？公爲諸生時，與同郡兩蕭君某、某、婁君某講學論文，結嶽社丹林之曲。至是婁君已殁，兩蕭君亦宦遊不得志而歸，三人者晨夕相過從，酒酣道故，公曰："世與我違，吾寧樂而忘憂焉。"嵩居天下之中，於五嶽爲尊，士生其間多忠信魁奇之人，取義於嶽，殆謂是與。或曰，今日服奇嗜古，異時當官臨事，嶽嶽懷方，勿隨時俗爲波靡云爾。然則公所自命，葢可知已。公先世爲沁水人，上世祖始遷於懷，歷十世生春榮，春榮生三經，公考也。公諱可權，字雲明。兒時遇羣兒戲，則竦肩袖手，危坐旁觀。稍長衣冠偉岸，擬而後言，翔而後趨，磊砢自異，葢性生也。丙戌秋，再舉鄉試，薦賢書，己丑登進士第。公樂道好修，務爲經術實學，以天下之重自任。一仕輒不利，卒擯棄以老，則豈獨公之不幸也哉。公以康熙十七年閏三月初五日卒，年六十有九。娶尚孺人，繼賀孺人，又繼趙孺人。男子子三人，賀孺人生旭、晼，趙孺人生焜。女子子二人，一適福建福清知縣申錫子念慈，賀孺人出。一許聘常德府知府高明子璜，趙孺人出。將以某年某月某日葬公於某原，晼來請銘，念受知於公，不敢辭，乃受狀而詮次公生平節概如此。銘曰：世祖英明剛斷，知人善任。使尤加意節鉞大僚，而公詘於上官如此。此豈非其命哉？然假令公不詘，或既詘復用，將盡瘁王事，以終其身。欲優游講誦丹林嶽社間，得乎？此亦可謂公之幸也。嗚呼！遇聖主而不見用，沉於下吏，詘於上官，攬公之軼事，可爲太息矣！

故奉政大夫户部浙江清吏司郎中蘇山衛君墓誌銘

君故爲盧龍吏，吾昔之盧龍，見其俗滿漢雜處，多逋逃盜賊，難治。自君爲令，以廉能聞於四方，境内大治。會詔下郡國，察吏之賢，當行取爲給事中御史者。君在選中，既上，竟除曹屬官。及余承乏户部郎署中，老吏每稱君，猶憚懾其無私，不爲利誘威怵，吾又以是益知君賢。當君之爲曹屬官數年，曹上下胥賴之，君每謂其同儕："吾殆將老矣，不樂與少年治吏事。"會遷秩福建福州府知府，引見，朝廷憫其年，至以原官致仕，君喜曰："吾初志也，兹獲遂焉。"君故爲宿儒絹學，學使者每臨試，則取以冠諸生，録其文以示學者，使爲楷模。君故爲邑中師，至是歸，益以倡道論學爲事，邑中學者尊禮之。居數年卒，卒時囑其子咸，萃曰："吾生平慕陳先生爲人，先生之文能傳道當世名跡以永於後。汝曹必往求銘吾。"君既殁，咸奉命徒跣走京師，蒲伏堦下，泣以請。時余出入禁中，戒作文字，固辭，咸請益亟，越明年乃克爲之。公之在盧龍也，當兩京孔道，驛使者冠蓋相望不絶，差役旁午送往迎來，晝夜不遑息。諸所供張糗芻什器之需，丐貸於人，錙黍不以累民。稍以其間履田畝，勸農桑，勞來董誡之。盧龍額徵米二千八百石，草萬六千束，先是勺杪以下無器可指，率用升合量，至相倍蓰。草徵銀而仍易草於民，官輒減其直，民用重困。君令户合納其米，統歸之斛斗，吏以是不得輕重，上下其手。草徵本色輸而無所困，民皆大喜悦。盧龍士不務學，君興行教化，奬拔文士，丕變其俗，士由是取科名者甚衆。君廉清無欲，故精彊敏幹，事無巨細，迎刃擘解，裕如也。于清端公撫畿輔，謂之曰："廉吏，固多能也。"後駕幸霸州，于公來謁，白循良吏數人，君與陸君隴其並舉焉。上遣刑部尚書魏公象樞偕吏部侍郎科爾坤公巡察畿内，至盧龍治，具不爲食，啜茶一甌，曰："令飲盧龍一杯水耳，吾亦飲令一杯水。"諸大獄悉以咨公，公爲引經準律，魏公益大稱善。君因言民無知，宜哀矜勿喜，魏公嘉納之。格文清公爲直隸巡撫，以事迂道至其縣中，迎謂君曰："令之苦無異秀才時，然做秀才自苦耳。今令苦而百姓樂，不猶愈乎？"居無何，格公疏薦盧龍令第一，靈壽陸君次之。疏上而格公殁，人有言格公、于公天下所稱清忠鯁亮，真能薦引人才者，非如託名忠直而陰以排擯善類者比也。向使格公不死,于公不遷,公所被薦達而獲知遇者,當不僅於此。然夫人患不自立耳,誠能自立,如居官之大小何論焉。不然則世之猥巧工媚、邀譽於時以欺罔而得大官者何限,是亦足重耶?假令君肯如世人之所爲而得大官,今日浼予文以爲銘,予能靦顔執筆而爲之以自欺其心而媿於其辭耶?此可以知其輕重長短之所在已。按狀,君生三年而孤,鞠育於王父,王父爲學官於晉陽,夜則令抱其足以卧,口授經,纔一過能背誦,王父大奇之。咸之言曰:“自咸記事以來,見先府君每歲時家祭,未嘗不涕泣也。”君諱立鼎,字慎之,蘇山其别字也。澤州陽城縣道濟里三甲人。其先遷自平陽,代有甲乙科。始祖仲賢,仲賢生元凱,元至正辛酉科進士,元亡不仕。元凱生敏中,敏中生旭,皆讀書有名節。旭生戊,以明經試第一。戊生弸,弸生然,然生永安,永安生堯孔,皆世世有隱德,或爲鄉飲賓。堯孔生吾良,君王父也,十應鄉舉,弟子執經侍者嘗數十餘輩,以歲貢生爲太原府訓導,稍遷通渭王府教授,學者稱完真先生。吾良生明弼,君父也,爲諸生,以君贈文林郎、直隸永平府盧龍縣知縣,再贈承德郎、户部江西清吏司主事。母王氏,前贈奉政大夫、山東萊州府教授王公某女。兩家皆尚儒術,故深曉女誡大指,有桓孟之風,贈孺人,再贈安人。娶田氏,庠生田公允成女,贈孺人,再贈安人。繼以田氏,庠生田公衍祚女,生男一,曰泰,早卒,女一。再繼以田氏,宜城司訓贈奉直大夫忠節公女,生男一,曰咸,乙夘科副榜,候選學正教諭。又再繼以田氏,處士田公見祥女。又再繼以吴氏,處士吴公臨泉女,生男二,曰萃,歲貢生,候選訓導。曰履,少殤。女一,適名家。吴夫人卒之明年而君殁,康熙三十七年九月六日也。距生之年前明天啓三年十一月三日,葢年七十有六云,以某年月日葬於某山之原。君所著有《約齋詩文集》、《輦下偶吟》、《漫堂和詩》如干卷。始余知君以盧龍,故敘盧龍之事爲特詳。葢爲吏於外,專制百里之命,操捨由己,故得以自表見於時。及入而爲曹郎官則否,人衆而事權不一也,故其表見爲難。夫人能自潔其身，不隳其素守，則亦可謂賢矣。嗟乎！人衆而事權不一，難以自表見於時者，豈獨曹郎官爲然哉？使君得一郡，卧而理之，其治蹟當不減於盧龍時也。而君顧老矣，君之老也，雖於君爲得乎，而豈非福州一郡之不幸也哉？君雖不大用於時，而生平學行政事可以坊表士林，箴砭俗吏，有裨於世道人心，非渺尠也。其所行皆應銘法，余是以不辭而銘。銘曰：

我昔奉使之關東，長亭短堠經盧龍。江湖遠涉無我蹤，海日照眼波蕩胸。蕭蕭迴馬嘶春風，灤河三日留征蓬。寒流斷岸夷齊宫，李廣射石埋荒叢。棠花舊雨村樹濃，豈知宰木栽新封。公具衆美書不窮，我獨記此情所鍾。廉吏身往風益崇，公乎精爽憑此中。銘以歌詩情未終，魂兮歸來悲哉公。

監察御史陸君墓誌銘

余聞靈壽令陸君廉且賢，清苑令邵君廉而剛，将皆薦於朝。或謂余，剛者易折且多怨，恐及公。余應之曰："果賢與，雖折且怨，庸何傷?"於是具疏草袖中将上。會上御宫門急召九卿舉廉吏，既進升階，未盡一級，上獨目廷敬，班定又數目，若詔使言者。葢是時余待皐掌都察院左都御史事，以進言爲職，又嘗數薦人，以故數目廷敬使言。自念班下六卿既未承明詔，欲以次對。六卿有言他守令廉語未竟，上乃問臣廷敬廉者果爲誰，臣奏言陸隴其、邵嗣堯皆天下清官，雖治狀不同，其廉則一。已而兩人皆擢爲御史，未幾陸君以言事去職，卒於家。其門人張子雲章排纘君行實，問銘於余。按君以理學聞於世，其於學術是非邪正之辨，有宜識其大者。顧余薦君以廉吏，而君以學術爲政事，今以余所聞在官之事質之張子所爲狀，而學術邪正之辨亦由是以著明焉。君筮仕爲蘇之嘉定令，嘉定大邑，賦多俗侈，掣格於上下，素稱難理。君夙潔清自勵，守約持儉，至是苦節堅操，屹不可動，上官嚴憚之，境内肅然寧輯。往時令饋遺上官，動以千百，君歲時一起居通書問而已。吏之宿猾、隸卒之叫蹦擾里閈者皆絶迹屏息，桀黠民無敢復鬭訟。不逾歲而化理清平，户有樂生之風，民戴君如父母焉。君不事刑威，專用德化而民畏愛之。邑有某甲横行里中，里中人患苦之。先是數數以利啗令，長恃以無敗。至是知君不可動，則求君故人爲之游説。君遇故人氣夷語和，談讌極歡，察其言涉甲事，則變容易色，客竟不得申其説。會甲僕奪鬻薪者婦被訴，而僕匿甲家，君發吏捕之，且趣駕將自往。甲皇遽出僕，寘之法。甲以是膽落，遂折節改悔，卒爲善人。民有訟子者，君曰："我無德化，民以至斯也。"對之泣下，民父子亦泣，子號咷請罪，掖其父歸而善事焉。有弟以盜訟兄者，君廉知其弟婦翁所導也，杖數之，曰："爲子壻計，乃忍斷其手足耶？"兄弟皆感泣，好如初。葢君以德化民，而民化之如此。俗多惡少，聚黨毆擊，君責其尤者，杖於衢，出入諴視，察其色悔而釋之，其黨悉解散去。邑之輿臺以千數，君諭之曰："若輩事我無所賴，盍易業自謀生乎？"衆皆感泣，去而歸農，有依戀不忍去者。終公之任，鄉閭不見吏胥。民有宗族争者，則以其族長逮之。鄉里争者，則以其里耆逮之。又有自追牌，則兩造要而來，不煩吏也。徵糧用掛比法，多者書其名，以俟比而及數者自歸。又立甘限法令，民以今限之不足而倍輸於後，民甘心焉。一士人經月無所輸，君視其蒨籍，曰："是非故逋賦者。"詢之，以新遭憂也，卒不呼而糧辦。舊有行杖錢日數千緡，自君不事敲扑，而正供外民不費一錢矣。嘉定産米少，歲額白糧常糴之鄰境，價高下由人緣爲奸利，君爲平糴定價，民以不病。自餘雜派，悉除之，民得休養，益輸将，惟恐後。爲令之明年，軍興徵餉十萬，君自度必以不辦免，乃出令，謂："不戀一官，顧無益於爾民，而有害於急。"公於是户給一縣官名刺，勸以大義，民争先輸，不匝月而十萬之數具足。君生日，遠近民扶老攜稚，填塞縣道，取諸神祠中燭架列堂上，燃燭焚香，羅拜堂下，烟焰徹天。父老有百歲者詣前，願一識令君，曰："自我爲民不知幾甲子矣，未見有如令君者也。"而爲仕者或不悦。會徵市肆錢，奉行者濫及村舍，君報徵止於市肆。於是上官劾君，謂清絶一塵材非肆，應部議降調，嘉定民罷市，日相率號巡撫門，巡撫不自安，爲請復君官。章未下，又以盜案落職。盜案者，甲與乙訟，甲遇盜傷而歸，語其弟曰："乙殺我。"言訖而絶。甲弟訴於君，君視乙非殺人者，以實報上官，謂仇盜未可遽定，無何捕得真盜七人，獄上部議，以初不直指爲盜，坐諱盜，例革職。君曰："邑有盜，長吏固宜有罪。"民聞之，空邑詣督撫爲辨，莫之省。民既知不可留，則架枅結綵，户設香案，人持瓣香，號泣以送。或負粟豆及他物來獻，君不受，有委之而去者。即嘗所懲艾者咸謂有再造恩，亦不自知涕泗之何從也。民刻木爲位，旌幢鼓吹，迎歸以祠，旃檀之氣溢於道路，經月不散。君自莅嘉定，實不滿二年而德化入人之深如此。故吾於君之不事刑威，而民畏愛者不憚鄭重而叙述之，誠有感於凡爲吏者之皆宜然，而無貴以擊斷爲能也。其在嘉定也，蔚州魏公象樞爲詩盛稱之，及魏公爲都御史，抗章言隴其不宜罷。又疏舉廉吏十人，以君爲首，得還職爲真定靈壽縣。靈壽土瘠民貧，役繁而俗薄，君勸課耕耨，以盡地力。請於上官，與鄰縣更役以蘇民困，省除公費以養民財，貽書邑縉紳，變陋俗以端風尚，反覆曉譬，化鬭狠輕生之習。其爲民厚生正德，若謀其子弟也。尤申明鄉約鄉長保甲地方之制，謂此周禮比閭族黨之遺意，所以美風俗而遏奸宄盜賊之源也。請之上官，重其任，俾各專其職，功罪有歸，無牽連推諉之弊。其舉鄉約，必擇知文義行端慤者親爲講解孝弟睦婣之訓，使之教於鄉，規條備具。巡撫于公成龍下其法行之他郡縣，且訪民利病於君，君條六事上之，曰請緩征，曰勸墾荒，曰興水利，曰廣積穀，曰存留宜酌，曰審丁不宜溢額。謂自古税斂必俟稼穡登場，今正月開徵，民間尚未播種也。且四方寧謐，司農不至，告匱可通融。總計以上年撥剩之銀暫抵今年春夏之餉，俟秋成催解以補庫額，無損國賦而民力以舒。先之畿輔，推及天下，興唐虞三代之政，此其首務也。其五條皆具有法則，得其人皆可實見諸行事。在靈壽七年，徵入京師，去之日，民號泣攀轅，一如去嘉定時。君吏治之績如此。此廷敬之所爲以君對也。授四川道監察御史，湖廣巡撫于養志有父喪，督臣請在任守制，下廷議未決，君上疏謂治天下不可不以孝，在任守制，非所以教孝也。天下當承平之時，湖廣非用兵之地，其人非賢耶，固不當使之在任；誠賢耶，則必不肯在任守制，使之解任全孝，正所以深愛惜之。若使因督臣題請而留，皆將援此爲例。其不思僥倖奪情者鮮矣。名教自此而弛，綱常自此而壞。疏入養志解任。又疏言："捐納縣令，賢愚錯雜，特立保舉法以防之，近并保舉亦得捐納，則賢否全無可憑。夫保舉莫重於清廉，若保舉可以捐納，則清廉二字亦可捐納而得也，不待辨而知其不可矣。臣竊怪近日督撫於捐納之員有遲至數年既不保舉，又不參劾，不知此等果清廉乎？非清廉乎？即或在清濁之間，然既以捐納出身，又不能發憤自勵，則其志趣卑陋可知。使之久踞人上，不僅貽患小民，亦且上干天和。竊以爲不但保舉之捐納急當停止，而保舉之限期更當酌定。乞勅部察捐納之員，到任三年而無保舉者，即行開缺，令其休致。庶吏治可清，選途可疏。"時陳御史請停保舉而開先用之例，君再疏請速停保舉之捐，永閉先用之例，謂捐納先用之人皆奔競躁進，故多一先用即多一害民之人。又申言三年開缺之請，詞加激切，奉旨同往會議。又議言："捐納一途惟恃保舉以防其弊，今併此而捐之，且待次年三月停止，此輩有不捐納者乎？澄敘官方之大典蕩然掃地矣。此臣請停保舉之捐，不得謂無容議者也。議者或以三年無保舉即令休致，爲太刻。夫此輩原係白丁，捐納得官，踞於民上者，三年亦已甚矣。况休致在家，儼然縉紳，爲榮多矣。即云設立限期，反生營求，此在督撫不賢則誠有之，臣不敢謂天下必無賢明督撫也。此臣請定保舉限期一議，不得謂無容議者也。"時有謂捐納所以給軍需，欲坐以遲悞之律，擬革職奉天安插，聖恩寬厚，且察知無他，俾仍舊職，以是年秋改調歸。君自以身在言路，指陳無隱，有所獻納，宿齋豫戒，上每韙其言，以爲與朕意合。及累陳捐納事，聖明洞鑒其誠悃，而嫉之者衆矣。及罷言路歸，後二年，因簡賢臣視學政江南，上又獨念君，欲起用之而君已不能待矣。觀上之所以知君，與君之所以獲上之知者,不可謂非天下之厚幸也。雖不究其用,而一時端人正士感發奮興,争思有所樹立以答主知而裨國事,其於世道人心所關者,豈非以君之故而有所激厲也哉?君既屏居泖水之上,布衣蔬食,益以明道覺世爲己任。而天不憖遺,竟以康熙三十一年十二月十七日啟手足矣,距生之時前明崇禎五年十月十一日,得年六十有三。娶朱氏,子二人,長定徵,早世。次震徵。女二人。夫學以致用,余件繫君治行不厭其煩細者,将使後之學者任民社國家之責有所取法焉。君充養完粹,夷然氣清,温然色和,居常必肅衣冠,端坐止,静正而不拘,安詳而不放。事無巨細,處之必以誠。人無親疏,接之不見其惰,酬酢紛紜,未嘗不整以暇。踐履篤實,不以論説爲先,而發之於言、書之於册者,無非仁義中正之旨。所著《三魚堂文集》、《問學録》、《增删四書大全》、《松陽講義》諸書,其得於心身而措之事物者,可考鏡其源流本末矣。君諱隴其,字稼書,原名龍,有所引避改今名。唐宰相宣公之後,居嘉興府平湖縣華亭鄉。陸氏自宣公以來,世以文獻爲吴越間族望。宋季有諱正者,世稱靖獻先生,入元再徵不起。靖獻之曾孫宗季,明永樂末以賢良辟,至京奏對仁宗稱旨,屬疾辭職,賜鈔幣還。正統中傾其家以活饑者,有詔旌門曰尚義。子珪出粟沽人尤多,景泰中賜爵迪功郎。迪功之孫溥,任豐城尉,嘗督運,夜過采石,舟漏,仰天跪而祝曰:"此舟中粒米非法願葬江魚之腹。"漏旋止,及旦視其罅,有三魚裹水荇塞之,人咸以爲神。豐城之子東築堂泖口,顔曰三魚君,著書仍三魚堂之名者,志世德也,泖口即今所居華亭鄉。自東之遷,五傳而至君。大父諱濾、父諱元,皆諸生,以文學行義名於邑中。祖妣李氏、妣鍾氏、曹氏。君既仕,封其父文林郎,妣皆贈孺人。生君者,曹孺人也。君生而粹清端居,寡言笑,經史上口輒成誦。既長,慨然以古聖賢人爲必可師法,不爲科舉奪志,講學授徒,非義不取,嶄然自立。年二十七始補邑弟子員,食餼,又十年,舉於鄉,又四年而成進士。其令嘉定,則康熙十四年也。在靈壽七年,爲言官一年,計君前後仕不過十年,而其所建立如此，此余之所謂廉而賢者也。銘曰：

天地之大，敦化川流。清任與和，或剛或柔。雖聖難兼，往路徂脩。苟正其趨，而亡險陂。若適康莊，我馬不騺。周行載馳，循途乃至。偉哉英賢，軒後輊前。跂予望之，如山不騫。如江如河，赴彼九淵。天下善士，士皆知之。我銘君藏，敢爲我私。曾吐薦口，忍緘厥詞。

午亭文編卷四十五

誌　銘

翰林院侍讀吳默巖墓誌銘

孫君承恩榜進士其第三人,君也。君吳氏,諱國對,字玉隨,又字默巖。初母夫人有身,夢二龍相對,已而同乳生二男子,君先生,故名對,其季曰龍。當世廟時,用誅流以懲南北鄉試之弊,其明年禮闈校士,上親定題目,夜半遣親臣齎送鎖院,其防密如此。既策之於廷,上曰:"吾既以法懲除積弊,宜可得天下真才。"故於是歲所取士恩意尤有加焉,連數日引見,拔庶吉士三十二人,與承恩等三人讀書翰林中。上嘗幸景山瀛臺南苑,輒召以從,賜坐,延問如家人,有欷歔感泣者。嘗問君,君偘偘以對,上重焉。舊制初教習分國書漢書,人習一書,至是上謂此皆真才,漢書其所嘗習,命人兼二書。每間一月御試之殿中,親第其高下,由是翰林之選益重焉。君海内名宿,試皆在上第,長於諷詠,指物引類,對坐客運翰如飛,鏗鏘幽窈,旨趣感人。顧是時雖重漢書,而士之不能習國書者則斥以去。君既專精辭翰,又年盛氣盈,風采言議懾伏一世,若無足以爲我難者。久之,於國書不能竟學,乃喟然嘆曰:"此乃天之所以限我才也。"明年則以病去,居六年,補編修,典試福建,遷國子司業侍讀,又乞還葬去。居八年,補侍讀提督順天學政,事竣又以病去。葢公於仕進未嘗久居其官如此。後數年,天子進用臣僚,不次登擢,或名一藝、懷一長者不必累日浹月輒至大官,以君之才使用於時,其所得爲必有異乎人者。

君既皆不久於其官，而仕方按籍平進，其名跡止於是者，固知士有遇有不遇焉矣。然翰林以文章論思爲職，及其爲國子師視畿輔學，皆當時之榮，未可爲不遇，而君之文學爲世所宗，所至克舉其職。爲學政稍久，故聲績尤著，亦未可謂不用於時，而世以爲如君之才其施設有未盡者，蓋不獨爲君致惜也。君兄弟五人，伯國鼎，叔國縉，君其季，最季國龍，皆進士。惟仲國器爲布衣，好老子術。蓋余從君後，召見時君所上聞於世廟者其家世與其系譜並如此。最季者後爲給諫，同朝兩人風貌言笑相似甚，雖以余之久與居，每驟見初不能辨識。見給諫以爲君也，及與之語乃知其爲給諫，每大笑而別。君性篤孝，時時語其先人，輒嗚咽下泣。好舉古昔，稱先進，世或笑其迂，亦不以爲嫉也。蓋其誠明坦易，人亦多有化之者。而尤重友愛，給諫死，君之子旦賢而有文，亦死。余與君相見於京師，君鬢髮颯然皆白，其意氣亦衰矣，謂余曰："旦之死，命也夫。吾弟之亡，吾蓋不能委順焉。吾亦無意於斯世矣。"余聞其言而悲之。君雖衰，其才誠有過人者，用之皆足以有爲，而不盡其用，此吾之所以終悲君之不遇也。君於古文研論最深，而工於騷賦之作，故獨喜多爲詩，其愁憂懽愉離合諷諭警戒之旨恒發之於詩，名曰《詩乘》數十卷，藏于家。君之先世居東甌，遷六合，後遷全椒，今爲全椒人。曾祖諱鳳，祖諱謙，父諱沛，道德文學爲東南學者宗師，稱海若先生，後以君贈翰林院編修儒林郎，以給諫贈儒林郎禮科掌印給事中。母盛氏，累贈太安人。君初娶陳氏，贈安人，繼娶汪氏，封安人，先二年卒。男子三人，旦考授州同知，先卒。次勗，國學生，俱陳安人出。次昇，戊午舉人。女子二人，皆適世家子，俱汪安人出。孫男五人，長霖起，旦出。次霄瑞，次霜高，次雩遠，俱勗出。次露湛，昇出。孫女六人。君以庚申十一月一日卒於揚州寓舍，年六十有五，以某年月日葬於某原。蓋君之學行於法宜銘，銘曰：

士初罔學，君雄其文。吐辭落簡，蒸如霞雲。點竄不施，驚其坐人。士初賤書，我張我軍。斷紙零墨，世寶其芬。匪文藝然，於道敏行。衡門鼓鐘，聲聞於廷。誕惟厥考，人師經師。聿來則效，章縫祁祁。君之兄弟，式穀在兹。以道爲文，以學爲吏。君在詞垣，仕凜風義。羅材於闈，俊乂在位。視學於畿，士喜不喟。君之在官，先後幾年。進少退多，其美如何。人亦官久，於君何有。進者已而，其退孔嘉。君節皎然，銘此幽遐。敬視圭石，允興厥家。

封朝議大夫内弘文院侍讀孫公暨配顔恭人墓誌銘

余同年友鹽城孫君惟一，其爲人澹泊，自外於進取聲利，葢歸然成德君子也。故同年生在翰林也，余獨喜從之游，閒居無事讀書誦詩，相與商榷古今人物，又往往皆自道其先世之賢。居無何，余與惟一前後請急歸，比余再至京師，惟一亦再至。又未幾而請急歸，又再至，而余與惟一前後皆以母憂去。余再至京師，惟一家居不復出，而有父朝議公之喪，介以宋生恭貽走數千里來謁銘。孫氏家世之賢，昔熟於耳，今宋生能言孫氏軼事，思惟一之爲人而徵以生之説，不謬也。生之言曰：朝議公諱助，字益我，其先蘓州人，明初遷鹽城西南十五里，以耕讀傳其家。自其上世葢隱居者流，鄉里高其行誼。至公之父諱某，字時遇，德益卲，譽聞益著。生四子，公其季也，娶玉田顔公女。公少而醇謹樸茂，力田，事父母繼母以孝稱，事其兄如事父，族黨里閈化之。於是孫氏孝友婣睦之風聞四方，四方之學士大夫過孫氏之廬者必式。公有丈夫子四人，自以貧，故棄其書而田，教其子，得肆力於書。季子一鯨攻文學，爲學官弟子，入爲國子生。而仲子一致以廷對第二人官翰苑，有名於時，即吾友惟一也。以惟一貴，公初封文林郎内國史院編修，再封朝議大夫内弘文院侍讀，加一級。顔太君初封孺人，再封恭人。公謂恭人："吾家故隱者流，顯於時若此。吾聞古之君子不以隱顯易其行，且吾子雖貴，其漠然于世，無所能俯仰。顧嘗獨喜書，自吾苦貧，不得卒業於書，而吾子好之如此。此吾志也。"於是惟一聞公言，兩以病乞歸奉養，閉門益讀書，以承公志。而公與恭人菽粟布絮，安田家之樂。四方之學士大夫向知敬慕公者，皆愧厲感發，而歎謂孫氏之能世其家者如此，能教其子以有成而隱顯不易其行者如此，洵可以風世而勸俗也。生之言大較如是。余猶記惟一之言曰："吾父之賢原於吾祖，吾祖爲人嚴正誠慤，一言動不肯苟，諸子侍側，或容止不飭，輒譙呵及之。里人歲時燕飲，或儔輩中攻訐人短，刺人陰私事，則踧踖不自寧，起而歸，必痛戒諸子，毋以虚言斷元氣，毋以非分蠱心術。耕者宜穫，覬其必穫，或不穫。讀者宜遇，覬其必遇，或不遇。尊理敬命，以俟之天而已。"觀時遇公之教其家，知朝議公之所以教其子有由也。惟一自釋褐而仕，仕輒不久于其官，其澹泊能自外於進取聲利，蓋奉其祖父父母之教者深矣。故名其爲歸然成德之君子無疑也。惟一又爲余言，方在孕時，恭人操井臼，治午炊，挾大器挹水注釜，用力猛，娠動累日，幾危而卒無恙。宋生又言，惟一之再赴京師也，祖餞者晨集郭門外，惟一攀恭人衣，呱呱泣，嬰兒聲達户庭。既趣季君出郭門辭，諸祖餞者皆罷去。公恭人迫其行，日晡乃行，别數月，得恭人凶問，惟一以不得卒養恭人恨慟，瀕於死。觀恭人之育子，與惟一之思慕恭人，其隱約艱難通塞之際，其可悲爲何如也。當此之時，余亦有母之喪，回憶曩昔，又悲不能自勝也。公以康熙辛酉九月卒，年八十，恭人以己未四月卒，年七十七。長子一中，次一致，戊戌進士，翰林院侍講學士，次一鵬，次一鯨，太學生。孫八人，汝翼、汝爲、汝聽、汝弼，一中出。汝礪，太學生，汝霖、汝梅，一致出。汝楫，一鯨出。孫女八人，一中出者二，一致出者四，一鵬、一鯨出者各一。曾孫三人，二汝翼出，一汝爲出。曾孫女四人，一汝翼出，二汝爲出，一汝礪出。以某年月日合葬于城南之新阡。銘曰：

以余所觀，古今文章之士能卓然成一代之名者，必其先世多稽古好學之人。心濡目染，知爲學之方，而後曉然於所趨，而造乎其至。士之特立崛興，無所因而然者，蓋十無一二焉。若吾友孫君惟一奮然自起於耕芸樵牧之間，可不謂豪傑之士哉？及吾觀太公生平，以學勉其子者至矣。又以知吾向之所信古今文章之士必本其先世之賢者，不誣也。

文林郎河南道監察御史孫君墓誌銘

國家總壹海内，分隸民土於有司，故縣令最重。設臺諫以通下情，防壅蔽，臺諫缺，擢用令，令與臺諫故又相倚爲重。爲賢令入則爲名臺諫者，君其人已。君諱必振，字卧雲。初爲懷慶推官，三年推官裁省，補陵川知縣，六年入爲河南道監察御史，差按兩浙鹺政，還掌山東陝西兩道事，凡爲御史七年以歸。君之在懷慶也，以正風俗，興教化爲先，舉孝弟於鄉，表節行於閭，課士於庠，講約讀法，身自臨歷，輒知其吏民賢姦直曲是非之實。風流令行，郡以大治。武陟富民僉人利其財，陷於獄三年，君察知，立脱之，置陷之者重法。修武令饋鮮筍，以竹籠之，發視皆黄金，君呼其人斥去，曰："何敢以污我！"行縣至温，温令有苞苴顯呵之令，皆震慴。漕米至小灘鎮，例監兑金二千兩，君悉卻不受，曰："此吾民膏血，勒石以絶來者。"是歲以廉進秩一級，總督三省。朱公聞君名，召咨以制府，事無大小，悉以委君，三省之事以治。及爲令陵川，陵川在山硤間，土陿瘠，難理。然自其長老傳記，士爲鼎甲者七人，後寖以衰微，殆四十年不見科目。君至則易置孔子廟，立義學，創書院，教士其中，親爲勸課，士果連舉於鄉。民解黄絲黄絹顔料等，袪其累歲所省，悉歸民，民用大豐。俗故好訟，豪猾連蠹役爲奸，每勾差出縣庭，里閭騷然。君痛懲艾，令訟者自以其人来，既至剖決無滯留，民化其德。訟事稀簡，去之日，民遮道留數百里。既去，爲君立祠。君爲御史，前後疏五十餘上，皆時政之要，其最著者時三叛連衡，秦隴兵相接，潼關新設税差，請速撤以安人心。又請分别倡亂脅從，以靖方圉。選人以急兵費多銓注而科目最淹遲，請疏清選法，收用真才。其爲鹺政，皭然洗手自淬，益以潔清聞。葢君爲推官以至爲令，或所已行，所未行，及爲言官，盡發其所藴蓄，故其裨益爲多。至今指數以賢令、爲名臺諫者，君輒在其間。君丙戌舉於鄉，至戊戌中試南宫，己亥成進士。余與君爲同歲生，陵川吾鄉邑，故知君之事行也詳。君卒以康熙二十七年二月二十四日，年七十，其孤以狀来乞銘。按狀，君諸城人，曾大父諱陸，大父諱柱，考諱獻赤，贈御史。母贈孺人，御史鄭公某女。君初娶鄭氏，再娶李氏，皆封孺人。子男八人，長濰源，廩生。次濰址，增生。次濰溥，候選知縣。次濰沛，候選州同知。次濰潤，候選行人司正。次濰湑，拔貢生。次濰湜，候選州同知。次濰溶，幼。女七人，孫六人。初母孺人教家嚴，午夜篝燈督君誦書，與機杼聲相軋。母孺人卒時遺負券數十，君約諸負者焚之，曰："此孺人囑也。"遭亂家毁，贈君不知在所，招魂營葬。鄭孺人以不屈於賊卒，君與六歲女相依爲命，破壁頳土，結茅以棲，晝操農業，夜擁書冊，流離困阨之中。其所成就如此，可不謂賢哉？銘曰：

士或困窮，而爲艱勤。曰維華膴，以娱其身。盜仇戴天，君思永恫。牲鼎蠹傷，榮枯若夢。名德令聞，峙山渟淵。眂彼貴富，凄如浮烟。懷抱皎日，桑榆未晏。委順歸休，守道不變。我銘斯丘，發潛表幽。爾樵爾蘓，敬君子居。

故中憲大夫江西提刑按察使司按察使涂公墓誌銘

順治六年歲在己丑，寇犯上黨，河南兵備副使分巡河北道容宇塗公死於其職，天子加恩卹贈光禄卿，諭賜祭葬于鄴，廕其一子曰應泰入監讀書。初出知江南廣德州，用薦擢知福建汀州府，遷長蘆都轉運使，歷湖廣布政使司叅政，分守湖南道陝西按察使，司廣西右布政使，以罣悮去任，起補江西按察使司，坐小法免。公爲人質直坦易，而勇于有爲，起家州郡，歷階兩司，所在有能聲。其大要在弭盜息民，折衷于剛折柔廢之間，雖不爲鈎距擿發之行，而豪右兼并、姦宄竊發輒捕鞫無所容。其有不便於民者，如疾痛疴癢之在身，必求蠲除而後已。即沮格成例，齟齬上官，不顧也。知汀州時，海氛方熾，山寇乘間劫掠，公率鎮兵四出討賊，巨寇姦猾斂跡不敢入境，一郡晏然。秦中鎮兵獷悍難制，番人肆虐尤甚，公至，按其驕横者置於法，鎮將亦屏息聽命，莫敢枝梧。湖南寶慶、衡、永三郡舊食粤鹽，相距郴嶺，道遠價貴，民多食淡者，公爲力請，得改淮鹽，著爲令。夫人之才如水也，刃也，坳堂之水不能運芥舟，族庖之刀不能中肯綮。公所守多劇郡，又乘兵燹蹂躪之餘，於閩中總攝巡道司馬别駕司李諸事，於九江又兼署驛傳鹽法藩司諸篆。當是時，獄訟簿書徵發期會，鱗分蝟集，拙者當此袖手懼傷，而公泛應猝辦，處之若無事，如利器之發新硎，江湖之負大瓠，茫茫乎其無津涯也，恢恢乎其有餘地也。非夫内重外輕，神定天全，而才餘於事者，其能勝任而滿志耶？公行三，字天交，世居遼東鐵嶺衛。祖諱必遠，天啓甲子舉人，陝西宜君縣令。父光禄容宇公諱廓，皆以公貴，覃恩追贈中憲大夫，如公官。祖母孫氏、母王氏，暨公原配完氏，俱封淑人，繼配金氏、崔氏、汪氏。昆弟三人曰國泰，直隶撫標右營叅將。曰永泰，廣東南海縣令。曰弘泰，早世。子二，中坦，邑庠生，入直御書房辦事。中培，太學生，候選縣丞。女二，長適庠生朱中山，次適候選縣丞張國琦。孫三，錦、鈺、奎，孫女一。公自江西罷歸，既老不仕，僦居都城，與余比舍，時或載酒過從，因得悉其生平。卒於康熙三十三年甲戌三月初十日，春秋七十有二。越三載，卜兆於都城東便門外高北店之南原，孤中坦具行狀請銘於余。余惟公光明俊偉之槩，磊犖果毅之才，治行卓然，可方兩漢諸良吏，皆不容無傳也。乃爲之銘，銘曰：

佳城鬱鬱漳水蟠，忠魂來遊驂紫鸞。南州巷哭留餘酸，山河氣壯隨朝元。有子鵬騫登大官，素絲五馬垂朱繁。統轄郡縣多凋殘，龔黄爲易公爲難。精強綜覈掐胷肝，腰懸弓韔身據鞍。福我人民摧豪奸，晚乃斂退才未殫。太行北走紛巖巒，如堂封閉松楸寒。撰公遺蹟鐫琅玕，藏之幽竁永不刋。

西園先生墓誌銘

西園先生諱多學，字覺初，先世沁水人，後徙陽城鄉之郭峪，曰從儀，至先生八世矣。七世廣、六世車皆隱農野，不顯。高祖珩初用季子好爵貴，贈承德郎户部浙江清吏司主事，再用長子好古貴，贈奉政大夫四川按察司僉事。兄弟皆中甲科，歷官並有名。而僉事公初令元城，有貴顯不法，公抗論置於理，直聲大著，遷刑曹司讞，決而奏免陽城溢額之賦，事具邑乘通志，是爲先生曾祖。僉事公子植修先公農業，行義於里中，先生王父也。先生父以萃禮部儒官，儒官公伯兄鴻盤萬曆癸酉科舉人，歷仕景州知州。儒官公蔭積高門，行身儉讓，里中稱曰長者長者云。先生方重亮直，不苟呰笑，巋然儒行碩德，爲學者師。葢以其學施於倫物，散見於事爲，自少而老，敦行無厭，是以於親則孝，於兄弟則友恭，於朋友則信。於凡所接之人，則無不率是意而遇之以誠，故其歿也，學者悲焉，曰："天不憖遺吾師。"儒官公長子多聞爲弟子員，儒官公愛之。先生事之如父，未年三十有冉耕之疾，狼藉枕席間，至不可嚮邇。先生躬爲扶侍，臥起湯藥，嘗而後進。比卒，慟不自勝，過時而悲。儒官公以愛子故，暮年竟忽忽而病，先生捧手將敬，肅容承志，視氣聽聲，隨事順體，躬自潔食飲，視進多少爲憂喜，晨昏無少違間，儒官公以安。侍從昆弟同恩壹視，儒官公既歿，先生孤立，或鬩於牆，堂構漂搖，不可搘拄，先生曰："無庸。"平心和顏，摩肌煦肉，卒以格具邪心，招其淑氣，學者曰："《白華》之子，《棠棣》之弟，先生有焉。"余所謂孝於親、友於兄弟者如此。幼與我冢宰公、我先世父侍御公同學於鄉，我冢宰公嘗曰："吾曹兄弟也，但各姓耳。"往來阡陌，輸寫情好，連日浹旬。我先世父侍御公性嚴重，老而歸也，闔門罕與人接，獨敬先生，時時坐先生後，披襟展顏，舉酒譚燕，先生穆然其間，神明湛定，坐者融其心神，静其視聽，默焉而退，若皆有得也。學者曰："隱不違親，正不絕俗，先生有焉。"余所謂信於朋友者如此。平居嶄然自持，孤介峭潔，若不可人意。與人語，温温焉，侃侃焉，勉其善而遏其非，被容接聆謦欬者薰蕕冰炭，氣沮意消，里黨急難，咸恃以濟，卒無矜伐意。學者曰："伐木乾餱之義，先生有焉。"余所謂凡所接之人無不遇之以誠者如此。先生安貧守約，有以自樂，而檢身甚嚴。余少壯，里居，侍我家宰公游樊山之巔，先生几杖在焉，中席酒酣引避，拉友人倚樓浮白，語笑縱横，脱略繩檢，中夜不寢。先生明日面責余曰："節飲養身，君其念之。"自後每見必以相規，余至今思其言，未嘗不潸然泣也。先生教子甚勤，老屋三間藉書枕冊，浸漬丹墨，元日除夜猶聞絃誦之聲。渟涵演迤，作爲制義之文，其書滿家，凝塵網蟲，蠹簡黴翰。余過而從先生爲文，嘗闇窺竊探取其字句，至今恧焉。先生加意造士，與我家宰公結文社於樊川之上，邑之俊人勝流畢集其中。閱五日，晨露未晞，桑柘交陰，叢花蔽路，先生布袍草笠，循河渚而來，與我家宰公山厓水湄危坐竟日，以待諸君爲文，口吟手畫，賞其俊句。或有不嗛，嘅然而歎，移時不樂。余與先兄庶常公、先生令子實親炙其盛焉。其時學者摳衣執經侍兩公側者，厥後多所成立。跡先生行事，舉十之一二，以見其生平學力之專致用之美者。蓋先儒有言，人生惟是感應之理。從先生學者，殁而益思之，即余之不肖，每念先生諈諉之言，則不禁潸然泣者，是知先生之感人者深矣。故論先生之行事，而歸本於學而序次之，以爲之銘焉。先生一子于廷，順治己亥與余先庶常兄同舉進士者也，爲永從令，先生以故封文林郎先生。生以前明萬曆二十四年五月二十九日，卒以大清康熙十七年九月二十八日年，八十有三。葬以康熙三十三年九月初一日，卜新兆于南坡之阡，三孺人祔焉。蓋至是先生殁已十六年所矣。初配孺人王氏，繼孺人于氏，再繼于氏。女三，一適貢監生李易，其二皆爲士人妻。孫男一，之麒，康熙庚午科舉人。銘曰：

長者傳聞東山東，始有顯者張兩公。東山魚飛鱗摩空，我家宰公人中龍。世父豸冠光熊熊，兩家川嶽靈所鍾。先生華胄承流風，麟傷鳳逝吾何從。典型淪亡天晦蒙，風木痛劇朞再終。祥琴欲鼓聲難工，松柏已長宿草豐。先生馬鬣猶未封，歲周星紀加四冬。執筆爲銘辭載攻，緒言皎皎悲填胸。人生有情無終窮，劖文珉石藏幽宫。千秋不泐情與同，海水有涸石無礱。

麟昭張公墓誌銘

晉故唐封邑，堯都在焉。昔季札觀周樂，至歌唐風，曰："思深哉，其有陶唐氏之遺民乎？不然，何憂之遠也。非令德之後，誰能若是？"説者謂民性既敦厖而又有先聖之流風遺澤，故習俗異於他國。余讀詩至《蟋蟀》、《山樞》，彷彿見其意焉。至宋時明道程先生爲晉城令，實涖我州，以禮義節儉爲教誨，故其民至今皆力耕昏作，減縮衣食，其士亦却埽誦習，不鶩於聲利，有古隱君子之風，如我舅麟昭張公其人也。公家沁水，爲甲族，諱之屏公者，萬曆中進士，官陝西商洛道左叅政，爲公之祖。諱洪翼，號萬涵公者，舉於鄉，令直隸威縣，則公之考，而余之外祖也。外祖母王氏，明吏部尚書王公之長孫女，生三女，季歸先考尚書公，廷敬母也。外祖任威縣，數日而歿，祖母攜公扶柩歸里。歸而流寇肆掠，沁城失守，公隨祖母避兵於外家，寇退返沁，則家業蕩落，祇餘汙萊數百畝。公纔弱齡，以隻身撐持門户，里胥縣役日夜踵門叫呼，公應之有方。時有僞官斂餉於沁，不能應則拘公於獄者累月，邑中耆老士庶咸曰："不可禍清白吏子孫。"咸赴僞官別白，僞官亦感悟，釋之。方姜瓖之亂，外祖母避陽城，艱於奉養，公往還陽沁間，營辦甘膬，不恤勤瘁。未幾，外祖母卒，公身自舁櫝材於百里外，含殮祭葬皆不失禮。及生母陳卒，亦如之。外祖有兄二人，皆無嗣，殁而葬於他所，公每愀然曰："異時誰爲酹一卮酒者？"因皆遷葬於祖塋之側。公於家人生死恩義大抵類此。公雅好經籍，爲博士弟子，鋭志進取，顧爲家計累，弗克竟業，常訓其諸子曰："吾少遭多難，未能肆力於經史。汝輩多暇，宜盡心治之。"公既不顯於世，嘗慨然謂："士不能績學成名，則當勤其四體以自養，若安坐衣食，無所事事，世之大蠹也。"日常辨色而起，往田間督課，視其樹殖耘耔芟柞收穫以爲樂。或親執農器以教耕作者，曰："我竟爲老農矣。"治家綜理微密，不遺纖悉。下至柵雞笠豕、區芋畦薑，莫不井井中法。佳辰令節，召故舊鄰里十數人會飲，不立崖岸，半酣後語尤不休，然不及世務，談説者桑麻菽麥雨晴寒燠而已。雖居城市，終身未嘗謁見官府，縣舉鄉飲禮，請爲賓，亦弗詣，曰："非我所樂也。"公體幹豐碩，精神充裕，余官京師四十載，公自家視余邸舍先後十三至，無倦色，恩意周篤，亦筋力強固能然也。年幾八十猶善飯，健步履，謂可百齡。嗚呼！孰意其竟止於斯耶？公生某年五月初十日，卒以康熙四十三年七月二十二日，享年七十有八。元配馬氏，陽城庠生馬君銑女，繼配尚氏，處士尚君元祚女，皆柔静有德。子男五，長問士，庠生，次衡士，太學生，馬氏出。次恂士，奉祀生，次徽士，廩生，次碩士，業儒，尚氏出。女子三，長適拔貢生樊度中，次適庠生李三畏，次適庠生李膚功，尚氏出，俱先卒。孫男七人，克履，太學生，克晉，業儒，問士出。克巽，衡士出。克益，徽士出。克有、克賁，恂士出。克豐，碩士出。孫女五人，問士出者二，長適庠生霍正元，次適庠生張茂功。衡士出者一，恂士出者一，徽士出者一，俱幼未字。以某年某月某日合祔於祖塋之側，其甥廷敬爲之誌，系以銘曰：

人之生，有戚姻。所自出，爲最親。我母之弟，存者一人。其敦倫也以厚，其理生也以勤。我視其貌，抑抑恂恂。我視其家，肅肅誾誾。懷才賫志，屈而弗伸。戴仁浴德，用淑厥身。有山巖巖，有水漣淪。體魄潛藏兮秋復春，孰究其年數之所臻。

故永從令張君行谷墓誌銘

故永從令張君諱于廷，字顯卿，其家在太行山谷間之郭峪，故一字行谷。太行西來幾萬里，至陽城迤南百里，嶄然而盡，如化城蜃樓，列嶂北向，郭峪在其中，謂之鎮。郭峪方三四里各倚山巖麓爲籬落相保聚，或間百步，或數十步，林木交枝，炊烟相接。自前明至今，官侍郎巡撫翰林臺省監司守令者嘗相續不絶於時，葢近二百年所矣。顧郭氏今無聞，而張氏其先獨巋然以科目顯。曰好爵，嘉靖某科進士户部主事。曰好古，嘉靖癸未科進士，四川按察司僉事，摧折權貴，直聲著聞。曰以漸，萬曆癸卯科舉人，景州知州僉事公，君之高祖也。考西園公諱多學，邑庠生，耆年長德，立行教子，鄉黨宗焉。君順治辛卯科舉人，己亥科進士，性直亮，刻厲學問，長予十歲，予兄事之，平居侃侃自矜重，予每謂君之才如此，又名家子，當有所樹立。筮仕爲貴州黎平府永從縣知縣，南荒深昧之區日以益闢，此天地之運使然，亦必賴世有賢人君子能變其舊俗，與之維新，雖蠻獠窮鄉，使異類爲君子，故君之所以施於永從，及永從之人所以報君者，不過區區百里之間，而其效可垂之百世，風勵天下不可没也。黎平以永樂十一年始置府，永從以正統七年始置縣，縣逼湖廣四川雲南之介，山谷嶮峻，雜苗分族而處，俗兇獷不知禮義，飲食言語與中土不相通，耕沙礫溪淖以自食，輸賨布爲租。唐宋以前羈縻而已，君至則身歷山洞間，親爲誦説朝廷設官化民之至意，於是始以中土之法治之，延師儒立黨塾，未幾而絃誦之聲響應溪洞矣。常平倉制未設也，歲饑則苗民皆竄去，賦既不辦而縣吏役皆遠僱他郡邑及滇蜀人，君設倉庾，講積貯，逾年得數千石，仿義倉之法，時其斂散，於是雖凶歲苗民恃以不饑。苗俗昧昏禮，世傳鬼竿跳月之陋，君憫焉，置官媒聘幣有額，民便樂之。月吉讀法，諄復感人，争者願息，久則讐殺鬬狠之氣以銷，民俗寖變而縣以大治。署雍安篆，如治永從，去雍安，民攀號不忍舍去。嗚呼！若此者可以觀民情矣。彼貪饕殘忍者，據百里之地，日取其人而刀俎之，雖其境在中土，禮義素所漸摩，風俗素稱朴厚，而使其人怨讟並興，嗷呼狂走，而曾不之悔，謂："民實負我，不可化誨。"夫民果負我哉？又誰則不可化誨者也？抑治其民不張君若耳。使君得一郡，若一州，或不在蠻獠邊徼之地，其所樹立當又何如哉？君之治行見於爲吏者僅若此，爲可惜已。滇中之亂，脅大府遇害，永從孤城不可守，君攜縣印跣行，匿山峒間，旬日不得食。苗民跡君所在銅鼓岩，進稗麥食君，求得君家人，悉以送君所。夫當顛沛流離之際，而苗民之不忘其恩如此。彼中土之民平居無事而嗷嘑狂走，豈其禮義之漸摩，風俗之朴厚，其性習反有異於蠻獠邊徼之人乎？是尤可爲太息者也。未幾叛者平，君竟無害，攜印詣軍門陳情，父年老，願歸事。比歸，家人無一失者。當是時，西園公已老而尚健，人曰："天之所以報君父子也。"君初爲諸生，我先公以元日訪西園公，聞君讀書聲，歸謂廷敬曰："張氏子元日猶讀書邪！"予聞而自儆焉。西園公教君嚴，至不令苟一步趨，妄一語言。西園公生君一子，君生亦一子，曰之麒，庚午科舉人。君歿，之麒走二千里，丐銘於余，余不得辭，且曰："子世家，自子祖父及子皆好學問，力行仁義，其後必昌乎？是皆可銘也。"君生於前明崇禎元年十月二十日，終於大清康熙四十五年四月三十日，得年七十有九。君母于孺人，君娶王孺人，生之麒、女五人，一適江西建昌府知府王君嘉植，一適甲戌科進士内閣中書田君沆，餘皆嫁爲士人妻。孺人生于天啟七年二月二十九日，終於康熙四十四年八月二十九日，年八十，以某年某月某甲子合葬君孺人於某山之原。之麒女七人，以族兄之子國檪爲子。之麒既别去，余爲君銘未發，扈從河上濟寧道中，聞之麒舉子名曰某，予謂後其必昌者，以理斷其必然，而事固已可驗已。銘曰：

猗嗟觀士，爲吏可哀。天之生嘉穀，伍蒿萊。推較其本根，穀美哉。我友行谷君，今若此。往事猶增傷，來誓止。命不稱君才，時有以。銅鼓之深岩，君所廬。蕉黄荔子丹，雜肴蔬。君遠遊歸來，眇愁予。太行之谷人，堯風古。飲沁水清流，耕瘠土。剪紙招君魂，與君語。公侯必復始，昔有云。君之孤兒賢，且學文。千秋及百世，繩繩繼。我華其銘者，信勿替。

王君乾六暨配陳孺人墓誌銘

崇禎末流賊犯陽城，山東右參政寧前道王公諱徵俊死之。公有子曰龍御，府君有婦曰陳氏孺人。賊既執參政公，君謂孺人："父必不屈賊，往從必父子俱死，無益。"乃變姓名，陰左右公。公果不爲賊屈，賊怒，下僞縣令使嚴縶公。君夜忽悲啼不自禁，賊察知公子，益怒，使鐵騎勒君歸，立取貲來。蓋賊痛惡士大夫，自宰執至庶官，括其金，皆以品高下爲率。公爲人剛而廉，無所得金，而僞令聞公名，雅重公，陰縱公還。公謂君與孺人曰："委贄爲人臣，當國家難，以身濟之。事已不濟，有死無二。"君孺人涕泣請從，公曰："我人臣，義不辱身。汝曹無自苦。"今所傳公死難時大書二十二字，有曰身不任辱，義無自免云云者。君與孺人實親承其命云。公既遇難，君孺人號痛庀喪事，哀毁幾傷生，顧念父之孤忠，恐身填溝壑，他日誰當請褒卹之者，於是強自節釋，忍死葬公。公所自縊拂雲樓，君孺人終不忍再履其處。其後每遇公被縶及殉難前後十餘日，齋戒哭泣，積數十年以爲常。初公所書二十二字，君寢食與俱，及公死難時始末，謹書之牘，跣行走京師，訴當事。當事相視閔默，卒無肯爲公聲言之者。君每與人言，未嘗不泣下也。君豪邁倜儻，而善自矜飭。母范孺人教家嚴，君多讀書，美言議，爲學官弟子，顧心不悦學使者試士，規告於公，願隨國子讀書。公官薊遼，王母張太孺人喪，君率孺人拜哭，就孫位，人曰知禮。事母孝，母喪盡禮如公喪。張太孺人孫公肇興爲學使者，以君明經，上其名於禮部，凡一再至京師，終不就國子試，曰："吾父之大節猶未褒顯也。"君雖外若豪舉，而其中有鬱鬱不自得者，凡以条政公之故也。順治丙申夏暴病，不能言，明日遂卒，四月某日也，年四十歲。某年月日葬於条政公墓左。始祖可考者曰四，四生十，十生懷英，懷英生得剛，得剛生聰，聰生子文，以冢宰國光公貴，贈尚書。子文，國光曾祖也。子文生昺，亦贈尚書，昺，國光祖也。昺生承恩。蓋自是条政公與冢宰公始分矣。承恩生潛光，潛光生如春，歲貢生，當陽教諭。以条政公貴，贈韓城知縣，是爲君祖。陳孺人，廷敬之從姑也。祖三樂，贈尚書，父經正，忼慨有大節。孺人有女德，歸於君方少，而爲擇宜子者，侍之生子及女。君殁後甘齏鹽，攻荼蓼，嫠居垂二十三年，閨門之内具有法度儀則，卒於康熙戊午六月，年六十有一。觀孺人助其夫子以周旋於条政公之側，以至公臨難從容而死生無媿，抑亦可以爲忠臣孝子賢婦矣。子男一人，復繪，國子監生，女一人，適余弟太原府學訓導廷扆，俱側室李出。孫男一人，吉慶。孫女四人。廷敬有母之喪，禮不得以文辭自見，復繪泣以請曰："始吾祖待國家之愍綸而渴葬也，未有銘，葬吾父因未敢有銘。今吾母不幸又歿，將以某年月日與吾父合窆焉。吾聞諸吾母，當吾子髫髮之年，吾先人知器重子，銘吾父母莫如子宜。"余固辭，不獲也。且余懼叅政公之大節久而無傳焉，因得牽引書之。雖然，孺人廷敬諸母行也，假斯言以告哀，亦吾母之念云爾。銘曰：

吁彼鄙夫，貪生避死。有僇其躬，有覆其祀。忠臣之後，克享厥家。佳兒佳婦，以泣以歌。奕奕忠魂，庇其孫子。敬作銘詩，告於惇史。

韓君佚園墓誌銘

君韓氏，諱崇樸，字佚園。順治中，余年十六七，始識君，一見以爲異人，杯酒結交而去。其後請命於先公，要君爲舉子業家塾中。予居山谷間，與先庶常兄閉門閲古書，好自矜許，輒曰："吾志古之道耳，何屑屑世俗事爲？"由是見嫉鄉里。是時先侍御公初謝賓客，鄉之凶人至有侮予家者，君至則謂余兄弟讀書以通今致用，家之不治，曷以書爲。余兄弟始折節自克厲，於是鄉之長者既愛護善類，其惡少亦稍稍解去。君高才，能文章，善開導學者。余既於君有得，而其於行身保家處世之道尤得於君者爲多。迄今五十餘年，葢每念不忘也。予自通籍，守官自誓清白以貽子孫，未嘗不有感於良友規戒之言。君之終也，無以爲賻，乃輟山田一歲之入爲君窀穸資，雖家人以口分不給告不恤也。君又精於醫藥養生之事，晚而深明理學堂奥，雖復喜詩酒，登山臨水有春風沂雩之思，人亦莫得而窺其淺深也。君至性過人，雖灑落不羈，而游心冥默。嘗山亭涼夜，相對於時，月暗螢明，清風蕭颯，忽語及生死大事，兩人抱頭大哭，哭已復笑，如醉如醒，如夢如覺。由今思之，猶復可笑可哭也。往年君舉前語以書諮余，余應之曰："孔子答仲由曰："未知生，焉知死。"知生之道，大學言明明德，其功始於致知。中庸言至誠，其功始於明善明誠之理，乃生死之大闗，未有誠而不明，亦未有明而不誠者，由教以入明爲要焉。故《易傳》言，大人者與天地合德，與日月合明，與四時合序，與鬼神合吉凶。先天而天弗違，後天而奉天時。天且弗違，況於鬼神乎？天與鬼神不能違，何有於生死乎？是以子思之贊仲尼也，曰："譬如天地之無不持載，無不覆幬。譬如四時之錯行，如日月之代明。"猶之《易傳》之義，亦即明誠之義也。謂夫子不告以知生之道，則夫子之所以教諸弟子者，果何事乎？學者但當由夫子平日之言以求進乎致知明善之實，生死之説不求知而自知矣。"予復於君者如此。予是以於道德性命始終之際，思君之所以相勉而交警之者，不能已於心也。君好學，老而不衰，能爲古文，尤長於詩。予懷君詩前後至數十首，有云："寒牕燈火平生語，除却君知世不聞。"亦追憶昔時涼夜之時，而予與君從游聚散之梗槩，亦大略可覩已。君終之日寄予詩高朗超越，了然生死之際，則君之有所自得於中者，益可信其決然也已。予交天下士多矣，如君者能有幾人哉，非予爲之銘，當誰屬焉？其孤時中輩以狀來求銘。按狀敘曰，韓氏系出南陽，今爲沁水人。自五代宋遼以來，兵革之餘，譜牒放失，傳之長老，先世有爲王者，故郡曰韓王郡，有墓在焉。君又字曰韓山，因郡名也。其世系之可考者，則自祖能始，能四子，長曰純，爲君九世祖。次曰聰，三世生侍御曰恩，次曰度。五世生青州守曰肫仁，六世生桃源令曰張，糸議曰琠。純二子，長曰彪，彪生鋭，鋭三子，長曰贈文林郎崑，次曰王府典膳嵩，次曰王府儀賓巍，臨難不屈，贈奉訓大夫，謚忠義，廟食太康。崑子曰子義，恩貢，再爲縣令，累封中憲大夫，通政使司右通政使。子義生范君之曾祖也，某科進士，累官通政使司右通政。祖仰斗，初爲邑學生，後棄去，博學修行，名重士林，是爲少室先生。父尊今，惇厚孝友，生三子，君其長也。君邑學增廣生，九應省試，不利於有司。幼聰警絶人，五歲失母馬孺人，自解去采衣，不茹葷血，擗踊哭泣,如成人,鄉里傳以爲奇。闖賊犯州邑,設僞官,專以拷掠士大夫刦取金帛爲事。比至沁水,大索通政公家,時君才弱冠,先諸父往,抗辨縣庭,不屈,賊官相顧失色,錯愕咋舌,釋不問。已而賊圍所居砦,君登砦樓,語賊曰:"汝輩不過欲多得金帛耳,砦中金帛悉以委汝。"賊喜諾。已而賊敗,約攻砦,破砦中,人四散走。先是君父已穴牆去,君不知也。以不得父在所,出入砦内外尋父,遂爲賊酋所得。賊授以一鎗一包,置君麾下,君以他事紿賊,脱身走陽城白巷親屬家,至則君父先在焉。其時天晦冥暗,不知道。會白犬引路,以是得先達,人謂天之相君父子也。君初遇賊時,身已被創,求父迫,竟忘其痛,父子相聚,背有血沾泥,始知爲創也。葢君之誠孝如此。事繼毋霍孺人得其歡心,與季弟友愛,分甘解衣,至老不倦。親族不能自養者,君戒其子:"我與汝曹不食飲則已,不爾則曷忍使骨肉失所。"生平輕財利,類任俠者,雖以教授供八口,所餘則勤施予。又以其餘買書貰酒,蒔花木,畜禽魚於所築撮園中,嘯咏自得,有奇書必借觀,手自抄寫,故所寫書爲尤多。好飲酒,飲則悉令子孫環侍,有弗至則弗樂也。君坦懷任運,自適其適,皆得於天性。其行於家而及於友朋無間然者,有感於予心也。君卒以康熙四十又五年八月初八日,距生之年月得年八十有四。初娶丙戌進士某官王公度女,有婦德婦容,卒。繼室以侯孺人,生二子,時中、履中,女一,適南康府推官竇公復儼孫庠生逵子候選知縣斯在。孫男四人,然、燾、黙、鳳,孫女三人。以某年某月某甲子葬某山之原。銘曰:

君惟有文,爲學者師。深造道域,樂天不疑。予懷幽憂,如羇如羈。晚慕正學,西日載馳。衆言淆亂,將曷從之。去聖雖遠,簡冊在兹。明善爲宗,尊聞行知。明則誠矣,時措咸宜。惟君知我,謂我不欺。炯炯長存,朗月朝曦。君其不没,萬古如斯。

午亭文編卷四十六

誌　銘

朝議大夫刑部山西司郎中約齋李公墓誌銘

始余從蔚州魏先生游，得交李公父子。其後公之子旭升今給諫君以文字及吾門，因益愈知公平生甚悉。後久不見，時時從給諫君問安否，無何，以訃至。給諫君爲狀，謁銘於予。按狀，李氏十世祖自孝義遷蔚，累世以武功顯，然多厚重隱德。至父太公敦行仁義，好善樂施，尤稱長者，遂大積於厥躬，以造其家。公生而早慧，爲博士弟子員，食餼上庠，數踏省門試，不利於有司，以選拔貢太學，省其父，歸里中。魏先生方謫官家居，以古儒者學行自任，倡導其鄉。公既天質沈摯近道，聞魏先生講説，益淬礪於問學，家禮譜牒近世所弗急者公皆服習而修舉之。選中書舍人，内閣地深，嚴閟機密，公恪勤盡其職，毋怠毋洩。遷户部雲南司主事，會用兵於滇，賊壘未拔，郛郭甫定，封疆之吏以人未就業，請免夏税以蘇民。或言士馬供億，必資近境，議不可免。公争於庭中，卒如公議。宣屬順懷安蔚衛，頻年苦水沙沖壓民屯田。有司請捐其賦，議不決，公盡言無諱，卒韙其説。督理右翼興平倉，奸人窟穴其中，弊不可究詰，前後繫訟纍纍，彌歷年歲，人憚其役。公則精心釐畫，潔身犯艱，大猾屏跡，進廣東司員外郎，攝四川司事。蜀自兵後，歲賦日耗，議者令增賦日急，公曰："養殘黎如養劇病，宜急培其元氣。疾疢彌年而重以狠厲之藥，鮮不斃矣。今惟責大吏招徠流遺，田闢賦增，毋俟重督。"於是議寢。

遷刑部山西司郎中,榆次民段某奸,點誣祁縣范某謀不軌,公得其情,點者服上刑,而無辜皆釋。會命重臣清刑獄,公檢爰書可矜宥者,司得八十六人。雲中饑,多掠賣人子女,公察其僞券,爲斷還者甚衆。公所歷官其事蹟皆此類。公純孝友悌,行於家,施於族黨比閭,皆足爲世表儀。旌人之善,成人之名,保人之孤,復人之産,終身汲汲如營己私。衛守備何君出倉粟賑饑,未及上請而病以歿,法當坐侵欺籍孥,公力白得免。蘭溪丞徐喆舊有貸於公,徐後罵賊死,公急遣使持其券焚而弔之。儉歲盡出所積粟,散施遠邇以爲常。至若建社學,設義塚,築垣堡,諸鄉大夫之所得爲者無不爲,事不可殫悉。公雖謹厚樸直,而天懷坦逸,寄託高邁。自爲郎出守黔中,以缺裁不赴,林居徜徉,泉石詩酒,以自陶寫。嘗過龍門,觀太華,適吳越,芒鞵竹杖,有灑然出塵之思。卒之日,猶驅欵段,尋舊所釣遊處,歸而與家人論文談藝,日夕不倦,至夜分而形神離矣。康熙三十四年六月二十日也,春秋六十有八。予嘗聞蔚州歿而有異雲氣覆其塚上,其爲天人無疑。今公無疾化去,其騎箕尾歷星辰而亦與天遊乎?公之子六人,昉辰,行人司司副。旭升,壬戌科進士,户科給事中,與余有文字之知者也。暉吉,貢生。暄亨,甲戌科進士,翰林院庶吉士。映乾,光禄寺典簿。曙巖,廩生。女一,適太學生劉贏。孫十四人。嗚呼!公之所得於天、全於人者如此,此公可以無憾。而世或謂天之報施善人或有不盡然者,然觀於公,亦庶幾可以明於天人之故矣。公諱振藻,字天葩,號約齋。初配史恭人,繼配沈恭人。銘曰:

蔚州宿學不可捫,寒松晚節今彌尊。流風百世尚可敦,名家清切連高門。韋相傳經遺後昆,范公幕下羅璵璠。少翁堯夫堪等倫,矯矯介復何騰掀。隴西世業堪重論,維桑仙李深蟠根。仲也耿耿登星垣,季也詞館初高騫。其餘頭角皆軒軒,咸池迭奏如篪塤。公胡不樂歸精魂,隴岡樵牧無敢喧。

謝府君墓誌銘

謝君名燕昌，字翼之，其先家平江。上世祖曰宇，以宋建炎中進士，爲定海令，歿而民葬之。後世依以不去，遂爲定海人。元至正間爲高安令者曰嗣謙，更五世爲僉事者曰琛，僉事以明正統己未進士初仕爲上饒令，政有異，民祠祝之弗衰。僉事弟璵生廷華，君之五世祖也。高大父曰維寧，曾大父曰綸，兩世皆贈參政。大父曰渭明，萬曆庚戌進士，累官四川按察使，平水西有功，民爲立祠。自其先世至按察，仕者皆有功德於民。按察生子六人，仲曰泰臻，君考也，贈文林郎。君爲人孝弟，偪偪有節概。國初時海叛，帥以數千人入據縣，君倉卒負親出，挈兩弟，匍匐叢篁險陿間，黧面重趼，連晝夜不息，以免於難。已而王師渡江，餘賊匿島中，將悉衆來寇。君率家人設守禦，謹偵候，以兵法部勒之，備未成，賊至，君白贈公："寇亟矣，盍避之？"公曰："第以若母行，毋更憂我。"賊入，致公舟中，公不爲屈，反覆數以大義，且曰："吾自度葬魚腹耳。"賊怒，公及於難。當此時，君呼號走海上，嚙指血淋漓，求父在所，岸上人遥望見之，無不泣下。後家益困，歲祲，負米事母，兄弟三人常易衣以出，愉愉如也。每催科符至，輒掩卷而起，已，又篝鐙夜咿唔聲相答和。君讀書過目輒能暗記，所習誦丹鉛校讐滿於筐篋。羣從子弟工舉子業三十餘人，以君爲師。會母病，君旦夕侍卧起三年，蟣虱盈衣帶，至不可捫。中夜籲天，祈代。母卒，備哀如禮，奉贈公衣冠杖履葬焉。以博士弟子員游國學，試輒高等，冠其儕流。謁吏部試經義，判又高等，授州同知，歸而歎曰："自吾父抱道不仕，且仗節以死。吾其敢違吾父之訓？"於是耕海之旁，泊然將老矣。顧於邦人有大利害，則準其力之能爲無所惜。小浹港長，山橋横絶，縣東南當孔道，毁於寇，君治之橋完如初。定海南東崗碶西接鄞，東錢湖其中有渠，歲開碶版，引湖灌渠溉田，嘗數千頃，版之分有上中下，自下上鄞爲首，奉化次之，定海又次之，歲旱則湖水淺不盈，不能達渠，雖開上版而於定海田未有利。君謂錢湖利三縣田,正賦是賴,獨定海田無利,是無賦也。請易置版,於鄞無害而定海實百世之利。縣令上其言,巡撫如君指。既得請,湖渠通流,田盡腴壤,比歲大穰,民歌舞以樂之。盤嶴爲靈巖奥區,樵蘇饒於諸鄉。然環溪而入,淫潦不時,水高數丈,或經月斷人行,君則巉者削之,窪者培之,水深以衝者横以短梁,填以巨石,而險道以夷。縣負海,夏秋多颶風,學宫數敧傾。君董其役,鼛鼓勸工,不勞而成。君雖不仕,視今之仕者其所張設措施爲何如哉?假令君出而仕,或拘於文法,掣於上官,其所能爲豈盡得如其所志哉?君既號長者,一夕盗胠百金去,盗之主裨帥既覺,將按以法,君曰:"舍之,使其人悔改。"又當亂時,人乘間竊槖中貲,君知其人,弗問,後人自悔恐,願以田償君,君立謝,取焚其券,今其子孫每食必祝曰:"願世世毋忘君之德。"然則君之行身與人,不亦古之所謂賢豪間者耶?君娶李孺人,李先世以軍功襲指揮使,孺人則脱棄紈綺,温恭儉勤,相其夫子,以致孝養於其親,教其子兼備恩義。君弟妹之子若女,孺人撫之如己子女,使各有所成立,君可謂有賢配已。君性疎曠,有精力,嘗自營葬地,曰:"白峯爲堂,清溪爲闑,吾魂魄樂而安之。"卒年五十有五,逾月孺人亦卒,年五十有八。君卒以康熙二十二年十月二十七日,孺人卒以是年十二月二十三日,以明年某月某甲子合葬盤溪下樂嶴山之麓,即君所自營地也。子男二人,長緒彦,次緒章。女三人,皆嫁士人。緒彦壬戌進士,余既識其文,君之弟監察御史兆昌聞君之喪,將歸,過取别,以緒彦所爲狀示余,屬之銘。既讀狀,歎曰:"是惟賢也,宜有銘。"銘曰:

誰與仕者,民亦孔艱。有介于石,被褐以完。惟定邑乘,記隱君子。謝氏聞人,載張載弛。銜鬚罵賊,氣薄雲霄。彼此肉食,競以自豪。惟仁成身,式惠厥後。亦繼其志,惟德之有。子弟師之,鄉社祠之。或嬰簪組,多爲世疵。世所争趨,君勇絶之。爲所不爲,詎庸以私。人曷思之,洋洋海湄。海如有涯,泐此墓碑。

封户部河南司郎中在只王公墓誌銘

封光禄大夫王公之葬也，其孤山東運使廷掄使來請銘。余與公同州里，昔我先公爲仲孫豫朋擇婦於里中，得公長女，賢孝聞於鄉邦。葢公之行己教家，以施諸世，皆卓然有可稱述者焉。運使君初筮仕爲青州通判，始親民事，公來官舍，提攜囊篋以家貲辦公務，屏去屬邑餉遺，不取民一物，民頌惠和聲滿青齊間。公夫人李卒，運使君奉公歸。方是時，晉郡縣大祲，蝗蝝徧郊野，公歸則出錢數十萬緡，募人捕瘞。我先公分口食食餓者，公亦捐糈周給，州人以故不流離。嗚呼！《周禮》相賙相卹之法行，則天不爲災，而民不困於歲。後世人各自私，於是比閭州黨，有無死亡，相視如秦越人，莫之省顧，一遇年凶荒，則必仰於官之蠲賑。幸遇長吏賢，不壅於上聞，又幸有仁主在上，除租賦，出金錢，發粟設糜，惟恐不及，而吏之奉行之者猶有能有不能，民之待澤者猶有及有不及，則朝廷大恩其得被於窮簷蔀屋嗷嗷就斃之民者，亦已鮮矣。安得鄉有君子好行其德如公之自保其鄉，庶幾猶有《周禮》之遺法乎？太行古稱奇嶮，實當孔道，毀轅膺馬，不絶於途。葢其巖窋顛䨓烈於深淵，行者憚焉。公出私錢修治之，險者夷，隘者拓，載馳載驟，行旅歌謳。比予再經，忘嚮者之艱而思公之德藉於無窮，而太息之未有已也。公所施設其利於人甚衆，爲紀其大者如此。運使君入官户部，公時一至焉，以觀其所爲，及其出守汀州，次子廷揚亦入官户部，公戒之不資公府絲粒，一如運使之在青汀也。後運使君再涖山東，公曰："此汝昔所歷地，盍益勉諸？"由是運使君奉公教惟謹。以公訃而歸也，山東人攀留之，至不忍别去。然則運使之奉教而施於民者可知已。葢公之修己教家既卓然可觀，宜其設施於外有過人者，是以君子之觀人，必本諸内行也。公諱璇，字在只，居澤州之南曰楸木窪者。自太行而北有山澗，澗水北流可數十里，公所居在澗之西，土田高起，草木脩茂，上有流泉，可溉花竹。公之祖諱國賓，父諱白振，卜築而安焉。以長德導其居人，隱而未耀。公與弟珣生皆穎異，祖撫而奇之，曰："此兩兒殆興吾門乎？"公入州學爲高才生，珣以武學生舉於鄉，成進士。公以貢入國學，名在吏部，爲選人，當需次縣令而遽引還，退居蕭然自遠，教二子，皆有所成立，此其於世之角逐於聲利之場者所得孰爲多少也？家居益敦古誼，睦親族，使皆有以自給，喪者、婚者、徭賦之不備者緩急恃以無憂。晚築小堡，名曰永寧，聚族黨，勤守望，講孝友婣睦任卹之道不倦，而公亦且老矣。運使君以卓異薦入京師，賜蟒服，既又封公光禄大夫，贈公祖若父官皆如之。運使君迎駕南幸，賜公"古稀人瑞"御書四大字，可謂榮顯已。今年八月遽以疾逝，二十一日也，距其生崇禎十年十一月十八日，得年七十。公初娶贈一品夫人茹氏，有婦德，生廷掄。繼室以一品夫人李氏，生廷揚，進士。君無後，以廷揚爲後，女適甲戌進士鞏昌府撫民同知陳豫朋，余之仲子，即前所謂擇婦而得公女者也。又二女，一適吕宸，一適陳修元。孫鈞由，庠生，貢國學。孫女五人。先是李夫人葬某山之原，至是以公卒之明歲，康熙四十又六年某月某甲子，將啓其封而合葬焉。銘曰：

有輝自家，而極崇於朝也。不顯其身，則惟其子之褒也。晉人載德，咸歌其休也。德之云遐，若山峙而泉流也。世繼繩繩，永光此丘也。

贈詹事府少詹事田公暨配梁太恭人墓誌銘

康熙三十年春正月，學士田公以母喪去位。予與學士生同鄉，同官翰林，在直廬日相見，而未嘗一造其室，至是往弔於寢。老屋蕭然，風日漏穿，苫土不飾，學士觸地無容，嚶嚶泣孺子聲，弔者感動嘆息以爲賢。今世顯者之喪，重幄帟飾，芻靈象物多致貴人牓書，冰紈霜縑被檐衣棟，以自旌耀，學士無一有焉。哭拜且已，又拜而言，曰："吾母之銘敢以煩執事。且先大夫懿行久不銘，以俟當世之能文者，幸執事毋辭。"余倉卒不得讓，諾而出。余惟學士之賢而能不累於俗，自力於孝如此，其有由也夫。公諱大稔，字皐海，馬邑人。王父諱世芳，以明經爲絳州司訓，稍遷太谷教論。嚴正直方，律身以禮，士皆憚讋，嚮於學。考諱嘉種，耆宿長德，爲諸生祭酒，鄉黨化其行誼。舉三男子，伯以諸生不屈流賊李自成，忼慨蹈義以死。公其季也，生而夙慧，一目數行下，年十三補博士弟子員。純孝友恭，篤踐實行，與人無貴賤少長接以誠意，紓難攘急，族姻肅和。喜賓客，時至，命觴盡客歡。口不言人過，人有言者輒不答，或亂以他語。飲於郊，客妄謂公慢己，怒與俱歸，譁於途，“吾酒方酣，何爾遽罷，若敢復飲乎?”適我公不辭，比至客家，客怒解，竟歡如初。夜有竊菽者，僮物色得其人，公謂僮:“吾家菽寧有符記耶?”温言謝其人，人大悔改行。公居心克己皆此類。公卒以康熙壬寅四月，年五十有三。以學士貴贈中憲大夫日講官起居注詹事府少詹事，兼翰林院侍講學士。封太恭人梁氏，山陰人，父諱某，以明經爲學者師。太恭人歸於公也，温淑静好，善治内事。公事親孝，太恭人晨昏左右，恪恭罔怠。公好客，太恭人常脱佩環，治醪醴肴核以盡公意。公晚而不視生産，太恭人用農事，殖其家，較晴雨，時播種，耕耘斂穫皆有法則。凡公之爲，皆太恭人相之也。太恭人卒以康熙辛未正月，年七十有九。男子子五人，長即學士喜，辛丑進士，内閣學士兼禮部侍郎。次喜遷，庠生，早逝。次喜霆，歲貢生，汾陽訓導。次喜鱠，廪膳生。次喜鰀，南豐丞，爲後於仲父。女子子一人，適李維基。孫男十二人。學士又云:“先大夫棄不孝孤閲十稔矣，所不墜我公遺緒以行身立朝者，繄惟吾母之教。”觀太恭人之行，於學士爲賢母，於公爲賢妻。觀公之行，於世爲賢人，則學士之賢其有由也。夫余是以願銘焉。銘曰:

古者淳悶，不相往來。我觀於鄉，厥惟賢哉。有美其居，拒門弗開。我觀於家，猗嗟賢母。吾莫逐榮，亦莫予侮。昔相夫子，秀出士林。温恭其德，如式玉金。有而不施，大其後人。峨峨塞山，鬱鬱高墳。昭昭無窮，視此刻文。

提督陝西學政按察司僉事洪君墓誌銘

始余奇洪生琅友之文。琅友舉進士，爲中書舍人，相聚於京師，因交其從兄谷一君，知其人賢者也。居數年，君由禮部督學秦中，而琅友官吏部以卒。余閉門謝交游，雖以君之賢，葢於今絶不通問者十年餘矣。今年冬，君之孤以君卒之月日及許給事承宣所爲狀以來請銘，曰："君治命也。"予不得辭。君歙人，諱琮，字谷一，又字瑞玉。上世有顯仕，唐則黜陟使曰某，宋則少師曰某，明則尚書謚恭靖曰某。恭靖有從子諱某，以孝聞，君之高大父也。曾大父太學生諱某，大父贈承德郎諱某，父贈朝議大夫諱某，以學行祀於鄉。君弱冠以尚書領鄉薦，國初爲崇明教諭，舉順治九年進士，除平涼府推官。承重丁祖母徐太安人憂，服闋補廣東韶州府推官，歷遷行人司行人、刑部主事員外郎、禮部郎中、提督陝西學政，終養母許太恭人。以康熙二十三年十二月某日卒於家，年六十有五。初君之生十有一年，能一日爲經義七篇，驚其長老，由是江之南北號曰神童。顧朝議公弗深喜，曰："古之學者道積而有言，今子學未成而言之多若是，吾懼子之外飾也。盍道務是求？"於是君自爲童子已志於正學矣。故其自莅事，教士治民罔弗本於其學。東粤新附，建兩藩王，邑令府掾皆所易置，憑依城社，張距磨牙，眈眈伺人，君至則曰："此濂溪先生提刑舊地也。"甫下車，大書"洗寃澤物"四字，榜之中堂。爲政精密嚴恕，一以周子爲師，法成令修，姦黠消沮，强梗從化，上下安悦。折獄迎刃砉然而解，訟者皆願之君所，旁郡縣有寃獄皆就君。治部使者行郡縣，必與君俱。招徠流亡，闢土田，通貿遷，民稍稍出水火而登衽席矣。當是時，兵猶未戢，征調頻繁，諸郡縣苦供億，弗繼則吏執其咎，曲江、始興、保昌三縣令至相繼自裁。君條上幫貼夫船長行之議，謂夫船供應廪給額規而外，若馬匹折乾索勒則宜革，存留傳銀則宜請動支解，運腳費則宜請例給，鄰縣則宜議協濟，大吏韙其議。雄韶諸郡吏民有更生之樂，勒石頌君功德焉。郴桂之界烏春山有妖民郭天鵬者爲亂，時議以兵誅之，君曰："無庸兵。"密召鄉勇，計縛天鵬。鬼子尚爲亡命逋逃藪，君選數騎，乘夜抵其寨，絶水道，諭之順逆禍福，即日弭散。虔賊王秀等已就降，至翁源復叛，渡江大掠，約賊黨内應。君用間誘使殺賊自効，而督猺官與戰，禽秀，殲餘賊四十人。曲江猺刼殺人，君單騎往，鞫得其擅殺者七人抵法，餘不問，全活數千人。於是督撫御史臺使者交章薦君於朝。君在刑部，取歷代疏議釋義箋注諸書考證晰疑，使法必當情，吏不得緣爲奸。律，官私掘藏物聽收用，官私字誤官司，廣西容縣民坐掘藏物誤罹法者衆，君取舊律文爲證，事得白，更著爲令。君之莅事治民其大者如此。初君之教授崇明也，敦尚實行，風勵學者毋苟趨利禄，而文學之士彬彬興起。及在秦中，慨然念曰："國家所命督者，學也，匪獨文也。必學正而文興。"於是所以造士之法悉準於古，重建關中書院，祀其鄉大儒横渠張子，延李君中孚講學其中，揭其條目，爲學之序、修身接物之要，實與白鹿之旨相發明。葢關中理學之傳自明季，馮少墟益推闡而光大之，君則爲之刊其論著，布之學宫，曰："爾多士歸而求之，有餘師也。"君之教士者如此。以君之言，其見於世者未能盡究其用，而跡其所以張設措施之意，悉不失其爲學之指，君於聖人之道可謂勤矣。元配王氏，贈恭人。繼室方氏，封恭人。以某年月日葬於某里某原，以元配王恭人祔。恭人婉嫕有内德，前君二十九年卒。子男五人，景行，東流縣學教諭。覺行，歲貢生。周行，候選州同知。雲行，太學生。時行，幼。女八人，皆適世家，有名行。孫男十一人，述，庠生。逵、遇、遴、遵、邃、選、連、迥、遊、遹、俱幼。琅友名玗，爲人謹飭有文，善書法。予之知君以琅友，琅友之殁，余不及銘而銘君，可慨也。銘曰：

去聖經遠，註箋紛如。孰集其成，孰究其初。相厥宅里，大賢所居。高原鬱鬱，碑石峨峨。近壠墓者，紫陽之巖阿。

贈工部虞衡司員外郎闇然衛公暨配賈太宜人墓誌銘

康熙三十有四年，里有賢媪壽届百歲，里中大夫士以其故俗風謡，圖寫屏風，長筵勸酒，以余濫爵，厠名其中，時實奉諱蒲伏，弗敢躋堂。惟國之人瑞願因喪除而往見其廬。無何媪卒，春秋九十有七。余將往弔於寢門，會拜户部之命，爲裝以行，其冢孫維斗介其宗老太守君布狀謁銘於余，曰："將開奉政公之藏而窆焉，乞爲合葬之銘。"奉政公者姓衛氏，諱琦，字闇然，稱奉政贈公也，年二十三歲而歿。媪封太宜人，朝議大夫賈公某女。今去奉政之歿，葢七十有餘年矣。按狀，奉政公生而異姿，賦質簡静，疾華躭朴，不與俗伍，考德攻業，亡於悴勤。事父母有曾閔之行，至今誦説孝子孝子云。歿之日雙親垂白，幼孤三齡，而同懷弟妹九人，咸在太宜人，自箴盥始事，早著令儀。至是霜晨臼杵，夜月機絲，内勤事育，外捍門户，養三齡兒稍長，嚴熊荻之教，後爲御史，有名世祖朝。奉政之贈、太宜人之封，皆以侍御故。先太宜人以歿，於是時，太宜人年八十矣。維斗才九齡，兩弟在襁褓。初侍御君性剛嚴，嘗嚄唶人過，人畏忌者多。及是則禦侮予抗横逆崎嶇艱難之中，再興衛氏，故余以謂賢也。嗚呼！以奉政公之篤於孝、豐於才而嗇於命，天假太宜人，立兩世之孤兒，登百年之上壽。彼蒼蒼者，豈無意於斯人哉？是以余銘奉政公之合窆，而尤興起於太宜人之賢爲可觀感也。侍御君令商城，遷水衡榷杭關，及以曹官代，巡狩於江南也，皆秉太宜人之教令以行。商城河無津梁，解橐金，倡其縣人爲橋，以資利涉，商城之人名之曰衛母橋。其心存濟施皆此類也。考終之日，鄉里悲焉。雖奉政公之不禄，相見於泉門，亦可怡然無憾也已矣。奉政公生以萬曆二十六年七月十二日，卒以萬曆四十八年三月初一日。太宜人生以前明萬曆二十六年十月十八日，卒以皇清康熙三十三年七月十五日。男子正元，更名正，丙戌進士，歷官御史内陞，所謂三齡兒也。孫男四，維皇，庠生，卒。維斗，監生，候補理藩院知事。維本，增廣生。維正，增廣生。孫女一，卒。曾孫男二，首榜、廷榜。曾孫女三。衛氏先世爲河東人，遷陽城，以甲乙科顯者甚衆。奉政公高祖世清、曾祖九堯皆有隱德，祖天雨雄俊人也。考遵訓，邑諸生，有聲儒林。余北轅時，太守公送之樊川之上，謂余："衛氏世行非子銘不彰。"余諾而行，在道濡筆以銘，不敢負太守君之屬。太守君立鼎，所謂維斗之宗老者也。銘曰：

河東璿源，其際清泚。蔚彼裔苗，産此杞梓。不慭哲人，光流景駛。天豈謂然，有美並起。作儷淑媛，造我堂構。靈柯謝春，穠華掩秀。簪珥弗施，象服爰授。百齡未多，千秋旦晝。里館曉閉，泉庭宵明。崇芒鬱望，哀輓愴聲。維北沁流，維南析城。高山長川，悠悠我情。

兵部督捕主事龎君墓誌銘

龎君名太棫，字錦里，其先即墨人。上世祖某勝國初知高平縣，去官，人吏卧轍攀轅，借令君撫我。既不得請，則曰爲鄉先生，以矜式我父老子弟，於是因留家焉。子孫世居唐安里，數遭兵刼，譜牒散亡，可考而知者，遠祖有子三人，伯氷，仲佐，明經爲和陽縣丞，叔清，自清以下遺其名。君之祖道興、父志德，贈奉直大夫兵部主事。母何氏，贈恭人。君弱不好弄，獨時騎竹馬，羣兒騶唱，導從以嬉。奉直君見而憐之，曰："吾田家兒後，豈能有此乎？"及長，侍奉直君，羈游滑縣，居益貧，君間關南北，竭力顧養。奉直君、孺人相繼殁，負土庀，治窀穸，過時而哀，州里高其行事，君守貧益堅。當此時鹽法大窳，巡鹽使者歲下司農鹺引目於郡縣長吏，按户口徵斂，盈詘不平，公私交病。於是巨賫大賈各有分地受鹽，轉輸四出，高下其直，以罔氓利。然官引目亦由是通行，歲所上課如額，官吏安之矣。君獨謂以吾意行法，法無不善，北遊天津，周旋客豪間，欲以行其意。人既知君長者，就問之，君曰："毋病民，民不病。法行，斯善矣。"皆曰：

"敬如君意以行。"鹽使者賴其力,皆愛重君。固安董氏之分地也,鹽壅不行,逋責盈積,以屬人,人罔敢應者。君曰:"是獨不可行吾意乎?"至則與人約:"吾以急公家之務耳,矢不以私羸病吾人。"行之未及期,人以和輯,官私辦給。凡君於鹽筴,攬綱挈目,亦不屑屑身自持籌算。顧喜親書册,慕學行,有褒衣博帶之風,嘗慨然曰:"使吾當官,以吾法行之,官事必理。"時兵興西南,行間餽需急,朝廷終不以軍食困民,下令能助軍資者以官賞相激勸,君由是入貲,以太學生爲兵部督捕西第三司主事,正刑書,懲周内,慎平反,舞文骫法之吏斂手卻立,莫敢仰視,君歎曰:"法果不可以行吾意乎?"居六年,榷崇明海關税,傾倒匳篋以自隨,曰:"吾故不欲以財自汚,敢不洗濯?"奉職滿差歸,次維揚驛舍而卒。卒之日,故時橐皆已盡,無海關一物一錢。嗚呼!君之志固如此,良可尚也已。君孝友行義,孤貧自立,奮身郎署,迴翔歲時。初贈考承德郎,妣安人,再贈考如其官,妣恭人。始騎竹馬時,贈君憐之而心不謂爲然也。今君所成立有異,其亦非偶然者與?君娶段氏,無子,賢而不妬忌,爲君納兩姬,亦皆無子,女一人,段恭人出,適里中馮生。段恭人前君三年卒,君卒以康熙己巳八月,距生之年丙寅,得年六十有四。以姪嗣煊爲後,嗣煊卒,以嗣焜、嗣煜爲後,以姪孫奭爲嗣煊後,皆君所自擇而立者。君於内外行修篤如此,宜皆可銘。銘曰:

材賢天畀,匪直一科。横鱗集翼,藹吉斯多。安平之壘,齊城嶕嵲。洋洋國風,暢彼條葉。泫氏之墟,壺山且長。蔽芾勿剪,茇此甘棠。流風邈矣,復其孫子。君奮孤童,遠踵祖趾。餘分閏氣,産生駿雄。光岳所蔭,就日翔風。白楊蕭蕭,青竹斯在。摩簡簒詞,投筆一嘅。

巡撫浙江兵部右侍郎兼都察院右副都御史公孚張君墓誌銘

陽城古堯都東鄙地。其人能世其道德風化之美,以余所聞於長老士之以文學節槩事功著名於時，近代則原襄敏公、楊正肅公、張太宰公，其尤卓卓在人覩記者公孚，太宰公姪孫也。公孚其字，諱泰交，居虎谷里，其地在沁水傍，沁水一曰涓水，故又字涓谷。上世祖可紀者曰演，曰純，曰曉，曉以子昇貴贈中憲大夫河南衛輝府知府，以曾孫慎言貴，贈光禄大夫太子太保吏部尚書。高祖昇，明嘉靖庚戌進士，歷官河南左參政，以孫慎言貴，贈如其官。慎言，萬曆庚戌進士，累仕至南京吏部尚書加太子太保，稱太宰公，著其官號也。曾王父天與，增廣生。王父慎思，貢生。父履祥，諸生，皆以泰交貴，贈如泰交官。公孚之始生，震雷繞舍，有龍起壁中，其明日，隣媪夢天樂聲送兒來。公孚生而秀碩，有異質，髫齡即知問學。父遊覃懷間久不歸，迄不知在所，思慕悲號，誦《孝經》至顯親揚名，嗚咽不自勝。年十二，試於邑令，令奇其才。甫冠，大父殁，家益貧落，欲棄書冊爲賈人者數矣。會祥符張君甫令邑中，試邑中諸童子，見公孚尤奇之。初公孚業某經，至是張君授以《春秋》胡氏傳，遂治《春秋》。康熙辛酉舉於鄉，壬戌予承乏翰林掌院學士，領貢舉，同被命則相國前吏部尚書錢塘黄公、工部尚書大興朱公、相國前户部侍郎合肥李公，皆嵬然耆宿，謂余以文字爲職業，屬予勘定。至春秋卷，得公孚文，予曰："此可以魁其經矣。"諸公曰："中有眷眷兩字，未知所出。"予曰："有之。"諸公於是與予畧有異同，予反覆公孚之文，未嘗不歎其果可以魁其經也。先是，予子壯履誦《詩》及《易》，及見公孚通《春秋傳》，因令從公孚學《春秋》，蓋公孚之於《春秋》，可以爲人師矣。公孚雖爲進士，凜凜自修飭，恥干請，舍館授徒，士之遊其門者彬彬如也。居數年，家益貧，仕爲太和令。滇南去京師萬里，予親爲治裝，祖道别去。居五年，太和大治，行取授廣西道監察御史，巡視長蘆鹽政御史。例，歲二八月内陞外轉各一人，在差則否，公孚以特旨内陞，遷太僕寺少卿，提督江南學政。未一年，遷大理寺卿，數月遷都察院左副都御史，又遷刑部右侍郎，未幾，巡撫浙江。自太僕至巡撫，累遷皆在學政差，蓋上之知人善任如此。公孚之在太和也，治大理附郭，民苦供億,多竄亡,兵占民居且十九,而悍卒驕横以縣庭爲營房,令莫敢問。前令僦民屋以居,至則吏請就民屋,公孚謂:“縣令命官,宜有體,何用民屋爲?”遂馳入縣庭,方視事庭中,營兵來校射,公孚謂:“縣令臨民地,非兵校射所。”語不孫,鞭撻之,於是諸營讋伏。永昌道轄七府,大理轄八州縣,而太和獨困煩役。提學道臨試及提督道府公廨修葺,諸所需物皆累太和民。公孚曰:“民曷以堪耶?”請以府,歸五州縣道署,歸八州縣提學道,歸十三學使供其費,提督則自葺其廨,莫有違者。兵糧由府佐給,公孚曰:“有司責也。縣收府放,徒煩轉運,何如縣收縣放之爲便。”大吏韙其請。里中民夫苦輕役力,除之。雖上官皆出貲募,不復輕役一夫。營兵混民居,男女雜沓,爲擇地立屋,由是兵民異處矣。歲編審丁户,例有心紅千金之饋,公孚誓於城隍之神而革之。至學宫城垣,義倉義田諸廢具興,不勞民力,此太和之所以大治也。公孚之詩予不多見,今讀其去太和詩:“點蒼石在無船載,洱海風狂有岸登”,此非名句耶?其流風可想見矣。其爲御史也,有疏通選法、順天鄉試冒籍、山左饑民諸疏。一日朝退,見旗人索債毆職官,問其所償,數已逾倍,毁其券,鞭其背,事涉勢要弗顧也。賽黄彪李三者,巨猾也,以私怨殺人,誣山東人張乙所殺,獄成矣,鞫得情,乙釋焉。一日過予,云:“刑部吏持文卷來獨遲,某廷笞之,刑曹譁然,以爲例無有。夫笞吏非例,獨不猶愈於闒茸者流乎?”予時因朝會,語直公孚,譁者乃已。其在長蘆,申條約,革陋規,人憚服焉。其視江南學也,絶交遊,却私函,雖家書必開封,使人察之無他語,始取視焉。而待士惟寬,士皆稱之,上由是愈益知公孚矣。其巡撫浙江,嚴交際,抑奔競,恤災眚,鎖盜萌,留標兵,以壯節鉞。築江塘,以弭水患,民賴以安。駕視河土,民請渡江幸武林,上召對行宫,温語延問,予時扈從在武林,亦未及相過從。其後邂逅於吴門,執手爲别。明年,公孚遂遘疾以殁。方迴鑾時,對閣臣言張泰交居官甚優,如是者再,上知公孚者甚深,而公孚之所以報上者,雖不能究其成功,而心力亦已殫矣。及卧疾,上章辭歸里,上遣内閣中書噶爾泰馳驛往視，章未下而公孚病且革。前一日諸案牘猶耳聆口授，及暮便不成語，質明而逝。時四十五年正月二十六日，距生之年順治八年四月十二日，得年五十有六。上聞而悼惜，賜卹逾常等。予嘗謂陽城人有陶唐氏遺風，雖其人類能自立以有成，然更歷二帝一王，迄今四千餘年之久，其漸被而陶染之者德化之所及猶有存焉，况親逢聖人之教者哉？觀上之所以終始於公孚者，可以感發而興起矣。陽城人及予所接多偉人奇士，不具列而稱原楊二公者，以長老之所傳聞世遠而論定也。若予所接則姻婭友朋予之言，既不足取信來者，而又恐因是以累公孚也。若公孚之所爲，既能承太宰公之家學，而或亦可以無慚於原、楊二公也矣，後世必有知而論定之者。公孚既幼失贈公，自稚長每一念至，哀痛感人，友愛弱弟，弟亦恭謹甚。上嘗賜額"推誠遇人"，夫知人則哲，是之謂與？母范氏，前母曹氏，贈一品夫人。母范夫人之歿，公孚毁幾殆，哭而目眥皆裂，至爲巡撫，目嘗不能良視，上見每問焉。初娶潘氏，贈一品夫人。夫人當困窶，奉姑至孝，備極敬養之宜，及卒，太夫人悼慟，至以累其壽。繼暢氏，繼石氏，封一品夫人。夫人某官某女，族貴而賢，容以德充，儀以教立，不福而灾。又繼喬氏，實主裳帷脯醢之事，哀禮咸至，以歸於鄉國。初暢夫人有二子，喪皆未及中殤，將以某年某月某甲子合窆於某原之阡。女子子四人，潘夫人出者一，適前翰林張公道湜子廩貢生德渠，先卒。石夫人出者一，未許字。其二人側室某氏、某氏出，一許字户部左侍郎田公六善孫晉，一未許字。以從兄泰來子汝欽爲子。今走千數百里以狀來謁銘於予者，汝欽也。汝欽敦厚有家風，克纘前緒，用光於後，公孚爲有子矣。銘曰：

生士鄉，同里閈。垂景耀，披芳翰。思古人，不我見。居是邦，慕喆彦。天茫茫，知際畔。君才富，十倍算。百年路，浩壇曼。吁嗟乎，纔過半。銘藏幽，發永歎。

奉直大夫達州知州立軒林公墓誌銘

余獲交海内賢士大夫垂五十年，最篤契者惟長洲汪編修鈍翁、新城王尚書阮亭二公而已。二公有入室弟子曰候官林佶者，以二公故遊吾門，余亦以二公之學業期之。每來謁，視其色輒愀然若重有憂者，予詢之，則知其父母老矣，以拔貢來京師，欲博升斗之養而不遂也。無何佶歸覲，因舉於鄉而父殁，終喪再上春官不第，乃以獻賦被旨留直武英侍書，而母又殁，佶哀號，痛禄不逮親而終天抱恨也。衰絰踳余門告奔喪歸葬，且捧其兄侗來訃濡血簒狀以求銘先人之墓，余何忍辭。按狀，林先家莆，其遷福州自元進士重器始也。四傳至明知江寧縣真，而林之家聲益大，又再傳而林之子姓始衍。凡十二傳而至於公，諱遜，字敏子，立軒其别字也。幼刻苦力學，爲文踔厲風發，貫穿古今，奇而法也。久噪場屋不售，國初以歲貢授校官，旋中甲午鄉試副榜，膺特薦，始擇爲吏也。令三原七年，以清節自砥，不名一錢，古之遺愛也。擢守開州，未期年，遭父喪去職，再補達州，嘘癃噢殘，孑遺用康，施政理人。績未竟也，以不能媚事上官，投紱歸隱返初服也。平生未嘗一日廢學，復不妄學，明體達用，根據經史，有大醇而無小疵也。教子弟務循謹守禮法，不汲汲榮名，朗陵萬石之風也。二子皆通經學古，不溺流俗，灼然可致顯揚也。自少至老，撮抄羣書幾等身，耄而勤，尤世所希惜炳燭也。配陳宜人，福清諸生陳公自程之女也，産名家，多嬍行，歸公後，早經辛苦，井臼親操，中膺朱芾，荆布不改，勤且儉也。其大者則孝尊章，和娣姒，教二子皆有學行，撫三女兩以節孝著也。他如處親族鄰並以恩禮，待臧獲以仁，凡尋常閨門之所有者不足爲宜人道也。嗚呼！公爲州縣長，所至而民安之，去而民思之，居鄉而人敬之，無不稱爲善人長者。公之得於人而非蕲於人者也。罹兵亂不能侵，遭荒歲不能困，宦途險巇，履亨蹈夷自若。且與宜人俱享上壽，令德考終，公雖詘於天而卒未嘗不信者也。贈承德郎一鶱，封安人，陳公之王父母也。封奉直大夫鼎春，贈宜人，施公之考妣也。署教諭佪，己夘科舉人，武英殿侍書佶，公之二子也。字薛，未行以純孝歿。曰孟端，嫁署教諭陳國琦。曰廷端，嫁廖超，奉旨旌表。曰璋端，皆公女也。監生在㠍、在崋、庠生正青、監生在衡、在峩、在岍，公之孫也。適莊宏者曰淑嘉，適莊應琳者曰淑平，適陳朝爵者曰淑和，適陳聖恩者曰淑禧，公之孫女也。曾孫男十二人，曾孫女十人，尚幼也。萬曆四十七年五月十二日未時，萬曆四十六年十一月初四日丑時，公與宜人生之年月日也。康熙四十年九月初六日子時，四十七年九月十七日未時，公與宜人卒之年月日也。公前以康熙壬午卜葬於北阡之長林莊，林氏先世聚葬之原也。今卜以某年月日奉宜人之喪合諸墓，從先志也。凡狀之所詳，余撮其大書之，其未詳者有子若孫能傳而述之也。嗚呼！世族大家世非乏也，然遡四五百年名德相承守譜牒奉丘壟詩書之道益昌如林氏者有幾耶？惟德與年不可倖致，高行清節，蔚爲儒師，且夫婦皆八九十歲如公者，又有幾耶？佶所悲者，以不能取一第慰其親，又以不及視母之含殮爲傷痛，然人子之所以不朽其親者，固自有在，佶憾雖無窮，而亦安以是爲歉耶？況侍醫藥，治棺衾，有其長兄在，佶之哀其亦可稍紓已乎？余於汪王二公皆嘗有一日薦剡之雅，獨於佶未汲引，不能不往來於懷焉。然佶已自受知九重矣。儲其才以養其器，異日所以顯揚其親者，又烏知所窮耶？是公與宜人亦可含笑地下矣。是宜銘。銘曰：

閩越無諸爲始封，山川鬱積含敦厖。士不遊宦道自尊，自唐及宋迺漸通。儒先蔚起相撞舂，長林得姓林所宗。遥遥華胄莆田分，十二傳逮奉直公。讀書汲古深磨礱，一行作吏揚清風。卷懷引去直如繩，年高德卲聲彌宏。夫妻白首相敬恭，生子倜儻才過翁。考文徵獻飭其躬，是穮是蓘維年豐。有鬱北阡峙巃嵸，堂斧巀嶪排幽宫。左昭右穆環重重，松楸夾植薦豆登。既安既固神所憑，福流奕禩垂無窮。

封蕭母程孺人合祔墓誌銘

翰林侍讀德州蕭君視畿輔學政，公廉造士，顯聞於朝廷，事已報命，輒用親老乞歸養。至是母孺人年八十有八，以康熙二十年十月二十九日終於里第，明年九月十五日合祔於封某官府君之阡。先事侍讀君以書狀徵銘於不佞敬曰："惟豫之侍吾母側也，時時爲嬰兒戲，而吾母亦以嬰兒視之。惟豫忘乎吾母之年，而吾母亦忘乎？惟豫之将老也，今則已矣，爲嬰兒戲不可得矣。"吾聞其言而悲之。侍讀君以終賈之年蜚英館閣，及其奉使命，司文教，風裁嶽嶽，不爲俗浼。海内士林有識之流聞聲相思，喁喁嚮望，宜且旦夕枋用。當此時，侍讀君年未及壯，棄其官，歸養母至二十五年之久。孺人期頤康强，考終無憾，而侍讀君追憶之言猶自悲如此。余於侍讀君忝齊年，點僚伍，浮沈一世，進不能有所建明於時，退不能安其親一日之養，如吾嚮者母夫人之大故，悠悠蒼天，抱恨無極，此吾之所以爲悲者也。余既悲侍讀君之言，又竊自悲孺人之所以教誡其子有類於吾母者可得一二指數焉。方侍讀君在館時，迎養孺人，俸錢不足食，晨餐夕膳，數進粗糲，孺人則喜曰："爲翰林一如爲諸生，吾安爾養也。"是時余亦迎養吾母夫人於京邸，歸之日，解兒故敝衣持以去，曰："識之，願兒無忘布衣時也。"侍讀君告而歸，杜門深居，泊然無營。孺人爲治生産，娶一婦，曰："吾甚幸，猶能爲爾娶一婦矣。"嫁一女，曰："吾甚幸，猶能爲爾嫁一女矣。"則又喜曰："爲鄉紳一如爲諸生，吾不責爾養也。"余以母夫人病，請急而歸也，母夫人病良已，戒其子曰："女往哉，吾爲爾娶婦嫁女，治裝具，給資斧焉。慎毋愛官家一錢。"蓋侍讀君督學駐畿南，余過而遇諸途，泫然泣以相告也。俯仰三十年，出處離合之際多有可悲者。孺人方登大壽以終，而先夫人宰樹已拱矣，此豈不尤可悲與？孺人姓程氏，故指揮程公諱尚之女，生有淑姿，端慤慈仁，及笄歸於封某官府君。府君豪俊不羈，遭家中落，孺人佐之勤儉，家以復振，撫異母男惟乾，不知其非孺人出也。孺人生二男子，惟晉，丁酉武舉人，鳳翔守備。惟豫，即侍讀君，戊戌進士，與余同讀中秘書者也。女三人，皆適士人。孫男九人，孫女八人，曾孫六人，曾孫女七人，玄孫男女九人。凡内外孫數十人，每遇良時節，集坐前，負者、抱者、卧枕膝者、牽衣跳踉舞以嬉者，孺人頷而樂之，驕矜之色、忿懥之意生平無幾微見於容止。會地大震，侍讀君急趨掖以起，孺人從容言何蒼黄乃爾，徐整衣出户庭，其儀度閑飭類如此。所居竹竿巷，與田中丞雯母居比鄰，二母以賢德相式好。田母之歿，中丞以書幣走千里，使敬爲傳記母軼事，今以侍讀君之請而銘孺人，異日有傳列女如劉中壘其人乎，並吾母而爲三良可無愧詞矣。故宜銘也。銘曰：

世有母師，教始幃庭。微隱畢達，萬目指稱。黨序官政，以翼以行。我初受書，先母諷傳。發於其事，老而不顛。奕奕蕭君，儒流競賀。母誨良嗣，謹小至大。我蘄其施，蠟貎卮辭。君弘母教，士視其尸。古求忠臣，于孝子門。白首孺慕，忍負大君。奉檄未晚，天與斯文。德水之陽，白雲如晦。幽堂萬年，芳儀儼在。我作銘詩，石永勿壞。顧瞻舊阡，輟筆遥嘅。

張母成太孺人墓誌銘

故陝西巡撫右副都御史陽城張公諱瑃，以名御史受知世廟，擢撫關隴，政化大行，清名盛德流芬海内，而以封通議公諱某府君爲之父，今户部主事茂生爲之子，而成太孺人者，中丞之母，通議公之妻，户部之大母也。户部官於朝，聞太孺人喪，以冢孫請承重遄歸，手疏其大母内行，問銘於余。余方有母之喪，且祥矣，覩太孺人之事狀而益有慟乎吾母也。太孺人生七十年而歿，而吾母之年不能週一甲子。太孺人素健無恙，而吾母多憂善病，天與以劬勞有限之年，而遽奪於憂病相尋之日，視太孺人之康寧壽考，有豐歉之殊焉。悠悠蒼天，其謂之何？而能不重余之悲也。太孺人姓成氏，父諱朝軒，母王氏，有家範通議。公元配延太淑人既没，繼配太孺人，當此時，中丞公年十二歲矣，而通議公賈於黎陽衛原之間，兩尊人俱在堂，晨昏孝養，惟太孺人是依。尤日夜課督中丞公，曰："張氏世有隱德，而兒器宇異凡兒，他日興者，其在汝乎？"而中丞公兄弟天性孝謹，用能得太孺人歡。余觀太孺人相其夫子、孝其公姑、教其子爲世名臣，而康寧壽考，獲有寵榮，宜矣。如吾母之淑德懿行，積憂病以終身，而曾不能安其子一日之養，無湯藥之嘗，無飯含之視，而爲其子者猶然偷息人世，殆不如中丞公之生順而没寧也。此又余之所以悲也。太孺人生以前明萬曆三十九年四月十四日，卒以大清康熙十九年三月六日。子四人，瑃，癸未進士，即中丞公。璘，官生，候選州同知，俱延太淑人出。瑨，廪膳生員。璡，國子監生，候選州同知。女一人，太孺人出。孫男三人，茂生，廕生，户部浙江清吏司主事。揖生、拊生俱幼。孫女三人。庚申十一月某日祔葬於通議公下佛之阡。銘曰：

猗嗟張母，教以成其子。母兮鞠我，我則昧罔恥。澤猶杯棬，跡陳圖史。忍令喆母，有子如此。師彼賢豪，以終吾母之志而已矣。

馮母楊夫人墓誌銘

余少時伏里中，聞代郡馮秋水先生學本經術，以麟經世其家，起而爲吏，所歷有聲名。余雖不及見公，心儀其賢，及後登朝，忝貳國子師，公之子雲驤實分教諸生館下，賴君力以廉正佐佑余，余得不愧於諸生，余用是知長君之賢。余爲翰林學士，與庶常諸君相周旋。公之子雲驌從授經者數年，又以知次君之賢。次君之子甕少年取科第，時過從於邸中，余於是益知馮氏三世皆有文而賢，何其盛耶？余去京師，兩馮君皆將母家居。康熙甲戌，余被召來京師，見甕，問夫人無恙，夫人者，秋水先生方伯公之配，而大馮君以參議辭其官，小馮君以翰林編修請於朝，朝夕侍養，所云將母來諗者也。越明年乙亥，夫人卒，兩馮君爲狀，介修撰胡君孟行以銘來請。余與馮氏游舊矣，况重以孟行，其曷可辭？余乃今知馮氏之三世有文而賢者，皆以夫人也。夫人生有貴徵，通《詩》、《書》，明大義。初歸於馮也，姑太夫人以苦節孀婦，時卧疾，夫人襘裾不解，目睫不交，累日窮年，侍益以勤，至脱簪珥以充甘脆，省侍御服，用以佐夫子所不逮。由是方伯公入則承歡，出則問學，益得肆其力於翰籍鉛槧之場，與當世賢士大夫交游，意雍容自得也。迨舉賢良方正，自爲灤州守，以至大官。夫人未嘗不從，以奉其姑，以佐其夫子，著短布澣濯之衣，辟績不少休，人謂："夫人貴矣，何苦復爾？"夫人謝，"淡泊吾所安，亦令兒曹體吾意耳。"其時大馮君已成進士，而夫人戒懼其詞由是。方伯公感夫人意，砥節礪操，乾乾不懈，始終爲世聞人。先是順治初，公備兵西寧，賊數萬騎薄城下，夫人與公約必死。當是時，編修君始生，夫人屬乳媪，曰："城破在旦夕，我夫婦爲人臣子，必死於難。此兒生不幸，不能復相顧矣。"在圍城中四十日而始解，誘之百端，公不爲動，夫人實相之。由是方伯公堅忠亮之節，著攖城之功，世莫不賢之。夫人平居教諸子孫，五六歲時皆口授以《孝經》、《論語》，矻矻晨夕不厭，而兩馮君及子姪皆後先策名於時，其所造進方未易量。余故曰馮氏之三世有文而賢者，凡以夫人之故也。自方伯公之移疾而歸，歸而歿也，夫人蚤夜劬辛，執勤儉以推慈逮物，凡養孤獨無告以百人爲率，月人給米一斛，病醫藥、冬裳衣時其緩急，今行之三十年所矣。余謂馮氏之興未可量者事，殆有徵也，故非夫人之澤不及此。夫人姓楊氏，明庚辰進士兵科都給事中恂女孫，太學生可植女。年十八繼室於方伯公，公貴，封夫人。初公娶傅夫人，生參議君，四歲而傅夫人歿，遂養於王太夫人。夫人歸馮而請於太夫人曰："新婦當日夜奉太夫人歡，奈何以孺子憂太夫人，太夫人無自勞苦，新婦自能子孺子。"王太夫人喜，夫人撫視恩勤備至。參議君迄今狀夫人而號泣："天乎！竟奪吾母。"葢幾不知夫人之非己出也。嗚呼！夫人信賢母已。秋水先生諱如京，秋水其字，官至廣東布政使司左布政使。男二，傅夫人出者雲驤，乙未進士，福建督糧道布政使司參議。夫人出者雲驌，丙辰進士，日講官、起居注、翰林院編修。孫男六，璧，乙夘舉人。壅，戊辰進士，廣西梧州府同知。翟、壢，庠生。壆、壂，幼。孫女六人。介夫人之狀以請余銘者，編修君典試所得士。初編修君之奉命典江南試也，夫人戒之曰："江南人文大邦，汝先君之舊莅兹土也，其無廢先子之功，汝往慎之哉！"編修君頓首受命，所取士後對策果以狀元及第，則今之介夫人狀者胡君也。夫人言行皆應銘法，銘曰：

世無少君若孟光，神明乖違慜陰陽。遥遥賢淑連梓鄉，才德殊邈匹配良。斷織勸學感樂羊，慈逾所生如穆姜。禮宗母師代所望，惠班女誡羅縑緗。躬勤餘廩需翳桑，布施福德能思量。儒門淡薄家風長，像末陵彝邪熾昌。懸鼓定水皆微茫，優曇鉢花難再芳。考終往生理則常，爲世標景與津梁。我銘懿行心洋洋，金石可泐詞無傷。

乳母趙墓銘

乳母趙乳陳氏兒廷敬時歲饑，兒生月有十日，凡以乳入陳氏門者已連十許輩，兒見輒啼，趙來，兒就其乳食，則不啼。趙一乳室，以一乳乳兒，母夫人憂之，更易他乳，又輒啼不食，於是趙乳兒五年。出陳氏門，年七十二，以疾卒。及見所乳兒官御史大夫云，蓋至是母夫人見背已九年矣。當夫人在時，及見廷敬爲翰林學士，於時方優游文墨之塲，責輕而寵深，有餘樂而無他憂也。比者洊歷公卿，出入禁闥，兢兢乎懼不克終。吾少而病，老而憂，憂之時吾母夫人不及見，而趙見之。今已矣，誰其憂吾之憂者？趙卒以某年月日，某年月日葬於玉溪之西原。銘曰：

玉溪之泉，其流濈濈。玉溪之峯，高雲游空。既固既崇，安保母之躬。

午亭文編卷四十七

神道碑　墓碑　墓表　祭文

贈通議大夫通政使司通政使張公神道碑銘

康熙二十七年六月，吏部左侍郎鵬言於朝曰："臣遘罹閔凶，父母相繼早亡，父之亡瘞不克備禮。臣幼受學祖父，祖父白首窮經，年逾大耋卒，卒時家貧，無以瘞。海氛薄江上，迫臣家，祖父母、母三喪倉皇皆厝淺土，風雨飄零，有同暴露，竟三十年。臣有祖父母、父母以至今日，祖父母、父母有臣無以安骸骨。今臣年已衰暮，門祚單薄，終鮮兄弟，晚無嗣息，不幸一旦填溝壑，無以見先人地下，昧死請歸展丘隴。"朝廷憐其志，報曰："俞"。始鵬在御史臺，謂其同官陳廷敬曰："吾父渴瘞冢中，未有銘，念日夜不敢忘，得當世有文而行誼高言可徵信者即外碑顯爲銘，以章吾父之令德，庶幾可無憾，將以待子。"余謝非其人，不能。鵬以節鎮撫山東，及行再請，余再辭，後又相聚於京師，及爲吏部又同官，請益勤。今其行也，泣謂余曰："吾嘗數匄於子也，子毋辭。"鵬言公白晳脩髯，眉目如畫，飄然塵壒之表，意澗如也，而門内修謹，孝於二親。母王淑人喪，號泣如嬰兒，事繼母潘淑人孝，尤達於里閈。潘生子士桂，公友愛如同母生。葢是時王父年七十矣，下帷攻業制舉，公跪而請曰："大人膝下有少子幼孫，可指誨。大人緝學，志不酬，天或者將大厥後，願無自苦。"王父於是始辭諸生，壹意以教子孫。讀書佛寺中，公親定省昕夕，不以風雨寒暑偶輟不至。時物新果王父或未嘗，公不忍食，歲時比鄰召會，見新果物必奉以歸，人知公篤於孝也。重然諾，輕財，好急人絶乏，行委巷，聞呻吟哭泣聲，必側立久之潛聽，審知其疾病飢寒死喪之戚，則使人遺之錢米或他物，傾囊篋弗顧，受遺者驚問所自，終不令使人通姓名。村氓張某應里役，虧賦米百餘石，歲饑，無所取斂，縣官催呼急，氓懼，攜其妻投於河，傍一人見救之，夫婦得不死，其人謂氓曰："我聞城中張君好義急難，我與若俱往見張君，張君宜可活汝。"氓以其妻隨其人與俱來，公曰："吾爲汝辦此，勿憂。"然實無米，明日假於他所，得米完如氓所虧數。氓以是得活。明年公道過氓，疾作，遂卒氓家。當此時鵬與弟鷃應童子試於澄江，王父率以往，比歸，鵬不得視含斂。公卒以癸未夏五月二十六日，年若干，權厝城南薛家園。明年甲申，遭亂，鵬奉王父母淑人避東潭，不得歸。五月，王師渡江，園人以兵故窆公於其園後山，其後依山屬壙，樹松柏，闢神道，以表墳妥靈。今又揭以龜趺螭頭之石，蓋公實葬於斯矣。余既感其言，信公之德，又辱交其子之賢也，是皆宜銘焉。公鎮江丹徒人，諱士梅，字調鼎，贈通議大夫通政使司通政使。曾大父諱某，大父諱某，與公同贈官，諱某者則其父也。母王氏贈淑人，公配韋氏贈淑人，有孝行，與公齊德，後公若干年卒，别壟不祔。子男二人，長即鵬，進士，官吏侍以請於朝者。次鷃，諸生。銘曰：

于田播菑，于堂搆基。惟父邁種，厥子似之。公父斯賢，家不外師。克肖惟孝，百行以治。如垣既崇，益增其卑。如穫多稼，如梁如茨。不昌其躬，是燕是詒。岡壠鬱鬱，清江瀰瀰。有華苗胄，視此銘詩。

通議大夫詹事府少詹事加詹事府詹事定齋崔公墓碑

公諱蔚林，學者稱定齋先生。其上世小興州人，明初徙保定之新安。曾祖諱起堂，祖諱環，父名九圍，順治辛卯舉人，以東明教諭薦爲白水知縣，累封通議大夫起居注日講官詹事府少詹事兼翰林院侍講學士加詹事府詹事。母杜氏贈淑人,通議公精彊嗜學,修行高潔,有子三人,公其仲也。公順治十四年薦於鄉,十五年舉進士,中其科,於余爲同年生,同館閣最久。初見公英爽不羈,慨然有志當世之務,慕劉公因、楊公繼盛之爲人,曰:"此吾鄉先生。"好稱數其遺事,後相國熊公在翰林,倡明理學,公既與游,遂研索諸儒之書,往復論議,浩然有得,曰:"道其在是矣。"蓋公自庶吉士一年授翰林院檢討,又三年遷内弘文院侍讀,二年遷侍讀學士,於是公年始踰三十矣。公曰:"吾歸事吾學耳。"通議公歸自白水,卜居長垣,公遂乞省視以歸。居長垣,益發羣書讀之,尤潛於《易》,嘗論周子太極圖,動而生陽,静而生陰,一動一静,互爲其根,此際猶少漸生漸長之義,乃自爲圖說。後見瞿塘來易,曰:"此所謂先得我心。"遂引所爲圖焚之,其服善而不近名如此。訪孫公奇逢於蘇門山,留十許日,寓書於其同學,曰:"比登歗臺,歷邵窩,觀梅弄竹,想見春風舞雩之致,不知天壤間更有何樂可以易此。"丁繼母劉淑人憂,服闋補翰林院侍講學士,直起居日講,轉侍讀學士,居三年又假以歸,家居三年,復補侍讀學士,兼職如故。一日侍起居,上顧問歷官幾何年,業何文字,其録以進。公奏言蒙恩二十餘年,兩以假歸,家居前後十年,曾究心經書傳注,畧有愚昧識解,容臣繕録呈進。明日齋沐,書致知格物説以進,上命講格致之義,不襲前儒成説,上曰:"然則朱陸之説非與?"公言:"臣不敢以朱陸爲非,顧臣十年來體認所見如此。"是年加詹事府詹事,陞少詹事,兼侍讀學士加詹事如故。久之,祭告長白山,歸詣行在,上慰勞曰:"長途良苦。"公自再侍起居,又四年得疾,以告罷歸家,居五年而卒。公爲學專務自得,不徇世見以爲苟同,然其與人學語有合,雖輩儕欽事之。嘗見上蔡張仲誠沐於京師,語人曰:"自我見張仲誠,頓覺能割俗情,凡事自已,可作張主,是非利鈍,聽之已矣。"初爲學語,學有三關,義利、毁譽、死生,晚而所得邃深,曰:"其實義利二字盡之矣。"戒著書太早,不輕立言,所著有《四書講義》、《解易》各數卷。公病革,通議公曰:"汝雖年不酧志,與魏、湯二先生生同心，死相從，可以無憾矣。”葢蔚州、睢州相繼淪喪，公哭之慟，睢州喪還，公遣子漢源往弔，而公卒，漢源不及見也。卒以康熙二十六年十二月十三日，春秋五十三。公初娶梁氏，贈淑人，再娶張氏，封淑人。子男二人，長漢源，拔貢生，有文學。次渭源。女四人。將以明年十月葬於長垣東郭鄧岡之原，吏科都給事中楊君爾淑以漢源狀來乞其墓道之銘，楊君，公同學，不以盛衰死生易其心者。余既與公以學相知，且楊公之言曰：“銘公，公志也。”遂銘之。其文曰：

凡學之道，行知尊聞。有華其末，而忘其根。有念其本，而陋是因。聖道既遠，能弘者人。崔公之學，貴爲自得。不泥古陳，有識其默。取左右之，源深以特。如公之材，不學而官。孰扼孰梶，孰擠於淵。旦暮焉已，曷克萬年。德懋名卲，久而彌大。斯文山河，俟彼礪帶。先生之藏，爾後保艾。

明處士李鹿山暨配王氏孺人之墓碑

處士沁水土沃里人，諱曰光輝，字曰充實，鹿山其號，學者稱之處士。早惠好學，家故貧窶，失母益困。會流賊起，所過劫殺人，燔燒廬室，處士流離無所依，就澤州周村鎮居焉。遭疫以歿，稾葬村之南隝，孺人王氏提其孤返其故處，日夜績而教其孤，葢少而老矣。孤爲諸生，明經貢於廷，有子二人皆知讀書。當處士歿時，年二十有六，孺人年二十有二，而孤六歲耳。此雖孺人之志操則，然亦可見處士之刑於家者有足多也。孺人卒年八十有五，孤廷棟，康熙甲子歲貢生。孤之子膚功，庠生。敏功，業儒。膚功，吾舅氏之子婿，而與吾弟素心以文字交游者也。處士之葬卜地曰才茂城，膚功介吾弟屬吾題其墓道之碑。夫處士之爲人，孺人之存孤，孤之子能不忘其先世之美，是皆有可記者云。

故明前兵部尚書張公墓碑銘

前明兵部尚書張公諱鏡心，字晦臣，累官兩廣總督，徵拜兵部左侍郎，尋加尚書，總督薊遼，不受事。家居二年而明亡，入國朝，順治十二年某月甲子，春秋六十七終於家。公歿二十三年，公之孫榕端以進士選爲庶吉士，予時在翰林掌院事，榕端高其大父行，請於余以其墓道之銘。今十有二年，乃始泚筆記公事，葢公之歿已三十五年所矣。公起家天啟二年進士，爲蕭縣令。當此時，閹豎專國柄，士大夫黨朋，公解褐介廉，自立不阿，然已爲海内數正人所器重，願交矣。爲蕭朞月，大治，調定遠，立脱寃獄數十輩。又調泰興，爲民辧漕賦，所全活數萬家。倪公元璐方爲東林傑魁，數貽詩褒答。崇禎初，以治行殊異擢禮科給事中。時國論紛囂，疆域衝决，公所言皆戰守大計。流賊大蹂河北，公言宜分路犄角，控懷濟，塞輝林，扼靈陝，而靈陝一路近河通闗中，地尤重，武陟則委客帥左良玉，益增兵而置監軍，皆用公言。朝廷方尚操切，以法繩羣下，皆重足結舌，莫敢出氣，公獨言求治毋太急，御下毋蓄疑。公好惡慎喜怒，布誠信，去詷察，辨忠佞，惜人才，省刑誅，行蠲恤，嚴保舉，抑躁競，簡練京軍，責任樞撫，言切劘時病。宜興以刻深希上旨，陽遺書公此十漸疏也，公報曰："畿東失守，過在將領，而連逮中樞，遂謂卿貳庶司，悉可罪大獄，起人爭，畏事縮項，緩急孰敢倚？主上嚴則輔臣濟以寬，未聞以火濟火。"宜興得書不悦。又因天變陳《春秋》之義，必有臣下擅權以干天怒者，宜興滋不悦。公以吏科都給事中典大計，烏程欲有所釋憾，授意公，公笑："吾豈能爲執政報私怨哉？"拜太常少卿，遷大理少卿，乞終養，不許，轉南光禄卿。居二年，以公總督兩廣，粤幅員濶，山獠澳寇至紛不可治，又中土新被兵，相響應，遙和爲亂。公至，陽生陰殺，文教武威，濵海數十郡接日本、占城、暹羅諸島國，公相視要害地，三宿重兵，港口施樁閡，賊舟不得前，以意造三艨艟，實火器、甲卒三千其中，凡爲應敵者備具山海間。訖公之時，毋敢爲亂。楚寇，張公既請沅虔粤合師以勦，則堅壁壘，屯險陿，明立賞格，多出金募材勇士，兵氣既奮，乃令驍將深入賊境，轉戰兩晝夜，斬千餘級，賊大挫。公遂督諸將乘勝擣高獠紫獠二源，二源者，賊所窟巢。諸將有難色，公喻之曰:“池魚阱獸,可一舉盡也。若令縱壑走壙,力難致矣。楚寇即粵寇,何以觀望?”爲令一師從合水源趨主簿崗,而别遣偏師走鳥道襲得崗,崗在源上,兵皆乘高下擊賊,賊不支,破高獠,賊盡奔紫獠,縱火赭其山,挾水勢進攻,而紫獠遂破,盡禽劃平王郭子奴諸渠賊。自嘉靖百年逋盗,皆盡是役也。沅爲主兵,虔、粵以客兵從,粵功最。楚人當國右,沅後諫官,訟於朝,公亦弗以爲意也。安南黎莫搆兵,廣西巡撫請存莫圖黎,公力言其失計,輯馭交記二十卷以進。盤古崗在萬山中,盗阻險爲粵患,公卒用威信降其人而還。公在粵凡五年,數平劇寇,繕兵積粟通鹺,修築諸城堡,生黎内附,乃立學置師,以小學、《孝經》教其人。公故廉,蕃舶犀珠之賄以爲故常者,公皆罷之。廷推吏部尚書者再,已而擢兵部左侍郎,既至,命代薊遼總督,加尚書,後所代者至,公以母老請侍辭歸,賊急攻汴,公即家上疏,請河北設鎮臣,及勿罷省試。明亡,浮游江湖間,自號雲隱居士,大臣累薦不起。公爲人氣意忼慨,不爲崖異,所交游范公景文、蔣公德璟、黄公道周、劉公理順,及前所云倪公元璐其人也。黄公下詔獄,親知屏跡,畏禍及,公獨使人左右黄公,傾篋金三百遺其子。黄公即獄中爲詩報謝:“吾不及見公。”知公所從與游皆天下所指名,故其事業出處不苟如此。榕端賢而世其家,高公之行,而屬予以其墓道之文,予安可辭?公元配秦淑人、繼配李淑人皆有賢德。男子六,沅,官生。溯,歲貢生。濳,壬辰進士,内翰林弘文院庶吉士,贈編修。衍,廩生。沖,副榜貢生。漭,貢監生。女子一,適貢監生李。孫男十三,槐韓,廩生。榆雍、樸徐、榕端,丙辰進士,翰林院編修。椰景、橋恒、楠蘧、榑崐、樾康、楷達、棟書、梅調、柚雲,皆庠生。公卒之歲八月,既葬槐樹村之原,兩淑人祔。康熙十八年,子沖等改葬南城村先塋之次。公所著有《孝友堂集》如干卷,藏於家。銘曰:

明喪西隴,盗流於郊。高冠大佩,顧視逍遥。朅朅張公,宜在師中。建牙于南,百蠻是監。公奮其劍,張皇指霍。羅浮爲鐔,庾嶺則鍔。波海不揚,清湘洋洋。粵無燧烽,自西徂東。公何不還,靖此一方。公還厦覆，揞拄靡及。公功在兵，公事在牒。惇史其誰，考于斯詩。

吴梅村先生墓表

蘇州郡治西南三十里西山之麓有壙罣如者，詩人吴梅村先生之墓也。先生宦達矣，行事卓卓著於官，而以詩人表其墓者，從先生志也。先生諱偉業，字駿公，晚自號梅村。五世祖凱前明永樂間舉孝廉，官禮部主事，年三十，以養親乞歸，遂不出，世稱正孝先生。高祖愈，成化進士，官河南參政，並見《吴中先賢傳》。世居崑山，曾祖南以善書授鴻臚，祖議始遷太倉。父琨，能文章。祖、父皆受先生封爲中憲大夫。先生少聰敏，年十四能屬文，里中張西銘先生以文章提倡後學，四方走其門，必投文爲贄，不當意即謝弗內。有嘉定富人子竊先生塾中稿數十篇，投西銘，西銘讀之，大驚，後知爲先生作，固延至家，同社數百人皆出先生下。弱冠舉於鄉，爲崇禎辛未科會試第一人，廷試第二，授編修，是時年二十三耳。制辭云：陸機詞賦早年獨步江東，蘇軾文章一日喧傳天下。當時中朝士大夫皆以爲不愧云。崇禎中党事尤熾，東南諸君子繼東林之學，號復社。虞山以東林之末響爲復社先，而先生西銘高弟也，西銘既爲復社主盟，先生又與西銘同年舉進士，故立朝之始遂已大爲世指名。當是時，淄川張至發烏程黨也，繼烏程而相，剛愎過烏程。先生始進，即首劾淄川，奏雖寢不行，其黨皆側目。頃之，遷南京國子監司業。時黄道周以事下獄，先生遣監中生涂某賚表至京，涂伏闕上疏，申理道周黨人。當軸者以爲先生指使，將深文其獄，以中先生，會其人死，乃已。旋奉使河南封藩。丙子典試湖廣，當時號得士。尋遷中允諭德，丁嗣父艱，服除。會南中立君，登朝一月歸。本朝初，搜訪天下文章舊德。溧陽、海甯兩陳相國共力薦先生，以秘書院侍讀，征轉國子祭酒。尋丁嗣母憂，歸於家，時年四十五。先生既無意功名，年力尚强，閉門著數千百言，而尤以詩自鳴，悲歌感激，有不得於中者悉寓於詩。時東澗在虞山，先生居婁東，皆以詩倡海内，海内宗之，稱吳中二老。余生稍晚，不及見兩先生，讀兩先生詩，如受教焉。虞山之後無聞矣，而先生令子給事中暻以詩世其家。甲申余爲薦於朝，寓余門，與論詩，相得也。丙戌冬，丁其生母朱安人艱，將合葬，泣而來請曰："先人治命云："吾詩雖不足以傳遠，而是中之用心良苦，後世讀吾詩而能知吾心，則吾不死矣。吾死，毋以厚殮。吾性愛山水，葬吾于靈岩鄧尉間，碣曰詩人吳梅村之墓，足矣！不者，且不孝。"暻不忍違先志，敢請一言以表之。"按先生生前明萬曆己酉，以康熙辛亥卒，年六十三。元配郁氏，先卒。子三：暻、疄、暄，皆朱安人出。女子九人。朱安人以康熙四十五年丙戌七月二十六日卒，與郁夫人皆附葬于先生之墓。是爲表。

封徵仕郎内閣中書舍人喬公墓表

寶應喬公聖任有子曰萊，官翰林編修，以其先君狀誌及史家所爲立傳示廷敬，請表於其墓。夫史之行有日矣，公名在列傳，傳信將來，復何取夫余言也，且吾言烏足以重公，敢以是辭。編修君又介翰林學士張公敦復書以來，曰："史以行世，而表以揭諸其墓也。且編修君必以子言爲重，子不可以辭。"則採史氏所記，合以編修君之言，而畧爲詮次之。按公諱可聘，字君徵，又字聖任，世居寶應之柘溪，因又自號柘田遺農。父贈侍御公諱份，母贈太安人沈氏。初贈侍御公嘗爲里厫長，拾遺金，還其人，又嘗焚折券契以行義種德。沈太安人得公晚，欲不舉，夢神人止之，乃舉。公生而穎敏絶人，好學能文章，中天啟壬戌進士，授中書舍人。是時奄人魏忠賢顓國柄，公亟以終養告歸。崇禎改元，補前官，主山西鄉試。久之，考授監察御史，巡按浙江，以都御史陳乾陽誣，降應天府知事，陞大理寺寺副，轉寺正，皆不就。福王南渡，仍起公御史，掌河南道印。王師下江南，公棄官歸。康熙十四年閏五月七日卒於家，距生之年萬曆己丑，享年八十有七。公之始爲中書舍人也，朝著濁亂，羣小附奄，戮辱賢士大夫，刊章鉤黨，海内紛然，正人君子悉罹刑禍。公於是時，請告急歸，殆《易》所謂“見幾而作，不俟終日”者矣。及崇禎初，奄既被誅，公復爲中書舍人也。當是時黄公石齋、劉公念臺、倪公鴻寶、馬公君常、陳公幾亭此數君子者，皆世指目，所謂東林黨人也。公與之游，日夜相切劘，辨學術真僞、政治得失、人才邪正，慨然欲以天下爲己任。吏部左侍郎張捷嘗力薦吕純如爲本部尚書，蓋純如名隸逆案，有旨不許，給事中吕某遂薦捷爲之。公上疏言，逆案者亂臣賊子、無父無君之案，百世不可改易者也。羣小方輿金載寶，謀欲攘臂搤腎，乘間以翻此案。今捷舉純如，吕某即舉捷，彼唱此和，相倚爲奸，若不早折其萌，則凡在逆案中者必彈冠相賀，眈眈逐逐而來，大禍自此始矣。疏上，公望益著，吕訖外轉。公居官潔清儉約，風操屹然，有閻樂山者，以僞爲璽書事發，刑部鞫訊具供。此弊沿百餘年，惟掌印中書喬某不受賄，故事發耳，天子聞而嘉歎焉。其庚午主考山西也，號得人最盛，後多爲理學名臣。余伯父侍御公實出其門，又奉使還朝，數言時政得失，時相温體仁憚公正人，遣所親微諷之，願一到門，臺省可立得。公笑謝以不能，竟不往。凡在中書十年，始得考授監察御史。其爲御史，陳官守言，責疏甚切，至天子覽疏中所欲見之施行者，輒御筆以硃圈之，多至六十四圈。宣付史館，前後諸臣所上章未有此也。其巡按浙江，浙官吏凛凛相戒勿犯喬御史。權貴嚴憚公，無敢以私干者。嘗出巡金華，舟阻水漲，求縴夫不得，知縣盛王贊持手板立雨中，大聲曰：“村民方事東作，縣令請以身代役。”公乘肩輿冒雨去，人謂王贊且得罪，公立薦於朝，其公忠無已類如此。蓋公外剛内和，不尚刻激之行以釣取聲譽，雖與東林諸人相交遊，其是是非非不肯苟雷同附和也。在籍侍郎蔡奕琛故與温體仁同里，交最善，爲東林諸人所惡，會有以奕琛私書上聞者，下公勘報，公平心以決。或勸深文入奕琛罪，公拒曰：“某奉三尺法，不可故縱，獨可周内耶？”於是東林黨魁亦有不悦公者矣。而都御史陳乾陽以私人屬公，公不聽，觸乾陽怒，遂坐公他事降官。觀公之爲御史如此。詩所云：“靖共爾位，正直是與"者，惟公有焉。其仍起爲御史也，數上疏言國家大事，其大畧載史傳中，而其詳有人之所難言者。夫言人之所難言而傳者，則有所不得盡言，則其闗於當時之利害得失、可以鑒於後者可知也。時外轉御史黄耳鼎承馬士英、阮大鋮風指，疏訐都御史劉公宗周，所牽引甚衆，公言宗周社稷臣，耳鼎厭外轉，誣罔善類，欲以傾動朝士，非人臣體，請以耳鼎所外轉瑞南道换臣爲之。於是劉公等卒無恙，而善類賴以全，則公之於東林諸正人，其終始之義爲何如哉？《易》曰："王臣蹇蹇，匪躬之故。"詩曰："敬慎威儀，以近有德。"公可謂兼之矣。逮公之棄其官而歸也，有合於《易》所謂高尚其事之義。葢公之經術之深見於治行出處之大者如此。史又言公嘗自謂始讀王文成公書，奉教於劉念臺先生，知有知行合一之學已。又與幾亭陳子遊，知有居敬窮理之學，最後讀宋諸儒語録，知有四通八達、理一分殊之學，晚節益以朱子爲歸始，知有存養性情、主一無適之學。嗚呼！公之致力於爲學，其甘苦淺深之故可得而自言者鑿鑿如此，此其所以以經術爲治行也與。編修君賢而有文，能大其家學，故掇取史氏之意，而以爲學之義終焉，庶以塞編修君之請，而答吾敦復也。公所著有《自警篇》、訓子諸書藏於家，皆所謂爲學而自言其有得於躬行者。公封以編修君前官，初娶王氏，繼娶潘氏，皆前公歿，皆贈太孺人。子男五人，編修君第三子也，丁未進士，用舉者試博學弘辭，授今官。其他子女詳誌狀者不具載。

故北直隸任縣知縣盧府君墓表

樊川在陽城萬山谿谷之間，余家焉。其南半里許，墟烟相接，林木交映，邑之所謂郭谷鎮者也。其人多忠信魁梧、飭修自好之士，自明以來出而仕者未嘗乏人，又皆磊落，欲自表見，思可傳於後，然其仕以進士起者多，故士之薦鄉書者率數數就春官，試即不第，不肯輕出以仕。盧，著姓也，舉於鄉，嘉靖乙卯曰守經，壬子曰光間，萬曆戊子曰道昌，皆不仕。崇禎時破資格用人，八年秋下詔書曰："守令尤屬親民，其令兩京文武職五品以上及翰林科道，外則撫按司道知府於舉貢監吏士民各舉堪任州縣者一人。”御史中丞雨蒼張公薦盧君時升，即府君也。府君字南征，别字正安，舉天啟甲子鄉試，自其先世不肯以舉人仕，君奮然曰：“國家養材務適用耳。”爲濟源縣知縣一年，調任縣，以勤勞卒於官。在濟源時，流賊出没，河以南勢甚張，君詰戎防境，賊不敢渡河。歲大祲，民聚而爲盜數千人，君勒兵陳其壘，殪盜渠，餘悉解散去。大獄關廷，讞者百餘，一日了之。幕府交章薦君，任故大縣，新被兵，主者曰：“非盧君不可”，調君。君至則扶傷弔死，招徠流亡，任以大治。已又陶甓其城，修戰守之具甚備。巡撫件繫其事薦君，有旨將内擢而卒。當明之中葉，朝廷以資格重士，士亦以資格自重。迨其末年邊事急，思得救時之材，始破資格之論，然終無補於其敗亡者。夫豈盡資格之故哉？即以君之才，僅而置之州縣之列，即百盧君爲州縣，天下猶不治也。其時之政地枋國事而宰化機者，伊何人與？而當是時，方急守令，其猶齊末之論已。余以是竊歎想慕君之爲人，而惜其非僅守令之才，而又憾其不究其用也。君卒之四十年，君之孫啟茂請書其隧道之碣。君之家世及其褆躬守官之詳見於雨蒼張公之誌者，不具載。余擥君之生平，而因以尚論其世如此。

承德郎兵馬司指揮陳公墓表

海寧陳氏世家聞天下，公獨以文學師其宗，不專科舉進取，晚得一官以老，有賢子給諫君。給諫君請急言：“先臣歿十年未葬，臣母年七十，臣獨子，丐恩養。”朝廷憫其孝，命歸。歸而以書走京師，屬廷敬曰：“葬吾父有日，請子表其墓。”使者在門，道遠不可往復辭。謹按狀，陳氏汴人，宋太尉高公瓊苗裔也。徙臨安，贅於海寧陳氏，從其姓。既歷世久，不可以復，遂今卒姓陳氏。由陳之始四世至贈太子太保禮部尚書某，公之曾祖也。尚書公生四子，爲進士者二人，曰與郊，太常寺少卿。曰與相，貴州叅政。叅政公生五子，亦二人爲進士，曰元暉，湖廣叅政。曰祖苞，都察院右副都御史順天巡撫贈太子太保禮部尚書。其季曰元成，贈承德郎兵馬司指揮。公貴州公之孫，承德公之子也。承德公生三子，公其仲。公以封奉直大夫左春坊左諭德，兼翰林院修撰。伯兄某之子爲子，是謂賢子給諫君。公故世家，恂恂退謹，如寒門小生，力學有聲，爲諸生科試之文傳寫海内，咸指目爲通儒大人。遊國學，益有名，而公於失得榮辱一不以屑意，退而奉母，白首青衫，有愉愉之色，能以其學行仁義於家，家以爲師焉。收族睦鄉，好施樂義，所全賴歲，以千百計。嘗以書貽其子給諫君："吾所濟小，汝朝廷耳目之官，苟有所利，必在天下。汝惟勉哉！"故給諫君所言必以利天下爲心，未幾乞養母歸，士論貴之，此吾之所以謂爲賢也。公諱之閶，字仲升，以例授承德郎兵馬司指揮，娶孺人沈氏。公卒以康熙二十一年三月，春秋六十五，某年月甲子塟秦駐隖之原。子誂，壬子舉人，吏科給事中。孫六人，世儁、世儼、世仁、世倌、世侃、世某。公有文與德而不試，其後必有能世其家，而給諫君之所爲必能有大於今者。凡公之行，銘者宜詳焉，不盡書，書其概如此。

祭少師衛公文

嗚呼！公乎！聞之古人，志乎功名者，富貴不能奪其守；志乎道德者，功名不足累其情。惟公淬厲磨礱，以自勤苦，及乎躋膴仕，歷上卿，亦既擢政地而冠簪纓矣。而飲食居處如後門寒素、陋巷小生，蓋自公之貴，屋不加一椽，田不加一塍，敝廬漂搖，不謀缾罍，此其所守，豈貧富之所可動，寵辱之所能驚。其在朝廷也，國家賴爲鎮静，天下仰其和平，無皎皎之行，無赫赫之聲，所謂功不必自己出，名不必自己成。歷觀古今瓌奇之士，往往樹壇坫，獵名譽，其後至於分别門户，角立黨朋，惟公沖然抑然，不矜不争，公之志獨在乎德立而道明。公之復起而來也，天子特詔，謂公純誠，再入中書，以重機衡。逮公之解政而歸也，天子特詔，謂公廉清，歲支重禄，爲世法程。而世之仕宦以矯僞貪冒而爲時所厭棄擯辱，以至窮乏以終者多矣，而又何取乎遑遑與營營？則天下之富貴，未有如公之亨者也。居困守約，躬自刻苦，以磨礪天下，天下之大方風流波靡，而屹然孤處，迴狂瀾於既倒，視衆醉而獨醒，使朝野之人知禮義廉恥之獨存者，其誰之能也？則天下之功名，未有如公之榮者也。亮節高風，兩朝之冠冕，廉頑起懦，百爾之儀型，則天下之道德，亦未有如公之弘者也。天不憖遺一老，以惠斯世，使小人有所愧，而君子有所憑。憂時憫俗，摧痛難勝，豈惟吾黨之故獨哀多而涕零也。

祭太子太保禮部尚書王公文

嗚呼哀哉！三年之喪而弔，禮經不謂其宜，然顧有所不能自已於心者。銜哀寫慟，誠不禁涕淚之潺湲。自吾受知於司馬先生也，當世祖章皇帝臨朝之末歲。暨今天子莅阼之初年，我公父子以親臣舊德，致名位之蟬聯，敬在公門下二十有一載，親覩兩聖崇賢之盛際，公父子濟美於後先。門下士沐恩波而霑榮寵，傷今懷往，能無悼痛於存亡聚散之間？惟公一代耆碩，佐理清時，出處進退合乎古賢良，以其器識之高遠，學術之源淵，其生也當世有聲，其殁也後世有傳。獨念敬蚤親榘範，因緣出入於公門，德不修而加退，行欲躋而彌顛。歲之十有一月，公以訃告，赴哭如奔，歸而天降母喪，凶變是聞，慘割荼毒，生離死分，曾不得比先生之視湯藥，親飯含乎公側者，可以無憾，而惸惸哀疚，竟抱恨於終天。今當匍匐遠去，隳詞几筵，豈其言之而不語，庶幾情至之無文。

祭故汾州府推官竇雲明先生文

順治丁酉之歲，拜先生於太原旅舍，至於今二十有四年。過先生墓下，具牲酒，爲文以哭之曰：士所稱感恩則易而知己則難。雖古之人，猶莫不以爲歎息，矧邈焉責望於當世之時。賢士當窮時，有能引手挈提，使感恩者幾人，而試以問於心曰知己知己云爾者，則蔑乎其無聞。何先生之獶直，惟賤子其不忘。顧我躋而公顛，遭放逐其遑遑，雖文章之小技，拔駑鈍乎泥中。嗟余性之多戇，憤讒術之易工。每疾世而觸忤，輒多異而少同。辱先生之遥念，曰惟吾子以心降。嗚呼先生，可不謂知我者。今悼慕其焉窮，望碩人之既遠，緬吾道其何之。馬首歸以北路，悵顧瞻而涕洟。

祭吏部左侍郎張公南溟文

維康熙二十八年歲在己巳十二月丁丑朔，以吏部尚書管理修書總裁事務陳廷敬謹以清酌之奠，告祭於故吏部左侍郎南溟張公之靈。吾聞之憂能傷人，樂且無害，亦人壽之靡常，曾何與乎欣嘅？當戊辰之孟夏，將頌繫於司敗。既積憂之攢心，身危機與駭械。惟天王之聖明，曰子知之無逮。輟對簿於重闈，指山陵其言邁。嗟與子乎同曹，行鑣聯而騎對。嚴羽衛之森森，從千官於仗外。午憩息夫木陰，雙蹲踞而交背。愴風餐而咽曉，悵野宿而寤昧。君豪氣其不除，閔余聲之多喟。謂潔芳以好修，凂椒蘭其奚怪。雖謠諑亦何爲，白日照夫幽曖。感君言以破涕，招喪魄於醉囈。余吐言而輒驚，君告余以無悔。余多憂而寡懽，君數勉以爲戒。我慕君之坦夷，散窮愁於礧塊。偕往來於長路，兼旬日以相賴。洎余事之既明，實神傷於羣態。乞歸骸而解官，君亦返乎江介。謬推奨乎余文，慚蟲喑而蚓籟。立車馬以在門，使三索而辭再。何歌驪無幾時，遽吹簫而歌薤。奄忽去矣不留，念憂樂之何在。人處世如大夢，夢樂與憂孰憊。撫往事之酸辛，悦夫君之遺話。行委順其焉求，誓逍遥以卒歲。誰過車乎丘墳，終含痛如絮酹。懼蕭艾之蕪穢，紉馨香以爲佩。報明德於知言，凛年光之飈逝。諒英爽其長存，鑒余魂兮來會。

祭會稽唐公文

嗚呼！天倪窅默，孰賢而尊。孰位不階，有阨斯文。神恡奥靈，稽山嬋嫣。鏡湖曲流，窈眇潺湲。誕奇涵異，旍耀無前。蜚英揚光，世所覩聞。賤子昔也，冠而童頑。歷午溯卯，連戰皆奔。惟歲丁酉，旃旌飄翻。公銜命來，至于太原。古城晉陽，汾河在門。豫讓之橋，河水沄沄。其聲嗚咽，有溢其濆。國士奮感，苦語如新。茫茫千載，夢想斯人。微公我顧，孰提於淵。微公我訊，孰躋於巔。匪公曷親，我文公憐。羅拔名俊，人罔不歡。網亦少密，細誤挂焉。於是役也，䠷軈跋顛。左降散曹，載浮載還。選公登明，而以罷愆。風塵佐郡，壯志皎然。雲中既守，鼓歌牧芸。士絃其家，氓戴其天。朝議思公，流風孔延。持衡魯鄒，如鑒斯懸。一變至道，謠有誦言。蘭亭宛在，禹穴猶存。絲竹觴詠，笑語温温。我傔往候，公見於軒。立而倚杖，臨風翩躚。游神八極，何泰何屯。惟公之德，可被九垠。惟公之施，不稱一身。莫勝我悲，寄哀文篇。歲寒路遙，灑涕漣漣。尚饗。

祭劉石菴文

昔我世父，視文於南。登尤煦寒，皎皎其心。後士仕者，蔚焉有人。公之垂髫，見我世父。余尚未齔。事可記數。補弟子員，不遺貧寠。豈如後來，高貲是語。飄飖三紀，余髮半蒼。公以考終，齎志名場。公文之雄，世父所識。不發其躬，一經以遺。公子英妙，余識其文。兩世名誼，光於見聞。公歿無憾，緒昌欣欣。言情論往，庶以侑神。尚饗。

祭熊母李太夫人文

嗚呼！妊胎而教，顔禱於尼。有國暨家，聖善是依。況乎斯文，天所未喪。不擇邦媛，篤生則妄。故惟熊公，隴西自出。賢哉有母，身度聲律。是生公賢，探微理窟。惟道之統，王而匹夫。魯鄒既湮，異端睢盱。荀雄大疵，而謂醇與。嶷嶷董相，誦法聖道。韓拒老佛，辭欲闡奥。訖濂洛閩，闓迺集要。猗觀鵞湖，辨惑滋多。象山濫觴，姚江決波。儒與老佛，判然三家。將混而同，代操彼戈。爰慕河津，餘干泰和。接新安傳，公也則那。非公之賢，不衛斯道。非母之賢，公焉是保。何以賢公，以衞道功。何以賢母，玉昆金友。展也次君，亦踵公步。爲母伊何，其儀孔嘉。專静淑惠，嚴整只多。曰惟《孝經》，宣父所志。曲臺之禮，形乎道器。夜誦旦思，以朂其嗣。自贈公日，以學交肄。嗚呼贈公，秀表江漢。賊流楚郊，奮與之戰。以身殉忠，母欲殉義。引刃就頸，之死靡二。兩孤奈何，誰與立者。人遽止之，刃不得下。手提兩孤，栖於故墟。霜燈機絲，聲詩與書。卒以正學，爲宗世儒。古亦有言，此子此母。醴長源深，蘭茂根厚。忽覩嫠殞，天凄以寒。朱雀草荒，白門烏喧。敘哀表德，淚以汍瀾。尚饗。

祭吴母陳太夫人文

於戲！予以獨立而擇交之良也，得夫人賢子中丞公之直方。予生顛危，中丞是匡。晚而氣增，允蹈周行。曰母曰父，倚閭而望。命釐庶績，將父母不遑。予留公往，奠兹楚邦。征西重望，特鎮武昌。荆山峨峨，江水湯湯。欽哉建旄，民悦以康。樞臺峻秩，栢府清霜。吏士畏之，惟廉能剛。予聞而樂，惟母儀之克光。母也誠賢，出我太丘。銘椒賦菊，女儀早修。洎乎降阼，一秉徽柔。孝敬善慈，家邦無尤。和丸佐讀，彤管芬流。魚軒翟茀，榮綸疊稠。德厚慶長，宜申天休。我離大變，孽自己求。赫赫中丞，亦母是憂。麻衣遄返，抱痛松楸。天乎可問，蒼蒼寥寂。予不勝哀，聞變而疾。匍匐中路，同此悲戚。峴山之陽，留聲繼美。母可無憾，賢而有子。況復孫枝，瑤除錦砌。伊予頽然，堂構其圮。芳音未遐，戢戢定趾。恨不操筆，載之國史。嗚呼尚饗！

祭張烈婦王氏文

維年月日，謹以清酌庶羞之奠，祭於張烈婦王氏大孃子之靈。夫使吾居今之世，由今之俗，亦何爲乎讀書而頌詩。余惟不忍於此日也，故遐覽乎哲人潔婦之所爲。古之教者女有師氏，猶之男有塾師。

何男女之多賢，而竟寥寥以訖今。玆知古者之不可作，恒掩卷而涕洟。夫以男子之賢，得一人焉將心焉慕之，而況夫閨闈之英可以起衰而振靡。慨若人之所志，雖習俗其何能移。故凜凜焉寒如霜雪，而皎皎焉炳若秋曦。死者生人，所必有如。烈婦者將垂芳於天壤，歷終古而如斯。

午亭文編卷四十八

題跋　雜文

御書千字文跋

臣惟書稱堯文思,舜文明,禹文命。昔者史臣將紀一代之至德至道、大經大法,必先首稱曰文,文綦重矣。而伏羲龍書、神農穗書、黄帝雲書,爰自三皇已崇書道,書綦重矣。我皇上弘帝王之治統,闡神聖之心傳。天文覃敷,御書昭賁,紹隆皇古,濟美唐虞,盛哉,弗可及已! 臣嘗見萬幾餘閒,手不釋書,煒煌聖製,昱曜斯文。良由天縱生知,加以時敏典學,故盛德日新,大業丕顯,如斯其至也。若夫親御翰墨,旬月所書,數踰萬幅,祕府之藏,充函屬棟,時蒙賜賚臣工,鴻寶流傳,光被天壤矣。至御書千文真行草書已有數種,各極其妙。頃頒示臨,米芾千文,仙毫結字,奎藻聯篇,如日月星辰之麗於天,而高莫能窮焉,如嶽鎮海瀆之奠於地,而厚莫可極焉。臣等前所謂體勢則經天緯地,風采則出聖入神也。璧合珠連,龍翔鳳舉,八文六義,應手從心,運闔闢之樞機,用文章之矩矱,高掩東晉,直躪襄陽。臣等前所謂無美不臻,靡法不備也。神完氣足,幾動天隨,儼然太乙下觀,自有百靈潛衛。臣等前所謂千言長幅,立刻揮成,自始至終,無一懈筆也。遂以是卜聖祚之遐昌,慶嵩齡於億萬。凡此賡颺之實,洵爲遭遇之隆。臣等前請櫶勒瓊珉,恭綴跋語,荷蒙俯允,敢布愚忱。臣廷敬不勝瞻仰榮幸之至。

御書後跋

臣伏覩我皇上聖神御極，勤政典學，文治光昭，聲教遐訖，粤稽往古，載籍所稱，若斯之盛者，其在唐虞之際乎？《尚書》稱堯欽、明、文、思，安安，允恭克讓，稱舜濬哲文明，温恭允塞，曰明曰文，紀其盛德之彰著者也。曰欽曰恭，紀其盛德之積於内而立其本者也。故凡推而行之，大經大法，舉而措之，一事一物，罔不由是。我皇上紹執中之統，闡精一之傳，見於政治而發爲文章者，洵已恢二帝之鴻綱，冠百王而首出矣。至若燕閒之頃，親書冊，灑翰墨，凝神穆清，天行日晶，下飾萬物，規橅往昔，獨運宸衷，則依然聖學之心傳也。昔人謂書者心畫，柳公權告唐宗曰，心正則筆正，而程子有言，作字須敬，即此是學。自昔賢臣大儒莫不以書道爲心法所關，故其大要亦惟以敬爲本，是則敬者政學之本原，萬事之根柢也。臣在内直，一日見手勅示諸臣曰："人非敬則百事無成，雖百工技藝之末，非敬亦無以自立，況立身行己之大乎？"大哉聖言！此堯之欽明允恭、舜之温恭允塞也。自堯之命舜曰："允執厥中。"執中者，敬也。舜之命禹益以三言而申堯之説曰："人心惟危，道心惟微。惟精惟一，允執厥中。"精一者，敬也。厥後成湯懋昭大德，建中于民，以義制事，以禮制心，皆敬也。而仲虺之告湯曰："慎厥終，惟其始。欽崇天道，永保天命。"慎也，欽也，皆敬也。周公之稱文王曰："於緝熙敬止。"武王之告康叔曰："惟文王之敬忌。"又曰："敬勝怠者吉。"則是二帝三王無不以敬爲相傳之心法者彰彰其如是也。今日者，光天之下，至於海隅，聖文聖書，靡弗照被萬邦，黎獻悚息仰觀，僉曰："聖人在上，煥乎文章。抑知有所原本而然與？"臣謹奉恩賜聖書，恭摹勒石，因推言主敬之義，紀於簡末。葢臣所曾見於黼扆之前者，用以傳示子孫，垂之永久，臣不任榮幸之至。

起居注册後跋

伏覩皇上仁愛生民,勤勞庶政,彌歷年歲,罔有間怠。至誠感孚,天人協應,以故頃年以來驅除禍亂,奠乂烝黎,所向奏功。今年十月逆渠授首,滇南大定,封疆萬里,灌燧銷烽,措天下於衽席之安,數職貢於車書之會,盡天所覆,悉享悉臣,武功熚赫,超踰往古。此雖決策廟堂,信威域外,將士恪秉成命,集此大勲,而揆其所以制勝之由,實皆本於皇上憂勤惕厲、仁民愛物之一心。故受捷之日,有戚容而無喜色,羣工請上尊號,至於再四而謙讓彌堅,至德益廣,珥筆之臣,執簡備書,與有光曜。至若莅阼迄今,嚴郊祀,事兩宫,謹天戒,急賑恤,慎刑獄,以惜民命,重文學以興士風,優禮儒賢,好問好察歲所册記,無虚日曠時,皆班班可考。匪有文飾,而臣獨謂征伐之功由於仁民勤政之所致者,蓋惟仁者無敵於天下。《書》曰:"皇天無親,惟德是輔。民心無常,惟惠之懷。"其在唐虞君臣相戒曰:"兢兢業業,一日二日萬幾。"夫保治戡亂,其道同也。孰謂武功耆定,非仁民勤政所由致哉?繼自今皇上益思上天所以輔德之意,答下民所以懷惠之心,念一日二日萬幾之不可以不慎,而加之以兢兢,使美實光輝日新歲益,書之典册,垂休無窮,至於萬世,永爲法則,其不亦偉與?

書吴太伯世家後

吾適東海上,過孤竹之墟,拜伯夷叔齊祠下,留數日,低回不能去。及讀《吴太伯世家》,覩其事有合焉。太伯之奔荆蠻,荆蠻義之従而歸之千餘家,孔子謂其民無得而稱,何哉?蓋嘗稱堯曰"民無能名",其稱太伯也,殆等於堯矣。他日又謂齊景公,民無德而稱,伯夷叔齊民到於今稱之。蓋崔杼弑莊公,而景公爲其所立,景公之得國以崔杼之弑其兄。夷齊之窮餓,以兄弟之交相讓,且稱者稱其德也。太伯讓同夷齊,而曰民無得而稱焉,此堯之之所以爲大,太伯之德所以爲至也。自太伯以來十九世，至王壽夢，壽夢有子四人，諸樊、餘祭、餘昧、季札，季札賢，壽夢欲立之，季札讓不可。立諸樊，諸樊既除喪，讓位季札，季札引子臧之義固謝。吳人固欲立之，季札棄其室而耕。諸樊卒，傳餘祭，必欲以次致國季札。自諸樊至餘祭、餘昧，皆兄終弟及。餘昧之卒，皆欲授季札，季札於是逃去。嗚呼！太伯之賢比於伯夷、季子之節可謂不媿太伯矣！豈僅如史遷所稱閎覽博物，君子云乎哉？且吾聞勾吳之俗，好義而有文，其亦慕其遺風而興起者乎？吾恨不能一至其處，弔延陵之往蹟，如過孤竹之遺墟，而徒愴然興懷也。

書李斯阿二世行督責書後

吾觀先秦文，其背理害道者滋多，大惡李斯督責書。斯誠妄人，以申韓爲聖人，以刑罰爲王道，以堯舜爲桎梏，以仁義爲邪說。夫醯雞跛鼈，曾何足與較天地之廣、江海之大哉？斯不足惡，吾惡其文，以夫世之好之者易也。不然鄭聲之與雅樂，釐然絶異矣。苟有耳者能辨之，聖人特著之，以謂所惡者在此，獨何故耶？吾固惡其文之足好也。

書河東先生集後

王介甫論八司馬，皆天下奇材也，爲叔文所誘，至今士大夫欲爲君子者，皆羞道而喜攻之。然此八人者既困矣，無所用於世，往往能自强列於後世，而所謂欲爲君子者吾多見其初而已，要其終能毋與世俛仰以自别於小人者少耳。介甫以子厚與七人者槩稱之，而曰君子攻之。夫君子好攻人，吾不知其何如，而或者輒曰，此叔文之黨，攻其人不復察其言，介甫謂其卒爲小人之歸也，吾滋懼焉。竊嘗謂柳子之文，自子長已來罕見其匹，故韓子以爲似司馬子長，雄深健雅，崔蔡不足多也。考同時與子厚得罪者劉夢得雄於文，亦不得與子厚爲比，況其餘人乎？然則槩之於七人之中，不惟不知言，亦並不知人矣。自昔敘子厚之文者類能言其文,而未有能白其人者也。惟嚴氏有翼序柳文,引范文正公之言而爲之説曰:叔文工言治道,順宗在東宫頗信重之,及踐阼,方欲有所施爲,然與文珍、韋皋等相忤,内外讒譖,交口詆誣,一時在朝例遭竄逐,而八司馬之號紛然出矣。作史者不復審訂其是非,以一時成敗論人,故黨人之名不可湔洗,子厚亦可謂大不幸矣。尚賴本朝文正范公之推明之也,曰:劉禹錫、柳宗元、吕温坐王叔文黨貶廢不用,覽數君子之述作,禮意精密,涉道非淺。如叔文狂甚,義必不交叔文,以藝進東宫,人望素輕,然傳稱知書好論理道,爲太子所信,順宗即位,遂見用引。禹錫等決事禁中,及議罷中人兵權,牾俱文珍輩,又絶韋皋私請,欲斬之,劉闢其意,非忠乎?皋銜之,會順宗病篤,皋揣太子意,請監國而誅叔文,憲宗納皋之謀而行内禪,故當朝左右謂之黨人者,豈復見雪?《唐書》蕪駮,因其成敗而書之,無所裁正。孟子曰:"盡信書,不如無書。"吾聞夫子褒貶,不以一毫而廢人之業也。文正公之論人,可謂明且恕矣。觀嚴氏此言,可謂知柳子者矣。余是以備録焉,不復别作裁製,庶以取信於天下後世。蓋以文正之賢,天下萬世之所謂君子者也,反是者專務成人之惡,茫然昧於知識,無怪乎並其文之可以經緯天地、驅馳日月、役使萬類,亘古今而不可磨滅者,一言以蔽之,曰:此黨人也。嗚呼!甚矣哉!且夫叔文愚賤妄作,器小易盈,非實有雄姦斷割之才,不幸而居可爲之地,即使其務自抑損,求合乎中,當時朝列之衆好議論,少成事,充位嗜進之徒其亦誰肯直之,而況叔文之愚賤妄作者乎?居下流而天下之惡歸焉,此所謂不可解免者也。君子哉!文正公之仁恕忠厚也,原其心而寬其誅,夫文正豈不知叔文之無可解免也哉?其意若曰,吾欲白數君子之枉,不得不薄叔文之誅,君子哉!文正公也。方叔文用事時,自知其不爲士大夫所容也,亟欲進天下之所謂君子者以正其名而善其用,不可謂非一得之見也。而爲君子者超然遠引,自適於聲利之外,豈不甚善,而無如其遭逢之不偶,持守之不堅,至於如斯也。惜哉!此河東先生之大爲不幸也。

雖然，使叔文之惡實甚，凡有識者皆知避去，况柳子之賢乎哉？惟其猶知招致天下之英流，庶幾有濟國家之政理，是以柳子不辭而赴之耳。當是時，趨炎熱競苟得者今皆不爲天下後世之所指名，其人皆叔文之所擯斥而弗録者也，而柳子獨蒙不白之譏，此吾之所以痛恨於叔文也。昔者佛肸召，子欲往，子見南子，聖人之往行具在，曾謂柳子之賢而昧於聖人之道耶？叔文雖妄作，必不至叛如佛肸，其愚賤亦未得比南子，佛肸、南子，聖人猶且見焉，欲往焉，况柳子之學聖人之道者耶？吾願後之君子觀其言，察其人，庶乎柳子之賢可得而知矣。子曰："君子不以人廢言"，若柳子者，人固可廢耶？柳子之政具在方冊，使其得志於時爲天下，猶爲一州也，而固可少乎哉？觀柳子之言，雖古之善言爲天下者亦無以過之，宜乎柳州之政之足以令人思之而不置也。夫古之人所以不可得而輕毁者，其言在，其人猶在也，其行存，其人不亡也。子厚在時，與其部將魏忠飲酒於驛亭，酒間謂曰："明年吾將死，死而爲神，後三年爲廟祀我。"長慶三年，降於州之後堂，其夕夢歐陽翼而告曰："館我於羅池。"其月丙辰，廟成大祭，過客李儀醉酒，慢侮堂上，扶出廟門即死。韓子羅池之碑豈其誣與？由是以來，柳有水旱疾疫之災，公私祈禱，應如響答。至宋元祐三百年矣，柳民乞加封爵，或廟額勅賜靈文之廟，崇寧三年封文惠侯，告詞有言，生而昭爽，後且不亡。然則柳子之至今在而不亡者，尤可信也。使夫人之死而果無所知與，君子猶且不敢慢易之，而况柳子之昭昭然至今存而不亡者哉！故夫世之尚論古人者，以介甫之言爲戒，以文正公爲師，推是意以通之天下古今之人，平其心而無易其言，於忠恕之道思過半矣。因誦柳先生之文，而並列昔人之所以白其人者，以俟後之君子推明其義焉。

朱文恪誥命書後

右明故相國謚文恪朱公爲太子太保禮部尚書兼文淵閣大學士誥命二道，其曾孫今翰林先生竹垞以示余。余方總史事既，即史官所爲公傳徵文考信，采摭遺闕，於横見側出之中加簡括焉，事釐然具矣。誠見公所爲功甚大，而其所自挾持爲獨正也。公翼儲副，定國本，厥功大矣。而吾所爲公功在審人家國極重難返之勢，獨立不懼，而陰以捄天下之弊，此其爲功大而可傳也。當公之時，黨朋不解，閹禍滋興，士大夫角風尚，獵名譽，以虛聲攖小人之怒，雖罹僨敗而不悟顧，沾沾自喜："吾真東林真黨魁矣"。彼小人者不樂君子，有是名而直使之無救於其禍敗，必盡快其意而後止。由是君子日亡，國勢日去。夫苟以取一日之名，至於亡人家國而不恤，吾於東林之君子有餘恫焉。公當時議囂喧，正邪雜糅，獨中立不倚，出乎流俗之表，不變容改度，終始一節。使向者東林之君子盡皆如公，彼小人者亦不得横被之以禍敗，君子不亡，則國之存亡不可知也。不幸而功不就，然其大者又詎可泯没而無傳哉？故曰：其所挾持者獨正也。公固以清廉聞於世，其子孫往往仕宦而能貧，獨以文學傳其家。吾友竹垞尤顯名天下，是皇勿替，公侯必復，於吾竹垞終有望焉。此卷留余所且踰年，一旦竹垞來告别也，含毫黯然，題其後以歸之。

書涂母壽詩後

束君顯侯涂之自出也，以其舅氏觀察君言，屬其同年官詞館者徵詩於朝，爲涂母王太淑人壽。既得詩，使者復以觀察君之請請余題其後。余既已序太淑人詩，書瑀琚之教、節義潔固之行，而勉觀察君移孝爲忠，稱古風詩之義以告之矣。余嘉束君之意，而美卿大夫之善頌善禱也，則仍與之稱詩以爲壽焉。《南陔》、《白華》，束氏之所補正也。《南陔》之詩曰："眷戀庭闈，心不遑安。馨爾夕膳，潔爾晨餐。"《白華》之詩曰："堂堂處子，無營無欲。鮮侔晨葩，莫之點辱。"説詩者曰，《南陔》孝子相戒以養，而《白華》言孝子之潔白也，束氏可謂善言孝者矣。或曰，孔子言孝始於事親，中於事君，終於立身。子輿氏論事親，以養志爲大。束氏《南陔》之詩所謂養口體者也，《白華》之詩狹而未廣。記之言孝曰：居處莊也，事君忠也，莅官敬也，朋友信也，戰陣勇也。束氏之言未盡其義，故曰狹而不廣也。余曰不然，史稱廣微博學多聞，性沈退，不慕榮利，爲王戎、張華輩所辟用，歷仕尚書郎，趙王倫爲相，請爲記室，廣微以疾辭歸，所稱不仕王侯，高尚其事，廣微之謂也，有合於《白華》潔身之義矣。故其《南陔》之作，深以養隆敬薄爲戒，而以朂增爾虔，以介丕祉終其義焉。孟子言誦詩讀書，貴論其世。今朝廷清明，武功赫濯，士君子奉其潔白之身，出而公忠莅官，則庶幾養志之大者，不可謂非束氏之所願焉而弗獲者也。束君讀書慕古，能神明其意而不媿其先世，故余以此意告之，使告觀察君。

跋錢公浩川遺墨諱桓，字握之，又字浩川，巡撫南贛。

今士風敝矣，友朋道衰，甚者視親戚爲仇讐。其有閔世疾俗之士深懲於此而潔清自好，將以別嫌疑，絶黨私，不苟交遊，介然特立於時，而譏謗悔尤之及，卒不得免焉，宜其士風之日即於敝也。蓋其人既不能和光同塵，見喜於當世，不幸而見辱，則相與非笑之，或曰，是其人之有以自取也。然則欲求世風之不日即於敝，其可得哉！雖然，閔世疾俗之士，殆狷者之流，未得乎聖人所謂中行之指也。仲長統有言，事君不爲君所知，忠未至也。與人友不爲人所信，義未至也。狷者可進於忠義，而猶未得爲忠義之至者耳，烏可以自足乎哉？吾觀太倉錢公浩川所與諸親故書牘，意其人得乎孔子所謂中行之指者與？不然，何其温厚坦易，有君子長者之風，溢乎行墨文字之間如此也。孔子又嘗謂文王有四臣，以免虎口，丘有四友，以禦侮。聖人不絶交友，而乃有云上古之世老死不相往來，何其過也！故觀於公而閔世疾俗、息交絶遊之士可以廢然返矣。公之兩孫同時官於朝，爲省臺，従與游，得觀公遺蹟。公之身行官治見於州乘者甚悉，及余讀之而後有以知公之偶然之筆札，能使人愛慕而寶惜之久而可貴者，厥有由也。是以有感而識之。

記王大令保母志

大令保母志，崑山大司寇健菴徐公以三百金購得其墓磚，始搨，視世俗本所刻大令真行迥別，矩矱嚴整，風采秀勁，余初見之真定梁公家，愛慕之不能釋諸懷。既又從公借觀累日，公請歸省墓，將行矣。余嘗多借公藏書，今搜檢前後所借書及此卷將内之公，而於此有疑焉。卷後跋者十三人，以姓氏跋者十五人，以詩跋者十八人，自退堂僧了洪者至高文虎七人，皆隸書，書皆出一手，趙文敏一跋以草書，再跋以真書，真書則尤絶不類文敏，此顯然可疑者也。而姜夔堯章跋獨詳，可取以爲信焉。跋言嘉泰壬戌六月六日，錢清王畿得保母志并小硯於稽山樵人，夔親見之，志以甎刻，甎四垂，其三爲錢文，皆隱起，已斷爲四。歸王氏，又斷爲五。凡十行，末行缺二字，不可知。第六行缺十二字，猶可考曰：中冬既望，葬會稽山陰之黄閍。硯背刻晉獻之字，上近右復有永和字，乃劃成，甚淺瘦，永字亡其磔，和字亡其口。硯石絶類靈璧，又似鳳咮，甚細而宜墨，微窪其中，今銘字缺者俱與跋合。又言與蘭亭同者二十四字，之三年在各二文能老趣興歲丑日終以曲水於悲夫後者。與右軍他帖同者十八字，行秀王懃書善七十三二月六無小冐貞而而，其嘗見於大令雜帖者三字，獻獻寧，而見於蘭亭敘右軍帖者大令帖中亦多有之。此刻大都百五字，其可以他帖驗者凡四十五字，餘六十字如保歸柔恭屬解釋交漓墓志等字，尤精妙絶倫，或謂此字多似蘭亭，疑後人集蘭亭字爲之，此又不然。大令字與蘭亭同者，何止保母志而已。試以官帖第九卷中行書帖較之，相過一帖同者十八字，思戀一帖同者九字，十二月二十七日一帖同者十一字，静息一帖同者四字，發吴興一帖同者八字，其他三兩字同者不可勝紀。右軍、大令既是父子，不應疑其書蹟之同，凡夔所説皆是也。又言或謂東坡金蟬墓銘云，百世之後陵谷易位，知其爲蘇子之保母，尚勿毁也。此末章似之，爲可疑。葢東坡意其理之或然，大令知其數之必然，作者之言自應相邇，則似疑東坡未見大令此志，而偶然以合者。然考大令集，保母志其文具在，凡爲文，古人不嫌祖述，坡公既於書無所不見，豈獨不見大令此集乎？夔輒疑其偶然以合者，蓋既未見大令集，而妄意古人，陋矣。蘭亭之敘承用劉越石答盧諶詩敘，“然後知聃周之爲虚誕，嗣宗之爲妄作”，豈亦右軍未見越石之文，其合也亦出於偶然者耶？故吾於保母帖斷其爲大令真蹟無疑，而所可疑者乃反在諸人之跋耳。公博學多識，而藏弆古人法書珍祕，幾與梁公相埒峙。公如疑吾言，當取别梁公，試以問之。

跋項孔彰畫

唐人畫粉本正用墨筆，宋元以來有水墨畫，實唐畫粉本耳。顧遂謂爲正畫，詎非難工者與？近代能爲此者益多，吾獨愛徐文長、唐子畏，有蕭然出塵之姿，今觀項君此畫，有徐唐遺意，文衡山殆不如也。然吾聞項氏多收古名畫，故其所得如此。事不師古，以自矜可鄙者多矣，獨畫然耶？

梓潼陰隲文跋

道藏有言，飛鸞度世。余嘗竊歎上帝仁慈隱惻，加惠下民，如此其極至也。昔南正重司天以屬神，北正黎司地以屬民，蓋自是神人不雜矣。然世之言神者，或以謂芒芴渺冥而不可知，不可知則亦不可信，於是乎悖神而馳，非理義而動，以日趨於災害亡絶不測之禍，非夫人之知有神而愍然不畏也。其禍本於以神爲不可知，故不信，不信故悖神而爲無理無義，以至於災害亡絶不測而莫之救也。於是上帝惻然閔憐，令神之聰明正直而慈愛多行、德善能化導一切者啟之，以飛鸞度世之事以助成無言之化，而顯其神以示人。至是而神可知矣，可知故信，信故不敢悖而馳爲無理義以自取災害亡絶不測之禍，而且爲善得福，如影形聲響焉，若梓潼此文是已。梓潼之文蓋出於飛鸞，是上帝之心也，可不敬諸？可不敬諸？

二錢説

余今年四月以吏部左侍郎管右侍郎事，督理京省錢法。既至寶泉局，則偕其同官給事中、監察御史、監督郎官而謂之曰：此天下錢之所由出也。吾自矢不受一錢，願與諸公同之，指白日以爲誓。居數月，監督從廢銅中得古錢數枚，余選其一文曰半兩，蓋秦錢也。監督曰："人言古錢佩之身吉，請公佩之。"余許諾。又數月，余遷左都御史，一日御史臺有公事，不得至局，局人以鑄錢請，余視緡解錢散脱，亂布於席，視畢，局人去，席上隱其一錢。又月餘，晨起理寶泉事，心有觸曰："吾誓不受一錢，前後取其錢二，其何以自明？"立命呼寶泉吏，喻之意而還之，吏歎息持以去。是日康熙二十三年歲在甲子十有一月二十七日也，書其事以自警，名曰二錢説云。

一錢説

昔予爲二錢説，蓋取寶泉之二錢而還之，爲説以自警者也。乃今又爲一錢説云，一錢者，何始？余每出，見貧而丐者人與之一錢，或日見數人焉，或日不見一人焉。夫一錢，至微也，人與一錢，至少也，且或一人焉無之，其爲此又至易也。世之人莫有肯爲而余爲之不衰者，蓋天下貧者多矣，若貧而丐者，則少於天下之人，而天下之人至於不可勝窮。假令天下之人皆日見貧而丐者，人與之一錢，則於天下無窮之人無所大損，而貧者得錢亦將至於不可勝窮，則是天下之人不復有貧且丐者，其爲益豈不甚大矣哉？或曰："可以與，可以無與，與傷惠，今子自謂不取二錢，而顧沾沾焉一錢之與，得無可以已與？"余應之曰："非其義也，非其道也，一介不以取諸人，二錢之謂也。如其義也，如其道也，雖千駟萬鍾，與人可也，況一介乎一錢之謂也。且夫疲癃殘疾無告之人，聖人之所憫憐也。昔者子貢以博施濟衆爲仁，孔子謂必也聖人能之，而乃專以己欲立立人，己欲達達人爲仁，夫孔子豈以博施濟衆謂非仁者之事哉？謂其難能，故曰聖也。

今吾一錢之與，不可謂博，人與一錢，不可謂衆，而至使天下無甚貧之人，亦庶幾所謂欲立欲達者非與？吾與子勉爲仁，是亦聖人之徒也。所謂一介不與人者，寧謂是耶？"客曰："善。繼自今請日行子一錢之説。"

惜分陰説

余今年閒居無事，得遂其静坐讀書之願。入夏執熱，不出庭户，所居街四通，多朝市往來，門前過客習知吾懶慢不好客，客亦無所求於我，以故累旬月無一至吾室者。然吾半日静坐，半日讀書，或終夕不寐，漏鼓分明，東方已白，常覺日夜之短而不足以供吾静坐讀書之樂也。而僮客飽食嬉游，呿呿吁吁，謂日之長，謂夜之短，羣然一辭，彼誠知晏息倘佯之爲樂而恨夜之短，而不知吾静坐讀書之樂而並不覺日之長也。雖然，蘇子瞻云："無事此静坐，一日似兩日。若活七十年，便是百四十。"吾静坐不覺日之長，而子瞻所見乃與吾異，且子瞻又非不讀書者，何以有是説耶？葢子瞻求静坐而不可得者耳，非真能静坐也。陶士行有言，當惜分陰，大司寇徐公健菴取以榜其所居之室，吾問公何以惜陰，公曰讀書。夫公之藏書之多甲於天下，子瞻所蓄書不知多少，顧其顛沛於道途，又徙居無常處，度其至多不能以當公，而公讀書之多，則雖子瞻有不能及也。夫以子瞻之讀書而不知静坐之日易覺其短，則似能讀書而不知静坐之樂者，吾懼公之意或有同於子瞻之所見者，故爲是説以贈焉。

説巖字説

客有問曰："賢者名可斥言之耶？"陳子曰："不可。""有説乎？"曰："有。《春秋》紀季公子友仲孫湫，皆字之而不名，字之以爲褒，則必名之以爲貶矣。故凡書名者皆貶之，若是乎賢者之名之可貴也，烏敢斥言之耶？斥言之不可矣。可取以爲人之名若字耶？"曰："不可。堯夫祖禹，吾嘗病之矣。或者以爲謚也，曰然則子之字以説巖者,不若易以傅巖之爲得也。”曰:“惡! 是何言與? 予非敢有取於是也。夫浩然之亭,陽城之驛,昔人猶諱而易之若是乎,賢者之名之不可斥言也,而謂帝賚良弼版築之巖,竟竊以自號焉。雖愚且妄,或不至若是之甚乎。且不敢居其名而引其姓,庸愈乎? 夫吾之生近聖人之居,陶唐氏之遺風,而蒲坂安邑,壤相錯也。古今賢聖之人可慕愛者多矣,獨有取於是乎哉? 士苟不自立而浮慕乎古人,雖誦其詩書,假其言貌,偊行矩步,以自號鳴於世,而考其行有庸人市儈所不爲者,是直無救於愚且妄而已矣。況竊取其名若姓,引以就不肖之身,而謂有其可貴者哉?”“然則子曷以字?”曰:“志所居也。始吾家樊川之上,其南澗之東有巖焉。升巖而望月之始出也,命之曰月巖,已而爲堂於巖北,仰觀峯嶺,下瞰林壑,以居以游,窮晝極夜。至如初日上而雲飛,夕烟斂而霞舉,顥氣寫心,流泉舒目,飄忽萬變而悠然獨得,吾之可説者存焉,故又曰説巖。夫時習而説,所説者學也,於聖人無所不説,所説者言也。今吾學焉而不能習,又不得親見聖人而聆其言,姑寄其意於巖居川觀,與田叟牧兒生長嬉遊於此,樂之終身而不厭,是則吾之所説也。若子之言,遼乎異哉,不倫且甚矣。子固有子之所説者,而非吾之所謂説也。道不同,不相爲謀。”客謝而退,因書其語爲説巖字説。

廷翰字説

廷翰或有字之曰瀛洲,瀛洲者,海中神山也。自唐以來,翰林清祕深嚴之地,輒舉是以相擬,而今之翰林署中有瀛洲亭,是其義也。或者以謂翰者,字之宜,莫如是。予竊觀世之軼羣之士,流光揚聲,躋顯垂榮,連蹤疊趾,出入承明,以比古所謂登瀛之客,亦拔其類而大其朋矣。而予之狂惛亦厠其間,恐畏惴栗如弗勝焉。伏覩跳踉,濳耳嘍啃,卷舌鉗辭,重足屏跡,道德日去,悔吝日集,愁憂之來,天地爲窄,悵逐逐於泥沙,盍栖栖於泉石,良有辱於斯名,殆無補於是職。翰乎雖賢,得無優於所能,而詘於所不及乎? 其在《詩》曰:“之屏之翰”，葢翰者，幹也。《易》不云乎，貞者，事之幹。於是翰乃字公幹，云觀於牆，非幹無以爲立，方觀於車，非輪輻非軸車無以行。觀於幹而體用之道藏焉，幹可不勉乎哉？

陳存字説

陳氏子名存。禮，子生三月，父命之名。存，遺孤子也，父不及名而宗人名之存，藐然一身，無伯叔昆弟，奉其寡母以居，家貧無所依，僅而存者，其身耳。以存之緒不絶如綫，使其身僅而存焉，不亦既幸矣乎！雖然，夫人未有心亡而身存者，假令有之，亦孔子所謂幸免已耳。傳曰，操則存，捨則亡，存其操之哉！操之，斯存之矣。操之操之以至長存，《易傳》所謂成性存，存也，故字之曰又存。

蔡霑雨字説

蔡子霑雨問字於余，曰將有以自省焉。嘗誦《詩·信南山》之篇，“既霑既足，生我百穀”，而孟子言五穀者，種之美者也，遂字之以美穀。吾方耕於樊川之陽，荷鍤扶犂，従田夫野老之後，聽布穀之催春，樂鳴鳩之喚雨，芸而歌，杖而息，其於穀也目其生長，親其穫斂，於是瓜菹酒食，饗我尸賓，以繼詩人之所詠歌而嘉歎者，且與子乎同之。子如自省，則盍思夫美穀之義而三致意焉。傳曰：苟爲不熟，不如荑稗。可不儆懼與？

飼虎文

維年月日，以特羊飼虎爲文，告之曰：吾聞之聖人，雲従龍，風従虎。《淮南子》言虎嘯而谷風生，傳言虎與龍並稱，而嘯則風生，説與傳同，則是虎者，靈有知之物也。吾又聞虎，山獸之君，夫靈有知之物以長百獸，宜其非凡爲獸者之比，可以理説之明矣。吾爲先淑人卜宅兆，得洞陽山之南，樊山之陰，土人曰：“其下虎穴，虎出没其間。”余曰：“虎，靈有知之物，必且遠去。”其後虎伏不出，居數月，虎夜纍纍行，余乃謂虎："夫母没，藏之荒野，虎何忍蹤跡犯冢上，以震驚吾母之魂魄乎？虎敢侮，予必殺虎乃已。"夜，虎見。告今之人，有敢侮子者矣，彼人也，猶尚然，於虎何責焉。余應之曰："是豺狼也。虎爲百獸君，豈得效豺狼耶？"虎去。夢覺，曰虎靈有知如此，則盍閉閤思過。於是齋心，具特羊飼之。土人讙然争笑以爲迂，而一老父言曰："其横逆猶是也，於禽獸何難焉。"余曰："虎靈有知，非凡爲獸者比也。今與虎約，自飼汝之三日，汝當攜女婦子，徙女窟穴，不使再見女蹤跡。女猶不悛，是豺狼之行矣。吾誅豺狼如殺狐兔，虎得毋後悔。"

午亭文編卷四十九

杜律詩話上

兒子豫朋四五歲時，誦杜詩，爲説其義，輒能了了。予嘗見世所傳諸家解杜詩意多不合，故其所説多用己意。又嘗妄謂杜詩説之誠難，而律詩尤難。蓋古詩如《哀江頭》、《洗兵馬》等篇，文義事實有可推考，律詩則託興幽微，寓辭單約，説之故尤爲難。予既爲兒子説杜七言律詩，間録其别於諸家者以備遺忘，題曰詩話。鄭康成説三百篇，以箋爲名，箋者，標也，識也，示不敢言注，但表識其不明者耳。後世於杜曰注、曰箋、曰箋注，類以解釋爲義，今曰詩話，别諸家也，且不敢言箋註也。諸家説左者概畧姓氏，但云或，示非好辯也。康熙戊辰七月望日説翁自記。

題張氏隱居天寶間遊魯及歸長安作

或謂《舊唐書·李白傳》云，少與魯中諸生張叔明等隱於徂徠山，號爲竹谿六逸。又子美《雜述》云，魯有張叔卿，意叔明、叔卿止是　人，是詩題張氏隱居，豈其人與？愚謂讀子美《雜述》張叔卿，未能如詩所云也，此自當時一高士，題止云張氏，遂使無考，亦憾事。

鄭駙馬宅宴洞中

主家陰洞細烟霧，留客夏簟青琅玕。自是秦樓壓鄭谷，時聞雜珮聲珊珊。

鄭潛曜見《唐書·孝友傳》。公作臨晉公主母皇甫淑妃碑，亦述公主孝思，其賢而好客，於末句見之。秦樓指駙馬所居，鄭谷指山林貧賤之宅。蓋茅堂風磴山林所有駙馬已兼，故遠勝鄭谷。或以秦樓指公主，鄭谷指駙馬，非。

贈獻納使一無使字起居田舍人澂

晴窻點檢白雲篇

點檢白雲篇，點檢二字，説者引唐史起居郎因制勅稍筆削，又起居舍人本記言之職，惟編詔書是也。至白雲篇，求其説不得，遂以漢武秋風詞白雲飛當之。愚按《漢書·郊祀志》，天子封泰山，封廣丈二尺，高九尺，其下則有玉牒書。書祕又云，其夜若有光，晝有白雲出封中。《唐書》開元十三年封泰山，藏玉冊於封祀壇之礎。所謂白雲篇，疑即玉冊之類也。時公既獻三賦，又欲奏《封西岳賦》，如此解白雲二字較明，上下文義亦復聯貫。

城西陂泛舟

青蛾一作娥，非皓齒在樓船，横笛短簫悲遠天。春風自信牙檣動，遲日徐看錦纜牽。魚吹細浪搖歌扇，燕蹴飛花落舞筵。不有小舟能盪槳，百壺那送酒如泉。

觀題是公與人泛舟，或謂指所見，或謂譏明皇，皆非。

贈田九判官梁丘

崆峒使節上青霄，河隴降王欵聖朝。宛馬總肥春一作秦苜蓿，將軍只一作不數漢一作霍嫖姚。陳留阮瑀誰争長，京兆田郎蚤見招。麾下賴君才並美一作人，獨能無意向漁樵。

此詩三四句或謂天寶沿邊置十節度使，各鎮兵四十九萬，馬八萬餘匹，然盛名無踰哥舒翰。天寶十三載春，安禄山求兼領閑廄羣牧，又求總監，密遣親信選健馬數千匹。時李、郭名位尚卑，王忠嗣以讒廢，與禄山頡頏，哥舒而已。曰總肥，曰只數，因贈梁丘隱語託諷，使翰思所以制禄山也。愚按《新唐書·百官志》駕部郎中員外郎各一人，掌輿輦車乘、傳驛廄牧、馬牛雜畜之事。凡驛馬給地四頃，蒔以苜蓿，降王欵朝，驛傳騷然，宛馬總肥春苜蓿不過指此。此句與第二句應，下句與第一句應。

吐谷渾蘇毗王欵塞，明皇詔翰應接，見《王思禮傳》，或以此當降王欵朝，是也。謂翰報命必入朝，意料之辭，無據。首句上青霄自指崆峒地高而言，《明皇紀》及《翰傳》天寶十三年無翰入朝事，是年翰遘風疾，因入京，廢疾於家，田非隨翰入朝，或以使事入奏，必在翰未遘風疾前。公投贈翰詩首云："今代麒麟閣，何人第一功"，末云："軍事留孫楚，行間識吕蒙。防身一長劍，將欲倚崆峒。"辭意與此詩同，當是一時作。或即因田投贈哥舒也。

題省中院壁一無院字

掖垣竹埤梧十尋，洞門對霤一作雪常陰陰。落花遊絲白日静，鳴鳩乳燕青春深。腐儒衰晚謬通籍，退食遲迴違寸心。衮職曾無一字補，許身空比雙南金。

首句埤字，解者各異。愚謂埤與卑同，此言竹卑梧高也。《晉語》"松栢不生埤"，《荀子》"埤汙庸俗"，《漢書·劉向傳》"增埤爲高"，《五行志》"塞埤擁下"，《子虚賦》"其埤溼則生蒼莨蒹葭"，皆可證。《射雉賦》捩懸刀，騁絶技，如轅如軒，不高不埤。公《荆南兵馬使趙公大食刀歌》用之，"不高亦不庳"，正出於此字。又作庳，是埤、卑、庳古通用也。至《左傳》宫室卑庳二字連用，别有音義，宜隨文讀。

曲江陪鄭八丈南史飲

雀啄江頭黄柳花，鵁鶄鸂鶒滿晴沙。自知白髮非春事，且盡芳樽戀物華。近侍即今難浪迹，此身那得更無家。丈人才一作文力猶强健，豈傍青門學種瓜。

近侍即今難浪迹，即吏情更覺滄洲遠，又當與省中院壁一首合觀。或出爲司功事已萌芽，勉爲貧仕，終非所好，故立言如此與。

鵁鶄鸂鶒本取諸江南置苑中者，今云滿晴沙，與《後秋興》所云圍黄鵠、起白鷗同一義，非但賦一時景物也。

曲江對雨

城上春雲覆苑牆，江亭晚色静年一作天芳。林花著雨燕支一作脂溼一作落，水荇牽風翠帶長。龍武新軍深一作經駐輦，芙蓉别殿謾焚香。何時詔一作重此金錢會，暫一作爛醉佳人錦瑟傍。

或曰，此懷上皇南内之詩也。明皇以萬騎軍平韋氏，改爲龍武軍，親近宿衛，今深居南内，無復昔日駐輦游幸矣。興慶宫南樓置酒眺望，欲由夾城以達曲江，芙蓉苑不可得矣。金錢之會，無開元天寶之盛，對酒感歎，意亦在上皇也。愚按詩作於乾元元年春，太上皇以去年十二月至自蜀，居興慶宫，帝自複道來起居太上皇，亦時至大明宫，或相逢道中，帝命陳元禮、高力士、王承恩、魏悦、玉真公主常在上皇左右，梨園弟子日奏聲伎爲娱，是時帝父子尚慈孝無間也。觀龍武新軍四字自當指肅宗言，蓋長安初復，曲江游幸非復往時之盛，故公對雨有感耳。

題鄭縣亭子

鄭縣亭子澗之濵，户牖憑高發興新。雲斷岳蓮臨大路一作道，天晴一作清宫一作官柳暗長春。巢邊野雀一作鵲羣欺燕，花底山蜂遠趁人。更欲題詩滿青竹，晚來幽獨恐傷神。

或謂雀欺燕，蜂趁人，亦即景所見，不必謂喻羣小讒譖。按此詩明有寄託，亦不必概去之。詩無他意，强作附會，詩有寄託，反謂無他，皆好異之過也。此詩乾元元年赴華州司功時作。

早秋苦熱堆案相仍原注:時任華州司功。

七月六日苦炎蒸一作熱,對食暫餐還不能。每愁夜中一作來自足蠍,況乃秋後轉一作復多蠅。束帶發狂欲大叫,簿書何急來相仍。南望青松架短一作絶壑,安得一作能赤脚蹋層冰。

夜中足蠍,秋後多蠅,當與《題鄭縣亭子》野雀山蠭例觀。

九日藍田崔氏莊

老去悲秋强自寬,興來今一作終日盡君歡。羞將短髮還吹帽,笑倩傍人爲正冠。藍水遠從千澗落,玉山高並兩峰寒。明年此會知誰健一作在,醉一作再把茱萸仔細看。

末句仔細看,或謂看茱萸,或謂縮上藍水玉山言之,兩通。須知藍水玉山,非但寫景,山水恒在,人難常健。當日生感之意在此。

崔氏東山草堂

愛汝玉山草堂静,高秋爽氣相一作多鮮新。有時自發鐘磬響,落日更見漁樵人。盤剥白雅谷口栗,飯煮青泥坊底芹一作蕈。何爲西莊王給事,柴門空閉鎖松筠。

或謂王給事非王維,云《舊書》維晚年得宋之問藍田别墅,陷賊以前,尚未有也。按《維傳》自維以詩名盛於開元天寶間,已下皆檃括生平行事,晚年指維長齋一事,與上文居常不茹葷血應,下文並及與裴迪往來嘯詠事,非謂此時始得藍田别墅也。維長于公數歲,開元九年進士,歷右拾遺、監察御史、左補闕、庫部郎中、給事中,其責授太子中允當在至德二載冬,公贈詩稱中允聲名久。史稱乾元中遷太子中庶子、中書舍人,復拜給事中,轉尚書右丞,當是一年數遷耳。維以乾元二年七月卒,公詩"不見高人王右丞,藍田丘壑漫寒藤",維卒後有感也。"何爲西莊王給事,柴門空閉鎖松筠",維生前有感也。當時藍田不聞别有一王給事也。

卜居上元元年二月成都，及中間青城、新津、蜀州作。

浣花流一作之，一作溪水水西頭，主人爲卜林塘幽。已知出郭少塵事，更有澄江銷客愁。無數蜻蜓飛上下，一雙鸂鶒對沈浮。東行萬里堪乘興，須向山陰上一作入小舟。

或云甫卜居便有東行之興，且東行欲至山陰，奚啻萬里，公必有不得已於卜居者。冕之爲主人者可知，冕謂裴冕。此説實未然。"成都萬事好，未若歸吾廬。"公豈欲終老於蜀者？且史乾元二年六月，以左僕射裴冕爲御史大夫、成都尹、持節充劍南節度副大使、本道觀察使，三年三月以京兆尹李若幽爲成都尹、劍南節度使，是年閏四月改乾元爲上元，公卜居在是年春三月，堂已成，冕亦將去。今人説公成都詩，往往辠冕不能厚公，冕亦寃矣，特爲雪之。東行欲至山陰語，更非，是葢山陰上舟，咫尺有萬里之思，故是妙句。若謂欲至山陰，索然無味，全失詩情矣。

公古詩有《寄裴施州》詩、《鄭典設自施州歸》詩，裴施州即冕。讀此二詩當知冕在成都遇公應不薄也。

寄杜位原注：位京中宅近西曲江，詩尾有述。

近聞寛法離一作别新州，想見歸懷尚百憂。逐客雖皆萬里去，悲君已是十年流。干戈況復塵一作行隨眼，鬢髪還應雪一作白滿頭。玉壘題書心緒亂，何時更得曲江遊。

或曰同一貶竄，鄭虔台州之流，自論死減等，猶曰嚴譴。杜位在新州，去國萬里，長流十年，始離貶所，乃曰寛法。葢位林甫之壻，權奸擅國，流毒天下，釀成漁陽鼙鼓之禍。觀位於林甫相時，盍簪列炬，氣燄如此，林甫既敗，僅加貶謫，復從量移，可不爲曠蕩之恩乎？嚴譴寛法四字，便見老杜《春秋》之筆。愚按鄭詩就貶官言，自宜用嚴譴，位詩就離貶所言，自宜用寛法，公有"也霑新國用輕刑"句，亦爲虔作也。詩文各有宜用字，乃謂嚴譴寛法，便見《春秋》之筆，非是。位，公之族子，故人詩首尾何等情至，此等解累詩多矣，不可不辯。盍簪列炬即公《守歲位宅》詩，昔以爲歡，今以爲臯，亦大不可。

和裴迪登蜀州東亭送客逢早梅見寄

東閣官梅動詩興，還如何遜在揚州。此時對雪遥相憶，送客逢春一作花可一作更自由。幸不折來傷歲暮，若爲看去亂鄉一作春愁。江邊一樹垂垂發，朝夕催人自白頭。

此詩或謂迪從王縉在蜀，縉嘗爲相，故詩用東閣。又迪在縉幕，如何遜在建安王幕，故用揚州事，此謬也。新舊史縉傳無刺蜀事，舊史王維傳亦無，新史有之，是時維自表己五短，縉五長，願歸所任官放田里，使縉得還京師，久乃召縉爲左散騎常侍。舊史維以乾元二年七月卒，新史維以上元初卒，二史皆云維卒時縉在鳳翔。此詩上元二年作，何得云縉在蜀州邪？廣德二年縉始拜黄門侍郎同平章事，亦不得云縉嘗爲相。詩中東閣二字即詩題東亭二字，何遜揚州但以梅事引用，迪在縉幕，遜在建安王幕，及遜墓志東閣一開等語，概芟之不溷心眼，亦快事也。集有《和裴迪登新津寺寄王侍郎》詩，或云王侍郎即縉，上元二年前縉嘗爲工部侍郎，上元二年四月明皇崩，縉撰哀册，時稱爲工，改兵部侍郎，此尚可通。原注王時牧蜀，應後人所爲，不可據。

王十七侍御掄許攜酒至草堂奉寄此詩便請邀高三十五使君同到

老夫卧穩朝慵起，白屋寒多暝始開。江鸛一作鶴巧當幽徑浴，鄰雞還過短牆來。繡衣屢許攜家醖，皂蓋能忘折野梅。戲假霜威促山簡，須成一醉一作醉裹習池迴。

高適嘗爲蜀州刺史，時或以事至成都，故公請王侍御邀之同至草堂。公蜀州有《李司馬橋成承高使君自成都回》絶句，是高尚留成都，公先往蜀州也。

嚴中丞枉駕見過原注:嚴自東川除西川,勑令兩川都節制。

元戎小隊出郊坰,問柳尋花到野亭。川合東西瞻使節,地分南北任流一作孤萍。扁舟不獨如張翰,皂一作白帽還應一作應兼似管寧。寂寞一作今日江天雲霧裹,何人道有少微星。

末語歸美嚴公。近解有云,嚴武非能薦公者,何人二字明指嚴徒枉草廬,不能識公。解詩最嫌此類,亦無足辯。然時顧喜之,何也?

奉酬嚴公寄題野亭之作

拾遺曾奏數行書,嬾性從來水竹居。奉引濫騎沙苑馬,幽栖真釣錦江魚。謝安不倦登臨費一作賞,阮籍焉知禮法疏。枉沐一作何日旌麾出城府,草茆無一作蕪徑欲教鋤。

愚按首句答嚴"莫倚善題鸚鵡賦",三句答嚴"何須不著鵕鸃冠",嚴詩葢謂公耽詩賦而不仕也,豈此時已有表薦之意乎?故公答以己亦曾任而濫騎官馬也。奏數行書正對題鸚鵡賦,騎沙苑馬正對著鵕鸃冠,嬾性句答嚴第二句,幽栖句答嚴第一句,後四句答嚴末二句也。六句葢阮籍好飲酒,公自謂以野人對嚴飲,即禮法疏也。公有小驛香醪句,嚴答云"可但步兵偏愛酒",是也。或謂武過之,公有時不冠,故武云"何須不著鵕鸃冠",而公解其嘲曰"阮籍焉知禮法疏"。臆解之失,撰成事跡,誣古人而迷誤後世,可慨也。舊辯有可取者録後。

《容齋續筆》:《新唐書·嚴武傳》云房琯以故宰相爲巡内刺史,武慢倨不爲禮,最厚杜甫,然欲殺甫數次,李白《蜀道難》爲房與杜危之也。《甫傳》云:甫嘗醉,登武牀,瞪視曰:"嚴挺之乃生此兒。"武銜之,一日欲殺甫,冠鈎於簾者三,左右白其母,奔救得止。舊史但云甫性躁褊,嘗凴醉登武牀,斥其父名,武不以爲忤,初無欲殺之説。葢唐小説所載而《新唐書》以爲然。予按太白《蜀道難》本以譏章仇兼瓊,前人嘗論之矣。子美集中詩凡爲武者幾三十篇,《送還朝》曰:

"江郫獨歸處,寂莫養殘生。"《喜再鎮》曰:"得歸茅屋赴成都,直爲文翁再剖符。"此猶武在時語,至《哭歸櫬》云:"一哀三峽暮,遺後見君情。"及《八哀詩》云:"空餘老賓客,身上媿簪纓。"若果有欲殺之怨,不應眷眷如此,好事者但以武詩有"莫倚善題鸚鵡賦"之句,故用證前説,引黄祖殺禰衡爲喻,殆是癡人面前不得説夢也,武肯以黄祖自比乎?

野人送朱櫻

西蜀櫻桃也自紅,野人相贈滿筠籠。數回細寫愁仍破,萬顆勻圓訝許同。憶昨賜霑門下省,退朝擎出大明宫。金盤玉筯無消息,此日嘗新任轉蓬。

唐人賜櫻桃詩首摩詰,次退之,結語退之聊取成篇,摩詰思路涌出,然亦諛詞耳。當時子美亦必濡毫,縱佳,不過比肩摩詰。此詩油然忠愛,遂爲獨絶。遇固不幸,詩反因之據勝。人謂詩能窮人,又謂窮而後工,由此論之,不獨窮而工也。

題桃樹

小徑升堂舊不斜,五株桃樹亦從遮。高秋總饋貧人實,來歲還舒滿眼花。簾户每宜通乳燕,兒童莫信打慈雅。寡妻羣盜非今日,天下車書正一作已一家。

或曰此詩首曰"小徑升堂舊不斜",末曰"天下車書正一家",疑所題者故園之桃,時方全盛,未逢禍亂,故桃亦可懷如此,以歎今之不然,與"移柳幾能存"同感。若云題成都桃,末二語難通。愚謂此解正自難通,公詩本無不通,"寡妻羣盜非今日",言鰥寡孤獨,頻經禍亂,觸目可傷。"天下車書正一家",言畔逆削平,四海一家,吾人又安可以區區小物彼此貪戾於兵火之餘也。與《後夔州》、《又呈吳郎》一首同看,其意自見。

"高秋總饋貧人實","堂前撲棗任西鄰","棗熟從人打","拾穗許郇童”,“寡妻羣盜非今日,天下車書正一家”,“已訴徵求貧到骨,正思戎馬淚盈巾”,“安得廣厦千萬間,大庇天下寒士皆懽顔”,“雄者左翮垂,損傷已露筋”,“白魚困密網”,“分減及溪魚”,“吾徒胡爲縱此樂,暴殄天物聖所哀”。集中此等不可悉舉,嘗謂公仁人長者也,讀其詩者宜知。

嚴公仲夏枉駕草堂兼攜酒饌得寒字一作鄭公枉駕攜饌訪水亭

竹裏行厨洗玉盤,花邊立馬簇金鞍。非關使者徵求急,自識將軍禮數寬。百年地僻一作闢柴門迥,五月江深草閣寒。看弄漁舟移白日,老年何有罄交歡。

或曰,《國史補》:嚴武少以强俊知名,蜀中坐衙,杜甫袒跣,登其几案,武愛其才,終不加害,此所謂“將軍禮數寬”也。鈎簾欲殺,最爲誣罔,不知宋子京新書何以載之本傳。愚按杜公生平凡小説、正史多不可憑,當以詩爲斷,其云“阮籍焉知禮法疎”,正其不疎處,蓋阮之疎人知之,阮之慎人不知之。《五君詠》亦曰識密,公之疎,與阮同觀可也。集中凡爲武作,辭氣無不温謹,後在武幕有云:“周防期稍稍,大簡遂匆匆”,袒跣登案,人乃爲此語乎? 此公生平爲人處所關,故不惜頻及。

秋　盡

秋盡東行且未迴,茅齋寄在少城隈。籬邊老卻陶潛菊,江上徒逢袁紹杯。雪嶺獨看西日落,劍門猶阻一作斷北人來。不辭萬里長爲客,懷抱何時得好開。

嚴武仲夏攜饌至草堂,又《巴嶺荅公》詩有“籬下黄花菊對誰”。三四,公蓋以陶潛鄭康成自比,以袁紹比武,有思武意。典畧河朔飲與鄭康成傳兼讀,詩意始明。

涪城縣香積寺官閣

寺下春江深不流，山要官閣迥添愁。含風翠壁孤雲細，背日丹楓萬木稠。小院迴廊春一作深，一作清寂寂，浴鳧飛鷺晚悠悠。諸天合在藤蘿外，昏黑應須到上頭。

“上頭”二字亦自有本，古樂府：“東方千餘騎，夫壻居上頭”，是也。公《湯東靈湫》詩亦云：“東山氣鴻濛，宮殿居上頭”，此詩題香積寺山要官閣，上頭即山頂也。諸天自四天王天至非有想非無想，天影署山頂殿像也。昏黑有二意，承上晚字，又承上藤蘿字，及背日萬木稠也。

送王十五判官扶侍還黔中得開字

大家東征逐子回，風生洲渚錦颿開。青青竹筍迎船出，白白一作日日江魚入饌來。離别不堪無限意，艱危須仗濟時才。黔陽信使應稀少，莫怪頻煩一作頻頻勸酒杯。

題曰還詩，曰回，猶有作之官解者，諸家皆致辯，所謂不足辯者，此類是也。楊用修以將字易逐字，人多非之，余謂逐字本不佳，無怪用修欲易。將，領也。“鳳凰將九子”，楊亦引之，不必訓養。或謂《東征賦》原作“余隨子乎東征”，當易以隨字。“白白江魚”，或引《列女傳》姜詩事，每旦輒出雙鯉。以日日爲是。按白白與青青對，白白是也。

滕王亭子原注：在玉臺觀内。王調露中，任閬州刺史。一云閬州王臺觀作，王曾典此州。

君王臺榭枕巴山，萬丈丹梯尚可攀。春日鶯啼脩竹裏，仙家犬吠白雲間。清江碧一作錦石傷心麗，嫩蘂濃花滿目斑。人到於今歌出牧，來遊此地不知還。

滕王即王子安所咏“滕王高閣臨江渚”者也。《方輿勝覽》云：滕王以隆州衙宇卑陋，遂修飾弘大之，擬於宮苑，謂之隆苑，後改閬苑。滕王亭，元嬰所建無疑，或云是天寶時嗣滕王湛然。蓋以元嬰生平多惡狀，在隆州亦不循法，子美不當以“人到於今歌出牧”稱之耳。按湛然守閬州無據，“歌出牧”，自是子美失實語。後世詩文家最不可信，雖子美亦未免，可以爲戒。

玉臺觀原注：滕王造。

中天積翠玉臺遥，上帝高居絳節朝。遂有馮夷來擊鼓，始知嬴女善吹簫。江光隱見黿鼉窟，石埶參差一作差池烏鵲橋。更有紅顔生羽翰，便應黄髮老漁樵。

或云觀中疑有公主遺跡，故用嬴女吹簫事。按此首又有烏鵲橋句，全集又有五言律，亦云“彩雲蕭史駐”，此説不爲無見，但事不可考。

奉寄章十侍御原注：時初罷梓州刺史，東川留後，將赴朝廷。

淮海維揚一俊人，金章紫綬照青春。指揮能事迴天地，訓練强兵動鬼神。湘一作襄西不得歸關羽，河内猶宜一作疑借寇恂。朝覲從容問幽仄，勿云江漢有一作老垂綸。

《唐書》、《國史補》、《雲谿友議》皆載嚴武殺章彜事，或曰，按此詩武再鎮蜀，彜已入覲，豈及其未行殺之耶？愚謂好事者僞撰事實，妄解杜詩，如不著鵕鸃冠者多矣。此或亦由湘西句造出也。湘西荆州地，不得歸者，言關公都督荆州，方面重臣，不得召之歸朝。時章十侍御罷東川，留後將赴朝廷，故以此爲比。或謂此暗指來瑱之事，或謂嚴武再鎮成都，復合東西川爲一節度，東川留後，在所宜廢。湘西句言章侍御不復歸鎮，皆非。借寇恂者，潁川也，詩何以言河内，蓋河内潁川皆寇舊治，詩意謂潁川盜賊羣起，固宜借之，河内盜賊不起，猶宜借之。時段子璋反，章討平之，罷官歸朝故也。此意諸家未言，遂若子美誤用。

午亭文編卷五十

杜律詩話下

將赴成都草堂途中有作先寄嚴公五首

得歸茅屋赴成都，直一作真爲文翁再剖符。但使閭閻還揖讓，敢論松竹久荒蕪。魚知丙穴由來美，酒憶郫筒不用酤。五馬舊曾諳小徑，幾回書札待潛夫。

寶應元年武自成都召還，拜京兆尹，明年爲二聖山陵橋道使，封鄭國公，遷黄門侍郎，廣德二年復節度劍南，公自閬州歸成都而作此詩也。讀《奉待嚴大夫》及此五首，嚴杜交情畧見，注者乃云杜知武不能用己，詩含風刺，大非。前嚴公枉駕已發此意，可類推。

宿　府

清秋幕府井梧一作桐寒，獨宿江城蠟炬一作燭殘。永夜角聲悲自語，中天月色好誰看。風塵荏苒音書絶，關塞蕭條行路難。已忍伶俜十年事，强移棲息一枝安。

"伶俜十年事"自當指亂離奔走，自己亥棄官至甲辰參謀，僅是六年，十年者舉大數耳，不必過泥。題是宿府，詩上言行路，下言棲息，此解自可通，或有十年乃字之説，非本意也。

十二月一日

即看燕子入山扉，豈有黄鸝歷翠微。短短桃花臨水岸，輕輕柳絮點人衣。春來準擬開懷久，老去親知見面稀。他日一杯難强進，重嗟筋力故山違。

“他日一杯難强進”，言不能如舊時之能飲也，“他日”，舊時也，注謂後時，非。

寄常徵君

白水青山空復春，徵君晚節傍風塵。楚妃堂上色殊衆，海鶴階前鳴向人。萬事糾紛猶絶粒，一官羇絆實藏身。開州入夏知凉冷，不似雲安毒熱新。

“楚妃”猶言宋子、齊姜、燕趙佳人，或謂樊姬，非也。此句言仕途同官，名位相軋，各炫才媢嫉。下句方指徵君，二句皆比體，宜合讀，通首尾讀，無非知交深悲極痛之辭。近注者皆謂公風刺徵君，吾所未解。

示獠奴阿段

山木蒼蒼落日曛，竹竿裊裊細泉分。郡人入夜争餘瀝，稚一作豎子尋源獨不聞。病渴三更迴白首，傳聲一注溼青雲。曾驚陶侃胡奴異，怪爾常穿虎豹羣。

陶侃之奴，僞蘇注及劉敬叔《異苑》其不可信人皆知之，然其事卒不知所出。愚舊有臆解，陶侃或是陶峴，峴彭澤之孫，浮游江湖，與孟彦深、孟雲卿、焦遂共載，人號水仙，有崑崙奴名摩訶，善泅水，後峴投劍西塞江水，命奴取，久之，奴支體磔裂浮於水上，峴流涕迴櫂，賦詩自敘，不復游江湖。峴既公同時人，其友又公之友，異事新聞，故公用之耳。陶奴入水卒死蛟龍，公奴入山宜防虎豹，事相類，侃、峴音相近，但峴事僻，人因改作侃也。公常以時人姓名入詩，如李白、雲卿之類，又傳寫訛謬，如周顒作何顒之類，此説或亦可存。

諸將五首

昨日玉魚蒙葬地，早時金盌出人間。見愁汗馬西戎逼，曾閃朱旗北斗殷。多少材官守涇渭，將軍且莫破愁顔。

此詩説者不知作於何時，各以己意注之。愚謂當作於大曆二年秋冬間，三年正月則去夔出峽，末章不得云"巫峽清秋萬壑哀"矣。考史，代宗時吐蕃之寇無歲無之，廣德元年遂陷京師，留十五日乃走，"千秋尚入關"蓋指此也，舊注指安禄山，非，蓋不應捨近而言遠也。廣德二年八月吐蕃寇邠州、寇奉天，十一月吐蕃兵潰，永泰元年八月僕固懷恩及吐蕃、回紇、党項、羌、渾奴剌寇邊，九月吐蕃寇醴泉、奉天，党項、羌寇同州，渾奴剌寇盩厔，京師戒嚴。以史考之，其亂視廣德二年爲甚。大曆元年九月吐蕃陷原州，二年九月吐蕃寇靈州、寇邠州，郭子儀屯於涇陽，京師戒嚴，"見愁汗馬西戎逼"蓋指此大曆二年之事，追述永泰元年之事以爲鑒，故曰"曾閃朱旗北斗殷"，曾者，已往之事也。考《代宗紀》，永泰元年吐蕃、党項、羌等入寇，天子自率六軍屯於苑，郭子儀屯於涇陽。《郭子儀傳》云：懷恩盡説吐蕃、回紇、党項、羌、渾奴剌等三十萬掠涇，躪鳳翔，入醴泉，京師大震，於是帝命李忠臣屯渭橋，李光進屯雲陽，馬璘、郝廷玉屯便橋，駱奉先、李日越屯盩厔，李抱玉屯鳳翔，周智光屯同州，杜冕屯坊州，天子自將屯苑中，急召子儀屯涇陽，《吐蕃列傳》與子儀傳同，又加以渾日進孫守亮屯奉天，"朱旗北斗殷"言軍之衆也。觀史可見，但《代宗紀》畧，《子儀傳》詳，《吐蕃傳》又詳，可以互見耳。

"見愁"四句，蓋言見今所愁，將士汗馬西戎或深入不止，逼近内地也。愁者雖未逼，愁將逼也。邠州靈州視醴泉盩厔爲遠地，若逼則如永泰元年故事矣，永泰元年將士分屯者多，"曾閃朱旗北斗殷"，賴郭子儀免冑見敵，幸得無事，若今不知多少材官守涇渭，能如永泰分屯之衆乎？雖有一子儀屯涇陽，其餘將軍豈可遂破愁顔耶？此詩前四句廣德元年事，"見愁汗馬"句大曆二年事，"曾閃朱旗"句永泰元年事。大曆二年秋冬間夔州作,諸家聚訟直夢語耳。

首四句借漢喻唐,借漢事,故言千秋,既喻唐,不必泥求漢事。又"玉魚"、"金盌"紛紛辯證,以愚論之,此玉魚、金盌泛指陵墓珍寶如珠襦玉柙,及秦始皇水銀爲江海,黄金爲梟雁之類,何必苦求出處。

《代宗紀》吐蕃陷京師,不言掘陵寢,豈史有所諱而不書與?或謂禄山作逆,繼以吐蕃,焚毁未已,駸駸有發掘之虞,玉魚、金盌借尋常墳墓事以婉言之,此説雖巧,未合也。蓋陵寢雖無恙,而貴戚之玉魚、金盌已遭發掘,於詩意未爲不合,公故不欲斥言陵寢耳。或謂關爲潼關,故以入關指安禄山。按柳伉疏,犬戎以數萬衆犯關,渡隴歷秦渭,掠邠涇,不血刃而入京師,是此詩入關的證。伉疏又云,謀臣不奮一言,武士不力一戰,提卒叫呼,刦宫闈,焚陵寢,此將士叛陛下也。數語又是當日諸將皐案,然則首四句是責諸將既不能禁其入,而又乘亂縱兵焚掠,非止敘外寇也。

韓公本意築三城,豈謂盡煩回紇馬,翻然遠救朔方兵　龍起猶聞晉水清　獨使至尊憂社稷,諸君何以答升平

上一章責代宗時吐蕃亂諸將也,此章責肅宗初禄山亂諸將也。第一句曰"本意",第三句曰"豈謂",轉折極明。"朔方兵"者,不敢斥言乘輿也。子儀上代宗疏云,先帝興,朔方誅慶緒是也。第七句"獨使至尊憂社稷"正與此應。考《回紇傳》,回紇使者來請助討禄山,帝詔燉煌郡王承寀與約,可汗以可敦妹爲女,妻承寀,帝欲固其心,即封其女爲毗伽公主,帝駐彭原,使者葛羅支見恥班下,帝不欲使,鞅鞅引升殿,慰而遣葉護至,帝因冊毗伽公主爲王妃,命廣平王見葉護約爲昆弟,肅宗屈己回紇以憂社稷故也。五句追敘潼關之敗,此明皇幸蜀之由。六句追述高祖龍起之事,猶言晉陽以一旅肇興,至於有天下而不能自振,乃"獨使至尊憂社稷",不得已而用回紇,"諸君何以答昇平"乎?八句一事,當合而讀之。

此章注説雖多,本意愈晦,今槩刪之,已另爲注説矣。愚更有

説，龍起者興慶宫龍池事也。張九齡《龍池聖德頌序》畧云，惟龍池，蓋天之所以祚聖，即今上卜居之舊里。又云，中宗採識者之議，厭王氣而來遊，聖上處或躍之時，出飛龍而合應，臨淄始封也，邸第在焉。上黨歷試也，靈符紹至，天其以是永命我唐云云。公此句即九齡天其以是永命我唐意也。“猶聞晉水清”，以晉水比龍池，言與高祖開國同符。“獨使至尊憂社稷”，指禄山反，潼關失守，明皇下詔親征事，如此説，於上下意不待解説自明。兩存之，以正讀者。

朝廷衮職誰争補，天下軍儲不自供，稍喜臨邊王相國，肯銷金甲事春農。

此章責以宰相臨邊之諸將也。觀五句、七句可見幅日蹙，貢賦日減，軍需皆仰給饋饟，獨王相國肯銷甲事，農安得不喜，稍喜者，以天下皆不自供，銷甲事農僅王一人也。或以稍喜爲不足王縉之辭，非然，《唐書·王縉傳》亦不見銷甲事農事。

越裳翡翠無消息，南海明珠久寂寥。殊錫曾爲大司馬，總戎皆插侍中貂。炎風朔雪天王地，只在忠良翊聖朝。

此章舊注云子美嘗有“自平宫中吕太一，南海收珠千餘日”之句，蓋廣德元年吕太一爲廣州市舶使，舉兵叛，故翡翠明珠久不貢朝廷，説者多引此詩以解太一之事，舊注之説不過如此。或由此通首皆指宦官，句各以事實之云云。按楊思勗雖殘酷，安南五溪之變實在先，以越裳不貢責之，思勗服乎？吕太一之事近之，然杜詩云“自平宫中吕太一，收珠南海千餘日。近供生犀翡翠稀，復恐征戍干戈密”，豈非太一既平之後，明珠暫至又絶乎？亦當責之太一乎？考《李輔國傳》輔國爲兵部尚書，未嘗爲大司馬，古今官職沿革名同實異者多，今人溷稱兵部尚書爲大司馬，不知唐之兵部尚書不可稱大司馬也。唐《百官志》兵部尚書正三品，輔國冊進司空，兼中書令，進封博陸郡王，三品之官，何足異乎？以魚朝恩曾爲觀軍容使，故謂之總戎，總戎二字，杜詩常用，“總戎楚蜀應全未”、“聞道總戎雲鳥陣”，高適、嚴武亦皆觀軍容使邪？此蓋緣誤認“侍中貂”二字，注唐人詩當以唐書爲據,《唐書·百官志》云,門下省侍中二人,正二品,掌出納帝命,相禮儀,凡國家之務與中書令參總而顓判省事,又云左散騎常侍二人,正三品,注云,顯慶二年分左右,隸門下中書省,皆金蟬珥貂,左散騎與侍中爲左貂,右散騎與中書令爲右貂,以此論之,侍中貂非中人也,如馬燧、渾瑊皆拜侍中,燧、瑊豈中人乎?《百官志》中人有内侍省監、内常侍諸稱,無侍中。《宦者傳》諸宦官封王公爲中書令者有之,無侍中。

然則此詩當何如解?蓋責藩鎮兼宰相之諸將也。上章舉内地削,責其徒煩輸輓。此章舉遠人畔,責其不能鎮撫。首四句猶上章首四句之意,不必實指其人。大司馬唐《百官志》無之。外官天下兵馬元帥副元帥都統下有行軍司馬,行軍左司馬,行軍右司馬,節度使下有行軍司馬,大都督府下有司馬,中都督府下有司馬,下都督府下有司馬,大都督護府下有司馬,上都護下有司馬,以意論之,則副元帥、都統、副都統、節度使、大都督、中都督、下都督、大都護、上都護皆可稱大司馬。上都護掌統諸蕃,撫慰征討,敘功罰過,與本詩扶桑、銅柱、越裳、南海、炎風、朔雪等甚合。又唐初制元帥大都督大都護或親王領之,或親王遥領,連上"殊錫"二字觀之,大司馬必指此類,非兵部尚書也。兵部尚書與吏、户、禮、刑、工尚書皆尚書省中書令之屬,兵部之屬有四,一曰兵部,二曰職方,三曰駕部,四曰庫部,無稱司馬者,兵部尚書安得稱大司馬乎?"總戎"二字,即以公詩證之,當指節度使,皆插侍中貂,則帶宰相之銜者也。但以此解之,詩意自明。

《漢書》注師古曰:禮含文嘉云,九錫者,車馬、衣服、樂懸、朱户、納陛、武賁、鐵鉞、弓矢、秬鬯也,此詩殊錫不必九錫,大抵非常寵錫耳。《漢書·百官公卿表》相國丞相後即太尉,太尉秦官,掌武事。武帝建元二年省,元狩四年初置大司馬,以冠將軍之號,漢代大司馬爲武官極品,其權埶丞相不如也。此詩大司馬借漢官言唐官,未爲不可,但泥李輔國曾爲兵部尚書,以唐兵部尚書爲大司馬,遂難通矣。

錦江春色逐人來，巫峽清秋萬壑哀。正憶往時嚴僕射，共迎中使望鄉臺。主恩前後三持節，軍令分明數舉杯。西蜀地形天下險，安危須仗出羣材。

或云此言蜀中將帥也。崔旰殺郭英乂、柏茂琳、李昌夔，楊子琳舉兵討旰，蜀中大亂。杜鴻漸受命鎮蜀，畏旰，數薦之於朝，請以節制，讓旰、茂琳等各爲本州刺史，上不得已，從之。鴻漸以宰相兼成都尹、劍南東西川副元帥，主恩尤隆於嚴武而畏怯無畧，憚旰雄武，反委以任，姑息養亂，日與從事置酒高會，其有媿於前鎮多矣。公詩標巫峽、錦江，指西蜀之地形也，曰正憶，曰往時，感今而指昔也。又云："軍令分明數舉杯"，葢闇譏其日飲不事事也。《八哀詩》於嚴武云："豈無成都酒，憂國只細傾"，則鴻漸之縱飲於憂國之志荒矣。右説於"數舉杯"三字看出刺鴻漸意，然云公詩標巫峽、錦江指西蜀之地形，尚可商。愚謂"錦江春色逐人來"指嚴武最後至蜀時，人字即指武，"巫峽清秋"指今日思武時也。公《將赴成都草堂途中有作先寄嚴鄭公》云："故園猶得見殘春"，又云："肯藉荒庭春草色"，《春歸》云："别來頻甲子，歸到忽春華"，皆可證。年譜亦云，或謂永泰元年四月嚴武卒，此詩作於是年之秋，離草堂而來，正當春色逐人，今又清秋，追念武知己之恩，不覺萬壑皆哀。按年譜，公永泰元年正月辭幕府歸草堂，四月嚴武卒，五月遂離蜀南下，自戎州至渝州，六月至忠州，秋至雲安，觀此此説之誤可知。清秋指至雲安之清秋亦不妥，安知非大曆二年之清秋耶？

"自平宫中吕太一，收珠南海千餘日。近供生犀翡翠稀，復恐征戍干戈密。"太一以廣德元年十二月反，平之必在二年，自大曆二年逆數爲三年，故曰"千餘日"。"近供生犀翡翠稀"即第五詩所云"南海明珠久寂寥"也，一言近供，一言久寂，似相迕，然《自平》詩是自"收珠南海千餘日"數之，此詩則連太一未平時言之也，詩不作於雲安，此又一證。

五首合而觀之，一漢朝陵墓，二韓公三城，三洛陽宫殿，四扶桑銅柱，五錦江春色，皆以地名起。分而觀之，一二作對，一責代宗時吐蕃亂諸將，一責肅宗初禄山亂諸將，其事對，其詩章句法亦相似。三四作對，一舉内地割，責以宰相，臨邊之將徒煩輸輓；一舉遠人畔，責以藩鎮兼相之將不能鎮撫。其事對，其詩章法句法亦相似，末則另爲一體。杜詩無論其他，以此類言，亦可想當日鑪錘之苦，所謂"晚節漸於詩律細"也。與《秋興八首》並觀，愈見。

秋興八首

玉露凋傷楓樹林，巫山巫峽氣蕭森。江間波浪兼天湧，塞上風雲接地陰。叢菊兩一作重開他日淚，孤舟一繫故園心。寒衣處處催刀尺，白帝城高急暮砧。

波浪兼天，風雲接地，非但寫夔州山水，公時艤舟欲下江漢，此即孤舟去路也。

有謂塞上指由蜀入秦之塞，此章八句皆指夔州，若七句指夔州，獨一句指蜀塞，不成章法矣。《夔府書懷》詩："絶塞烏蠻北，孤城白帝邊"，《白帝城樓》詩："江度寒門閣，城高絶塞樓"，《返照》詩："絶塞愁多早閉門"，何必蜀塞乃可言塞邪？

他日與故鄉一類即後章所云昔時，蓋故里樊川之感也。前後詩有"歸檝生衣卧"，"具舟將出峽"等句，是此孤舟即歸舟也。《白帝城樓》詩："夷陵春色起，漸擬進扁舟"，《曉望白帝城鹽山》："春城見松雪，始擬進歸舟"，未嘗一日忘故園之心也。叢菊映楓林，孤舟映巫峽，章法尤奇。

夔府孤城落日斜，每依北一作南斗望京華。聽猿實下三聲淚，奉使虚隨八月槎。畫省香鑪違伏枕，山樓粉堞隱悲笳。請看石上藤蘿月，已映洲前蘆荻花。

陸游《入蜀記》唐故夔州與白帝城相連，杜詩"白帝夔州各異城"，言難辨也。此謂夔府孤城，當與上章孤舟例看。蓋以客子言之，雖蜀麻吴鹽、清秋萬船，不礙其爲孤舟，雖白帝夔州兩城相連，赤甲白鹽閭閻繚繞，不礙其爲孤城也。

上章白帝暮砧，城高砧易聞也。此言夔府落日，白帝在東，夔府在西也，皆非漫下。北斗或作南斗，按秦城上直北斗，又北斗之宿七星明，第一主帝，爲樞星，上句言日，此句言斗，又言望京華，以類而言，非南斗明矣。唐人亦多用北斗，如平臨北斗之類，公詩亦多用北斗，如"秦城近斗杓"之類，或又引《三輔黄圖》云，漢初長安城狹小，惠帝更築之，城南爲南斗形，城北爲北斗形，至今人呼斗城，謂之南北皆可，其説亦非。

奉使句非謂乘槎到天河徒爲虚語，蓋槎與上章孤舟相映，乘槎可到天河，今繫舟不能至京華，故曰"虚隨八月槎"。公詩有"愁邊有江水，焉得北之朝"之句，三四一應夔府，一應京華，"虚隨八月槎"不如此説不可與言京華應矣。五畫省，應京華，六粉堞，應夔府，其意易見。

千家山郭静朝暉，日日一作日處，一作一日，一作百處江樓坐翠微。信宿漁人還汎汎，清秋燕子故飛飛。匡衡抗疏功名薄，劉向傳經心事違。同學少年多不賤，五陵裘馬自輕肥。

首章言暮砧，次章言落日，此章言朝暉，當時日夜無聊，不遑安處，讀之如見。日日江樓與漁人還汎汎同，故賦所見以自喻。信宿正與《豳風》"於汝信處"、"於汝信宿"一意。清秋燕子是將去之物，故飛飛者若見客不去，故以飛飛將去嘲之也。《雲安子規》詩："客愁那聽此，故作傍人低"。

公天寶初應進士不第，天寶末獻《三大禮賦》，明皇召試文章，授河西尉，改右衛率府胄曹參軍，此與衡初以好學射策科甲不應，令除太常掌故，調平原文學畧似。後肅宗至德二載，拜行在左拾遺，以上疏救房琯獲譴，得免推問，扈従還京，未幾出爲華州司户參軍，後遂棄官，流寓於蜀。廣德元年召補京兆功曹，不赴。二年嚴武表爲節度參謀檢校工部員外郎，賜緋魚袋，明年春辭幕府離蜀。大曆元年至夔，視衡由史高幕入朝廷，上疏至丞相封侯，果何如乎？故曰“匡衡抗疏功名薄”也。諸家注衡皆太畧，衡之文學經術與史高辟薦本末皆不及，如此則古來抗疏者多，何獨以衡爲言？

公獻賦授官，與向初獻宣帝賦頌數十篇亦畧同，後遂流滯於外，不能入朝，雖時爲詩歌不忘朝廷，視向之數退數進，傳經以寄忠悃，得乎？故曰“劉向傳經心事違”也。衡之抗疏多傳經義，向之傳經亦諷時政，其前後疏多及經義，舊注向亦太畧，公與衡、向皆文學士，故引用之。七句遂及“同學少年”，同學者，一時同爲文學者也，少年者，以己白頭視彼爲少年也。抗疏傳經皆在朝廷，五陵即京華地，衡、向古人，同學今人，公俯仰古今，感慨係之，不必泥衣馬輕肥以爲譏刺，有謂同學少年既非抗疏之匡衡，又非傳經之劉向，志趣與公絶不相同，果如此，當言異學，何言同學乎？

聞道長安似弈棋，百年世事不勝一作堪悲。王侯第宅皆新主，文武衣冠異昔時。直北關山金鼓震一作振，征西車馬一作騎羽書馳一本作遲。魚龍寂莫秋江冷，故國平居有所思。

奕棋者倏勝倏負，局勢變遷。廣德二年吐蕃入寇，代宗如陝州，吐蕃陷京師，立廣武郡王承宏爲帝，郭子儀復京師，代宗至自陝州，所謂似奕棋也。是時公在蜀，故言聞，然亦諱辭也。下句又合禄山陷京師，明皇幸蜀，及肅宗復京師，明皇至自蜀之事言之，故曰百年世事，其實兩句皆指代宗時事也，明皇事百年中帶言之耳。聞道二字又不止貫此兩句，直貫至五六句，止各説一事，説者以王侯文武二句爲奕棋，爲不勝悲，非也。唐人最重族望，所謂衣冠者，族望也。喪亂衣冠流離，所用文武流品猥雜，故曰“文武衣冠異昔時”，舊注未明。

或謂直北指夔，北乃隴右關輔間，不知此章“直北”“征西”與下章“西望”“東來”，皆據長安言，直北二字與“愁看直北是長安”之直北不同。凡看詩文，宜知大段，此章前六句作段，讀者多以四句爲段，非也。是時西北多事，姑以廣德二年言之，又以僕固懷恩及吐蕃、回紇等寇邊一事言之，吐蕃寇醴泉、奉天，党項、羌寇同州，渾奴刺寇盩厔，“直北關山金鼓震，征西車馬羽書馳”當是此等。或以廣德元年吐蕃入長安，徵天下兵莫至，故曰“羽書遲”，非是。

八章中前三章詳夔州，畧長安，後五章詳長安，畧夔州，此章末句可以結本章，可以起下章，可以總起下四章，“故國平居有所思”，猶歷歷開元事，分明在眼前。

蓬萊宫闕對南山，承露金莖霄漢間。西望瑤池降王母，東來紫氣滿函關。雲移雉尾開宫扇，日繞龍鱗識聖顏。一卧滄江驚歲晚，幾迴青瑣點一作照朝班。

按漢武承露銅柱在建章宫西，建章宫在長安城外西北隅，唐東内在京城，東北不聞有承露盤事，此章葢言唐開寳宫闕之盛，又以明皇好道，故以蓬萊承露、瑤池紫氣連類言之，不必實有金莖。

唐公主如金仙、玉真之類多爲道士，築觀京師，西望瑤池，葢言道觀之盛，與上宫闕一類如《玉臺觀詩》馮夷、嬴女亦是形容玉臺觀之盛，仿佛有馮夷、嬴女，非咏嬴女也。公詩有“王母晝下雲旗翻”，東來紫氣指太清宫。

或謂公葢以瑤池王母之飲隱喻貴妃之册爲太真，紫氣函關之臨，顯譏玄元之降於永昌，如此説是追數前朝之失，非追憶前朝之盛也。

史稱明皇儀範偉麗，有非常之表，潞州别駕時州境有黄龍白日升天，又京師所居宅外水池浸溢頃餘，望氣者以爲龍氣。又所居里名隆慶，時人語訛以隆爲龍，韋庶人稱制改元，又爲唐隆，上益自負。此詩“日繞龍鱗”與常説稱天子龍顏不同，舊注引漢高帝隆準龍顏、齊高帝龍顙鐘聲、鱗文徧體，皆非也。《享龍池》樂章姜皎一篇有“常經此地謁龍顏”句，可爲此作注。或謂“一卧滄江”言一卧不復起也，“驚歲晚”追遡身歷三朝，皆成往事，今不知幾時再列朝班，葢公自天寳十載獻三大禮賦，時年四十，以布衣一識聖顏，至肅宗至德二載拜左拾遺，時年四十六始點朝班，至代宗大曆元年自雲安至夔時，年五十五矣。此説非是，一卧者，卧病於夔，所謂伏枕也。歲晚即秋也，詩言“幾迴青瑣”如上説當改爲幾時青瑣，迴與時各一義，豈可溷解？

此詩前六句是明皇時事，“一卧滄江”是代宗時事，“青瑣點朝班”是肅宗時事。前六句但言天寶之盛，陡然截住，即陡接末二語。他人爲此，中間當有幾許繁絮。葢上章言長安之衰，此章言長安之盛，合而讀之，其義自見也。

瞿唐峽口曲江頭，萬里風烟接素秋。花萼夾城通御氣，芙蓉小苑入邊愁。朱簾繡柱圍黄鵠一作鶴，錦纜牙檣起白鷗。迴首可憐歌舞地，秦中自古帝王州。

上章長安宫闕，此下三章長安城外池苑，此章曲江也。上下四章皆前六句長安，後及夔州，此章在中首二句便以瞿唐曲江合言，亦章法變换處，然已下只言曲江，不言瞿唐，以詳於首章故也。

明皇始築夾城至曲江芙蓉園，而外人不知。禄山犯闕，帝登興慶宫花萼樓，置酒悽愴，自此遂西幸。通御氣、入邊愁、圍黄鵠、起白鷗四句，皆上盛下衰。通御氣三字尤詩人立言之妙，解者失之，與外人不知，對看自明。

曲江與樂遊園、杏園、慈恩寺等相近地，本秦漢遺跡，唐開元中疏鑿更爲勝境，故曰“回首可憐歌舞地，秦中自古帝王州”，由衰憶盛，感慨無窮。

昆明池水漢時功，武帝旌旗在眼中。織女機絲虚夜月一作月夜，石鯨鱗甲動秋風。波漂菰米沈雲黑，露冷蓮房墜粉紅。關塞極天唯鳥道，江湖滿地一漁翁。

此章憶昆明池也。虚夜月、動秋風、波漂菰米、露冷蓮房，與上章圍黄鵠、起白鷗，皆遥想彼中秋色也。此章六句長安，七八句夔州，關塞即首章塞上，江即首章江間，連湖言之者，地勢接近，公將出峽赴荆南故也。陡轉陡住，筆端高絶，出尋常蹊徑之外。

或極力辯楊用修之説，謂杜以唐人敘漢事，摩挲陳跡，故有機絲、夜月之詞，此立言之體，非傷喪亂。愚按“昆明池水漢時功”是據唐代言,不僅前朝陳跡,以唐人敘漢事,摩挲陳跡尚有感,況以唐人敘唐陳跡,謂非傷喪亂,可乎?又云昆明一章緊接上章"秦中自古帝王州"一句而申言之,時則曰漢時,帝則曰武帝云云,如此則是上章思唐,此章思漢矣。但以上章末句爲此章來脈可也。一漁翁斷作杜自謂,《將赴荆南寄别李劍州》云:"路經灩澦雙蓬鬢,天入滄浪一釣舟",《寄别馬巴州》云:"獨把漁竿終遠去",皆可證。

下墜粉紅,就蓮房言,此沈雲黑亦當就菰米言,不就水言。一説陳藏器《本草》,菰,首小者,擘之内有黑灰如墨,名烏鬱,人亦食之。按庾肩吾詩"黑米生菰葑,青華出稻苗",公《行官張望補稻畦水歸》亦云:"秋菰生黑米",此説較得。

昆吾御宿自逶迆,紫閣峰陰入渼陂。一作紫閣峰陰入渼陂,昆吾御宿自逶迆。香稻一作紅豆,一作紅稻,一作紅飯啄餘一作殘鸚鵡粒,碧梧棲老鳳凰枝。佳人拾翠春相問,仙侣同舟晚更移。綵筆昔曾一作遊干氣象,白頭吟望苦低垂。

或云此言遊宴渼陂之事。按此章合言長安城南昆吾、御宿、渼陂諸境,不皆曲江、昆明但指一處也。

香稻碧梧屬昆吾、御宿,佳人拾翠、仙侣同舟屬渼陂。《西陂泛舟》詩云〔一〕:"青蛾皓齒在樓船,横笛短簫悲遠天",西陂即渼陂,所謂青蛾,即"佳人拾翠春相問"也。問字用雜佩以問之問,其意則如贈之以勺藥耳。"仙侣同舟晚更移"指與岑參兄弟不妨,《渼陂行》,"船舷暝戛雲際寺,水面月出藍田關",即晚更移之證也。

【校記】

〔一〕《西陂泛舟》　仇兆鰲《杜詩詳註》卷三作《城西陂泛舟》。

舊注香稻宫中以供鸚鵡,按鸚鵡者出隴州,當是昆吾御宿間豪家共有之物,不必宫中拈出,亦可見當時彼中珍禽佳樹之美,其實詩止重香稻碧梧,以鸚鵡鳳凰粧點作麗句耳。渼陂種稻未見言者,公《與鄠縣源大少府宴渼陂》詩有"飯抄雲子白"句,説者謂雲子碎,雲母以擬飯之白，升菴韻藻引山稻名雲子，河櫸號雨師，直以雲子爲稻名，渼陂有稻，亦未可知。香稻二句與上章波漂菰米、露冷蓮房同，皆遥想彼中秋景。下二句由秋追述春時遊賞之樂，上二句現前，下二句過去也。因又追念當時獻賦，有謂綵筆指渼陂行諸詩，干氣象即賦詩分氣象意，不如指獻賦言。吟望，望字與第二章望京華相應，既望而又低垂，是不能望也。筆干氣象何其壯，白頭低垂何其憊，詩至此聲淚俱盡，故終焉。

杜此八首命意練句之妙不必論，以章法論，章各有法，合則首尾如一章，兵家常山陣庶幾似之。人皆云李如《史記》、杜如《漢書》，予獨謂不然，杜合子長、孟堅爲一手者也。或八章擇取一二者，非。又杜此詩古今獨絶，妄擬者尤非。

詠懷古跡五首説四首

支離東北風塵際，漂泊西南天地間。三峽樓臺淹日月，五溪衣服共雲山。詞客哀時且未還。庾信平生最蕭瑟，暮年詩賦動江關。

東北風塵指禄山亂，與第五句相應，或指少爲齊趙之遊，或云公初陷賊中，在山東河北間，皆非。

此章公自賦以庾信爲比耳，夔州無信古跡，或因信曾居宋玉江陵故宅，强牽立説，非也。此詩題曰詠懷古跡，有謂首章詠懷，餘四古跡者，其説雖非，尚知詠懷二字，不得專泥古跡，遂忘詠懷也。宋玉、昭君、先主、武侯遇皆不偶，是章章古跡，章章詠懷，宜知此。

搖落深知宋玉一作爲主悲，風流儒雅亦吾師。悵望千秋一灑淚，蕭條異代不同時。江山故宅空文藻，雲雨荒臺豈夢思。最是楚宫俱泯滅，舟人指點到今疑。

風流儒雅即第五句文藻，師者師其文藻，正與李陵、蘇武是吾師同耳。或云亦字有不滿意，又云非道德師，乃文雅師，或云景行之至，不惟尚友，直欲師之，皆非。悵望二句，杜言己今日悵望千秋之下，一番灑淚如宋玉悲秋，異代同一蕭條，惜不同時耳。同時如漢武讀相如《子虛賦》而善之，曰："朕獨不得與此人同時哉！"灑淚如《秋興》八首之類。

江山二句言故宅已無，空有文藻，彼雲雨荒臺本出夢思，今反現在，豈得爲夢思邪？蓋皆後人所爲耳，不止荒臺不可信，即楚宮亦俱泯滅，舟人指點皆可疑也。人與宅俱亡，正感慨處。

羣山萬壑赴荆門，生長明妃尚有邨。一去紫臺連朔漠，獨留青冢向黄昏。畫圖省識春風面，環珮空歸月夜魂。千載一作歲琵琶作胡語，分明怨一作愁恨曲中論。

此詩二明字，杜詩時有複字，然《負薪行》止作昭君邨，疑此明妃或後人妄改。

畫圖句言後人不能親覩，但於畫圖省識其面耳。省識者，審視也。此即用毛延壽事，變化出奇，如《九日藍田崔氏莊》用孟嘉事也。或云省字宜訓省事之省，猶約畧之義，非。或云省，記也，言不見其人，但憶曾於畫圖中認看春風面耳，亦通。

諸葛大名垂宇宙，宗臣遺像肅清高。三分割據紆籌策，萬古雲霄一羽毛。伯仲之間見伊吕，指揮若定失蕭曹。運一作福移漢祚終難復一作難恢復，志決身殲軍務勞。

公詩屢用宗臣字，此二字本出蕭曹列傳贊，尤可與第六句相映。

武侯在軍亦綸巾羽扇，遺像清高不可畧，身都將相氣象，猶然草廬，功名富貴不能束縛，卓然高出，古今無兩，"萬古雲霄一羽毛"謂此也。《易·漸卦》有"鴻漸于逵，其羽可用爲儀"，詩意本此，而不見用古之跡。

或言孔明聲名飛揚，卓絶萬古，如雲霄一羽，誰能匹之？或言嗣主不才，再傳而失，鞠躬盡瘁，所謂高義薄雲霄者，徒付灰飛烟滅，不啻羽毛之輕，皆非。

《焦氏筆乘》云，昔人以三分割據爲孔明功業，不知此乃其所輕爲，正如雲霄間一羽毛耳，亦非。《諸將》末章巫峽清秋，此第二章悵望灑淚，與《秋興》八首是一時作，可合觀之。

覃山人隱居

南極老人自有星，北山移文誰勒銘。徵君已去獨松菊，哀壑無光留户庭。予見亂離不得已，子知出處必須經。高車駟馬帶傾覆，悵望秋天虛翠屏。

首句公自喻南遊，"周南留滯古所惜，南極老人應壽昌"，"結託老人星，羅浮展遐步"，"今霄南極外，甘作老人星"，公詩屢用。二三四惜山人之去，五句承首句，六七八承二三四，言出處之難，苦辭正論，厚道深情，生人感悟，但云風刺孤此老矣，當與常徵君一首並讀。

柏學士茅屋

碧山學士焚銀魚，白馬卻走身喦居。古人已用三冬足，年少今一作曾開萬卷餘。晴雲滿户團傾蓋，秋水浮階溜決渠。富貴必從勤苦得，男兒須讀五車書。

柏學士諸家無定論。愚按全集有《覽柏中丞兼子姪數人除官制詞因述父子兄弟四美載歌絲綸》，此柏學士應是中丞子姪學士，或即所除之官，全集此詩後即《題柏學士山居壁二首》〔一〕、又《寄柏學士林居》一首。茅屋即山居林居也，此詩云"白馬卻走身喦居"，後詩云"山居精典籍"，又云"歎彼幽居載典籍，蕭然暴露山之阿"，此云"晴雲滿户團傾蓋，秋水浮階溜決渠"，後云"壄屋流寒水，山籬帶白雲"，語意皆合，無所疑也。全集有《覽鏡呈柏中丞》、《陪柏中丞觀宴將士》、《奉送柏二别駕將中丞命赴江陵》，《送菜》詩云"常荷地主恩"，《送瓜》詩云"柏公鎮夔國"，公遊於柏氏父子兄弟間熟矣。柏公即柏茂林，或作茂琳，與柏正節是一人，此柏學士必不屑以門廕進身而願以文章顯名者，何必以世系將門爲疑哉？又古詩文所云學士，不盡官名，亦有泛言文學之士者，柏氏子弟已有銀魚而好學，以學士稱之，亦無妨也。

【校記】

〔一〕《題柏學士山居壁二首》 《杜詩詳注》卷二十一作《題柏大兄弟山居屋壁二首》。

奉送蜀州柏二别駕將中丞命赴江陵起居衛尚書太夫人因示従弟行軍司馬位

中丞問俗畫熊頻，愛弟傳書綵鷁新。還轉五州防禦使，起居八座太夫人。楚宫臘送荆門水，白帝雲媮碧海春。與報一作報與惠連詩一作書，非。不惜，知吾斑鬢總如銀。

或曰《唐書·世系表》杜濟與位同出杜景秀下，並征南十四代孫，公爲征南十三葉，集有示従孫濟詩，斯爲合矣。位又稱従弟，何與？新表承用譜牒，恐必有誤。或曰位是公之姪，今曰従弟，應是従姪之誤。愚謂題稱従弟，詩稱惠連，本非有誤。世系表多誤，未可據之反疑詩也。濟、位並征南十四代孫，公爲征南十三葉，稱濟従孫亦未爲合，公有過従孫濟詩，濟必非征南十四代孫，此詩稱位従弟，後有《乘雨入行軍六弟宅》詩云"令弟雄軍佐"，位自是公之弟，非姪也。以位爲公姪，當以"守歲阿戎家"爲據，然阿戎非王渾子，戎是王晏従弟王思遠，小字阿戎，全集《杜位宅守歲》下前人已辯之矣。

人　日

此日此時人共得， 談一笑俗相看。尊前柏葉休隨酒，勝裹金華巧耐寒。劍佩衝星聊暫拔，枏琴流水自須彈。早春重引江湖興，直道無憂行路難。

公集元日、太歲日、人日皆有詩，人日當時令節。談笑恒事休隨酒，休者，廢也，非禁止詞。時公以肺病不飲，"早春"、"江湖"，《續得觀書》題所謂"正月中旬定出三峽"也，本無他意。今見説者附會占歲書以休隨酒是戒其談笑，後四句蓋欲避俗而行，全非本意。時人顧深喜以爲獨得，聊復一辯。集本題五言一首，自當合看。三句元日，四句人日，即春寒華較遲意，五六以不飲，聊及劍琴，亦將行俶裝意也。直道亦偶然及之，不必執泥，妄生枝蔓。

宇文晁尚書之甥崔彧司業之孫尚書之子重汎鄭監前湖

郊扉俗遠長幽寂，野水春來更按連。錦席淹留還出浦，葛巾敧側未迴船。尊當霞綺輕初散，櫂拂荷珠碎卻圓。不但習池歸酩酊，君看鄭谷去夤緣。

集後有《夏夜李尚書筵送宇文石首赴縣聯句》，此宇文晁即宇文石首，石首縣名，屬江陵府，尚書即李之芳。聯句公首倡云"愛客尚書重，之官宅相賢"，結句之芳云"客居逢自出，爲別幾凄然"，尚書之甥，此其證也。彧云"翟表郎官瑞，凫看令宰仙"，又云"興饒行樂處，離惜醉中眠"，即此崔彧也。尚書之子佚其名，一云孫下當有缺字，是也。重汎鄭監前湖者，集中此詩之前《暮春陪李尚書李中丞過鄭監湖亭泛舟得過字》一首是也。近見一解云，此詩是崔姓一人重邀公泛湖，而作此崔姓者是宇文晁尚書之甥、崔彧司業之孫、尚書之子，杜撰可笑，且云公薄其人，不樂與之同汎，故製題如此。公温然長者，反似輕薄惡少，此等解累之也。其書方有時名，故辯之。

《韻會》夤緣，連絡也，本詩家常用字，孟浩然"沙岸曉夤緣"、公詩"蓱泛苦夤緣"，俗語賄作道地亦曰夤緣，時解遂謂此二字公所以深致鄙誚，附識以戒妄説。

留别公安大易沙門

隱居欲就廬山遠，麗藻初逢休上人。數問舟航留製作，長開篋笥擬心神。沙村白雪仍含凍，江縣紅梅已放春。先蹋鑪峰置蘭若，徐飛錫杖出風塵。

此詩末二句或謂時公欲往廬山，故言當先置寺於彼以待大易之來。飛錫或引志公與白鶴道人争潛山麓事，出風塵或謂勉其勿戀戀麗藻，俱非。此蓋欲大易置蘭若精進於此，徐竢道成，飛錫本用湛方生《廬山神仙詩序》今備録左方，讀者自知。

晉湛方生《廬山神仙詩序》曰：潯陽有廬山者，盤基彭蠡之西。其崇標峻極，辰光隔煇，幽澗澂深，積深百仞。若乃絶阻重險，非人跡之所遊，窈窕沖深，常含霞而貯氣，真可謂神明之區域，列真之苑囿矣。太元十一年有樵採其陽者，於時鮮霞褰林，傾暉映岫，見一沙門，披法衣獨在嵒中，俄頃振裳揮錫，陵崖直上，排丹霄而輕舉，起九折而一指，既白雲之可乘，何帝鄉之足遠哉。窮日蒼蒼，翳然滅跡。詩曰：吸風玄圃，飲露丹霄。室宅五岳，賓友松喬。

午亭山人第二集卷一

歸去詩集一起己丑九月盡庚寅

夜　歸

三昧初成暝色微，馬嘶僮倦陣烏稀。落花迎路還相送，明月離雲乍似飛。風雜草熏涼著面，煙迷柳絮闇霑衣。霸陵慣見無呵止，夜夜紅塵人夜歸。

西崖出關圖四首

清風歸路兩河間，滄海澄波又出關。車馬蕭然書數卷，更無琴鶴到邊山。西崖頃視學兩河，有清名。

眉山嶽嶽視前賢，近取東坡比樂天。今日陪京瀕海外，雞林早有姓名傳。樂天，忠州之東坡，子瞻别字所自出也。

椽筆如山晝戟崇，文章判牒擅詞雄。壯夫豈得輕鉛槧，要使弦歌冠國風。

風度誰當似九齡，東來碣石俯南溟。扶桑便是扶胥口，海日長懸浴日亭。

齒　落

齒落已可惜，顏狀慘不伸。憔悴向流輩，欲語增艱辛。退食愧奴僕，既歎復自嗔。此生有何樂，脱去渺無因。柳桃當户牖，臨風弄青春。得如年少子，姣好媚時人。在世會有老，不擇富與貧。容華能幾何，陋巷多天真。孔顔年各異，今稱賢聖人。

楮窗讀韓文

頗覺風流似牧之，淵明諸葛渺難師。楮窗坐久朝陰改，是讀杜詩韓筆時。

出　城

宿雨殘紅碾細塵，草薰風輭馬蹄新。長條誰挽牆邊柳，只送春歸不送人。

裂帛湖

裂帛湖光春水生，餘霞欲散綺還成。午涯煙舫千峰外，曾比長江放棹行。

自嘲兼簡內直諸公

不學西昆學杜韓，也從曹植溯波瀾。最憐時世新妝好，敢道風流大雅殘。百尺竿遥纔悵望，三家村僻自盤桓。欣逢奎壁鄰台席，照耀年來眼界寬。

四月初六夜宿北墅蚤起示壯履

夢長猶在枕，喚起不聞鐘。春酒醉殘夜，夏雲生曉峰。已甘人面冷，何苦世情濃。咫尺青山路，煙花隔幾重。

寓興示兒子

大海掀翻一葉舟，極知沙界等浮漚。支排家口存猿鶴，摒擋擔囊謝馬牛。投老那堪爲僕射，數奇元不計封侯。幾曾榮辱關身事，身外將身替汝愁。

月下晚行

明月相憐故故斜，暝煙初破續殘霞。鳥穿林影如歸樹，人度蘿陰抵看花。道路有情還送客，關山到處可爲家。只應白髮鬖髿見，曾照前春鬢始華。

厚庵先生見和郘句疊韻奉酬

敢道龍門共一舟，汪洋千頃逐輕漚。已多暇日親鸞鶴，早有寒芒射斗牛。三古書藏周柱史，萬金家散漢留侯。依然畫戟清風在，勤掃頑夫白髮愁。

次韻厚庵先生王孝子詩有序

王孝子原，文安人，生七歲，父出亡。孝子既長，尋父十年，與父遇，奉以歸。後父子年皆八十有四，子孫甚盛，世有達者。裔孫坦爲閣中書時，道其事。厚庵李公補孝子，自爲詩十六章，又自爲長歌十六章，詩多不能和，和其長歌。

誕惟先生登于岸，學海翻瀾灑篇翰。談經身據千仞巔，遹追虞周後箋傳。《南陔》、《白華》古則亡，束生補之世始見。兒生失父遠孤尋，豎亥所步何足算。踏碎坤輿欲到天，生還死別從兒願。秦東門過萬里餘，田横島渡中流半。土偶祠邊假寐遊，依稀又歷天涯遍。夢中香飯雜甘苦，老父推詳夢非幻。倏似嚴遵晚下簾，不省楊雄可解難。孝子因占夢求得父處，詳厚庵所作傳中。回思孝母倚門啼，孤兒溝壑誰當啀。兒行空挽太真衣，兒歸應撤陶家薦。曉隨寒雁起煙沙，晚傍霜漁宿葭亂。輝縣寺門門不開，夜雪蒙頭冰屨洊。天明父子哭相逢，茅屋歸來舊水淀。十年作得千年事，二百年後開生面。先生作詩繼廣微，孝子凡爲人子勸。

夢中騎驢作

南盡行山第一峰，山山水水萬千重。騎驢一夜過王屋，夢裏雞聲覺後鐘。

楊　花

小草疏籬作意栽，楊花委地與徘徊。門前十丈紅塵遠，嗟爾飛從何處來。

稷山義民尋弟詩有序

稷山義民吳伯宗，世爲農民，父母早亡，遺三孤子，伯宗長也。字其兩稚弟，稍長，前後皆爲人所略賣。伯宗行求之十年餘，皆得之。晉多孝弟力田之夫，其猶有唐堯虞舜氏之遺風也歟！如伯宗者，豈非其人歟？題之曰“義民”云者，以見風之被於民者。今之風猶古之風也，爲作《稷山義民詩》，以告世之爲兄弟者。

稷山義民者，賢爲諸孤兄。時予在直廬，聞之厚庵公。就公亟問之，吳姓名伯宗。公語其大略，豁然開我胸。退食訪此人，延之於堂中。冠帶肅賓禮，荅言何沖融。謂此民本分，誤達長者聰。予曰子賢人，甯與世人同。十人九不至，喜子過相逢。發言初逡巡，坐久言疏通。十三喪父母，遺下三孤兒。大者伯宗是，次者五週期。小者生一年，呱呱聲更悲。民則具口食，力田耕蒺藜。蒺藜拔復生，惻愴中心哀。農夫常在野，兩孤莫能隨。三步一返顧，五步一徘徊。與孤同形氣，戚戚系所懷。老死蓬茅間，義不相暌離。行歸自田所，小弟忽如遺。入門左右視，上堂捩眼窺。出門復入門，不覺白日頹。空房坐歎噫，夜永荒雞啼。兒生不識父，提抱今遊嬉。鄰人八九家，聞言徒嗟咨。旦既輟耒耜，暮亦忘饑疲。或言彼浮屠，告官請察治。辭窮乃自伏，果是浮屠爲。浮屠實賣兒，買者知爲誰。官亦不復詰，浮屠去莫追。民願得我季，焉能事羈縻。辭官舍浮屠，號咷於中逵。四顧蒼浪天，天高意難知。或在海之角，或在天之涯。我生與我季，生死相因依。徒步自兹始，惆悵于路岐。東西南北處，此去是耶非。暫退卻復往，已過還更回。維南則之豫，維東則之齊。又南則之楚，北至於燕畿。自南以自北，自東以徂西。之秦又之蜀，訖於西南陲。匍匐以問訊，未語紛涕洟。行者見酸鼻，居者乞哺糜。還家望林木，草徑風淒其。門閑防掠賊，狗吠人蹤稀。叩門慘顔色，路鬼猶歔欷。詎知昨日前，我仲亦被欺。此生不即死，面目何由施。人生如樹木，心傷披其枝。枝披如四體，體毁心先摧。生年不相見，死日見有時。昭昭白日逝，漠漠黄泉期。陟高望二親，正見墳纍纍。適有北至客，云季在京師。蹶然奮翼起，恨不速鳥飛。高家我恩人，養弟同父慈。去時年十二，二十今有奇。又聞仲蹤跡，遠逾滄澥湄。人言竄古塔，塞天道險危。行行别我季，愴怳别轉遲。季留方婉戀，我往已争馳。是時冰嚴凍，赤足雙指墮。至則仲主家，出口無好詞。冒威赴轅門，大將森鼓旗。軍民雖股栗，獄吏亦夥頤。訟言蒙鞭箠，流面涕漣洏。已乃大感悟，曰義士釋之。遂俾還我仲，萬里今來歸。質以李公言，得事之細微。微公失此人，傳聞定參差。表之曰義民，實堪達者儀。不見吾唐風，憂深有遠思。孝弟萬善本，勸善不刺規。世間兄弟輩，請誦杕杜詩。人人有親長，與世旋春熙。

悔餘瓶中折枝菊花經冬不萎南沙配以早梅繪爲圖二子有詩和者幾及百人予亦戲爲之

秋菊春梅各幾枝，天公難定百花期。晚香自許嗟同調，疏影回看喜並時。二妙光陰梅正少，一雙風貌菊非遲。兩家判斷渾閒事，且引花間酒一巵。

送景峰司寇歸韓城

高秋落日指秦關，歸到方知是錦還。門外黄河天上水，窗前華嶽鏡中山。千秋文物西京盛，四塞韓梁古戍閑。求舊一時人好在，丈夫且莫老容顔。

稚子壯履蒙恩忝竊近侍奉使命無狀廷敬具摺奏請處分復荷聖恩俾俱史職會上還自行在廷敬接駕密雲界北睿顔温語從容垂問感激紀述追往懲後適弟愫及張孝廉之麒書來問訊因以並寄

北去重行行，南來盡北平。山連遺堞起，河入斷垣清。石峽參差障，煙霄咫尺程。未應三宿出，豈是一身輕。懇切聞天語，從容荷聖情。桑榆忘景短，蒲柳覺春榮。嫵媚甯堪似，衰遲屢暗驚。海波終不涸，曦照本長明。雲起臨關色，鴻高入塞聲。妻孥從借問，兄弟苦難並。謝客夢如昨，疏家歸未成。平生涉世意，潦倒向君傾。觸境看飄瓦，防嫌惡轑羹。金熕同舍返，珠筭伏波嬴。失得知何定，艱危睹未萌。忘機理逾勝，忍辱道常貞。雞口誰相詑，羊腸敢與争。怨希多是福，事少即爲亨。芝玉能甘爨，鸞凰詎就烹。反身無自侮，感物貴存誠。造次逢顛躓，幾微在滿盈。前非應痛悔，後患免怔營。以此爲規戒，因之念友生。常華何韡韡，伐木又丁丁。飲露同桑落，餐藜共菊英。澹然方得力，安處莫求名。且作樵漁侶，閑尋鷗鷺盟。窗虚庭草積，村近野梅横。學沼新翻墨，山池舊濯纓。琴書無限好，直欲勸躬耕。

九日夜宿板橋

夜久宿無處，秋原路不分。板橋還渡水，野屋半眠雲。山鬼燈殘夢，鄰雞月落聞。歸遲菊花節，貰酒酹斜曛。

乞歸詣苑中奏進摺子即事書懷

畹有蘭香閣有芸，完名終不負吾君。濯纓自趁霜天水，出岫真成日暮雲。事冗何嘗妨寂莫，身閑還欲斷聲聞。三回奏草今朝定，安穩衡門臥夕曛。

待旨有作

棲鴉欲定掩柴關，枕畔車輪曉自閑。昨夜綠章如夢裏，今朝黄色到眉間。乘軒野鶴愁攜子，掛樹林猿笑買山。陌上春風憑寄語，花開時節一時還。

苑中謝恩蒙諭卿是老大人是極齊全底人臣感激恭紀二首

勑旨已褒因舊學，口宣更許是全人。帝思風勵先多士，天與恩光及老臣。弱本似蓬寧自直，清非如水敢言貧。平生自守冰淵志，一語陽和鑒苦辛。

天顔纔自隔朝昏，造膝重邀聖語溫。白記上聞驚注日，丁亥十一月中使轉奏衰老乞歸，戊子正月具褶陳情，上曰："機務重地，良難其人，不必求去。"己丑三月，復具褶留南書房，十日未達，旋有修書之命。玉輪晚出拜殊恩。時閣票已優，復蒙天語及臣文學薄技，進講微勞，所謂難得之殊恩也。九遷榮比當年重，兩字褒成賤士尊。還與草堂新署額，樂全敢向漆生論。周莊子樂全之謂得志，宋臣張方平有樂全堂。

原　人

聖人天所生，天豈得無意。聖人人所爲，人胡乃自棄。惟天不負人，人自以爲累。人亦既已難，人外敢多事。繚繞鄉閭間，況復牽禄仕。攻取非一途，文詞喪吾志。自此可盡捐，哂彼聲與利。緬昔聖人訓，卓哉不可易。博文共約禮，二者無軒輊。今或假其一，實並廢其二。勸汝緝學子,治性先不貳。若請爲仁目,非禮勿者四。即此是根源,沿流終不至。一日用其力,百年從此始。東書若不觀,放心以自肆。二者交爲病,容顔坐憔悴。悠悠竟何益,念之無失墜。

寄素心弟梅莊

請老頻年累上聞,即今歸思轉紛紛。路人指點河邊樹,遊子徘徊嶺上雲。梅正開時將獨往,鶴如猶在與同群。不愁東塢西莊遠,半頃畬田可並耘。

十六夜月

開簾見明月,來自滄海東。自别小山桂,長逢萬里蓬。照人添鬢雪,送客向春風。無限天涯意,相隨到處同。

十七夜山人見夢曰子謫仙人也枕上漫成

金馬門高脱錦韉,夢回玉局記當年。聖朝本自多全士,天上還應有斥仙。不爲雲霄堪放廢,那從人世得因緣。登真拔宅吾何敢,穩取茅簷一覺眠。

寄訪濂二首

學道難渝水石盟,衹將歸老答交情。心微願比邱山重,事少身如木葉輕。酒盞易空詩欲罷,花枝未動句先成。閑來點檢名根累,文字因緣是夙生。

刻日流光歲月還,上章兩度果歸田。虚名已謝生爲贅,至道難成聖所憐。幸有殘書娱暮景,少須丹藥駐長年。江天音信經時斷,莫遣歸鴻望杳然。

歲復暮矣書以自警

蕊梅欲破柳煙輕,流浪年華莽自驚。爲所不爲爲有恨,學如未學學難成。文章何啻三冬足，心眼休教頃刻生。除卻相傳十六字，讀將萬卷是虚名。

余夙孱疾不能通賓客然猶有公事以自解今退閑矣而拒門如故聊復自遣以詒一二知己者二首

閑身遁跡似荒村，四海相知盡弟昆。人歎翟公家少客，我慚長者轍當門。短亭近接長亭在，新雨誰將舊雨論。明日東都城外去，畫圖蕭瑟幾人存。

寬心四海是心知，冷淡交情莫自疑。脱灑風情今已晚，還丹歲月再難遲。同時四百人何往，一榜三公某在斯。欲去未行還此日，杯中濁酒案頭詩。

入　仕

在官八十日，彭澤在官八十餘日。入仕五十年。以多方此少，云何不靦顏。弱齡雖漫浪，頗慕陶公賢。汩汩塵網中，時復得自閑。及茲歲晼晚，寂莫性所便。固窮既其分，矧乃不飢寒。惟憑皎潔心，尚可質昊天。殘生慎衾影，俛仰歸吾全。

雜興九首

凜凜霜天寂寂春，行歸未覺在紅塵。拒門今日才通客，不是詩人即道人。

箄叟醫師自謂神，藥誰有喜事無因。年來與子周旋意，博得旗亭酒一巡。

栽杏臨窗影半斜，枝枝葉葉故相加。林園得請從容去，且看欄邊一番花。

范老能爲履霜曲，我今彈得歸去辭。征夫告予以歸路，袖手且讀陶公詩。范文正公酷好琴，止彈《履霜曲》。予兩年來彈得《歸去來辭》，亦弗能更學也。

兩載絲桐學得成，淵明一曲最移情。不煩更買雷琴贈，倦聽悲風曉角聲。贈曹琴士。

壚有丹砂鬢似銀，風光領略要閑身。春宵一刻千金直，解道春來不厭貧。

署尾功名紙上殘，一肩行李老儒官。幾車萬卷書難盡，莫作將軍薏苡看。

梅花不礙廣平賢，鐵石心腸故宛然。笑煞孤山林處士，卻從人世寄塵緣。曹生送梅。

誰道閑門歎翟公，門閑今昔久相同。如今頗覺繁華甚，坐客常多酒不空。

久不聞王生信排悶作二首

苦思金石煮黄芽，説著教人一笑嘩。是處頭顱生白髮，何曾塵世得丹砂。彭籛老去難留訣，徐福忘歸巧别家。不見前年采藥客，杳無消息寄天涯。

别後黄粱夢已圓，畸人相遇是前緣。無端聚散皆由命，有定行藏且樂天。縱使登真能一旦，誰能駐世得千年。緱山笙鶴秦簫鳳，十駕何當學懶仙。

送客後偶書

孽自有生作，名從無始休。青編殊浩浩，白日共悠悠。力易千鈞費，心難一息收。清談留客久，此事向誰求。

讀唐書

閑身倦眼一番新，撫卷茫茫閲世塵。人謂鄴侯爲鬼道，誰知白傅是仙人。功名底用緣時會，詩酒從教見性真。歎息貞元舊朝士，幾多高塚臥麒麟。

豫朋官蜀秦間十三年還禮部儀制司員外郎明年春夏可至而予以是時當歸去未知相見于何所悵然有作

何必人生學二疏，淵明有子伴閒居。岷峨已斷西游夢，關隴還愁北到書。我去汝來今復爾，辭榮遷職兩何如。曹司亦是清華地，戴得頭銜好把鉏。

附　豫朋岷州冬日恭步前韻

遊子天涯定省疏，辭榮聞欲返巘居。全人自炳千秋史，清節惟餘萬卷書。午壁林泉原勝絕，燕山塵土任紛如。太行深處煙霞麓，計日歸田伴荷鋤。

庚寅生日雜書四首

昆侖山下水，發竅細如縷。散爲百湧泉，如綸或如組。縈帶夫九州，涔潦孰敢侮。河海萬里流，咫尺自吞吐。射疏以及遠，躍若機在弩。觀瀾雖要術，尋源乃鼻祖。深造君自知，予亦涉其滸。見之勿自棄，作歌戒狂瞽。

龍門溯九流，道家爲之冠。孔聖編世家，創始二儀判。千載論古人，遠不在天畔。翳翳枋榆禽，奮飛搶短翰。皎皎電日光，昭茲若雲漢。嗟彼後來者，謏聞誇一貫。道要夫如何，事豈須重看。惜哉儒林客，道學分兩贊。

衢遊答野老，多壽曰多辱。巍巍黄屋尊，孰敢不蹐局。實憫下土人，戒之在可欲。事莫切於身，狥身乃桎梏。人各私其身，誰謂莫予毒。以茲推萬有，事事貴止足。苟不全所生，百年猶短促。煒煌古聖言，昧者聆嘉告。

立品以讀書，吾先子明訓。小子益一語，養身理相近。先子天所厚，不言備四運。吾儕敢失墜，循條斯不紊。養身在窒欲，性靈根氣分。人若不寶嗇，譬之貉逾汶。萬物皆有涯，小大隨健奮。不見涉冰狐，亦自知斤斤。

張孝廉以書來謂余頗健神仙可學而至不得其解賦此自釋二首

一生所慕在清虛，致仕還如筮仕初。有限光陰新歲月，無窮生計老樵漁。拋將富貴心如許，學得神仙事未疏。只恐朝聞夕不死，囂囂衆口正愁予。

歸去山林且嘯歌，神仙富貴兩蹉跎。世人醉夢甯關我，路鬼揶揄直任他。學道從來遭謗訕，老莊久矣被譏訶。試看過眼紛紛者，争得浮生幾日多。

仲冬晦日批壽樊書後二首

去去仲冬盡，遙遙人未行。窗深晦日暗，燈亂曙天明。句忘詩爲祟，思多夢轉驚。遺經猶在枕，誰念老書生。

書來知問我，已老欲棲身。學道甯關命，求心豈待人。園林非寂莫，書冊自嶙峋。留得清門在，諸孫莫厭貧。

閱舊詩有感二首

枝辭吾豈敢，撼樹亦徒然。詩未因官減，名須與世傳。生涯同逆旅，晚節謹歸田。後五百年外，當爲知者憐。

斯文猶得與，老病已相侵。一字師難問，千秋友易尋。欲知今日是，須見古人心。萬卷書繙遍，君當自賞音。

留别田嶢山

晚年兼好道，暇日掩柴關。夕鳥來人外，流雲宿樹間。今爲投組别，尚待落花還。臺閣君應到，相逢在故山。

小山臺作三首

小山新結構,臺與青山尊。朝看山色曉,暮看山色昏。送君從此去,青山直到門。

青山何豫人,白雲出其裹。上有野樹幽,下有流泉駛。君其不自樂,盍若走名利。

惜哉名利場,華軒對青山。希世無高論,狥人多厚顔。浮生領微尚,委身樵牧閒。

誦陶公形影神釋詩二首

文生豈不善,所貴還其真。正爾勝短促,亦復猶世人。顔子不永年,皎皎名逾新。彭鏗生至今,去留等宵晨。所以陶靖節,形影歸釋神。神者在委運,無私爲大鈞。苟能任自然,萬理森皆陳。仰觀天宇淨,況敢汙吾身。

陶公夙飲酒,後世稱其賢。酒豈近道乎,爲復得自然。不見簪纓者,老死崎嶇間。槐街與柳市,而尋桃花源。桃花解笑人,漁父絶夤緣。形影坐自愧,神去已翩翩。我今持空杯,不飲聊得閒。茅屋東山下,清溪在門前。花源渺何許,心共白雲還。

寒夜寄懷葉生

聞有飛騰術,那無鸞鶴音。近因塵事少,頗覺道緣深。虚室空琴劍,寒燈照影衾。玉霄人好在,與子共招尋。

留别田嶢山衛鐵峰

生雖紆華組,不踏金張門。蚤年慕相如,歸臥茂陵園。有懷忝二人,明發渝定昏。後先十載餘,天書賁邱樊。依依隴前樹,遥遥煙際村。我行豈不久,棲遲長兒孫。非才何爲者,晚節思所敦。抗手謝時哲,念君風義存。人生各有以,心跡難具論。允惟桑與梓,相對欲忘言。

誦陶公飲酒詩用其韻有序

飲酒詩有云:“客養千金軀,臨化消其寶。”子瞻解之曰:“寶不過軀,軀亡則寶亡矣!人言靖節不知道,吾不信也。”正如子瞻言,寶既亡,道果安在哉?吾謂寶亡者,千金客也。至人則有不亡者存,豈軀之謂哉?

志士慎其身,辛苦爲學道。修短不計年,委順以終老。榮華亦寂莫,畢生見枯槁。稱心恣所如,豈必塵中好。嗟彼千金子,忽忽喪厥寶。富貴與賤貧,請君領言表。

湯西厓都諫爲學使河南歸以二碑刻眎余一洛陽香山寺記一讀書臺記爲賦二詩

香山寺

岣嶁之碑香山記,墨妙風流以文字。豈惟文字繼唐賢,最有清光照洛川。白公昔時在洛陽,石樓峨峨伊水長。高節直辭炳青史,至今懦夫足羞死。世人但誦長慶詩,豈識魏陸可方軌。我友視學于河嵩,不名一物分所同。如何清德畏人知,皎皎翻爲天下雄。千年古寺登臨處,萬里青天豁煙霧。步屧儼經渭上村,衣冠肅拜邙山路。未審前身是後身,仙人化跡應有神。鸞飄鳳泊蛟龍舞,更與蘇公來接武。

讀書臺

蘇公骯髒身世緣,誰知化作飛空仙。公氣如龍薄九天,公才如海歸百川。功名不敵一抔土,俯視下界浮雲煙。萊公竹老雷陽路,棠樹花開綿上田。頻濱先生足比肩,兩蘇千古名並傳。兩蘇皆嘗官於豫,皆葬於郟,西厓爲建祠宇,設守塚。仁和偉人雅好古,瑶繩金檢搜遺編。讀破萬卷不盡意，臨公台上心悠然。子雲爲文慕司馬，賈誼作賦投湘淵。鎬京豊水東澗瀍，奇蹤遐思相發妍。已收杞梓列琬琰，文高字古穹碑鐫。我歸百事不掛眼，緱山笙鶴身飄翩。何當一陟太行頂，臨風遥睇滄浪前。

查悔餘見過兼得朱竹垞消息二首

頻年連直竟晨昏，野性幽棲可重論。門對太行南盡處，家居午壁舊時村。千山不斷如行客，四海來歸有故園。兩字愁聞惟富貴，喜君半日足清言。

榮華過眼夢初闌，雲水閒情著意看。待漏院深廳漏盡，曝書亭在卷書殘。竹垞文名曝書亭集。百年誰解無生好，一日方知用力難。聞説故人遷化去，不堪迴首訴悲歡。

懷巢鶴山房

天壇王屋接陂陀，屋上青山下洎河。臨别幾迴明月送，至今惟有白雲多。夢醒久矣須推枕，樵去終當見爛柯。舊是吕公香火地，我歸應得鶴來過。

示壯履

盛年已過莫遲疑，男子自二十一至二十九爲盛年。先聖當年卓立時。學不求名吾自喜，文能見道汝應知。世傳杜老詩爲事，人識蘇家易有師。更得一言牢記取，養心寡欲是良規。

臘日二首

惜老偏宜與蠟賓，熙熙萬物待青春。黄羊豢汝終當放，不忍刲來祭灶神。

歸去煙村一老民，擊殘社鼓又吹豳。山中剩有慈泉水，膢臘相存餉比鄰。

歲暮即事寄彭訪濂六首

山月橫窗海日生，五更趺坐向天明。卻聽漏盡鐘鳴後，尚有人從昨夜行。

百日之蠟一日澤，聖言藹藹氣如春。誰能解此難知意，惟有簞瓢陋巷人。

伏臘叢中過幾巡，脂花餤食餉何人。瘦羊博士風流在，慚愧堂餐細項珍。

兩元何必輸文毅，淳安商公。百世猶能似老彭。會得先師親切意，直將好古破浮名。

千里煙波直到門，七年兩度共朝昏。楓橋春水銷魂路，客夢來時向故園。

天風吹墜白雲間，星漢何由得往還。此去萬峰回望處，滄浪亭上是三山。

趣裝漫興

歲匝星回客未歸，春風一動解朝衣。田鋤五畝堪終老，屋葺三間可息機。平地馬牛還共載，青天鸞鶴自孤飛。物情閱罷輕裝就，只要深山藥汞肥。

贈　書

從此蕭然四壁餘，不容一物在吾廬。樵漁答問還無暇，何用高文大冊書。

書答和

公去尋真不願餘，主人屋在即書廬。神仙識字群知否，未有天公不愛書。

贈硯

磨穿鐵硯欲求名，頭白浮名爲汗青。別作一條新活計，不書酒譜寫茶經。

硯答和

焉用文之去釣名，涓涓流水石青青。一卷曾在皇羲上，滄海桑田事飽經。

吟梅圖詩有序

有梅一株，過客見賞賦詩，余亦作二章。其明日，禹鴻臚尚基繪其圖，謂爲《吟梅圖》以贈別。余曰："吾聞折柳，不聞吟梅也。"既復以其意口占云："折柳條條酒滿壺，行人車馬立踟躕。爭如未到旗亭上，且看吟梅送客圖。"蓋圖之作，從禹君之請也。康熙四十有九年庚寅十二月十一日午亭山人書。

江南三候雪時梅，北地春殘花始開。適有淡香隨客至，故將清影送人回。留題欲發詩筒興，折贈難逢驛使來。一別九英長映日，諸君雅是掞天才。

深掩重門寄一枝，詠花人到正相思。兩回已斷何郎夢，九辯休賡宋玉辭。鐵幹早經霜雪過，冰心應有化工知。村邊明月溪橋上，待我春風訪未遲。

窗前新爲雞柵候雞鳴而起往往鳴無定時感而成詠

平生羈旅棲遲客，到處荒雞咿喔聲。夢裏關山歸去路，霜鐘未動喚人行。

寄沈逸人

飲啄皆由命，行藏豈外天。朝聞空有志，早退卻無緣。已辦三車駕，能消幾屐穿。前途莽岑寂，爾我共相憐。

夜未中而覺起坐攤書達曉

石山沙嶺遠行行，何事荒雞午夜聲。半枕夢回纔漏轉，短檠書罷未天明。只緣白首林間去，便覺青山户外横。老叟迎春争日月，不將亭堠數歸程。

宗伯許時庵同時予告見過

冬烘頭腦識君初，白鬢雙懸舊賜車。自喜麴生堪頌德，莫愁毛穎不中書。懷鄉戀闕誰同調，臨水登山是敝廬。頗惜剡中風景好，金堂玉室定何如。

冬煥青藤館獨坐

身世於今得兩忘，小山臺下讀書堂。一炊頃畢三生事，小坐閑消百刻香。藤老不知霜雪飽，人歸陡覺歲年長。槿籬茅屋依然在，心跡何曾異故鄉。

題張孝先所刻濂洛風雅

草木禽魚物外遊，編成贈我便林邱。無窮風雅歸濂洛，有用文章學孔周。四子一書詩爛熳，千秋斯道世沉浮。於今鑿井歸田去，日誦堯衢擊壤謳。

十二月十七日出自北門驅馬晝行八十里夜輿以歸四鼓抵寓即事遣懷二首

脱卻朝衫一葉身，比來不省似簪紳。敢希榮寵稱聱叟，乞得蕭閑是幸人。吒啞僮言須小忍,差池兒宦轉相親。茅簷回憶今宵事,野臥風餐又一巡。

村煙已絕還容爨,海月初高爲照行。田父問年惟歎老,山僧聞姓不呼名。饑寒未迫今知免,天地無私亦有情。始信醉吟賢達者,只思好處便心平。

又題絶句二首

行遍三更掛月村,無緣一枕向槐根。此身未去仍爲客,有夢何須到故園。

匹馬朝行八十里,單車夜歸四更天。笑君來往速如此,急流勇退何暮年。

改　過

我聖願加年,謂可無大過。濟濟三千人,淵路有幾個。偉哉蘧大夫,未能勤自課。百事感鄙夫,悔吝每自作。吝固已莫追,悔寧堪屢挫。昔非狷愚迂,今是卻輭懦。高吟夫如何,聊以懲吾惰。

題新詩卷

小劫黄塵在眼前,青山流水故依然。漫雲入世寧由我,自要生身敢怨天。譜就新詩排過日,拋殘舊事判今年。花明柳暗歸來後,付與樵歌牧笛傳。

喜王丈至

竟向天臺見玉真,桃花原自在漁津。誰知瀟灑投林日,重遇嶔崎閲世人。雙眼山川同不老,一壺天地有長春。相逢笑問歸來事,曾否丹砂可救貧。

午亭山人第二集卷二

歸去詩集二起辛卯正月盡五月

余心折安溪先生不敢以詩溷及辛卯新正四日情不得已因賦此詩藏之笥中不以示人也是日書于聞復庵中

跼蹐頻年顛未安，因公輾轉得餘歡。欲知咫尺追趨乂，正覺雲山放浪寬。裁罷詩篇還自削，語來心事向人難。數行淡墨欹斜字，留與兒孫着眼看。

題劉西谷風雨對床圖

周雅村各三十六，誰其兼之賢所獨。鎬京辟廱鳳來鳴，奏以壎箎鏗𪐇竹。門人暗廢蓼莪閑，小弟勤溫《脊令》熟。況也良朋發永歎，披圖誦詩心眼寬。彭城雨醒連床夢，上國春消大被寒。百尺高松蔭池草，席門倩與清風掃。畫中風貌句中情，十年猶似當時好。我生飄蕩隨飛雲，君才揮灑成龍文。條華青蒼接王屋，白雲來往常思君。

重題梅花寄宋牧仲王阮亭

冉冉孤華若木陰，瓊姿人在信銷沈。椒蘭永歎迷香草，松柏猶期老舊林。石瀨濺濺流水遠，汀沙渺渺夕煙深。相思難把寒枝贈，月落霜横有夢尋。

即事自慰

悟得浮雲萬事輕，灑窗風雪夢還驚。生生誓斷人間想，日日閑禁客裹情。縱是海山歸有路，須知天地始無名。午亭多少滄浪水，且傍清流一濯纓。

次韻悔餘贈别二首

坐待春風一振衣，故人握手復重違。若華方秀晚相贈，芳草已生今未歸。近向天雲猶望遠，偶因鷗鳥自忘機。閑門長者無車轍，豈是登堂入室稀。

葺荷爲屋石成林，與子相期共此心。入世我爲青眼别，相知誰解白頭吟。美人結茝曾同佩，焦木聞桐獨賞音。不是軒車相慰問，閑愁徂歲向春深。

記　夢

尺有所短寸有長，我寧與世争毫芒。古聖册書爛熳出，那無一語足自臧。形身枯槁行彷徉，四時代序天微霜。衆卉未遽凋馨芳，我欲葆嗇齊三光。赤松黄石夢中見，髣髴遙度誰能詳。青雲爲衣白霓裳，與君游兮高馳翔。

歸　興

鶴駕淩風苦未成，孤雲獨往已身輕。若非瀟灑歸來興，恐負囏難去住情。陌上春光芳歲早，山間新月舊時明。登臨不用青藤杖，竹密花深取次行。

絕句十首

不比三原清可傳，倚門老嫗數油錢。鹽醯日日街頭買，也到休官了事年。三原謂王公恕在京師時，老嫗日攜錢數文買油，人頌其清云。

□子平生薄面皮，不將清德使人知。兒孫若解當時意，看取臨行一首詩。

富也深知不可求，蕭然那復一錢留。菊英蘭露山家有，剩得空囊且莫愁。

錦囊添句篋書殘，留著朝衣掛卻冠。不負當年過庭語，先公曾許是清官。廷敬壬寅歸省，先大人一日謂廷敬曰："汝清品，正爾難得。"廷敬每憶此言，輒往往失聲而哭也。

閒居翻覺時光短，困學因知道味長。一卷舊書猶未了，杏花窗外又斜陽。

梨花分月幾枝明，常傍幽□繞砌行。茅店三更人睡後，多應有夢入春城。

曹生舊傳種竹法，竹長如今經雪青。回首春風小窗下，不隨折柳到長亭。

前年別花花有情，去年別花人未行。今年欲別竟須去，留待落花春恨生。

入仕常爲未仕身，故因衰晚謝簪紳。若言容易山林去，世上應無名利人。

五十年餘一夢中，半醒半睡向春風。明朝卻走邯鄲道，細把因緣問呂翁。

春日城南陶然亭尋舊遊二首

輞川詠衡門，陶然忘其貴。我自澹無爲，所樂不擇地。本無簪組心，亦乏湖海氣。眘言塵外遊，日月去已駛。舊遊雖零落，遺跡有幽意。歸興臨當別，獨往會一至。

擾擾衢中路，悠悠城上山。山色蒼然來，高亭相與閑。宛彼終南下，復此杜陵間。伊予郊居人，辭喧常閉關。夙耽泉石趣，不帶風塵顏。天雲在春水，無去亦無還。

附　豫朋雨後陶然亭追步前韻

霖霪消炎氛，風光良可貴。游與閑易乘，城南有佳地。行行才里許，鮮翠浮林氣。耳目逈清曠，車輪任雙駛。披襟坐幽亭，爽適孤賞意。疇昔尋芳侶，翹思胡不至。每春日與于鶴泉、田德符、陶稚衷、霍峻岩、家德泉輩常于此遊集。

緑繞水邊樹，青分郊外山。鷗眠遠沙穩，雨足歸雲閑。恍在畫圖裏，疑非塵墉間。夕陽漸西下，返屧辭禪關。緩循白蘋汀，暮景怡心顔。蘆中豈無人，欲與相往還。

人日諸公賦城南登高詩亦作一首

登高焉用及茲辰，爲愛吟詩句有神。乾盡六爻雷出地，復當七日巽成人。璿璣極北多時轉，風景城南幾度新。良會不躭文字飲，閉關老子悟長春。

夜多噩夢慨然成詠

忽忽如眠事事妨，道人自此辦歸裝。春來夜短思長坐，了得邯鄲夢一場。

示壯履

傳家不説杜陵詩，只是團欒也自奇。豈學蘇家名父子，比如陶令笨男兒。鳳三誰可群青鳥，馬五終當最白眉。聞道東皋春雨雪，鋤犁共把莫遲疑。

正月十日枕上作

春風吹夢入柴荊，聽徹雞鳴犬吠聲。物外不忘熙皡志，眼前元暝識知情。斯文欲挽横流勢，三代猶爲直道行。我亦無心去尋樂，人生憂患本常輕。

和蔣南沙爲廖若村兩尊人繪椿萱圖二首

雲間城郭水連天，門牓高題是聚仙。南門額聚仙。此地思君曾一到，他時歸鶴定千年。椿樹萱花永共妍，人間亦自有真仙。木公歲歲並金母，看取碧桃當熟年。

即事遣懷二首

心向幾時定，身將何所依。吟詩難穩字，省事遠危機。夢亦防憂患，閑仍苦是非。浮生只若此，誰道爾知幾。

細數歸來事，千憂抵一娛。無家從廢棄，有子任賢愚。已自嗟岐路，何由問坦途。百年行向盡，癡絕論斯須。

諸公見和人日詩疊韻奉答

行色遲遲聚散辰，難忘酒聖與詩神。到來萍梗關心日，别去雲霄抗手人。久客自爲青眼少，故交不作白頭新。七蓂開落渾閒事，欲共香蘭晚歲春。

歸樵圖二十年前所作也後有午亭山村圖歸裝點檢漫題志興

舊譜歸樵畫浪傳，午亭雲壑想平川。抛將山雪長鑱柄，添得溪煙小釣船。某水某邱如昔夢，春花春鳥過今年。太行未覺崎嶇甚，眼底黄河並接天。

題張子真

神仙可學不可知，夫子能爲能不爲。子也爲聖之所能，開鑿别派與海岐。衆水細微海不拒，斷港絕流聖所訾。子今淵源既有自，老親道妙尊皇羲。百年已登未云已，昆侖槐江方遊嬉。子今慷慨將誰語，九河瀾翻無津涯。精衛悲吒銜木石，滄溟浩浩何由施？翩然儻隨三青鳥,驂駕鸞鶴焉能追。

雜詩三首

人命呼吸間,入息難自保。危哉歷險巇,不扶自傾倒。麟鳳雖在郊,誰見隨鴇鴇。志士不待年,況復迫衰老。百齡亦無多,一去未爲早。平生貴坦途,簡編再幽討。

龐公有深語,於忽奚以爲。豕突自取縛,雞飛乃得羈。儻無豢啄戀,刀俎將安施。哀彼生所累,物性固有宜。柴關不豕畜,雞老於其塒。雖違執牢訓,敢效盈庖詩。充此不忍念,小助皇天慈。傳家已十世,守之戒無虧。

不作吟歎曲,何取悲吟聲。嗟嗟王子喬,緱嶺來吟笙。世人固奇之,大言吾所驚。三王不足使,五帝不足令。仙人果有術,何弗自長生。悲哉爲此吟,悠悠傷我情。

記庚午年夢中語二首

卜築棋邊爛斧柯,五湖有約夢漁簑。小橋曲浦閑生活,擬得江南幾棹歌。

幾回清夢侍仙班,曾說登真到海山。儻信韓公非浪語,早應屈曲在人間。

題宋山言清泠池圖

君家父子天下無,前年歸來如兩疏。子雖侍公暫在途,道傍觀者猶歎吁。我歸今年歲月徂,有兒失學魯且愚。雖云失學魯且愚,尚堪見老倒則扶。午亭不遠行相呼,柳條蕭蕭人影孤。嗷嗷正值投林鳥,山鳥山花思友于。攬君清泠之池圖,飛雁勢欲陵江湖。超然物象驚山臞,午亭止有菱與蒲。沁水繚繞爲細娛,黄河西上雙鯉魚。公應寄我尺素書,嵩山有約今何如。芒鞵竹杖辦已俱,香山九人不可摹。二老風流千載逾,此圖畫者問誰歟?吳門柳遇筆力殊,煩君屬畫話向渠。不畫前年車馬出東都，畫我遊山訪友新規模。

將歸雜詠十二首

五十餘年荷國恩，身名收取向衡門。團欒暮景依兄弟，離別多時長子孫。未及有田供稼穡，豈因無馬察雞豚。眼前並是吾胞與，南陌東阡可共論。

深恩明義欲無虧，一世冰心數首詩。進退衹應依古訓，行藏焉敢玷清時。平生師友今存没，四海英賢此别離。黄閣青衿俱忝竊，盈盈花甲不差池。余以順治辛卯游泮宫，康熙辛卯致仕歸。

點檢生涯莫厭貧，一肩行李萬金身。素餐已結三生案，肉食曾無百歲人。風燭草霜如過隙，園花巷柳又經春。還丹未必真沖舉，且向空山養谷神。

將去還留感物華，暫隨春色寄天涯。塞鴻來處分岐路，梁燕歸時是别家。欲向鄰翁招折簡，且看庭樹待開花。只愁羈旅躭高臥，倦枕瞢騰日易斜。

人生難了腐儒餐，粗糲還當愧大官。文字有兒娱歲晚，門庭無客稱家寒。尋常書任山如積，方寸心遊海樣寬。便是年來真富貴，老人贏得夢魂安。

午窗睡起治裝時，那有紅塵惱夢思。歸讓陶公三徑早，退如白傅兩年遲。關情冷暖無過酒，到眼榮枯不入詩。惟有一條堪恨事，杏花簷影放寒枝。

不是吾廬屋數椽，與渠憂患久周旋。曉窗夜氣消長坐，午枕春愁殢困眠。送客落花頻悵望，依人飛鳥小流連。無因拔宅相攜去，轉覺登真事枉然。

二尺燈檠寫八分，亡友朱□□□□生亮直以八分書葛四字戲臨一幅。成都桑老菊如雲。羽毛萬古空霄漢，詩卷無多繼典墳。出處兩途寧爲我，潛藏一飯不忘君。他年史冊留名姓，羞煞名場尺寸勳。

大海飄風西日殘，百川謬欲障回瀾。官貧豈爲虚名誤，身退還因晚節難。清畏人知非是慄，事從心起只求安。當時應笑硜硜者，吟與兒孫□我看。

東崦西莊近在門，暮年遠客返田園。比鄰剩有斜川會，九老能忘渭上村。别後曾無一日好，歸來今復幾人存。明年社酒淋浪處，正恐淒迷欲斷魂。

最憐楊墨與申韓，敢把家風淡薄看。此去那無生處樂，老來惟有死時難。羞簪房客三花朵，遙謝天神一玉盤。瀍洛東流終古在，先生原有活人丹。

望斷江南煙水帆，太行終老碧巉巉。才微身世詩千首，歲晚功名紙一函。客路草深隨去馬，郵亭花落换征衫。舊時山月知無恙，考亭還嫠時題"舊時山月"四字。一點孤雲下月巖。吾家山名月巖，太行之枝隴也。余因以爲字，集中有《説巖字説》。

記故園山水古跡

太　行

中條西去北居庸，迴合千峰與萬峰。六國蔓延連五代，茅茨不改古堯封。

中條山

柳谷春深谷更幽，北平人物想風流。欲令衡華爲邱垤，突兀中條見道州。元遺山詩："至今陽城山，衡華兩邱垤。"

沁　水

涇渭由來特地明，風迴轂轉石波聲。故知一道清流水，流出黄河徹底清。

洞陽山

別久蓬山不記年，洞陽山色故依然。萬松枝上千岩月，人道清都一洞天。

午壁亭

茫茫禹跡憶平成，午壁亭留漢代名。若問午亭歸老處，析城山下是陽城。

王屋山

羊腸繚繞去難憑，王屋雖高尚可登。白首遊山新活計，青鞵幾緉一烏藤。

自題歸去稿示壯履

老夫何用讀書爲，不省頭顱白盡時。一月新詩過百首，雖多祇欲詫吾兒。壯履詩近進，且敵老翁矣。

爲友人書請老得旨詩題其後

身哀難遇太平時，八載春光兩鬢絲。國有人焉皆尚在，臣今老矣復何爲。耳聾常苦防偏聽，心弱猶能戒自欺。莫謂不歸歸亦得，三迴恩允未全遲。謂丁亥中使口奏，戊子以摺子奏，今以疏請也。

書朱竹垞志銘藳後二首

西漢流風渺莫攀，饒州舊事豈須刪。何人得似荊舒老，肯著新文掛壁間。

白衣宣至白衣還，自古高人一世閑。曾譜鐵崖新樂府，洞庭西望兩湖山。

菜根二首

殘杯冷炙易酸辛，多少京華旅食人。索莫一冬差有味，菜根占得菜花春。

爲客多時斷五辛，山家計日望歸人。黄虀甕莫輕拋卻，中有年年不老春。菜有名不老春者。

示謙吉

門外蕭蕭征馬嘶，故園只在嶺雲西。雲山有路非難到，書劍隨身亦易攜。不用茅檐栽竹近，更休苔徑種花迷。惟須數畝東皋地，拂拭春天手把犂。

寄隨貞兼示觀題

汝仕予歸聚散頻，兩年又復感蕭辰。花開細蕊能留客，柳折長條解贈人。望遠不愁千里路，還家正有百年身。歸來暖眼銷霜鬢，莫負山園爛熳春。

杏花雜詩七首

紅杏青春感物華，頻年相伴老天涯。五陵芳樹知多少，惜别西窗一樹花。

窗樹檐花朝復昏，春來風雨易銷魂。别期已近無多日，看到殘紅不出門。

春光未老是歸期，芍藥薔薇恐後時。欲倩湘桃爲匹配，情多不作女郎詩。

曾共青春見白頭，榮枯開落兩夷猶。此身自是多愁客，乞得閒身尚帶愁。

獨有窗前紅杏枝，見人離别系人思。浮花浪蕊知何限，留與東風取次吹。

梨花院落影橫斜，睡足春窗上碧紗。明日開時應悵望，不知爲客早還家。

剩欲移居涉遠江，太行山麓竹如杠。誰知芳草天涯路，遥憶清陰在北窗。

出郭於王方若借車二首

聞有犢車好，從君借得無。據鞍憐矍鑠，彈鋏笑嗟吁。長可容藤杖，寬宜掛酒壺。臥看花柳遍，兼不用人扶。

農圃新開眼，聲塵久斷聞。車中方悄悄，陌上自紛紛。行處看春水，愁來望嶺雲。忘機雖已熟，未敢狎鷗群。

寄素心弟二首

憶昔還家遠寄詩，香蘭芳杜楚臣辭。汝知入世埋名早，我悔逢人見事遲。眯目風埃書斷簡，堆腸磊塊酒盈巵。來從弄水穿雲處，路遠身危獨後時。

空山獨往亦悠哉，聞道邦人望汝回。竹馬兒童成項領，棠陰歌舞起樓臺。季方自昔稱難弟，夷簡情知是相才。天使東籬分主客，先教陶令早歸來。

方若借車出城晚歸復作二首

青門門外往來頻，斷續車輪接後塵。草色已深南浦路，柳條不減渭城春。歸遲山月如留客，夜久燈花故向人。只似友生相贈處，敢將衰謝薄交情。

倚衡凜凜在輿行，照眼花枝句易成。回憶多時參國政，可堪終是一詩生。懸車正自知愚分，借乘曾經感聖情。千古風流誰復繼，因君相屬寤歌聲。

追和慕廬宗伯爲麗生庶吉題新詩之作二首

波瀾收入詠歌聲，回首吾猶及老成。心跡不殊風雅在，至今人並玉壺清。

文章於我等浮漚，人物還思第一流。卻爲子雲辭賦好，壯夫相許在千秋。

余自乙丑移居梅市街及再至京師杏樹其所手植故惓惓焉作四絕句

二月清明花尚風，今年寒鎖碧煙空。天工應有催花使，一夜滿枝花半紅。

種杏當時不似翁，飛楊那解爲誰雄。摧頹兩度看花去，二十五年春夢中。

桃李争春鬧晚霞，紛紛蜂蝶在誰家。正憐檐雀知人意，不向枝間啄杏花。

連朝無雨亦無風，暖日晴煙爛熳烘。直恐彩雲容易散，青天肯借碧紗籠。

寄里中同游張孝廉星起蔡處士美穀

桑柘衡門近接連，木如交讓水廉泉。故家剩有三間屋，久客曾無二頃田。四海倦遊依保社，殘年歸夢繞山川。茅檐共了書生分，肯使先生愧後賢。

示孫壽樊

子雲執戟自疏頑，摩詰鋤瓜衹爲閑。竹裹已成分輞水，郪田未就卜岷山。早因塵世無長策，謬信金丹有大還。牙齒雕零頭雪白，相煩伴我守柴關。

久不得秋厓苟少兩弟消息

案上殘書拂不開，句中春草夢遲回。即無北過衡陽雁，豈少南枝庾嶺梅。敢向小山誦招隱，獨尋三徑賦歸來。新詩不用流傳去，恐惹鄉心未易裁。

清　明

東籬菊徑未全荒，西崦梅枝接小莊。去矣君何不自喜，悠哉今復爲誰忙。逢人先畏衰顔冷，掩鏡空悲白髮長。寒食清明時又過，松楸遥灑淚千行。

寒食用壯履次和人日韻

忽忽窮愁泥此辰，奔輪光景速如神。汝能退早堪偕隱，我貴知希故避人。問舍豈須間晨夕，買田猶可及菑新。不辭令節成吾老，百歲還消幾度春。

附　壯履人日晚晴臺登高詩

韓公好古用佳辰，韓詩"佳節古所用"。萬卷書中筆有神。世彩堂深長愛日，始青天近欲迎人。辛盤正雜冬蔬舊，家釀重斟歲月新。漫詠道衡歸思句，登高何地不逢春。

以星者言解嘲示兒輩

皎皎三星月在箕，誰知人定勝天時。賈生何事同輿問，詹尹還應釋策辭。不信介推身自隱，卻憐李廣數能奇。隱君寄語二三子，春雨犁鋤但莫遲。

辛卯二月二十二日賜午亭山村四字賜聯云春歸喬木濃陰茂秋到黄花晚節香諭云朕特書扁聯賜卿自此不與人寫字矣臣感而恭紀二首

午壁亭傳在水經,太行千里數峰青。自驚倦鶴尋巢樹,忽覩飛鸞下禦屏。聖筆如山齊萬壽,天文並日永餘齡。嘉名曠代親題與,拜賜頭銜號午亭。

老至思歸不爲名,荒山野水亦關情。極知主聖憐臣願,豈忍時清謝世榮。身是全人勞一語,香仍晚節蓋平生。春來秋到閑花木,長養恩深樂花成。

續詠杏花雜詩三首

自看花來深閉門,東風寂寂月黄昏。情知人去花無語,無那先生獨晤言。

不改清陰有此君,千花百草亦爲群。汶篁搖曳春風老,廻首淇園日暮雲。

蕭蕭零落竹林傍,尚有殘紅膩粉香。祗恐他年五君詠,風流終不數山王。

春秋左傳雜詠十首

石　蜡

如山名行敢輕身,一涉深淵便辱親。況是明明爲不義,祇憐有父作純臣。

蹇　叔

北門掌管彼何知,蹇叔當年諫出師。風雨西陵廻望處,可憐虞芮質成時。

孟　明

狼曋揮戈怒未平，歸元先軫面如生。彭衙又北崤尸在，秦伯猶能用孟明。

子　産

壞宅誰知見典墳，祖龍遺烈尚氤氳。揭來鄉校何須毁，惟有新書合得焚。

史　魚

直道深知戍也驕，史輿風義邈寥寥。亡家止爲驕而富，何必區區説宋朝。

韓無忌

無忌稱詩德性殊，摧賢忼慷及田蘇。歌風季札西來日，縞帶應先晉大夫。

華　元

謳歌城者有遺音，皤腹于思慰我心。犀兕雖多丹漆少，羊羹何不與羊斟。與葉去聲。

趙　孟

黄池盟罷越圍吴，趙孟能爲世有無。玉枕象床歡未畢，卻來拜賜一簞珠。

子　胥

豢吴沼越事瀾翻，得意何能納苦言。豈有石田堪讬子，屬鏤相贈爲王孫。

獲　麟

獲麟起與獲麟終，聖筆元同造化工。直爲周家卜年世，故將麟趾殿王風。

荷

涉江曾上木蘭船，欲采芙蓉悵遠天。忽見柳池平似鏡，已生荷葉小如錢。鑒湖水闊三百里，太華峰高十丈蓮。泛緑依紅時晚暮，不爲狂客即登仙。

萱

殿春烘夏爛秋霞，正見青青出早芽。碧色已匀南浦草，孤香自挺北堂花。潘輿有夢長行路，萊彩無歸晚到家。解道忘憂還悵望，不應榮悴似天涯。

萍

羨汝無根水上生，猶勝塵土轉蓬行。秋官萍氏先施禁，月令玉春首載名。莫向風波爲聚散，終然池沼有逢迎。天公欲解逍遥意，故遣楊花點太清。

苔

草色侵簾晚上鉤，苔痕滿地碧雲流。掃除籬外殘花落，拂拭階邊古石幽。縱使閉門通燕雀，不因遮徑謝羊求。夜來雨過東風曉，洗盡紅塵十丈愁。

查學圃先生寫真

維公間世生，展矣隱君子。晞發老江天，解巾寄籬枳。如彼梧桐岡，有鳳集爰止。三鳳飛且鳴，一鳳默將起。鳳復將其雛，飛鳴方未已。是時先公繪畫時，玉樹芝蘭寄興耳。豈期四十餘年後，聯翩矯翮青雲裏。我不羨君家擁軒車、拖金紫。百年富貴，千古文章。鐘鼎榮華路，山林翰墨場。君不見西湖風月北窗涼，功成名就早還鄉。無學老夫，白頭歸去轉踉蹌。覽茲先隱圖，令我情暗傷。淩煙之畫渺難作，惟有松楸邱壟風木望亦作恨茫茫。

得廖樾阡書卻寄兼懷繆虞良

君昔寄我林慮詩，家山訪古詩並奇。丈夫生世固有以，草廬莘野今爲誰。君今寄我吳松書，眼底三江與五湖。洛下何人聞唳鶴，秋來有客憶鱸魚。曾采芳蘭搴杜若，九峰峰下春帆泊。浮家泛宅渺無緣，臨水登山宛如昨。羨君逸興思騰騫，山雲出岫來軒軒。楓橋繆生淡忘言，頻年不復通寒暄。北窗已安陶令榻，西風欲下茂林園。君過楓橋一叩門，風塵書劍可重論。

答張澤長孝廉

隔年行色辨忽忽，恰值書來二月中。社日未歸秋別雁，故園應見北來鴻。於今杏葉深藏子，忽漫楊花細轉蓬。西去不愁春去久，恐君馬首又將東。謂將以公車行。

劉大山以友人畫冊索書

不識畫中人，略識畫中意。蕭森菰蘆間，脱躧簪纓寄。詎知塵埃陌，有此幽妍地。如聞鳥鳴嚶，清風颯而至。眷我賢友生，攜畫駭子視。謂毋煩謳吟，聊取翰墨戲。生綃餘半幅，畫盡雄篇嗣。瀟灑發古情，渾噩間奇字。自云歌鹿鳴，春官屢軒輊。予嘗忝兹役，冬烘正愁思。何爲失此人，頓令增愕眙。作詩故非詩，悵然寫歎喟。

贈季橋東

鄙人夙慕道，曾未涉涯涘。謬忝文字役，臨淵思坎止。亦復聊自娱，才疏躭語綺。暮年始知非，以相天下士。朋游滿京華，晨夕得吾子。義嚴天人交，事省名物始。精理既極研，詞翰亦填委。初無挹注勞，浩若有源水。江漢流滔滔，泉波澹不起。平生景賢哲，所願正如此。

杏　子

杏子如杏葉，緑陰集晝景。晚風開深枝，明月墜圓影。

柳　花

柳花似草蝶，欲去還復住。遥遥青綺門，飛來自何處。

殿庭即事留别京江安溪兩先生

紫宸猶作綴班行，回首觚稜欲别情。八載追隨如一夢，多時贈處見平生。横斜淡墨依綸簿，涼冷衰顔對火城。廊廟有人還自幸，聊從野老答昇平。

次韻周鋏門半日村草堂題壁見懷詩五首

老去無能久耄荒，多君歲月正堂堂。即今趙北燕南際，到處周家有憇棠。

桃花千樹五更風，室有幽蘭路未窮。自是荀郎香不散，那知三日對殘紅。

夾袋空懸事渺漫，光陰荏苒迫衰殘。琉璃硯水今消歇，薦墨年來未肯乾。

敢向於陵謬比倫，百年留得灌園身。桔槔俯仰平生事，又負山泉兩處春。

半日村邊日半斜，藤梢棘刺殿餘花。蒲萄不作涼州酒，留取清陰伴晚霞。

和鋏門詩後有感自吟用前韻五首

白家宅賣陸莊荒，柳色青門帶草堂。悔不十年勤樹木，故人慚愧説甘棠。

不因弘景慕松風，路在何嘗似阮窮。賸有衰顔甘冷煗，歡時能笑酒能紅。

所親離别思漫漫，頭白中年興較殘。記取旗亭一杯酒，淚痕忍向别時乾。

三徑風流古絶倫，一廛楊子可安身。只愁九扈鳴還歇，枉卻鶬鶊過一春。

昆閬回看白日斜，春風幾度碧桃花。酒狂顛倒飛觴去，散作青天九疊霞。

戲題劍南集二首

錦城雖好客途難，去矣羈情尚未闌。不是官微兼忤檜，詩留萬首耐誰看。

放翁堪放在山阿，萬壑千岩得句多。一笑鐘山王介甫，文章雖好奈人何。

焦山古鼎歌贈林吉人吉人有撰古鼎事文

林生好文獨好古，古鼎有文如石鼓。生也觀海復涉江，手攬群言登玉府。陵虚飛真事有無，焦山飄渺浮孤嶼。俯瞰萬里屹中流，金精躍靈奠後土。周初彝器僅尚存，古文偏傍幸可睹。濟南探奇實創始，搜剔苔蘚辨魚魯。嗚呼神物不淪棄，泗水茫茫九鼎逝。汾陰雲氣故依然，甘泉空灑□八淚。人間萬事俱聊爾，惟餘金石後凋弊。金銷石爛亦有時，古鼎深堂豈終閟。生乎與子汗漫遊，朱陵扶桑旋十洲。上下九天視百方，竇書瓊笈非難求。長江無盡鼎無恙，與子遙屬千億秋。

書張尚書運青忠武志

莘野渭濱莽岑寂，草廬人往風蕭騷。出處功名雖已矣，載籍尚欲論賢豪。董相賈傅工口説，大川不濟猶系匏。托之空言少成事，我思古人心郁陶。公旦流言有管蔡，子房勳業無蕭曹。豈如我侯聲跡高，龍鱗鳳翼偕翔翱。古來宗臣誰可比，三代以後焉足齒。五百年間王者興，名世迢迢應運起。張公挺出生民秀，尚友千秋獨卓爾。共知忠孝一心生，過眼誰何天下士。遠從墳典遡羲皇，近取傳聞到桑梓。兩川空餘草木香，八陣不没江流駛。收拾遺文盡金石，錦水蒼茫摩玉壘。身行萬里遍江山，辛勤採擷逾三紀。我侯文字炳日星，公也高名續青史。

寒溪見和壯履人日登高次韻詩感其意復疊前韻

往事依稀似隔辰，江花有夢筆無神。未堪庾信同抄撰，且免延之見要人。敝帚千金非索莫，錦囊八詠自清新。回看直北長安路，不忘天邊渭樹春。

五月二十一日午睡起即事

雀羅門館蝶蘧蘧，睡起蕭然稱索居。懶慢相成無昔夢，從容自得有殘書。稍憐垤蟻迷行路，忽睹蝸牛殢結廬。細數夕陽歸鳥翼，茫茫物理想乘除。

喜晤韓霍岳

飄飄身世等沙鷗，别久江湖不記秋。白首難辭明主去，青門多爲故人留。風回郭隗荒台館，月上荊高舊酒樓。石室金庭渺何許，與君攜手問丹邱。

午亭山人第二集卷三

歸去詩集三起辛卯六月盡壬辰四月

五月三十日得旨命暫入内閣辦事諭以勿辭六月初二日重到閣中即事二首

白日東華殿角明，朱衣未遠隔年情。漁樵有客歸田去，粥飯如僧退院行。綸閣引麻疑昔夢，道山起草想前生。中書再入編青史，霜鬢何能系重輕。

半年歸計逐輕鷗，又伴鵷鴻惜去留。五日將無過京兆，兩廻還似在揚州。何遜因東閣梅花再乞揚州，余梅花詩有云："兩回已斷何郎夢。"獻之本自辭中令，若水何嘗任急流。晚節愈難恩愈厚，黄花元許到高秋。賜聯云："秋到黄花晚節香"。

錢絅庵見過惠以新詩次韻

豈是龍門作意深，雀羅人肯辱華簪。車停有道慚黄憲，詩就乘崖憶傅霖。去住總關明主念，別離終見故交心。不論舊雨兼新雨，沾灑歸耕正及今。

附　絅庵原詩

引退彌堅眷愈深，詔留元輔領朝簪。重開漢代孫弘閣，立沛商家傅説霖。自留公首揆即甘澍盈尺，天人之應如此。軍國平章裨聖治，陰陽爕理答天心。民間父老遥相悉，後樂先憂直至今。

亡僕徐勉徐恩兄弟皆勤於予偶讀柳州掩僕夫張進骸詩有感次其韻〔一〕

□有爲賤辱，視貴才百之。僮約不瑣語，祝史無愧辭。謂生偶應爾，追往乃見奇。徒隸多散亡，餘忍分妍媸。反覆憎憒憒，祇使心身疲。譬彼勤稼穡，縮手乏鎡基。又如行曠野，茫茫岐路垂。百年雖易老，四體今不支。闔門數口耳，棼亂常若悲。已自輕敝屣，猶欲存棄帷。汝魂適何所，予老將奚爲。踽踽形與影，慘慄摻其危。豈無昔親愛，契闊不我知。獨於汝未忘，感歎因有時。厚者甯敢薄，聊以恤吾私。

【校記】

〔一〕骸　當作“骸”。柳宗元有《掩僕夫張進骸》詩。

小山臺見夢綠草堂得豫朋到京信草堂其舊所居也作二首

秋光猶冉冉，枯樹自離離。行藥過荒徑，看山上短籬。暮雲挾雨急，新燕掠風遲。去住情何極，來時是別時。

卜廬三十載，四海一飄萍。北齋豫朋額曰“萍廬”。一紀再相見，百年還幾經。人煙雙隻堠，客路短長亭。預想吟詩處，歸心不可聽。

附　豫朋過夢綠草堂舊墅追步前韻

四十年光迅，幽棲悵遠離。紅蘭花外沼，翠石竹邊籬。酒陣偕賢俊，詩壇愧拙遲。甲戌、丁丑間韓公慕廬暨張寄亭、于千英、方觀文、顧俠君、狄向濤、莊書田、徐章仲並同年，同館諸公有草堂觴詠會。藤陰東閣近，愴憶過庭時。謂青藤館。

昔吟何晏什，托跡願爲萍。何晏詩：“願爲浮萍草，托身寄清池。”秦蜀官偏左，閩齊歲屢經。停車仍故巷，灑淚似新亭。側耳寒枝鳥，啁啾不忍聽。

和顧俠君與荀少粤中倡酬詩

王城如海一身衰，況是雲山萬里時。春草幾回池上夢，梅花同寄隴頭枝。囊無南粤千金橐，文有潮州古體詩。攜向芸窗舊行笈，薔薇露冷正相思。

閣中即事二首

已分投竿一葉身，釣緡難可托如綸。名場洛下非迂叟，朝士貞元是幸人。衣白敢將驚里巷，掛冠終恐訝簪紳。舊時直草依稀在，予告新填兩字真。中書以事見諮，予曰："必填予告二字。"

莫以頭銜溷大官，萬鐘一介要心安。度支已自知辭禄，堂饌還將見素餐。閣道青山時晼晚，御溝流水日潺湲。爲農幸遇升平候，禾黍西風到處看。典籍以銜名請俸，止之，請月餐錢，辭然後受。

廣陵以事至閣中因問署中藤陰口號留别

蕭蕭班馬已駸駸，忽漫重游共禁林。祇合渭城看柳色，豈應華省問藤陰。槐廳雨過枝條長，溫樹風來刻漏沉。往事明明無一語，相逢空對欲分襟。

悔餘以壯履有口外之行豫朋自岷州有信歸欲稍待二子來約爲一日之歡慨然有作二首

才唱驪歌曲未成，幾人結襪有逢迎。歸將雞黍招鄰里，老倩兒童速友生。江上塞鴻連日去，薊樓海月向秋明。□關萬里多年别，重與樽前聽渭城。

不速三人屣履迎，一杯文字酒壺傾。縑緗正列之推訓，予方撰《述古訓》，多取《顏氏家訓》。紙筆難忘靖節情。世上小兒癡了事，林間老子解埋名。回看洛下清吟客，惟有查家是弟兄。謂悔餘及兩弟德尹、潤木。

得訪濂書卻寄

欲報平安且復休，故人書劄問淹留。老知酒聖猶防病，閑悟詩窮可遣愁。北隴雲山看暮景，南園風雨夢清秋。潞河總接江東水，難棹滄浪一葉舟。

秋日述懷次用昌黎此日足可惜贈張籍韻

此日足可惜，一試安可嘗。百年曾幾何，枌榆冀末光。人生不自保，爲樂須有方。以兹乞其身，白首陳緑章。飄然離岫雲，冉冉趨太行。太行在何所，曲曲如羊腸。中有鹿豕遊，與雲分半房。飆已來翻飛，舊巢依鳳城。鳳城十二樓，高棟羅華堂。野服便芒屨，簪履詎復望。處險戒顛覆，尋幽安耄荒。草花探寂歷，桑柘窮披猖。榮途旦暮耳，何可爲故常。舊時堂中人，惻愴悲存亡。進止勢各異，修短理則長。人懷千載慮，一夕鬼在旁。譬彼溝澮水，絕流不入江。又如早燃燭，焰盡燼不明。誰能系長繩，續此一寸光。昔我壯時年，逸氣悔過當。學文鄙章句，慕聖欽嵬煌。巢□抵阿閣，千仞不一鳴。庶幾五色鳥，德感至於庭。來儀成戾止，生留榮華名。得如韓子言，所願諒有成。奄忽時晚暮，摧頹神內傷。我生遁凶吝，恒如無服喪。老習鼻眼觀，涕泗垂各雙。是時臥西郊，偃仰惟一床。已去尚淹留，未行空彷徨。朝衣或暫著，書篋亦屢將。僮僕四五人，在者今零丁。出門徒旅輩，觸事多遺忘。五人二臥病，疾痛暗無聲。或謂此宅舍，亟以凶簀更。避之遠屋宇，庶幾免餘殃。念我客京輦，棲棲依闕城。同此逆旅內，我爲彼居停。艱難歷途路，突兀臨崇岡。道險逢炎暍，擠之使顛僵。主人乃晏然，安坐列肴觴。念此不聽去，衆稚尤且狂。悵焉聽之去，絮語刪嘲轟。孤鳥塌翅飛，搶地無高翔。招招舟子渡，鼓棹乃敝航。二馬伴車棲，有驪復有黃。無端一病廢，醫藥難審詳。

憶昔江灘路，萬蹄争毫芒。隻身過險阨，足繭隨兩童。就中最危苦，其灘號曰龍。龍性惡劣蹇，泥雨混茫茫。莫辨馬與牛，逢人顔低昂。野店蔭茅竹，嚶嚶簷雀鳴。實賴此馬力，慰我殊井疆。逆旅賢主人，親之若弟兄。館人賢而隱者。數杯龍灘酒，弓影齊彭殤。至今魂夢中，留滯江之陽。馳驅日百里，全軀不齎糧。僕痡馬亦瘏，世態等炎涼。寄書耐久客，瑣瑣悲旅情。老人今欲别，百事多所經。臨别陳苦語，念此其静聽。所以古人言，重三老五更。少年豪華子，無勞筮易京。量力度本分，厲揭涉河江。舟楫如不具，石尤風易逢。我醉不盈爵，醉逃荊棘叢。濕露沾人衣，去去將安窮。嗟哉愈與籍，猶憐風中狂。作詩故雲爾，無爲守一鄉。

秋懷詩次昌黎韻十一首

楊柳何依依，黍稷何嶷嶷。自春又徂秋，行行卒未已。遙風遞微響，先感羇人耳。露下草蟲鳴，月殘林鴉起。群動類各殊，勞生衹相似。絺綌忽已涼，炎燠焉可恃。日月不停輪，人命趨一軌。仰視天宇空，何處著憂喜。

離塵本淡漠，遇物任榮悴。屏居近市門，心遠不擇地。椒蘭有榮落，蕭艾得縱恣。天運本無私，時節屢復異。涼風向歲寒，松柏寧自貴。

時節行緩緩，雲山路曼曼。《蟋蟀》唐風詩，藜豆韓人飯。堯封幾千載，我生得所願。好樂文字飲，顧影亦自勸。枝辭梗聖途，背馳不啻萬。少耽顔褚書，近復慕羲獻。藐焉天人間，但省戒尤怨。

草露流欲響，林風淒已淩。夏冰猶在庖，未盡盤中蠅。盤蠅何足道，營營衹見憎。南山有猛虎，牙須秋有稜。其下潭水深，寒蛟不可罾。誰可搏虎蛟，惟有天公能。

明滅窗屢變，轉側枕逾警。殘月上虚簷，始知秋夜永。但思歸舍遲，不覺出户猛。玉壺添漏水，銀床續汲綆。代仕古所稀，兼隱今自幸。悠哉山澤中，念此堅幽屏。

秋窗獨晤語，默坐繼修景。漏稀風蕭蕭，木落月冏冏。我心自逶迤，衆念尚強梗。終當遠遨遊，復爾盡馳騁。幾事劇不閑，略已輟朝請。

朝請亦有時，吾道如處暗。背面親故人，執手本無憾。浮名轉復驚，衰顔煩屢瞰。止水何其澄，窮交無若淡。漂淩岷江流，其源祇觴濫。惜哉涉江津，船舫不離纜。誰能守其源，寸田勤校勘。聲臭此中無，有跡況甀甔。

窮秋方寂歷，俯仰自軒軒。味道知止足，安居恥競奔。悠然念無始，守默將無言。游思在古人，縹帙散我前。開卷劇厭熟，自尾如倒餐。頗恨西日短，老眼不盈編。好辭誠吾病，戚戚嗜鹹酸。舍去諒不能，枕之聊懶眠。寄語讀書子，早勤勝暮年。

學道不精進，獨覺愛河乾。朝來玉池水，亦復沾蘭玕。獨有文字緣，從人覓疑團。已知名是累，祇蘄心所安。百川日東之，誰其回狂瀾。我友二三子，甌曳止流丸。望舒近有信，月夕遲銀鞍。

南浦若爲别，陽關第幾聲。如何春草色，照此秋月明。我友皆時彦，神聽通精誠。肯使離懷缺，都將客思盈。八陣横詩敵，三杯偃酒兵。得此已爲足，往路猶滋榮。人生偶萍梗，聚散天所令。

邱壑愜微尚，歸遲亦自好。家鄰農圃近，名掛山林早。塵轍雖暫循，晚節已堪保。由來無榮華，何所見枯槁。眷言高會人，慷慨臨祖道。

次韻查悔餘花木九首

茉莉自南方，遠客北所重。姿如幽蘭花，移根不易種。昔爲祇園香，今充上國貢。霜蕤超素馨，玉色爛銀甕。雅稱冰銜官，價敵一月俸。我今辭俸錢，甯惜靳花用。予雖復入直，戒廳吏毋得請俸。

常愁鳥有喙，誰謂雀無角。八月庭前棗，紅熟已可剥。奔奔復強強。撑腸亦盈握。不虞羅在門，豈必矜一啄。天公閔饑窮，濡露忍雷雹。鳳凰竹間棲，感此夢蝶覺。

蜀葵植燕地，花明枝葉剛。全秉陰陽性，那復争強梁。向日豈傾側，對槿無炎涼。矯如蓬中麻，磊砢節自長。乾道合變化，或朱而正黄。嗟君詠物詩，名花盈歸裝。

去冬安石榴，葉隕胚胎密。走送南圃鄰，此時應垂實。謂言林園花，照眼計可必。萬事艱預知，遲遲至秋日。君家三珠樹，赤水擢豔質。多子坼芳苞，分惠取什一。

決明禁苦雨，宜暘殊禾麻。今年春夏旱，槁及園中花。六月雨始甘，秋雨正爾佳。悔餘自注："佳"字少陵詩入麻韻用。翠羽黄金錢，淩風方交加。獨立比君子，杜老何歎嗟。悔餘自注：用杜詩《秋雨歎》篇中意。

我聞君子國，木槿食憔悴。白華潔晨餐，朝菌以時至。采蘭循南陔，湘之雜嘉卉。麯生不可忘，幸與共風味。何必江東蓴，人生始適意。

誰剪玉爲簪，芬華散橤橤。玉煙簪有香，皎潔差能比。麄嫌木筆花，嫩憐月桂子。焉得素心人，結佩相終始。紅粉施太朱，白顛吾共爾。

海棠春日花，當秋不願早。羞混衆芳叢，過時彌覺好。碧羅裁爲裳，朱絲繡作襖。菖蒲間翠筠，扶侍不離槁。峨嵋仙子姿，應化秋花草。結根文石傍，幽貞吾所寶。

鳳仙名太侈，吾欲核其實。謂雅或類俗，因文反傷質。此花時世妝，隨地費月日。紅紫黄白碧，變易不可詰。通人善品題，心眼頓解結。妙語兒女花，可入毘耶室。悔餘詩有云："誰知兒女花，可入毘耶室。"

楮窗雨中重題舊畫卷二絶句

瑣窗楮葉晝陰陰，宿霧殘雲也作霖。已到秋風不搖落，與君共有歲寒心。

楮窗圖在句叢殘，硯滴銅壺墨未乾。九載秋光人已老，丹青猶作舊時看。

六月中聞鄉人言豫朋自關隴東歸即日可至京師喜而報悔餘約悔餘兄弟一日之歡今杳然乃絶音信悵然有作

授衣已近感離居，剥棗烹葵事漸虚。去歲猶傳萬里信，今年竟斷半行書。低回偶爾堪遲汝，倉卒焉能更助予。父子人間難若此，友生分手定何如。

附　豫朋雪夜恭讀前詩追步原韻

撲天風雪杜門居，兀對遺編夜室虚。老淚紛隨燈燼落，寒吟强帶硯冰書。趨庭有路應成夢，陟岵無期孰憫予。回首江源留滯處，隴雲羌樹近何如。

再題楮窗圖四首

千年已去一朝歸，卻似當年老令威。化鶴歸來今未久，眼中已覺故人稀。

紫薇紅藥别周廬，又向芸窗傍玉除。再乞身來茅屋下，青藜還校閣中書。

書奏何時著意裁，禁垣臨别重徘徊。紅牆碧樹參差影，兩度看人歸去來。將乞解機務，專理御集，書成告歸。

舊卷新圖爛熳收，夾城風景入清秋。畫將龍尾回翔處，癡絶還憑顧虎頭。

句曲山隱者

側聞句曲山，有士如首陽。欲往不可見，豈謂川無梁。大江流浩浩，我心殊未央。裁書附秋雁，雁飛不肯將。舉手謝鴻鵠，天雲高蒼茫。四海雖云廣，萬里從翱翔。

復剛侄自閩返舍至維揚聞予復暫留於此舟行兼程來會感歎有作

予室漂搖浪跡身，曾逢何地記難真。兒童别久顔如玉，汝伯年來鬢似銀。萬里家山閩海路，一帆煙水廣陵春。潞南汶北交流處，恰比京華來往人。

悼王阮亭兼憶汪苕文

詩憶平生句，人懷别後顔。高秋回白首，落日下青山。感舊風塵際，論交杵臼間。九原見汪大，應笑老夫頑。

直中悼京江先生

一别傷心處，回思覿面時。八年如夢寐，萬事益淒其。老去身何補，重來意自悲。日斜秋草路，歸馬故遲遲。

約諸公中秋夜玩月

桂輪圓缺又將盈，折柳頻吟去未成。客裏人逢今夕在，天邊月是薊樓明。光涵河漢添銀漏，影轉雲山直玉衡。莫負一年秋夜好，肯來不必計陰晴。

中秋夜小集遇雨留諸公待月

梅花雪後柳成綿，鳴鳥嚶嚶樽酒前。忽聽鶴聲秋半夜，待看桂子月中天。玉霄路在仙曹近，香土歸遲客舍偏。應是三山舊朋侶，一年清景得團圓。

蝦蟇石詩并序

周寒溪庶常會葬其經師熊開楚先生，于石首江中得小石狀類蝦蟇者取以歸，以示同人，且屬用昌黎答柳州蝦蟇詩韻詠歌之,余亦作一首。

大江一卷石,濤瀧琢形貌。潯江與彭蠡,流遠不可校。浴月配孤圓,涵星點衆。曾支天孫機,肯陷晉公淖。静敵波浪喧,堅受雷霆鬧。把下一編書,黄石所告教。本自開闢生,世人昧不覺。通人貴物理,如得冷灰爆。吾子有良師,事師儼庠校。師死不忍倍,負土思自效。寶此小石歸,大義誰敢撓。取石如卂魚,烝然已上罩。變化會有時,觸雲亦稍稍。況逢秋節中,桂豔銀蟾樂。無謂泰山高,一斑僅窺豹。不見鵲來飛,金印表忠孝。感君屈宋情,欲鼓湘江櫂。

子侄輩秋試在太原因寄舊館人之孫王生

五十餘年路渺茫,名根猶似在科場。忙中翻覺光陰短,事後空驚歲月長。黄閣重來致仕客,紫金欲試大還方。白雲冉冉河陽遠,説著并州是故鄉。

書劉西谷白渠舉臿圖

誰其開鑿引涇水,水工鄭國韓所使。韓侯自爲旦夕謀,秦世居然以萬紀。子嬰如何不再傳,一朝化作漢家壘。後百四十有二年,白公穿渠鄭渠裏。首起谷口尾櫟陽,注渭中袤二百里。舉臿爲雲決渠雨,黄泥五斗千禾黍。漢家西京十二帝,此渠之興自孝武。富强要是人所爲,陵替何曾關水土。三國孤隋只贅疣,有唐文物差堪數。此地興亡絶可憐,一渠流水無今古。君不見成周八百四十載,七月豳風至今在。綿綿瓜瓞長麥麻,鬱薁荼壺並葵菜。春酒介壽此其時,井税輸官無犬吠。喬木蒼煙是故家,鎬京豐水柴門外。高懷遙集太古初,上下千秋一盻睞。白渠雖有田家樂,努力清時要君輩。不比西歸一老夫,黄河泰華相馳背。

秋日青藤館壁上見宫恕堂編修題楮窗圖詩稿悵然有懷

粉壁籠紗字墨鮮，畫圖剩與舊瑶箋。未容韓孟吟秋雨，曾忝王裴賦輞川。詩爲調高難屬和，情因客久易纏綿。不成南浦淒其别，怊悵西風又黯然。

九日對酒漫成

重向東華踏軟塵，西風摇落入蕭晨。登高四海今誰在，過眼三生昔夢頻。烏帽不羞雙鬢老，黄花又暎一年新。茱萸細把還惆悵，無那樽前放浪身。

密雲東界

百里堯封路，千秋漢關情。邊山雖地闊，塞水入河清。閭左漁陽郡，桑田安樂城。往來人已老，喜極是承平。

九月二十一日接駕密雲東蒙上駐問命内使看乘馬者再特賜食于行宫恭紀

喜識天顔近，愁趨獨步難。聖勞因轉旆，語款爲停鑾。勑使頻看騎，行庖特授餐。萬方全在宥，時遣老人安。

豫朋自岷州來感示以詩

關隴迢迢六七年，歸來相對轉悽然。白家已賣西街宅，季子曾無附郭田。自古榮枯雙寂莫，殘生去住兩纏綿。敝裘羸馬霜天路，賴汝清名到處傳。

附　豫朋扺儀曹任恭步前韻

潦倒粗官十六年，春明重入意茫然。只憑清俸供書價，轉慮邪蹊敗硯田。謬與東曹齊禮數,禮部上下晉接儀注俱同吏部,與他曹有別。慚陪南省坐連綿。西風匹馬歸常晚,咫尺紅垣禁漏傳。

雷家橋小憇題主人壁

苒苒流光歲歲同,往來代馬與燕鴻。不逢拔宅登真客,且喜求田問舍翁。前路關心茅店日,殘年吹面雪橋風。丹砂未就人難老,最是皇天有至公。

荀少弟仕於粵聞其被訐怛悸連日夜感懷而作

豈因寶玉厭饑寒,愁病如予那自寬。憔悴不堪清鏡照,龍鍾留與萬人看。囊如脱葉風前盡,枕伴棲烏夜未安。憑寄吾宗諸子姓,清貧耐得始求官。

書元遺山集

史公野史欲同群,三晉流風世所聞。玉管未須登虎觀,金針終擬繡龍文。人非異地桑維梓,生不同時我與君。回首并州千里道,秀容山色太行雲。

歲暮題新詩卷與豫朋

三百篇言一字情,閒愁忙歲兩崢嶸。卷中自寫流連意,身後誰争寂寞名。稚子今年堪牧豕,元遺山詩"四十而牧豕〔一〕",謂公孫弘也。豫朋今年四十矣。老夫他日欲騎鯨。詩人若有登仙分,不學鈞天夢裏聲。

【校記】

〔一〕四十而牧豕　《遺山先生文集》卷一作"四十有牧豕"。

附　豫朋紀夢感成追步前韻

蓬島原殊世俗情,羈魂何意繞崝嶸。雲樓霧閣瓊攀磴,玉草金芝半識名。寒擁旅衾飛夢蝶，寤驚鄰刹吼華鯨。追懷二十年前詠，恍是鈞天枕上聲。

余宦遊無長物止老屋數間耳賣以歸老聊爾寫懷示兒子二首

借米何當學魯公，淵明乞食幾人同。那能一日憂千載，莫更衰年送五窮。蓬蓽不圖今尚在，簞瓢元是向來空。回看車馬紛紛處，且使閑門有父風。

老屋雖低意自寬，更消幾屐與盤桓。閑雲欲去遠峰暮，棲鳥未還春樹寒。桑下已成三宿戀，田間豈有百年歡。省中持被匆匆客，吟與兒童着眼看。

雪夜有憶

月黑猶驚繞樹烏，雪花那得夜寒無。塞鴻已盡衡陽遠，似有人吟山鷓鴣。

覽古遲張孝廉公車諸子

覽古燕山亦壯哉，千秋往跡與徘徊。臺留郭隗黄金在，水湧琴高赤鯉回。楊柳三年曾折贈，田園二頃未歸來。神仙富貴風流客，掇取憑君大雅才。

余不作斷滅想而有斷滅者故作二絶

萬劫千生定有無，淒涼不必問前途。心知一事令除絶，説着教人一笑呼。

一事了得無不了，何用浮生自繚繞。花前且聽長樂鐘，萬古青天一昏曉。

辛卯除夕

風雪蕭蕭歲事侵,芳華過眼易銷沉。生涯不覺虀鹽薄,節物偏沾柏酒深。梅信全岐庾嶺路,謂粵中弟事。椒盤難盍杜家簪。蒼煙喬木山村夜,爆火光中有夢尋。

除日休澣作

三日東風速置郵,二十八日立春。多情歲去尚遲留。雲行芳樹低還宿,水繞春城曲自流。風物殘年殊浩浩,琴書一室盡悠悠。還餘生計忻然笑,王氏青氈晏子裘。

正月十二夜噩夢醒枕上漫成

枕畔愁心枉自寬,車聲歷鹿夢闌珊。灑錢欠爲辭清俸,詩債閑因事大丹。返聽縱誇三耳在,強顔終惜萬人看。羊腸踏遍行山路,尚借鄰雞破曉寒。

月夜獨酌

一盞空時一自斟,相看明月省招尋。哺糟欲指靈均口,止酒還憐靖節心。醒醉不分賢共聖,是非無定古猶今。當時減卻戎濤輩,畢竟清風在竹林。

元夜後一日小山臺望月贈客二首

臺迥薊樓邊,東風入舊年。邊春來不遠,海月出仍圓。笙鶴千秋在,煙花萬井偏。黄金如可就,吾亦願登仙。

君家萬古宅,海水幾回新。明月常隨客,孤雲近趁人。關河千里道,梅柳大江春。鼇背三山在,休輕下釣綸。

有感與孔生盤谷

杜老長貧不我欺，飢寒奴僕賤無疑。忍教楊惠僮輸約，焉用康成婢解詩。褊性親疏皆落落，多愁雞犬與熙熙。年來歷盡人間事，不是君知世豈知。

遣　悶

炯炯冰心向老殘，多情窮鬼與周旋。貧來戀我全無恨，官在求人更是難。白髮早因傷道路，丹砂曾不救飢寒。闔門百口如絲命，一任群兒漫浪看。

青藤館葺一間屋贈孔生盤谷

逾年謝圭組，復事綸綍間。此中詎無人，恩念當永還。慰留已改歲，逝景不可攀。出處今已明，申告且就閑。南軒一間屋，向陽翳榛菅。數欲更葺之，叢語心所删。孔生澹宕人，筆能寫煙鬟。午亭秀山水，亭下溪清灣。見畫發餘想，不覺舒塵緣。呼僮具土石，一夕費半鍰。館生於此屋，偕將歸故山。惜哉如此人，可列蓬萊班。

附　豫朋歲暮雨夜感悼孔盤谷追步前韻

星軺布衣友，追隨閩海間。死生悵契闊，托夢頻往還。故態没猶存，恥與常流攀。盤谷從予入閩，無疾而逝，十餘年來常入夢焉。值兹窮稔雨，一编宵夜閑。觸目動遐愴，盈臆填茆菅。矧我舊篇什，半由君采删。君復遺畫軸，岩岫皴螺鬟。孤亭在其下，竹木森碕灣。先公昔見之，愛結清静緣。葺居古藤北，不靳囊中鍰。歲華倏二紀，靈魄歸鄉山。亮應夙煙駕，竟躡仙鄉班。

半日村草堂夜慦即事示兒子

倦倚西窗月迥明，無衣擊柝報寒更。言貧今已羞前輩，昔蔚州嘗自言詩中不言貧。爲富終當戒後生。東閣何須誇布被，故家亦自重藜羹。茅茨不遠勳華地，蟋蟀唐風萬古情。

村歸書所見

影事前塵費等量，道邊傀儡又登場。天時也只分炎冷，人面何堪較短長。雪後園桃初歷亂，風前堤柳欲顛狂。歸來惟覺青春好，擕得黄壚酒滿觴。

不得宋牧仲書而見示西陂類稿伏讀之次悵然有作

滿把瓊瑶别思盈，肯將書札慰平生。秋山嵩岳多時約，春水黄河遠去情。失侣未歸如斷雁，懸心不定似摇旌。相看賴有風騷格，回首波瀾獨老成。

小山臺贈孔生盤谷

石疊臺邊路，山圍臺下池。簷回春樹色，鳥聚夕陽枝。三逕柴桑宅，東都枳棘籬。未須分主客，同舍即皇羲。

正月二十四日直南書房誦陶公詠貧士詩和其韻及歸寓見陽城張子麋田有孤雲獨無依詩章見寄故末章專贈張子

我吟貧士詩，慨想情依依。白日爲之淡，冷冷風翳暉。孤雲悠然逝，夕鳥已翻飛。五斗不折腰，荒徑卻來歸。一朝意氣減，百年常苦飢。掩卷復三歎，奚其弗自悲。

自悲年已老，踽踽趨華軒。既久竊榮禄，敢復安田園。花蒂餘殘紅，燭跋生微煙。朱墨雅人致，未羞手自研。諒哉東坡詩，退居有成言。蘇和陶詩有此句。視蘇未爲失，比陶遜其賢。

陶窮悵無經，榮老方彈琴。薰風被萬物，貧士感遺音。況逢勳華代，箕潁正可尋。厚禄雖久辭，醴泉猶在斟。生絶濁富想，萬石非所欽。庶幾癡男兒，忍貧知我心。

淵明志千載，邈然繼黔婁。至今天下士，清歌自唱酬。其人不可作，其急不可周。奚獨取其志，非道故無憂。謂此巢許節，伊旦庶與儔。苟能明斯理，皇羲無外求。

真能貧賤者，非義不可干。殺身以成仁，豈爲錢與官。我裘可蔽體，我食可供餐。惜此岩穴士，所憂在飢寒。飢寒誠足憂，無使戚我顔。餓死事則小，失節大所關。

人生如春華，飄忽如秋蓬。孰能守本根，擇處良難工。田園歸慕陶，犢牛佩感龔。耕稼數畝田，意與擊壤同。安得天壤間，貧士皆亨通。樂哉行康衢，謳歌遙相從。

張子孤雲詩，因風寄吾州。我心獨依依，清貧可同儔。尚有買田意，亦非石隱流。念子如仲蔚，蓬蒿無外憂。還家掃茅堂，一樽相獻酬。與子偕千年，悠悠續前修。

草堂壁有鐵門題詩見憶爲圬者漫去意甚悵悵春日夜憇即事寄鐵門

欲賣草堂去，一枝聊暫棲。來疏新犬吠，坐久夜烏啼。滄海雲生近，青山月落低。故人曾此宿，掃壁待重題。

讀樊宏傳有同墳異藏之説感示兒子豫朋壯履輩

達哉壽張侯，謙慎凜終始。遺言令薄葬，聊以藏髮齒。祇求窀穸安，差免溝壑委。蚩蚩兒女情，動期同穴死。經年封馬鬣，一旦嚙螻蟻。傷哉孝子心，睨視顙有泚。黯黯漆燈埋，燐燐土花紫。同壙而異藏，相距厘尺咫。眷屬本一家，庸詎判彼此。報晴風日佳，蔭暍松楸美。願言奉師法，諄諄戒諸子。幸勿忘吾言，長教夜臺喜。

西苑試士

集賢開别館，詔策邁西京。天筆書題目，文場卷旆旌。衣裳堯舜理，歌詠典謨情。曉霽山川色，春長刻漏聲。青雲隨步上，香草向人迎。柳染袍絲重，花飄綬帶輕。連朝逢聖日，十雨及旬晴。壽考因王化，陽和遍國楨。曲江爲沼水，雁塔即層城。喬木新差燕，仙洲早哢鶯。方看五緯合，齊頌泰階平。綾餅先時送，茶湯對御傾。高披金鏡録，朗照玉璣衡。李绛聯科第，劉蕡賜榜名。感恩歡設醴，尸位愧和羹。亦既甘衰朽，祇應羨俊英。滿頭如雪白，兩耳似雷轟。未覺丹心折，風謠謹退耕。

附　豫朋校刊午亭第二集追步前韻

永懷披續卷，憂臆倍京京。已拜歸田疏，翻稽去驛旌。股肱蒙異眷，岩壑系遥情。暫作停裝計，仍聆待漏聲。宫鴉馴似識，掖樹藹相迎。任復肩仔重，心偏世味輕。清貧堅志節，調燮問陰晴。校士開仙苑，程才采國楨。七言登奥窔，五字擅長城。喜葉梧庭鳳，方遷柳岸鶯。豈期辭寵貴，遽爾棄承平。柱折台星隕，塵飛岱嶽傾。淒涼餘手澤，落拓忝門衡。夙領堂前訓，長留紙上名。三秋潸墮淚，廿載痛斟羹。跡屏當羈旅，姻聯有俊英。謂于松友侄倩。災梨叨慨諾，托缽任嘲轟。擬捧琳琅句，攜將谷口耕。

澹寧居後院海棠

高掩枝柯密，深沾雨露匀。可堪垂老日，猶作看花人。絳雪凝香細，紅雲擁樹新。風光十六度，不改萬年春。

病中作三首

認得雲歸處，天涯盡太行。五更疏雨滴，遮莫是龍鄉。

擲卻皮囊去，都無未了緣。君恩山岳重，何日再朝天。

兒輩知吾意，遊仙亦偶然。文章圖報國，只此是真詮。

尊聞堂集卷三〔一〕

五言古詩一

詠史十二首〔二〕

虞舜善使民，造父善使馬。吾生良有涯，精爽詎相假。人命如蟲蛾，膏火竟途赭。豪聖且樂天，洸然以陶寫。日月從跳丸，匡坐自瀟灑。

托志在大雅，詠歌觀王風。道存感謠謳，懷古心沖融。五弦絕遺響，韶武難爲工。荀宋演別體，綺靡將焉終。我聖放鄭聲，偉哉刪述功。爛然三千篇，磨滅浮煙空。

孟門雖嶮巇，洪濤尚容楫。太行盤羊腸，轅車可馮式。君子貴自信，流俗亂珠礫。聞言識嚴明，聽歌知甯戚。哲人領其微，曾匪以目擊。不見釣築人，乃從夢卜得。

伊傅起岩壑，千載道寥寥。子房王者佐，英風振孤標。報韓計不就，槌秦功已高。嗚嘑博浪中，舉事易鴻毛。後來劉項輩，以此氣益豪。匹夫定王霸，片言勝蕭曹。晚從赤松遊，潛惕眂所遭。亦有黄石書，聲跡何蕭條。

【校記】

〔一〕此部分只補入《午亭文編》未録者。

〔二〕補前四首。

尊聞堂集卷六

五言古詩四

懷　鄉

懷鄉愁短日，遙夜空斐回。月際葉自墜，霜中鴈屢來。吹燈坐帷帳，清興生殘梧。天寒不成寐，雞鳴譙門開。官曹動鞍馬，車輪如轉雷。我時得休沐，日高晨夢迴。悠悠起何適，形跡生嫌猜。西笑寄所親，吾寧棲蒿萊。

送人兼寄里中游好

到家臘酒熟，爲客松徑荒。以君告歸日，使我心彷徨。秋田百畝多，耕獲南山岡。別來雨霜雪，林樹閑成行。曉入直金門，淒淒宮葉黄。南州榻閒人，日高未衣裳。感此勞逸理，愴然動中腸。家遠郡城西，況茲阻異鄉。寄謝同袍友，相思毋相忘。

尊聞堂集卷九

七言古詩三

有　感

長安貴人可指數，柔脆不禁天風寒。南巷夜哭轉幽咽，北鄰繁歌急暮歡。城中人家百萬許，衰草荒花委霜露。堂上書生燈照書，懶眠坐讀真成誤。

尊聞堂集卷十

五言律詩一

滹沱河曉渡

晨興越大河，霜氣壓清波。秋日石梁外，人家漁浦多。遠鷗浮水去，高葉趁風過。來往恒山道，征車奈晚何。

宿郡城

已安遊子意，不解此時情。候雁書千里，山樓月二更。關雲浮絕壁，木葉下孤城。卻畏青門柳，春風逐處生。

臺上晚眺

沙鳴溝水至，風急斷人行。山雨還吹席，邨鴉不入城。亂雲過院黑，深樹出星明。宦跡成孤思，飄搖百感生。

雷雨忽晴

蕭條京陌上，徙倚闕樓隈。城隱古時堞，天晴何處雷。狎波鷗汎去，掠雨燕飛來。離立屋西樹，殘暉映濁杯。

對　菊

日夕秋齋裏，天寒有菊花。影希窗月白，枝避檻風斜。獨立真憐汝，逢開每憶家。故園經別處，籬外是天涯。

北　窗

不復臨書卷，秋晴坐北窗。院閒花朵朵，鄰蜨過雙雙。物態年華老，風塵病骨降。何如身健日，細酌盡銀釭。

秋　色

秋色梧桐樹，西風葉正黄。軒窗臨太液，鄉國近斜陽。節序聞鴻雁，生涯感稻粱。遠山寒霧重，愁絕淚千行。

秋夕二首

愁罷歌吟少，秋來興頗長。高風下城闕，寒色動青蒼。晚水看新漲，空亭坐夕陽。十年猶舊侶，燈火話連床。

炎景三時過，高眠萬事輕。絺衣涼月白，落徑晚風青。野火明西嶺，秋河爛北亭。城中歌急管，淒切夜闌聽。

尊聞堂集卷十一

五言律詩二

雨夜與素心弟

大麓西來道，昏昏雨氣中。雁行連遠塞，秋色會寒空。官柳猶深碧，庭花自晚紅。夜深催秉燭，細酌話飄蓬。

玉隨移居比鄰得白尚書舊宅〔一〕

猶是香山宅，秋雲故故低。夕陽鄉樹外，溝水古城西。門徑從今異，落花似昔迷。何人履道理，嘯詠慰羈棲。

【校記】

〔一〕補第二首。

移居懷吳編修

偶然蓬轉跡,棲泊敢辭勞。巷僻寺鐘遠,夜深人語高。缾罍生計滿,書劍客情豪。爲報素心友,移居欲和陶。

與楊松谷

撩亂春來意,當愁落照低。林花何日放,野鳥爲誰啼。楊柳青門外,雲山大麓西。相逢悲感集,況復到分攜。

晚晴臺懷湯潛庵

多病兼愁思,登臨每獨來。孤雲一飄緲,萬里共徘徊。文字堪心得,風塵暫眼開。頓忘形氣小,空闊坐悠哉。

秋夜懷馮訥生

畫角秋城裏,寒齋獨宿中。故園當落月,鄉思入西風。螢火夜深見,燈花醉後紅。天邊羈旅客,懷抱幾人同。

立秋夜懷玉隨

碧雲天似水,河漢限長流。萬里長安月,何人江山樓。潮迴楊子渡,山擁秣陵秋。牢落西風起,悽然增夜愁。

與簡翊聖二首

醉愛黄公酒,秋吟白帝詞。病辭殘暑過,愁讁故人知。羈束江山老,行藏歲月遲。聽君話湘漢,漂泊使人悲。

老友惟吾子,相逢遂十年。難開此懷抱,各憶舊山川。巫峽秋濤外,行山夜月邊。西郊千里道,歸夢直如弦。

喜　雨

喜雨忘巾櫛，朝來中薄寒。酒杯當傾倒，藥物未艱難。起舞吾何病，聞歌意屢寬。西雲亦冉冉，霑灑在林巒。

苦雨二首

已殘秋甲子，不擬問陰晴。去燕寒留別，飢烏嬾出營。水煙浮几席，波浪接軒楹。怪爾人蹤絕，雙扉十日扃。

大雨傾茅屋，風濤近小樓。風雷收萬籟，天地撼高秋。跼蹐岩牆臥，蒼茫身世憂。頻年悲水旱，中夜淚横流。

白　青

白青界西北，居然天漢流。荒雞聞午夜，殘角想邊搜。兵器關春色，花時送客愁。甘涼今右臂，設險貴前謀。

遣　愁

多病愁司馬，悲秋惜宋生。故人雙寂寞，吾道一崢嶸。北斗看星影，西風聽角聲。壯懷今不淺，把劍淚縱横。

家　書

家書經月斷，熢火幾人來。戀闕身將隱，思親日易催。愁心一寸窄，鄉淚萬行開。卻聽高城雁，年年客裏迴。

雨　夜

夜雨響秋樹，泠泠天氣寒。客心正如此，世路爾何難。軒鶴庭除寂，雲紅天地寬。何謂自跼蹐，耕釣老河干。

自　遣

不見西斜日，庭陰改砌頻。委心隨萬物，留眼送殘春。眠柳知人嬾，啼鴉近客馴。晚花一含笑，多恐對傷神。

雨　夕

日暝群鳥息，蕭蕭風滿林。秋城聞漏早，細雨閉門深。葉落間疏響，燈明連夕陰。客心樂幽獨，未覺暮愁侵。

晚　行

往來太隄路，不憚似投梭。疲馬尚復去，歸鴉已屢過。霜痕寒水細，樹影夕陽多。愁絕雙黄鵠，高飛奈爾何。

客　居

冰雪無來信，關山且客居。風鴉過院曉，木葉下亭疏。薄醒銷憂酒，奇驚引睡書。天涯身漸老，局束欲何如。

尊聞堂集卷十二

五言律詩三

飽　食

飽食生涯足，茅堂眼界寬。香浮煞藥甑，緑瑩剪漱盤。檻筍依依上，簷花細細殘。景光還自愛，嬾漫任人看。

風雨晚行

斜風吹面疾，疏雨著人濕。沙鳥各相命，林蟬何正喧。宿陰連晚騎，芳草到閑門。物理看如此，生涯欲細論。

對　酒

對酒不能飲，商歌空爾爲。月明蟲響急，露白雁來遲。清景歡無緒，幽端亂比絲。獨醒岑寂甚，那復計糟醨。

與茍八小飲

牢落同栝酒，他鄉幾處逢。春光正月過，歸興十分濃。夢裏家山路，愁邊野寺鐘。九年三見面，老我慰飄蓬。

同子顧繹堂貽上集湘上北宅四首

步屧蹣跚至，軒窗杳窱通。故教迷出入，不自解西東。果綴枝頭碧，花飄屋角紅。秦源在何許，投老竹林中。

數過歡娱地，蹉跎鬢有絲。風塵憐縱酒，壁壘見殘棊。鴻雁又將至，明河今未遲。坐來新月上，流影照蛾眉。

檻古衆木秀，亭陰夕照妍。流螢破暝色，宿鳥投寒煙。高齋見水石，對酒懷山川。自此發秋興，林風方颯然。

風雨日蕭蕭，初晴夜色饒。銀鞍歸路險，白馬向秋驕。漏遠稀城堞，燈明聚市橋。天涯朋舊少，不惜往還遥。

雪中李檢討過集

寒天坐蕭瑟，失喜過門時。雪裏催沽酒，花間看弈棊。讀書求自解，得句畏人知。召聽松窗下，霜風日夜吹。

春日城東廟獨遊二首

來往塵埃裏，仙房已落花。看松驚舞鶴，伐鼓會神鴉。春枕黄粱熟，城門白日斜。晚歸知路杳，羈客總天涯。

晚景添花霧，風沙滚滚來。客心争過雁，春色畏登臺。生理吾全拙，交情久易猜。西窗今夜月，尊酒爲誰開。

秋日同人遊城北

客子幽居好，風沙訝此行。譙門開落照，樓角咽寒聲。騎馬秋山色，看雲旅雁情。壯懷君不淺，孏漫媿吾生。

上巳沁河泛舟與楊松谷二首

祓禊逢今日，臨流上巳宜。煙波亂魚鳥，春水畏鳧鷖。岸樹迎人近，船風送客遲。寥寥王謝後，重來永和時。

始覺方舟穩，滄波望轉迷。濤聲春晝外，寺影夕陽西。楊柳横橋直，桃花夾岸齊。十年江海行，聊此得棲棲。

聖樂寺重遊二首

寺樓人又到，重見十年心。碧草色何古，白雲飛至今。松濤春瑟瑟，花雨夜沉沉。徙倚空潭上，時聞龍一吟。

寺憶曾遊舊，僧憐再見稀。門人殊落落，居士重依依。窗樹隔溪逕，山嵐挾雨飛。林泉如昨日，悄悵一霑衣。

三月二十八日戫公招同游諸子水樓看柳

樹杪來山岫，城隅面水樓。地因初會到，人爲送春遊。細雨散南郭，殘花飛御溝。黄昏理絲笛，吾意惜淹留。

尊聞堂集卷十三

五言律詩四

别王生

海月再圓夜，春風欲别時。萬事既如昨，梧酒安足辭。分手雲天闊，落颿湖水遲。君行更相訪，射獵東山陲。

送孔瀘州

舊知瀘水遠，天盡暮雲邊。雁過逢講學，蠻歌隔瘴煙。到京逾萬里，爲郡在明年。南顧勞黄屋，還期喻檄傳。

夜飲被酒送素心歸里

斗酒三更醉，林花十夜眠。行裝留此夕，魂夢願如年。骨肉竟已遠，形骸真自憐。春明桃柳路，未必勝樊川。

送别素心下第歸里二首

倉卒還鄉事，憂心已百端。雁邊飆雨散，馬首夕陽殘。行李隨秋色，衣裳增暮寒。五年三會面，此别淚汍瀾。

仕宦頻年拙，生涯萬事危。艱難今若此，留滯欲何辭。少壯君何恨，行藏我自疑。黄金爲客盡，商略到茅茨。

送人歸里二首

六月燕山道，盧溝度夕陽。長風醒别酒，古寺記連床。車馬炎天外，柴荊沁水旁。到家見秋色，回首興蒼茫。

惜别南州路，山城長短亭。驪歌驚再唱，嘶馬畏重聽。日落關雲黑，花飛灞柳青。年光漂泊裏，歸到户長扃。

尊聞堂集卷十四

五言律詩五

衰　柳

衰柳秋城路，依依久客心。縈煙臨塹弱，宿霧近河深。山迴月墮地，葉稀風滿林。往來逢歲宴，時物最蕭森。

聽山堂圖

不識湖山路，今從畫裏看。草堂何日到，煙村向秋殘。夢繞孤雲闊，心隨旅雁寒。有家君更別，吾意在林巒。

寄題嗜退庵

夢寐湖山好，苕城何處邊。草堂新築後，花徑未遊前。煙水頻垂釣，圖書滿系船。富春山色在，時見客星縣。

題聞喜朱侍御臥牛莊記後二首

柱史能文客，開函翠欲流。東來多紫氣，高臥或青牛。碧落生瑤草，秋風掃石樓。雲山異鄉縣，逸興共滄洲。

午橋遺跡在，渺渺憶湖園。樹杪山河在，霜餘松菊存。峰晴姑射雪，花暖臥牛村。誰接令公美，幽懷與寤言。

新正三日湘北玉階過集

風沙能過訪，午坐及天昏。新月初三夜，春筵第一樽。催詩燒短燭，留客閉重門。猶是茱槃會，年光與細論。

元日次素存除夕韻

春色分殘漏，年年度曉風。許身書卷裏，催老爆聲中。憶遠茱花燦，趨朝蠟炬紅。問君驚我長，那郎歎成翁。

上元夜

攤書還宴坐，蕭鼓輟愁眠。燈火三更後，歡娛十載前。高堂催鬢髮，八口寄餐錢。卻憶青春日，團圞夜月圓。

清明後一日過吴耕方編修

風景清明後，幽棲得故人。榆煙三日火，柳色一城春。時序交遊老，艱難氣概新。江山逸興在，吾道未沉淪。

午日二首

舊憶端陽日，天邊望帝京。榴花過御苑，荷葉生蓬瀛。官舍朝傾酒，宫門午聽鶯。勞勞簪紱侶，回首六年情。

林園日佳色，風至但冥冥。暮雨村前樹，空香花外亭。酒栝燕市緑，蒲葉故山青。賸有滄浪興，何須問醉醒。

午日二首〔一〕

早眠翻不寐，留客坐黄昏。玉漏分棊局，明星下酒尊。風塵才力盡，節候物情存。更剪幽窗燭，生涯與細論。

【注釋】

〔一〕補其二。

午　日

又酌菖蒲酒，霑脣也自憐。浮雲高枕外，落日倚閭前。節物關兒女，生涯卜歲年。關河簫滿眼，何計問林泉。

九　日

今日重陽日，黄花未放花。秋城遮望遠，軍鼓動思家。衣馬西風老，關山落日斜。登高懷舊侶，蓬轉在天涯。

秋盡二首

爲客今如此，悲秋未有涯。十年如小寐，萬事竟空花。黑髪先憂老，紅塵已棄家。惟憐湖海意，憔悴久京華。

濁酒添吾興，清歌緩旅愁。坐忘更漏短，醉愛燭花稠。諸愁隨秋盡，虛舟與世浮。青霄有晦月，流影到西樓。

九月晦日

秋悲今已甚，秋去轉躊躇。月晦晴霧重，天寒遠漏疏。雁過邊路遠，木落夜窗虚。舊日征衣薄，三年歎倚閭。

除　夜

天邊明日客，三十出頭人。官拙逢閑日，身彊未老親。年華争此夜，眠食挍前春。不見西來使，東風斗柄新。丁未，余年三十矣。

丙午除夜六首

遙想林花近，高樓動曉寒。東風來日下，春色駐河干。藍尾浮金盌，青腰上玉槃。歲朝人共醉，閑坐説長安。

京華逢此日，遠憶兩年初。親養甘辭禄，君恩許讀書。草堂新日月，竹徑舊田廬。一作牽裾别，天涯又歲除。

曉景迴東陸，晴雲繞太行。客心懷道路，家信決行藏。黑髮雙親健，華堂春日長。翩躚有諸弟，一一綵衣香。

記得懷人處，樓前石版橋。别離傷雖晚，消息隔年朝。紅綻桃符溼，寒輕柏子燒。同心不同賞，咫尺暮情遙。

除夕百事罷，幽懷遣未能。爇香分藥火，煮茗鑿河冰。亦忽憶兒子，誰能親友朋。不如盡梧酒，引睡坐寒燈。

嚴裝趨隔歲，夜半向承明。晦月餘今夕，殘年有二更。衣香仙仗影，珂響玉階聲。春殿罏煙外，低徊十載情。

己酉除夜前一日小集三首〔一〕

殘臘宜呼酒，寒宵早閉門。風簾侵夜坐，晦月静黄昏。歲晚憐新侶,春來憶故園。他時元日會,風俗記山村。

【校記】

〔一〕補其三。

尊聞堂集卷十五

七言律詩一

纂局即事

平沙驅馬柳風西,路轉城南碧草萋。玉局一春休沐少,掖門清漏早朝齊。黄封敕使開緗帙,白首宫臣識御題。退食渾如歸院晚,槐陰依舊暮烏啼。

湘北以初春觀劇詩意多傷歎戲爲此以自廣兼呈湘北

詞場賓讌博歡娱,鉛槧生涯送壯夫。時事豈應悲賈誼,文章猶自哭唐衢。春山花鳥歸何晚,野水煙波興不孤。卸卻朝簪開笑口,與君爲樂肯從無。

雨夜雜感

宿火依微病枕涼,輕陰猶裛博山香。邊愁吹角聞殘壘,客夢啼烏過女牆。裘馬故人誰感激,風塵往事自彷徨。春來歷亂傷心處,細雨寒生覺夜長。

落　日

落日門前泥雨生,西園銀漢玉繩横。軒窗近竹秋先冷,菭徑臨花氣白清。八口妻孥須薄禄,十年書劍亦多情。風高故國霜砧滿,堂上寒衣誰爲成。

秋夜遣懷

千歲愁多笑百年，親屬僻性也應捐。吟詩俗解論中晚，酌酒吾忘辨聖賢。撢映秋燈疏竹外，招邀清影夜窗前。不須苦學安心法，倒枕瞢騰一覺眠。

早晴遣興

簷溜瀟瀟斷急淙，曙光炯炯對殘釭。觀身白骨心難系，厭老浮名氣漸降。雨溼移花開似束，風晴過蝀戲成雙。青泥赤日長安道，且得安閒卧北窗。

冬日有感

至後雲煙暖更微，京華有客獨思歸。即憐歌舞愁窺席，重聽琵琶淚滿衣。隴上音書違伏枕，天涯霜雪冷侵扉。貴遊不記鴛鸞侶，車馬紅塵識面稀。

秋日作

玉河水没秋雲深，高城落照空陰陰。沿溪老樹行自歎，下馬夕陽時一吟。出門誰貰舍西酒，來坐獨捶床上琴。夜深揮杯攻雅操，霜露颯颯霑衣襟。

夜聞素心讀書

道人睡美輕鐘後，正爾讀書秋月明。十年仕宦差一笑，少日文酒空深情。故園池台渺岑寂，長路草木出縱橫。我行歸休君努力，那將疏懶趨浮名。

懷崔定齋

寺門春曉送君行，晴雪霏霏憶遠征。忽見寒天秋菊色，卻憐南圃舊遊情。關和雁後書難寄，風雨燈前夢未成。聞道移家傍淇水，范陽煙樹最淒清。

用羨門韻懷阮亭

聚散情親廿載余，經時咫尺悵離居。只看彭十心如舊，每憶滕王句未疏。余開始未識羨門，阮亭嘗誦其《滕王閣詩》云。香案與君承旨日，瑣窗相對進詩初。不應交契輸人後，忍使門庭跡漸除。

尊聞堂集卷十六

七言律詩二

上元過靈祐道院

郭南獨往當休暇，正月初遊興不遲。壇路春陰扃時樹，廟門風雪下靈旗。鶯花世界空濛裏，煙火京城雜遝時。爲斷諸緣過聽法，講堂别後重相思。

春日經舊遊

先生閲世閉門中，惟有閒遊事不空。過客竟誰如舊雨，尋春相識是東風。多情柳絮依然白，無主桃花只自紅。吟散酒樓人在否，莫將詩句寄郵筒。

尊聞堂集卷十七

七言律詩三

張幹臣學士以言事左遷還江右賦别二首

入侍銅龍玉漏催，講筵早候閣門開。兩朝感激疇恩日，三殿從容論事迴。受諫稍收除吏命，謫官許老直臣才。九閽不盡回天意，轉聽離鴻晝角哀。

障塞秋高萬乘行，數宵藜火罷西清。聖朝有道危言切，臣子何心薄譴榮。四諫當時皆史職，二羅千古自同聲。翠華風雨經過地，倘憶留鑾戇直情。

送沈翰林繹堂

交情握手重堪輪，墨妙風流慧業存。客裏早花隨步屧，愁邊積雪照開尊。舊遊已少仍揮袂，往事臨岐易斷魂。近侍昔曾迴棨戟，柴門豈合老江村。

送宫保王大司馬致政歸滇南二首

真見虞卿解印年，未許皤鬢乞歸田。雲霄自致勳名貴，軍國曾都將相權。賜對霄衣親借箸，敕書天翰爲裁篇。蒼生尚憶商岩雨，廿載昇平啟細旃。

樓船戈甲久銷沈，滇海風情罷羽林。勳業舊存三殿詔，去留今見兩朝心。東山花月仍無恙，北極風雲轉自深。聞道舊恩思夙昔，莫言容易謝華簪。

送張少司寇東山歸里二首

一辭北闕思逾渥，三領西曹事自奇。朝下清卿休沐日，天涯親舊别離時。官貧早割香山宅，身健長耽謝傅棋。回首緇塵京洛客，如公賢達幾人知。

舍南舍北連春色，竹樹交枝花滿坡。輦下居非村落近，天邊見比故鄉多。尊開法酒宴朋共，坐擁圍棋嘯詠過。欲解朝衣隨杖屨，耦耕生計老東阿。

送王御史信初

驪歌欲奏已霑衣，蕭瑟城頭悵夕暉。海內與君同調少，天涯如我故心違。沙寒博浪秋鴻起，霜落黃河木葉稀。南下柳城千里路，尺書何日到京畿。

和湘北再送仲如

海色邊霜遠送行，攙槍影落罷東征。歸鴻元菟秋深夜，匹馬黃龍塞外城。木葉磓聲催別思，玉堂詩句悵離情。公餘詞賦知無敵，欲使才名重兩京。

再送貽上

文彩風流我最思，迴翔郎署髮成絲。可憐黃葉飄零地，卻是青門送別時。吾道行藏堪一笑，丈夫涕淚忽交垂。馮唐縱老猶蒙問，空使虞翻骯髒悲。

送吳門開府

殿中法從領霜臺，手把雲霄節鉞來。廊廟早成經國計，東南深仗濟時才。尊前畫角軍營静，江上青春幕府開。惆悵此行公望重，雙旌多是隔年回。

尊聞堂集卷十八

七言律詩四

元日高陽公垂示和寶坻相公歲暮詩是日直閣中次韻三首

世知暮景欲飛騰，拘束誰憐我輩能。短日喧淒紛屢異，中年哀樂故相仍。愁傾柏酒看兒女，獨對椒盤憶友朋。一夕曉鐘霜鬢滿，夢回風雪灑寒燈。

日華側近含元路，夜半常隨丞相來。爛熳星辰天闕上，青熒燈火閣門開。山川禹服平成跡，雅頌姬公別作才。卻爲念時添諷詠，流光荏苒竊趨陪。

星霜殘夜入春陰，節物升平可重尋。玉几雲霄三殿迥，鑾輿閣道九門深。早聞伐叛稽天討，屢罷朝正廑帝心。坐聽索鈴歸舍晚，一杯歲酒向誰斟。

次韻繆虞良見懷

人事經年少舊歡，鬢絲藥裹在長安。拈來汗簡休還續，畫出河圖欲細觀。時方學《易》。薑蔗歸田羞負郭，風騷投老笑登壇。知非已迫桑榆晚，袖裹殘文擬自彈。

病中問貽上病

古寺僧房客寓初，風塵顔色近何知。黃雞送曉空啼夢，白髮争秋滿映梳。詩卷别來吹歡淺，酒盧重過故交疏。三年萬事何曾道，同病經旬又索居。

贈單大司成

十年霄漢隔承明，何意彈冠集帝京。前席幾過金馬地，講堂重聽玉珂聲。秋深廡樹連薇省，雲起宫牆接禁城。舊日侍臣今好在，孝陵歲晚自含情。

贈王御史

雲霄何路卻飛翻，寂寞官曹久閉門。客舍鶯花催穀雨，寺樓鐘鼓報黄昏。春衣暮冷添新火，濁酒更殘命舊尊。勝事西園猶記否，緑楊紅杏至今繁。

贈楊編修爾茂

銅龍分直又相違，秋盡空堂嬾出扉。風雨同心寒夜少，雲霄聯步早朝稀。南村看菊何時共，西苑論文舊事非。許過尊前話岑寂，校書應得到斜暉。

尊聞堂集卷十九

七言律詩五

元　日

殿廊朝下會槐廳，羽騎塵飛隔渺冥。入幕材官招雁塞，横戈宿將度龍庭。流年黑髮從教换，催曉黄雞實慣聽。正是築壇慚翰墨，豈須鄉思怯飄零。

中秋同韓佚園山亭玩月

雲滿山窗樹葉飛，一天明月送將歸。霜催別院鳴雞早，風起寒燈落宿稀。孤村磵水穿林細，野寺晨鐘度嶺微。忼慨與君尊酒夜，醉時分手重依依。

九日同內直諸公于南書房限登字高字二首

禁殿森嚴御氣澄，佳辰相對幾人曾。曉風閣道催銀箭，夜色銅扉帶玉繩。臨渭新詩工獨擅，集賢別會寵難勝。龍沙風嶺休還憶，閶闔三霄日共登。

授簡從遊盡譽髦，年華荏苒在詞曹。九秋最覺清都近，四海無如此地高。戎馬禁中思李牧，文章輦路羨枚皋。歲時空負君恩重，只恐黃花笑鬢毛。

歲暮雜感二首

晚水寒山驛路岐，梅花那得隴頭枝。遙遙關塞春能早，急急音書歲已遲。客舍漸多殘臘事，鄉人稀見少年時。相思不及東風便，楊柳西園取次吹。

歲盡關河獨倦遊，每當落日憶西州。鼓鐘白墮荒城社，風雨黃昏舊寺樓。客久鄉園稀遠夢，官貧花鳥散長愁。閉門罷酒真無那，有底閒時不自由。

歲暮招鄧偶樵顧南樓看梅

禁雲嶺雪各萍蹤，一別誰思十載逢。最覺邊音妨嘯傲，尚憐物態肯從容。杯霑繁萼幽芬細，窗壓寒枝夕影重。惆悵分攜身漸老，與君還聽未央鐘。

歲暮雜感二首十二月二十二日

雪山萬里一雕鞍，急羽應須起謝安。岑海梅花旌節遠，江城金鼓戍樓寒。苦吟獨客身將老，小酌幽衿醉後寬。旅興易傷西望眼，數峰深翠路漫漫。

紫極青霄悵遠天，桂陽險絕羽書懸。題詩萬馬中宵動，草檄孤城百道連。直北風雲依嶂塞，征南笳鼓在樓船。將軍前部何時到，霧散龍沙夜月圓。

除夜和玉隨司業韻二首

臘盡椒花已頌春，酒杯乘興即佳辰。一天雨雪東風轉，隔夜星霜北斗新。未老那須餐玉術，同時兼得斷金人。年華萬古蒼茫裏，甲子從前幾戊申。

檢點朝衣禦雪風，玉珂聲在夢魂中。黄封酒腸春波緑，白獸尊開夜火紅。石鼓星垂天闕北，蕉園草起日華東。十年朋舊官曹改，猶得鵷行拜舞同。

除夕下直憶舊與楊松谷

曾賦京華守歲詩，十年前已重交期。别來老大今如許，話到離情更向誰。何處椒槃相對久，滿城燎火獨眠遲。煙花紫禁歸來晚，櫪馬林鴉又此時。

丁巳除夕送前韻

黄塵白髮送居諸，已老誰能感歲除。節物一樽殘夜酒，年華幾卷舊時書。心憐去日都無處，夢醒浮生可自如。最是鄉園離别意，青山遲暮信音疏。

尊聞堂集卷二十

七言律詩六

石閭山院中夜起坐達晚

毛義心情更莫論，誰言聶政母猶存。每逢憂患嫌身累，欲勝艱危覺氣尊。一夜風雪頻撼枕，三家煙火自成村。聞雞慷慨君休笑，亦有盧諶解報恩。

欲別樊川

南溪築室近幽深，纔構危樓俯茂林。老至圖書悲散亂，春來魚鳥見浮沈。圃畦花藥飛紅雨，軒砌藤蘿長緑陰。欲別夜闌勤秉燭，祇應明月照分襟。

感懷與素心弟

午風殘日下簾深，噩夢驚魂想亦因。難了風波婚宦事，休憐煩惱電泡身。笑無至矧悲猶昔，愁欲開眉恨又頻。三載光陰一抔土，新楸啼鳥唤行人。

即事題劍南詩後

曉霜暮月城邊路，木落烏啼又歲餘。忽忽未知生是樂，茫茫須返物之初。年華欲送新篘酒，懷抱重開舊讀書。一卷劍南詩作伴，白頭蕭散幾人如。

愁　多

愁多豈是爲浮名，方寸何由五岳平。漏點滴殘心不定，燈花落後睡難成。狂奴終恨鬚眉在，醉眼還憐黑白生。星漢未稀雞未唱，衣裳顛倒逐人行。

余不良於言作言箴自警健庵許其能改過也余蓋嘗有狂易之疾遇到輒發得酒可已頃先生飲以藥釀歡暢竟日忘其疾之在體也承許見餉而作此詩

玉峰心跡敢羞池，相勸金人是我師。耳可得聞思馬援，飲無多事學袁絲。緩腸軟飽三杯暖，急景全消一味癡。況有仙醪兼已疾，夜窗准擬醉深卮。

早　行

過雨簾纖漏點頻，火銷香冷睡初勻。當關月出呼殘夢，倚枕雞號送晚春。楊柳漸逢官緑暗，杏花何處野紅新。蚤行只似婆娑意，解作禁愁耐事人。

舍北有七柹樹皆大十圍下蔭一畝可因以構屋遊息其中一日在內直諸公談三吴園林之勝余偶舉斯語健庵都憲曰此可名七柹草廬也吾爲作記余未能歸屋不能構欲先得文而乞以詩

家在荒原桑棗村，思吳勝事最紛紛。江山煙月輸全占，泉石風流卻半分。華屋不成西第頌，草堂須勒北山文。柏臺雙管如椽大，七柹留傳併在若。

歸去柴荊自作窠，映門秋葉受霜多。買山錢恥千千頃，種樹人憐記郭駞。江左文章君獨步，天涯丘壑我如何。休論醉白堂中意，只寫丹林間緑莎。

尊聞堂集卷二十一

七言律詩七

九月十四夜同魏環溪司農李湘北學士張素存侍讀張孟敦宮諭魏無僞孝廉集葉子吉學士宅看月同作

光墜飛簷勢欲流,星稀露冷賦同遊。苑鐘烏鵲三更夢,横笛關山萬里愁。桂闕曉痕懸别殿,龍堆寒影落邊樓。翠華幾處隨歸路,曾照烽煙迥未休。

湘北宅同作

軒砌從容野屐殘,壺觴初歲促槃餐。霜鏡易别歡心減,病枕頻欹客興闌。仗節關城仍險地,浮查湖海亦風湍。耦耕待向東菑去,雨艇煙村共釣灘。

張少司寇宅觀弈

真見長安似弈棋,故山回首爛柯遲。古松流水幽尋後,清簟疏簾對坐時。舊壘滄桑初歷亂,曙天星斗忽參差。衹應萬事推枰外,夜雨秋鐙話後期。

吴編修使還夜集有作

王程那許向詩筒,兩見燕山木葉紅。嶺北雁過江路險,閩南秋盡海天空。城邊夜泊船窗月,樹裏行吟浦岸風。萬里郵亭歸夢遠,今宵清漏禁城東。

初春湘北宅同許生洲諸子觀劇

鐃吹嘲轟塞曲悲，無端急管雜哀絲。愁思楚舞初成後，畏聽秦箏入破時。楊柳斷腸春色早，關山滿目淚痕垂。坐中名士如江左，戮力酬思定是誰。

夜　集

銅壺清夜漏如何，長樂鐘聲天外過。萍聚故交催涕淚，月明鄉思繞關河。殘年客裏供團坐，舊事尊前秖醉歌。回首東園亭閣晚，梅花落雪滿嵒阿。

正月三日小集

别來蹤跡渺關河，客裏誰同醉後歌。千里鄉園春色遠，一時京洛故人多。愁邊燭影看書劍，花外栢香憶薜蘿。莫道長楊叨侍從，十年心事愧鳴珂。

尊聞堂集卷二十三

五言絶句

夜　起

庭樹夜雞鳴，起行如適遠。映階月色微，落葉知深淺。

遠　戍

遠戍秋風起，孤城塞月低。戰場無牧馬，不復夢遼西。

宴　息

棲棲向衰懶，即物少歡思。惟此宴息時，灑然慰憔悴。

夜　坐

兀坐渾如睡，無眠亦奈何。聞鏡清夜遠，吹笛月明多。

尊聞堂集卷二十四

七言絶句一

黄　柑

洞庭風落滿林霜，萍蔗甘寒味許長。解道黄柑三百顆，不如紅柿熟千章。

尊聞堂集卷二十五

七言絶句二

許力臣給諫寫真

手觸牙籤萬軸餘，松風琴響自蕭疏。聖朝闕事都應盡，一卷還疑諫苑書。

惲南田繡毬

張家園裏尋常見，泊水亭前一樹斜。説與佳名渾不識，故人云是粉團花。近樊川張氏園有此花。

綠蛾玉面淡凝香，惱亂梅花鐵石腸。喚作粉團卿記取，不應顧影笑何郎。

題董如齋檢討寫真二首

松陵江上青松晚，縹渺峰前瀑水深。惆悵畫圖清夢裏，蓬山鈴索夜沉沉。

玉杯蕃露君家物，數卷依然照汗青。多少漢廷同異辨，不從劉向問傳經。

聞黃鳥聲

城外鳴禽城上亭，銜梧深坐遠窗聽。園花紅紫粉千樹，黃鳥啼時一樣青。

題查夏重蘆塘塘放鴨圖二首

客與鳧鷖掉浪輕，扁舟煙雨有誰争。陸生未了滄江趣，空負紅闌鬪鴨情。

君是金鳧殿裏人，寒蘆鷗鳥自情親。相隨便作江南老，魚藻池邊又過春。

尊聞堂集卷二十六

七言絕句三

樊川二首

岡嶺迴遮曲曲村，高齋日日坐黃昏。庭蕪綠遍無人到，惟有花飛時款門。

緑深苔巷雨初微，漠漠春陰布縠飛。但使時清官長好，早驅黄犢暮來歸。

不寐

搖搖心竟似懸旌，枕上撞胸杵臼聲。學道十年堪一歎，夜深何事繞床行。

解悶絶句五首

世事無心只放閑，到頭巧計不相關。老夫行年四十四，百千變幻窮人間。

漂搖風雨寄微身，我本無家等聚塵。一住三年如小劫，溪山無處不傷神。

草中有石猜如虎，杯裏藏弓誤作蛇。美惡在心寧在物，臥看窗雨濕空花。

一餉真成樂聚蚊，先生不解醉紅裙。尋常冷淡閑生活，猶遣傍人笑口聞。

村犬嘲轟群吠聲，夜深明月有人行。何時卜築安歸老，月上柴門夢不驚。

曉行河上

玉甃金波映曉明，柳條搖樣蘸花輕。御溝春水清如此，何必滄浪可濯纓。

夜行河上

搖落寒空望欲迷，畫樓粉堞古城西。舊時明月河流外，衰柳殘烏夜夜啼。

席上別其年

雁過霜前木葉青，驪歌翻向見時聽。相思後夜秋楓客，知宿江程第幾亭。

尊聞堂集卷二十七

七言絶句四

春夜感贈楊子

罷酒停歌絶畫絃，短衾低枕夜安禪。始知投老空門客，别有傷心事自憐。

和虞良送王生二首

關城落木記分離，汾水秋風雁去時。一種銷魂官閣柳，晉陽宫畔最相思。

曾將刀筆笑通侯，掛檄歸來汗漫遊。畫榼香螺桑落酒，青州從事勝涼州。王嗜酒，選爲尉，不赴。

懷貽上五首

使者征騑下楚山，尚書箋奏幾時還。秋來遥聽南宫漏，曉蹋明光憶舊班。

秋鳥吟殘聞落葉，春花發後想行舟。遥憐明月清江上，誰念懷人在北樓。

聞君束帶維揚日，常恨低眉向小兒。今日江山倍惆悵，清淮風物似前時。

憶從汪大論詞伯，苕文。鄧尉梅花句最多。今日儀曹何水部，風流真奈使君何。

江浦人來昨有書，煙波秋盡怨離居。無因寄語王員外，霜落天寒雁影疏。

移居道別舊宅花樹二首整理者注：補其一。

去年别汝街西宅，春盡東亭不見花。今日移居復何許，吾生蓬轉自天涯。

口號與諸公

擾擾紛紛不放閑，昏雅已過日銜山。先生自有安心法，惟在春風水石間。

十二月十八日夜

破裘擁頸枕欹斜，偷得身閑即是家。户外從教霜葉滿，紙窗燈火見梅花。

菊　遲

空庭斜日影徘徊，一片寒雲塞雁來。惟有寒花知客意，薊門秋盡不曾開。

高司寇園泛舟三首

攜壺來就雲松隈，聽歌一曲酒一桮。簾前水調暮須急，檻外桃花夏始開。

欲遣登樓徑故迷，石藤厓竹交枝低。風裏凴闌落山翠，鄉心已過夕陽西。

澹淹陂塘窈窕幽，春天明月界中流。扁舟即泛滄浪去，誰耐乘查待遠秋。

尊聞堂集卷二十八

七言絶句五

宿聖樂寺

萬山風雨易黄昏,石徑重尋舊屐痕。佛火空廊人徑外,落花零亂閉重門。

午日同北山豐臺看芍藥三首

擁映疏籬野屋邊,開時勝絶太平年。軍興只用常租賦,不向花田索税錢。

韋曲春時常爛熳,藥闌午日重裴回。已憐菡萏參差出,翻笑榴花寂寞開。

兩度看花也滯留,重來風景不勝愁。飄零十載尊前客,只與黄門是舊遊。

社日城南看山桃花

黄塵風起帽簷斜,桑柘村疏柳半遮。千葉不須銷恨種,小桃已放破愁花。

上元夜二首

風作春濤萬鼓鳴,玉街銅豆蹋歌聲。十年走馬歡娱地,誰解空堂獨夜情。

玉館金床列上貂,細蟬銀甲鬧檀槽。健兒正罷征東役,刁斗無聲夜月高。

清明日憶舊遊

坐憶西郊榆柳村,落花風雨隔重門。舊遊好在三年别,咫尺清宵空夢魂。

中秋夜待月二首

年來多病感浮生，六度京華此夜情。萬里中天看月色，幾回彊健幾晴明。

鄉路客愁書到日，旅亭人病雁來時。半年竟斷尊中酒，今夜重吟月下詩。

中秋夜作

塵土東華又一年，禁林儤直向秋偏。夢回漏點千門裏，明月多情照早眠。

歲暮四首

紙窗明月三更後，梅樹蕭然夜有情。似昔鬢毛猶未白，苦吟狂醉可憐生。

送臘催春有底忙，羈人火急望家鄉。欲傳尺素嗟遲暮，到日東風過太行。

掾曹京兆亦何求，正使官貧得自由。寂寂年華尊酒在，葡萄一斗勝涼州。

爆火紛紛近歲除，關山迢遞記離居。南溪明月梅花路，香粉飄零十載餘。

絶　句

更嘗未盡百年事，得失休論千載書。不見愁多還逆旅，誰知人老愛吾廬。

冬　夜

霜風落葉滿天涯，久作狂夫不憶家。惟有蕭條一杯酒，紙窗燈火對梅花。

夜　歸

月淡沙寒夜色深，城南鐘漏已沈沈。笙歌豈是無情物，不擾西窗宴坐心。

大風落花二首

惱事天公省醉眠，怪他花發小欄前。巔風作意吹將去，不是花時不放顛。

風本無情一陣空，花如有意向春風。殘香徙倚斜陽外，飛外儂家酒醆中。

三月十日

楊柳風多月在煙，歸來紅杏鬧燈前。白頭殘夜羈棲客，開盡春花是枉然。

見早梅有憶

雪落燕山見早梅，隴頭歲歲寄書回。殘枝剩蕊消寒夜，正向年時折處開。

西溟訪後物外樓晚登

斜日雙扉爲子開，寒廳深語去徘徊。高樓獨上秋風落，盡放青山入楹來。

再入東曹觸目廳樹追悼屺瞻同官

搖落寒煙鎖暮廳，故人宿草淚還零。紫薇花似黄楊庘，忍見冬官舊樹情。

惆悵庭槐蔭緑蕪，婆娑生意想榮枯。孫郎年少今何在，莫恨當時亮與瑜。

尊聞堂集卷二十九

御覽詩上

康熙戊午正月,上招翰林學士臣廷敬、户部郎中臣士禛,且命之曰:"各以其所爲詩來。"及見懋勤殿,臣進北鎮詩、講筵紀恩詩,臣士禛進西山遊詩,上覽之終卷,蒙天語獎藉,賜膳賦詩,漏下而退。又命更録詩以進,既數日,臣廷敬、臣士禛各録進詩三百餘首。士禛後名其所進詩云御覽集,而臣所進詩是年奔母夫人喪蒼黄逸於道。今編入集中者存十之四五,然亦多不可辨識矣。於是取前後所進,及凡紀燕賚應詔制而作者合爲一卷,亦題之御覽詩,以志昔時逸詩之感也。然此卷中詩其不經進御者亦尠矣,故云御覽者非誣也。戊辰七月望日臣廷敬記。

尊聞堂集卷三十

御覽詩下賦附

十一月四日上自溫泉宫還宫詣乾清宫問安命至南書房賜膳恭紀

霜仗宵回候掖門,起居宫省亦承恩。稀聞晝漏天顔近,静對香鑪聖語溫。一鼎饗分知禹食,五雲漿滿醉堯樽。蓮蒲如扇熏蘭蕙,寶膳長慚飫賜繁。

聖駕至自溫泉遣近侍於乾清門問臣等安否恭紀一首

回中旋駕夜鳴鑾,候曉經帷宮漏殘。衹恐聖躬勞出入,翻驚天語問平安。中年筋力趨朝減,小技文章報國難。三復《卷阿》恩禮厚,欲陳《無逸》罄衷丹。

賦

懋勤殿秋蘭賦

臣進講内庭,見懋勤殿秋蘭甚盛。臣聞堯階蓂莢,紀美於冊書;漢代芝房,薦歌於郊廟。我國家之受命也,天休茲至,協厚德於丘陵;品物同歡,浹深仁於草木。皇上以上聖之資,體乾元之德,重以卑宮菲食,皂帳綈衣,加志窮民,存心四海,思欲返淳風於末俗,洽至道于區中,教不令而已敷,化無言而自被,乃猶恭儉力行,憂勤致治,陋玉户金鋪之制,狹文鏤檻之規。燕寢深嚴,卻奇珍之進御;神居肅穆,惟圖史之是娱。嘉此一物之光榮,益見吾君之至德。謬獻蕘鄙,竊附賡歌之義。賦曰:

惟叢生之奇卉,獨羅列於内庭。美靈德之自然,擬幽貞而逾明。厲赤節以增茂,挺紫莖而敷榮。蕊淺碧而豔絕,英芬芳而神清。青桂不能比潔,龍涎爲之奪馨。擅畹畝之異志,冠山澤之衆名。若乃長廊廣廡,蓬閣珠宮,度方寸於左右,屹位置乎當中。綺疏徹而含露,黄簾開而受風。金輿晨其至止,玉步時以周通。綈幾儼以臨蒞,御氣粉其葱蘢。時則縹帙緗囊,瑤編錦軸。硯墨浮香,箋花蔭緑。及其玉繩低户,金漢横天。連銀塘之夕霧,引碧樹之宵煙。影動罘罳於月下,光搖書卷於燈前。歷晨昏而彌茂,涉旬朔而更妍。於是垂睿想,塵秘思,灑藻翰,舒聖詞。

帝庸作歌曰:蘭生空谷,君子德哉!高標吐穎,中勁直哉!芳菲襄予,百爾式哉！臣乃拜手稽首,載歌曰:蘭之猗猗,王者香哉！或采而佩,王國光哉！在昔三后,集衆芳哉！帝方乃遊藝圃,采文淵,座廣廈,臨細旃。樂賢育才,芬若椒蘭。臣又歌曰:紉秋蘭以爲佩兮,懼荃蕙之蕪穢。冀秋香之峻茂兮,恐霜露之宿靄。方榮華之未宴兮,賫菉葹其刈之。畦杜衡與芳芷兮,及春陽而溉之。

尊聞堂集卷三十一

經解一

伏羲先天六十四卦策數全圖解並序

樊川陳氏曰:右圖自下以上第一層列河圖中五,見聖人畫卦爻所由本也。第二層一分爲二,五數分三兩;第三層二分爲四,五倍而十;第四層四分爲八,十倍而二十;第五層陽一變用九,陰一變用六;第六層陽再變十八,陰再變十二;第七層陽三變三十六,陰三變二十四。策數至此,愈細愈繁,雖有八層,其末一層蓋即第七層之策,以局於尺幅,分兩層列之耳。余既爲此圖,因解之曰…… 整理者注:以下文字同《午亭文編》卷二十一《伏羲先天卦爻解》。

河圖相生次序圖解

河圖中五,外五十,數皆由此而生,今見其相生之序有不容紊者,故爲圖於右方。蓋中五已含一二三四之數,故由此而北一南二東三西四生焉。於是一合五而成六,故六居北;二合五成七,故七居南;三合五成八,故八居東;四合五成九,故九居西北。一二三四合之爲數有十,故最後成地十以配中五。此天地自然之數,亦自然之序也。

參兩解

大傳曰：參天兩地而倚數，言聖人之作易，本於河圖之三五也。北一南二東三西四中五，既備天一地二天三地四天五之數，是一三五爲三奇，是參天也，二四爲兩偶，是兩地也。而九數倚一三五之三奇而立，六數倚二四之兩偶而立也。本義不取此説，以天圓地方之義解參兩。今試即河圖玩索之，參兩之義自明。故具圖於右，以見聖人作易悉本河圖，舍河圖則無以見易矣。因附參伍解於後，以俟後之君子，非敢立意以求異也。

參伍解

大傳參伍以變，錯綜其數，本義曰參者，三數之伍者五數之。今按蓍以四揲，無三數五數也，間嘗求於河圖而得三五之義焉。中五一五也，東三南二二五也，北一西四三五也。此三五者，通計十有五而爲天地之生數，所謂成變化而行鬼神者實根柢乎此也。而此十五之數實根柢乎一五、中五是也。此一二三四五者，合數之而十有五數已具焉。其北一南二東三西四即從此中生出，此其所以爲天地之生數也。聖人即此三五之數以變之，故曰三五以變也，變之云何？大傳曰：天一地二天三地四天五。天一者，北一也；地二者，南二也；天三者，東三也；地四者，西四也；天五者，中五也。一三五天數爲陽，二四地數爲陰，聖人以此陰陽之數分之，則配爲九六，一三五爲九二，四爲六也，用之則變爲七八九。損一而變八，老陽變少陰也；六益一而變七，老陰變少陽也。蓋老變少不變，故用九用六而變生焉。九六者，三五也，凡天下之變無不由此而生，此所以必三五以變也。錯者，交錯。陰中有陽，陽中有陰，言陰陽交錯也。綜者，總計之，如一三五爲九二，四爲六三，五爲十有五也。策數則四九三十有六，四六二十有四，四七二十有八，四八三十有二之類是也，而莫非本於三五之數所由以變，此聖人作易用易之大原也。

陰陽老少

易有陰陽，有太陽、太陰、少陽、少陰，老陽老陰，自中五分之，畫其中三者爲奇，畫其中兩者爲偶，此一陰一陽是爲太極生兩儀也。一陽之上又畫一奇，是二奇而六也，爲陽中之陽，謂之太陽。又畫一偶，是一奇一偶而五也，爲陽中之陰，謂之少陰。一陰之上又畫一奇，是一偶一奇而五也，爲陰中之陽，謂之少陽。又畫一偶，是二偶而四也，爲陰中之陰，謂之太陰。此兩陽兩陰是爲兩儀生四象也。太陽之上又畫一奇，是三奇而九也，其卦爲乾，其數謂之老陽。又畫一偶，是二奇一偶而八數也，其卦爲兑，其數謂之少陰。少陰⚍之上又畫一奇，是二奇一偶而八數也，其卦爲離，其數謂之少陰。又畫一偶，是一奇二偶而七數也，其卦爲震，其數謂之少陽。少陽⚎之上又畫一奇，是一偶二奇而八數也，其卦爲巽，其數謂之少陰。又畫一偶，是二偶一奇而七數也，其卦爲坎，其數謂之少陽。太陰⚏之上又畫一奇，是二偶一奇而七數也，其卦爲艮，其數謂之少陽。又畫一偶，使三偶而六數也，其卦爲坤，其數謂之老陰，此四陽四陰是爲四象生八卦也。

用九用六

陽至於☰，而陽之數以全，其數九；陰至於☷，而陰之數以全，其數六，是之謂老陽老陰。少陰之兑☱，其數八，少陰之離☲，其數八，少陽之震☳，其數七，少陰之巽☴，其數八，少陽之坎☵，其數七。少陽之艮☶，其數七。或陽卦多陰，或陰卦多陽，純陽純陰者老陽老陰而已。老陽之數九，是以用九；老陰之數六，是以用六也。

六十四卦變二則

乾爲天，天風姤䷫，乾初變巽也，兑爲澤，澤水困䷮，兑初變坎也。離爲火，火山旅䷷，離初變艮也。震爲雷，雷地豫䷏，震初變坤也，此陽儀四卦順行入陰儀而變也。坤爲地，地雷復䷗，坤初變震也。艮爲山，山火賁䷕，艮初變離也。坎爲水，水澤節䷻，坎初變兑也。巽爲風，風天小畜䷈，巽初變乾也。此陰儀四卦逆行入陽儀而變也。陽順行主施，陰逆行主受也。説卦傳曰：數往者順，知來者逆。邵子謂自震至乾爲順，自巽至坤爲逆，其義亦猶是也。

乾坤坎離以平對而反，變乾一之姤䷫反爲坤五之夬䷪，乾二之遁䷠反爲坤四之大壯䷡，乾三之否䷋反爲坤三之泰䷊，乾四之觀䷓反爲坤二之臨䷒，乾五之剥䷖反爲坤一之復䷗。坎一之節䷻反爲離五之涣䷺，坎二之屯䷂反爲離四之蒙䷃，坎三之既濟䷾反爲離三之未濟䷿，坎四之革䷰反爲離二之鼎䷱，坎五之豐䷶反爲離一之旅䷷，此所以平對而反變也。艮巽震兑以錯對而反變，艮一之賁䷕反爲巽五之噬嗑䷔，艮二之大畜䷙反爲巽四之無妄䷘，艮三之損䷨反爲巽三之益䷩，艮四之睽䷥反爲巽二之家人䷤，艮五之履䷉反爲巽一之小畜䷈。震一之豫䷏反爲兑五之謙䷎，震二之解䷧反爲兑四之蹇䷦，震三之恒䷟反爲兑三之咸䷞，震四之升䷭反爲兑二之革䷬，震五之井䷯反爲兑一之困䷮，此以錯對而反變也。乾坤坎離五變皆平對，而第六變乾之晉反爲坎之明夷䷣，坤之需䷄反爲離之訟䷅，第七變離之同䷌人反爲乾之大有䷍，坎之師䷆反爲坤之比䷇，則是乾坤坎離又錯對而反變也。艮巽兑震五變皆錯對，而第六變巽之頤䷚對震之大過䷛，艮之中孚䷼對兑之小過䷽，第七變震之隨䷐反爲巽之蠱䷑，艮之漸䷴反爲兑之歸妹䷵，則是艮巽兑震又平對而反變也。

文王八卦方位三則[一]

太極無對中虚是也，若太極中陰陽則有對矣，是故乾坤六子皆以對而神其用焉。縱而對者，乾西北坤西南坎北離南艮東北巽東南也。横而對者，震東兑西也。邵子所謂三縱三横也。乾☰陽，坤☷陰，坎☵，離☲，得乾坤中畫，其爲對易見。艮☶一陽上而二陰下，巽☴一陰下而二陽上，震☳二陰上而一陽下，兑☱二陽下而一陰上，其爲對難見，此陰陽之交所以神其用也。蓋有八卦之序以立其體，有方位以神其用，體立用神而天下之能事備矣。後天卦位本於圖書，其本於河圖者，一六水居北而坎北，二七火居南而離南三八。木居東而震東四九，金居西而兑西，此四正卦之方位本於河圖者也。其本於洛書者，一居北而坎一，二居西南而坤二，三居東而震三，四居東南而巽四，中五以象太極，陽寄于艮，陰寄於坤，六居西北而乾六，七居西而兑七，八居東北而艮八，九居南而離九。書之位有九，而卦之數有八，以位配數，無不合焉。此四正四維卦之方位本於洛書者也。傳曰：河出圖，洛出書，聖人則之，不益信哉！

陽自下而上，陰自上而下。春陽之始而震居之，蓋震以一陽在下，是可見陽自下而上也。秋陰之始而兑居之，蓋兑以一陰在上，是可見陰自上而下也。

【校記】

〔一〕題爲三則，實爲二則。

文王八卦次序解

文王八卦次序大傳言之備矣。乾，天也，故稱乎父；坤，地也，故稱乎母。乾三畫而震坎艮具焉，故得乾初爻而爲震，得乾中爻而爲坎，得乾上爻而爲艮，是陰索于陽而謂之長男中男少男也。坤三畫而巽離兑具焉，故得坤初爻而爲巽，得坤中爻而爲離，得坤上爻而爲兑，是陽索于陰而謂之長女中女少女也。此三男三女者，雖以陰陽相索而成，又各從其類而不相紊。蓋嘗於重卦見之。大傳曰：雜物撰德辨是與非則非，其中爻不備中爻者，重卦之中四爻而互卦見焉，如䷲震則上互坎而下互艮，坎䷜則上互艮而下互震，艮䷳則上互震而下互坎，是陽與陽爲類而不紊于陽也。如巽☴則上互離而下互兑，離☲則上互兑而下互巽，兑☱則上互巽而下互離，是陰與陰爲類而不紊于陽也。觀乎此而横圖之次序尤可見矣！

邵子大易吟

邵子大易吟云，天地定位，否泰反類，山澤通氣，損咸見義。風雷相薄，横益起意，水火相射，既濟未濟，四象相交成十六事，八卦相盪爲六十四。朱子曰：此是説方圖，如西北角乾，東南角坤，是天地定位便對。東北角泰，西南角否，次乾是兑，次坤是艮便對，次否之咸，次泰之損，後四卦亦如是。又曰：方圖自西北之東南便是自乾以之坤，自東北之西南便是由泰以之否，其間有咸恒損益既濟未濟，所以又於此八卦見義。然嘗觀方位圖尤具此義甚明。天地定位，否泰反類者乾南坤北、乾上坤下而爲否，坤上乾下而爲泰也。山澤通氣，損咸見義者兑東南艮西北，山澤，損澤。山，咸也。風雷相薄，横益起意者巽西南震東北，雷風，恒風。雷，益也。水火相射，既濟未濟者離東坎西，水火既濟，火水未濟也。四象相交成十六事者，言陰陽剛柔相交錯而已，成此反對十有六卦也。八卦相蕩爲六十四者。言即此八卦相磨盪而六十四卦之理已備乎是也。如此解似更貼合。

八卦方位象人身

伏羲八卦方位圖近取諸身，自乾至震象其前，自巽至坤象其後。前爲陽，陽主動；後爲陰，陰主静。而震與坤接，巽與乾接，尤可見法象自然之妙。

尊聞堂集卷三十八

經解　詩

鄭　風

或問鄭風凡二十一篇,《集傳》定其爲淫奔之詩者十有四篇,孔子論爲邦曰"放鄭聲",而存之如此其多,何也? 曰:此乃所以爲放之也。蓋其淫泆駘蕩,作者或不自知其情之何以至是,而其情慾之感於中而接於外者,非必無羞惡之心焉,特以爲未必暴露於天下,傳流於後世,謂可閟而私之云爾。使其知簡冊書之,聖人存之,必至暴露而流傳焉,則其羞惡之心未遂,有泯然絕滅之理,或不至於如此也。後之覽者不可以爲鑒也哉! 此所以爲放鄭聲也。

尊聞堂集卷四十一

孝經刊誤述釋有序

朱子孝經刊誤,經一章,傳十四章。自朱子定此經,有能從之者固少矣。《孝經》列于學宫,著令貢舉爲論校士,蓋其重也。而世所誦習顧用今文舊本,余嘗怪焉。後在直廬見敕譔《孝經衍義》,其所排纂並依經傳之義,可謂超然遠見者也。而此誦習獨與此異,何與? 六經見於今者五,《易》、《詩》從朱子,《書》蔡忱本,用師説,《春秋》胡文定公傳,朱子亟稱之,獨《禮經》從陳澔。夫世崇朱子書至矣,此經乃手定之書而顧莫之從,非矣。余是以僭爲述釋而傳之。昔朱子論中庸,以爲程子因其語而得其心,惜其所以爲説者不傳,而石氏之輯録僅出於其門人之所記。

今以朱子手定之書無有殘脱，得傳於世，不至如朱子所致歎者，亦斯文之至幸也。而或謂刊誤非朱子之書，何其陋與？吴氏草廬因刊誤而更竄易之，何其僭與？康熙戊辰冬十月澤州陳廷敬序。

仲尼居，曾子侍。子曰："參，先王有至德要道，以服天下，民用和睦，上下無怨。女知之乎？"曾子避席曰："參不敏，何足以知之？"子曰："夫孝，德之本也，教之所由生也。復坐，吾語女。身體髮膚，受之父母，不敢毁傷，孝之始也。立身行道，揚名於後世，以顯父母，孝之終也。夫孝，始於事親，中於事君，終於立身。《大雅》云：'無念爾祖，聿修厥德。'"子曰自大雅十三字朱子删："愛親者，不敢惡於人；敬親者，不敢慢於人。愛敬盡於事親，而德教加于百姓，刑于四海。蓋天子之孝也。《甫刑》云：'一人有慶，兆民賴之。'"自甫刑十一字朱子删在上不驕，高而不危；制節謹度，滿而不溢。高而不危，所以長守貴也。滿而不溢，所以長守富也。富貴不離其身，然後能保其社稷，而和其民人。蓋諸侯之孝也離去聲。《詩》云："戰戰兢兢，如臨深淵，如履薄冰。"自《詩》云十四字朱子删非先王之法服不敢服，非先王之法言不敢道，非先王之德行不敢行。是故非法不言，非道不行；口無擇言，身無擇行；言滿天下無口過，行滿天下無怨惡：三者備矣，然後能守其宗廟。蓋卿大夫之孝也。《詩》云："夙夜匪懈，以事一人。"自《詩》云十字朱子删資于事父以事母，而愛同；資于事父以事君，而敬同。故母取其愛，而君取其敬，兼之者父也。故以孝事君則忠，以敬事長則順。忠順不失，以事其上，然後能保其禄位，而守其祭祀。蓋士之孝也。《詩》云："夙興夜寐，無忝爾所生。"子曰自《詩》云十三字朱子删："用天之道，分地之利，謹身節用，以養父母，此庶人之孝也。故自天子至於庶人，孝無終始，而患不及者，未之有也。"

朱子曰：此一節夫子曾子問答之言而曾氏門人之所記也。疑所謂《孝經》者其本文止如此，其下則或者雜引傳記以釋經文，乃《孝經》之傳也。竊嘗考之，傳文固多傅會，而經文亦不免有離析增加之失。顧自漢以來諸儒傳誦,莫覺其非,至或以爲孔子之所自著,則又可笑之尤者。蓋經之首統論孝之終始,中乃敷陳天子、諸侯、卿大夫、士庶人之孝,而其末結之曰:故自天子至於庶人,孝無終始,而患不及者,未之有也。其首尾相應,次第相承,文勢連屬,脈絡通貫,同是一時之言,無可疑者,而後人妄分以爲六七章。今文作六章,古文作七章。又增子曰及引《詩》《書》之文以雜乎其間,使其文意分斷間隔,而讀者不復得見聖言全體大義,爲害不細,故今定此六七章者合爲一章,而刪去子曰者二,引《書》者一,引《詩》者四,凡六十一字,以復經文之舊,其傳文之失又别論之如左。

述釋曰:孔子閒暇燕居之時曾子侍坐,子以參能孝者故乎問之。言古賢聖王有得於心而爲至極之德行,於身而爲要約之道,不假勉強,因人性之自然以順導天下,天下之民被服其教,和諧親睦,上下無有怨惡,女知之乎?蓋欲固其答而啟其端也。曾子離席起對,言參質鈍不敏,不足以知此,此雖謙言,而欲因是以承夫子之教也。子告之以謂至德者孝也。孝,百行之原,德之本也。要道者,孝也。修道謂教,是教之所由生也。復坐,吾語女者,因其離席而命之坐,欲竟其説也。於是子言人之一身四體毛髮皮膚受于父母,孝以守身爲大,全而受之,必當全而歸之。若虧體則辱親矣,故必謹之又謹,不敢一毫虧損毀傷。蓋不惟日用起居爲然,凡干犯名義或鞭撻髡鉗刑戮之類,皆當豫遠於過而不敢陷身於不測也。守身既嚴而後可類推以及其餘,故曰孝之始基也。且不惟不敢毀傷而已。必卓然自立其身,凡格致誠正修齊治平之理熟講而力行之,使此身爲天地間不可少之身,行此道于家國天下,雖無意於名而實至名歸,揚於後世。身爲賢人,則親爲賢人之親;身爲聖人,則親爲聖人之親。以顯父母于天下後世,而後孝之分量以全,故曰孝之終極也。夫行孝以事親,是爲始事,而求忠臣必于孝子之門,出而事君,孝之中也。事親事君皆非立身不可,故以立身爲終焉。亦猶言孝之終極也。蓋立身爲孝之始,而此言終,是知立身貫乎孝之始終者也。亦猶《大學》言格致誠正修齊治平而終結之以修身之義也。聖人之言可謂包括無遺矣。於是因言五等之孝而首言天子之孝,謂惡與愛反,慢與敬反,愛親者推愛之心以及人而不敢惡於人,不敢惡,斯愛之矣。敬親者推敬之心以及人,而不敢慢於人,不敢慢,斯敬之矣。愛而不敢惡,敬而不敢慢,是愛敬之理盡也。而於事親得之,是愛敬盡於事親也。而此至德之教行於一身,以愛親之至德立教,百姓亦興于愛而不敢惡,以敬親之至德以立教,百姓亦興于敬而不敢慢,是謂德教加于百姓,至於四海之遠無不以是爲儀型焉。蓋天子之孝當如此也。

又言諸侯之孝,居高易危,若在上位而不驕,則雖居高而不至傾危;在滿易溢,若制立節限謹守法度,則雖在滿而不至泛溢,居高位而不危,則可以不失其位而長守其貴也。處盛滿而不溢,則可以不失其財,而長守其富也。富貴長守不離其身,然後能保有其社稷而和協其民人。蓋諸侯之孝當如此也。

又言卿大夫之孝,先王以孝治天下,其服爲法服,其言爲法言,其行爲德行,誠能服先王之法服,非法服不敢服;道先王之法言,非法言不敢道;行先王之德行,非德行不敢行。以是之故,非法不言,言必合於法,非道不行,行必合於道。出於口者皆法言,無可擇之言;見於身者皆德行,無可擇之行。雖言之多至於滿天下而無口過,雖行之多至於滿天下而無怨惡。言行皆善而服之,不悖于先王可知矣。此三者備,然後能守其宗廟不墜其先祖之祭祀。蓋卿大夫之孝當如此也。

又言士之孝,取于事父之道以事母,而愛母之愛同于愛父之愛,取于事父之道以事君,而敬君之敬同于敬父之敬。事母未嘗不敬,但父嚴而母慈,愛生於慈,故母則專取其愛;事君未嘗不愛,但親親而君尊,敬起於尊,故君則專取其敬。父,天親也,嚴君也,兼愛敬而有之者,其惟父乎?若能以事親之孝事君,則盡心無隱而必忠;以事親之敬事長,則循禮無違而必順。能盡忠順之道以事其上,然後能保其禄位,守其祭祀。士無田則不祭,能保其禄位,斯能守其祭祀也。蓋士之孝當如此也。

又言庶人之孝，天之道有春生夏長秋斂冬閉之四時，用天之道者春耕夏耘秋收冬藏，以順天時。地之道有山林川澤丘陵墳衍原隰之五土，分地之利者，高下燥濕種植農桑以盡地利，謹身者謹守其身而不敢放縱，節用者節制其用而不敢奢侈，放縱則犯禮而陷於罪戾，奢侈則傷財而罹於饑寒，故于此尤兢兢焉以奉養父母，此庶人之孝當如此也。觀于天子諸侯卿大夫士庶人之孝如此，可見自天子以下至於庶人，尊卑雖殊，而孝道無終始之異，或有患孝道至大而己不能盡者，則是以孝爲難行之事，未有此理也。聖人勉人之意切矣。

子曰："君子之教以孝也，非家至而日見之也。教以孝，所以敬天下之爲人父者也。教以悌，所以敬天下之爲人兄者也。教以臣，所以敬天下之爲人君者也。《詩》云：'愷悌君子，民之父母。'非至德，其孰能順民如此其大者乎！"

朱子曰：此一節釋至德以順天下之意，當爲語之首章。舊本廣至德章第十三。

述釋曰：自此以下皆他日論孝之言，非一時問答之語，故門人記之以爲傳後。凡言子曰曾子曰仿此，而此釋至德以順天下也。言君子之教天下以孝，非必家至而喻之，日見而督之也。君子躬行孝道於上，由是教之以孝，使凡爲子者皆知孝于其父，是即我之敬天下之爲人父者也，既教之以孝，則必教之以悌，使凡爲弟者皆知悌于其兄，是即我之所以敬天下之爲人兄者也。君子既躬行孝悌以教天下，則爲之臣者自然有所感動興起，是教之以臣也。教之以臣，使凡爲臣者皆知忠於其君，是即我之所以敬天下之爲人君者也。此所謂至德以順天下也。引《大雅·洞酌》之詩以言愷悌樂易之君子，民愛之如父母，謂其能有此至德，爲教以順民心，而如此其廣大也。此所謂以至德順天下也。子曰："教民親愛，莫善於孝。教民禮順，莫善於弟。移風易俗，莫善於樂。安上治民，莫善於禮。禮者，敬而已矣。故敬其父，則子悦；敬其兄，則弟悦；敬其君，則臣悦；敬一人，而千萬人悦。所敬者寡，而悦者衆，此之謂要道。"

朱子曰：此一節釋要道之義，當爲傳之二章。舊本廣要道章第十二。

述釋曰：此釋要道之義也。言孝之所以事親，然欲教民以相親相愛，則莫善於孝，能孝則能弟，弟所以事長，然欲教民以有禮而順，則莫善於弟。樂斯二者，樂之實也。然欲轉移民風變異習俗，則莫善於樂。節文斯二者，禮之實也。然欲上安其君，下治其民，莫善於禮。禮本於孝如此，是則所謂禮者敬而已矣。蓋子之於親，必盡其敬而後爲愛之至孝之極也。故以敬之功用言之，吾以敬之要道推以敬人之父，則凡爲子者無不悦；推以敬人之兄，則凡爲弟者無不悦；推以敬人之君，則凡爲臣者無不悦。原其始，所以敬者吾親一人而千萬人無不悦，是敬者寡而悦者衆，此所謂以要道順天下也。

曾子曰："甚哉，孝之大也！"子曰："夫孝，天之經也，地之義也，民之行也。天地之經，而民是則之。則天之明，因地之利，以順天下。是以其教不肅而成，其政不嚴而治。"

朱子曰：此一節釋順天下之意，當爲傳之三章。舊本三才章第七。又曰：自其章以至因地之義，皆是《春秋左氏傳》所載子太叔爲趙簡子道子産之言，惟易禮字爲孝字，而文勢反不若彼之通貫，條目反不若彼之完備，明此襲彼，非彼取此，無疑也。

述釋曰：此釋以順天下之意也。曾子歎孝之大，而夫子告之以謂孝之爲道出於人性之固有，而原于天地之自然。乃天之經也，常而不易；地之義也，宜而有則。人受天地之中以生，得之爲性，故爲民之行也。蓋天地之常理而民法則之也。聖人故則天常明之經，因地利物之義以順導天下，一本于人性之自然，而無一毫強拂矯揉於其間。是以其教不待戒肅而成，其政不假威嚴而治，而爲順天下之極功也。

先王見教之可以化民也，是故先之以博愛而民莫遺其親，陳之以德義而民興行，先之以敬讓而民不争，導之以禮樂而和睦。《詩》云："赫赫師尹，民具爾瞻。"自先王六十九字朱子删。

朱子曰：先王見教之可以化民，又與上文不相屬，故溫公改教爲孝乃得粗通。而下文所謂德義敬讓禮樂好惡者卻不相應，疑亦襲取他書之成文而強加裝綴以爲孔子曾子之問答，但未見其所出耳。然其前段文雖非是而理猶可通，存之無害，至於後段則文既可疑，而謂聖人見孝可以化民而後以身先之，於理又已悖矣。況先之以博愛，亦非立愛惟親之序，若之何而能使民不遺其親邪？其所引《詩》亦不親切。今定先王見教以下凡六十九字並删去。

子曰："昔者明王之以孝治天下也，不敢遺小國之臣，而況于公侯伯子男乎？故得萬國之歡心以事其先王，治國者不敢侮鰥寡，而況於士民乎？故得百姓之歡心以事其先君。治家者不敢失於臣妾，而況于妻子乎？故得人之歡心以事其親夫然。故生則親，安之祭，則鬼享之，是以天下和平，災害不生，禍亂不作，故明王之以孝治天下如此。《詩》云：'有覺德行，四國順之。'"

朱子曰：此一節釋民用和睦、上下無怨之意也。當爲傳之四章。舊本孝治章第八。

述釋曰：此釋民用和睦、上下無怨之意也。言昔者明王躬行孝道，使天下之人各盡其孝，而即以此孝道治理天下，推其愛敬之心以愛敬天下之人，雖附庸小國之臣不敢有所遺忽，而況于公侯伯子男大國之臣乎？故合天下大小萬國之衆而皆有以得其歡悦之心，以此事奉其先王，則可謂孝行天下矣。至於有國者體明王孝治天下之心，而亦各以孝治其國，推其愛敬之心以愛敬一國之人，雖微而至於鰥寡不敢有所侮慢，而況于自卿大夫以至於士民乎？故合國中百官族姓之衆而皆有以得其歡悦之心，以事奉其先君，則可謂孝行于一國矣。至於有家者體明王孝治天下之心，而亦各以孝治其家，推其愛敬之心以愛敬一家之人，下及於家之臣妾曾不敢有所失，而況于妻子乎？故合一家之衆而皆有以得其歡悦之心，以事奉其父母，則可謂孝行於家矣。夫有天下者有國者皆以孝治其天下國家而得天下國家之歡心，以事其先王先君與親夫。惟如此，故其生而養也則親安之，没而祭也則鬼享之，是以天下和洽平治，和洽則災害不生，平治則禍亂不作，皆由一人躬行孝道於上，故民用和睦，上下無怨，此明王之以孝治天下也。於是引《大雅·抑》之詩,言天子有大德行而四方之國順而行之,以歸美於一人,而益以見所重者在明王一身也。曾子曰:"敢問聖人之德其無以加於孝乎?"子曰:"天地之性人爲貴,人之行莫大於孝,孝莫大于嚴父,嚴父莫大于配天,則周公其人也。昔者周公郊祀后稷以配天,宗祀文王於明堂以配上帝,是以四海之內各以其職來助祭。夫聖人之德又何以加於孝乎?故親生之膝下以養,父母日嚴,聖人因嚴以教敬,因親以教愛,聖人之教不肅而成,其政不嚴而治,其所因者本也。"

朱子曰:此一節釋孝德之本之意,傳之五章也。舊本聖治章第九。又曰:嚴父配天本,因論武王周公之事而讚美其孝之辭,非謂凡爲孝者皆欲如此也。又況孝之所以爲本者,本自有親切處而非此之謂乎?若必如此而後爲孝,則是使爲人臣子者皆有矜將之心而反陷於大不孝矣。作傳者但見其論孝之大即以附此,而不知其非所以爲天下之通訓,讀者詳之,不以文害意焉可也。其曰故親生之膝下以下意卻親切,但與上文不屬,而與下章相近,故今文連下二章爲一章,但下章之首語已更端,意亦重復,不當通爲一章。此語當依古文且附上章,或自別爲一章可也。

述釋曰:此以下至引《詩》釋孝德之本之意也。曾子問聖人之德無加於孝,知孝之大也。故夫子告之以謂天地之性人得之,則有知愛知敬之良,而物則不能,是人爲貴也。人之行以孝爲本,是莫大於孝也。而孝莫大于嚴敬其父,嚴敬其父莫大于配享上帝。蓋上天尊,無與對,能以己之父與之配焉,則嚴敬其父可謂至極而無以復加矣。求之于古,周公成文武之德,制配天之禮則其人也。昔者周公以萬物本乎天,周之功本乎后稷。故于冬至一陽新生萬物之始以后稷爲始祖配天而祀於郊,尊后稷同乎天也。萬物受生於帝而人受形于父,故于季秋萬物既成宗廟之祭,則以父王配上帝而祀於明堂,尊父王同乎上帝也。蓋周公嚴敬其祖父至上同乎天地如此,此非徒尚儀文之崇侈,實有其真意之感通。是以德教刑于四海,諸侯烝烝向慕，各以其職皆來助祭，恪慕宗廟之事。夫孝至於配天地而又能得萬國之歡心以事其先王，豈非孝之大者，而聖人之德又何以加於孝乎？夫周公之孝如此其大者，亦不過因其孩提之真充其本然之量，非有所加也。故凡親愛之心已生於膝下孩哭之時，是以人子幼時知愛父母，所謂良知之愛也。及其漸長則漸知嚴畏，日嚴一日，有不自覺，故曰日嚴，所謂良知之敬也。聖人因其嚴以教敬，因其親以教愛，聖人之教因乎人性之自然而無所矯强，故不待戒肅而自成聖人之政，而聖人之教故不帶威嚴而自治，聖人因嚴因親，以之立教而教成爲政，而政治其所因者得其本也。孝爲德之本，不益信哉！

子曰：子曰二字朱子删。"父子之道天性，君臣之義父母生之，續莫大焉。君親臨之，厚莫重焉。"子曰：子曰二字朱子删。"不愛其親而愛他人者謂之悖德，不敬其親而敬他人者謂之悖禮，以順則逆，民無則焉。不在於善皆在於凶，德雖得之，君子所不貴。君子則不然，言斯可道，行斯可樂，德義可尊，作事可法，容止可觀，進退可度，以臨其民，是以其民畏而愛之，則而象之，故能成其德教而行政令。《詩》云：'淑人君子，其儀不忒。'"自以順則逆九十字朱子删。

朱子曰：此一節釋教之所由生之意，傳之六章也。舊本聖治章第九。又曰：古文析不愛其親以下别爲一章，而各冠以子曰，今文則合之，而又通上章爲一章，無此二"子曰"字，而於不愛其親之上加故字，今詳此章之首，語實更端，當以古文爲正。不愛其親語意正與上文相續，當以今文爲正。至君臣之義之下則又當有脱簡焉，今不能知其爲何字也。悖禮以上皆格言，但以順則逆以下則又雜取《左傳》所載季文子、北宫文子之言，與此上文既不相應而彼此得失又如前章所論子產之語，今删去凡九十字。

述釋曰：此釋教之所由生也。孝爲教所由生者，以因其嚴親爲愛敬，而天下之理遂莫備於此也。故父子之道非他，乃天性也。蓋天理之本然，親之至也。而子之事父猶臣之事君，有君臣之義焉，又嚴之之至也。夫此天性也，上承于先祖，下傳於子孫，而皆自父母生之，其爲繼續莫大焉，而親之至又孰有大於此者乎？抑此大義也，爲之親爲之君以臨之，其爲隆厚莫有重焉，而嚴之至又孰有重於此者乎？惟其爲親之至，故致吾親而用愛必先自愛其親，若不愛其親而愛他人者謂之悖德；致吾嚴而用敬必先自敬其親，若不敬其親而敬他人者謂之悖禮。知愛敬之必始於事親而孝爲教之所由生益信矣。子曰："孝子之事親，居則致其敬，養則致其樂，病則致其憂，喪則致其哀，祭則致其嚴，五者備矣，然後能事親。事親者居上不驕，爲下不亂，在醜不争。居上而驕則亡，爲下而亂則刑，在醜而争則兵，此三者不除，雖日用三牲之養，猶爲不孝也。"

朱子曰：此一節釋始於事親及不敢毁傷之意，乃傳之七章，亦格言也。舊本紀孝行章第七。

述釋曰：此釋始於事親及不敢毁傷之意也。子謂始於事親及不敢毁傷其身體髮膚者，蓋言孝子之於親所以事之者無不極其孝也。故居則致其敬，以敬爲主。當養也則致其樂，病當也則致其憂，當喪也則致其哀，當祭也則致其嚴。敬統樂憂哀嚴而樂憂哀嚴又以全夫敬，五者備矣，然後能事親。故爲孝之始事也。又言事親者無時無事不念及於親。其達而居上也不敢驕，其窮而爲下也不敢亂，其在醜類也不敢争，夫是之謂孝。居上而驕則失道而取亡，爲下而亂則犯分而致刑，在醜而争則啟釁而召兵。三者有一于此則危身以及親，而毁傷者多矣。故又言三者不除，雖日用牛羊豕三牲之養以進於親，猶爲不孝也。孝子之事親不敢不及其至者如此。

子曰："五刑之屬三千而罪莫大於不孝，要君者無上，非聖人者無法，非孝者無親，此大亂之道也。"

朱子曰：此一節因上文不孝之云而系於此，乃傳之八章，亦格言也。舊本五刑章第十一。

述釋曰：此子爲世之不孝者發也。直告之以謂墨劓剕宫大辟之五刑，其條例約舉之有三千而罪之大者莫過於不孝，爲人子而孝者爲人臣必忠，若爲臣而有要脅其君之意，是爲無上。明乎孝之道者必凛乎聖人之言，若敢於非詆聖人，是爲無法。至於己不能孝乃反以孝道爲非，是謂無親。此皆大亂之道也。三者皆爲罪之大者，然上二者皆由於不孝，則不孝之罪尤爲大也，其能免于刑辟哉？人當思所以戒矣！

子曰："君子事上進思盡忠，退思補過，將順其美，匡救其惡，故上下能相親。《詩》曰：'心乎愛矣，遐不謂矣。中心藏之，何日忘之。'"

朱子曰：此一節釋中於事君之意，當爲傳之九章。因上争臣而誤屬於此耳。進思盡忠，退思補過，亦《左傳》所載士貞子語，然于文理無害，引《詩》亦足以發明移孝事君之意，今並存之。又自注：或云宜爲十一章。舊本事君章第十七。

述釋曰：此釋中於事君之意也。子言君子之事親孝，則忠可移於君，故其事上進而入也，則思竭盡己忠而不敢有所欺；退而出也，則思主過當補而不敢有所狥。如君有美而未成，則吾導之以先，助之以後。君有惡而未形，則吾慮之於早，防之於豫。忠愛之至感格君心，故上下能相親而德業成矣。蓋君臣猶父子，忠孝無二理，故曰相親也。又引《小雅·隰桑》之詩，言君子愛君之心雖在遐遠不謂爲遠。蓋愛君之念中心藏之，無日暫忘也。

子曰："昔者明王事父孝，故事天明；事母孝，故事地察；長幼順，故上下治。天地明察，神明彰矣。故雖天子必有尊也，言有父也；必有先也，言有兄也。宗廟至敬，不忘親也。修身慎行，恐辱先也。宗廟致敬，鬼神著矣。孝悌之至，通於神明，光于四海，無所不通。《詩》云：'自西自東，自南自北，無思不服。'"

朱子曰：此一節釋天子之孝，有格言焉。當爲傳之十章。又自注：或云宜爲十二章。舊本感應章第十六。

述釋曰：此言天子之孝也。昔者明王事天地，不外事父母之理。事父孝，故事天明而無所不照；事母孝，故事地察而無所不周。以事父母者推之於家，而長幼順矣。故天下之大其在上在下者無有不治。如此則凡著見於天地之間鬼神造化之功用亦由是以彰顯而成清寧位育之功矣。孝之所系之大如此，故雖天子之尊必有父之當尊也，言父而母在其中矣。能事父則知事兄，必有兄之當先也，言兄而長幼皆在其中矣。至於宗廟承祭致其嚴敬，皆出於不忘其親之一念，而平日又能修養慎行，惟恐辱及先人。蓋其精誠祇肅感格祖考，是以宗廟致敬，鬼神來享而昭著矣。夫天地明察而神明彰，宗廟致敬而鬼神享，則是孝悌之至通於神明之幽。長幼順而上下治，則是光于四海之遠而亦何有不通者乎？是以又引《大雅·文王有聲》之詩，言自西自東，自南自北，無思而不服者，以明無所不通之極致。此所謂天子之孝也。

子曰："君子之事親孝，故忠可移於君；事兄悌，故順可移於長；居家理，故治可移於官。是故行成於内而名立於後世矣。"

朱子曰：此一節釋立身揚名及士之孝。傳之十一章也。又自注：或云宜爲九章。舊本廣揚名章第十四。

述釋曰：此釋立身揚名及士之孝也。子言君子之事親盡其愛敬而孝，其事君也亦同此愛敬之理，是即孝而忠備矣，故忠可移於君。君子之事兄，推其孝親之心以敬兄而悌，其事長也，亦同此推孝以敬之理，是即悌而順備矣，故順可移於長。君子之居家，推其孝親敬兄之心以教其家而家理，其居官也亦同此推孝敬之理。是即家之理而官之治備矣，故治可移於官。夫孝悌理而忠順治備焉，是以行成於内，不特道行于一時，而且名垂於後世。此所謂立身揚名，士之能盡其孝者也。

子曰："閨門之内具禮矣乎！嚴父嚴兄妻子臣妾猶百姓徒役也。"

朱子曰：此一節因上章三可移而言，傳之十二章也。又自注：或云宜爲十章。古文有，今文無。

述釋曰：子言一家閨門之内而禮其具矣乎！嚴敬其父嚴敬其兄而事君事長之道已備於斯矣。推吾愛敬之心以遇妻子臣僕妾媵，其遇百姓徒役亦猶是也。禮其具矣乎！

曾子曰："若夫慈愛恭敬安親立身揚名，參聞命矣。敢問從父之令，可謂孝乎？"子曰："是何言與！是何言與！昔者天子有争臣七人，雖無道不失其天下；諸侯有争臣五人，雖無道不失其國；大夫有争臣三人，雖無道不失其家；士有争友則身不離於令名；父有争子則身不陷於不義。故當不義則子不可以弗争于父，臣不可以弗争於君。故當不義則争之，從父之令又焉得爲孝乎？"

朱子曰：此不解經而别發一義，宜爲傳之十三章。舊本諫諍章第十五。

述釋曰：曾子問爲人子者以慈愛恭敬安親揚名爲孝，參嘗聞夫子之命矣，敢問子以順從爲孝，若一切從父之令，可謂孝乎？子曰是何言與！是何言與！重言以警之，蓋以其言之失所關之重也，故告之，謂子烏可不争于父乎哉！天子有争臣七人，雖無道不失天下；諸侯有争臣五人，雖無道不失國；大夫有争臣三人，雖無道不失家；士無臣，有争友，則身不離於令名；父有争子，則身不陷於不義。子烏可不争于父乎哉！故當不義則子不可以不争于父，猶之臣之不可以不争於君。故當不義則子必争之，若一切從父之令，又焉得爲孝乎？此即子嘗言事父母幾諫之旨也。

子曰："孝子之喪親，哭不偯，禮無容，言不文，服美不安，聞樂不樂，食旨不甘，此哀戚之情。三日而食，教民無以死傷生，毁不滅性，此聖人之政喪不過三年，示民有終。爲之棺槨衣衾而舉之，陳其簠簋而哀戚之，擗踴哭泣哀以送之，卜其宅兆而安措之，爲之宗廟以鬼享之，春秋祭祀以時思之。生事愛敬，死事哀戚，生民之本盡矣，死生之義備矣，孝子之事親終矣。"

朱子曰：傳之十四章，亦不解經而别發一義，其語尤精約也。舊本喪親章第十八。

述釋曰：子言孝子之事親也，居則致其孝矣。孝子之喪親，有自然不容已之情焉。其哭也不偯，氣竭而盡，不能委曲也。其禮也無容，觸地踴躃不能爲容也，其言也不文，憂哀之至不能爲文也。服衣之美不安，故不服也。聞樂不樂，故不聞也。食旨不甘，故不食也。此孝子哀戚之情出於自然而不能自已者也。至於聖人制禮，三日而令其食粥，使之無以哀死而至於傷生，雖毁瘠而不至於滅性，此聖人之政，因孝子之性而節其情者也。至於喪不過三年，孝之報親之心無有終極，而聖人爲之立制，示民有終極之時也。甚矣，聖人能教民以孝也。是以當親之始喪也，爲之棺槨衣衾舉而斂之；其將葬也，陳其方簠員簋之祭器傷痛而哀戚之；其祖餞也，女擗男踴號哭涕泣悲哀以送之；爲墓于郊則卜其宅兆，必于其吉而安措之。蓋慎終之禮如此。爲廟於家三年，喪畢然後遷於廟而以鬼神之道享之，春秋祭祀以時思慕之。蓋追遠之禮如此。此皆聖人之政，因人之性而能教以孝也。是以孝子之事親，生則致其愛敬，死則致其哀戚。蓋生民之道以孝爲本，於此而盡，不如是不可以言盡也。養生送死，其義爲大，於是而備，不如是不可言備也。孝子之事親於是爲終極，言孝子事親之事以是爲終極矣。而孝之事親之心其深哀隱痛一言終極而無終極之情愈有益增其悲而不能自已者矣。

廷敬竊見朱子之意，以此經多漢儒雜出己説依附聖經，有綴補殘缺之疑。故又言舊見衡山胡侍御《論語説疑》，《孝經》引《詩》非經本文，初甚駭焉，徐而察之，始悟胡公之言爲信。而《孝經》之可疑者不但此也，因以書質之沙隨程可久丈，程答書曰：頃見玉山汪端明亦以爲此書多出後人傅會。於是乃知前輩讀書精審，其論固已及此。然廷敬幼而誦其言，長而習其行，所不能盡者亦已多矣。學者誠身體而力行之，孝了忠臣之義已備於此而不必他求矣。

尊聞堂集卷四十三

奏疏二

爲清理錢法事

查九卿詹事科道會議，題覆户部年終奉報一疏，奉旨"依議。這管理錢法侍郎，稽察科道及監督官員，俱應另行選差，將鑄錢事宜並耗費等項，詳加察看，親督鑄造，務期盡除積弊，永爲定式。應差各官職名，該部開列具奏。欽此。"在案，該臣等奉旨管理錢法。臣等祗遵簡命，親歷錢局，别立爐座，驗視鼓鑄。將銅斤折耗分數，匠役、需費物料價值，逐一詳加察核，看得各項多有浮冒，臣等仰體我皇上必欲釐革錢局積年弊端，用垂永遠之規，以期足國便民至意，酌定銅斤折耗分數，節減匠工物料浮冒，逐款分别開列，敬爲我皇上陳之。一、寶泉局爐頭一百名，每領銅十二萬斤，造完赴部交納，謂之一卯。舊例每鼓鑄銅一百斤除折耗銅十二斤，淨銅八十八斤，得錢十串零五十七文有奇。今臣等會同科道監督，於衙門前賜造一爐，看鑄三次，每銅一百斤折耗十二斤、九斤、八斤不等，並無一定之數，皆由於銅斤之美惡。概定爲折耗十二斤，殊屬浮多。今配搭折算，每銅百斤准折耗分數九斤，核減三斤。計每銅百斤核減三斤，每年十三關辦到銅共二百六十九萬二千三百零九斤六兩，節省銅八萬零七百六十九斤四兩有奇，添鑄九千兩百三十串零七百六十九文有奇。一、舊例每鼓鑄銅百斤，匠工錢一千四百九十文，每日只算鑄銅一百斤，所以給工價浮多。今臣等驗得，一日可鑄銅二三百斤，則所給匠工錢應行核減。其化銅匠一名，工錢一百八十文，減六十文，給一百二十文。造錢樣二名，工錢二百五十文，減七十文，給一百八十文。雜作工二名，工錢一百九十文，減七十文，給一百二十文。刷灰匠一名，工錢一百文，減三十五文，給六十五文。銼邊匠一名，工錢一百文，減三十文，給七十文。滾邊匠一名，工錢八十文，減十五文，給六十五文。磨洗匠二名，工錢三百文，減四十文，給二百六十文。細錢匠一名，工錢六十文，減二十五文，給三十五文。此八項匠役之外，又匠頭二名，所給工錢一百四十文。此二名匠頭，但買各匠役食料送人局內，及雇募各項匠役，並非鑄造之人，所給錢一百四十文太浮。此匠頭二名，每人給錢四十文，減六十文。爐頭工食向給九十文，減三十文，給六十文。以上工匠共減錢四百三十五文，每年鼓鑄各關辦銅二百六十九萬二千三百零九斤六兩，共減錢一萬一千七百一十一串五百四十四文有奇。一、舊例鼓鑄銅百斤，用物料錢一千兩百零五文。今臣等驗得，每鑄銅一百斤之物料，可鑄兩百斤。前所給價值浮多，亦應核減。每化銅百斤，用煤一百五十斤，每斤算錢四文，共該錢六百文。每爐終日燒煤不過三百斤，可化銅三四百斤，則每銅百斤用煤一百五十斤太多，且價且浮冒。減五十斤，給一百斤。每斤減錢半文，給錢三文半，共減錢兩百五十文，給錢三百五十文，罐四個，每個錢八十文，共錢三百二十文。今每罐減錢二十文，給錢四十文，共減錢八十文，給錢兩百四十文。木炭錢五十五文，計時價可買炭十斤有餘。木炭僅爲引火及磨面灑沙模之用，減錢十五文，給四十文。鹽錢六十文，計時價可買鹽六斤。鹽用於初化銅時，銅化後用之，既化過之銅，再化時並不用鹽。其六斤太多，減錢四十文，給二十文。造錢樣黄沙六十文。用沙雖多，原沙尚未盡棄，只須增添，仍有可用。其六十稍浮，減十文，給五十文。又每銅百斤鑄錢七串有餘，解送户部給車腳錢五十文，寶泉局距户部不過六七里，以七串有餘之錢，用車腳錢五十文太浮，減二十五文。串繩用錢六十文，以十串有餘之錢，用串繩錢六十文亦多，減二十文，給四十文。以上物料共減錢四百四十文，每年共減錢一萬一千八百四十六串一百五十九文有奇。查舊例，十三關每年動支税銀一十七萬五千兩，採辦銅二百六十九萬二千三百零九斤六兩解送到局，除折耗銅三十二萬三千零七十七斤二兩，及匠工物料錢七萬一千五百五十七串七百二十五文有奇，實得解部餉錢一十九萬八千六百一十一串九百有奇。除本銀一十七萬五千兩，得息銀二萬三千六百一十一兩九錢有奇。今每年于原得息銀之外，核減折耗銅斤；節省匠工物料，所得銀兩共計三萬兩千七百八十八兩四錢有奇。又查得舊例，各關所解銅斤，將廢錢舊器皿辦解，此類如不足數，以紅銅六十斤、倭鉛四十斤，作銅一百斤解送，板塊銅不許解送。夫板塊銅不許解送者，惟恐銷毁製錢作爲板塊耳。臣等看得，器皿爲民間所用之物，亦有限數。每年採辦數百萬斤舊器皿之銅，斷無照數必得之理。求舊器皿而不得，必造作爲舊器皿解送。則製錢之銷毁與否，不在板塊銅之收與不收。且不逞之徒，既可銷毁製錢作爲板塊銅，未有獨不可造作爲舊器皿者。舊器皿銅好惡難辨，解銅之輩以至惡之銅鑄爲器皿，造作令舊，毁折變壞解送，串通衙門奸人收納，以故折耗多而錢色惡。今銷毁製錢定法至嚴，此後各類採辦銅斤，不拘板塊廢錢、舊器皿，隨其所得，但將好銅解送。此等銅如不足，仍以紅銅六十斤、倭鉛四十斤，作銅一百斤解送。各關如將惡銅解送者，不准收納，照缺少銅斤例，題參治罪。俟命下行，各關監督知照可也。臣等未敢擅便，謹題請旨。康熙二十三年五月十二日題。本月十五日奉旨："九卿詹事科道會同察議具奏。"

爲年終奏報事

查康熙二十三年二月内，原任户部右侍郎李仙根等奏報寶泉局康熙二十二年分鑄錢文用過銅斤獲過利息等項，經九卿會議具題，奉旨："依議。這管理錢法侍郎，稽查科道及監督官員，俱應另行選差，將所鑄錢事宜並耗費等項，詳加察看，親督鑄造，務期盡除積弊，永爲定式，應差各官職名，該部開列具奏，欽此。"續經該衙門開列具奏，蒙皇上簡命臣等管理錢法。臣等祗遵諭旨，會同科道監督，于錢局内别立爐座，驗視鼓鑄，將銅斤折耗分數、匠役，需費物料價值，逐一詳加察核。仰體皇上必欲釐剔錢局積年弊端，用垂永遠之規，以期足國便民至意，將銅斤折耗分數，匠役，物料浮冒，逐件詳核，其節省銀計三萬二千七百八十八兩四錢有奇。具題奉旨,會議允行。後因銅價甚貴,製錢甚重,奸宄不法之徒,毁錢爲銅以爲射利之捷徑,若不因時變通,其弊將無所抵止。請鑄一錢重之錢,計寶泉局額銅二百六十九萬斤有奇,較從前每年多獲息利一十萬八千兩有奇。且奸宄不法之徒毁錢爲銅,既無厚利,則毁錢之弊將不禁而自絕。至產銅鉛地方,令地方官取税,因定有加級紀録之例,種種作爲弊端,小民無利,不行開採。嗣後官員加級紀録收税之例盡行停止,聽民開採。則銅日多而錢價得平,可以裕國而大利於民。等因具題,奉旨:"依議。開採銅斤,聽民自便。地方官仍不時稽察,毋致爭鬥搶奪,藉端生事,致滋擾害,欽遵。"各在案,又臣等於康熙二十三年四月初六日奉旨管理錢法,至康熙二十四年四月初六日一年已滿。所有錢局之事,或交與户部,或仍令臣等管理,於二十四年三月十九日具題,四月初七日奉旨:"陳廷敬等,着再管理一年。欽此。"於二十四年四月初七日,已滿一年。一年任內,收過各關差銅共二百九十六萬九千八百七十五斤八兩,鼓鑄送户部錢二十三卯半。計每卯用銅十二萬斤,共用銅二百八十二萬斤六分五厘,計值銀一十八萬三千三百兩。內除耗銅二十五萬三千八百斤,鑄過錢四十一萬零五百九十二串文,值銀四十一萬零五百九十二兩。內除爐匠工料錢五萬五千六百六十六串八百文,值銀五萬五千六百六十六兩八錢,外解過餉錢三十五萬五千五百三十五串一百六十六文,值銀三十五萬五千五百二十五兩一錢六分六厘。內除銅本銀一十八萬三千三百兩,淨得息銀一十七萬二千二百三十五兩一錢六分六厘。本息錢俱送户部訖。除收過銅斤,鑄過錢文,獲過利息,現存庫銅數文冊移送户部查核外,該臣等查得,每年各關差辦買銅本銀共一十七萬五千兩,應辦解銅共二百六十九萬二千三百零九斤六兩。臣等一年任內,收過各關差銅共二百九十六萬九千八百七十五斤八兩。計一年滿額解銅外,共鑄銅一十二萬七千六百九十斤零十兩,鼓鑄解送户部錢二十二卯半,共用銅二百八十二萬斤,每斤六分五厘算,計值銀一十八萬三千八百兩。外應鑄錢四十一萬零五百九十二串文,值銀四十一萬零五百九十二兩。內除爐匠工料錢五萬五千六百六十串八百文,值銀五萬五千六百六十六兩八錢。除前項銅本銀一十八萬三千三百兩,淨得息銀一十七萬二千二百三十五兩一錢六分六厘。本息錢俱解户部訖,將細數文冊移送户部查核外,爲此謹題請旨。康熙二十五年四月初六日題,本月初八日奉旨:"察核該部知道。"

尊聞堂集卷四十五

奏疏四

爲題明事

恭惟我皇上神明獨遠,宰製萬幾,國典官常,上廑睿念。所以爲太平萬世無疆計者,至深遠也。臣等蒙恩備值,俯循職分,勉策疏愚。所存臣部事理除照例遵行外,謹將應行更定者,公同詳議,條例具奏。伏乞聖裁,恭俟命下,臣部遵奉施行。謹提請旨計開。一,定例雙月巡道、知府缺並出,俱今五部朗中升補。或單有道缺,或單有府缺,或令參議道,知府、同知升補。後改例在內郎中與在外參議道、知府各輪班升補一次。以一年六次計之,郎中兼升之道缺,已分三次與參議、知府,而兼升之府缺,又分三次與同知。且遇在內班次,因以道府配掣,或單剩道缺,或單剩府缺,又令參議、知府、同知升補。而遇在外班次道府員缺,則盡歸於參議、知府、同知。是以郎中所得缺少,參議、知府、同知所得缺多。查內外既已各輪一次升補,則郎中應停其道府配掣之例。如遇在內班次,無論道府缺出多少,或有道無府,或有府無道,俱令應班次之郎中掣補。如遇在外班次,無論道府缺出多少,或者道無府,或有府無道,俱令參議道、知府、同知等官升補,俱各算一次,則內不偏枯。

一,定例五部主事缺出,將丁尤服滿、病痊、裁缺還職還級官員專令補援。各本部員缺,若夫專行侯補官員,方將行取知縣及散館庶吉士以部屬用者,挨次補授等語,後改例捐納,以各部主事用者,與專侯本部主事及行取知縣、散館庶吉士以部屬用者,輪班分缺補用。查內閣中書有丁憂、告病者,服滿病痊之日,隨到隨補;惟考定中書與捐納中書分缺補用。嗣後主事應照此例。有專行侯補之員,如單月遇有本部之缺,應令即行坐補;如無專侯本部之缺之人,令行取知縣及散館庶吉士應補主事者,與捐納之人照舊輪班分缺補用。

一,例內郎中員缺,因不論旗分補授,將此部員外郎補授彼部郎中者,將被授郎中之部,同旗分俸淺員外郎,因多裁退侯補,其補授郎中之員外部員缺,又將同旗應升之人另行補授。嗣後將某部員外郎補授郎中者,其因多應裁之員外郎,即調補彼部升任員外郎之員缺。

一,定例主事員缺,將七品、八品、九品小職任官員與六品筆貼式輪班補授。今鑲紅旗六品筆貼式已經用完,嗣後六品筆貼式用完之旗分,將七品筆貼式歸於六品筆貼式分內,論俸升補。若七品筆貼式用完,將八品筆貼式歸於七品筆貼式分內,輪俸升補。又察無品筆貼式雖指有應升正字、録事、侍詔、司匠員缺,但缺少人多,應將無品筆貼式已歷十五年者與食錢糧八品筆貼式等,論年以通政使司經歷等缺補授。

一,主事員缺,如奉旨揀選者,將六品筆貼式選擇,其七品筆貼式不行選擇。而六品筆貼式人少,選擇時往往不得其人,嗣後如奉旨揀選之主事員缺,將七品筆貼式亦與六品筆貼式等官員一併選擇。

一,定例內截取,照年分在前者截取。此內若有已經丁憂、患病者,俱不截取。此丁憂、患病者,後服滿、病痊截取。行文後,雖二三日內到部者,亦不截取,必須下次截取。查此等官員,俱照年分取選。如候下次截取,年分在前之員反落於後。嗣後服滿、病痊之日起，有地方官印赴選者，即准投供選授。

一，現行例單月捐銀員外郎、主事、中行、評博等官與應補之員，俱分缺間補。但同知一項，丁憂服滿裁決候補同知與捐納同知，較投文日期與捐納日期先後補授。察同知捐納日期俱在康熙二十三年以前，其服滿同知，雖於康熙二十四年投文到部者，至今尚未補用。嗣後，捐納同知與應補同知應分缺間補。

一，舊例在京吏員五年爲滿，在外吏典九年中三赴部轉拔，攢典、承差三年中三赴部轉撥，方准役滿。原有京外之分，今一體五年爲滿，考職挨選，以致在京吏員年久不得選授。應以在外吏員二缺，在京吏員一缺，接算選授。

一，定例雲南、貴州、廣西、四川俱准算邊俸，其福建、浙江近海府、州縣亦俱作邊俸。今海宇蕩平，嗣後福建、浙江、近海地方應一體俱算腹俸。

一，定例太醫院官員，由該衙門具題咨送臣部。臣部復行具題補授，事屬重復。嗣後除堂官具題外，餘員臣部照太醫院具題咨送註冊。

一，定例應完結錢糧不分晰明白，混行造冊，府、州、縣、衛所官，降一級調用；轉詳司道、罰俸一年；不詳察督撫，罰俸六個月等。司道自行造冊，不分晰明白，未定有作何處分之例，有仍比照轉詳司道例罰俸一年者，有比照州縣例降一級調用者。嗣後司道官自行造冊，不分晰明白者，降一級留任。

一，定例斬絞重犯，少差解役，不加肘鎖，以致脱逃者，降一級調用；如已加肘鎖，多差解役，以致脱逃者，照越獄例，革職戴罪，勒限一年督緝。軍流徒罪等犯，不加肘鎖、少差解役，以致脱逃者，罰俸一年輯拿；如已加肘鎖，多差解役，以致脱逃者，亦照越獄例，住俸戴罪，勒限一年督緝等語。革職提問之犯，不加看守，聽其散居脱逃；解餉官失銀，縱放脱逃，那用錢糧官員，未經追完，縱往他處；貪婪革職官員，不監候具題完結，縱回原籍，俱未定有作何處分之例。有比照斬絞人犯,不行羈禁,著人取保,以致脱逃例革職者;有比照重要人犯脱逃,未經查出例,降二級調用者,有比照未經題結軍流等犯,先行發遣例,降一級留任者;有比照現任官潛逃,不行申報例,罰俸一年者。嗣後貪婪革職官員並提問之犯,不監候俱題完結,縱回原籍,或聽其散居脱逃者,俱革職。逃犯交于接任官,照越獄例,限一年緝拿。如解餉官失銀,縱放逃脱者,那用錢糧官員,未經追完,縱往他處者,俱應降一級留任,限一年緝拿。如限内不獲,降一級調用。

一,盜案報巡撫,不報總督,未定有作何處分之例。有比照報災報巡撫不報總督例,罰俸六個月者;有比照州縣官,不確察盜數申報例,罰俸一年者,嗣後盜案報巡撫不報總督者,罰俸六個月。

一,檢屍不即委州縣官檢驗,委武職等官檢驗,未定有作何處分之例。有酌量罰俸六個月者,有比照官員將巡檢、典史等官委署例降一級調用者。嗣後委令武職、典史等官驗屍者,將委令上司降一級留任。

一,逃人不即轉解脱逃者,未定有作何處分之例。有比照斬絞人犯發收監之犯,反推别衙門以致脱逃例,降四級調用者;有比照不差正身有家産解役,或少差解役,將逃人脱逃例革職者。嗣後逃人不即轉解,以致脱逃者,應革職。

一,謊報因公出境,未定有作何處分之例。有比照遲延事件,推諉他人例,罰俸一年者;有比照官員俸修沖決地方,或稱非系本汛推諉例,降一級調用者。嗣後謊報因公出境者,應降一級調用。

一,混給家僕,門子印結捐納官職,混給因罪革退衙門入役印結復人衙門者,未定有作何處分之例。有照不行確查,混給印結,罰俸一年者;有比照革役復入衙門例,降一級調用者;有照不行確查,混給印結革職者。嗣後混給此等人印結者,革職。康熙二十六年十一月二十三日題,本月二十六日奉旨:“九卿詹事科道會議具奏。”

尊聞堂集卷四十七

經筵講章并序〔一〕

經筵在日講外，每歲春二月、秋八月各進講，每進講經書二章，講以滿漢各二人。臣前後爲日講官兼經筵講官者八年，又爲經筵講官者五年，爲日講官進講者三年，爲經筵講官進講者自丁巳秋至戊午秋丁母憂去，又自壬戌春至丁卯秋。盖每進講，臣皆被命焉。今録所撰講章，系以歲月。雖其局促無所發明，存文以見聖主典學之勤如此也。

【校記】

序　《午亭文編》卷二十九作跋，文字有異。《經筵講章》補五則。

俾萬姓咸曰大哉王言又曰一心哉王心康熙二十一年八月初八日

此言君德純一而人心悅服也。伊尹意謂王之新德至於協一，則此心之見於言者自有以感動乎人心，將使萬姓咸曰：王之言何其盡義理之淵源而極規模之弘遠也。蓋大哉王言也，且因王之言以知王之心。又曰：王之心必其會大中至正之極則而純乎天理民彝之本然也。蓋一哉王心也，即使悅服之誠以見感應之神如此。臣因是而繹思之，天位甚尊，所不能欺者下民之愚賤；深宫雖遠，所不能掩者主德之純疵。惟此謳歌頌悅之興情端屬天祐民歸之盛世。仰惟皇上生知好古，出話成經，睿慮淵衷，法弛張於天地；片辭單楮，象炳耀於日星，固已見夙夜之憂勤，昭君臣之法守矣。臣愚更願時幾維勑，謨訓孔彰，惟一惟精，闡性道于中天之運日，俞曰：咈。復詔命于三代之文,懋思作聖之功,以化成於天下。建大有爲之烈,用昭示於來茲,則丕揚薄海之休聲,永著萬年之偉績矣。臣愚不勝顒望。

其行己恭其事上也敬其養民也惠其使民也義康熙二十三年二月初九日

此言子産爲臣之道,有合于君子也。孔子謂君子之道必恭以行己,而子産之行己卑以自牧,何其恭也;君子之道必敬以事上,而子産之事上夙夜匪懈,何其敬也;君子之道必惠以養民,而子産之養民息戰寧人,一於撫恤,何其惠也;君子之道必義以使民,而子産之使民車服田廬皆有法制,何其義也。蓋孔子深美子産以勸天下之爲臣者如此。臣因是而繹思之,遜讓者持身之節,而臣道以恪慎爲先;寬嚴者馭天下之經,而臣職以靖共爲本。蓋爲小心可肩大任而有聖主自得賢臣。仰惟皇上四德體元,六符啟泰,履謙居敬,謹一二日兢業之幾;育物正民,開億萬年昌隆之緒,固已普天向化,率土同風矣。臣愚更願至治彌崇,嘉猷丕赫,功高載籍,升平益進于無疆,澤洽含生,臣庶咸歸於有極,則休徵畢集而景運長新矣。臣愚不勝顒望。

子曰事君敬其事而後其食康熙二十三年八月二十六日

此言爲臣者當一心以君也。孔子謂臣之事君職任大小不同,莫不各有當爲之事,或事舉一時而貽累世之利,或事修一職而謀兆姓之安,夙夜匪懈,以事一人,惟於事之所當爲者務竭其敬謹以爲之,即詔禄有典直在所後而不遑計,乃純臣之心也。蓋孔子舉以立臣道之准者爲此。臣因是而繹思之,臣品之貞邪固别於公私之兩念,臣職之勤怠即分於敬肆之一心,必自殫臣志之精純,始克極君恩之高厚。仰惟皇上懋德建中,謙光濟下,日躋聖進,裕萬年有道之基,時亮天功,衍百世無疆之慶,固已臣鄰錫極,民物和衷矣。臣更願至治寖昌,大猷允洽,撫五辰以奉凝之績,馭四炳以弘喜起之風,則景運方升而丕圖永固矣。臣愚不勝顒望。

仕而優則學學而優則仕康熙二十四年九月初九日

此言仕與學有兼資之益也。子夏意謂仕以行道,學以明道,二者理本相資,而事須各盡,故仕未有可廢學者,當仕之時必夙夜恪恭以盡其職守,既有餘力則究所學以博其見聞而經綸益爲有本矣。抑學未有可廢仕者,當學之時必朝夕黽勉以勵其進修,既有餘力,則出而仕以廣其措施而功用始可及人矣。蓋教天下以盡心於當務者如此。臣因之而繹思之,仕以展儒修之藴而職業必尚乎精勤,學以待俊義之招,而義理必期於浹洽,斯國家收道德功名之效而當世裕文章政事之才。仰惟皇上離照緝熙,乾行執兢,光明濟下,合臣庶以建中豈弟作人,統君師而立極,固已治隆朝寧,化洽膠庠矣。臣愚更願文德誕敷,天工時亮,懋聖功以大訓行之准,握道要以昭作睹之符,則四海同風而萬年承敘矣。臣愚不勝顒望。

臣爲上爲德爲下爲民其難其慎惟和惟一康熙二十五年七月二十五日

此言人臣之職甚重,任用之道宜詳也。伊尹謂夫新德之功必資輔德之臣。蓋以人臣職分雖有大小不同,其爲上也則爲君之德,其爲下也則爲民之生。服官委贄之時即有致君澤民之責,臣職所系爲甚重也,固於未用之先不輕于任使,不忽於考詢,則不賢不得濫其位。於既用之後必和以待之,必一以信之,則賢者得以盡其才。伊尹之告於君者如此。臣因是而繹思之,握原宰化,固由於建極之一人;熙載亮功,亦賴有分猷之百職。是以主聖臣賢之世,乃有民安物阜之休。仰惟皇上聖學日新,天行時憲,知人則哲,協唐帝之欽明;立賢無方,邁商王之智勇,固已中天際盛,三代同風矣。臣愚更願至治益隆,大猷永焕,丕顯以致旁求之烈,懋昭以弘首出之規,則百世貽謀而萬年承敘矣。臣愚不勝顒望。

尊聞堂集卷五十

論

蕭何爲相論

自《詩》《書》所稱有天下者，曰唐、虞、夏、商、周，秦漢繼之。秦爲無道，速亡，正統所當黜。然則漢者，承唐虞三代之統者歟！唐、虞、夏、商、周之君，曰堯、舜、禹、湯、文、武。堯之相曰舜，舜之相曰禹，禹之相皋陶，湯之相曰伊尹，武王之相曰周公。漢之君曰高帝，高帝之相曰蕭何。今試取類而成之，曰堯、舜、禹、湯、文、武、漢高之爲君，舜、禹、皋陶、伊尹、周公、蕭何之爲相，豈不亦可發笑矣哉？夫有舜之爲相，後成其堯之爲君。有禹之爲相，後成其舜之爲君。有皋陶之爲相，後成其禹爲君。有伊尹、周公之爲相，後成其湯、武之爲君。至於蕭何之爲相，不過成其高帝之爲君而止耳。傳曰："人皆可以爲堯舜。"以高帝之爲君，得一士焉，相之，不知其能復爲唐虞三代之治否也。顧高帝或可以及堯、舜、禹、湯、文、武之爲君，而蕭何必不可以及舜、禹、皋陶、伊尹、周公之爲相，何也？高帝有得爲之勢，而蕭何非可爲之人也。今試取類而並稱之，曰堯、舜、禹、湯、文、武、漢高，猶未若取類而並稱之，曰舜、禹、皋陶、伊尹、周公、蕭何之可發笑爲尤甚也。故使其君不得並稱於堯、舜、禹、湯、文、武之列，並稱之則不免於發笑者，凡以蕭何之爲相也。或曰：高帝既定天下，誅滅功臣，何用？故東陵侯與客説相國者，謀出私財佐軍，買田宅自汙，僅而獲免，不然則亦黥布、淮陰之績耳。而子顧以舜、禹、皋陶、伊尹、周公責之，此豈人情哉？且聞之主聖則臣賢，表端則影直。有堯、舜、禹、湯、文、武之君，而後有舜、禹、皋陶、伊尹、周公之相。今不察高帝之爲君，而咎蕭何之爲相，是猶表曲而責直影也。余曰：雖然，子之説善矣，而未盡也。太甲、高宗，中材之主也，伊尹、傅説相之，遂爲有商一代之賢君。從子之説，是使君人者將自諉曰：堯、舜、禹、湯、文、武，我不能爲是也，遂得舜、禹、臯陶、伊尹、周公，我將焉用之？得如蕭何者足矣。是三代以後之治不古昔者，子之説啟之也。孟子有言，謂其君不能者，賊其君者也，故爲相莫大乎致君，而爲君莫貴於擇相。

唐高宗求言論

唐之太宗聽言納諫，故其政理修明，荒裔賓服。至於治平繼體之君，苟得中材，蒙業而安，可弗及於亂。惜哉！高宗之庸闇也。高宗曰：頃在先帝左右，見五品以上論事，或仗下面陳，或退上封事，終日不絕。豈今日獨無事耶？何公等皆不言也。嗟夫！高宗烏可與太宗同日而語哉？太宗具剛明之才，廓虚受之量，故褚魏之徒犯顔極諫，知其可與有爲也。如高宗者，柔懦惽愚，爲之臣者，知其不足與有爲明矣。故寧無言，言之無益，猶不言也。其時如褚遂良、韓瑗輩忠言至論，不改其操，蓋猶有貞觀之風。而遂良卒以貶死，韓瑗既死發驗，徒使爲人臣者成諫諍之名，而於其國家竟何益哉！其後馴至武氏之禍，唐之社稷幾爲虚壤，顧反咎人之無言，是果可與言者否歟？龍朔中又謂侍臣，煬帝拒諫而亡，朕常以爲戒，虚心求諫而竟無諫者。嗟乎！人苦不自知，若高宗者，其去隋煬一間耳！

尊聞堂集卷五十一

漢書評論

轅　固

黄生與轅固争論曰："湯武非受命，迺殺也。"蘇子瞻論武王非聖人，正祖其説耳。武帝時，諸儒多毁固，公孫弘仄目事之。子瞻之短伊川，惜乎！有似乎公孫子也。

尊聞堂集卷五十二

後漢書評論

韓歆　宋弘

韓歆,字翁君,南陽人。從攻伐有功,封扶陽侯,代侯霸爲大司徒。史不爲特立傳,附見霸傳。後有云嘗因朝會聞帝讀隗囂公孫述相與書,歆曰:“亡國之君皆有才。桀紂亦有才。”帝大怒。歆又證歲將饑凶,指天畫地,言甚剛切。觀此則歆之爲人正直不撓,生平必多可稱述。而史不爲特立傳,何也?且歆竟以此免,歸田里。帝猶不釋,復譴使宣詔責之。司隸校尉鮑永固請不能得。歆及子嬰皆自殺。歆素有重名,死非其罪,衆多不厭。帝乃追賜錢谷以成禮葬之。蓋光武於是爲失德矣。宋弘爲大司空,斥桓潭以黜鄭聲,指畫圖以規好色,相道無忝矣。而後坐考上党太守無所據,免歸第,數年卒於家。而亦不聞恩禮之及,則以猶有宿憾於弘者。觀歆與弘,並以正直居台相,或父子殺其身,或一棄不復用以死。光武身被中胄,暴霜露以有天下,而嫉諒遠賢,不務爲後葉子孫之觀法,烏得之賢君乎!

崔　實

崔實之政論,其意黜寬尚嚴,小人哉,其爲文也乎!此晁錯之所以殺其身,申韓之流毒于衰周暴秦也。其言曰:刑法者治亂之藥石,德教者興平之梁肉,以德教除殘,是以梁肉理疾,以刑罰理平,是以藥石供養。此烏睹先王德教刑罰同條共貫之盛指哉?又其言曰:必欲行若言,當大定其本,使人主師五帝而式三王,蕩亡秦之俗,尊先聖之風,棄苟全之政,蹈稽古之蹤,復五等之爵,立井田之制。然後選稷、契爲佐,伊、吕爲輔,樂作鳳凰儀,擊石而百獸舞。若不然則多爲累而已。夫取法於上,僅得乎中。今以五帝三王之治不足爲,苟能爲之矣,然後選賢建能以致禎祥諸福之物,何其言之巔置錯亂而未明乎本末之實也。蓋有稷、契、伊、吕之輔佐而後能興唐、虞、殷、周之隆軌,今責人主以立本返古之道,而顧乃厚其所先,緩其所急,治之本末固如是乎? 吾恐賢者不察,以刑罰爲先,務以登賢助理爲緩圖,欲志於治而悵悵乎岐於所之。明著其失,以爲戒焉。

尊聞堂集卷五十三

三國志評論

諸葛亮

史稱諸葛亮治蜀,經載十二而年名不易,軍旅屢興而赦不妄下。裴松之以爲赦不妄下,誠爲可稱,至於年名不易,經載十二,蓋何足云! 亮歿後,延熙之號,數盈二十。史云茲制漸虧,又不然也。愚以爲不易年名,松之之論誠爲得之,而不妄赦之説猶未盡其義也。按不赦之論,始於韓非,非天姿刻薄,好爲峭激之言,文辭辨肆靡麗,引人不倦。讀者不察,足以使失其本心,陷於凶慝。而諸葛亮顧好其書,且寫以遺太子禪,祖其説以治蜀。是以終亮之身,赦不輕下。竊謂未可遂以爲後世不易之准式也。《易解大象》曰:"君子以赦過宥罪。"《書舜典》曰:"災肆赦。"《吕刑》曰:"五刑之疑,有赦,五罰之疑,有赦。"又曰:"疑獄汜典衆克之,衆疑赦之。"舍經而從子,然則經不足信與? 且夫罪疑惟輕,又《書》之明訓也。今使法當其罪,無可赦者,聖人猶以謂如得其情,則哀矜而勿喜。後世綱密文繁,萬一法不當罪,而時行法外之仁,是死者猶有可生之機,罪人猶有自新之路,有合乎罪疑惟輕之義也。陸贄不云乎,黜免之人,沉鬱即久,朝過夕改,仁何遠哉! 吾恐後世盛稱諸葛亮之治蜀,而遂以不赦爲不刊之令典,因不推原其説本於韓非刻薄之意,故爲著其義如此云。

法　正

法正在蜀，一餐之德，睚眥之怨，無不報，擅殺毁傷己者。或謂諸葛亮宜抑其威福，亮答言："奈何禁孝直，使不得行其意耶？"按諸葛氏好韓非子，此言失韓非"不避親貴，法行所愛"之義矣。然後世稱孔明治蜀用重典，尚威嚴，今觀其答或人之問，則何其不類昔所稱也！後世專取士大夫而加之重威嚴，曰："吾以述法諸葛氏之爲政也。"而盜賊殺傷人，諸行不義者，悉屈其法而貸之，其與孔明治蜀之義果有合與？否與？而又曰："彼不妄赦，亦專用之其爲士大夫者。曷不觀所以待法正之意乎？"或又曰："孔明不嘗刑馬謖無赦乎？"曰："是其以軍法從事，用孫子之故智耳，非學韓非者也。"

李　嚴

嚴與諸葛亮俱受遺詔輔後主。嚴後與亮書，勸亮宜受九錫、進爵稱王。亮答書曰："今討賊未效，而方寵齊、晉，坐自貴大，非其義也。若滅魏斬睿，與諸子並升，雖十命可受，況於九耶！"按亮於此失言矣。九錫之命，自荀彧猶不欲加于曹公，而亮曰："雖十命可受"，辭涉遽恣，非儒者不謀利計功之指也。亮於此時，宜折以大義，責以邀榮，明臣子之義，杜諂諛之邪。以謂"若使漢室隆昌，國賊殄滅，則惟角巾故廬，退就耕壟，庶以上答知已，下酬夙志，于願已畢，安敢覥然於九錫稱王之事哉？"亮不折以正而啟其邪。及祁山之役，嚴以督糧不斷，呼亮來還。亮乃表後主，責其安身求名，情在榮利，始發其平日之短。又公文上尚書，振暴其慝。可謂失忠告之道，以成其過。備責賢者，吾不能無議焉！

蔣　琬

古人器量有一二事可以令人於千載之下流連感動者，不必其功業之所存也。而雖功業之大，亦終無以踰此一二事，而後知器量之所關於人者重矣。蔣琬繼諸葛氏爲政，東曹掾楊戲性簡略，琬與言論，時不應答。或構戲於琬，琬曰："人心不同，各如其面。面從後言，古人所誡。戲欲贊吾是耶，則非其本心，欲反吾言，則顯吾之非，是以默然，是戲之快也。"又督農楊敏毁琬："作事憒憒，誠非及前人。"或以白琬，主者請推治。琬曰："吾實不如前人，無可推也。"主者重據，聽不推，則乞問其"憒憒"之狀。琬曰："苟其不如，則事不當理，事不當理，則憒憒矣。復何問耶?"後敏坐事系獄，衆人猶懼其必死，琬心無適莫，得免重罪。以此二事觀之，豈非所謂非功業之所存，而雖功業之大，亦無有以踰之者耶！諸葛氏稱琬社稷之器，可謂知人矣。後戲于姜維有傲弄之言，維不能堪，卒以此免官，亦可爲怙終之戒也！

尊聞堂集卷五十四

書　一

答畢亮四書

前辱示書，及所論訂《歷科經義》，久闕裁答。近不自度固陋，謬爲序其篇端，以塞嚮者見咨雅懷，伏維教誨。來書稱："治本于教，教本於禮，禮本於孝。援據古今，根極性命，窮天人之藴，明聖功王道之道。"大矣，美矣，足下之言哉！至所論南北人物文章之盛衰，則似有未盡其指者，敢獻其愚説，幸寬其狂僭之誅。自書契既作，載籍所紀，虙羲、神農、黄帝、堯、舜、禹、湯、文、武、周公、孔子以大聖人爲帝王師相，大抵皆挺生崛起在北也。孔子之弟子三千，而身通六藝者七十有七人，皆生於魯、衛、齊、陳、宋之國，吳惟有言偃，楚惟有公孔龍。公孫龍事不見於經傳。子游以文學爲孔子所稱。及其門人之言見於禮經者爲多。孔子所稱文學不虚也。然則大江之南，子遊之流風宜猶有存焉者。由孔子而來，不敢謂無其人也。而孟子生於鄭，荀卿生於趙，司馬遷生於龍門，揚雄生於蜀，董仲舒生於廣川，班固生於扶風，彼數子者，其所著作昭布天壤，非如相如、枚皋之徒以詞賦見奇而已，而又不皆生於三江五湖之間，何歟？由孟子以來，歷秦漢至今，可以與荀卿、司馬遷、揚雄、董仲舒、班固諸人相頡頏而上下者，果真無其人也歟？夫天之才豈限南北，安知其無于古不有於今耶？大聖人不世出，大賢亦不世出，誠欲如孔子、顏子、曾子、孟子一聖數賢者，萬世而下或有或無不可知。若荀卿、司馬遷、揚雄、董仲舒、班固之徒，安知其無於今不有後耶！又安知其今之人不可復進與古耶！今館閣之士，蔚然如林，其所治則龍門、扶風之業也，吾將得其書而觀之，足下其姑竢焉。

答彭羨門書

頃雖時見顏色，衆中不獲款語，此心嚮往實甚，有暇尚欲得一瞻對。前許賜讀近詩，不知可一檢發，俾得諷誦如親几席否？比亦不多作詩，時取宋以來理性之書讀之，沈潛往復於其中，理義悦心，有少分相入。此正如五穀布帛之不可一日離，今人詫爲異事，過矣！然此亦惟知我能聞之，不足爲外人道也。怱次，不具白。

與巡城御史書

十二日署中與諸道長所言，悉數地方大弊，民間所最苦，主上所深知。若不早爲除革，小民受病日深，聖明耳目甚近，吾輩職任攸關，無論抱愧此心，將有譴責之及，以故諄諄相爲勸勉。滿道長既有同心，則不爲難事。且巡城一差原可自行胸臆，只以公慎行之，自無掣肘之慮。前日所言仍有未盡者，聞各城每日不皆同集，則民間詞訟等事廢閣稽延，衙役總甲夤緣爲弊。嗣後務須齊赴本城公署，詞訟隨到隨結，雜事即與判行。或有緊要私事不能赴署者，有一人在署，即與剖行。不必以一二人私事彼此等待，有妨公物。只須據理了結，有何瞻顧。以國事爲家事，盡心盡力，豈得復計一己之利害長顧卻慮乎？吾輩目擊耳聞地方積弊如此，若不實心整頓一番，更有何項官與爲料理。一年差遣，忽忽易過時日，事權在手，慢爾優遊，亦覺可惜。或有差限將完，在差一日，且盡一日心力。賢者舉動，人所則效。若只以完差爲念，又何以勸後來者乎？諒有同心，不憚煩語，希惟鑒原。不具。

與健庵書

昔與汪王輩爲文字之飲，年少氣盛，今且就衰老，有離索羈旅之悲。幸晚而侍先生，道德氣誼相切劘，所受益至多。蓋孔子所謂直諒多聞之友，遂令頑鄙亦知斂春花而近秋實矣。然而齒發凋耗，心志零落，雖先生欲蕲于道，自度年力不復得如曩者之盛，時恐遂泯然以老而無所成就也。雖得近清光，聆言教，或牽以職務，或雜集於稠人廣衆之中，區區懷抱，未由自明，至使先生之教亦無因以相發。異日老有過時之悔，不無遺憾也。自再詣脩門，嘗退而屏居獨處，飲食朋友征逐之事皆以絕無，歲中可屈指在先生高齋，及昨日司馬宅兩與焉已爾。此其人之違世離俗，不與時宜又可知也。坐中語借書事，承先生厚意，相允諾。自封印後爲經解數篇，雖是杜撰，亦恐愚者千慮，謬同古人，故亟思得前賢經傳相一印證，儻蒙檢發。《尚書》一種先以見示，不勝感激。寓中有二三人抄寫，不致久稽，亦必不致少有損汙。余俟面悉，不宣。

與健庵書

頃集議北海祀典，見一議稿云：唐祭北海於洺州，今廣平府。竊心焉疑之。謂《文獻通考》言祭北海及北瀆大濟於洛州，不聞其於洺州也。歸而檢《唐書·禮樂志》云：祭北海及濟于河南，河南正謂洛州，唐無廣平祭北海事，明矣。蓋洺字是洛字之誤，有司者不察，遂以落爲洺耳，幸議未具以上。閣下好古而博考，爲禮官，主衆議，恐別有依據，非寡陋所能知。伏惟察示，毋俾議者昧昧焉，果如向者之誤，弗深考也。望之，不宣。

尊聞堂集卷五十六

書　三

與健庵書

比不晤，晨復且輟直事，有須面言者，故而奉啟。真定酒會以前，老先生相約久不得中止，此自於事理無礙，而區區之情則有欲不得奉陪者，此亦未易一二言也，今略陳之。性不耐酬應，頃年以來酒食譾會一切報罷。獨與老先生破此戒者，以道德文章親師取友，不須疏外，故輒追陪歡笑謦欬之餘，欲因以聞緒論而近清光，資陶淑之益，實已多矣。外此則一概未敢赴折簡之招也。即同年相好如今司寇亦數數辭之。乃反與同席，豈不兩截其事乎？此小事，不須瑣瀆台聽，顧以形跡無以自明，聊爲此代面語以白意。或當召另客以充席位，非可遲之。相見乃言，皇恐皇恐，惟祈鑒宥，不具。

與孝感相公書

拜别已逾十載，江山阻深，莫由修候。中間伏處草土，幽岩窮谷，舟車客遊之所不至。再入春明，旅進旅退。歲月不居，忽忽至今。瞻慕先生道德光儀，每一念至，舉體欣翔。以不得一侍左右爲悵恨。自念少壯時，汩没於詞章卑瑣之學，雖過辱提誨，至使大賢當前，有錯過後時之悔。數年以來，冉冉老至，遂覺平生所學，略無得力。纔知向慕正學，已有遲暮之悲。端居寡徒，同心寥落。古人爲學必有師承，特立獨行崛起者，所謂豪傑之士，間世一出，豈中人以下之材所可冀望萬一者哉！昔韓退之謂："世無孔子，不當在弟子之列"。若當吾世而有能爲孔子之學者，難得而易失之，則其陷溺淪没於世俗而終無所成就者，其亦可悲也已。先生幸有以教之。伏惟老伯母太夫人壽體康和，台候萬福。聖天子篤念舊學，銀青之約，旦夕俟之。臨啟曷勝思仰之至！

與舍弟書

毁辱喪失，忿慾窶貧之於吾久矣。其不爲心害也，而害吾心者乃在詞章之習。吾材質最下，獨好盜竊古人句字，塗飾行墨，冀以泄其心思，不以世好惡爲憂喜，然亦不能如韓子大怪小怪之説也。故往往矜其私智小見以求勝於人，而人之怪之也，亦時時而有焉。則其害吾心者，亦已多矣。少之時氣盛力盈，歲月已去，故可悼惜。今年加遲暮，作僞日勞，舊習難除，前路漸迫，不禁惕然於心。嘗取宋賢心性之書以自懲砭，屢取屢棄，而百家詭異奇衺逞才使氣之文不覺牽引糾結，則又墮入陰鬼窟中，不能自振拔，實可哀閔。嘗見方書有逆治、從治之法，今使吾一旦撥去書冊不觀，嗒焉静處以養其心，此乃逆治之法，吾所未能。無已則用從治之法，仍於文字中尋討活計。蓋古之立言者多矣，自孟子以後有道而能言者莫過晦庵朱子，其言誦之，使人能無邪心而不害其正。以是頃年以來，專用力于朱子之書，而他書亦不復能盡廢，但心中既有主宰，則亦不爲曲學他岐所得搖亂。且吾非能學朱子之書，蓋將以是養其心，求無害而已。至於世之怪不怪非所論也。恐弟輩未悉此意，聊以寄語，倘亦有意於斯耶。

尊聞堂集卷五十七

跋

恭跋御書龍飛鳳舞四大字後御書四字，康熙十七年三月二十八日。

皇上以賜臣廷敬者也。臣叨塵講席，多歷年所。伏睹我皇上欽明濬哲,典學敷文,視朝聽政之暇,手不釋卷,講誦至夜分不少懈。發爲篇章,炳炳烺烺,如日月中天,照耀下土。時以餘力臨池灑翰,筆法精妙,敻絕古今。臣謹按《孝經援神契》曰:“奎主文章,倉頡效象。”宋均注:奎星屈曲相鉤,似文字之畫。傳稱庖羲作龍書,少昊作鸞書。蓋書契之興自古聖帝哲王類以化成天下。臣以愚陋,荷知遇,俾掌院事。玆蒙賜御筆,恭勒堅珉,安翰林院敬一亭中,用垂攸久,使觀者知聖主向學,勤於宵旰,所以風勵群工,意至渥也。凡文學侍從之臣敢不孜孜矻矻,夙夜靖共,以對颺休命。爰拜手稽首而恭跋其後。

恭跋御賜詩後

康熙戊午秋七月,臣廷敬奉詔于大内修書,臣英、臣士奇以其夏日侍從登景山,御賜詩視臣廷敬。臣拜手言曰:嗚呼!盛哉!此有虞氏喜起之歌也,二臣何以至此!臣歷觀自古帝王功德著於當時,聲名稱於後世者,必其君臣之間有魚水之歡,無闊絕之跡。至於文學論思之臣尤引而近之,相與賡歌,褒以篇什,所以示寵異,通乎感而禮賢重道也。三代以降惟唐之文皇、宋之太宗爲最著。我皇上誕縱聖能,虚懷善下,優遇儒臣,超軼唐宋以來之英,君誼辟而宸章睿翰,天光昭回,絢采神霄,下被萬物,洵卓絕前古矣!今伏睹聖制,穆穆焉,洋洋焉,既曰君臣同樂,而又曰時雨將來。蓋其相得益章,誠即明良喜起之義,而所謂綢繆未雨、丁寧誡儆之指未嘗不寓其中。二臣宜何如爲報哉?是宜鑱諸金石,與典謨訓誥之文傳之無極。英、士奇俾臣識於後。謹盥沐書焉。是歲九月甲子臣廷敬恭跋。

方澤壇左右解

【附記】《午亭文編》卷二十二有《方澤壇左右辨》,文字不同。

按古北郊位皆南向,無北向,配位皆西向,宋政和間用北牖答陰之義,始改地壇位北向,而太祖配位東向。蓋西爲位左方,是尚左也。南渡後壇復南向,明嘉靖九年建方澤壇,用宋政和制,地祇北向。《祀典考》曰:配位居左,既曰左則宜東向明矣。國朝沿明舊,奉太祖位西向,太宗位東向。左者蒙南向而言,是以東爲左,西爲右,非吾所謂左右也。吾之所謂左右者,以位言,彼之所謂左右者,直以南向概之而已矣。如今之呼左翼左掖者。或南北而立,則直以爲左翼左掖而已矣。故其下文云,五嶽四海列于二成之東,五鎮四瀆列于二成之西,俱東西相向。東嶽,海先之也。西鎮,瀆次之也。蓋東爲彼之所謂左方,是亦尚左也。是以順治十四年禮官請奉安神主。禮曰:奉安太祖配位於左,太宗配位於右。今太祖西向,配位在東,太宗東向,配位在西,是亦以彼之左右爲左右。故曰國朝沿明舊者此也。若謂彼所謂左猶吾所謂左,有司者奉行之誤耳,其罪或當不至是甚也。然則今如之何?曰:莫若深考嘉靖時所以制禮之意,其所謂左必自有説,得其説而斷之以義,庶乎其可也。不得其説而曲爲之護,曰是有司者之誤,恐未可以服其心,而使吾之説必可行也。

尊聞堂集卷五十九

序 二

贈沁水汪令序

《孟子》論進賢,以謂左右及諸大夫曰賢,未可也,國人皆曰賢,然後察而用之。嗚呼!難矣。每誦其言,未嘗不浩然而歎也。今海内郡國間歲上其縣令之賢者,主爵者條其名籍與所歷官、食俸多寡及簿書錢穀,合薦格奏,請天子親裁,御門引見,授以給事中、御史之職,所以獎循良,勸吏績,慎諫官,備闕政也,意不綦善哉!給事中、御史秩不殊縣令,上可以議乘輿之失得,下可以斥論大臣百執事之是非,其責望誠難副,而天下爲縣令者恒視此以爲榮。賢者雖不以是爲進退高下，然國家所以奬循良，勸吏績，慎諫官而備闕政也，可不重與！且夫人之得與於是列也，所謂左右皆曰賢者與？諸大夫皆曰賢者與？抑國人皆曰賢者察而用之與？不過曰所司之論薦已耳，雖銓曹有不得與焉。夫至於諸大夫之言可用矣，而猶曰未也，今信者所司之一人而已矣。縉紳之清議，儒生之頌説，里巷之歌謠，荒鄉窮壤之所嗟咨而歎慕之者，所司者寧盡知之乎？其所知果盡不謬矣乎？其所聞於上者果盡其所知者，而出於心之誠然矣乎？是皆未可知也。沁水汪侯，以名家子通經術，爲吏於沁，沁人大悦，縉紳、儒生、里巷、荒鄉、窮壤之間，萬口一辭，皆以爲賢。夫合縉紳、儒生、里巷、荒鄉、窮壤盡乎國之人矣，而皆以爲賢，所宜察而用之時也，而所司不舉，天子不知，此其失猶不如使左右言之，諸大夫言之計爲得也。沁之父兄子弟屬余爲侯躋堂介壽之辭，因正告之以此。然此豈足爲侯頌哉？余又不窜爲侯頌之而已也。

闞目詞話序

始吾觀屈建不以芰祭事，誠未知其賢與否，乃今然後知建之果不得爲賢也。昔者屈到嗜芰，有疾，召其宗老而囑之，曰："祭我必以芰。"及祥，宗老將薦芰，屈建命去之，曰："國君有牛享，大夫有羊饋，士有豕犬之奠，庶人有魚炙之薦，籩豆、脯醢則上下共之。不羞珍異，不陳庶侈。夫子不以其私欲干國之典。"卒不用芰。《禮》曰："文王之祭也，死如事生。"又曰："如見親之所愛，如欲色。"然如"欲色"云者，言其想像親平生所愛之物，如見親有"欲之之色"也。今建直以謂大夫有羊饋之禮，夫芰微物耳，比之珍異，比之庶侈，又斥之以爲私欲，正之以國典。嗚呼！建獨非人子耶？人之子將祭其親也，齋而思其志意，思其所樂，思其所嗜。建爲人子，而顧忍獨絕其親之所嗜，且使其親平生所愛之物，真有欲之之色，而建思而見之而遂絕之，亦何以異於《禮》所云耶？且使其親而尚在，能禁格其所嗜耶？今已矣，建則曰："是乃由我"，則是事死者不如其生也。建烏得謂之賢耶？敬事母淑人不能得一日之歡，茫茫乎思吾母之志意，思吾母之所樂，思吾母之所嗜，而不可得也。蓋淑人性幽貞，莊肅澹然，於物無所嗜，獨喜觀書，偶見楊用修《史略詞話》而悦之，嘗謂用修詞話"以一人之聲歌，檃括全史之事績，有聲韻而無關目。不若人各舉其事，人自言其情，寫興亡之蹤跡，促今古于須臾，尤爲感人之深也。"名之曰《關目詞話》，書未就而淑人見背。夫淑人所嗜六經諸史，吾不能讀吾母之書矣，顧沾沾焉不忘於此者，將以比屈子之芰，而痛建之忍於其親也。

原本祀學録序

禮："凡學，春官釋奠于其先師，秋冬亦如之。"蓋因學者所習之業示以取法耳。今天下郡縣學祀先聖先賢，其禮之遺制與！而鄉賢則祀以其鄉之大夫士有學行者，使得列於其廡。夫古之鄉先生歿而祭於社，不聞其祀於學也。然《禮》又曰："釋奠於先聖先師，先老終之。"蓋古者天子視學養老同重並舉。故《禮》又曰："遂適東序養老，方未養時，必先釋奠於先世之老。"於是乃設三老五更、群老之席，適饌省體具珍，天子親袒割牲，執醬執爵，養老之體，其重如此，則其於先世之老，曰："釋奠"云者，視先聖先師，文既同而禮之重可知也。養老之禮親袒割，執醬爵，則其釋奠於先世之老，其禮之重重於養老，又可知也。郡縣之學，釋奠之劄，使其長吏行事，雖其節文儀則有異，而其于天子敬學養老之意，貴於無失，其義則一也。故吾嘗以謂今之鄉賢，猶古者釋奠其先老之意，烏可廢也！謂鄉先生祭于社而又祭於學非者，是未得禮之遺意也。雖然，今所謂鄉賢，直士大夫之家廟寢室耳，禮之意豈固如此乎？古者釋奠先世之老，不惟以謂養老而已，學者所習之業，既以取法於先聖先師，而先民之可則效者，亦往往而有焉。故釋奠先老，同於視學，使學者有所感發而興起也。豈直如今士大夫之所謂鄉賢者乎！是惟不慎擇其人，故如此也。若我卿真翁蔣公，禮所謂"法之於民則祀之"，公其人也。公歿而墓草幾宿，宰木已拱矣。其流風遺徽之傳於後者，故老稱之，後進思之，搢紳先生交頌如一，遂聞之郡邑，聞之大吏，僉曰："允宜檄學官，從祀如常儀，後生小子有所興感則效，由是鄉賢因公而益重，然後益知先王釋奠之意。其示學者所習之業有所取法，其義至深遠也。"余嘗從公賢嗣少司農裕菴詢公遺事緒論，知公爲尤深。裕菴集其請祀始末，屬餘題之曰祀學録，輒推本禮經遺意而序之如此。

尊聞堂集卷六十

序　三

扈從東巡日紀序

余既承乏總修《明史》，攬其君臣事蹟，至於乘輿出入，巡幸蒐狩，尤謹書之。而其國初文淵諸臣，如楊文敏、金文靖輩，率嘗扈從行在，時時召語，或遇山川扼塞，立馬論議，于史家法皆得備書其事，不獨以爲臣之榮，凡所以彰其君接近儒者，寵之帷幄，資以腹心，雖在道途，尤其勤如此，可以爲簡冊之光也。康熙二十一年春，上東巡省謁陵寢，翰林侍講高君澹人實從歸，則以其紀載諷詠之所爲作輯録卷帙以示。余觀其馳驅關塞，流連豐鎬，鋪陳帝業之艱難，誦述民風之勤苦，靡不言之成文，歌之成聲。而出入翠旂羽林之間，行宫帳殿，有讌見之語，有賡載之歌，考之文敏、文靖諸人所未有焉。余左右史職也，微澹人記載而諷詠之，且猶將求得其事，書之簡編，藏之石室金匱之中，況乎其言可傳於後也。主上親近儒臣，引之密勿深嚴之地，一時君臣感會，啟沃謀猷，有外庭所不及者。微澹人記載之文，諷詠之言，即使求得其事，書而藏之，其得如澹人之所自爲言，而可傳於後者歟！則言之關於彰君之美，而以爲簡冊之光者，不綦重且亟與？余既受而讀其書，喜而爲之序。

使粤集序

孔子言《詩》,獨與賜也、商也,則《詩》之可與言,如此其難哉!今名爲能詩者日益衆,而出於唱答贈訓者爲尤多,何也?豈其今之資多於商、賜與?孔子游于七十二國之間,所交君卿大夫獨數稱鄭僑、蘧伯玉之賢,蓋其取友之難又如此。喬君石林校士使西粤歸,裝得所爲詩若干篇,最先以視余。石林行萬里,江山瑋麗之觀,天地淑靈之氣,豈無其人焉,可與石林頡頏下上,予汝相唱和者?乃獨以其詩快意孤吟,浩然有以自得。凡向所謂今之詩者,泯然無一有焉,然後知石林能得言詩之意,而致慎乎其難也。石林以文學知名,士爭慕與之游,而顧不以余之不肖,勤勤懇懇,辱與之言。今之時無有僑、伯玉之賢,而余終願石林之取友必以孔子爲法也。

左國穎序

高詹事澹人蓋嘗又以《春秋》侍講禁中,《左氏》、《公羊》、《穀梁》、《胡氏》四傳附於經,折衷焉以斷經意而爲之説,既以其説日陳於上前,又嘗自爲書曰《春秋地名考》,曰《左傳紀事本末》,其最後成者曰《左國穎》。曷言乎"穎"也?蓋擷其事句之可攬以出者爲之書,書具而未有名,予時適在內,名之曰"左國穎"云爾。昔毛生與十九人俱,其謂公子平原君曰:"使遂得蚤處囊中,當脱穎而出。"今句字之在書,渾渾耳,噩噩耳,忽擷之以出,殆猶錐之脱穎者然,故直名之曰"穎"也。其後,澹人問序于余。夫其采擇之勤,精英之美,序之宜矣。然序之而莫能言其意宜,莫若求其義於其名。今夫穎非能自出也,錐之處囊,可見者末已耳。句字之擷以出,類乎末不類乎穎,烏乎名"穎"?雖然,善言錐者舉穎而錐具,善言道者即器而道存,善言文者即句字而文生。文以載道,錐以致用,其理一也。見其末而穎具,見其句字而文生,猶之夫見其器而道存也。句字,文之器也。文,道之器也。習其句字而不知所以爲文,猶之習夫是器而不知所以爲道也。是豈徒不類夫錐之穎，亦豈可以類夫錐之末者哉！是故善言錐者舉穎而錐具，善言穎者舉末而穎具矣，又烏乎不可以"穎"名哉！然是編也，其示人者句字也，而所以能得其文者，惟精於道者然後得之。且不見斲輪者乎？錐，鑿器也。齊扁見之以爲道，而偃師見之以爲器。錐鑿非有二也，見之者異耳。吾願世之見是編者，無若偃師之見錐鑿然也。

劉可南改過集序

孔子稱顔淵有不善未嘗不知，知之未嘗復行。佗日對哀公以好學，曰："不遷怒，不貳過。"子路，人告之有過則喜。周子曰："人不幸，不聞過。"此可見學者不貴無過，貴改過而已矣。豈惟學者，雖聖人不能無過。孔子曰："丘也幸，苟有過，人必知之。"豈惟聖人，雖天地不能無過。故曰日月之食也，人皆見之。至於山川之崩竭壅決，風雨霜雪露雷之違戾不時，鬼神之昏亂淫虐，及爲善不降祥，爲不善得福者，皆過也。然而覆載之有恆，清寧之貞觀者，天地之能改過則然。否則，山川風雨霜雪露雷鬼神之失其常者，一往而不復焉，豈復有天地乎！由是以觀，改過之義詎復大哉！沁水丞劉君可南爲《改過集》，日記其言行之合離於道者，視昔人所傳功過格加嚴焉。余既受而讀，而嘉劉君之能改過也，本其義于天地聖賢而爲之説。《傳》曰："聖希天，賢希聖。"劉君則誠賢者矣。若聖與天，劉君倘進而希焉，否耶？

尊聞堂集卷六十一

序　四

送大司寇徐公健庵予假歸昆山序

天子聖神在御，以道德名義礱礪席上，警動天下，其於賢臣之士所以愛育而矜惜之者，天覆海函，陽煦露濡，靡不周至。此賢臣志士所以擗心摧泣吁嗟屏營，顧念至恩而莫知其何以爲報者也。間嘗覽篇籍所記，全軀保利禄之臣括囊箝口，無所是非可否于時，而世亦無所可指名，窮年畢景，聲跡泰然，此其人皆謀其私，已不忠於所事者，無足齒數矣。若夫儒者致身，出其論議勞列，以任人家國之事，其能無所沮敗毁折以有終者，近古以來有幾人哉？是以諸葛、王猛之儔曠數世而不一見也，吾思得其人以慰吾心焉。于唐一人裴文忠公，于宋一人司馬溫國文正公，此兩人並以儒者任人家國之重，雖非無沮敗毁折，猶幸及其身以功名終者也。然晉公於異鏄、逢吉、僧孺、宗閔之徒不啻如伏盜之三刃，斷韡刜背傷首者也。溫公以洛下之閒居，田夫野老婦人女子皆知君實，其後駸駸有爲矣。而紹聖之宵人請發塚斵棺有餘恫焉。嗟乎！上下千年得此兩人，而兩人者其所遭後先又皆若此，有志之士宜以何者爲感慕趣捨也哉！然彼皆不遇隆時，際賢主，假使二子得吾君而事之，其所豎立成就豈特如此而已哉！故世患無如中立、君實其人者耳。大司寇昆山健庵徐公以宿儒掇巍科，名滿域中，館閣典冊大文皆出於其手，而讀書講道，砥廉隅，持言議，偘偘誾誾，所歷官聲實茂著世，所謂以論議勞能任天下之事者。而天子愛育矜惜，恩義厚隆，一日以省墓予假綸旨褒慰，中外以爲榮。以視中立、君實不能得于其時之人主者，而公獨親遭其盛。蓋吾於上下千年又得公一人矣。晉公之老也，獨與其徒白居易、劉禹錫輩爲文把酒於午橋泉石之間。今公非其時，其事亦不類，而絕類溫公，溫公爲《通鑒》，其時人君以爲賢于荀悦《漢紀》，數促使終篇，賜以穎邸舊書。公之歸也，上曰：攜書局以隨，亦何以異於君實在洛下時耶？方其時，書未就，天下目之曰真宰相，故吾謂公絕類溫公，以此也。公之歸，吁嗟念恩而莫知所以爲報。吾庸舉涑水之所爲者，爲公勖焉。

尊聞堂集卷六十二

序　五

金太公壽序

歲之七月，時惟家君之誕日，辱吾州守金使君錫以仁人君子之言爲寵光之。閲月，太翁先生攬揆之辰，家君命不肖廷敬曰："語云：'無德不讎，無言不報。'況邦君大夫之賢。然則修酌者之辭，厥惟汝小子之職哉！"廷敬受命。家君又謂："今之稱壽者，類多侈言人世尊榮寵賢，以相矜耀不已。又爲長生久視神仙荒怪之説，以爲祝純嘏而稱萬年，非此不可以爲説，子其知戒是哉！"廷敬又受命。憶昔攜書游京師，太子太師文通公方以學術輔翼先朝，余讀中秘書，拜公床下。公忠敏端恪，喜援引善類，勤勤懇懇，有古大臣以人事君之義。如某之不肖，亦既嘗得被容接而聞謦欬矣。每退則私語其同儕，善人，國之紀也。公存心如此。此其相業誠未易殫究，而天庥之自至者，寧有涯也。其後世祖鼎成，公引年致其政而歸。今天子念元老去國，賜詔優寵。又命即家條上政事之宜興罷者不時以聞。蓋近世以來，宰相致政家居未有如公之異數者也。余方幸前日之私語其同儕者，至是而可信余言之不誣矣。太翁，公之季子也。當世祖時，察知公忠慎，獨推恩其子。太翁以宰相子備宿衛，出入禁闥垂十年所，小心畏慎如一日。是時，天子嚴明英毅，中朝凜然。官僚奉法度惟謹，侍衛旦夕在側，夜則更番宿殿門，風雨嚴寒無敢避。時狩近郊，謁陵寢，侍衛皆從。又嘗幸南海子，又皆從。步趨進退稍稍不中程度，則或被省詰，天顔少不懌，則恐懼伏闕門，累日不得命不敢起，又莫敢遁情逆意。故嘗擢樸直，懲猥巧。以故後之名公卿，亦往往多出於侍衛焉。太翁被恩遇，歷寒暑勞苦，且公漢人，又相門子，而略無膏粱文繡之故習，其所以健其筋力而老其智慮者，豈天之將降大任於斯人耶？初，文通公假而歸，世祖諭太翁扶侍公歸，及後文通公老而歸也，太翁亦請告而歸，太翁之子今使君蒞吾州而爲守也。余遇太翁于京師，其神明王而四體強。余又退而私語其同儕曰："吾前謂文通公，幸而其言可信不誣。吾今見金太翁，猶吾文通公也。"同儕者曰："子之言可信不誣也。"夫以太翁之出而事君也，其所歷如彼，而又徵以文通公之爲父，今使君之爲子，如此其所以光前業而迓天庥者，何可數計哉！余又語同儕者曰："文通公與太翁之賢，吾黨之士亦既聞之矣，而未見其人。今吾使君之賢，諸君之所目睹者。諸君見吾使君，亦猶見吾文通公、太翁也。"同儕者曰："子之言可信不誣也。"敢次敘是語以復家君。家君曰："子之言未盡十四五，顧以視富貴神仙之説則有間矣。"命遂書之，以侑一觴。

尊聞堂集卷六十三

序　六

張菊偶遺書小引

張子象升謁選入京師，手其尊甫先生書二篇，跽以請于余曰："先子生十九年棄去世俗，所誦書顓精理學，設宋四子像室中，扃其户沉思，遇有疑輒長跪竟日夕，至通其理乃復食寢如常。遭亂，播遷無常處，獨提攜所著書。後走漢東，棲蓬茅間且久，一夕火起，盡熠其書。先子歿七年，象升反故居，風雨道晦，迷望墟煙，投村舍止宿。舍老父問而知爲象升，驚告曰："君家尊甫亂時，嘗避止舍中，與老人有德，意勤厚，舍屋壁有故蹤跡。"老父引以視，則字畫隱躍如平生，署曰"菊偶"。"菊偶"者，先子故嘗慕淵明之爲人，往往詠"采菊東籬"之句，而以自號者也。當此時，象升且喜且悲，泣以再拜於煙煤流塵中，得《存心録》、《孝友家箴》兩篇，録以歸，藏之二十餘年矣。今象升以學游于先生之門，先生以表章絶學爲己任，敢以請一言。"

語已，又泣且拜。廷敬受而讀之，喟然歎曰："先生之書脱於火者纔五六百言耳，學者服習之，終身有不能盡，亦豈非斯文之幸哉！嘗竊自惟，自有載籍，言不軌於聖，如老聃、莊周、列禦寇之徒，又或有甚焉者，度亦多矣。今皆不傳，則不可謂非秦火之爲功。夫老聃、莊周之書，不幸而脱於火，使後世之人迷惑沉溺於中，而不能以出者，火亦宜有罪焉。然火不能熸六經，而謂熸老聃、莊周之書不能者爲火之罪，火亦不任。今菊偶猶存是篇也，是熸六經之類也。其所既熸者，安知不有如在孔子屋壁間者，胥其時而出焉。象升其往求之，毋徒使老莊諸異學之書横行於天下，而六經之説猶不能以救焉。得菊偶之遺書以佐佑之，豈非猶幸者與！火雖烈，焉能阨斯文哉？"

御選古文淵鑒後序〔一〕

欽惟皇上資大聖之才，弘帝王之略，緝熙廣運，久道化成，理洽寰中，威行域外，山陬海澨，車書大同。自雕題鑿齒之鄉，烏弋黄支之地，罔不懷仁慕義，梯航萬里，頓顙來庭，誠耳目所未殫，圖冊所不載。由羲、農、軒、昊以還，垂衣舞干之世未有能及此者也。乃若運謐時和，玉弩不薦，金芒戢耀，家聞謳誦，俗被文明，而聲教所訖，荒徼殊方，遣子入學，襲冠帶而服儒雅者，跂踵駢跡，集于闕下，此皆功德敻巍，聲名洋溢。是以宗仰君師，無思不服，管窺蠡測，有可得而揚扢焉。我皇上自蒞寶座，統萬邦，體乾健之不息，凜益進于無疆。爰廑睿懷，永惟大道，論思不舍夫寸陰，封章尤慎乎子夜，寒星在而求衣，炎景昃而方食，克勤克儉，惟幾惟康。舉凡事天敬祖，君國子民，薄罰捐租，立綱陳紀，惇五禮而齊七政，駕三古而邁百王，惟實踐之宸修，悉推本於載籍。溯自三墳五典、八索九丘、群經諸子、百家衆流之學，靡弗探賾研微，極深致遠，博聞多識，並貫兼該。朝退清燕，不停編于文史，不輟誦於詩書。儲宫之訓，胄子之教，自朝伊夕，惟學是務。用是言語制詔、命令文章，彬彬乎皆圖疇典誥之風，以暨皇情抒寫，瑋搆鴻裁，天格麗瞻，摛藻振采，聖躬手自勒成御集詩文，卷袠盈積，蓋慶霄在上，萬物五色昭回之光焕乎億世者也。若夫灑翰龍鸞,炳燭穹壤,又以見天縱之多能,聖作之兼美。唐哉！皇哉！弗可罄悉已。乃者披丹函翠檢之藏書,展綈幾牙几之睹記,肇始《左》《國》,歷秦漢以來,下逮元明,君相臣士廟堂之顯跡,草澤之遺文,可以裨益政理,潤色隆平者,綜其篇什,擷其英華,加以御評,晰義闡辭,釐爲三集,欽定名曰《御選古文淵鑒》,正集八十卷,别集二十六卷,外集八卷。既竣事開雕,親制序言,冠之首簡,復命臣等譔爲後序。臣廷敬學殖薄陋,承詔惶恐。伏睹聖學閎遠純粹,發爲至文,昭列兩闓,真所謂浩乎若江海,高乎若丘山,赫乎若日月,包乎若天地,六經之詞是也。今御選文羅百家之群言,斷衆義之至是,則猶景星之佐三辰,陵麓之附嵩嶽也。于以光文治而暢皇風,豈小補哉?凡我臣工,幸遭休明之世,熟悉聖主勤政典學如此其至,敢不精白自勵,無怠無曠,以仰承嘉德,覩茲集也,宜其憬然而興矣。至於古今學術之殊途,文家之流别,聖論審詳,洞原鏡委,臣不敢贅於是,戰慄泚筆,謹記所見於雕扆之旁者,以與諸臣頌揚而相勉焉,且與天下之爲士者相勉焉。

【校記】

〔一〕此序據《尊聞堂集鈔》卷五十八補入。

七夕唱和詩序〔一〕

詩窮者而後工,豈然哉?古之工詩者,類皆不遇而窮,或遇而卒以窮,或遇而不窮而若有窮焉者。使其人皆遇而不窮,而亦無有與爲窮焉者,其詩亦未必不工,然而卒反是者,若有天焉。詩能窮人,豈非信然哉！余觀《七夕唱和詩》,諸子皆不遇而窮者,故其詩之工至如此。而予視諸子爲既遇,宜其詩之不工于諸子也。諸子行且遇矣,遇而無所與爲窮者矣。苟其遇焉,且將無所與爲窮焉,則無爲貴詩之如此其工也。諸子曰:"先生之言,有感也夫!"雖然,予則烏乎感?既乃次其語,以爲《七夕唱和詩序》。

【校記】

〔一〕此序據《尊聞堂集鈔》卷五十九補入。

遊西山詩序〔一〕

昔曹能始譏今人開卷詩則七言律,予嘗病其説。柏梁、蘇李之什,豈皆必沿雅與風乎? 佗日,與二客遊西山,兩兒子從。廖生詩古今體皆備,于生詩秘不以示人,蓋每後出當勝耶。次兒豫朋游山之夕得詩二十餘首,明日寫以視予。余苦其多且易,然實十九皆今體詩,所謂古體詩者一二而已。蹈能始之譏,然後知曹説有可用也。穉兒壯履亦哦出兩截句,以其童子弗怪焉。予則爲古詩數章,使歌之以爲娱,後稍稍散佚去。一日,豫朋檢搜都爲一卷,余則又大喜,比之趙無恤。既而請曰:"古松大鐘,西山道中物也,爲附庸,可乎?"曰:"可。"遂並録之。康熙壬申夏五説巖書。

【校記】

〔一〕此序據《尊聞堂集鈔》卷五十九補入。

尊聞堂集卷六十四

辨

秦正統辨

歐陽子論正統,謂:"有合天下於一而不得居其正者,前世謂秦爲閏是也。"又曰:"惡秦而黜之者,是漢人之私論,溺于曲學非聖之説。不過曰棄滅禮樂,用法嚴苛,二者特始皇之事,未原秦之本末也。秦襄公與立平王,受岐豐之賜。平王東遷,遂同列國。繆公東侵晉地,盡滅諸戎。昭襄王五十一年,周之君臣稽首自歸。至其後世,遂滅諸侯而一天下。至於始皇,悖棄先王之典禮,其不德不過如桀紂。桀紂不廢夏商之統,則始皇未可廢秦。”修之意謂昭襄之時天下正統周當於是絕,秦當於是承矣。漢人惡秦而黜之,惟以始皇之故,昭襄之時無害其爲正統也。夫東周之君一日未亡,則天下之統一日未絕,秦於是時固不得居其正。而謂合天下爲一者,尤非也。滅諸侯者,始皇也。以其無道,爲公論所不容,固不足以語夫正統之傳。不得以追溯其先世之昭襄。而孰知既不得其正,又不能合天下於一,謂爲正統者安在也?又曰桀紂不廢夏商之統,始皇未可廢秦。夫桀紂者繼世之君,所承之統禹湯之統也。使因其暴虐而黜之,無是理也。所謂桀紂不廢夏商之統則可,謂始皇未可廢秦則不可,何也?始皇之先未可語於正統也。統之得承與否,當斷自始皇始耳。始皇滅先王之建國,壞公天下之大義,舉古昔典章法度、良法美意,所用教養平治天下之具,一切毀裂而去其跡。桀紂之無道,害在一時,始皇之不仁,禍及萬世。就使始皇當桀紂之所處,所謂孝子慈孫百世不能改者,而況其爲萬世之罪人,爲正統絕續之所關乎?且舉秦之本末而論之,襄公與立平王,雖其勤王佐命之功,亦不能過齊桓、晉文之事。至如繆公之侵晉滅戎,果可以比湯之載征自葛、文王之昆崇共密?而昭襄之功果可以比南巢、牧野之事乎?始皇之滅諸侯而一天下,果可以無愧於堯舜之相傳、夏商周之相代乎?余故斷以謂秦爲閏者是也。言“惡秦而黜之,是漢人之私論,溺于曲學非聖之說”者,非也。

辨　政

後世變易先王之政多矣。吾獨怪其事多出於雄猜好大之主,與妄作自用之臣,非有仁心智計、法立無弊之深思,而千百世遵之,如律度權衡之不敢易。由是先王之政日以變易,以謂不可復行於後世者,則庸人之見,詘於雄猜好大、妄作自用之人,而不復能有所振拔也。上尊號爲皇帝,命爲制,令爲詔,天子稱朕,廢封建,置郡縣,始于秦始皇，年號之稱始于漢武帝，殿試之法始于唐武后，進士之科始于隋煬帝，經義之制始於王安石。其他變古之道、由今之俗者，未易悉數。而此數君臣者，皆雄猜好大、妄作自用之人也。而其所變易先王之政，至於千百世遵之，而不敢復議。與此亦可見爲政在人而已矣。有有爲之志，有有爲之才，雖至於變易先王之政，非有仁人智計、立法無弊之深思，猶且行之千百世而不敢易，況其能行先王之政乎哉？苟無有爲之志、有爲之才，雖至於壞先王之政，使千百世遵之不敢易，猶且不能，況其爲先王之政乎哉？先王之政皆以廢墜而莫能行，終有望于有爲之主與有爲之臣而已。

尊聞堂集卷六十五

記　一

五城管兵記

先是，御史李君時謙疏言："巡捕三營番役，得營弁坊官同轄，輯盜便兵。"部議不行。於是上曰："可令漢軍八旗馬兵出正陽等門，及緑旗兵夜防晝歸事，下議政王、貝勒、大臣、九卿、詹事、科道集議。"蓋上意以正陽、崇文、宣武三門外，實漢官民雜居，得漢軍兵馬彈壓，盜宜息。而一時愚民譁然，謂兵民錯處，非便居。數日未議。議之日，會諸曹晨入奏事，上謂臣等及諸御史曰："京畿重地，宜肅清。盜敢公行，必有主使。晝匿其家，夜出爲盜。或有墳垣爲窟穴，其令五城嚴緝務獲。"臣聆天語，若含意不發，溺職且辜上意，於是皇恐奏言："巡城三營，設有番役，專用察緝盜賊不法事。五城御史役使不過數人。前御史某疏奏，欲令坊官兼轄番役，部議不行。臣愚謂番役在捕營，未必盡得其用。若令五城同轄，臣等嚴飭，使察緝盜賊不法事，可是人各盡力。"上曰："然。其條議以聞。"既出，外朝集議請設漢軍兵甚衆，至不能奪。臣乃偕諸臣力言者再四，而衆意乃定。漢軍兵得不出正陽等門，捕營兵及番役令五城兵馬司坊得同轄焉。議上，上曰："議是。"議之日，康熙二十三年十二月十二日也。

浮頭山重修臨雲寺記

百鶴新阡，去樊山之巔纔尋尺。余居母淑人塚次，時陟山巔而望，東南一峰悠然獨秀異群峰。問之，人或曰"佛陀"，或曰"佛頭"。今年春，道出其下。有僧來謁，問之，曰："浮頭山也。"問其寺，曰："臨雲"。問寺所緣起：順治中以旱禱雨輒應，土人以爲神，因建茲寺也。旱則輒禱之，咸若有答焉者。余既返而登視，棟宇傾摧，風雨穿漏，不稱茲山。《禮》："山川出雲雨，澤施及物者，列在祀典。"古者五穀不登，則詔修山川群祀，禳祈禜雩，皆有令制。況山之蓄靈沛澤實克副於禱祀，宜宣明功德，俾有憑托，以感神德而浹人心也。無替無侈，必加修飾。余既語其人，其時有若黄發耆艾，野夫牧兒，咸來聚觀，忭蹈曰："善！請書其言於册，以待刻之石。"

尊聞堂集卷六十六

記　二

物外樓記

古之君子，未有離物以自異者。入物之中，盡物之情，而吾之遇之者，不違其當然之則。夫是以物之至於吾前者無遁情，而吾乃不惑於萬物之情而各得其性。離物以自異者，君子不貴也。若夫關尹、老聃、莊周、列禦寇之徒，其所自爲不能入物之中而思出其外，托以逃焉者也，君子豈貴之哉？雖然，吾嘗入物之中矣，動而得尤，物爲吾累，托而逃焉則不可，入而遊焉則不能，吾烏乎其可哉？昔者江潭漁父謂三閭大夫曰："聖人不凝滯于物，而能與世推移。世人皆濁，何不淈其泥而揚其波？衆人皆醉，何不哺其糟而歠其醨？"三閭大夫曰："安能以身之察察受物之汶汶者乎？甯葬于江魚之腹！"若屈子者，所謂入而遊焉不能者也，未得合乎聖人之中道也。而漁父之云云，則本歸乎和光、同塵、齊物、達生之説，其老莊、列禦寇之流輿！然則吾烏乎其可哉？吾聞之，古之君子，己大而物小。夫天之賦物有定形，吾之所見有大小。入物之中而遊焉，所見者大常在物。惟入物之中，不見物之大，是謂能遊物之外，乃吾向者遊物之中者也。遊物之中而自謂不能者，己小故也。故凡物之至於吾前者，惑於其情而違吾之性，己小故物大也。己之大者，己常在物外，亦其理也。吾所居存樓，因遂以"物外"名之。康熙二十七年十月二十五日記。

記故太醫吏目朱陞事

康熙二十七年十一月二十五日夜，喉中忽有生物如李核，天明，故太醫吏目朱陞來視，曰："此喉癰也。"余心不憚其言，嘗所與遊醫曰："消之易。"自是以後患愈苦，而二十八日尤甚，二十九日潰。此皆陞所先見言之，後以其所言中，輒信用之，不用向所遊醫。夫余於天下之病，大概略已備嘗之矣，獨喉癰乃今始患之。吾當喉病時，水粒不能下口，夜臥水逆氣湧，涎流有聲。凡天下之病，無苦於此者。朱君曰："非死道也。"喉之爲病甚苦。而曰"非死道"者，首尾五六日可愈耳。天以甚苦之病加人，而不出五六日之外，此其仁心爲何如？而病者不察，皆其所自取，而輒或又皆委之於天。則如是之爲病，亦有死人者多矣，烏不可懼哉！余既追艾厥咎以自警，念欲有益於世，將集録其方。君所論一二日至五六日方，皆一定不得輕改易。信其言，故具載之。一日：防風、荊芥、薄荷、赤芍、花粉、桔梗、元參、金銀花、牛旁子、丹皮、生甘草；二日：荊芥、防風、桔梗、元參、金銀花、牛旁子、黄芩、連翹、花粉、生地黄、枳殼、貝母、生甘草；三日：桔梗、元參、連翹、花粉、貝母、枳殼、荊芥、金銀花、牛蒡子、生甘草；四日：黄著、蟬蜕、白芷、金銀花、桔梗、麥冬、花粉、連翹、生甘草，五日同四日，加當歸、皂角刺；六日同五日，痰火甚，加牛黄。陞爲人朴言，初若令人不見喜，其後言卒信。他人甘辭若可信，卒無征焉。故吾嘉君之行，而兼欲以傳之世而濟人，毋爲甘言者所惑而戕其生。天所加病，本不死人，而人自死其病，可傷也。君之材又兼幼科，而不行。嘗見一時諸貴人，甯自薄其父母與其身，而憐愛其稚幼，故幼科于時爲最盛。君避惡甚悖本，故弗行。嘗誦其父前内殿教習吏目宗禹言："自吾爲燕人，以吾科世其官，今緒在汝，且三百年。汝輟其業，弗習，則緒且絕。"陞謹記其言，故嘗弗兼佗業。蓋喉之病于人至危，故又至少。余生五十年一遇君，則君之爲業，豈特不比于時所貴之小兒，亦遠於佗醫矣。而君終守其父之言，不少變以從時，可爲賢有志者也。故吾書此事以濟人，而於君特致詳其言之善者焉。

朱吏目，名能治喉咽。余既記其事，後十日病復作。投前藥，一日夜病如前。自度比至數日更潰，則不復能堪，乃自以意爲方。防、荊、羌、靨諸伐物畢具，涼者悉卻去，大涼不過薄荷、連翹止耳。方書云"火鬱則發之"，意取此也。晨投藥，日昳時病霍然良已。於是乃悟向者朱術之未盡也。會徐公健菴有足疾，爲針者誤，余數往視之。今日遺余書，言朱晦翁贈程道人詩事。晦翁有足疾，程道人針之而愈，贈以詩。病復作，遣人追取之，曰："恐因此詩誤佗人也。"朱吏目事既見於余文，文不工不傳，人未必見。即見人少，見者未必適有是病，決不至誤人。雖然，晦翁仁人之心也，仁無間隱顯大小多少。余文即不工不傳，人未必見，即見，未必適有是病；萬一有一人適見之而有是病，未可知也。文既不可毀，則爲跋于其後，蓋竊取晦翁之意云爾。康熙二十八年晦日。

花源草堂記

上之康熙二十八年己巳春正月，南巡守至武林，幸西溪高君澹人草堂，御制詩一章，又取詩之第三句"竹窗"字親爲書以賜之。於是澹人以“竹窗”爲號，而以賜詩之首句名其西溪之堂曰“花源草堂”，所以識其遭逢之異，恩禮之隆，示不忘也。將使世之善畫者圖之，能爲詩者詠歌之，而謂余粗知文者，曰：“爲我記之”。夫以澹人之承帝賚而密寵光，雖微圖畫，世猶將傳述之，況今世善畫者衆，欲爲澹人畫者尤衆，畫不畫無所系於其重輕也。若夫詠歌之事，惟頌美焉已盡其義。則今世之爲詩者，人人能之矣，不必又取于余文也。澹人之以余粗知文也，而問記于余，其或有意於斯乎？余惟草堂之事，不患不張大于時人之耳目，且將書之國史，傳之奕禩，流播之遠且久，雖畫之善者不能如焉，雖詠歌之無以盡，而頌美之無以加也。然而可爲澹人道者，恩重則報稱難副，地近則危隙易生。身事聖主，勉爲良臣，使芳名盛美足以耀竹帛而垂無窮，則草堂之事愈益以傳，而詩與書與文乃藉以傳矣，寧詩畫與文之可以傳草堂之事乎哉！余衰殘閑放，無益於世，辱澹人之不棄，其不以余言爲老諄也與？澹人嘗言，南宋時上世祖翥，樂道潔修，能爲歌詩，自名其居“信天巢”，理宗題賜“菊磵”，至今學者稱菊磵先生。然則，君宗之賢，聞于世而達於上者，世有其人哉！於記法得並書，謂是庶幾以當頌美之義云爾。

白鸚鵡記

今相國真定梁公家有白鸚鵡。自吾游京師，出入公門下，公每延之坐，必見鸚鵡。公自户、兵二部尚書爲宰相至於今，吾未嘗不從之游，蓋吾之旅於斯亦且久矣。見昔之貴勢之家，一旦失其所憑恃，其高甍飛簷、臺池泉石有數易主者，有爲瓦礫榛荊者，而其集古之録、悅生之藏散落人間者，往往而有。乃吾至於公之室，則鸚鵡獨宛然而在。公又藏書甚多，及唐宋以來名畫法書、古人真跡。至則與同游崑山徐公健菴立齋昆弟固請觀，公亦時出其珍秘以示同好，而鸚鵡輒在其旁。以吾之游於公既久，見物之變遷者亦既多矣。而鸚鵡以海南之産棲于燕北，風氣寒燠飲啄之異其宜，雕籠絛鏇羈紲之違其性，宜其不及乎貴勢者之所憑依，猶可以力致而智守也，而鸚鵡則宛然獨在，貴勢人則不能有其所有，豈貴勢人之力智顧反出鸜鵒下哉？是未可必知。然公之德業日新，涵容萬匯，生養群動，於世之一物，使遂其生而不違其性，得其所養而不失其宜。其於天下之大，萬物之廣，推斯道以往，吾知其恢乎有餘矣。故於鸜鵒而喜爲之記。

青藤館記

藤生於庭，根蔓占土幾盡。種雜花樹，以時溉治，輒不生。久之，知其藤之故也。呼童客操斤斧剪伐之，會已及秋，乃罷去。明年春，念雜花樹，又思去藤，不治。孟夏柯條益長，葉緑扶疏，坐息其下，有以忘吾羈旅之憂，而益其閒居之樂也。回念雜花樹，已過時。假使具在，宜不及此。風枝日陰，立夏而秋，久在几席，吾乃今而後始釋然於藤矣。匪曰但釋之，且愛好之。曩者，若遂剪伐之，使吾羈旅而閒居，誰爲忘其憂而益其樂也哉？且夫吾之於物，不能獨漠然而忘情也。而物之接於吾前者，前之所惡，既見其非，後之所好，復見其是，猶是物也。好惡生於其心，而是非移於其外，若是者豈止一藤哉！雖然，吾聞之，至人之於物，因而付物，前之所惡，物有其非，後之所好，物有其是，猶是物也。是非因乎其外，而好惡不加於心，若是者吾於藤是已。吾未得爲至人也與哉？亦勉思其道而已。故於此而有感焉，將以名吾居之館曰"青藤"，志其時物也。康熙二十八年四月九日記。

惠民祠記〔一〕

先公封光禄大夫正一品吏刑二部尚書，都察院左都御史，當戊辰己巳之間，歲屢不登，盡棄先世所積粟累數十萬石，焚其券以惠鄉人。先公曰："聖天子景運鴻龐，湛恩汪濊。吾屬生逢盛世，守先人遺業，安居田里，有衣食足以自給，兒曹官中外，禄養繼至。嘗戒諸子孫，受國恩厚，慎毋厭清貧，使可傳於後。凡吾所餘粟，皆先人遺留，吾謹守勿失而已。雖然，吾自先侍御公屬以家事，垂六十餘年，勤耕稼，薄治生產，視先人所餘粟爲多。又以其暇誦詩讀書，督汝曹皆有所成就。吾守粟不散,是直以溫飽遺子孫,吾弗貴也。吾且盡棄粟以與吾鄉里。”諸子曰:“諾”。於是當己巳之夏,盡所有粟皆棄之,在券者皆盡焚之。鄉父老扶杖率子弟,繈負婦人抱嬰兒女皆泣請:“公棄粟無以自贍,吾儕皆願償公,公毋盡棄粟。”公皆揮之去,終焚卷不顧。嗚呼!我先公盛德而遺吾曹以清貧也,所志苦,所爲功大矣!是時,鄉父老率其子弟,一日伐石刻書,樹於道者累數十通。公聞石既盡樹,弗可禁已。士民念公德不忘,合辭請建生祠祠公。上之巡撫、布政使,巡撫、布政使上之禮部。公聞,馳使京師,戒其子吏部尚書廷敬移牒禮部,亟止之。禮部成公意,牒院司褒旌,以勵仁風。其事美,其言文,皆可傳説誦述於天下。言多弗録,别刻爲一卷以垂後裔。嗚呼!天乎!公爲明神,有異征以告其家人。諸孤廷敬等謀曰:“祠之建不可以累吾鄉之人,公志不可違也。我曹建祠以祠公,無義無害。”謀僉同,將建祠於東山之麓。公爲明神,祀不可瀆,不可慢易。後其謹之,俾永永勿替。康熙三十一年歲在壬申十月朔甲子,賜進士出身、光禄大夫、經筵講官、吏户刑工四部尚書、都察院左都御史,不孝男廷敬齋沐謹書。

【校記】

〔一〕此記據《尊聞堂集鈔》卷六十五補入。

尊聞堂集卷六十八

題　跋

書張副憲吏鑒節録後

士非能自爲吏也,有所以用吏之人。吏非能自爲賢也,有所以使吏之賢之道。故朝廷得用吏之人而後吏可用,用吏之人賢而後吏能賢。用吏者苟非其人，而欲以責吏之賢，雖日督之詔、告誡之令而其勢有所不能。今張公子礎集録古賢吏行事爲《吏鑑》，其果有能勸於今之爲吏者耶？今天子仁聖，官才辨賢，士幸生其時，出而爲吏，其不欲賢者少矣。而公猶諰諰計慮，集爲此書以告爲吏者。夫以詔告誡令之難如彼，而謂公以空言勸天下爲尤易，則亦恃夫用吏之人之賢而已耳。吾君吾相幸加意焉。不然，以斷編殘簡之文而欲以勝詔告誡令之所難行者，不亦幾虚語矣哉！

太上感應篇跋

此吾儒正法眼藏也。《易》曰："積善之家，必有餘慶。積不善之家，必有餘殃。"《書》曰："惠迪吉，從逆凶，惟影響。"又曰："作善降之百祥，作不善降之百殃。"篇所言禍福無門，惟人自召，善惡之報，如影隨形，與六經之旨無不合者。六經所載皆古昔聖賢吉凶與民同患之意，而世之人亦無不趨吉避凶者，然往往凶多而吉少，豈以爲六經不足信也。曰：吾莫能之，則亦吾莫如之何也已矣。於是以六經至邇至易之言以爲窮高極遠之論，而悍然冥行者流不畏天地鬼神，藉口曰："理而已，非實有是神也。"至其所以謂之理者，又以爲高遠而難行。故曰"吾莫能之，吾末如之何"，是豈其趨避之本心也與哉？其所致此者，則亦究於見理不實而已矣！若實見有是理，則必實見有是神，神乃所以爲理也。是以《太上》專言神而舉天下之言理者莫之能外焉，世之言理學者以此爲理宗可也。

梓潼帝君陰騭文跋〔一〕

凡童子入學誦《三字經》、《千字文》，後即令誦《太上》、《梓潼》二篇。凡學者受持二篇，當日誦一竟。有事則朔望，再有事則朔《太上》而望《梓潼》。要使此念長存心目之間，非可以利益妄冀，而所謂利益實亦出乎此矣。

【校記】

〔一〕即《午亭文編》卷四十八《梓潼陰騭文跋》,補文末小字注文。

袁了凡立命篇跋

《太上》、《梓潼》二篇論"孽自己作,福自己求"之理,彰彰著明矣。學者誠能一日之間於二篇之義了然,常在心目,身體力行,不爲私欲所撓亂,即此便是身心之益,況實有人世得福之事乎?近代自袁公了凡行功過格,能轉移定數,自爲《立命篇》以訓其子儼,於是以此義頗顯白於世,而世人猶望而卻步者,苦其難能也。今按公言明年考科舉,孔先生算該第三,忽考第一,其言不驗。秋闈中式,明年云者,不過朞月耳,朞月之間功驗如此其速,可謂難能乎?難轉移者定數而轉移於朞月之間,可不謂至易乎?世人捨其至易,而自安於難能,則亦不思之甚者矣!世本以公《立命篇》繼《太上》、《梓潼》二篇之後,蓋欲因其人以實其事,誠勸世之深心。而余獨拈出所謂至易之説者,懼世之人視以爲難能而卻步,且以之自勸云爾。

俞公遇灶神記跋

袁公立命之説餘既斷之以爲至易以勸學者,且以自勸。於是又睹俞公遇灶神事,有感焉。初俞公自謂爲善數年而得惡疾,及聞灶神語始改悔,後果得福報云。蓋其難如此,而余謂至易,則余言爲不足信而懼沮天下向善之機也。然而俞公之初非真能爲善者,灶神之語可按而稽矣。如是則謂爲難能也固宜,若從袁公功過之格,則福報之來在於朞月而不必數年也,余是以曰至易也。無爲俞公之難而爲袁公之易,以俞公之事次焉者,是此意也夫。

尊聞堂集卷六十九

狀

母淑人行狀

嗚呼！痛哉！廷敬竟不得與吾母訣也，五内崩裂，呼天搶地，幾欲從吾母於地下。念廷敬備員禁林，不得奉侍定省有年，每家人信使至，輒叩問吾母起居，必以動止康寧、飲食如故對，以是稍得從容殿廷。自十月之望，始聞吾母感疾，即中夜旁皇，手繕陳情一疏，會皇上駐蹕湯泉，計竢駕還，匍匐乞身以歸，以稍慰吾母。顧未及再旬而貽恨已終天矣！嗚呼！生不獲嘗湯藥，歿不能視飯含，廷敬之罪百身莫贖。顧以家君在堂，猶然偷息人世。痛哉！痛哉！荒迷之餘，追維吾母懿言善行十不記一，又恐湮没弗彰，彌滋罪戾，謹粗述梗概以告當代大人先生，幸賜采擇。吾母姓張氏，世居澤州之沁水縣。高祖鏜以歲貢生起家，官瑞金王府教授。曾祖知本贈禮部員外郎。祖之屏萬曆甲戌科進士，累官陝西商洛道左參政。父諱洪翼，字萬涵，萬曆癸卯科舉人，署教朝邑，至廣平府威縣知縣。母王孺人吏部尚書諱國光公孫女。萬涵公壯年無子，既得吾母，少而聰穎，異恒兒，與王孺人皆鍾愛之。萬涵公在朝邑，手授吾母四子、《通鑒》及《列女傳》諸書，無不倍誦，且能通曉大義，旁工筆劄，如經生然。王孺人又善治家，事戚黨以禮，禦衆寬嚴得中，其日夜訓率吾母者，纖細皆有法度。吾母亦善承孺人意，里中爭傳張氏有賢女。先王母范太安人方爲家君通議公擇配，聞而隨委禽焉。吾母既來歸，時先王父贈侍御公已歿，太安人在堂無恙。先王父有三子，長道莊公甲戌科進士，官至浙江道監察御史。次即家君，甲午恩拔貢生，累封通議大夫、詹事府詹事兼翰林院侍讀學士，又次大虞公，州學生。侍御公配李安人善病，大虞公夫婦又皆早夭，惟吾母晨夕侍太安人側，一切烹飪縫紉諸瑣屑事皆吾母躬親之。太安人老而長齋，喜潔清，非吾母饋食則不甘，每歎息曰："微此賢新婦，何以娛我老人。"吾母多子女累，又性好力作，每免身三日即起操家政，供養太安人，往往倦瘁勿恤也。家君爲人方嚴，雖酷暑必振衣冠端坐，吾母亦相對甚莊，語笑皆不苟，所往復論説者率多前古忠孝節烈之行。當姜瓖之亂也，州城爲賊所佔據者踰歲，數遣人誘致家君，家君手裂其書幣，痛罵之，如是者數四。吾家在郭屹村之中道莊，距州城七十里，最後嬰賊怒，趨攻莊堡，家君率堡中人力禦之，凡三晝夜始解圍去。方被圍時，賊又射書入堡，誘家君率衆降，家君登陴忼慨謂衆曰："受恩本朝爲臣子，誓不陷身於賊。賊反覆倡亂，此特貸命漏刻耳，吾已度外置妻子。若汝曹不協力堅守，一旦爲賊所汙，異時王師至，無噍類矣。"衆皆聽命，母亦流涕告家君曰："吾必不辱君，堡破，請先死。君其勉之！"是時吾母甫產第三妹適王氏者猶在蓐中，既告家君訖，即自奮曰："此非安寢時。"遂起具糗糧，給酒食，佐家君，拊循堡中人，終夜未嘗解衣臥，一堡得完。諸感頌家君者亦無不感頌吾母也。吾母既知書，凡治家率遵禮法，決不信鬼神禱禳之事，尼師巫姥尤禁往來。家政稍暇，即出書籍憑几莊誦，非丙夜不歸寢，雖經生好學者無以加也。廷敬幼時尚未就外傅，凡四子書皆吾母口授以熟，及官禁林，每家君有書至，吾母亦必附手書，以居官爲勖，大略謂"吾兒既已致身，所宜忘家爲國。吾兩人猶壯盛，萬勿以爲念。"廷敬所以兢兢自守得至今日者，固皆天子非常之恩，蓋亦遵兩大人教也。今吾母手澤雖在，而音容已不可問矣。嗚呼！痛哉！吾母生於庚戌年七月十九日，卒於康熙十七年十月二十九日，享年五十有九。以廷敬爲庶吉士，遇今上登極，恩敕封孺人，又以内弘文院侍讀遇慈和皇太后祔廟，恩誥封宜人，及廷敬任詹事府詹事，遇加上兩宮徽號，恩又晉封淑人。子男八人，長即廷敬，順治戊戌科進士，經筵日講官，起居注翰林院掌院學士兼禮部侍郎、教習庶吉士，娶庠生諱祚啟王公女，即吏部尚書諱國光公玄孫女也，封宜人。次廷繼，恩拔貢生，候補國學官，出繼叔父大虞公後，娶鄉飲大賓諱某郭公女，繼娶鄉耆諱某張公女。次廷藎，州學生，早逝，娶歲貢生諱某張公女,繼娶庠生諱某闕公女。次廷慷,太學生,候選州同知,娶乙酉科舉人江西都昌縣知縣諱芝馨李公女,繼娶鄉耆諱某許公女。次廷扆,歲貢生,太原府府學訓導,娶庠生諱龍御王公女。次廷統,歲貢生,候選知縣,娶太學生候選州同知諱仁洽王公女。次廷弼,太學生,娶太學生諱慺楊公女。次廷翰,州學生,娶歲貢生諱爾實張公女。廷繼、廷扆皆庶母程氏出。女子子五,長適庠生諱某盧公子庠生啟茂,亦程出。次適太學生候補州同知秦光先,次適太學生王仁堂,次適甲午科副榜貢生諱象守張公子官生候選州同知中驥,次適甲辰科進士浙江會稽知縣諱鵬翼楊公子太學生健。孫男三,長謙吉,娶戊戌科進士户部右侍郎諱六善田公女,繼娶庠生諱宜振曹公女。豫朋,幼,俱廷敬出。隨貞,幼,廷弼出。孫女四,一許聘太學生諱爾繩張公子瓆,一許聘丙戌科進士霸州道副使諱汧張公子庠生檏,俱廷敬出。二未字,一廷扆出,一廷翰出。曾孫男一,初鳳,幼,謙吉出。嗚呼!廷敬方在苫凷之中,瞶眩倉皇,詮次失倫,倘荷大人先生哀而銘諸幽壙,紀諸桓碑。異時且得載諸惇史,俾廷敬得效顯揚之萬一,則感且不朽。哀子陳廷敬泣血稽顙謹狀。

尊聞堂集卷七十六

祭　文

祭張太公文

生人厥初,性惟忠孝。大不踰閑,古賢所詔。嗚呼惟公,細鉅中道。

皇運始開,士隱屠釣。識命知歸,飛龍虎嘯。遣子入仕,豪英克肖。

帝曰俞哉,可枋機要。時草昧初,雄奸竊剽。盜塞晉疆,扶攜奔趏。賊誘執弓，絕食野廟。喑噫向賊，强寇氣掉。

王師掃境，鴻毛就燎。牛酒獻王，師徒粲笑。玉石揉焚，誰與救療。草莽孤忠，丹青焜耀。乃今之人，外此怙冒。受國豢養，而敢狠驁。雲擾西南，峰連邊徼。亦有王臣，亡家自效。僉蒙寵褒，或錫官號。公節偉然，不以上告。雖不以聞，公大食報。

帝命斯皇，章服朗照。根蟠葉繁，源深流澳。忝知公深，言申舊好。公就窀穸，可無憾悼。公靈其來，髣髴前導。

尊聞堂集卷七十九

劄　示

錢法堂榷關監督劄

爲劄知事：竊惟皇上留意錢法，特命督理。原爲革除積弊，有益錢法，不累關差，徹底澄清，直法垂後。是以本院本部自受事之日，即偕同科院監督當堂立誓："如有于錢局關差私取銅錢一文、銀一分以上者，男爲盜，女爲娼，身受横戮。"指天矢日，茹蘗飲冰，天地鬼神照臨鑒察。竊恐有各關包攬辦銅人役，踵習陋規、藉口各衙門使費，賺騙關差，各關監督爲其所愚，仍被誘詐。奸人惟利是圖，不顧有玷本院本部清名，不畏朝廷國法，曖昧之事既屬難明，欺索之情不能究詰。各關止圖了結已事；不惜浪費錢財、上下相蒙，牢不可破。如此情弊，髮指眥裂，深堪痛恨。本院本部身爲國家大僚，若言清行濁，亦豈肯以身家性命指立誓詞！人可欺，心不可欺；心可欺，天不可欺！自矢如此。横被惡名，不得窮究到底，直探弊源。所有各關差監督差回者，刻日赴寶泉局衙門逐一詰問，有無此等情弊。未差回者，劄到之日，各具文申說有無此等情弊，務從實確報。嗣後有包攬辦銅人役，仍不悛改，欺索關差，該監督即已深信本院本部弊絕風清，言行如一，即時連人呈報，以便究擬。如本院本部等有此等不肖之行，願干斧鑕；如無此等情弊，爲包攬辦銅人役賺詐，法在不宥。倘該監督徇隱姑容，此爲身謀，不爲本院本部身名，本院本部已廣布耳目，密爲訪察，必立行題參治罪，决不輕貸，須至劄付者。康熙二十三年歲在甲子十一月二十七日。

榷關監督第二劄

照得本部奉命督理錢法以來，悉心革弊，矢志廉清，誓告神祇，約束員役，不敢欺人欺己，干冒天誅，披瀝肺肝，屢行禁誡。特恐仍未明晰，再爲劄喻。所有已經嚴飭事情外，今思關差監督，聽信包攬辦銅人役欺誘詐索錢財者，即未敢公然指稱本院本部名色，或藉端爐頭檢驗銅色高下，衙役秤兑斤兩盈虧，投文或有勒索，實收或有留難，銅斤到局或有割包搶攘等情，打點包賠必須雜費，關差監督見其種種名目，難以究詰，出其征斂之餘，浪供泥沙之用，任其指撥，不復推求。凡此情弊，誓在革除。如銅色則本院本部偕同科院監督當堂親視，不假爐頭之手，則藉端爐頭之弊從此革除，如斤兩則本院本部偕同科院監督隨意遣人稱兑，不假胥吏之手，則藉端衙役之弊以此革除。如投文則隨到隨赴寶泉局，監督即刻收注。如有延緩即系勒索，則藉端投文之弊以此革除。如實收則收銅之日即行給發，如有延緩即系留難，則藉端實收之弊從此革除。如銅斤到局，本院本部嚴令該役巡視，如有不法之徒，立行拿送刑部治罪，則藉端割包搶攘之弊從此革除。以上諸弊既除，而奸人仍復借口關差監督不行出首者，本院本部訪知，必立行題參，並解銅人役送刑部究擬，决不輕貸。慎之慎之，毋以身試法也，須至劄付者。康熙二十三年歲在甲子十二月初一日。

都察院堂示

爲嚴飭剔病民十大弊以靖地方以安民生事，照得興利不如除害，禦暴即以安良。本院秉茲法紀，日夜兢惕，于地方民生利弊莫不留心訪察。近見京城種種不法之徒，恣意妄爲。輦轂之下，豈容狐鼠晝行，魍魎肆虐！若不亟爲剪除，則將民不聊生，視法紀爲具文矣。除一面行五城嚴拿禁除外，擬合出示條禁，爲此示，仰各軍民人等如悉。嗣後如遇後開不法之事，務痛省前非，各保身命，毋視泛常，致滋後悔。今將各條禁約開列於後：

一，禁盜源。凡盜賊竊發，必地方有窩線之家，陰爲勾引藏匿。故欲弭盜，務在澄源，此保甲當嚴而覺察宜慎也。乃更有一種撥兵爲盜，殊屬駭聞。借巡警之名，持現成之械，暮夜登埸，害民尤甚。徒知衛民而設兵，孰意添兵而生盜！嗣後地方總甲，仍然巡察不嚴，併將弁縱兵爲盜者，一經發覺，參究匪輕。

一，禁唆逃。夫逃人一被擒獲，嘗有奸棍教唆，指扳仇家富户。好惡逞於胸臆，患害出之口中。逃者受賄，堅供不移。民間諺語謂之“拉鐵橛”，每致無辜受害，有口難分，及至審雪，身家已破。更有一夥駕逃詐詐者，名曰“放鷹”，或捏稱曾寄物件，或假託嘗通往來，任其魚肉飽壑方休。此等流毒，民何以堪！嗣後逃人拏獲，止究真正窩主，如有教唆妄扳，及駕逃唬詐等情，定按光棍律治罪。

一，禁抄搶。夫情關骨肉，孰不受之欲生；誼切夫妻，斷無惡之欲死。修短有命，禍福自天，非人之所能輓回也。近見出嫁之女病死夫家，遂即視爲奇貨，罄家全往抄搶一空。或嚇詐貲財講和，或逼令罄產殯殮。少有不遂，仍以人命捏告。以致死者暴屍，生者失業。刁悍無良，莫甚於此。嗣後毋許借屍抄搶，興詞捏告。倘有輕生自盡者，聽該地方官查驗明白，據理發落。如有故違，即以盜賊劫財物例拿究。

一，禁賭博。大都游手匪類，平居無事，呼盧博簺、竟成錮疾。先則傾家蕩產，繼則爲盜爲非。甚有一等奸棍，設局開場，以致良家子弟，誤罹網羅者不知幾許。嗣後如有賭博，許地方鄰佑，即鳴所在官司拏究。如富家子弟誤墮彀中，許其父兄伸告，開豁處分。

一，禁誣扳。每見地方失事，番快四出躧緝。或得一盜，不問真假，先以非刑撈打，授意供扳，擇人而食，謂之教點。不報真名實姓，止供外號排行。糾黨行拏，排闥入户，掠其財資，辱其妻女，誣盜誣窩，蔓引株連。真盜尚無的據，平良早受奇殃。肆毒若斯，真堪髮指！嗣後番快拏獲盜賊，即解當官審問，不許授意冤扳。敢有犯者，許被害稟告，以憑盡法究處。

一，禁鬬毆。凡民之生，孰無血氣？一朝之忿，忘身及親。良由強悍威風，是以迷而不醒。每見亡命之徒，或因平日微嫌，或因口角細故，一旦相值，儼若不共戴天，穢口毒詈，赤體揮拳，傍觀袖手，莫能救護。尤可異者，身負重傷，猶以罵不絶口爲好漢。一經殞命，貽累地方。此種強悍，肆害愈慘。嗣後如有當街肆毆，該地方總甲番役，即行救護，公同拏究。

一，禁盤放。通財之義，何處無之，急中稱貸，在所不免。獨是近日放債者，乘人緩急，加倍取利，甚至折數不堪。大約不出三月，輒行轉票，利上盤利。一年之外，總籌子母，數不可問。於是折産傾家，靡所不至。若遇勢債，則炰烋萬狀，辱其妻孥，舉家星散，性命隨之。如此滅理喪心，金穴銅山能長保乎？嗣後放債者，毋論旗民，概以三分行利。敢有犯者，以違禁取利定罪。

一，禁小里。城市紛紜，豈無鼠竊？青天白日，難縱苟偷。近有一等偷騾盜馬剪綹掐包者，概系旗廝積賊，三五成群，公行無忌。番捕居奇而故縱，傍人目擊以吞聲。掩人所有，大具神奇，黨與四布，播惡何極！嗣後如有不法，地方捕不行嚴緝者，定以知情故縱，一併究治。

一，禁倒斃。有等奸惡總甲，無賴棍徒，專以睚眥殺人，飛獵而食。或因小忿畜怒，或見奇富可吞。凡遇有病倒斃之人，即爲無端勒詐之媒。暗裏謀移，明中唬嚇，托累牽連，口莫能辯。如此之輩，移害匪輕。嗣後如有疾病倒斃之人，總甲報明該管官員，即著地方掩埋，並不許干連平民。若有移屍訛詐者，即從重法處之。

一，禁蠹役。每聞積刁巨猾，必借衙門爲護身符。是以剔奸除惡之途,反爲叢奸藪惡之地。近見城營司坊等衙門,番役總甲皂頭人等,積年巨蠹,盤踞衙門。萑浦賊盜依此輩爲泰山,蓬蓽小民畏此輩如猛虎。逢時遇節,宴請饋遺,則違條大事,曲爲庇護。微嫌小隙,不諳彌縫,則清白良民誣爲逃盜。凡盜窩盜線,城市多事,莫不由此輩而生。至於毁錢爲銅,法在不宥,所當嚴緝。乃有指查小錢,擾患市民,尤可痛恨。嗣後如有此輩平空生事,本官不行嚴查挐究,即行從重參處,決不姑縱。

以上十條,法在必行。該地方官不行嚴查禁除,仍蹈前轍者,或經本院訪聞,或經被害首告,一有發覺,官則特簡題參,蠹棍立正大典。法網森嚴,毋以身觸,須至告示者。康熙二十四年八月。

户部堂諭

堂諭十四司滿漢司官知悉,本部總理天下錢糧,關係甚重,設司分掌,責有攸歸。近見咨題稿面各司官止有一員畫押塞責,草率呈堂,殊屬玩忽。自是以後,有仍前漫不經心,一員不畫押者,定行查究。再有本部批駁案件,該司即查前案情節,明白登答,毋許遲延。特諭。康熙二十六年二月。

户部堂諭

堂諭十四司:本部堂奉命來典户曹、錢穀劇要,夙夜惕栗,永矢冰蘗,冀盡厥心。恥以浮言自飾,有負僚屬,貽慚衾影。故雖曹司公事,數遣堂諭,與諸司共相振刷,而區區本末,不欲汲汲自明。每念與諸司共事,貴相信以心,心相信則言易感人。否則,不如默默而已也。傳曰:“有諸己而後求諸人。”又曰:“先行其言。”今與諸司共事三月矣,相信與否,諸司且知之。昔諸葛武侯謂其群下曰:“勤攻吾闕”,以諸司猶未相信而終默默焉,異于昔人聞過之義也。今是以卒有言。本部堂起家詞苑,以鉛槧爲職業,然亦嘗領簿書有司之事。雖極疏闇,誠無補於公家,而頗知自刻苦,如前所云“冰蘗自矢”者,非飾言也。日月不居，忽忽與諸司共事之時不爲少矣。硜硜之心，仰質天日，自信不疑。《詩》云：“靡不有初，鮮克有終。”用是自懼，與諸司交勉焉。除前所發諭，及後以事及者不具白。今與諸司約，凡奏銷、考核、齎奏、駁察、地丁、兵馬、漕項、鹽法等項錢糧事務，出納緩急行罷之際，豈得上下其手？但無私欲，自見公理。循理而安，身名俱泰。行之清濁，難掩於人。一時得失，所争毫毛，而其損益有丘山之重，諸司勉焉。業精於勤，惟政事亦然，諸司勉焉。人之氣質不齊，強弱昏明各異，傳曰：“雖愚必明，雖柔必強。”董子曰：“事在彊勉而已矣。”諸司勉焉。公清勤慎而力行之，事罔不濟，況錢穀之司乎！又其切切者，書吏微也，亦略通文義，不可謂無是心，亦在使之勉焉而已。雖遑遑謀利者，其地則然。而異日爲小官，有民土之責，國家不次用人，有爲清卿者矣。本部堂正己以勉諸司，諸司正己以勉諸吏。其有不率者，刑章具存。或有打點官吏，假借名目，作爲奸弊，恣行招摇。本部堂三月以來，晝夜勤訪，恐耳目不及，勢難盡窮。仰諸司悉心體訪，有則立時呈堂，立時參奏。或容隱者，本部堂察出，並該司立時參奏，慎之慎之，毋自貽悔。至如本部堂常隨家人、班皂人等，或有交通書吏人等，作爲奸弊者，仰諸司一併不時采察申究。律己御下，斷無姑縱。特諭。康熙二十六年六月初六日。

刑部堂諭〔一〕

國家太平，海宇清宴，幾幾乎治臻刑措矣。顧刑章爲勸善之條，法律乃詰奸之要。故唐虞之世，不廢刑官；三代以來，必設大法。此誠古今大聖人不得已之用心。而居是職者，所當兢業自持，公慎自矢，以贊襄厥事者也。顧爾各司盡力竭誠，勉自警省，以共佐不逮，則刑獄可清，職分克盡，仰報聖主刑期無刑之盛心，誠一時之嘉會也。諸司勉焉。堂諭十則，具列於後，去煩就簡，以便諸司官吏明白易曉云爾。

刑官之要，一在格非心。其爲法大者自極刑斬絞，小至於流徙笞杖。罹茲法者,生死存亡,流離顛沛,身家破滅,骨肉分張,轉徙鞫問,以達刑曹,可謂慘酷矣。居是官者,上體聖主好生之德,下盡人臣奉法之心,惟明克允,得情勿喜,猶恐事未盡善,有戾天和,況敢枉法行私,招搖納賄!且身犯五刑者,雖其自作之孽,亦有無心之失,乃更行之以私心,加之以戮辱。天道靡常焉,知今日之所作者,不爲後日所自受乎!五過之疵,所重惟貨,凡我各司,其共勅之。

刑官之要,一在審律例。夫人有罪,輕重大小不同,所恃以剖斷者,惟此一定之律耳。然近見督撫申請題覆,一經定罪,有罪當而司抄改易者,有罪不當而不加詳察者,或經滿漢堂查出,本司又爭執辯白,查引舊例,以圖搪塞。或云限期已滿,當依限速爲題結;或云延遲日久,恐經承在外招搖。如此則出入人罪,任意遲速,自爲遮飾,而老成有見者則不與焉,何以示畫一而盡臣職乎?自後科抄現審,早不得過三日,遲不得過五日,必具稿説堂,於稿面寫出某日到。凡説堂具稿,必滿漢司官公同畫押,細加詳酌,審罪條,參律例,無因循不一以取過端。至凡一應諮文,俱限五日内完結,亦不得延遲廢閣。

刑官之體,一在清堂規。凡急公辦事,必井井有條,上下整肅。庶説堂者可以盡情剖白,而聞者亦不至耳目混淆。況本部事情,動關人之生死,凡辦事説堂,必大公無私,同心協力,豈可以别司事件,不關自己職掌,而争先説堂看稿乎?自後遇説堂時,必挨次定規。當系某司説堂,則某司官員上堂定稿,亦不可多帶人役,擠滿公堂,全無體統。自示之後,凡辦事説堂之時,堂上必須清肅,若有前項事情,堂口皂役重處不貸。又見本部司官考勤簿畫押一事,大非官體。堂官辦事之日,衆司官争先畫押,從各書吏討借筆墨,或常隨人役争取此簿,以便主人畫押。竊思此簿之役,願以考勤隋,防推託也。乃竟圖苟且完事,止欲使堂上知其曾到衙門辦事,而畫押之後遂得空散回,故説堂亦事之際,有在有不在者多矣。自後必公事既完之後,方許畫押,令堂上書吏一人專管此簿,如有作弊徇私等情,書吏嚴加責革,庶堂規可清,勤惰易悉,推託知警矣。

刑官之要，一在懲猾吏。凡我輩官長，皆讀書知理，自愛身家，必不至納賄營私，干犯法紀。彼服役小人，又烏知乎？是在各司與司務嚴加懲治也。竊見本部凡投告之人，自外及内，若無使費，雖有沉冤，不得達於官長，與夫投文領批等事，輒有需索。至於重監罪犯，于入監之時，必厚贈牢頭及衆禁卒，遂得寬鬆。亦思牢頭豈真奉差之公人哉！即積年緩決罪囚也，在監日久，遂通達此中事情，代獄卒照料監中諸罪犯、刑具等項，遂敢恣爲奸利。如罪人有體統者，牢頭每跪候安否，以圖賞賜。若貧苦者，乃必詐勒遂意，故有作牢頭日久而手頭殷實者。似此瞞天大罪，以有罪之人復如此肆惡，此誠大弊也。自後凡獄中情弊，提牢與獄官當嚴加訪緝堤防，勿得夤緣作祟，以致國法有違。又見堂司書吏，當初入衙門時，貧苦異常，半載數月之後，猖獗招搖。試思以赤貧淪落之人，一旦如此受賄行私，法何能逭！自後各司書吏，火房、皂役、各司官宜嚴加懲治，如有違法等情，本司即指名呈堂，以憑重處。若隱匿不聞，當不能免咎。其堂辦、火房、書吏、每日侍立堂側，竊聽説堂事情，交通各司書辦，在外招搖，殊干法紀。本部現在密訪得實，定行嚴究。至於稿案文移錯落字句，雖或有無心之過誤，然刑名所關，非同泛常。尚有錯落，必行責懲，勿以爲細過而忽之也。

嚴禁差役横行。凡撥什庫披甲人等，差往州縣公務提人等事，須要小心恪慎，不得藉端生事，欺壓官長，騷擾小民，致有需索等項情弊。本部堂不時採訪。如有恣肆故違，干犯法紀，立行治罪，決不輕恕。又各司差遣提人，定須説堂，不得擅行差遣，取究未便。

嚴禁吏禁嚇詐。本部堂盡心率職，務使刑當人罪；秉公潔己，尤期弊絶風清。乃有猾法書吏皂役，或僞傳堂司言語，或假揑提稿文移，事本無他，巧爲恐嚇、以致犯法罪人及牽涉官吏多生畏心，不惜財賄。在犯者身罹事中，出於迫急，不思下有司議，上有堂裁，執法如山，事難搖奪，豈容麽麽小吏，弄筆舞文，徒費錢財，愈招罪戾。向後凡有此等情弊，本部堂體訪得實，定將壞法吏皂，嚴行夾訊，盡法處死，決不姑饒。

嚴禁吏卒虐索。凡解到人犯，自有應得之罪。官吏獄卒，惟是惜守朝廷法度，小心奉行。豈得更肆欺淩，乘急威勒，詐取財物。天道好還，國法具在。本部堂時布耳目，密加察覘，如有此等情弊，官員則立刻題參，卒役則當堂刑訊，必使徹底澄清。人知畏法，決不食言。

嚴禁欺辱女犯。凡婦人犯罪在獄及發各門枷鎖者，該管員役須要奉法惟謹，不得輒肆欺淩，猥加侮辱。如敢故違，立置重典，斷不姑貸。

嚴禁贓罰錯漏。凡賍銀贖銀，動關公帑，本堂須總立文簿，逐件登記。而該司遇有內外衙門解到銀兩，即時呈堂。各司登記清冊仍每月各具清單，令堂辦官逐一磨對，不得舛錯遺漏，違者重究。

嚴禁號件遺漏。凡人犯情由，關係最重。十四司雖有分屬，在本部堂則一體同視。一司辦一司之事，固防缺失之愆；此司付彼司之移，更切遲誤之慮。若本司有遺漏，則責在該司；若應移付而不移付，則責並在應移付之司。自後須同心協力，勿得視爲他司之事，漫不經心。有失移付，致滋遺漏，一併取咎，自蹈後悔。又每見同一事體，此司從輕，彼司從重，一事兩例，深屬未安。自後須加畫一，毋得彼此參差，致煩堂撥。以上十條皆本部向來情事，略爲曉示。事關重大，法在必行，須至告示者。

【校記】

〔一〕據《尊聞堂集鈔》卷七十九補入。

尊聞堂集卷八十

詩　餘

水調歌頭二首中秋寄素心

關塞忽將暝，秋色又平分。陰晴千里難定，今夕思紛紛。好在樊川東畔，試看舊時明月，幾度照柴門。爲我向清影，相勸倒金樽。吾老矣，知此意，莫如君。吟歸何處，應否東澗與西村。煩子安排酒盞，來往小山松桂，晚節對寒芬。回首別離夜，空自惱黄昏。

爲客歲將晏，池館颯涼風。簾前新種花竹，嫋嫋向寒空。卻憶故園樊口，也有篔簹數畝，晴雪間長松。似是緑雲際，千尺吐青虹。茂林底，樓閣畔，澗水通。猿驚鶴怨，南浦人去幾飛鴻？且共樽前月下，對影還須憐我，此外與誰同。偏是悲秋客，長在別離中。

滿庭芳三首

風月淒清，煙雲閑淡，關河落水寒暉。秋晴秋景，付與彩毫揮。綺語難除舊習，人間事、何是何非？更些些，蟲吟細響，誰道可忘機？沉吟，因甚箇，鬅霜鬢雪，恨鎖悉闈。佲遊戲踈狂，墨浪玻飛。聞説清都別館，最憐取，蘭狹殘詞。江山外，芸窗青火，相對忽沾衣。

紫府蒼茫，清都縹緲，別來應是年多。紅塵幾度，日月苦如梭。不道人間易老，更著我、觸處風波。碧雲裹，群仙笑問，此去肯來麼？如何？且整頓，山中樵斧，水上漁蓑。莫思量久戀，玉佩金珂。美景良辰樂事，賞心處，一曲高歌。消愁物，杜康所造，名字怕人訶。

情爲吾患，誰無情者？笄只野草閑花。翻成愁思，歷亂遍天涯。總道人生少樂，不應我，萬事周遮。西風起，況逢搖落，不是爲思家。蕭蕭，空兩鬢，霜欺雪壓，長送年華。念紫霄仙路，碧海雲槎。信是前生有分，也不枉，重困泥沙。奈何許？酒邊詩畔，行坐日危斜。

八聲甘州

問東風、何處伴春歸？芳草滿天涯。見金台荒館，粧樓剩跡，一閃殘霞。只恁今來古往，不用羨繁華。且盡盈樽酒，也莫思家。　長江盧龍塞外，正鞭絲垂嫋，帽影橫斜。算平生遠去，逸興在邊沙。渡灤江，東還海道，謝盲風、怪雨不相遮。吟鞍上、煙村籬外，紅濕桃花。

南浦別太原王尉

雁聲無數，正角聲、吹送度長城。明月關山千里，處處是離亭。惜別夢中相送，聽譙門，寒漏滴殘更。見屋梁顏色，風塵憔悴，魂定又還驚。　好在晉祠雲水，記當年、客舍共漂零。老去英雄歸路，桑落酒如澠。一飲千鍾猶恨少，相看萬事卻全輕。只肯留兩髩秋霜，一任點星星。

解連環寄健庵

曉春深院。傍雕梁還見，舊年雙燕。空回首、聯步螭頭，更月上金明，漏浮銀箭。青瑣黃簾，暗香滿、芸窗幾硯。問扁舟何處？桴海縉江，絲綸人倦。　難忘詞場歡讌。想西樓風雨，酒醒人散。重到□，昔日紅亭，有別後桃花，依稀人面。往事淒涼，閑說與、夢婆歌遍。寫新箋、目斷南雲，幾行歸雁。

滿江紅萬柳堂

萬柳堂邊，似舊日、殘煙斷碧。正少卻、湖山佳處，江南秋色。陌上年年芳草暮，王孫曾是將歸客。老燕雲、粉墨豈無情，成今昔。　瓊華謝，粧臺坼；瑤光掩，寒蕪積。算誰知圖畫，零箋剩幅。仙者一峰渺難即，雲林亦有蕭閒筆。更相憐、塵起庾公樓，西風急。

満江紅 豐臺看花

韋曲城邊，閑送過，清明寒食。步屧去，尋芳行處，村南村北。花最惱人歸不得，東風恰有吹花力。看樹頭、樹底淺深紅，春狼籍。金臺館，草蒙密。王淵譙，空陳跡。是新愁，又是舊愁堆積。萬事破除惟有酒，一樽未了愁先失。待留將、愁到又來時，休輕喫。

賀新郎

明月如丸走，問嫦娥、桂影婆娑，幾時曾有。此去清都多少路，童鶴昔還在否？恐萬里、乘風難久。別壓雙童消息斷。歎蕭蕭、鶴老人非舊，且慢折，津亭柳。　如今但可啣杯酒。待教他、淒涼萬事，不堪回首。銷盡多情雙白鬢，只許雲朋風偶。方落個、紅塵抖擻。應是廣寒無寄語，想瓊樓，人在知非繆。情脈脈、一揮手。

西江月 摩訶庵荔裳讀書處

楊柳偏多夕陽，杏花半坼清明。竹間難認舊題名，別院鳥啼人静。　南浦離歌初斷，西州老淚先零。兩川都有杜鵑聲。舊恨新愁難省。

浪淘沙 萬泉寺

何處置杯觴，野寺垂楊。溪花日曬遠風香。啼鳥坐來聲漸歇，緩我愁腸。欲醉發清狂，走馬西岡。畫樓粉堞掛殘陽。倜倀古今多少事，漁唱淒涼。

點絳唇

雨驟風顛，桃花落後春無主。睢闌曲處。瞥見殘紅樹。況是人行，草色朝朝暮。萋萋去，離情難數，多似天涯路。

唱罷陽關，蕭蕭征馬嘶風懶。離愁不綰。楊柳千千萬。悵底琵琶，別有軍中宴。黄雲晚，角聲吹散，明月長城雁。

風雨西樓，長亭誰折衰楊柳。淚痕頻透，難揾征衫袖。別後涼宵，應是愁眠後。殘更漏，相思時候，夢裏人知否？

虞美人 合昏花

鳳城西畔移家住，籬落思紅樹。合歡花葉照清秋，簾前手栽三載、弄纖柔。　簷低梢壓枝難起，横放寒空裏。晚來玉鏡掛銀河，卻又愁添深院、緑萌多。

銷魂橋下銷魂路，枉自裁魚素。錦鱗紅鬣困微波，門外半溪春水、不成河。　塞天旅雁雙雙起，離恨憑將寄。只愁踈影度寒煙，不到萬山深處、小樓邊。

沁園春

夕日牛羊，西風禾黍，秋半樊川。更高臺置酒，星河北户。小樓吹笛，燈火東阡。社燕將歸，江鴻欲度，風景相違已十年。天涯外，但花開花落，月缺還圓。　思君寄語瑶箋，笑黄閣青樓夢裏緣。想臨邛人老，錦機音斷，淮陰跨後，上蔡門邊。聚散無常，窮通有命，金印垂腰是枉然。徘徊處，且投閒置散，取次歸田。

桂枝香

藤陰深處。正夕影依微，殘霞留住。遠映碧雲無際，彩虹飛度。淩虚萬里三霄路，問仙人、如何來去？軟紅塵斷，來青煙渺，惠然相顧。　念臨别、□情難訴。□三更明月，一天清露。話到無生，還未空嗟遲暮。前身舊事凄如霧，但空劳童鶴延竚。更無聲臭，依稀如在，風前高樹。

唐多令 晉祠

竹翠隔溪幽。沙明映碧流。好風光，不似邊州。難忘亭前新月夜，曾把酒，對銀鉤。　豫讓古橋頭，英蕩旅愁。戰夾河，梁晉全休。爲問白雲汾水上，還是否、漢時秋？

望江南

後庭曲，餘唱落誰家。舊院野花荒塚草，興亡閱盡夕陽斜。陽柳白門鵶。　船窗外，人影繡簾中。春色依然桃葉水，輕煙澹粉畫樓空。惆悵向東風。

望江南燕

雕欄外，燕乳接輕飛。野草花殘秋色晚，西風幾度送斜暉。腸斷舊烏衣。　連日語，似有别離聲。社去社來誰是伴，畫簾粉蝶玉階螢。來去最關情。

朝中措

野棠殘顆啄山雅，林際一人家。荒草斷碑孤壟，夕陽古道三叉。賢慧莫問，莊前踈柳，門外秋瓜。牧笛數聲牛背，倒騎穩跨平沙。

吳歌白苧越溪沙，秋色冷苔花。紅粉高樓楊柳，紫白荒塚琵琶。陽關唱後，客窗燈火，蓬鬢風沙。時節來鴻去雁，光陰落日殘霞。

菩薩蠻

槐花滿地蕭蕭雨，離亭昨日征輪去。只有喜歸時，能忘去日悲。關樓秋雁早，西望并州道。千里際蘼蕪。思君無處無。

紫書金鎖瑶華裹，風墜飛瓊飛不起。忘卻别來時，仙人幾著棋。樓上人安好，莫作相思老。枕畔有青霄。屋明照寂寥。

長相思

秦山高，蜀山尖，點點青螺上翠匳，遠山新樣蟾。

桃花濃，柳花纖，風起春愁一陣添，花枝低入簾。

南歌子

凰鳳絃中思，關山笛裏聲。畫堂宫徵怨離情。腸斷譙門春漏、欲三更。　樓迴回斜月，川長帶曙星。桃花流水繞孤城，記取竹間風露、板橋行。

官罷尋詩友，愁多問酒人。誰知憂患可藏身。不見蕭條書劍、樂前春。　倦日歸昏色，殘宵走暗塵。浮名何事又勞神。可惜秋來光景、送奔輪。

竹影微微薄，秋窗炯炯明。夜凉雲漏轉高城。夢斷一時寵辱、不須驚。　燭滅綈帷冷，香殘布被輕。貪他睡美足歡情。留取些些遺恨、悔浮名。

浣溪紗

一曲閒情度浣紗，江南未到想移家，若取溪水冶城花。　十畝田園樵舍晚，五湖風月釣帆斜，不嫌流浪客天涯。

誰放高樓玉笛聲，關山無限曲中情，離人已老不須聽。　楊柳閨中春萬里，琵琶塞上月三更，磧沙驚雁慣漂零。

銀燭光寒透幔紗，玉窗深照合昏花，露香煙瞑月痕斜。　幽夢未成迷睡蝶，閒情欲盡惹啼鴉，畫樓西畔是天涯。

草屋三間不用多，柴門紅葉掛青簑，牧兒吹笛老夫歌。　六印繞他霜髩滿，一杯容我醉顔酡。神仙富貴兩如何。

甚矣吾衰夢亦稀，悲哉秋士願多違，登山臨水送將歸。　塞接平蕪霜漠漠，關連遠樹葉菲菲，月明烏鵲正南飛。

春水西流帶夕陽，澗花初落有殘香，樊川幾曲似離腸。　故國山遮愁不斷，小樓煙鎖夢難忘，歸時人老轉淒凉。

火宅緣多且未歸，瓊臺有路是耶非，一場春夢雨依稀。　要使江山鋪似錦，不憐頭髩幕如絲，願人行樂我無悲。

雙堠峰連隻堠明，短亭旗鼓接長亭，蕭蕭萬馬雜邊聲。　風急明駝來跡路，月亮秋雁度關城，早銷金甲事春耕。

浣溪紗 慈仁寺

過盡朱輪石徑幽，松萌門外五驄留，平莎軟草憶汀洲。　兩腳垂雲拖碧樹，山頭新霽照紅樓，半竿斜日古今愁。

明月陰晴並缺圓，浮生離合與悲歡，思量萬事古難全。　終是人間無好處，不應天上有愁仙，舉頭把酒向嬋娟。

臨江仙

長江見時清夜景，横霞欄外殘曛。連霄寒雨夢紛紛。半扉雲氣掩，斜閣月痕新。　便欲相邀過别墅，酒酣香點茶溫。圯橋有約未教頻。寸腸千萬結，惆悵是前因。

簾際芬蘭窗外竹，紫猊香染紅笙。不除詩妄酒爲名。光明能幾許，只此過平生。　絳點玉京清夢斷，一時忽漫關情。蓬山舊路憑分明。碧霞丸鶴粒。白石煮童羹。

無限夕陽山紫翠，迢迢不受紅塵。煙雲萬變總無心。黄昏雖欲近，好景且留人。　收拾幾年江海興，風波特恐相尋。豈如山色坐來深？不離西閣裏，千里快登臨。

鷓鴣天

布被都將竹簟，抛殘團扇整衣篝。冰輪冋冋穿西牖，銀漢迢迢掛北樓。　萸酒罷，菊籬收，流螢舞蝶幾番沐。朔風一起添蕭瑟，才道悲愁又過秋。

謁金門〔一〕

目送西樓，秋色雁過殘霞。斷碧夕陽山半尺。依檻桐枝無力。墜葉露隨聲滴。明滅流螢飛處濕，淒風吹不得。

【校記】

〔一〕依詞律,疑有缺字。

千秋歲引

笛裏關山,樓中風月,萬里懷人興騷屑。秋聲一動華林樹,客愁先到梧桐葉。鬢間絲,青銅裏,不堪鑷。　曾記舞衫歌袖歇,忍按霓裳臨舊闋。不道南柯夢新徹。當時共起金鏤曲,而今譜入陽關疊。鶴飛來,忽飛去,影明滅。

千秋歲

桐陰滿地,一霎殘陽避。新月上,銀鉤細。曝衣簾影暗,搗練砧聲碎。隔河漢,碧雲似水空盈睇。　昨夜蓬山會,爲道愁如海。人忽去,愁空在,酒醒清塞角,夢斷秋窗籟。何處也,青山幾點西江外。

生查子

去年見子時,雪霽兩窗月。明月照梅花,花落寒如雪。　今年送子時,雪月連遥夕。楊柳可憐枝。生向高樓曲。

聲聲令

舊遊何處?踈柳昏鴉。畫簾動,颸殘霞。春留幾日。青絲絡、玉瓶斜,醉倒黄壚臥淺沙。　暗送年華。人散後、軟塵遮。鞭梢帽影拂楊花。落誰家。最怕是、漠漠天涯。

江城子〔一〕

直廬人散液池東。藕花紅,白蘋風。簾前畫舸,秋氣水聲中。斜日煙波生極浦,鷗鷺點,點空濛。

【校記】

〔一〕依詞律，疑缺下闋。

兩同心

藤罯蒼涼，梧垣潦倒。陵花曾、比斷腸枝。臺烏近，似相思鳥。想人生聚散不多，如一昏曉。　聞説蓬山雲表。別來安好。乍驚痛、淚灑紅塵。細思忖、歡浮淥醥。卻休因，天上人間，音沉信杳。

蕙蘭芳引

庭翠雨晴，簾閣外、藤陰緑厚。正掃地疏芳，叢葉紫莖獨茂。重門稀客，但時有、青禽來覯。載絳霄伴侣，更是天香盈袖。　玉宇秋來，舍臺高處，事應如舊。只恁地閒情，天上栽花釀酒。今年桃熟，幸分一斗。何悄然歸去，幽蘭空嗅。

洞仙歌夜合花

花魂葉魄，正輕盈時候。朱草輸他新緑縐。卻多情、比似蓂英知春。更伴我、解送黄昏清晝。　粉牆東畔路，睡起閑行，盡亞濃杖午陰厚。晚來斂煙痕，侭放秋。光玉樽裏、金波齊透。試憐取涼風夜深時，碧紗倚殘妝，紅顔消瘦。

清平樂

碧霄欲暮，跨鶴翩躚去。夜合花陰簾下路，踏遍徑行處。　紅霞漠漠煙青，枝枝葉葉風輕。昨夜樽前樹底，紫鸞未是無情。

何滿子懷容齋阮亭

頭上靈烏電速，眼前白士霜清。行樂及時詩共酒，神仙富貴難憑。身閑如洞府，睡美勝公卿。　不恨蒼顔白髮，猶誇張丈殷兄。

鎖院故人今好在，新蒲細柳多情。御史繡衣相對，尚書紅杏知名。

木蘭花慢德涵之太原

并州吾客舍，桑拓外、掛斜暉。想豫讓荒橋，晉祠流水，秋雁横飛。桐葉西風落早，記當年、折柳舊人非。露冷一杯别酒，月明雙杵行衣。　文昌星宿有光輝，紫棘粉牆圍。向千里關城，黄衣畫角，駟馬腓騑。今年桂飄金粟，共桃花，玉洞闘芳菲。待盼青鸞信至，同隨元鶴來歸。

減字木蘭花晚晴臺

曉山踈樹。霧堞城臨煙岫路。是晚晴台，風雨今朝早上來。香林青嶼，昨夜紫霄人寄語。天上晴多，牛女年年會絳河。

冰輪玉鏡。裂帛湖光寒不定。煙鎖雲扃。天上陰晴是怎生。離情款款，説與溪山渾不管。解道銷魂，始信仙家是可人。

好事近

誰爲系斜暉，樓上柳絲無力。蜨弄離魂花影，看飛來雙隻。　青絲絡酒向紅亭，别後空相憶。不怨天涯芳草，是闐風虚碧。

太常引

桐陰庭院轉銀河，玉漏滴新波。問夜起婆娑，只缺月、清光恁多！　西風未老，中秋又近，好景更如何。醉裹有消魂。還記取、醒時嘯歌。

品　令

桃熟新蒻瀋。遣折簡，邀歡飲。鸞成箋錦，三生一事，教人詳審。天上多情，卻道人間是怎？　風衾月枕。問今夜、如何寢？當年小閣，春帆深處，花枝碧浸。自古飛仙，除卻有情因甚。

如夢令

樓上玉霄人住，自踏彩雲來去。風定月明時，三鶴雙童親御。何處，何處，舊夢欲尋無路。

枕上離心千里，未到五更無寐。雞咽曉鍾微，一片秋聲窗裏。驚起，驚起，人渡桑乾流水。

午亭集卷四

鳴雁行

鴻雁鳴，度雁門，風霜慘懍羽翮存。養子俱高飛，中有斷雁淩雲翻，渺然獨宿沙磧間。江湖適遠伴侶非，稻粱雖多身不肥。羈孤畏人行色微，心志皎潔衆雁知。君有矰繳慎莫施，彈射孤鳥古所悲。

午亭集卷五

詠史八首〔一〕

漢祖本忍人，分羹是何語。吁嗟乎戚姬，楚歌若楚舞。四皓貪天功，中情詎相許。

吾奇鄒長倩，解衣公孫弘。素絲表貞潔，撲滿戒持盈。海上牧豕兒，徒步登公卿。脱粟不自飽，布被以釣名。惡賓勝故人，吁嗟乎鄒生。

【校記】

〔一〕《午亭文編》卷三有《詠漢事六首》，補二首。

楊爾茂編修置酒作

驅車巷南來巷東，寺西老樹斜陽紅。黄葉到門落可數，秋色入眼庭華濃。故人憐我心跡同，開顔握手霜天空。論文細欲霏玉屑，説劍壯可生雄風。竟須瀟灑微官外，休論艱難萬事中。感君義氣相裴回，古來賢達甘塵埃。蕭蕭易水風增哀，蔓草已没黄金臺。男兒在世得錢勤買醉，不見杜陵老叟醉時歌，古人白骨纏蒼苔。

午亭集卷六

簡湘北學士兼呈富學士雲麓王學士子言崔學士玉階吴侍讀篤生王侍讀五書

半世少歡趣，朱顔坐銷歇。冉冉青春殘，朋好歎契闊。獨居轉顑頷，幽事亦屢失。玲瓏花受風，冏冏窗吐月。非不惜景光，難以自怡悦。僶側增繁憂，蒼涼阻言説。病婦久在床，兒饑啼繞膝。花鈿舊即無，米盡生計拙。藥餌奪俸錢，耽酒栝蕭瑟。親舍隔太行，三月音信絕。四方傳聞訛，行路猶恍惚。雖已下明詔，深山倘未達。老親想倚門，念子添白髮。是時羽檄馳，命將皇怒切。濟時需異人，吾屬慚密勿。曉登龍尾坡，西峰翠明滅。柔翰焉用操，悵望空拄笏。烽火照湖湘，我兵氣勇決。龍拏紛螘鬪，戰場積白骨。軍令急轉輸，民力苦凋竭。國家事體大，細瑣矧家室。願作太平人，佗時老蓬蓽。感君相謬愛，折簡呼我出。塵務莽羈絆，欲往仍中輟。走筆謝群公，清歌動激烈。

午亭集卷七

秋雨歎

霹靂晝飛午陰黑，咫尺皇天難遽測。自春不雨雨乃霪，龍吟蛟鬪愁人心。天河倒傾地軸湧，洪濤惡浪川途深。君不見青苗在天茅屋濕，老翁坐歎稚子泣。

犇雷行

犇雷何殷殷，真宰無乃勞。雨師失節度，赫怒將焉逃。上天貴仁愛，天威褻毫毛。賢心滋恐懼，愚者終矜驕。飛電燭魍魎，深樹難消搖。奚徒驚我廬，烈風卷重茅。

午亭集卷八

夢　日

夢日入我懷，神明辱褒告。褰裳且從遊，炎風蕩鬱燠。陽亢行西隴，黑雲立冠帽。散鬈遞飄墮，頓轡委杲曜。山鬼遠趑人，嫮目獨宜笑。金波淪精光，玉繩耿斜照。林幽晚蟬聒，夜永孤蟲吊。四序紛逶迤，中情隱奔峭。夕煙橫舊靄，晨暉展新眺。白日長在天，侏儒乃夢灶。

烈　日

烈日天無雲，端居閱炎亢。請謁亦既稀，悔吝每多狀。諾輕難遽踐，行堅不可仗。仰天自昭明，撫躬乃漫浪。狗人斯有患，守己近無妄。誓將涉清流，慎勿浼白望。何以銷繁憂，虛舟委漭漾。日車斜下時，高臺須一上。

午亭集卷九

書夏君家傳

淮南繡衣客，聲華被天壤。孝友集清門，儀型吾所仰。伯氏金閨英，奮跡起林莽。平生慷慨人，忠信佐英爽。魯連排世紛，高情何倜儻。晏嬰解左驂，風義非外獎。公生有仙骨，精誠發天朗。舉身淩紫霞，蓬山稅歸鞅。寶刀閉金柙，雪華空曭莽。歲月屈壯圖，清芬流遺響。昔者豪俊士，冥心契幽賞。歸然靈光在，銅駝已榛莽。異世景賢哲，悠悠盈夢想。

午亭集卷十

二客見訪山中

寄跡信逆旅，往路生詎知。豈意前日前，崎嶇身在茲。來日不可卜，百年空憂疑。徒令髮蚤白，未老吾先衰。三夜失天遊，六鑿争交馳。幽獨畏闃寂，應接傷支離。二君出塵壒，皎然無磷緇。芒鞵競相訪，徑滑微雨滋。登高見四野，慘慘長風悲。下視墟落間，茅屋相鱗差。眷然素心人，日暮來何遲。終然返冥漠，與子談鴻羲。

樊山送客

送客出門行一步，脚下漠漠生煙霧。上馬回策不見君，日暮空山自來去。孤邨野廟深閉門，寒雨瀟瀟響簷樹。夜久風急雨驟收，月出飛雲闢天路。流影西斜獨不眠，舊事撞胸忍細故。遠宿相看僮僕親，老懷正得谿山助。與子分形非一身，茫茫宇内幾時寓。男兒生世墮浩渺，回首塵埃等晞露。欲尋歸客别時跡，天明開門猛虎踞。

壁　蠍

炎暑溢深院，偪側棲小樓。臥聞屋樑間，傯屑恣爬搜。始疑蠅觸猛，旋較鼠鬣幽。漸近響緣壁，縮瑟聲愈稠。我居苦湫隘，蟲豸時見仇。呼燭照見之，形狀吁可羞。怖駭初捷疾，奸黠俄逗留。齒牙廢不用，脣嘴缺且休。有足布威勢，其尾懸芒鉤。凡物毒以口，此物與尻謀。即尻即其口，造物非謬悠。所恨薄床第，已爲肌膚憂。引錐刺其背，鼓勇如操矛。豈不惜物命，厥罪應虔劉。幸不遭鑽蜇，願爲殲禍尤。寧知繁種類，夜睡必見投。誅之量不勝，中宵坐歎啾。我生何齷齪，乃遇汝輩流。詰旦振衣屨，避地攜衾裯。小別謝壁蠍，翱翔俟涼秋。

題長慶集

白公天上人，長慶萬古詩。靖節我所友，太傅我所師。星宿渺一泉，漭沆歸滄池。六代導其流，餘子分纖支。黃河天上來，髣髴青蓮詞。杜韓鬱崩騰，回風激瀧湄。香山放乎海，澹澹天無涯。舉手捫星辰，足踏龍與螭。旋斡週四運，元氣森淋漓。感心生和平，體道忘艱危。聖刪三千篇，劫火燒其遺。真宰固有意，風雅將在茲。斯文配天命，大化需人爲。論事哂牛李，懷古方契夔。何不陟輔相，致民如堯時。一聞韶濩音，季葉還春熙。

漳　河

昔游漳水源，今適漳河浦。濁漳何幽幽，清漳小如縷。輕舟泛河流，鷗鳧不我侮。奈彼車中人，螳臂目虓虎。雖增欹仄勞，庶少眥睚怒。欲作臨河歌，秋風急鳴櫓。

午亭集卷十二

姚公鄉賢詩

聖道未中絕，吾世遠泣麟。憶逢闕里檜，詩書蒙煙塵。過魯祠太牢，刱始開斯文。遂令奕葉後，漸與儒術親。上丁祭二仲，釋奠重秋春。配食擇賢哲，饋享何繽紛。蘭陵與成都，進退儼屈伸。邇來郡縣學，雜遝難具陳。邊罍沾酒脯，勺幕分芳辛。盛典苟不嚴，畏以繆亂真。姚公天上士，詔祀超等倫。安得兩廡間，儘是如公人。

老樹歎

城南僦居得老樹，上枝巉巉拂雲霧，下枝離離羅庭户。根蟠大石纏風霜，發春氣微柯榦傷。北枝慘澹南枝折，使我几席無青蒼。主人索錢不問屋，日光穿漏夜局縮。小草葳蕤松柏枯，世間萬事何翻覆。君不見金水橋下春波清，蔆花蘆葉相次生。自從剪伐濬治此，髣髴不聞煙禽聲。又不見玉河堤前韋杜曲，楊柳千株萬株緑。種之何代今則稀，過燕流鶯自迫促。日暮悲吟空躑躅。樹乎樹乎予心憂，及今可救誰當告。

午亭集卷十三

瘞鶴臺晚眺

古臺寒易晚，月出古城東。岩拂春星落，窗留夜火紅。棲鳥故相逐，浮雲還自空。冥冥山霧裏，吹笛滿天風。

書張藐山先生洎水齋集

洎水遺編在，春燈照眼青。才人懷北地，漂泊老南庭。蘭茝騷人怨，湘江帝子靈。銷魂思往事，耆舊盡凋零。

送陸少參歸平湖

見君封事上彤墀，何事鳴珂隔鳳池。棨戟春風行部遠，霜驄落日出關遲。貧因任昉疏財後，官是何郎去位時。天井峰頭揮别袂，朔風蕭颯故人知。

午亭集卷十四

遣　愁

流景頻年外,生涯百念休。他鄉驚見雁,往事畏逢秋。斷酒開涓滴,吟詩解歎愁。乾坤如許地,何處散縈憂。

夜　雨

高城急更漏,簾閣晚婆娑。河漢秋城闊,關山夜雨多。窗寒上燈火,院静落藤蘿。爲客蕭蕭暮,西風雁又過。

冬日紀述

十年班列地,咫尺九重門。扈蹕思先帝,垂衣望至尊。清霜南院樹,冬月孝陵園。玉輦經過處,應懷舊澤存。

午亭集卷十六

多　病

多病藥亦罷,殘書暫復開。菜畦新種子,石徑舊生苔。獨卧花仍放,當愁雁正來。濁醪真負汝,兩月不銜桮。

晚行城中二首

細雨秋河晚獨行,寒煙衰柳片時情。九門夜鎖邊風落,愁聽南飛過雁生。

搖落寒空望欲迷,畫樓粉堞古城西。舊遊名曰河橋外,衰柳殘烏照夜啼。

雨　夕

日暝群動息，蕭蕭風滿林。秋城聞漏蚤，細雨閉門深。葉落間疏響，燈明連夕陰。客心樂幽獨，未覺暮愁侵。

秋　柳

秋柳城南路，依依久客心。縈煙臨塹弱，宿霧蘸溪深。木落月墮地，烏棲風動林。往來逢歲宴，時物最蕭森。

午亭集卷十七

茅　堂

一飽生涯足，茅堂眼界寬。香浮蒸藥甑，緑映剪蔬盤。檻筍依依上，簷花細細殘。景光還自愛，嬾漫任人看。

酌　酒

莫作多愁老，空教太瘦生。團圞深夜語，燈火片時情。此樂千斤重，浮生一笑輕。床頭酒甕在，無病且須傾。

送謝御史參憲太原

百日南床一路星，新看除命出彤庭。牙旌曉拂關雲紫，驄馬春行塞草青。諸道丁徭閑轉戰，三邊軍鼓罷秋聽。清時岳牧資台鼎，要使勳名上御屏。

送董僉憲之太原

對策天人賦兩京，漢庭才子夙知名。金門星色登車早，水部風流擁傳清。海嶽文章新使者，河汾禮樂舊諸生。朱幡絳帳談經日，桃李春城取次榮。

夢　魘

快意蒲團睡，松風月滿林。安閒端有命，寵辱本無心。山路羈魂繞，秋堂夢魘侵。近來存夜氣，轉覺旅愁深。

西　樓

細雨歸鴉蚤，高林下葉遲。西樓頻獨上，惆悵又移時。

楚客贈簡翁

平生感知己，楚客最難忘。貧賤交全好，江山興每長。清秋閑杖屨，歸夢滿荊襄。一話滄桑事，能令鬢髮霜。

午亭集卷十八

寄快園同諸公刻字爲詩即呈快庵

霧嶺煙郊紛遠鄰，亭午翠微林景新。天桃紅杏亂晴日，流鶯戲蝶争青春。閒情嬾漫老態至，勝遊婉戀窮愁真。風塵滿目何所適，卜築對床過此身。

午亭集卷十九

秋日漫興四首

聞道征南數解圍，邊愁搖落羽書飛。幾回誓券王人去，百戰江山職貢非。茅土有盟誅後至，安危遺恨失先機。横流斷壘争天險，萬騎霜寒臥鐵衣。

劍外山川一棧孤,諸圍刀楯敢枝梧。煙塵日送三巴水,風雨秋深八陣圖。躍馬蠶叢驕絶塞,裹氈魚貫卻前驅。閬州城下江陵路,血染青烽草未枯。

天水城頭戰鼓哀,秦川白骨莽成堆。孤煙傳警飛龍峽,落日懸車進馬臺。諸將三邊收地少,王師六月捷書來。尚憐殘騎陰平道,誰遣沙場夜壁開。

羽箭横腰蹴馬蹄,樓頭思婦怨空閨。霜明隴樹雕戈暗,日冷江潮畫角低。俠客短衣風獵獵,劍歌寒水晚淒淒。幾人幕府無消息,欲寄音書醉懶題。

午亭集卷二十

見　雁

東行沙塞意淒其,人宿寒煙雁到時。今日西歸雁還去,夕陽殘角數聲悲。

送柯岸初通政省覲還嘉興

彩褒承恩目送時,侍臣朝發鳳凰池。常參崇政横經蚤,獨對延英下直遲。帷幄幾人曾共到,班行此日最相思。高堂正健君年富,莫爲湖山惜别離。

午亭集卷二十一

赴沙河路半以事促還

楊花撲面雪蒙頭,羸馬斜陽去未休。欲到卻還緣底事,此生行止可誰由。

對　酒

對酒不能飲，商歌空爾爲。月明蟲響急，露白雁來遲。清景歡無緒，憂端亂比絲。獨醒岑寂甚，那復計糟醨。

午亭集卷二十二

再得茗文書卻寄

千里故人書一紙，相思遙夜月三更。白頭近有新知在，欲別誰憐去住情。

石閭夜宿感事

毛義心情更莫論，誰言聶政母猶存。每逢憂患嫌身累，欲勝艱危覺氣尊。一夜風雷頻撼枕，三家煙火自成村。聞雞慷慨君休笑，亦有盧諶解報恩。

午亭集卷二十四

夏日有感

淫雨夜滑道，烈日午炙車。往來成彫悴，侘傺吾焉如。

夜　氣

夜氣誰知得，清風正滿林。觀身因有患，入道是無心。老至輕書劍，秋來狎枕衾。從教遲不寐，圓月照人深。

晚歸

月上書簾聽曙更,銅街人影未分明。晚歸風雪寒燈下,來去梅花管送迎。

書滄人學士蔬香圖

非關菜把與蓴絲,夢入松風興不支。欲問紫芝商老意,丹青人是黑頭時。

錢塘學士賜榴圖

御奩果送玉蟠螭,絕勝懷歸奉母時。畫裏途林佳種别,恩華並繞萬年枝。

黄柑傳後别文螭,每見朱櫻憶賜時。又過一春相對直,西風先報上林枝。

舊有卜居金陵之約因事感成

天涯流浪夙心違,重説江南興欲飛。一枕寒廳秋夜雨,故鄉有夢不思歸。

讀陸放翁詩

曉霜暮月城邊路,木落烏啼又歲餘。忽忽未知生是樂,茫茫須返物之初。年華欲送新篘酒,懷抱重開舊讀書。一卷劍南詩作伴,白頭蕭散幾人如。

齋中讀書即事三首〔一〕

曉月輝輝太白殘,朱門客散影闌珊。乍分鸞鏡妝新面,别掃蛾眉送舊歡。生相輕肥驚蔡澤,故人官爵笑任安。世情一似篙師捷,閱盡風帆下急湍。

【校記】

〔一〕補其二。

午亭集卷二十五

題龍眠竹間亭

樂圃先生樂未窮，龍眠亭景在胸中。别來篁竹多新緑，映得櫻桃稱也紅。龍眠亭名也紅。粉籜近梢元潔白，雪腴通裏自虚空。此君不比緇塵客，斜日無人倚晚風。

爲澹人學士題時和者皆以伏雨炎風起句五首

伏雨炎風正夏闌，繚牆苔長碧琅玕。雲窗霧閣清都境，未解人間行路難。

伏雨炎風正夏闌，朝來鴛瓦鵲聲乾。黄簾晝校青藜字，旋進披香殿上看。

伏雨炎風正夏闌，金蟬影裏列通官。紅泥亭子青銅樹，一夜新涼下井幹。

伏雨炎風正夏闌，茶膏新嫩蔗漿寒。曾傳曲宴教宣賜，稍擬秋涼滿露盤。

伏雨炎風正夏闌，西清仙珮雜粗官。秋來卧聽蘭臺鼓，漸喜宵長露點寒。

惲南田繡毬二首

張家園裏尋常見，浿水亭前一樹斜。舊日蛾眉人已老，遨頭何用粉團花。近樊川張氏園有此花。

緑娥玉面澹凝香，惱亂梅花鐵石腸。可惜月明風露夜，空教顧影笑何郎。

下直見西山二首

一片秋暉送晚晴,天街歸馬太忙生。眼前蒼翠寒山色,不少青鞵布襪情。

雞聲咿喔喚當關,宿盡昏鴉尚未還。卻訝臨風拄笏者,只知朝爽對西山。

讀史偶成

鄠杜山南輦跡疏,君王游意向詩書。貲郎大有相如在,風諫何勞賦子虛。

午亭集卷二十六

與與可

入簾殘月影依微,露鼓聲長旅夢稀。怪底連林人不寐,高城秋雁夜深飛。

朝陽庵重宿二首

城郭終耽寂,塵埃秖避喧。秋風知客意,落葉掩重門。

暝色入深林,煙鐘送落木。依微明月光,復此松窗宿。

送樾阡後明日郊行

紫陌東風半面春,便教舉扇拂流塵。與君惆悵青門外,多少天涯失路人。

獨　往

獨往西原細路分，炎蒸未已向斜曛。天公憐我老無力，乞與陰涼一段雲。

蚤春金水橋呈彭羨門少宰

鳳池行處步蹩躠，料峭春來特地寒。兩腳只須輕著力，長風吹過玉闌干。

春日寄故人關外

紙薄功名夢裏緣，青衫黄散並淒然。總無陸賈千金橐，也有蘇君二頃天。芳草風情離蝶慣，桃花水性老漁偏。窮通盡得文章力，三絕台州憶鄭虔。

妙光閣後山桃花二首

半庭煙月影低斜，掩縠垂羅剪薄霞。不是移來岩壑裏，春風空負野桃花。

一種桃仁一種情，成陰結子可憐生。紅英顛倒新苔上，不比楊花骨相輕。

午亭集卷二十七

夢簡翊聖

相勸無愁苦語頻，荊南遺老任天真。論交四海今頭白，生死何由見此人。

午亭集卷二十八

夕陰待月

漠漠梧桐葉，淒淒楊柳枝。高林煙濕處，昨夜月圓時。簟冷冰紋覺，窗明晝燭知。清輝耿玉臂，留取照虚帷。

東坡有蓑笠采梅圖禹鴻臚仿其意爲桐城宗伯寫照爲作此詩

梅鼎功名舊事無，坡公幻出采梅圖。中朝司馬人皆賀，誰道遭逢讓大蘇。

團扇圖

輕綃裁扇玉玲瓏，掩映雙蛾皓腕中。誰道人間有搖落，拋殘緗篋向秋風。

答桐川都憲

書思問夜玉珂寒，補衮時勤贊治安。共沐宗風馳海内，常依明月映朝端。南宫氣肅冰霜鑑，北斗光懸獬豸冠。正值晴春桃李盛，一時無限頌聲歡。

贈澹人宫端侍養二首

綸綍忻看出禁垣，萊衣歸養沐殊恩。蒼生未遂東山望，緑野還開北海尊。此日版輿洛下賦，他時霖雨省中言。青門餞送羅冠蓋，共羨皇仁錫類繁。

正及尊鱸上市初，晴嵐秋水共軒渠。宫衣晝永娱親綵，御筆香溫課子書。葵藿心情懸絳闕，松筠意誼浹彤除。隆時莫漫耽丘壑，可得辭榮傚二疏。

題李公凱學士松陰讀書圖三首〔一〕

浮世生涯畫裏論，先生讀書秋樹根。老夫瞢騰只欲睡，十日高臥閑金樽。

【校記】

〔一〕補其三。

臺上看雲有懷

丹青老人騎鶴游，上天下天三百秋。秋天曉空淨如練，畫出漠漠無端愁。

落　葉

賣花擔上酒樓歌，春雨春風奈爾何。落葉秋來秋又去，多情應是落花多。

懷樊鹵一

西風涼月白紛紛，立盡桐陰不見君。惆悵幽人歸處遠，長沙秋色楚江雲。

菊　遲

寂寞重陽倒濁巵，拒霜零落菊差池。天公作意留秋色，不是開花獨自遲。

午亭集卷二十九

丁　公

丁公真成鶴背仙，歸來城郭是當年。酒人散後荊軻去，如舊青山燕市邊。

續夢中句成詩

題句分明勸濁醪，敢將心事寄牢騷。十年花月西園醉，一日聲名北斗高。庚午夢中得第二句。

又續夢中詩意

燕市重來人已老，酒壚空過首頻搔。縱然乞得邯鄲枕，好夢愁多興不豪。

臥　病

朝市亦暫遣，山林且復休。白紛初夜月，黄落一庭秋。户外霜鐘遠，籬間露菊幽。空林方宴寂，多暇更何求。

有懷棗林

問法何知假與真，三年半偈總成塵。經云執象元無象，佛説非身是大身。一別棗林添白髩，多情花柳在青春。相思定踐紅樓約，莫厭經時寄語頻。

十月十四日病起雪鴎見和懷棗林詩疊韻奉答

法元無法法非真，秖向空中自染塵。放意眠餐三萬日，隨緣詩酒百年身。青山伏枕西城路，紅葉堆窗古寺春。直似故園相別久，寒花開落五回頻。

賦得天保九如有序

庚辰七月二十三日在直廬,東宮殿下命賦天保九如詩,蒙睿批云:"老到自然。"退而記其詩。

恭賦詩人天保篇,不知身近九重天。九如不盡無疆意,願祝如天一萬年。

午亭集卷三十

野亭贈主人

亭前何所有,野田黄白花。不因桃李豔,春色在君家。

重陽前一日即事

秋色籬邊一番新,登高臨水見何人。生憎斜日沙中坐,不管風餐露宿身。

九月二十一日城外歸臺上看山作

終日看山不見山,歸來遙憶碧孱顔。高臺一上一回首,心在斜陽未下間。

清魏憲輯《百名家詩選》卷十六[一]

吴將軍歌

秦關慘澹白日落,邊風獵獵驅黄雲。側身西望涕紛紜,令人長憶吳將軍。將軍昔日方少年，結髮十四來朝天。紫茸金鎖桃花甲，紅玉絨緣瑪瑙鞭。十六英名標幕府，襜褕照耀麒麟鮮。南北從軍幾馳逐，英雄常歎髀生肉。雪淨天山罷射雕，沙深白帝空埋簇。吁嗟天地滿甲兵，咸陽以西賊縱横。白豹城頭戍鼓亂，賀蘭山外夕烽明。繫頭面縛者誰子，風煙已黯靈州傾。是時將軍凜大義，仗劍軍前怒裂眦。白頭痛哭望神京，赤氣流虹大星墜。嗚呼！北邙山下塚纍纍，秋風石馬行人悲。十萬健兒存者誰，争似將軍馬革歸。

【校記】

〔一〕據《續修四庫全書》影印清康熙魏氏枕江堂刻本録入。

中　秋

秋雲如水雨如塵，天外飛鴻意轉親。酒盡定拚今夜月，燈前空憶舊時人。倘因皓魄終相鑒，近有孤懷欲細陳。渺渺廣寒千萬里，金莖誰裛露華新。

十五夜雪默巖招同惟一及吴潘二子限韻

令節招邀喜不勝，卻當風雪灑寒燈。春花拂酒真無數，穠李行歌悵未能。鐘鼓閉門天更好，江山何地月同升。他鄉羈思重雲滿，煙水懷人幾處曾。

異星行

幽州五月方炎天，流金鑠石無今年。火雲照地地欲然，紅日曝人人可憐。我行揮汗如流泉，道逢異星當晝懸。我生三十未見此，驚絕指示童僕看。吁嗟此星胡太奇，五行災異誰能知。乾坤定位割昏曉，何不少待月華東上時。君不見前年京城動地樞，天子責躬下詔書。又不見今春白氣夜横出，公卿無語皆躊躇。傳聞颶風吹海海色怒，齊魯之間損丘賦。西秦州縣流餓殍，哀我下民歲將暮。吁嗟乎向來變異何其多，星兮星兮奈汝何？

清丁紹儀《聽秋聲館詞話》卷十

紅窗聽

玉軫霜絃欣暫倚。更何必，碎從燕市[一]。窗燈簾月閑相對，覺吾將老矣。　目送手揮聊復爾。正良夜，碧天如水，漏聲初起。征鴻過盡，奈何愁難寄。（據《詞話叢編》所收清同治刊本）

【校記】

〔一〕葉恭綽編《全清詞鈔》卷二，碎從燕市，"碎"作"醉"。

附録

序跋傳記

午亭文編序跋

吾六七歲從塾師受句讀，見左氏尚書傳，喜而竊誦之，雖訶其不急，弗顧也。後每見古文輒喜誦之，家故多書，世父道莊府君有文，爲簾吏，以御史視江南學政，皎皎潔嚴，踰太行而北也。橐中蕭然不足具芻糧，顧獨載書卷以歸，詒吾兄庶常君。庶常尤好古文，先太宰公命余從之，學乃盡發其新舊書，得縱觀焉。爲詩謌古文辭。年二十釋褐登朝，優游詞館，與二三同學獨多爲詩。新城王阮亭方有高名，吾詩不與之合，王奇吾詩，益因以自負。然卒亦不求與之合，非苟求異，其才質使然也。其間亦復稍稍爲古文以自娱，長洲汪鈍翁見而大異之。苕文，故世父所知士。吾感汪言，遂肆力於古文，若自有得焉。後召見殿中，余言貽上。詔求文學之士，余言苕文。兩人皆官翰林，益礲礪切靡爲學以求進於道。汪未久告歸吳中，王今且爲名臣，而余隤然將老矣。始吾於汪、王顧頗自得，不欲苟雷同。豈惟才質乎，將以力之所近者求至於吾道焉已耳。古之爲文者，非以其辭期於明道也，故或即道以爲文，或因文以見道，其致一，其勞逸殊也。見今世有有道而能文如二子者與，吾忻慕焉。頃理舊藁，因自叙其爲學之大意如此。澤州陳廷敬序。

余司鐸濩澤幾兩載，陳君觀化等造廬而言曰："先相國功在國家，文垂寰宇，午亭兩編林吉人先生手録而刻，甚工，宗衰，家弗能實，爲人竊以置典肆，不克贖者二十年矣。願先生善計之，置以所。"余曰："嘻！若板而在肆，是棄璣玥於沙泥，委琬璦於瓦礫，遺盲者鏡,予甓(校者按:甓疑作躄)者履,授越人以章甫也。文貞公碩德鴻才,遭逢聖世,清廟明堂,雅雅魚魚,賡歌疊起,固其所也。間歸午壁,徜徉於梅莊黄閣間,興頓揮毫,沾溉藝林,亦固其所。即王小阮闢青林之圃,公孫種洛陽之花。摩挲舊編,愾慕豐澤,什襲遺刻,刷而傳佈。登堂者猶惝乎想見其爲人。夫鴻雪忽尔,泡影漂兮,鶴圃踁荒,魚亭巋秀,組紱雖弛,衣冠未絕。揆諸消息之理,達以盛衰之論,公靈在天,亦可無恨。獨是一生心血盡在斯編,乃置非其所,若存若亡,二十年委棄於敝衣垢絮中,岌岌乎寒暑燥濕之不保,公之靈得無有咄嗜不寧者乎?况今聖天子館開四庫,博采遺書,巍棫巨帙,首登乙覽,則是刻非獨陳氏子孫所當寶,乃陽邑士大夫所共寶。非獨一邑所寶愛,乃天下士大夫所共寶愛也。”因謀于邑侯賓門宋公,公固久慕午壁風流者,清俸周畫,力肩厥事,遂得儲版於學宫。猗歟,數百頁之琳琅,高拱於頖壁櫺壘之上;千百年之藻采,交輝於彝尊鐘簴之間。明鏡高懸,周道如砥。夫然後章甫之衣被得所矣。既樂道宋明府之好善而勇爲,抑余之典守竹漆,企焉嚮往,亦如遊魚聽瓠巴之鼓瑟,駟馬仰伯牙之拂琴也。故序其顛末跋以言。乾隆四十三年歲在著雍閹茂重陽前一日平陽後學徐昆題於淳復草堂。

今相國午亭先生前後刻所爲集凡數易稿,未嘗流布,輒復更定。戊寅冬佶初至京,得及先生門,嘗求所刻集,先生慎不出。比乙酉佶再入都,先生始授佶編輯,又五年而稿始定而録始成,剞劂之工亦將竣矣。先生命佶敘簡末。佶何人,敢贊一辭也。既而先生復以書來云:“平生學術師法河津,老而無成,徒深嚮往。”先生之撝謙如此,佶又安敢不稱舉先生所以立言之本與其遭逢之盛,以告世之讀先生文者。蓋河津之學以復性爲宗,而文與詩皆雅健絕倫,淵源最正,斷爲紫陽以後一人。先生少刻苦以正學自命,弱冠登巍科,讀書中祕,與海内巨公鈍翁汪先生、阮亭王先生者益鏃厲作爲詩古文詞,其標準一以河津爲的。跡其立朝公忠之大節,行己廉慎之清修,言必稱先,詞自己出，所謂貫文與道而一之者，先生既無愧於河津矣。其得君之隆，則自今上龍飛中天日麗之際。先生居館閣，典文章，值當宁親政，削平逆亂，講求禮樂，興起太平，先生身依日月之光，凡所爲表章六經，褒崇前聖，敷澤群聲，措安中外者，先生無不殫啟沃之誠，厲翼爲之職，自班侍從及枋大政，歷仕五十餘年，其在細旃宸幄論思密勿之地者幾四十載，遂以襄成今日郅隆之治。蓋皇上兼集古今治統道統之大成，而先生在見知聞知之列，所謂"惟尹躬暨湯，咸有一德"者，先生於《癸未會試録序》中發其端，佶敢於是編之成昌其説，俾世之讀先生文者登山仰岱，酌醴知源。古今來文與道岐者先生貫而一之，且爲先生慶遭逢之隆，鐘鳴谷應，玉振金宣。古今來治與道分者先生亦貫而一之，則謂紫陽之後正學之統歸於河津。先生直接其傳，而所遇之隆則又過之。此固天下之公言，非佶一人之私也。鈍翁、阮亭二公佶曩所從受業，其晚年之集皆佶所編録，而今者復得爲先生完此宿諾，庶幾可解免於傳而不習之矣。然資質駑下，修名不立，終無以復於先生，並無以報汪、王二公之知己也。追念俯仰，有餘愧焉。敢因先生之命敘其所以立言之指，使世之趨正學、述道統者有所歸，且有所法，愈知明良之盛真千載一時也。康熙戊子孟秋望後二日受業門人官林佶謹書。

文編鏤版成，先文貞念豕魚或悮，不肯輕易示人。庚寅秋，壯履既被譴鍵關自訟，日對是編，先文貞因有校讐之命。未卒業而見背，嗣罹母王夫人、李孺人之艱，心智益大恍惚，事遂中輟。己亥長夏，屏跡山村，始得詳爲繙閱，僅就所知印正如干字。淺陋之資，荒疏日甚，惟隳成命是懼，金銀之誚，寧能免耶？壯履謹識。

四庫提要·午亭文編

臣等謹案：《午亭文編》五十卷，國朝陳廷敬撰。廷敬字子端，號説巖，澤州人。順治戊戌進士，改庶吉士，授檢討。本名敬，以是科有兩陳敬，奉旨增“廷”字。官至大學士，謚“文貞”。嘗著《尊聞堂集》八十卷，晚年手定爲此編，其門人侯官林佶繕寫付雕。午亭爲陳氏陽城別業，因《水經注》沁水逕午壁亭而名，所謂“午亭山村”也。集中詩二十卷，雜著四卷，經解四卷，奏疏序記及各體文共二十卷，《杜律詩話》二卷。廷敬家故多藏書，少時即能縱觀。喜爲詩歌，門徑宗仰少陵，頗不與王士禎相合，而士禎甚奇其詩。所爲古文汪琬見而大異之，遂肆力焉。其生平回翔館閣，遭際昌期，膺受非常之知遇，出入禁闥幾四十年。正值國家文運昌隆之時，而廷敬以淵雅之才，從容簪筆，典司文章，得與海内名流以咏歌鼓吹爲職業。故其著述大抵和平深厚，當時咸以大手筆推之。卷首有廷敬自序，謂于汪、王不苟雷同，然其詩文實各自成家，分途競爽，雖就其才力之所及蹊徑不無稍殊，而要爲和聲以鳴盛，則固無異軌也。

午亭山人第二集序跋

古之賢相庚歌颺言，垂爲詩書，姬公之文斐然尤盛。蓋以道輔世，則和平之音、裔皇之采紛紛郁郁，載道而出，不能自禁。非若儒生學士揣摩綴輯以爲文者之比。而其工麗神妙，有爲揣摩綴輯者所勿及。唐以後詩文之體大備，若鄭公、燕公、晉公輩皆名相，有文而或不逮諸大家者，位顯任鉅則心有所分而不專其詣，力有所限而不造其極。然而是説也又不可以概我澤州相國文貞公云。公之詩文所謂工麗神妙而專詣造極者也。蓋其歷仕五十年，遭逢盛朝，位爲上相，翊贊聖王躋于堯舜文武，而展舒皋益周召之道，以巘巘太平。故其製作體則唐以後也，而性情義理則古之詩書也。公自言少而學詩，壯而學文，晚而學道，殆謙詞耳。實則藴涵於道者久而精腴溢於外，閎博雅麗，曠遠綿邈，臺閣郊島之跡胥化，雖公亦不自知其所至也。《午亭文編》數十卷風馳海内，公子南垞太史近裒，其未刻者詩二卷文一卷爲續編，屬予識其末簡。元龍官京師，親炙公最久，政事之暇手一卷勿釋，晉謁几席輒指授，著述秘要，非世儒所得窺。晚年愈恬退，既乞休，主眷彌殷，勉留視事，遂以“歸去”名其集。矢口伸紙，多林泉之思，尤與風騷切近，而公已不可作矣。猶憶承乏少宰，時以事詣閣，公執手問：“署中藤蔭無恙乎？”翊日，以一詩見貽。風流如昨，而已爲陳跡。讀公遺編，烏能無今昔之感？公之道行于詩文，垂於後百世而下。善讀書者猶想見公賡歌矢音之盛，而況親炙如予，能不有味乎言之也。康熙丁酉秋七月門下晚生元龍頓首謹序。

澤州相國文貞陳公當聖廟時枋國者十餘年，其德行之純白、勳業之光昭簡在帝心，傳于學士大夫之口，國史載之詳矣。竊尋自古相臣優於德者不必優於才，長於政事者未必嫻于文學。獨我文貞相國非徒德業之隆盛也，蓋其文章亦煌煌乎駕燕許而上之，將與皋謨説命後先輝映焉。公家于午壁，故平生著述題曰《文亭文編》。及其老而歸也，聖廟親灑宸翰，書“午亭山村”四大字以榮其行。公於是自稱山人，裒其未刻詩，題曰《午亭山人第二集》。然公既乞身，旋奉特詔，再入綸扉，逾年而赴玉鏤之召，是公未嘗得棕鞋竹笠采芝拾橡于太行王屋間也。其曰山人，特以紀恩遇云爾。余生也晚，安足以知公？且又陋甚，安足以論公之詩哉？特是先君子受業于公之門，公扈駕至維揚，時余年十六，曾謁公於舟次，瓌姿碩貌，至今猶可仿佛。且又爲公子濂村、南垞兩先生後輩，而辱交於濂村垂三十年，文孫、名儉、崇儉又於吾有一日之雅，元亭馬帳，晨夕相依。讀公之詩，寢食寤寐，於公之詩，名香以禮之，範金以事之，蓋非一日矣。家弟松友爲南垞愛婿，將梓公第二集以行世，而屬序于余。余爲囑及門儀征汪子掞庭用楷法小書，而付之剞劂。汪子以書名噪長安，樂附青雲以傳，故其書謹嚴流麗，尤爲合作。自時厥後，讀公之詩者，由是集而泝前編，因片羽而窺全豹，於是乎在矣。雖然，公之自序曰：“始吾與汪、王，顧頗自得，不欲苟雷同，豈爲才質乎？將以力之所近者求至於吾道焉已爾。”然則讀公之詩者，又豈惟漁獵詞華而已哉？就公之文章而德行之純白、勳業之光昭胥可想見，此余之所以範金事之、名香禮之而庶幾一日之蘄至於道者也。是爲序。乾隆壬戌夏四月門下晚生金壇于振頓首拜并書。

閩中門人林子吉人手寫予文及詩爲《文亭文編》,予弗能禁也。會予老而歸,上御書"午亭山村"四字以榮其行,予自是得稱午亭山人。自林生爲《文編》後,兒子輩綴拾吾近詩,請曰:"可名《午亭山人第二集》。"從之。康熙五十年辛卯八月辛酉説巖廷敬識。

先公立朝五十年,值聖廟垂裳在宥,倚毗之恩既隆且久,戊子己丑間乞身者三,不允。辛卯二月乃得請。于時聖廟親灑宸翰,書"午亭山村"四大字以賜。先公始釋冕衣蘿,得稱山人。未幾再入綸扉,然竟以是名集,志殊寵也。先是侯官林中翰吉人既爲楷書《午亭文編》全集,梓刻行世。至是豫朋等復裒集未刻詩,得如干首,藏之篋中,今又將三十年矣。豫朋學殖荒陋,于先人著作無能步趨萬一。顧念先世清白傳家,未敢失墜。自筮仕以來,冰兢自矢,雖宦途濩落而未嘗以賄敗。猶憶自岷入覲,先公以詩勖,有曰:"敝裘羸馬霜天路,賴汝清名到處傳。"豫朋雖愧汗弗敢當,然先公鼎鼐有官,室家無計,平日所以教豫朋兄弟者大指不外乎是。故集中又有憶先祖句曰:"不負當年過庭語,先公曾許是清官。"比類以觀,而吾家清素相承詒謀燕翼大可見矣。永甯于君大梃爲家弟壯履愛婿,與豫朋同官京師,爲先公續刻是集。校讐之暇,謹綴數語於後。若先公之盛德大業載在史書見於文章傳于當代學士大夫之口,玆不復云。男豫朋謹識。

午亭集序跋

輯《午亭集》凡八十卷,校讎訖,捉兔園筆書後曰:聖人之道在六經,經明則積諸身,措諸家國天下皆是也,而不必尸其名。古之大臣有庸言質行,平澹無奇而一時文人學子鮮能及者,范文正公是也。有甚惡乎標新鑿空之無益於天下,而網羅舊聞,捃拾散佚以成經國之大業者,司馬文正公是也。薛文清、羅文莊在朝在野無赫赫名,而《讀書録》《困知記》闇然日章,其衛道也力矣。先生之學以雒閩爲宗,大都奄有六經而湛深于《易》。王輔嗣解從厓略旨尚模棱,先生排之,斥之爲其作過江人□□之俑,而古經編次之撓亂爲可惜也。揚子雲潭思渾天,冥搒遠索,先生能之而不肯爲。其於辭占□變澄觀妙悟,井井鉛槧間。若《尚書》,若《毛詩》,若三禮三傳,渙然冰泮,沛若江河,即辯駁先賢而實發先賢未盡之藴。上知先生深,儤直講筵,數十年如一日,是則文清、文莊生平未有之遇也。初,太公庭訓口不言禄利之路,世父侍御公插架萬卷,兄庶常家食時與先生晨夕討論,其根柢如此。又審擇交游,應接簡少,研席酬唱必海内所稱賢人君子。故于微言大義之剖析,毅然以斯文爲己任。蓋自起家翰林,累官大塚宰,陳謨亮工,言必底績,起西清東觀之藏。總領操觚鉺筆,諸後進參伍折衷,所裨益甚大。釐定樂府,登奏雅歌,又頡頏韓柳,誦楊一代之豐功駿烈,光照汗青。先生之學富有日新,而先生之勤亦於是乎極矣。夫人臣立言與經生異,經生者,奉一先生之言,墨守訓故,稍稍潤色以專門之言。嗚!當世又伏處草莽,旁摭稗官野乘以爲談助,甚者托爲逢異人、受異書,令一時講席不能難。故其爲言往往無關於天下。若夫大臣所志者内聖外王之道,修詞立其誠,所以居業。矧事聖天子濬哲文明,好問好察,廣廈細旃之賡颺獻納,左宜而右有,豈不難哉?豈不難哉?學者濫泉之末而盱眙漭沆,亦徒勞蠡測耳矣!康熙壬午春王正月楚黄受業門人金德嘉謹序。

康熙甲寅九月十三日禾與德州田雯、謝重輝夜過學士説巖陳先生家,論詩自風騷至近代無不談也。征奇發難,且辨且飲,陶然竟醉矣。先生出其詩集,三人者聚坐疾讀,有見者,有未見者。余愯然起曰:先生之詩,眉山氏之詩也。今人動詆訶宋詩,不知承唐人之宗者,宋人也。而承杜韓之大宗者,眉山也。人才之生隨時而出,能卓然自名一家者,辭與意不襲乎前人者也。然而有學焉,惟其能變,學不足以窮往古，則其言不能以變一時。雖當日亦風流波靡，而必不爲後世之宗。唐之初能變乎六朝者也。少陵上薄風雅，下該沈宋，一變而極正，固儼然集成矣。昌黎以爲莫由過之也，遂變而爲奇，然而其奇皆法也。其從横排宕、抑揚頓挫者有以異乎？是善繼乎杜者，莫韓若也，而韓乃與杜並峙而不朽。蘇之于杜韓，猶韓之于杜也。宋之詩人無不以杜韓爲宗，其學不能以専及也。眉山氏兼之，乃變而爲肆其言，汪洋放恣，離奇雜博，茫乎莫識其津涯。究其指，與杜韓異者鮮矣。此又眉山之善於紹述，而三家者遂卓然相望於天壤之間。先生之于蘇，猶蘇之于杜韓也。蓋變而爲渾，窮比興之源流，究述作之本旨，凡古之能言者無不會於心也。春容澹蕩，涵演迤邐，語有盡而意無窮。徐而探之，淵然以深也，旨乎其有味也。是先生之詩與眉山不類，然辭必已出，而出必有本，其本不異也。此三家者之所以特立，而先生之所以善繼其後者與！雖然，爲此極難耳。今之立壇坫、樹頤頰，以叫號怒詈爲學問，必欲驅一世而從我者，蓋有兩病焉。必唐之爲是也，其失在於膚，而其病至於襲。又必欲兼夫古也，其失在於某體必似乎某人，而其病至於一人而不似。夫文人之心，每代加勝，獨無如風氣何耳？能不爲風氣之轉移，真能轉移夫風氣者也。且夫風雲月露，蟲魚花鳥，山川景物之變態，古之能言者已盡之，能爲古人之所不能爲，是真能繼古人者也。先生之詩不其然乎？不其然乎？文章于世不論今古，不論貴賤，惟歸於至當。先生之辭無不當也。承杜韓之宗者，蘇也；承蘇之宗者，先生也。非襲與似也，有其學而善變者也。田與謝曰："子之言然，以是載諸簡首，可乎？"先生曰："可。"余遂正容執筆而書曰：翰林學士陳説巖先生之詩，今代之眉山也。江陰曹禾譔。

詩始於朝廷，郊廟朝聘，宴饗畋獵，用兵行師，征伐不庭，告成于王，獻馘於廟，銘功昭德，勞使臣，餞賓旅。發爲聲歌，宣以鐘鼓，節以磬筦，何其大與！列國之風，貞淫美刺雜出，不無怨誹憂傷感憤之音,多託於山川草木禽蟲。雖志趨各殊,而即事起義,務本人情,其旨一而已。後之學詩者,每於窮愁無聊、閨房流蕩之作,誦習不倦,而於郊廟雅頌之詩,謂其繁音紓節,奥衍質實,相率而苦厭之。故有身處貴盛,四體強壯,必托言疾病窮老,以爲非是不可以言工。甚有足未越乎鄉里,早貴京邑,亦必遠思窮山幽壑,以爲非是不可以明高。二者皆過也。古人之詩,隨乎境,觸於情,止夫義,詎容僞託與?使少陵獻《三大禮賦》,就試集賢院時,即得志於朝,其詩亦不過曲江對酒、紫宸口號諸作,豈必預爲夔蜀幽險沉痛之言哉?今翰林學士陳公年二十成進士,遭遇兩朝,回翔侍從,又二十年矣。其拜宫詹,入政府,宣麻草制,教胄養賢,尚年未及四十。儀觀俊偉,操履方嚴,望若天人。起居殿陛間,舉凡大朝會,燕勞外藩,命將遣使,講武行幸,祭告北鎮,越關塞,抵遼海,觀興王之舊都,馮吊於松山杏山,訪轉戰制勝之地。公平生所歷,嗚呼盛矣!天子優渥異數,每徹御筵珍味宫貂羔羊白金文綺以賜,故所著詩多朝廟雅樂,記載典實。其于燕居、交友懷人、山川道路、感時觸物之際,又復憂深思遠,含藴以出,詞無不工,義無不備,真得詩人正大之遺音者與?公虚己下士,天下稱爲説巖先生。即庸劣如懋麟,辱公下交且十年,不以爲愚且賤,出其詩,屬爲論次,不敢辭,因束稿南歸,展讀于平山堂真賞樓下,閲月始畢,釐爲十六卷,附言簡末,授之梓,以永公之傳。天下讀公之詩者,亦可知所觀法矣乎!時康熙丁巳秋日揚州汪懋麟譔。

韓退之集序,文者,貫道之器也。先儒駁其本末倒置,是已。然所以謂文爲末者,文不與道俱故也。善乎濂溪之言曰,文所以載道也。文非道,何以載道?輪轅飾而不爲虚車者,以其所載者道也。其載之者,亦道也,文特其形而下者耳。豈得謂道自道,文自文乎?然車不載物,始謂之虚車,任有物焉,充之,斯不虚矣。文不載道,而詭譎誕漫、淫豔剽竊之詞勝。雖有載焉,豈得不謂之虚言哉?既謂之虚言,夫其離道愈遠也。而鄙之爲末,宜矣。今之爲文者大抵有二:其爲詭譎誕漫、淫蠱剽竊者,常薄儒先之説爲無用,用之不足以成家,而見爲迂腐。及視其所爲,按之其中,無有也。矯其弊者,奉一先生之言,亦步亦趨,惟恐失之,而不知其有趨軼絶群者在。謂其中有物焉,則亦無有也。若此者,猶不得謂之虚車已乎?今尚書澤州説巖陳公病之。公之爲文也,其初涵泳於六經四子之書,排二氏之虚妄,斥儒家之異論,一折衷于新安朱氏,而擇其尤粹者以立之本。于法則《左》《國》先秦兩漢諸子之書無不取,于體則唐宋元明之作者參伍焉無不備。猶未敢以自信也,久之集始出,合詩文、經解、雜著,共得八十卷,宸英受而讀之,見其理弸于中而文暴於外。其所詩而言者皆得乎性情之正,而所述者無非仁義道德之旨也,則可謂富哉。信乎其爲載道之文歟!雖然,夫無所於載者謂之虚車可也,車既飾矣,載既美矣,執策者從之,或東焉,或西焉,或南焉,或北焉,雖終日馳,不至矣。公方以道濟明時,其篤於踐履,發於事業,而被於生民者,孰非其文之至?其所載於册者,此是也,不東以西,不南以北,從其道而隨所之焉。雖重且遠,有不至者哉?讀是集者,可以慶公之遭,而無病於道之難行矣。慈谿晚學姜宸英拜譔。

北鎮集序

宫詹陳君子端之奉命祭告而東也,余贈其行,有"塞外壯游奚囊得"句之詠,歸而果以一編見示,則往還所得之詩也。余受而讀之,穆如忠孝之思,而渢乎雅頌之遺音也。何其盛哉?嘗觀昔人於役必有紀行之作,大率臨眺山川,流連景物,以適興一時已耳。其次則怨羈旅,寫窮愁,歎老嗟卑,抑鬱無聊之思一於詩乎發之。皆未得性情之正也。子端受知世祖皇帝,早讀中秘書,歷參侍從。皇上右文重道,最慎講幄之選,子端以學行膺簡拔,槖筆螭頭豹尾之間,效啟沃,蒙顧問,恩寵至渥。洎建立青宫,備設官署,褎然備擢爲宫僚首,蓋極稽古之榮矣。北鎮之役,天子念豐鎬重地,秩祀大典,非文學禁近、譽望夙孚之臣,不足以宣德意而和神人,故子端復受命以行。於是肅將天語，恪恭蕆事，踰月而旋，可謂畏此簡書、不遑啟處者矣。乃復有餘力，發爲篇章，頌揚祖烈，則仰歌風思沛之遺徽；瞻望關河，則深白雲親舍之遠慕。覽風俗，勤咨諏，則四牡、黄華之旨也。憫征戍，懷靡鹽，則楊柳、雨雪之思也。至於碣石滄海、千仞振衣，窮瑰異之觀，盡憑弔之興，則又所謂玆遊奇絕者。宜其言之高華深穩而無煩聲促節、噍殺嘽緩之習也。子端前此詩刻甚富，其源流體格海内詞人評之已詳，余不暇具論。玆特述其盡職之勤，及立言之意，則朝廷之所以重子端，而子端之所以克副眷遇者，俱於是編得之。庶令讀者不比于羈人遊子之詞，而歸其性情於正也夫。康熙丙辰清和上澣高陽友人李霨拜手題。

説巖先生奉命祀北鎮，事竣還朝，得詩百餘首。凡所歷塞上名山大川、攢崖峭壁、飛濤怒壑，與夫時序之流連，人物之遺跡，悉舉而發之於詩。故其聲雄而壯，其詞博而麗，其格高而古。自先生少入翰苑，歷官侍從二十年矣。博宗今古，著書數十種，究心于理學、經濟，而散華落藻，傑然争雄于長沙北地之間。是集其一斑乎？昔楊誠齋所至各有一集，及使江東，參政胡公曰："誠齋老子是行不以其欠《江東集》耶？"今先生承命毖祀，大典告成，而所至又昭代龍興之地，其所以鋪揚景物，潤色昇平者，直如金鐘大鏞，鯨鏗春麗，非特奉使江東之比。先生云，大都得之馬上之作。故緣物賦形，隨事見情。雖造次得句，不加點綴而已。超越古人矣。吴郡繆彤頓首謹撰。

士生鄉曲，負文藻，抱影而吟，其聲若出金石，然徒稽載籍，而未嘗觀當世文物之盛，跡不踰州里，無名山水以暢其遊目，故島瘦郊寒，終不可語於清廟明堂之作。或弱冠登朝，或白首膴仕，入廁三事，出馳萬里，貼括在前，簿書在後，每未遑于古學。故當山川勝賞，俯仰陳跡，莫或寄情。朝廷有大典禮，不能操筆以記，雖績在當世，而名不掛於風人。夫物之所受於天者有限，予角奪齒理，有或然。

故二者不可強而合也。今天子十有五年，東朝始建，簡用詞臣，以當輔導之選。高都陳先生首擢爲掌詹，既而有事於四望，先生復受命北鎮，銜詔以行，歷盧龍，出榆關，循遼西之塞，望東海而臨碣石，鳴笳啟路，河山千里，乃始秩於醫無間之下而告竣役焉。所至輒爲歌詩，以志其事。於是關塞之阨塞，雲物之沃蕩，風俗之異同，日月之遷流，以至人事之往返，典常之陳列，憑弔慷慨，無不畢陳於詩。固已備古近之體裁，極書寫之能事。煌煌乎雅頌之遺，所以黼黻當世，而潤色鴻業。抑何于向之所謂賦受有限、若不可得而兼之者，先生獨以奉使一集奄有其長，而無或遺憾若此。此行凡三旬有八日，得詩七十章。夫文藻豈遂足爲先生重要，爲天之所厚，不可誣也。因卒讀，三歎而識其末簡。康熙十五年夏四月崑山徐乾學頓首謹撰。

四庫提要·午亭集

《午亭集》五十五卷〔一〕，國朝陳廷敬撰。廷敬有《午亭文編》，已著録。是集詩三十卷，古樂府及古今體賦一卷，經解十卷，雜著十四卷。蓋刻在文編之前，猶未經删定之本也。

【校記】

〔一〕《四庫存目叢書》所收中國社會科學院文學研究所圖書館藏清康熙四十一年(1702)刻本《午亭集》只有詩三十卷。

陳文貞公事略清李元度輯《國朝先正事略》卷六

陳公廷敬，字子端，號説巖，山西澤州人。順治十五年進士，選庶吉士。公初名敬，以是科有同姓名者，世祖加"廷"字别之，遂改今名。十八年，分校會試，授秘書院侍講。累遷司業、侍講學士，充日講起居注官。康熙十二年，典武會試，尋擢詹事，晋内閣學士，充經筵講官，改翰林院掌院學士，教習庶吉士。十七年，命與學士葉方藹同直南書房。母憂歸，服闋，補原官。二十七年，充會試副考官。歷禮、吏二部侍郎，管理户部錢法，擢左都御史。二十五年，遷工部尚書。明年調户部，尋調吏部。二十七年，法司逮問湖廣巡撫張汧，汧嘗遣人齎銀赴京，詰其行賄何人，初以分饋甚衆，不能悉數對。既而牽引公，及徐尚書乾學、高詹事士奇，上察其誣，不問。公以父年八十有一，疏乞歸養，得旨："覽卿奏清詞懇切，許原官解任，仍管理修書總裁。"二十九年，起左都御史，遷工部尚書。三十一年，丁父憂，服除，授户部尚書，調吏部。四十二年，典會試，拜文淵閣大學士，兼吏部尚書。四十九年冬，以耳疾乞休，許之。五十年夏，大學士丹徒張公卒，安溪李公疾未愈，召公入直視事。五十一年四月，薨。此公歷官階級也。

任講官時，聖祖稱其"啓迪朕心，甚有裨益。"以天氣漸寒，與學士張英等各賜貂皮五十張、表裏緞各一。丁母憂，上遣學士二人慰問，賜奠茶酒，特旨照學士階賜恤。洎遭父喪，溫旨慰恤如例。滇南平定，命撰朝會燕饗樂章，下所司肄習。嘗與徐公乾學纂《鑒古輯覽》，諭嘉其勸戒，昭然有裨治化。此外若三朝《聖訓》、《政治典訓》、《平定三藩方略》、《皇輿表》、《一統志》、《明史》，公皆爲總裁官。故事，大臣入閣，不復侍經筵，兼之者惟張公英及公二人耳。聖祖南巡，召試江浙諸生，公與大學士張公玉書等，三次皆奉命閱卷。公初以《賜石榴詩》受知仁皇帝，後進所著詩集，上賜以詩，且題云："大學士陳廷敬作各體詩，清雅醇厚，非積字累句者所能窺也。爰作五言近體一律以表風度。"其薨也，命皇三子允祉率大臣侍衛奠爵，賚白金千兩治喪。令各部院滿漢大臣俱往吊。御制詩挽之，諭稱公夙侍講幄，洊擢綸扉，學問奄洽，文采優長，恪慎清勤，始終一節。下所司優恤，賜祭葬如例，加祭一次，予謚曰文貞。此公前後所承恩遇也。

聖祖留意古學，嘗召對群臣，從容問在廷中誰最能詩，公以王公士禛對。詔舉博學鴻儒，公疏薦汪公琬。二公者一爲詩伯，一爲古文家，而皆由公言以達天聽。後十餘年，聖祖復以後進詩人垂詢公，公以史給諫申義、周宫詹起渭對，皆一時之傑也。公尤夙知靈壽令陸公、清苑令邵公賢，疏草將列薦。會上御門，亟召九卿舉廉吏，既進，升階，未盡一階，上獨目公。班定，又數目，若詔使言者。蓋是時，公方掌御史臺，以進言爲職，又嘗數薦人，以故數目公使言。公自念班六卿下，既未承明詔，當以次對。已而六卿有言他守令賢者，語未竟，上特問公廉者果爲誰，公奏言："知縣陸隴其、邵嗣堯皆天下清官，雖治狀不同，其廉則一也。"于是兩公皆擢御史。始公嘗亟稱兩公廉，或謂曰："兩人者廉而剛，剛者易折，且多怨，恐及公。"廷敬曰："果賢歟，雖折且怨，庸何傷？"是可謂能以人事君者矣。

公在官所建白皆得大體。嘗疏言："貪廉者治理之大綱，奢儉者貪廉之根柢。欲教以廉，先使之儉。古者衣服輿馬器用之具，婚喪之禮，賤不得踰貴，小不得加大。今或等威未辨，侈靡相高，轉相慕效。富者黷貨無已，貧者恥其不如。因而冒利觸禁，其始由於不儉，其究至於不廉。如水之失隄防而莫知所止。請嚴申定制，以挽頹風。"又言："去年九月，山東巡撫題報濟寧等屬水災，部議令委官履勘。十一月，以勘定成災分數具題。部議令分析地畝高下，今年四月，題覆部議始許蠲免。德音下逮，近者已逾半年，遠者將不止一載。如此其遲回者，所行之例則然耳。臣愚謂既有被災分數，即可知地畝高下。拘文牽義，何救死亡？請破例以求實濟。"又言："督撫之職在察吏。吏果廉能，必毋敢加派火耗，毋敢黷貨於詞訟，毋敢朘削富民，然後能一意行上之教化，而民不罹于刑。今吏或不能誠有罪焉，然非盡吏之罪也。上官廉則吏自不敢貪，上官貪則吏雖欲爲廉而不可得。方今要務，首在督撫得人。爲督撫者不以利欲動其心，然後能正身以董吏。吏不以曲事上官爲心，然後能加意於民。民可徐得其養，養立而後教行。請自今督撫保薦州縣吏，必具列其無加派火耗、無黷貨詞訟、無朘削富民。及月吉宣講上諭諸實蹟，俾知功令所重在此。而皇上之考察督撫，則以潔己教吏，吏得一心養民教民爲稱職，庶幾大法而小廉。"又言"臣再領臺垣，每戒科道官，凡有建白，不許預聞于堂官僚友，以滋指使屬托之弊。如中外臣僚，果有奸貪不法，及灼知時事因革所宜先者，則當切實指陳。否則，與其生事以塞責，不若省事而擇言。蓋毛舉細故，剔摘成例，易至刻薄煩碎。誠能持重養鋭，言不輕發，發而必當，使不肖者有所警戒顧忌，而不敢恣意爲非。所謂省事而擇言也。"公所陳切中時弊，棘棘不苟同多此類。此前後薦拔敷奏之大端也。

生平内行篤修，尤好學，未嘗一日去書。少與汪公以文章切劘，與王公以詩相唱和，皆能得其深處，而面目各不相假。回翔館閣，出入禁闥，凡五十年。值文運昌隆之日，從容載筆，人望攸歸，燕許大手筆，海内無異詞焉。所著有《尊聞堂集》、《午亭文編》。

陳廷敬傳《清史稿》卷二百六十七

陳廷敬，初名敬，字子端，山西澤州人。順治十五年進士，選庶吉士。是科館選，又有順天通州陳敬，上爲加"廷"字以别之。十八年，充會試同考官，尋授秘書院檢討。康熙元年，假歸，四年，補原官。累遷翰林院侍講學士，充日講起居注官。十四年，擢内閣學士，兼禮部侍郎，充經筵講官，改翰林院掌院學士，教習庶吉士。與學士張英日直弘德殿，聖祖器之，與英及掌院學士喇沙里同賜貂皮五十、表裏緞各二。十七年，命直南書房。丁母憂，遣官慰問，賜茶酒。服除，起故官。二十一年，典會試。滇南平，更定朝會燕饗樂章，命廷敬撰擬，下所司肄習。遷禮部侍郎。

二十三年，調吏部，兼管户部錢法。疏言："自古鑄錢時輕時重，未有數十年而不改者。向日銀一兩易錢千，今僅得九百，其故在毁錢鬻銅。順治十年因錢賤壅滯，改舊重一錢者爲一錢二分五釐，十七年又增爲一錢四分，所以杜私鑄也。今私鑄自如，應改重爲輕，則毁錢不禁自絶。產銅之地，宜停收稅，聽民開採，則銅日多，錢價益平。"疏下部議行。

擢左都御史。疏言："古者衣冠、輿馬、服飾、器用，賤不得逾貴，小不得加大。今等威未辨，奢侈未除，機絲所織，花草蟲魚，時新時異，轉相慕效。由是富者黷貨無已，貧者恥其不如，冒利觸禁，其始由於不儉，其繼至於不廉。請敕廷臣嚴申定制，以挽頹風。”又言："方今要務，首在督撫得人。爲督撫者，不以利欲動其心，然後能正身以董吏。吏不以曲事上官爲心，然後能加意於民；民可徐得其養，養立而後教行。宜飭督撫凡保薦州縣吏，必具列無加派火耗、無黷貨詞訟、無朘削富民。每月吉集衆講解《聖諭》，使知功令之重在此。而皇上考察督撫，則以潔己教吏，吏得一心養民教民爲稱職，庶幾大法而小廉。”又言："水旱凶荒，堯、湯之世所不能盡無，惟備及於豫而賙當其急，故民恃以無恐。山東去年題報水災，户部初議行令履勘，繼又行令分晰地畝高下，今年四月始行覆准蠲免。如此其遲回者，所行之例則然耳。臣愚以爲被災分數既有册結可據，即宜具覆豁免，上宣聖主勤民之意，下慰小民望澤之心，中不使吏胥緣爲弊竇。”疏並議行。二十五年，遷工部尚書。與學士徐乾學奏進《鑒古輯覽》，上嘉其有裨治化，命留覽。時修輯三朝《聖訓》、《政治典訓》、《方略》、《一統志》、《明史》，廷敬並充總裁官。累調户、吏二部。二十七年，法司逮問湖廣巡撫張汧，汧曾齎銀赴京行賄。獄急，語涉廷敬及尚書徐乾學、詹事高士奇，上置勿問。廷敬乃以父老，疏乞歸養，詔許解任，仍管修書事。

二十九年，起左都御史，遷工部尚書，調刑部。丁父憂，服闋，授户部尚書，調吏部。四十二年，拜文淵閣大學士，兼吏部，仍直經筵。四十四年，扈從南巡，召試士子，命閱卷。四十九年，以疾乞休，允之。會大學士張玉書卒，李光地病在告，召廷敬仍入閣視事。五十一年，卒，上深惜之，親制輓詩一章，命皇三子允祉奠茶酒；又命部院大臣會其喪，賜白金千，諡文貞。

廷敬初以賜石榴子詩受知聖祖，後進所著詩集，上稱其清雅醇厚，賜詩題卷端。嘗召見問朝臣誰能詩者，以王士禎對，又舉汪琬應博學鴻儒，並以文學有名於時。上御門召九卿舉廉吏，諸臣各有所舉，語未竟，上特問廷敬，廷敬奏："知縣陸隴其、邵嗣堯皆清官，雖治狀不同，其廉則一也。"乃皆擢御史。始廷敬嘗亟稱兩人，或謂曰："兩人廉而剛，剛易折，且多怨，恐及公。"廷敬曰："果賢歟，雖折且怨，庸何傷？"

陳廷敬傳王鐘翰點校《清史列傳》卷九

陳廷敬，山西澤州人。順治十五年進士，改庶吉士。初名敬，以是科館選有同姓名者，奏改廷敬。十八年，充會試同考官，尋授秘書院侍講。康熙元年，告假歸省。四年，補原官。八年，遷國子監司業。洊陟侍講學士。十一年，充日講起居注官。十二年，轉侍讀學士，充武會試副考官。十四年，遷詹事。十五年，擢内閣學士，充經筵講官。十六年正月，改翰林院掌院學士，教習庶吉士。九月，同掌院學士喇沙里、侍講學士張英奉諭曰："爾等每日進講，啟迪朕心，甚有裨益。嗣後天氣漸寒，特賜爾等貂皮各五十張、表裏緞各二匹。"十七年正月，詔舉博學鴻儒，廷敬薦原任主事汪琬，召試一等，授編修。七月，廷敬偕侍讀學士葉方藹入直南書房。十一月，丁母憂，上遣學士二員慰問，齎賜奠茶酒。諭禮部曰："陳廷敬侍從勤勞，其母准照學士品級賜恤。"二十年，服闋，補原官。二十一年，充會試副考官。時副都御史余國柱以滇南平定，請釐定樂章。禮部、翰林院會議，郊壇宗廟仍循順治元年之舊，朝會燕饗宜更定。廷敬擬撰十四章，旨下所司肄習。二十二年，遷禮部右侍郎，尋轉左。

二十三年正月，调吏部右侍郎，管理户部錢法，八月，疏言："自古鑄錢時輕時重，未有數十年而不改易者。今日民所不便，莫過於錢價。向日每銀一兩，易钱一千。今則僅得八九百，其故由毁錢作銅。夫銷燬制錢，其罪至重。然而不能禁者，厚利之所在也。銀一兩僅買銅七斤，而銷錢一千，得銅八斤十二兩。奸人以爲射利之捷徑，錢安得不日少而日疵乎？順治十年，因錢價賤壅滯，改鑄重一錢者爲一錢二分五釐，十七年又增重爲一錢四分，所以杜私鑄也。今杜私鑄而私鑄自如，應改重爲輕，則毁錢之弊不禁自絶。近來產铜之地，收稅過重，致開採寥寥，並宜停其收稅，聽民開採，則銅日多而錢價益平矣。"疏下部議行。

九月，擢左都御史。二十四年正月，疏言："貪廉者治理之大關，奢儉者貪廉之根柢。欲教以廉，先使之儉。古者衣冠、輿馬、服飾、器用之具，婚喪之禮，賤不得踰貴，小不得加大。今或等威未辨，奢儉之風未除，機絲所織花草蟲魚，時新時異。貧者循舊而見嗤，富者即新而無厭，轉相慕效，積以成風。由是富者黷貨無已，貧者恥其不如，冒利觸禁。其始由於不儉，其繼至於不廉。好尚嗜欲之中，于人心猶水之失隄防，而莫知所止。乞敕下廷臣博考舊章，官員士庶冠服、衣裘、飾用之制，婚喪之禮，有宜更定者，斟酌損益，務合於中。制度既定，罔敢淩越，則節儉之風，庶可漸致。"疏下王大臣議，謂儀制久頒，無庸更定。得旨："服飾諸項，久經定例禁飭。近見習俗奢靡，應用僭濫者甚多，皆因所司視爲具文。嗣後須切實奉行，務須返樸還淳，恪循法制，以副朕敦本務實、崇尚節儉至意。"

九月，疏言："水旱凶荒，堯、湯之世所不能盡無。惟備及於豫，而賙當其急，故民恃以無恐。臣維報免災荒，聖意之所垂念者，敢獻其末議。如山東省去年九月題報濟寧、海豐、霑化水災情形，户部初議覆行，令委官踏勘。十一月，以踏勘成災分數，應蠲錢糧册結具題，户部議覆行，令分晰地畝高下。今年四月，以並無捏報分數具題，户部覆准蠲免。德音下逮，近省已逾半年，遠省將不止一載，如此其遲回者，所行之例則然耳。臣愚謂被災分數，即見地畝高下，既有册結可據，即宜具覆豁免。上宣聖主勤民之意，下慰小民望澤之心，中不使猾吏奸胥緣爲弊竇，勿循舊例爲便。"疏下部議，令嗣後巡撫題報情形後，速分析高下具題，户部覆核無舛，即准其蠲免。

又疏言："督撫之職在察吏，察吏欲令民安，非明於擊斷之爲能盡其職也。必先言禁令，謹科條，使民遷善遠罪，至於刑清政簡之爲能盡其職也。孔子不云乎：'上教之不行，罪不在民也。'故欲使民不犯法而刑辟衰止,莫先於行上之教;欲行上之教,緊惟督撫是問。督撫曰:‘是將在群吏。’夫吏果廉能,無敢加派火耗,毋敢黷貨於詞訟,毋敢朘削夫富民,然後能一意行上之教而民不罹于刑。今吏或不能,誠有罪焉;然非盡吏之罪也,上官廉則吏自不敢爲貪,上官貪則吏雖欲爲廉而不可得。凡所爲加派、火耗、黷貨、朘削,日以曲事上官之不暇,而又何有於行上之教,使民不罹于刑?雖吏勉強行之,而民習見吏之所爲多不法也,曰:‘是惡能教我,誰其從之?’是教之不行,刑之不止,吏爲之也。吏之爲之者,督撫使之然也。方今要務在於督撫得人。爲督撫者不以利欲動其心,然後能正身以董吏;吏不以曲事上官爲心,然後能加意於民。民可徐得其養,養立而後教可行。歷代以來,有講讀律令之法,皆《周禮》之遺意,爲教民之首務。我皇上《聖諭十六條》頒行已久,而鄉村山谷之民,至今尚有未知者。宜通飭督撫,凡保薦府、州、縣官,必確察其無加派火耗,無黷貨詞訟,無朘削富民。每月吉集衆講解上諭、實行奉行者,爲開具事蹟所最先。如保薦不實,加嚴處分,俾知功令之重在此。顧名思義,觸目驚心,以導群吏,而皇上之考察督撫,則以潔己教吏,吏得一心養民、教民爲稱職。使賢者知勉,而否者知懼,洗滌舊染,以幾刑清政簡,仰副聖主惓惓求治之心。”

疏並下部,如所請通飭督撫,嗣後保舉開列事蹟,以無加派火耗等事爲第一條,實行奉行上諭每月吉聚衆講解爲第二條;如保舉不實,督撫降二級調用,司道府降三級調用,定爲例。又疏劾:“雲南巡撫王繼文當凱旋大兵在滇之時,動支庫銀採買米石、草束;及凱旋後,以所存米抵給本省官俸,所存草抵給驛站前後銀數。贏縮相懸,即非侵没入己,而虧損庫銀,幾至百萬,溺職不忠,何以自解?”疏下部嚴察,以抵給官俸驛站銀數,繼文尚未題銷,責令改照採買原數具題。

二十五年閏四月,同學士徐乾學奉旨:“覽卿等奏進《鑒古輯覽》,具見盡心編纂,博采考訂,勸戒昭然,有裨治化。朕心深爲嘉悦！書留覽。”時纂輯《三朝聖訓》、《政治典訓》、《平定三逆方略》、《皇輿表》、《一統志》、《明史》，廷敬並充總裁官。九月，遷工部尚書。二十六年二月，調户部，九月，調吏部。二十七年二月，法司逮問貪黷劾罷之湖廣巡撫張汧，因汧未被劾時曾遣人齎銀赴京，詰其行賄何人，初以分餽甚衆，不能悉數。既而抵出尚書徐乾學、少詹事高士奇及廷敬，會奉諭此案若嚴審，牽連人多，就已經審實者即可完結，於是置弗問。並詳《徐乾學》《高士奇傳》。廷敬疏言："臣無他才能，惟早夜兢兢，思自淬勵，不徇親党，不阿友朋。上恐辜聖主殊恩，下欲全微臣小節。乃至積有疑釁，飛羽中傷。如張汧一案者，汧雖臣戚，涇渭自分，嫌疑之際，尤臣所慎。汧既敗潰，遂疑及臣，積疑成恨，語涉誣染。假使臣稍有私於汧，爲之庇護，則汧必深德於臣，豈肯扳連？幸蒙聖明洞照，一付盈庭公論，使臣心跡可白，名節得全。破腦刳心，未足爲報。獨念臣備位於朝，宜擇所處，詎可抱戾，猶廁班行？自被謗以來，神志摧沮，事多健忘，奏對失其常度，雖皇上不加譴責，而臣心實難自安。且臣父年八十有一，倚閭懸望，伏乞聖心憐憫，准與回籍。"得旨："覽卿奏，情詞懇切，准以原官解任。其修書總裁等項，著照舊管理。"

二十九年，起左都御史。四月，疏言："臣再領臺班，每告戒科道官，凡有建白，不許預聞于堂官僚友，以滋指使屬托之弊。如中外臣僚，果有奸貪不法，因革事宜，果有紀綱關係者，則當切實指陳。否則與其生事以塞責，不若省事而擇言。蓋毛舉細故，剔摘成例，易至刻薄煩碎，無裨聖朝寬大經久之規。誠能持重養鋭，言不輕發而必當，使不肖之徒有所警戒顧忌，而不敢恣意爲非，此所謂省事而擇言。乞天語申飭科道官，勿以無補之言瑣瀆。臣又念條奏貴乎簡明，近見冗詞多而論事之言反少。我皇上聖學聖治，豐功懿德，日盛日新，史官書之，儒臣紀之，而且萬方謳歌，海外頌禱，亦何待言官於條奏建白之事，綴述數端？既不足以揚盛美之萬一，兼乖辭尚體要之義，致煩乙覽，必厭薄之，特聖度優容，不加詰責耳。祈敕此後勿踵習前弊，多引煩詞，如有不遵，量加處分，庶幾息便僻之風，而作謇諤之氣矣。”疏入，報聞。又諭曰：“科道官所奏之事，是否可行，自有裁定。若必大事方令建言，致進言者少，非所以集衆思廣忠益也。”

七月，遷工部尚書。三十一年八月，丁父憂，得旨慰恤如例。三十三年十一月，授户部尚書。三十八年十一月，調吏部尚書。四十二年二月，充會試正考官。四月，授文淵閣大學士，兼吏部尚書。四十九年正月，賜以詩，題云：“覽皇清文淵閣大學士陳廷敬作各體詩，清雅醇厚，非積字累句之初學所能窺也。故作五言近體一律，以表風度。”四月，上南巡，召試舉、貢、生、監于杭州、蘇州、江寧，廷敬與大學士張玉書、掌院學士揆敘奉命閱卷。四十九年十一月，以耳疾乞休，允之。五十年五月，大學士張玉書卒，李光地疾未愈，召廷敬入直辦事。

五十一年三月，病劇，遣太醫院診視。四月，卒。命皇三子允祉率大臣侍衛奠酒，給銀一千兩治喪。令各部院滿、漢大臣各往吊。御制挽詩云“世傳詩賦重”，又云“國典玉衡平”。諭内閣及禮部曰：“陳廷敬夙侍講幄，簡任綸扉，恪慎清勤，始終一節。學問淹洽，文采優長。予告之後，朕眷注尤殷。留京修書，仍預機務。尚期長享遐齡，以承寵渥。遽爾病逝，深爲軫惻！其察例議恤。”賜祭葬如典禮，加祭一次，謚曰文貞。

山西文華·著述編

陳廷敬集

第二册

張建偉◎點校

《山西文華》編纂委員會　編

山西出版傳媒集團
三晋出版社

山西文集

午亭文編卷十五

今體詩

巢燕再逾年復至

風埽巢痕在，今年燕子回。語多如有訴，別久莫相猜。芳徑春泥落，雕梁夜户開。翻驚此時節，去歲不曾來。

追和南溟韻四首

寒罏瀹酒夜霜濃，醉別西垣夢裏逢。一院梧桐秋影散，併將風落入飄蓬。

薊樓明月照相思，曾是金樽宴別時。萬里碧空消息斷，天風吹墮玉霄詩。

金閨楊柳落疎林，香散羅衣怨藁砧。未老蛾眉恩總在，幾回憐取白頭吟。

眉犂騰蹋過羊腸，力盡金鞭去渺茫。近見紫鸞書一紙，人間路比海天長。

再到冬官署中與劉雨峰

東閣南枝放早梅，何郎水部有詩才。書生自笑曾前度，小睡槐根噩夢回。

松泉寺晚宿

松泉寒夕照，黄葉墜疎村。石徑秋花弱，風廊佛火昏。川長雲宿渚，野曠月臨門。鐘磬此俱寂，霜林夜鳥翻。

送金會公歸蘄春

朝發新津海月斜，潞河雲水極天涯。飄殘暮笛江城柳，照徧離樽上苑花。紅燭三條知已淚，秋瓜五色故侯家。頻年萬事悲歌外，至竟騷人楚調賒。

九日晚晴臺登高

臺爲登高面落霞，薊門山色晚晴賒。關河風度長城雁，節序霜回小院花。南陌咫天如杜曲，東籬終古是陶家。衰遲醉舞秋鐙下，顛倒茱萸插鬢斜。

杜遇徐司寇以合歡花葉爲酒示余以方釀成飲而陶然賦謝

黄落庭隅樹，封題葉半新。花應知夏五，花開以五月，采葉及花未開。酒已作逡巡。采勝修羅法，香逾麴米春。嘉名愁頓失，况復飲吾醇。

飲合歡酒疊前韻簡杜司寇

青裳風汎溢，紅頰暈鮮新。見少常深酌，無多祗一巡。西家非醉酒，非醉酒，林開府家醖也。東閣太和春。真定酒名太和春，梁相國嘗召飲。玉醆空勞勸，香醪未比醇。

于役潞河見月初上光矗河水兒子壯履曰此黄金棟也賦以志興

月滿冰輪霜氣寒，東來倒影海雲端。小兒解識黄金棟，供奉曾呼白玉盤。尺五天連河漢水，大千沙傍鷺鷗湍。多情野宿臨流處，自向篷窗照夜闌。

送張僉事之海南三首

五羊城邊竹馬過，琵琶洲上估人歌。使君不飲貪泉水，沈絲休挂珊瑚柯。

黄葉初飛黄木灣，鷓鴣聲送早時寒。鐵岡驛前書一紙，秋風篋裏爲開看。

持節梅花嶺外時，趙陀臺草鬱離離。西風又度昌華苑，秋色年年長荔支。

高梁橋二首

日斜秋水急，城盡野橋連。靈沼通河漢，公田引澗瀍。塹花隨唼鴨，風柳出鳴蟬。山閣清暉裏，依稀近玉泉。

車箱渠上水，迢遰遶郊畿。渡遠分青靄，山長歷翠微。落花穿内去，斜鳥帶波飛。無限潺湲意，年年送夕暉。

王湜菴輓詩

孤風晚節不磷緇，矯矯曾爲世羽儀。豈信己辰年至後，遽驚庚子日斜時。琴殘最抱人亡恨，車過空留腹痛悲。舊德未忘天意在，烏衣門第屬佳兒。

直廬懷公幹計偕載道

春草相思入夢無，龍池柳色映新蕪。玉墀金馬摩挲老，悵望吾家白額駒。

張敦復尚書屬書齋額仙人好樓居

元龍百尺意横秋，湖海平生已白頭。青鳥近傳天上信，果然人在玉華樓。

和敦復悼馬詩二首

顴頟金坡蹀躞行，三鬉剪出欲平明。青絲送老横門道，不盡黄雲萬里情。

驚雷驟雨識危途，電火光中躍的盧。不爲錦障泥暫惜，報恩珍重在斯須。危谿夜雨，馬却立，待電光以度。

闈中花朝前一日阮亭司馬談江南烟景之勝二首

柳陰湖水緑平漪，欲傍漁洋下釣絲。記取花朝明日是，幾畨風信對牀時。

布韈青鞵向若耶，蹋殘香土肯移家。夜來客夢遊天姥，開落碧桃無數花。

題燕居課兒圖示壯履

黄紙凋殘舊帽箱，一編猶映紫羅囊。繩牀穿膝知吾老，書案量身覺汝長。自讓輕肥非蔡澤，不憂文史續中郎。紛紛箋注如烟海，回首尼山數仞牆。

冬官署中南亭敦復所葺兹予再至實承乏公後而敦復權領翰林夏至之夕齋居有懷

乾坤蕩漾兩浮萍，歲月樊籠意渺冥。再到冬曹新燕壘，百年喬木舊槐庭。吟成白雪人難和，夢續黄粱客半醒。惆悵玉堂明月夜，柯亭劉井幾回經。

六月九日睡起偶書

長夏炎熇閉閣時，水曹官冷也相宜。盆池萍響魚貪食，梁壘泥乾燕哺兒。鍜火未能同士季，扇塵何惜避元規。北窗一枕羲皇夢，睡裹蘧蘧欲共誰。

量移西曹與可以曹屬引避歸里送別

北隴應騰笑，西曹欲別情。驪駒歌已就，春草句難成。老眼青山迫，迴腸濁酒醒。到家及秋社，欵欵話歸耕。

西原與友人二首

過雨殘霞一閃明，夕陽林影路迴縈。勸君莫向城中去，且聽黄鸝三兩聲。

暝宿烟村生遠情，野亭客夢幾回驚。松牕常有瀟瀟響，不辨松聲是雨聲。

露湑閣即目

元龍湖海意闌珊，百尺高樓抵閉關。斜日香臺低碧樹，暮雲粉堞近青山。愁添酒醆真無那，獨對花枝底要閒。卻笑書空殷處士，浮名長戀在人間。

新齋十首

前度人還在，三間屋又成。刼塵容小住，丹藥覔長生。赤斧分曹日，洪厓抗手情。別來應未久，且緩玉霄行。

牙籤新未觸，壚酒舊能賒。戲蝶輕團陣，分蜂晚歛衙。粉牆低過竹，籬徑窄妨花。莫道幽居小，樓頭十萬家。

卜築平生意，高樓獨上情。扶欄新種柳，隔葉蚤聞鶯。坐久雲還岫，歸遲月滿城。稍愁風露夜，玉漏太分明。

高處三霄近，秋來四望低。月從遼海上，雲向薊樓齊。估客滄洲酒，園丁上谷梨。當筵聊一粲，身世忘羈栖。

草堂兼水石，不似在城中。柳影魚游樹，花梢蝶戲空。野烟濃趁雨，林暑薄隨風。旦夕簾櫳寂，幽懷誰與同。

門掩山全見，窗回路半分。簾花新雨動，堦草夕陽熏。陰借西鄰樹，凉生北渚雲。素紈今夜郤，林月照紛紛。

鈎簾殘日落，移坐遠風斜。徑曲供行藥，籬疎可映花。無題詩得句，有酒客忘家。最是登臨處，秋山爛晚霞。

千古高人意，風流屬畫師。烟雲爲供養，粉墨自淋漓。蹈海黄金賤，登真白晝遲。公生有仙骨，名已重當時。齋中藏一峰道人畫。

祕寶黄公蹟，兼珍亦世無。雲根留米癖，樹本見倪迂。靈物如相待，斯人可與徒。摩抄憐手眼，歡賞在須臾。既以黄公畫爲祕寶，而元章硯、雲林畫皆齋中所藏。

閒庭何寂歷，疎雨過廉纖。銀浦倒流峽，玉繩低挂檐。劍風出匣冷，琴露著花霑。自忝金閨籍，年來仕隱兼。

晚行西山道中

一出譙門野興濃，迴看樓闕暮雲重。西風吹送高梁水，晚影飄殘卧佛鐘。十里清蟬聲斷續，獨驅羸馬意從容。眼明漸覺西山好，潦倒塵埃萬事慵。

閏七夕

閏餘風景故依然，秋未平分月再弦。不爲黄楊逢厄歲，那知紅粉惜流年。世無巧曆推今夕，天上仙人應獨眠。寄謝悠悠路傍客，炎凉誰後復誰先。

送宋稚恭還鹽城兼寄孫籜菴

名場文讌是離亭，一曲迴腸事滿膺。水鳥聲多喧夜雨，壁蟲吟蚤暗寒鐙。秋來頻送將歸客，老罷真如退院僧。心與清淮流共遠，幾回長嘯憶孫登。

自嘲戲爲俳體二首呈敦復

三復金銘與白圭，敢云桃李下成蹊。郗昂一日三回誤，阮籍頻年到處迷。伏櫪老非千里驥，當闕愁奈五時雞。無因一問南華叟，秋水篇中物未齊。

牕前草長未教除，零落秋花伴索居。蝶夢欲成人昵枕，雀羅長在客迴車。悶翻干寶搜神記，快寫羲之誓墓書。惟有龍眠老居士，昨朝傫直一相於。

六友齋遲廖樾阡郤寄

惜別庭蕪長，悲秋木葉新。西窗凉夜月，曾照十年人。夕鳥棲相命，寒魚聚自親。遲君常郤掃，一爲拂流塵。

贈于千英于嘗受學汪鈍翁

驄裹春遊宛洛花，銀鞍行處帽檐斜。才名潘陸知誰敵，族望盧劉是舊家。意氣雲山臨北顧，世情塵土蹋東華。傳經往事還怊悵，曾向深堂隔絳紗。

中秋六友齋翫月同徐子文昝元彦陳叔毅吴震一方皃宗錢亮工廖樾阡林文淵于千英舍弟與可兒子豫朋限星稀二字二首

月出吾家冷似氷，肯來相看宿寒廳。明翻烏鵲枝邊見，影傍關山笛裏聽。太白豈應陪皓魄，咸池今已時繁星。瓊樓玉宇歸無處，顛倒西風濁酒缾。

剥啄何人到落暉，閒堦月上爲開扉。坐無北里連錢騎，客有江東大布衣。未比金吾三夜禁，也應玉漏一時稀。銜歡獨倚秋河晚，惆悵霜輪速似飛。

梁相國蒼巖輓詩

兩朝耆舊冠公卿，星坼三台暗玉衡。舘閣風流傾後輩，海山位業悟前生。感深津邸清尊淚，腸斷山陽暮笛聲。回首雲霄歸去路，已將箕尾署銘旌。

劉處士鼇石餉蜜漬荔枝

塵斷華清晚浴時，春風靈液幾人知。褰裳自恐妨羅縠，出水誰曾見玉肌。味美江鰩連霧雨，香添盧橘灑淋漓。海南嶺北提攜處，憑仗詩情訴别離。

齋宿秋官署中不寐作

舊事新愁歎此身，一迴不寐一傷神。打頭落葉生驚汝，覆手翻雲儘讓人。明滅曙鐙殘焰在，籠銅更鼓五聲頻。布衾縮項寒如水，笑比鰥魚竟是真。

讀漢書二首

酒半驪駒鼓吹聲，阿誰結襪向王生。兒童項領公然就，何况常遭跨下行。

自表門徒爲李膺，故人相遇避孫弘。可憐赫赫張京兆，曾似將軍過灞陵。

齋宿古廟題壁

三間草屋半枯槐，壞壁難禁風雪堆。除卻秋官凉冷客，門前騶唱不曾來。

河内賓生有江南之遊寄訊

南遊濟水北遊燕，説著江湖意杳然。與住太行峰上下，一生長似北流泉。

和張尚書芙蓉島新題十韻

松　堤

草鋪緑帬腰，水繫青羅帶。何似蒼松鱗，十萬森羽旆。

芙蓉岸

灼灼拒霜花，風前顔色久。蕭森蘇公堤，應悔樹桃柳。

青槐陌

紫陌紅塵路，常時共往來。迷花倚石處，猶見舊宫槐。

蓮　谿

木蓮欲作花，水蓮半著子。將花比人面，兩兩皆相似。

杏　圃

塞北山杏多，江梅藏花隖。江南野梅多，文杏栽於圃。

桂　叢

昔我山中室，其名亦桂叢。幽香在何許，到處逐秋蓬。余山中室亦額以桂叢。

楓　亭

楓亭名轉佳，丹林交葉露。借問金閨人，何年此中住。

蘭　皐

東皐被香蘭，不異在空谷。風吹無人時，芳意抱幽獨。

竹　垞

紗帽烟梢罥，山衣露篠霑。萬竿須截去，風月可平添。

薇館

紫薇百日花,温室萬年樹。君坐黄昏時,試咏白公句。

寄思母菴孔道士

噩夢宵來記未真,任他翻覆訴庚申。愁多命薄吾還厭,莫訝彭尸去住因。

白雲亭散後呈鄭山公侍郎

背牘山如積,歸時每夕曛。茶瓜當暑並,眠食向宵分。影散絺衣月,凉生竹簟雲。客愁連短夢,心緒仗夫君。

冬夜懷李奉倩侍郎

待蚤星稀落,歸遲月半傾。老嗔兒問事,貧遣僕歸耕。簾動霜凉入,書收燭暈生。公私兼未了,相憶一含情。

有以剪綵花見遺者戲題二首

誰知羅綺巧相裁,也有遊蜂戲蝶來。羯鼓無聲羌笛冷,笑看梅柳一時開。

綺窗惆悵問江梅,何事寒香鬱未開。不是青春花信晚,風光愁向剪刀催。

贈日者李生

紛紛車馬在簾前,也爲君平送百錢。忝竊韓蘇同命主,不須更算小行年。

答劉鼇石

多情詹尹拂龜占,羅雀閒門樂事添。施就朱顔惟白墮,輓回霜鬢有青粘。落梅驚坐香侵硯，晴雪流窗玉挂檐。更有舊書消永日，醉眠詩句答劉兼。

與可談蜀中花木之盛詠懷兼寄素心六箴荀少公幹

棧閣蠶叢草樹侵，雲山萬里足登臨。海棠城郭香真好，桂子衙齋月自深。五畝田園何處就，十年栽種可成陰。牛車下澤安吾老，花柳前村共討尋。

壬申元日即事呈史館諸公

天迴圭景測銅渾，碧落年華上曉暾。左个蚤傳新歲令，夕垣還趂晚朝恩。爆餘竹火繙青簡，頌就椒花泛緑尊。十載御錢虚拜賜，春筵餅餌愧盤飧。

向雲澤直史館有每更五日直已是十年留之句史事之難也爲廣其意

東風逐驌驦，蚤出鬬雞坊。簡竹青連舍，書籤緑映牀。落花春水細，垂柳夾城長。荏苒更番直，猶勝陛楯郎。

蚤春因錢越江宫洗寄楊玉符編修

直草詞頭日未閒，懷人亦在簿書間。星霜萬里音難寄，雨雪高城雁又還。往事夢魂鈴索地，春光楊柳玉門關。邊沙争遣蛾眉老，五葉靈根解駐顔。

青藤館書睡懷錢亮工

午雞猶在枕，不似蚤時忙。花影交殘夢，茶烟引細香。春多行藥徑，人在著書房。汗竹紛難就，青藤蔓許長。

清明前二日集黑龍潭濟南張秀才來會

家傍城南杜曲天,春遊常在燕鶯前。霜教點鬢渾無賴,風爲吹花太放顛。四海賓朋千里到,百年烟景一生憐。糟牀未快淋漓興,野水添杯更接連。

春夕懷李漁邨翰讀

半銜山日送春陰,歸鳥棲迷不擇林。帶月雁高城影盡,吞花魚避樹痕深。流光差可供游戲,物理何須問陸沉。五岳能消幾兩屐,圖經點就與登臨。漁邨方志五岳。

輓太原故人王德新

碧玉晉祠水,白雲汾上秋。故人今不見,擕酒昔同遊。漂泊醉鄉老,沉冥仙者流。天津橋畔望,長憶董糟丘。

城南張氏園置酒招向雲澤廖檝阡于千英同遊命豫朋同作三首

宛洛花邊騎,新豐市外塵。池臺三畝並,竹樹兩家鄰。從客迷花徑,教兒近酒人。暮鴉終古在,撩亂女牆春。

舊是笙歌地,投壺喚客遊。欹桃臨澗道,垂柳拂譙樓。落日昭王館,春風易水流。年年芳草路,祗爲判花愁。

張園絶勝處,一半比鄰間。苔引春樓堞,籬分舊竹關。牆花歸鳥亂,池柳夕陽閒。不識廬山意,多因在此山。

春日西原憩常氏園懷玉泉昔遊

夘酒倒春瓶,野風吹不醒。籬花殘雨澹,澗柳古烟青。是往西隄路,空眠北里亭。金銀二泉氣,相對晝沉冥。

疊前韻邀張敦復尚書勵近公通政遊西隄

愁處花迎笑,眠時鳥喚醒。泉流銀浦白,山入繚牆青。瑶草三霄路,香茅四照亭。欲邀湖畔去,弄月泛空冥。

石閭夜眺南谿甲戌八月大祥後詩

鐘磬消沉古廟幽,僧徒曾此結綢繆。漂流溝水三年淚,重疊雲山兩鬢秋。檢點詩篇聲斷續,料量身世意遲留。柴門倚杖寒花外,月上東村幾尺樓。

山窗二首

山窗曙易蚤,雞鳴方未已。夜來寒松聲,偏入幽人耳。

月上松間屋,水流山半泉。夜雲行雨歸,曉風爲颯然。

高渭師翰讀夫人輓詩

十德聲名舊,南安内範良。故家開幕府,夫子侍明光。淑婉追陶母,幽閒溯季姜。瑶環榮翟茀,繡轂觸鳴璫。北闕方承寵,西風忽斷腸。三秋搖落候,千古别離場。人去悲彤管,鐙昏暗錦堂。湘魂何處弔,蜀魄正堪傷。燕市清霜白,金門夕照黄。楚游歸計晚,潘鬢苦吟長。露冷銘旌重,香消寶鴨涼。夜臺由此隔,松柏鬱青蒼。

八月十四夜石閭見月感成

萬里空寒碧嶂間,松門留影不須關。三年涕淚沾襟血,一夜悲歌點鬢斑。明滅村燈沁河水,依微野燒析城山。鞭絲玉漏銅街路,長記鐘魚此處閒。

十五夜宿陟屺樓見微月

高峰遠上氣溟濛,峰上高樓四望通。雲樹千重低幔外,河山兩戒曲欄中。桂華寂歷看如霧，霜髪飄蕭映向空。玉兔金蟾知得否，幾人腸斷倚西風。

十六夜樓中見月

太行欲落勢還留，迴絶清輝萬象浮。千里斷山迴北隴，今宵明月在高樓。飄零舊憶將歸日，惆悵翻成獨客愁。纔是平分秋又老，金波渺渺去悠悠。

孫仲禮過午園貽詩見贈賦答四首

爲圃三畦屋幾椽，客來誰與共忘年。深枝鳥動山池月，寒草螢流野岸烟。豈是横林高卧處，偶然清閟小堂偏。多君舊隱西峰下，只在溪雲杳靄邊。堂顔清閟來詩，以雲林相況，故有横林二句。

才名公子舊烏衣，蚤歲青山已息機。歷落漁樵閒故壘，風流臺閣付斜暉。河東三篋書還在，華表千年鶴自歸。文采清門堪託契，秋來時爲掃柴扉。仲禮世家子，有文名。

楚塞吳天去渺漫，太行歸處暮雲端。自言雞肋功名薄，不覺羊腸道路難。縱酒淋漓溪水緑，著書荏苒井梧寒。前村五里山邊霧，豹隱何妨拂帽看。君有南遊詩。

紫髯風貌舊儀形，懶漫嵇生眼自青。樊口野花争似洛，朱坡清渭不流涇。烟雲已被勾留住，巖壑從教取次經。車載不須愁健步，馬陵秋望氣冥冥。君美髯，不良於步。

答孫仲禮次韻

韓宫魏寢久蒼茫，虎嘯何人識子房。緑水紅欄棲隱處，青山黄葉讀書堂。幾迴君去常懸榻，連日詩來少報章。欲訪清溪便乘興，嶺雲無數隔殘陽。

山池泛舟四首

罨畫迴廊兩岸秋，緑潭紅樹影悠悠。江湖風水行難渡，争似橋邊一葉舟。

鞍馬平生塞上行，水村花底打船聲。迴思遼海灤江日，一曲烟波萬里情。

南垞淼淼北迢迢，畫舫紅燈未寂寥。不到江南人已老，流泉也似晚時潮。

橋下清池池上樓，下樓和月上孤舟。短篷小纜纔如許，載得人間萬斛愁。

雨中如九仙臺題野館壁

冒雨看山是一奇，青泥白石馬行遲。迢遥不負山靈約，黄葉村前渡水時。

登九仙臺臺在沁河中央，與金焦絶相似。

夢裏金焦寺，波明兩岸空。江河凡幾曲，形跡偶然同。水府蟠根險，山靈接勢雄。長川流浩浩，俯仰意何窮。

九疑臺石樓曉起

曉看白雲近，暮宿翠微深。斜月數峰影，高樓孤客心。河流無日夜，山色幾登臨。應有仙靈在，凌空不可尋。

石樓夜雨二首

四山昏黑一燈明，寒雨連河客夢驚。萬古洪濤終夜響，欲從此處悟前生。

不辨溪聲是雨聲，捲簾牕外雨三更。山靈信宿知人意，故欲留人一日行。

棲龍潭

斷峰臨巨壑，開闢意何雄。石口排雲黑，潭心浴日紅。人傳是海眼，天遣作龍宫。萬象蒼茫裏，風雷起澗中。

歸路復雨

豈爲登臨歎落暉，秋雲三日濕秋衣。今年作意過重九，雨裏遊山雨裏歸。

九日山齋獨居晚步池上作

暝色下檐際，栖禽喧樹間。采花誰泛酒，臨水一看山。不擬登高去，空嗟爲客還。猶憐望鄉處，溪月上柴關。

池　閣

池閣俯花陰，幽居每重尋。秋高寒水急，山近夕陽深。庭樹留霜果，檐巢長渚禽。寥寥誰共語，樵唱在前林。

龍樹掌張氏北樓望底柱山

不辭歷井與捫參，望盡三峰路轉侵。華嶽斜通西顥遠，青蘿已映北樓深。百年過眼浮生夢，萬事看山未了心。蚤是雞鳴懷往路，要令巖壑快幽尋。舊蹟西峰華嶽觀，東峰青蘿宫。

遊底柱山入天井谷衛北山遠來餉食兼簡袁明府

靈壑青峰入望頻，鞭絲烏帽映嶙峋。尋山我愧謝康樂，好客人稱鄭子真。空谷乍逢如逆旅，斜陽立語見交親。因君憑寄神明宰，玉洞丹砂不厭貧。

王屋山後十方院二首

紺碧千峰萬仞遥,靈風飄緲近三霄。玉玲瓏處紅塵斷,也恐仙人太寂寥。

三山碧海夢魂勞,欲往從之心鬱陶。天上豈真足官府,故來人世寄牢騷。

桑林午食二首

底柱山前亂石村,十家今有一家存。千巖萬壑人蹤在,正是皇朝賜復恩。

石田漠漠草菲菲,破屋炊烟四散飛。行到前村還悵望,五年不見一人歸。

王屋北峰二首

北峰畫難如,娟妙方未已。不肯在人間,迢迢度遠水〔一〕。

峰色奇如此,天公有意無。舉頭向明月,爲我問清都。

【校記】

〔一〕遠　四庫本作"秋"。

鐵盆嶂三首

空青削山峰,金沙裹山麓。山頭明月行,山腰白雲宿。

探奇乃大驚,嘆絶但狂吽。山僧渾慣見,對予發微笑。

風洞聞風歸,雲窩見雲去。乃知風與雲,生自無人處。

析城道中望樊山

松雲縹緲倚高空,無數烟巒遠望通。底柱三山皆拱北,太行千里盡迴東。登臨早識隨刋意,開闢深知造化功。家向翠微多處在,芙蓉九點落當中。樊山一名芙芙九蕊山。

午亭文編卷十六

今體詩

服除七日拜户部之命十二月二日次三家店題家書後

一紙書成寄未將，五更寒淚濕衣裳。麒麟塚在松杉冷，零落雲邊斷雁行。孝章、公幹相次淪亡。

趙店見豫朋題壁詩用韻

雲樹東來客夢西，草堂深掩緑蘿迷。三年才盡銷魂路，羨汝詩多到處題。

真定蚤發留别梁比部

行盡關山落照邊，鎮州平野遠連天。星霜千里路纔半，燈火五更人不眠。送臘流澌帶殘月，迎春官柳入新烟。况逢東閣郎君舊，客舘風光此最便。

固鎮遇荀少却别

野店斜暉慘客顔，我行君宿送君還。别離亦復尋常事，無那相逢逆旅間。

定興重送荀少

歲晏闕河烟景新，東風前路待歸人。灞陵官柳遥相送，直到家山接蚤春。

宿琉璃河

白草黄沙淡落暉，朔風吹老塞鴻稀。琉璃河水年年緑，猶是鴛鴦幾對飛。

見　月

半月辭家見月圓，更過半月又新年。來時池上松間影，曾照高樓夜未眠。

初到京師寄素心六箴與可荀少

摒當臨岐十日裝，曾經一日幾回腸。登山屐好藏僧舍，漉酒巾閒疊客箱。分遣池魚防涸水，差排籠鶴借支糧。别來數事皆無恙，惟有春鴻惜斷行。

蚤春西便門即目

别久西郊路，三年復此行。城長歸鳥蚤，山遠落霞平。燕麥春泥坼，桃花凍蕊生。高梁橋外水，猶似去時清。

正月十四夜宿城北僧舍

枕畔天涯閉户中，車輪轣轆馬嘶空。牆花影動雙林月，山磬烟消上院風。爲客行藏如候鳥，在家蹤跡亦飄蓬。放燈時節吹燈坐，贏得僧窗夜火紅。

題量如上人山房

紅石橋西路,青春向夕曛。蚤花幽處發,清磬定時聞。野曠門侵月,山遥樹宿雲。安心隨地好,況此息塵氛。

元夜懷午園

燒殘香篆夜何其,簾月淒清濁酒巵。燈火舊遊初别後,笙歌旅宿獨眠時。鎖門池館應通客,繞屋鶯花可付誰。憑寄北山猿與鶴,相思更不用文移。

元夕憶山園鶴

竹廊燈影曲池明,正是遊人到處行。試向春山聽夜唳,數聲應有别離情。

十六夜晚晴臺望香山碧雲諸山寺燈火

山寺數十里,春燈三五攢。高臺一以見,逸興生雲端。别去寄遐想,來遊增昔歡。千峰與萬嶺,日日幾迴看。

春夜懷午亭新居

衡茅纔縛促行裝,客館重開舊草堂。白首逢春花共語,青山有夢睡爲鄉。萬人似海聲還静,午夜如年漏更長。月落離魂猶未遠,依微步屧水東廊。

酌酒與六箴却送歸

客館風光過眼新,出門衣馬便生塵。無憀還自開詩卷,省事誰能謝酒人。一日須謀千日醉,六分已減二分春。君歸芳草池南路,勤看園花莫厭頻。

送荀少返舍

宿火殘紅曉談新，寒談相向語蕭晨。千門風雨雞鳴早，二月雲山客去頻。柳色漸深南浦道，桃花應及故園春。我來長憶逢君處，逆旅斜陽淚滿巾。

城南張氏園

春明烟景麯塵遮，常記名園野水涯。歲月漸垂朱户柳，光陰閒映粉牆花。流鶯舊至曾相識，旅燕新來是別家。惟有酒帘壚畔月，東風依約玉鈎斜。

懷荀少

折柳來時路，歸鴻別後聲。孤燈眠客舍，暮雨閉春城。野店宿何處，居人同此情。更堪故山道，明日是清明。

舊居遣興

半日清閒半日喧，三重茆屋是烟村。去隨秋燕辭空壘，來見春花放舊痕。白墮杯乾書在枕，紅塵客斷雪填門。東風自解關山路，寄語莓蕪到故園。

見同年潘岍谷比部訊眉給諫芝巖

細柳新蒲緑映空，曲江花有幾枝紅。皇家一榜四百士，白首相知六七公。孫公承恩榜今在京師者七人而已。海上故人如夢裏，薊門落月滿樓中。逢君舊憶銅龍事，左掖清陰入院桐。

對酒栽花

對酒栽花白髮翁，衰顏得映酒花紅。一時年少殘心事，來向花邊酒醆中。

遣興書蔚州先生詩後

敢將白髮惱殘春,酒暈朱顔也似真。笑向公卿爲長物,倦逢花鳥是閒身。米鹽私簿從奴僕,錢穀官書信吏人。挑盡青燈翻舊卷,蔚州詩句不言貧。

遊城南三絶句

籬 花

野水連村盡遠空,柳枝蘸碧漾溪風。落花鋪徑青春去,小住籬邊一樹紅。

小 丘

一笑花邊白首迴,妖紅慢緑定相猜。黄塵萬井春街晚,爛醉城南土骨堆。

見 燕

秋風吹别舊烏衣,我去重來待汝歸。不分人家雙燕子,等閒來傍野亭飛。

禹鴻臚江墅梓花圖二首

枝上烟嵐襯落霞,山村迴首惜年華。茆亭一樹春光晚,争似生綃十丈花。

婀娜淩霄勢未雄,芙蓉雖好不相同。畫師用意曾難識,多在霜根雪榦中。

夜行書懷

在家心不樂,適遠身如遺。月黑鳥相喚,燈明人不知。野烟縈柳宿,溪霧捲花遲。獨往念愈寂,欣欣亦自私。

四月二日召赴暢春園賜食瑞景軒泛舟於苑中恭紀二首

鳳掖風微漏點沉,雀羅門掩一春心。三年重續金閨夢,半夜驚傳玉殿音。覆餗易憂筋力緩,當筵惟感歲時深。名花繞坐搔霜鬢,何限天香上盍簪。

銀漢蓬池水接連,太清宫殿渺雲烟。不因侍帝來天上,幾見隨槎到日邊。寶笈圖書編舜曆,金甌歌紀頌堯年。祇應盡却浮塵念,檢點仙官未了緣。

是日席布牡丹闌下臣坐後一本盛開恭紀一首

羣玉瑶臺歲月賒,豈應春老惜年華。過淮曾未知盧橘,廷敬南未至河淮。入洛今容看魏花。眼霧微消窺緑暗,緑牡丹最盛時,獨趨至花下。鬢絲輕颸拂紅斜。上陽亭北承恩宴,身似登真不憶家。

午　夢

自掩柴關懶是真,天憐散木寄閒身。故教一枕花邊夢,點醒槐安睡裏人。

崇效寺看棗花書雪鴻詩後

古城遺壘路横斜,薝蔔林中有故家。會見海榴紅似火,要看仙棗大如瓜。蕊生野桂偏含實,香斂幽蘭未放花。一詠湯休奇絶句,憑將狂語寫槎牙。

前日城南獨遊遇袁杜少翰林今日復遇之棗林寺門外戲簡以詩二首

前日烟條拂岸巾,今朝芳草坐成茵。獨遊相值不相訪,始信君家是可人。

一笑車輪碾麯塵，相逢不語莫相嗔。五陵衣馬三春後，能解閒行有兩人。

杜少見和前詩疊韻奉答

壚畔青帘似舊斜，玉街走馬記誰家。思君别恨綿烟草，得句風人報木瓜。相贈祇應多勸酒，頻行不是耐看花。吾生萬事皆聊爾，寵辱何須置齒牙。

疊前韻和雪鴻

春明歸路日西斜，潦倒重來似出家。上院早過依夏剎，故丘臨别憶秋瓜。往還北陸三迴雁，榮落東園幾處花。再到雙林瞻頂相，半天風雨散簷牙。

崇效寺瓜字韻詩已三疊韻酬雪鴻杜少杜少復以詩來再疊前韻奉和

無賴城南韋曲斜，妖桃冶杏自家家。閒從月下標宜李，留取亭前署饐瓜。欲解金龜來換酒，正思靈鵲去銜花。紫微郎省文章地，衰散何堪竪頰牙。來詩有"中原獨坐最高牙"之句，故有此答。

晚晴臺看山有江南之思

春來風景憶江南，無限烟波已自諳。眼底秦淮頻入夢，晚山如水緑如藍。

邯鄲道上絶句追録貽羡門少宰

炊熟黄粱已是遲，海山歸路幾人知。却憐朝市紛紛客，怕説盧生出夢時。

次韻孫仲禮重午西堂會飲見贈二首

紅塵門巷也蕭然,心遠方知地自偏。時序総抛青鬢外,天涯相聚緑樽前。滄桑過眼曾前度,書劍隨身可判年。一卷離騷數杯酒,多君苦憶汨羅賢。

當時官號領司農,耆舊高門棨戟重。兄弟盛名齊賈鳳,郎君崛起繼荀龍。雲山蕭瑟思前度,風雨漂摇愧遠從。忝竊清塵還贈處,詩情冷淡酒懷濃。仲禮先人玉陽湖廣巡撫,世父栱陽户部倉埸尚書。

端午氣寒有節物之感

節物堪驚旅鬢侵,今年塵土映華簪。綵絲漫與纒衰臂,昌歜偏能泥苦心。堦下草芽青坼甲,牆頭杏子緑藏陰。生衣未著添凉冷,疊雪含風在笥深。

戲次仲禮與豫朋端午酬和韻

浮世功名轉寂寥,魯連蹈海爲無聊。趨塵似葆頭慚面,忍事如囊腹愧腰。詩壘重摩三舍退,愁城新破獨身跳。翛然自入羲皇夢,不與靈均賦大招。

秋夜待曉

熏籠烟暖碧霏微,紅蠟燒殘玉漏稀。連日五更風露重,八蠶輕絮蚤時衣。

張西園先生有知己之言殁而余念之不忘見其令孫澤長於京師别後却寄

遺老流風迥絶塵,西園文酒十年頻。公爲東野忘年友,僕比文通是恨人。喜見孫枝頭角長,愁看馬鬣歲時新。隻雞惟記迴車約,宿草春風又濕巾。

久　雨

茆屋漂摇裏，風雷勢轉嚴。林鶯過揀樹，巢燕語窺檐。愁卷蕉心長，憐生草意纖。蕭森老藤簟，収取待曦炎。

春日釀酒夏乃大熟小飲輒醉名曰清明酒志時也

春酒濃香隔舍聞，風檐開醆已微醺。日斜方丈中庭地〔一〕，卧看青天萬變雲。

【校記】

〔一〕斜　四庫本作"長"。

故篋中見亡友米紫來製墨

松煤寒翠結輕塵，舊法新傳易水真。老注蟲魚成底事，非人磨墨墨磨人。

種　柳

種柳樓前拂檻時，春愁秋雨兩三枝。天涯一種消魂樹，不必人間有别離。

夜

雨苔幽徑暗娟娟，檐外流螢照濕烟。行過後庭新月上，半窗花影送人眠。

霞

不盡殘陽意，留情與斷紅。嶺横一窈窕，山疊遠玲瓏。拂樹依微靄，當樓倩晚風。更看芳夜月，相映海雲東。

七月三日野宿二首

晚景横門外，闕山此路分。蟬聲咽疎雨，馬首帶殘雲。籬拆秋花重，溪香暮草熏。城鐘夜方寂，野宿幾迴聞。

初月挂西城，新秋夜色清。白楊風似雨，素髮暗還明。山鬼欺殘夢，樵人責舊盟。覺時忘枕席，貪聽石泉聲。

中秋同諸子集城南張氏園三首

羇栖憐積雨，池舘得新晴。暗水入何處，歸雲行有聲。幽花依晚徑，高柳向秋城。同有濠梁興，因知谷口情。

渚蒲秋更短，寒色滿魚梁。過雨苔妨屐，迴風竹礙廊。禽言多晚霽，蝶粉退新凉。時序何遷謝，吾生正渺茫。

題額丹青在，孤亭映夕曛。地連滄海月，樹宿女牆雲。罷酒因風急，裁詩許夜分。歸時泰壇路，已有玉笙聞。

張氏園與樾阡孝廉感舊

古城幽徑寫閒愁，襄屐依然似勝流。雨過斷雲連水榭，日斜疎樹隠山樓。五湖别後三年月，四序饒他一半秋。眼底光陰壚畔酒，幾人時節與同遊。

蚤起送王生君擢還太原

霜風伺我出，布被且相温。窗月白復暗，壁燈明蹔昏。流塵空客館，落木滿闕門。歸去情猶爾，天涯安可論。

夢樊溪

烟雲枕席未分携，五點更號三度雞。不是當闕呼不起，迷花倚石在樊溪。

登樓望西山懷阮亭

雲樹西來又已秋,太行盡處是南州。連山萬疊空迴首,落木千門一倚樓。笛裏柳梅渾欲動,鏡中霜雪浩難收。玉珂接近朝天客,日日金門半日留。

至日陪祀同王阮亭靈祐宫蚤起懷彭羨門

顛倒衣裳夜杳冥,暗窗微火似秋螢。迢遥曉漏聲猶在,斷續寒衾夢未醒。烏宿多時翻落月,馬行幾點傍殘星。相逢鸞鶴朝真去,回首紅塵眼共青。

乙亥除夕同樾阡孝廉虞箴郎君程三蒼崕孔大雲岫賓大在兹舍弟與可兒子豫朋壯履猶子觀顒復剛守歲

雪晴風緊歲云徂,櫪馬林鴉興不孤。人静千門空爆火,天迴午夜一屠蘇。貧休送鬼驚吾老,悶可藏鬮與客娱。已賣癡獃看利市,盡拈錢付酒家壚。

除夜次樾阡韻二首

莫歎天涯行路難,年年書劍報平安。文章鎖院三錢筆,京雒春風十里鞍。白髮相逢人似舊,青松不忘歲常寒。坐中竹柏盈盈酒,黄色天庭取次看。

烟煤兩版不曾除,老屋東頭是敝廬。蝸舍冰霜今夜少,兔園燈火十年餘。才名閲世誰如子,肝膽逢人爲起予。更有膝前文度美,即看軒蓋擁門閭。

丙子元日立春次廖虞箴上舍韻

晴光淑氣兩無涯,元朔王春感歲華。上日相隨青帝駕,新年一到玉皇家。所居近玉皇觀。天真省事知憐老,客有登歌敢拜嘉。共道五辛風味好,堆盤紅縷間椒花。東坡元日立春詩:"省事東風厭兩回"。

春夜寒甚與樾阡飲酒戲作二首

甚矣吾衰及此時,鶯花相避意差池。書空咄咄非殷浩,自喜沾沾過魏其。紅蠟似消春後凍,青陽不染鬢邊絲。無多酌我聊相勸,泛溢東風在一巵。

碧落風多颭酒旗,金波新漾影娥池。杓將寅指知春蚤,參欲昏中問夜其。厭事朝來似犀首,亡何日飲學爰絲。與君細忖人間世,判斷閒愁付濁巵。

疊虞箴元日立春韻

頌椒剪綵亦生涯,春日新年送物華。北極朝元還卧閣,東村迎氣記山家。辛盤青韭來河朔,小宴黃柑擘永嘉。應見泰階多勝事,和風先報曲江花。

次韻姜西溟孝廉見贈生日詩二首

名高萬丈焰生光,自忖纔如襪線長。四海君才多武庫,六星天意一文昌。幾逢李蔡虚東閣,每訝彭宣到後堂。爲報鎖廳春日近,梅花三候發巖廊。

名在金鑾學士坡,三條紅燭照春多。君以史職試春官。晉音亦自知師曠,楚璞今當識卞和。老去東華同載筆,時來南陌羡鳴珂。相思勿憚寒廳宿,愁月凄風奈樂何。

人日絶炊戲簡樾阡

絶炊人日有風情,辟穀年來道欲成。杯淥乾停傳坐酒,突烟冷稱膠牙餳。揶蛇幾度爲家口,雞犬連朝過夏正。笑煞青春慳一飽,朱門空鎖五侯鯖。

檝阡不和人日詩送酒一壺以促之

春來飢火共相燒，何事清齋坐寂寥。九食三旬應漫浪，元正人日並蕭條。尊羹誰可加鹽豉，菜把空煩送柏椒。淡淡茶湯薄薄酒，讓他粱肉過今朝。

蚤春簡羡門少宰

彈鋏相從少壯遊，班荆斜日玉山秋。春風幾度過燕市，明月依然在薊樓。八代文章官吏部，漢朝經術爵通侯。與君小别朝元會，每誦新詩斷舊愁。元日公誦新詩示予。

題翁康飴爲敦復尚書畫龍眠山林圖二首

寥落樊川杜牧之，秦城烟樹遠參差。如何得似舒州老，管領雲山弔伯時。

畫手詩人遠擅塲，龍眠巖壑輞川莊。依然居士風流在，猶見丹青顧長康。

爲雪鴻禪人題董文敏書二首

規橅北海姿還在，趺宕吴興致亦豪。屋漏斷痕釵折股，何人解是郭兵曹。

草亭神采映當時，玉匣金匳贋豈知。多少書中殷鐵石，到門試問永禪師。

過海棠院花未開作二首

縹緲紅粧態未完，曉鬟初整緑雲寒。墨花尹白風流甚，只恐輸他黑牡丹。

白髪逢春惱别離，東皇作意遣花遲。即無著雨胭脂色，不到殘紅淡粉時。

喜晤張肅昭侍御

南臺迴首共簪纓，忝竊銅街避路行。對仗蚤知明主意，回天因識直臣名。歸來肝膽輸流輩，别後鬚眉見老成。今夜府中人似昔，曉烏啼徹舊離情。

盤山拙菴禪人索詩二首

青溝依約白毫光，眇眇禪栖在上方。師向中盤中處住，東西南北不思量。

舊遊題句記吾曾，欲學初禪愧老能。一卷紅樓青嶂客，不嫌人唤作吟僧。

懷盤山答拙菴

布穀響春城，春山寄遠情。紅泉連雨曉，白鳥破烟明。塔影飄西塞，峰雲下北平。松門曾杖策，從此想無生。

禹鴻臚爲宫定菴通政畫其生平所歷爲圖題得四首

觀海市

十二樓邊列五城，羣仙出没向空明。蓬萊清淺麻姑老，孤島斜陽萬里情。

登　岱

日觀題詩海色迴，人言太白是仙才。朱顔長與青童笑，玉女流霞蚤唤來。

雪中獵洪山

使君千騎獵圍長，雪夜風流在武昌。爲報襄陽耆舊語，呼鷹臺上笑劉郎。

春宴黄鶴樓

黄鶴磯前緑草生，遥連漢水鴨頭平。蒲桃醱醅春酒熟，應似春江春水清。

衡素虞箴試國子皆第一

玉膾金虀憶故鄉，機雲入洛有輝光。併將海日江春句，寫入燕公政事堂。

午亭文編卷十七

今體詩

舊有樊川圖不知者每以杜曲相儗近以午亭山村自別石谷爲予畫之

虞山粉本富陽翁,老去仙人隔閬風。前世畫師今在眼,依稀黄石是黄公。

答王石谷且屬其作午亭烟舫小景

蓬萊下直寫平泉,江練横牕思渺然。近有午亭烟舫景,煩君寫入舊樊川。

午亭山莊圖詩五首有序

酈道元《水經注》沁水逕午壁亭而南。友人朱竹垞謂予何不取以名其園,比同在内直,輒好語山水園林之勝,於是玉峰尚書爲作午亭記。當此時,予未嘗有園也。已而家居,闢山村,股濂泉之水,鑿池其中,横橋小舟,咫尺具烟波之勢,以實竹垞之命名,果有午園矣。盖予所居樊川,終累牧之城南下杜之稱,思有以别之。且吾居近午壁亭,沁水之涯也。爰即樊川故居,又名曰午亭山村。午亭之間山高水清,林廬池舫,幽居之跡,則王君石谷爲予畫焉。使玉峰而在,當爲更作一記。他日請竹垞爲予記之。夫五畝一區而爲名之多如此,甚矣。夫吾之溺於其名也。

午壁亭名載水經，秦時流水漢時亭。何人更與桑欽注，一畝園中水木清。

午亭人在翠微間，林際清暉自往還。砥柱析城至王屋，天教看盡好雲山。

吳淞烟雨石湖春，不到江南老竟真。山水連天溪艇窄，也能作意向詩人。

西湖杭潁别圖經，吳楚湖山兩洞庭。獨訝樊川同小杜，朱坡不比漢家亭。朱坡見杜岐公傳。

丹青老手荆關筆，重寫天隨舊釣船。晚唤午亭還識否，世人曾擬杜樊川。

司農署中題壁

署尾文書鎮一堆，五花臨判日遲迴。田園正憶叢殘句，黄紙蠲租白紙催。末句見范石湖《田園雜詩》。

題梅桐巖真二首

畫裏江城疊嶂高，北樓逸興重蕭騷。梅花山下雙羊路，秋老梧桐有鳳毛。

太白仙人謝脁才，都官風雅一時迴。吟成倚樹栖烏過，驄馬連朝對仗來。

松　風

蒲葉榴花五月天，歸來一枕北窗眠。誰知無價松風夢，不向人間費一錢。

題張吉如南汀詩後並呈敦復宗伯卣臣翰林

浮山高望歷山城，風馬雲車帝遣迎。湖水清波舊時月，春來七十二峰明。吉如父諱秉文，山東布政使。崇禎己夘守濟南，死於圍中，贈太常卿。二夫人投明湖以殉，皆贈一品夫人。

珮環聲裏水潺湲，芳草羅裘隱杜鵑。一首新詩萬行淚，不須苦廢蓼莪篇。吉如生母，與嫂方夫人合墓。

太傅風高未老時，尚書隖畔有清暉。香名已播雞林遠，不羨他家野鶩飛。

王風南雅氣雄哉，騷賦張華小謝才。怪底西堂新句好，也應曾夢惠連來。

七夕宿城北人家亭子戲詠織女

銀浦臨波濺繡裳，明霞猶似嫁時妝。畫眉月姊教新嫵，掠鬢風姨送晚香。天上雙星兒女態，人間一日別離腸。鳳梭閒却機絲冷，烏鵲頭童歲歲忙。

贈銅川都憲

飲香摛藻擅西京，南國訇傳茹蘗聲。霜簡新迴烏府重，玉壺猶映漢江清。節旄裴相歸朝蚤，治行吳公進秩榮。臺柏高秋森獨坐，還於淡菊見交情。

丁丑六月十一日奉命題路路清廉畫扇

殿閣微涼日，民巖顧念時。畫圖皆善誘，箴紱有良規。飲露心元潔，含香氣未移。年年鳳池畔，聖澤本無私。

自五月廿二日直苑中敦復尚書有詩次其韻得十首

長日東華拂軟塵，眼明流水照游鱗。蒼顔白髮吾曹老，冠者輪他五六人。同直六人。

斧扆丹青接後亭，絳霄樓閣在滄溟。六龍南幸歸來日，畫取江山上御屏〔一〕。

半夜傳呼向玉津，賞花往事隔前春。紅雲終日籠丹地，回首凌霄記不真。

舊日春遊共往回，東風依約野棠開。黄塵影事看清海，曾到龍王廟裏來。

四捲朱簾照碧淙，松風五月在羲窗。眼前萬物各相命，鴳鶺駕鵞時一雙。

梧桐疎雨早秋時，一夜新凉幾鬢絲。野草花邊溪柳路，等閒常過水仙祠。

聽徹西洋五刻鐘，晚霞明鏡寫天容。池西不種新楊柳，留取青山三兩峰。

秋花錦石路迢遥，銀漢無聲瀉玉霄。日暮水晶簾下坐，不知何處御香飄。

草藁孫郎墨氣清，横斜點筆石欄晴。天人秀出華亭老，萬歲傳來燕喜聲。此首專贈樹峯，以天語褒獎書法，可繼華亭。

翰苑文章媿大家，枋榆影裏日西斜。歸來牢記支機石，曾附天邊博望槎。

【校記】

〔一〕御　四庫本作“玉”。

題鄒喆畫鄒金陵人

畫裏江城夕照間，烏衣人去野花閒。六朝松石今無恙，便欲移家向蔣山。

苑中次敦復韻

寶牀食罷鳳團清，絶勝仙人白石鐺。除却進書簾下語，神霄肅穆不聞聲。

苑中次韻孫樹峰司成十首

鐵騎長征瀚海陰，歸來水殿倚微吟。吾君文武超千古，方略流傳自禁林。

青田舞鶴字芳林，聲在雲霄不可尋。日日朝天平步到，自憐凡鳥是仙禽。

北窗午夢日初長，一枕松風自在凉。寄語陶公莫歸去，心閒此地是羲皇。

行近通明玉案邊，迴看下界渺雲烟。怪來諸想隨緣盡，身在清都兜率天。

情多想少渺難裁，身到烟霄盡處迴。爲問三山高幾許，瀛洲行過是蓬萊。

十丈開花玉井蓮，退之新句鬭芳妍。他時編入歸田録，分與樵歌牧笛傳。

連朝風雨液池平，天意分明爲洗兵。細札十行心萬疊，誰言容易見時清。

夜珠明月巧難移，况是江花上筆遲。奏進九霄天一笑，柳陰小立不多時。

狼居胥是禁園山，池沼黄河水一灣。萬里九邊勞聖主，苑花開日不曾還。

神龍矯矯在天門，紫霧彤池斗宿翻。茆屋近來多氣象，篋中常有御書存。

七月二十日傳旨網魚賜侍直諸臣是日竟不得魚恭紀

一霎蘭橈小院門，傳呼中使玉音温。金鱗網得須宣賜，未賜恩深已賜恩。

書樹峰司成扇

紫髯端欲貌凌烟，八翼雄風已到天。自笑一生寒骨相，曉窗難起夜難眠。

蚤秋苑中入直

曉行原上村，不覺秋已至。遥遥入清暉，忽見山際寺。

上元夜懷廖芸夫

曾解金龜換紫貂，中山千日醉醇醪。春城漏轉催銀箭，上苑花遲待彩毫。歌斷落梅江樹遠，坐深明月薊樓高。西窗舊事傳燈火，此夕懷人客思勞。

題畫扇應制四首

當時破敵著戍衣，隴樹連雲塞草肥。記得兩年沙磧裏，池花開日未曾歸。

清池洗墨玉階隈，繞硯香烟翠欲堆。散作夏雲常五色，九天膏雨一時迴。

香案前頭積翠鋪，稻畦麥壠似枌榆。兩岐九穗尋常見，應補豳風七月圖。

圖書插架殿東頭，天碧新晴萬象幽。茗盌雍容勤夜講，山前落月上簾鈎。

題李公凱學士松陰讀書圖二首

牙籤三萬軸長懸，秘閣書曾借幾編。正是松根勤暗誦，連朝花底索鈴傳。

藜火頻年汗竹青，槐陰人在第三廳。憑君一問華陽老，多少松風夢未醒。

午睡起答蓮士問疾

一枕邯鄲夢半成，依然茆店午雞聲。簿書已逐紅塵老，藥裹能禁白髮生。幾畨野花開更落，頻來山鳥語多情。天涯門外悤悤意，未了禪須動裏行。

答拙菴禪人

漠漠何曾慧眼開，神州東望意遲迴。桃花未老松枝長，留取盤桓落草來。

初春簡雪鴎

十丈黄塵落日懸，三條陌盡寺門前。已無朝士飛騰意，曾結高僧寂寞緣。白首詩情歸半偈，紅樓人面入新年。欲尋舊約雙林去，多在鶯花二月天。

送宋堅齋給諫藥洲太史扈從南巡二首

青鎖金門侍從同，翠華春發建章宫。焚餘疏草鑾坡上，賦就梅花輦路中。行監幾回隨渭北，亡書三篋記河東。鳳池並接絲綸美，親捧流觴聖藻雄。

雲霄扈蹕出流沙，晝錦歸來侍帝車。紫袋雙垂龍尾近，黄金並絡馬頭斜。九河天上春船水，二月江邊御道花。太史周南不留滯，嗟余衰鬢客京華。

查聲山太史花谿垂釣寫真王石谷補圖二首

日影罘罳晝漏頻，銀臺三昧惜餘春。漁竿不比絲綸筆，漫擬江村水垞人。

詞館於今屬盛名，風流破墨付王生。近來新得南唐紙，送與能書石曼卿。

張慕亭林坐小照四首昔同事御史臺

橫榻風生對仗頻,絳騶千步逐行塵。年來借問藏書處,清簡留名得幾人。

數行書奏九霄邊,漏斷烏啼夜未眠。敢道霜威誇獨坐,張公論事已回天。

居士心情問老龐,饒他陸海與潘江。閒來試檢丹青看,風貌阮何同一雙。

自了平生半偈緣,逢人脱帽有華顛。不應鳳閣鸞臺客,也學天龍一指禪。

春夜觀劇蓮士有詩戲和其意

從他假面奏伊凉,休羨登筵舞袖長。六代歌風吳季子,元家詞曲蔡中郎。古今過眼看遥夜,神鬼臨頭坐廣場。多少榮枯誰料得,與君且醉手中觴。

重過吕公祠四首

枕上三生事已深,夢中猶未忍抽簪。仙源只在人間世,不向桃花洞裏尋。

黄鶴千年更復還,朝來紫氣滿燕關。眼中人去無消息,誰識三山在世間。

金合刀圭照夜開,丹砂元不救凡胎。劉郎一病秋風冷,曾啖蟠桃四顆來。

回首清都客夢違,玉霄鸞鶴幾時歸。如雲六翮今飄墜,不借天風不敢飛。

曉起簡雪鴻

城鴉起辭樹,久客無晨眠。池閣漾寒月,竹房籠曉烟。雲山催短景，簪紱入殘年。懶慢吾今甚，無心去問禪。

酬贈于子龍秀才

多君長劍倚崆峒，况事仙人白兔公。王屋天壇青嶂裏，河陽古寨碧流中。詠從洛下書生好，詩是山西老將雄。欲共飛車三萬里，赤松同訪趁西風。

送張毅文翰林歸淮上因懷孫籜菴學士

黄葉西風落御溝，楚天烟水一扁舟。雲隨鴻雁蕭蕭去，月映清淮渺渺流。桐柏山中人獨往，芙蓉江上夢三秋。更誰得似蘇門子，長嘯爲君遣四愁。

城西晚行望西山二絶句

燕市何人共酒杯，出門衹爲看山來。黄塵未斷殘陽暗，空走城西漫浪迴。

西山隱隱夜悠悠，烟鎖西峰萬叠愁。無限客心遮不得，空隨明月上譙樓。

石西崑參戎請老賦寄並懷其兄子約廣文

西凉州簿舊書生，猿臂飛騰在北平。射雁風高臨玉塞，盤鵰雲起望神京。將軍名已高三箭，都尉階還列九卿。老我燈窗人共遠，青氈依約别時情〔一〕。

【校記】

〔一〕氈　四庫本作“山”。

雪中下直同阮亭儼齋賦贈

星霜待曉上金坡，暮雪盈階退直過。色映瑣窗明玉几，光鋪仙沼落銀河。六花風散披香蚤,九陌春迴却月多。漫道調高還寡和,萬人争唱郢中歌。

南至微雪齋居懷同直敦復近公

陽琯初回綵線微,層陰連夜滿皇畿。梅含綺閣花先放,柳暗龍池絮已飛。省署漏隨銀燭換,烟霄人向玉階歸。相思爲報瑶臺客,明日占雲在禁闈。

朔日冬至南郊呈田綸霞李木菴兩司農

雪後晴暉滿帝京,齋宫午夜近通明。陽回鳳朔周元日,律應龍杓舜玉衡。五服菁茅連海外,九華燈火與雲平。欲因寶鼎推神筴,荔子香芝歲歲生。

齋所贈木菴

晝簾終日紫烟縈,齋閣香爐對晚晴。雲散玉繩低古署,雪融珠斗出高城。八能律琯飛灰映,萬卷書籤插架明。見説綸扉多勝事,一門三葉嗣元成。木菴家及里中故有三相。

至日寄懷日者朱生丹岩有江南之遊

至日陽生亦快哉,青春殘臘巧相催。山梅欲放紅闌曉,岸柳将舒緑浪迴。客有唐生長信命,人非賈傅莫論才。五湖三畝揚雄宅,曾問成都大隱來。

送劉宗一檢討出守揚州

詞賦相如重漢京,侍臣擁傳出承明。雲霄晝散鳴珂直,淮海風迴露冕行。春草西堂天上句,梅花東閣隴頭情。宗一秦中名家,兄弟並在翰林。六龍近日時巡處,二月柔桑乳雉鳴。

晚登慈仁寺閣懷阮亭司寇

鳳城傑閣絳霄邊，龍象高居俯逝川。雪擁晴沙三市月，春生芳草五陵烟。雙林退院鐘魚寂，終古燕山嶂塞懸。詞賦仲宣人並在，暮愁銷盡近諸天。

得竹垞書卻寄

青鏡流光旅鬢疎，慙君問訊近何如。門前燕市黄壚酒，袖裏江雲白雁書。豈有勳名懸竹帛，已知人物在樵漁。灞陵柳色年年緑，送盡離人伴索居。

生日示壯履

霜落天高色蔚藍，縱憐風月與誰談。人非毛玠清難似，自比嵇生嬾不堪。往往長筵餘碩果，年年春酒醉黄柑。金根粗識扶犁去，不用牙籤萬軸函。

題王瑁湖宫詹下直傳經圖二首

鳳毛池上有輝光，他日歸來笏滿牀。堪笑杜陵文選學，但教莫帶紫羅囊。

芸香講席幾重深，五桂居然玉樹林。聞道一經親授與，未須同異較劉歆。

寄答曹沖谷昔予出關過其家今二十餘年矣

行盡燕山塞上村，海天烟霧氣常昏。邊花客醉遼西郡，關月人過薊北門。一别隴梅遲驛使，幾回春草憶王孫。君家舊比灤江水，萬事風塵未敢論。

露涓閣懷亭湖蓮士

高閣懷遠岫，山牕盡日開。雖無佳客至，時有白雲來。簾捲海月上，鏡拂江鴻回。何當共吟眺，暝色獨徘徊。

蚤春虎坊南墅憶舊遊懷徐尚書寄朱檢討

杜曲園林一水濱，舊遊風景十年頻。江山不負羊裘客，城郭誰知鶴背人。草色淡烟龍紫陌，柳條輕雨洗紅塵。劉郎前度看花在，却爲愁多賦早春。

憶盧龍舊遊有懷倫子受使君

猿肩虎石事悠悠，爲客青春欲白頭。碣石東風生大海，薊門明月照高樓。邊關路繞車輪去，花柳村深步屧游。今日使君行部處，雲山三晉控神州。

春日點翰堂即事促吴元朗爲題午亭山村圖

丘壑何曾似遠林，曲欄深榭幾沉吟。野桃破曉紅仍淺，霜竹經寒緑故深。二月風光真漫浪，三春樓閣倦登臨。午亭題句如相贈，好在谿山畫裏尋。

清明後三日郊行贈韓慕盧少宰

春郊浩渺似天涯，走馬追尋一笑譁。冷節却纔過射柳，紅塵不是爲看花。荆州風月同今夕，江左文章屬大家。紙尾陪書聊自忖，鬢絲蕭索墨痕斜。

有感題舊草後

寥落浮生與世違，叢殘文字校斜暉。家臨紫陌三條路，人閉紅塵兩版扉。命定豈須尋季主，説難猶自笑韓非。篋中焚草緣何事，忍負雲山舊釣磯。

城南張氏園讌集

藤杖芒鞋踏淺沙,行穿犖确路横斜。緑楊纔放初晴色,紅杏猶禁半坼花。坐久雲深迷野鶴,酒闌風起亂昏鴉。山公酩酊歸來晚,不省兒童拍手譁。

昔與孫仲禮有鶴圃唱酬詩因隨正姪寄訊

罨畫溪廊賦竹枝,圃中仙鶴别多時。龍兒編寫新成卷,題作劉紅唱和詩。

春日新堂簡西鄰給孤寺主

西鄰喬木緑陰斜,也有春生倦客家。半掩雙扉來燕子,新開小徑放桃花。香林佛舍明殘照,粉蝶山樓挂晚霞。近日逃禪逢酒渴,扣門思喫趙州茶。

春日簡張壽平進士張善岐黄之學

未解參苓細與論,杏林人語自春温。已知楚越分肝膽,尚有鶯花役夢魂。二頃豈須謀負郭,百錢聊可共開樽。城南舊是笙歌地,藥裹閒時肯閉門。

上元前夕宿法華寺春日有間酬三明長老索詩之意

青山落日正逶迤,况是春燈欲試時。佛火長明投寺宿,氷山蹔撞看兒嬉。檐捎烟樹東風蚤,院閉霜鐘曙色遲。一諾湯休微笑意,桃花柳絮又參差。

城南譙歸贈壽平

羈旅平生意，相逢薊北門。不知黄金館，但見素山原。歸路野花落，到家棲鳥喧。所思燕趙士，懷古尚堪論。

訪戴家園留題

我愛戴顒宅，春風一徑斜。城中得流水，幽處見桃花。古石滋青蘚，高亭映晚霞。王孫隨意住，芳草不離家。

與張澤長

與子共丘壑，園林方未還。谷口沁河水，門前王屋山。柴荆夾澗對，桑柘交枝閒。别後東皋月，清光照掩關。

送隨正姪落第歸

花落鶯啼送子還，春光翻自惜衰顔。蛾眉已老人何忌，蝸角無争我欲閒。芳草離心千里路，夕陽孤影萬重山。回思華髮蕭蕭者，雖在紅塵却閉關。

隨正赴澧州

江漢何曾到，雲山亦自便。花明新月夜，柳映碧雲天。家習燕人語，予賡楚客篇。風帆渺何許，相憶洞庭船。

題恒齋采菊圖二首

椒風宫閣日初長，榻到蘭亭第幾行。珍重畫師秋菊意，百花開後晚花香。

瑣院垂簾隔晝陰，墨花秋卷共沉吟。年光人澹還如菊，猶是飡英飲露心。

三月八日晚出西郊宿法華寺

落霞如綺草如茵,漠漠晴川烟景新。柳陌不隨今夜月,桃花争見一年春。到門雙樹松陰長,下榻三迴客夢頻。清梵未殘雞唱曉,又驅羸馬遂流塵。

雨宿苑外人家

月照深林風葉鳴,曾疑夜雨弄秋晴。燈前風雨蕭蕭夜,却似長楊樹裏聲。

悼姜西溟

牛耳雞壇孰主盟,燈檠風雨暮年情。都将阮籍窮途淚,爲送劉伶荷鍤行。黄土文章圜草緑,白頭科第榜花明。瓦全玉碎皆由命,敢向詞塲薄友生。

晦菴論詩

儒林道學費調停,雅頌分明在六經。記得考亭詩法好,先從陶柳入門庭。

伊川論道家

九流先列道家名,修養長年事可成。萬古眼前天地在,更於何處得無生。

烟玉堂倩向雲澤畫壁

三間草屋槿籬寬,晏坐深知行路難。細蕊孤花連暮雨,清陰幽竹過春寒。杜門謝客幸無謗,入世逢塲甘少懽。謾待向平尋五岳,卧遊須與畫圖看。

王石谷寫午亭圖

恕先放誕虎頭癡，自古高人是畫師。不用朱門新樣好，茅菴畫我看山時。

冬日齋中草木

竹

時世粧成樣樣新，揚州紅藥可憐春。日斜脩竹檀欒晚，誰念天寒翠袖人。

梨

東南竹箭幾人栽，江舶年年秋色回。上谷紫梨霜後好，黄柑丹橘一時來。

瓜　蔓

荒寒繞屋朔風吹，一種青門在路岐。欲識故丘離別意，秋瓜人憶及瓜時。

梅

飲冰餐雪在人間，獨向東風一破顔。不是百花無伴侣，孤花只合在孤山。

杏

紅杏東欄雪壓枝，晴曛籠靄已迷離。對花莫被多情惱，看到成陰結子時。

鐵梗海棠

狼籍妖紅照眼明，誰知霜雪鬬春晴。問君鐵梗花開早，多少丹砂點得成。

棗

質如橄欖味甘良,露灑風披合得嘗。不必荔枝煩蔡譜,教人舉酒酹唐羌。

送田生之易水

督亢千年畫未殘,烟雲粉本任君看。青山遠送荆卿去,不待蕭蕭易水寒。

夜行贈蓮士

紅塵已逐緑驄行,夜静街長漏點清。風動牆花過比舍,月斜堤柳向西城。沙村宿雁迎人起,茅店殘燈閃路明。金馬門前閒大隱,不來同聽野雞聲。

送阮亭大司寇予假歸二首

燕山微雨過,晴色擁朱輪。畫省留堂印,青門待吏人。王程千里近,祖道十年頻。欲訪龎公去,看予孰主賓。以修墓請,予假三月。

酌酒柳條下,清風生緑波。天涯芳草在,客路夕陽多。花爲將離贈,鶯成緩别歌。慇勤惜分手,遲暮意如何。

贈術士

可惜長沙傅,空尋日者遊。十支渾閒事,天地莫深愁。閉肆客過市,跳壺人在樓。若無今古恨,猿臂亦封侯。

郊行贈太倉崑山兩少宰

野色高梁接曙霞,玉鞭人指彩虹斜。紅泉雨過分流水,緑柳陰多掃落花。馬上雲山空夕照,樽前風月屬誰家。憑君更憶江南樂,晝舫春遊泊晚沙。

署中齋居用吴元朗扇上韻送黄自先守瀓江兼寄孔東塘三君皆舊同寮寀

芳洲杜若笑當時，賴有蘇卿是副知。不習簿書來吏舍，回憐風雅在曹司。扇因吳猛留仙訣，人爲荀公作小師。倘過魯城聊寄語，絃歌休唱卷中詩。

署中語西田之勝疊韻

畫裏江城對赤霞，西田春望海天斜。賜湖雲擁平泉石，舊邸香深玉樹花。氷署相逢卿月夜，午橋重問令公家。槐陰故事金坡路，門戟頻年長院沙。

晚晴臺憶舊遊寄朱竹垞

高臺孤迥獨遊頻，誰道天涯若比鄰。紅樹風來春色老，青山雨後夕陽新。閉門陌上三條路，倚檻樽前十丈塵。寂寂蓬蒿蔣生徑，羊求歸去見何人。

送吴天章自天津歸蒲東二首

春芳今欲歇，別思轉悠哉。狗監人難遇，蛾眉老易猜。青山三晉遠，秋色九河迴。千里臨岐意，能無酒一杯。

歸到中條隱，高居長薜蘿。清秋臨華岳，落日見黄河。人物雄才老，雲山間氣多。玉谿終古在，相並得金鵞。金鵞，天章齋名。

戲題杜上舍著色蘭二首

幽蘭空谷自天真，細寫黄金緑玉勻。豈是丹青工作意，學他紅粉向時人。

綺蘭高絶楚騷工，剩有幽芳入畫中。聞道集賢多綵筆，能無風雅續蕭嵩。

再疊韻酬果亭少宰見和郊行之作

奇麗澄江散綺霞，自驚西日晚山斜。閒雲欲傍滄浪水，野草還連鄠杜花。白首多時同禁省，青春幾處到山家。綠深桑柘紅橋近，且聽流鶯藉淺沙。

夏日對酒簡顓菴少宰兼懷幼芬

松風五月盡塵沙，清晝抛殘又日斜。世上若無千日酒，簾前空負一闌花。習池酩酊非山簡，江左風流是謝家。却笑後堂君未到，更無人隔絳帷紗。

微雨有懷顓菴果亭

相對忽不樂，相思轉未慵。高齋過微雨，暝色來疎鐘。酒易金龜換，人難玉塵逢。同君寂默意，吾道適何從。

五月廿七日宿郊館贈主人二首

暝宿投郊館，行行到水涯。晚風官道柳，夕照野牆花。村近喧歸鳥，川長散落霞。濁醪吾自有，聊與飯胡麻。

來時槐市外，往路半斜暉。馬過嘶芳草，人行戀翠微。山童疑久客，田叟解忘機。君看茅檐燕，將雛傍夕飛。

出　郭

出郭有新意，幽情愜薜蘿。綠楊聽似雨，碧草望如波。牛笛吟風斷，鶯梭織翠多。閒雲兼慢水，相伴一高歌。

對酒西山下望裂帛湖有懷廖芸夫往年同遊香山碧雲語江山之勝兼寄雲間二子楊玉符董閬石二首

馬箠獵平蕪,烟波似有無。朗吟山鬼笑,爛醉野人扶。萬事依雙槳,三生狎五湖。煩君待漁艇,未肯老樵夫。

夕鳥下汀洲,殘虹掛寺樓。遠烟赴山翠,晴雨接波流。昔別驚蓬鬢,今來憶釣舟。人間詩意盡,入海可同求。

讀顧亭林先生日知録是潘次耕刻于閩中者却贈

遺文編舊録,製述繼吾徒。詩樂吳公子,風騷楚大夫。閒情窮海嶠,清論滿江湖。萬里山川路,離情似昔無。

答孫蔗菴

回看灞陵柳,青鬢已皤然。江海三千里,星霜四十年。曾知新句好,將與萬人傳。化鶴人還在,書來鴻雁邊。

晚晴臺懷繆虞良

俯仰皆陳迹,登臨是舊遊。高臺不頻上,明月易深愁。琪樹秋應長,銀河曉自流。因風問江雁,幾日過長洲。

王顓菴少宰屬王石谷爲余畫午涯烟舫圖且贈以詩

緑畫春山閣,緑畫,少宰西田閣名。紅欄秋水橋。移將三徑裏,未覺五湖遥。漢壁波殘浪,午壁,漢亭名,午涯所緣起。吳淞剪半綃。圖南鵬萬里,蜩鷽想扶摇。

憶舊寄繆虞良

舊日同遊處，西窗暗網塵。阮家麄飯久，萊子綵衣新。昔送之官客，今思解組人。共知捧檄意，失喜爲慈親。

疊两少宰見和韻二首余夙有江南之思二公皆吴人故托興乃爾

平生湖海意，飛動不曾慵。千里吴洲月，長江建業鐘。烟波定相訪，鸞鶴偶然逢。正想雲亭字，先須載酒從。

藻鑑今焉用，文書祇自慵。無言温室樹，每過夕陽鐘。汗漫期何處，淹留惜易逢。舊遊東郭子，又得二年從。用《莊子》："一年而野，二年而從"，葢與太倉公又同事二年矣。

酬周鐵門贈詩即送之之官

紅雲曉近海，緑烟春滿畿。送君宰赤縣，柳絮飄行衣。燕市酒罏滿，漁陽桑葉稀。幽蘭在脩坂，及爾同芳菲。

夏夜過潛齋示壯履

閉門來月砌，散帙坐風簷。鳥宿新移樹，螢流夜捲簾。辭多蒙向秀，夢欲謝江淹。文史成漂泊，潛夫畢竟潛。

題庭前合歡花懷杜遇徐往年曾贈花葉釀酒

緑細分朝靄，紅輕暈早霞。本無蠲忿意，况有合歡花。舒卷時常定，陰晴亦未差。美人曾折贈，零落惜年華。

題朱悔人京華藁

榮華寂寞在斯須，一卷新詩酒滿壺。君看昭王舊臺館，至今秋草不曾無。

午睡起爲人書道德經二首

歸去青牛更莫論，怪他紫氣在闗門。五千言費三錢筆，盡寫何曾有一言。

夘酒昏昏問谷神，午牕風竹影移頻。不須更借邯鄲枕，已是華山睡裏人。

重陽前一日招悔人卓崖元朗亮工家子文

秋社纔遊未隔旬，籬邊風物又催人。有涯早識吾生老，多事還憐野菊新。天外孤鴻偏過眼，鏡中雙鬢已傷神。明朝欲赴登高約，摒擋樽前放浪身。

常道士山房水石清供

水石清秋浄法筵，人間自有一山川。雖然雲樹參差影，看盡空明四界天。

圓通院有贈

縹緲紅樓原上村，西來飛錫駐前軒。橋迴流水供侵案，木落清風爲掃門。按劍恐因驚白璧，繫珠今已照黄昏。百年耆宿三生舊，初地新從萬事論。

冬日早卧示與可

踏盡秋街落葉霜，歸來枕肘卧斜陽。燈花早已看重結，香篆微銷耐許長。節後菊黄多晚景，年殘髪白赴流光。睡餘翻覆連牀被，又是槐根夢一塲。

寄懷王大宗伯昊廬金陵五首

後湖真並鏡湖論，一曲烟波是異恩。試看東山相對出，城南元有謝公墩。

玉樹庭前春又歸,過江門第世應稀。到時芳草橋邊路,正及烏衣燕子飛。

離騷讀罷意何如,楚客頻年賦卜居。千里長江建業水,東流兼得武昌魚。

結綺臨春事已休,輕烟淡粉對荒丘。憑君收入人天偈,樓子因緣在上頭。

摩詰流傳秀句香,冶城風景輞川莊。江山畫裏移家住,秋色依然華子岡。

午亭文編卷十八

今體詩

聖德萬壽詩十二首

泰符運啟帝圖昌,還識流虹繞電祥。鳳曆紀元天並永,龍飛當午日初長。仙桃結子春三月,御柳垂條歲萬行。正是豔陽逢聖節,紅雲高捧玉罏香。

日暖花朝紫禁林,風迴青鏁漏沉沉。萬幾宵旰三天事,四海昇平五夜心。雨露恩流金闕外,桑麻春長玉階陰。億年齊上無疆祝,總爲憂勤載深。

聖質天齊凝寶命,神霄地逈照人寰。山河環拱罘罳上,日月高臨藻火間。八表驩聲歌帝則,萬年春色駐龍顏。黄圖開拓要荒外,柔遠何須閉玉關。

講席經函列御筵,淵源盡闡魯庭傳。文成偉論高謨典,詩就新篇達性天。載詠光華同舜旦,深明曆象定堯年。仰觀俯察鳶魚妙,道契羲皇一畫前。

丹地金鋪淑景新,綺疏明淨對花茵。九重清晏心無事,萬卷詩書筆有神。璀璨宸章懸斗極,龍鸞聖藻麗星辰。六文八法流傳盛,光被誰能比一人。

龍文五色護瑶箋,拜賜恩華自日邊。開處春風彌宇宙,捧來瑞氣出山川。香含月樹枝枝秀,朗照驪珠顆顆圓。琬琰恭橅垂寶榻,惟南同壽永留傳。

神威征伐久旋師，灌燧銷烽正此時。一自三迴臨朔漠，遂令萬禩靖邊陲。玉鞭書舉靈泉出，金甲宵明御寢遲。北斗天南回望處，於今中外盡雍熙。

節儉皇家邁昔王，聖心原爲恤農桑。止須制用供天府，直使流膏徧下方。疊見金錢蠲百萬，還思玉粒自倉箱。陽和到處人歡樂，春日春隨日正長。

耕織新詩出上闌，情殷稼穡詠艱難。恩添瀛海波瀾潤，人到中天歲月寬。繡壤風輕飛玉燕，瑶池水暖浴青鸞。吴綃並寫來王會，若木流沙總奠安。

黼座慈雲下碧空，普天人在太和中。祥刑德與唐虞並，育物心將造化同。丹鳳九重銜赦草，金雞一夕報春風。遐荒盡是康衢地，處處謳歌達帝聰。

荷鋤倚杖野農情，每聽音車爲省耕。瑞日早迎仙蹕上，彩雲時傍翠旂生。華封人進三多祝，嵩嶺神傳萬歲聲。江北江南長望幸，五年今得見巡行。

虞廷威鳳喜來儀，麟趾文祥福履綏。曠代光榮逾鎬飲，萬年祝頌叶豳詩。春雲瑞雪迎三正，甘雨和風順四時。仰荷栽培同寸草，恩深湛露近彤墀。

皇子練鵲桂花畫扇

纓鳥多歡帶鳥仁，秋林練鵲氣含春。相隨阿閣丹霄地，彩鳳時時欲近人。

一度秋風一度開，仙姿信是不凡才。大杳何事盈懷袖，爲是時常月殿來。

題杜子樊川雲水怡情圖

朱坡緑水故依然，小杜香名到處傳。我欲遠尋無字刼，當時枉自號樊川。余所居一名樊川，亦曾因以爲别字。

恭和御製爲考試歎應制

聖謨重廉介，雅化已新更。豈獨司文吏，能容黷貨聲。人才關國是，教養本皇情。上體公明訓，無私便有名。

寄僧定空

喚作定空空定否，有名争得似無名。空元自定何須定，只是空從定後生。

過法華寺懷三明長老

法華名最美，此義暢宗風。實相人猶在，宗門事不空。柳條春自緑，花蓝曉逾紅。咫尺雙林地，雲山處處通。

久不見昷公連有噩夢詩以問之

金盆月落屋梁邊，麈尾多時破壁懸。厭寱也曾施梵咒，夢魂從不離初禪。正思柏子三生樹，無那桃花二月天。萬事匆匆頭白盡，幾迴安穩曉窓眠。

重過萬佛寺

竹院還誰在，山門重可尋。日斜清梵放，風定落花深。欲解無師智，難忘有行心。真空能幾許，却費萬黄金。

夜宿野亭晤桐城相公話舊有作

野宿林亭意惘然，風光依約似當年。相過步屧將殘夜，怕説江湖未泊船。杏子生仁留燕乳，柳花著眼對人眠。槐根不比松風夢，莫遣春陰過八磚。

法華寺書壁

塵網重重暗刼灰，一時心目頓能開。曾知夙世因緣事，看取蓮華妙法來。

畫　眉

緑樹陰多映畫簾，雕籠食宿好相兼。勸君莫倚能言語，人在春窓正黑甜。

題初祖折蘆圖

廓然無聖語天然，面壁還須到九年。老我白頭聞道晚，息機應在十年前。

題大士像

救苦尋聲是大悲，有情覺盡佛因遲。浮生衆苦多難達，應是從聞入定時。

題文殊像

稽首堂堂七佛師，定中女子出來遲。如何七尺鬚眉客，一世曾無一定時。

賜連瓶折枝牡丹四首癸未三月廿六日

八方風雨長靈芽，朶朶紅雲散綵霞。天意未曾私一物，上陽花勝洛陽花。

樂天三度見花開，曾惜花開老暗催。廿載芸香香案吏，白頭驚捧賜花回。

鞓紅魏紫總天香，蘭佩還宜薜荔裳。歸去輕紗籠暖日，潛溪緋襯御袍。黄潛溪緋亦牡丹名也，賜花有淡緑微黄一種。

玉版檀心故晚開,膽瓶渾送倚雲栽。更教分與甘泉水,全戴深枝雨露來。

野亭作二首

琉璃爲地自然平,何處金繩界道行。岸草林花高下態,渚蒲水荇短長情。莊生齊物焉知物,老氏無名却有名。苦爲折腰辭手版,誰言寵辱不須驚。

雲樹連天見北平,幽人自此樂郊行。已無緑鬢渾閒事,只爲青山亦有情。老馬爲駒還識路,野花結子不知名。歸來睡覺斜陽晚,抖擻黄塵莽自驚。

曉行二首

曉行青山中,白露方未晞。此景豈不佳,荆棘牽人衣。

荆棘雖離離,出險殊不惡。回看幽蘭花,無人自開落。

浴罷戲題二首

不垢復不淨,寶珠何由生。盈盈浴盤水,清斯濯吾纓。

豈因學道力,陡覺生清涼。灑然無熱惱,身有旃檀香。

四月三日出城送客因以自喻

戴笠乘車有舊盟,相逢相送廿年情。踏殘草色路長在,折斷柳條人未行。旅興不隨春日盡,野心還傍夏雲生。玉瓶沽酒旗亭醉,古寺斜陽卧似酲。

四月十一日夢中吴四默巖語金丹事因口占贈吴覺而記之

桑葉桃花幾度春,海山歸路渺難真。憑君細囑長生訣,火宅何須久住身。

題王方若龍竿集

客散茶香鶯語頻,閒披秋卷惜餘春。腐儒衰晚思同調,爲想風流第一人。

獨酌郊樹下懷韓山

穿花踏月有誰忙,爲送東風倒一觴。緑草成茵榆莢小,紅英掃地柳條長。古祠賽雨人皆醉,平壠眠雲麥半黄。惆悵田園西日外,年年春色老漁陽。

過法華寺不果題野亭壁

唤起窓前幽鳥飛,冶遊心事未全違。三生影事輸閒客,四觀華嚴落鈍機。山雨曉晴開紫翠,野花春盡接芳菲。倦尋古寺湖邊路,垂柳陰陰信馬歸。

獨酌二首

三杯四杯濁酒,一句兩句閒詩。樹上落花結子,竹間新筍成枝。

落日去如過客,清風來似故人。竹葉滿浮緑釀,梨花勤買青春。

閣中紀恩詩

内署恩深歲月長,白麻宣出意傍徨。名銜人愧文淵字,衰晚身驚政事堂。門館無私因主聖,絲綸有喜爲時康。閣前五刻趨宫漏,常見宵衣侍未央。

五月九日賜御書金畫扇御製麥秋盈野志喜詩恭紀四首

宫扇親題御藻雄,麥光雲净曉浮空。黄琉璃遍清凉境,盡是披香殿上風。

桑緑柔枝輦道傍，麥岐兩兩古漁陽。五絃彈出中聲裏，散作薰風滿帝鄉。

蓂階蒲莲長堯厨，自有天文麗寶符。底事恩光滿懷袖，驚看一字一驪珠。

九華寶扇五雲端，殿閣微凉暑未殘。縱使感恩秋篋裏，冰心還映玉壺寒。

恭和御製麥秋盈野志喜詩元韻應制

清和時節見豐年，麥壠盈祥氣候全。並是兩岐兼九穗，不論南陌與東阡。三秋民樂同豳雅，五色天文上御箋。常記占星看礎潤，夜深行遍玉階甎。

五月十二日賜觀御製南巡詩卷恭紀二十韻

鳳紀天長久，龍飛日正中。萬年三月曆，九叙兩河功。典禮虞巡重，江山禹甸雄。帝歌垂睿想，民俗入王風。翕闢乾坤大，鑪錘造化同。詞源方浩瀚，元氣益冲融。丹笈迴雲篆，滄溟散彩虹。璧連還縹緲，珠綴自玲瓏。香影瑶編動，鉛分寶字工。鶯花供御藻，雨雪志年豐。玉律飄陽管，金聲韻嶧桐。衢謡歡故老，巷舞走兒童。恩與留題遍，榮逾錫命崇。道因神理貴，物感至和通。謨烈超千古，文章達四聰。祥烟盈卷帙，瑞色滿書筒。雅頌恢皇統，英華發聖衷。石渠春瀲灩，藜火曉曈曨。高厚思隆遇，迂踈愧匪躬。併將飏拜意，稽首祝蒼穹。

史局得韓山書却寄

行屋千峯萬嶺分，西來蒼翠入斜曛。幾場春夢繙殘史，一片閒心寄野雲。見説故人方縱酒，傳來新句最能文。寒窓燈火平生語，除却君知世不聞。

答元朗

松風草閣晚晴寒，不道炎蒸暑未殘。呼酒敢嫌新吏舍，門鄰酒罏。愛詩長憶舊郎官。人傳代北馮唐問，書畏江東子布看。惠我瑶華滿奩篋，依然畫省握香蘭。

六箴來自武昌

朝來乾鵲噪庭除，池草春生慰索居。車馬到門千里外，光陰彈指五年餘。曾於簿領知爲政，只見山川勝讀書。説著江湖人已老，扁舟來往子能如。

聞聲山墜馬傷手戲贈

朱書腕後術誰工，在手鉤文惜仲弓。解道風流羊叔子，也應騎馬至三公。

六箴將别余方有校勘文字之役相對匆匆悵然再疊前韻

湖海元龍氣已除，寂寥誰伴子雲居。松風夢破驚窓曙，藜火燒殘似歲餘。多事不成臨别酒，無聊郤望遠來書。流光努力君年富，冉冉雙髭我不如。

恭和聖製裕親王輓詩二章謹依陽青元韻

天德敦同氣，巍巍雲漢章。流芳傳睿藻，樂善惜賢王。桐葉飄疏翠，棠花落晚香。情深親灑翰，雨泣迸成行。

内殿思前事，皇心記幼齡。步趨同問寢，講誦舊傳經。視藥調金匕，移鑾隔絳屏。親賢加典禮，編簡萬年青。

冬日雜詩十首

金絲牆屋久荒凉，過魯曾知漢道昌。惆悵黄龍歸不得，少牢祠裏祀舒王。《宋史》。

璧月瓊花事事休，胭脂痕斷井欄秋。三百年中四十帝，青山如舊枕江流。金陵。

陡泉泉出洞渦水，驛印如今最謬訛。不比成皐争點畫，十州鐵鑄作同戈。同戈驛，本洞渦，同戈，訛也。

南食何當寄老饕，越舲楚舫與吳艚。天寒雨雪炊烟冷，誰是燕人左伯桃。午食。

非關偏聽與佯聾，黄落經時問朔風。近得楞嚴觀葉意，耳門圓照十方空。耳病忽瘳。

出網銀刀曉市門，歸來午食已黄昏。魚飧豈是貧家物，咬斷新虀舊菜根。家人餉以銀魚，却之。

九十六刼如俳諧，學他璹瑁嶺南齋。辟支一食真難施，敢訝吾無一日佳。近清齋百日。

三千沙界了無蹤，影事前塵破幾重。我本無生元不滅，當時何苦護紗籠。

罨畫廊前兩樹梅，看花人自故鄉來。未開紅蕊開時白，道是先生手自栽。

深紅淺白蓼芽新，欲試春盤待曉春。坐斷五辛三種菜，年來轉覺庾郎貧。

晝睡謝客

日斜窓影半寒筠，却有疎梅欲放春。掩卷已沾名句味，攤牀未了睡眠因。選圖枕畔華胥夢，罷酒樽前見在身。爲謝九衢車馬客，黑甜何苦换紅塵。

范彪西索題車駕西巡寵遇詩二首

舜狩仍千里，堯文已六經。山林垂顧問，雲鶴想儀形。灑翰超飛白，留題照汗青。歸來屬車上，猶指少微星。

大隱非丘壑，斯人應客星。行藏殊捧檄，勲業爲傳經。有道人師表，中郎世典型。銜來丹鳳字，雲氣護山庭。賜山林云鶴字。

甲申正月十五日上命撤所御宴賜臣廷敬諭臣子壯履恭傳恩旨頒送到臣恭紀四首

吾君儉德到傳柑，一宴年光四十三。上自御極，元夜賜宴廷臣者一，蓋康熙二十二年也。今日全家沾賜渥，不同歸遺與分甘。

蕭蕭華髮入青春，惶恐君恩説老臣。最是九衢燈火夜，驚傳天使便寧親。

藜火銀花接禁庭，天邊玉旨下青冥。紫微垣裏親傳與，敢道臣家有聚星。

温飽當年未敢論，虀鹽相伴久承恩。寒庖那識金盤味，指點先嘗玉箸痕。

久不得舍弟素心書聞去冬已歸自武安今忽復春且深矣惘然有作

關河霜雪賦歸與，又值風光二月初。竟日不成春夢句，隔年空憶雁行書。閉門柳色開荒徑，流水桃花到舊廬。應識在家貧亦好，信音迢遞渺愁予。

青　鳥

不敢求桃核，開花今幾春。那無青鳥使，相慰白頭人。西日瑶池遠，東風紫竹新。普陀炎海路，萬古不揚塵。

賦得心清聞妙香

南華近在贊公房，一水曹溪接混茫。曲逕行隨花氣遠，畫簾相對篆烟長。曼陀雨遍諸天會，薝蔔春深選佛場。解道音聞清淨地，色空空色本無香。

野亭望西山有懷

擔囊蠟屐鎮相從，便欲登臨策短筇。野逕春歸三宿樹，石門雲散午時鐘。金盆接語青山晚，玉斧尋真翠壑重。彈指十年禪榻畔，道人行脚恐無蹤。

三月二日經筵紀事四首

牙籖一卷幾迴開，近日新綸忝竊陪。好與詞林傳故事，白頭丹地講書來。經筵自昔屢命臣進講，及拜内閣新命，仍兼至筵講官。

尚書水部無雙譽，宫尹承華絶異才。羸得頭銜渾似舊，押班春殿許徘徊。是日華亭尚書海寧宫詹進講。

石渠虎觀列經帷，同異諸儒奏對時。題目分明經睿斷，聖人書是聖人知。進講足食足兵節、時亮天工節，皆上所親定。

蘭珍別賜常餐外，榆火新温上巳前。衰老蒙恩憐一飯，歌衢正好在堯天。是日撤御饌賜臣，且命膳人，謂臣在講席進時重爇與食，聖恩至矣，而臣衰老，將比於康衢之野人云。

宿野亭遲京江沁州二公

子夜文書午漏聲，先驅駑馬出重城。花邊風蝶閒來往，柳外沙鷗解送迎。緑水紅橋春似舊，青山黄閣事相并。邯鄲一枕華胥夢，不覺晨鐘報五更。

與李公凱兼呈徐果亭

蒲柳先秋露葉零，碧天落落見晨星。與君同甲鬓偏白，相對無言眼自青。淮海至今歸大海，午亭元是一長亭。樽前張丈殷兄在，强欲相呼一笑聽。公凱與予同戊寅，長三月，果亭亦長於予數歲。

閣中與曹蓼懷學士

未報深恩敢乞身，一年相對已前塵。窮通總惜朱顔老，館閣常逢緑鬢新。舊事幾迴蓮燭夜，君家並有竹林人。柳吟花醉輸閒客，日日銅扉共曉春。昔與學士世父顧菴先生同在翰林。

旅宿懷梅莊

旅宿天無際，平沙樹接低。夜深還過雁，野曠少鳴鷄。風雨人何處，雲山夢不迷。一條春草路，直到太行西。

和趙秋谷觀海詩二首

求詩入海氣崢嶸，却卷波瀾見老成。香土踏殘才思盡，當時我亦一狂生。

晨朝騎鶴暮行雲，洞府仙官太有情。只恐未忘人我相，海山畢竟讓無生。

野亭懷内直諸公

周廬野館共徘徊，網户疏窓面面開。過眼春隨飛絮去，遨頭人及落花來。隔林好鳥如相唤，出岫閒雲亦未迴。清晝玉泉添漏水，此中三昧即銀臺。

半飽居士詩有序

喬公子德輿來京師，久客逆旅，予勸之歸。喬云："吾無以自活。"予曰："子幸有先人之田廬在，吾居於此，嘗記陸魯望語，忍飢誦書，率嘗半飽，此亦處貧之一法。"公子便以語侵予："天下豈有餓死宰相耶？"予笑而不答，門人竊呼予半飽居士。于生方曼性嗜酒，聞予之告客者，因止酒不飲，恐傷其意，作半飽居士勸酒詩。

大庖珍食也曾經，晏進藜羹户早扃。我自長貧甘半飽，君因皆醉怪偏醒。豈堪白粥妝金谷，恰有青銅挂玉瓶。燕市黄公罏正好，酒帘門外即旗亭。

甲申七夕二首

想多情少一身輕。想多情少，出《楞嚴經》。我願無生恨有生。此夕果然牛女會，生天也恐是多情。

不見牽牛織女星，銀河水長色冥冥。憑君奏乞通明殿，灑作人間細雨零。

書豫朋僰南集

七年燕北别，卅卷僰南詩。小吏才難盡，高天命不疑。謝家真客子，杜老好男兒。却笑陶彭澤，賢愚較菊籬。

題孫湘南片石集

五字文章萬古情，吴江隴首舊知名。嵩峯華岳黄河水，如子雄才是兩京。

瀘水春生大渡河，塞山飛起遠嵯峨。書生自有封侯相，留得征蠻塞上歌。

拈朱子句恭擬應制詩賦得霽月光風更别傳

五星東井事依然，洄溯濂溪接後先。一自圖書尋有緒，頓令風月浩無邊。勲華在昔三千載，閩洛于今五百年。學統此時符帝統，斯文端是聖人傳。

衰　老

太平好時節，衰老意多違。身世何飄泊，人天有是非。《法華經》："不依止人天而住。"孤鴻還自去，乳燕各分飛。物理真難問，吾生安所歸。

青藤館稍葺落成有懷芸夫

城裏一山家，籬踈晚噪鴉。水含林際月，苔隱石間花。人與青藤老，門留白版斜。故人猶記否，燈火十年賒。

真箇似童兒，埋盆作小池。雖無沙鳥過，已有樹禽知。素髪垂新領，紅桃長舊枝。恐君相憶處，不是昔游時。

送徐果亭還崑山

戀闕丹心皓首時，掉頭無那故山期。洞庭蝦菜催迴櫂，阿閣鸞凰返舊枝。黄紙箱邉同啟事，紫薇花下對吟詩。饒君獨占江湖勝，蒲雨菰烟惱夢思。

答王生

故人之子王并州，問我新詩紀舊遊。浪跡仙人多愛酒，青蓮曾贈董糟丘。

北墅和壁間韻

麥寒經雨緑，葉老受霜紅。客舍青門裏，離居又客中。

霜鐘叠韻

霜鐘來不近，披拂曙燈紅。多少繁華夢，銷沉向此中。

再叠前韻二首

庭樹雞鳴早，平沙夜火紅。不須争起舞，吾已老窠中。

踈鬢霜同白，衰顔酒暫紅。心灰兼耳冷，猶在客塵中。

檢放翁詩二首

青山黄閣眼迷離，文字叢殘晚歲時。拂面冷風霜滿鬢，何因檢到放翁詩。

殘年飽飯細吟詩，一笑生涯老自知。不識鱸魚蓴菜好，多因連展與黎祁。放翁自注：淮人謂麥餌爲連展，蜀人呼豆腐爲黎祁。

御書春帖子恭紀

神書日賁通明殿，春帖先題供奉班。人喜王正逢聖藻，兒驚天筆憶龍顔。臣子豫朋將之耀州任。門前豈敢懸雙璧，楹際真同被兩間。捧向茅堂常北面，年年椒頌祝南山。

賜砥石硯恭紀

王氣留京奕葉隆，五丁遺石自鴻濛。削成寶硯天開闢，製出文思帝化工。玉几依光加洗濯，清班分賜並磨礲。承恩真比丘山重，歲歲三呼萬歲嵩。

賜貂裘恭紀

金貂濫點侍朝元，輕暖還教被異恩。就日未知仙珮重，因風偏覺御香温。親承綸語量長短。諭旨云："此裘朕所親服，汝軀體較小，可覓良工署爲裁製，務令稱身。"儘著餘年付子孫。忝竊一門兼再錫，微才敢向鳳池論。臣子壯履並蒙恩賜。

賜人參恭紀

賜觀植本幾人存，五葉三椏記細論。戊午臣廷敬同臣英、臣士正、臣士奇、臣杜訥蒙恩賜觀人參植本。筋力已衰逢大藥，生成難報是皇恩。未隨芝草和金匕，先映椒花上玉樽。除夕並賜上尊食物甚衆。曾説紫團聞父老，新傳盛事到山村。舊傳上黨有紫團參，今不可復得。

賜玻璃器大小十四恭紀

春冰未泮玉敲堅，賜出玻璃世罕傳。虚白貯來皆萬象，清微攜得自三天。如遊佛國琉璃界，不費公家帑藏錢。諭旨云："此皆出工人贏餘，非用錢糧所製，故以賜卿等。"歸路彩雲先滿舍，盆瓶處處日華圓。

御書大福字恭紀

維皇錫福徧烝民，天藻親題到老臣。今歲預知明歲喜，萬家先占一家春。仰瞻紅日長如晝，若比驪珠大似輪。億載光華歌復旦，溥將壽域轉洪鈞。

臣詩疊蒙聖恩獎賞每聆天語感激之下涕淚零落累日愧悚恭紀以詩

衰鈍何堪感至尊，頻蒙激賞是殊恩。拋殘綺語文焉用，老罷丹心事可論。一飯不忘如杜甫，平生無憾勝虞翻。傳聞多恐遺青史，留取新詩示子孫。

六日祈穀前一日雪

同雲近接朶雲邊，歆饗深知睿意虔。未轉條風先獻歲，十一日立春。猶行臘雪兆豐年。金甌卜曆過千閏是歲閏月，玉琯吹花到八埏。扈帝仙官多鶴駕，騎來銀闕羽毛鮮。

覓輿從不得偶作

跳浪羣兒自簸顛，如山兩足步難前。路長欺我太無力，回首沙堤亦枉然。

正月十三夜同與可語梅莊山居之勝

雲裹山家咫尺間，踏青未了試燈還。百年吾是今春老，一歲人能幾日閒。亦有王城深似海，誰知身患重如山。《老子》云："吾之有患，爲吾有身。"梅莊北畔桃坡路，前後東風總一般。

午亭文編卷十九

今體詩

賜船恭紀

舟航利涉是殊榮，特賜還勞記主名。命以石家船賜臣。此去真從天上坐，多時偏許御前行。命在御舟前行。春山春水年年好，江草江花處處生。不爲勤民叨法從，烟波空有叩舷情。

潞河酬吴西齋送别

鞍馬頻年老帝城[一]，臨流擊楫憶平生。文章自寫衰遲意，烟水新關故舊情。君向海山分位業，我從塵土濯簪纓。觚稜小别勞相念，柳外花邊昨日行。

【校記】

〔一〕帝　四库本作"蓟"。

舟發潞河簡同直諸公

解纜冰銷及好春，碧琉璃淨鏡光新。别來官舍隨漁舍，禮罷山神見水神。塞北幾時今已老，江南有夢竟成真。連船擁楫相從處，應是三生未了因。

寫懷與同舟兼寄京師遊好

杜陵野老一生詩，抗疏匡衡早遇時。得失渾如前日事，塵埃敢道十年遲。天涯船舫爲書局，官路鶯花付酒巵。寄語京華驢背客，水雲閒淡有人知。

題石家船版上

禁中清漏語頻宣，水驛郵籤興渺然。令德世稱倉氏族，佳名天錫石家船。諭旨石家船好。桃花滿載金波月，楊柳全浮玉座烟。大地恩光隨處是，五湖三泖櫂歌邊。

舟行晏坐即事

畫舫烏檣宿靄晴，罏烟近接御香清。吉祥雲裏從容住，安穩光中自在行。水月似曾經夢寐，山河今已見空明。君恩載得舟船重，五日才爲百里程。

狼　窩

狼窩名匪佳，倏狼義有取。還將天山弓，射殺白額虎。

花朝寄阮亭

花朝往事夢魂遥，鎖院重簾話寂寥。十五年來頻聚散，今朝烟水是花朝。辛未與阮亭同領貢舉，語江南烟水之勝，余有詩云："記取花朝明日是，幾番風雨對牀時。"

聞岸上梵聲

明滅斜陽洲景微，梵聲何處出林扉。浮雲不限身南北，慧日常銷世是非。塵刼遠尋期鷲嶺，江湖有夢到漁磯。長河風利翻嫌駛，處處茅菴可息機。

同行諸子皆江南人即事有贈

輕寒薄靄汎遥津,一出青門事事新。官舫但容搜句客,别船還載著書人。河橋煙柳堪相贈,江縣紅梅早放春。君是南歸我去北,不知誰主與誰賔。

憶午涯煙舫題南來小舟四絶句

竹篙青幕漾輕嵐,如葉隨風下釣潭。秋水一塘艑一隻,當時曾擬到江南。

水嬉天慰白頭人,南舫來時物候新。不礙琉璃清淨眼,揚州烟月冶城春。

南船應載五湖遊,散盡行人萬頃愁。得似多情白太傅,歸來舊舫憶蘇州。

也是雲天是水天,春花如霧柳如煙。怪他日夜東流水,送盡南來北去船。

舟行寄舍弟

乞得篷牕盡日留,今朝晴暖趁春遊。一生閲世如窺牖,臨老逢人解泛舟。别後無書題塞雁,行來有約寄沙鷗。憑君了却公家事,山水漁樵儘自由。

汶　水

汶水南來處,迢迢作意行。帆檣連帝里,漕輓達神京。善卜還多讓,居高最有情。合流同到海,對此豁平生。

余觀天津北汶水潞河合流處心固已異之及東南行數日見汶水曲折流數百里而北一旦遇潞河水折而東若無意然者於余心益有感焉既爲汶水詩又題長句以示壯履

舟過東南十日程，偏於汶水最含情。爲憐宛轉朝京去，還見低徊赴海行。能以功成如未有，却將身退等無名。人生解識清流意，何處人心不太平。

早發滄州南三十里磚河驛懷湯西厓給諫

與君同扈從，先後是同舟。春水生河驛，閒花上戍樓。三山連大海，五壘抱皇州。千古承平意，因風寄擢謳。

交河河岸古寺

茫茫兩岸即恒沙，行客流光暮景斜。天雨似曾施藥草，春風空自逐楊花。心遊三昧渾如夢，身許雙峰却是家。煩惱不辭爲晏坐，碧雲無礙水無涯。

入山東界寄阮亭

千里江湖夢，三春雨雪遊。風帆出渤海，星野入齊州。九點烟仍在，長河日自流。相思若汶水，不斷繞行舟。

德州南界懷田綸霞馮大木

夜過東陽界，朝行衛水濆。青春方浩浩，白髮任紛紛。山遠留殘照，川長宿去雲。閒心逐流水，今日爲思君。

夜行遇淺寄秋崖京師

臨深方浩渺，遇淺亦嶙峋。月黑憑漁火，天高訴水神。千檣雖共集，四海若無鄰。試問栖栖者，何如京洛塵。

曉行東光縣界

相報桃花恐易迷，紅雲未動月輪西。長年大是多情客，伴我黄昏伴曉雞。

南皮二絶句

漳水瀟瀟覇業休，鄴中文采自風流。甘瓜朱李西園夜，回首南皮是舊遊。

繁華寂莫在斯須，金谷池臺徧緑蕪。最是墜樓人未老，真珠終不負齊奴。

棘津城

倚櫂臨前浦，蒼茫弔古情。遥思渭濵叟，一望棘津城。水帶春星動，沙流岸月明。祇應垂釣處，漁父足平生。

武城南界懷六箴郥陽荀少桂陽

纔向燕齊問路岐，還於楚客寄相思。一官萬里湖南北，兩地三年人别離。芳草池塘江上夢，緑波春浦卷中詩。不因霄漢乘槎下，争見連天水去遲。

次臨清懷梅莊

江海平生意，遠遊誰與同。滿槽東上水，半幅北來風。柳已多含緑，梅應早放紅。山花開又落，不擬在船中。

河干逢蔣念祖使君撫今追往因有是贈

御史牀邊栢上烏，龍門人在舊摳趨。山長水遠詩難好，化美風移興不孤。説尹野人終在口，勸耕春鳥曉相呼。郎君已自施行馬，最有清名滿帝都。

過臨清計程阮亭相見不遠戲有此寄

長風駕浪去悤悤，過訪何當似剡中。元禮自爲倉卒客，樂天豈是囁嚅翁。極知浩蕩如前浦，聊得安閒出至公。鼉尾鵲花紛在眼，不應獨賞與相同。

船牕見月

岸馬動如羣，沙明曙色分。樹迎前浦月，人卧半船雲。雁影連朝盡，漁歌徹夜聞。篷牕開復掩，春思恐紛紛。

土橋待閘行五閘矣

五閘行來物候新，日高浪捲岸無塵。似將池沼縈迴勢，留得煙雲浩蕩春。雞犬村邊勸農吏，漁商波上太平民。昨宵親見天顔喜，畫舫丁東玉漏頻。

夜泊東昌城下

臨清昨夜春水生，河上春燈曉送行。今夜泊舟鉅鹿郡，黄昏煙火似臨清。

東昌城下已泊夜移船欲過閘未得城東北隅有望嶽樓

一夜停橈處，千秋望嶽情。水流聊攝地，雲鎖魯連城。擊汰堤花動，移檣閘火明。東樓不可上，迢遞且南征。

出陽穀界春秋齊宋江黄會于陽穀

少昊遺墟歷大東，吾衰那敢夢周公。周以少昊之墟封伯禽。絃歌魯國春風裏，盟土齊侯夕照中。終古奎婁天象在，至今禾黍霸圖空。斯文適遇興王會，鳳鳥何時過故宫。

湖雲二首

水上烟嵐迴不羣，望中溶漾杳難分。蜃樓日觀連天起，知是湖雲是海雲。

金臺玉殿侶仙羣，雲是三山萬派分。欲向此中訪黃鶴，仙人騎鶴亦騎雲。

汶水道中題觀海集

風流文采幾人同，芳草萋萋汶水東。千里山川高枕外，百年身世一舟中。風帆欲定歸神燕，烟擢無聲近野鴻。我亦乘流觀海去，把君詩卷問鴻濛。

滕縣岸上人家

岸遠湖平雪浪堆，煙禽飛處釣船迴。凄凉華屋都經過，只愛茅軒照水開。

水　鳥

初飛似整亂還低，自信涂鴉一抹齊。水鳥也思排雁字，笑他野鶩厭家雞。

沛縣界珠梅閘過三十九閘矣

退之汴泗交流句，今日長吟笑口開。解道洛川三十九，不如春水一帆來。

雨泊泇河二首

紅濕牕花逐幔浮，翠低隴麥映波流。蘭旌桂櫂終難似，從此舟名喜雨舟。

好風好雨送遥津，同是敲冰嚼雪人。酹取清波當桂醑，敢將牛酒瀆龍神。

社日晚泊寄韓韓山

娟娟雲月點空斜，忽漫春陰闇物華。舊隱相依同社日，孤帆陡覺在天涯。難逢有味偷閒客，易過無情伴老花。回首厭厭真一夢，海漚滅處是吾家。

夢孟孫有序

孟孫小字臺哥，余殤孫也。以庚辰除夜生，生之夕余夢孟子之孫來，故名之曰孟孫。生而聰慧絶人，余特愛之，以癸未中秋日不病俄頃而亡。

自恨心清老未慵，來無所止去何從。斷魂往事孤舟客，猶是當時夢裏逢。

夢人贈筆

一字何曾轉法車，膏肓泉石癖烟霞。多君枉贈如椽筆，幸不生來筆上花。

將渡河夢與朱字緑别

汶流相送日清泠，忽漫洪河望渺冥。千里扈行猶輦路，幾回話别是離亭。花飛旅鬢逢人白，草長天涯似舊青。不爲隴頭嗚咽水，也因南浦惜飄零。

渡　河

畫舸中流一擢過，日邊雲際渡黄河。靈槎已見仙源路，驚浪還爲德水波。禹鑿八年因地險，帝平三患得天和。吳檣越榜連江漢，欲笑宣房瓠子歌。

河上遇桐城先生二首

也紅亭子近如何，歸路櫻桃應漸多。不似黄柑三百顆，封題遠寄洞庭波。也紅，先生亭名，予爲作記，屢見集中。

連日春陰雨滿河，河邉相遇日晴和。却看雲散歸無事，猶作烟巒水上多。

河上白鳥羣飛畧似北雁

一水連天雲四圍，成行水鳥弄晴暉。眼明不見春歸雁，昨日北河相背飛。

泊淮安城下廣陵以春橘見贈

春華秋實總含情，金橘和枝露染成。珍重過淮爲枳意，相逢今夜泊淮城。

清江浦舟宿懷及門諸子

渾似都亭未别時，紅舷烏榜倍相思。文章自是千秋責，衰晚誰堪一字師。北去雲山人夢寐，南來烟水路參差。回看擊筑高歌地，柔翰新編數首詩。

二絶句

寂莫韓侯五世情，不逢亭長亦埋名。橋邉書卷知何用，只好相尋向穀城。

解道人生隙過塵，仙家辟穀豈無因。娥姁彊食緣何事，祇似摩登破戒人。

平河橋南二首

芒鞵蹋透利名關，一葉輕舟祇是閒。獨立斜陽心萬里，四天雲卷更無山。

千枝萬枝岸邉柳，三家五家川上邨。剪茅葢屋荻編壁，縣吏來時輕打門。

三湖二首

湖光杳無際，河上櫂歌行。春水連天盡，斜陽接地平。雲霞三百里，烟火幾重城。可惜風帆駛，郵籤促去程。

三湖望不極，夕艇進長河。老屋偏臨水，兒童解弄波。星明依釣火，月影散漁蓑。閲盡烟濤意，生涯足歗歌。

揚州二首

緑楊城郭古揚州，多是三生夢裏遊。今日到來雙鬢老，朱樓空捲玉簾鈎。

煙月揚州處處花，風流贏得俗人誇。憑君更數凄凉句，終古垂楊有暮鴉。

泊舟揚州城下午睡起作二首

竹西何處水悠悠，鼓吹居然擁上遊。不信揚州佳麗地，道人岑寂卧孤舟。

破睡無如茗一甌，松風魚眼已颼飀。更分一掬中泠水，洗盡江山萬古愁。

江天寺即金山

吳楚地分南北戒，江山天擁畫圖中。拍浮慧日中流住，湧現身雲彼岸空。多寶已乘雙象老，巨靈還戴六鼇雄。却看無實無虚義，元相居然逝水東。

聖恩疊被復蒙賜金恭紀

香羅蛺蝶錦麒麟，飽食天厨盡上珍。節儉皇朝多厚禄，寒微家世不長貧。一時更拜千金賜，四海還同萬户春。行向禹疆南北路，蠲租處處樂堯民。

虎丘五絶句

雲巖寺

雲根拔地玉琅玕，鎖向松門浸碧瀾。深掩青山遮緑水，只因多著畫闌干。

生公講堂

一字何曾道著來，拈花世界又花開。誰知一片千人石，日日生公坐講臺。

短簿祠

短簿祠荒春草新，東亭往蹟久成塵。能令公喜令公怒，憐爾當時好事人。

顔魯公刻石

魯公書翰自通神，潑墨雲山跡尚新。清遠仙人曾不死，應同塵世歷周秦。石刻清遠道士詩有云："我本長殷周，遭罹歷秦漢。"

千頃雲寺後東軒名，義取東坡詩"雲水麗千頃"。

繡出春畦映水文，菜花黄盡緑陰分。無邊無礙虛明相，萬頃波光萬頃雲。

雲間竹枝五首

城外海江天一涯，城中烟火萬人家。溝渠盡長通潮水，籬落都開向日花。

江城流水逐門開，水上殘紅映碧苔。試問柳塘深幾許，兒童相報早潮來。

山禽杳杳白雲中，一日能乘九萬風。何事華亭不見鶴，鶴坡元只在城東。

烟巒數仞立孱顔，下瞰清溪碧玉環。行盡九峯休悵望，道人只住小横山。

江東人物渺荒丘，寂莫孫郎霸業休。落日青龍江上水，故應千古向東流。

寶雲寺寄儼齋尚書兼懷瑁湖薛澱兩侍郎

官橋鄰淨宇，川路接遥天。潮送春畦水，鐘流遠樹烟。清華江左映，文字禁林傳。萬事從游處，無心問八禪。

泊舟松江城下寄廖樾阡林慮

早潮相送晚潮迎，帆落潮平暮靄生。老去北山思舊隱，夢回南浦悵離情。清泉曉映黄華谷，芳草春深白苧城。才子高名喧小邑，可堪經術用西京。

雲間弔董閬石

目爲傷春極，情因感舊長。數行垂老淚，千古别離腸。江館荀鳴鶴，亭林顧野王。才名終寂莫，憑弔向斜陽。

次嘉興寄儼齋尚書二首

迴合三江送碧流，雲間東望水悠悠。越山未到吴烟暝，脩竹柔桑入秀州。

西去扁舟夕照時，落帆亭下落帆遲。五茸好景空回首，爲報江南數首詩。

過嘉興懷朱竹垞

一城屹立仞牆孤，東並三江盡五湖。渾似天津分水處，故人唤作小長蘆。

舟次雜詠四首

京口至餘杭，河渠八百里。本爲通舟船，分作溉田水。

栽桑如插稻，溪上自成田。始信麻姑語，曾疑是浪傳。

夜夜水上宿，識得水上趣。鴛鴦與鸕鷀，原在無人處。

三月吴興守，千秋數首詩。苕溪與霅水，淚比峴山碑。

懷彭羨門少宰二首

相思極浦空流水，終古寒潮帶夕陽。一到江天吟秀句，故人文采似文房。寒潮句彷彿記憶是羨門詩，集亡去，無可檢視。

彷彿清詩慰寂寥，吴山越水路迢迢。試吟海月江潮句，自古精靈應未消。

雙溪橋寄廖衡素虞箴二首

前日三江口，五朝復五暮。今日雙溪橋，是向松江路。

江路人已遠，臨流獨浩歌。思君若春水，日夜向秋波。

西湖同京江先生宿瑪瑙寺

碧峯削玉挿雲浮，明鏡湖光淨不流。雲水到來如昔夢，波濤涉後見虛舟。山人有約遲歸鶴，野客忘機狎白鷗。一片閒心天付與，煩公時壓廟堂謀。

詔以臣廷敬昔未至湖上命出觀一日臣玉書臣揆叙並同即事恭紀

海山恩澤到樵漁，處處香花祝帝圖。若問浙西名勝地，韜光過後是西湖。

杜鵑花江南處處有之皆紅色至武林乃有進白杜鵑花者扈從諸公皆有作亦作一首

杜鵑花發杜鵑枝，絶域經年到玉墀。自有風光隨鶴駕，豈因霜雪老蛾眉。月明影静三更後，香冷聲銷萬籟時。解語無言還獨笑，啼紅空負錦城詩。

玉泉寺

碧玉環流浸碧虚，玉泉只可伴山居。他時重舉東坡語，曾識南屏金鯽魚。

西湖八首

不愁平展漣漪水，最愛斜堆斷續山。誰識天公才思好，留將詩畫與人間。

江東北固與西湖，好景天然兩畫圖。霜竹已非劉氏宅，湖山留得一林逋。

一水孤山未覺遥，夢中竹閣雨瀟瀟。樂天院裏無人到，應恐清都誤早朝。

漫將往事説錢鏐，陌上花飛似汴州。我向西湖湖裏住，不須更上望湖樓。

自識爲農氣味長，伴他鰕舍與漁莊。六橋花柳無閒地，猶有人家幾樹桑。

欲盡江山未却回，錢塘波浪雪成堆。西泠橋外汀洲路，爲看江潮昨日來。

放鶴亭邊鶴未回，水禽相對不嫌猜。門前來往孤山下，三日鸕鷀日日來。

看盡江潮與海潮，湖心小駐似金焦。籃輿早趂扁舟道，回首閒情在斷橋。

歸舟太倉道中懷王顓菴司寇

晝省從容吏散遲，水天閒話寄相思。孤舟來往婁東道，鳴鳥踈鐘憶舊時。

吳門迴舟走筆雜題留别訪濂五首

玉局筵前捩舵行，長思苦語盡平生。淋漓一夜征衫濕，不是人間離别情。

兩度高齋往却還，忙時相對别時閒。白雲回首姑蘇道，不覺歸帆過惠山。

把君詩卷重璵璠，贈我新篇道氣存。絶妙好辭髭亦白，乃知文字是名根。

青天萬仞一身形，飛去何因有翅翎。今日黄粱雖已熟，盧生枕上不曾醒。

腸斷孤舟春水聲，雙魚遠寄百愁生。無情頗記楞嚴語，度世何嘗不有情。

句容道中寄彭蓼洲史胄司二首

三茅誰繼古仙蹤，占斷金陵地肺重。歸去海山猶未是，教人却憶小茅峯。

二子清詞獨起予，瑯嬛祕籍近何如。然青檢遍仙人録，應在隨鑾第七車。

聖駕展禮明太祖孝陵恭紀

皇情思往代，曠典逮前王。封樹生春色，山川賁寵光。雲霞扶御輦，日月擁垂裳。展禮如禋祀，敷詞每肅將。臣工紛感動，士卒亦徬徨。一念同天大，千齡應運昌。歷觀前史徧，孰與聖恩長。紀載無雙筆，謳歌自萬方。恭陪逢喜起，伏謁在班行。擬進封人祝，還賡天保章。

秣陵口號

南渡風流跡未賒，回看嵩洛日西斜。中原曾是煙塵壘，江左還留故舊家。玄武湖連桃葉水，烏衣巷滿冶城花。白門却似隋隄柳，終古蕭條有暮鴉。

金陵留題逆旅主人壁兼詠懷古蹟十首

終古行人夢未醒，勞勞亭外短長亭。白門柳色依然在，一種離魂草更青。

蓆帽山人去渺茫，奉金贈遠意何長。相思他日來相訪，王屋山前是小莊。

晉苑吳宮夢裏遊，登臨無暇去悠悠。不須盡攬江山勝，二水三山也自愁。

烟塵金粉並成空，六代興亡過眼中。留與悲歌渾閒事，祖堂山畔問南融。

華屋山丘事可傷,謝公遺跡一霑裳。會稽自有東山好,却上城南石子岡。

一角殘山夕照昏,秦淮往事黯銷魂。留將三畝烏衣巷,江左清言屬謝鯤。

伊蒲人自潔齋厨,香飯多年啖野蔬。何事誌公蓮舌底,居然吐出鱠殘魚。

不老青山路不窮,長江千古自流東。紅塵白日紛紛去,舉世何人似葛公。

江總宅邊淮水流,閒花野草自春秋。衰顔羞照青溪影,憐爾還家尚黑頭。

悠悠西浦靚濃妝,洛水明珠贈桂陽。判斷三生緣已了,憑他神女杜蘭香。

蔣　山

蔣山行處是,碧玉削芙蓉。一别清溪曲,雲嵐隔幾重。風林前浦笛,烟寺遠江鐘。似有神靈語,他年訪舊蹤。

靈谷寺

靈谷鍾山事豈同,孝陵不復有遺弓。天留布帽傳千佛,人訝金棺識大雄。已墮鼎髯終寂莫,常乘牙象在虚空。神光湧現華嚴界,塔影江聲問誌公。

歸次金山寺作

崔嵬千尺影巉巉,除却浮槎渺莫攀。獨立何曾緣兩岸,並行終欲後三山。天遥海蜃長漂泊,日落江潮自往還。波浪若能驚地軸,孤根應不在人間。

歸自金陵次金山寺懷孝感先生二首

澹粉輕烟往蹟遥，蔣山殘靄暮江潮。萬山氣象巉巉裏，也爲風流愛六朝。

俯仰天淵道甚明，興亡難問石頭城。水心山骨留題處，想見先生萬古情。

郭景純墓

香火情多故國緣，來看靈爽在江天。後湖亦借公名重，多恐先生是水仙。景純聞喜人，墓在江中，一云在玄武湖中。

金山懷史蕉飲却寄周桐埜二首

空明浮玉挿青霄，姑射仙人近可招。却望蕪城詩思好，大江鐘送海門潮。蕉飲詩“浮玉鐘聲剛到岸，又隨潮送海門秋”，余每愛而誦之。

青山猶是六朝非，走馬金陵昨日歸。萬古澄江淨如練，有人解憶謝元暉。始余訂交桐埜以金陵懷古詩。

焦山二首

過眼榮華絶可憐，漢家宫闕渺浮烟。江東曾是孫郎地，却有名山屬孝然。

焦公舊隱跡如新，西向孤墳弔景純。千里江山不寂莫，遥憐二子是鄉人。孝然亦晉人。

瓜步道中

渚郜維畫舫，步屧入烟蘿。水犉風眠柳，江魚雨戲荷。笛聲浮翠落，帆影拂雲過。歸去淮南路，青山隔岸多。

次維揚賦答徐蘋邨侍郎見和西湖詩八首

蕪城相望倍相親，鄭重瓊瑶袖裏珍。二十四橋空在眼，只應回憶六橋春。

公望公才在廟廊，琅函典領水雲鄉。西湖風月東華路，回首登臨憶侍郎。

錦標奪得萬人中，御覽詩陳造化功。每奏一篇天一笑，并將圖繪入豳風。

槐庭往事十年時，靈鵲聲中晝漏遲。攜得蛟龍天上筆，扁舟吟過水仙祠。

黄河遠上憶旗亭，人散尊前幾度聽。更奏聖湖新樂府，一時傳唱與秦青。

别去情懷白首中，磨丹漬墨有何功。文章大手終須讓，又見風流小許公。

羽林小駐碧灣間，濫點蓬萊侍從班。我是歐公堂上客，相隨不復到平山。

何郎請郡爲花來，得似孤山院裹梅。自笑江淹才欲盡，筆花載得滿船回。

江舟中别訪濂

此行此别欲凄凉，忽灑臨岐淚數行。夢裏不知關塞遠，歸時那惜道途長。調飢辟穀思真訣，多病安心試好方。江上青山猶送客，連檣况復似連牀。

虎丘不及弔汪鈍翁歸次廣陵聞蛟門墓在平山堂側亦不得一往志感二首

宿草春風幾度青，江東耆舊總飄零。誰知此日孤舟淚，并在山陽笛裏聽。

烟月揚州夢裏緑,故人精爽自依然。回車何處平山路,腹痛當時語浪傳。

楊子鎮

在昔邗溝外,金沙積未平。江臨楊子鎮,山近廣陵城。地自隋唐異,情因今古生。凄其陵谷意,付與濁醪傾。

召伯埭

出鎮東南節蓋雄,廣陵北埭晉時功。已無雙檜甘棠在,此地人知憶謝公。謝安宅有手植雙檜,唐時尚存。

發廣陵夜行次寶應懷王方若

竹西歌吹罷,灣口似殘春。何處金釵澗,相思玉局人。五湖猶在夢,三畝可同鄰。浩蕩烟波裏,沙鷗已自馴。

圯　橋

自偕黄石老,不共赤松遊。五世韓陵土,千秋博浪流。功名是伊吕,人代異商周。淼淼圯橋水,斜陽去未休。

淮上懷孫籜菴學士二首

斜日歸帆去未休,淮陰城下水交流。逢人欲問娑羅樹,碑版常懷李海州。籜菴書古詩十九首石刻,藏於家。

年少相逢意氣麤,送歸曾賦射陽湖。恰如莘老初登第,甓社光中得大珠。

淮　水

桐栢深源濫不収,出山争似在山幽。能兼百里馳千里,故使清流淪濁流。水面暗浮春色遠,湖心高映月輪秋。時行坎止關人事,自古防川貴善謀。

歸舟渡河却寄王旲廬尚書三首

小謝青山太白磯,大江西望入清暉。當年欲買金陵宅,今日孤舟逆浪歸。

鳳凰臺迥夕陽邊,拄頰雞籠望渺然。也是江東一回到,人生蹤跡總堪憐。

湖海逢人一笑還,秣陵風景夢魂間。相思爲報三山老,已見黄河北岸山。

歸次天津寄舍弟

别後江南路,歸來薊北門。誰知潞河岸,還見海潮痕。船舫城邊市,漁商水上村。結茆何處好,一一細堪論。

題夢緑草堂種樹

六載艱難蜀道行,秋來迢遞在秦城。無端種得西墻樹,日日斜陽送晚晴。

和人燒香曲

不論年老與身忙,萬刼浮生坐裏長。何限娑婆閒世界,能消幾許六銖香。

小山臺同虞良西齋對酒作

小山文字飲,臨眺盡秋城。徑逐虚嵐上,樽隨淨露迎。人間從野性,物外得歡情。今夜清吟客,誰聽别院聲。西齋居臺南院。

次韻西厓題河上集八首

行漏郵籤水驛遲,滄江今是鳳凰池。相看青翰如青鎖,春到鸞坡下上時。

熏風欲和五絃琴，雙鳥千秋會一尋。誰作人間膠漆意，雲門天上奏元音。

海山歸路渺無邊，曾與仙人撫八絃。近日水雲空處住，不思依止向人天。

桃花時節想君詩，惠我東籬采菊時。回首青谿南畔路，陶家酒勝謝家碁。

謖謖長松夢裏風，優曇花散此山中。不因歸騎悤悤去，問法求詩並向公。遊靈隱，西厓先在草堂，未遇。

清詩相贈抵聞韶，我亦因風度碧寥。東野爲雲從上下，南過天目北中條。

不見黄門日易秋，故人吳質近南樓。元朗作我比鄰。眼中吾子聲名在，老我能堪第二流。

西湖左掖從遊地，館閣年來物望多。更把黔陽詩過日，雲山萬叠勢嵯峨。時誦君《使黔集》。

九月十五日循西山下行過亂石村峯嶺奇秀輿中讀使黔集及扇上詩有懷西厓二首

石奇那得亂，村好自知名。紅葉通西寺，青山繞北平。未窮關塞勝，難盡古今情。却羨黄門客，能爲萬里行。

紈扇如明月，清光袖裏偕。凉風字不滅，白雪調難諧。重以友朋念，兼之山水懷。行行纔昨日，秋色滿槐街。

寒夜即事寄訪濂館丈

霜風催我出前軒，惆悵西窓宿火温。待漏院傳深夜點，校書閣掩幾重門。春歸江海傷離别，歲晚關山役夢魂。遥想揚州人未去，官梅詩興與誰論。

苦寒出門懷荀少

多少無衣陌上人,乘車那惜出門頻。自驚客路今年冷,誰見郊原十月春。風急不知黄葉盡,霜明欲稱白頭新。天公作意催吾老,相别相逢只愴神。

野宿答虞良

殘夜城邊客,斜陽幾度催。暮雲依樹宿,歸鳥逐人來。春入新詩句,寒銷濁酒杯。北門應下鎖,愁絶夢能迴。

夜行寄給孤僧

祇林霜月挂踈松,倒影寒階落葉重。庭樹鳥栖人去早,五更誰聽寺樓鐘。

北墅夜寄訪濂

六分春色去匆匆,惜别江鴻與塞鴻。宿麥已遲三月雨,桃花先落五更風。夢魂顛倒青山外,文字叢殘白髮中。君過清泠江上水,憑將一洗陌塵紅。

陰雲連日風輒散之有作

薄陰微靄過高城,忽漫狂飈四野晴。花蘂總開紅濕少,柳條空颭緑烟輕。雲師杜甫誅堪惜,風伯昌黎訟未成。獨使九重勞旰食,堂餐深覺愧平生。

北墅歸偶書

湖光裂帛隱嵯峨,泉石西山望裏過。一路柳風踈雨後,半身花影夕陽多。行來沙際留鴻跡,歸到門前有雀羅。老屋幽窓聊暫憩,經春寒竹共婆娑。

郊館夜晤牧仲冢宰

黄散功名畫省詩,卅年心事故人知。迴驚海内交遊少,却訝天涯聚散遲。芳草長洲春去後,落花高館夜深時。藤陰舊是栖栖地,風月今宵有夢思。

春　思

落盡桃花柳絮飛,粘風蛺蝶上春衣。金錢欲卜還拋却,怕説行人且未歸。

猶子觀顥咸受相聚於京師惘然欲别率爾言懷

汝伯衰顔意自傷,浮沉二子各飛翔。春歸畫省留紅葯,人到踈籬待晚香。拙宦已都成夢寐,早年何用卜行藏。牙籤白首誰能觸,萬卷攜將代紫囊。

三月二十八日夜與牧仲有郊館唱酬詩一時和者甚衆五月三日夜獨宿疊前韻二首

漫叟遺風寫興詩,關西清德畏人知。竹林啟事偏來早,蘭禊流觴不較遲。秀句我應慙少俊,名場公自擅當時。龍雲相逐還相見,卅載能禁一昔思。

同詠清暉謝客詩,暮天雲樹杜陵知。二泉水繞波來遠,西山有二泉著名。新月山長影去遲。麥熟鳩飛踈雨外,柳眠人過晚凉時。相逢爲道頻相憶,綴璧連珠繫我思。

贈蔣静山

尺五城南一畝廛,寂寥因見子雲賢。杜陵韋曲宜春外,芳草孤花夕照前。臺迴黄金多士貴,調高緑綺幾人傳。君王自賞相如賦,不用吹嘘送上天。

荀少近喜爲詩日以示予遂忘羇旅之感即事寫懷亦冀夫有進乎是而得詩人之意也

眼前念念迹皆陳,物候推移幾故新。秀句自吟差有味,好書多讀可忘貧。墻頭青實全宜夏,屋角紅花别似春。簾閣縈香清晝永,此時相對即離塵。

午亭文編卷二十

今體詩

題内閣楮樹二首

桐方蔡紙在人間，㮲櫟何曾似子頑。紅藥嬾驕春蘂艶，閣中舊有芍藥。緑毛解惜鬢絲斑。聽殘鈴索音聲樹，去趁花磚供奉班。時兼内直。一種西牆連沃葉，輸他桑者自閑閑。近樹十武有桑一本。

映日籠烟紫禁深，萬年枝下亦森森。絲綸自重黄繒色，槐柳元多碧樹陰。薄有流膏因湛露，那無散木寄長林。茅檐得就桑榆暖，閒向山農詫越吟。

北墅懷魏無僞

柳花風定麥花開，北墅西頭日幾迴。夏雨欲看鋪隴上，春泉且喜入池來。延英舊事懷遺直，禁苑新綸寵異才。自是鳳毛常五色，獨憐沙鷺立徘徊。

爲李東生中丞作

三年政地知吾老，每見除書歎子賢。名姓直從天筆定，絲綸不假殿麻宣。高烏故自栖臺柏，鳴鳳還須叶帝絃。舊日蔚州芳跡在，龍門不遠雁門前。

奉同安溪先生夜行赴苑中應召即事賦呈

自看蒲柳向秋零，柔翰功名一葉萍。近日詔麻推將相，有人綸閣重朝廷。晝勤三接稀宮漏，夜久頻宣撼索鈴。斷續火城沙路遠，百城還擁讀書螢。

夜行即送咸受返故園

一燈無語對青熒，誰道傳呼近火城。玉勒馬嘶驚判路，銅街人起報三更。我尋北墅烟中去，子望西山月下行。十里陰晴渾不定，衹應浪迹過浮生。

雨行二首

柳長紅橋低緑垂，陰陰何處黄留離。山禽引雛雨中去，燕子到家人未知。

鬢絲榻畔裊茶烟，眼底松牕一覺眠。雨黑不知時早晚，合昏花似夜摩天。夜摩天以花開合爲晝夜。

西湖詩查德尹太史見和出入懷袖已逾一載贈處之義情不能已疊韻奉酬八首

把君詩句一開顔，夢裏烟波别後山。近日心情還似舊，西湖風月軟紅間。

二州連守爲江湖，一笑蘇公蓑笠圖。君是玉堂天上客，也因雲水羨林逋。

孤槳扁舟路轉遥，濛濛烟雨水瀟瀟。白公隄向蘇隄去，不看湖山趁早朝。

過江南渡與錢鏐，歷歷皇輿屬帝州。君向迴鑾亭北望，望湖樓是望京樓。

雨葉烟枝樹短長，南屏西畔水雲莊。不因桃李緑堤好，自愛閑閑十畝桑。

拄笏看山杖策迴，湖光裂帛湧成堆。憑君莫道西湖好，自有西山爽氣來。

纔踏金坡春草迴，荷衣争遣野人猜。花磚鬢影鬖髿甚，儻趂朱顔合早來。

孝然石室對江潮，仙去名山尚屬焦。記得與君離別地，段橋應唤作查橋。

憶與牧仲郊館夜集二絶句

夢入新豐路未長，依然題竹滿�廊。怪來詩與花枝好，人在宜春别苑傍。

泉石蒼烟接近村，夜深月照兩閒門。午亭歸路憑君問，山後青山是故園。

雨不止示家人

自要蓬門閉不開，蕭蕭苔徑長蒿萊。從教新雨無人過，曾見人誰舊雨來。

次韻牧仲晚涼之作

肅肅花影動，檐風催早秋。梁栖雙燕老，簾度一螢幽。書欲親黄奶，六朝人以書爲黄奶。人誰共白頭。聞君感紈扇，緩置篋中不。

閒　情

流俗知誰是，閒情覺未慵。壚添沽酒券，市揀買花傭。風逐高雲去，烟和細雨重。忘機隨物性，遲暮適何從。

史蕉飲都諫春泉洗藥圖

欲訪名山未有期，鹿門逸興謝家詩。御溝流到春泉水，正是當階紅藥時。

南行將發京題彭訪濂茅山集却寄二首

夢裏西牕可重尋，瑶華相贈比南金。春風送客花枝動，遲日維舟柳色深。佳句百篇千里路，尺書三載故人心。白頭萬事都拋却，猶愛夫君吳會吟。

九河水接五湖流，直到君家下小舟。歲月載添衰謝恨，江山一洗別離愁。春來遠客今聊爾，老去狂歌且未休。了却南園重到意，乞身章上便林丘。

待舟題北鎮舊詩

柳暗青門道，花明白玉珂。三春飛旆去，萬里使車過。漁唱江南曲，龍沙塞上歌。平生遲暮意，無那壯遊何。

安溪先生獻歲有詩即事留別

萬人傳唱和人驚，要眇朱絃殿閣聲。最有文章緣政事，豈因官職重詩名。相看綸藁詞先定，獨對花枝句又成。皓首從公真覺晚，一春小別廿年情。

張衡臣編修以扈從先歸覲省贈別

也紅亭遠柳毿毿，我去君來春正酣。試向亭前傳一語，櫻桃時節到江南。

留別齋中花樹

柳葉似爲青眼客，桃花應笑白頭人。早償洛下三生債，老趁江南兩度春。未到啼鶯吟自苦，還同旅雁夢相親。數枝寒竹經冬緑，留待歸時紫籜新。

夜坐别雪鴎

皎皎春初夜，團團月逈明。還爲敷座坐，不似别家行。塵垢山河淨，琉璃世界平。此時殊有意，那得竟無情。

恩許先一日發京於水次待駕

羽衛傳清蹕，天行念老臣。暫分仙仗路，先及屬車塵。雲水臨前浦，烟花接早春。恩光隨處好，普爲萬方民。

宿安平鎮

殘更待曉闕，薄靄投遥林。不覩溝塍處，寧知耒耜心。雲山春色早，簪組歲華深。昨夜來燕市，猶聞擊筑吟。

潞河見月寫懷

明月生海上，蒼茫東海東。仙人亦悵望，吾意偶然同。信宿萬里始，離塵千慮空。夜來摩尼色，似已淩清風。

聞　笛

楊柳青青沙雁還，時清羌笛戍樓閒。更誰吹出關山月，照盡邊關與塞山。

白　河

白河通鳳沼，遥暎玉泉峯。山曉月光澹，水明花影重。遠波歸海近，空翠落潮濃。淼淼江湖去，仙源此處逢。

武清道中

雉乳野雞鳴，迢迢遠鳳城。連天海色暗，湧地一輪明。百里京華道，千山故國情。南來重回首，春盡是歸程。

武清南店贈楊生

野館官河路，春風蕩柳條。輕烟直沽水，斜日木蘭橈。香稻來江國，汀洲上海潮。喜逢燕趙士，還與酒帘招。

天　津

津門控上游，銀漢接天流。水合三义口，檣連萬里舟。烟花河兩岸，城郭海西頭。自是繁華地，無忘羇旅憂。

次楊柳青船上作二首

三日黄雲逐岸沙，得船今日似歸家。午亭烟舫春光暖，飛盡東風楊柳花。

漁子風潮若個邊，榜人相就宿寒烟。天家賜與舟船好，欸乃聲中似往年。

舟中寄舍弟

青山原上百花洲，浪逐桃紅出澗流。夢裏京華千里外，不知今夜在扁舟。

舟中留别京師親故

一棹烟波萬慮輕，畫旂斜捲晚風晴。好春臨水灣灣好，明月隨人處處明。海上蓬山違昔夢，天涯書舫得浮生。緑楊影蘸桃花浪，應是離人惜别情。

楊柳青解維雜題兼寄彭訪濂六首

秋日楊柳黄，春日楊柳青。千條與萬條，長亭復短亭。

河上江雁來，飛飛塞北去。江南有故人，來時在何處。

驛使經年到，梅花寄隴頭。一枝東閣晚，應是在揚州。

離京三百里，爲客九迴腸。平野天疑盡，官河路轉長。

思君比流水，到海有終極。與君相見時，别後思不息。

暝色赴孤舟，烟中夕鳥投。水行無定準，幾日到吳洲。

武清道中寄西齋二首

惆悵别離盡，素心安所期。海潮初到處，江雁遠來時。路入深春早，舟行夕照遲。烟波望無際，渺渺寄相思。

思君如明月，處處映清波。舊隱江邊在，新詩海内多。舟航通水國，燈火宿春河。誰道天涯遠，東風一棹過。

静海道中

往來成利涉，烟景豈蹉跎。夜舫覺潮響，春燈聞棹歌。百川東近海，千里北流河。疏鑿當年意，吾生喜重過。

舟泊静海南四十里贈勵南湖

君家河水上，數里惜王程。海色連津樹，春流遶縣城。檣烏歸岸遠，沙雁入雲平。行漏迢迢夜，非闕契濶情。

滄州道中懷勵文恪公

春風渤海郡，人日草堂詩。高達夫有人日寄杜詩。故里淹行客，芳洲惹夢思。功名元特達，文采重凄其。迴首山陽笛，孤舟淚欲垂。

河上逢子文

河水東流雁北迴，青青柳色傍人來。停舟借問江南客，江上梅花開未開。

桑園山東境南宿十五里曉發寄舍弟京師

桑園漁火接通津，未比桃源遠世塵。但有河流長送客，祇因柳色解隨人。雲山海國蒼烟晚，風景幽州白日春。昨夜池塘青草色，夢回陡覺別離頻。

德州北曉發遇阮亭

春岸沉沉撥棹聲，長川疎柳帶高城。寒燈夜雪依篷重，清鏡衰顔映水明。每惜芳年曾久别，驟看遲暮若爲情。相思應到分流處，汶水東西兩送行。

河上有懷二絶句

水流東到海，到海是歸期。惟有思君意，悠悠無盡時。
思君比海水，海水鎮常好。不似與君離，生年日易老。

夾馬驛次韻京江先生雪中並騎同舟見遺之作

自覺衰顔組濫紆，陽春雅調入疎蕪。門迎宋祖銷寒酒，用宋藝祖雪夜訪趙相事。筆掃袁安卧雪圖。共喜雲霄千里瑞，儘堪蓑笠一舟孤。年來大手蠲逋詔，何止山東百萬租。

臨清待閘懷湯西厓中州

前歲下滄州，春雲接薊樓。今宵泊東郡，西月挂嵩丘。清濟還長見，黄河自曲流。與君塵外賞，能緩别離愁。

臨清閘逢劉生

昔别燕京道，今逢衛水濱。閘西，衛水所入處。柳條堪寄遠，草色解隨人。渌酒燈前意，丹砂物外親。川途方浩蕩，常恐白鷗嗔。

祖德有序

余家近堯畿，代有文學。高伯祖容山公萬曆甲戌進士，歷關陝副憲。詩名尤重於世，嘗有云："未遂持螯意，空懸擊楫心"，蓋未嘗至江海間也。余小子昔奉使至海上，今扈從視河，有舟航之賜，珍食之飫，追溯祖德，感歎而記以詩。丁亥二月初六日，北河第一閘書。

祖德斯文在，家傳正始音。歌謡依帝日，分野直辰參。丘壑三生客，雲天萬里心。持螯兼擊楫，佳句獨長吟。

第二閘蚤起宴坐寄李中孚先生二首

宴坐春船裏，波濤静不喧。斯文如未喪，名理與誰論。雁影窓中月，雞聲岸上村。浮生何所著，有得是無言。

落落身名晚，茫茫歲月違。春風吹墮月，曉色攬行衣。四海幾人在，百年萬事非。祇應與夫子，偃息向荆扉。

舟中示兒子

忠信涉滄海，清明揖岱宗。無營心澹泊，蚤起事從容。文字元多累，功名是偶逢。行行鄒魯近，捨此適何從。

第二閘過後簡同直諸公在别舟

春氣漸氤氲，鑪香憶夕熏。行看三尺日，回見一川雲。歸雁不可數，遠鐘何處聞。風帆猶未落，客思正紛紛。

清平縣有懷諸學士

水驛清平縣，孤帆日暮來。天低泰嶽觀，雲淡魯連臺。浦岸人嘗見，谿烟棹却迴。邑名元自好，羨爾濟時才。

東昌河上絶句

袖中三載篋中書，行向河關千里餘。流水無涯人易老，海山消息近何如。

陽穀縣

江黄曾此會，渺渺棹扁舟。野草迷陽穀，汀花落濟州。盟寒菏澤水，春近嶽雲樓。日暮絃歌地，空悲戰伐秋。

青川驛

青川望杳杳，幽思與誰論。倦客夢迴枕，午雞聲近村。浦舟隱北樹，驛騎下東原。魯酒一杯醉，孤篷自掩門。

荆門驛

漢水不可涉，荆門齊魯間。客行半春路，舟在九河灣。飛鳥目猶送，孤雲心與閒。悠然川上興，偃息想潺湲。

張秋鎮

境壤連三縣，岸北隸陽穀，東岸東阿，西岸壽張。人烟接二東。漁商河市上，雞犬漕船中。平野遲斜照，孤帆送遠風。浮生信所適，雲水夕濛濛。

寄桐城先生

泰嶽日邊出，黄河天際流。我行千里遠，迢遞下南洲。遥憶龍眠處，長隨雲去留。相期明月夜，同宿大江樓。

汶上道中

舟泊水逾響，潺潺夕棹間。清堪流石髪，緑欲點苔斑。言涉江海道，况見東南山。稍愜塵外賞，沙鷗相對閒。

舟中聞琴

倚槳緑波細，泠泠聞七絲。微風松定後，明月雁歸時。誰以黄金錯，飾兹桐樹枝。伊余方晏寂，此理陶公知。

二月十二日曉發濟寧作

杜李曾遊處，能令百世思。任城無賀老，濟水似唐時。野店雞聲早，官河人去遲。斯文終未喪，儒雅是吾師。

漆園城

隱吏何人解息機，漆園漠漠草菲菲。只今夢裏三千載，惟見春來蝴蝶飛。

魚臺舟次錢綗菴見訪

晨發濟北地，暮期湖陵城。天晴候雁迥，烟曉春帆明。執手豁野興，欵言生古情。子方富才藻，予老趨柴荆。

月夜歸舟作

大船泊岸鳥棲枝，小船迴棹歸人遲。夜深却似南谿月，池水東邊漸上時。

舟中題畫

妙手勾吳設色工，沙明水暖翠浮空。扁舟便欲相從去，不道烟雲是畫中。

滕縣道中

榜歌聲漸雜吳音，滕縣花寒柳緑陰。欲渡清淮春色晚，絶憐汶泗碧流深。

彭城道中

落日彭城道，凄凉戰伐功。至今廳事下，猶説霸王雄。烟草隨蕭子，風雲感沛公。虞兮不寂莫，人在楚歌中。

徐州道中寄荀少京師

扁舟一葉水連天，歸雁成行落照邊。今夜黄樓春草夢，遥思風雨對牀眠。

下邳道中

高鳥長淮去淼茫，楚州人物入蒼凉。誰知百尺樓中客，自許元龍卧大牀。

鍾吾驛

古道鍾吾驛，秦餘下相城。黄河天外落，海水日邊生。九點齊烟盡，孤舟楚岸横。東南風景異，同是夕陽明。

晚望桃源縣

風帆憑水國，驛路入桃源。蝶夢時依枕，雞聲漸近村。春深海西岸，月出秦東門。欲就漁人宿，還期静者言。

賦得揚州郭裏暮潮生

昨辭瀛海水迢迢，直到揚州見暮潮。聞道仙人在方丈，竹西晨過夜楓橋。

渡淮北岸曉行暮抵曹家廟同儼齋尚書

春水生桐栢，迢迢下楚州。花開猶古渡，月映自清流。芳杜思南國，蒼烟問故侯。相從憑眺遠，留艇寄閒鷗。

清江浦寄秋崖

閩天無盡暮雲生，淮水東邊月漸明。同是離心江海上，思君無那夜猿聲。

淮　上

高鳥依依去，閒雲故故斜。蒼凉淮水上，歷落楚人家。舊日英雄里，殘陽野草花。不辭胯下辱，噲伍最堪嗟。

寶應湖邊夜泊有懷午園花樹二首

柳映桃花湖水清，夕陽一樹近船明。不緣隔岸應攀折，争惹行人惜别情。

萬頃烟波一望孤，長淮兩道夾蓬壺。半篙新緑南谿水，曾泛扁舟似五湖。

宿高郵城南憶關塞舊遊

碣石遼西塞上緣，吴江楚水夢魂邊。秦郵亭畔多生客，又是孤舟一夜眠。

邗溝題别淮水

長淮千里水悠悠，送盡行人江岸頭。最是裵回東去意，暮潮還及上揚州。

過揚子江

危檣來已遠，絶岸一孤舟。大海三山近，長江萬里流。蘋花迷極浦，瑶草上春洲。終古餘霞在，能堪日暮愁。

金山逢野老

江山閲萬古，暮雨一登樓。繫艇隨潮上，飛花逐水流。地喧逢野老，心遠寄閒鷗。相見不相識，聊因慰薄遊。

金山寺樓題壁

乞食何妨靖節賢，殘年一飽便欣然。解嘲肯信坡公語，却訴江神爲買田。

金山寺留題

重向金山寺，祗疑夢裏遊。晚潮移岸艇，明月動江樓。檻外吳江路，門前建業舟。茫茫后土意，漂蕩得無愁。

京　口

京口千帆窄，吳洲萬壑深。水天長浩渺，覇業久銷沉。故壘閒鍾阜，雙峯在鶴林。自憐江海客，猶復戀華簪。

招隱寺

招隱山深白日斜，山前猶説戴顒家。題詩人去無消息，零落春風玉蘂花。

自金山夜汎江入京口懷徐蘋村侍郎維揚

妙高峯下泊，暝色久沿洄。艇進中流去，潮連夜雨來。南徐行漸遠，北固首重迴。芳草天涯路，還思東閣梅。

繫舟京口岸行赴金陵

征途渾忘故園情，江上維舟杖策行。一路青山連白下，却思今日是清明。

次龍潭驛懷孝感先生金陵二首

人行江樹裏，心在暮雲間。草緑春洲長，花濃野店閒。纔辭揚子渡，已近秣陵山。明日秦淮水，相看映别顔。

滚滚流年去，匆匆會合踈。長江争道路，斜日向林閭。野水雙窺鬢，山花滿揷輿。因公一蕭散，已覺似吾廬。

發金陵登燕子磯

燕子飛時磯上過，石頭牛首近如何。六朝舊壘山千點，萬古長江海一波。烽火幾曾燒野草，樓船終不礙漁歌。只今虎踞龍盤地，北拱神京王氣多。

夜行阻舟即事

雙鬢孤燈照，千檣一澗通。窄疑秦棧險，曲似阮途窮。犬吠穿林月，人驚泊岸風。無生那有累，到此萬緣空。

哭吴元朗

春水吴天路，迢迢半爲君。客行失東道，老淚滿南雲。漂泊真由命，窮通豈論文。淒凉千古恨，流慟大江濆。

題松江尚書賜金園

天與園林水限，賜金早見出蓬萊。榮逾漢帝營朱邸，恩比唐宗撤殿材。曾轉行旌花外駐，還隨步輦日邊來。六龍已協非熊夢，却勝磻溪罷釣迴。

發松江奉懷杜梅梁先生二首有序

先生諱喬林，字君遷，萬曆丙辰進士。由刑部主事爲湖州知府，威惠大行，捕太湖盗有功，遷水利道，歷福建屯鹽道、山西按察使。入覲，時流賊河曲，莊烈帝問城陷故，先生對曰："賊飢，民亦飢，城故不可守。顧思所以賑恤之而已。"時進言者多震慴失指，先生條對詳明，帝目屬焉。進浙江右布政使，分巡温處道。海賊入寇，募勇士殺賊，三戰皆捷。以病請歸。先生名德著於家國，華亭人思慕之不衰。予過先生故里，愴然興懷，葢低徊不能去云。

旅館春臨水，隨潮夜出城。海風常欲冷，江雨急無聲。夢與九峯別，情將萬古生。集仙門外路，天上迥分明。南門曰集仙。

身世誰相識，孤舟晚自横。野花隨岸泊，郵徑落潮行。風物猶今昔，聲名屬老成。并州棠樹在，想見舊遊情。

嘉禾道中三月晦日作三首

行盡吳洲望越峯，竹枝桑葉晚烟重。送春此處辭人去，來歲春歸何處逢。

望裏平蕪水碧灣，嵯峨心在兩峯間。故園此日春歸路，東去千山與萬山。

客舍桑乾已白頭，故鄉迢遞在并州。吳山越水三千里，歸夢時時過薊樓。

西湖重宿瑪瑙寺

放鶴亭邊處士家，依然禪榻傍烟霞。地幽山色臨窗近，徑轉湖光入寺斜。香閣遥飛三竺雨，畫簾高捲六橋花。門前鷗鳥如曾識，相伴寒雲宿晚沙。

西湖月夜

湖上見新月，窈窕清波間。漸明烟際寺，半影窗中山。漠漠渚花落，蕭蕭林木閒。雲陰入早夏，頓覺春光還。

登葛嶺最高處

紅樓窗外碧孱顔，高枕深甎野衲閒。風雨三春江上路，烟波千里浙西山。欲騎鶴背排雲去，且聽漁歌弄月還。寄語仙翁勾漏令，丹丘人在海門間。

發武林寄桐城先生維揚

湖水盈盈照白頭，謝公東閣在揚州。誰期洛下三年別，重作江南兩地留。風雨連宵如昔夢，雲山今日是歸舟。相思不逐春光老，明月長江萬古流。

長水道中又題二絶句寄桐城先生

緑蘿烟草芰荷衣，曾約青谿共息機。卜築江南吾已老，桐山空望白雲歸。

憶昨揚舲下楚州，相邀明月宿江樓。只今人在江南北，況復前期兩白頭。

四月二十三日歸舟渡江題杜梅梁先生遺像

九峯望不極，千里向河關。吳楚江邊岸，人天海上山。迷津行漸遠，往路夢能還。夫子清都客，相思塵世間。

勲業雲臺像，風期天上人。文昌高帝座，香案儼儒臣。忠孝傳金籙，精誠達紫宸。南泠清絶水，一酌薦江蘋。

瓜洲渡江

天塹茫茫裏，長風送小舟。地連滄海市，城壓大江流。南北分岐處，關河第一洲。雲山歸路遠，芳草欲相留。

維揚贈金陵送者

江上秦淮一葉舟，多君相送到邗溝。情知建業城邊水，解爲行人西北流。

嶧縣南見山有作

自别春山去，夏雲深幾重。黄河西北岸，翠色兩三峯。未暇觀滄海,還應上岱宗。仙人相待久,騎與二茅龍。

滕　縣

麥風如浪影參差,滕縣溪光漾緑漪。五月行人河北路,江南又近稻花時。

流　水

流水清如此,征途去若何。暮雲飛鳥盡,孤渚宿鷗多。鬢色羞開鏡,年華畏逝波。三山儻可到,心事敢蹉跎。

泊太白酒樓下和人金山詩

浮玉滄江激浪奔,高樓客夢幾消魂。一峯底柱當吳會,萬里朝宗赴海門。直下波濤驚地軸,倒翻河漢動天根。君山剗却湘流好,醉裏狂歌未可論。太白詩:"剗却君山好,平鋪湘水流。"

夜泊汶上張老莊即事

緑陰遥識好林泉,弭棹還移近屋邊。桑下豈容成兩宿,壺中自可度千年。烟霞便是神仙宅,香火曾爲大士緣。不繫舟船心已住,夜來明月滿前川。

壽僧五十

桃花栢子舊禪枝,五十風光逈自知。比到趙州行脚日,青蓮弄蘂已多時。

禹鴻臚以賈閬仙養雛成大鶴種子得高松詩意畫爲圖壽牧仲太宰二首

九臯聲徹過庭遲,丹頂玄裳世羽儀。最是鷹揚人未老,岐陽初見鳳鳴時。

暎日龍鱗偃蓋形，種時曾惜子星星。從今風度雲來後，看到年深長茯苓。

題嚴如園編修竹堂晴雪圖二首

銀管連宵映雪明，六花催放筆花生。玉堂曙色清如許，修到唐書第幾篇。

扶荔雲邊繞屋梅，寒香林裏竹扉開。若爲驢背尋詩去，定是龍門賞雪來。

九日獨遊棗林寺會牧仲太宰與諸名士分賦古人九日詩句予亦效顰拈得樂天自從九月長齋後不醉重陽十五年之句聊以發諸公一笑粲耳

十年半偈老相催，今日重陽笑口開。伴食還逢香飯鉢，逃禪且盡菊花杯。高雲細逐長天去，四序平分一氣來。會得道人元不醉，憑君三萬六千迴。

上元前一夜宿北墅壯履内直未歸即事作

華林渺渺接烟邨，宿鳥寒枝似故園。人道謝家生玉樹，汝憐韓昶識金根。關山往路頻迴首，燈火良宵獨倚門。已辦乞身章再上，歸田心事待重論。

正月十八日苑中奏摺子以老疾懇請致仕將隨例具疏投進未蒙恩允歸路口號

一紙三年篋裏書，今朝得奏玉階除。九霄天語驚難荷，萬事人生愧不如。沙凍野鷗行尚懶，路迷老馬步還踈。殘燈落盡歸來晚，又是春宵畫角初。

向雲澤自曹州以牡丹見遺賦答

春風料峭幾枝斜，穠艷依然帶露華。牧佐舊爲芸閣吏，曹州今有洛陽花。寫生銀管曾修史，入席天香抵坐衙。茆舍竹籬還稱否，憑君相贈到烟霞。

乞歸未得答曉山侍御見訊並簡鐵峯甥壻庶常

感君問訊賴交情，同是柴門隴畝民。歸去來兮今已老，臣之少也不如人。鄉園歲酒團圞晚，帝里恩光浩蕩春。轉覺過從還絶少，知予懶似舊時真。

趙中丞生日詩

馮翊扶風寵異才，一門兵柄戟扉開。功名兩世凌烟閣，威望三公御史臺。薊苑山河圍雁塞，春農風雨接龍堆。封章驛奏天顔喜，新賜甘泉法醖來。

季橋東以縑素索書戲題

子敬還當過右軍，家雞野鶩不同羣。吳綾半剪并刀冷，空負羊欣白練裠。

王恒麓學士以新賜御書兼爲王母稱壽索詩因同赴南苑馬上口占爲贈

燕趙流風間氣生，黄圖人物漢西京。闕城地濶開南苑，山海天高見北平。輦道曉隨春樹轉，殿廬新奏祕書成。多君御藻承恩日，正是長筵進玉觥。

出郭見山桃花早開二首

汶篁凍葉影離披，惆悵江梅雪滿枝。惟有山桃太狡獪，一春先放早春時。

雙眉嶽嶽重如山,怕見飛花點鬢斑。紅杏緑楊都後汝,相看陡覺破愁顔。

楮牕雪後閒詠

雪飄簷樹凍霑枝,烟景銷沉歲閏時。三月春寒歸燕少,今年人老見花遲。已堪酒盡忘弓影,那惜詩成惱鬢絲。自是黄楊慳節候,天工一物不曾私。

浙閩總督梁公調生日其門下士爲求詩

往事金陵憶請纓,鯨波風捲陣雲横。頻年節鉞兼文武,一代勳名罷甲兵。海嶠八閩今半壁,江天萬里舊長城。東南多是甘棠地,已識台星正玉衡。

張孝先中丞開府閩中

開府年來出至公,玉鑾宣詔大江東。清如秋水涵溟海,直比朱絃應化工。百道樓船迴下瀨,三呼笙鶴過登嵩。衣裳正及夔龍位,已奏卷阿豹尾中。

詠懷簡西陂先生

一月不相見,三春有所思。殘花遮徑淺,孤鳥託枝遲。物望如公在,生涯敢自私。衹應垂老意,攄寫向西陂。

和陽關曲三首

柳色年年似渭城,客中相送客中行。一杯酒盡君須去,故遣陽關三疊聲。

銀瓶沽酒玉壺傾,醉别多於醒别情。與君莫作匆匆别,聽取陽關第四聲。

酒醒人遠柳條閒，草長沙塲接塞山。遥識玉門春不度，夕陽何處是陽關。

閏月二十一日題野人壁

有意天工閏歲華，春光偏在野人家。差科未動閒時節，相見匆匆爲看花。

西陂歌八首送牧仲太宰致政還商丘

將歸不作送行詩，説著青山惹夢思。纔渡黄河人未遠，午亭沁水接西陂。

正憶西陂隔翠微，網魚刈麥弄晴暉。明農却笑鷹揚老，罷釣河邊不見歸。

城郭人呼垤澤門，歸來行馬舊猶存。回思赫赫宗周業，微子千秋有裔孫。

鐵石心腸賦最奇，宋公池館早梅時。朝來睡穩茆檐日，看罷南枝見北枝。

赤松黄石有前期，人似留侯更莫疑。錯比渭濱歸去晚，年來未及釣璜時。

細雨爲霖知好春，東阡南陌指平津。亳丘遺老欣相語，公是商家夢裏人。

文雅臺邊大樹枝，緑陰春長草離離。桐珪世及唐封遠，到日先看賈至碑。

堂開五老杜祁公，八十年時當老翁。且待潞公九十外，我來並駕謁高嵩。

寄弟梅莊

風動百花好，紫荆照眼明。友于關至性，兒女累虚名。五斗陶家意，千秋季子情。題書心緒亂，那得盡平生。

五月初七日蒙恩問臣病狀感而恭紀

眼洗黄連風黯吹，驚傳好語淚雙垂。祇應疾痛呼天訴，已見矜憐荷聖知。七日夢魂遊帝所，一槎星漢問秋期。歸來穩續陳情疏，再奏重瞳報典司。

送子文之南安

玉舸萬里度黔陽，新换銅符下豫章。已有風謡聞按郡，最多文采見爲郎。梅花南嶺春先放，江水東流路自長。政暇從容過幕府，要令詞賦續三王。

再送牧翁

家近青山欲盡頭，太行新月古懷州。遥知一灑臨分淚，能使黄河水倒流。

南來沁水北雙魚，中有佳人錦字書。歸去未歸君已去，西風摇落雁飛初。

爲子文書褚公橅本蘭亭有米海岳跋褚公書米所自出也子文書實本文皇冊兼諸家精意有名於時因以爲贈

昭陵典冊尚嶙峋，米老誰當繼後塵。更得文皇親激賞，祇疑登善是前身。

薊北門送人

言從龍尾下，繫馬此荒村。海日遼西路，天風薊北門。塞山木落遠，沙野雁飛昏。余亦茫茫客，離心安可論。

北墅二首

市朝耽僻處，林野得遊行。身爲隨人懶，名一作官因入道輕。墻花欹欲避，巷柳側還迎。風景何遷次，無心物自平。

疎樹見茆屋，孤雲來遠村。野鳧依涷水，籬犬出閒門。老漸收書帙，愁仍命酒樽。海風吹白月，相對倒金盆。

野宿觀送別者

宿鳥猶在樹，征夫已欵門。夜霜盈别袖，山月照行軒。往路人將遠，離觴酒尚温。勞勞亭畔柳，銷得幾迴魂。

十八日北墅蚤起書

道心遠塵市，野興愜郊扉。酒緑泛不淺，燈花開未稀。晨鐘人倦起，殘月雁孤飛。一夕西山外，林泉夢覺非。

簡王思顯侍御

仍是天涯客，能忘世上情。那將詩送老，聊用酒爲名。黑髮雖難變，丹砂竟可成。長吟摩詰句，辛苦學無生。

冬日書懷

已看寒臘近，不厭歲華頻。岸柳催眉放，江梅作意新。世應輕白髮，我自惜青春。暗與東風約，驅車草似茵。

自題楮窓詩後與吉人

楮窓人又老，相對葉凋殘。近覺無能好，還思忍事難。慵拈書帙厚，喜接酒杯寬。賴有新題句，憑君暖眼看。

曉行西山下懷素心兼寄秋厓閬中荀六荀少粤東

太行千萬叠,人在太行西。與汝爲兄弟,多生合解攜。野雲歸路遠,霜鳥宿枝低。更想遥天末,如聞猿夜啼。

十二月二十日夢中得句春苑多桃李孤松獨稱心云是白香山所貽覺而有異因續成詩

春苑多桃李,孤松獨稱心。夢中名句味,天上紫虚音。夫子云何在,高風實所欽。詩仙題鳳藻,聲價重雞林。最有文章貴,還知道德深。言辭嘗諫諍,勳業不銷沉。千里黄河曲,三峯華岳臨。曇花開一見,薝蔔與重尋。騎换令公鶴,絃添元亮琴。唐家猶盛日,精爽到如今。

半日村

唐詩人郎士元《酬王季友題半日村别業詩》:"村映寒原日已斜,烟生密竹早歸鴉。長溪南路當羣岫,半景東鄰照數家。"余往來北墅,率在夕陽時,偶誦君冑之詩,謂亦可以半日名兹村也。

行盡高城望北原,寒烟衰柳向柴門。鳥鳴欲下斜陽樹,客到堪題半日村。自古繁華成寂莫,只今好景易黄昏。紅罏煖炕推窓坐,新月還當泛酒樽。

壽樊秋試失解有作

晉陽宫柳噪寒鴟,桂葉飄零烟月斜。孺子已堪爲逐客,老人那得不思家。槐根待醒殘年夢,梅蘂禁看破臘花。聞道春耕田絶少,陽坡留與種秋瓜。

十一月十七日半日村草堂獨宿壯履以事歸城中排悶作二首

曲巷茆堂轉藥欄，新豐將作舊村看。青山送老千年在，紫陌尋幽半日歡。懶慢從教書帙亂，忙閒放任酒杯寬。墻花階草饒春意，况有園松耐歲寒。

半日離家半日歡，老人情緒亦無端。自憐爲客衰顔冷，那敢逢人白眼看。坐久山村真寂寂，夜來冬月尚團團。應知短檠攤書處，猶是寒窓映雪寒。

半日村曉起即事

沙寒幽草覆清溪，步野村邊獨杖藜。千里雲山行塞遠，四圍烟樹接天低。流泉近海還趨北，落月臨關故向西。昨夢分明在巖谷，數聲催斷五更雞。

半日村即事述懷寄朱竹垞

西郊槐市遠，北墅草堂偏。紫陌韶華晚，黄塵歲序遷。偶來嘗半日，小住或經年。裂帛湖陰迴，來青閣道懸。飛雲交碧樹，幽澗出紅泉。覽結情難徧，登臨興每牽。繚墻環斗極，列館應星躔。邸第看榮謝，蓬茆得静便。圖書容懶慢，丘壑可流連。入直居人後，投林在鳥先。風光堪送老，景物似歸田。洛下三生客，江東八詠篇。多時常繾綣，即事益纏綿。伊昔宫庭裏，相隨供奉前。公才真特達，契分與周旋。文史紛填委，言辭賴討研。蛟龍騰彩筆，鸞鳳上華箋。自賞千金貴，誰爲半額妍。蛾眉從古妬，狗監幾人賢。浩蕩江湖外，蕭條杖履邊。寶牀香漸散，團扇月空圓。花爲春愁放，風因急雨顛。暮霞猶片片，霜菊尚鮮鮮。獨有殘年者，歸與盍已焉。對人同野鶴，無語類寒蟬。點綴絲綸簿，棲遲粥飯緣。漏稀銀箭水，日慢綺窓錢。身世誠由命，行藏豈任天。剳嘗兩迴上，謂兩進摺子乞歸。書待一封專。

已蠟登山屐,還尋載雪船。故人知好在,雙鬢各飄然。天壽崇明德,思君一勉旃。

桐城先生輓詩四十韻有序

桐城先生初以史官特擢長直内廬,閲數載,予始由翰林學士掌院事,被宣召。間日月一至,至或更歲時復出,與公聯事最久。公洊歷院部及參大政,入侍帷幄,出踐臺閣,予前後在官,未嘗與公不相從也。公既予告歸,予實忝繼公後。公和而不屈,約而能通。口無言過,動爲行表,擬量絜德,予多愧焉。典型猶在,哲人云亡。終始之際,得無愴懷。銜慟致詞,畢攄情志。

同天遊復旦,惟岳降生申。世向百年老,公爲千載人。台階環斗極,箕尾上鈎陳。達命元通化,登仙竟若神。公見夢已爲文昌列仙。龍眠騰赤道,鵬運絶蒼旻。時論歸前輩,斯文起後塵。過門傷賜第,爲位哭霑巾。令德今長在,流徽久不泯。魏徵多嫵媚,子壽更清醇。履次平如水,經冬暖似春。共知經術美,直取性情真。有犯心何校,忘機物自馴。罷琴聲斷咽,别鶴唳嚬呻。賤子衰庸日,恭承明聖辰。追陪紛感激,遲暮易逡廵。弱植依温樹,非材忝積薪。凄凉飽韓菽,瀟灑想吴蓴。餞宴樽罍盛,班寮祖席匀。湖山疏沼樹,雨露滴松筠。最愜幽棲志,高標獨立身。寒更待漏院,羸馬子城闉。蕭颯驚從衆,乖離失所親。冰兢趨閣道,惶恐接麻綸。往事看調鼎,餘波欲問津。酒罏約犀首,卜肆謝嚴遵。自撥形骸累,寧由禄命屯。且容行坦坦,不覺走踆踆。指口翻成錯,攢眉敢效顰。褁回深殿路,邂逅大江濵。聚散逾三紀,逢迎再浹旬。先生憐故舊,後死痛沉淪。何處青囊藥,堪扶涸轍鱗。還丹應有術,冲舉豈無因。溝壑嗟填委,雲霄訝屈伸。葛公泉味洌,苦縣李嘗新。帝所升賢喆,朝家念舊臣。浮生投浄域,上宰佐鴻鈞。幽贊參軒姒,神功邁渭莘。精誠仍報國,靈爽必殊倫。明月清風夜,無辭入夢頻。

園柳送南歸客

園柳凄迷戀落暉，不成攀折送人歸。曉風何處棲枝鳥，正是江南雁北飛。

閣中見題名録有懷張澤長下第

村花溪草共柴荆，幾度春風在遠行。松月照窗思伴直，杏烟點筆悵題名。家山正是懷君處，客路翻同下第情。那有斯人滯空谷，皇天老眼自分明。

杏花二首

昨朝紅蘂已離離，今日花開定不遲。未到曉鐘人別去，歸時應惜未開時。

客舍紅芳又一時，别時常早見時遲。成陰結子匆匆過，知汝明年可對誰。

北寺坐久對花作

懶慢時常絶送迎，相逢且作看花行。忘花坐久兼忘我，何況悠悠世上情。

杏花半落又題二首

宛轉辭枝似别家，飄零衰白向天涯。春光未老多桃李，怪底心情爲杏花。

絳雪飄蕭落似銀，年年有約趁芳春。祇憐白髮終難變，總有丹砂信不真。

去歲與牧仲同出西便門今春過此門感舊却寄

音書迢遰雁飛翻，往事重堪與細論。十里烟花隨輦路，五更燈火出譙門。東都祖帳何人在,北海賓朋舊日存。再見渭城新柳色,殘年銷得幾迴魂。

夜讀四書有作

蕭然衣馬耻輕肥,更覺閒門客到稀。未盡百年誰竟是,已過七十早知非。天迴鄒魯生人命,地轉江河造化機。道在六經先四子,焚膏還欲繼餘暉。

獨坐與澤長示隨正

獨捲殘書坐,誰堪繼夜缸。花飛紅濕硯,蝶舞緑陰窗。晚景春猶在,歸心老却降。相憐去住意,客夢各雙雙。

春暮卧病志感

殘花細雨眼迷離,乞取春光爲鬢絲。裁就緑章封未上,一年忘却送春詩。

雨中簡曹生

無數垂楊綰别離,春風春雨又歸遲。暮鴉棲斷黄昏樹,正是平沙落雁時。

四月初七日病假杜門忽已半月偶遇南使寫懷寄訪濂

蕭蕭白髮不勝冠,拄笏西山日日看。又落牆花知客久,未歸江雁覺春寒。忘機書向忙中展,好嬾琴從静處彈。相見故人傳一語,只今卧病在長安。

卧疾寄壽樊

春歸何處渺天涯,門掩疎籬久客家。雨過啼鳥還繞樹,風吹驚蝶尚尋花。緑陰漸覺東牆厚，白日迴看西嶺斜。有約陽坡棲寂地，來時未必及秋瓜。

曹生過予彈琴

門如寒水近方壺，三徑依然興不孤。蘿月有情稀客過，松風無價待琴沽。音聞寂歷銷塵劫，烟雨空濛入畫圖。萬事浮生難住著，儘將閒處費工夫。

與高錬師

柳布誰知著隱淪，五陵車馬逐流塵。古稱燕趙悲歌士，我愛雲山歷落人。蘿徑風花長避客，石壇烟樹若爲鄰。雅琴自昔同相賞，笙鶴從教分外親。

自題午亭山村圖往年有卜居江南之意撫今追昔因兼寄懷訪濂侍講謹庸宫贊一百韻

元會中天盛，勲華二典懸。王畿千里内，甸服四門前。宫室茅茨下，羹牆日月邊。瞻依從北極，耕鑿向東偏。宗祏猗蘭大，支條奕葉連。我陳真忝竊，帝系本纒綿。嬀汭波流遠，胡公錫命專。蒼茫經百世，播蕩詎三遷。履武因蒲坂，觀星並潁川。地開王霸迹，野次觜參躔。華岳遥撑拒，黄河近折旋。歷山容陟降，雷澤許洄沿。巖壑巃嵸澗，峰巒鳥翼翩。太行故犄角，清洎復淪漣。終古唐風在，於今舜德延。周家虞叔國，原邑趙衰田。往事皆如昨，遺蹤一浩然。闕城紛接塞，山水上連天。自昔黄圖逈，高居白壤駢。距河臨兖雍，都冀盡并燕。以德承三統，無私戒十愆。紛紛强役弱，往往急相煎。簒奪何知足，誅夷或併肩。王風委蔓草，宗國混戈鋋。禮樂資師表，詩書費討研。鳳兮誠已矣，麟也曷終焉。茅土乖王命，封疆競自便。夏盟誰竟主，晉國遆相蹎。遂有陪臣亂，能操共主權。九州方迸裂，初命更轟闐。韓土三分偺，留侯五世賢。莫强兵馬地，獨切虎狼緣。

七國争鋒鏑,孤嬴擾幅。職方經界壞,王制井田寘。餘烈窮塵燄,殘灰積刧然。狐鳴篝火爛,蟻鬬穴沙填。華屋嗟危栗,蒼生痛忿悁。三精埋魯壁,九鼎墮虞淵。自古興亡業,何曾白手搴。人占芒碭氣,天厭祖龍燀。戰地無秦壘,清時有漢田。亭名留午壁,表字問丁年。每憶樊川稾,相同杜牧編。標題殊未忝,笑語任流傳。余所居名樊川,昔曾以樊川名集。彭澤窮山海,桑欽撰水泉。閒時供把翫,佳處借陶甄。適與情相洽,還因取自箋。會心仍古蹟,選勝得遺篇。白石欣相賞,朱坡悔欲湔。午亭鄉夢短,故壠客心痟。迴首余生後,移家宣德先。吾宗繁子姓,小子一夫廛。頗按酈生註,幽尋沁水瑈。析城高掩映,上澗側便姍。濩澤東交滙,陽阿左洑漩。浸山霞縹緲,漱石玉潺湲。獨往淨如練,單行清且猨。樊山迴峻嶺,丙舍列長梴。峽起村完聚,風藏氣鬱芊。西流東澗水,南暝北峯烟。物外人稀到,區中事少牽。桃花春十里,桐葉歲三千。舊是唐封地,玆爲世陌阡。古今同一慨,俯仰各相憐。過隙云何駛,安居即是禪。生涯從薄産,貧樂悟真詮。猿鶴容踈放,雲烟不棄捐。但攻章句學,寧爲藻辭妍。在昔龍門史,能驅虎觀員。汾川宗浩浩,涑水破濺濺。天使斯民覺,心歸至道堅。斗標聯氣色,桑梓接壇筵。詎敢憐同調,因之願執鞭。文瀾寬似海,義路直于弦。源遠惟涓滴,途長祇躓顛。龍鱗攀莫逮,鵬翼附難騫。忽漫思姑射,聊將效偓佺。幽憂能解免,羈思遂拘攣。只訝巡欄鹿,還悲飲露蟬。自教身寂寞,豈是遇迍邅。狷潔思巢父,孤高慕善卷。衡茆今未遠,仕隱古難全。肝膽分秦越,菁華合削朘。少言羞拙訥,多病愧娟嬛。腕力驚鸞紙,臀膚困馬韉。金丹誰與鍊,白髮豈須鬋。蝶粉頻銷落,蠶絲數裹纏。阮孚幾蠟屐,子敬舊青氊。荏苒時將晚,蹉跎業未竣。春華今已謝,夏月又重圓。留舫思安道,登樓憶仲宣。草池珠並綴,雪塢璧常聯。河北歸樵路,江東下釣船。故人徵晉問,南國被薰絃。吴地觀型土,堯封慕采椽。騰翔憑騕褭,蹇鈍託夔蚿。獻納勤三祝,謳歌暨八埏。采洲思杜若,卜築試筳篿。葺芷編荷屋,疏蘭傍蕙櫋。蓴鱸與藜糝,那復異坤乾。

牆邊隙地可種柳有感而止贈張大

夢到鄉園覺後驚,天涯芳草傍愁生。牆邊更不栽楊柳,恐惹征人去住情。

病起夜詣苑中簡方若

一月閒居理去裝,連宵又罷乞身章。風迴烟草春如夢,月上溪花夜有香。嘶馬漸隨雞唱遠,流泉還與漏聲長。思君未了詩緣在,擬向樽前醉幾場。

方若見和復次韻

一世生涯在橐裝,明珠照乘辱新章。我如散木天容老,君比幽蘭國有香。魚鑰曉催鐘漏盡,馬蹏春緩玉鞭長。九衢三畝都陳迹,且可相尋翰墨場。

野寺寄素心

伏枕春歸見夏雲,眼中物態又紛紛。林花飄落隨殘靄,牆柳玲瓏暎隙曛。一簇遊蜂憐幻影,幾迴喧雀斷聲聞。俗緣易了情難遣,詩思禪心並憶君。

嵇母節壽詩編修嵇曾筠母博士永仁夫人

表忠有喜到慈闈,彩鳳銜書下紫微。天上尾箕明歲次,人間蘭玉茁春暉。賓朋重整陶家譙,綸綍新裁孟母機。賜得錦袍親看著,開箱還檢侍中衣。

湯西厓視學中州使還簡懷

别久思君首重搔,音書斷絶夢魂勞。中流濟水清長在,秋色嵩雲晚並高。自有雄文歸諫苑,信知廉吏出詞曹。相逢不覺衰顔冷,喜共承平氣象豪。

題西亭榆樹寄豫朋二首

白榆歷歷在秋河，種向亭前映緑莎。幾度西風見摇落，樹猶如此奈人何。

紙上功名换笠蓑，槐庭柳塞不争多。只今垂老漁陽客，望斷關榆曳落河。

八月十二日半日村侵曉夢獨行迷失道攀緣絶磴上見土壤平豁枕山帶郭風氣鬱然有朱衣夾路問之曰合肥李公墓也哭失聲而覺二首

夢魂枕上江南路，覺後初當墮淚時。宿草幾迴秋色老，傷心爲欠哭君詩。

雲車風馬像平生，指點朱衣導我行。回首黄扉十年事，荒原今日見交情。

韓質良來自梅莊憶舊遊却寄舍弟

問訊山中客，山中十載前。朱坡連杜曲，石塢自樊川。看竹攜殘帙，題松襞短箋。曝裩家似阮，欹枕腹如邊。燕壘花銜補，鶯窠柳對懸。陶琴元未鼓，姜被幾迴眠。苔滑經妨屐，沙晴坐勝綿。寺樓釃酒借，鄰舍引渠穿。行馬能踈放，騎驢任倒顛。山歌遲嶺月，牧笛上墟烟。雞犬知人意，樵漁省世緣。至今溪水上，閒却夕陽船。

題紫滄醉吟圖二首

閣道天街隔禁林，黄昏獨坐紫薇深。如今問取香山老，那有閒時得醉吟。

長慶文章筆晉人，十三行後點波新。情知子敬風流在，故遣生綃畫洛神。謂圖中寫景。

周在清孝廉館王眉長學士家數以學士意來診視余疾寫懷申謝之作十二韻

卅年如隔世,相對意蒼茫。蘂榜人還少,槐根夢許長。物華遽超忽,遲暮獨凄凉。語默思難遣,逢迎性頗傷。病緣聞道晚,時爲訪醫忙。臣朔公車客,留侯辟穀方。藥來嘗苦口,事往戒迴腸。肝膽雖顛錯,心神頓激昂。古人知國士,吾老惜文場。伴直因松月,棲巢得鳳皇。雲天殊浩濶,鵬路合翺翔。他日紆簪紱,無須學楚狂。

題衛會嘉竹間圖二首

浮�瀟碧野烟生,天帚還應傍玉清。不度岑華尋嶰谷,此中自有鳳皇鳴。

瞻彼淇園衛叔賢,風人載詠武公篇。誰知千户侯封日,十畆依然在渭川。

己丑八月予承祭聖廟我裕以分獻同事越日見示寫真册子徵予近詩走筆題四首

夫子宫牆數仞尊,婺源源水接崑崙。百官宗廟多時見,正是長身幾世孫。

長恨摳趨後魯堂,三千弟子不同行。也應高士軒中去,灑埽還賫一瓣香。

曾聞五老降星精,萬古宗祊在魯城。不見閩天誕睿日,芙蓉藻井白虹生。先聖生有五老降庭,文公誕降於閩,是日有白虹起於婺之丘壠。我裕家吳楚間,故有此首。

珠囊金鏡赤書新,冠劍何堪間後塵。四海絃歌同此日,故應吟詠作詩人。

王藎臣將還故山見過取别

大隱還須讓散人，翛然採藥問歸津。已將白髮安吾老，只爲丹砂濟世貧。午枕流連鄉夢遠，閒門剥啄子來頻。故山亦有胡麻飯，莫向天台訪玉真。

午亭文編卷二十一

賦

午壁亭賦

《山海經》:沁水南過陽阿縣東,酈道元《水經注》:"沁水又東,南陽阿水左入焉。水北出陽阿川,東南流逕午壁東,沿波漱石,瀨澗八丈,環濤轂轉,西南流入於沁水。"余村居近沁水而愛午壁亭之名,故取其義以名其居曰午亭山村。今兹遠遊,眷言吾土,乃作午壁亭賦云。

緬闕河以騁望,蹇淹留夫遠行。異向平之遐尚,同宗炳之幽情。涉山川以延竚,披酈生之水經。惟先人之舊業,肇錫我以嘉名。攬古文之奇字,馳逸想於漢亭。沁流兮清淺,午壁兮洄瀠。鄰猿鶴兮北山,邈文物兮西京。有飛仙之税駕,無醉尉之呵行。谷口兮寡勞勞之騶唱,嶺上兮多渺渺之吹笙。亂牧兒之歸笛,間樵叟之吟聲。秋風兮嫋嫋,春草兮青青。散晨霞於極浦,淪晚景於迴汀。撫四時之迅晷,慆惝怳而屏營。考古原之遺封兮,悲趙衰之舊邑。歷晉侯之故壘兮,莽炎劉其相及。慨兹亭之在所兮,猶仿彿其未失。羡靈光之巋然兮,哂秦闕之角立。古今何嵺廓兮,只尺其如相接。倚伏其何常兮,盛衰其若溘噬。予心之要眇兮,儵若離而若合。縱吾思於千里兮,羌不知其所出入。山間兮茅屋,原上兮遠郫。臨流釣石,倚杖柴門。露松際之明月,出岫中之閒雲。聊逍遥而容與,盡烟景於朝昏。雖芳歲之已遠,尚桑榆之可論。

按，賦序所引《水經注》一段文字有省略。

蓍卦賦

何余心之堙鬱兮，孰昭昭與爲徒。矚九州而係羈兮，寄余懷於圖書。披皇古之典墳兮，度修名之焉如。謇吾重昏，杳不知其所之兮，就靈蓍而問諸。先聖詔我以法象兮，前喆輔我以箋疏。循大傳之遺文兮，佩紫陽之擇守。策五十而去一兮，用四十而有九。虛其一以示數不得用兮，儼造化之樞紐。不用而用以神兮，非數而數乃可久。此所謂無極而太極兮，岧岹焉其誰與偶。四十九策兮分之兩手，象天者左兮象地者右。是生兩儀兮，孰先孰後。取一於右兮，挂左小指之間。分天數之奇兮，將動直而靜專。夫人並天地而爲三兮，胡獨謂予身以藐然。先置右策兮以右手，四四揲左焉。又置左策兮以左揲，右四四如前。象四時之行兮，生百物而無言。揲奇而不足復揲兮，斯用之所由神。如曆家之布歲兮，有殘日與零辰。以之置閏兮，五行正而四氣均。何以歸之兮，於扐以相從。左奇者扐第三四指，右奇者扐第二三指之中。兩扐象閏兮，數以法通。易之爲道兮，參伍而錯綜。前後閏兮相間，三十有二月再閏。在五歲之中兮，於法無敢越掛。爲一兮揲左，爲二歸左。奇於扐爲三兮，揲右爲四歸右。奇於扐兮爲五者近是掛一。一歲兮揲左，二歲左扐，三而一歸奇兮，三歲則一閏置。歷四及五而再扐兮，五歲再閏。斯乃備自掛，至扐兮爲一變之大義。合再扐之餘蓍，再分再掛再揲兮爲二變之所由持。傳言掛而不言他兮，掛以象人爲天地基。無人則無天地兮，故鄭重乎其言之分。掛揲扐爲四營兮，四營爲一變。視其掛扐之策兮，奇偶以見。奇則五與四兮，偶則九與八三。變皆奇合十三策兮，則書□於札。過揲則三十六策兮，是爲老陽之質。兩奇一偶合十七策兮，則--焉是書。是爲少陰兮，過揲則三十二策而無餘。兩偶一奇合二十一策兮，過揲必二十八策。是爲少陽兮，惟━以畫三偶。合二十五策兮，是爲老陰。過揲必二十四策兮，畫╳以尋。凡此陰陽老少兮,重拆單交所繇以陳。是三變之大指兮,惟變所適。斯成初爻兮,内卦之葯,六變而爲二兮,中爻斯著。與四同功兮,柔中而多譽。九變而爲三兮,下卦之終與五。同功而異位兮,剛勝柔危而多凶。如是每變而成爻兮,由三暨五底於上。十有八變而内外卦成兮,乃觀其卦變之所向。六爻不變兮,占本卦之彖辭。内卦貞而外卦悔兮,貞風悔山之類。可知一爻變兮,惟變爻之致思。二爻變兮,本卦二變。爻辭之是。推主上爻兮,庶來者之可追。三爻變兮,觀本卦之卦之彖辭。具載本卦並前十卦爲貞兮之卦,並後十卦爲悔通。計三爻之變兮,爲卦二十。變在前十卦兮,兩卦彖辭並觀,而本卦是急。變在後十卦兮,兩彖辭觀之。自之卦以入貞悔,各有所重兮,視其變之所及。四爻變兮,占之卦二不變。爻主下爻兮,不變者重其操。五爻變兮,占之卦不變之一。六爻變兮,乾坤占二。用斯利斯吉,餘占之卦彖辭兮,筮事於以畢。余既準此明軌兮,亦直爲此詁訓也。索藑茆以筳篿兮,有時端策而問也。曰大人之吉兮,有言不信何汶汶也。仰蒼天以爲憑兮,披丹霞以寫心。沉九淵其猶未悔兮,偎便非予所能任。迷不知往徑兮,敢遵道而改路。歲冉冉其去我兮,迫日月之遲暮。靈氛告余以吉兮,吾獨長有此困也。陋穆姜之溺於隨兮,美雲臺之所爲遯也。心紆軫而儃佪兮,吾慨想夫皇羲。舒侘傺於斯文兮,玩占觀變夫奚疑。

河圖洛書賦

天垂象於神物兮,遡胚胎於鴻濛。有物渾成兮,不物而物物,天囿其中。天無言而假以物兮,將以原始而要終。仰觀俯察,睠彼中區。于河于洛,龍圖龜書。垂兩象於中天兮,揭萬古於須臾。囊括乎乾坤之未闢兮,燀赫乎日月之齊驅。麗九霄而耀五緯兮,羅八極而環四輿。曆紀所不能詰其度數兮,方圓所不能盡其規模。若乃崑崙出墟,熊耳導源。津梁箕斗,溝澮伊瀍。君宗四瀆,控引三川。迢迢兮金波之照銀漢,泱泱兮藻玉之蘊珠淵。于其時也,水伯兆祥,宓妃襲祉。有開必先,亦復其始。千年清而榮光浮,九日温而青雲馶。龍馬負圖以授昊兮,神龜背書以畀姒。一六居北,二七居南,三八居東,四九居西,五十居中。河圖之位如此也,九前一後,三左七右,四前左二,前右八後,左六後右。洛書之文若彼也,伏羲因之而八卦以重。大禹叙之而九疇是以。若夫周文演羑,公旦繼軌。爰逮武王,訪於箕子。展矣尼山,歸與闕里。繫易而殫八索九丘之文,删書而備二帝三王之史。罔不泝河沿洛,蓍龜是啓。盖圖書相爲經緯兮,卦疇相爲表裏。五十有五而盡天地之宜,四十有五而該事物之理。而皆數列外而森然,五居中而不改。既溥博而無方,必淵涵而有宰。此大易之所由,以太極爲尊。尚書之所由,以皇極爲美也。巍巍蕩蕩兮,穆穆皇皇。以五生數,統五成數。同處其位,而凝然者如衆星之拱北,以五奇數統四耦。數各居其所,而巋然者象午日之當陽。自天一至地十,積數皆由五而得。五則虚中爲之體,自一五行至九五。福積數皆由五而得,五則虚中其若藏。故夫中之爲道也,天地之所以悠久,日月之所以升恒,鬼神之所以變化,風霆之所以震驚,山嶽之所以屹立,江河之所以流行,莫不由斯以爲之大本。得則昌而否則傾,而况人受天地之中以生,而爲萬物之靈者乎?然終不可得而强名,名之曰中。雖《易》與《書》有不能盡,而仍歸之圖書之畫,以盡天地萬物之情。

雜　著

伏羲先天策數本河圖中五解

卦始於畫,畫始於數,數何自始乎?始於河圖,而中五者河圖之數所由以始也。盖中五者,太極也。陰陽合而未分,而已具陰陽之數矣。何也?陽數三,陰數,兩三兩五也,而中五具焉。故數雖有五而合於一,所謂太極也。聖人有以見太極生兩儀,兩儀生四象,四象生八卦，因而重之爲六十四卦，而三百八十四爻，萬有一千五百二十之策數具於此矣。故由一分二，蓋取數之三者而分之爲陽，取數之兩者而分之爲陰，以凡陽之數皆三，故合三數而畫之爲⚊。以凡陰之數皆兩，故合兩數而畫之爲⚋。是凡⚊皆三數，凡⚋皆兩數也。既有三數之⚊，兩數之⚋，是爲一陰一陽，所謂易有太極，是生兩儀也。是五數分三兩也，由是二分爲四，三兩之上各加三兩，陽之上生一陽爲⚌，而謂之太陽。生一陰爲⚍，而謂之少陰，陰之上生一陽爲⚎，而謂之少陽。生一陰爲⚏，而謂之太陰，是爲兩儀生四象也。是五倍而十也。就倍五而言之，故爲十，細分之則太陽爲⚌，而含六少陰爲⚍，而含五。少陽爲⚎，而含五。太陰爲⚏，而含四。共得二十數焉。則是⚌皆含六， 皆含四矣。四象既立，由是四分爲八，太陽之上生一陽爲☰，生一陰爲☱，少陰之上生一陽爲☲，生一陰爲☳，少陽之上生一陽爲☴，生一陰爲☵，太陰之上生一陽爲☶，生一陰爲☷，而乾、兑、離、震、巽、坎、艮、坤生焉。是爲四象生八卦也，是十倍而二十也。就倍十而言之，故爲二十，細分之，則乾爲☰而含九，兑爲☱而含八，離爲☲而含八，震爲☳而含七，巽爲☴而含八，坎爲☵而含七，艮爲☶而含七，坤☷爲而含六，共得六十數焉，則是☰皆含九，☷皆含六也，是爲老陽老陰之數也。體卦既立，乃生用卦，由是陽一變而用九，凡⚊皆含九數，陰一變而用六，凡⚋皆含六數，是以於八卦之上各生一陰一陽，則爲⚊者八，而得數七十有二。爲⚋者八，而得數四十有八，爲四畫者共十有六，而爲數共百有二十矣。由是陽再變而十八，凡⚊皆含十八數，陰再變而十二，凡⚋皆含十二數，是以於爲四畫者之上又各生一陰一陽，則爲⚊者十六，而得數二百八十有八。爲⚋者十六而得數一百九十有二，爲五畫者共三十有二，而爲數共四百八十矣。由是陽三變而三十六，凡⚊皆含三十六數，陰三變而二十四，凡⚋皆含二十四數，是以於爲五畫者之上又各生一陰一陽，則爲⚊者三十有二，而得數一千二百五十有二，爲⚋者三十有二，而得數七百六十有八矣。爲六畫者共六十有四，而爲數共一千九百二十矣，盖至是而六十四卦成矣。卦之爻凡三百八十有四，陽爻用四九三十六策，凡百九十二陽爻通計六千九百一十二策，陰爻用四六二十四策，凡百九十二陰爻通計四千六百八策。二篇之策萬有一千五百二十，所以當萬物之數者，謂此也。而要皆本於三兩之數以爲之本，故曰卦始於畫，畫始於數，而數始於河圖之中五也。

錫土姓説

古無無土無姓之人，《禹貢》言錫土姓惟五服諸侯之事，而不及凡有土有姓者，非略之也，舉其大而小者可知也。故凡有土有姓，其源流失得之故有可考者。夏后氏五十而貢，殷人七十畝，周人百畝，是三代無無土之人矣。而取民之制不過什一。魯至宣公初税畝，成公作丘甲，哀公用田賦。夫税畝猶未遠於什一之法，而左氏譏之曰非禮。丘甲重斂，已違什一之制，至於田賦，則實爲後世以田斂錢之始，其大遠於什一矣。秦孝公用商鞅，廢井田制，阡陌任民所耕，不限多少，其多者得粥賣，又戰得甲首者益田宅，五甲首而隸役五家，兼并之患自兹起矣。民田多者以千畝爲畔，無復限制，以田之多少爲賦斂之厚薄，及其後也，乃舍地而税人，地數未盈，其税必備，其繆戾滋甚焉。始皇三十一年始令民自實田以定賦，盖取大半之賦，竭天下之民力以逞其欲，二世承之，海内叛亡。當是時也，天下無復有有土之民矣。夫民之無土，其始由於厚斂，民既無土而國亦隨之。傳云："與其有聚斂之臣，寧有盗臣"。自古以來未有聚斂而不亡者也。然至於秦有無土之人，無無姓之人。《左傳》曰：因生以賜姓胙土，以命氏。《史記》註：天子賜姓命氏，諸侯命族，族者氏之别名也，姓者所以統繫百世，使不相别也，氏者所以别子孫之所出也。吕祖謙曰：姓者所以統其祖考之所自出，百世而不變者也。氏者所以别其子孫之所自分，數世而一變者也。《春秋纂例》云：姓則百代不易，惟天子乃得特賜姓，如舜賜禹姓曰姒，伯夷曰姜，武王賜胡公姓曰嬀是也。又天子之子例以謚配字，僖伯、文伯、宣叔、襄仲之類是也。而後代子孫因以其字爲氏，示所出不亂，所謂别子爲祖也。由諸説考之，别姓則爲氏，合氏則爲族，則是氏與族爲一，姓與氏爲二矣。故羽父爲無駭庶子，隱公命以爲展氏，則氏族爲一也。《風俗通》曰：或氏於號，或氏於謚，或氏於爵，或氏於國，或氏於官，或氏於字，或氏於居，或氏於事，或氏於職。以號，唐虞夏殷也；以謚，戴武宣穆也；以爵，王公侯生也；以國，曹魯宋衛也；以官，司徒司馬司寇司空司城也；以字，伯叔仲季也；以居，城國園池也；以事，巫卜陶匠也；以職，三烏五鹿青牛白馬也。然凡賜氏族者，子孫爲卿有大功德，則生賜以族，若叔孫得臣之類是也。其無功德，死後乃賜族，若無駭者是也。夫無駭生不得賜氏，又况生而自以爲氏者乎？若是乎氏族之重，其君不賜而子孫自以其祖父爲氏爲族者皆僭也，亂也。然氏亦謂之姓，如舜生嬀汭，賜姓曰嬀，封舜之後於陳，以所封之土命爲氏，故舜後姓嬀，爲氏曰陳，今之以陳爲姓者不聞其别爲氏，則姓氏爲一也。葢其初若將以别之，而其後乃復爲一，一之以百世不易之姓，而不一之以數世一變之氏也。傳有之姓者，生也，以此爲祖，令之相生。雖及百世而此姓不改，所以統繫焉，使不相别也，故先王之所尤重者姓焉而已矣。夫惟天子乃得賜姓，諸侯則否，諸侯賜氏，則凡不得賜而自以爲氏謂爲僭且亂者，所以防天下之自别其子孫之所出者，而因以自昧其始生之祖也，姓顧不重矣哉？鄭夾漈《氏族略》謂凡言姓氏皆本《左傳》，左氏所明者因生賜姓，胙土命氏，及以字、以官、以邑五者而已。今則不然，論得姓受氏者三十二類，一曰以國，二曰以邑，三曰以鄉，四曰以亭，五曰以地，六曰以姓，七曰以字，八曰以名，九曰以次，十曰以族，十一曰以官，十二曰以爵，十三曰以凶德，十四曰以吉德，十五曰以技，十六曰以事，十七曰以謚，十八曰以爵氏，十九曰以國係，二十曰以族係，二十一曰以名氏，二十二曰以國爵，二十三曰以邑係，二十四曰以官名，二十五曰以邑謚，二十六曰以謚氏，二十七曰以爵謚，二十八曰代北複姓，二十九曰關西複姓,三十曰諸方複姓,三十一曰代北三字姓,三十二曰代北四字姓。所援据最詳,而亦不分孰爲姓,孰爲氏,要之猶未遠乎姓氏爲一之義也。至所云三代之前姓氏分而爲二,男子稱氏,婦人稱姓,於文,女生爲姓,故姓之字多從女,如姬姜嬴姚姒嬀姞妘婤姶姺嫪之類。夫先王以姓爲重,今曰男子稱氏,婦人稱姓,則是反以氏爲重,而以姓爲輕,其亦不明乎《禹貢》之義者也。《禹貢》言錫土姓,使天下無無土之人,亦無無姓之人也。其時所錫者雖止及於五服之諸侯,而諸侯之土田人民諸侯實自經理之,雖不得賜之以姓,而或者推天子之意賜氏焉,以别其人。苟非然者,是使高山大川雖已奠之,而畎澮之水任其横流而不治也,其尚可以爲國乎?吾故以爲古者無無土無姓之人,而推言由秦以來乃有無土之人,至於其凡所以得姓之故尤致意焉。使世之讀《禹貢》者不因文以害義,以見先王之治,天下使無土者有土,無姓者有姓,其爲萬世生民計者至深遠也。

河圖中五生數解

河圖中五即無極而太極也,而陰陽五行天地萬物之理備矣。其外五十數悉從中生出,所謂大衍之數五十也。蓋中五虚而不用焉,惟虚也故能生天地之數,惟不用故能成天下之大用焉。先儒論河圖,以生數爲主,謂中之所以爲五者,具五生數之象,其下一點,天一之象也;其上一點,地二之象也;其左一點,天三之象也;其右一點,地四之象也;其中一點,天五之象也。今中五之外第二層所謂一者,即其下一點也;所謂二者,即其上一點也;所謂三者,即其左一點也;所謂四者,即其右一點也。然無所謂五者,何也?蓋五之數仍寄於中五之中,是則尤有所謂虚而不用者存於其中,其中五之中一點乎?此其所以生天地之數,而成天下之大用也,尤可以見無極而太極之理矣。其第三層所謂六者一合五而成六,所謂七者二合五而成七,所謂八者三合五而成八,所謂九者四合五而成九,而北南東西之位列焉。要之,不離乎中五之所生者,蓋天地之生數至五而極,其所以成變化而行鬼神者，不必於五十之數既具之後然後知之，而即此中五之中已渾然皆備矣。至於所謂十者，不惟五遇五而成之，自中五所生之一二三四而十數已定，至乎此而遂以成五十有五之數，而爲陰陽五行天地萬物之理所莫能外也。故曰中五者即無極而太極也。

伏羲先天卦爻解

伏羲八卦次序圖所列乾兑離震巽坎艮坤，則六十四卦之下八卦也。先儒謂一分爲二，二分爲四，四分爲八，此其説之至明者也。至於八卦之上各加八卦，所謂六十四卦者，先儒謂八分爲十六，十六分爲三十二，三十二分爲六十四。嘗試於八卦之上分爲十六，十六之上分爲三十二，三十二之上分爲六十四，如今易圖之所列者卦則是矣。然即陽奇陰偶之數以求合乎萬有一千五百二十之策，則昧然莫得其所以合者焉。此盖可以論卦，而不可以論策，故策之數所由生終莫有能明之者也。既不明策數所由生，則聖人所以畫卦爻之理亦無因以見矣。是以雖得夫加一倍之説，而有毫釐千里之差也。吾嘗於外卦求之，而曠乎有得焉。陽之一變而用九也，陰之一變而用六也。陽之數至此而含九，而爲下卦之乾，陰之數至此而含六，而爲下卦之坤，即以此老陽老陰之數推而加之於外卦，而能事畢矣。今試於所謂六畫卦之四畫者，凡陽之畫皆準九數，凡陰之畫皆準六數。於所謂六畫卦之五畫者，凡陽之畫倍老陽之九數而爲十八，凡陰之畫倍老陰之六數而爲十二。於所謂六畫卦之六畫者，凡陽之畫倍十八數而爲三十六，凡陰之畫倍十二數而爲二十四，積而計之，則二篇之策適得萬有一千五百二十。然後歎伏羲之卦爻準乎天地不易之數，此其所以神也。先天之祕，邵子知之而不明言其故，其言曰：猶根之有幹，幹之有枝，愈大則愈少，愈細則愈繁。嗚呼！邵子可謂知之者矣。

孔氏穎達經傳辨

漢《藝文志》《易經》十二篇，顔師古謂上下經及十翼，蓋古之爲傳訓者皆與經别行，經傳皆自爲一家，所謂上下經者，直卦爻之辭而已。孔子之彖象繫辭文言序卦之屬十篇謂之十翼，經之傳也。孔穎達曰：夫子所作象辭元在六爻經辭之後，以自卑退，不敢干亂先聖正經之辭。及王輔嗣之意以謂象者本釋經文，宜相附近，其義易了，故分爻之象辭，各附其當爻下言之。嵩山晁氏言以彖象文言雜入卦中者，自費直始，謂費氏初變古制，時猶若今乾卦彖象繫卦之末。至王弼始分爻之象辭，各附各爻之下，而遂大亂之也。朱子言孔氏謂夫子作象辭元在六爻經辭之後，則是孔氏亦初不見十二篇之《易》矣。晁氏又㢊劉牧、石守道之説，劉牧云：小象獨乾不繫於爻辭，尊君也。石守道云：孔子作彖象於六爻之前，小象繫六爻之下，惟乾悉屬之於后者，讓也。葢劉、石之謬不足道也，又嘗獨怪孔氏解經號專家，既不知有十二篇之《易》，而顧以其臆説，謂象辭在六爻之後者，其眡劉、石所見，豈有異邪？

十翼説

古之爲傳訓者，皆别爲書。三傳之文不與經連，石經書公羊傳無經文，《藝文志》載《毛詩故訓傳》，亦與經别，而夫子之十翼其初别行，未與上下經參列也。故吕氏謂彖象不連經文者，十二卷之古經傳也。注連之者，鄭氏之注具載本經而附以彖象，如馬融之《周禮》也。融爲《周禮》注云：欲省學者兩讀，就經爲注，蓋猶是詁訓之體爾，未便如今之經傳並列，大書特書者也。晁氏以爲始變於費直，既大亂於王弼，不知費、王以彖象文言錯互入經時，猶是詁訓之體歟？抑遂如今之與正經並列而書焉者歟？孔子嘗曰："述而不作"，又曰：加我數年，卒以學《易》，可以無大過。夫子天縱至聖，不敢居作者之名，惟曰學焉而已。《詩》云："以引以翼"，是則十翼者以爲羽翼之云爾，豈遂自以爲經乎？如揚雄之《太玄》，王通之續經，皆輒自命爲經，而靦顔蒙恥，不以爲怪妄，此朱子所謂自納於吳楚僭王之誅者也，得罪於聖人矣。

午亭文編卷二十二

雜　著

胡氏安國夏時冠周月辨

胡氏傳曰:"左氏曰:'王周正月',周人以建子爲歲首,則冬十有一月是也。前乎周者以丑爲正,其書始即位曰惟元祀十有二月,則知月不易也。後乎周者,以亥爲正,其書始建國曰元年冬十月,則知時不易也。"愚按胡氏引左氏王周正月之説,而論之曰"周人以建子爲歲首,則冬十有一月"是也。是明以周正月之説爲是,謂冬十一月爲周正月矣,而又曰"前乎周者,書元祀十有二月,則知月不易也。"則是前乎周者未嘗改月,至周始改其歲首之月爲正月也。夫殷不改月而周始改月,考之經傳,未有明文,胡氏之意亦殆不謂然也。其意若以謂建子爲歲首耳,未便以爲正月也,故下文曰"冬十有一月是也"。然明引左氏王周正月之文矣,而又斷以爲冬十有一月者,不知胡氏之意進退何所據乎?又曰後乎周者時不易,胡氏之意非遂謂漢不易時而周獨易時也。其意不過謂周不易時,取漢以爲證耳。故下文曰建子非春亦明矣,是胡氏不主改時之説也。其又曰乃以夏時冠周月何哉云者,是胡氏亦知周果改十一月爲正月矣,特未便以爲春是周之正月,乃夏之十一月,仍爲夏正之冬也。孔子作《春秋》,取春之一字加於周正月之上耳,是胡氏之意也。故下文又曰聖人語顔回以爲邦則曰行夏之時,作《春秋》以經世則曰春王正月,此見諸行事之驗。於是而胡氏之誤更有不可勝言者矣。夫周之月，建子之月也，建子非春，胡氏自言之矣。使周果不改時，而孔子作《春秋》以建子非春之月，强取春之一字加於其上。此乃天時所不受，稍知詩書、識道理者將逆折其萌而不敢以爲，而牧兒芸叟婦人女子之所聞而怪笑者也，曾謂孔子而爲之乎？行夏之時子有是言矣。假使周而果不改時也，則建子之月儼然冬也。冬則正夏之時也，夏之時曰冬，孔子書之曰春，是周本行夏之時而孔子乃變夏之時矣。行夏之時者，果當若是乎？假使孔子之於《春秋》果寓行夏時之意而周果不改時也，則建子之月必將直書之曰冬，使後之人猶得有所考而正焉。曰周之不改時如此也，以子月爲正月如此也，其不若夏寅月之爲正月如此也，此所謂非行夏之時也。後之人由此考正而行夏之時焉，豈不亦甚明白矣乎？而顧冬而書春，曰吾欲行夏之時，寧有是理乎？又其論曰以夏時冠月，垂法後世，以周正紀事，示無其位不敢自專。假使孔子果以夏時冠月，則亦何難？以夏正紀事，時可自專，月獨不可自專乎？夫春夏秋冬之時，自正至十二之月，以爲可改則皆可改，以爲不可改則皆不可改也。今改夏之冬爲春，曰將以垂法後世。不改周之子月爲十一月，曰："吾無其位，不敢自專。"無其位而改冬爲春，冬必不可爲春也。不可爲春者而悍然命之爲春，無其位者又敢自專如此乎？且使後之人何所取法乎？而謂以此垂法後世者，其果何法之垂也。《書》云："王省惟歲，卿士惟月，師尹惟日。"言以歲月日之大小別王及卿士師尹之尊卑也。今謂夫子改時不改月，是敢於其大而不敢於其小也，聖人豈有是乎？至其謂夫子有聖德無其位而改正朔，夫正者，正月；朔者，月朔也。如胡氏説則正月亦夫子所改矣，吾不知胡氏所謂正朔者果何所指也。聖人之言語文章，皆其光明正大之心，其語顔子則正告以爲邦之事，其作《春秋》則直書以魯史之文。魯史之文曰"春王正月"，孔子書之，亦何至如後儒支離剥割之見、巧爲新意於其間哉？或有如胡氏之見者曰春秋天子之事也，若魯史曰"春王正月"，孔子書之曰"春王正月"，夫人皆能之，何必孔子乎？何以爲天子之事乎？余應之曰：所謂天子之事者，天子有命德討罪之權，《春秋》有褒善貶惡之旨。顯其事使善惡昭然，微其文故褒貶具在，是所謂天子之事也，是所謂《春秋》也。事蹟之昭昭者尚不得，而飾其詞以變易是非，况年時月日之一定者哉？若於年時月日巧爲新意於其間以誣聖人，其得罪聖人大矣，吾不可以無辨。

春秋始隱公論

粤自西周板蕩，王轍東遷，平王以來，流離世故，斯亦極矣。眷言豐鎬，有故國舊京之感焉，此周家之一大變局也。《春秋》托始於平王，無可疑者。陳氏傅良曰：《春秋》非始於平王，始於桓王也。當平王之世，魯隱之奉其弟軌，宋穆之舍其子馮，諸侯猶有讓千乘之國者也。衛石碏、晉九宗、五正、嘉父、宋孔父之流，猶知尊君親上也。鄭莊公爲卿士，王貳於虢，於是周鄭交惡。隱之三年，平王崩，桓王即位。四年而鄭始朝，身爲卿士而有志於叛王，此《春秋》所以作也。嘗試論之，夫桓之於鄭，孰與平之於申鄫，而鄭之叛志，孰與齊楚秦晉之强僭。四年而朝，孰與周鄭之交質。繻葛自將之役，孰與犬戎弑父之大變。故謂《春秋》託始於桓王者，是亦齊末之見矣。孟子曰：王者之迹熄而《詩》亡，《詩》亡然後《春秋》作。二《雅》絶於幽王、平王之世，《詩》下降於《國風》，是所謂王者之迹熄也，又何疑於《春秋》之託始與。然則曷不始於平王之初年也。趙氏鵬飛有言，子嘗曰："吾其爲東周乎？"蓋將興西周矣，興西周之志不得行於時，而寓於《春秋》，則《春秋》者，中興周室之書也。又言平王之末，政愈不綱，天下之亂，有加於前，而中興無其人矣。夫子於是憫悼衰世而作《春秋》也。趙氏説雖善矣而未盡也。余謂《春秋》之作始於隱公者，隱公之元年當平王之季世，隱公有讓國之心而遭簒弑之禍，其父子君臣之際，有臣子所難言者。夫子垂典法於萬世，明大戒於方來。首記其事，有微文顯志焉。或曰：禍基於惠而記始於隱者，何也？曰：傷隱之賢而誅桓之簒也。或又曰：隱，攝也。桓宜爲君者也，宜爲君者而誅其簒，何也？曰：凡隱之立，夫子許其爲公，不言其爲攝。攝，經無明文也，非攝而親遇弑焉，其爲簒也何疑乎？是以劉氏敞曰：讓則不攝，攝則不讓，而傳謂隱公攝，是非其位而據之者也。於王法所不得爲，於王法所不得爲則桓之弑隱，惡少減矣。《春秋》不宜深絶之。今以其深絶之，知隱公乃讓也，非攝也。今以攝言隱公，是不盡《春秋》之情也。而穀梁子之論隱公也，曰《春秋》貴義而不貴惠，信道而不信邪，孝子揚父之美，不揚父之惡，先君之欲與桓，非正也，邪也。既勝其邪心以與隱矣，已探先君之邪志而遂以與桓，則是成父之惡也。蓋穀梁之論過甚矣。昔者周之始興也，泰伯之讓，孔子賢之。當春秋之世，視泰伯之時何時也，有能以讓而身蒙禍患，猶刻責之，追詬其所爲曰探先君之邪志，曰成父之惡，使此人之隱衷大節既無以白於天下，而世不復知讓爲盛德。以簒奪爲固然，將陰以生亂臣賊子之心，其何以勸善而懲惡也！亦異乎君子成人之美矣。且太王之欲傳位季歷，亦可謂爲邪志，而季歷及昌，亦可謂爲成先君之惡者耶？雖隱公之賢不及泰伯，而惡亦未著。《春秋》之作，將以獎善戒惡耳。惡者猶欲進之於善，况非惡之尤著者乎？惡未著而被之以成父之惡之名，聖人與人之意度不出此。故曰傷隱之賢，誅桓之簒，此夫子之微文顯志也。或者謂《春秋》有書即位，有不書即位。隱不書即位者，不成其爲公也。不成其爲公，是夫子不許之也。曰是豈然與？凡即位之例，啖氏助言之，陸氏淳誦説之，余嘗求其義矣。知隱之不即位，有非例所得盡者，而啖氏未能究其義也。啖氏之言曰：凡先君正終則嗣子踰年行即位禮，穀梁云繼正即位也。文、成、襄、昭、哀五公是此例也。凡先君遇弑，則嗣子廢即位之禮，不忍行也。穀梁云繼弑君。不書即位，正也。莊、閔、僖三公是也。凡繼弑君而行即位禮，非也。穀梁云桓公繼弑君而行即位，則是與聞乎弑也。公羊云宣公繼弑君而行即位，其意也。意欲爲君，故黨於賊而行即位。左氏不達其意，曲爲其説而云，莊公不言即位，文姜出故也。閔公不言即位，亂故也。僖公不言即位，公出故也。左氏云，閔公弑後，成季以僖公適邾，共仲奔莒，乃入立之。公出復入，不書，諱故也。言經中無僖公出入之文。以得罪去國，猶曰不忍，父爲他國所弑，其情若何？不舉其大而舉其細，非通論也。且三月文姜方孫，何妨正月即位乎？故知解莊公不言即位，妄也。國有危難，豈妨行禮？故知解閔公不言即位，妄也。若君出，諱而不書，昭公何以書乎？假如實出，亦當非時即位如定公也。故知解僖公不言即位，妄也。按陸氏引啖子所稱繼正即位、繼弑不即位之説，當矣。至其闢左氏所云莊、閔、僖之不即位，辭尤辨而正也。而獨於隱則猶因左氏、公、穀之説者，余故以爲未究其義也。左氏云不書即位，攝也。而公羊以爲何以不言即位，成公意也，公將平國而反之桓。穀梁以爲何以不言即位，成公志也，言君之不取爲公也。君之不取爲公，將以讓桓也。愚以謂左氏言攝，既與經違。而公穀以爲成公之意志云云者，是公既即位而孔子削其事矣。審如是，則是夫子欲成隱讓國之心，而隱實未得行即位之事，不得行即位之事而即位焉。是在隱初非欲讓者也，烏在其爲成其意志乎？是以由左氏、公、穀之論而知啖氏之言猶未究其義也。宜乎隱公讓國之賢未大著明於後世，而遂失聖人所以作經之心矣。故吾斷以謂隱不書即位者，隱自不行即位之禮耳。夫子不得而書，故夫子亦不得而削也。及觀趙氏汸之論而有合焉。趙氏有謂策書之大體者曰行其禮，則書不行其禮則不書，此無待於筆削者，吾無加損焉。蓋隱公之即位，策書之大體也。其書於策則存而不削，不書於策，雖聖人不得而益之。趙氏之説有以得乎聖人光明正大之心，而不同乎谿刻詭僻之見，宜其合於吾心也。明乎此而後知隱之於桓，讓也，非攝也。讓而弑之，夫子是以傷其賢而誅其篡，《春秋》之始紀隱公而善善惡惡之大義已並行而不悖焉。此其爲聖經也與。且夫吾之於《春秋》也，恒體聖人善善長惡惡短之義，而不敢有谿刻詭僻之見，以冀無失聖人光明正大之心，是以於隱公之事不敢有過求焉爾。因叙《春秋》之所以始爲論其義而辨之。若夫求其義而不得，妄生穿鑿如葉氏夢得所云，天有十二月，冕有十二旒，服有十二章，《春秋》紀十二公，逆而推之，至於隱公以成其數者，是皆小見破道、邪説亂經學者，尤當以爲戒也。

書錢氏春秋論後

紅丸之案，孫慎行引《春秋》許世子事，直攻方從哲名之爲弑，魏大中繼之而其辭加甚矣。錢氏謙益爲《春秋論》，自跋其後曰：進藥之獄，余有猜焉。進藥決之禁中，閣臣不爲藥主，一也；光宗寢疾彌留，非以紅丸故奄棄萬國，二也；舍崔文昇而問李可灼，三也。穀梁子曰：於趙盾見忠臣之至，於許世子止見孝子之至。儒者相沿服習以爲精義，執此以斷斯獄，則過也。斯亦可謂原情之論者矣。故其論曰引《春秋》之義，斷後世之獄，是猶禁奸盗以結繩，理文書以科斗，欲以趙盾許世子，止之獄辭，傅本朝之律令，不已迂乎！然於梃擊移宫之事，則論曰：《春秋》書曰夫人孫於齊，左氏曰不稱姜氏，絶不爲親禮也。夫人姜氏薨於夷，齊人以歸夫人氏之喪至自齊，公羊曰貶必於重者，莫重乎其以喪至也。何休曰：刑人於市與衆，棄之必於臣子集迎之時，貶之所以明誅得其罪也。吾夫子，魯之臣子也，於魯之二夫人大書特書，無所忌諱，耿育之所謂暴露私燕、謗及山陵者，吾夫子其戎首也哉？夫夫人姜氏通於齊侯，致有公子彭生之禍，所謂罪大惡極，凡爲臣子不共戴天之仇也，而吾夫子猶隱其辭而不斥言其事。鄭貴妃之於神宗、李選侍之於光宗，可比姜氏之於桓公乎？否也。梃擊之於光宗、移宫之於熹宗，罪狀未明，深文周内。取淫慝凶亂之事，同詆並譏，是以《春秋》之獄辭、傅光熹之律令也。光宗阨於鄭氏，終其世未嘗出一惡語，可謂孝子仁人矣。熹宗沖人闇弱，始因臣下之煩言搆怨李氏，至爲手勅，顯布外庭。嗚呼！薄矣！而乃引耿育之言以爲口實，明之鄭李、漢之趙昭儀，其本末亦不齊矣。而欲以此附《春秋》之義，又庸有當乎？盖常易其心而求三案之是非，君子小人互有得失，不有璫禍。借三案以殺人，則君子之所謂得者未必是，小人之所謂失者未必非，惟姦璫殺人則借三案，而一時畏禍趨利之徒亦借三案以爲緣。於是乎君子小人之目判然如白黑之不可混淆，而鄭李之罪惟恐其不明彰大著於天下，是故成鄭李之罪者，始於諸君子而終於魏忠賢也。忠賢之亂政，亦鄭李之不幸也。而自諸君子發其端，是可爲痛惜也已。余因覽錢氏之論，而聊述其義，後之君子其不以余之言爲非，而不惑於當時門戶黨朋者之説，則千秋之是非得失，必將覈其寔而無爲徒狥其名矣。

古今易説

《易》於六經最古，遭秦燒書，以卜筮獨得存，最爲完書。最古而完，而今所傳者特爲淆亂，視他經爲甚焉。樂既散亡，二禮經晚出，雖闕然，幸不爲後人所亂。《書》得之孔子屋壁，《詩》賴諷誦以存，雖不無殘脱，然考詩書之序，或皆繫於篇末，或自合爲一篇，其始皆不亂於正經。《書》自孔安國、《詩》自毛公始別序入經，冠之篇首，朱子除其序各合爲一編，以置經外，而復《詩》、《書》之舊焉。《春秋》一經三傳，初皆別行，漢以來儒者欲省學者兩讀，至以公穀配經，左氏分傳，附經之年，朱子雖未及詳定而亦別出左氏經文，盖將以復《春秋》之舊也。經之存者五，惟《易》最古而最先亂，已而幸正之，卒又亂焉。《藝文志》云《易經》十二篇，顔師古謂上下經及十翼，葢古經也。漢費直以彖象釋經，附於卦後，今乾卦起大哉乾元，至用九天，德不可爲首，是其例也。雖其初加一傳字以别於經，然十二篇之經直已亂之矣。漢鄭康成注《易》，合彖象於經而所謂彖象不連經文者，猶在也。至魏王弼注《易》，用康成本，又增入乾坤文言，雖加彖曰、象曰、文言曰以别於經，然直之所既亂者，弼又從而亂之。若説卦等篇仍其舊，總曰繫辭。自是世儒知有弼易而不知有古經矣。程子作《易傳》因弼本，未暇更正，嵩山晁説之考訂古今，釐爲八卷，卦爻一彖、二象、三文言、四繫辭、五説卦、六序卦、七雜卦、八而吕氏大防，周易古經上經一，下經二，上彖三，下彖四，上象五，下象六，繫辭上七，繫辭下八，文言九，説卦十，序卦十一，雜卦十二。王氏原叔《家古易》本卦辭一，彖辭二，大象三，小象四，文言五，繫辭上六，繫辭下七，説卦八，序卦九，雜卦十。東萊吕祖謙則定爲經二卷、傳十卷，上經一，下經二，彖上傳一，彖下傳二，象上傳三，象下傳四，繫辭上傳五，繫辭下傳六，文言傳七，説卦傳八，序卦傳九，雜卦傳十。朱子本義從之，故朱子曰經則伏羲之畫，文王、周公之辭也，并孔子所作之傳十篇，凡十二篇。中間頗爲諸儒所亂，近世晁氏始正其失而未能盡合古文。吕氏又更定，著爲經二卷，傳十卷，乃復孔氏之舊云。按朱子之言幸古經之復正也，明永樂時修《五經大全》，《易》則從程傳元本，而本義則以類從。夫以程子未及更正之經，取朱子從古經説易之辭，割裂參錯於其間，使古經已正而復亂。而最繆戾者，簡首仍載朱子幸古經復正之説，而又不言其不從古經之故，是則所謂復孔氏之舊者果安在乎？至使前賢之意乖剌不明，至今三百年餘未有能正之者也。成化間奉化學教諭成矩謂世之讀《易》者，先本義而後傳，遂獨刻本義行於世，今家傳戶誦者，成矩之書也。夫朱子因古經作本義，明初諸人以本義參附於傳而一之，已失朱子之意矣。然猶曰此集諸儒之説，非專朱子之書也。今矩所訂之書儼然朱子之書，世之學者遵信之而不復知其舛謬之若此也。盖《易》之最古而完者，及今猶可考見，故與世諗焉。

皇極數説

理數一也，岐而二之者，非也。言理不言數，此近世學者之通病，然天下豈有理外之數哉，故曰理數一也。邵子於數精矣，世之學者求之而不得其解，姑曰易之爲書，理而已矣，數非所尚也。豈不悖哉？皇極之數，世失其傳，嘗殫心研索，積數年之勤以求之，恍若鬼神之來告焉。已復參之書冊，遂無弗悉合者，故於理數之際有可得而略言者焉，大傳謂極其數遂定天下之象，大哉言乎！皇極之數斯當之矣。盖河圖之數，生於五而成以十，此數之始也。自十而百、百而千、千而萬而後謂數之極，易逆數必極其萬而千、千而百、百而十、十而零之數，而後謂極其數也。既能極其數矣，而後天下之象定焉。

夫見天下之賾者,儗諸形容,象其物宜,是之謂象,象誠天下之賾者哉!天下之賾,極之至於萬千百十零而天下之象定之,止於一二三四五六七八九十,而此十數者又止用其四焉。是天下之象四象焉盡之矣,故曰定也。其法以數求卦,上卦動,以動因十,以卦因零;下卦動,以卦因十,以動因零,再加卦數、爻數而先天之數成矣。通計萬千百十零之數,去萬以千百十零爲元會運世,是爲四象而五行生尅吉凶斷焉。以乾卦言之,六陽策數二百一十有六,如五爻動,是上卦動也。以原策數,二百一十有六爲本數,五爻加五十原策數爲數萬有八百,是爲以動因十,乾位一加一,原策數爲數二百一十有六,上下乾位各加一,爲數二,五爻加五,爲數五,是爲以卦因零,通計爲數萬有一千二百三十有九,是爲一二三九也。如二爻動,是下卦動也,以原策數二百一十有六,爲本數,乾位一加十,原策數爲數二千一百六十,是爲以卦因十二爻加兩原畾數,爲數四百三十有二。上下乾位各加一,爲數二,二爻加二,爲數二,是爲以動因零,通計二千八百一十有二,是爲二八一二也。以坤卦言之,六陰策數一百四十有四,如六爻動,是上卦動也。以原策數一百四十有四爲本數,上爻加六十原策數,爲數八千六百四十,是爲以動因十,坤位八加八,原策數爲數千有一百五十有二。上下坤位各加八,爲數十六,上爻加六,爲數六,是爲以卦因零,通計九千九百五十八,是爲九九五八也。如三爻動,是下卦動也,以原策數一百四十有四爲本數,坤位八加八十原策數,爲數萬有一千五百二十,是爲以卦因十,三爻加三原策數,爲數四百三十有二。上下坤位各加八,爲數十有六,三爻加三,爲數三,是爲以動因零,通計萬有二千一百一十有五。是爲二一一五也。以坎卦言之,二陽四陰,策數百六十有八。如四爻動,是上卦動也。以原策數一百六十有八爲本數,四爻加四十原策數,爲數六千七百二十。坎位六加六原策數,爲數一千有八。上下坎位各加六,爲數十有二。四爻加四爲數四,是爲以卦因零,通計爲數七千九百一十有二,是爲七九一二也。如初爻動,是下卦動也,以原策數百六十有八爲本數。坎位六加六十,原策數爲數萬有八千,是爲以卦因十,初爻加一,原策數爲數百六十有八。上下坎位各加六,爲數十有二。初爻加一爲數一,是爲以動因零,通計爲數萬有四百二十有九,是爲〇四二九也。以離卦言之,二陰四陽,策數百九十有二。如上爻動,是上卦動也。以原策數百九十有二,爲本數上爻加六十,原策數爲數萬有一千五百二十。是爲以動因十。離位三加三原策數,爲數五百七十有六。上下離位各加三爲數六,上爻加六爲數六,是爲以卦因零,通計爲數一萬二千三百,是爲二三〇〇也。如三爻動是下卦動也。以原策數百九十有二爲本數,離位三加三十,原策數爲數五千七百六十,是爲以卦因十。三爻加三,原策數爲數五百七十有六。上下離位各加三,爲數六,三爻加三,爲數三,是爲以動因零,通計爲數六千五百三十有七,是爲六五三七也。如三陽三陰之咸策數百有八十爲本數,上爻動,以動因十,加六十原策數,爲數萬有八百。以卦因零,兑位二加兩原策數,爲數三百六十。上兑位二加二,下艮位七加七,爲數九。上爻加六,爲數六,通計爲數萬有一千三百五十有五,是爲一三五五也。初爻動,以卦因十,艮位七加七十,原策數爲數萬有二千六百,以動因零,初爻加一原策數,爲數百有八十。上兑位加二,下艮位加七,爲數九初爻加一,爲數一,通計爲數萬有二千九百七十。是爲二九七〇也。如五陰一陽之復策數百五十有六。爲本數四爻動,以動因十,加四十原策數爲數六千二百四十。以卦因零,坤位八加八,原策數爲數千二百四十有八。上坤位八加八,下震位四加四,爲數十二。四爻加四,爲數四,通計爲數七千六百六十,是爲七六六〇也。三爻動,以卦因十,震位四加四十原策數,爲數六千二百四十。以動因零,三爻加三原策數,爲數四百六十有八。上坤位加八,下震位加四,爲數十二。三爻加三,爲數三,通計爲數六千八百七十有九,是爲六八七九也。推之至於他卦,悉準此法,先天之數無遺義矣。

三正説

夏書三正，傳謂爲天地人之正道。馬融曰：建子、建丑、建寅，三正也。孔穎達謂三正爲三才。按三正之説生於三律，成於三統。《漢書·律曆志》云：三統者，天施、地化、人事之紀也。十一月乾之初九，陽氣伏於地下，始著爲一，萬物萌動，鍾於太陰，故黄鍾爲天統。六月坤之初六，陰氣受任於太陽，繼養化柔，萬物生長，楙之於未令，種剛彊大，故林鍾爲地統。正月乾之九三，萬物棣通族，出於寅人，奉而成之，仁以養之，義以行之，令事物各得其理。寅，木也，爲仁，其聲商也，爲義故太蔟爲人統。此三律之謂矣，是爲三統。其於三正也，黄鍾子爲天正，林鍾未之衝丑，爲地正。太蔟寅爲人正。三正正始，是以地正適其始，紐於陽東北丑位。《易》曰：東北喪朋，乃終有慶，答應之道也。故三正之説，生於三律，成於三統者，謂此也。孔氏以三正爲三才，未知所據。《易大傳》曰：《易》之爲書也，廣大悉備。有天道焉，有人道焉，有地道焉。兼三才而兩之，故六六者，非他也，三才之道也。夫天下之事物，義則可以兼通，名不可以假借。若非然者，是《周易》可以言三正，《尚書》可以言三才，今既言三正矣，而以三才釋之，未見其可也。自是以來，解者紛然，其未有定矣。陳氏大猷《書集傳》或問馬氏以建子、建丑、建寅爲三正，如何？曰：新安王氏辨之已詳。使其果爲不用正朔，亦豈應言三正乎？曰：夏氏謂董仲舒言舜紹堯改正朔，如何？曰：漢儒多喜言改正朔，經内舜禹初無此也。按蘇氏有言，王者各以五行之德王，改正朔，易服色，自舜以前，必有以子丑爲正者。有扈不用夏之正朔、服色，是叛也。王氏辨之，謂堯之授時以寅爲正月，舜因之，至商乃以十二月爲歲首，至周乃以十一月爲歲首。堯舜之前，安有丑正子正乎？按鄭康成謂帝王易代，莫不改正。堯正建丑，舜正建子，正月上日者，未即位未改堯正也。月正元日者，即位之後乃改堯正也。孔氏不取其説，謂先儒王肅諸人以爲惟殷周改正，易民視聽，自夏已上，皆以建寅爲正歲二月。傳言既班瑞之明月,以此爲建寅之月也。按傳云班瑞之明月,並不言寅。穎達直謂以此爲建寅之月,是其臆説,非傳意也。若夫王氏之辨,襲潁達之説,吾無取焉。又謂漢儒多喜言改正朔,經内舜禹初無此,然則建寅之月,經内曾有此乎?程氏大昌云,創建丑子,惟商周耳。唐迄夏即皆建寅,高堂隆謂舜更堯曆,首歲以子,堯同少昊,首歲以亥,皆不與《詩》、《書》合。夫舜首歲以子,堯首歲以亥,雖不見於《詩》、《書》,而謂自唐迄夏即皆建寅者,果《詩》、《書》之明文歟?《詩》、《書》既無建寅之説,而謂皆不與《詩》、《書》合者,果何所指與?此其説皆祖禰穎達,與經背馳而尤其甚者。王耕野氏《讀書管見》云,怠棄三正,以爲子丑寅之正。不知王朝頒朔三正,並頒於諸侯耶?抑止頒寅正也?而奈何責有扈以怠棄三正,且不奉正朔,是欲擅變禮樂,改易制度,何得云怠棄?或者以爲養民莫重於六府三事,威侮五行是不修六府,怠棄三正是不務三事,爲諸侯而不知養民,此天所以絶之也。按王氏此説較諸説爲優,似可以折吾之説者,請得與辨之。王氏云止頒寅正,固矣。而經言三正者,特以三正命於天而行於人者也。有扈氏不畏天,不恤人,故雖頒寅正而兼言三正者,正所以深責之也。王氏云不奉正朔是欲擅變禮樂、改易制度,何得云怠棄?夫王氏之説誠善矣,然經所謂怠棄者,正以其不畏天、不恤人,兼三正之義以深著其罪,故謂之怠棄云爾。衆言淆亂若此,則盍不觀朱子之言乎?朱子曰:天開於子,地闢於丑,人生於寅,故斗柄建此三辰之月,皆可以爲歲首。又《語録》云:邵子《皇極經世書》一元統十二會,一萬八百年爲一會。當初一萬八百年而天始開,在子會;又一萬八百年而地始成,在丑會;又一萬八百年而人始生,在寅會。邵子於寅上方注一開物字,子丑寅皆天地人之始,故皆可以爲正。蔡氏沈習聞此説,故《集傳》謂三正,子丑寅之正也。三正迭建,其來久矣。舜協時月正日,亦所以一正朔也。子丑寅之建,唐虞之前嘗已有之。蔡氏斯言可謂得之矣。至有扈氏暴殄天物,輕忽不敬,林氏之奇《尚書全解》云,但言其廢三綱五常耳。此盖模稜之言,宋人如此者甚衆,皆不足與辨者。以林氏於《尚書》最有名,故及之。自漢唐迄宋元,碌碌者無論已,其爲説之最著可以害經而惑世者,故取以致辨焉。

方澤壇左右辨

王者南面以聽天下,宫室廟庭,罔弗南嚮。故古北郊位皆南嚮,無北嚮,配位皆西嚮。宋政和間用北牖荅陰之義,始改地壇位北嚮,而太祖配位東嚮。盖壇位既北嚮,則西爲位左方,配位居西東嚮,是左昭之義也。南渡後壇復南嚮,明嘉靖九年建方澤壇,用宋政和制,地祇北嚮。《祀典考》曰:配位居左,既曰左則宜東嚮明矣。王圻《續文獻通考》載嘉靖初年祀方澤儀注云,配位西嚮,當是時猶未用政和之禮也,其西嚮也固宜。今壇制沿明舊而用儀注西嚮之文,不察配位居左之義。夫今之方澤,非嘉靖初年之方澤,是用政和禮改建之方澤也。壇位既北嚮矣,而仍以東爲左,以西爲右,則是尊昭也,而顧使居於穆。次,穆也。而顧使居於昭,以昭居穆,以穆居昭者,是有司失考,昧左右之義矣。盖東與西爲定位,左與右爲虚名,配位之或東或西,從壇位之南嚮北嚮也。北嚮之東,乃南嚮之左,非北嚮之左也。北嚮之西,乃北嚮之左也。故方澤北嚮,宜取左而居西嚮東,不宜仍從南嚮,取東而居右也。今位西嚮,是居南嚮之左,非居北嚮之左矣。按禮昭穆,昭南面,穆北面,昔之所謂南北,今之所謂東西也。今之所謂左右,昔之所謂昭穆也。是左爲昭,右爲穆也。若宜東嚮而西嚮,是宜居左而居右矣,是以右爲昭而左爲穆矣。由是位不得不東嚮,則宜穆而乃昭矣。當時禮官忽左右之位,執東西之名,以有定之東西冒無定之左右,其於昭穆之義,果皆合歟?否歟?於愚心竊有未安也,當俟諸議禮之君子焉。

春秋齊桓晉文説

古者建國,親侯列爵,惟五而統於一尊,大小相維,厥有常制,而强凌弱，衆暴寡，挾天子以令友邦，率羣力以侮孤國，此三王之罪人，萬世之所公惡也。是以仲尼之徒無道桓文之事者，而夫子曰其事則齊桓晉文者，其故何哉？或謂隱桓之世，王室卑而齊伯興，《春秋》之所由以始。定哀之世，中國衰而晉伯廢，《春秋》之所由以終。若是則《春秋》爲奬伯之書，喜其興而懼其廢也。夫竊天子征伐之權，挾諸侯以會盟之事，名爲尊王，實以自雄，開兼并之漸，兆禍亂之原，聖人謹微防患之心，不如是其踈也。《春秋》懼亂而作，桓文之事，聖人之所大懼也，是所由以書也。不然者，以二百四十二年之記一百二十四國之行事，朝會盟聘、圍伐滅入無有不書，而獨曰其事則齊桓、晉文者，豈真有慕於伯者之爲哉？或曰：方伯得專征伐，是天子之所與也。然不請於天子而主盟擅討，執其君，殺其臣，滅其土地，無王之甚矣！《春秋》豈與其無王者哉？其曰其事則齊桓、晉文者，嚴首惡也，是《春秋》之旨也。

春秋明天道説

《春秋》以禮樂征伐之權歸於天子，凡不出於天子而私會、私盟、私相朝、私侵、私伐、顓殺者，《春秋》皆罪之。夫禮樂征伐之權，天子有之，雖天子亦不得而自私之也。天之所命，要當以天事行之，故《春秋》者，天道也。《書》曰：天佑下民，作之君，作之師，惟其克相上帝，寵綏四方，有罪無罪，予曷敢有越厥志？又曰：天叙有典，勑我五典五惇哉！天秩有禮，自我五禮有庸哉！天命有德，五服五章哉！天討有罪，五刑五用哉！是天之所命，天子亦不得而私之也。而有一人之敢衡行，敢作好惡，作威福，是謂逆天。故凡《春秋》之所誅，天之所誅也。故曰《春秋》天道也。漢以來説左氏者，以爲《春秋》周公之志。周德衰，典禮喪，宣父因魯史成文，考其真僞，正其典禮，上以尊周公之制，下以明將來之法。爲公羊者曰：春秋變周之文，從夏之質，甚則以爲黜周王魯也。爲穀梁者曰：平王東遷，周室微弱，天下板蕩，王道盡矣。夫子傷之，乃作《春秋》，所以明黜陟、著勸戒，成天下之事業，定天下之邪正。三家之説，穀梁近於理，而未得聖人之心。後世遂有以天命爲不足畏者，是使聖人之心不明於天下也。春秋之時，王者徒擁虛號於上，勢不若一執國命之陪臣。《春秋》於春正月既以繫之於王，其意以爲天下習見王者之不足尊也，又尊其名曰天王。天下敢不尊王，有敢不尊天者乎？是可以見《春秋》之志也。夫會盟朝聘、侵伐刑殺之權攘竊之既久，馴至於弑逆，原其始，皆無王之一念爲之。而《春秋》曰：有天在焉，天在，斯王在也。亂臣賊子之敢於推刃於其君父者，以謂無天耳。今曰天王，是王可無，天亦可得而無也耶？天卒不可得而無，是王卒不可得而無也。故曰《春秋》之志也。其他日食星變、水旱雨雹、冰雪孛彗，凡關天事者尤致謹焉。傳曰：聖人以天自處，故聖人者，一天也。《春秋》一天道也。

春秋因事約文説

天地之道，易簡而已矣。聖人之道，法天地而已矣。《易傳》曰：言行，君子之所以動天地也。見之於行事者謂之行，見之於口、見之於書者謂之言。孔子曰：我欲載之空言，不如見之行事之爲深切著明也。然則《春秋》者，聖人之言，王公卿大夫之行事而即聖人之行事所由寓焉者也。聖人之言行無有不本於易簡者，況其制作之書乎？孔子生當文勝之時，嘗自歎曰："文勝質則史"。古者天子有史官，列國有國史，大事書於策，小事書於簡牘。當其盛也，無飾行，無支言，彬彬然文有其質者，杜預所謂舊典禮經是也。平王之世，隱公以來，官失其守，史所記注皆違舊章，是孔子之所歎也，是文勝其質者也。孔子取魯史記，因事約文，二百四十二年之事約於一萬八千言之間，文高而旨遠，辭少而義詳。要其意，歸於易簡而已矣。傳《春秋》者，左氏、公、穀，鄒夾其後，遞相師授，爲論注傳疏者百千人。何休所謂講誦師言，至於百萬，猶有不解，時加讓嘲者也。其辭愈費，而聖人之意愈隱矣。以二百四十二年之事，費辭至百萬之多，而猶有所不解，使其上叙二千四百三十二年之遠，其辭之費而不解者，又焉有窮乎！夫天地無終極者也，二百四十二年其間一旦暮耳，由無終極以後，以紀無終極以前，其辭之費不知又當何如也。然則《春秋》之作，聖人之慮在萬世者也，豈真爲旦暮之間而然歟？故後世不達《春秋》之意，不可以爲史；不知易簡之道，不可以達《春秋》。

《春秋》爲史法説

《春秋》聖人之史也，非經也，後世謂之經也。有史官之史，未經筆削之《春秋》是也。有聖人之史，既經筆削之《春秋》是也。聖人之史，古無此體，乃夫子斷自聖心、創爲義例，爲萬世不刊之史法也。杜預曰：遵周公之遺制，又曰：明周公之志。以爲明周公之志則可，以爲遵周公之制則不可。柳宗元言杜預謂例爲周公之常法，曾不知侵伐入滅，周公之盛時不應預立其法，柳子可謂知言矣。故《春秋》者，由周公以來未有此體也。聖人爲史法以詔萬世，曰其文則史，而後之人名之曰經。名之經者，其意主於尊聖人，而後世遂專以經尊《春秋》，而不知爲聖人之史，於是聖人之史法遂亡。《春秋》有達例、有特筆，達例者，史官之史也；特筆者，聖人之史也。聖人之特筆如化工之生物，不必駢枝儷葉，節節而生之而全體已具。史官之達例欲圖日月而繪天地，不已難乎？曰：聖人爲史法以詔萬世，後之爲史者以《春秋》爲法，可乎？曰：奚爲而不可？有聖人之才則可，無聖人之才則妄也。曰：然則如之何？曰：姑爲史官之史焉，烏知後世不有聖人者出與？

古不修墓辨

孔子葬母於防，爲四尺墳，遇雨而崩，弟子修之，以告孔子。孔子流涕曰："吾聞之，古不修墓。"劉向曰：蓋非之也。又言殷湯無葬處，文武周公葬於畢，秦穆公葬於雍橐泉宫祈年館下，樗里子葬於武庫，皆無丘隴，謂爲賢君智士遠覽獨慮無窮之計。噫，亦過矣。凡向之言，特借以成其薄葬之説，而不自知其言之過也。夫以人子之葬其君親，必令後世無丘隴之可尋，恒人之情有不安於此者矣。而謂弟子之修墓，孔子非之，則尤爲不知言而昧於聖人之所爲也。《儀禮》筮宅曰："度兹幽宅，兆基無有後艱。"既井椁，則又卜之曰："考降，無有近悔。"及葬，實土三。其慎如是，孟子所謂盡於人心也。古不修墓之語，殆猶無有後艱、無有近悔之義乎？墳雨而崩，蓋孔子傷之也，非非之也。向之言何其過歟！康熙庚申閏八月晦日書於百鶴新阡丙舍。

午亭文編卷二十三

雜　著

家氏鉉翁原夏正辨

《春秋》自左氏言周正,歷戰國秦及漢,諸儒以專經名家,至魏晉隋唐五代之季千七八百年並無異義焉。中間惟穀梁解烝祭曰烝冬祭春興之志,不時也。似以春爲建寅之月,亦未顯言之。陸淳氏祖述啖趙氏,始往往習攻左氏,務與爲異,然亦未有夏正之説也。逮宋儒,始有三代改正朔、不改時月之説。於是劉敞氏、胡安國氏、陳傅良氏諸人競爲新意,顓信己見,不顧聖經,而夏正之説紛然至不可窮詰矣。家氏鉉翁爲《原夏正》張皇其辭,後之附會者若程端學氏、俞皋氏衆矣。然亦時相牴牾,不能自守其説。大抵家氏爲尤辨,有害經意,今撥採諸家説與左氏同者而裁以己意,與辨之。

家氏曰:寅夘辰爲春,寅爲歲首,此百王不易之正也。虞夏而上,春首寅,歲首寅,天時、王正,兩得其正。自商人以建丑爲歲首,周人復以建子爲歲首,而百王之正與二代之歲首始判爲二。夫子行夏之時,欲正與時,皆以寅爲首,革二代之歲首而從百王不易之正。此夫子平日之志,故筆之於《春秋》,曰元年春,又曰王正月,春之下著正,以見天時在是王正在,是垂萬世不刊之法也。又曰:周雖建子爲歲首,不過發號施令自此而始,而所以揆時授功者夏時夏正也。彼謂以建子首十一月者,左氏之誤也。彼謂變易四時以子丑寅爲春,夘辰巳爲夏,午未申爲秋,酉戌亥爲冬者,孔安國、鄭康成之大誤也。歲首者，特以發號施令，而正月則以紀年授時，歲首可改而正月不可改也。愚按歲首者，歲之首一月也。孔子謂行夏之時，不謂行夏之歲首。春夏秋冬謂之時，若商、周止以丑、子月爲歲首，而不以爲春，是本不改時也。既不改時，是時仍夏之時也，孔子又何必曰行夏之時乎？若不過以歲首發號施令而已。春夏秋冬十二月次一無改易，則是所關於政治得失之數、天時人事後先緩急之宜，尤非其最要者，而孔子必曰行夏之時，不太鄭重矣乎？周禮正月之吉始和，布治於邦國都鄙，乃縣治象之法於象魏，使萬民觀治象，浹日而斂之。如家氏之説，則此正月是夏之正月，既以其時布治於邦國都鄙矣，而所謂歲首發號施令自此而始者，其又所發者何號？所施者何令乎？號令之大者無過於治象之法，今既以夏正月布之於邦國都鄙矣，則是歲首更無號令之發施，泯然都無所事而周人姑爲此無用之虚名而已。無用之虚名周人何所取焉？孔子何必欲正焉？《周禮》小宰"正歲，率治官之屬而觀治象之法"，鄭康成注云：正歲謂夏之正月，得四時之正以出教令。蓋周建子之月既布治於邦國都鄙，而於建寅之正歲，小宰乃帥治官之屬觀治象之法。是正月者周正月，正歲者夏正月也。家氏豈知此義乎？又按張氏洽云，此所謂春乃建子月，冬至陽氣萌生，在三統爲天統。蓋天統以氣爲主，故月之建子即以爲春，而丑寅之氣皆天之所以生。劉歆云：三統者，天施、地化、人事之紀。天施，周正建子也。地化，商正建丑也。人事之紀，夏正建寅之謂也。聖人雖欲行夏之時，而《春秋》因史作經，方尊周以一天下，豈遽改其正朔哉？又按曹魏明帝景初元年，有司言魏得地統，宜以建丑之月爲正。三月定曆改年爲孟夏四月，改太和曆曰景初曆，其春夏秋冬、孟仲季月雖與正歲不同，至於郊祀迎氣、礿祠烝嘗、巡狩蒐田、分至啓閉、班宣時令、中氣早晚、敬授民事，皆以正歲斗建爲曆數之序。齊王芳復用夏正，以建寅之月爲正始元年正月，以建丑月爲後十月。於此益知魏承漢後，改時改月，漢有定制，傳之自古，魏人知之最明，故踵而行之，初不以爲異也。後人以《史記》漢冬十月爲不改時月之證，若漢初不改時月，魏有司何緣得請以建丑之月爲正，而魏之君臣頗皆涉學慕古，又何緣定曆改年以三月爲孟夏四月乎？家氏不徵信於古，而以耳食之説逞其臆見，可謂愚而自用者矣。

家氏曰：《書·伊訓》：元祀十有二月乙丑，伊尹奉嗣王祗見厥祖。《太甲》中篇：三祀十有二月朔，伊尹奉嗣王歸於亳。此十二月乃商家之歲首，而但謂之十二月。以見商家雖以建丑爲歲首，未嘗改十二月爲正月也。按趙氏汸云：《漢書·律曆志》據三統曆，商十二月乙丑朔旦冬至，即書《伊訓篇》太甲元年十有二月乙丑伊尹祀於先王，以冬至越茀行事，其所引書辭有序皆與僞孔書伊訓篇語意不合，且言日不言朔，又不言即位，則事在即位後矣。凡新君即位，必先朝廟見祖而後正君臣之禮，今即位後未踰月復祠於先王，以嗣王見祖，此何禮也？暨三祀十有二月朔，奉嗣王歸于亳，是日宜見祖而不見，又何也？所謂古文尚書者，掇拾附會，不合於經，蓋如此説者，乃欲案之以證殷周不改月，可乎？又言後九十五歲十二月甲申朔旦冬至，無餘分。春秋曆周文王四十二年十二月丁丑朔旦冬至，後八歲爲武王伐紂克殷之歲。二月己丑晦大寒，閏月庚寅朔三月二日庚申驚蟄，周公攝政五年正月丁巳朔旦冬至。《禮記》孟獻子亦曰正月日至七月日，至其説皆與傳合。夫冬至在商之十二月，在周之正月，大寒在周之二月，驚蟄在三月，夏至在七月，而太初曆其在立冬小雪則曰於夏爲十月，商爲十一月，周爲十二月。唐人大衍曆追算春秋冬至亦皆在正月，孰謂殷周不改月乎？陳寵曰：陽氣始萌，有蘭射干芸荔之應，天以爲正，周以爲春。陽氣上通，雉雊雞乳，地以爲正，殷以爲春。陽氣已至，天地已交，萬物皆正，蟄蟲始振，人以爲正，夏以爲春。蓋天施於子，地化於丑，人生於寅，三陽雖有微著，三正皆可言春。此亦曆家相承之説，所謂夏數得天，以其最適四時之中爾，孰謂建子非春乎？

家氏曰：臨卦之彖辭曰："元亨，利貞。至於八月有凶"指觀而言也。臨二陽四陰之卦，直十二月，觀四陰二陽之卦，直八月。蓋自今年十二月，指明年八月而言。當二陽之浸長，豫憂四陰之將盛，以臨觀相爲反對云爾。是時商人以丑爲歲首，而文王之彖惟從夏正，此商家月次不易之明證也。按張氏以寧云，本義之説以八月爲自復卦一陽之月，至遯卦二陰之月，陰長陽遯之時，又謂此爲建酉之八月，爲觀亦臨之，反對兩從其説而不決。前説從何氏周正也，後説從緒氏夏正也。復之彖曰七日來復，是自夏正五月一陰，長數至夏正十一月一陽來復。日屬陽，故陽稱七日扶之，欲其亟長也。於《七月》詩一之日、二之日、三之日、四之日，即此義也。今臨之彖曰八月有凶，是自夏正十二月。二陽長數至夏正七月，二陰長屬陰，故陰稱八月，抑之欲其難長也。盖復彖自復數起爲七日矣，則臨卦當自臨數起，不當又自月復數起。當自夏十二月數起，不當自夏十一月數起。若自臨卦夏十二月數起，則自臨至遯，爲夏之六月，僅得七月，不可言八月有凶。若自臨卦夏十二月數起，則自臨至觀，爲夏正之八月，又九閲月，不可言八月有凶。今自夏十二月數起，至夏正之建申七月，恰是八月，於時爲商正之八月也，於卦爲否。三陰長而陽消，故其彖曰："否之匪人，不利君子貞。"天地不交，萬物不通，其凶甚矣。非若遯，猶有厲而觀絶無凶也。而况否之彖曰："小人道長，君子道消"，而臨於八月有凶之傳曰："消不久也。"正指否卦而言，至爲明白。今若以爲遯，是文王而用周正也，以爲觀，是文王而用夏正也。文王作爻辭時爲商，西伯爲商之臣，用商之正，復何疑乎？若爲商之臣而用周正，是僭號稱王而改商正朔，大不可也。爲商之臣而用夏正，是不奉時王正朔而用異代正朔，亦不可也。孔氏從漢諸儒之説，是矣。近時儒者陸山李氏舜臣亦有謂文王演易時猶爲西伯，安有未代商已用周正，此固不攻而自破是矣。而又謂臨於月爲丑，乃商人之正，文王逆知盛衰消長之數，寄之於易，謂今雖盛大臨人之勢，後且有終凶必然之理，爲萬世戒，其意微矣。愚恐聖人正大寬厚之心不如是也。且宋代諸儒極辨文王未嘗稱王，而猶爲此論，故愚極辨文王奉殷正朔以服事殷之爲至德者焉。

家氏曰:《周書·泰誓》:"一月戊午,師渡孟津。"《武成》:一月旁死魄。一月者,建寅之正月也。春大會於孟津者,夏時孟春建寅之月也。不言正月而言一月者,先儒謂商人建丑爲歲首,故避正之名而謂之一月,理或然也。孔氏乃以一月爲建子之月,其意以爲三代改正朔,必改月數,改月數,必以其正爲四時之首。夫豈知改正朔者不過更其歲首,春夏秋冬可得而變易乎?十二月次可得而紊乎?按《漢書·律曆志》云:師初發以殷十一月戊子,日在析木箕五度,月在房五度,後三日得周正月辛夘朔,合辰在斗前一度,斗柄也。故傳曰:"辰在斗柄"。明日壬辰,晨星始見。癸巳,武王始發。戊午,度於孟津。孟津去周九百里,師行三十里,故三十一日而度。明日己未冬至,晨星與婺女伏,歷建星及牽牛,至於婺女天黿之首。蓋志謂戊子者,夏正亥十月之戊子,而明言殷十一月後三日辛夘朔者,夏正之子十一月,商正之十二月。而明言周正月戊子至戊午三十一日,明日己未冬至,周正月之二十九日,夏正之十一月也。冬至以十一月,周以冬至子月爲正月,又何疑乎?又按《律曆志》引《周書·武成篇》云:"惟一月壬辰旁死霸,孟康曰:月二日以往,月生魄死,故言死魄。魄,月質也。師古曰:霸,古魄字,同。若翌日癸巳,武王乃朝步自周,于征伐紂。"《序》曰:"一月戊午,師度于孟津,至庚申,二月朔日也。四日癸亥至牧壄,夜陳,甲子昧爽而合矣。"故外傳曰:"王以二月癸亥夜陳",《武成》篇云:"粵若來三月,既死霸,五日甲子,咸劉商王紂。"是歲也,閏數餘十八,正大寒中,在周二月己丑晦。明日閏月庚寅朔,三月二日庚申驚蟄,四月己丑朔死霸。死霸,朔也;生霸,望也。是月甲辰望,乙巳旁之,故《武成》篇云:"惟四月既旁生霸,越六月庚戌,武王燎于周廟。翌日辛亥,祀于天位,粵五月乙卯乃以庶國祀馘於周廟。"志所引書顔師古以爲今文《尚書》,而孔潁達謂僞書,然其日月與今《泰誓》、《武成》同,而皆以一月爲周之正月。家氏未之詳考,而直以謂夏時孟春建寅之月,其謬甚矣。張氏以寧辨此最詳,而又引書所言與周正合者甚衆,如《金縢》秋大熟未穫,天大雷電以風,禾則盡偃云云。歲則大熟謂《豳風》夏正云八月其穫，則此云秋者，周正七月也。八月雷收聲，雷電以風，爲七月也。後言歲則大熟指十月也。何以知其爲十月，《豳風·七月》之詩曰："十月納禾稼，黍稷重穋，禾麻菽麥。"朱子《集傳》以爲自田而納於場者無所不備，則禾稼總五穀而言也，五穀皆熟爲有年，故書之曰歲則大熟，猶《春秋》並書麥禾也。禾該五穀而言也，五穀咸不熟爲饑歲，故書之曰冬大無麥禾。蓋周以十一月爲歲首，十月爲歲終，會計歲事皆於十月，以是知其爲十月也。此篇《春秋》不書月，以七月於夏周皆秋，無俟乎書月。《春秋》書冬不書月，以十月於夏商皆冬，亦無俟乎書月也。然則此篇之秋大熟亦周時也。《召誥》："惟二月既望，越六日乙未，王朝步自周，則至于豐。惟太保先周公相宅，越若來三月，惟丙午朏。越三日戊申，太保朝至于洛，卜宅。厥既得卜，則經營。越三日庚戌，太保乃以庶殷攻位于洛汭。越五日甲寅，位成，若翼日乙卯云云"。越三日丁巳云云，越七日甲子云云，謂此。言周之三月爲農時，是夏之正月也。則二月既望爲夏之十二月也，與《小明》詩二月初吉同也。二月不繫之時者，二月於周非春也。《洛誥》曰："惟三月哉生魄，周公初基作新大邑於東國洛。"舊脱簡在《康誥》，先儒定爲《洛誥》文，今從之。予惟乙卯朝至于洛師，戊辰王在新邑烝祭歲，文王騂牛一、武王騂牛一，王命周公後作冊逸誥在十有二月，謂《律曆志》是歲十二月戊辰晦，周公以反政。故《洛誥》篇曰：戊辰，王在新邑烝，祭歲，命作冊，惟周公誕保文武受命，惟七年周十二月夏十月也。周以十一月改正月爲歲首，故曰烝祭歲，孔説是也。冬祭曰烝，此月烝祭者。趙匡曰：四時之祭皆夏時也，篇首惟三月，夏之正月也，不繫之時。《多士》篇惟三月周公初于新邑洛，《多方》篇惟五月丁亥王來自奄，至于宗周，謂二篇皆周月也。《多方》五月不繫之夏者，五月於周非夏也。顧命惟四月哉生魄，王不懌。甲子云云，越翼日乙丑云云，丁夘命作冊，度越七日癸酉云云，謂金縢書時不言月，《召誥》、《洛誥》、《多士》、《多方》、《顧命》書月日不書時。蓋周以子月爲正，於夏正有兩月之不同，夏正自前代行於民間已久，而正月正歲又自有參差之不齊，故於時月日之書皆不相繫，以一臣民之耳目視聽使之不惑，此周一代書法也。厥後魯公《費誓》："甲戌，我惟征徐戎"，"甲戌，我惟築"，猶周之書法，見魯用周正朔也。《畢命》："惟十有二年，六月庚午，月〔一〕。越三日壬申，王朝步自宗周，至于豐，以成周之衆，命畢公保釐東郊。"謂漢《律曆志》言康王十二年六月戊辰朔三日庚午，故《畢命》豐刑曰："惟十有二年六月戊辰朔，三日庚午朏，王命作策豐刑。"孟康注曰："逸書篇名，漢儒未曾見，今《畢命》也。今《畢命》篇首年月日皆備，與周史官書法見於伏生口受者異，非特文章體製氣象之不同，此所以爲孔壁後出之書也。以上並因張氏原文。"凡此皆家氏所未能及，故備録焉。至所謂春秋冬夏不可得而易，十二月次不可得而紊，誠有是理矣。然使春秋冬夏果不易、十二月次果不紊，則夫子亦無爲貴行夏之時矣。按黄氏澤云，商周本是錯改時、錯改月，但學者不肯爲商周認錯。若肯爲商周認錯，則經旨自然明白矣。

【校記】

〔一〕月　《周書·畢命》作"朏"。

家氏曰：《詩·豳風》"七月流火，九月授衣"者，夏時也。《小雅》北伐"四月維夏，六月徂暑"等詩，與《周頌·臣工》"維莫之春"者，皆夏時也。臣工之詩乃諸侯助祭，及莫春遣之歸國，告戒之辭也，曰："維莫之春，亦又何求？如何新畬，於皇來牟。將受厥明"，言莫春則當治耕作之事，牟麥將熟，可以受上帝之明賜。夫牟麥將熟則建辰之月，夏正之季春也。而鄭氏箋詩乃指周之暮春爲夏之孟夏，則四時爲之易位，其舛豈不甚乎？按《豳風》之詩，周公陳后稷先公風化之所由也。后稷虞夏之際封於邰，及公劉能復修后稷之業，遷於豳。今作詩追述前烈而記以先代之時月，豈得取以爲周因夏時之證乎？况詩所云："一之日觱發，二之日栗烈，三之日于耜，四之日舉趾"，則又明言周正矣。一之日，毛氏所謂十之餘，盖十又一月建子之月,周之正月也。二之日,建丑之月,周之二月也。三之日,建寅之月,周之三月也。四之日,建卯之月,周之四月也。若謂周不改月數,何得有此一二三四月之名乎?既以建子爲一月,而又有二三四月之名,則不得仍以子爲十一月,丑爲十二月,寅爲正月,卯爲二月矣。此乃事理之顯然無足深辨者,而家氏不察,何與?北伐之詩:“六月栖栖,戎車既飭。”按張氏以寧云:周六月,夏四月也,盛暑非玁狁入寇時也。《四月》之詩:“四月維夏,六月徂暑。”“秋日淒淒,百卉具腓。”“冬日烈烈,飄風發發。”按張氏以寧云:周之四月,夏二月也。《春秋》王正月,朱子以爲周改正月爲春,則此二月爲夏矣。周之六月,夏四月也。徂暑者言自此而往以至於盛暑也。《詩》曰:“我徂惟求定”,曰:“我徂東山”,曰:“自我徂矣,三歲食貧”,曰:“我征徂西”,《書》曰:“攸徂之民,室家相慶”,皆自此往彼之辭。今若以徂暑爲暑往,則《豳風》夏正之七月大火始西流而暑猶未退,不可以爲夏六月而暑已往也。以爲暑自此而往,則夏六月爲季夏,非暑。自此而往於盛也,進退兩無所當,故知此詩周月也。朱子《集傳》曰:淒淒,凉風也。卉,草。腓,病也。《禮記·月令》曰:孟秋,凉風至,天地始肅。《漢書·律曆志》曰:陰氣夷當傷之物,夷則,位於申,在七月,則秋日淒淒,百卉具腓,指夏七月也。孟子曰:“秋陽以暴之”,《集注》曰:秋日燥烈也。《月令》仲秋之月盲風至,注:盲風,疾風也。朱子《集傳》亦曰:發發,疾貌,則“冬日烈烈,飄風發發”指夏八月也。然則此詩之秋冬,亦周時也。《臣工》之詩:“嗟嗟保介,維莫之春,亦又何求?如何新畬,於皇來牟,將受厥明。明昭上帝,迄用康年。命我衆人,庤乃錢鎛。奄觀銍艾。”按張氏以寧云,蔡氏《書傳》引此以爲牟麥將熟,其爲季春可知。今考之於全篇,則其曰:“如何新畬,命我衆人,庤乃錢鎛”,即《七月》之詩曰:“三之日于耜,四之日舉趾”。周官遂大夫正歲簡稼器,謂耒耜鎡基之屬;修稼政,謂修封疆、相丘陵原隰,皆孟春之事。“嗟嗟保介”,即《月令》孟春之月天子祈穀於上帝,載耒耜措之於保介之御間,帥三公九卿、諸侯大夫躬耕帝藉之事也。若待建辰之三月始治新畬、始庤錢鎛，不亦晚乎？非夏之季春明矣。若但以來牟將受厥明爲三月，則詩曰："將受厥明"，不曰將熟夫麥種於今之八月，長於三春月，至四月而始登，五月而盡刈。周都關右，地尤高寒，而將之云者，未爲而預言，未至而預期之辭，詩人之言緩而不迫，似難以一句盖全篇而定其爲夏之三月也。朱子以此篇爲戒農官之詩，引《月令》、《吕覽》皆爲藉田而言，竊因是説以爲此詩乃孟春祈穀上帝、躬耕藉田而戒農官也。麥爲五穀之中續食之最重者，孟春之時三陽動，麥已生長，是以祈穀之辭，先言將受來牟之明賜，繼之以迄用康年，而終之以奄觀銍艾，祈之明神。欲五穀之皆熟，故並言之。猶《春秋》書麥禾於冬，以該五穀之義也。若以來牟將熟爲春三月，則冬十月非麥熟之時，不得言無麥矣。盖《春秋》並書麥禾於終，而著五穀之大，無此詩並言來牟銍艾，於始而期五穀之大有，然則將受厥明乃期之之辭，非即時賦物之比，不可以文害辭也。而此詩爲周季春夏之孟春也明矣。愚謂張氏之説當矣。然詩人之辭，引物連類，不同記事如《豳風》之詩，兼用夏月、周月，而又或引《楚辭》"攝提貞於孟陬"、"悲哉秋之爲氣"以證夏正者，亦何足辨哉！

家氏曰：周官冬日至祀圜丘，夏日至祀方澤，季春出火，季秋納火，仲夏斬陰木，仲冬斬陽木，皆指夏時而言也。凌人掌冰，正歲十二月令斬冰，傳者云：夏正十二月，今之季冬也。若以爲周正十二月，今之孟冬，水始凍，冰未及堅，冰可藏乎？内宰仲春詔内外命婦始蠶，夏仲春也。若以爲周之仲春，今十二月而可蠶乎？天官正月始和，布治於邦國都鄙者，亦夏正正月也。而傳乃以爲周正建子月，此一時而從周、從夏之不同，其實正月布治者，亦夏正月也。又如《禮記・月令》一篇純用夏正者也。按冬日至祀圜丘、夏日至祀方澤，及出火、納火諸事，皆用夏正者。周禮有正月正歲，若此類皆所謂正歲者也。《禮記・月令》皆用夏正，亦周禮正歲之義，是以朱子有云，據周禮有正歲正月，則周實是元改作春正月，盖此正可以證周正之實，不可舉以爲夏正之驗也。

家氏曰：雜記載孟獻子之言曰，正月日至可以有事於帝，七月日至可以有事於祖，此一節乃漢儒記禮者傳聞之誤。古有冬日至、夏日至者，未聞有春日至、秋日至者也。今指周正建子爲春爲正，是春而日至也，其可乎？又指周正建午爲秋爲七月，是秋而日至也，其可乎？二至既舛，二分亦隨之而舛，必將以夏正十二月半爲春分，六月半爲秋分，陰陽可得中乎？寒暑可得平乎？按家氏此論則是自攻其説矣。獻子言正月日至，不言十一月日至，言七月日至，不言五月日至，家氏明知其説之非是，而雜記之言不易叛也，故移其咎於漢儒記禮者，適足以彰其陋而已矣。至於分至啓閉，則《周禮》正歲之説、《禮記·月令》之文，可以得其義也，而豈慮其或舛乎？按趙氏汸云，傳於僖公五年春記正月辛亥朔日南，至昭十七年夏六月記太史曰：在此月也。日過分而未至，當夏四月，是謂孟夏。又記梓慎曰：火出於夏爲三月，於商爲四月，於周爲五月，皆以周人改時改月，春夏秋冬之序則循周正分，至啓閉之候，則仍夏時。趙氏之説得其義矣。

家氏曰：汲冢書周月、解時、解訓等篇，四時中節，大率與月令相似。且其言曰：夏數得天百，王所同，亦越，我周作正，以垂三統。至於敬授人時，巡狩烝享，猶自夏焉。又有嘗麥，解曰：成王四年孟夏初，謁宗廟，乃嘗麥於太祖。若以夘月爲孟夏，安有麥可嘗乎？按汲冢書雖不可爲據依，然明言周家作正，以垂三統，而家氏則以爲周不改時月，明言敬授人時，巡狩烝享，猶自夏時，而家氏則凡若此類輒據以爲夏正之證，何其説之自相矛盾耶？至成王即位四年，初謁宗廟，事不見於經傳。嘗麥之解，不足深論也。

家氏曰：又如《魯論》曾點舍瑟一章，所謂暮春者。亦可指爲夏正之正月乎？今之正月寒意成之候，其浴、其風皆不當在此時，則此暮春非夏時而何？按此乃一時問對之語，記者筆之於書。當時文章論議、民俗話言、風謡傳播，猶多因夏正，如今人稱官爵州郡，猶承用古時名目者然。未可執是以爲確證也。

家氏曰:《孟子》:“十一月徒杠成,十二月輿梁成”云者,本言修治橋梁,必在冬深水涸之時。徒杠十一月可成,澗水先涸也。輿梁必十二月乃成,河水後涸,至是時乃可施工云耳。傳者引夏令爲證,則非本旨。按朱子《集注》曰:周十一月,夏九月也。周十二月,夏十月也。夏令曰:十月成梁。而家氏强爲之辭,其悖甚矣!

家氏曰:河南程先生謂春秋假天時立義,有夏時冠周月之説。胡文定祖述其説,一以夏時周月爲斷時,夏時則寅夘,辰爲春月,周月則子爲歲首。時自時,月自月,不相爲謀。夫子春王正月之意,果若是乎?嘗竊觀程子之意,似謂夫子以夏時冠周月,以見行夏時之意,但《春秋》有年之下書時,而紀事者如隱二年春公會戎于潛之類,自舊已然。盖史失其月,僅著其時,而春秋因之耳。聖人之意,正謂周家以建子爲歲首,降而至於衰世,王正不修,曆紀廢壞,民聽惶惑,有以冬爲春,以春爲夏者,如絳縣之年、虢童之謡,百姓於二代之正,莫知所從,故修《春秋》,行夏時以正之。今以爲夫子冠以夏時,猶存正月,豈不然與?按趙氏汸云,何氏哀十四年傳注曰:河陽冬言狩獲麟,春言狩者,盖據魯變周之春以爲冬。去周之正而行夏之時,以行夏之時説《春秋》,葢昉於此。然何氏固以建子爲周之春,但疑周不當狩而妄爲之辭。至程子門人劉質夫則曰:周正月,非春也,假天時以立義爾。則遂疑建子不當言春,此胡氏夏時冠周月之説所從出也。家氏亦知夏時冠月之非,而特以其言出於程子之門,不敢直斥之而欲爲之委曲,回護其説,益支離而難通矣。

家氏曰:自《左傳》一失以春王正月爲周王正月,孔鄭再失以周正説詩傳書,杜元凱三失撰爲長曆,以從左傳之謬,而曆法有未易知者。故依違而不敢議,而不知曆,務遷就以求其合。改易閏餘求合周正,卒不得合,每爲之遁辭曰,此經誤也,此曆誤也。按《漢書·律曆志》援据三統曆、春秋曆、殷曆,而其言冬至也,在周正月丁巳朔旦。《漢書》豈皆遷就以求合者乎?今謂杜氏撰長曆以求附會左氏,若三統曆、春秋曆、殷曆,亦漢人僞造以附會《漢書》者乎?唐人大衍曆春秋冬至亦在正月，豈唐人亦附會長曆者乎？至又呰長曆置閏不合古術，家氏亦未嘗知曆者，則亦臆説而已矣。

家氏曰：左氏自不能固守周正之説，每雜引周夏正以揆一時之事，而杜氏曲爲説以通之。隱三年，《左傳》云四月，鄭祭足帥師取温之麥，秋又取成周之禾。夏之言麥，秋之言禾，其爲夏時固宜，而杜氏乃以此四月爲周之四月，以此秋爲周之夏。按杜氏謂芟踐之，或曰因圉牧用耳，理當然也。

家氏曰：晉伐虢，圍上陽，問之卜偃曰："吾其濟乎？"對曰童謡云云，其九月、十月之交乎？冬十二月丙子朔，晉滅虢，《左傳》以周正紀事，卜偃以夏正釋童謡，從《左傳》乎？從卜偃乎？卜偃生於當時，世典晉卜，若周家以建子爲正月，卜偃何爲以十二月爲夏正之十月乎？按卜偃之語，亦言天者以夏正之義也。何足辨歟？

家氏曰：絳縣老人云，臣生之歲正月甲子朔，四百四十五甲子矣。師曠士文伯以歲考之，定爲七十三歲。老人蓋生於魯文公十一年夏正建寅之正月朔，是襄公二十九年夏正十二月，爲二萬六千六百六十日，爲歲七十三。藉令老人隱者，誤舉夏正，師曠士文伯博極精詣，不當與之俱誤。周家以建子爲正，而二子以夏正計老人始生之歲，必無是也。按張氏以寧云，當是年夏正正月之癸未，今傳書在三月，則周之三月，夏之正月也。又云人習見夏時之久，與人話言不舉夏正以明之，則無以見是月之爲周正也。

家氏曰：莊二十五年六月辛未，朔，日有食之，鼓，用牲于社。《左傳》云，惟正陽之月，慝未作，日有食之，用幣，伐鼓。則以是月非正陽之月，不當用正陽之禮，故經以是爲譏爾。夫既非正陽之月，則是月乃夏正之六月，奚疑？杜元凱求以通周正之説，乃曰：以長曆推此六月朔乃七月朔，置閏失所，以致月錯。此借曆法之不可知者以爲遁辭，非經意，亦非《左傳》所以立例之本意。按長曆以爲置閏失所，此或當然。若謂此借曆法之不可知者以爲遁辭，夫曆法家氏所不知而世之知之者多矣。杜氏豈敢以此欺天下後世之人哉？

家氏曰:又如城築興作之事,左氏一以周正爲斷。宣八年十月城平陽,傳曰:書時也。夫以水昏正爲興作之候者,傳例也。以周正而言,此十月乃夏正之八月,時北方七星,何由昏正,而左氏乃以城平陽爲得時而書,則十月乃夏正而非周正,亦明矣。按城平陽書時者,經實不書月,《左傳》必當有考耳。今以蒙上十月之文而責之,非矣。

家氏曰:請即經之正文而槩論之,冬而烝,禮之常也。春秋常事不書,桓八年正月書烝,五月又書烝,再書之以譏烝之不以時。穀梁子似亦知聖人行夏時之説,其言曰:烝,冬事也。而春興之,夏又興之,《春秋》所以譏。胡文定又引《周官》大司馬仲冬田而烝者,以證正月爲建子月,其可哉?周禮仲冬固是夏時十一月,十一月而田,維其時矣。十一月而烝,亦其時矣。而春秋之正月,乃夏時之正月,正月而書烝,謂其過時而書,豈得反以周禮仲冬之田而證春秋正月之烝,必指春秋正月爲周正建子月,謂春秋以一歲再烝而書,不以不時而書。若然,則春秋夏五月一書烝以譏不時,可也。正月之烝既得其時,又何以書爲哉?按桓八年正月己夘,烝,陸氏淳云,《公羊》曰:譏亟也。啖子曰:此書之以彰下文爾,非譏也。《穀梁》曰:烝,冬事也。春興之,志不時也。趙子曰:正月之烝,不失時也。經爲五月又烝,故書此以明一歲再烝。若不書,即似春有故不烝,夏乃烝耳。啖説是也。孫氏覺云,春秋之正月,夏時之十一月也。十一月,烝之時也。得時而祭,又書之者,爲夏五月烝張本也。不書正月之烝,無以見又烝之失,故先書之以示其數。程子云,冬烝,非過也,書之以見五月又烝爲非禮之甚也。又曰:正月烝矣而非時,復書者,必以前烝爲不備也。黷亂甚矣。黄氏仲炎云,烝用建亥之月,故傳曰閉蟄而烝,今烝用建子,不及時矣。不及時則爲怠,正月己夘烝是也。亟舉則爲黷,夏五月丁丑烝是也。趙氏汸曰:周雖以建子爲正,至於祭祀,則用夏時本月。愚謂胡氏傳言穀梁以爲烝,冬事也。春興之,志不時也。是以閉蟄而烝,爲是與周制異矣。《春秋》非以不時志也,爲再烝見黷書也。胡氏此論最明,又合諸説觀之,家氏之非自見矣。

家氏曰：桓十四年辛未御廪災，乙亥嘗，八月而嘗，時也。常事不書，此所以書，爲御廪災。甫三日而嘗，所以譏爾。御廪者，粢盛之所藏，今而告災，不知戒懼，且不易粢盛而嘗，《春秋》是以譏，《公》、《穀》二傳皆同。而孫泰山、胡文定乃謂此八月乃周正之八月，周正之八月乃夏正之六月，六月而嘗，不時，所以書，失《春秋》繼災書嘗示警之意矣。夫烝之不時者以爲時，嘗之時者以爲不時，不過以證夏時冠月周正紀事之説，而非夫子平日行夏時志也。按譏不時，非獨孫氏、胡氏説也。孫氏覺云，《春秋》之八月，夏時之六月而嘗，不時也。御廪災而嘗，不時且不敬也。葉氏夢得云，嘗秋事，建未之月嘗，失時也。張氏洽云，祭祀用夏時，此八月乃夏之六月，未當時祭，何爲汲汲然以四日之間遽舉嘗祭乎？趙氏鵬飛云，六月稼，未登場，安得新而嘗之，以陳爲新，非所謂嘗也。故書之，著不時而紊先典也。觀此知家氏謂此八月爲夏正之八月者，非矣。

家氏曰：且以《春秋》所書寒暑災變而言，於夏時大槩可通。其不可通者小有疑而未定焉耳。隱九年三月癸酉，大雨震電，庚辰，大雨雪，記異也。震電非異，震電而雪，所以爲異。按《公羊》云，記異也。何異爾？不時也。何氏云，三月夏之正月，雨當冰雪雜下，雷當聞於地中，其雉雊，電未可見而大雨震電，此陽氣大失其節。范氏曰：劉向謂雷未可以出，電未可以見雷。電既以出見，則雪不當復降，皆失節也。孫氏復云，周之三月，夏之正月也，未當大雨震電。既大雨震電，又不當大雨雪甚哉。八月之間天變，若此也。孫氏覺云，周之三月，夏之正月，陽氣尚微，雷未當出，電未當見，既已雷電，則雪不當降。大者，非常之辭。《春秋》常事不書，大惟非常，則加大以别之。程子云：陰陽運動有常而無忒，凡失其度，皆人爲感之也，故《春秋》災異必書。漢儒傳其説，不達其理，故所言多妄。三月大雨，震電不時，災也。大雨雪，非常爲大，亦災也。葉氏夢得云，大雨震電不書，此何以書，不時也。建寅之月未雨，雨水而大雨，雷未發聲而震電。又云，大雨雪不書，此何以書，不時也，建寅之月也。趙氏鵬飛云,陽極而大震電,陰極而大雨雪,大雨必於夏,大雪必於冬,陰陽之運然也。今於正月而兼冬夏之電雪,天變甚矣。黄氏仲炎云,周之三月,夏之正月也。陽氣未力而震電,若盛陽之月。雷雨既動而雨雪,若凝陰之時。况大而非常,則陰陽之錯繆甚矣。汪氏克寬云,或謂春秋用夏正,故建辰之月雨雪爲異。苟實建辰之月,則震電未必書矣。愚謂家氏以爲震電非異,謂夏正三月也。震電而雪,所以爲異,謂三月無雪也。且家氏不聞三月雪乎?陋可知矣。

家氏曰:僖十年冬,大雨雪。書冬不書月,且加以大字記,是冬寒氣大盛,屢雪之爲災耳。若以此冬爲八月、九月,是時秋氣始肅,餘暑未艾,安有連三月之雨雪乎?按葉氏夢得云,大雨雪不志,此何以志?建酉、建戌、建亥之月,書不時也。趙氏鵬飛云,周之冬、夏之秋,非大雪之時,而大雪常寒之謂也。洪範曰:聽之不聰,是謂不謀。厥罰常寒,則大雪,非苟記異,所以責時君不能建皇極也。黄氏仲炎云,雨雪,常也。惟大而爲害,故書。獨桓八年雨雪不言大者,周之十月,今之八月,非雨雪之時,故以異書也。俞氏皐云,春秋之冬,今之秋八月、九月,冬十月也。此亦紀其非常,故書。家氏謂秋氣始肅,餘暑未艾,豈十月而猶可謂餘暑未艾乎?亦不思之甚矣。

家氏曰:僖三十三年十二月,隕霜,不殺草李梅實,嚴霜不殺草氣,燠也。若謂此十二月爲建亥月,則夏時之十月,草不盡殺,猶或有之,《春秋》何以遽書爲災乎?竊詳經文,十二月乙巳,公薨,之下書隕霜,不殺草李梅實。此於歲終併書一冬之異,非專爲此月書也。杜氏以其長曆而推,謂此十二月乃周之十一月,今九月也。指此爲舊史記録之誤,《春秋》因之。九月之霜不能殺草,猶未足爲異。《春秋》何以動色而書之,曰隕霜不殺草李梅實乎?此夏正之冬,何疑?按孔氏頴達云,隕霜不殺草李梅實,此在十二月下,杜以長曆挍之,乙巳是十一月十二日,謂經十二月爲誤,遂以此經四事皆爲十一月。夏之九月,霜不應重,重又不能殺草,所以爲災也。何氏云,周之十二月,夏之十月也。《易中孚記》曰:陰假陽威之應也。早賈霜而不殺萬物,至當。賈霜之時,根生之物復榮不死,斯陽假與陰威,陰威列索,故陽自賈霜而反不能殺也。孫氏覺云,《春秋》之十二月,夏時之十月也。十月隕霜而草不死、李梅實,皆異之大者也。《春秋》之法,爲災而及於死民物者,則書。爲異而反常者,則書。十月之霜草,當殺而不殺;十月之李梅,不當實而反實。天地陰陽之義,非常可怪者也。趙氏鵬飛云,詩曰:"九月肅霜",況十月乎?宜霜威之動而無草不黄也。今隕霜不殺草,異之大者。霜不殺草,猶姦宄之不誅,暴亂之不戢,天之垂戒顯矣。黄氏仲炎云,經書隕霜二,一曰隕霜不殺草,一曰隕霜殺菽。盖周之十二月,夏之十月也。霜當殺草而不殺草,異也。周之十月,夏之八月也。未當隕霜而殺菽,亦異也。夫杜氏以十二月爲今之九月,家氏疑之矣。其以爲十月者,則諸家之説也。十月隕霜不殺草,李梅實,豈得不爲異乎?以杜氏之未可從而盡黜諸家之説,家氏之説可爲篤論與?

家氏曰:書無冰而皆在春,以冰政不舉而書耳。《詩·七月》:"二之日鑿冰沖沖",謂十二月取冰。"三之日納于凌陰",謂正月藏冰。"四之日其早,獻羔祭韭",謂二月開冰。《周禮》藏冰、開冰與之略同。《春秋》於桓十四年春正月、成元年春二月、襄二十八年春三月書無冰,皆爲冰政不舉,書以譏之耳。按桓十四年春正月無冰,何氏云,周之正月、夏之十一月,法當堅冰,無冰者,温也。此夫人淫佚,陰而陽行之所致。《穀梁》云,無冰,時燠也。范氏云,皆君不明去就,政治紓緩之所致。五行傳曰:視之不明,是謂不哲。厥咎舒,厥罰常燠。孫氏覺云,《春秋》之春夏,時之冬也。冬而無冰,則爲陽氣不閟而陰氣不凝也。張氏洽云,常燠也。"二之日鑿冰沖沖",乃周正建丑之月,固陰沍寒之時而不冰,陰不能成物之災。趙氏鵬飛云,周之正月,夏之十一月,凌人斬冰而藏之。時而無冰焉,則無以備暑矣。非徒無以備暑而獻羔開冰,何以薦寢廟外内饔?何以供冰鑑賓客?何以供膳羞?夏無以頒,秋無以刷,其爲闕禮大矣。《洪範》庶徵曰:豫,恒燠若,君政逸。豫則恒燠應之。春秋之君,勤於政者固無有也，則無冰乃恒燠之應與？俞氏皋云，此亦見是周月紀事，若夏正月則東風解凍，宜無冰也。汪氏克寬云，此年正月書無冰，成元年二月書無冰，襄二十八年書春無冰，則知因陽盛氣燠而隨時以紀之。苟以發冰而知無冰，則當常以二月而不在正月矣。若曰或藏冰，無冰而書無，或發冰，無冰而書無，抑何紀事之錯亂乎？趙氏汸云，無冰，不月終時無冰則志之。周之春，夏之冬也。成元年春二月無冰，杜氏云周二月，今之十二月而無冰，書冬温。孔氏云，襄二十八年春無冰，彼春無冰，則是竟無冰，此亦應竟春無冰而書在二月下者，以盛寒之月書之也。何氏云，周二月，建丑之月，夏之十二月也。此月既是常寒之月，於寒之中又如加甚常年，過此無冰，終無冰矣。孫氏復云，周之二月，夏之十二月。無冰，冬温也。《書》曰：僣常暘若，無冰，常暘之應也。襄二十有八年春，無冰。《穀梁》云，時燠也。胡氏安國云，今仲冬之月燠而無冰，則政治縱弛不明之所致也。俞氏皋云，冬温也。李氏廉云，此條注，杜氏明以建子爲春矣，諸家之説無冰，彰彰如此，而家氏但以冰政不舉四字了之。夫冰政何以不舉乎？所不舉者何政乎？家氏卒不能置一辭也，其陋甚矣。夫家氏亦知詩有一之日、二之日，使周不改月，緣何有此名目乎？

家氏曰：書螽有在夏秋者，爲其賊苗而書。有在冬者，則以陽氣不斂，蟄出爲災耳。哀十二年冬書螽，十三年冬又書螽，皆記異也。窮冬沍寒，閉蟄已久，而螟蝗生焉，其爲異大矣。《左傳》乃託夫子答季孫之語，歸過於司曆之失閏。《春秋》爲記異而書，豈爲曆乎？按哀十有二年冬十有二月螽，杜氏云，周十二月，今十月，是歲應置閏而失不置。雖書十二月，實今之九月，司曆誤一月。九月之初尚温，故得有螽。何氏云，周十二月，夏之十月，不當見故爲異。孫氏復云，周之十二月，夏之十月也，爲異之甚。蘇氏轍云，周之十二月，夏之十月，不當有螽，蓋失閏也。故季孫問於仲尼，仲尼曰："丘聞之，火伏而後蟄者畢。今火猶西流，司曆過也。"趙氏鵬飛云，《春秋》書螽者十有八，皆在夏秋之交，固以爲災矣。然未若哀公之世，書螽者二，皆在於閉蟄之後。閉蟄之後，穀既登場，螽固不能爲害，然其異亦甚矣。禮，仲秋行夏令則蟄蟲不藏，孟冬行夏令則方冬不寒。蟄蟲復出，此則常燠之證也。燠而蟄振，猶有然也。燠而螽生，是謂災異。兩興也，聖人可不志之哉？黄氏震云，蝗螭在地，冬雪乃深入。今冬燠而有螽，將蔓延爲來歲之災矣。十有三年十有二月螽，杜氏云，前年季孫雖聞仲尼之言而不正曆，失閏至此年，故復十二月螽，實十一月。何氏云，周十一月，夏九月，日在房心。房心，天子明堂布政之庭，於此旦見與日争明者，諸侯伐，主治典法滅絶之象，是後周室遂微，諸侯相兼，爲秦所滅，燔書道絶。張氏洽引許氏云，螽每在十二月，傳以爲司曆之過，此曆不時不革之敝與！愚嘗謂蝗螭之生，雖今之冬亦有之。杜氏謂曆之失閏，蓋本夫子答季孫之言而逆推之，以知曆之果失也，亦非避冬無螽生之理，而託閏以文左氏之非也。家氏於此過求之，以證其夏正之説。至謂《春秋》豈爲曆乎云云者，文義並難通矣。

家氏曰：莊七年秋大水，無麥苗。傳者謂周七月爲夏五月，故以無麥苗爲災，非也。中原之地，種麥最早，故《月令》仲秋勸種麥，令曰：無或失時。是歲以大水之故，種麥失時，故曰無麥苗，非謂已熟之麥而言也。莊二十八年冬，大無麥禾，謂歲終計公私所儲蓄而言。不然麥熟在夏，禾熟在秋，何以書無麥禾於此際乎？此《春秋》所書寒暑災變，合於夏時者也。外是亦有一二之疑皆，可以義例而通，要以不害於大體之合。按莊七年秋大水，無麥苗。《公羊傳》云，無苗則曷爲先言無麥而後言無苗，一災不書，待無麥然後書無苗，何以書，記災也。杜氏云，今五月，周之秋，平地出水，漂殺熟麥及五稼之苗。孔氏云，直言無麥苗，似是麥之苗而知麥苗别者。《公羊傳》曰：曷爲先言無麥而後言無苗，待無麥然後書無苗，如彼傳文，知麥苗别也。且此秋，今之五月，麥已熟矣，不得方云麥之無苗。故知熟麥及五稼之苗，皆爲水漂殺也。孫氏復云，水不潤下，麥與禾黍之苗同時而死，故曰無麥苗。劉氏敞云，曷爲先言麥而後言苗，麥苗同時，麥成而先敗也。孫氏覺云,《春秋》之秋,夏時之夏,麥已大成而禾苗方盛,大水之災而麥也苗也皆無也,災之甚者,故書之。二十八年麥苗之無,經書之曰大,大者,非常之辭。麥苗之無,以水災而無也,災之所不及者,猶有存焉,不得曰大無也。麥禾之無,書之於一歲之卒,歲凶而至於冬一國之内舉無收也。蓋大無焉,不得但曰無也。故無麥苗,志之於秋,見水災也。大無麥禾,志之於冬,見歲凶也。《春秋》一字,聖人必盡心,無苟然者。蘇氏轍云,是時麥熟五稼,苗而未秀,皆爲水所害也。葉氏夢得云,秋,夏之建午、建未、建申之月也。麥成而稻苗大水,則皆敗矣。故曰無。凡稻苗而後秀,秀而後實。趙氏鵬飛云,周之秋,夏之五月,五月麥將實而大水焉,爲水所厭而不實,故先書大水,繼書無麥苗,以見災。五月麥未登場,不可舉其實,故曰麥苗。説者以麥苗爲二物,麥且未艾,安得徒有苗,此蓋疑五月之際,麥將實,不可曰苗也。不知未登場圃,安得舉其實。二十八年冬,書大無麥禾,則穀既登場圃矣,故明舉其實。此則麥未實,爲水所盡耳,何疑? 云莊二十有八年冬大無麥禾,杜氏云,書於冬者,五穀畢入,計食不足而後書也。家氏之説實本杜氏,而與莊七年無麥苗並書,欲以援證夏時,其義亦不倫矣。家氏所言《春秋》寒暑災變,自以爲合於夏時,而又謂外是亦有一二之疑,可以義例而通。夫家氏之所不疑者,學者之所疑,而取信於先儒者也。一二之疑者,乃學者之無可疑,而家氏之所終不能解者也。宜乎以其披猖悠謬之言,誣聖經而惑後世也。吾不能不與之辨。

午亭文編卷二十四

雜　著

困學緒言如干則有叙

韓退之謂古之學者必有師，又曰世無孔子，不當在弟子之列。自孔子以來，世無孔子矣。既不當在弟子之列，而學者又不可無師，則是雖不必孔子焉可也。孔子之言曰："三人行，必有我師焉。"予生也其地則唐虞夏之故都，而近聖人之居者也。由漢唐及宋明，名世代興，賢人君子未易悉數，其有能明孔子之道如龍門、河汾、涑水三數公者，尤彰彰顯著焉。河津薛子起而振理學之傳，繼河汾之業，庶幾乎可進於孔子者也。予童稚之年即知嚮慕，今老矣，言行之尤悔叢生，動與時違，心焉乖忤。殆所謂困而不學者與？竊不度其愚陋，倣《中説》《讀書録》之義，記數則以寄其志之所存，非敢以爲學也。然曰困學緒言者，猶將引而伸之，以畢其志焉。惜乎其老也。

微塵六合，一息千古。正謂微塵一息具有元亨利貞之理。

率性爲道，道不可離，即此已見性善矣。如使性而惡也，有善有惡也，則亦何爲須臾不離此性，而惡者及有善，而又有所謂惡者哉？故觀乎此而紛紛之説，其爲謬妄，益信矣。

太極圖括盡天地人物之理，然其所以接聖道之統，開理學之傳者，所貴學者以此理實體於心耳。若不實體於心，則天地萬物亦何與於吾事乎？故曰君子修之吉。修者，修此而已。

無極而太極，所謂神無方而易無體也。無方無體，無極也。神也，易也，太極也。無極而太極，與性善之旨同功，賢哉，周子弗可及已。

克己復禮，禮言復本有也，禮即性也。夫曰禮其善，可知烏有所謂惡哉？故絶天下之惡而成天下之善者。性善兩字之功也。

性善兩字，體貼在心上，大有功效。

善乎，二程子之遺書也。吾誦之，得吾心焉。由是以求孔子之道不遠矣。

富與貴，不以其道得之，有害于仁，所以不處。貧與賤，不以其道得之，無害于仁，所以不去。處不以其道得之之富貴，去不以其道得之之貧賤，是去仁也。君子去仁，何以謂之君子？所以然者，君子無終食之間違仁，何有於富貴貧賤哉？故造次必於是，顛沛必於是。

貪生怖死，恒人常情，人能盡其道而死者鮮矣。故委心任化，達人之情，盡性至命，聖人之學。

揚子雲謂通天地而不通人曰伎。程子曰：豈有通天地而不通人，如止云通天文地理，雖不能之，何害爲儒。然則儒之所貴可知矣，豈天文地理之謂哉！世之惟務從事於此者，諒矣。

誠無不動，實理如此。亦有不然者，時之爲也。故泰之時爲君子易，爲小人難；而否之時爲小人易，爲君子難。

敬則可至於誠，誠則無有不敬。

寂然不動，感而遂通。寂、感非有二也。寂之時，無感不足以爲天下之大本；感之時，無寂不足以爲天下之達道。人心中有一物，則滯於物而不能物物。知志於道而不能一者，有物焉，以二之也。然真能志於道者，尚不知道之爲道，而又何有於物哉？

吾學亦屢變矣。其始學詩，當其學詩，而見天下之學無以加於詩矣。其繼學文，當其學文，而見天下之學無以加於文矣。其繼學道，及其學道，而見天下之學無以加於道矣。

安定不擾，求仁之方。

薛子《讀書録》言其心之所得，以備不思而遺忘。非如今之言道者，竊道之似以成其説也。

信非誠也，而惟誠爲能信。愛非仁也，而惟仁爲能愛。

身即誠也，誠即身也，故曰萬物皆備於我矣，反身而誠，樂莫大焉。

至誠而動者其常，不動者其變。要之，不動，猶是誠未至也。

二禮必求聖人之意。

學貴立志，孔子十有五而志於學。今去孔子志學之年幾何年矣，能不惕然懼耶？

程子曰：便儇佼厲之人，去道遠而吾知其免夫。

與其言而不行，寧行而不言。

爲學不得厭動喜静，酬酢萬變，正以驗吾功力之淺深。

程子曰：孜孜而爲善者，當其接物之際也，未與物接則敬而已。自敬而動，所謂善也。此内外交養之道也。

羣居最奪人志。學者言貌必恭謹，如以謔浪笑傲爲能，便辟儇巧爲才，亦甚失其本心矣。日入其中幾何，而不與之俱化哉？

朝聞道，夕死可矣。聞道則可死，不聞道直是死不得也。故不聞道而生，罔之生也。不聞道而死，桎梏死者也。

克己復禮，閑邪存誠，不過得其本心而已。

王荆公與明道論新法，公子雱囚首跣足，攜婦人冠以出，箕踞大言，梟韓琦、富弼之首，則新法行矣。出《邵氏聞見録》。雱雖愚，疑其無此事，是以君子惡下流也。王介甫言乾之九三，知九五之位，可至而至之。程子曰：使人臣每懷此心，大亂之道也。安石解經如此悖謬，其敗人國事，宜哉。

理氣，猶形影不相離。惟有形而後有影，未有有形而無影者也。然無形則無影矣。

凡事之難，當盡其道。處之不得有己，有己則自私，自私則用智，愈覺其難矣。故凡未盡其道者，皆有己者也。

凡事最忌急迫，急迫皆有己之見存也。

凡事入手，皆須忍耐，稍緩，則其理自著。應之，庶幾少錯矣。

易言而受責，其爲益多矣。思而改之，可也。逆而報之，大不可也。

小人者，賢者恨之，聖人憐之。是聖與賢之别也。

盜胎奪蔭之説，雖不可謂其必無，要非吾道之所貴也。

忘與助長，其失則均，正所謂中庸不可能也。

觀天則知人矣。觀天之理，則知人之心矣。聖人學天，學聖人者，學天而已矣。天動也，人亦動也。天無言，人有言。言以天而不以人，由天之動也。

喜怒在事物而不在吾心，喜怒其事物者，誠也。喜怒其心者，妄也。喜怒其事物者君子，喜怒其心者小人。

古者養老之理，有扶有杖，有鯁噎之祝，盖其誠意周至如此。老者安之，聖人之志也。大夫七十致其事，亦是此意。

窒慾莫要於思。

人心不能無思，讀義理之書，所以善其思而養其心也。若陷溺於詞章之學，其思既亂，其心甚危。有志於道者，可勿戒諸。

完養思慮，涵泳義理，真積力久，自然有得。發而爲言辭，自當中理而無鄙倍之虞，所謂有德者必有言也。若學未至而汲汲於爲文，正如小兒學語，雖道得一兩句，亦不得通貫曉暢也。

心勿忘，即必有事。勿助長，即勿正。曰必有事，則此段尤重。

今且須知必有事，是何物事，然後勿正，心勿忘，勿助長，有下手用功處，是以學問思辨居其四，篤行居其一，則豈獨行之爲難哉？此道正如人之於飲食，得之則生，弗得則死，其事最平常，其理最切要，今人只作一件奇特高遠事，看了莫肯尋向上去。偶見學者從事於此，即自恥其不能指目爲立異，可歎也。

凡心之所思，四肢百骸之所職，視聽言動之所以然，皆天也，非人之所能爲也。知其爲天，非人之所能爲者，則何可不敬以守之、愛之、護之、珍之、惜之,以無失其正耶。明道程子曰:視聽、思慮、動作,皆天也,人但於其中要識得真與妄爾。

心之於道,猶腹之於飲食,飲食之至於腹,不假安排布置而自能疏貫流通。道之體於心,亦豈待造作矯揉而後能神明變化耶?

古人讀書,直是要將聖賢説話實體於身心,如尹彦明見伊川後半年方得。《大學》西銘看其鄭重如此,今童蒙初學讀書,未有不取《大學》熟爛誦習者,其後果能行得一言一字否?父師之所以教,子弟之所以習,爲作文辭取科名之具而已。盖以是爲固然,而莫之能知古人爲學之意也。書雖讀而道益不明不行矣,謂之未嘗讀書可矣。

子弟輕俊,古人之所憂而今人之所喜,可以觀世矣。

毋意、必、固、我,天心也,聖人之心與天心合一,惟孔子絶此四者。顔子三月不違,餘子日月而至,學豈易言哉?

西銘天地之塞吾其體,天地之帥吾其性。自子思、孟子以來無人見及此,惟程子云,天人本無間斷,語義約而能盡此,皆學者切要入德功夫。極其至,雖聖人莫能外焉。西銘天地之塞,塞字尤難下,與孟子塞乎天地之間塞字别。孟子言直養之氣,横渠言天地之氣,故此塞字尤是奇妙。學者明得此一字,其於入德之功,亦思過半矣。

鳶飛戾天,魚躍于淵,言其上下察也,西銘從此義得來。

横渠謂范巽之曰:“吾輩不及古人,病源何在?”巽之請問,先生曰:“此非難悟,設此語者,盖欲學者存意之不忘,庶游心浸熟,有一日脱然如大寐之得醒耳。”横渠此語,正接引學者苦心,且如吾人今日亦各有病源,知之亦各明了,直是無好方藥治療。好方藥亦不難得,只畏苦口不肯喫却。所謂“吾末如之何也已矣”者是也。

或言道學不可不行而可不講。曰:是也。然雖講之庸,何傷講之?所以求爲君子,不爲小人也。若心慕君子之名,而身冒小人之行,不媿於己,必愧於人。愧夫人之以小人目之也。既媿小人之名,將慕君子之實矣。愧於人,必愧於己,其致一也。若都不知愧,又何須講，且猶講之必至於愧，媿其不爲君子，則必不至於爲小人矣。使天下羣然愧爲小人，慕爲君子，此道學之所以行也。

氣，一也。而有直養之氣，有助長之氣，與天地相似，所謂直養也。毫髮不與天地相似，則助長而已矣。故西銘天地之塞吾其體，此義最當熟玩。

直養便自得，助長則索然，非徒索然，所謂盡心力而爲之，後必有災者也。

食指動，則嘗異味，吾嘗驗之矣。可見飲啄皆前定，况其大者乎？盖人之吉凶禍福，往往動乎四體，雖事物之至微，亦莫不有其感召之理，是以君子日兢兢於修避之道也。

上天之載，無聲無臭。至矣。惟風雷有聲，然雷在天，風行地，則是在天者止有雷一物有聲而已。陰陽摶擊，其爲聲也有時而然，其餘則默然都無聲臭之可言矣。人能静觀此理，久而不息，便與天地同體。

人見天之爲静，而不見天之爲動也。日月，動者也。人知天之爲動，而不知天之爲静也。無聲無臭，静者也。

一草木之理，皆可體會於吾身，况天地之大乎？人生於天地，而不能與天地相似，是自絶其所生也。

作聖之功，莫如睿求，睿之道，莫如思。

程子説經，平易盡理而止。學者沉潜反復，自能義味融洽，有悦心之益。今人雖鈎深索遠，牽引附合於聖人之經，毫髮無補。盖程子解經，是以心之所得者筆之於書，故與聖人之心若合符節。今人直是生硬强解，先已失其本心，更何能使人讀之而自得其心乎？

程子解經，筆筆有生意。且如文章，雖非學者切緊事，亦有有生意者，韓退之之文是也。其餘作者則不能及矣。吾於程子之解經，亦不敢不云爾也。

向來病痛，只是言語不慎，以言乎存養難矣，可勿戒。諸言語當快意時，截然而止，勇之端也。

明道曰：聖賢千言萬語，只是欲人將已放之心，約之使反復入身來，自能尋向上去，下學而上達也。此是徹上徹下工夫。

伊川曰：心要在腔子裏。又曰：人心常要活，此即必有事焉，而勿正、心勿忘、勿助長之義。

多言多悔，而凶吝隨之。至於吉一而已，往往生於不得已而有言，故凡可已而不已，皆多言也。是以君子常貴簡默。

子在川上曰：逝者如斯夫。與鳶飛戾天，魚躍于淵同是一義，學者於慎獨求之，當自得矣。

學者變化氣質最難，固是要讀書養氣也。須更歷事務，且如孟子云，人之易其言也，無責耳矣。可見不易其言者，須從有責後始知悔改，所謂徵於色、發於聲而後喻也。羣居見人擾擾，己心能不動，此處正驗學力。未能至此，切須加勉强之功。

一日之間，於言語應接不失其道，而中心浩然有所得者，學之驗也。

捨己從人，惟無我者能之，有我起於自私。伊川曰：人有身，便有自私之理。宜其與道難一。

聖人之心，本無喜怒也。聖人之於事物，非無喜怒也。可喜可怒在事物，故心無喜怒也。

伊川曰：一月之中十日爲舉業，餘日足可爲學。又曰：科舉之事，不患妨功，惟患奪志。朱子曰：科舉亦不害爲學，但今人把心不定，所以爲害才。以得失爲心，理會文字，意思都別了。又曰：科舉特一事耳，自家工夫到後，那邊自輕。由二先生之言觀之，科舉與爲學，截然二事。今人直以科舉爲學，豈不大錯？

役役於富貴利欲者，蓋惟此之爲樂而不復知有義理之可樂也。誠知有義理之可樂，而實從事焉，則必有朝聞夕死之意，有不暇於富貴利欲者矣。彼役役於富貴利欲之中而忽焉以死者，恥孰甚焉！

無聲無臭，兩個無字緊對。父子有親，君臣有義，夫婦有別，長幼有序，朋友有信，五個有字。非二無，無以爲天下之大本，非五有，無以爲天下之達道。

心易動者,理不明也,亦氣不足也。故窮理至焉,養氣次焉。

天以仁愛爲心,其生斯人也,非故欲其煩苦艱難也,蓋必有易簡可樂之道焉。人則不能,而自陷於煩苦艱難之域,乃厚誣天曰"天實爲之",其亦大悖矣乎!

韓非任法,其言悖理害道者多矣。至有曰:嚴刑重罰者,民之所惡也,而國之所以治也。哀憐百姓,輕刑罰者,民之所喜而國之所以危也。又曰:仁義惠愛不足用,嚴刑重罰可以治國,尤悖妄之甚。

君子之言,動以天而不以人;小人之言,動以人而不以天。以天者順而祥,以人者逆而禍。順而祥,易簡之道也;逆而禍,險艱之爲也。棄易簡而樂險艱,豈人情哉?亦弗思之甚而已矣。

讀書有欲速之心,便已生病,更讀甚書也。朱子言看書先須刷洗浄那心,有味哉!又致其潔清而不輕自用,其説可通乎讀書之法。

焦贛《易林》言吉凶,與聖經絶相悖。蓋術數之學,謬妄乖離之尤可鄙者。沙隨程氏偶有驗,乃神奇其書,以爲與《左氏傳》載"鳳皇于飛,和鳴鏘鏘",《漢書》所載"大横庚庚,予爲天王"之語相類。今考其言,多俚諺,如程氏所稱,亦未之能及也。

明道作縣,凡坐處皆書"視民如傷"四字。嘗曰:顥常愧此四字,此即萬物一體之意,學者當常存此心,不特居官臨民宜然。

明道曰:凡立言欲涵蓄,意思不使知德者厭,無德者惑。所謂修辭立其誠也。

人以料事爲明,其闇塞可知矣。南豐曾氏《思政堂記》有曰:得於己,故謂之德。正己而治人,故謂之政。朱子註爲政以德,正與此合。

好辯固不得已,然學者須有近理著己工夫。若一向闢緇黄、斥異學,雖其論議明快俊爽,而不問其實踐力行、自得乎己者何在,則亦徒託之空言而已矣。人見其空言也,並其説之可信者而亦有疑焉。此其於吾道不惟無益,而反滋害也。

孔子生七十三年耳,做得千萬年事業。

知妨賢病,國之罪大,則知薦賢爲國之功鉅矣。

氣質未變,雖説得天花亂墜,只是利口。是以曾子告孟敬子,以動容貌爲第一件事。

立言以明道,而顓務責人。終是涵養處少,其害於心者已大矣,又何能感動得人也。

先儒語録如文清讀書録之類,多是言其心中所得,故其自叙云以備不思而遺忘。蓋其爲己之學,絶不見責人處也。其氣象自能動人,所以有功於世。

當戰國時,闢楊墨亦不止孟子,觀孟子言,今之與楊墨辯者如追放豚云云,則可見矣,然而後世獨知有孟子者,不惟以其闢楊墨,以其有所以爲孟子者在也。其諸與楊墨辯者,以其專務闢之而不知所以自治,所謂能言而不能行,不可以欺天下後世之人者也,是亦楊墨之徒而已,烏足道哉?

傳稱魯有父子訟者,孔子同狴執之,三月不别,其父請止,孔子赦之。季孫不悦,曰:"司寇欺予,曩告予曰"國家必先以孝",今戮一不孝以教民孝,不亦可乎? 而又赦,何哉?"冉有以告,孔子喟然歎曰:"嗚呼! 上失其道,而殺其下,非禮也。"夾谷之會,齊有司請奏宫中之樂,俳優侏儒戲於前,孔子趨進,歷階而登,不進一等,曰:"匹夫而熒惑諸侯者,罪當誅。請命有司加刑焉。"於是斬侏儒,手足異處。齊侯懼,有慙色。愚謂侏儒雖賤,一民物也,不教而誅,雖不孝者,聖人猶且不忍,况侏儒有所受之。彼無知者何罪焉,故斬侏儒之事愚嘗疑其無也。或曰,方是時,齊有司請奏四方之樂,萊人以兵鼓譟而至,將以刼公。孔子以公退,曰:"士兵之,兩公合好而以兵亂之,非齊君所以命諸侯也。"於是齊侯心怍,麾而避之。齊將刼公,斬一侏儒以懼齊而全公,奚不可也。雖然,士兵之,正也。兩君合好而斬其俳優,恐不足服齊之心而實以速公之刼,聖人不爲是險道也。殺一不辜得天下且弗爲,又况險道乎? 故侏儒之事葢傳之者過也。聖人仁至義盡，其行事之傳於萬世者，務得其實，是尤學者之所宜盡心焉爾。

孟僖子將死，語其大夫，必屬説與何忌，於夫子使事之而學禮焉。其後孟懿子、南宫敬叔師事孔子。嗚呼！僖子之賢，視列國君臣遠矣。考其時，魯昭公七年孔子年十有七歲，子雖嘗自言“我非生知，信而好古”，然而天縱至聖，學爲人師，自少之時已然，不得以年歲限也。後之鄙生小儒已學未成，遑遑於樹立壇坫，號召生徒，輒以師道自居者，亦聖人之罪人矣。

大德敦化，小德川流。予嘗以此釋“一以貫之”，文清已有此言。

君子以身言，小人以舌言。故欲知其人，觀其行而已，言未可信也。

問周子云，見其大則心泰，心泰則無不足，無不足則富貴貧賤處之一也，處之一則能化而齊，不知如何能見其大？曰：且須理會古聖賢言語行事，如理會得孔子疏食曲肱，樂在其中，顔子陋巷簞瓢，不改其樂，此見得一分，則心泰一分，見得十分，則心泰十分。既有所見，須守之勿失，漸次擴充到純熟處，則化而齊也。

狥欲最苦，循理最樂。捨樂就苦，是誠何心！

有諸己而後求諸人，無諸己而後非諸人，每體認此理，立言無和平感人之意，即明快俊爽，於己德所損已不少，筆之於書亦然。

君子以身言，所謂闇然而日章也；小人以舌言，所謂的然而日亡也。

懲忿窒慾，是大關鍵。

薛敬軒曰：顔子終日不違如愚，喋喋多言而能存者寡矣。曹月川曰：顔子之學，求至乎聖人之道。今人記誦文辭，豈可與顔子同日而語。二子之言既可信不誣，學者宜知所決擇矣。

顔子曰：舜何人也，予何人也，有爲者亦若是。孟子曰：乃所願則學孔子也，夫子所謂志學亦是如此。故學者莫大乎立志。

先儒謂孔顔自有其樂，不因疏食曲肱、簞瓢陋巷而後樂。此論最是的當，愚以謂大聖賢處富貴貧賤一以視之。若常人處富貴而淫，處貧賤而憂者，固不足道矣。然常見膏粱華寢之人，所憂有甚於蓬茅藜藿之士，是則疏食飲水、陋巷簞瓢，固亦自有樂在爾。顔子以能問於不能，以多問於寡，直是大舜好問好察之心。

傳言身通六藝者七十二人，而孔子皆不謂之好學，好學獨稱顔子。然則六藝不足以盡學，而學自有其重且要者，捨其重且要，而沾沾焉從事於其末者，謂之不學，可也。

吾夫子見人之一善而忘其百非，是天地之量。

曾子敝衣，耕於野，魯公聞之而致邑焉。曾子固辭不受，曾子曰："吾聞受人施者常畏人，與人者常驕人。縱君不我驕也，吾豈能勿畏乎？吾與其富而畏人，不若貧而無屈。"按曾子此言，即孔子疏食飲水、顔子簞瓢陋巷之意。

齊欲聘曾子爲卿，曾子不就，曰："吾父母老，食人之禄，則憂人之事。吾不忍遠親而爲人役。"凡爲人子者，不可不思此言。

曾子曰：狎甚，則相簡；莊甚，則不親。是以君子之狎，足以交懽；其莊，足以成禮。是與人之法。

晏子一狐裘三十年，可想其風操。

曾子居衛，緼袍無裘，三日不舉火，十年不製衣。正冠而纓絶，捉衿而肘見，納履而踵決，曳蹤而歌商頌，聲滿天地，若出金石。其後齊聘以相，楚迎以令尹，晉迎以上卿，曾子皆辭不就，是處貧賤、去富貴之法也。

曾子易簀，只是求心所安。

曾子曰："吾何求哉，吾得正而斃焉，斯已矣。"可見聖賢生平只是求箇正而已矣。

啓手啓足之時，曾子亦自謂"今而後，吾知免夫。"及乎簀之未易，則曾子之意猶以爲未得乎正也。可見聖賢生平，自少至老，自始至終，無時不以寡過爲事。所謂一息尚存，此志不容少懈。

易簀一事，想見生平全副力量。

子思有言，不取於人謂之富，不辱於人謂之貴。今之富貴反是。

子思緼袍無裹，二旬而九食。田子方遺之狐白裘，子思辭曰："伋聞之，妄與不若棄物於溝壑。伋雖貧，不忍以身爲溝壑。"聖賢辭與之義如此。

天命謂性，上天之載，兩天字首尾呼應。程子所謂中庸首言一理，末復合爲一理，此也。程子言聖賢千言萬語，只是欲人將已放之心約之，使反覆入身來，自能尋向上去。

朱子言收斂此心，不容一物，乃是用功。此本體功夫合一之至論。

文清謂孟子言知言，即孔子所謂知者不惑。其言養氣，即孔子所謂勇者不懼。愚謂孟子之不動心，即孔子所謂仁者不憂。

孔子不尤公伯寮，孟子不尤臧倉，伊川不尤邢恕，其意皆同。

周子太極其本主於静，而喫緊處全在修吉悖凶。君子修之，吉；小人悖之，凶。君子而不吉者有矣，未有小人而不凶者也。

横渠曰：物之初生，氣日至而滋息；物之既盈，氣日反而遊散。物既盈而游散，理之自然，無可疑者，况敢從而戕伐之乎？

天命之謂性，率性之謂道，修道之謂教，是統論。此理辨明性、道、教三個字，使天下萬世人不爲異端所惑，以致走差了路頭。此三句子思一生大本領，聖學大源頭，故首揭以示人。自道也者，不可須臾離也，至君子慎其獨也，是指點人下手做工夫處。既有此段工夫，所以養成喜怒哀樂未發之中，發而中節之和。中也者，天下之大本，便是天命之謂性；和也者，天下之達道，便是率性之謂道；致中和，天地位焉，萬物育焉，便是修道之謂教。首尾相應，脉絡分明，學者默識而從事焉，盡性達天之學具於是矣。

曹月川曰：周子所謂無極而太極者，盖謂無形象、無聲氣、無方所，極謂至極，理之别名也。太者，大無以加之謂。天地間凡有形象、聲氣、方所者，皆不甚大。惟理則無形象之可見，無聲氣之可聞，無方所之可指，而實充塞天地，貫徹古今，大孰加焉。解無極而太極，可謂言近指遠。

周子曰：聖可學乎？曰：可。曰：有要乎？曰：有。請問焉。曰：一爲要，一者無欲也。無欲則静虚動直，静虚則明，明則通；動直則公，公則溥。明通公溥，其庶矣乎。此數言括盡太極圖之妙，朱子所謂學者能深翫而力行之，則有以知無極之真。兩儀、四象，本皆不外乎此心者是也。

明道先生薦賢數十人，而以横渠、伊川爲首，不以父表弟與弟之嫌，所謂内舉不避親也。

處富貴貧賤，則不憚竭心力以趨避之。至於死生之際，則委之曰有命焉。蓋不盡其道而死者衆矣。豈富貴貧賤獨無命，而可以人力營之，死生則不盡其道而可以委之於命乎？故能盡處富貴貧賤之道，斯能盡生死之道矣。

伊川初以通直郎充崇政殿説書，以孔文仲詆毁，差管勾西京國子監。丁大中公憂，服除，直祕閣判西京國子監，再辭。董逸言怨望輕躁，改授管勾崇福宫，以疾辭。哲宗親政，申祕閣西監之命，再辭不就。紹聖間以黨論放歸田里，尋送涪州編管。徽宗即位，移峽州，以赦復宣德郎任，便居住還洛，復通直郎權判西京國子監，尋追所復官依舊，致仕。已而言者論其本以姦黨論薦得官，雖嘗明正罪討，而叙復過優，今復著書，非毁朝政，於是追毁出身以來文字，其所著書令監司覺察，後復宣義郎致仕而終。伊川生平出處進退如此，彼孔文仲、董逸之徒無足論矣，而當其時小人道長，君子道消，宋之爲宋，竟何如也！後世可以鑒矣。

伊川云，吾四十以前讀誦，五十以前研究其義，六十以後反覆紬繹，然後著書，著書不得已也。今人纔學執筆爲文，便思著述，其書之不足信者，無論矣。果有可信者，亦未必其躬行心得發而爲言者也。天下後世之人不可欺，則亦終歸於不足信而已矣。至於不足信而害吾道也滋甚。盖將並其當信者而疑之，甚矣多言之害道也。

伊川言心即理也，晦菴謂與横渠言心統性情，此二句顛撲不破。

愚按伊川、横渠皆是指道心而言，横渠言天體物而不遺，猶仁體事而無不在。愚謂此即神無方而易無體也。

程子拈出敬之一字示人，即《中庸》"戒慎恐懼"四字也。戒慎乎其所不覩，恐懼乎其所不聞，此二句括盡古今聖學大源頭，入德之門，體道之極，功悉在是矣。

敬即戒慎恐懼，而戒慎恐懼四字更痛切。

戒慎恐懼，此孔顔之所以樂也。程子謂鳶飛魚躍，是子思喫緊爲人處。蓋有戒慎恐懼工夫，故有鳶飛魚躍境界。是戒慎恐懼，正子思喫緊下工夫處也。千古聖學相傳，正脉斷不外是。程子謂静中有物始得，蓋有物謂敬也，敬即戒慎恐懼，所謂必有事也。戒慎恐懼，則自然勿正、勿忘、勿助。若静中無物，則是全無事也。而正忘助之病，不勝其紛紛矣。此異學之空虚，不可語於吾儒中正之道。禪家受病，正坐此。以之處静且不可，况動乎？故合動静而交，致其功斷，非戒慎恐懼不可。

戒慎恐懼，只是率性。

戒慎其所不覩，恐懼其所不聞，即非禮勿視、聽、言、動也。

率性有樂天知命意在。

戒慎恐懼，所以樂天知命也。

薛敬軒以復性爲宗，復性二字，亦是統論話頭，未若子思言率性較真切。

敬軒能率性者，故修己教人以復性爲説。

世多論白沙我大物小，物有盡而我無盡，至無而動，至近而神，致虚所以立本，謂爲禪學。夫白沙之禪學，初不自諱也，其詩曰："無奈華胥留不得，起憑香几讀楞嚴。天涯放逐渾閒事，消得金剛一卷經。"蓋其不自諱如此，初何嘗似王陽明支吾閃爍，欲蓋而彌彰耶？然陽明猶知釋子之所謂道必不容於吾儒之道，故文其説而陰用其實。若白沙者，則並不知釋之不可容於儒，故其沾沾自喜者正在此也。

無所爲而爲，大人之學也，美哉言乎！與必有事焉而勿正之意同。

伊川涪州之行，答門人云，族子至愚，不足較。故人情厚，不敢疑。常誦斯言，省却多少怨尤，此所謂無入而不自得也。

行莫善於思，然戒在三思；過莫貴於悔，亦何堪數悔。故曰再思，曰不貳過。

陰陽五行，非太極無以爲化生之本，道家之説，只是在陰陽五行上用功，所以愈勞愈遠。周子創無極而太極之論，直是使人窮陰陽五行之根柢，學者誠於此而盡心焉，所謂易簡而天下之理得也。

凡人役志於榮利紛華，一旦小失意，則戚然如不欲生。蓋其生平患得患失，至此而益不能以自持，所謂不仁者不可以處約樂也。若夫有道之士，不處非義之富貴，不去非道之貧賤，其自處有素，所謂富貴不能淫、貧賤不能移也，焉往而不浩浩哉？

處常人得意時，無得意之爲，故能處英雄失意時，無失意之態。

富貴貧賤，視之如一。

讀書養氣，不得分爲二事。

天積氣，地積塊，就其已成者而言也。氣塊既成之後，若不積則不能恒久。故曰維天之命，於穆不已。又曰天地之道，貞觀者也。

《列子》之言，有巧而不傷理，奇而能正者，賢者有取焉。其言曰：飛衛學射於甘蠅而過其術，紀昌者，又學射於飛衛，飛衛教之不瞬。歸而偃卧其妻之機下，目承牽梃，二年，雖錐末倒眥而不瞬也。飛衛曰：未也，視小如大，視微如著而後可。昌懸虱於牖望之，旬日之間浸大，三年如車輪焉。乃射之，貫虱之心而懸不絶。昌既盡衛之術，乃謀殺衛。交射中路，矢鋒相觸而墜於地，飛衛之矢先窮，昌遺一矢，既發，飛衛以棘刺之端扞之而無差焉。紫陽知其寓言也，曰用心專一，不知有他。要當如此，所見方精。莊子亦云：用志不分，乃疑於神。夫曲伎異端之學，其精專有如此者，而吾儒之學，反文具視之，欲其有所至也，不亦難乎？

黄文獻公跋程敬叔進學工程有言,《易》曰:君子進德修業,欲及時也。記誦辭章云乎哉！記誦辭章,末矣,後生小子猶有廢而弗事者。觀公此論,則後生小子記誦辭章,固亦不可廢也。今未嘗不以德業相勉,其進修者果何如耶？而所謂記誦辭章,又果能用其力否耶？夫學以孔子爲歸,孔子之德業,窮天地,亘古今,一人而已。而猶曰:好古敏求,修辭立誠。若後生小子,借口進修一槩,束書不觀,則是《詩》、《書》不必删定,韋編不必三絶矣。蓋《詩》、《書》之删定,韋編之三絶,正所謂進德修業也。後生小子尚勉之哉,予老矣,何足以知此。

午亭文編卷二十五

經解一　易

☰☰乾下乾上

解經以孔子爲歸。《易》三百八十四爻時焉而已耳,豈特乾六爻哉?孔子於乾獨曰:大明終始,六位時成。時乘六龍以御天者,言乾六爻非聖人不能用也。葢時之用,備乎《易》。《易》之理,統乎乾,乾之道,全乎聖人,是以於此首發明之。故曰:天行健,君子以自彊不息。又曰:君子行此四德者。故曰:乾,元,亨,利,貞。孔子之得於《易》如此,所以爲聖之時者也。

初九,子曰:龍德而隱者也。九二,曰:龍德而正中者也。九三、九四,曰:君子進德修業。九五,曰:乃位乎天德。上九獨不言德,知進退存亡而不失其正,非德歟?德者,何也?曰:誠也。閑邪存其誠,修辭立其誠。乾六爻,未有不貴誠者,偶於二三爻發之而已。

説者謂乾五爻皆以龍言,三以人道,獨不稱龍,然四亦人道也。曰躍,曰在淵,猶之稱龍之辭,何也。曰:聖人不直指之。曰龍也,曰躍,曰在淵而已。其所以不直指之,曰:龍者,以其嫌於近五也。人道也,亦臣道也。

夫大人者,與天地合其德。天地之大德曰生,仁是也,聖人作而萬物覩。説曰以爲聖人有生養之德,萬物有生養之情,是以相感應也。惟仁,故能生養。故曰:元者,善之長,君子體仁,足以長人。又曰:仁以行之。

晋太史蔡墨曰:在乾之姤,曰潛龍勿用,在乾之同人,曰:見龍在田。嘗引伸其義,初變坤爲巽,巽德爲入。故曰潛龍,故曰陽在下,故曰陽氣潛藏。又變巽爲姤,姤,勿用娶女。故初九潛龍勿用也。二變坤爲離,離德爲麗,爲文明,其象爲日、爲火,故曰見龍,故曰德施普,故曰天下文明。又變離爲同人,同人于野,亨,故九二利見大人也。三變坤爲兑,兑爲巫,爲口舌,尚口乃窮,君子慎言而敏行。故曰:終日乾乾,夕惕若。又曰:反覆,道也。又曰:行事也。又曰:忠信所以進德也,修辭立其誠,所以居業也。又變兑爲履,履虎尾,是以乾乾惕若,不咥人,亨。故厲无咎也。九四變巽爲小畜,密雲不雨,躍而或止之,象也。九五變離爲大有,火在天上,無所不照。飛龍在天之象也。上九變兑爲夬,夬,有厲,不利即戎,亢龍有悔之象也。

☷坤下坤上

乾爲良馬,爲老馬,爲瘠馬,爲駁馬。故坤利牝馬之貞也。先非牝也,故曰迷。後則牝也,故曰得主,曰利。陽爲陰主,得主故利也。西南得朋,東北喪朋,惟朋喪而後主得也。然臣以喪朋得君,亦須有邪正之辨。善乎横渠之言,東北喪朋,雖得主,有慶而不可懷也,故曰:安貞吉。若專以喪朋爲務,而邪正之辨不復致審於其間,則亦未得爲正矣。初六履霜,堅氷,至。伏震爲足履象也,言陰進履也。履絶句,霜堅氷連讀。蓋一陰始生,姤,五月之卦也,安得有霜。觀其所履,而知霜堅冰之至也。

坤二直内方外,即乾二閑邪存誠,所謂厚德者此也,所謂不息者,亦此也。乾坤之德,豈有異哉?

四臣位而曰:賢人隱,言隱者以别乎仕之稱也,明此爻不得以位言也。懼爲食禄在位、緘默苟容者藉口,故言隱以别之也。

乾之初九,十一月之復也。由陽初生而言者,喜之也。上九,陰將生而言,進退存亡陽之所以善其終者。《易》爲君子謀至矣。坤之初六，宜以姤爲言，而曰履霜堅冰至，使人知陰之可畏也。上六曰：龍戰于野，言震之將生也。震，陽也，亦喜之也。消息盈虚，陰陽之數也。喜陽而惡陰，喜君子而惡小人，喜治而惡亂，聖人情見乎辭矣。

震爲龍，爲玄黄，戰猶栗也。弱而胚胎也。坤爲野，是以龍戰于野，其血玄黄，爲震始生之象。文言曰：陰疑于陽必戰，疑讀如儗，儗，將也。陰儗于陽，陰將生陽也。必戰者，陽弱而戰也。是時非无陽而嫌於无陽，故稱龍焉。嫌，近也。玄黄者，天地之雜，天玄而地黄，陽生陰中之象也。或曰：陰陽皆傷也。夫立言以明教也，陰可傷也，陽可傷乎？

☵☳震下坎上

天下大埶決於民而已矣。初九能大得民，天下焉往，以此爲成卦之主，宜也。凡言得者，以有失之者也，九五是也。九五有膏，而自屯民既散矣，膏豈能常享哉？是昧於大小之分者也。出内之吝謂之有司，是小以屯爲正，則吉也。隋有洛口之倉，唐有瓊林、大盈之庫，隋唐之君不能施於民而徒爲寇資，是大以屯爲貞則凶也。夫五失其民而初得之，四，初之應也。初求四往，此不必論，若夫二者五之正應，義不忘五，然亦何所濟哉？當屯之時，英雄乘時而起者多矣。所謂秦失其鹿，天下逐之者也。三即鹿无虞，陷於林中，見幾而舍，猶可善。後上六與三，非應近於五而附五，而不知五之不足恃也。故曰：泣血漣如，何可長也！合而論之，屯之濟與不濟，在民之得與不得，民之得與不得，在於膏之屯與不屯。自古以來，屯難之世，國之興亡未有不如此者也。

☶☵坎下艮上

六五，下求於二，故童蒙，吉。六四，遠於二而不知求，故困蒙，吝。象曰：剛柔接也，獨遠實也。然則陰之於陽，果宜何如哉？初，近於二，故爲發蒙，利用刑人，用説桎梏，所謂禁於未發之謂，豫也。伊川爲講官，一日講罷，未退。上忽起，凴檻戲折柳枝，伊川進曰：方春發生，不可无故摧折。上不悦。或謂此伊川之以往吝也，然伊川豈可輕議哉？六三，取女者也，非女也，取不有躬之女，六三之不慎也。故上九擊之，擊之者，爲三禦寇也。此上之慎也。葢女而不有，躬爲寇也，大不可不禦也。善學聖人者，必先遠害；善教人者，必先禦寇。吕希哲嘗言人生内無賢父兄，外無賢師友，而能有成者，鮮矣。

☵☰乾下坎上

需者，聖人將以盡化天下之險而使歸於和也。剛健而不陷者，乾也。雖不陷，猶有險也。有孚，光亨貞吉，坎之德也。至此則无險可言矣。乾與坎，不可以賓主論，而五於三陽，獨以飲食客之。三陽亦飲之、食之，以五爲主而不疑，所謂有孚，光亨貞吉也。不獨五也，四亦能需於血，出自穴矣。血者，其始而出穴者，失其險之象也。順聽者，順以聽陽，不復肯爲難也。上六居坎之終，故爲入於穴然亦能於不速之客來而敬之，雖不當位，未大失也。當是時也，需于郊于沙于泥之象何有乎？世路蕩平，彼此一家，飲食宴樂，何其盛也！夫五何以能若此，坎之一陽，坤得於乾者也。是故五於乾同體而不相害也。雖然，亦危矣。初之利用恒，二之衍在中，三之敬慎，未可一日忘也。是卦也，聖人致望於无險也切矣。愛乾憂乾之心，亦云至矣。

☰☵坎下乾上

訟之九五，天下之訟皆歸焉。然人君不言聽訟，聽訟而當，是人君不過一大有司耳。繫爻者但言元吉，而不言訟，是无訟也。无訟而後爲元吉，以是爲吉之至也。孔子釋其故曰以中正，中正者，人心本乎天之正理。中正失則心險，險則訟。聖人以其中正化天下之不中正，以其无險化天下之險。“聽訟，吾猶人也，必也使无訟乎！”此之謂也。此卦諸爻皆以无訟勸人者也。初之不永所事，二之不克訟，三之食舊德，四之不克訟，是也。三之貞、四之復，即命渝安貞，皆以天命人心之正理言。是知中正之心，人皆有之。聖人使民无訟，亦以其皆有此心故也。上九或錫之鞶帶，終朝三褫之，此訟雖勝而心不安之象，猶所謂其心媿恥，若撻於市者，是也。充是心也，未嘗不可復，即命渝安貞也。九二曰：不克訟，歸而逋其邑。人三百戶，无眚。象以爲自下訟上，自是解者謂二訟五爲以臣訟君。竊以謂臣無訟君之理，象言自下訟上，亦未便以爲自下訟君也。矧辭曰不克訟，假令克訟，君顧可訟乎？既曰不克訟，則是有訟之心矣。人臣无將，罪孰甚焉，乃更以无眚許之，聖人假《易》象以明人道，非所以爲萬世防也。然則所訟之上，果孰指乎？曰二五正應上，謂九五无疑。然自二言之，謂爲在上之人，則可。謂爲君，則不可。《易》不可爲典要，惟變所適，安在五之必爲君位乎？

朱子曰：九二正應在五，五亦陽，故爲窒塞之象。《易》有象數，此何以不言二百戶而言三百戶，以其有定數也。王弼謂得意忘象，伊川又謂假象。今象數不可考，只得從理上説，故勉强解作小邑。漢上朱氏曰：乾策三十有六，坤策二十有四，九二變則二、三坤策，四、五乾策，合而言之，三百也。坤爲戶，二在大夫位，戶爲邑，自三至五歷三爻也。又曰：古者諸侯建國，大夫受邑，諸侯之下，士視上，農夫食九人，中士倍下士，上士倍中士，大夫倍上士，卿四大夫，君十卿。禄，天子之大夫視子男，大國之卿當小國之君。然則諸侯之卿，當天子之大夫也，食二百八十有八人，三百戶，舉全數也。蓋漢上之説其象數，可考者如此。

☷☵坎下坤上

師以一陽在下，爲將帥之象，故重九二。然九二爻辭曰：王三錫命，象以承天寵、懷萬邦釋之，是尤重六五也。九二自衆尊之，則曰丈人；自君稱之，則曰長子。長子帥師，五所使也。弟子輿尸，亦五所使也。唐九節度鄴城之潰，非肅宗之咎而何？使之當不當，關民命之生死、國家之安危，豈可忽哉？不止用師之時，宜慎所使。至論功行賞，尤嚴小人勿用之戒。大君有命，開國承家，君之事也，非上六之事也。但以上居師之終，故發此義耳。師出以律，人所知也。左次之義何居，見可而進，知難而退，師之常也。上貪功，下懼罪，宜退而不敢退，以覆其軍者，多矣。可不戒哉！

田有禽，利執言。儒者常謂秦皇、漢武黷武好兵，謂之田有禽，不可。自是以來，人主賢而善用兵者莫過唐之太宗。其征高麗，以不能成功深悔之，歎曰："魏徵若在，不使我有是行也。"命馳驛祀徵以太牢，復立所製碑。蓋太宗征高麗，以莫離支弒逆爲言。夫高麗豈唐之禽哉？太宗之悔而思徵，此其所以爲賢也。故凡爲无名之師者，不可不深玩此爻之義。

☵☷坤下坎上

此卦九五一陽，在上爲成卦之主，初六，有孚比之，吉。比五也。六二，比之自内，貞吉。比五也。六四，外比之，貞吉。比五也。惟六三，比之匪人，上六，比之无首，是不比五者也。比五則吉，不比五則凶，君子可不慎所比哉！夫九五以位正中，盡比之道，顯明其比，有捨逆取順、邑人不誡之象，六三上六，自取其凶，何損於五哉！

☴☰乾下巽上

以巽之小畜、乾之大巽者，順也。小人之順君子，將以漸制君子而使之不得有爲，君子不悟也。從而與之，至小人勢成而君子坐困矣。六四，巽之主也。有孚者，非孚於君子而孚於小人也。故曰：上合志也。血去惕出者，以其巽順，故兩不見傷，目前无咎也。然其釀禍爲最深也。夫九五，陽也，何爲與四合志乎？又何爲富以其鄰乎？蓋五有陽之形而其志實陰，與上同居巽體，故富以其鄰，無足怪也。四與五，上三爻有孚，合力畜乾欲不成。既雨既處之象也，得乎小人之巧也,君子之疏也。小人之佞也,君子之直也。苟非君子尚陰德而使之滿當,不若此咎小人而責君子,君子亦无所辭其責也。《易》爲君子謀,使如初九之復自道上也。如九二與初九牽連而復亦次也。至於九三,其於巽也近交益深而不可復矣。脱輻而與之處矣。陰陽不相能也,而夫妻反目,事已晚矣。下也,陽自下上行,爲陰所得,相持而雨,澤下焉。六四陰畜陽,宜雨矣,故爲密雲之象。然三陽上行,四雖畜之,而五上二,陽在其上,四方得位,上下應之,巽性善入兑,體善説以善入之性,務以説陽,又居位得時不盡畜不止,故四所欲畜,尤在於五。五,君位也,既志在畜,君陰性,佞邪説之不以其道,專務得君。凡膏澤天下之事,利於民而恐拂於君者,則不欲以爲。故又爲密雲不雨、自我西郊之象,密雲不雨,尚往也,言意在畜君也。兑,正西也,故爲西郊之象。成卦之義在四,故曰我也。

小畜之初九曰復自道,九二曰牽復吉。諸家解復字,不過謂陽本在上,進而上行爲復。獨漢上朱氏以爲,聖人欲明陽不受畜於陰之義,故以履、小畜二卦反覆明之。小畜履之反,初本在上,二本在五,三本在四,故初、二皆以復言之,三則受畜而不得其復也。漢上以對卦解初二之復,則復字便有根據。

☰☱兑下乾上

履之九五,惟位正當,故夬履,惟夬履,故雖貞亦厲,貞且厲,況不貞乎?若能自視所履,考其將來之祥兆,周旋盡善,不敢夬決,則不止於吉,且大善而吉矣。孔子釋之曰:元吉在上,大有慶也,此豈人臣所敢當乎?是九五、上九合爲一人也。二爻而爲一人,有之乎?曰:有之。大有之九五、上九,是其例也。君一也,失則爲夬履,得則爲視履。乾之爲虎也,乾之履帝位而不疚也,无異也。君子之於履无所苟而已矣。六三爲兑之主,兑者,説也。所謂説而應乎乾。是以履虎尾,不咥人,亨者也。何以又曰履虎尾,咥人凶也?言之不足,又曰:武人爲于大君,以剛武之人,有所爲於大君之側,不得大譴者，幾希矣。悦極則爲巫，爲羊，爲毀折，此亦兑之象也。此亦一爻而具兩義者也。儒者曰：履文王之卦也。文王居羑里而演《易》，所云履虎尾，不咥人，亨，履則真履矣。驪戎之文馬，有熊氏之九駟，未得入焉。咥人不咥人，未可知也。當是時也，欲爲初九素履之往，欲爲九二幽人之坦坦，皆不可得也。武人之辭，又周公所繫也，豈以文王爲武人也哉，非也。葢居東之時，周公亦有戒心也夫。

於三言履虎尾，咥人凶，於四言履虎尾，愬愬，終吉。言終吉則不咥可知也。以愬愬易説者，何也？説有正不正，非人臣之正也。

履之九五，彖傳所謂剛中正，履帝位，而不疚光明者也。而爻之辭曰：夬履，貞厲，垂戒之意深焉。善乎！雲峰胡氏之言曰：其下者不患其不憂，患其不能樂。在上者不患其不樂，患其不能憂。故于履坦繫之貞吉，喜之也；于夬履繫之貞厲，戒之也。傳曰：具曰予聖，誰知烏之雌雄，夬履之謂與！

☷☰乾下坤上

人知泰爲可樂，而不知其艱，人知艱在九三、六四陰陽往來之間，而不知初九、九二未嘗无艱也。物各有類，此進彼退，將使退者終退，則進者敢不正其類邪？包容荒薉而果斷剛決，不遺遐遠而不昵朋比，二之中行，合衆類而治之，得其道者也。是初九、九二，亦有艱也。特未明言之耳。

九三曰：勿恤其孚，葢三之所勿恤者，即六四之所不戒者也。節齋蔡氏曰：孚者，信然之謂，勿恤其孚，謂不可以陰之，必復而動其心也。自古小人用事，非其始遂有敢與君子爲難之心，爲君子者利害之念怵於中，隱忍遷就以養成其勢，於是小人无所忌憚之心觸事發露，而亦不復可以自止。君子於此，思所以制之，亦已晚矣，故曰勿恤。見徒憂之，不可以有爲也。曰：于食有福，見有以爲之，未必其果可憂也。其爲君子計慮以防制小人者至矣。

翩翩，不富以其鄰，翩翩二字寫出小人情態。葢君子不可徒憂小人之復，小人實深幸君子之憂。三陽初往，三陰翩翩然下之，且懼且喜，回翔而後集。漢上朱氏曰：譬如葉墜井中，翩翩而下，以井氣扶之也。君子初去位，小人猶有顧忌，君子盡去，然後飛揚矣。是則君子之憂，小人之幸，君子亦何貴徒憂乎哉！

三已有平陂往復之説，外卦六五之辭，與四、上二爻殊不類者，何也？此繫《易》，聖人之微意也。保泰之道，雖在君子，主之者君也。由泰而否，常在承平之世，故以帝乙爲言。帝乙，殷之賢君，《尚書》所謂自成湯至于帝乙，罔不明德恤祀是也。歸妹爲人君，順從君子之象。君子道長，小人道消，非君而誰望哉？初曰吉，二曰光大，三曰有福，五獨曰以祉元吉，世之常治而不亂，君子之常進而不退。福與吉，未有過於此者也。

☰☷坤下乾上

聖人喜治而惡亂，其繫否也。合君子小人而謀之，使皆受泰之福而不見否之禍，此聖人之意也。初曰貞、曰吉、曰亨、曰志在君。二曰小人吉，三言位不當，不言凶咎，於小人猶有望焉。使小人不至於一發而无所忌，豈非世道之幸乎？泰曰翩翩，曰復隍，於否反不盡其辭，非獨可以互見，亦良有以也。六二包承，吉，即以大人否亨告之。九五休否，大人吉，即以其亡其亡告之，亦猶泰之言艱貞也。夫泰六五之祉祉，由于君。否九四之祉祉，由于命。夫受天之命者，君也。四之有命，由其有君也。畏命造命，皆君之事也。是以泰否二卦，其致望于五尤重焉。

否不利君子，貞者之匪人也。同人利君子，貞者于野也。于野者，无私比也。之匪人者，比於匪人也。此"之"字即《大學》"之其所親愛"之"之"。彖傳所謂内小人而外君子，小人道長，君子道消也。之匪人，无一而可，聖人特于否卦發之，言此實所以爲否也。否之初，否之機已兆，否之勢未成，聖人惟幸其有變而之泰之理。否之初，貞則爲君子，不貞則爲小人。聖人惟許其有可爲君子之道，故其辭曰：拔茅茹，以其彙，貞，吉，亨。蓋略不異於泰初之辭，但勉以貞而已。且許以亨焉，固未嘗明言其爲君子，亦未嘗斥言之爲小人。其意以爲果能貞焉，不但不爲小人之羞，亦可以爲君子之亨矣。故象之辭曰拔茅貞吉，志在君也，勉其不以己私害國家也。若居否之初，其勢尚可有爲，而或者專以便安爲事，一付之天運之所適然，其如君何哉？志在君者，蓋許其有可爲君子之道，幸其有變而之泰之理也。

☲☰離下乾上

同人之五，君位也。二與五相應，何以同人于宗而吝也。其不能與五遽遇，辟如女子有家，未能于歸而尚在本宗，此吝道也。二之吝，則以三四故也。夫三四雖剛暴，豈能奪君之配哉？但以其剛暴之性，馮勢爲惡，既敢上陵於二，何有此？所以先號咷也。象曰：同人之先，以中直也。中非五所不足，然是時中，非所用君道貴剛，當以大師克之。五之剛既奮，三之伏戎終不敢發，四之乘墉亦困而反，則大師設而不用，可也。三四至剛暴也，且化而爲同。二五之後笑，不亦宜乎！剛亦乾所本有，不能用則號咷，能用則笑也。此卦大而難者，无若二五、三四之間，初之于門、上之于郊，皆小者也。

☰☲乾下離上

六五一爻，爲大有之。主虛中在上，以一人之信而發天下臣民之志，故曰厥孚交如，其曰威如，吉，何也。象曰：威如之吉，易而无備也。非嫌其易而進以威也。蘇氏曰：以其无備，知其有餘也。夫備生于不足，不足之形見於外則威削，可謂善言《易》者也。同人一柔在下，故五貴用剛，大有一柔在五，故五貴用孚。君道用剛用孚，各有其宜也。孚則交，交則威，至于威如而柔，不足以盡之矣。是兼剛而有者也。故聖人於上九又繫之曰：自天祐之，吉无不利。象曰：大有上吉，自天祐也。爻辭與象，但言其自天祐，古无不利，不言其所以然。其義盖在六五一爻也。自天祐之,人臣不敢當也,非六五而何?是故六五、上九爲一人也。大有一卦,此爲最吉。以下四爻皆其所有而各有戒辭,亦大有之時所宜也。六五厥孚,交如初,何得言无交,交之害在於處有而不思其艱,故戒之曰,但无交害,有匪咎也,艱則无咎。此亦諸爻通例,於初發之耳。九二大車以載,有攸往,无咎。象曰積中不敗,反言之,非大車則必敗矣。九三公用享于天子,小人弗克。是小人不能无交害也。九四匪其彭,无咎。象曰明辨晳也,言有其彭則大不智也,其戒深矣。

坤爲大輿,九二體乾,而曰大車者,何也?乾變坤也,故《易》之取象,多以變言。

☷☶艮下坤上

天道虧盈而益謙,地道變盈而流謙,鬼神禍盈而福謙,人道惡盈而好謙。君爲天地神人之主,謙而得福,尤必然之理也。六五不富,以其鄰利用侵伐,无不利,此謙之效也。凡言以者,能左右之謂也。五於其鄰,能左右之,於不服者能征伐之。既不驕縱,又不姑息,可謂盡君道之宜者矣。九三爲成卦之主,上爲君所任,下爲衆所從,有功而能謙,故曰勞謙。既能勞謙,又須君子行之,有終則吉,既美之且戒之也。五不驕縱,三能有終,三亦可謂人臣之善居功者矣。

剥四變而成謙,謙彖皆以剥。四變者,明之上九、下三,謙也。六三、上上,亨也。故彖傳者下濟上來,下也,卑而上行。三上,往也,變而爲全吉之卦。謙之時義大矣哉!

☳☷坤下震上

豫卦六爻,初三四上皆言豫,二與五不言豫,言貞言中。五豫,時之令主也。二豫,時之賢臣也。九四一爻,爲豫之所由,亦有功之臣也。功成意滿,羣小附和,皆溺于豫見,有不溺于豫者,或反以爲異己而疑之。疑朋可言也,疑君不可言也。故四有勿疑,朋盍簪之戒也。四與二相反而相成者也。四不疑,二自不疑,五五可安枕而卧矣。四未必能也,此五之所以乘四之上,常若不豫而爲疾也。生於憂患,死於安樂者,理也。五不死於安樂,故爲恒不死也。六二介于石,不終日,固无可議,然彼見幾而作,不俟終日,未必能周旋患難。使五恃以无恐,此五之所以終未免於疾也。一時初之鳴豫,三之盱豫,上之冥豫,皆无足道。四雖大有得,實未嘗得一朋也。志大行者,似快之之辭也,亦危之之辭也。

乾九四曰或躍或之者,疑之也。豫九四曰勿疑,一則許之以疑之,一則戒之以勿疑,何也?葢九四伏巽爲不果,不果者,疑也。乾九四,疑其所當疑,故許之。豫九四,不當疑而疑,故戒之也。

☳☱震下兑上

九五剛陽中正而下應,六二中正,真嘉耦也。故曰孚于嘉,吉。然二之辭曰係小子,失丈夫,二果係初,何以得爲中正,何以得爲五之佳耦哉?此葢二以弗兼與權之,故與五而不與初也。君臣之間其未合也,兩相擇也。其既合也,兩相信也。君與臣,其兩无失乎!

四下不應初,而上承于五,與五同德,隨而有獲,不可謂之不貞。貞之中有凶義焉,非有孚在道以明之,君子不能免也。近君之地盛滿得志之場,求善其後,亦難矣哉!大有九四,象曰明辨晢也,隨九四,象曰明功也。大有之四離體隨之,三四易位成離,離爲明。故孔子皆以明稱之。四迫五,多懼,其彭其獲,懼孰甚焉。惟匪彭,故无咎。惟有獲,故貞凶。自非明以處之,其能免於凶咎乎?

☴☶巽下艮上

下卑巽而上苟止,蠱所由來也。幹蠱者,必有事焉,所以反其卑巽苟止之習也。然君與臣不同,君則繼世之君,值法度弛亂之後者也。六五居君之位,幹父之蠱,當用一時令譽之臣,此天下交口賢之者也。用之,彼必能以德承上,有德者興蠱可以立治矣。臣而謂父母之蠱者，君臣猶父子也。初與二三皆以幹蠱稱，或厲或不可貞，或小有悔，事不避難，各盡其道，期於終之吉无咎而已。皆蠱時必不可少之臣也。惟六四不能，幹而裕，裕則蠱將日深，何足取哉？若夫不事王侯，高尚其事，此功成身退者所爲。蠱時，人臣不忍言也。

按王制云，甲者創制之令，疏云，甲爲十日之首，創造之令爲在後。諸令之首故謂之甲，宣令前後三日殷勤語之，使曉知新令也。又謂諸儒並同鄭義，以甲爲日，不爲令。云先三日辛也，後三日丁也。此是妄作異端，蓋以甲爲令，舊矣。《易》傳謂甲者事之首庚者，變更之首，制作政教之類，則云甲，舉其首也。發號施令之事則云庚，庚猶更也。漢上易傳本程子之意，而明終始之説，曰：蠱，東方卦也。巽，西方卦也。甲者事之始庚者，事之終以日言之，春分旦出於甲，秋分暮入於庚。以月言之，三日成震，震納庚，十五成乾，乾納甲，三十日成坤，滅藏於癸，復爲震甲。庚者，天地之終始也。又曰：蠱，一變大畜，乾納甲，再變賁，離爲日。乾三爻在先，先甲三日也。三變頤，四變噬嗑，離爲日。五變无妄，乾納甲，乾三爻在後，後甲三日也。葢先甲、後甲之説不一如此。而漢上之説，可以發明程子之意，故悉舉之。

䷒兑下坤上

當臨之時，陽雖漸長，消亦不久。進君子，退小人，使邪正分明，羣賢布滿，以塞小人登進之路，此要務也。上則望於君，下則責於一時諸賢，皆不可忽也。六五曰知臨，曰大君之宜，曰行中，知者能辨邪正也。大君之宜者，君以知人爲急也。行中猶行正也，非調停君子小人之説也。初九、九二皆曰咸臨，非咸於小人也，亦非初與二左提右挈，遂可云足也。廣搜人材，協力並進，如此而後可以咸也。正初與二之事也。初有貞吉之戒，戒其誤引小人也。二有未順命之戒，言小人猶未順命，不可不防也。嗚呼！君能知臨，臣能咸臨，時守貞吉未順命之戒，八月有凶，豈遂定而不可移哉？

☷☴坤下巽上

九五居人君之位，而欲自觀我生，惟有觀民一法。蓋天下之大，億兆之多，其俗之美惡，由乎我者也。民之俗果美邪，是我之能爲君子也。民之俗果未美邪，是我之未能爲君子也。九五之意，期于我爲君子，未有不能爲君子者也。君子之德風，小人之德草，化行俗美，比屋可封，其斯以爲國之光乎！觀國之光，賢人尚賓，既以民而致賢，復用賢而治民，大觀在上五，不媿之矣！九五曰觀我生，六三亦曰觀我生者，何也？君子之道，本身徵民。我生者，天下理亂安危之所繫，烏可不務觀乎哉？至於仕者之出處，比於人君之自治，蓋其重有如此也，故亦曰觀我生進退云。上九不在位，退而不進者，故但曰其生。朱子所謂小有主賓之異也。

午亭文編卷二十六

經解二　易

☲☳震下離上

嘗讀噬嗑而歎聖人繫易之仁也。讀先王以明罰敕法,而知後世用例不用律之非矣。讀六四之利艱貞、六五之貞厲,而知後世快意用刑之非矣。艱貞、貞厲之辭惟四五有之,他爻所无也,以五居尊位,四爲大臣故也,五四能貞厲、艱貞,下皆化之矣。雷電雖取威明之義,然電先雷後,以明爲主治獄之道不患不威,是以君德貴剛而治獄則尚柔中也,柔中故虚而明也。

☶☲離下艮上

日月五星之運,錯行乎二十八宿經星之次舍,此天文也。君臣父子兄弟夫婦朋友粲然有禮以相接,截然有分以相守,此人文也。觀乎天文以察時變,觀乎人文以化成天下,此天子之文也。惟仰承天道,俯順民彝,天子能修其身而後可以化成天下。由是日月五星无朓朒薄蝕彗孛飛流之變,而各順其運行之常,天下文章孰大乎是?堯之文思安安,舜之濬哲文明皆是道也。

旅之象山上有火,許之以明慎用刑。賁之象山下有火,戒之以无敢折獄。葢明之所及有近遠,故力之所任有大小,聖人特以刑獄一事著其義,則凡明之不足而能任大者鮮矣。是以君子貴致知之學,而无取乎察察之小智也。

☶☷坤下艮上

剥五爻皆言剥,六五獨不言剥者何?變文也。五,君位也,五不可言剥也,變而言貫魚,以宫人寵者何,貫魚下四陰之象也。以宫人之寵,寵四陰者,五也,宫人,宫中之賤者也,以此寵,陰猶能制陰者也,故無不利也。雖變而不失君之義者,尊君也。伊川於上九引《匪風》、《下泉》,《易》通於《詩》矣。愚謂六五一爻,《易》通於《春秋》矣。

唯君子乃能覆盖小人,小人剥君子,君子亡而小人亦無所容其身,是自剥其廬也,小人亦何利哉?初六、六二、六四皆言凶,剥之无咎者,獨六三耳,何去何從,小人亦當決擇之矣。

☷☳震下坤上

復見天地之心,天地之心,仁是也。六二休復,以下仁也,是知凡言復者皆復於仁也。初之修身,二之下仁,四之從道,一也,未有道而不仁,不仁而可修身者也。五居尊位,故欲敦復,仁之厚者宜居尊者也。前後左右從而戕者多矣,尤宜敦也,敦之如何,如初之修身、二之下仁、四之從道而已。是能自治,又能以人治者也。敦復則不頻復,又何至於迷復之凶哉?

☰☳震下乾上

无妄之卦,聖人爲承平君臣而言也。是時也,先王茂對時育萬物之時也,豈可妄有所往,使萬物繹騷不安其生哉?九五居君之位,故告之曰无妄之疾,勿藥有喜。象又丁寧之曰:无妄之藥,不可試也。六二應五者也,故告之曰:不耕穫,不菑畬,則利有攸往。而象曰:不耕穫,未富也。无妄之疾,敵國外患也,无妄之災,邊防之事小有得失,不足爲大患者也。所謂或繫之牛,行人之得,邑人之災也。君與臣但能修吾内治,而外侮不得乘焉,足矣。藥必不可妄試,功必不可妄貪，先王舊章必不可妄改，天幸必不可妄徼，總之无妄之世必當以无妄處之，君與臣必不可不知妄有所往之害。九四，君側之臣也，故以可貞，无咎告之，初九在下，郡縣之臣以无妄之往爲得志，無關于朝廷大事也。最惡者上也，上九亦非有妄者也，時不可行而行，遂至于有眚，遂至于无攸利。彼之不可行而行也，亦自謂前人之法窮則當變，至于不可行者終不可行，而猶執其所行，終不肯變，甘處其窮。象曰：窮之災也，言其窮而不變也，其匪正有眚，不利有攸往，无妄之往，何之矣？天命不祐，行矣哉，正謂上九也。

☶☰乾下艮上

畜卦之義，蘇氏説之已盡，其言曰：小畜之畜乾也，順而畜之，故始順而終反目。大畜之畜乾也，厲而畜之，故始厲而終亨。君子之愛人以德，小人之愛人以姑息，見德而愠，見姑息而喜，則過矣。初九欲進之意，無已也，至于六四遇厲而止，六四之厲我所謂德也，使我知戒而終身不犯于災者，四也。小畜之説輻，不得已也，故夫妻反目。大畜之説輹，其心願之，故中无尤也。三乾並進，故曰良馬逐，馬不憂其不良而憂其輕踔易道以至泛軼也，故利艱貞。九三，乾之殿也，故相與飭戒，閑習其軍徒，則利有攸往。上上，九也，上利在不忌，三利在必戒。童牛初九也，牿角，械也，童牛無所用牿，然且不敢廢者，自其童而牿之，迨其壯，雖不牿可也，此愛其牛之至也。豶豕，豕也，九二之謂也，有牙而不騺也，豕也，不騺則可畜矣。大畜之畜乾也，始厲而終亨，初九陽之微者也，而遂牿之，故至于九二，雖有牙而可畜也。其始牿之，其漸可畜，其終雖進之天衢可也。童而牿之，愛以德也，故有喜，不惡其牙而畜之，將求其用也，故有慶。凡物有以相德曰喜，施德獲報曰慶，孔子曰：積善之家，必有餘慶。天衢者，上之所履而不與下共者也。德有以守之，雖有以予人而莫敢受，苟無其德，雖吾不與，而彼將有取之者，上九之德足以自固，是以無忌於乾而大進之。其曰何天之衢者，何天衢之有而不汝進也？夫惟以天衢進之，而乾大服矣。

小畜，以懿文德。蘇傳曰：夫畜已而非其人，則君子不可有爲，獨可以雍容講道，如子夏之在魏，子思之在魯，可也。大畜，君子以多識前言往行以畜其德，蘇傳曰：孔子論乾九二之德曰：君子學以聚之，問以辨之，是以知乾之健患在于不學，漢高帝是也。故大畜之君子將以用乾，亦先厚其學。嘗推其意而論之，懿文德者不得志而著書之類也，多識前言往行以畜其德者，積學待用之謂也。

☳☶震下艮上

頤之六爻，初九爲靈龜，龜食氣而壽，不求食於人者也。舍爾靈龜，觀我朶頤，凶，此設爲六四告初之辭以戒之耳，非真以初爲凶也。故象曰：觀我朶頤，亦不足貴也。世豈有觀朶頤之靈龜哉？卦惟上下二陽，凡能養人者皆陽也，初九又以德爲養者也。四求初養，是顛頤也，四在艮下，負嵎之虎也，虎視眈眈，其欲逐逐，虎之常也，然咎道也。今以初九之德養，爲養眈眈逐逐之咎，吾知免矣。欲與施反，四無欲，斯能施矣。故象曰上施光也，二與五相應者也。今二五皆陰，不相應也，故二擇養於初上之間，皆非二之類也，故曰行失類也。然初則顛頤而拂經，上則于丘頤而征凶，與其征凶，寧拂經也。六三與上九相應，三求養于上，正也，而顧繫以拂頤，貞凶。十年勿用，无攸利。象又曰：十年勿用，道大悖也。《易》之示人，語繁而不殺，義正而辭嚴，此其至也。若是者何也？陰柔不正，好動之人與居高乘時之權臣相合，其禍何所不至？是聖人之所懼也。五居君位而頤，由于上亦拂經也，居貞則吉，不可涉大川。象曰：居貞之吉，順以從上也。貞則彼無可指，順則我不傷激，貞者爻所本有，順者補爻所未盡也。上爲頤之所由，求養之人，孰不歸之？故利涉大川。然聖人必先之曰厲吉，不厲則凶，厲則吉也。象曰：由頤厲吉，大有慶也。不厲則大有害，厲則大有慶也。五曰貞曰順，上曰厲，五上之間，君臣終始、國家安危、生民禍福，其機最微而其事最鉅，故聖人言之懼而慮之周也。

☱☴巽下兑上

大過,象傳棟橈,本末弱也。本末者,初上也,九三九四皆棟橈者也。爻分而言之,則九四棟隆,九三獨爲棟橈,若是者何哉?九四不過乎剛,與初爲應,能專而無他。初雖在下之柔,譬之茅然,爲物雖薄,以之爲藉未嘗不收其用,此四所以爲棟隆也。四與九二爲同類,二以陽居陰,而下乘初,以初自助,故有枯楊生稊之象,稊者顛而復蘖,反其始也。又有老夫女妻之象,老夫女妻則夫不陵妻,而生育之功可成矣。四曰棟隆吉象,以不橈乎下明之。二曰无不利,象以過以相與明之,是四與二皆取其剛而不過也。九三剛而太過,與上爲應而三,剛愎不可以輔,過涉滅頂之凶,上自无咎也,三亦何所益哉?三與五爲類,五以陽居陽,侈泰已甚,六乘之而力不能正,故有枯楊生華之象。華者盈而畢發,速其終也。又有老婦士夫之象,老婦士夫則夫厭其妻,無過以相與之事矣。三曰棟橈凶象,以不可輔明之。五曰无咎无譽,象曰:何可久也?亦可醜也。无咎无譽者,所以教上也。與爲滅頂之无咎,不如明哲保身之无咎也。非爲五言也,是三與五皆惡其剛而過也。嗚呼!棟橈吾將壓焉,相之於國棟也,匪剛不可過剛,亦未見其可剛柔相濟,使身名俱全而國家無事,賢者不當如是耶?

☵☵坎下坎上

人未有可孤立而無助者也,况在艱難之時乎?習坎之卦九二九五各爲一卦之主,相阨而不能相能者也。二曰坎有險,求小得。險,九五也。小,六三也。九二以險臨,五五亦以險待之,欲以求五焉,可得哉?所可得者六三而已。二所以能得之者,非謂德足以懷之,徒以二者皆未出於險中,相待而後全故也。六三,來之坎坎,險且枕,入于坎窞,勿用。之,往也。枕所以休息也。來者坎也,往者亦坎也，均之二坎來則得主，往則得敵，遇險于外而休息于内也。故曰險且枕，六三知其不足以自用，用必無功，故退入坎以附九二，相與爲固而已。六四，樽酒簋貳，用缶，納約自牖，終无咎。樽酒簋貳，用缶，薄禮也。納約自牖，簡陋之至也。夫同利者不交而歡，同患者不約而信，四非五無與爲主，五非四無與爲蔽，饋之以薄禮，行之以簡陋，而終不相咎者，四與五之際也。九五，坎不盈，祇既平，五在坎中，是不盈也，盈則平而出矣。祇既平，五之志也，以不平爲未大，未大而不肯自安，故受四而不辭也。夫五之與二勢有上下，德有大小，五有爲之主，而二僅自保者也。要其終，五必併二，習坎之所以爲險者，以二五之不相下也。五併二而天下無險可言矣。二與三未保其終而暫時相依，亦各知孤立之難也。若夫初上處内外之極，最遠于敵而不被其禍，以爲足以自用而有餘，是以各挾其險，以待其上，初不附二，上不附五，故皆有失道之凶焉。君子之習險，將以出險也，習險而入險，爲寇而已，此初之失道也。徽纆以係之，叢棘以固之，上六之所恃者險爾，險窮則亡，此上六之失道也。道在依人，尤在擇其所依，險可易言出哉？

☲☲離下離上

離之六五，柔居尊位者也。附麗于剛强之間，危懼之勢也。當危懼之勢，能畏懼之深，至于出涕，憂慮之深，至于戚嗟，所以能保其吉也。所謂剛强者四與上也，然上與四不同，五能用上，則可以成嘉美之功，威震而刑不濫，可以正邦矣。若四則犯上之臣也，自不容于天地之間，何足憐哉？此卦上九禦侮之臣也。九三年至而退，不貪榮禄之臣也。六二中順之臣也，初九新進慎事之臣也，惟九四爲犯上之臣，旋發旋平，不足爲大患，而可藉以爲宴安之戒者也。然離爲火爲日，苟非君德之至明，亦豈易致此哉？

☱☶艮下兑上

交感之謂咸。無心於感，然後無所不感，非無心也，無不正之心也。聖人感人心而天下和平，此也。大槩以一虚字盡之，虚者九四之所謂貞也，故吉且悔亡，若憧憧往來，朋從爾思，則失其貞矣。故象曰：未光大也。九四大義繫辭傳發揮詳盡，宜合而觀之，惜乎九四亦有所未能也。此卦六爻皆應，皆求咸而不能咸。初六，志在外者。四也，九四朋從，朋者，初也，志之從之，皆不得無心之義也。二設爲凶吉兩義，腓躁，動惟躁，故凶反躁，爲居則吉也。九五咸其脢，脢在喉之下，心之上，已發於心而隱忍於喉，苟求无悔而已，其志不已末乎？感不可以私，亦不可强示尊默，使上下之情不通也。三志在隨人，以妄隨爲感，自宜往吝，上滕口説，感不以心而以口，感之道其衰矣乎！合而觀之，皆有心於感而不能無所不感者也。卦以人身取象，四當心位，故感之道於四猶有望焉。

☳☴巽下震上

恒以久爲義。九三不恒其德，貞吝固宜，餘五爻惟二以久中无悔，初則浚恒貞凶，无攸利，四則久非其位而无禽，五則恒其德，貞，夫子凶。上則振恒，凶。是不恒不可，恒亦未必可也，恒豈易言哉？善乎大象之言曰：雷風，恒。雷風者天地之至，不恒者也，至不恒之中而有至恒者存，此立不易方也。方即貞，即天地之道，聖人所以久于道而化成也。聖人者，天而已矣。易諸卦發揮此義，而此卦之辭尤爲顯著。故曰天地之道，貞觀者也；日月之道，貞明者也；天下之動，貞夫一者也。一者何也，天之道也，其爲物不貳，則其生物不測，又何疑於聖人之化成哉？

☰☶艮下乾上

遯不可以退避爲訓，人皆以退避爲藏拙免禍之計，自爲則得矣，如朝廷何？故善遯者非必在山林也，雖身處朝廷，未嘗嚴絶小人，而小人自不能近，此遠小人不惡而嚴之謂也。此卦初二兩爻定指小人，初在遯爲尾，尾猶微末也，以其往而有災，故尚不敢肆而自附於四，四雖不示絶于外，而内不暱好，跡與小人似好，小人迥不能干，是謂好遯，宜其享君子之吉也。君子既吉，小人自然否矣。六二以中順上固君志，自古小人巧用此術，使人君誤信，假之以權，久而跋扈難制者，何可勝道？然二雖固志，五能正志，五之志正，則二之志亦正，二之中順且爲應五之德，而不出於邪矣。二柔而中順，五剛而中正，君臣始終相保，釁隙不生，何嘉如之？嘉出於正，正與嚴相成，嘉與惡相反，此九五之遯也。或曰君不可以遯言，不知臣之遯非必山林，君之遯非必深宮。君者，天也。天下有山，天不必遠山，山自不能及天，君下有臣，君不必遠臣，臣自不能及君。使天舍山而居於無山之處始爲天遯，有是理乎？遯有以形用者，山林之士或可當之，遯有以神用者，非明哲之臣、神明之主未易言也，不可不辨。若九三與初二同體，謂之係遯，係而遯，疾憊固其宜也。苟得其道，其於初二且臣妾畜之耳，不得其道，至於行毆除大事存亡安危，未可知也。不吉則凶，可不慎哉？可不戒哉？上九與乾同體，異於九三，故謂之遯，之者不止初二不能係之，與三同德而不相應，三亦不能係之矣。是爲龍德，是爲神遯，以上居遯之終，故特以此許之，其實四之好遯、五之嘉遯皆同此道也。焦竑曰：肥字古作巷，與蜚字相似，後世因譌爲肥字。《九師道訓》曰：遯而能飛，吉孰大焉。張平子賦云：欲飛遯以保名，曹子建《七啓》云：飛遯離俗，《金陵攝山碑》：緬懷飛遯，皆可取以證。

☳☰乾下震上

彖傳：大壯，大者壯也，剛以動，故壯。又云：大壯，利貞，大者正也。是知壯不可恃，正不可捨，捨正恃壯，雖大，何利之有？卦惟九四，當剛動之爻，故動而貞吉，動而悔亡，藩決於前，輿壯其輹，尚往何疑？若初九者居下在初，去震體殊遠，豈宜遽動？夫趾雖壯，不如輿輹，而欲與四競，往必不能也。但信壯之可進，信之過而壯不行，是其信之窮也。九二以中而貞吉，六五位不當而无悔，二善用大壯者也，五善處大壯者也。上六，小人用壯者也，九三，君子用罔者也。羝羊觸藩，兩爻同象，羸其角，即不能退，不能遂，辭有詳略，意相發明也。无攸利艱則吉，亦兼爲兩爻言也，使兩爻能詳於始，不敢輕發自逞，當不至兩敗俱傷，禍亂蔓延而無已矣。嗚呼！三爲剛躁，上爲柔蹂，三本欲用壯於小人，反使小人用壯，至小人用壯，君子必無幸理。罔者，蔑視天下，旁若無人也。小人用壯，君子罔也，此爲君子歎息也。然則詳與艱，聖人屬望君子其尤切歟！

☷☲坤下離上

晉卦之辭，所謂康侯者二也。用錫馬蕃，庶晝日三接者，五也。五之爻辭曰悔亡者，五爲晉之主，悔在餘五爻有失有得，悔亡在五之失得勿恤，其故何也？一時得者失者畢在離照之下，五雖勿恤而不肖不敢大逞，固與賢不肖溷而不辨者異矣。夫得者進，失者亦進，此五所以往吉无不利也，此五所以往有慶也，利豈獨在康侯之二哉？大略卦以晉名，而諸爻皆不喜輕進，初六晉如、摧如，非人摧初，初自摧也。君子始進，貴正初獨行，正似有摧之者，然自安於摧，不失其正，何吉如之？使急於求孚，急於受命，豈能裕无咎乎？六二晉如、愁如義亦同此，以中正柔順之德而上遇六五之君，宜無不進矣。二不敢喜而不寐，故爲愁如此，二之中正也，所以受兹介福，於其王母也。六三衆允悔亡者，三之晉一無所私，故衆皆信之，其悔得亡也。卦獨四上兩陽，似爲躁進，然四如鼫鼠，鼫鼠以比庸臣，庸臣而在上位，所以爲位不當也。貞厲者雖庸而不失正，雖庸而不敢肆然無忌也，使其爲碩鼠之貪，何貞利之有？雖失得勿恤之君亦難容而不逐矣。上九居高而失和平之度，難爲其下，故爲晉其角，維用伐邑之象，然與好大喜功爲國生事者迥不侔矣，所以雖厲而吉无咎也。貞吝者，道未光之謂也。世之求大光而反致凶辱者多矣，未若貞吝者安其未光爲猶愈也。合諸爻觀之，位有高下，品有優劣，行事未必盡得，然皆進而不輕進者也。上下接而下不輕進，晉之主不易遇也，晉之臣亦可法也。

䷣離下坤上

明夷六爻嘗以商周之際明之。初九君子于行，伯夷、太公之避也，六二夷于左股，股所以行也，夷則行不利，故用馬壯以拯之而後其行也，勝用股矣。此文王羑里演易之時也，以學易爲馬壯，是羑里之事，文王亦自悔有所未盡也。夫此所以爲内文明也。九三，文王得太公之象也，南狩者，卜田而遇非熊非羆之臣也，卒載太公望以歸，得其大首也。嗣是而伐崇墉，嗣是而遏徂旅，文王曷嘗有亟心乎？不可疾貞也。六四于出門庭，我不顧行遯，微子自靖之義也。六五箕子之明夷，則爻辭已明言矣。上六失則之則與六二順以則之則當合看，又當與箕子明不可息之明合看。明不可息，箕子所以傳《洪範》也。六二順以則，文王所以有六十四卦之彖辭也。紂惟失則，故不明而晦，後入於地，無由可免也。是故商周之際，興亡之故備於明夷一卦。或以爲文王之卦是也，實非文王一人之卦也，六二正所謂内文明者，以此爲文王，與象傳合，但謂文王以學易爲馬壯羑里之事，文王亦自悔有所未盡，似非周公可以言文王者，然假使周公以此言文王，不可謂非深知文王者也。此聖賢憂患之學，文王、周公、孔子，其揆一也。

䷤離下巽上

萃言王假有廟，渙言王假有廟，家人言王假有家，明乎在宫在廟，王者皆以精神相感通，故能使鬼神享而家人化也。象曰：王假有家，交相愛也。既交相愛矣，又何憂乎？九五爲王者，六二宜爲王后，然六二爻無異辭焉。歸妹曰帝乙，歸妹曰其君，曰其娣，此異辭也。家人六二曰在中饋，无攸遂，則通乎臣庶之辭也。家人以長女中女成卦，故卦辭曰利女貞，彖傳亦先稱女正位乎内，在中饋，无攸遂者，正位乎内之事也。六二既通乎臣庶，其餘無不可通。初九，閑有家，諺曰教婦初來，其斯之謂與？六四，長姒也，長子家督長姒代，姑家之盛衰繫焉。爻曰富家，大吉，象曰順在位也，明乎長姒之重，非友婦可比也。九三，家人嗃嗃，悔厲，吉。嗃嗃，嚴厲之象也。婦子嘻嘻，終吝。嘻嘻，歎辭也。九三重剛過嚴，家人不堪而歎，故象於嗃嗃許其未失于嘻嘻，譏其失家節，以是知治家不可不嚴，亦不可過嚴也。上九，有孚，威如，終吉。誠與威相濟而得終吉，異乎九三之終吝矣。家人至上九，家道已成，象又揭反身二字以示人身修而後家齊，自天子至於庶人壹是皆以修身爲本也。反身無他法，大象曰君子以言有物而行有恒盡之矣。

唐李勣對高宗曰："此陛下家事，何必更問外人。"其後德宗舒王之議亦祖此説。李泌之對則謂臣當無所不知。夫天子家事，誠爲大事，臣庶家事，豈爲細事乎？借父耰鉏，慮有德色，母取箕箒，立而誶語，抱哺其子，與公併倨，婦姑不相説，則反脣而相稽，秦之所以亡也，賈誼言之矣。婦女不知女工，任情而動，有逆於舅姑，有殺戮妾媵，父兄弗之罪也，天下莫之非也，晉之所以亡也，干寶言之矣。後世所以教導整齊臣庶之家者，非無法令，然徒文具而無其實也。誼又有言，夫移風易俗，使天下回心而鄉道，類非俗吏之所能爲也。所關誠重矣哉！

䷥兑下離上

天下同異之辨不可勝窮。天地睽，男女睽，萬物睽，是其異也；其事同，其志通，其事類，是其同也。象曰：君子以同而異，夫同而異，異而同，一也，其異也，正其所以同也。睽之時用大矣哉，大以此也。睽非美事而天地男女萬事皆不得不睽，睽然後同，何嫌於睽乎？若夫始同終異，始異終同，同異皆出於私，兩者判不相合，與其終而異，未若其終而同也。睽之六爻，初與四不相應也，四如逸馬，逐而愈逸，不逐則自歸，又如惡人，惡與《左傳》惡而婉之惡同，貌雖惡而中未必惡也。初不嫌四而見之四，且以初爲元善之夫，彼此相孚矣。初之悔亡，无咎，四之睽孤厲，无咎，以始睽終同也。二之遇主于巷，五之厥宗噬膚，三之无初有終，上之先張後説，皆終同也。自匹夫相與，無不以睽爲憂，以不睽爲貴，況寮寀君臣之際乎？總之有宜睽者，彖傳大象之義也。有不宜睽者，六爻之義也。如此則見睽之利，不見睽之害，歸于大同，實受其福矣。睽之時用固非一端，學易者可不盡心乎？

☶☵艮下坎上

九五大位也，當蹇難之時，以一身而任天下之責，天下之蹇皆其蹇，蹇莫有大焉者也，大蹇也。夫九五所謂利西南，往得中者也，當位貞吉，以正邦國之大人也，見之則利，往則有功者也。世未有真主在上而忠臣義士不樂爲之用命者，朋來之助豈非五之所自致乎？人知九三往蹇來反爲道窮，而反不知蹇卦四陰與五同德者，惟三之一陽耳，其反也，見險而能止也，知也。反而與初二同往，尤其知也。初之宜待者，待三也，四之來連者，連三也，上以來碩者，以三爲碩人也。上以三而利見九五之大人，初、二、四誰非以三而利見者哉？然則三真五之朋也，有三之朋，而初、二、四、上無非五之朋也。不止王臣蹇蹇一人也，朋來如是，雖大蹇無難平矣。雖然，非下推上輓，三何能獨進乎？上與三應，與之合力決天下之險難，開一時之蕩平，上之功豈小補哉？

☵☳坎下震上

解之小人，六三也，本非元惡大憝，附九四之足下，隨四而動，不過四之一拇耳然已。居下之上，其位高矣，故曰負且乘，言其以負販之夫乘君子之器也。或曰負者，上仗四也，乘者，下陵二也。負販之夫一旦得志，未有不負上而乘下者也。合觀之，而小人之態見矣。在九二以三狐目之，工於媚悦，則爲狐也，又依城之狐也，假威之狐也。在上六以隼目之，捷于傷人，則爲隼也。三一小人耳，而其勢闗涉上下，則亦非尋常小人可並論矣。九二以矢射之，獲之於田，上六助二射之，獲之於高墉，九四亦不敢庇之，而自解其拇。自三觀之，以二與上爲寇，其實二與上興兵戎以伐罪人也。是役也，主之者二也。上爲犄角，四者，小人所在之地也，然小人之退與不退，權尤在君。二與六五爲正應，二所以能成功也，利西南，往得衆，此之謂也。无所往，既解之時也；有攸往，未解之時也。无所往則來復赦過宥罪，不欲禍延也；有攸往則夙其事已定，人猶未知也。不苛不縱，先後得宜，豈非九二之貞吉中道哉？嗚呼！三與上本宜應而不相應，使三之禍已成，必將陷上而奪其位，三之禍未成而敗，上非射而獲之，恐未免以嫌疑而禍及其身也。三爲四拇，勢將累四，初與四應，剛柔之際勢將及初，今三一解而衆禍悉解。郎顗曰：雷者所以開發萌芽，辟陰除害，萬物須雷而解，資雨而潤，解之時真大矣哉？

☶☱兑下艮上

損卦本無剥民奉君之説。彖曰損，損下益上，其道上行者，損下，卦乾之九三；益上，卦坤之六三。損下益上，即損剛益柔，損非徒損，所以益上，故曰其道上行，損下益上，義本如是。損亦非惡事也，何嘗指爲損民益君哉？惟損下益上，其道上行，故又曰損而有孚，元吉，无咎可貞，利有攸往。曷之用？二簋可用享。蓋其道上行損中，即有孚義，元吉以下皆有孚之占，二簋用享，則所以爲有孚者也。此卦下三爻益上者也，上三爻受益者也，上下交孚，下積其誠而上受之，曷之用？二簋可用享之説也。主之享賓必用其誠，簋非虚器，中必有實，二簋者，象下之兩陽也。享禮八簋爲上，四簋爲中，二簋爲簡，今以兩陽之實取象二簋，不論享禮之常，亦猶享賓，有時而用二簋，惟其誠，不惟其物，故曰二簋應有時也。《易》大例扶陽抑陰，剛不可損,獨此卦以損剛益柔爲義,損剛則剛虚,益柔則柔盈,故又曰損剛益柔,有時損益盈虚,與時偕行也。損益二卦皆損剛益柔,但益卦所損之剛在上,損卦所損之剛在下耳。或執益象損上益下民説无疆之文,謂以損之損下爲損民,亦無不可,不知損君益民可言也,損民益君不可言也,損君益民而民説固其宜也,損民益君而有孚未之有也。必不可元吉,必不可无咎,必不可貞,必不可利有攸往,任其曲説,終不可通。且小人以是藉口流禍無窮矣,故不可不辯。以爻義細言之,初九輟其私事,遄往益四,遄之爲言疾也,四所謂損其疾者,指初九也,損其疾亦猶咸其拇、咸其腓、晉其角之類,易之句法也,非以疾爲四之病疾而初往損之也。以下事上不宜緩慢,故疾而无咎,酌損之者,戒其過於疾耳,非以疾爲不可也。六四損其疾,使遄有喜者,言初九之往本遄,四又能使之遄,不以損其疾爲嫌,反其疾爲喜也,如此而遄往者愈勸矣,何咎之有?初九曰尚合志,四曰有喜,兩爻各得无咎,此初與四之有孚无咎也。九二利貞者,中以爲志,以中爲貞也,中即二之二簋,蓋一心享上之誠也。征凶者二,非徼功沽名之臣以征爲凶,故安静無爲,不敢輕動耳,此二之以爲弗損也,而五以實受其益矣。五受二益,故有或益之,十朋之龜,弗克違之象。上天祐五,使得賢臣,非元吉而何?合而觀之,二五以中相孚而得吉者也,若六三三人行則損一人,一人行則得其友,成卦之義實在於此。象曰:一人行,三則疑也。六三與上九不相疑矣,豈非孚乎?上九居卦之上,受益極矣,故反而益下,然於上實無所損,故爲弗損益之,可以无咎,可以貞吉,可以利有攸往,得臣无家者,是臣民俱受其益,大子以天下爲家也。損之道至此無以加矣,故曰大得志也。總之,此卦大意在上下有孚,爲臣子出身事君之事。世既誤解損下益上,又誤解二簋應有時,損剛益柔有時爲凶年饑歲,上下俱耗之時,夫上下俱耗猶可損民與?嗚呼!此漢唐所以多聚斂之臣也。

☳☴震下巽上

益彖傳：損上益下，民説无疆，自上下下，其道大光。以益下爲益民，此則得其解矣。損卦自爲臣益君之事，益卦自爲君益民之事，何必皆以下爲民哉？自利有攸往，至與時偕行，皆備言所以損上益下、民説无疆之故，亦非有二意也。凡自上益下之事，皆天子之事，此卦六爻皆應，而尤重九五，雖成卦之義在於初四，亦不敢與五比也，益莫大於惠，惠者，順也，九五之心有孚而順天下，自然勿問而知其元吉。其時天下之心亦皆有孚而順九五之德，九五之志於是大得，不亦宜哉？二五中正相應，所謂有孚，惠我德者，於二尤爲易見。凡國有大事必君從卿士，從庶民，從龜，從筮，從或益之十朋之龜弗克違，豈非龜筮協從之謂乎？上下協從，天人交應，王用享于帝之吉占，實非二所敢當也，是以爻有永貞之戒，象亦曰自外來明，非二意中所敢有也。六四中行，此言四以益下爲心，而合於中行也，告公從者言其告於公朝而公朝從之也，利用爲依遷國者言即遷國大事亦無不從，而所遷之國其民心實足爲朝廷所憑依也。初九居下親民之臣，當益之時民皆順君之民，自宜利用爲大作，大作即遷國之役也。元吉无咎者，雖益之時無事不可興，然下不厚事，初九特爲之者也，无咎可當也。元吉本九五之占，初不敢當也。六三益之，用凶事、受凶荒之任者也，益之最親切者無如凶荒，古之王者使人徵諸侯，憂凶荒，則授之以圭，致王命焉。三有孚中行，告公用圭，其復命之事乎？宣君之德，救民之命，自然感天之心，受天之福，雖已身亦有大益，非僅无咎而已。故象曰：益用凶事，固有之也。言凶事之中益所固有其辭，與自外來不同，所以勸之也。嗚呼！天災流行，凶荒時有，當是任无咎有咎，有益無益，孰非自取之哉？合此五爻觀之，中正相應者二五也，三四之中行皆以五之中爲行者也。三之有孚，五之孚也，四之益志，五之志也。初九者乃四之應也，五之孚惠心，而其餘皆有孚，惠我德，天下大益，其本在於君之一心，是知舍心而言政，未有能爲政者也。獨上九處益之極，又巽極躁動，故曰立心勿恒，無恒心之人反覆變幻，纖悉誅求，君子惟恐利不及人，小人惟恐利不歸己，人非鬼責，孰能禦之？莫益之，或擊之，自外來之辭與初二同，而吉凶若天淵矣。所謂美惡不嫌同辭也，戒之哉！

午亭文編卷二十七

經解三　易

☱☰乾下兑上

此卦五陽一陰，陰至寡也，以九五之尊決去上六一陰，如以利器芟除小草，何至夬而又夬乎？夬夬者，不能一夬而遂夬也，雖云中行无咎，中實未光矣。若九三無九五之勢，又在諸陽之中，獨與上應，使避相應之嫌，壯徵於色，以一擊爲快，反足致凶，故夬夬未妨也。雖其始獨行遇雨，若濡有愠，而其後終得无咎，故猶有取焉。初九壯于前趾，往不勝爲咎，此決而輕發者也。九四則不能決者也，誠能隨衆君子之後，如牽羊之在後，則藉力遂進，次且之悔可亡矣。牽羊與次且有辨，次且而不能牽羊，自古無才之小人反多剛愎自用，不能隨順君子，爻所以又有聞言不信之戒也。惟九二剛而能中，雖屬乾體，然健而説，決而和，實備全卦之德。惕號者，彖之孚號有厲也，暮夜有戎，勿恤，彖之告自邑，不利即戎也。雖不即戎，然循是道也，終至舉朝君子而小人絶跡，所謂利有攸往，剛長乃終也。九二惕號，上六自然无號，君子剛長乃終，小人終不可長，定理定勢，未可謂必無之事也。大略夬以得中爲貴，九五終未光，則以上六暱在君側，五居尊位，當以毅然一決爲中，而非諸爻可比也。夫天下之勢日變者也，朝多君子，不易得之時也，使九五不能斷，雖君子揚小人之惡于王庭，必無濟矣。中而光，聖人所深望者，其尤在五哉！

☰☵巽下乾上

姤之小人，初六一陰也，爲女壯，爲羸豕，爲魚，爲民，爲瓜，皆初六之象也。初六一陰敢與五陽遇，故爲女壯在下，故爲羸豕，雖爲羸豕而可豫信其蹢躅，陰柔則易牽，故欲其繫，繫則貞吉，有攸往則見凶。有九二之金柅，初自然无攸往之凶矣。

初欲往而二柅之，初爲魚而二包之，皆以其近也。二之能包魚，能制魚者也，其爲主固矣。然魚爲嘉味，何以不利賓，蓋味之美者其毒亦多，小人之柔而可喜似之，故二包有魚，以義揆之，不肯及於賓也。

姤五月之卦。五月瓜生，初象也，杞高木，二象也，能左右之。曰以五能以二之杞包初之瓜，杞包瓜而瓜不得蔓引，是品物咸章之時，二能使初之含章也。二之爲杞，猶之其爲金柅也。然孰非五以之之力與？陽者國家之命，陰長而命隨去，今以杞包瓜，陰不得長，是命自天而降不復去矣。故曰有隕自天，志不舍命也。

九三臀無膚，其行次且者，以行未牽於初也，不遇未免有寡助之厲，私遇則有牽於小人之大咎，與其爲大咎，寧爲厲矣。

上九與初最遠，角又善觸，無與初相遇之理，吝而无咎，雖吝不足罪也。

諸陽惟九四與初爲正應，然初陰性善牽，與二相近，與四相遠，初繫二而不他往，即得貞吉，不必定歸四也。二包有魚，四自然包無魚，夫陽之於陰，猶君之於民，四之包无魚，是君遠其民而君無民也，豈非起凶乎？

此卦一陰始生，由是而遯而否而觀而剥而坤，是姤卦爲謹微之卦，不可不講也。五居尊位而應之者二，二五兩爻之義，尤不可不講也。

☷☱坤下兑上

萃于一之謂萃，有二非萃矣，彖所言利見大人是也。是故五爲萃主，他不敢當也，五萃有位，位者天人共與，歷數攸存，未有運世無本、功德不紀而能崛起在此位者也。以是當天下臣民之聚，無不孚矣，無不光矣，何咎何悔哉？以九五之志則常若匪孚，故反躬自省，元永貞之德惟恐不能盡焉。志若匪孚，所以無不孚，志若有悔，所以悔亡，志若未光，位乃光，大象所謂利見大人，亨，聚以正也。非九五元永貞之謂乎？此卦四五兩陽各得其應，疑於不一，然九四位不當居多凶之地，有不正之嫌，必大吉始可无咎，大吉者，近五之側，以身萃五，自不敢當天下之萃，故大吉也。初六本與四應，改而萃五，是爲有孚，不終乃亂，乃萃也。前爲二引，若二號之也，與二相得，附二萃五，一握爲笑也。勿恤往，往於五也，初之萃四，似正而非正，改而附二萃五，似亂而非亂，其亂也，乃其所以正也，夫何咎？若二者居中應五，又引衆萃五，中德不二，但知引而不知他，一孚之外無餘事也。彖言大牲，爻言用禴者，萃之時，天子之享親宜豐，臣子之享上宜誠，各有攸當也。六三欲萃，上六既萃如又嗟如者，蓋上六方齎咨涕洟，不敢自安於上，苦欲萃五而三又萃上六，必无利矣。惟往萃於五，庶无咎耳。小吝者，戒其往五而不果也。互巽爲進退，上萃五，欲其果於退，三萃五，欲其果於進也。總之，上下五爻不論有應無應，皆萃於五，是謂萃於一，是謂萃之正萃，豈非天下最盛之事哉？雖然，萃可喜也，亦可憂也。蘇氏曰：五能萃二，四能萃初，近四而無應，則四能萃三；近五而無應，則五能萃上，此豈非交争之地哉？大象：澤上於地，萃。君子以除戎器，戒不虞。聖人之慮深矣。

☴☷巽下坤上

地至實者也，亦至虛者也。使地不至虛，木之生將壓遏而不得長，豈能拔出地上干霄抉雲哉？惟君亦然，使君不能下士，則君門如天，草茅賤士無由上達矣。升卦六五居坤之中，以順爲德，順故能虚，此五之貞也，五以貞爲階，天下皆由階而升，用見大人，勿恤者用此也。六五所以爲大人也，五位西南，巽之至坤必歷南而後至，故曰南征吉，志行也。天下之志行，五之志乃大得，所謂有慶者不獨二之有喜，若初之上合志、三之無所疑、四之順事、上之冥升，皆有慶也。彖傳雖舉九二剛中而應，爲釋其實，非九二一爻可專有也。初六允升，初爲巽主，巽與坤順合志，其升自可信也。九二孚乃利用禴，二有中實之德，孚信于五，雖外飾之靡丈去而不用可也。木至九三，漸入坤體，虚而無礙，故謂之升虚邑。六四上由之以下達，下由之以上通，是爲五汲引在下之賢人登於天子之廷者也。賢人進而治功成，王用此享于岐山矣，故曰順事也。上六居卦之上，木之升至此而極，凡木之升在春夏，人易見之，至於冬則不見其升，而實升而不息，故謂之冥升，謂之不息之貞，消不富者，以冬而言也，使賢人之升至於不見而升，升而不息，豈非天下國家之大慶哉？

䷮坎下兑上

困卦，彖曰困，剛揜也。剛指二五剛中之剛，九四不預焉，二、五之剛爲初與三上所揜，又爲九四所揜，故曰剛揜而不曰柔揜。剛使二、五止爲初三上所揜，九四不預焉，何以不曰柔揜剛而但曰剛揜哉？能辨九四，亦爲揜剛之人，而困卦之義明矣。九四來徐徐，凡自外而内者謂之來，四之來以就初也。徐徐者，隔於九二而不得速也，故曰困于金車，然四之志豈須臾忘初者哉？初揜二者也，今四之志在下，不止欲助初揜二，且欲引初揜五矣，而謂四非揜剛之人哉？然四與二皆陽，二又承五，故又曰雖不當位，有與也。然則吝有終者，此望四自新之辭也。四互五三有巽木象，初與四隔，故有臀困于株木象。四至二互離，初在下，有入于幽谷象，自初至四隔三爻，有三歲不覿象，此卦獨初與四應。凡卦以有應爲吉，今四反累於初，小人之不可作緣如此。三與上不相應，據位本相應，兩柔又相應，今隔於五，五剛如石，三不能轉，下又承二。據二之蒺藜，三爲其宫，上爲其妻，入於其宫，不見其妻，凶何如之？三之不見妻，雖以隔於五故，亦以上之悔，故上爲三所牽，附困于葛藟也，在卦之上勢窮而危于臲卼也。處勢如此，一動足輒危，故曰動悔，動悔者不可征也。若能悔悟，則可以征而吉矣，此又望上自新之辭也。此四爻者二五之剛所由揜也，豈知二五本剛中，非此四爻所能揜乎？不能困剛，徒以自困，小人何樂而爲小人哉？若夫二與五真可謂之大人，眞可謂之君子，故能在險而説，困而不失其所，所者何貞也，貞也者，剛中之中也。此二五之安身立命處也，可以感人，可以格鬼神，可以無入而不自得，又何不亨之有乎？是故人以九二爲困，不知酒食之慶在中，朱紱方來之慶在中，利用享祀之慶在中，雖征，行非其時，故凶，而以九二處之自无咎矣。九五者，居尊位者也，其時揜五者非敵國外患，不過左右小人耳。天子於小人，怒則去之，小人既去，羣才效用，此劓刖之象也，困于赤紱之象也。朝廷之上以刑法爲敺除，志之未得在此，然事平而朝廷宴然亦在此矣，乃徐有説也。利用享祀，意與九二同，皆以剛中之誠心孚於鬼神故也。夫二與五在險能説，困而不失其所，是説其所自有，何至以口舌求説來尚口，乃窮之誚乎？聖人愛君子，故用丁寧於不必丁寧之地也。此卦兼爲小人，謀爲小人，亦所以爲君子也，所以爲天下也。聖人之爲天下慮也蓋詳。彖傳困而不失其所爲句，或連下亨字讀，非。

大象曰：澤无水，困。君子以致命遂志。夫致命遂志之人，何人哉？平日非志不在温飽，非犯顔敢諫，非以忠孝節義自期，待臨大節而不可奪者，能致命遂志，未之有也。無致命遂志之臣，則亦必無實心爲國之臣，必無有事爲國守土之臣，國家何利於此，故培養節義，是爲急務也。

☵☴巽下坎上

井以養人，猶君子之德能養人也。初六之井泥，九二之井谷，二者皆無足取,其惟九三乎? 三之井渫即九五之井洌寒泉,蓋九五能使寒泉之見食于人,非九五自爲寒泉也,當其不食,則行人徒惻,一遇王明,則並受其福,九五之中正,非明王乎? 甚矣,九五之重也! 六四之井甃,此作人薦賢之臣也。上六之井收,勿幕,此用賢之臣不蔽賢之臣也。四止无咎,上且元吉者,蓋至上而寒泉之食無人不被,井道於是大成矣。是六四不可無,上六尤不可無也。雖然,薦賢者賞,蔽賢者戮,有王明之九五,何患無六四、上六之臣哉? 王明並受其福者,天下並受其福也,生於其時者何其幸耶!

☲☱離下兑上

國家一切改革無不有天人在焉,非獨革命大事也。天運日變于上,人事日變于下,而天理人情必不可變,能以天理人情爲念,此革而當,其悔乃亡之本也。是故革者不得已而爲之革也,不可革則不革。初九之鞏用黄牛也,既革不可再革,上六之征凶,居貞吉也,不可不革,不可妄革,其難其慎,則九五主革之君,二、三、四奉行之臣也。人知君子豹變,小人革面,革之利也,抑知順以從君,由於未占有孚爲九五虎變之大人者,實未易與! 合二三四爻象觀之,其辭兼勸與戒,無一非體未占有孚之義,而爲辭者也,即無一敢出於順天應人之外者也。世之因循規避而不敢革,與輕躁執拗而妄革,皆得罪革卦之君臣者也。

☴☲巽下離上

鼎卦六爻,初六與九四相應,初在下爲鼎趾,即四之所謂足也,當未烹之時鼎顛其趾,出其否惡,未爲悖理。蓋以小人畜小人,亦小人所以无咎也。九四不察,悮授之以重任,遂至鼎折足,覆公餗,九四之形容亦沾渥難澣矣。至此人不責初之不勝任也,而直責九四之不勝任,平時過信初六,今所信果如何哉? 九二與六五相應,九二鼎有實,宜。六五之趨就恐後也,反使二咨嗟於下,曰我仇有疾,不我能即，何故？豈非柔靡因循之過與？四亦非太柔不可輔者，故有鼎黄耳之象，但爲上九，玉鉉之臣爲相，而二五相應之常可以不失矣，此五所以利貞而二所以得吉也。九三與上九本宜相應，以兩皆剛，故不相應，三之有實，與九二不殊，以上不汲引，不得升於五前，故有鼎耳革，其行塞，雉膏不食之象，使上九變其金鉉爲玉鉉，則剛柔相節而三，庶乎鼎耳不革，其行不塞，雉膏見食矣。此又三之所以方雨虧悔，終吉也。夫鼎之烹也，以享上帝，以養聖賢，二與三是也，人欲勿用，天其舍諸？今二、三之實皆由上九見食於六五，是上九以薦賢上當天心也，大吉无不利，何疑之有？此卦之義在於大臣遠闒茸而舉賢人，繹六五金鉉之義，則用大臣以用天下之賢人，尤不可不加意也。

九二雖有終无尤之喜，猶未免有慎所之之戒，何也？賢人君子不見用於時，或爲權門牢籠，因而失節，故丁寧戒之。宋楊時爲蔡京所薦，前朝吳與弼爲石亨所薦，至今猶有遺憾，况其他乎？

☳☳震下震上

洊雷亦不必指非時之雷，如冬雷及無雲而雷之類。自二月發聲之後，八月收聲之前，凡雷皆雷也。人亦無聞雷霆而不懼者，當雷之時，妄念盡空，天良陡發，惜乎雷過之後妄念又滋耳。若能時時恐懼，時時修省，所謂回天格天，孰加於此乎？震來虩虩，笑言啞啞，文王用之繫卦，周公用之繫爻，恐致福也，後有則也。孔子用之釋彖，既又用之釋象，此四語蔽震卦可也，蔽全易亦可也。

☶☶艮下艮上

彖辭艮其背，孔子釋之作艮其止，艮其背即艮其止之象，艮其止，即艮其背之實義，止其所，又艮其止之的訓也。背也，止也，所也，切實言之，一理而已，艮其止者，止於理也。凡人不過一身，其與身接者皆人也，不見理，但見人與身，則所以處身與人者失矣。不見身與人，但見理，則所以處身與人者得矣。故象曰艮其背，不獲其身。行其庭，不見其人。

艮，止也，此止非專屬止，非專屬静，行亦有止，止亦有止，行即是動，止即是静，行止動静，無不有理，止其所而時出之。故曰時止則止，時行則行，動静不失其時，其道光明，然則凝心無爲，息緣住静，虚寂之學必非艮止之學，明矣。

䷴艮下巽上

彖傳進得位，往有功也。進以正，可以正邦也。其位，剛得中也。數語明指九五。或曰天子不可以漸進言，夫由儲君而爲天子，非漸而何？天子尚進以正，進以漸，天下何得倖進躁進哉？使天下不倖進，不躁進，天子正邦之功莫大於此矣。卦辭取象于女歸，六爻皆取象于鴻，又取象于夫婦，鴻不再配，婦不二醮，君臣之義也。始進不正，其後未有能正者也。九五、六二相應，君臣之正也，五鴻漸于陵，婦三歲不孕，二鴻漸于磐，飲食衎衎，五言其始也，二言其終也，雖終莫能勝，而其始亦難矣，則以九三、六四故也。三無應離初二而耽四之邪配，是謂夫征不復以私，而孕不敢舉焉，是謂婦孕不育，私而得位，盜思奪之，故結四相保，是謂利用禦寇，四亦無應，故三漸陸，四漸木，皆非鴻之本性也。四雖漸木，或得其桷，猶可苟安。四之順巽異於三之剛躁，故三不免凶，四猶无咎與！惟三、四横據于朝，故五漸于高陵，未能遽遂下接六二之願。然五剛中得位，去此何難？此五所以終得其願，而二不素飽之臣終得見用也。初六鴻漸于干，新進小臣未遽獲上，履危蒙譏，誠所不免，故曰小子厲，有言，无咎，上九爵位不能縶之，如鴻之高飛雲路清風，峻節足以勵一時而師萬世，故曰鴻漸于逵，其羽可用爲儀，此二爻亦無應者也，比之三四，則賢不賢相去遠矣。去倖進以清仕涂，拔孤寒以開賢路，奬山林以養廉恥，孰非九五之事哉？

☳☱兑下震上

歸妹一卦，自卦辭論無復吉理，自六爻論人有貴賤，有賢否，其遇亦有幸不幸，妾媵之事略具矣。六五妾媵之主也，帝乙歸妹是其貴也，其君之袂，不如其娣之袂良，是其能逮下也，又能不尚飾也。月幾望，是其德之盛也，又謙沖不敢盈也。然則六五以其中德之貴而行，不專恃其位矣，娣得此以爲女君，何其幸哉？初九之爲娣固也，九二何以云眇？則以跛眇相似也，跛故不敢正履，眇故不敢正視，初征吉，二利幽人之貞，質性固有小異，而以下承上之常，兩皆不失矣。惜古今女君不皆六五，而娣不皆初九、九二也。六三爲成卦之主，始亦欲待年而嫁，獲其良配，後則反歸以娣，豈非女德不正，人皆賤之，故與九四歸妹愆期，遲歸有時，亦女子有志者也。聞古之盛世，男女以正，婚姻以時，然則女之愆期，必有任其責者矣。上六女承筐无實，士刲羊，无血，无攸利。此非約婚而不終者也。愆期之女，鰥曠之士，不能具禮簡略相從者也。或曰此卦自六爻而外通于公卿士庶，且妾媵小事耳，聖人何爲娓娓不置，是未讀歸妹之彖者也。歸妹天地之大義也，天地不交而萬物不興，歸妹人之終始也，而可以爲小乎？

☳☲離下震上

天下之事倚伏无常者也。豐本以明以動，故豐既豐，又以雷揜日之故，於是豐之名雖是也，而豐之實改爲豐其蔀，豐其沛，豐其屋矣。豐至是疑无亨理，然本以明以動，故豐苟循其本，仍以明以動救其弊，何難於亨哉？王假之，勿憂，宜日中，所以救豐之後也。豐，大也，日中之日徧照天下，此之謂大也。天下無常中之日，而君心有常中之日，日之象雖屬於五，而五之明實取於離，日不至於昃，君不厭其臣，天下所以常豐也。日中則昃，月盈則食，天地盈虛，與時消息，況於人與鬼神乎？此言豐之不可恃也，或恃豐爲可常，或謂一豐之後不可再振者，皆非也。

五來章，二有孚發若，則二之豐其蔀，日中見斗，往得疑疾自可免矣。四在五下，故豐其蔀，日中見斗，與二不殊，而其遇主不同，一心以佐五，而五之來章已得二，又得初與四，雷不蔽日，豐蔀盡撤，下明上動，頓還舊觀，豈非快事哉？惟上六陰柔在上，此重五之暗者也。三不幸與之應，所謂豐其沛，日中見沫，暗不在五而在上矣。有臣如此，而望與之竭力悟主行莫大之事哉？惟以權自廢，折其右肱而已。上位窮而富溢，豐大其屋，翔于天際，然闚其户，闃其无人，蓋九三既折肱，則上門雖如市，謂之无人可也。豐其屋，適所以自蔽，古來爲臣如上，誰能幸免也？

䷷艮下離上

旅者外往而違其家者也。士庶賈賤之常而尊貴者之變也，如晉重耳備四爻之義焉，吕、郤之難豈非射雉一夫亡乎？明年襄王入於王城，王饗醴命之宥，又二年獻楚俘于王，王饗醴，命晉侯宥王，命尹氏及王子虎内史叔興父策命晉侯爲侯伯，豈非終以譽命乎？處狄十二年及齊，齊桓公妻之，有馬二十乘，有狐趙諸臣從之，豈非旅即次，懷其資，得童僕貞乎？處齊，公子安之，姜氏曰行也，懷與安實敗名，姜與子犯謀醉而遣之，醒，以戈逐子犯，然公子遂行矣，豈非旅于處，得其資斧，我心不快乎？其過衞也，衞文公不禮之，乞食于壄人，壄人與之塊，似乎旅瑣瑣，夫瑣兮尾兮，流離之子黎臣所以歎也，而不可論晉公子。子犯曰天賜也，稽首受而載之，旅雖窮而其君若臣之志不窮，志不窮，旅之窮何足爲災乎？此卦最惡者上九，而九三次之，三過剛，故有焚次喪僕之事，大約旅之時瑣瑣固難，過剛則人不附，人去則瑣瑣益甚矣。至于上九焚巢之害，視焚次又甚矣，旅非笑時也而先笑，號咷在其後矣。牛既喪矣，終莫之聞矣，是爲最凶者也，可不戒哉？

☴☴巽下巽上

風者天之號令，巽爲風，故爲命令，兩巽相隨，故爲申命，法教百端，令行爲上。故曰行事，此九五大人之事也。五居巽中，以中行命，命无不正，所謂剛巽乎中正而志行者也。命既正矣，則吉由之，悔亡由之，上下无不利由之矣。无初有終，初未得不令而從，終則无令而不從也。庚者十甲，過中事之，當更者也，更事故申命也。或曰甲主仁，庚主義，甲寬令也，庚嚴令也，然巽者入也，重巽所以入，人非可以嚴厲言也。

小者初與四兩柔也，柔皆順乎剛，剛則單指九五，九五居尊位，故柔皆利有攸往，利見大人，雖九二之剛亦不過，下引初六，使上順九五耳，不敢當大人也。

初以順五爲貞，進退多疑則失貞，故利武。人之貞，武人者果決無疑者也。四決志順，五无進退之悔，可以稱武夫矣。倡初順五，故曰田獲三品。初巽下爲品，與四隔三爻爲三品也，田而獲，亦武夫之事也。四不止有功於初，豈非五之功臣哉?

二與四皆互兑口，五之申命行事必藉二四，四稱武夫，二稱史巫，亦互辭也。蓋所以使初无疑，而事五者亦辭命之力也。巽在牀下，所以事五也，用史巫紛若，所以申五之命也。然則二之有功同于四也。

九三居下巽之終，頻巽猶初之進退也。始而志疑，終而志窮，吝何能免哉?

上九居上巽之終，過于巽而不能斷，是爲喪斧，不得以武夫之貞自解矣。又曰喪資，何居，此老而患失，足恭無耻者也。意保富貴，富貴未必能保，故曰巽在牀下，上窮也，喪其資斧，正乎凶也，正乎凶也。或作兩句讀是也，言爾以爲正乎? 吾但見其凶而不見其正也。巽在牀下，與九二同，亦所謂吉凶不嫌同辭。

☱☱兑下兑上

兑，説也，順天應人，使民忘勞忘死，皆由於説，説豈有不亨者哉？然亦有不可亨者，説之失正也，故又利於貞焉，何以爲貞，剛中而柔外是也。剛中則不暱，柔外則不暴，不暱不暴，説之正也，亨之道也。九五以剛居中，所謂當位之大君也。例應云孚於兑，嫌同於二，變文曰孚于剥，此聖人特筆也。蓋説我者，剥我者也，既剥矣，何以又孚？蓋知我之志本無他也。然孚于剥則自應有厲，惟能有厲而厲自然無矣。此五之貞，五之所以説也，初之和兑者，我無爾虐，爾無我疑也。二之孚兑者，我無爾詐，爾無我虞也。四下乘六三，與上六同體，若商略，所以説乎？兩柔者則徒徬徨不寧無爲也，惟介然疾之，使兩柔皆不能涉入，則可以有喜矣。此三爻者其道不同，亦皆説之能利貞者也。至於六三、上六一來一引，正兑之，小人以妄説爲性，而君子不可妄説之者也。六三言凶，上六不言凶者，上之凶可例三而知也。大約説卦以利貞爲主，説以利貞，是以順乎天而應乎人；説以先民，民忘其勞；説以犯難，民忘其死。苟不能説民而小人是説，一旦有事，誰爲我勞？誰爲我死？小人且掉臂逝矣，戒之哉！

☵☴坎下巽上

此卦五爲主涣之君，二、四爲治涣之臣。剛來而不窮，二也。柔得位乎外而上同，四也。王假有廟，王乃在中，五爻所謂王居也。利涉大川，乘木有功，五乘四，木以濟坎水也。利貞者，王以居爲貞也，所謂正位也，有五之君，有二、四之臣，而初六、六三、上九无不附于二、四，協志佐五，一時君臣如此涣之，所以亨也。夫涣非幸事也，普天之下，誰非臣子？初六之柔藉二互震之壯馬以拯王室之難，豈非順哉？四爲木爲机，初用二馬二奔四机得四，而二亨涣之願得矣。六三涣其躬者，以有涣在，不敢不散其私也。志在外者，志在四也。夫初、二、三皆歸於四，四不敢有以歸於五，可謂涣其羣矣。大臣而无朋黨之私，可謂光大矣。人惡渙，故喜羣，四渙其羣，功乃在五，所謂渙有丘也，此非常人心思所及也。蓋渙之時，丘爲衆之所止，五當互艮之山，故象丘也。九五渙汗其大號，巽之申命行事也。渙王居者，王居而不動，所以守宗廟社稷也。渙汗其大號，渙王居皆渙字一讀，言渙時宜汗其大號，渙時王宜居守也，故象曰王居无咎。或以王居爲王之居積，連渙字爲句，以散財釋之，誤矣。此卦以汗大號渙，王居爲渙之實事，與餘象不同。若夫上九之渙其血者，上與三應，三渙其躬，上安得不渙其血，故上亦渙之功臣也。去而遠出者何？蓋功成身退，知幾之士也，故爻以无咎許之，象以遠害明之。

史言唐德宗時，奉天所下詔書，雖狂將悍卒聞之莫不感激。又言山東宣布赦書，士卒皆感泣。又李晟上行在露布曰：臣已肅清宫禁，祇謁寢園，鐘簴不移，廟貌如故。渙汗其大號、渙王居二者爲渙之實事，此可以見矣。

䷻兑下坎上

節卦斷以節財，言天地節而四時成節，以制度，不傷財，不害民。反而言之，不節以制度則傷財害民矣。節豈小事哉？此卦分坤之一，柔居下卦，之上爲兑，六三也；分乾之一，剛居上卦，之中爲坎，九五也。兑爲説，坎爲險，説以行險者，六三也。當位以節，中正以通者，九五也。苦節不可貞，則上六也。以六爻細言之，初九在下，知通財之權在五，塞財之權在二，不敢前侵二事，爲不出户庭，户奇，九二之象也。二坐視三之不節，而不能塞，爲不出門庭，門偶，六三之象也。夫節財者當於有財之時，失其時，何嗟及矣？二之凶，宜也。若六三不節若，則嗟若，又三之自取也，咎將歸誰？多費以快意而不知窮在其中，説以行險，非六三而何？九五當位，以節中正，以通節而通，故不窮，不窮故往有尚甘節之吉，所以在五也。六四亨安節之亨，亦以承五之道故也。六三不節蔓延於上，然凶而猶謂之貞，猶得悔亡者，罪不在上也。嗚呼！財者天下大事也，九二大臣也，不知錢穀,託言非其職,過矣。至于制度數,議德行,國家之大政所係於財者至重也。明職掌,禁侈用,制度數以革僭分,議德行以勸儉約,天下未有不家給人足者也。有中正以通之,德其行,此固易易也。

☱☴兑下巽上

卦名中孚,中者,二、五剛得中也,若三、四,則柔在内,何得以内冒中哉?舊有中虚中實之説,中實是也,中虚非也。二、五成卦之主,凡卦之義皆可取用,五君二臣,二臣臣説君巽,故曰説而巽,孚,乃化邦也。信可以感天地動鬼神,凡有血氣无不可感,故曰豚魚吉,信及豚魚也。巽爲木爲風,互震之動,風行木動,舟象也。三、四兩陰,舟虚象也,君臣交孚,何事不可行?風順舟駛,無以逾也,故曰利涉大川。乘木舟,虚也,三索得女而成兑,一索得女而成巽,遡其本則乾也,乾爲天,剛健中正莫過乎天,二、五有焉。孚之所以爲孚者,此也,故曰中孚以利貞,乃應乎天也。至六爻之義亦惟二、五爲中孚,與卦義同,其餘不中則不孚矣。

九五爲君之孚臣,其辭易知,九二取象于鶴者,鶴水鳥,又秋禽,九二兑體,故象之。又君主日,陽也,臣主夜,陰也,鶴在陰亦二之象也。又夜半陽生,鶴知夜半陰,應陽之象也。鳴和,兑口之象也,曰我曰爾,即其鳴和之辭也。爵禄曰爵,鳥爵曰爵,鳳皇亦曰爵,鳳鳴節節足足,故飲器象之,亦曰爵,然則爵之稱亦多矣。我有好爵,其指鳳乎,鳳生東方君子之國,羽蟲三百六十鳳爲之長。九五居巽,乘震象之宜也,曰我有,曰吾與爾靡,皆據二言之。此臣樂得君,彼此告語之辭也。或以子和指五,非也。以子目五,失尊卑大小之序,於理爲悖。且鶴屬兑體,子又屬巽體,一物而兩取象,其義紊矣。

又以繫辭傳參之,君子居其室,出其言,善則千里之外應之,况其邇者乎?出其言,不善則千里之外違之,况其邇者乎?遠邇相關如此,邇可忽與?母子室中之至邇者也,鶴鳴子和,邇先應也,此又欲獲君先信友之説也。

初九虞吉者，虞度六四之有它，其心不敢安也。虞於志未變之先故吉，志既變而後悔之，晚矣。六四捨初附五，絶類而上附五，不失臣道，月幾望之象，絶類不繫私交，馬匹亡之象，此捨私狥公，善補過者也。然反覆賣友之譏亦難免矣，其酈寄之流與！三與上應而不應，故辭曰得敵，或鼓或罷，先信而後疑也。或泣或歌，既疑而又信也。總之，疑而不定者也。上九翰音登於天，音无翼而飛，故曰翰音登于天者。在卦之上，居巽之極，言猶飄風不可捉執。然上既不信矣，其誰信之？故曰何可長也。

獲君信友於九五，九二見之友之，不相信於初、四、三、上見之，古今未有上下相疑而可有爲者。中孚一卦於君臣朋友之際言之備矣。

☶☳艮下震上

大爲陽，小爲陰，卦有四陰，二五又居中，得位小者既過，大者何以亨哉？小者過而大者亨，亦必有道矣，則貞是也。處小過之時，行小過之事，所謂過以利貞，與時行也，可小事不可大事是也。此又爲君子小人之互辭，柔得中，是以小事吉則大事必不吉，剛失位而不中，既不可大事，則但可小事矣。此卦本敎君子之行小事，辟如飛鳥遺之音，不宜上，宜下，上逆而下順，上則大事也，下則小事也。君子知此，則自然无違時而行之禍，故曰大吉，大吉者，君子之大者吉也。繫辭之聖人意爲君子，然所以示小人者亦在其中矣。九三弗過防之，弗過一句，防之一句，時既不能過小人，而外示防小人之形從，或戕之之凶，其能免乎？此憂九三過剛危之之辭也。九四弗過遇之，弗過一句，遇之一句，時既不能過小人，而能善遇小人，此九四之利貞也。故即予其无咎，然遇小人譬如養虎，故戒之以往厲必戒，遇亦一時之權，常以是爲貞，反至失身而不貞，故又敎之以勿用永貞。此三、四兩爻之下而不上，可小事不可大事，所以亨，所以大吉也。

六二陰過於陽，故爲過其祖，過其君，以陰居陰，故爲遇其妣，遇其臣。此又六二之能下也。然二本過其君，聖人曰不及其君，何哉？臣不可過象，釋之明矣。天王狩于河陽，公孫干郲其書法同，孰謂《易》中无《春秋》哉？六五密雲不雨，自我西郊，又曰公弋取彼在穴，皆有陰不敢行陽事之象，此六五之下也。然其德則六，其位則五，與二少殊，雖不雨，雲已上升，故象曰已上也。五，君位也，不曰王曰公，亦書法也。

初六飛鳥以凶，此初之不下而上也，惟其爲飛鳥，所以致凶也，不可如何？自作孽不可活之謂，爲初歎息而言之也。上六弗遇過之，亦作兩句讀，言上六不肯以禮遇陽，而務欲以力勝之也。此上六之上而不下也。飛鳥離之，上與初爲飛鳥同，故罹禍亦與初同也。曰凶，曰是謂災眚，辭繁而不殺，聖人爲上歎息亦同於初矣。

䷾離下坎上

既濟之世侈大之志易生，能收斂而不至侈大，則既濟可以常保。故卦辭曰既濟，亨小，而釋之曰既濟，亨，小者亨也。剛柔正而位當，似槩指六爻而意在九五，九五爲既濟之主，其禴祭也非薄於鬼神也，此九五之能小也。後世有數十年不親郊祀者，反之則東封西祀，以明得意，以祈福祐，馴至民窮財匱，何如？以時禴祭者實受其福哉？舉祭祀一端，他可推矣。先天離東坎西，九五位居坎中，故爲西鄰，所云東鄰西鄰殺牛禴祭者，一奢一儉相形之辭，而非以六二爲東鄰也。六二柔得中，卦辭所謂初吉者，喪其茀而不行，俟其得而不逐，真與民休息、安静无事、太平之良臣也。初九曳其輪，濡其尾，畏輕舉而致禍也。六四濡有衣袽，終日戒，能預備而戒懼也。若初與四亦皆能小之賢臣也，天下已安，小人生事，多開邊釁以徼功名，故聖人繫九三曰：高宗伐鬼方，三年克之。又丁寧之曰：小人勿用，其意深矣。夫以高宗之賢，當全盛之世，其伐鬼方，猶以三年師老民困，其憊可知，可不戒哉？上六與九三相應，小人彼此附和，喜於生事者也。冒險而進，卒止于險而不得出濡首之厲，實自取之，亦小人所當戒也。雖然，既濟有九五之君，有六二之臣，自然无九三、上六之小人矣。

䷿坎下離上

既濟之世不可用兵，未濟之世兵不得不用，然亦不得輕用，必上有聖主，下有賢將相而後可。今觀六五以文明居上，以有孚應下，九二能持重於内，九四能臨事而懼，震用伐鬼方於外，五非嗜殺之主，二非貪功之相，四非輕敵之將，宜其皆得貞吉也。是知未濟之兵出於不得已者也，未濟之亨不以是哉？不獨此三爻也，聖人於初與三上皆有戒辭焉。初六濡其尾，吝，象曰亦不知極也，與彖傳所云未出中者，其意相合。未濟之時，特嫌其濟而不知極，非謂其不宜濟也。六三曰未濟，征凶，又曰利涉大川，意亦同。初六一戒之，一勸之，亦以未濟之時不可不求濟也。上九有孚于飲酒，剛而能和，以和孚衆，所以无咎。然雖居卦終，猶在未濟，和而不節，過親小人，恐禍有出於意外者。濡其首，有孚失是，聖人所以又申戒於上也。總之，不論既濟未濟，聖人皆以用兵爲不得已之事，皆以小心敬慎爲訓。天運固有循環，亦人事得失所致也。合二卦爲一卦讀之，常存思患豫防之心焉，天下其常濟乎！

午亭文編卷二十八

經解　書詩禮

堯　典

唐虞之際盛矣,嘗竊以謂此天人之介,君子小人消長之關,而天下治亂之所由分也。當堯之時,四凶五臣並列,而驩兜舉共工比周爲黨,五臣雖各率其職,未聞有能明其爲凶而放殛之者,則天人消長治亂之關,其故豈其微哉? 蓋堯知有舜久矣,以爲非舜則四凶不能誅,而五臣不能盡其才。堯若曰:與其誅四凶,不若登用舜。嗚呼!此堯之所以爲君之大也。當其時,驩兜居中而三苗負固於外,鯀方以洪水自重,以舛天下,雖以堯之聖而不能不遲迴審顧於其間者。蓋待凶人若斯之難也。堯若以謂及吾之身而制之,使猶不得逞也。然庶幾其有悔心乎? 既不得逞而有悔心,吾與斯人亦相忘於大化之中而已矣。即非然者,有舜在焉。舜之心,猶吾之心也。至是而終無悔心之萌矣。舉而誅之,不見其有震驚之迹,而措天下於磐石之安。是以孔子贊堯之大,而又曰:"無爲而治者,其舜也與!"夫舜有爲而曰無爲,聖人之心如天,天之心無爲,聖人之心亦無爲。當堯之時,四凶可以不必誅;當舜之時,四凶不得不誅,皆天也,非人之所能爲也。故舜之無爲,猶堯之無得而名也。舜登用而四凶誅,五臣各得盡其才,君子道長,小人道消,天下極治而無亂者,本堯用舜以誅四凶之故也。非然者,則天人消長之關可勝言哉! 觀堯之所以待四凶,與所以用舜者,然後知堯之爲君之大也。

舜典

虞書者，舜史臣所記。首堯典者，尊堯也。舜典而尊堯，故先堯典而舜典繫焉。故曰尊堯也。尊堯而不別之以爲唐書者，何也？曰尊之也，親之也。舜之於堯，義則君臣，恩則父子。君臣主義，父子主恩，尊堯而曰虞書者，若將引爲一體，聯爲一家，合而同焉，不欲離而異焉，懼以君臣之義掩父子之恩也。不然者，雖以舜之史臣，獨不可紀堯之行事，特爲一書如後世修勝國之史者乎？故不別爲書者，尊之至也，親之至也。是以觀舜典而尊尊親親之道備焉。

禹貢

予於禹貢而見聖人憂天下之深且遠也。當是時，山川既治，水土既平，九州攸同矣，於是任土作貢。孟子曰：夏后氏五十而貢，其實什一也。然自漆絲鹽絺，以至海物鉛松怪石浮磬蠙珠瑶琨篠簜之屬，無不備貢焉，何其繁也！則若於田賦之外，又有所謂貢者，雖二猶不足，如之何其謂之什一也。且自土階茅茨以來，歷堯舜之世，凡所謂海物鉛松怪石浮磬蠙珠瑶琨篠簜諸異物，既不見於經，則知其未嘗有也。而禹於是時始制爲法令，綜核嚴密如此，況又在什一之外乎，而孰知其非然也。蓋聖人憂天下之心如此也，其心以爲吾之取於民者什一而已，而海物鉛松怪石浮磬蠙珠瑶琨篠簜諸異物罔不畢具，則凡宫府之所需、賓師之所資，其可以充吾用者皆已足於此。後之人雖欲專用意於海物鉛松怪石浮磬蠙珠瑶琨篠簜諸異物，亦不得求多於民。蓋取之什一之中而皆已足矣，則凡吾所定爲制者，使後世無以加也，則聖人憂天下之心可不謂深且遠邪？若什一之外，諸異物更取於民，此稍知治理者所不忍爲，而謂禹忍而爲之乎？嗚呼！自渾沕之風漸遠，服食器用已不能如往者草衣木食汙樽抔飲之風矣。此聖人之所深憂也，而懼其甚焉，故定之爲經，曰雖好異物，不得過焉。聖人憂天下之心何其遠與！

皐陶作士

舜五臣，禹、稷、契、皐陶、伯益。禹及身以有天下，稷、契、伯益其後世子孫亦皆有天下，獨皐陶以刑官不有天下，此天道與？非與？後世于公治獄，令高大其門，曰："當吾後必有興者。"于公之興以天道决之耳。皐陶之不有天下，亦天道與！皐陶作士刑，期無刑，民協于中。舜念其功，曰："四方風動，惟乃之休。"惟禹亦云："朕德罔克，民不依。皐陶邁種德，德乃降，黎民懷之。念兹在兹，釋兹在兹。名言兹在兹，允出兹在兹。"其反復念之不忘如此。今考皐陶謨所載，其在當時，德果不在禹稷下可知也。然而既不有天下，而楚人滅六蓼，皐陶既不得比禹、稷、契、伯益，亦將不得比於于公與？何天於皐陶則嚴而於于公則恕也，將所謂天道終不可得而知與？蓋天德好生，其在於人，有能使民不陷於罪，不致於刑，長養而安全之，斯則可以爲德矣。上古之民犯法者少，亦不能無陷於罪而致於刑者。天若曰：當其罪而已耳，亦何德之有焉。後世變故滋多，民犯法者衆，士師者能得其情鮮矣。天若曰：苟能當其罪矣，斯亦可以謂爲德矣。于公之所以大其門也。皐陶之德大矣，而天若有靳焉者，蓋以彼其德可以使民不陷於罪而致於刑也。致於刑，非天之心也。楚人之禍，舍天道吾無以决之也。孟子有曰：小德役大德，小賢役大賢。小役大，弱役强，斯二者，皆天也。蓋唐虞之世，有天下以德，以德故苟有小異乎德之爲者，天所懼也，則不得不致其嚴於皐陶是也。漢之世，有天下以力，以力故苟有小異乎力之爲者，天所善也，則不得不行其恕於于公是也。

費誓

孔子序書存魯誓，何也？曰爲東周也。維魯之弱也，魯宗國維魯之弱，所以爲東周也。費誓載魯侯帥師征徐戎之事，伯禽秉周公之教，傳稱周禮在魯，制度典章宜其見於簡册者多矣，而孔子獨於此有取焉者，何也？當時周道衰，平王遷洛，晉鄭焉依，而魯宗國寖以式微。其後三桓秉政，陪臣執命，親攻昭公而出之，而征伐之權，上不由天子，下不出方伯，齊田常弑其君，孔子請伐之，哀公不聽。孔子蓋傷不復得如曩者盛時，承王命，率諸侯，以討不臣而伐僭亂也，故於魯伐徐戎之事有取焉爾。今誦其辭曰：無敢不弔，無敢不善。曰：汝則有常刑者三。曰：汝則有大刑者再。嚴威整暇，猶有三代之遺風焉。此所以取其辭存之，以繼於帝王之後也。意者魯之孫子，有能明王道，强君德，攬賞罰之權，紹乃祖烈者乎？吾庶幾其遇之。昔伯禽之魯三年而報政，太公封齊五月而報政，周公乃歎曰：魯後世其北面事齊矣。夫魯之亡於弱，周公既知之矣。孔子不忍宗國之弱以亡，其亦猶周公之歎也夫！

秦　誓

書存二誓，而終於秦者何？陳子曰：存魯所以維其弱，而終秦所以抑其强。蓋聖人之志在魯，天下之勢在秦，勢在秦者，天也，非人之所能爲也。然聖人重言天命而必推極於人事之所當。爲昔者秦伐鄭，晉敗秦師於殽。穆公誓告羣臣，孔子録之，書之終篇。傳者謂穆公悔過，孔子有取焉。孔子曷取乎爾？蓋天下之勢在秦，孔子所知也。而聖人曰：有人事焉，貴德賤力，守其疆服，毋敢稱兵搆禍，獲罪於先王，此人事也。以秦前日之所爲，雖得天下，不可久長以爲生民主，今幸其悔心之萌矣，毋敢稱兵搆禍矣。安知周之弱，不可以敵秦之强也哉？又安知彼即有天下，不可以久長爲生民主也哉？故於穆公有取云爾，不然彭衙濟河之師，何有乎悔過而聖人許之耶？其後秦滅詩書，尚首功，併吞諸國，終有天下，不二世而亡，孰謂聖人之憂爲過計耶？或曰，秦始孝公，富國强兵，穆公僻處西陲，未得爲會盟之主，當其時天下之勢烏知其在秦也？雖然，後世讖緯符命之事聖人所不道，然天下之勢，微聖人，烏足以知之？

周南召南

二南之作也,當文王受命之時耶?周之德及於民者至矣。詩有之,自西自東,自南自北,無思不服,宜其名詩不得獨取二南也。顧其時西則昆夷,北則玁狁,東則紂。紂、昆夷、玁狁未之如何矣。而文王之化,自周召而南,漸被於江漢之人,此二南之所以獨爲名也。夫昆夷、玁狁、紂自外於聖人之化,無足責矣。而當時之人生其封落之中者,亦何其不幸耶!

周召有詩無詩

《甘棠》專美召公,而《麟之趾》兼稱公子,無美周公者。周公勳德,豈出召公下哉?《易》之辭曰:二多譽,遠也,召公之謂也。四多懼,近也,周公之謂也。觀周召有詩無詩而譽與懼之義益明。

魯　頌

頌者下頌其上之辭耳,猶之《國風》美刺,非有典法禁侯國不得作也。然則行父曷爲請於周?蓋當時周衰,上下陵替,魯國秉禮,雖頌亦請之,非謂魯於法不得作頌,如請隧之類,必待天子之命而後行也。魯人既不忘其先君之賢,而尤以王命爲尊,可以風天下矣。魯無風而有頌,聖人存之思深哉!

商　頌

或問《詩》周書而存商頌,何也?曰:歐陽子有言,大商祖之德,予紂之不憾,明武王、周公之心。余嘗論之,夫謂大商祖之德者,商周本以征誅有天下,周之於紂,猶商之於桀,明其德以見有商祖之德,則實有可以得天下之理。如無其德,則是雖有天下且不可,况敢行放伐之事乎?故謂大商祖之德者是也。謂予紂之不憾,明武王周公之心,其義尚有未盡者。武之革命,順天應人。聖人者,天人之至公者也，亦安計紂之憾與不憾。而武王、周公之心，亦何待諄諄焉明於天下後世哉？故謂予紂之不憾、明武王周公之心者，非也。然則商頌之存果何義與？曰：明統也。周得統於商，明統所以尊周也。魯親周後，明統而尊尊親親之義備焉。夫是以周書而存商頌也。

新宫有聲無詩

《南陔》、《白華》、《華黍》、《由庚》、《崇丘》、《由儀》，此六篇者，鄉飲酒燕禮之笙詩也。笙入，立於縣中，奏《南陔》、《白華》、《華黍》，又間歌《魚麗》，笙《由庚》，歌《南有嘉魚》、《笙崇》、《丘歌》、《南山有臺》，笙《由儀》。笙詩自漢已來謂遭戰國及秦之亂而亡之。朱子曰：非亡也，蓋有聲而無辭者也。鄭氏謂燕禮有升歌、鹿鳴、下管、新宫，新宫亦詩篇名，辭義皆亡，無以知其篇第之處。愚按笙詩在笙中吹之，則下管之詩亦在管中吹之，其有聲無詞，與六篇同也。或曰，笙詩篇目見於經，而傳者爲之作序。《六月》之序亦連及之，而《新宫》皆無焉，故鄭氏箋以爲辭義皆亡，而孔氏疏以爲六篇有義無辭，《新宫》并義亦無，則《新宫》非六篇之比。是亡詩也，非果有聲無辭者也。夫篇目之見於毛氏之所傳者，非經之所本有也。毛氏覩儀禮而補入其名耳，然則毛氏奚爲闕《新宫》而不補，曰漏也。衛宏因之不爲作序，又何足怪乎？若謂六篇之目果見於經，孔子不應獨删《新宫》之目，若謂六篇果有其辭，遭亂而亡，又不應皆僅存其目，其爲毛氏之所補入，無疑也。《左氏傳》昭二十五年宋公享昭子，賦《新宫》，《新宫》之詩或别有其辭，非下管所吹之聲也，孔子删之耳。是以朱子又疑，以爲《斯干》之詩而未敢必也。孔氏又謂自宋公賦《新宫》，至孔子時三十餘年而《新宫》逸亡。夫《新宫》之詩，儀禮所用之詩，非他詩比也。儀禮周公所以興禮樂、定太平之大政也。禮樂之大具者莫備於魯，魯豈有遺詩耶？假令魯詩間有遺者，此儀禮所用之詩，其行於天下者久且遠，豈有求而不得者耶？多聞博學如孔子，豈有不求得者耶？且三十年未久也，而謂行於天下者，昔猶在人口而今遂亡之，其可信也耶？

卷耳

“采采卷耳，不盈頃筐。嗟我懷人，寘彼周行。”唐人詩“提籠忘採葉，昨夜夢漁陽”本此。如序云，輔佐君子，求賢審官，是全與此詩無涉也，亦豈復有意味之可尋乎？

野有死麕

詩言以茅包麕而誘懷春之女，又述此女之辭，“姑徐徐其來，無感我帨，無使尨吠。”有幽婉之情，無嚴峻之意，安見其惡無禮也？而繫之召南之中，不可解矣，豈其出秦火之餘而簡編有錯亂者耶？

擊鼓

《記》曰：“五十不從力政，六十不與服戎。”役與兵，皆國之重事也。州吁虐用其民，土功戎事一時並興，至使其民吁嗟刺怨。其曰：“土國城漕，我獨南行”者，豈其民之猶樂爲力役哉？蓋其時之民，習見夫輕用其力，以土功力役之事不足爲勞苦耳。是其情尤足悲也。豈知夫先王之制，五十而罷役，比之六十而還兵者，猶兢兢焉不敢過用其力也。彼州吁殘民以逞，烏足以語此？

雄雉二則

首章曰：“自貽伊阻”，卒章曰：“不忮不求，何用不臧”，此詩之旨有合於中庸不怨不尤、正己無求、無入不自得之意，而出於行役之婦人，其亦猶周南之《汝墳》、召南之《草蟲》乎？不可謂非卷耳之遺風也。以是知先王德教之及人遠矣。

《汝墳》、《草蟲》思其君子，不過閱年歲之改易、感時物之變遷，或慰勞其王事之勤，或自道其思念之意而止耳。而《雄雉》之詩反身自責，憂深慮遠，或恐其難乎免於今之世也。其所以勉其君子者無不至焉。世變之可覩,蓋如此。

式　微

"式微式微,胡不歸",詩七言之權輿也。"胡爲乎中露",詩五言之胚胎也。何必柏梁蘇李哉?一章之中而古今之詩體備焉。然其嗟嘆永歌之情,發於中而成於文者,所謂亡國之音哀以思也。黎侯失國而寄於人,有媿乎其臣矣。

簡　兮

舜命夔典樂教胄子,周官大司樂掌教國子,是古者樂官掌教事,任至重也。《簡兮》之賢者,實有教國子諸子學舞之責,其在職之事有可爲者,非如後世伶官之比也。亦何爲而輕世肆志如此哉?蓋先王教士之法至此時而寖壞,雖存其文而誠意不至,無復有禮賢教士之實,不過以伶官待之,而下亦遂以伶官自待矣。賢者處此,宜其不得志於時,而其言之玩世不恭有如此也。

北　門

先儒謂《北門》之忠臣至於窶貧而莫知其艱窮而呼天無怨尤之辭,而又以爲有臣如此,不能忠信重禄以勸之,國之所以亡也。嘗試論之,其君既失勸士之道,而爲之臣者其所以自處亦未得爲盡善也。君子之仕於人國,道合則留,不合則去,至於窶貧實甚,室人無以自安,不思所以自處之宜,乃惟呼天而訴之,亦何益哉?然或者其時爲之苟以容其身未可知也。夫有道之國士君子得盡其所學,就使不得志,亦不使失其所守爲國,而使人既不得志,又失其守,至苟以容其身,如衛者欲不亡,得乎?

君子偕老

風人主文而譎諫,言之無罪,聞之者足以戒,莫著於《君子偕老》

之詩。此詩惟稱述夫人服飾之盛、容貌之尊，以感動其天良，激發其愧耻，而終不斥言其淫亂之事。所謂辭益婉而意益深，是風詩之最善者也。

載　馳

禮，國君夫人父母没，則不得歸寧，使大夫寧於兄弟。《載馳》之詩首章曰："大夫跋涉，我心則憂"，是許大夫之唁於衛者也。故其卒章曰："大夫君子，無我有尤。百爾所思，不如我所之"，此大夫即唁衛之大夫也。夫人言大夫君子無以我爲有過，而爾大夫自以爲能往而集衛事也。雖百爾大夫之所思慮，不如我之親往也。申言首章"大夫跋涉，我心則憂"之義也。

《載馳》之詩，許夫人傷宗國之亡，欲歸唁於衛。其二章曰："既不我嘉，不能旋反"，是夫人終以禮自制，所謂發乎情，止乎禮義者也。夫宗社覆滅非常之變，又豈能宴然坐視而已也。故其卒章曰："我行其野，麥芃芃然〔一〕"，方盛長也。將控告於大邦，未知將何所因而何所至也。則是夫人雖不果於行，而其閔亡救亂之心至矣。夫人可不謂賢哉？夫以宣公、宣姜之惡而有女之賢如此，世類果足以限人哉？又何疑乎文公之能幹蠱而克家也。

【校記】

〔一〕麥芃芃然　《詩經·鄘風·載馳》作"芃芃其麥"。

大　車

大車、毳衣，民望而畏之，止其邪心，不待刑政之及也。然則革車衮冕，繢衣繡裳，豈曰體安駕乘，目好五色而已哉？而或者欲去其節文，蕩然即於簡陋，過矣。

叔于田二篇

吾觀《于田》二篇之詩，而歎其上驕下諂，國無道之甚也。三代之衰也，善惡賞罰不明乎上，而是非毀譽之在下者，恒得而别白之。蓋猶直道在人心而公議在人口也。若叔段者不義而得衆，而國人之美之者，以其弋獵馳騁、舉火暴虎、飲酒服馬之事競爲諛悦，而無復三代之遺風。叔雖欲不爲亂，豈可得哉？

東方未明

序曰："東方未明，刺無節也。"蓋其興居無節，號令不時，挈壺氏不能掌其職焉。朱子辨説夏官挈壺氏下士六人，置壺浮箭以爲晝夜之節，漏刻不明，固可以見其無政。然所以興居無節，號令不明，未必皆挈壺氏之罪。味序義，謂興居無節，號令不明，是宜夙而莫，宜莫而夙，至使挈壺氏亦不能操其漏刻以舉其職。明其一出於一時偶然之意而行之，使人無所遵守也。此《東方未明》之詩所爲作與？

敝笱

詩以敝笱爲喻，而首章曰："其從如雲"，次章曰："其從如雨"，卒章曰："其從如水"，至於如水而流蕩忘反，不可復制，詩人語有淺深次第之不同，亦可謂警戒著明矣。善乎胡氏之言，禮義者，天下之大防也。其禁亂之所由生，猶防止水之所自來也。以舊防爲無所用而廢之，是以至此其極，取以證《敝笱》之詩尤脗合云。

唐風

《前漢志》曰：河東本唐堯所居，有先王遺教。君子深思，小人儉嗇。《集傳》曰："其地土瘠民貧，勤儉質朴，憂深思遠，有堯之遺風。"蓋吾讀詩，考志傳所稱二南而後於唐風有取焉。然自漢以來解者多所淆亂，如《蟋蟀》、《山有樞》、《綢繆》、《杕杜》、《葛生》、《采苓》諸篇序概指爲譏刺時君之詩。得朱子辨説而聖經之本指以明，於是益歎大賢與人爲善，其是非取捨一準乎義理之公，不惑於穿鑿傅會之説。而後晉風之厚、民俗之淳益粲然明著於後世，則信乎可以排列國之風而獨出矣。雖然是豈獨可以見民俗之淳厚而已哉！益以知前聖遺風之遠也。

車　鄰

車馬侍御，詩人美之，則秦之所以爲秦者，如此而已耳。並坐鼓瑟，亦豈真能有禮樂之好哉？蓋自三代以來，未有以力得天下者，至於秦而世運民風忽焉一變。聖人有以見夫得天下不必皆以德也，故魏、唐次以秦，以見晉亡而秦興也。秦風首《車鄰》，以見以力得天下將始於秦也。孟子曰："天下無道，小役大，弱役强"，豈不然與？

小　戎

《小戎》猛烈壯厲，非婦人所能作，其曰："言念君子"，詩人託興之辭耳。輔氏所謂極其憂思，情也；無所怨刺，義也。夫《汝墳》、《草蟲》不免於憂悲，而謂《小戎》之婦人爲能知義耶？蓋詩人之代爲辭，不如婦人之自爲言爲能盡其情也。《小戎》言而不盡其情，故又以知非婦人之作也。

黄　鳥

三良之事，蓋穆公之惡而康公成之。彼三子者，宜亦有過焉。黄鳥不能高飛遠引，擇木而栖，止于棘與桑與楚，則詩人之意見矣。

東門之楊

《東門之楊》序謂親迎而女不至，親迎不見於詩，特以"昏以爲期"一句斷之耳。而尤可異者鄭氏之説詩也，鄭氏箋云："女留他色，不肯時行"。考昏禮，父親醮子，而命之迎，子承命而行，主人筵几於廟，而拜迎于門外。壻執雁入揖讓升堂，再拜奠雁。降，出御婦車，而壻授綏，御輪三周，先俟于外。婦至，壻揖婦以入。此士親迎之禮也。父醮女而俟迎者，母南面于房外，女出于母左，父西面戒之，母戒諸西階上，父送女，命之曰："戒之敬之，夙夜無違命。"母施襟結帨，曰："勉之敬之，夙夜無違宫事。"庶母及門内，施鞶，申之以父母之命，命之曰："敬恭聽，宗爾父母之言，夙夜無愆，視諸衿鞶。"此父母命戒之辭也。以親迎之禮威儀節文如彼，以父母命戒之辭重慎如此，士不親迎，則已。既曰親迎矣，當時雖世教衰微，而古禮之遺猶當存什一於千百，不至蕩然盡廢也。而曰："女於是時留他色，不肯時行"，豈不可異哉？或以謂親皆没，昏姻失時，無父母之命，或父母存而不能以禮制其女。雖然，儷皮束帛，請納徵矣。女子許嫁，笄而醴之矣。雖留他色，欲何爲哉？甚矣，序之誤而鄭氏之謬也！

豳　風

豳何以終風，大周公之功而以明臣道也。周之王業成于周公，聖人著國風之正變，以明王業之盛衰，故凡公之自爲詩與詩爲公而作者，皆得繫於公，風皆以國名。魯，公國也，不繫之魯者何？或曰，伯禽封魯公，實不之國，故不繫魯。然而非也。公功在天下，魯一國耳。假令公之魯，庸得以魯盡公耶？故凡繫於公之詩，不得曰魯也。周之王業成於公，曷不繫以周，弗敢專也。豳者，夏之列國，先公之所居也。繫以豳，公之志也。而以終乎風者，《易》曰："无成有終"，又曰："地道无成而代有終也。"

常　棣

《常棣》，朱子云，《國語》富辰之言以爲周文公之詩，但《春秋傳》爲富辰之言。又以爲召穆公思周德之不類，故糾合宗族於成周而作此詩。二書之言皆出富辰，且其時去召穆公又未遠，不知其説何故如此？杜預以作詩爲作樂而奏，此詩恐亦非是。愚按《常棣》，周公爲管蔡而作，先儒論之無異辭矣。富辰謂召穆公作此詩，殆猶《春秋傳》所謂賦詩云爾。傳凡言賦詩有二義，公入而賦，"大隧之中，其樂也融融。"姜出而賦，"大隧之外，其樂也洩洩。"凡此是自爲詩也。公子賦《河水》，公賦《六月》，凡此是誦古詩也。召穆公之作《常棣》，是誦古詩也。杜預以爲作樂而奏此詩，與賦詩之義自别，宜朱子不取其説也。

三　禮

古禮二經，《周禮》、《儀禮》而已。《周禮》者，周官政典之書。《儀禮》者，儀法度數之事。《禮記》者，則諸儒雜記之書，非古禮經也。所謂周官政典之書者，蓋周公所作，載官府職掌之禮。漢武帝時，河間獻王得而獻之，失其冬官。哀帝時，劉歆校理祕書，以考工記補冬官，備周官六篇之數，今謂之《周禮》是也。所謂儀法度數之事者，蓋周以來朝聘饗、射冠婚喪祭威儀之制，漢承秦燔書滅學，禮經殘壞，魯高堂生傳《士禮》十七篇，以授瑕丘蕭奮，奮授東海孟卿，卿授后蒼，后蒼授大戴德、小戴聖。又有劉氏所傳十七篇次第爲優，鄭康成從而注之，今謂之《儀禮》是也。自后蒼爲《儀禮》之學，别録數萬言，號曲臺雜記。戴德傳之者八十五篇，或云八十一篇，今其書存者總四十篇，謂之大戴記。戴聖傳之者四十三篇，《曲禮》、《檀弓》、《雜記》分上下，馬氏增以《月令》、《明堂位》、《樂記》，總四十九篇，謂之小戴記。二戴禮並是曲臺雜記，漢世諸儒言禮者並取二家，今大戴禮不頒於學宫，所謂禮記者，小戴記也。謂爲諸儒雜記之書者，此也。朱子謂《周官》爲禮之綱領，《儀禮》乃其本經。而《禮記》郊特牲、冠義等篇乃其義説，則是《禮記》者，二經之傳注也。宋以前有三禮、通禮諸科，自王安石行新經義，獨存禮記之科。迄今莫敢議其非者。間嘗論之，《周禮》一書可行於文武周公之世，不能行於春秋戰國之時。自是以來，儒生雖復誦習而鮮可被之實用，故王莽之王田市易、安石之青苗均輸，以之速亡召亂，蓋古今之勢不同而法亦因時而屢變也。韓愈嘗苦《儀禮》難讀，謂其行於今者蓋寡，沿襲不同，復之無由，是二經者之不行，亦其勢使然而已矣。小戴之書先王之遺訓猶存，往行前言，彬彬可考焉。蓋掇取大戴之精華爲一家之記述，安石之獨存此科，亦不可謂無見也。顧其傳述舛駁，往往而有。《月令》出於吕不韋，《王制》出於漢儒，後世不以爲秦漢之書而以爲商周之禮，不以爲傳注而以爲經，是則可議也。有聖人者出，必將删定焉。又嘗考戴聖治行多不法，而聖子賓客爲盜，身爲禮宗，奸犯名義，君子不以人廢言，信哉！

午亭文編卷二十九

講筵奏對録有序

臣廷敬伏惟聖主以天縱生知，好學不倦，臣叨侍講筵，多歷年所，仰聆天語，闡明經義，契往聖之心傳，實前王所未有，盛德日新，光輝宣著。是以措天下於隆平，開萬年之景運。文謨武烈，史不勝書，皇哉唐哉！至矣盡矣！臣自惟愚陋，莫贊高深，每當玉音下詢，獲申奏對，因而講義之外，薄有敷陳，兹謹輯録數條，仰紀聖學之崇弘，俯志微臣之遭遇，名曰講筵奏對録。臣不任慶幸悚慄之至。

戊午九月五日臣廷敬進講。啓乃心，沃朕心，若藥弗瞑眩一節，惟暨乃僚一節，嗚呼欽予時命一節。

上曰：朕觀高宗命傅説，諄諄以納誨輔德爲言，可見自古君臣一德一心，至誠孚感。爲上者實心聽納，以收明目達聰之益；爲臣者實心獻替，以盡責難陳善之忠。然後主德進於光大，化理躋於隆平。後世君臣之間，徒爲虚文，中鮮實意，治不逮古，職此故耳。廷敬奏言，有高宗之爲君，所以有傅説之爲臣。皇上此言誠社稷萬年之大慶也。

壬戌　月　日進講晉康侯用錫馬蕃庶，晝日三接。奏對言人臣盡忠事主，豈得以希榮干寵爲心，人君以禮使臣，固必有報德酬功之典。

日講六二，晉如、愁如，貞吉。受兹介福，于其王母。象曰：受兹介福，以中正也。奏對言守正不阿，君子立身之大防；依違干進，小人求容之私計。以六二之賢而有愁如之象，蓋賢者事君，以得時行道爲念，非爲一己之榮辱進退而然也。故爻曰貞吉，象曰中正，於此而察人才之邪正，審心術之公私，俾爲臣有喜起之風，而無愁如之意，此實治道汙隆之所繫也。又云受兹介福，此蓋論其理耳，亦有懷才抱德而沉於下僚，亦有才微德薄而竊據高位，此理之所不必然而事之所常有者。故六二之介福，聖人所以深慶之也。日講六五，悔亡。失得勿恤，往，吉无不利。象曰：失得勿恤，往有慶也。奏對云，昔者帝堯之時，擊壤之歌曰："帝力何有於我哉？"康衢之謡曰："不識不知，順帝之則。"而孟子論王道亦曰："民日遷善而不知爲之者。"此見帝王天覆地載之量，無一毫計功謀利之私。六五失得勿恤，深合此意，所以吉无不利，往而有慶也。

五月初九日講初九，明夷于飛，垂其翼，君子于行，三日不食。有攸往，主人有言。象曰：君子于行，義不食也。奏對言，傳曰："枉己者未有能正人者也。"古之人所以嚴於去就之義者，非愛其身正，愛其道耳。故士君子必有難進易退之節，而後有匡王定國之勳。此明夷之君子所以守不食之義也。又奏對言薛方王莽時人，莽以安車迎方，方謝曰："堯舜在上，下有巢由。今明主方隆唐虞之德，小臣欲守巢由之節。"莽悦其言，遂不强致。故曰薛方保身而自全。揚雄爲莽大夫，莽惡劉棻等符命之説，置於法，棻嘗從揚雄學作奇字，治獄使者欲收雄，時挍書天禄閣，恐不免，乃從閣上自投下，故曰揚雄投閣而不免也。士君子觀薛方、揚雄之事，可以得處明夷之道矣。

初十日講六四，入于左腹，獲明夷之，于出門庭。象曰：入于左腹，獲心意也。奏對言此一爻商之微子當之。其在書曰：吾家耄遜于荒，又曰：王子弗出，我乃顛隮。其後微子抱祭器歸周，以存商祀，正得此爻之意。

十一日講箕子之明夷，利貞。象曰：箕子之貞，明不可息也。奏對言殷有三仁，微子之去，利而不貞。比干貞而不利，惟箕子之所爲利也貞也。故象傳曰：箕子以之，爻辭曰：箕子之明夷，所以表忠良之隱，原臣子之心，而聖人繫易之旨深矣。

十七日講象曰：風自火出，家人。君子以言有物而行有恒。奏對言帝王以天下爲家，一言之微，有前後左右之竊聽；一行之細，爲子孫臣庶之隱憂。是以聖帝明王必慎乎此。

十八日講家人嗃嗃，悔厲，吉。婦子嘻嘻，終吝。象曰：家人嗃嗃，未失也。婦子嘻嘻，失家節也。奏對言齊家治世，莫善於禮。禮本天下之至嚴，用之各得其分，則至和。故齊家者與其過於和，寧過於嚴，與其過於嚴，寧準於禮。準乎禮，則無過嚴之失而有至和之美矣。

二十二日講睽，小事吉。奏對言睽之時可小事而不可大事矣。至於世道休明之日，人心聯合之時，正當大有爲之際，必有紀綱宏弘遠之規模，爲社稷靈長之大計。慮萬年毋狃於旦夕，成大事毋見於小利，此又憂盛危明、防於未睽之道也。

二十四日講九二，遇主于巷，无咎。象曰：遇主于巷，未失道也。奏對言人臣當進以禮，退以義，平居有難進易退之節，則臨事有尊主庇民之功。蓋士人一身之進退爲禮義廉耻之所關，即爲世道人心之所繫，故必合於道而後可。然此在平日以禮義廉耻養之，然後人以禮義廉耻自處，格人心而正風俗，此尤爲要務也。

二十六日講六三，見輿曳，其牛掣。其人天且劓，无初有終。象曰：見輿曳，位不當也。无初有終，遇剛也。奏對言无初有終，聖人亦論其理當如此。蓋論其理，邪固不能勝正，而歷觀古來邪正之際，正實往往不能勝邪。惟聖人在上，能使君子道長，小人道消，斯可以决其理之不爽耳。

二十八日講睽孤，見豕負涂，載鬼一車，先張之弧，後説之弧，匪寇婚媾，往，遇雨則吉。象曰：遇雨之吉，羣疑亡也。論君臣道合。奏對言上有堯舜之君，下有臯陶、稷、契之臣，明良喜起，都俞吁咈，於一堂之上。後世如唐之太宗致治幾於三代之隆，亦必魏徵、房杜之爲其臣，故能成貞觀極盛之治。此可謂君臣道合，一德交孚也。

二十九日講蹇，利西南，不利東北。利見大人，貞吉。奏對言利西南，不利東北，言濟蹇之道貴得地利也。昔漢昭烈有撥亂之志，諸葛亮有王佐之才，然而困於西蜀一隅者，以不得地利也。利見大人，言濟蹇之道，貴得其人也。昔張子房之從漢高，馬援之歸光武，可謂得其人矣。貞吉，言濟蹇之道，貴得其正也。三代以後有濟世安民之功，如唐之太宗、宋之藝祖，亦可謂得貞吉之意者矣。

八月十八日講初六，无咎。象曰：剛柔之際，義无咎也。奏對言此一爻專主臣道，言蓋以柔在下，則有小心恭順之誠，而上應乎剛，則有擔當任事之力。此皆无咎之道，然解卦諸爻，皆以解小人爲義，大抵《易》之一書，扶陽抑陰，進君子，退小人之意爲多，不獨解卦諸爻爲然，此所以有資於治道也。

十九日講田獲三狐，得黄矢，貞吉。象曰：九二貞吉，得中道也。奏對言解小人，所以杜惑上殘民之禍者也。從來上之德意不能下究，民之疾苦不能上聞者，皆小人爲之壅蔽於其間也，故貴解而去之。小人之害有不可勝言者，蓋小人未得志之時，必工爲諂媚之術。既得志之後，則肆其險毒之奸，是以斷然必解而去之也。

二十三日講君子維有解，吉。有孚于小人。象曰：君子有解，小人退也。上問君子小人，奏對言小人患得患失，無所不至，其貪位固寵之術，有如物之固結而不可解。聖人特筆書之曰君子維有解，蓋言斷然解去之，不使其爲國家之患也。又講義有“郭之所以危”句，奏對言昔齊桓公至於郭國，問郭之父老曰：“郭何以危？”父老對曰：“郭公善善而惡惡。”桓公曰：“善善而惡惡，是賢君也。郭何以危？”父老對曰：“善善而不能用，惡惡而不能去。郭之所以危也。”觀於此，可不戒與？

二十六日講上六，公用射隼于高墉之上，獲之，无不利。象曰：公用射隼，以解悖也。奏對言隼以象其凶惡，高墉以象其權勢，小人而乘權藉勢，乃刑法之所必加也。故不曰解而直曰射，此所以嚴小人之誅也。上爻在大臣之位，大臣以天下爲心，無一己之私好私惡，然後有天下之公是公非。是非明而後國是定，國是定而後人心正，治道成。

九月初七日講象曰：山下有澤，損。君子以懲忿窒欲。奏對言人心本然之善，原與太虛同體，太虛中無一物，吾心中亦無一物。所以聖賢格物之功，正以求復其無物之體，故損之又損，以至於無，乃見此心本然之善。而其所最當損者，莫過於忿慾兩端。懲之窒之，則凡類於忿欲者可以不勞而克治之矣。

十九日講六三，三人行則損一人，一人行則得其友。象曰：一人行，三則疑也。論朋黨。奏對言君子以同道爲朋，小人以同利爲黨。苟不辨其邪正，而惟以其同則指爲朋黨，不免有黨同伐異之患。歐陽修《朋黨論》正是此意。

二十一日講六五，或益之，十朋之龜，弗克違，元吉。象曰：六五之吉，自上祐也。論楚人以二臣之賢珍於白珩，齊王以四子之功美於照乘。奏對言昔楚之王孫圉聘於晉，趙簡子問曰："楚之白珩猶在乎？"王孫圉對曰："楚未嘗以此爲寶，楚之所寶者觀射父能作訓辭，以行事於諸侯。又有左史倚相能道訓典，以朝夕獻善敗於寡君。此楚不以白珩爲寶而以善人爲寶也。"昔齊威王、魏惠王會田於郊，惠王以徑寸之珠照車前後各十二乘者誇於威王，威王曰："寡人之所以爲寶者與王異。吾臣有檀子者，使守南城；有肦子者，使守高唐；有黔夫者，使守徐州；有種首者，使備盜賊。此四臣者，將照千里，豈特十二乘哉？"惠王有慙色。此齊以四子之功勝於照乘之珠也。

二十三日講彖曰：損上益下，民説无疆。自上下下，其道大光。利有攸往，中正有慶。利涉大川，木道乃行。奏對言損上益下之主，以至誠惻怛之心爲愛養斯民之政，初不計民之爲我用也。而當此之時，動罔不臧，故彖辭曰利有攸往，利涉大川。彖曰：損上益下，民説无疆。可見損上者正所以益上也。有子嘗言，百姓足，君孰與不足？百姓不足，君孰與足？《大學》言與其有聚斂之臣，寧有盜臣。如裴延齡、桑弘羊輩，皆以言利固寵一時，貽譏後世，此又可以爲龜鑑也。

日講六四，中行，告公從，利用爲依遷國。象曰：告公從，以益志也。奏對言舉天下之大事在於得天下之民心，而所以得民心之道，惟在聖君賢臣朝夕講求，以實心行實政，非一切權宜之計所可幾也。如漢文帝之止輦受言、唐太宗之虛懷納諫，所謂諫行言聽，膏澤下於民，正此爻之義也。

十八日講上九，莫益之，或擊之，立心勿恒，凶。象曰：莫益之，偏辭也。或擊之，自外來也。奏對言聖人最惡言利之臣，至比之爲盜臣之不如。昔周厲王以榮夷公爲卿士，榮夷公言利之臣也，芮良夫諫之，以爲不可用。其後厲王卒用榮夷公爲卿士，諸侯自是不享，則芮良夫之言驗矣。又講夬，揚于王庭，孚號有厲，告自邑，不利即戎。利有攸往。奏對言君子光明磊落，即有過失，人所易見；小人巧佞回邪，患得患失，凡所以貪位固寵者無所不至。又能形人之短，見己之長，能使人主信任而不疑，故得專權而肆其惡。昔唐德宗謂李泌曰："盧杞清忠彊介，人言其奸邪，朕初不覺。"泌對曰："此乃杞之所以爲奸邪也。使陛下覺之，豈有建中之亂乎？"泌之所言，正有合於知人其難之義。

十一月十四日講彖曰：夬，决也，剛决柔也。健而説决，而和揚于王庭，柔乘五剛也。孚號有厲，其危乃光也。告自邑，不利即戎，所尚乃窮也。利有攸往，剛長乃終也。奏對言大抵《易》言君子小人之際未嘗不委曲詳盡，而於君子所以决去小人之道，又未嘗不反復丁寧。雖以五陽之盛决一陰之微，而諄諄告戒如此，可見小人之難去，而君子往往不能勝之也。

十六日講九二，惕號，莫夜有戎，勿恤。象曰：有戎勿恤，得中道也。奏對言小人讒害君子，不在於大庭廣衆之際，而在於燕閒私語之時,使人主聽受其言而不覺,故聖人比之爲莫夜之戎。惟聖明之主,嚴絶其端,則可以無此患矣。故曰所言公,公言之;所言私,王者無私。

二十七日講上六,无號,終有凶。象曰:无號之凶,終不可長也。上顧廷敬曰:“君子得志,尚能容小人;小人得志,必不能容君子。”對曰:“誠如聖言。此古今同慨,惟聖明在上,有以察之。

經筵講章

天叙有典,勑我五典五惇哉!天秩有禮,自我五禮有庸哉!

此臯陶陳安民之謨,以告帝舜也。謂夫五倫在人,自其經常不易者,謂典蓋原於上帝付予之初,固天叙之也。然天能叙之,不能保其後也。所以立之教化,勑正我五典,使倫叙益厚者,則在人君矣。五典在人,自其節文不過者,謂禮蓋天理之品節,固天秩之也。然天能秩之,不能保其繼也。所以立之制度,用我五禮,使品秩有常者,則在人君矣。是典禮出於天而爲君道之所係如此。臣因是而繹思之,盡倫本乎天道,要惟惇厚以咸宜。制禮順乎人情,尤貴庸常而可久,是知大典大禮之宗,必屬作君作師之任矣。仰惟皇上教先親遜,化首温文,藝極陳常,立愛立敬,以訓世綏猷節性,中規中矩,以宜民固。已覺悟羣倫,斟酌百代矣。臣愚更願建中垂裕,創制顯庸。彝紀懋修,益奏協和之化;經綸盡善,彌勤劼毖之衷。斯率土共識尊親,而編氓咸知禮讓矣。臣愚不勝顒望。

克明俊德,以親九族。九族既睦,平章百姓。百姓昭明,協和萬邦,黎民於變時雍。

此一節書是史臣紀帝堯放勳之實也。謂夫德性之中,萬善悉備,合天地民物爲一體,統親疎遐邇於同原。德本自大也,惟其有物欲之私,所以鮮昭融之量,而人己之間多扞格矣。惟帝堯天理渾然,能明其大德存諸心者,此德之全體具足見諸身者,此德之妙用流行。推此德以親九族,則倫紀以修,恩義以篤,九族已親而睦矣。推此德以平章百姓，則舊染之俗咸與維新，畿内之民皆昭然自明其德矣。推此德以協和萬邦，則萬邦黎民美哉變惡爲善已，於是而雍和矣。是勳放於家國天下者如此。臣因是而繹思之，執中開危微精一之傳，爲千古人君之極，則明德立，修齊治平之準，實萬世聖學之源流。故知開天首出之一人，必有過化存神之偉烈。仰惟皇上迪哲無逸，生知敏求，稽古弘經，闡傳心之要，察倫明物，大保治之規，固已建巍巍之成功，宣亹亹之令聞矣。臣愚更願性道彌崇，皇風益暢。天行不息，時廑於聰明睿知之心；日進無疆，允懋夫聖神文武之治，則丕振光華之盛績，而永垂佑啓之鴻圖矣。臣愚不勝顒望。

文言曰："元"者，善之長也。"亨"者，嘉之會也。"利"者，義之和也。"貞"者，事之幹也。

此一節書是孔子申言乾德之具於人心也。謂夫乾，天道也，亦人道也。人得天之氣以生，渾然與天同體，故元亨利貞四者，在天爲春夏秋冬，造物無心而成化。在人即爲仁義禮智，懿德不言而同。然觀夫元之爲仁者，慈祥一念統百行而開先，乃衆善之長矣。亨之爲禮者，經緯萬端，合情文而並粹，乃嘉美之會矣。利之爲義者，物得其裁制則分定而情安，義之所由以和矣。貞之爲智者，識進於堅凝，則見明而守，固事之所依爲幹矣。天德之本然具於吾性者如此。臣因是而繹思之，人生爲萬物之靈，固備仁義禮智之全德。維皇建庶民之極，尤兼聖神文武之弘圖，故能體道於當躬，自可繼天而作則。仰惟皇上性裕中和，學勤遜敏，彝倫攸叙，立萬國之儀型；精一常存，紹百王之心法，固已亶聰明而作乂，勵夙夜而觀成矣。臣愚更願廣運無疆，升恒有永，允懷而修來日積，懋敬而聖域彌優，則道畢協於四氣之和，而福長緜於億年之久矣。臣愚不勝顒望。

君子體仁，足以長人；嘉會，足以合禮；利物，足以和義；貞固，足以幹事。此一節書是言君子兼體四德之全功也。文言曰：元亨利貞之德在人皆有，其同然而盡性合天之功，惟君子乃爲克備。君子與仁合一而存發皆仁，故足以大仁民愛物之施而長人矣。美其所會而動，罔不臧，故足以協天秩天叙之常而合禮矣。於分之所宜，因物而各足之，則安生於分定，和生於能均而足以和義矣。知正之所在而固守之，則定見不疑，定守不撓而足以幹事矣。君子兼體四德之全功如此。臣因是而繹思之，天命不已，元亨利貞之所以流行也。聖功無息，仁義禮智之所以體備也。默契天人性道之大本，端望乘乾首出之一人。仰惟皇上法天廣運，如日正中，式廓鴻圖，聲教實朔南之暨；聿新駿命，惠懷無遐邇之殊。固已履中蹈和，揆文奮武矣。臣愚更願大猷允塞，至德彌崇，清明在躬，凛惟幾惟康之旨；夙夜基命，廑未安未治之心，則天德與王道同功，修己與治人兼至，將美化浹於四海而福祚永於兩儀矣。臣愚不勝顒望。

帝庸作歌曰："勑天之命，惟時惟幾。"乃歌曰："股肱喜哉，元首起哉，百工熙哉！"

此言虞帝勉其臣以保治之道也。當舜之時，天下既已乂安，而舜之心猶恐怠荒易啓。用作歌相儆，先述其意曰：天命難諶，至爲可畏。欲保治於無窮，必操心於不懈。惟一時之暫，惟一事之微，無弗戒勑，庶天命可永保也。乃歌曰爲臣者樂於趨事而股肱喜哉，則治化振興而元首起哉，庶績修舉而百工熙哉！蓋舜以保治之道望其臣者如此。臣因是而繹思之，天體雖高而動静云爲，無時非旦明之所寓；天道雖遠而典禮命討，無事非陟降之所臨。惟主臣交致其憂勤，斯化理聿臻於隆洽。仰惟皇上乾行剛健，謙德尊光，睿學精深，單淵衷於夙夜；宸章炳煜，昭泰象於星雲。固已紹二帝之心，傳鞏萬年之基緒矣。臣愚更願治益求治，安愈圖安，日進無疆默契貞恒之運。皇建有極，弘敷彝訓之休，則府事茂底於修和，而功德彌徵於巍焕矣。臣愚不勝顒望。

子曰：君子矜而不争，羣而不黨。

此一章書是以君子立持己處衆之坊也。孔子意謂人之品誼貴於嚴毅自持，然或過於立異，勢必涉於乖戾之爲。君子則莊以飭躬，可謂矜矣，而未嘗以氣陵人，何争之有？人之度量貴於樂易可親，然或一於從俗,勢必入於阿比之私。君子則和以應世,可謂羣矣,而未嘗以情狗人,何黨之有?君子於人己之際各得其宜如此。臣因是而繹思之,立品者無論爲介爲通,可以驗學術之邪正。觀人者即其爲同爲異,可以别人品之僞真。允惟明作,惇大之朝,克有正直和平之化。仰惟皇上思睿作聖,體仁長人,是訓是行,廣敷言於,率土惟和。惟一開泰運於中天,固已立極。臣鄰協衷堂陛矣。臣愚更願道隆位育,功茂裁成,政教遐宣三德之剛柔並乂,風聲丕樹四方之綱紀常新,則至化作人,賡雅歌於棫樸,羣工亮采,接盛際於唐虞矣。臣愚不勝顒望。

易簡而天下之理得矣,天下之理得而成位乎其中矣。

此一節書見聖人體道之極功也。孔子《繫易傳》曰:人心與天地本同一原,而聖人之極功符乎天地。蓋此易知簡能之理,天地之所以立心,即聖人之所以合撰,人能以一心會易簡之原,則天下萬殊之理無所不貫,洵足以範圍曲成而不遺矣。夫法乾之易而天下之險阻皆平,法坤之簡而天下之紛紜自静,將見天位乎上,地位乎下,而人成位乎其中。體道之極功,寧外易簡以致之哉?臣因是而繹思之,帝王本天地之德以居心,即協天地之化以爲政。天施地生,覆載之神功也;府修事和,裁成之大用也。而惟此易簡之理貫浹其間,宰之者不勞斯出之也。自裕聖人參贊高深,爲萬世人道之準,端在此矣。仰惟皇上得一以貞,兼三出治,主敬存誠,而立極明作,惇大以有功,固已廣運被於兩間,彌綸周於無外矣。臣愚更願升恒不息,悠久無疆,富有日新,備篤實光輝之妙,甄陶鼓舞,昭流行化育之機,則四時成序於不言,萬國同風而遵道矣。臣愚不勝顒望。

教胄子直而温,寬而栗,剛而無虐,簡而無傲。詩言志,歌永言,聲依永,律和聲,八音克諧,無相奪倫,神人以和。

此言舜命夔以豫教之道也。《虞書》紀舜之命夔曰:汝以樂教胄子,在涵養其德性,使直遂者濟以温厚,寬緩者濟以莊栗,剛勁者無至刻虐,簡略者無至傲慢焉。若夫作樂之道,則心發於言而爲詩,是詩以言志也。有詩則有節奏可歌,是歌以永言也。有節奏則有高下清濁之聲,是聲依永而出也。有聲則有十二律以調和之,是律以和此聲也。由是播之八音,皆能諧和不失倫序,而薦之郊廟,奏之朝廷,神人無不和矣。蓋舜之命夔者如此。臣因是而繹思之,善教必先毓德,在淑其性而節其情,聖學具有全功,惟興於詩而成於樂。故盛世有廣大清明之象,而熙朝多温文恭敬之風。欽惟皇上精一執中,光華復旦,止慈止孝,聿徵大順之休;作君作師,式表元良之範,固已道隆創述,慶衍靈長矣。臣愚更願德合乾符,祥凝泰運,升中以迓鳳儀之瑞,垂裕以開燕翼之謀,則基緒萬年,而本支百世矣。臣愚不勝顒望。

致廣大而盡精微,極高明而道中庸。温故而知新,敦厚以崇禮。

此言君子尊道之極功也。言德性本自廣大,惟致之以擴其全量。又問學而精察於幾微,期至夫窮神達化之實。德性本自高明,惟極之以復其本體。又問學而體驗於日用,求當乎民彝物則之恒,德性之已知者,故也温之而涵泳於不已。又問學以充拓理義,俾見其日新焉。德性之已能者,厚也,敦之而培養於不息。又問學以體尚節文,務底於日崇焉。蓋君子尊道之功如此。臣因是而繹思之,德性即心而具存,心乃養性之功。問學以知爲端,致知實進學之要,故雖生知安行之聖猶勤遜志,時敏之修。仰惟皇上健協天行,静符人極,道彌綸於六合,廣運難名,德宥密於一心。精純罔間,固已誕登文岸,覃被堯光矣。臣愚更願上理彌隆大猷,永秩執契,以宰清寧之化,垂裳而著熙皞之風,則九服承休而萬年詒燕矣。臣愚不勝顒望。

孟子曰:盡其心者知其性也,知其性則知天矣。

此發明心性之學,見知性之爲要也。孟子言人之一心具衆理,應萬事,有全體大用焉。而欲極其本然之量,則必由於知性。蓋性爲心所具之理,人能於吾之心體一無所虧者,必其於吾之性分一無所蔽者也。顧性藴於心而原於天,在人爲性,在天即爲命,非有二也。既能知性，則性之所從出者亦洞徹無間，知天固不待他求矣。孟子究言心性之學如此。臣因是而繹思之，盡心由於知性，格物致知，誠意正心之功也。知性即以知天居敬，窮理盡性，至命之事也，天德王道豈非一以貫之者哉？仰惟皇上建極綏猷，執中宰化，體文武聖神之德，勳華上媲唐虞；立天人性命之宗，道法同符洙泗，固已範圍六合，胞與羣生矣。臣愚更願位育茂隆，清寧永奠，登道岸而仁風丕應，握治原而協氣旁流，則百福凝休而萬年垂裕矣。臣愚不勝顒望。

天地之道博也，厚也，高也，明也，悠也，久也。

此言天地功用之盛，一如至誠之所徵也。子思謂夫天地之道惟其不貳，故氣化流行，各極其盛。自地道言之，既含弘而無外，又静深而無間，博也，厚也。自天道言之，既神功之峻極，又光明之下濟，高也，明也。合天地之道言之，既運行而有漸，又始終之不渝，悠也，久也。蓋天地之誠，初與至誠無異，故天地之徵亦與至誠相符者如此。臣因是而繹思之，天道得一以常清，地道得一以常寧，極覆載生成之功，不外至誠無妄之理。聖人參贊化育，於此可見矣。仰惟皇上聰明時憲，聖敬日躋，惇大明作而早奏昇平，久道化成而猶勤宵旰，固已功符首出，德合無疆矣。臣愚更願熙皞同風，彌綸罔間，有生之族涵濡於樂利之天，於萬斯年沐浴乎隆平之化，則太和普洽，而至治益光矣。臣愚不勝顒望。

子曰：人能弘道，非道弘人。

此一章書是孔子勉人以體道之實也。孔子謂道之大原出於天，道之實理備於人。誠以天命人以性，人率性而爲道，故能格物致知，以立其本，明善誠身，以復其初。推而極之，齊治均平，參贊位育，以擴其量，莫非道也，莫非人之能有以弘之也。苟非其人，道不虛行，道豈能弘人也哉？人之不可以自諉也如此。臣因是而繹思之，道在於人，治本乎道，故有内聖外王之學，斯成可久可大之功。仰惟皇上聰明睿知，文武聖神，宥密本乎一心，執中宰物，彌綸遍於六合，廣運成功，固已會千古道統之歸，立萬世人倫之則矣。臣愚更願鴻猷允塞，大化彌彰，御郅隆之圖，協淳風於有永；撫久安之運，綿寶歷於無疆，則道法並治，法常昭而皇極與人極丕著矣。臣愚不勝顒望。

講筵在日講外每歲春二月、秋八月進講。臣先是前後爲日講官，兼經筵講官者八年，及遷職院部，去日講。前後爲經筵講官又十年，自癸未直内閣，仍兼經筵，於今又七易年所矣。蓋經筵命講，臣獨爲多。今存講義數首，以識大略。雖局促無所發明，存之以見聖主典學之勤如此也。康熙己丑十二月廷敬恭跋。

午亭文編卷三十

奏疏

歲終彙進講義疏

康熙十六年十二月十五日,經筵日講官起居注翰林院掌院學士兼禮部侍郎教習庶吉士臣陳廷敬題。竊惟積日月而成歲不已,維天合經史以爲功,其勤者聖。葢典學行政,道本相資,溫故知新,事須交盡。我皇上亶聰亶明之資實由天授,好學好問之篤度越前王,出臨正朝,則躬理萬幾;深居大内,則潛心羣典。隆寒盛暑,不廢丹鉛,綴衣虎賁,皆通章句。逮於講幄,尤切皇情,每當敷奏,先從天語發揮。凡有咨詢,迥出諸臣意表,講畢有再拜之儀,特蒙賜免,頻年有便緐之錫,更荷重頒,此皆亘古所未聞,而今兹所始覩者也。臣等叨預顧問之榮班,愧乏涓埃之微助,歲華欲滿,舊例宜循,其《四書講義》已於康熙十四年閏五月遵旨先期彙進,今將講過《通鑑講義》繕寫裝潢,題明進呈。伏願聖心折衷於誦讀之餘,發揮於施行之際,文武之道備在一人,堯舜之治永傳萬代矣。臣等不任諄切之至。

進呈刋完日講四書解義疏

康熙十六年十二月十八日,經筵日講官起居注翰林院掌院學士兼禮部侍郎教習庶吉士臣陳廷敬題。臣等於康熙十六年三月十三日恭侍弘德殿進講,蒙皇上面諭:"《四書》已經講完,講章應行刋刻,欽此。"臣等叨塵法從,日侍經幃,伏覩皇上聖躬,親講典學,彌殷天語，下詢訪道愈篤。凡在六經諸史靡不極意研精，至於四子之書，實備百王之道。比年以来，次第進講，歷寒暑而罔間，積日月以成編，固已體驗於宸衷，抑且發揮於政治。除按日進覽，年終彙呈，盡在御前，時廑睿照。廼者思垂永久，親降綸音，爰令校刊，宣布中外。竊惟皇上聖學崇深，真足超軼往古，臣等經術淺陋，曷克仰助涓埃。顧鄒魯之大義微言炳如星日，而師儒之參稽互訂著在簡編，嘗慕宋臣以半部佐君，先明敬信節愛，願學朱子以四字入告，亦曰誠意正心，即致斯世於治平，不外明德新民之理，而使吾君爲堯舜，敢忘責難陳善之思。仰惟宵旰之勤勞，不輟宫闈之誦讀，永光典訓，示則臣民。臣等謬效編摩，復加删潤，校鋟成帙，裝潢進呈。惟我皇上嘗垂乙夜之觀，存諸几席，允懷千聖之道，如晤羹墻，將見文命誕敷，而光華普著矣。臣謹具題恭進以聞。

歲終講義循例題明兼陳愚悃疏

康熙十七年十二月十七日，經筵日講官起居注翰林院掌院學士兼禮部侍郎臣陳廷敬題。竊惟體乾德之運行，學惟時敏；成聖功於歲月，理本日新。蓋百王之治雖殊道，實同於師古，而六經之文具在，用之足以宜民，必積累之崇深，乃化裁於久大。欽惟皇上聖自生知，才惟天授，以虞舜之濬哲，有大禹之克勤，機務至多，聽斷每煩於日昃；圖書在御，講誦常至於夜分。既已循習簡編，守二帝三王之大法，抑又研精傳注，窮殷盤周誥之全經。帝庸作歌，敕命凛惟幾惟康之旨，皇建有極，敷言叶無偏無陂之音。隻句片詞，炳若日星之訓；含毫落紙，焕乎雲漢之章。宣天地之中和，義兼雅頌；躋臣民於文治，功並典謨。臣等久歷金華，又彌寒暑，親承玉色，得侍燕閒，曾莫効其微勞，實難醻於恩遇。伏查歲終講義，例應彙寫進呈，但尚書講義現在發刊，而逐日進講已留御覽。曾經請旨停進，謹循舊例題明。伏願道協時行，化同天運，仰於穆之不已，知日進於無疆，則綏将純嘏，之方来膺，保永圖於孔固矣。臣等無任諄切之至。

慰問謝恩疏

康熙十七年十二月十三日,經筵日講官起居注翰林院掌院學士兼禮部侍郎臣陳廷敬奏草。臣茅蹔儒,質愚學陋,謬膺重任,累厠清班,無裨聖學之高深,曷稱君恩於萬一。今臣母張氏不幸奄逝,仰蒙睿念,遣使慰問,於本月初十日内閣學士臣屯泰、翰林院掌院學士臣喇沙里到臣私寓,傳奉詔旨,賜臣茶酒。臣自顧何人,叨兹曠典,呼天搶地,誓報捐糜。臣母九原之下均戴感於無盡矣。臣謹奉恩賜茶酒告奠臣母席前,望闕叩頭,並乞天使轉奏訖。竊念一介之寒微,敢勞曲軫;况當萬幾之勤瘁,猶廑洪慈。恩重難醻,感深莫罄。臣遄奔子舍,徒切望雲之悲;回睇神京,彌懷向日之戀。不勝哀感涕零之至,謹具本奏謝以聞。

諭祭謝恩疏

康熙十八年七月初一日,經筵日講官起居注翰林院掌院學士兼禮部侍郎臣陳廷敬奏。臣以母憂,於本年正月内回籍守制,匍匐就道,星夜遄奔。抵舍以来,寢處苫塊,於六月内得閲邸抄禮部一本爲恭請優卹事。奉旨:陳廷敬侍從勤勞,其母准照學士品級賜卹,欽此。臣不勝悲慟,不勝感激,恭設香案,望闕叩頭謝恩訖。臣自遭哀疚,深荷矜憐,辱天使之光臨,沐恩頒於稠疊,皇慈無盡,禮數逾涯。復奉特旨,憫臣微勞,糜骨難醻,撫膺知感。伏念臣濫塵史局者廿載,備員經幄者七年,文章虚負時名,講論略無裨補,時餕尚方之膳,兼分内帑之金。緣皇上推至心以待人,俾微臣資厚禄以將母,未免瞻雲之望,粗紓愛日之勤。不意命數奇窮,致煩皇上睿懷軫念。終天永訣,徒遺慟於生前;新命洊加,實增光於身後。兹逢優異,備極哀榮,徑從學士之階,不拘詹事之考,皆故事所未有,雖勲舊何以加。臣自惟三錫頻仍,彌懼班行之忝竊,即臣母九原可作,應驚品秩之驟遷。荷寵如斯,未報涓埃於盛世;捐軀何日,敢懷疾痛之餘生。仰惟聖神文武之光昭，屬兹中外，臣民之慶幸。萬方送喜，知咫尺之龍顔；孑身抱憂，遠瞻依於鳳闕。顧臣子有難，仰承之殊遇，惟聖明示不世見之異恩，罔思鞠我之勞，有懷罔極；夙識事君之義，莫効微忠。苟溝壑之遂填，永佩深仁而入地，或盖帷之未瘞，長賡景福以齊天。不勝匍匐頂戴之至，謹具。本遣臣男國子監生陳謙吉捧赴通政司投進，爲此奏謝以聞。

遵例自陳疏

康熙二十年十月二十四日，經筵日講官起居注翰林院掌院學士兼禮部侍郎臣陳廷敬奏。伏見吏部題准，康熙十八年京察例應自陳，官員丁憂在籍，服闋到京，即行自陳。臣丁母憂，今年十月二十一日到京，例當備開履歷事蹟，仰祈睿鑒。竊臣原籍山西澤州人，中順治十五年進士，選庶吉士，十八年充會試同考試官，本年授内祕書院檢討。康熙元年以病請假回籍，四年仍補檢討，六年考察一等稱職，八年陞國子監司業，九年陞内祕書院侍讀。十年改翰林院侍講，本年轉侍讀，陞侍講學士。十一年纂修《世祖章皇帝實録》，告成加一級食俸，本年充日講起居注官。十二年考察一等稱職，本年轉侍讀學士，充武會試副主考，又充武殿試讀卷官。十四年陞詹事府詹事，兼翰林院侍讀學士。十五年以册立東宫，奉使祭告北鎮。本年陞内閣學士，兼禮部侍郎，充經筵講官。十六年轉翰林院掌院學士，兼禮部侍郎，教習庶吉士，充日講起居注官。本年充太宗文皇帝實録副總裁官。十七年充纂修《皇輿表》總裁官，本年十一月聞母訃，回籍守制，今服闋到京。伏念臣逢蓽賤士，質鄙學疎，叨沭殊恩，累擢近列，厠講席深嚴之地，玷禁庭侍從之班，曲荷知憐，初無報稱，徒蒙寵渥，時切憂兢。臣前者遘罹母喪，倉皇去職，存問仰煩天使，恩賫頒自尚方。洎當請卹，更出特恩，憫似髪之微勞，命從三錫；降如天之異數，澤及九原。竊念臣母子之所遭，皆自古君臣之希遘，葢恩隆則責宜重，乃材薄而眷有加，即糜隕百身，莫塞尸榮之咎，而栖遲三載，已寬幽黜之期。知有未報之鴻慈，永慚高厚；良無可覩之後效，恐負聖明。伏祈皇上立賜處分，以爲不職者戒。臣不勝悚息待命之至。

歲終講義循例題明疏

康熙二十年十二月十九日，經筵日講官起居注翰林院掌院學士兼禮部侍郎臣陳廷敬題。竊惟成湯自警，惟又日以常新；大禹克勤，必寸陰之是惜。蓋君道法天行之健，而聖功懋時敏之修，故積日月而歲序以成，於穆不已，亦凜就將而德行斯顯，悠久無疆。欽惟皇上表正建中，經文緯武，造四海昇平之治，偕二儀覆載之功，屬前者小醜之陸梁，厪數載九重之旰昃。邊機旁午，未嘗息馬投戈，文命誕敷，不輟窮經論道。蓋勵精遜志，固已卓冠百王。故神略英謀自爾，前無千古，運天下於掌上，信内順而外威，視萬里爲目前，亶風行而化洽遂成，格苗戡黎之績。允惟稽古右文之時，既研極夫六藝之精，出話經而吐辭雅；亦推行於諸史之實，承烈武而顯謨文。謂《大易》載開物成務之微言，而兩漢具鑑古知今之軼事，縹緗進御，嘗勤丙夜之觀；帷幄敷陳，時備宵衣之問。臣等玩飛龍之大義，雖願學昭素之對君，覩司馬之全書，未能如一柔之竟讀。勉尋舊學，忽逢歲籥之更新，懼負殊恩，每近天顔之有喜。閲流光之易邁，知典學之彌殷，日居月諸，曾炎燠祁寒之罔間，歲聿暮矣，猶晦明風雨之其勤。伏值年終謹循舊例，應將講義逐一題明。《易經日講解義》現在校刊，按日經鑑講章悉留省覽，至於年終彙進前經睿旨諭停，非謂少損夫鉛槧之繁，蓋因已置諸几席之上，簡編盈溢，義藴弘多。伏願體六位以成能，象三辰而立極，一道德而同風俗，弘闡先聖之傳經，興禮樂而定章程，高掩千秋之遺史，將見光天之治再見於中天，而震世之功永垂於奕世矣。臣等不任諄切之至。

制錢銷毀滋弊疏

康熙二十三年八月十七日,經筵講官吏部左侍郎管右侍郎事仍兼翰林院學士管理京省錢法臣陳廷敬題。竊惟銅鉛之微物製爲錢貨之重寶,愚民牟利,法久弊滋,所貴因時制宜,務在便民裕國。自古鑄錢,時輕時重,治平之世,未有數十年而不改易者。臣奉命清理錢法,期於國寶流通,公私交便,以副我皇上簡任至意。前所請核減耗銅、節省工料等項,業經奉旨會議允行,臣更有請者。今日民間所不便者莫過於錢價甚貴,定制每錢一千直銀一兩,今則每銀一兩僅得錢八九百文,其故由於制錢之少。夫國家歲歲制錢,宜乎錢日多而賤,今乃日少而貴者,蓋因姦宄不法毀錢作銅以牟厚利之所致耳。夫銷燬制錢,著之律令,其罪至重,然而不能禁止者,厚利之所在故也。今銅價每觔值銀一錢四五分,計銀一兩僅買銅七觔有餘,而燬錢一千得銅八觔十二兩,即以今日極貴之錢,用銀一兩換錢八九百文,毀之爲銅可得七觔七八兩,尚浮於買銅之所得,何况錢價賤時用銀一兩所換之錢,可毀銅至十餘觔者乎?銅價既貴,奸人争毀制錢以爲射利之捷徑,鼓鑄之數有限,銷毀之途無窮,安得不日少而日貴乎?苟不因時變通,其弊將無所底止矣。若欲除毀錢之弊,求制錢之多,莫若鼓鑄稍輕之錢。察康熙十九年錢價甚貴,以致民間苦累,皇上特諭令一文重一錢,九卿議以爲順治錢重一錢,因順治十年舊錢壅滯,改鑄新錢,重一錢二分五釐,十七年因錢價賤,又改鑄新錢,重一錢四分,前有廢輕而改爲重者,未有捨重而從輕者,如錢輕少則有私鑄,以此未經施行。臣竊思國家之法本以便民,苟有利於民,即於國無利猶當行之,况行之利於國而亦利於民乎?夫向之改輕爲重,爲便民也,今民既不便矣,自應改重爲輕。今若改鑄重一錢之錢,毀錢爲銅既無厚利,則毀錢之弊將不禁而自絶矣。錢不毀而日多,則錢價平而有利於民矣。總計寶泉、寶源二局每年各關動支税銀二十五萬三千兩,辦解銅三百八十九萬二千三百零七觔十一兩,内除耗銅三十五萬三百零七觔十一兩，浮銅三百五十四萬二千觔，現行例鼓鑄錢四十萬零四千八百串，直銀四十萬零四千八百兩。今若改重一錢，仍每串作銀一兩計，每年多鼓鑄錢一十六萬一千九百二十串，直銀一十六萬一千九百二十兩，臣所謂利於民而亦利於國者也。再察前經戶部等衙門議覆錢法，侍郎田六善條奏，令天下産銅鉛地方聽民開採，行令直省督撫於産銅鉛處，令道官總理府佐官分管州縣官專責，稅其二分，分别紀録加級，至今開採寥寥，皆因地方官征收其稅滋爲弊端，以致徒爲收稅之名，而無開採之實。此後應一切停罷，聽民自便，或有開採，則銅日多而錢價亦因可以得平也。

勸廉祛弊詳議定制疏

康熙二十四年正月二十四日，經筵講官都察院左都御史管理京省錢法臣陳廷敬奏。竊惟國家久安長治之基，關於風俗，風俗盛衰之故，繫乎人心，正人心、厚風俗之機存乎教化，故品節度數必有定制，所以辨上下，定民志，使天下移風易俗，囬心向道，尤教化之急務也。洪惟皇上堯仁舜哲，禹儉湯勤，總攬天下之大權，先教化而後刑罰，謂禮義廉恥，國之四維，而弘奬官方，廉爲尤重。臣愚謂貪廉者治理之大關，奢儉者貪廉之根柢，欲教臣以廉，當先使儉，然而不能遽致者，則積習使之然也。臣伏見我皇上盛德淵純，躬先節儉，御服無奇麗之觀，尚膳鮮兼珍之味，蚤朝晏罷，謹小慎微，與中外臣民共登淳古之風，一時公卿大夫是則是傚，宜蒸蒸有丕變之機矣。臣謂風俗未能盡儉者，盖古者衣冠輿馬服飾器用之具、婚喪之禮，賤不得踰貴，小不得加大，今或等威未别，因而奢僭之習未盡化也。百金，中人之産，一裘之費奚啻百金？綺紈之服，機絲所織，花草蟲魚，時新日異，舊者猶新，新者已舊。貧者循舊而見嗤，富者即新而無厭，轉相慕傚，積以成風，外官之任者或擁傔從數十百人，衣輕策肥，車馬闐咽，震驚道路，泥沙之用不惜，貪饕之行易成。由是則富者黷貨無已，貧者恥其不如，冒利觸禁，妄冀苟免，幸不罹於法，則以高貲誇耀閭里，愚民無知，見其如此，游末趨利，多離農畝，棄其本業，賈誼所謂一人耕之，十人聚而食之，欲天下無飢不可得也。百人織之，不能衣一人，欲天下無寒不可得也。其始由於不儉，其繼至於不廉，其卒至於天下飢寒，飢寒切於其身，姦宄因之而起，此所以刑罰未能衰止也。然則風俗何以厚之，亦曰正人心而已。夫好尚嗜慾之中於人心，猶水之失隄防也，是教化之所宜先務矣。伏祈敕下廷臣博考舊章，詳議定制，御賜之衣物許其服用，及近御之人，照常不議。外官員士庶冠服衣裘飾用之制、婚喪之禮有宜更定者，斟酌損益，務合於中，其淺近易行，如貂猞猁猻，昔有官品之分，今則庶人服之矣。如緞綢，昔有官民之别，今則雜然無辨矣，並宜釐正，使永遠遵行。至若外任官，輿馬僕從不得過侈，制度既定，罔敢陵越，則節儉之風可以漸致，工者不必矜能於無用，商者不必通貨於難得，奇技淫巧、棄本趨末之民將轉而緣南畝，田疇闢則民無飢寒，民無飢寒然後可以興於禮義廉恥，而國之四維以張，太平無疆之盛治端在於此，又豈惟勸廉吏而已。臣管闚蠡測，無補高深，緣係條奏，意須明悉，字稍逾格，統祈睿鑒施行。

請嚴考試親民之官以收吏治實效疏

康熙二十四年正月二十四日，經筵講官都察院左都御史管理京省錢法臣陳廷敬奏。恭惟皇上宵衣旰食，存心於天下，加志於萬民，洞知閭閻之疾苦，歷觀稼穡之艱難，擢用循良，振興吏治，將使官奉其職，民樂其生，永臻太平郅隆之風。竊謂與國家共理此民者，外則督撫司道府州縣等官，督撫司道彈壓表率府州縣以理民者也。而與民最親者，無踰於知府、知州、知縣者矣。臣愚謂親民之官，其職至重，至於文移簿書、期會訟獄之事，皆身自經理，不得假手胥吏，使夤緣爲奸，其事又甚難也。自捐納以来，有未經考試之人輙授正印親民之官者。夫古者以經術爲吏治，必學古，然後可以入官，今即不能盡然，而亦須略曉文義之人委以民社之寄。臣查俊秀一項，初捐既是白身，有司曾未一試，而吏部輒與選補，則其文義通闇何由得知。此項人若一槩束之高閣，則既已嘗許其得官，若盡數録用，則自古未有不曉文義之人可以爲民父母者也。臣察兵部有考試武職之例，凡副將、条將、遊擊等官單雙月選補，先期考試弓箭，不合式者不准選補，下月復考，必待其合式而後用之，武職重之如此，何况親民之吏乎？臣又察吏部有考試招民知縣之例，招民之與捐貲，事體相類，又不宜彼重而此輕也。臣愚謂知府、知州、知縣凡俊秀捐納有已經考職後捐納者，依例選除，有未經考職遂行捐納者，於選除之時仍行考試，文義略曉者即與録用，否則且令肄業，聽其再試。凡考試之時，若繩以八股經義，既非其所素習，亦難以猝然而能合無，試以時務策一道判一條，但須嚴加防察，毋得令其代倩傳遞，徒應虛名，如此則既不絶其功名仕進之路，亦使之有鄭重名器之思，庶可以責吏治之實效也。伏祈睿鑒，勅議施行。

午亭文編卷三十一

奏疏

請嚴督撫之責成疏

康熙二十四年九月初六日，經筵講官都察院左都御史管理京省錢法臣陳廷敬奏。今天下之事繫於督撫，督撫之職在察吏安民，若民犯法者多，刑辟不止，惡在其能安民也？察吏之意欲令民安，若民犯法者多，刑辟不止，惡在其能察吏也？臣見直省各督撫所上刑獄章奏繁多，夫督撫之職在安民者，非謂民既犯法而明於擊斷之爲能盡其職也，謂民未犯法而嚴禁令，謹科條，使民遷善遠罪，至於刑清政簡之爲能盡其職也。故督撫之能與不能，視其所治之民而已矣。民之安與不安，視其刑之清與不清，政之簡與不簡而已矣。直省之刑清而朝廷之刑清矣，直省之政簡而朝廷之政簡矣。政簡刑清，王道之大端也。或曰，民自犯法耳，於督撫何尤焉。孔子有言，上教之不行，罪不在民也，故欲使民不犯法而刑辟衰止，莫先於行上之教，欲行上之教，繄惟督撫是問。督撫曰，是將在羣吏。夫吏果廉能，毋敢有加派，毋敢有火耗，毋敢黷貨於詞訟，毋敢朘削夫富民，然後一意行上之教，而民不罹於刑，今吏或不能，誠有罪焉，然非盡吏之罪也。人苟稍稍知詩書，識道理，一行作吏，誰忍自棄，而今或不能者，非盡吏之欲私肥其家，蓋迫於上官耳。上官廉，則吏自不敢爲貪，上官不廉，則吏雖欲爲廉而不可得，吏既不得廉，則凡所爲加派、火耗、黷貨、朘削之事，日以曲事上官之不暇，而又何有於行上之教，使民不罹於刑，雖使吏勉强行之，而民習見吏之所爲多不法也，曰："是惡能教我，誰其從之？"是教之不行，刑之不止，吏爲之也。吏之爲之者，督撫使之然也。方今要務在於督撫得人，爲督撫者既不以利欲動其心，然後能正身以董吏，吏既不復以曲事上官爲心，然後能加意於民，向之所爲加派、火耗、黷貨、朘削之事，舉皆無之。夫然後民可徐得其養，養立而後教可行也。至於教民之法，三代盛矣，古今異宜，所貴得其意而神明之，而其大要莫重於讀法之令。周禮鄉大夫之職各掌其鄉之政教禁令，正月之吉受教法於司徒，退而頒之於其鄉吏，使各以教其所治，歷代以来，有講讀律令之法，皆周禮之遺意，爲教民之要務也。夫欲教民以道，必先信上之令以實致乎民。《管子》曰：國之重器，莫重乎令。令重則君尊，君尊則國安。賈山曰：臣聞山東吏布詔令，民雖老羸癃疾，扶杖而往聽之，思見德化之成，是以人臣敬君之命令，尊之如雷霆之不敢侮，盖以人君之所以爲國鼓舞羣下者，恃其命令而已。臣伏讀皇上聖諭十六條，頒行已久，彼時雖一經張挂曉諭，而鄉邨山谷之民至今尚有未知者。臣近日惟見山東巡撫張鵬有上諭十六則講義，及臣鄉山西寧鄉縣知縣龔應霖講約書，其實心奉行與否，當俟之事久論定之時，至於一經曉諭而旋視爲具文者比比皆然。臣所謂信上之令以實致乎民者，責在有司，而督撫爲要矣。臣欲祈皇上特降嚴綸，通飭督撫，使賢者知勉而否者知懼，洗滌舊染，專以潔己教吏，吏得一心養民教民爲事。其督撫保薦府州縣官也，須要第一條實填，一本官無加派，無火耗，無黷貨詞訟，無朘削富民，十九字。第二條實填，一本官實心奉行上諭，每月吉聚衆講解鄉邨鄉約，講解，二十二字。如保薦不實者，請勑部將保薦之督撫具揭之，司道並所保薦之官嚴議處分定例，不得仍用常例處分，餘條仍照舊例開具實蹟。凡若此者，所貴督撫知功令之重在此，顧名思義，觸目警心，以導羣吏也。而皇上之考察督撫則以潔己教吏，吏得一心養民教民爲稱職，否者罷黜治罪。聖主在上，坐照如神，自有洞鑒。臣之愚惟祈朝廷切責督撫，以幾刑清政簡之風，故敢獻其鄙言，助成王道之治。竊虞辭難達意，故字多逾格。統冀鑒宥施行。

請議水旱疏

康熙二十四年九月初六日，經筵講官都察院左都御史管理錢法臣陳廷敬奏。臣伏惟皇上盛德湛恩，蟠際天壤，閔念黎元，甚於赤子，發倉廩，蠲租賦，弛山海之禁，謹儲積之防，重恤農事，勤求民瘼，所以便利安全兆姓之道甚備。玆者仰賴皇上德恩，歲穀既登，惟一二水災猶廑睿慮。夫水旱凶荒，堯湯之世不能盡無，惟其備及於豫而賙當其急，故民恃以無恐。臣於報免災荒敢因聖意之所垂念者，少獻其末議焉。臣前見山東巡撫徐旭齡於康熙二十三年九月題報濟寧海豐霑化水災情形，該部題覆行，今委官蹋勘，於十一月該撫題濟寧等三州縣成災分數，並應蠲免錢糧，冊結該部題覆，行令分晰地畝高下，於二十四年四月巡撫張鵬題濟寧等三州縣並無捏報被災分數，照例請免本年錢糧，該部乃覆准蠲免。自去年九月至今年四月八閱月矣，是此一水災之報也，巡撫初題報其形情，再題報其分數，三題稱無捏報，此一水災之免也，該部初覆令其委官蹋勘再覆令，其分晰地畝高下，及其具題至於三也，然後覆免。是則自報至免，巡撫具題者三，戸部具覆者三，疊疏奏聞，上勞聽覽，以故德音下逮近省已踰半年，遠省將不止一載，在皇上恤民之意如彼其勤，而在所司出納之際如此其遲迴者，非故爲是鄭重也，所行之例則然耳。臣愚謂被災之分數即見地畝高下之間，而地畝之高下即宜分晰於分數多寡之內，蓋再題而該部可具覆矣，不必駁察至再而具題至三也。如此則上宣聖主勤民之意，下慰小民望澤之心，中不得使猾吏奸胥緣爲弊竇。況該部既行令委官蹋勘分數於初，又行令分晰地畝高下於再，其分數高下從来惟以巡撫之具題爲據，不見有所增損，其間則咨行亦是虛文，再駁愈覺可已。臣請於巡撫具題分數之後，既有冊結可據，該部即宜具覆豁免，更不再駁務，取早結爲便。昔漢武帝使汲黯視河內火，還報曰："臣過河南，貧人傷水旱萬餘家，謹以便宜持節發河南倉粟以賑貧民,請歸節伏矯制之罪。”武帝賢而釋之。夫黯所視者火而所賑者水旱,黯不以非其職自解,武帝不以矯制罪黯,蓋急民之急也。昔人謂救荒如拯焚溺,若稽遲歲月,始沛德音,皇上如天怙冒之心必不若。此臣之所見,實聖意之所及,故敢進其愚説,伏祈睿鑒採擇施行。

撫臣虧餉負國據實糾参疏

康熙二十四年九月初六日經筵講官都察院左都御史管理京省錢法臣陳廷敬奏。竊惟雲南捐納事例,乃皇上斟酌時宜,所以恤民而裕餉,顆粒皆係國儲,絲毫悉關軍食,爲撫臣者宜如何撙節清釐,以無負封疆之重寄,乃臣於雲南巡撫某有異焉。臣閱邸抄,據該撫某疏,稱大兵還京,尚餘捐納米五十一萬四千六百餘石,草一千一百六十一萬五千餘束,彼時即應支放,乃留米不發,反動支庫銀二萬五六千兩,買米一萬石,每石用銀二兩二錢至二兩八錢不等,又留草不給,動支庫銀四十四五萬兩,折給草一千七百五萬一千七百六十四束,每束用銀三分,以現在之米草不以支給大兵而濫用公帑另行採買,此何説也?及至大兵凱旋,始巧行題,請將前項所存米草動給官吏等項,驛遞馬匹米一石止扣銀一兩二錢,草一束止扣銀一分,以今扣算之數,較前採買之價,相去不啻霄壤,此又何説也?臣意某當大兵還京之日,使果有現存米草,斷不另買,必是先将報捐之米草多行折銀入已,無從支給,故爲此掩飾,一時之計,是其侵没之弊顯然可見者也。至於凱旋之後,苦於開銷無策,乃朦朧請給本省官俸驛遞。蓋以大兵之供應甚急,而本省之支銷可緩,大兵之供應分毫不可假借,而本省之支銷任意可以通融也。獨不思某當日所收之米草,即照採買之價,計之米五十一萬四千餘石,爲銀一百二十九萬兩有餘,草一千一百六十餘萬束,爲銀三十萬兩有餘,而今請扣之銀止共爲七十餘萬兩,是一那移之間而某侵没餉銀已九十餘萬兩矣。即使無侵没入已之弊,而身爲封疆大吏,當軍興之際,不思裕國省餉,虧損國課，幾至百萬之多，溺職不忠之罪，某雖百喙，何以自解乎？伏乞皇上勅部檢察前後報部文冊，奏銷價值難逃睿照，迅賜處分，庶錢糧不致侵溷，而官邪知所儆惕矣。臣職司風紀，不避怨嫌，謹據實糾參，伏祈睿鑒施行。

俯瀝懇誠祈恩回籍以安愚分疏

康熙二十七年五月初二日，經筵講官吏部尚書管理修書總裁事務臣陳廷敬奏。臣薄劣孤生，迂拙自守，荷蒙皇上天地養育之恩，生成造就，寵禄逾涯。臣自念無他材能報塞萬一，惟早夜兢兢，思自淬厲，不狥親黨，不阿友朋，上恐負聖主之殊恩，下欲全微臣之小節。乃至積有疑釁，飛語中傷，如前楚撫一案者，汧雖臣戚，涇渭自分，嫌疑之際，尤臣所慎。彼既敗事，遂疑及臣，積疑成恨，語涉連染。今幸我皇上日月中天，無幽不燭，既難逃聖主睿鑒之明，復一付盈廷至公之論。雖之臣心跡即此可白，而臣之自處須適所宜。惟當引退田間，永銜恩於高厚，詎可抱咎夙夜，猶厠跡於班行。即聖度之寬容，曲加憐恤，而臣心之跼蹐，倍切徬徨，且臣年力早衰，兩目昏暗，自被誣以来，神志摧沮，事多健忘，奏對之頃失其常度。蒙皇上不加譴責，而臣之心實難自安也。若復貪冒榮寵，罔識進退，曠官尸位，過誤滋多。又臣父年八十有一，倚閭懸望。昔戴恩而未去，今因事以陳情，伏乞聖心憐憫，准與回籍，則詠歌舜日，常沐浴於時休；耕鑿堯天，得自安其愚分。臣無任感激涕泗戰栗屏營之至。

直陳言官建白疏

康熙二十九年四月十一日，經筵講官都察院左都御史臣陳廷敬奏。臣賦質迂踈，謬膺重任，兹荷新命，再領臺班，氷櫱自持，涓埃未答。伏念風紀重任，臣若不正己率屬，益加砥礪，則有負皇上簡畀之意，亦非生平惓惓報主之心。視事以来，每進臺臣而告誡之，退食私居，嚴杜請謁。凡有建白，不許預聞於堂官僚友，以滋指使囑托之弊。其有陋習未除，必仰冀天語申飭者，敬爲皇上陳之。臣思科道之設，所以廣耳目而申獻納，於人才之邪正、吏治之貪廉、事關生民利害者，必正言無隱，而後克副斯職，如中外臣僚果有奸貪不法因革事宜，果有紀綱關係者，則當切實指陳，否則與其生事以塞責，不若省事而擇言。葢專欲以塞責了事，則不免毛舉細故，剔摘成例，馴至於刻薄繁碎不急之務，而無裨於聖朝寛大經久之規。如近日兵部議處武官以疎防爲諱盜，革職多員，蒙皇上神明洞照，令其改正。此類事情部臣何以不言，必待言官言之，而言官所言者又不能皆如此確當有益之事，是以或失於苛細不急之務，而徒爲此紛擾也。臣故曰與其生事以塞責，不若省事而擇言也。方今朝廷清明，紀綱具在，所不能保其必無者，猾法不肖之人耳。國家耳目之官專因此輩而設，若能省事而擇言，則必持重而養鋭，言不輕發，發而必當，使不肖之徒有所警戒顧忌，而不敢恣意爲非，此言官之職掌，即紀綱之攸存，臣所謂省事而擇言，非欲其避事以自便。伏乞皇上特加申飭，嚴禁塞責，則庶乎不至以無補之繁言瑣瀆聖聽也。臣又念進言之體貴乎簡明，近見條奏一事，冗長之詞多，論事之言反少。我皇上聖學聖治，豐功懿德，日盛月新，史官書之，儒臣紀之，而且萬方臣庶共矢謳歌，海外風行亦深，頌禱顯鑠一時，而垂美億禩者既已至矣，亦何待言官於條奏建白之時綴述數端，既不足以揚盛美之萬一，而於言事之體有不當然者。况皇上一日萬幾，旰食不遑，而章疏拉雜閒文，冗沓繁蕪，致煩乙覽，兼乖辭尚體要之義。諒我皇上必已厭薄之，特聖度優容，不加詰責耳。併祈嚴勑科道，官不得踵習前臣弊，多引煩詞，如有不遵，量加處分。庶幾息便辟之風，作謇諤之氣矣。

慰問謝恩疏

康熙三十一年八月十六日，經筵講官刑部尚書加二級臣陳廷敬奏，爲恭謝天恩事。臣以庸愚，蒙聖恩教養，三十餘年，不次拔擢，歷遷要職，備極殊榮，仰戴高深，莫報萬一。臣辜負聖恩，命竒福薄，蹇遭父故，仰蒙聖心矜憐，遣内閣學士兼禮部侍郎臣戴通、内閣學士兼禮部侍郎臣王尹方至臣私寓，恩賜茶酒。臣聞命自天，撫躬無地，殊恩異數，霑被非常，臣不勝悲痛，不勝感激。伏念臣父昌期蒙恩，累封資政大夫、吏部尚書，再蒙恩封光禄大夫、刑部尚書，生晉崇階，叚邀曠典，此實古今来最難得之恩遇，允惟臣父子不世出之遭逢。盖君恩莫大乎榮親，而臣力長慚於報主。臣今回籍守制，自此遠去闕廷，無由瞻望天顔，臣不任銜感涕零之至。

諭祭謝恩疏

康熙三十二年二月初二日，經筵講官刑部尚書加二級臣陳廷敬奏，爲恭謝天恩事。臣以父憂，蒙聖心軫念，臣銜恩就道，感泣抵家，父老見臣遠歸，間来慰唁。臣荒迷之際，但聞皆稱聖君在上，蠲租賜粟，吾儕小民得以樂生已。又見深山窮谷感頌皇仁，至於村童野婦，無不皆然。而自冬以来，雨雪頻仍，豐年可卜。臣治喪稍暇，閉門寂處，忽蒙天恩賜與諭祭，到臣廬次，臣謹望闕謝恩，感激悲傷，不能自已。伏念臣遭憂之日，蒙遣使恩賜茶酒，臣隨具奏恭謝。仰荷聖旨批答，又獲天寵下頒，光生閭里，臣感恩戴德，彌切氷兢。謹瀝陳微悃，恭遣義男陳忠賫奉通政司封進。仰祈聖鑒，臣不任悚惕瞻依之至。

午亭文編卷三十二

表　論

雲南蕩平賀皇上表

誠懽誠忭，稽首頓首，上言。伏以聖武光昭，奮聲靈之赫濯；神功巍焕，躋天地於平成。區宇廓清，臣黎忻慶。欽惟皇帝陛下亶聰作后，大勇安民，屬逆孽之竊興，致神人之交憤，《春秋》之義大一統，惟亂臣賊子之必誅。帝王之師動萬全，斯七德九功之並奏，兵戎永息，邊徼咸寧。臣等恭際昌辰，欣逢大捷。伏願皇風時洽，永卜年卜，世之鴻圖，睿治日新，揚丕顯丕，承之大烈。臣等瞻天仰聖，無任踴躍懽忭之至，謹奉表稱賀以聞。

雲南蕩平賀太皇太后表

誠懽誠忭，稽首頓首，上言。伏以懿範昭宣，撫重熙之景運；徽音光被，佑耆定之鴻勳。海寓清寧，宫庭豫泰。恭惟昭聖慈壽恭簡安懿章慶敦惠溫莊康和仁宣太皇太后陛下，道符烈祖，功擁神孫，集萬國之共球，尊養承歡於重慶；舞兩階之干羽，怡愉增喜於慈顔。臣等恭際隆平，忻沾厚澤，伏願調延年之玉食，遐登眉壽於無疆；鞏卜世之金甌，益介純禧於有永。

進鑑古輯覽表

上言，先奉上諭，古昔聖賢忠臣孝子義士大儒隱逸，凡經史所記載，卓然有關於世運者，詳察里居名字謚號官爵及所著作，纂成一書。歷代奸邪亦附於後，以備稽考。又奉旨賜名《鑑古輯覽》，今已成書者。伏以鑒百代之人材，仰承聖斷；羅千秋之簡籍，俯竭愚衷。淹歷歲時，粗完篇帙，庶勤夙夜，未答恩私。竊惟堯舜之治，先務知人；《詩》、《書》所傳，厥惟述古。葢觀人所由立政，而考古於以知今。《周禮》太平之書，設官分職之是謹；《春秋》天子之事，善善惡惡之惟嚴。歷觀傳記之文，具載賢奸之迹，博綜軼事，散在羣言。至如瑰瑋俊傑之儔，檮杌窮奇之伍，方策所載，臧否易明，若傳聞之異詞，或是非之失實，苟非旁摎遠引，曷以顯微闡幽，討論爲艱，研極匪易。況夫辭嚴義括，儼然信史之褒譏；類別區分，迥作羣倫之法戒。必折衷於至當，乃垂訓於方来。臣等材質凡庸，見聞卑瑣，略知章句，謬與編摩，學不足以貫穿典墳，識不足以鑒衡人物，徒幸遭逢之盛，得參論次之榮。非歐陽之《唐書》，屢改官而始就；豈温公之《通鑑》，嘗攜局以自隨。實資睿慮之裁成，竊附儒林之編録。玆盖伏遇皇帝陛下瘠寐求賢，旰宵思治，不輕天下之士，適隆聖作之功，東壁西清，自衍圖文之奥；深宫燕寢，高披冊府之藏。自古治忽之機，實關貞邪之故，宸衷獨見，欲昭示於臣民，手勑親裁，更丁寧於綸綍。遐稽往牒，稍輯成書。已事爲師，常切高山之望，前車可鑒，敢忘覆轍之心，戴天地之崇深，寧論禆補；瞻海山之廣大，莫效涓埃。臣等無任戰栗屏營之至，謹奉表隨進以聞。

恭進聖德萬壽詩表

伏以德並乾行，純嘏允符，函盖光齊，日照遐齡，永配曦輪。欣逢景運之昌，慶洽承平之盛，陽春發育，喜萬彙之蒙庥；化域和恒，咏九如而獻祝。臣陳廷敬誠懽誠忭，稽首頓首，上言。洪惟我皇上珍符誕握，寶籙弘膺，居正體元，備聖人之全德；履仁蹈義，躋天下於咸寧。有生民未有之奇，道隆三古，兼前代未兼之業，功葢百王。文命敷而風教式於九圍，武烈昭而聲靈振乎八極，既高蕩蕩巍巍之績，復溥穹穹厚厚之恩，偕闓澤於神人，徧謳歌於中外。蓋以肇天極而修人紀，用是闡皇綱而恢帝紘。昔當初臨寶祚之時，正是孝事慈寧之日，重闈問以爲君何欲，我皇答曰圖治愛民。曾傳聖語於當年，言爲經而辭爲緯；果見太平於今日，治已定而功已成。猶思由後以視今，每念謹終其如始。廓明德新民之量，廣錫類不匱之原，存心養性以達天，主敬立誠而體道。容儀清穆，肅雍殫昭事之虔；齋祓潔嚴，享祀盡明禋之實。危微精一，接統緒於勳華；濂洛關閩，會淵源於鄒魯。籤分甲乙，探冊府之藏；卷歷丹黄，發圖疇之祕。西清東璧，古今絶企。夫天章二典三謨，前後允推。夫御製並虞廷之什，義兼風雅之長，超唐人之篇，理取宋儒之正。冠六文而首出，邁八體以遐標，玩程頤即此是學之言，契神化於形聲之内；愛公權心正筆正之語，運經綸於文字之中。宫漏未移，已布千言於紙上；封章纔罷，早廻萬象於毫端，貫乎百家而我學不厭，游於六藝而惟聖多能。玉尺儀天，溥博如天之大，土圭候日，昭明如日之新。春蒐夏苗，適修軍國之禮；投戈講藝，不忘弧矢之威。凡此躬行心得之精微，具見帝德宸修之廣大。奉東朝之鼎養，允矣孝慈；操北斗之璣衡，皇哉作述。龍樓鳳閣，光華朗映前星；玉葉瑶枝，芳馥長凝叢桂。克勤克儉，建昭代之儀型；是訓是行，彰皇家之法守。體節用之指，約省百倍於前朝；弘益下之規，德澤頻施於萬姓。惜金錢於太府，無非寬閭左征徭；減玉食於尚方，正以裕民間積貯。時頒渙汗蠲逋，歲至再三；屢沛絲綸賜免，動逾千萬。當爰書之覆奏，必惻怛於宸衷，祥風轉草色於圜扉，協氣應星光於貫索。夫自端居燕寢，無時不以黎庶爲心；至於問俗觀民，隨在必以補助爲事。鑾車駕而需雲布慶，翠旗指而解澤旁敷。河淮爲國計攸，闗疏瀹悉聖謨。所示山川永奠，春回禹貢之區；漕輓咸宜，人樂我朝之制。良由無遠弗矚，視萬里如目前；以故靡舉不神，運天下於掌上。在昔逆藩蠢動，致勞天討遐施，一怒而安四海之民，一舉而靖三方之亂。彼有元之餘裔，曾負固於窮邊，奮我武之維揚。七旬弗俟；殄累朝之不逞，彌月而平。海不揚波，郡縣盡臺灣之地；野無斥堠，享王来域外之人。迨喀爾喀歸依幬冒之中，廼噶爾丹自棄生成之外。神謀獨斷，廟算無遺，朔漠三臨，銘勒天山之表；羽林大捷，塵清瀚海而遥。慕義嚮風，日出悉冠裳之會；同文合軌，月支皆職貢之邦。惟聖主過化而存神，故王師有征而無戰。所以行焉斯效，動罔不臧，總明目達聰之休，弘集思廣益之美。自執河魁之柄，睿照遐周；高披天鏡之光，物情畢鑒。規模弘遠，令甲宣昭，轉輸通遼海之舟航，水利興西北之農畝。積倉平糶，以逮窮簷；發粟截漕，以蘇澤國。郵傳用恤而恩渥輿徒，鹺税是輕而惠流商賈。頖宫璧水，奉箴勸以欣榮；魚服豹韜，感投醪而鼓勵。仕循資格而立賢無方，才許薦揚而用人惟己。時施仁於後世，每致憫其嗣人。念臣子末路之艱，見覆載兼容之大。凡沾雨露，思竭涓埃；共荷帲幪，罔酬高厚。今者懽呼遍於率土，忭舞極夫含生。雲燦星輝，轉洪鈞於一氣；麟遊鳳集，開壽域於遐荒。八千歲爲春秋，籌增太乙；億萬年齊甲子，世躋華胥。昔天保頌岡陵，推誠受禄；及豳風陳忠愛，歸嚮稱觥。臣廷敬忝列侍從之班，幸際雍熙之代，伏覩聖德廣運，同歡萬壽無疆。謹獻詩十二首，管窺蠡測而莫罄，歌衢擊壤以難名。臣不任瞻天仰聖，踴躍懽忭之至，謹隨表恭進以聞。

好名論 嘗進講殿中，蒙問三代以下唯恐不好名，其時奏對大指如此，退而廣爲論云。

臣嘗言三代以下惟恐不好名，此衰世之論，非盛世所宜有者。非謂名非盛世所宜有，謂好名之流弊足以爲盛世之累也。三代以上之帝王其名最著於世者無過堯舜禹湯文武，使君人者好堯舜禹湯文武之名，求堯舜禹湯文武之實而因以成其名，安見名之遂不可好哉？即三代以下之賢君如漢文帝、唐太宗、宋仁宗三君者，人主誠好其名而求其實，雖或不能如三代之盛時，亦可謂間世之英君誼辟也。然而謂好名之流弊足以爲盛世之累者，何也？人君之好惡不可有所偏，使天下漠然不見其好惡之迹，而天下之真好真惡出焉。故慶賞刑威予奪黜陟一出以虚平公正之心，而百官萬民胥受裁成焉。是以人君如天，渾渾耳，穆穆耳，不言而四時成化，無爲而品物咸亨，故曰惟天爲大，惟堯則之，蕩蕩乎民無能名焉。傳曰：不識不知，順帝之則。又曰：民日遷善而不知爲之者，知識且泯，而况於名乎？又安見其名之可用於民者乎？《書》曰：無偏無陂，遵王之義。無有作好，遵王之道。無有作惡，遵王之路。此之謂也。若人君之所好一有所偏，則其流弊不可勝言。上好忠直之名，則下多上書告密之事；上好長厚之名，則下多模稜脂韋之習；上好廉介之名，則下多布被脱粟之僞；上好恬退之名，則下多處士捷徑之巧；上好真率之名，則下多囚首垢面之詐；上好敏給之名，則下多利口便捷之姦。人主苟一不察，而貪榮嗜利之徒習爲小人穿窬之行，探其情而逢其欲，則名實之真亂矣。故曰足爲盛世之累者，此也。且上有好者，下必甚焉。傳曰：好名之人能讓千乘之國，苟非其人，簞食豆羹見於色。言好名之不可爲信也。又曰：未有上好仁而下不好義者也，未有好義其事不終者也。又曰：上好禮則民莫敢不敬，上好義則民莫敢不服，上好信則民莫敢不用情。自昔聖賢未有以好名爲訓者，故治天下亦務好其實而已矣。或曰，孟子不以齊宣王好貨好色爲非，因遂欲引之於道，名之不可好，孰與貨色乎？昔衛靈公問陳，孔子曰：丘未嘗學軍旅之事。孟子參乎權，孔子純乎經者也。參乎權而不失乎經者，後之人臣能者尠矣，故以孔子之對爲事君之法。

好名論下

人君不可有獨好其名之心，不可使天下無好名之心，好其實，故不得獨好其名，因名以責實，故不得不使天下好名。今夫天下善惡二端而已矣，治天下使天下遷善遠惡而已矣。有善無惡者人之性，名爲善而喜，名爲惡而惡者，人之情，今使天下渾渾焉不知名之可好，則善不足以爲喜，惡不足以爲惡，喜與惡不加於其情，則其爲惡也與爲善無以别，而亦漸失其性。故夫名者，先王動天下之微權也，先王因民之所好而采章服物以榮之，爵禄慶賞以勸之，表宅錫閭以獎異之，若曰使人遷善而惡自遠，是以不純任刑罰而任禮教。名與禮相近而遠於刑，故名者所以助禮之行，而操於刑之先者也。孔子曰："民可使由之，不可使知之。"使天下之民日循循焉歸於吾禮教之中，則刑罰可以措而不用，而天下固已大治，故曰名者先王動天下之微權也。然其始特不可有自好其名之心，自好其名則直以爲名焉已耳。自好其名而或靳天下之名，此其意已近於刑而遠於禮，欲天下之治不可得也，故王道以無欲爲本。

鄉愿論

鄉愿最惡者狂獧。有問於鄉愿者曰："是人也可殺與？"曰："可。""可舉而用之與？"曰："可。"問於狂獧，狂獧不然，可可否否無所隱避於是。鄉愿好其與己同，惡其與己異，故曰鄉愿最惡者狂獧也。夫人至於可殺，恨之至也；至於可舉而用之，愛之至也。使其不顧人之可殺與否，因其恨而殺之，則所殺者或爲君子；不顧其人之可舉用與否，因其好而舉而用之，則所舉用者或爲小人。鄉愿之心陰私險巧，惟知趨利避害，不察事之可否、理之是非，闇然自媚於世，佯爲無所甚好，無所甚惡，而陰以行其所好所惡之心，故天下之好惡莫有甚於鄉愿者也。孔子以爲德之賊，不信然與？夫使天下無狂獧，則是君子可殺，而小人可舉用也。幸而有一狂者獧者，乃不幸而爲鄉愿之所惡，則是鄉愿之禍不至盡殺天下之君子，不盡舉用天下之小人，不止始於一人之好惡而流毒於天下國家。自古以還，天下之事壞於小人者十二三，壞於鄉愿者十常八九，鄉愿者，小人之渠魁也，而其禍自惡狂獧始。有天下國家者，當亟誅鄉愿，鄉愿誅則狂獧興矣，狂獧興則天下之爲君子小人者各得其理矣。《易》曰："君子道長，小人道消"。《書》曰："惇德允元而難壬人"，何畏乎巧言令色孔壬，此之謂也。然則何以辨之？《書》不云乎，有言逆于女心，必求諸道；有言孫于女志，必求諸非道。求諸道者，所以辨狂獧也；求諸非道者，所以辨鄉愿也。昔楚文王有疾，告大夫曰："筦饒犯我以義，違我以禮，與處不安，不見不思，然吾有得焉，必以吾時爵之。申侯伯吾所欲者勸我爲之，吾所樂者先我行之，與處則安，不見則思，然吾有喪焉，必以吾時遣之。”觀楚文王之御二臣者，是又辨鄉愿、狂獧之大端也。辨之，則鄉愿之好惡豈至毒天下哉？

經學家法論

朱子論貢舉治經，謂宜討論諸經之説，各立家法，而皆以注疏爲主。《易》則兼取胡瑗、石介、歐陽修、王安石、邵雍、程頤、張載、吕大臨、楊時，《書》則兼取劉敞、王安石、蘇軾、程頤、楊時、晁説之、葉夢得、吴棫、薛季宣、吕祖謙，《詩》則兼取歐陽修、蘇軾、程頤、張載、王安石、吕大臨、楊時、吕祖謙，《周禮》則劉敞、王安石、楊時，《儀禮》則劉敞，二戴《禮記》則劉敞、程頤、張載、吕大臨，《春秋》則啖助、趙匡、陸淳、孫明復、劉敞、程頤、胡安國，《大學》、《論語》、《中庸》、《孟子》則集解等書，而蘇軾、王雱、吴棫、胡寅等説亦可采，令應舉人各占兩家以上，於家狀内及經義卷子第一行内一般聲説，将来答義則以本説爲主，而旁通他説，以辨其是非，則治經者不敢妄牽己意，而必有据依矣。愚按朱子此議欲治經者以注疏爲主，而兼取諸家之説，以求其至，是亦未欲其專取一家之言也，而曰以注疏爲主，是更不欲擯注疏而不用明矣。今之學者不然，《易》則專取本義，《詩》則集傳，《書》則蔡沉，《春秋》則胡安國，《禮記》則陳澔，《周禮》、《儀禮》廢已久。葢不惟諸家之説概不列於學宫，而舉朱子所云專以爲主之注疏，學者有終其身不知爲何物者矣。即如所謂大全者，又非甚别於專家之説而有獨見之論也。其與朱子所云以所治之説旁及他説，而後以己意辨晰以求其至是者亦大異矣。且大全之書，明永樂朝急就之書也，七年開館於祕閣，十三年帝問纂修如何，館中人聞之懼，倉卒録舊書，略加删飾以進。《四書》則倪氏輯釋，《易》則董楷輯疏，《書》則董鼎輯録，《詩》則劉瑾通釋，《春秋》則汪克寛纂疏，《禮記》則陳澔集説，故大全者甚不全之書也，然學者猶憚其煩苦而不之讀，所服習者本義、集傳、蔡沈、胡安國、陳澔之所謂五經而已。《易》、《詩》、《書》、《禮經》，學文者猶加誦習焉，《春秋》則概删聖人之經不讀，讀胡氏傳，傳亦不盡讀，擇其可爲題目者以其意鋪叙爲文，不敢稍渝分寸，以求合於有司，又最甚者擇取傳中字句文義，以意牽合，妄託聖經，移彼就此，名爲合題，豈惟不合經意，揆之傳者之意，亦初不自知其何，以位置安排顛錯之如此也。慢棄聖言，割裂傳注，又如朱子所謂名爲治經而實爲經學之賊，號爲作文而實爲文字之妖者也。盖經學之弊原於時文，昔者經義之興本以論斷爲體，不執一説，引據經傳，非如後之描畫聲口，簧鼓吻脣，乳兒小生侮聖言而代爲之詞，勢不得不單守一家之詁訓以便行文，而其腐朽惡爛不逾時歷歲，改頭换面以趨新巧，使學者窮年積月從事於無用之空言，考其實枵然無所得也，又何有於經學哉？然則何以正之，曰必如朱子之言而後可。朱子論經義，欲令明著問目之文，而疏其上下文，通約三十字以上，次列所治之説，而論其意又次旁列他説，而以己意反復辨晰，以求至當之歸。但令直論聖賢本意，與其施用之實，不必如今日分段破題對偶敷衍之體，每道限五六百字以上，則雖多增所治之經，而答義不至枉費辭説，日力亦有餘矣。葢今之時義又與南宋之時異，朱子所謂不問題之大小長短，而必欲分爲兩段，仍作兩句，對偶破題又須借用他語以暗貼題中之字，必極於工巧而後已。其後多者二三千言，别無他意，不過止是反復敷衍破題兩句之説而已。今之八比雖與此異，而其爲弊則一也。故欲正經學之失，須革時文之弊，時文之弊革，然後學者可以旁通諸家之説，以求得乎聖人精意之所存，而士不苦於無用之空言，國家收實學之效也。

秦　論

余覽秦事而歎其先世之無道所從来久矣。惟天生民，弗能自理，建后王君公以爲民上，俾獲遂其生養，以全安其性命而已。或不得已有刑誅兵革之事，猶非天心之所忍，故先王尤以不忍之意行之。

秦起西垂，習用故俗，法最慘刻，然至取無罪之人而迫之以從其死，此果何理也哉？孔子曰："始作俑者，其無後乎？"俑象人而用之，孔子以爲無後，至於用生人，當如何耶？武公從死者六十六人，繆公從死者百七十七人，其良臣子車氏三人奄息、仲行、鍼虎，秦人哀之，《黄鳥》之詩所爲作也。按武繆所爲於法寧止無後，而其子孫乃至於有天下，何也？孟子謂三代得天下以仁，其失天下以不仁，他日又謂不仁而得國者有之，不仁而得天下未之有也。蓋自有天地以来，至於孔子、孟子之時，未有以不仁而得天下者，商周之興，其先皆積累仁厚數十世，今秦所爲若此，所得若彼，豈得謂孟子之言不足深信抑？亦天道至是有常有變邪？孟子又謂行一不義、殺一不辜而得天下，有所不爲，得天下至太，一不辜至微，然而不爲者，以非天之所忍，故不忍爲之耳。夫天不忍於一不辜，而忍於六十六人、百七十七人，其他嚴法繁刑，屠戮無辜，尤難悉數，倘所謂天道固若此耶？至於始皇之葬，後宫非有子者皆令從死，死者甚衆，葬既已下，或言工匠爲機藏皆知之，於是盡閉工匠，藏者無復出者，則其殘殺不辜愈益甚矣。然以始皇之强，纔及二世而絶，孰謂非天道耶？故自三代以来，不仁而得天下者有之矣，不仁而守天下者未之有也。

漢高帝得天下之正論

自古帝王受命而興者，率皆當世之諸侯增修其德，至於其子孫以有天下，故崛起而爲天子者，雖其身非賢聖，亦必其皆賢聖之苗裔也。至於以田壄之小夫徒步而争天下，不階尺土而有之，而其始甚微，其人又非卓然賢聖，有必可以得天下之理，此豈非古今之大變哉？昔者亡秦殘滅六國，而漢高帝秦之眇然一黔首也，一旦起草澤之中，敺其亡命，五年之間南面而據高位，開闢以来豈有此也？而世之儒者徒見魏晉隋唐之季，或受重爵，或承託孤之命，以大臣而簒奪人國，謂漢起自匹夫，得天下爲最正，予竊謂不然也。尊卑貴賤者，天地古今之大防也。傳曰：辨上下，定民志。自三代之衰，以迄春秋戰國之際,生人之理幾於滅息矣,然猶未有以農畝之賤微起而與君上之至尊相抗衡而劫奪者。夫使天下後世之人操耰耡,援白梃,侈然遂有稱帝稱王之心者,其誰爲之倡也?創古今之未有,壞天地之大防,啓斯民犯上作亂之心,吾必曰高祖焉,烏見其得天下之正也?然則秦廢封建矣,以其臣則有篡奪之嫌,以其民則有犯上之辠,必何如而後可以與於得天下之正哉?亦曰惟其人而已矣。人臣而可以放伐其君,湯武是也;匹夫而有得天下之理,孔子是也。孔子不有天下,而凡爲匹夫者無必可以得天下之理,苟幸而得之,遂曰得之最正,是使天下後世之凡爲匹夫者日生其心而有犯上作亂之事也。是烏乎可哉?雖然,撫則后,虐則仇,如秦者其亦自反其所爲也哉?

漢高帝知吕氏之禍亂論

夫論古人成敗,往往惟其意之所之,以自成其一家之説,有可議者焉。明允之以漢高帝以太尉屬勃也,謂其知有吕氏之禍也。其言曰:帝意百歲後將相大臣及諸侯王有武庚禄父者無以制之也,獨計以爲家有主母,豪奴悍婢不敢與弱子抗,故不去吕后者,爲惠帝計也。且夫古今之禍敗多矣,未聞有以婦人而能戡亂救亡者,且吕氏之不死,其禍豈小於唐之武氏哉?吕禄、吕産之王,武三思、武承嗣之將立也,趙王如意、趙王友、趙王恢之死,唐宗室諸王之殘滅也,孝惠之病,廢廬陵之在房州也。方吕后之未死,較武后之末年其勢已成,所未及爲者改號革命耳。幸其早死,陳平劫酈商得以行其旦夕苟且之計,使吕后而尚在,漢之存亡未可知也。謂高帝既知有吕氏之禍,而又不去吕后以爲惠帝計者,此可議者也。夫高帝豈能逆計吕后之必早死而不至於改號革命哉?誠知有改號革命之禍,又安在其能爲惠帝計哉?高帝最愛者戚姬、如意,吕后最惡者亦戚姬、如意,吕后能爲禍,先及此母子耳,曾謂高帝知之而使爲之耶?明允又言,高帝之視吕后,猶醫者之視堇,使其毒可以治病而無至於殺人。嗟夫!吕后鴆也,非堇也。今有虎且噬其子,曰姑養虎以備外盜,是豈人情哉？故謂高帝知有吕氏之禍者，非也。吕后之能爲禍，高帝不知也，而張良知之，知之而不以言，甚矣處人骨肉之難也。

狄仁傑舉子論

武后令宰相各舉尚書郎一人，狄仁傑舉其子光嗣，時比之祁奚，失其指矣。蓋與左師觸龍諫趙太后請長安君爲質事絶相類。當時武承嗣、武三思營求爲太子，仁傑每從容進諫，勸召還廬陵王，他日武后語仁傑夢鸚鵡兩翼折，仁傑對以武者陛下之姓，兩翼謂二子，起二子則兩翼振矣。鸚鵡之翼釋以二子，權也，舉子之事亦權也，而遂正告之矣。故左師之憐舒祺，仁傑之舉光嗣，其跡雖殊，所以感其心者則一也。卒之長安君爲質於齊，而趙國不被兵，中宗復辟而唐社稷卒不變。嘗觀李德裕忠諫論，言近世名臣王石泉居相時，以子爲眉州司士，太后嘗問曰："君在相位，子何遠乎？"對曰："廬陵是陛下愛子，今猶在遠，臣之子焉敢相近。"故知人臣進諫，正告之不能得者，有時乎用權，然權者豈人臣之得已哉？人主貴察其心而已矣。

陳子昂仕武后論

昔揚雄仕莽，君子恥之。唐武后以一婦人竊天下威柄，屠滅宗子，賊殺忠正之士，姦謀革命，蕩覆唐室，此古今之異變，視莽爲何如也。當此時，其小人覥顔事之無論矣，其賢者則謂之何哉？嘗觀陳子昂氏，以言事武后數召見，今考其言，辭論雅飭，有兩漢之風，而薦圭璧於房闥，以脂澤汙漫之，賢者之所以自處者，其果謂之何也？曾鞏論揚雄，謂有所不得去，又不必死，仕莽而就之，合於箕子之明夷，至論雄美新之文，謂非其可已而不已，比之箕子之囚奴。鞏之言雖未得爲至論。然以觀子昂之事，而歎賢者之所遭，其志亦有足悲者，何其與雄相似也。武后稱皇帝改國號，子昂上受命頌，其亦美新之類乎？夫以武后之淫虐隱慝，既多猜忌滋密，一時才望之臣罕有得脱其禍者，以郝處俊之賢猶不能忘情於身殁，子昂之所爲豈得已者哉？或謂士不幸遭亂朝，即不必死，猶可潔身而去也，而鞏謂雄有所不得去，子昂亦蹈雄轍者，何哉？然考子昂後以父老解官歸，父喪，廬冢次，哀感聞者，縣令段簡貪暴，聞子昂富，欲害之，家人納錢二十萬緡，簡薄其賂，捕送獄中，竟死於獄。子昂豈得已者哉？或曰士君子不得志於朝，則安其身於野，明哲之謂何，而顧令以身殉也。嗟乎！子昂不辱其身，則捐其生而已，不仕於朝，則死於令而已矣。是以知人者必論其世，而亦不得過爲刻覈之論也。

褚魏優劣論

唐初以諫諍顯者，魏徵、褚遂良，然兩人有幸有不幸焉。凡進諫於人主者，有順有逆，有易有難，徵遭遇太宗，諫合謀行，其進説也順而易；遂良後事高宗，嬖内遠賢，言發得禍，其進説也逆而難。順而易，雖中人可作其敢言之氣；逆而難，即賢者有不得行其志焉。此所謂幸不幸也。兩人豈有優劣哉？雖然，蓋徵嘗事隱太子矣，及廢太子承乾失德，魏王泰驕奢不法，徵於此時既無事不言，而天下之事又莫有當言於此者，而徵未顯言，其失何也？遂良極論宜塞嫌疑之漸，除禍亂之源，徵不過從容請魏王泰勿從居武德殿而已，固知武后之事，徵而尚在，不必其言之也，此又徵之所謂幸也。昔太宗謂徵嫵媚，徵再拜言曰："陛下開臣使言，故臣得盡其愚。若拒而不受，何敢數批逆鱗？"高宗、武后之逆鱗，徵之不數批，明矣。是以君子論遂良諫高宗立武后之事，而惜其所處之不幸也。

李善感諫封禪論

唐高宗既封泰山，欲徧封五嶽，作奉天宫於嵩山，南監察御史裏行李善感諫。史稱自褚遂良、韓瑗之死，以言爲諱，無敢逆意直諫幾二十年。及善感始諫，天下皆喜，謂之鳴鳳朝陽。嘗讀歐陽文忠公書，有云事柔闇之君，言人主則易，言大臣則難，蓋謂勢之所在，雖人主有時而獨輕，而進言者必貴攻其所難，而後可以反其極重之勢，此諫者之則也。高宗之世，勢不在人主大臣，而在中宫，方是時，言人主大臣則易，言後宫則難，言其難，幸而見從，則宗社之福，不幸不見用如褚韓輩，然後可以與於輕重之數，而不媿乎忠諫之名。言其易，雖舉天下之事櫛比而毛剔之，猶無益也，何也？非其勢之所急也，而况其一枝一節之硜硜者哉！善感之言既美矣，而愚猶以爲未盡也。當高宗惑溺武后，武后竊弄國柄，前有言者上官儀，後有言者郝處俊，若儀、處俊者，可謂言其所難者矣。此兩人所言，皆在褚韓死後，而史謂二十年無敢有逆意直諫者，何與？記曰：君子表微，况儀、處俊所建白尤皎皎在人覩記者乎？而善感顧獨蒙美名，世之畢智竭忠，盡力於所事，而名不彰顯於後世者，豈真有幸有不幸耶？

昊天與聖人皆有四府其道何如康熙丁卯五月十一日乾清宫應詔

臣聞惟天盡物，惟聖盡民，能盡物謂之昊天，能盡民謂之聖人，昊天、聖人，一而已矣。然昊天能盡物而不能盡民，聖人能盡民而亦能盡物，故曰惟天下至誠能盡其性，能盡性則能盡人物之性，可以贊化育而參天地，故又曰天地位焉，萬物育焉。《易大傳》曰："易簡而天下之理得矣，天下之理得而成位乎其中矣"。昊天、聖人其道詎有二哉？邵子曰：昊天之盡物，聖人之盡民，皆有四府焉。臣嘗求其義，春爲生物之府，夏爲長物之府，秋爲收物之府，冬爲藏物之府，謂之昊天之四府也。《易》爲生物之府，《書》爲長物之府，《詩》爲收物之府，《春秋》爲藏物之府，謂之聖人之四府也。昊天以時生長收藏乎萬物，故能盡萬物；聖人以經生長收藏乎萬民，故能盡萬民。是昊天之時，聖人之經，其道一也。是以又曰：昊天以時授人，聖人以經法天，若邵子可謂善言天人之際者矣。夫天能生長收藏乎萬物，而不能生長收藏乎萬民，聖人能生長收藏乎萬民，而亦能生長收藏乎萬物，臣故曰天能盡物，聖人能盡民，亦能盡物，若是者，聖人豈有加於天哉？聖人者，天之所生也，天生聖人，以生長收藏之權委之聖人而天不與。故春而生也，夏而長也，秋而收也，冬而藏也，人見其盡物焉而已。聖人法天以生長收藏之權委之經，而聖人不與，故《易》以生之，《書》以長之，《詩》以收之，《春秋》以藏之，人見其盡民焉而已。然臣何以謂聖人能盡民，亦能盡物也？天不言而聖人言之，《易》、《書》、《詩》、《春秋》是也。春無言而《易》存，夏無言而《書》存，秋無言而《詩》存，冬無言而《春秋》存。《易》之言如春，《書》之言如夏，《詩》之言如秋，《春秋》之言如冬。春夏秋冬，天之所以盡物也，《易》、《書》、《詩》、《春秋》，聖人之春夏秋冬也。聖人之所以盡物也，故曰聖人能盡民，亦能盡物，聖人者，一天而已矣。且夫昊天與聖人既皆有四府矣，臣謂昊天有大府，聖人亦有大府，何言乎大府也？蓋天有四德，元亨利貞，聖人有四端，曰仁義禮智，元之德見乎春，亨之德見乎夏，利之德見乎秋，貞之德見乎冬。仁之端見乎《易》，義之端見乎《書》，禮之端見乎《詩》，智之端見乎《春秋》。亨利貞之德統乎元，義禮智之端統乎仁，元亨利貞之德統乎乾，仁義禮智之端統乎性。元亨利貞之德不可見而見之於春夏秋冬，故春夏秋冬者昊天之四府也；仁義禮智之端不可見而見之於《易》、《書》、《詩》、《春秋》，故《易》、《書》、《詩》、《春秋》者，聖人之四府也。元亨利貞見於春夏秋冬，不能無所統而統於乾，是乾者，春夏秋冬之大府也。仁義禮智見於《易》、《書》、《詩》、《春秋》，不能無所統而統於性，是性者，《易》、《書》、《詩》、《春秋》之大府也。臣故曰昊天與聖人皆有大府也。惟聖人法天之乾，盡人之性，雖與昊天各有一大府，實與昊天同有一大府也。臣前所言惟天下至誠能盡其性，以至於贊化育而參天地者，其謂此與？我皇上盡性達天，仁民育物，作君作師，參兩天地。臣等蒙清燕之餘，俯賜延問，臣學識荒陋，不能仰副聖意，不勝皇恐，臣謹對。

午亭文編卷三十三

史評　漢書

蕭　何

人臣履雄猜之朝，以正自守，猶恐不得免焉，況可以詭道遇其君乎？蕭何事高帝僅而獲免者，葢皆以其賓客之言，客之言可用者一，不可用者一。帝項羽相距京索間，數使使勞苦丞相，鮑生謂何曰："數勞苦君者，有疑君心。莫若遣君子孫昆弟能勝兵者悉詣軍所。"何從其言，帝大説。陳豨反，帝自將，聞關中已誅韓信，使使拜丞相爲相國，益封五千戶，令卒五百人一都尉爲相國衛。召平謂何曰："益封置衛，以淮陰新反，有疑君心，願讓封勿受，悉以家私財佐軍。"何從其計，帝説。鮑生、召平之言其可用者也。黥布反，帝自将擊之，數使使問相國何爲，客又説何曰："君滅族不久矣。君位相國，初入關中，得百姓心，百姓皆附君。數使使問君，畏君傾動關中，何不多買田地，賤貰貸自汚。"何從其計，帝乃大説。客之言不可用者也。其後何爲民請上林中空棄地令得田，帝大怒，謂何"多受賈人財物，爲請吾苑。"下何廷尉，械繫之。帝固惡何以此自媚於民，而乃謂多受賈人金者。夫孰謂非何向者賤買民田宅有以啓之乎？史稱何恭謹，又言買田宅必居窮僻處，爲家不治垣屋，則是買田自汚，非其本心，託以免禍，更得械繫，後之人臣以詭道遇其君而失其所守者，益可知所戒矣。

曹　參

自古主少國疑，大臣當國，輒變易祖宗法度，後能善其終者少矣。當孝惠時，曹參代蕭何爲相，舉事無所變更，壹遵何約束，日夜飲酒，不事事，有欲言者飲以醇酒，至醉而後去。帝使參子窋諫之，輒笞之二百，何若是甚也。蓋參之意既以守職勿失爲事，而猶慮賓客子弟或夤緣假借，故益張其事，使天下曉然知吾循成法，無變更，以絶其覬覦之私，而不得有所疑似懷望於其間也。何事高帝處其難，參事惠帝處其易，何以信謹獲免於高帝之世，而淮陰、黥布等皆已誅滅。參於此時，亦何敢捨其所易者，而輕有變動以貽身世之慮哉？其慶流苗裔，宜矣。傳曰："三年無改於父之道"，故參所爲亦非直以自全，蓋繼世秉國鈞者之法則也。

張　良

留侯畫計招四皓以輔翼太子，前人論者衆矣，吾斷以爲高帝本無遂易太子之心也。高帝起布衣，與吕后更嘗憂患，惠帝雖仁柔，未大失愛於帝，徒以戚姬牀笫之恩，謂欲易太子而立其子趙王如意者。彼戚姬夙畏吕后彊虐，帝春秋高，一旦棄天下，太子立而吕后爲政，禍寧能旋踵與？計必日夜泣請於帝，帝陽許之耳。帝既知太子不可易，而戚姬少子之愛又不能以禮義自制，始而陽許之，既且付之無可如何而已，亦終無必易太子之心也。所以終無必易太子之心者，吕后彊虐，易太子，吕后後必爲亂，欲易太子，先除吕后，吕后既不可除，則太子終不可易也。留侯所與從容言天下事甚衆，度此事帝必嘗與留侯言其委曲，留侯度其事之難處不可以口舌争也，故不得已因吕澤之請，畫招致四皓之策，以堅帝不易太子之心。是以帝見四皓，謂戚姬曰"我欲易之"云云者，所以謝戚姬也。使帝果真有易太子之心，豈四人之所能奪哉？以帝之重子房，而子房不能爲言四人者，豈真賢於子房者哉？故知不易太子者，帝之本心也。至如楊維楨、胡儼、王守仁皆謂四皓隱者，不可得致，良因高帝所素重，使人僞飾以誑帝，蓋皆疑其事而求爲之説者，不近事理甚矣。

王　陵

王陵，賢人也。吕后欲王諸吕，問陵，陵曰："高皇帝刑白馬而盟，非劉氏而王，天下共擊之。"太后不説。問陳平、周勃，皆曰："王吕氏，無所不可。"太后喜。此王陵所以爲賢者也。吕后遷陵爲帝太傅，奪之相權，陵謝病免，杜門自絶，陵大節如此。陵既免，吕后徙平爲右丞相，審食其爲左丞相，食其幸於吕后，其人不足比數，若平，其奸人之尤者哉！平爲丞相，吕嬃以平前爲高帝謀執樊噲，讒平不治事，日飲醇酒，戲婦人，平聞，日益甚。吕后聞之，私喜，面質吕嬃於平前，曰："兒婦人口不可用，顧君與我何如耳，無畏吕嬃之譖。"蓋吕后幸審食其，平以戲婦人同其惡，故吕后私喜之，此平所以爲姦人之尤者也。平以奇計稱而祕不傳，度平爲人必無甚奇計，當時人猶樸質，故平得以肆其欺誕鄙俚之術，術甚陋，亦戲婦人等比耳。史載平事王陵傳中，以見陵之忠直如彼，而平之譎詭如此。陵坐諫王吕氏廢，而平以此愈顯，此史家深意，正所以媿平而見陵之賢也。故又載平之言曰："我多陰謀，道家所禁，吾世即廢，亦已矣，終不能復起。以吾多陰禍也。"然則史家之意可見矣。

周亞夫

景帝廢栗太子，亞夫固争，帝由此疏之。及竇太后欲侯皇后兄王信，景帝曰："請得與丞相計之。"亞夫曰："高帝約非劉氏不得王，非有功不得侯，不如約，天下共擊之。今信雖皇后兄，無功，侯之非約也。"上默然而沮。按亞夫此言與王陵之對同，過其父絳侯遠矣。其後王、徐、盧等五人降漢，上欲侯之，亞夫曰："彼背其主降，侯之何以責人臣不守節者?"帝曰："丞相議不可用。"亞夫因謝病免相，久之，卒下廷尉，自殺。人臣守正如王陵、周亞夫，或廢，或至自殺。如平、勃順人主意，卒得以功名終。其將何以教天下之爲人臣者乎？夫呂后不殺王陵，景帝乃殺亞夫，景帝曾呂后之不若矣。

陸　賈

孔子惡利口，史稱陸賈使南越，降尉佗，勸高帝事《詩》、《書》，奏十二篇《新語》，又能説陳平交驩太尉，卒誅諸吕功，偉矣。然賈名有口辯，平原君朱建亦辯有口，而義不苟合。辟陽侯行不正，得幸吕后，欲知建，建不肯見辟陽侯，母死，貧未有以發喪，賈乃見辟陽侯，説令厚送喪。後人毁辟陽侯惠帝，帝怒，欲誅之，太后慙，不可言，大臣欲遂誅辟陽侯，卒賴建説孝惠幸臣閎籍孺，以故辟陽侯得不誅。食其幸吕后，天下大惡也，人人欲誅之，而賈獨爲計畫，有口者變易是非如此。賈誠有功，而於此吾獨斥其非者，以其有口而不專用於正，而平原君亦以辯有口失其身。孔子稱木訥近仁，而惡夫佞，又曰巧言鮮仁。陸賈、朱建之才賢，猶且犯聖人之戒，則信乎利口之不足爲貴也。

鼂　錯

吴楚反，景帝以爰盎言斬鼂錯，盎故與錯有怨，然非帝有欲殺錯之心，即盎數語，豈能斬錯也？錯太子家令，太子家號智囊，在文帝時數言事，文帝寬容，所言多見施行。然錯言宜削諸侯，文帝不聽，及景帝時聽錯言，削諸侯支郡，公卿列侯宗室雜議莫敢難，獨竇嬰爭之，不能得。夫吴王不朝，賜之几杖，尉陀自王，璽書開喻，以孝文之寬仁盡下，推恩藩國，雖白鼂錯，烏能召亂？景帝之爲人薄矣。微鼂錯，烏得不反？反寧能獨任其過乎？及七國反，以誅錯爲名，爰盎因竇嬰見帝，屏左右及錯，具言吴楚反，獨以錯故，計惟斬錯，發使赦吴楚，則兵可毋血刃而俱罷。於是上默然良久，曰："顧誠何如？吾不愛一人謝天下。"則帝之心可見矣。錯久侍太子，多陰謀，帝必有不自得於中者，得盎言益堅斬錯之心。然帝於錯略無舊恩，薄矣哉！

路温舒

自賈生以來，鼂錯、賈山、鄒陽、枚乘、路温舒皆有文學詞辨，數進諫説。鼂錯事景帝以七國事誅，賈山在文帝時言多激切，鄒陽、枚乘游吴，以正言劘濞之邪心，不及於禍，可謂邦無道，免於刑戮者矣。温舒牧羊，取澤中蒲，截以爲牒編，用寫書，其論尚德緩刑，何其温文爾雅，有三代忠厚之遺風與！以余觀數子，温舒之學幾於純已，使其遇文帝，所建言當不僅如此已也。然史稱其後遂爲世家，禍福之於人，豈信無天道哉？

董仲舒

仲舒之學歷戰國秦漢未有其匹敵，自孟子以來一人而已。劉向稱其有王佐之材，雖伊吕無以加，使仲舒在商周之世，其能爲伊吕不可知，然决非管晏伯者之佐所可及也。向子歆叛其父之説，乃謂伊吕聖人之耦，王者不得則不興，故顔淵死，孔子曰："天喪予"，唯此一人爲能當之。仲舒遭漢承秦滅學之後，六經離析，下帷發憤，潛心大業，令學者有所統壹，爲羣儒首。然考其師友淵源所漸，猶未及乎游夏，而曰管晏弗及，伊吕不加，過矣。歆之言出於正耶？其父之説猶不當極斥之，以自明其是，而歆之言果不得爲正論也。叛父之罪不可逃矣，孔子曰："子爲父隱"，至明攻其父之説而極斥之，隱乎？不隱乎？君子以爲向所説非攘羊比也，歆遽證之，何耶？歆好《左氏春秋》，嘗以難其父《穀梁》，歆爲人子專攻其父，當仁不讓，豈是之謂歟？

嚴　助

史稱巫蠱之禍，不惟一江充之辜，亦有天時，非人力所致。建元六年，蚩尤之旗見，其長竟天，後遂命将出征，略取河南，建置朔方。其春，戾太子生。自是之後，師行三十年，兵所誅屠死滅者不可勝數。及巫蠱事起，京師流血，僵尸數萬，太子子父皆敗，故太子生長於兵，與之終始，豈獨一嬖臣哉？雖然，武帝好亂喜兵，出自天性，糜爛生民，毒流宫禁，亦其時之臣有以佐成之，不得歸咎天時，謂非人力所致也。建元三年，閩越圍東甌，東甌告急於漢，時武帝年未二十，以問太尉田蚡，蚡以爲越人相攻擊，不足以煩中國，自秦時棄不屬，嚴助乃詰蚡，秦舉咸陽棄之，何但越也？今小國來告急，天子不振，又何以子萬國乎？於是上遣助以節發兵會稽，會稽守欲距法不爲發，助乃斬一司馬，發兵浮海救東甌，未至，閩越引兵罷。後三歲，閩越復興兵擊南越，爲遣兩將軍將兵誅閩越，淮南王安上書諫，不聽，兵遂出踰嶺。適會閩越王弟餘善殺王以降，帝自以爲兵功，令嚴助風指於南越，南越遣子隨助入侍，助還，又諭意淮南。當此時，武帝之心益驕而兵端不可戢矣，故其窮兵黷武，好大喜功，自是以來日無寧息，生靈戕於鋒刃，菑禍發於骨肉。方武帝少時，志趨未定，利害未更，不有嚴助，或師出無功，抑其雄心末流之害當不至此烈也。故曰其時之臣實佐成之，而謂巫蠱之禍由於兵，兵之興天時，非人力，豈不過與？其後助以交私淮南論誅，昔人有言毋爲禍首，助之謂夫！

霍　光

宣帝始立，謁高廟，大将軍光驂乘，上内嚴憚之，若有芒刺在背。後車騎将軍張安世代光驂乘，天子從容肆體，甚安近焉。及光身死而宗族竟誅，故俗傳之曰威震主者不畜，霍氏之禍萌於驂乘。史載其事，余以爲非也。雖微驂乘，霍氏之禍庸得免乎？光秉政二十年，權侔天子，雖守之以約，持之以謙，猶懼不得免，而况霍氏之宜及於禍者其事固已多耶。最著者在毒殺許后，光既不能自制其妻，又使其子姓甥壻黨親連體，根據於朝廷，雖微毒殺許后，人臣若此，有不及於禍者耶？光貪冒權寵而不知止，昭帝年二十而光不知歸政，宣帝即位年十八矣，諸事皆先白光，然後奏事，闇主且不可，而况於宣帝之察察者乎？光之性貪冒而不知止，是以不能制顯，致有淳于衍之事，而其黨親連體根據於朝廷，以此卒及於禍也。

王吉　貢禹

宣帝頗修武帝故事，宫室車服盛於昭帝。時外戚許史王氏貴寵，王吉上疏言得失，意有所規切，然亦未敢顯言，大抵欲興禮制，流德化，尚儉正俗，最甚不過曰謹選左右，審擇所使，去角抵，減樂府，省尚方而已。帝拒不納，吉謝病歸。貢禹在元帝時，言有加於吉，自乘輿後宫無所不言，帝納善其忠，至其卒，帝猶追思其言。吉、禹有不得盡言，有盡言，一言輒令罷去，盡言無所拂，歿猶思之。觀兩人之遇，士之爲道而仕，幸不幸豈不繫乎時哉？然元帝之受言過乎宣帝矣。

趙廣漢　韓延壽　王章

漢所誅京兆尹趙廣漢、韓延壽、王章。廣漢治潁川，患俗朋黨，構會吏民，令相怨咎告訐，其後彊宗大族家家結爲仇讎，雖散落姦黨，盜賊不發，發又輒得。然作小智，尚詭道，變易風俗，而俗益大壞，其所失不啻姦黨盜賊而已也。爲京兆尹，雖善爲鉤距，以得事情迹，其所爲天資刻覈，至庇其客，窮治男子蘇賢，失計，又疑殺邑子榮畜，事發，下丞相，遂誣丞相夫人殺婢，令跪庭下受辭，悖又甚焉，且近乎愚。史稱聰明，非矣，其自取殺身，宜哉。延壽治潁川，變廣漢所爲，教民以禮讓，徙東郡。黄霸居潁川，因其迹而大治，延壽爲吏，上禮義，好古教化，所至必禮聘其賢士，廣謀議，納諫諍，表孝弟有行，接待下吏恩施甚厚，或欺負之者，延壽痛自刻責，在東郡令行禁止，斷獄大減，爲天下最。入守左馮翊，民化其德，爲蕭望之所阨，寃矣。王章果敢有爲，雖爲大將軍王鳳所舉，非鳳專權，不親附，會日蝕，奏對事，召見，言鳳不可任用，遂爲鳳所陷。而史言章不量輕重以陷刑戮，如史言，人臣當量輕重以全身負國耶？

孔　光

世多舉張禹、孔光同譏，然光未相，及未罷時，不希指苟合。其議中山、定陶誰宜爲嗣，光引《尚書》兄終弟及，中山宜嗣，議獨正。問定陶共王太后宜何居，光心恐傅太后剛暴，與政事，不欲令與帝旦夕相近，議宜改築宫。傅太后從弟子遷在左右，傾邪，既免歸，以傅太后故，復留光，與師丹奏論之。傅太后欲與成帝母俱稱尊號，羣下多順指，唯光與丹持不可。光自議繼嗣有持異之隙，又重忤傅太后，由是策免光。觀光所爲，皎然自立如此，復相之後，時當逆莽波靡雲流，不能自止，此所以貽譏於世與。光不再相，豈得不爲完人也哉？然光待董賢一事，則真張禹之爲矣。

翟方進

漢災異輒殺宰相以應變。綏和二年春，熒惑守心，賜冊丞相翟方進即日自殺，而顧祕之，遣九卿册，贈以丞相高陵侯印綬，賜乘輿祕器，天子親臨弔者數至，異於他相故事，若幾幸其死者。葢漢視宰相重，其意曰，災異之應不於相，則君而已矣。懼而委之於相，猶惟恐其不得當焉，故幾幸其死，則不憚禮儀恩勤之至此也。若此人本無罪，而吾用之以代吾身矣，可不謂惑之尤甚者與？

何　武

何武所居亦無赫赫名，去後常見思，今讀其傳，雖微此兩言，而武之不以赫赫爲名，去後使人見思者，隱然在簡册之間，此亦足以見文章之妙也。其曰功名略比薛宣，其材不及也，而經術正直過之，則武優於宣明矣。至武不阿王莽，豈宣所得比哉？

王　嘉

元帝容受盡言，過於宣帝、成帝。雖多内譏，如谷永輩專攻上身後宫，率常納其言，漢無道之君未有如哀帝之殺賢相王嘉者也。嘉以封還益幸臣董賢戶事見殺，寃哉！哀帝之哀，允矣。

韓　嬰

韓嬰嘗與董仲舒論於武帝前，其人精悍，處事分明，仲舒不能難也。有口之人吾所畏，亦聖之所斥。嬰雖賢者，而仲舒大賢，既受此人之阨，而又困於其徒呂步舒，不有聖人惡夫佞、表直道而行者，吾之所謂畏，不幾於謬哉！

張湯　杜周

張湯、杜周不列酷吏，史曰湯、周子孫貴盛，故别傳。夫幽厲之名，雖孝子慈孫百世不能改，此三代之大法，萬世之至公也，而曰以子孫貴盛，故别傳。班史之爲説謬矣。

郭　解

郭解每出，人皆避，有一人獨箕踞視之，客欲殺之，解曰："居邑屋，不見敬，是吾德不修也。"乃陰請尉史曰："是人吾所重，至踐更時脱之。"後此人怪之，問得其故，廼肉袒謝罪，此與王彦方輩亦復何異。然解正欲以此立名聲，非實能以德報怨者，有公私之别，故君子弗取焉。然諸游俠行事亦有過人者，獨樓護始附五侯，王莽時以執呂寬取封爵之賞，此誠無賴小人耳，愧游俠諸人矣。

午亭文編卷三十四

史評　後漢書　三國志

光　武

世祖起金革創痛之餘，以昆陽一旅芟平羣盜，克復舊物，可謂賢已。今觀其本紀所載，戰陣攻伐之績多，而惇大温吉之意少，雖制度禮文間復興舉，而所以感人動衆者，亦寥寥無聞焉。此其器量規爲上不得比隆高帝，下不能追蹤孝文，然而成中興之業者，亦適會其時之可爲，遭逢獨易耳。使其運際承平，可以爲守成之令主，雖幸而因勢奏功，終不得謂開創之雄才也。

明帝章帝

漢之明章，可謂仁君矣哉！蓋人主治理之美載在詔令，使後之人感發興起於千百載之下，况當時被德而謳歌，親際隆平之盛者乎！明帝在位十八年，詔恩屢下，德意感人，雖孝文之盛無以加焉，而或者猶病其察察，何也？章帝天性仁明，政事寬厚，詔命温文悱惻，節以禮樂，凡所宣建，達於化原，數布赦恩，與民更始，二帝略同焉。嘗竊謂堯舜之盛，眚災肆赦，當此時，論獄理民，度無不當其罪，而中於法者肆赦，猶且不廢焉。後之論獄理民者，果皆如堯舜之世矣，則肆赦猶不可廢也，而或者述韓非刻薄之意，吳漢臨死之言，諸葛氏之治亂國，曰無數赦，則是求出乎堯舜之上矣，豈堯舜之治獄理民猶不足以法，而韓非、吳漢之言，諸葛氏之行事反出堯舜之上乎？若潛夫之述赦，雖自爲一家言，君子以爲非古者刑期無刑之義矣。吾是以自孝文以来於明章之政獨有取焉。世稱文景而略明章，過矣。

西漢后妾

漢自吕氏流風，霍王多故，外家之禍蔓衍西京，而武元以来，弛棄禮防，縱恣色欲，盖其家法繆乖，釁生帷閫，人道之正、女德之賢無可述者。降及東漢中葉，在位夭殂，統系數斷，女主秉權，貪立童幼，患起閨門，亂成姻黨，致使姦臣得志，國以淪亡。然則宫壼之教、聘納之方，所關豈細故哉？漢法嘗以八月算人，遣中大夫與掖庭丞及相工於洛陽鄉中，閲視良家童女，年十三以上二十以下姿色端麗合法相者，載還後宫，其爲法何其媮也？傳云冶容誨滛，戕生伐性，絶統喪邦，非此之由與？以光武之明，嘗曰："仕宦當作執金吾，取妻當得陰麗華。"其後廢郭立陰，貽謀已薄矣。明帝仁賢，作配明德，斯實后嬪之表儀，百祼之芳規也。然明帝享祚不永，壽三十三耳。章帝以下，后德陵替，鮮有可稱。章帝年四十八，和帝年二十七，殤帝年二歲，安帝年三十二，順帝年三十，冲帝年三歲，質帝遇弑，年九歲，桓帝年三十六，靈帝年三十四，獻帝年五十四。按東漢諸帝年歲之促如此，其絶於襁褓，阨於賊殺，無論已餘，豈非湛溺於宴私情欲之中，以夭絶其天年者哉？獻帝播辱於權姦，幽囚放廢，生於憂患，故年稍加長焉。嗚呼！艷色之於人，甚矣哉，可畏也夫。

劉伯升

以余觀伯升志意過光武遠矣。諸將立更始，伯升倉卒建論，以爲若赤眉有所立，則内自樹敵，若赤眉所立賢，相率而往從之，無所立，破莽降赤眉，然後舉尊號未晚。此公天下之心也，獨奈何輕身於危亂之中，不能自拔哉？然英雄之成敗非盡由人事焉。昔項羽致高祖於鴻門，范增舉玦示羽，賴張良、項伯，高祖得間道脱歸。更始大會諸將，申屠建亦獻玦，而樊宏以爲言，當是時，更始雖忌伯升兄弟威名，非有急於鴻門之事也。且更始弱劣，豈能遂殺伯升者？及劉稷怒更始，以謂本起兵圖大事者伯升兄弟也，今更始何爲者耶？後以稷爲抗威將軍，稷不肯拜，更始乃收稷誅之，而李軼、朱鮪因勸更始并執伯升。夫項羽王高祖關中，漢王忿焉，蕭何勸高祖曰："王關中之惡，孰與死乎？"今劉稷以一朝之忿禍及伯升，既無張良、項伯、蕭何之助，而稷之愚又適以速伯升之死，豈伯升之咎哉？可爲歎恨者也。

來歙

甚矣，來歙之智也。歙從更始入關，數言事不用，則以病去。後從光武，數使隗囂，往來游説，西州人士皆重歙。蓋其信義亦有足稱者焉。及伐蜀，蜀刺客刺歙，未殊，歙馳召蓋延，屬以後事，自書表進，投筆抽刃而絶，又何其赫赫烈丈夫也。伯升知更始之不可事，乃從而不去，遂及於難，其智不及歙與？亦會有天數與？不然光武何能儼然履帝位而不疚也。

鄧禹　馮異

鄧禹、馮異之徒，非皆有子房、韓信之才也，徒以遭會事幾，書名竹帛，流慶子孫，豈非其幸哉？使其不遇時，與褒衣博帶鉛槧之夫何以殊焉？褒衣博帶鉛槧之夫如禹、異之徒而不遇時者，可勝數哉？然其識時命，循禮度，不以功伐罹禍尤，則比之昔時興謀造端之人，事成而身就灰滅者，誠不得並日談已。蓋漢之初興，非有王侯將相權藉可憑之勢，奮畎畝賤微，與羣雄角才力，並肩而起，無君臣上下綱紀之節。上以是疑其下，下以是疑其上，猜釁横生，誅醢迭用，豈盡其人事之不臧，亦時會所激而然也。至於傳歷西帝，分義明判，戴白垂髮老穉之民亦皆知王命不可力覬，大位不可闇奸，故一時附風雲、攀鱗翼而来者，功成事集，俛首降心，以鑒前車之轍，而爲之君者，方且信緯讖，蒙舊業，安之不疑，無所戒忌，是以君臣得保終始。

然則時會之當然所繫詎非要哉？世謂光武全功臣，踰於高帝，而諸人能一節勝於韓、彭者，皆未審察其本末所由廢興之故也。雖然，待功臣當以光武爲法，功臣自待當以禹、異諸人爲法，上下相疑而能免於亂亡者，鮮矣。

第五倫

耿恭屯金蒲城，圍急食盡，煮鎧弩食其筋革，士卒死亡略盡，闕寵上書求救，第五倫以爲不宜救，賴鮑昱之議，其後救至，恭得歸國。吏士發疏勒時二十六人耳，達玉門者十三人，其艱危如此。昔李陵提孤軍轉戰數千里，深入敵中，正坐無救以降，貽羞漢家，今恭即無二節，以孤城當數萬之衆，垂死不救，議者之心是何心哉？使人於危難之地，急而棄之，後將何以使人？此鮑昱所爲廷争也。假如不幸而有李陵之事，其爲國辱莫大焉。第五倫之議，以之爲恭則不仁，以之爲國則不忠，不仁不忠，私孰甚於此者，而猶以不受千里馬心不能忘，及一夜十起之事，詭言以荅或者之問而自命爲無私，亦可恥矣。

按，《尊聞堂集》卷五十二題目作“耿恭”。

王梁　孫咸

史言高帝斬蛇，老嫗曰：“人殺吾子，吾子白帝子，化爲蛇，當道，今者赤帝子斬之。”嫗言已，忽不見，人告高祖，高祖心獨喜，自負，諸從者日益畏之。此陳勝魚腹帛書、篝火狐鳴之故智也，豈真有是事哉？故光武之興，專事符讖，符讖之事比於斬蛇魚帛狐鳴其飾詐也姦，而爲害也深，尤怪妄不可信。及以之定天下，命官用人，輒舉是以爲徵据，其陋益甚矣。光武既即位，選大司空，而赤伏符曰：“王梁主衛作玄武。”梁從平河北，拜野王令，帝遂以野王，衛之所徙，玄武，水神之名，司空水土之官。於是擢拜梁爲大司空，封武彊侯，及以讖文用平狄將軍孫咸爲大司馬，而衆皆不服，改用吴漢，是讖文之謬有不得行於其羣下者矣。考其時，以妖誕之説謀爲盗賊者不可殫數，涿郡太守張豐以道士言豐當爲天子，用五綵囊裹石繫豐肘，云石中有玉璽，豐信之，遂反，既執當斬，猶曰肘石有玉璽，椎破之，豐乃知被詐，仰天歎曰當死無恨。又真定王劉揚造作讖記云，赤九之後瘿揚爲主，揚病瘿，欲以惑其衆，與緜曼賊交通，後耿純收斬之。凡用怪妄之言，幸而興者爲高祖、光武，不幸而喪戮爲張豐、劉揚。至天下略定，用以命官，若梁、咸之徒者，尤可笑矣。

卓　茂

史載卓茂二事，録之使覽者勸焉。其一初爲丞相府吏，有人認其馬，茂問曰："子亡馬幾何時？"對曰："月餘日矣。"茂有馬數年，心知其謬，解與之。他日，馬主别得亡馬，乃詣府送嚮所解馬，叩頭謝之。其一爲密令，人有言部亭長受其米肉遺者，茂避左右問之曰："亭長爲從汝求乎？爲汝有事囑之而受乎？將平居自以恩意遺之乎？"人曰："往遺之耳。"茂曰："遺之而受，何故言耶？"人曰："竊聞賢明之君使人不畏吏，吏不取人。今我畏吏，是以遺之。"茂曰："凡人所以貴於禽獸者，以有仁愛知相敬事也。今鄰里長老尚致饋遺，此乃人道所以相親，况吏與民乎？吏顧不當乘威力强請求耳。凡人之生，羣居雜處，故有經紀禮義以相交接。汝獨不欲修之，寧能高飛遠走不在人間耶？亭長素善吏，歲時遺之，禮也。"人曰："苟如此，律何故禁之？"茂笑曰："律設大法，禮順人情。今我以禮教汝，汝必無怨以律治汝。汝何所措其手足乎？一門之内，小者可論，大者可殺也。且歸念之。"於是人納其訓，吏懷其恩。蓋茂所爲大抵類此，其名蹟留天壤，人至今稱之，而史獨舉此二事，豈人所甚難行者哉？病不爲耳。其效至於能使蝗獨不入密縣界，蝗於蟲豸爲最凶頑無知識之物，而茂以是化之，信及豚魚，良然哉！及光武初即位，先訪求茂，方之比干、商容之賢，封褒德侯，茂薨，車駕素服親臨。夫茂非有殊能顯功，而世祖重之如此。或曰茂當王莽居攝，以病免歸，不仕。更始政亂，又以年老乞骸骨歸，世祖之重之者以此。然本傳載茂與同縣孔休、陳留蔡勳、安衆劉宣、楚國龔勝、上黨鮑宣六人同志，不仕王莽，時建武初，劉宣獨存，世祖以宣襲封安衆侯，其所褒寵不能及茂。觀當時所以重茂，與茂之所以見重於當時者，人苟欲自立，其所嚮慕取法可以爲勸矣。

魯　恭

魯恭事蹟多於卓茂，官至司徒，較顯矣。然其爲中牟令，專以德化爲理，不任刑罰，郡國螟傷稼，犬牙緣界，不入中牟。河南尹袁安聞之，疑其不實，使仁恕掾肥親往廉之，恭隨行阡陌，俱坐桑下，有雉過止其傍，傍有童兒，親曰："何不捕之？"兒言雉方將雛，親瞿然而起，與恭訣曰："所以来者，欲察君之政迹耳。今蟲不犯境，此一異也；化及鳥獸，此二異也；豎子有仁心，此三異也。久留徒擾賢者耳。"還府具以狀白安。是歲嘉禾生，恭便坐庭中，安因上書言狀其行事，大抵與卓茂相類。初恭在中牟，亭長從人借牛，而不肯還之，牛主訟於恭，恭召亭長，勑令歸牛者再三，猶不從，恭歎曰："是教化不行也。"欲解印綬去，掾吏涕泣，共留之，亭長乃慙，還牛，詣獄受罪，恭貰不問。然則恭之所爲，豈嘗以功名爲念者哉？化人而人不化，至欲解印綬去，此非飾智驚愚，葢出於中心之誠，使人果不能化，則竟棄官職如鴻毛耳。而其所志專務本天之所以與人之理，全而歸之於民，視後世矯揉拂戾取必於氣力勢權，失天之所以生養斯人之意者，其相去豈特千里之遠哉？是以古今語循良之治者，動稱卓、魯，不虚也。

鄭康成

鄭康成少爲鄉嗇夫，不樂爲吏，遊學十餘年，歸鄉里。家貧，客耕東萊，黨事起，被禁錮，隱修經業，杜門不出。靈帝末，黨禁解，大將軍何進辟之，州郡以進權戚〔一〕，不敢違意，遂迫脅康成，不得已詣之，進爲設几杖，禮待甚優，康成不受朝服，以幅巾見，一宿逃去。將軍袁隗表爲侍中,以父喪不行。黄巾寇青部,避地徐州,徐州牧陶謙接以師友之禮。袁紹總兵冀州,舉茂才,表爲左中郎将,皆不就。公車徵爲大司農,給安車,所過長吏送迎,康成乃以病自乞還家。袁紹與曹操相拒於官渡,令其子譚遣使逼康成随軍,不得已,載病到元城,疾篤不進,其年六月卒。盖康成始終出處之大節如此。或謂紹之致康成,使康成疾不篤,必從紹,康成出處未可定也。然康成不應何進之辟,其不從紹明矣。嘗見漢以来儒者如康成之卓然行修,終始不渝,非揚雄、劉向之徒所得並論,况其博研經籍殫精聖道,雖仲舒之賢猶當避其淹洽焉,又豈馬融、何休諸人所能髣髴者哉?

【校記】

〔一〕州郡以進權戚　《後漢書》卷三十五《鄭玄傳》作"州郡以進權威"。

范　升

范升論左氏不當立,曰:"左氏不祖孔子,而出於丘明,師徒相傳,又無其人,且非先帝所存,無因得立。"其説支離乖戾,無足深論。善乎陳元之議也,曰:"升等所言皆斷截小文,媟黷微辭,以年數小,差掇爲巨謬,遺脱纖微,指爲大尤,抉瑕摘釁,掩其弘美,所謂小辯破言,小言破道者也。"其言最正矣。獨是升之論以爲先帝不以左氏爲經,故不置博士,後主宜所因襲,則其悖理害道之尤甚者也,而元猶未敢訟言之。昔武帝好公羊,詔太子受公羊,不得受穀梁。宣帝在民間,聞衛太子好穀梁,及即位,穀梁與公羊並存,元所徵引是已。然升所指先帝,即謂武、宣也。武帝雖爲五經置博士,葢汲黯所謂内多欲而外施仁義,非真能好經者也。宣帝任刑名法術,去六籍之道遠矣,其所立果皆可以爲百世法乎?升以是爲説,其猥劣佞鄙,更可恥矣。且當時公、穀之存,亦以其傳經耳,非遂以爲經也,而曰不以左氏爲經,明以公、穀爲經耳。升之論何其謬妄與!及升爲出妻所告,坐繫得出,還鄉里,而元之論稍稍得行,乃左氏立而後廢。吾竊謂後之與左氏爲仇讐者謂之淺末,非淺末也,正苦其難讀耳,不學耳食之人焉,可與多談哉?

班　固

余讀班固《漢書》,誠有如范史所論,不激詭,不抑抗,贍而不穢,詳而有體,使讀之者亹亹而不厭,至矣哉!良史之才也。乃觀其自所論著,則又甚謬不然,何哉?史稱其所上《兩都賦》,咸稱洛邑制度之美,以折西賓淫佚之論者,大率皆媚道諂辭,褒今抑昔,以苟一時之榮利,而不務存大體者也。且夫人之大患,莫甚乎有狹前規薄祖宗之意,固之所論其辭纍纍然不踰於此,至有曰"自孝武所不能征,孝宣所不能臣",則斥言其祖宗之不及後人,雖以家人閭里韋布之賤微,其子孫亦不敢有屑越其前人之意,況帝王之尊,聞是説而不以爲乖僭者,其於天理民彝亦已泯然熄矣。乃若寶鼎、白雉,亦何以異於天馬、白麟、神爵、五鳳之怪,詭而繫之以詩,欲以陵夸往昔。嗚呼,陋矣!

宋　均

宋均常以爲吏能弘厚,雖貪汙放縱,猶無所害,至於苛察之人身或廉法,而巧黠刻削,毒加百姓,災害流亡所由而作。及在尚書,恒欲叩頭争之,以時方嚴切,故遂不敢陳,明帝聞其言而追悲之。余始讀之,未嘗不歎明帝之能有悔心,而竊怪均之説有所未盡善也。然考均之始末,弘毅任重,多長者之行,化流人物,不尚名法,雖卓、魯之賢無踰焉。然後知其言之可貴,而所以矯末流之失爲有功也。當其爲九江太守也,郡多虎暴,數爲民害,嘗募設檻穽,而猶多傷害。均到,下記屬縣曰:"虎豹在山,黿鼉在水,江淮之有猛獸,猶北土之有雞豚也。今爲民害,咎在殘吏,而勞勤張捕,非憂恤之本。其務退姦貪,思進忠善,可一去檻穽,除削課制。"其後虎相與東游渡江。又山陽楚沛多蝗,其飛至九江界者輒東西散去,此與卓、魯之治效何殊哉！猛虎蹈檻穽而不避，罷張捕，輒逸去，至於蝗非有掩羅驅逐之勞，能使自不犯境，此可見凶頑無知之物猶能以德化之，況於人爲物靈，而謂法制禁令可以革其心而從吾意之所爲，曷不觀虎與蝗之避散而得其所以然之故乎？事有即其小而可以見大者，均之於虎與蝗是已，宜乎帝之追思其言，而吾謂其言之可貴者亦以此也。

爰　延

桓帝游上林苑，從容問延曰："朕何如主也？"對曰："陛下爲漢中主。"帝曰："何以言之？"對曰："尚書令陳蕃任事則化，中常侍黄門豫政則亂，是以知陛下可與爲善，可與爲非。"帝曰："昔朱雲廷折欄檻，今侍中面稱朕違，敬聞闕矣。"是延可謂盡言，帝可謂受諫矣。夫人莫不欲自掩其所短之實，而亦有時不加意於不情之名，若暴其所短而適得其實，與之以名而適會其情，是謂抉隱摘微，動中其忌，鮮有不深疾恨之，而加以顯戮被以隱禍者。若言其所短而不當其實，假之以名而違其情，猶可曰"是與我不相似也"。不相似，則於言之者可以拒而不受，以謂無可受之實也，無可受之實，而因以貸其人，則於其人既無疾恨之不解，而我遂成大度之名。今言桓帝可與爲善，可與爲非，謂爲中主，是暴其所短而適得其實，與之以名而適會其情者也。帝能不疾恨之，而比以朱雲之析檻，可不謂能受諫哉？若周昌比高帝爲桀紂，所謂無可受之實，而因以成大度之名者也。至於謂桓靈之世不聞此言者，亦未考延之所論者矣。

馬　融

馬融本外戚豪家，爲梁冀私人，李固之死，章草成於融手，朱祐謂融曰："李公即誅，卿何面目見天下之人？"壯哉，祐之言與！然使融畏名義，慚清流，寧肯黨附凶姦，排害正士，悍然冥行，以陷於惡，雖聞讜言，豈足動其愧悔之良心哉？以延篤、盧植之賢，不幸而爲執經問業之高第弟子，亦斯文之阨會矣。卓哉，趙岐！雖娶融兄女，常鄙融之爲人，不與相見，可謂入汙泥而不染其操者也。

竇　武

竇武母初産武而并産一蛇，送之林中，後母卒，及葬未窆，有大蛇自榛草而出，徑至喪所，以頭擊柩，涕血皆流，俯仰蛣屈，若哀泣之容，有頃而去，時人知爲竇氏之祥。蓋物理之不可解者，自古喪身亡家，豈皆有如蛇之祥者耶？而蛇之能爲怪異如此。君子不語怪，史既載其事，吾將闕其疑焉。

曹　操

自古簒竊之臣，非其始遂有逆節闇奸之萌也。曹孟德以驍雄之姿，其不得志亦將伏櫪老死，豈真有與人争天下之心哉？初操妹夫彊侯宋奇被誅，坐從免官，後復徵拜議郎。及黄巾賊起，拜騎都尉，討潁川，遷濟南相國。久之，徵還，以爲東郡太守，輒稱疾，不就職，辭歸鄉里。當是時，漢既失政，權倖專朝，操多怨家，苟以自免禍全身家妻子爲念，亦豈真能高尚其事者耶？至金城之亂，徵爲典軍校尉，董卓廢立，表爲驍騎校尉，又輒逃歸，是非能不立惡人之朝者，以卓必敗，且禍及已也，然亦豈有天下之志者哉？卓既弑逆，操遂散家財，合義兵，於是始有抵隙乘間之心矣。袁紹之起，操頗斬削羣盗，迎天子於長安，還都許而僭竊之勢成矣。初操將討張繡於宛也，入覲天子，用舊制，交戟叉頸而前，及敗而還，遂自此不復朝見，而操之簒竊之勢既成，又迫以不得不然之勢，雖欲自已，得乎？操下令自叙其生平，辭多姦飾，然其實亦有不得自揜者，其曰“欲孤便爾委棄所典兵衆，以還執事，歸就武平侯國，實不可也。誠恐已離兵，爲人所禍。”然則操之始念，不過欲全腰領，保妻孥，長子孫而已。會其時之可乘，亦未敢遂以有天下爲心也。至於其勢已成，不得自止，遂爲。自昔已来，姦權竊國之雄而莽、卓之倫不得並焉。嗚呼！不有桓靈之君，彼安能至此哉？

又

世嘗謂魏武貴通達而賤節行，以爲時方用才，隨其所急。史稱官方授材，各因其器者，謂此也。故嘗下令，謂若必廉士而後可用，則齊桓其何以霸世。又謂有行之士未必能進取，進取之士未必能有行。蓋操之所爲無廉無行矣，故喜其同於己者耳，其所謂通達者，正所謂同惡相濟也。

曹　丕

昔孫盛謂丕處莫重之哀，設饗宴之樂，居貽厥之始，墮王化之基，顯納二女，忘其至恤。按丕身行篡逆，綱常淪喪，忘天性之愛，墜至痛之心，跡其所爲，無可言者。而盛之著論，徵援漢文之事，謂其變易古制，魏王既追漢制，替其大禮。嗟乎！丕豈得追漢文之制者哉？按丕生於中平四年，建安十五年爲司徒趙温所辟，十六年爲五官中郎將，二十二年立爲魏太子，操死嗣位爲丞相、魏王。夫丕之生固士人之家也，今一旦盜竊神器，逐其君而死其父，以爲遂可以儼然用天子之禮，凡一切苟簡恣肆，叛於先王之制，以成後世邪驁悖驁之習者，輒靦顔喪心，公然行之而不辭，此其尤可恨者也。晉武帝曰："朕本諸生，家傳禮未久，何至一旦便易此情於所天。"使丕而有知，得不愧於斯言乎？

孫　權

建安二十四年，操晉爵魏王四年矣，然漢朝臣未有以篡立之事顯言於衆者，孫權越在江介，上書稱臣，稱説天命，操乃以書示外曰："是兒欲踞吾著爐火上耶？"操雖飾言，然權之可恥，操且惡之。自是桓階、夏侯惇之徒相繼勸進，權實始之也。吴蜀相存，譬猶脣齒，不必智者而知之。權既上書以討荆州自效，明年權破斬雲長，傳其首，權其豚犬也哉！

荀　彧

荀彧事操，操比之子房，觀其言議籌畫，有足多者。操定天下之功，彧誠有與助焉。史言董昭等謂操宜進爵國公，九錫備物，以諮彧，彧謂本興義兵以匡王國，君子愛人以德，不宜如此，操由是惡之。會征孫權，表請彧勞軍於譙，操軍至濡須，彧疾留壽春，以憂薨。《魏氏春秋》曰：操饋彧食，發之，乃空器也，於是飲藥而卒。是操殺彧明甚，史諱言之。然曰以憂薨，是終不能諱也。彧事操久，操之姦逆所謂司馬昭之心，路人所知者也，曾謂彧之智而昧於此乎？九錫之對，蓋天理之萌有不得自欺其心者，亦冀幸操於我厚，我雖沮其議，而操且行之，使世謂我固不與其事也，蓋將以逃其責而盜其名，文奸飾智之所爲耳。孰知操恨之至於殺其身哉？沮其議而至殺其身，彧智不及此也。彧烏得謂智乎？雖然子房勸漢高不立六國後，而彧能以沮九錫而見殺，人之所處有幸不幸，而天下後世之是非亦卒以決於所處之有幸不幸者。士君子擇人而事，可不致慎與？

管　寧

每見魏時人推薦幼安書，及其時以璽書相勸迫者，未嘗不爲幼安危之，何危乎爾？懼其或有以奪其高節，使天下後世不得見賢人志士不幸而處濁世避亂朝者之坊表矩矱也。最後見陶丘一、孟觀輩所稱道甚盛，其時具安車蒲輪，束帛加璧以聘，而寧已以正終，年八十四矣。吾覽史至此，夫然後始快然於心，真所謂賢人志士可以爲天下後世之坊表矩矱者矣。若田疇、邴原之徒尚有愧焉，況其餘哉！然其同時避亂遼東者則有若王烈彦方，亦有幼安之風焉，卒年七十八。鉅鹿張臶子明、潁川胡昭孔明並能不辱其身，臶年一百五歲，昭年八十九，四子者皆以道樂身，義不受辱，故得盡其天年。若世之反是以苟活者，雖生百年，猶蟪蛄之春秋，蜉蝣之旦暮耳。況利欲熏其心，垢穢加其外，不死於斧鑕刀鋸而戕伐於天刑者衆矣，烏足道哉！

烏足道哉！

漢昭烈皇帝

建安二十五年，魏曹丕篡位，漢統既絶，海内無君，先主以漢室之胄繼統嗣位，正名號於天下，何嫌何疑，而陽泉侯劉豹等稱引洛書甄曜度、寶號命、録運期、孝經鉤命決録諸讖緯不經之言，謾誣訓典，欺惑衆庶，以爲受命之符，而太傅許靖、軍師將軍諸葛亮等亦稱述符瑞，徵引圖讖，以黄龍見武陽、玉璽出漢水傅會經義，文其誕妄，紛紛勸進，輙舉是以爲名。夫劉豹、許靖之徒不足深責，孔明儒者，亦惑其説，使人君正始之初褻越漫易，同於兒戲，若將但以欺其巴蜀僻遠之人者，是以君子譏其乖立國之遠謨，而不可以示至公大居正也。

又

昭烈遺詔敕後主有云，"勿以惡小而爲之，勿以善小而不爲"，此雖典誥之言，何以加諸？又曰，可讀《漢書》、《禮記》諸子及六韜商公書，益人意智，聞丞相爲寫申韓管子六韜一通已畢，未送道亡云云。竊謂爲所以貽謀厥後之未善也。六經而外，諸子之書，庸有可觀者？若商君、韓非之徒之書，重刑法而滅仁義，三代以来學術不明，人心溺於利欲，事功混於雜霸，至莽操之世，天理滅絶，人心喪亡，不知忠孝禮義爲何物，其所謂事功皆利欲而已矣。是故以嚴刑峻法劫持天下，鄙棄仁義，崇尚詐僞，於商公、韓非之書不患其不相謀也。今復導之以於法所不得見之書，君子於此不能無議焉。以昭烈之仁賢、孔明之豪雋，猶不能自拔於戰國亡秦餘燠烈禍之中，他何所復望哉？是以假荆州而不還，曲既在己，失東吴唇齒之助，乘劉璋之闇弱奪人之有，絶天下嚮義之心，二世而亡，非天道與？

又

昭烈託孤於諸葛亮，曰："若嗣子可輔，輔之。如其不才，君可自取。”孫盛論之曰：“量君之才否而二三其節，何以摧服強鄰，囊括四海。備之命亮，亂孰甚焉。”世或有謂備欲固委付之人，且以一蜀人之志，若所寄忠賢，則不須若斯之誨，如其非人，不宜啓篡逆之涂。古之顧命，必貽話言詭僞之辭，非託孤之謂。按盛此論可謂不知昭烈，亦不知孔明者也。嘗觀古者堯舜之與賢，以公天下爲心，而昭烈之量子，以安國家爲念，雖其所志不同，不可謂昭烈之心非出於至誠也。夫昭烈之於孔明，其君臣相遇即三代之隆亦鮮可匹，是以成王之賢猶致疑於公旦也。惟湯之於伊尹，伊尹之於太甲，昭烈之君臣可以同類而觀焉。昭烈之任諸葛，其智不愧成湯；諸葛之不負昭烈，其忠可比伊尹。伊尹放太甲而天下不以爲嫌，諸葛亮其人也，非昭烈不能爲此言，非孔明亦不足以當之。君臣之際，豈有所謂詭僞者哉？如盛之論，可謂不得古人之用心者矣。

午亭文編卷三十五

序

御製文集擬後序

蓋聞天行垂象，則雲漢昭回；地德含章，則山川經紀。此河洛呈其精蘊，苞符闡其祕奥也。聖人參兩儀而則二曜，該物序而察民彝，演爲圖疇，以教萬世，則人文化成之道懋焉。是知覺世牖民，開物成務，必賴亶聰首出，躬文德以表建於上，而昭宣於修辭立訓，英華發於和順，篤實著爲輝光，然後三物以惇，四術以備，户佩《詩》、《書》之澤，人游儒雅之林，而一時之生其際者，即山陬海澨，靡不涵濡盛化，以近天子之光，則豈非上聖之宏規、太平之駿烈也哉？欽惟皇上遜志典學，勵精勤政，德業之隆，治功之盛，赫赫巍巍，不可殫悉。自莅阼迄今，齋莊祗肅，對越天祖，孝敬兩宫，勤勞天下，興起教化，修明制度，文經武緯，禮序樂和，寬沖以體羣下之情，惠懷以普黎庶之德，銷金革而四海永清，垂衣裳而八荒在宥。至若天時之盈虚，地利之險易，邦用之豐約，兵師之因革，民風之情僞，吏治之貪廉，莫不悉歸睿照，潛納皇衷。故凡施爲建立，見於詔號命令之中，出話吐辭之際，所謂二帝三王之言語行事，而典謨訓誥之文也。若聖藻天葩，形諸篇翰，時而咨儆有位，元首股肱之歌也；時而諷諭民俗，蕩平正直之訓也；時而切指物類，户牖杖履之銘也；時而流覽景光，阜財解愠之奏也。蓋惟皇上狥齊性成，緝熙時敏，質本生知而猶好學，聖由天縱而又多能，以故蓄諸中而彰諸外者，抒寫化工，渾涵元氣，鎔裁古今，陶鑄萬彙，炳煌焜燿，至於此極。臣叨塵法從，久侍經帷，每聆玉音，推解經傳奥旨，發前聖未發之微言，傳古人不傳之深意，下及諸史百家，罔不旁通曲暢，而深宫清燕，未嘗一時輟書冊不觀。臣固知聖謨洋洋，並六藝而昭天壤者，洵有原本也。雖義藴高深，同體沖漠，神明於意言之表，非臣庶所能仰窺萬一，而即而求之，引伸而紬繹之，則仰觀俯察之機，時行物生之妙，可以想見端倪，沐浴鼓舞於不自已矣。然而至德謙光，富有若虛，久藏緗袠，近因廷臣敦請再三，始命彙次，編爲四十卷，將見流布寰區，昭垂典則，咸得瞻日月之末光，挹河海之餘潤，彬彬乎有所感發興起，以永成夫道一風同之治，猗與盛哉！

癸丑武會試録後序

歲癸丑九月，旉天下貢材武士於京中，樞臣請舉會試，奉命拔騎步射及格者七千有奇。上曰："爾廷敬其副卿馮溥往衡其文。"前此未有以詞臣副執政大臣典會試者，盖異數也。臣譾劣，聞命戰栗，黽勉祇役，既取數如額，録當獻，臣得綴言末簡。臣惟國家取士，文武殊科，然革前代武學師太公之陋學，統於儒師，統於孔子，文不兼騎射，武顧兼策論，何也？此非難武士也，誠重之也。夫武而不文，其人任卒伍而不足任偏裨，任偏裨而不足任大將者也。兵家者言毋逾孫吴吕李司馬尉繚諸書，今武士合而治之，闈中發策，則漢唐宋諸名將已然之迹與夫天下塞障耕屯保伍諸事，旁及莫遺。又明示以七書之外之書，無不當肆力矣。士苟雅能明習，得其要領，發爲文辭，具有倫貫，異日干城貔虎之選取諸此，不已裕哉！且夫麤獷桀驁者，武士之習也，一變其習，使人不得以赳桓目之，而庶幾於古之雅歌投壺羽扇綸巾者，非沐浴書冊，漸靡師儒，不爲功若此者，非皆論策宜重之明驗乎？蓋自古承平既久，勢漸輕武，不惟文士輕武，武亦自厭其武，馴至盡隳武備而不可振。今重武兼重文，正所以常重武而不至於輕也。草莽鄙生妄謂先之騎射，武士所事也，重之也，至於論策，則已略。允若兹，當其罄控縱送，無不及格，盡收之奚不可，而乃決去留於操觚，不亦可以已乎？臣於棘闈中從臣溥後，慎簡諸士所作，登其可者，冀或可仰佐得人，以無辜任使至意，復著其説喻天下繼起諸士，使皆知國家文武無畸重，決拾之暇即咿唔而不敢有略文之心。昔周之盛也，左之而文無不宜，右之而武無不有方，其奉璋峩峩，髦士攸宜，皆卿大夫之材。及其淠彼涇舟，烝徒楫之，皆將帥之選。臣知自今以始，人材蔚起，克文克武，雖成周之盛，無多讓矣。

辛未會試録序

洪惟我皇上聖神文武，勤儉寬仁，道隆化洽，德厚恩滂，是以府修事和，績熙功叙，典章文物，粲然光昭，煌煌乎駕三古，邁百王，洵聖作之崇閎，帝載之顯懿也。歲在重光協洽，當試士於南宫，禮臣請典厥事者，上命臣玉書、臣廷敬偕臣光地、臣士正以往。臣廷敬聞命惶恐，自惟駑材下質，忝竊遭逢，迂疎暗僿，無所建明，涓埃莫報，感悚徒深。伏覩我皇上天縱至聖，好古敏求，經史百家兼綜並貫，手撰御集，盈溢縹緗，聖詣精微，天章炳蔚，朗乎如日月之垂照，淵乎如江海之迴瀾，自載籍所稱，未嘗有也。至若評較古今文字，睿鑒超然，片言論定，迥出羣臣之上，葢得乎學者至矣。臣從諸臣後，固所日仰高深，而弗能颺贊者也。我皇上功德文章之盛，巍焕若此。如臣之愚，備員尸素，衡文鉅務，曷克勉稱聖心。曩壬戌之役，既奉詔使，今復荷兹任，敢不益矢精白，毋負初心。臣伏思《易》、《書》、《詩》之言矣，《易》曰：“觀乎人文，以化成天下。”《書》曰：“萬邦黎獻，共惟帝臣，惟帝時舉。”《詩》曰：“藹藹王多吉士。”自古帝王宰化出政，誕造鴻休，悉本賢材之盛，弼成襄贊之隆也，明甚。今者聖主雅化作人，振興文運，敦勵士風，美意良規，甚悉甚備。而睿文藻翰勒金石而光簡册者，昭垂於太學之庭，鄒魯之邦，白鹿鵞湖之祠，崇重表章，靡所弗至。林廟之豆籩載薦，闕里之修葺維新，廣頖宫之捜羅，設八旗之科目，人材輩出，仕進途寬。葢聖天子在上，而名山大川之鍾秀，詩書禮樂之甄陶，伏處而謳歌，悠悠於寬閒寂莫之鄉，欲効一得，出一長，以佐王事而策勲名，其懷抱有素，固願司衡者善擇識之，使不矢公慎以集事，將何以上疇皇命，下不媿於多士乎？矧天地神明，臨之在上，質之在旁，早夜乾惕兢兢以自持者，殆食無寧晷而寐不安席也。臣甫入闈，遂與同事諸臣誓告司盟，冀答主知於萬一，風簾月案，披閲維嚴，大抵士習不同，文體各别。摛藻掞華，英采外絢者，才之勝也；抱樸含章，情文内藴者，養既具也。若夫才以學歛，養與識優，探六藝之祕微，芟羣言之浮蔓，沈浸醲郁，光輝發越，而準以先民之矩矱，可爲繼起之津梁，前古後今不可多見，兹值盛化之漸摩，休風之光被，亦庶幾乎其遇之。他如蹈空襲虚，支離其辭説者，皆擯而弗敢以録。蓋仰體我皇上崇實學、黜虚聲之至意焉。夫一朝之取舍，即吏治之攸關，民事之所係，若所録之不當，又且以負天下矣。臣又謂多士，自昔文行一致，蓋道德文章出於一，而言語事功不得岐而視之也。多士於嚴更漏刻之餘，殫思竭慮，聚寒窗之攻苦，以進於校士者，皆所以闡明聖賢之緒言，備國家異時之實用，豈其出身事主而忘之？多士自今以往，其益居敬窮理，推誠致行，盟心於幽獨，立身於家邦，宣力於猷爲，竭忠於君父，求副聖天子敷奏明試之盛心，則今日者無負簡命之諄諄，無愧於多士之濟濟，且無慙於天下之大矣。多士勉焉，方與多士共勉焉。

癸未會試録序

欽惟我皇上統天建極，治定功成，於今四十有二年。歲在癸未春二月，當大比天下士，禮臣請典試事者，臣自陳昏瞀，既列狀上奏，上弗允，命臣廷敬偕臣賜履、臣涵、臣汝霖典厥事。臣廷敬聞命仿偟，震悚移日。伏念臣備官銓曹，侍直内殿，恐滋隕越，常懷氷兢。兹當校士之重寄，敢弛夙夜之初心，且多士來自草澤山陬海涯，皆知聖人在上，道濟羣生，文明之化，光昭下土。夫既人思淬礪，俗嚮陶甄，臣又何敢不益自鞭策，以上思答夫聖恩，下不愧於多士乎？今鎖闈畢事，録文以獻，例得颺言篇端，臣不敢爲枝言蕪辭，謹識其大者，仰冀省覽焉。蓋臣今奉命而論者文也，夫文以載道，道命於天，傳於人，知天之所以命，知人之所以傳，夫然後道尊而學正，學正而文興，則今日道統之傳，文運繫焉。此其大者也，臣謹識焉。惟天陰隲下民，篤生聖人，作之君，作之師，自伏羲神農黄帝堯舜禹湯文武皆以聖人之德居君師之位，以行其政教，道統之傳，常在上而不在下也。若有其德而無其位，則不得君師之位以行其政教之實，故自孔子以來，道統之傳常在於下。揆之天降生民之意，豈適如此哉？且夫天道貞觀，無往不復，故知今日者道統之傳果在上而不在下矣。在下者傳之師儒，僅寄於語言文字，而在上者則見諸行事之實。我皇上以聖德而居天位，天下大治，生民乂安，故知道統之傳果在上而不在下也。昔孟子謂五百年必有王者興，歷叙其傳，亦大率以五百年爲斷。以今考之，在上者莫不皆然，而在下者則或不盡然也。然而其始之自上以及下，其後之由下以歸上者，亦莫不皆然也。孟子謂由堯舜至於湯五百有餘歲，若禹臯陶則見而知之，若湯則聞而知之。由湯至於文王五百有餘歲，若伊尹、萊朱則見而知之，若文王則聞而知之，所謂在上者莫不皆然也。又謂由文王至於孔子五百有餘歲，若太公望、散宜生則見而知之，若孔子則聞而知之，此所謂始之自上以及下者莫不皆然也。又謂由孔子而來，至於今百有餘歲，自是以降，或千有餘歲，或百餘歲，或不必百餘歲，若周子，若二程子，若朱子，此所謂在下者或不盡然也。若是者何也？天之鄭重夫在上者之傳，故以五百年爲斷，其不必五百年者，蓋僅寄之語言文字以衍斯道於絶續之交，特在下者之事耳。惟是師儒之統，轉而屬之帝王，則五百年之期，斷然其不爽者將復合焉。此所謂後之由下以歸於上者，莫不皆然也。蓋自周子二程子朱子而來，至於今五百年矣，我皇上論世知人，崇朱子之學，頌其詩，讀其書，存諸德行，見於文章，舉而措諸天下之民，使堯舜禹湯文武之道常在上而不在下，故道統之傳由下以歸於上者，此正其時也。此乃天之所以降生下民之意也。臣嘗伏而思之，天下之士涵濡於雅化，鼓舞於皇風者，亦已久矣，而聖人之道傳之在我皇上者，天下之人將皆知之，而其所以朝斯夕斯實用其力者，天下之人或未能窺其詳也。臣日侍内廷，因得臚舉焉。皇上總攬八紘，日有萬幾，舉凡立綱陳紀，制治綏猷，諸大政事，發於聖衷，行於天下者，既莫不與古先聖王之道異世而同符矣。而勤思至道，博極羣書，燕閒之頃，耽情六籍，慈誨青宫，訓督皇子，詩書講誦，殿陛之地，儼若鄒魯之鄉，作爲文章，巍巍乎與典誥同風。至於帖括之文、百家之藝盡在聖明之鑒，豈非道統所歸實有本末，兼該源流共貫者與？今日者親得聖人而爲君師，雖不敢與於大道之傳，而亦幸在見知之列，將見由文王以來濟濟之多士、藹藹之吉人復生於王國，以上佐壽考，作人之雅化，而時雍風動，萬邦黎獻，共惟帝臣，馴至於矢謨賡歌，亮采惠廸之風，以幾乎唐虞郅治之盛，則道之在上而下被其政教者，將永永焉傳之千萬歲而無窮，又豈五百年之可以數計者哉？謹以告多士者爲黼扆獻焉。

御定全唐詩後序

大庭軒轅，遐哉邈矣。唐虞之稱詩也，帝舜則曰勑天之命，惟時惟幾，而申以喜起之義曰百工熙哉，以勉其臣；大禹則曰九功惟叙，九叙惟歌，而申以董戒之義曰，勸之以九歌，俾勿壞，以訓其民。是詩之所以訓勉其臣民而通於政教者，見於虞夏之書可考而知也。周之興也，武王既定天下，巡狩述職，陳列國之詩以行其慶讓。孔穎達述巡狩之禮，引《王制》曰：命太史陳詩以觀民風。是二南之詩得於巡狩，此周初政教之美所由傳也。宣平以還，正變迭奏，邶鄘而下，失得互陳，微獨當時采風，知列國之政教，而考古論世者亦可以得其升降汚隆之故焉。漢魏去古未遠，六朝以來餘波綺靡。洎夫有唐，太宗起而振之，本國風雅頌之遺，有古歌今律諸體，上倡其鴻製，下衍其清音，彬彬盛哉！以及中晚之際，與周詩正變約略相倣，故觀全唐之詩，愈有以知政教之所關爲尤重焉。我皇上接唐虞之統，闡文武之傳，躬致昇平，協和萬國，士詠於室，農謳於田，蒸蒸然有詩書禮樂之風，而九重深念，時省兆民，黄髮歌衢，垂髫擊壤，何其盛與！蓋天下涵濡於聖澤之中者，於今久矣。惟我皇上以道德之純粹發爲事功，以性情之中和孚於民物，舉凡彰施於政令詔誥之間，皆原本六經，度越前史，而下之觀感而化詠歌蹈舞於不自知者，則有近乎詩教之興。傳曰：王者之風，必本聖人之化。夫惟功德之隆，有以致此也。至若御製詩文，經緯天地，陶鑄萬彙，炳炳琅琅，留玉几而祕金函者，猶未盡登琬琰，昭布域中，而往往蒐羅編緝百家有用之書，足以佐邦政、裨世教者，亟令剞劂，以訓勉臣民。焕乎文教之美，莫與京矣！會翰林侍讀徐倬進全唐詩録，皇上覽而嘉焉，遷倬禮部侍郎，以風厲天下，命以大府之金校刋於其家。既親製宸章冠之簡首，復命臣等爲後序。臣廷敬自以爝火螢光，在日月之下，屏營累息，經涉歲時。伏念我皇上功德之巍巍既如彼，文教之煌煌又如此，此即大舜之勑時幾熙百工，大禹之勸九歌俾勿壞之至意也。即詩教之所感孚，遂可因全唐之詩録，遡成周之二南，而永媲美於中天之盛也矣。

刻朱子增損吕氏鄉約序

《周禮》比閭族黨州鄉有相保相受，相葬相救，相賙相賓之義，各立其長，教令以行之。下士爲比長，中士爲閭胥，上士爲族師，下大夫爲黨正，中大夫爲州長，命卿爲鄉大夫，比五家耳，遞累而至於鄉，盖萬有二千五百家焉。比閭族黨州鄉爲地六，而鄉最大，比長、閭胥、族師、黨正、州長、鄉大夫爲長六，而鄉大夫最尊。又司徒所領鄉老二，鄉則公一人。鄭氏曰：三公與王論道，中參六官之事，外與六卿之教，其要爲民，是以屬之鄉焉。蓋鄉者，民之聚也，故後世言民之聚者必曰某鄉某鄉云。然古之鄉比於後世之郡邑，今所謂鄉，不過古之比閭族黨而已，幾於州者亦尠矣。考比閭族黨州鄉之制，比長各掌其比之治，五家相受相和，親有罪竒衺則相及。閭胥各掌其閭之徵令，凡春秋之祭祀役政喪紀之數，聚衆庶既比則讀法書，其敬敏任恤者。族師各掌其族之戒令政事，月吉則屬民而讀邦法書，其孝弟睦婣有學者。黨正各掌其黨之政令教治，孟月則屬民而讀邦法，祭祀則以禮屬民。州長各掌其州之教治政令，正月之吉各屬其州之民而讀法，考其德行道藝，糾其過惡而勸戒之。三年大比，則大考州里，以贊鄉大夫廢興，鄉大夫三年大比，考其德行道藝，而興賢者能者。鄉老及鄉大夫帥其吏，與其衆寡以禮，禮賓之獻賢能之書於王，王再拜受之，登之天府。此謂使民興賢，出使長之，使民興能，入使治之。嗚呼！先王之制何其善哉！鄉老、鄉大夫下近於民而上達於天子，故其時之政即其教，其時之吏即其師，下至比閭族黨州莫不皆然，此所謂善也。今之鄉不得齒於古之州，獨不可以齒於比閭族黨乎？亦猶有同於古之比長閭胥族師黨正其吏其師者乎？亦何怪夫其政無其法，其教無其道也。今之學官猶秦漢以來之博士官文學掾耳，政與教殊途，吏與師異趣矣。然而能舉其教與師之職者十百而不一見也，政與吏之不古若，又何足怪焉。此賢人君子之所以大懼，而思有以補其法之所不及也。余覽朱子《增損吕氏鄉約》，有先王政教之遺意，惜吾不得見鄉老鄉大夫興賢興能之盛矣，而姑與比閭族黨之人樂而服習焉，非敢自以謂能之也，聊竊附於賢人君子之所大懼云爾。

經義考序

朱竹垞先生歸隱小長蘆中，以緝學著書自娱，遠屏聲迹，獨千里寓書於余曰："彝尊所輯《經義考》三百卷今已就。九經之外，旁及緯，唐宋以來碑版傳説，掺采頗多。公其惠踐前諾，畀以序言。"廷敬發書，喟然曰："經義之存佚，聖道之因以顯晦，而君子之所尤宜盡心者也。凡經之存佚不於其書，於其人，且於其時，有佚而若存者，有存而若佚者。秦燒書坑儒，經佚矣。漢興，於殘烟斷燼之餘掇拾其什一二，其時專門名家引經制事，雖守殘抱闕，彬彬乎有近古之風焉。其後以經選士，設科射策，乃有通義之目，經義之存莫盛於此。

夫其初所謂經者,《易》、《書》、《詩》、《禮》、《春秋》而已,是以石渠之論稱制臨决者曰五經同異,孝章修甘露故事,亦曰論五經於白虎觀。唐貞觀中乃分列九經,而唐之經義不勝於漢,若是乎佚者若存,而存者若佚也。夫經以致用,致用之實莫大乎教人取士之法,則由唐宋以來其得失之故可覩矣。唐初沿隋舊置六科,其後科目雖繁,大要以明經進士爲重,明經試經義,進士試策詩賦雜文,亦貼經,故尤以是科爲重。後雖稍浮濫,終唐之世卒未有以易之也。宋初制先策,次論,次賦及詩,次帖經墨義,後所重者詩賦論三題,熙寧、元祐之間詩賦經義罷復錯互,而王安石、吕惠卿創始之經義迄於今,流毒無窮焉。詩賦雖詞章之學,而精其業非通經學古者則不克以爲。今之經義名雖正而實則乖,蓋王氏之經學行而經亡滋甚矣。安石曰:"本欲變學究爲秀才,不謂變秀才爲學究也。"嗚呼!豈知並學究而失之乎?今古經具在,而學術如此,則經之存佚皆不可得而問矣。今竹垞所著《經義考》至於三百卷之多,其或存或佚,詳載於編。余以爲經竹垞之考定,存者固森然其畢具,而佚者亦絶其穿鑿附會之端,則經義之存又莫有盛於此時者矣。微竹垞博學深思,其孰克爲之?聖天子典學右文,石渠白虎集議方殷,諸儒必將以竹垞爲大師,而正經學以淑人才有厚望焉。余序竹垞經義之書,而及唐宋以來所以教人取士之法,蓋深有慨於聖道顯晦之故,而重有幸於今兹也。

合刻吕氏二編序

康熙三十年夏六月,予承乏刑官之長,見諸犯法者,士與吏多有不幸出於無心,而凡民之愚皆其所自取,然其始或皆以微故罹於刑辟,至有以三銅錢殺人而抵者。雖其氣質之惡,亦坐未嘗深知人不可殺之故,寧貿貿焉即於死而莫能悟也。是豈非其人之獨不幸與?今國家修明法度,中外凛然,士大夫幾幾有懷刑之風,而鄙野之甿觸禁未止。夫聖天子之加意教化至矣,而民不悟,意有司者文法密深,罕所譬曉,無以發其天良,使漸漬染濡,馴至於刑措之盛與?予觀寧陵吕新吾先生增述其先公《漁隐閑翁小兒語》，及所自爲《宗約歌》，自閭閻童稚、閨閣婦人、牧夫估人，野諺巷語，約以精理，諧爲音聲，是固無窅深之艱，而有譬曉之易者也。夫殺人者抵，民未有不知，乃猶貿貿焉犯而莫之顧者，非其不知人不可殺，而人之所以不可殺之故凡民之知之者或鮮矣。此二編者雖非獨爲此而作，然童而聞之，熟於口耳而悦於心，人之所以不可殺之故將深知其意，長焉，老焉，謹而避之，民之犯於刑者亦鮮矣，則以是仰佐聖明教化之指，豈謂無補哉？初汶上岳鎮九峰秀刻此二編，以教其家人。鎮九去京師久，刻本不可多得，予謂無以廣其流播也，乃取是二編合而刻之。予不敢隐鎮九之美者，亦竊附於君子與人爲善之義云爾。是年七月朔日，澤州陳廷敬書。

日下舊聞序

《周禮》大司徒掌邦教，而其所亟者乃在以天下土地之圖，周知九州之地域廣輪之數，辨其山林川澤丘陵墳衍原隰之名物，而其所重尤在以土會之法辨五地之物生，然後以十二教治五物焉。夫以掌邦教之官，而其亟且重者顧乃在於山林川澤丘陵墳衍原隰之名物，惟五地之物生既辨，而後乃以施教焉，則五地之物生所繫之亟且重可知也。而其《六官》之篇必先曰惟王建國，辨方正位，體國經野，設官分職，以爲民極。若是乎，先王建邦設都，凡以順天道，察地理，宜壤土之所生，以求盡夫人物之性而施吾教焉，亦豈猶後世憑險阻，域封疆，角强力於天下，如秦漢以來所謂攻守異勢。婁敬告漢高帝以力取不可以德守，諸爲説之陋者哉！古者建國，其始見於《書》曰，陶唐有此冀方，穀梁謂冀者天下之中州，自唐虞夏殷皆都焉。虞夏之時分天下爲九州，冀州地最廣，河東、河北皆在其域中，舜分冀爲幽、并、營，幽與并皆冀地也。由此言之，則今之帝京，正當冀之封域，蓋唐虞夏殷之所都，而天子之常居也。梁襄言燕都地處雄要，北倚山嶮，南壓區夏，若坐堂隍，俯視庭宇，雖王者建邦不務險阻之憑、封疆之域，而燕之形勝自古都會之雄卒莫有過焉者，其至盛矣哉！《易大傳》曰："聖人南面而聽天下，嚮明而治"，惟燕當之矣。《詩》云："天命多辟，設都於禹之績"，又云："商邑翼翼，四方之極"，言封畿寰宇之表儀也。其山林川澤丘陵墳衍原隰之名物既不可以不辨，而又將以爲教所由施，其繫之亟且重如此也，則夫廣覽博觀，精識而詳説之，仰稽天道，俯察地理，及壤土之所生，人物之所宜，推原先王建邦設都之意，布諸册書，使因物而施教者，於是乎有取焉，詎不偉與？朱君竹垞彊力嗜學，著星土世紀一卷，形勝一卷，宫室七卷，城市九卷，郊坰六卷，京畿十一卷，僑治附焉，邊障二卷，户版風俗物産一卷，雜綴一卷，終以石鼓考三卷，統名其書曰《日下舊聞》，而采輯羣書至千二百餘種之多，可謂廣覽博觀，精識而詳説之者矣。以余觀其意，不顓務言險阻封疆之勝，始之星土世紀，而終之以石鼓之文，大抵與秦漢以來儒者形勢之論，以及奉春君之陋説殆什伯不侔矣。擇而取焉，吾望夫因物以施教者。

朱子論定文鈔序

衆言淆亂，折諸聖，去聖日遠，邪説害正，不有其人排斥而決擇之，以衷諸孔子，則天下倀倀焉，如瞽者之無相，暝行之無燭，不及於顛躓陷溺無所底也。當戰國時，去孔子猶未遠，而楊墨告子之徒各倡異説，塞仁義之途，孟子辭而闢之，廓如也。洎秦以來，游士縱横捭闔，傾動世主，其人皆詐謀詭論，欲苟一時之得，不復顧萬世之害，舉先王所以成教化而美風俗者毁裂滅絶，其害甚於燔書，浸淫既久，中於人心，由是百家紛出，奮其私知，敢有顯然非聖之書矣。兩漢雖表章六經，而微言既湮，其流至於曲學阿世，迨其後生心害政，以致禍亂相尋，歷晉唐洎五季之時彌甚矣。中間二三賢喆之士如韓歐諸君子出而力争之，聖人之道賴以綿綿延延，不墜於地，然亦莫有能集諸子之言而滙歸於一是者也。故即濂洛之賢，其言亦僅邈焉孤存於世。逮及南宋，紫陽奮興，於千載之下，正百家而集大成，迨於今世之學者知道之有歸而學之有統，謂非朱子之功，將誰屬哉？昔藴子瞻論楊墨之害等於洪水，降及後世，曲學之患甚於異端，昌黎推尊孟子，以爲功不在禹下，然則朱子之爲功亦不在孟子下矣。孔子曰："不知言，無以知人。"孟子，願學孔子者也，曰："我知言，夫言之淆亂難知也久矣。"由孟子辨之，而天下後世始因以知之。今去孟子之時千有餘歲，羣言之紛綸莫可紀極，朱子從而别白是正焉，而天下之言理者始歸於一。是朱子之知言繼孟子而興起者也，其言散見於羣書，及具本集中者，石門吴子青壇距户十年餘，潛心蒐輯，薈萃成編，名曰《朱子論定文鈔》。昔人謂仲尼駕説者，朱子駕孔子之説者也，今復駕朱子之説，可謂金口而木舌者矣。聖天子典學重道，紹接洙泗，詖衺新異之説不得至於黼扆之前，知言獨至矣。是書也，上佐乙夜之觀，益廣文明之化，又豈僅爲學士大夫誦説服習之書而已也哉？然學士大夫果皆能誦説而服習之，以求至乎成教化而美風俗，則簡册之所傳，即政教之所布也。知言之功，不其偉與？青壇以書問序於余，余是以樂爲之序。

四書字畫約序

四書之書，髫髪誦習，白首茫然，能得其意者鮮矣。顧其立言文從字順，非有聱牙詰曲棘喉薄吻之音，世之學者動稱古文奇字，過矣。其爲書數萬言，約而取之，凡二千三百二十五字耳。而天地古今、洪纖高下、事物之理、修己治人之道，不出此二千三百二十五字之中，而罔不備焉，雖古之善立言者無以過之。若是，則聖賢之所貴古文奇字云乎哉？古文奇字亦有加於四子之書之所言者哉？傳曰：修辭立其誠。又曰：吉人之辭寡。蓋立誠則辭自寡。四子之書，辭之寡者也，而古文奇字不與焉。後世立言者將何所取法與？陽城王君端木約取其字，參伍研極，能審知其點畫之所以然，孟子所謂博學而詳説之，此非其一端與？間嘗謂小學之爲功，於經書甚鉅，如陸德明《釋文》、顔師古《刋繆正俗》、張參《五經文字》、玄度《九經字樣》、賈昌朝《羣經音辨》、毛居正《六經正誤》皆是也。四子之書約其字而詳説之，則自王君始，王君且老，尚爲諸生，爲此以詔後學，亦小學之功也。而余則進以立言之説者，以世所當治之書更無急於四子，而其爲字如此其少，其爲用之大，舉天下所當治之書莫之能或急於此，則是立言之道不在彼而在此可知也。王君好學深思，亦喜古文奇字，故爲是説以告之。

傳經堂集序

吾修勝國史，至所謂靖難時忠臣義士，蓋攬其軼事而悲之。夫以燕之雄，及其一時攀鱗附翼之人，皆已灰沉煙滅散漫於蟲魚牘簡之中，况其姦回邪佞，苟富貴而賊忠良，此人皆澤已斬矣，僅而存者，亦黤黮而無聞也。而忠臣義士世皆知重其苗裔，吾嘗訪而求之，問其家牒之所藏弆，長老之所傳聞，苟遇其人，樂與之游焉。前年得一人華亭廖子樾阡，今年得一人仁和卓子次厚，兩人者之先余既採其行事，編之史傳，於廖氏又別爲小傳，以記其家世之賢。兩人既世爲通家，又相好也，而樾阡從吾游且久，於是次厚屬樾阡别求余文序其所謂《傳經堂集》者。蓋卓氏自忠正公而後，聞人輩出，而入齋、蓮旬、蕊淵三先生尤以文章經術爲世所宗，蕊淵之子火傳賢而有文，建祠祀三先生櫝而藏其遺書於廟，歲時奉以出，以教其子孫，於是傳經堂之名所由著也。而海内文章之士慕其流風，咏歌頌説其遺烈，火傳編爲大集，而次厚繼其先人之志，收羅益多，三先生之賢凡名能爲文章者亦既揚扢而紀載之矣。而吾獨悲忠臣義士事人國家，不幸而遭變故，仗節死義，雖其芳名盛美，足以傳之於無窮，然求其後世子孫有能念爾祖而勿替厥休者，亦寥寥其難焉。今吾於廖氏既有遇也，又得卓子，及聞其先世之流風遺烈而頌説之，以竊附於海内文章之士，亦可謂幸已。然吾聞金川門失守時，忠正之子孫變易姓名，乃得出，避於塘西，而廖氏竄流之金山，其後子孫稍得從申浦之南，其艱危如此。今卓氏雖盛矣，亦尚其敬念之哉！

洎水齋文鈔序

陽城之西壤境相接，僅三四十里許，在行山溪谷之間，由明以來以科第顯立名當世者，其多至踰晉以南數郡縣，陽城蓋天下人材所自出也。今未易殫數，其尤爲天下所知者有若楊公繼宗、原公傑、王公國光、孫公居相、張公銓，或以清節，或以事功，或以直敢言，或以忠死事，此五君者皆天下所知者也。準以洙泗之四科，則班班乎德行、政事、言語之選焉。疎菴有文而略，拱陽長於論事，蓋文學之難，雖賢者不能兼而有之矣，幸而有之，而其人苟不亟亟於表暴好名以求自異，雖同時之人知相推許，而知者半，不知者亦半，迨其後聲塵湮滅而無聞。此才人志士之所以椎心飲恨於斯文也。吾於藐山張公有慨焉，向所謂文學之科，公其人也。始吾所居三四十里溪谷之間，有常評事倫及吾祖副使容山公，公諱天祐，皆最能詩，而莫爲之繼。藐山先生奮然獨興於數世之後，其所與交遊者類皆名流，如竟陵鍾伯敬，亦當世之文人固已知推許之矣。里中則楊黄門沁湄以其學與先生相周旋，先生曰："吾之畏友也。"其時白公東谷最晚出，先生亟稱之，自是先生之文益昌，而里中名卿碩人能文之士彬彬稱盛焉，則先生推挽之功也。昔子夏教授於西河，言游崛起於東吳，流風遺韻，振往古而導來今，孰謂先生之功爲可誣也哉？以公立朝之風槩、晚節之昭明不媿於向所稱數公德行、政事、言語者，而斷以謂文學舉其盛也。兵劫之餘，篇章散落，張公伯珩搜録其遺文，伯珩令子茂生鋟版行世，而先生裔孫太僕君泰文式光前緒，徵序於予。予因慨夫吾祖容山公之有文也，容山公詩吾童稚時及見其鈔本，後略省記，悉索敝簏中不可得，問之鄉曲無有知者，則遂將湮滅而無傳矣，寧不可痛恨哉？吾是以歎太僕君之賢能，不殁其先人也。同里寓人陳廷敬書。

願學齋文集序

黄忍菴先生自定其所爲《願學齋文集》一百十卷，以其目録視余，屬爲序曰："吾求於世，可序吾文者，得四人焉，子其一也。"又曰："始吾爲學，因文以見道。子之求道也勤，故可以叙吾文。"余愧其言，然卒不得辭，而亦將以文與道離合異同之故質之忍菴，而亦因以求道於文焉。《易》、《書》、《詩》、《禮》、《春秋》皆非有意於文也，自孔子殁後之能言之士，其傳於世者大抵皆有意於爲文，而其能不離異於聖人之道者，斯爲至矣。由孟子以來，去聖人益遠，道益不明，其傳於世而號爲能言之士如司馬遷、班固、劉向、揚雄之徒，其所爲文雖皆不離異乎聖人之道，而語其至，不能無大醇而小疵也。近代有八家之目，其説始於茅氏鹿門，而傳其書於天下後世此數子者，果天下後世之所未易幾及者也，而以言乎聖人之道，此數子者其馬班劉揚之流亞與？嘗讀晦菴朱子之文矣，蓋顯以明聖人之道於危微絶續之閼，而其言語之妙又有兼數子之長者，然而不在數子之列，鹿門之意將以謂數子者特以其文焉而已耳，非果謂其果不離異乎聖人之道也。若是乎，文與道離而不合，異而不同。而忍菴曰："吾以文見道"，又以爲余之求道勤而可語於斯文也，豈無其故哉？朱子自韓歐陽以下皆有譏焉，而獨稱南豐先生之文，故朱子之文出於南豐。今忍菴集曰"願學"者，不知其謂誰何，而以吾觀忍菴之文，則皆仲晦、子固之文也。由是以求至乎聖人之道，則忍菴之所見，必將超然有得於此矣。所謂因文以見道者，其謂是與？忍菴將歸，與其徒講道於江湖之上，以求進其所未至。而如余者既無所自見於世，將齟齬以終老，忍菴亦何取於余言哉？使强爲言，亦朱子所謂已試不驗之説者，其果何所取哉？忍菴嚮所云四人者，余問之，孝感熊先生其一也，熊先生講學爲文，忍菴試質之，其以余言爲何如耶？

午亭文編卷三十六

序

贈静明子序

余行天下，見磊落權奇之士，其人皆超然高舉，不能與世近。顧余獨慕好其人，其人亦翛然翩然引而余近也。比居里中，與時俗相偃仰，有客過予而笑問之："向者夫子接塵而游，不肯耽偷懦習輭熟，見蠅營蟻羶者，思掉頭脱去，故所求與游，大半皆權奇高舉之士。今則爲纖人頑夫之行，雉媒之翳，以求龍友，宜歷落俊邁非常之人去夫子而不顧也。"余嗒然無以應。久之，訪舊游於里中，静明子居環堵之室，鍵戶觀物，蓋與世絶不通者。壯而且老矣，今年已八十，道日以高，守日以固，益落落不與世通。余欲越阡度陌，契濶相存，追憶向者班荆畫灰之語，爲雞豚田社之游，而邈然不可遂得。回念客之言是也。甚矣哉，余之偵也夫！居無何，静明之子從余游，致其父之言曰："老人非好爲固也，辱夫子之知。今老矣，不可以俯仰於時，以辱夫子。夫子有意於老人，其贈之以言乎！"雖然，余何以贈之。嘗記静明子少時英姿葛儻，經奇男子也。影塵鈎瑣，身事蹙廹，斂其輪囷陸離之才，潛搒載籍，儒墨道德陰陽名法六家之書，抉摘鈎稽，得於心而適於用也，若數甲乙而傾庋篋也。而尤精於律曆之學，立術數，揆儀度，觀璇璣之運，審三光之行，推前校往，協律正紀，授民時而成歲功，與新法悉合。而考晰曆元，綜校分度，其説尤爲精密。蓋其籠挫七曜，探索三垣，重黎羲和者流，而甘石二家所取衷也。豈猶夫兔園村夫子咿唔一卷書以自號爲儒哉？静明子自閉關以來，掃除所習故學而獨好黄老之書，箋注《道德經》，其大指如太史公所云六家之弊，曰：神太用則竭，形太勞則敝，故剸務先定其神而獨以道家爲宗。嵇叔夜曰：非淵静者不能閑止。老子曰：知止不殆。經言能慮能得，而本之定静。静明子其有道丈人也與哉！夫道則吾不知，余知静明子深於律曆者也。曆家測圭景、察經宿，睇視细弦望晦朔光魄虧盈，以定其符驗，皆可得而見者，孟子以爲千歲之日至，可坐而知也。夫何以斗二十一度去極至遼矣。日在焉而冬至，而羣物於是乎生焉，此其可見而不可見者，存夫黄鍾萬事之根而律首焉。冬至萬物之初而曆始焉，此其不可見而天下之可見者莫大乎是，推之至於月先建子時。平夜半天地貞，觀日月貞明，天下之動貞夫一者，静明子於天地人之道必有以窺其微矣。他日余將毁關撤垣，造膝而問焉，毋徒使客謂余不能得天下奇士漠然相視而笑也。

送關同年序

同年生江陵關君以華，漢忠義苗裔也。按《忠義傳》先主收江南諸郡，以忠義爲襄陽太守，及西定益州，拜忠義董督荆州事，迹其生平在荆襄時爲多。後因攻曹仁於樊，曹操勸孫權躡其後，引軍還，權已據江陵，盡得忠義家，遂以此終。是其家在江陵者，當孫曹姦譎搶攘亂離之際，僅有存者。雖其譜系不可深考，而自漢以來宗老相傳，則君爲忠義苗裔無疑也。由漢至今，江陵之關蕪顯者。君以國朝順治丁酉舉於鄉，戊戌成進士，仕爲寶坻令，有廉能名。居三年，坐失察逃人，奪其官，寶坻民叩天子閽，白君愛民狀，主上閔然爲民，許留君再爲寶坻令。又三年，會薊州缺知州，君權其州事，又以失察逃人奪其官，歸江陵。君於是不復求仕矣。今年秋，贏糧杖策走千里，謁余於荒阡墟莽之中，謬謂余士不用於世則亦已矣，而終不忍不白其所志，貽家世羞。聞子以古人之道自任，所爲文章以定是非、别同異，曉當時而傳後世也。若以華之賢不肖，其出處進退，將求折衷於夫子焉。余語君子神明之胄而王國之光也。漢至今數千百年而江陵之族姓無有聞於世者，及子之身而實當國家之盛，乃三仕而三已焉。夫以忠義之靈，不能庇其孫子，使數千百年之間淹厄而無聞，忠義之不私其親固如是耶？抑子之命定於天而忠義以忠順直方之性，不肯逆天而行其胸臆耶？抑又人世之榮辱得喪，與鬼神之見，各殊己者之得，未必不如仕者之失耶？三者之説，子必有以自信焉。知其若此而何媿乎爲忠義之苗裔也？與君留信宿而去，書其語爲贈别之序。

送汪悔齋使流求序

國家受命宅中，統壹方夏，威燀旁達，覃及無垠，至於海外，罔不震懾，悉享悉庭。其有阻疆自雄，悖暴滔逞，則不憚取亂侮亡，奮雷霆百萬之師，臨其區域，立就殄滅。於是天子曰："嗚呼！予一人受天顯命，盡天所覆以界，予有家，惟天眷在德，務廣地者荒，務廣德者强。"廼顓任仁義禮樂教化，以保惠黔首，懷柔遠人。流求自先朝奉職貢爲外臣，不懈罔愆。康熙二十年冬，中山世子尚某遣陪臣某表奏其先王喪，乞嗣封爵。禮臣議流求越在海外，道遠，宜以冊命頒給陪臣，不遣使便。於是陪臣某具狀陳乞，欲得天使爲小邦榮寵。其時天子御門覽狀，臣廷敬實侍起居。上曰："海邦嚮化，宜遣使宣布朝廷德意，如陪臣請，且宜得通經術善辭命，可使遠方絶域者。"下公卿臺諫推舉，臣廷敬退而謹書其事於冊。公卿臺諫廷推翰林檢討臣汪楫爲正使、中書舍人臣林麟焻爲副使，上曰："可。"二臣銜命行有日矣，輦下大夫士能爲詩歌者競賦詩以壯其行，汪君不以余不能文也，而屬予爲餞别之序。余舉一觴謂汪君曰：嚮者廷敬侍起居，親見上之鄭重遣使臣也。夫余與君歷玉堂、升清禁，從容侍從之班，見主上聖文以開太平，神武以遏亂略，載之左右史者多矣，而大要於仁義禮樂教化之大以保惠懷柔夫天下者，尤孳孳焉、汲汲焉。宵衣而待旦，日中不暇食。遠人之來，其亦聞風慕義而至乎？傳曰：於遠人則修文德以來之，既來之，則安之。傳又有之招携以禮，懷遠以德。上之鄭重遣使臣之意，其必有所甚念於此與。且吾聞古稱流求驍健，喜擊鬬攻刺，其俗多與中國殊。迺今或者又謂好禮義，悦詩書，安知今之俗不異於昔耶？然則宣達國家以仁義禮樂教化懷柔之至意，使之服教畏神，廩廩聖化，暨環洲島而處者，永爲冠帶之邦，不專屬於君之此行與。使成而旋，必有以此稱塞上旨者，廷敬又將執簡而書其後。

送翁寶林尚書予假還葬序

士當窮阨，離密親，遠丘封，提書游四方，不憚道途之勤、羇旅之艱者，凡以求顯名美仕也。及循覽昔人行事，見其獵聲名、耽禄利，有危如顛趺，倀倀焉而不思止者，則心鄙之。或有有才無遇，遇而輒困苦，若不容其身者，又未嘗不太息想慕，歎惜其爲賢。故士之仕也，守難進易退之節，或長往而暫歸者，亦凡爲仕所宜焉耳矣，豈必有道之士能乎哉！而卑俗時士之論有異焉，曰：士大夫引退乞身，當於寵盛志得之時，斯可以爲榮矣。若寵渝志失，欲退而不能，或能退而衹以爲辱也。余之説不然。士君子進退於時，度可不可耳，豈計榮辱哉？是説也，惟有道之士能之。古之人有欲退而退者，晦菴之立朝是也。立朝四十日而退，而晦菴不以爲辱。有欲退而不免於辱者，伊川涪州之行是也，而伊川不以爲辱。有欲退而不得退者，司馬君實之居洛是也。居洛下十五年，而當時且以爲榮，是何也？三子者，古所稱有道之士，無得而加焉者也。故或退，或不得退，或退而辱，在天下未嘗以爲辱而後世之榮亦莫有得而加焉者。此吾之所以異乎流俗之論也，寶林爲大司空，數閲月乞還葬以去。於是卑俗時士讙然，同辭曰：寵盛志得之時也而引退如此，此乃可以爲榮矣。而余謂不然者，寶林有道之士也。有道之士志意不出三子下。三子者之進退榮辱，渾然不以加諸其心，寶林豈以一退爲榮者哉？士守難進易退之節，或長往而暫歸。凡仕宜然也，不必有道之士後能之。

賓林以三子爲師法，其所見宜有超然於流俗之外者也。此亦豈足以榮吾賓林哉？雖然士之振華纓、曳朱轂，趦趄驅馳而不能休，回念嚮之離宻親、遠丘封，勤道途而艱羈旅者，凡以爲有今日耳。今幾何時而忽焉以去，故有視危如顛跌，倀倀焉而不思者，以爲吾之所甚榮在此，誠不能一旦捨而歸也。則凡爲仕者，欲其守難進易退之節，將誰能之？今賓林之歸，世以爲榮，亦可以爲勸也已。賓林之有道，吾所取正焉者。其以余言爲然與否與？

送張公箬漢侍郎歸展先壠序

今天子神明獨運於上，萬幾旁午，環顧三公九卿，疇咨太息曰："惟得人。"大僚乏位，主爵啓事，上請必審詳。諦觀其人，若既可者，或經歲月不輒下，欲得端碩魁異傑特之賢，以興事赴功。蓋其難如此，而士大夫之官中朝者恐慄，惟謹求稱上意之所存，奔走率職，不敢自寧。箬漢張公筦貳中樞，望實隆茂，發言建策，動中機宜，朝宁倚以爲重，所謂端碩魁異傑特之賢也。一旦請歸展其先壠，上憫公意，予假以往，且度其道里往來、程日之早暮，計時以還闕。於是縉紳之士相與言於朝曰："公，吾屬之所倚以爲重也，奈何其去？"其鷹揚虎賁建牙開闔之長，貑冠魚服、撫劍控弦投石超距之士，咸瞻視嗟咨曰："公不當去而屏居息影。"處士者流曰："公之去，誠有以哉。"嘗見聖朝之取人用賢也，惟其大不惟其細，惟其全不惟其偏。今夫恐慄惟謹、奔走營營不少休之士，聖明所燭也。然以爲奉令一官、效能一職，猶戞戞乎其難之。况將置之玉衡大斗之間、論道經邦之地，以興起事功，可不於其大者全者取而用之乎？夫公既抱其大且全者，而天子又知之，所謂其人之可者也。且用公而公求去，然則公之所爲大且全者，又豈尋常意量之所能闚哉？夫惇在三之義，篤臣子之恩，所以顯至教、廣隆理也。公以先壠之故歸，誠君父朝廷不惜其去以勸天下之孝於其先，而公之孝於其先者，實可以風示天下之人。此其所爲大且全者何如哉？余屏居息影之人也，於公之歸既不同乎朝士之意，而又與冠豭服魚、撫劍控弦之倫異其趨，姑有是説焉以導公之行。

崑山徐相國賀序

自風后力牧已來，唐虞三代迄於後禩，相道之隆替視乎君，君道之盛衰視乎相。堯之相舜、舜之相禹、禹之相臯陶、伯益、湯之相伊尹，此夫人而知之也。堯嘗咨相於放齊，諸人既聞其言而吁之，使當其時，一或不慎，舉而用之以爲相，而舜亦不相禹，禹、湯亦不相臯陶、伯益、伊尹，而其所任以相或皆如堯之所爲吁者，而堯舜禹湯獨孑然以一聖人而立於其上。若是，則欲以名唐虞三代之盛，使天下後世之人羣然而稱堯舜禹湯曰：此爲君之至者，而其相則泯然無聞焉。此豈理之所有者哉？故曰相道之隆替視乎君，君道之盛衰視乎相。自時厥後，不知其世視其君，不知其君視其相，視其君而其世可知也，視其相而其君益可知也。蓋相之繫乎君其重鉅如此。康熙二十八年夏五月，崑山立齋徐公以戶部尚書入叅大政，於是朝之卿大夫、百司藝事在官之賢者，閭巷之耆叟、童兒走卒皆曰："吾君，堯舜之君也。必如公然後可以爲吾君相。"蓋天下望公之相久矣。公天質儁異，蜚聲藝林，世廟在御，對制策，親擢公第一人，時已有公輔之目。今天子當陽，益器重公，累遷禁近密勿論思之職，地處清要。公嚴潔以持身，虛公以宰物，朝夕以所學獻可替否，啓心沃心。蓋勸學佐治之績茂焉。及其居臺憲也，謇謇諤諤，不狃於貴，成謀薄廷諍之説，一時諸爲奸利不便於身者，皆側目裂眦矣。其後公既罷而閒居，益緝學礪行，讀書纘言，以昌明正學爲己任。居數年而天子思其言，復拜公御史大夫。公不以前罷故少自抑損，由是天子益重公而思大用之矣。余又嘗論人臣進言之有難易也，言之而用，身安而道行者，此其言之易者也。言之而不即用，身退而道尊者，此其言之難者也。既言之而身退矣，至於久而思其言、重其人者，吾道之所由以益尊而不易副其難者也。然公既以其言結主上之知，今且以昔所言者起而見諸行事,惟聖主有以答天下之望,吾知其無有難焉者矣。昔舜之歌曰:“股肱喜哉,元首起哉。”皋陶賡載歌曰:“元首明哉,股肱良哉。”元首、股肱一體之詞也。而伊尹亦曰:“惟尹躬暨湯,咸有一德。”一德云者,即舜、皋陶所歌之義也。他日又言:“吾豈若使是君爲堯舜之君哉。”則伊尹之實有是德可知矣。今者堯舜之君在上,公適爲相。由舜皋陶所歌之義以徵伊尹之言,則三代以下後禩之君臣不足爲公道也。公其思所以爲堯舜之相乎哉?余弗能爲佞以賀公之相,而終望公以堯舜之相之道相吾君,是乃可以爲賀也。公之同歲生官中朝者,將有賀於公,聞吾之言曰:“微子言,公其念之矣。雖然,公之樂聞有是言也。請書之以爲公賀。”

祀學録序

《禮》,凡始立學者釋奠於先聖先師;又凡釋奠者必有合,有國故則否。鄭康成謂先聖,周公若孔子也。《禮》又曰,凡學,春官釋奠於其先師,秋冬亦如之。康成引《周禮》謂凡有道有德者使教焉,死則以爲樂祖,祭於瞽宗,此之謂先師之類也。若漢《禮》有高堂生,《樂》有制氏,《詩》有毛公,《書》有伏生,可以爲之也。今天下學祀孔子,稱至聖先師,則是直以先聖先師爲一人矣。考之《禮》意多未合。孔子之下有先賢,有先儒,若高堂生、毛公之徒,並稱先儒,此皆古之所師者也。《禮》所云釋奠於其先師者,專謂此也。今則不然,蓋以孔子爲先師,則不得不以高堂生、毛公之徒爲先儒,又以别於鄒魯之賢,亦其勢使然也。又其下曰鄉賢,蓋鄉先生之祀於學者,康成解國故,謂即其國之先聖先師,言國故有此人也。今鄉之賢者,猶國之故有此人耳。夫高堂生、毛公之徒不得稱先師,而謂國故反可稱先聖先師者,其誰敢與先聖先師之名,必不敢居,則當旁通其義於《禮》,而不失先王制作之意而已矣。又《禮》釋奠於先聖先師,先老終之。古者天子視學養老,同重並舉,而始立學,必先釋奠於先世之老,故吾謂今之鄉賢可比於古者釋奠。其先老之義,雖不盡合於《禮》意,而以世變推之，猶爲可受，庶幾行之久而不至廢絶也。蓋古者釋奠先老之禮亦已重矣。凡養老適饌，省醴具珍，天子親袒，割牲執醬執爵，養老之禮其重如此，則其於先世之老曰釋奠云者，視先聖先師，文既同而禮之重可知也。養老之禮，親袒割，執醬執爵，則其釋奠於先世之老，其禮之重於養老，又可知也。郡縣之學，使其長吏行事，雖其節文儀則有異，而其於天子敬學養老之意，貴於無失，其義則一也。故吾遂謂今之鄉賢，猶古者釋奠其先老之意云爾。或曰，先老祀世之曾爲三老五更者，今鄉賢之祀，惟取其德行，不能必其皆老而没也。韓子不云乎聞道無先後，今使顔淵、子奇雖得壽，當不僅在先老之列。孔光、桓榮之流雖爲老，更終有媿焉。故其祀於鄉者，亦惟其賢焉而已耳。惟其賢，則未有不賢而可祀以先老者。且古者釋奠先老，又不惟以謂養老而已。學者所習之業既以取法於先聖先師，而先民之可則傚者，亦往往而有焉。故釋奠先老，同於視學，使學者有所興感也。後世聖師之名既不可居，而先賢先儒之得通祀於天下，學者必請於朝久之議，定而後行焉，蓋亦難矣。吾恐責名起議而使先民之可以則傚者，不得亟列於祀，且久之而廢是禮也，故原先王視學養老之義而爲之説焉，蓋有感於我鄉真翁蔣公之爲賢也。《禮》所謂法施於民則祀之，公其人也。公歿而宰木已拱矣，其流風遺徽之傳於後者，故老稱之，後進思之，搢紳先生交頌如一，遂聞之郡邑，聞之大吏，僉曰允宜，檄學官從祀如常儀。後生小子有所興感則傚，由是鄉賢因公而益重。然後益知先王釋奠之意，其示學者所習之業，有所取法其義至深遠也。輒推本《禮經》遺意而旁通其説，爲《祀學録》序。

從祀録序

郡縣學廟之廡皆有所謂鄉賢者，其果有益於教術治理乎哉！先王設學教士，重師儒之職，其有道德之所歸，而民之興行可視以爲法者，歿而祭於瞽宗以爲樂祖。蓋自舜之命夔也，有胄子之教，其法在乎絃歌蹈舞、講誦辨説，以節文乎君臣父子夫婦兄弟朋友之間，而泳陶乎親義，别序信之實。故周之盛既以大司徒掌鄉三物之教，而又以大司樂掌成均之法，蓋不獨以教其國子，而邦國之教準是法焉。士生其間，其有爲道德之所歸，而民視以爲法者，是以有瞽宗之祀。記曰：釋奠必有合。凡以助合成成均之法，所以使民觀感奮興，以爲吾之所取法者，且得列於豆籩几筵秩祀之中，上之不忘乎以賢得民、以道得民者，如此其至也。故相勉於學而爲凡民之倡，則凡淫陂邪譎殄行驚師之習不接於民之耳目心思，而流風善俗足以詠歌興起於無窮。夫是以教術之美治理隆也。今之所謂鄉賢，古之所謂瞽宗之祀也，豈果無其益哉？自俗之偷也，舉先王立教造士、鼓舞振興之方，皆以爲榮身競名之階，傭奴市販之子暴起里閭，苟可以騁其力，不難使先聖之廊廡，同於士寢牢醴，勺冪之品物等於麥飯紙錢。於是乎鄉賢之設，果不足以爲教術治理之益矣。而華州之風獨猶有先王之遺焉，蓋后稷、公劉、太王、文武之所開基也。故其君子有禮樂文物之習，其小人有稼穡憂勤之業。奇衺之行不齒於其鄉，而孝友忠信、廉正碩大之士乃得從祀於孔子之廟庭，其民之欲之也則然，非其家之所能强而致也。中允陳先生官兵馬指揮，以子貴封文林郎、林縣知縣。先生以理學爲關中正傳，民之所稱孝友忠信、廉正碩大之士也。自四方之賢人君子，過必式其廬，士上其事，民誦其行，僉曰：瞽宗之祀，惟先生允宜。其家不得辭，從士民之望也。夫師儒之於古重矣，關中之人獨能原本先王之意，以求益於教術治理之隆，豈非有志於斯世者所樂道而稱述之者哉！余因序其所謂從祀之録者如此，以華州之風可以風世，不獨爲陳氏一家之榮已也。

祀鄉賢名宦序

古者君親見鄉長而問焉，曰："子之鄉有賢則以告，有而不以告，厥罪蔽賢。"其於公卿大夫進賢者賞，蔽賢則戮，鄉長公卿大夫勢邈然絶矣。責之皆重如此，而《周官·王制》興賢能、論秀士，則尤專責於其鄉。然則鄉者重於公卿大夫與！蓋先王養士教士之法，惟鄉備焉，故士之賢不賢，其進其蔽，責尤重於公卿大夫也。後世教養之法廢於鄉，鄉既不可以進賢，而公卿大夫亦未聞有蔽賢之誅。於是公卿大夫亦不數數以進賢爲事，則其比於鄉，所争輕重之數幾何也？然鄉雖不足以與於進賢蔽賢之事，而至於今有二事焉，隐然以其義關乎士之賢不賢之故，而重於公卿大夫之所爲者。一曰鄉賢，一曰名宦。斯二者鄉以告其令守，令守以告其有司，有司又以告封域之大吏，而後得祀於郡縣之學者也。祀者賢則士吏有所勸，祀者不賢則士吏無所戒。勸戒者，先王所以教士養士之大法也，而於斯二者備之。余故曰，隐然以其義關乎士之賢不賢之故者，此也。今鄉祀以賢仕之，鄉祀以名宦，二鄉之人其祀之也果爲賢也，果可以爲勸也，吾信之矣。夫以公卿大夫不能薦之於朝，而鄉之人猶能祀於學，而使天下之凡爲士吏者有所勸，而不至於無所戒，是公卿大夫之所不能爲而鄉獨爲之，鄉之重不猶有古者之遺義與。昔黄霸材長於治民，號稱良吏，其始坐爲豪桀行役，使其鄉人徙之雲陵，而朱邑亦云桐鄉民愛我，必葬我桐鄉，邑之在鄉里，誠未可知，然觀其言，若有不自得者。今爲鄉人與仕而爲吏，皆能使之，不相謀而鄉之人皆祀之，則其爲人所愛慕，賢於古之人遠矣。吾於某公，嘉其賢而又重以侍御楊君之請也，故爲兹言以序之。侍御爲吏於臨湘，今且爲公卿大夫将能爲其所不能者，吾是以樂得斯事而書之，且又因以致望於楊君焉。

朱太僕畫像序

予觀朱太僕畫像，蓋賢哉，有道之容也！太僕曰："得子之言以爲重。"夫予非能立言者，太僕奚取於予言也哉！使徒以其容之可稱者而已，則世之有目與有口者之所共覩而能言者也，奚必予言之爲重也？無已，即與之論畫，可乎？畫者之欲貌人之容也，使之久居而熟視焉。聆其聲音，察其笑言，洞然有得於其人之心矣，然後求之於其形焉。故不善畫者畫形,善畫者畫心,畫心而心各肖其人之心,夫然後形各肖其人之形也。今吾與太僕論畫也,而可以論心矣。故目欲其無不明也,而必有所勿視;耳欲其無不聰也,而必有所勿聽;口欲其無擇言也,而必有所勿言;身欲其無擇行也,而必有所勿動;然則心欲其無不通也,而必有所勿思。蓋耳目口體,必有所不視聽言動,而後視聽言動之各當其則,心必有所不思而後思之不出其位。今夫畫目瞭然,其無視也;耳凝然,其無聽也;口默然,其無言也;身寂然,其無動也;心淵然,其無思也。自有此畫,今幾時矣。今欲使太僕終日視而瞭然無視也,終日聽而凝然無聽也,終日言而默然無言也,終日動而寂然無動也,終日思而淵然無思也。有如此畫焉,能乎?不能乎?夫瞭然者,其無不明者也;凝然者,其無不聰者也;默然者,其無擇言也;寂然者,其無擇行也;淵然者,其無不通也。惟聖人然後可以踐形,吾故知太僕有所能、有所不能也。今之進諛於人者,非周公、孔子則不可以爲悦,而吾以爲非聖人不能者,蓋不敢以是進諛於太僕,而不敢不以是厚望於太僕也。太僕知予非習諛者也,故示吾以其像也,而吾與之論心。

八刺史圖序

八刺史圖者,江君在均州時采掇漢晉唐爲刺史者人各一二事,書之廳壁,已令善畫者圖於簡冊,備其形與事。余在京師得觀焉。江君曰:"爲我題其緣起,庶以傳於後,使是重也。"會余遭憂,還圖歸君所,君是時補官,適得河中,壤境相接。居一年,君復以圖來,於是余乃喟然歎曰:嗟乎!刺史之賢可傳於後,至可畫以爲圖,使後之攬者流連愛慕,慨然於心而反覆不能自已者,上下千年能有幾人哉!由漢以來可記爲圖者才得八人。人不能數事,若是乎刺史之賢可傳者盡於八人,八人之賢可傳者盡於一二事,爲刺史者蓋其難矣。雖然,以事繫人,事可傳者尚衆,以人徵事,則八人者,吾歎其難能焉。士有德才而不遇,遇而適不爲刺史,與爲刺史而不皆有事之必可畫爲圖，則八人者不可謂之少也。由唐以來至於今蓋千餘年，又得江君，始余知君好古通經，爲文章能致諷述於衆，及爲吏以經術緣其政，及去而人傳道之，思之不忘，余由是以得其爲人，蓋與古之八人者侔焉。八人者，或以文章，或以經術，或以風節，或以政事，要之不違於道，皆所以成其爲人也。夫古之人不可以見，今見吾江君如見古之人焉。後數千百年，或不必千百年，安知不又有如江君者畫繪爲圖並八人者而爲九刺史也與哉！八人者，或不終爲刺史矣，而世之稱之必以其刺史，則刺史之重可知已。君尚思其重，勉其難，以盡得夫八人者之所以爲人，觸於目，警於心，奮發於行事，是爲此圖之意也。夫八刺史者，張豫州敞、賈交州琮、陶江州士行、元道州次山、韓袁州退之、顏饒州清臣、韋房州景駿、段處州成式。繼八人者，則吾江解州辰六也。

椿萱圖序

蜀中劉君可南爲選人京師，日夜念其父母，令善畫者徐生畫椿樹萱花，君則負琴書其傍，將趨而進，瞠乎有遠思者，而京師之能爲詩者則皆詠歌嘉歎其所志。其後爲沁水丞，挈其畫以來，以示余曰：“請公爲我序之。”余時未能有以應也，於是圖留余所且幾年矣。當徐生畫時，劍門阻險，隴雲棧樹在煙塵烽戍間，羈旅游子，思其親而不得見，不得已託興於草木琴書，以自寫其意，亦可悲矣！及王師定蜀，道始通，君之父太公間關萬里，走京師，就養官舍，父子始相見。嗚呼！兵戈闊塞，回首驚魂，撫曩時之畫，以追數其聚散離合之端，其悲喜當何如哉？余竊觀自兇逆稽誅，士大夫知忠孝名節之大者，往往而有，而至於悖君親、甘屈辱，以苟旦夕之命，皆身名滅裂而無存者，亦不乏焉。予以君父子之所遇有可感而志者，故卒爲之序而歸之。

李晉陽詩畫册序

敬嘗過魏少司農環溪先生家，見公子無僞娟静秀好，時尚未任戴冠，然已通詩書，儼然鴻生鉅儒，真名卿之胄也。次見其館甥李東陽，温雅醖藉，浮英華湛，道德才器比公子，益驚異之。他日司農公謂余曰："吾子婿之兄李君，晉陽洪川西城名家子，惇行孝弟。父萬柳居士既殁，提抱其弱弟，友于善教，雅好詩古文，作《柳林記》以悲號思慕其先人。天下大夫士多感其言，皆咏歌嗟歎之。又好藏弆古今人書畫，畫册有名公卿題其上者，屬子一言志之。"始吾見東陽，心異其非常人，乃今後知晉陽君之家學有本哉。孔子惡夫没世而名不稱者。又曰：宗族稱孝，鄉黨稱弟，可以謂士。以君之賢知名天下，公卿大夫士往往詠歌歎息想慕其爲人，其亦可風也已。然吾聞昔韓昌黎爲唐儒宗，得子婿李漢，然後其文益振，其道益大，吾於東陽之於司農公不能無厚望焉矣。

大司寇魏環溪先生七十壽序

蔚州先生致政歸之再明年，春秋七十矣。客有過余曰："先生以道學自任，廉清於物，無所嗜好，顧猶獨喜文章。請吾子爲文以壽先生。"又曰："先生謂子近道而有文，壽先生，非子文不可，子不得辭。"余謂曰："諾。"已而念生辰爲壽之辭，余既不習以爲，而先生喜文章，其非以世俗之辭明甚，則吾所以稱先生，亦以先生之所以自任者，庶幾可乎？粤自詩書所紀，唐虞三代其時君相皆聖人，無道學之名。夫聖者，道學之標準也。堯舜禹湯文武以道學而爲君，皋陶、伊尹、周公以道學而爲相，上下二千年，入乎此則君明臣忠而天下以治；出乎此則君闇臣邪而亂亡随之。陵夷至於春秋，道學之統不在君相而在師，是以孔子爲道學之大宗也。孔子不得位，無所繫於天下之治亂，而萬世之治亂恒視孔子道學之興廢以爲歸，火於秦而秦以二世亡，黄老於漢矣而漢之儒者抱遺經、守師説，莅官服政，往往依据經義，苴決補漏，捄什一於千百而漢治猶爲近古。佛於魏晋六朝而學士大夫藻繢文字爲無用之空言，孔子之道幾於滅息。自是以來，兵革相尋，篡争接踵，道學之不明不行，其禍至於如此之烈也。唐之太宗號爲賢主，曰魏徵勸我行仁義，徵之學本於王通，通雖不能盡聖人之精微，而其流風墜緒猶足以有爲於一時，而世莫能用，况其有能行聖人之道者哉？五季紛紛，無足言者。有宋興而道學之名遂以大著，濂洛推闡於前，考亭集成於後，亦皆不得行道之位，甚至有厲禁於其時，然宋之文治視漢唐加遠焉。元許魯齋、明薛敬軒皆亦嘗爲相矣，皆以不能久於其位而不得行其道於天下，然而接宋儒之傳者二子也。接二子之傳者，吾求之往代，驗之方今，舍先生吾誰與歸與？由孔子以來，斯道之傳寖微，或無其人，而時君世主方嚮用儒者，或有其人而不獲見用，見用矣，或詘於時不能盡其道，此後世之治所以不能幾於唐虞三代之隆也。今天子以聖人而爲君，行堯舜禹湯文武之道，將必有如臯陶、伊尹、周公其人者以爲之相。舍先生其誰與？安見夫唐虞三代之隆不再見於後世之治也與？客曰："子之言可以壽先生矣。"

孫止瀾學士壽序

以吾所知及與游，江淮間賢人君子若抱道德而隐居不出以仕者，於鹽城則宋射陵先生。若出而仕矣，猶隐居然，則吾友孫止瀾先生。蓋吾之知射陵以與吾止瀾遊也。《易》曰："同聲相應，同氣相求。"又曰："同心之言，其臭如蘭。"射陵高節偉行，宜其著聞於天下，而吾必待止瀾而後知之者，蓋非止瀾之與游，無以知射陵之深，而兩人者非相與游之深，而吾亦無以知其言之可信也。若是則同心之言，烏可少乎哉？今年射陵年七十而止瀾亦六十矣，射陵之賢子穉恭以試高等，貢在京師，將歸而拜其父，而淮上之賢士大夫謀所以爲射陵、止瀾壽者。穉恭之言曰："吾父之執以得陳先生文爲快，吾父更不可以煩先生。"余聞而賢其言也。今夫文以爲壽，古有是乎哉？

吾欲一文以爲兩先生壽,今有是乎哉?夫古無而今有,安知古之無者不始有於今也哉?或者謂兩先生之行出處進退不侔矣。射陵以耆舊之遺,委形抗志,荷衣草履,自放於山陵川澤之間。而止瀾當少壯時,掇巍科,踐華涂,翱翔承明著作之庭。及其倦而暫休也,海内望之,冀其旦夕枋用。今年甫周乎,甲子知化,進乎古人,使其駕亨衢而康民物,吾道之與行。方自兹未艾也,而子比而同之,過矣。雖然,止瀾年未命爵,蓋屢進而屢退焉。今又十年所,蕭然環堵,糲飯藜羹,不異後門寒素,而道進德修,詩書絃誦,咏歌先王之遺風,將樂而終身焉。回視十年以來,人世之升沉顯晦,得失利害,順逆之故,或朝而華榮,暮而戮辱者,亦復何限。而止瀾神明澹定,歷寒暑晦冥而不渝也,此其與隱居之君子何以殊焉。故吾欲以壽射陵者壽止瀾,蓋兩先生之道同而其所以自處者亦無不同也。且吾有味乎止瀾之欲得吾文也。方今稱壽之言,必貴烜赫巨力之人,謂可以張其名而耀其事,不然則取世之自以其能文吗呶呼號於衆,與人争一旦之名者,豈此文之足以附不朽哉?彼亦聊以自託於知文者之流,姑以陵夸恣矜而已耳。余雖挂名朝籍而顑頷枯槁,閉闔固鐍,無以别於偶木石而友麋鹿者,去烜赫巨力之人遼矣、濶矣。又自以其不能文,故不呼號求名於世,是二者凡所謂今之稱壽之言無可爲役者也。而止瀾之有取於吾文者,得非將以遠夫烜赫巨力之人,而與顑頷枯槁者以引類而寄情,而文不文固不暇深論耶?苟如是,則以吾之顑頷枯槁之言於荷衣草履,自放於山林川澤者,祈黄耇而頌無疆,正其宜也。奚不可以壽止瀾者壽射陵乎?然吾雖已遠夫烜赫巨力之人,猶且挂名朝籍,是抱道德而隱居者之所望而猶欲遠焉者也。吾之文終不可以壽射陵而姑書之以爲止瀾壽。

宋射陵先生壽序

聖天子御極恩德,洋溢四海,下至深山窮谷,靡幽不燭。有詔舉山林隱逸之士,郡縣爲勸駕,時有以病辭徵者,淮南則宋射陵先生。

後復詔舉博學鴻儒,大臣又以先生應詔,而先生堅謝益力。當是時,識與不識皆仰先生之高風,希一望見丰采而不可得。余之嚮往於先生,先生不以余之不肖而嘗有願見之思也,何其幸哉!余曩與學士孫公止瀾游,孫公淮南人也,爲余道先生平生出處甚悉。乃知先生固非隐者也,上世自明弘治己酉發解,甲第屢世,迄今不絶。先生以世家子束髮讀書,下筆數萬言不休,抗論天下事及古今成敗,鑿鑿可驗之設施。當時聞先生之名者,有祥麟威鳳之目,顧乃深自韜抑,放志於衡泌桑者之間,無與於天下事。人無不爲先生怪者,而先生益發四庫之藏,疏鄒魯之微言,衍濂洛之奥旨,茹蔬飲水,充然有餘,陶然自樂。或質以出處仕止之經,則隐几不應,或坐對長嘯而已。世未有識其所以然者,而先生亦以爲世之知者寡也。顧嘗曰:“止瀾曾爲我言陳公,則陳公其知我者乎?”乃令其長公孝廉從余游。歲之庚午,止瀾年六十,先生登七十,余郵文爲兩家壽。今又十年所矣,孝廉介書來乞言,余復之曰,十者,盈數也。天道變於上,人事易於下。向止瀾與先生共鉛槧,晨夕論文者,已爲異物。如余握管爲兩家獻純嘏詞者,亦復頽然髮黄齒豁。又況八十年來故家舊族興廢亦幾更矣,而先生里舍巍然,猶數百年故址。夫人井臼躬操,苦志偕隐,詩書之澤詒於後昆,諸郎培風展翮,指顧爲廊廟瑚璉,而先生視履精明,孫曾繞膝,含飴摘果,極人世之樂事,則天之報施先生爲不爽,而先生之堅卧不起,復何歉於人世哉!揚子曰:“梁、齊、楚、趙非不富貴也,惡乎成其名!谷口鄭子真不詘其志,耕於岩石之下,名震京師,豈其卿?豈其卿?”余謂君子而足以成德名,雖岩穴終老可也。即使履天衢、立朝廟,終無損乎其高也,何必不卿?則夫先生之出處,豈有膠固之見於其胸中哉?固未可爲流俗人道也。書此爲一觴之侑。

田司農壽序

國朝有名諫臣陽城田公兼三,當世祖龍興,重制科,羅致天下豪英，公用首科中進士，爲太康令，有賢能聲，擢曹郎。久之，朝宁益知其賢，拔置西臺御史。今上即阼，重諫官，察知公賢，内陞京卿。是時京朝官途壅，不得補。詔以京卿品秩參補科道，於是公更歷省臺，簪筆荷槖，回翔諫諍奏彈言事之地，積有年歲。前後條奏關國家沿革利病，用人行政，兵食禮樂，措置廢興諸大計，無所不言，言無不愷切詳明。今宫府典制，釐然載方册，及令下郡國，所奉行大抵皆公爲給事中御史時所建言者也。公既精誠通敏，感孚人主，而言論丰采，岳峙風行，士大夫倚以爲重。由是踐清卿，陟憲府，晉秩爲少司農，皆用不次登顯。天下之人聞其風聲，無論識與不識，僉謂天子方嚮用經術政事之臣，旦夕攬魁柄而宰化機者，必曰田公田公云。然公之意不自以爲得，雖在朝廷，其神明寄託常在山林栖遯之間，於交游親串時喻其意，聞者益歎慕其賢。歲辛酉，年甫及耆，得返初服，脂車之日，都人士卧轍遮道，留公車馬，不得行。公間道疾驅去，昔人謂二疏去時，觀者歎息，知其爲賢。今以視公爲何如也。昔漢李固疏言朝廷聘楊厚、賀純等，待以大夫之位，以病免歸。一旦朝會，見諸侍中，無一宿儒大人，誠可歎息，是日有詔徵用厚等。宋張忠定公謂寇萊公用太早，仕太速，甚以爲蒼生無福。夫以寇萊公之賢，忠定猶有是語。而李固一歎厚等，乃復徵用。然則老成魁碩，誠國家所宜愛重而蒙任，使近寵光，尤當致慎於少雋喜事之人矣。今俊乂盈庭，百寮師濟，上追唐虞喜起之風，豈漢以來叔季之事所得比儗而稱數之者。行將召公，起之田間，畀以機政，舉公爲諫官，時所欲言而未盡者，起而悉見諸行事。公雖欲長有山林之樂，豈可得哉？公歸之時，值公初度之辰，邑之諸生謀爲公祝嘏之辭以屬余。余惟巫史紛若之説不可以爲頌，而稱述聖朝所以養賢立政之大者以頌公，然不僅爲公頌焉而已也。

徐健菴尚書壽序

孟子論王者興，必有名世賢哲之生，與興王配，豈非重與？又言豪傑之士雖無文王猶興，以明王道雖闕，而儒者之爲功不得泯泯而無也。豈非尤重者與？蓋自三代盛時，政事、禮樂出於一，治同道，世同風，而士同學也。及其既衰，政事禮樂出於二。歐陽子所謂治出於一而禮樂達於天下，治出於二而禮樂爲虚名者是也。若夫治出於二而道德風俗之不同，士生其時，欲其耳目之專、心思之一、踐行之篤，以從事於先王之學，蓋已難矣。是以百家之説紛然雜出於其間而莫之能同。至於士不同學而害愈及於治，天於其時篤生賢哲，所以承王道之闕而補救其弊也，不謂之豪傑之士，其何以謂之哉？然王道之闕，其弊亦以時而殊。故孟子生於周衰戰國之時，王道之弊在楊墨辭而闢之廓如也。自孟子後二百餘歲，其弊在非聖之書，廣川董子興焉，六藝之道、孔子之文燦然大著於世。又數百年而至李唐之代，其弊在佛老，韓子起而闢之。歷五季之亂，至於趙宋而理學諸君子後先奮興於其際，斯文之盛於斯至矣。然亦時承其闕而補救之，蓋皆所謂豪傑之士也。由宋至於今其弊常患在異學，異學之弊同於非聖之書而甚於楊墨佛老，其論性無善無惡，其論學親師取友，爲學力行謂爲好事，論聖人之書六經皆糟粕。夫爲佛老者必有師，又其書皆具，其黠者亦嘗從事焉。而爲異學者既襲其説以論性，乃欲棄師友、離書冊，毋力行其所學〔一〕，果何學耶？其弊不甚於佛老耶？夫世之聰明才智之士，豈謂無人？其卑者溺於辭章末技之習，而高者又惑於是焉。壞人材、亂民俗，浸滛於政事，蓋其爲弊流於宋而泛濫於明，自百餘年來未有已也。如今日者所謂王者之興，文王之世也。而名世豪傑之士，實生乎其時，如吾徐先生者。此吾之所尤厚望焉者也。先生以道德文章負海内大名，及其列侍從，歷公卿，事之可傳道於世者衆矣，而吾皆不以爲先生之所難，而先生之大者在以其大同之學發之於至一之治而已。歲之十一月，先生初度之辰，其及門受業之士問言於余。余故稱引孟子以來儒者之爲功不得泯泯而無者，而引以致美於先生焉。然彼皆所謂豪傑之士，不得有爲於時，而獨幸以其言救萬世之弊。今聖人在御，辨學術之是非，審人才之邪正,王道之興無由闞也。而先生以名世之業適與會其時,將使儒者之效大白於當世,此吾所以又致私幸於先生也。

【校記】

〔一〕母　依文意當爲“毋”。

藎臣王翁七十壽序

昔人有言,名者實之賓也。吾將爲賓乎? 夫實之不至,烏乎賓? 吾將爲實乎? 無能爲矣。私竊自喜以爲無其實而不有其名,可免過情之耻矣。襄陵王翁曰:“否,否。君子病没世而名不稱。”王翁者,嘗遊於蔚州魏先生之門者也。學而有名,予聞其言而愧之。會翁年七十,侍御王君思顯委予以稱觴之文,因得仍舉名實之説質之侍御君。雖無當於長筵介壽之詞,而舉觴引滿,庶幾听然相視而一笑也。予家既中落,居恒自念士君子立身行志,既不能卓然自見於世,甘貧守約,其定分耳,固亦無足言者。乃或者曰,此其家不貧,故爲此硜硜也。翁則爲予白於人,人或知吾貧。又曰,其素所誓志然矣。若是者,名之可受者也。予略涉書史,爲文以自娱,浸淫三十餘年,不足供人之指斥。一日跋柳州先生集,翁讀而歎曰:“公之論議不忍薄待今人而篤厚於古人如此,此豈僅闞於一國一世之人而已哉? 公有其實而逃其名,後之君子其未可誣也。”予因謂翁慎言之,將使予有能文名,有不好名名。若此者,非予之所敢受者也。退而念之,凡翁之勉予以其名者,豈徒然哉? 將使立身行志,因名以責實,義厚而情殷者如斯也。夫語云,無言不報。述翁之行而實其名,亦其宜也。翁以聰明特達之才,少爲諸生,以孝聞,撫弱弟,尺布斗粟,無所私施於一家。及於族黨朋友信之,比閭化之名實茂焉。初,衛文清公嘗語魏果敏公曰:“吾鄉有佳士王子藎臣,寧識之乎?”魏先生由是雅重翁,翁既學於魏先生,代北之賢豪競延翁以爲上客,故今侍郎李君東生、宫諭魏君無僞稱世講焉。翁貢入國學,新城王公阮亭爲延譽於公卿，翁之名由是益著。許君壯其初與翁同入學爲諸生，孤介刻厲，及爲吏部以歿，翁爲經紀而襄其葬，老母孤兒，朝夕皆倚翁以辦，士論益賢之。翁精於《易》，以人之生年配八卦爲東西宅以居，人人居之輒利，善察地形，牛眠龍耳，不爽尺度。福眚響應，較若神明。而遠遊海邦山國，得神仙之術。夫神仙之術，儒者詘焉。翁之言曰："不聞子程子之言乎？吾惡夫狥欲而忘身者。予嘗讀朱子粂同契説，思之弗得也。朱子言大要在坎、離二字，於此得其綱領，則功夫之節度，魏君所不言者自可以意爲之。"翁其得魏君之所不言者乎？吾見其肌理瑩潔，神采朗發，控馭奔馬，凌觸炎熇，犯冒霜露，日馳數十百里不倦。談讌噉物，什倍少年。翁故儒者而人見之則以爲神仙中人也。雖翁亦自負，間嘗語予金房玉堂之間，非公莫與居。此中歲月方長，不僅如人世之所謂百歲千年，公得無意乎？蓋將引予爲采真之游，而適遂吾逃名之願者也。予雖不能竟學，然壯其言而樂之，即翁言以爲壽。侍御君曰："善夫！可以爲翁壽矣。"

塗母王太淑人八十壽序

吾讀《詩》，至《四牡》之章而有感矣。《四牡》之詩曰："王事靡盬，不遑將母。"又曰："將母來諗。"然後歎昔周之盛時，其君閔勞臣之公義而順人子之私恩也。觀察塗君比在京師，以太夫人春秋高，亟求歸省。當是時，天下號無事，海隅向風，天子日開明堂，惇典協樂，有燕勞羣臣之風，而勞臣羈士亦得因以恤其内顧之憂。於是觀察君得從容省其母於相州。今年康熙乙卯，觀察君使使走千里貽余書曰："吾母年八十矣。將丐中朝名公卿之能詩歌者一言以侑觴。子好古文，微子言，不足以介眉壽而祝純嘏也。"予考太夫人行事，束修厲行，明大義，似儒者。臨事察機，如偉丈夫。蓋嘗以是相太公矣。太公少時交游多賢豪，太夫人脱簪珥供具，勸之讀書。久之，太公怏怏不得志，因棄去從戎。太夫人壯其行，解嫁時奩爲治裝。會兵亂，不知太公在所。後二十年，皇清定鼎，太公從龍入關，爲潤州守，始聚合。遷相州分巡道，卒以身殉於難。太夫人生三子，太公從戎時觀察君才十許歲，叅戎君、南海君皆尚幼。太夫人督教諸子，捋荼况瘁，以俟太公之歸。觀察君由州守歷今官，所至赫赫著聲蹟，則太夫人於太公爲賢妻，於觀察君爲慈母，而觀察君於太夫人爲孝子也。經有之，事親孝，故忠可移於君。今太夫人正健匕箸，國家方以武功戡亂，時詔求外服駿歷舊臣，愚以爲觀察君宜出而仕矣。且夫風詩之義何如哉？方其勞使臣之來也，雍頌燕游，以告從事，則許其將母至戎車飭矣，常服載矣，而不遑軫其室家。今委贄爲臣，不以身赴公家之急，而曰"吾有母在"以自解。太夫人明大義，能臨事察機者也，以忠孝教其家者也，其烏能安此？吾故曰宜出而仕也。使觀察君起而趨嚴程，奉簡書，增修其職，旦夕建牙擁麾，經營四方，以佐天保、采薇之治。太夫人必且大喜，志適神王，永引於壽祺。天子將錫之寵命，被之詠歌，嘉《四牡》之勞。臣不佞，又爲君賦詩，繼美吉甫，以自託於《六月》，詩人之義，使書之彤管，傳之國史，誇耀於無窮，如是以爲太夫人壽，不亦善與？使還，觀察君稱觴上壽，以不佞之言進太夫人，必怡然色喜，趨命觴，觴觀察君曰："陳子之言善，子其行矣。"

午亭文編卷三十七

序　引　疏

存誠堂集序

儒者以道德文章蒙知遇，被顯擢，在密勿論思之地，晝日三接，夕漏不休。造膝之謀，同列不聞；伏蒲之語，外庭不知，推賢與能，慶流朝著，横經講藝，澤及生民，彌歷歲年，延登受策。於斯時也，當大有爲之日，贊不世見之功，休休乎，濟濟乎，駿聲鴻烈，與五曜三階争光映采可也。豈猶與夫庭墀郎署、備官散秩，以及窮巷布衣、韋帶之士競秀摛華，角一字句之勝負，蕲榮名於蟲書螽簡之中也哉？雖然，學術之不明久矣。古之儒者窮經研義，文禮詩樂，治性理物，罔可闕如。况輔翊化成，經緯羣倫，而委棄大雅，其謂之何？此一代偉人神明寄託，高標霞舉，流輝成文，有不蕲其然而然者，非夫人之可仰而測其津涯者也。予於相國桐城先生得斯義焉。先生深經學，敦儒行，解巾釋褐，仕爲史官，其時已有終焉之志。會禁林建直，隆學求賢，登進髦士，自是以來，先生早夜侍焉，積二十年餘而枋用。所云儒者以道德文章蒙知遇，被顯擢，論思延登，濟濟休休者，公皆有焉，而不以自居，神明寄託，顧嘗在丘中田間、野雲流泉、岑寂閒曠之地。既操筆内廬，暨鈞衡台席，以經術潤色廊廟，浹徧幽遐，時以其意發爲詠歌，高文清思，孤行獨賞，田家漁父、樵夫牧童，則儲公之格高調逸、趣遠情深也。在泉成珠，著壁成畫，則輞川之秀詞雅韻、意愜理精也。以至香山之挺出於長慶，蘓陸之各擅於南北，跡其流風，會其神解，皆超然於自得之餘，此豈有意焉競秀摛華、角一字句之榮名者哉？蓋先生之所蓄積者然也。窮達不異其操，約樂不改其度，故其得於心而溢於辭者，有不蘄然而然者矣。先生之詩必傳於後，宜擇可傳之人而序以傳之。余忝從先生後，時在直廬，先生每以兹事相屬。余遜謝不遑，於今十餘年所矣，而先生督之不輟。余以先生之文，鋪陳鴻業，鼓吹斯文，敷爲典誥，伸爲《雅》《頌》者，能言之士必將誦説而傳之，而獨取其義於斯者，是亦先生之志也夫。

山行雜記詩序

康熙十三年冬十一月，將卜仁孝皇后山陵所宜地於遵化五龍山，詔遣重臣率所司往相視，於是高陽公被命行。既還奏，下公卿集議，僉曰可。天子惻然，念陵垣所入民廬田冢墓多，"吾不忍其往視孝陵"，遂可。因厥績，維用紓吾民，大哉王言，予是以歎吾君吾相之用其心於天下甚厚也。嘉謨嘉猷，入告於内，出不使人知者，此宰相大臣之職則然。若夫忠臣愛君，其幽憂悱惻、思深慮遠，又往往見於獨寐寤言、咏謌嗟歎之間。蓋其中心之誠，終有不可自掩者。未幾，高陽公以《山行雜記詩》一帙見示，廷敬受以讀，作而言曰：吾所爲歎吾君吾相之用心者，其在斯乎！我公文學爲海内宗師，翰墨滿天下，作爲歌詩，有專集行世，今詩十五章耳。山川阸塞、土風民物所宜設險阻而振凋敝者，悉發之登臨覽觀、徘徊憑弔之深情。夫密勿造膝之語，予小臣所不敢知，而所可知者庶幾於是詩焉遇之。於是益知我公之用其心於天下爲尤厚也。廷敬備員講席，兼直起居，上而乘輿出入典制詔令，下及諸司百執事之敷陳獻替，例得備書。然日侍上御宫門，但遥望見宰臣上奏事，則斂身引避如不及，使得循故事，操尺簡，濡筆直書其後，於以揚君相之美而傳之無窮，顧不爲一代盛事哉？而惜乎公之用其心於天下者，僅於是詩焉遇之也。是時閣臣奏事起居官不侍，今典制釐然備矣。

合肥李相國詩序

昔吳季子觀樂於魯,工爲歌詩,其於十三國風俗之美惡,及文武以降政治之得失,季子皆能辨之,若身際其世,目擊其事者。而當時詩人偶觸於中,形諸諷詠,或不自覺其所由然也。《記》曰:聲音之道與政通。子輿氏謂誦詩讀書,必先論世。《國風》之有正變,二《雅》之有盛衰,豈作者哀樂之情有所偏毗於其間哉?亦時爲之也。順治之十有五年,歲在戊戌,今相國李公與余同登孫君承恩榜,及祕書之選,二人者又相同也。歷今上御極,前後四十餘年。聖天子武烈有不戰之功,文教有從欲之化。當是時,萬邦咸寧,百職就理,儒臣載筆,出入禁廷,如公與余者,親見德化之成,日覩文明之象,或休沐少暇,則置酒論文,賦詩見志,以鳴愉快。今相國之詩具在,其爲歌功頌德者什之二三,其與余贈貽唱和者亦什居一二。自古作者多矣,有唐以來,獨推李杜。然其困躓流離已甚,其詩多戹窮憂世之詞,以例三百篇列之變風變雅可也。今李公位尊燮理,沐浴至治之光華,發爲詩歌,鼓吹兩間之和氣。譬之於樂,叩鐘擊玉,絃匏雅頌諸什,陳衛之趨數哀思,閭巷之折楊皇荂,雖欲干其律吕而不可得,則夫際文武極盛之時,而兼李杜二公之手筆者,非公其誰與歸?公詩經爲經,史子爲緯,而組織之以性情。四言典雅淵秀,深造吉甫之清風,彭澤之逸韻也。五七言古,以少陵排宕之才,運昌黎、摩詰之筆。五七近體,格律精嚴,神韻灑落,在王、杜伯仲間。斷句緣情綺靡似竹枝,一唱三歎似樂府,此固各臻其極者。若其取材之浩博,則如觀滄海入珠宫,珍貝陸離,光怪眯目。其筆力之沉著如巨靈擘山,獅子搏象。其摹寫景物則山水烟雲、花鳥變態盡入鑪錘,如大冶賦形,渾然天成而無刻畫之迹。若此者,溯流尋源,直追《騷》《雅》,牢籠漢魏,陶鑄宋唐,實集百家之大成,允爲一代之宗匠矣。設有知音如季札者,我朝主臣一德之風,以及公生平光明俊偉之概,皆將於詩乎識之。天下後世不乏讀書尚論者,定以余言爲不誣也。

萊蕪張先生遺詩序

敬生始齔齒，解爲詩。又五年，應童子試於潞州，光禄公爲諸生，父子皆試於學使者，學使者萊蕪張公問知余能詩，獨不試詩，試五經義立就，曰："吾以子冠諸童子。"光禄公在高等食廪餼，而伯氏長公是年以經魁於鄉。於時父子並受知於公而公遇之皆有恩意。故余自束髮迄於今老矣，每念公遇我厚，樂稱道公之賢，以媿世之名爲師弟子者。雖然，敬豈敢阿其所好哉？公爲學使者清。公能知人，爲當時第一，士爲公所知者，皆至大官。公去數十年，及公殁，稱之有感思泣下者。蓋公之清不名一錢，名錢豈得爲學使者？豈得爲凡爲吏者？是誠無可奇，况不足以爲公奇，而余稱之者，以習俗之所難也。而且不怵於上官，不奪於豪貴，其公也，尤人之所難也。其知人也，則失於余，而猶靦顔忝爲大官，其勝余者，或以功名，或以道德，而講學巖隐，垂名册書甚衆，將必有傳於後。余不忍廣爲諛以負公，故皆略而弗道焉。公既以直道違時，卒用是受譴於上官，故曰習俗之所難也。公去官之日，布袍蕭然，策騎而返。過吾邑，吾追送公於野店之傍，公怡然無幾微不豫之色，苐曰："子勉之矣。千秋事業，一日榮名，失得在人，取捨在己。子擇而爲之。"余泣以拜受命，今依依逆旅，贈處之言余蓋有媿於公也。敬後荏苒入仕，公一就視於京師，别去數年而歿。公爲鄉先生，貧老嗜學，以化其鄉人，間爲詩自娱。公以正學自任，沿流泝源，晰河津餘姚之微，嚴考亭象山之辨，晚年造詣尤深。與鄉人處，游雩浴沂，吟風弄月，鄉之人莫之能識也。公所學者大而難舉，况以余之不學，負公之知人而欲强顔以爲之辭，其不可也明甚。自念始以詩聞於公，無寧取公之詩而諷誦之以畢余之思乎？因就其裔孫嵩求公詩，嵩曰："公不樂以詩名，詩成皆緣手散去。"固求之，得如干篇，伏而讀之，皆非公之至者。因復自恨余寡陋湮塞，皓首無成，既不能推明公學，使有聞於斯世，尚欲因公文章之一體叙而傳之，使後之有志於斯文者，知余以詩受知公而不以詩負公，則余之終始於公者，不惟以詩而即詩猶可考而知也。乃公之詩少有存者，幸而存之又非其至者，然則天之有意於斯文，其然耶？其未然耶？因又謂嵩，天果未喪斯文也，子必求而得之。辛巳正陽月受業門人陳廷敬拜手敬書。

張子潛詩序

余年弱冠，在翰林。是時故司寇東谷白公在位，以耆儒長德，賓接後進，研鑽文學。余摳衣捧手侍公，相見促數。公每稱吾邦邑之賢以相淬礪，余蓋始知陽城有詩人張子潛其人云。公嘗語余，子潛初困阨，鬻豆腐於市中，無書籍筆札，從鄰人借得書，流觀掩卷，不更尋誦，若夙生所記。手晝心温，精魂奔會，當其得意，茅店孤燈，蟻輪馬磨，蹢躅行吟，甕牖堵牆，歌聲出金石，市兒俗子莫不鬨笑。已而又言，老人愛其"門前芝草鹿麋田"之句，故別字之曰麋田。後五年，余休沐而歸，求觀其詩，如登海估之舶，如入五都之市，珠璣犀貝，無有不具。姑以其所爲業，推類而喻之，如玉禾之露而澹旨圓潔也，如蘭肴珍饌齊和華錯而氣馨色腴。崑山之脯，玄圃之葅讓其濡潤豐美也。迨求其人，而迢乎遼乎不可即也。後二十年餘，余倦游而歸，子潛擔簦負笈見余於樊川之上，而詩愈益工。蓋不以余之流離世故、思雜風塵而猶謂其可比於知言之數也。乃子潛歸而經涉旬月，袖其新詩盈卷，自名曰《喜見吟》者，過以眎余。余受簡疾讀，分陰移晷，膝席絮語，歎其法備味永，芳外惠中，有加曩昔。至所云喜見者，非他人則余也，夫余也何足以當之。往者曹郎鄭君見黄公梨洲而悦之，名其集曰《寒村見黄藁》。自序陳後山年三十有一，見黄豫州，盡棄其學而學焉。寒村子見梨洲，亦年三十有一，遂以見黄自名其集。黄公遺老宿儒，唱道於浙東，寒村子之以名其文也，非直以其文之謂也。余白首廢學而子潛亦華顛窮老，方負其雋辭麗句以見余爲喜，誠出而交游天下之士如黄公其人者，見其所未見，其所爲喜，當益有進焉。雖然，余嘉其志，不以爲媿而樂道之，爲《喜見吟》序。

石隖山房詩序

汪子鈍翁以文章名天下，天下所稱賢豪之士争慕與之游，而鈍翁意所不可，不肯苟随，其所可者，必其人之果賢者也。居堯峰十年，絶跡州府，四方大夫士多就之者，幸而被其容接，聆其言論而歸，莫不爽然若有所失，充然若有所得焉。及其嘗所與游，去爲達官貴人，雖欲一望其音塵而渺然不可得也。孔子曰："不得中行而與之，必也狂狷乎！"若鈍翁則孔子所謂狷者矣。堯峰之麓曰石隖，王子咸中築室讀書其間，與鈍翁所居爲鄰，輒相與登臨晏息乎隖中。席文石，酌芳泉，攬山川之勝概，舒贈答之雅懷。柴門村徑，晨往而夕歸。於是鈍翁既爲《石隖山房記》，又數賦詩以歌詠之。咸中合其前後所得若干篇，書於冊，且以博徵海内之能爲詩者，而以自鳴獨得與鈍翁游有如此也。則其人之果爲賢者，不槩可見與！或曰，鈍翁之於人也，可者與之，不可者拒之，似隘而不弘矣。夫狷者有所不爲，孔子有取焉。苟不察其人之賢否，随世俗爲毁譽，而又因以私於其人，則是以聖人之言爲不足信，而使鄉愿之説足以惑天下也。咸中曰："善，請書以爲《石隖山房詩》序。"

轉蓬集序

夫人有取於物，苟可以寓其耳目，洩其心思，服習之不厭，樂其中而有以自得焉。雖世之可慕好而宜以爲樂者，不以加於其心，其所見若此而止耳。夫苟以寓耳目、洩心思以爲樂，而忘其宜可慕好者，非樂之至也。然而不能强其所不見者，姑以是爲樂焉而已。今夫塵羹土飯木胾，童子取之以爲戲，當其戲也，樂之不厭。長者以謂塵羹土飯木胾也，語之曰此不足戲，童子其肯信之？嘗試與之齊以蘭梅，調以滑甘，炮生切脯，滋芬完兼，則以是爲適然而不足以戲。何者？其所見若彼，故所樂者在彼而不在此也。吾少而樂乎詩，大抵所樂固其所見者，而不能强其所不見者。後得馬君玉坡，與之論詩,然後知嚮者塵羹土飯木胾之類,果不足以戲而不可以爲樂也。别玉坡數年,玉坡詩益工而余於詩廢且不爲。嗚呼！吾嚮者所見在吾之詩,童子之塵羹土飯木胾也。既而所見在玉坡之詩,故又以爲長者蘭梅之齊、滑甘之調、生脯而滋芬也,過童子所見矣。今者所見不惟在吾之詩與玉坡之詩,意者太羹玄酒,天下之至味存焉。蓋將求其宜慕好而可以爲至樂者焉。雖然,今之所見既異於昔,安知後之所見不又有異於今者耶？願與玉坡深思而極論之,而姑記其説以爲《轉蓬集》序。

歲寒吟序

余性不能多接物,比年閒居,顧復喜賓客。去年赴召,歲晚嚴裝,與家人别,獨與客數輩俱。既至數日而歲除,爲治具,延客上坐,燒燈灑酒以爲客歡。酒數行,客皆低佪感慨,羈旅别離之思見於顔色。余亦因以不樂,遂罷去。改歲數日,江都殷子以其所爲詩歲寒吟十五章謁余,讀未已,驚曰:“異哉！夫人之才之詩也。”悉召諸客,使更番讀之,每一客讀未終篇,諸客從傍皆昂首拊掌大快,嘯咏稱善,皆曰:“異哉,不圖詩之至此極也！”讀既已,命酒觴客,且曉之曰:客亦知遇不遇之有道乎！夫殷子居於外五年矣,以其雄才藻思,奔逸陵轢於詞場,意得神王,無羈旅别離之感,若忘其身之爲客者。而至曜靈縱轡,光流景急,感時節之易邁,慨青序之復來,於是始窮幽情,殫微緒,發作於清言麗句之間,以視客之辭家。匝月更一歲除,輙有無聊之感者,意度不侔矣。且夫殷子天下士也,游光揚聲,如以寶珍陳於五都之市,公卿大夫過焉,猶且忽而不察,而况乎幽遐之質、藴璞之玉？所從與游如僕者又碌碌不足比數之人,欲早自振拔於窮巷席門之中,一不遇則廢然思返,何其過也！雖然,以殷子之才且賢,彼固必有遇也。客姑學殷子之學,學如殷子,其亦無患乎不遇也矣。於是客皆喜而酌,盡醉大樂而後罷。明日且授其語於簡,會殷子介吾友左司農王先生問序於余。王先生旦晚且登用,將有進賢用士之責者，爲書其與客游處之言以告之，且塞殷子之請焉。

海寧查布衣詩序

海寧布衣查君諱容，字韜荒，一字漸江，有文名聞於世。歿數年，余始得誦其詩。余嘗論士，必有直方特立卓犖不羈之行，其心之所存、語言之所發始能不苟同於流俗，而後之誦其書者，雖千百世之遠，猶邈然想見其爲人。此文之所以可傳也，豈不繫乎其人哉？若君者，於吾心有所感焉。君少時應童子試於有司，隸止君搜檢，君大怒曰："朝廷以取天下之賢士，而有司以不肖待之。"遂拂衣徑去，不試，以布衣終。君生有異稟，讀書經目輒不忘，於書無所不讀，所讀書皆能誦説之。論古今成敗、人物臧否、制度因革、地形險易，明晳如指諸掌，如懸河瀉溜，滚滚不窮也。顧獨喜飲酒，世嘗譏其使酒罵坐，然遇人無貴賤，皆盡其歡，其心所不欲，雖貴人不以屑其意，以故貴人咸嚴憚之而卒不敢有所加於君。嗚乎！此豈可易及者與，而人或謂其肆志輕世以明高，過矣。又其甚者，或苟得媮合，以希一日之虚聲，咸指目君爲異物。而其時安貧樂義之士，嗜詩書，慕林藪，不爲得失利害動其心者，皆感興於緒論，被服於流風，君之力亦不爲不多也。君吾既不得見，今讀君之詩，邈然如見其人焉。此君之文所以可傳也。聲山，君宗也，曰："盍不書是語以爲君詩之序。"余曰諾，爲點定其詩而書之篇首云。

吴元朗詩集序

於乎！此吾元朗之遺詩也。元朗以藐諸孤，承先人之緒，修其家學，詩名盛於一時，而戊辰對策萬言，超然獨異。予時讀其文廷中，曰："此必吾元朗也，當魁天下。"已而竟弗得，後予在户曹，元朗爲郎官，以其暇日得與論詩。予嘗謂元朗，古人有言聲，畫之美者無如文，文之精者無如詩，夫文以載道，詩獨不然乎？自昔宋初學者祧少陵而宗義山，雖以歐陽公之賢，猶捨杜而學韓，歐陽公詩不逮文，固無可論，然亦豈非以韓詩之爲尤近於道與？近世詩人多學白香山，香山之詩視義山爲優，然當時之人已有議之者，而杜牧之爲特甚，則其弗幾乎道者，不爲時所重而傳之後世，得無流弊也，不其難與？二子，予之鄉人也，予不敢諱言之。昔有吳中巨公，自負攬文章之柄，一日謂予，人不學杜詩，斯可矣。予心識其言之非而未有以應也。今吾子生長吳中才俊之區，能不狃於鄉人之見，取其近於道者，去其不近於道者，此子之詩所以見重於時也。元朗以予言之不謬，故時時與予論詩。今元朗已矣，此予之所爲悼歎過時而不能自已也。先是，予在内閣，元朗以曹郎考選科道官，上顧問廷敬，此數人中有素知者否，廷敬奏言，吳璟有文詩名最甚。是日試奏議，元朗果第一，授給事中，進都給事中，亡何以宴會細故落職。上惜其才，命修書於殿廷，及分書，得書畫譜。予在内廷，又復得典勘其文，同時被命者侍郎孫君樹夆、中丞宋君堅齋、學士王君麓臺、給諫王君耳谿，皆雅重元朗。雖以諸公蒐羅編譔之勤，而元朗尤晝考夕稽，爇脂繼晷，殫精積瘁，爲書百卷，將呈進而遭太夫人大故以歸，歸而卒以孝死。嗚呼！使假之以年，其進於道而有爲於世，當必有大過於今者。蓋天之生材亦難矣。松楝栢梁，不待百年而斤斧尋焉。或芝蘭當户，鉏而去之。天之意固若此與？抑亦其人之爲之與？此予所徘徊悼歎而不能解者也。元朗卒之明年，友人徐子葆光將輯其遺詩而問序於予，是以追憶與元朗平昔論文之言，叙其仕進退處之大畧如此。若元朗之詩之卓然名世而必傳於後者，則天下自有公論也，故不復詳著云。

史蕉飲過江詩集序

比在直廬，上遣中使傳問今之詩人孰與爾等比，今或未然，其後可冀有成者爲誰，悉以聞。維時以綸音優異，惶恐幾不能對。有頃乃言，今之大官才士皆爲上所深知，臣皆弗能如。後進之士，臣交游絶少，以今所慬而知者，則翰林史某、周某其人也。蓋桐埜之詩其始聞於韓慕廬宗伯,而蕉飲則惠然貺我以篇章者也。予以才小任重,退居深念,蕭然閉門,不能盡交天下之賢豪,至如二子者,或聞而知之,或惠然貺我以篇章,則固予所欣然自慶,樂從之游,將賴其劘切討論以自策勵,使不至於耄老而無成者也。夫詩之爲物,發乎情,止乎禮義,其至者足以動天地而格神祇,窮性命而明道德,雖不能至,然心竊嚮往焉。豈不亦甚盛矣乎?而終以窘陋少暇,坐荒如此。然二子果天下之賢豪間出者也。桐埜久在翰林,而蕉飲改官給事中,掌垣事,今請急將歸維揚,示我以前後所爲詩,洋洋乎風人雅頌之遺音矣。其氣淵若本乎性也,其言藹如約乎情也,可以字句求而不可以字句盡也。上嘗有是言矣,賜廷敬詩序有曰:"清醇雅厚,非積句累字之學所能窺也。"於戲!此風雅之本原,詩人之極致,廷敬何足以當之,其惟吾蕉飲乎!昔周之盛,以文王周公之聖化行俗美,其時名卿賢士賡揚雅頌,播諸朝廟下,至兔罝考槃之野人逸民,莫不能詩。太史采之,順其音節,被之管絃,蓋詩之爲教弘矣。今者運值休明,人思復古,風人之遺,未嘗不在兔罝考槃間也。蕉飲歸而涉遠林,探澗谷,與野人逸民咏吟嘯歌,以適其樂。而予且歸老於田間,茅簷竹篳,以其餘日引觴點筆,遥爲屬和,用以忘老至之憂。亦以見友朋遭際之隆,皆上之明賜,將永矢勿替焉。而前所云窮性命而達天人者,於蕉飲乎望之,予老矣,弗能幾及已。

讀書紀數略序

極天下之至賾者,莫如名物;紀天下之至賾者,莫如數。自一名一物,以至十百千萬之名物,有時而盡。自一數以至十百千萬之數,用之至於不可勝窮。夫一名一物,各有本根,至於數,豈無所自始與?蓋數之始至微渺矣,而析之縷縷而不盡,其變合之渾渾而莫窺其端。近而日用飲食之末,遠而家國天下之大,原其始而要其終,莫不有至理存焉。知之坐照而無疑,守之服膺而弗失,適歸乎性命道德之極致焉。數之時義大矣哉!善言數者莫如《易》。昔者聖人之作《易》也，能知數之所自始，而後能用數以作《易》。《易》之數始於河圖，自漢魏以來洎有宋儒者，莫不推言之。而卦爻之數始於河圖之中五，蔑有能明著之者。是以萬有一千五百二十之策加倍推之之法，又往往支離而弗合。言《易》數者既不知其數所自始，則將無以驗之事物，體之身心，或僅漫視爲卜筮之書，余滋懼焉。往因退居多暇，玩索彌年，於此恍然自覺有得。歲時流邁，衰暮孤危，欲就正世之有道君子而决擇所適從也。有味哉！宫中丞公之讀書，以數紀書也。予覽之，躍躍然有感於吾心焉，謂其以數之爲可貴也，則必能求其數之所自始者矣。公味道含經，述作不倦，上自金版玉匱之書，旁及海外名山之籍，遴訪遐稽。其繫於數者，紀之於冊，其數之所不繫者，罔不穿穴采掇，横見側出於其間，如編貝聯珠，璨絢震耀，盪人心目，其善用數也如此。予是以因讀公之書，姑以向所得於《易》之言數者，引其端以質於公。若其精微之指，則非親聆公之緒言，固不能縷悉其萬一也。方公之爲是書也，上視河駐蹕淮上，公以所撰初卷及義例奏進，上覽而嘉焉，命以例編緝。夫以學士大夫歸田野，處道幽閒，而託篇翰與人主相上下可否，此亦不世見之，遭逢儒林之美譚，不朽之盛事，不惟公一己之爲榮而已也。書成既進御，問序於予，予髦且老，而益喜學《易》，乃以其芒芒然懂若有所得者質於公。自忘其燭之明不足語於白日之昭昭也，不禁其逌然顧影而自笑矣。

畢亮四論訂歷科經義序

畢先生亮四生同鄉，初不相識，及余有母之喪，畢先生來弔來會葬。久之，往謁謝，未至數里，迷失路，别使人瞷畢先生，則身自耕於田，要所使人留止其家，與之坐而食以食。畢先生無僮，指其所食使人食，皆身自食之，且食且自飼其蠶。日昳時，至畢先生家，則蓬藋滿門徑，牛欄雞塒雜置堂下，堂中則處其所自飼蠶。肅客入其東一室，流塵蔽凝，畢先生擁篲襒席，揖客而坐，坐定視畢先生，蓋冥然農家者流耳。及相與語，則談天衍，雕龍奭，炙轂過髡。吾雖未見其人,聞其語意者,即畢先生其人其言是也。畢先生家與農民最下者比,所守甚危苦,而家獨多藏書,勝國君臣事跡、典故文字闕史家者尤多,其他書皆世所不常見。其議論磅礴澶漫,汪洋恣肆,旁紹曲摭,横貫勁出,指畫口道,如瀛海汗瀾,浩乎無垠而天光瑩晶也。如蛟龍奮翔,鱗爪開張而波騰雷動也。如驅騏驥騕褭,駕重車,臨廣途,停策委轡,不終日而馳千里,而駑馬顧望,嘶鳴蹢躅,遼乎其後也。予所信爲其人其言者,豈謂過與?畢先生語不休,予亦歎息不能遽去。畢先生飯我以脱粟,酌我以流泉,因留相與深語而後别。居無何,爲書數千言,以所輯録明以來制科之文數百篇抵予,皆手自抄寫,旁詁夾注,細書如繭絲牛毛,每一人則叙其問學治行著述本末,可以系之國籍,屬之史乘,皆所謂世不常見者。近時館局編纂家其能有此乎?不也。畢先生曰:"藏之名山,傳之其人,吾之志也。"予實慙非其人而悲畢先生之志,惜其將老而無傳也,爲序夫訂交之所始,而因以略著其得於畢先生之萬一者如此。

張氏合刻家藁序

古之文近於古之制科之文,故工之易;今之文遠於今之制科之文,故工之難。此今之文所由以大遠於古之文與。雖然,文者,載道之器。道無古今,文無古今也。以今之制科之文論之,所重者厥惟經義。經者聖人之文,而聖人之道載之之器也。今夫人自少而長,亦既服習其器矣。其擬諸其心而出諸其言也,猶未遠於聖人之道。故古今取士之法,由宋迄今更數百年,其法不可變而經義卒不可廢。夫古之將相公卿名當世而傳後祼者,由三代漢唐以來,何可勝數,而自有經義,其間將相公卿果皆可以名當世而傳後祼否耶?雖不能盡然,果猶及於古否耶?若猶未及於古,則無乃夫子所謂"莫不飲食,鮮能知味",孟子所謂"行不著,習不察",或明知之而故叛之者耶?誠若是,是豈文之咎哉?使由今之文以求古之道,安見古今人不相及也。居晉之鄙,陶唐有虞氏之遺風,猶有存者,故其人多君子長者。而積學綴文之士亦往往而有，而尤加意制科之文，若故少司寇東山張公以名進士起家，所歷官有聲望，世所稱君子長者也。其諸昆季攻制科之文，合刻家藁而問序於予。予非能爲制科之文者，烏足以序之，因道古今制科之文之得失之故。又以爲士君子所以立志行身，當求古人之所以爲人以幾於道，而不貴汲汲焉效今人之所以爲文也。

太上感應篇集註序

儒者之學以求誠也，而誠貫乎學之終始。《傳》曰：不誠無物，况學之大乎！六籍皆勸善禁惡，導吉避凶之書，學者服習其文，至於老死，鮮有明於心而行於身者，則亦不誠之故而已矣。夫天之與人，一誠之所爲也。故舉念而天監焉，出言而天聽焉，行事而天視焉，禍福之報，各以類應，亦惟其誠而已。孔子曰："善不積，不足以成名；惡不積，不足以滅身。"董子曰："善惡之極，乃與天地流通而往來相應。"夫善惡積之而至於極，則誠矣。誠安有不感，感安有不應？孟子曰："至誠而不動者，未之有也；不誠，未有能動者也。"動即感應之謂也，古今言感應未有深切著明於此者也。予觀《太上篇》中，既列善惡之目而於終篇則要之以語、視、行三者。夫一日之間三者皆備，可謂誠矣；而又積之至於三年，則誠之至矣。禍福之應，豈自外來乎？夫無妄之福、無妄之禍，君子無所容心焉。若夫致自己者，正當取之以考其善與不善，誠與不誠。如是則禍福皆修身之助矣，世之諱言之者，竊以爲過矣。一日在內直，見查澹遠宫詹手一編，專視而貌肅，若神明與俱者，就而視之，則《感應篇集註》，不書撰人名氏。其箋釋則先發明義理而後證以事實，更引他說以暢之。其文約而不漏，詳而不雜，切近而顯明，用之警世動俗，可以勉進於正而懲創其邪僻，與六籍所載勸善禁惡、導吉避凶之指無異焉。而澹遠好之如此，其誠由是道也。暗室屋漏，出王游衍，皆若旻天鬼神之降監。其有裨於吾儒立誠之學者，豈淺尠哉？余嘉是書之可以警世動俗也，遂出貲以付剞劂。澹遠屬予標其大指於簡端云。

篘廊二筆小引

予老而失學,欲繼燭之勤而靈源翳塞,明瞳昏如,嘗竊自笑吞紙可以果腹,食字可以飽蠹,世即有之,吾弗能已。然以結習驅使,不能自休,輒欲效海南宗人晨夕陳五經拜之,冀以略識字於萬一者,而匆匆塵坱中亦不暇以爲。以是之故,凡以文字見遺者,多至累帙,少至尺幅寸箋,謹拜而受之,雖不能卒業,心竊敬愛嚮往焉。牧仲先生見示《篘廊二筆》,本天咫,極民彝,朝章國,是前言往行具焉。余獨能讀之終篇,忘其老而倦也。先生以學術爲吏治,兩開府於東南,所至事集民和,以其暇益覃精古學,著書滿家,《篘廊筆》其一也。今茲晉冢卿,總百官,任大事繁,而誦詩讀書、爲文章益不衰,此余之所以尤愛敬而嚮往焉者也。先生方以聖主眷遇之隆,出其胸中萬卷書,盡展底蘊以贊襄太平無疆之大業,而余且優游卒歲於山巔水涯,得先生所爲篘廊之三筆及四五筆而未已者。坐卧讀之,抛午枕之書,飽殘年之飯,樂而忘憂,不知其老之至也,則予所得於先生者不其多哉!

施鴻臚對菊思親圖引

日居燕市,寥寥如無人,莊生所謂逃空谷而喜聞人足音者,余茲有焉。燕市四達九逵,日昃朝夕之聚十萬家,自公卿百僚下至傭販皂隸狗屠者,流唱騶呌,讙塞於道,踵相接,肩相摩也。而曰寥寥無人,曰空谷,不太過矣哉!顧余所謂無人,非真無人也,無至余門之人也。謂之空谷,奚過乎?余有幽憂之疾,性又好餌草木藥物之味,時時獨求醫於市中,庶幾遇其人焉。故與吾遊者,醫之外無人焉耳矣。醫又輒難其人,既而得鴻臚施君培菊,與之遊稍久,吾之所謂其人者,其施君與!吾私怪施君何以字培菊,曰:“先人好菊,吾親之所好,謹識不忘云爾。而能畫者爲寫其形,曰對菊思親圖。”培菊以一物之微，不忘其親之所好，將孺慕之終身焉，此其所志爲何如也。培菊又言："始吾里中陳生雲客善畫人貌，與吾父遊。吾父之存也，貌不及畫，歿時雲客遊滇南，使它畫工畫，終不肖，心恨之。其後客有詩畫吾像者，輒辭謝去，曰："吾父像未有畫，吾何以吾像爲?"久之，雲客歸，自謂能追畫吾父，蓋昔雲客與吾父以奕遊甚習也。至是，雲客閉一室静坐，曰取碁枰來，狀若對奕者。居七日夜，每夜深乃開户相接語，畫卒不成。竊謂雲客欺我乎？明日，從壁空中私闚之，枰上有像焉，驚失聲曰："是吾父矣。"其時老僕先入户，見之拜伏地，及吾趨入諦眎之，無不肖也。大哭淚涌，血出殷紅，漬枰紙，且哭且拜，又轉而拜雲客。蓋自是吾父始有畫像矣夫，然後敢請畫吾像及菊。"語已，泣謂余："得夫子一言，可以永吾思矣。"夫畫像，細故耳，培菊既鄭重之，宜其不忘其親之所好也，況其有大於畫像者哉！況其有大於所好之菊者哉！吾故樂觀此圖而識其事，以見吾之所取於人，與人之至於吾門者，皆非苟然者也。培菊名庭銓，常州無錫人。自其先世有詩書禮樂之習，而兼爲醫，至培菊十四世矣，而有科目者七世。世之爲科舉之學者多矣，或數世而無其遇焉。培菊之世顯者之多如此，則其爲醫之道亦可知也夫。

乾明寺修葺募疏

澤州西北隅可寒山者，澗谷幽窅，流泉出焉。其間有寺曰乾明，唐天祐十四年剏修。由是迄明，代加葺理，今則棟折榱崩，風日穿漏，圖像顛墜，僧徒散奔。余過而慨焉。昔郡人裴公騫碑記寺故唐末避兵地也。隸澤晉城縣建興鄉砂城里七幹管義興邑，都維那劉紹葷居之二十餘年，兵定，即其處興造臺殿，以報佛恩。考天祐前二十年所，則僖、昭之際也。戈鋋鼂湧，禍亂叢生，宦者强藩，煽災肆虐，昭義一軍孤懸域外，而梁晉紛紛夾河争戰。及其後也，汴人夾寨之營、馬牢之戰，烽烟所届，遺壘竄墟，近在耕壠，室家婦子，何得一晌安眠，所謂避兵而兵定者，亦聊爾其言而已耳。不知當時鋒鏑餘魂，朝梁暮晋，其何以爲生也，且又安得此餘閒，出其物資以事營建與？迄於今千有餘年，撫其遺跡，感興廢之無端，忽須臾而往古，世運屢變，陵谷依然。此邦之人生齒繁興，耕食鑿飲，樂太平無事之時，而溯洄上世，念其先祖栖草萊、庇風雨，恂懼掉眩於兵革鬭亂之間者，豈不以此爲極樂浄土而彼爲鬼國灰埸，此爲瑞日祥雲、和風甘澍而彼爲刀洂血路、熱鐵鑊湯也哉！然昔也當彼原野蕭條、白骨如莽之日，猶能斬荒刈穢，飛樓涌閣，變現於空無，而今日者蒙業而居，優游於化日光天之下，曾不能以財施法施，補弊修墜，使成跡舊觀泯焉淪替，將復爲荒榛衰草、童山頹谷也，其亦可悲憫而愧恧也。夫余里居之始，僧來告曰："環山前後而居者無慮數十村落，長者耆艾有德之士率其子弟炷香作禮，發願重修，思得居士一言以爲之勸。"其時比歲旱凶，民艱於食，余不敢遽爲詞以請也。兹年穀小登，春雨頻降，僧復來促，居士不言，將沮衆念。余不復能辭，因略叙其興造之時代，而致歎於始作之易，善繼之難。諸父老子弟果有意於斯乎，固不必以余言爲勸，竊懼其以余言之不達於辭而沮也。吾父老子弟擇可而行之，毋毁前模，毋飾後觀，量力稱心，毋拂毋怠，以底厥成，有永其休，其尚善圖之哉！

海會寺石堰募疏

余每歲冬春之交，煮粥於海會之東偏玉鵲菴者三月，以食原野道途之人。時至其處，身自經紀其事。自玉鵲迆邐而西，平沙曠土，度可百畝，杖藜獨步，遥陟寺門，流泉滸滸，適出百畝之上，若疏瀹而挹注之，資其灌溉，皆可爲沮澤沃壤也，而乃皆在荒沙蔓草、斷溪亂石中。詰其所以若此者，蓋傍皆臨河，方冬水涸，見爲空野，夏秋水至，故爲河道。失流激急，沙草漂流，茫洋漫澶，其勢可以盡百畝而吞之，是以耕者謹避焉。且夫將以廣田，先須培土，一難也；田成河衝，與無田同，二難也；不有隄防，其曷克田，三難也。以此三難，是以鬱爲平沙，閒爲曠土，廢置於溪流石磧之間者，今且將千年矣。余低徊彌望，浩然而歎。於時寺僧言："昔者故冢宰貌山張公嘗有意於斯矣，輟而弗興。今公既歲輸金錢，設糜濟衆，曷不捐貲築堰，堰成而田，然後陂山通道，舉鍤引渠，永作耕畬，蔚爲水耨，歲以所贏粟爲粥資，其德不更多與?"余曰："唯。唯。獨善不若與人，請與衆共之。"蓋此邦之民亦既苦矣。環邑數百里山多地少，沙多土少，石多水少，今數百里之高山有數百畝平陸，不可謂非幸矣。而將累土引水築防，以其三少，搆此三難，余何力之與？有與衆共之，亦其勢也。且吾見今留心民事者，往往言西北水利近吾邑者，惟沁水，水既洿下，地皆墝埆仰高，無所得水利。兹寺之流泉如建瓴寫瓶，泱然出地上而不能爲地用，則豈盡無水與？水下之咎哉！水利之興，肇於魏史起引漳水溉鄴田。起之言曰：漳水在鄴傍，西門豹不知用，是不智也。乃吾聞昔者張公所見與今同，非前之人盡知之不及也，或者其力有待於衆與？沿門持鉢，雖釋子之事則然，而將興事以濟人，則余曷忍辭焉。昔起又以漳水不溉鄴田二百畝，當行田百畝，謂之惡田。今儻因衆之力以爲善田，聖朝方以養民墾荒爲政，田既善而賦以正，供民牧人，長舉斯義以行之，爲益溥哉！

午亭文編卷三十八

記

體仁書院記

澤州書院始宋宗丞伯淳程先生，先生以治平四年由上元簿爲晉城令。晉城，今州治也。先生道大德尊，光被天壤，至其所以爲晉城者，當五季迭亂，金革創殘之餘，禮樂詩書、絃誦之習久而未興。先生多設鄉校，擇秀異之民羣萃類居，教之以學，親至其處，爲正句讀，晰文義，使知入德之方，孝弟忠信、禮義廉耻之道。熙豐中，士之儁者連收科目，而人俗以厚，魁傑忠廉、守節善道、敦行而文者往往介出其間。迄於今，風行澤流，聞而興起，德化之盛，猶有存焉。先生鄉校之設最近治者，故在北城之外，此書院之所自昉也。今則平壠遺墟，舊跡泯然盡矣。前明州守王君建文昌書院於張公祠左，其後鹺使楊君更其名體仁書院，檄州守徐君祠先生於中，以伊川張邵朱吕諸先生左右列而配焉，謂祠爲先生設也。未及百年，墻屋圮傾，蔓草寒烟，蕪廢不治。康熙壬申之冬，灤水倫君來守是邦。閱明年，治和人安，景先賢之遺烈，修祀事祠下，愾然興歎，作而新之，不勞民功而役者子來。旬月之間，聿新鼎構，俎豆絃歌，講肄之地有如曩昔。既訖工，命余記之。余惟昔者先王之教，有學有祀禮，凡始立學者必釋奠於先聖先師。又凡學春官釋奠於其先師，秋冬亦如之。鄭氏謂先聖周公若孔子，先師如漢《禮》高堂生、《樂》制氏、《詩》毛公、《書》伏生。古者建立學校，未嘗不以祀爲重事，蓋有學有祀先王之教也。

然當其時，自國學至校序庠之鄉學，莫不有定制。而祀無適主，意古者堯舜禹湯諸聖人或以爲聖，或以爲師，皆其必祀於學者。今不可考，則亦不敢臆論矣。故康成謂周公若孔子者，非斷詞也，而先師則因其時之所尊者而祀之，故鄭氏謂如高堂生、制氏、毛公、伏生之流也。大司樂凡有道有德者使教焉，死則以爲樂祖，祭於瞽宗。是以記又曰，天子視學，命有司行事祭先聖先師焉。夫天子視學於成均，則祀先賢於西學者，所謂祭於瞽宗也。春秋戰國亂世猶有聖賢爲之師，秦漢時猶有專門爲之師，皆祀於學。漢高帝過魯，祠孔子。明帝行鄉飲於學校，祀聖師周公孔子，猶未知所以獨尊孔子之義也。魏祀孔子於辟雍，以顔淵配。歷晉宋齊梁陳隋，皆以孔子爲先聖，顔子爲先師。唐武德中，釋奠於太學，以周公爲先聖，孔子配焉。房玄齡建議升孔子爲先聖，以顔子配焉。高宗永徽中，復改周公爲先聖，孔子爲先師，顔回、左丘明從祀。太尉長孫無忌駁正云，漢魏以來，顔回、夫子互作先師，宣父、周公迭爲先聖。貞觀之末，正夫子爲先聖，以衆儒爲先師。由是以來，州縣之學廟祀孔子，以顔子、曾子、子思、孟子列於廟堂之上，庶幾得古者祀先聖先師之意矣。余間嘗竊有議焉，稱孔子曰至聖先師，則是先聖先師並爲一人，揆之《禮經》，未盡其義也。雖以顔曾思孟四子者，猶不得謂之師，則是如高堂生、制氏、毛公、伏生之流，反得謂之師矣。今以顔曾思孟不得謂之師，而謂之先賢，而欲進濂洛關閩諸子者而謂爲師，勢必有所不能。然則《禮經》之義、鄭氏之説將遂不明於天下矣乎！濂洛關閩數子者，繼四子之後以明孔子之道者也。孔子之或爲先聖，或爲先師，歷千百年而始有定論。然則後或十百年或千百年，安知諸子之賢不得與四子者並而列於廟堂之上也哉？苟使數子者並四子而列於廟堂之上，將無近於古者釋奠於其先師之意與？亦庶幾其祭於瞽宗之禮也。今夫儒學猶古之學也，文廟猶古之祀也。體仁書院爲先生而立，祠先生其中，並有合於先王之教有學有祀之義，可不謂盛事與？而余謂先生之祀當列於廟堂之上，援據孔子或爲聖，或爲師，歷千百年而始定之説，以見聖賢之道久而益尊。如先生者既以其特祠爲有合於禮，而又致望於後之知尊先生之道者，爲是説以諗之。若夫邦君之德政吾不敢以諛，諸生之學業吾不敢以規，有先生言語行事在焉。勉其不逮而無失其已能者，是邦君之德政也夫，是諸生之學業也夫。

也紅亭記

康熙十七年閏三月二十一日，予與侍讀王君貽上被召入直乾清宮之南殿，宫中所謂南書房者，侍讀學士張君敦復晨夕侍上之直房也。予與貽上入直二十有八日而與敦復覩宸章之巍煥，仰天藻之昭回，見聖天子萬幾燕閒，從容於文章翰墨之娱，而侍從之臣蒙恩寵而被清光，有歌頌所不能形容而言語所不能紀載者。遭逢如此，嗚呼盛已！至於宴賚之便蕃，尚方珍食日賜者三，而湯茗果餌特出上命者日一至焉。方是時，含桃始熟，大官初進御，命徹御前盤以賜之。自是則日以爲常，風露醲郁，色味兼美，諸臣日得饜飫焉。蓋自予與貽上入以及出，含桃之賜相終始云。出之前二日，敦復語予曰："他日歸江南，置隙地爲園，搆亭其中，名其園爲學圃之園，名其亭爲也紅之亭。子爲我記此亭也。"杜子美之詩云"西蜀櫻桃也自紅"，亭名之取義以此也。夫以子美之不遇時，俯仰今昨，感愴興懷，以自寫其意於咏歌嗟嘆之間。今敦復之意何取於斯耶？吾見敦復起史官，天子特拔擢，位之論思之列。去年冬，思得經術文學之臣以朝夕左右，而敦復長直内庭，眷遇至隆，一日之中恒在上前，暫退輒復宣召，或當食吐哺，疾趨宫門，漏下十許刻廼歸，日夜無暇。是敦復立朝之日多，家食之日少，即有亭又烏能居也？然吾嘗觀古之君子功成名立而身不居，如子房之慕赤松，李泌之歸衡山，流風遺韻，輝映史册焉。敦復出其幼學壯行之志，見諸事業，功成身退，優游江湖之上，而繫思廊廟，至於一物之微、一食之頃不忘君父，如子美之詩之所云，其亦將有取焉者與！且吾聞江南多名山水，江山之樂，風物之美，余夙願遊焉，而且有卜居之志也。異日買田鍾阜之傍，築室青溪之上，扁舟往來，泛大江，涉南湖，以時得從敦復遊，敦復館我乎亭中，相與流連吟嘯，而天子念敦復舊勞，時遣使存賜其家，余於其傍復得沾大官珍味與。敦復唱，予和汝，以歌詠聖澤於無窮，則又非子美之詩所可同日而語者已。

老姥掌游記

上黨南三百里有山曰方山，又南十五里曰洞陽山，又南十五里曰樊山。上黨地形高天下，此三山高出地上，皆直下萬仞。由樊山則枝分條披，狀形奇詭，嶕嶢而爲峰，窈窕而爲壑，崎嶇而爲㟚，崚嶒而爲㟧，巀嶭而爲巘，㟪巒而爲巒，岭嶒而爲岫，嶚嶱而爲巚。其又南則砥柱析城，岩壁重複，峭竦如樓堞，嵯峨如墉隍，如玦如環，繚絡數百里。其中長川夾岸，若斷若連，如海波斂而島嶼出，如江潮平而洲渚生。村居静深，闕扃奥閟，蓋陟樊山之巔皆見焉。余家樊溪東涘，在山之南，開門見山，測以圭景，南北相峙不失杪忽，則仰觀夫樊山之爲狀也，如仙卿冠帶而立其上；又如鯨張鱗，如鳳舒翼，委蛇而下。而其東則如巨靈奮臂，隐然信其指爪，上捫太清，下揮空曲，有曰老姥掌者。向所謂峰焉而嶕嶢，壑焉而窈窕，㟚焉而崎嶇，㟧焉而崚嶒，巘焉而巀嶭，巒焉而㟪巒，岫焉而岭嶒，巚焉而嶚廓。數十里之内聯嵐亘暉，俯可搏攄，如置諸掌。昔以掌名，肖其形矣，信異境矣哉！其下則古松流水，渺然非復人間。余時游而樂之，蓋嘗數宿而不能去也。夫去山數十里而近而峰壑巚巒之美已如此，况所云數百里者，吾雖未能盡游焉，而已坐挹河山之勝，他日雖得盡遊其處，亦何以加於此樂也與？

陟屺樓記

嘗讀《詩》，至《陟屺》而愴然以泣也。余弱冠通籍，官京師五年，謁告歸省覲，吾母間謂余曰："吾念汝當風雨晦蒙，茫茫遠路，兀然尤欲斷腸。"嗚呼！母之言何其悲也。《陟屺》之詩云："嗟，予季行役，夙夜無寐。上慎旃哉，猶來無棄。”詩人之意不過憐其去而望其來歸也。余每讀之而泣者，以詩人之旨不悲於吾母之言，而母言尤爲可悲也。方其時，母年尚盛，余去母游五年耳，而言之尤可悲已如此。其後三年，廹父命，復出，出踰十年不歸，逡巡至於大故，遂抱終天之恨。思此十餘年已來，母年漸就衰矣。計其年月首尾三四千日，其間天時之晏温而無風雨者幾何日，晦蒙而茫茫者不知其幾千百朝昏也。以就衰之年，加之以風雨茫茫，兀然腸斷，積朝昏如此之久，則其心之悲而不得一言言之，而尤有可悲於曩時者，當又何如耶？由《陟屺》之詩，是古之孝子仁人雖善言其母思子之情，不若母之自言其情爲可悲。由吾母之言，則是雖古之慈母自言其情，終不若吾母之言之爲尤可悲也。吾居母墓，左去數武有三楹之樓，夜則栖於此。每當隴風蕭瑟，山雨凄迷，追念吾母曩時之言，而歎詩人之所不及，所以愴然而泣者，寧有終窮耶？然而名其樓曰陟屺者，聊以志吾之悲焉耳。

百鶴阡記

廷敬爲先太夫人卜兆於樊山上，開阡北嚮，廻接洞陽、岳神二山，圭景適中，符節如契。蓋自洞陽至阡，三山皆拔地千仞，迥出萬峰之上，昔人謂之洞天，其佳處者也。阡去山巔不能百步，然自洞陽逶迤而至，岡嶺聯緜，豐原壇曼，紆徐開舒，若鳳翔鸞舉，行游長空而悠然偃息於此也。陟阡之南而下視之，百里之内厎柱、析城、王屋皆在焉。卓立挺聳，羣望北山，若拱若向，若騫若騰，其靈境矣哉！己未秋，中聿來井椁，初吉之午，有鶴來萃，不可殫數。翔於雲際，自西而東，盤旋容裔，鶱羽繽紛，若雪若雲，鳴唳寥亮，如奏笙琴，久乃後去。於時見者聞者莫不跂跂睢睢，驚喜詫異，或謂山故靈境，鶴斯集焉。然異時不聞有鶴至止者也。且余生長於晋，亦不見晋之有鶴。北之燕、南之宋衛之墟，亦不見鶴。於今忽有之，且如此其多，而盤旋鳴唳於新阡之上，久而後去，則誠非偶然者矣。夫鶴，仙禽也，道家謂之仙人之騏驥，是鶴之來有乘之而來者耶？史稱陶侃居母憂於墓下，二客來弔，化雙鶴飛去。説者謂陶母與侃皆非塵世中人，故母截髪剉薦翼其子以顯，而士行卒爲晉名臣。今廷敬浮沉仕宦，進不能樹勳伐以自顯，又不獲乞身以退避賢者之路，其於士行無能爲役。且吾母葬後，廷敬廬於冢下者且二年，亦不見鶴之來唁，則昔者之鶴，其非爲吾來明甚夫，荒忽遼邈之中誠不可究詰矣。而百鶴之盤旋鳴唳於新阡之上，又久而後去，則衆所見聞，其爲吾母而來不可誣也。夫陶母既葬，致二鶴之弔，吾毋之兆方啓而致鶴如此之多，吾母之賢於陶母，此斷斷信而有徵者矣。若廷敬者，既於士行尚無能爲役，况敢望夫大賢君子之門墻者，此余之所以自恨而深悲也。名阡曰百鶴，蓋所以志吾之自恨而思吾毋之賢，因以寫其深悲焉爾。

陽城白巷里免城役記

前明太子太保吏部尚書疎菴王公國光爲户部尚書時，朝廷命有司即其所居之里爲治第以寵之，公謝不敢當。既而曰君命也不敢辭，顧竟以其治第之金甓陽城縣城。城故不甓，陽城之城至今甓，自公始也。當公之時，天下承平無事，後數十年流賊起秦，滋蔓天下。寇晉，晉郡縣罔不破壞者；攻陽城，城卒賴甓以完，賊無所得，引去。其後天下數更變故，城不被兵，甓之功爲多焉。去年秋霖雨，城之復于隍者且甚，縣令延津都君更築之，一縣皆受役。白巷者，公所居里也。里人援公前事，言於縣曰："公甓縣城，城數得不被兵，公功誠多。宜惠及其子孫，請免役。"都君咨於縣之人，縣之人曰："吾儕安朝夕而脱兵燹，繄誰之使然乎？公甓兹城，厥惟公功，宜惠及其子孫，惟免役。"於是白巷之免城役，志公之功於不忘也。嘗竊觀明之盛時，往往爲其臣出官帑治居第，高檐巨桷，彤髹雕焕者，今或爲公廨馬廐矣。居高位，享厚禄，或多營良田美宅，連阡陌而溢衢巷者，今或數易主，或化爲頽垣敗壁，荒榛蔓草矣。而公嘗所甓之城巋然獨存於世，所賜之宅子孫蒙業而安焉。較其得失，爲何如耶？余聞當萬曆間，江陵秉政，公於是時同而能異，特立而不阿，其事蹟載冊書而功名被天壤者，豈獨其一鄉一邑之故云乎哉？而其及於鄉邑者，鄉邑愛慕之，子孫享保之，則其及於天下者可知矣。彼夫全軀命而隳人之封疆，保妻子而悮人之家國，不旋踵而身家破滅，邑里羞以爲鄉人，子孫羞以爲祖父者，深可悲也。嗚呼！百世而下觀乎此者，其亦可以感興也哉！

存誠堂記

學士張公敦復以上賜御書“存誠”名其堂，命廷敬爲記。記曰：經言誠，始於伊尹，其告太甲曰：“鬼神無常享，享于克誠。”而言存誠，則昉於孔子。其釋《乾・九二》曰：閑邪存其誠。乾六位，五與二，其所釋義尤合焉。於二始則曰：龍德而正中者也。既則曰君德也。而其大要根柢於存誠。所謂善世而不伐者，誠然後善，所謂德博而化者，誠然後謂之德也，存誠之義大矣哉！五之辭曰飛龍，而二亦曰龍德，五之位，君也。二之位，臣也。而二亦曰君德，譽之至也。孔子豈不知君德之不可輒儗諸其臣哉？若以爲古之人，蓋亦嘗有是言也云爾。始言誠者，伊尹也。伊尹他日又言，惟尹躬暨湯，咸有一德。克享天心，一德即嚮。所謂誠也克享，即嚮所言享于克誠也。伊尹既自言與其君咸有一德矣，則孰謂君之德不可以輒儗諸其臣，而臣不當以君之德爲德也哉？且其見於《書》者，豈惟湯與伊尹爲然乎？堯舜之臣臯、夔、稷、契也，文武之臣周公、召公也，高宗之臣傅説也，使臯、夔、稷、契、周、召、傅説有不與其君同德者，則不可以爲堯舜文武高宗之臣也明矣。今聖皇好古游藝，窮極至道，揭存誠之訓，灑宸翰以賜近臣，而朂之以誠，蓋所以期待之者大矣。順親信友，獲上治民，非誠無由也。而其至也，可以享鬼神而格天心。臣之事君，君之事天，胥於是乎在。公遂以名其堂，朝夕觀省，庸自底厲，以庶幾於古君臣一德之義將見天下，頌之海内，傳之簡冊。書之曰：惟吾君暨臣張公，咸有一德，則阿衡不專美於昔，而喜起復見於今矣。此豈獨公一身之寵榮哉？吾故以望之公者而爲之記。

三晉會館記

尚書賈公治第京師崇文門外，第之東偏作客舍，以迓以勞惠於往來，以館曲沃之人。一日，牓其居第之門曰喬山書院。喬山者，古曲沃地也。予過入而異焉，問之公，公曰："喬山，吾父母之邦也。吾欲使鄉之子弟挾書冊，考德問業，游藝於斯焉，以是割宅以北爲書院也。"一日又過公，公從容語予曰："吾欲使鄉之大夫士從宦於京師者，歲時伏臘，以時會聚，敦枌榆之義，飲酒獻酬，雍容揖遜，宴處游息之有所也。割宅以南以舘三晉之人，子以爲何如？"予高公之義，作而言曰："天下之物苟爲我所自有，未有不思詒其子孫者也。然金谷之池臺、平泉之水石，旦暮而失之矣。京師，天子之都，貴人富家侈土木之費，楹桷雕煥，飛甍蔽虧，行路指目，一再過焉而不勝盛衰興壞之感。彼之念其子孫者，何如耶？而公舉所以遺子孫者共之鄉人，如脱敝屣然，蓋其所見者遠矣。夫天下之物有什伯於宮室者矣，苟處之得其道，與宮室亦無以異也。而此又何足爲公疑哉？"或曰："公之於三晉之人也，於都市有燕勞之館，於慈仁寺有餞别之亭，皆出己財以經晝之。今又有兹舉，不亦易於與而傷於惠乎？且公兩以節鉞鎮撫四方，功德在當時，宜子孫世世守其業者也。今以予鄉人，将傳舍視之，安必鄉人之能善守之者？"予曰："不然。公朝廷重臣，雖天下大器尚能不動聲色而置諸安處，况一居第乎？公之爲此，蓋必有其道矣。公之所以遺子孫，亦必有其道矣。盍相與成公之美乎？"公曰："子之言善，請書之石。"

賜遊西苑記

康熙二十五年秋七月九日，上在西苑召左都御史臣廷敬、侍郎臣乾學、學士臣英、侍讀學士臣士奇、編修臣杜訥，賜饌於苑中。近侍導臣廷敬、臣乾學入自勤政殿左門，殿門皆北嚮，闢以順時宣令。

上親題額，自警御以聽政事，非猶夫避暑之宫、追涼之殿也。蓋雖駐蹕所在，未嘗一日不與羣臣相接見。炎景仄而方食，曙星在而求衣，惟勤惟專，由輔弼暨百司承令之屬，承寵問，被清光，亦無一日不得至於斯殿也。自殿角趨南，陟横廊徑，小軒以西，上講藝論思，游息深嚴之地，稀有得至者。軒裁廣一楹，顔曰知稼。出知稼軒，疎籬草花，被徑周阿，蕭然有閭井林野之思。迤西數武，秋禾方畝，望之如雲，前有亭曰秋雲，英、士奇、杜訥三臣者先在焉。陼而升，鵠立以眺，維北之院曰豐澤，維西之軒曰嘉穎。自知稼至嘉穎，蓋皆取諸農事爲義。或采椽斥題，不斲不枅，或白屋版扉，不施黝丹，無綺寮重廡、文鎴鏤檻之飾。盛矣哉！堯之土階、文王之栝柱、大禹之菲薄、衛文之節儉也，后稷、公劉之所樹藝，而《無逸》、《豳風》之所書載也。臣顧諸臣而言曰："於戲！上聖德至矣。吾屬慶遭逢辱恩禮，其何力之能報？"諸臣皆相與讚歎，皇恐稽首，即亭中秩坐。時久雨新晴，澂波映空，動植遂暢，魚鳥欣悦。頃之芳筵載列，而臣等凌兢震越就匕箸，如不勝滋懼素餐。食已，中使就賜御書及内製法瑯凃金香鑪缾合各一，玉軸寶題，雲章爛然，鑪烟尚温，合有香實。顧惟恩出非常，心魂慙悸。中使既復命，臣等九叩首以謝。既退，竊自念曰：古者人主推食加籩，或寵以翰製，或錫以御飾器物，所以勸勞能、待賢彦也。臣田野窮賤，才質瑣微，擢歷臺司，日侍禁闥，飫賜便蕃，歲時霑被，未有寸尺裨補，而上意疊至如此，此臣所捐糜難報之恩也。已又念賢聖之君必恭儉勤民，恭儉故親賢禮士，勤民故重本興化，而養賢及民，維古志之。臣嘗誦《詩》而通其義焉。解《詩》者言，《由庚》人君調陰陽，育品彙，萬物得由其道也。《南有嘉魚》樂與賢也。《崇丘》萬物得極其高大也。《南山有臺》樂得賢者。《由儀》萬物之所生各得其宜也。《詩》之更相互見，明得賢所以養物也。既天下無事，澤及四海，故次以蓼蕭湛露而燕賜之盛興焉。以見夫得賢之效至此爲極，而爲天下之所歌樂矣，故又終以《菁菁者莪》也。此非賢聖之君，其曷能之兹者？上恭儉勤民，聖德之至，巍巍無極，不以臣等之非賢而過禮遇之如此，則夫巖穴道德之士孰不思接迹於王廷，效忠竭智，以策功名而顯當世哉？此又臣之所深慶者也，故竊附詩人之義，既爲詩五章以咏歌盛事，又謹記之如此云。

鶴湖垸記

江陵湖水在其東曰長湖，以其東又名東湖。東更三十里又滙而爲湖曰三湖，湖有三也，又名之曰鶴湖。鶴湖之義不知所緣起，或者曰謂其有鶴。夫鶴之有無誠不可知，然更數十百年亦未見有以鶴之故顯然著稱於時者，故其因義以立名，莫能知焉。自長湖至於鶴湖，堤樹渚花，繁蘗長薄，交踈蔽虧於煙波浩淼之間，水開林起，土壤蒼然，則少司馬張公箸漢之所居也，曰鶴湖垸。楚人謂園圃樊落之屬爲垸，讀爲苑，若苑圃然。箸漢之所居有園亭垣籬之觀焉，故因其俗，名之曰垸。而湖之以鶴名者，蓋至於箸漢而始大著其義焉。先是箸漢官京師而歸也，雙鶴集其洲沚之上，自銜草蘆爲巢，巢高五尺，圍大倍之，歲孕兩雛，其中積雛以十數，客至則擊柝爲符信召鶴，鶴輙率其所孕雛翔舞庭中，客去然後已。自是以爲常鶴不去湖者十年餘，箸漢亦家居十年餘，此鶴湖之名所由以大著也。及後箸漢來京師，鶴遂去，不復來。今年箸漢請急歸，上章曰："臣先壠在長湖傍，湖波浸壠，不治且壞，臣不可以不歸省。"於是天子使使問長湖在所，箸漢指畫以對，天子嘉其誠孝，予假遣還。箸漢即日駕，載道過予取别，且爲予言鶴湖垸之故。予曰：異哉！昔孔稚圭之作《北山移文》也，曰"蕙帳空兮夜鶴怨"，托借爲辭，非真有鶴怨主人之不歸也。而鶴湖之鶴以箸漢之出處爲去來，何其依戀之深與！夫鶴之爲物，孤潔閒遠，其高標清韻，迥出於毛羽之羣。張公之行，意其有近於斯者乎！故公出而鶴去，歸而鶴亦將歸也。方今聖天子坐攬皇輿之勝，江山萬里如在黼扆玉几之前，嘗圖畫其山河湖江，朝夕省覽，欲備知原隰川澤險易之所，宜以扶育民物與爲張弛而化調之，江陵長湖之間寓目者熟矣。而因公之言，復拳拳長湖之爲問，則上之眷念公者何如？公雖欲優游久處於鶴湖之上，其可得乎？雖然，公之行類於鶴者也。《詩》曰："鶴鳴于九皋，聲聞于天。"言君子德譽之升聞也。《易》曰："鳴鶴在陰，其子和之。"言明良一德之相悦也。公以九皋之鳴起而爲在陰之和，其高標清韻，不以出處而有異也。巖廊粉署，獨不可爲公歌招鶴之詩乎？

射虎記

樊山上有虎，自吾居山中，避去數月，已又復來，有跡可視，獵夫且伏弩射之。或曰，虎有知，能避伏弩。或曰，虎非有知也。阡東五里外農家有牛，晨出暮歸，歸則喘汗且卧。農察其狀有異，晨尾牛之野，見虎來，與之鬭，虎不勝而逸。明日農縛刃牛角而縱之，虎中牛角刃，立死。農剸虎，張虎皮於石。明日牛視之以爲虎也，復與鬭，角觸石，牛亦死。虎夜騎人屋，明日人穴其所騎處。虎夜復來，則下其一蹄穴中，人以鐵鉤引虎蹄而縋以巨石，乘屋擊虎，虎斃，人燃火炙虎蹄，蹄收縮，知其佯斃也，遂復乘屋大擊之，虎乃死。老婦人攜其二子遇虎於道，婦人被虎嚙，大兒搏虎不勝，小兒以馬箠中虎睛，虎痛，摩其眼，婦人與兩兒得脱去。虎痛定追上山，山上人轉石壓虎，虎死。余在山中所見聞如此。虎卒不勝人，蓋徒以其氣力爪牙異於百獸耳，非果有知也。今有貌人而虎行者，豈得謂爲無知也哉？然鮮有虎行而能自解免於人禍者，則亦終歸於無知而已矣，其可哀也。後數日，果伏弩射殺二虎。

郭先生逸事記

郭先生文雄，字鳴上，文水人。居太原爲諸生，以高選貢於國學，奇才多逸氣，不事家人生業，耻與俗伍。喜交游，四方賢儁名流時以其意寄之於酒。東鄰有王生，好高論，嗜酒，俗人見輒避去，郭先生獨喜與之游。王生擁貲數千金，種秫，歲釀酒數百石，兩人閉門高飲，間醒則吟誦書詩以自娱樂，與世人絶不復通。順治中，余年十七，省試於太原，是歲試人多，至滿棘屋，别編葦蓬以居。余適居蓬中，與郭先生交膝坐，心異其人。既散明日，郭先生携王生載酒過余。又三年，余再試於鄉，至則獨見王生主其家，郭先生爲選人於京師。蓋至是王生貲且盡。初郭先生意多所忤，蕭然寄食於王生，王生傾囊倒廪以奉郭先生歡，郭先生安之。余嘗見世人居室，雖親兄弟以幾微有無見於顔色，或操戈搆釁，甚凃人者不可計數。今兩人友耳，王生盡貲無吝，郭先生受而安之，是皆有不可及者。余由是益異之。其後郭先生爲令於崑山，王生適過之，郭先生爲令清，念王生義不得忘，以千金爲王生母壽。王生揮其金不顧，曰："君爲廉吏而以千金贈我，是浼我也。義當與君絶。"王生拂衣去，遊太行山谷間，時時過余家。郭先生爲吏自苦，無何死於官，無妻子，崑山人憐之，葬之縣中山原之上，送葬者數萬人，號呼闐咽街衢，至葬所不絶。起冢立祠其傍，吏民歌思之，至今不衰。王生後爲小吏於南方，過余，言曰："吾不能折腰牛馬間。"竟棄去不顧。郭先生生而無室家，獨以其生平所自得施於吏民，朱仲卿所謂桐鄉民愛我，詎不信與？郭先生無妻子，即使返葬，視朱公言後世子孫奉嘗我，不如桐鄉民，其意尤堪悲。天既生才矣，而困苦折辱之，使之無以爲家而託命於友生，非王生之高義，郭先生將遂偃蹇以死，不得至於爲吏。既爲吏矣，且死無以爲葬，而崑山人葬而祠祭之，久而歌思之若是，則造物者之果無意於斯人耶？抑亦郭先生之懷才奮義，有以自致之而然耶？王生有子，余覘其皆能有所成立。王生雖貧以老，而不靳其後，天之果非無意於斯人也？故世之人有如郭先生之所遇者，觀其爲吏，可以彊爲善也已。吏部侍郎徐公果亭，崑山人也，語及郭先生，使余記其軼事。以王生之賢，故牽連書之。王生清源人，名鼎。若郭先生之善政遺愛在崑山者，崑山人述之，今不備書也。

記女奴景事

女奴景贅夫柴乙，皆從予京師。乙病，景輿以歸，及家而乙死，既瘞,景時節哭瘞所。虎銜豕來,熟睨景,景哭極哀,不見虎,樵人遥見,呼景,景近虎尺許,虎卒不傷也。其家諸柴數逼景嫁,不從,朝夕虐酷之。居二年,人或益不堪,謂當以告吾家。景曰:“吾居主家久,主嘗不預外人事。吾柴氏人,豈以吾事累主耶?”諸柴愈匈匈,環伺将奪之。景乘夜奔訴之縣,道遇虎當路,景趨過虎傍,虎卧如故。景抵邑門,坐守至天明,門開趨縣庭號訴,縣令哀其情,召諸柴數而箠之。後令行案境中,景遮道訴,又數而箠之,愈箠虐愈慘。景非死無所之矣,乃念乙死時言:“主家遇我厚,我死終不能報主人恩,甚恨之。”景於是提攜其九歲女、六歲男,泣涕匍匐,乞食野宿走京師,行五閲月而達,計程二千里。中多峻山大水,水潦秋方盛,深及要腹以上。景凡涉水則先負一兒抵岸,再返負其一兒。日數涉,涉幾死者數矣,蓋其艱如此。至之日,家人以告予,詢之言歷歷,感其事,不禁泫然泣下,左右觀者無不皆泣。女奴,微者耳,名義所不責,而能卓然自立,使人感動如此,此豈非出於其至性者耶?夫士大夫之行其大於此,不可爲量數,而能如景之出萬死一生而不變者誰哉?或曰,景習於主家,蓋道誼所薰染也。夫士大夫豈無載籍師友耶?而忠孝節烈之行往往存於椎魯僕婢,至義足以馴猛獸,誠足以濟生死,百世之下將有聞而興起者,豈以其微顯異哉?故傳其事,庸以告天下之爲士君子者。

午亭文編卷三十九

書

與畢亮四書

自某少時,聞百里内有賢人畢先生,力耕養親,及仕則以廉能聞於天下,所著書悉古文奇字,私心願一識其人。而足下既從仕四方,某亦羈旅於京師,無因緣相見。自以忝竊文字之職,感足下之行義,居常私念,不得以事業功名自表見,然猶不敢不以廉隅節行自砥飭,曰:“恐畢先生不比數之也。”在京師時,守官奉職,退輒閉門,不願妄從流俗交游,朝士中多不識其面。其有賢於人,行能學藝絶異者,則未嘗不求與之友。與足下生同鄉,至以一相見爲難,其爲歎慕何如耶? 前年冬,足下應博學弘儒科至京師,其時某直禁中,晨入而夜歸也,又不獲一相見。今年夏始識足下於山中,乃以慰吾殷勤之願焉。伏見足下親耕於野,蠶於堂,手足胼胝,面目黎黑,有辛苦顑頷不自聊之色。吾又以悲足下之爲也。昔樊遲請學稼圃,孔子曰吾不如老農老圃。及觀古之人,伊尹之於有莘,諸葛亮之在南陽,皆以躬耕顯名於天下,爲後世稱述。夫豈不以聖賢所遭出處進退豐約之勢有不同,而惟其道之所適然與? 孔子稱顔淵在陋巷,簞食瓢飲,不改其樂。又自言疏食飲水,樂在其中。然則足下之所爲,有可樂而無可悲者也。向所願求與之交者,捨足下其誰與? 承惠教所選制科之文,因便示及。某再拜。

與劉提學書

某昔者備員國學，嘗獲同事，辱執事相推重之雅謬。自砥礪以求，副執事之所稱許。自是諸生頗知有論道講學之事，而終始不渝者，不敢忘執事切劘之勤。其後執事在列曹，自非朝會公見，無因相接。僕性寡諧，而執事復嶽嶽自重，其自待以待不肖者出尋常交際之外，以此愈益思仰。客歲跣奔子舍，聞執事拜督學之命，苫由餘生，竊幸國家爲多士得人，而輓近學校之頽風，可以釐正而革除也。澤州晉之南鄙，地僻遠，而某居陽城山中，學使措施不易得聞見。頃知已莅河東，将有敝邑之役，敢布所懷於下執事，幸留意焉。當澤州盛時，州試童子可二千人，上之學使者千有餘人，州所隶縣如陽城，試童子可千餘人，州再試之，上之學使者亦六七百人，其三縣高平、陵川、沁水悉號爲最盛。今澤州應童子試者不過二百人，陽城四十五人，陽城如此，三縣可知矣，一州如此，天下可知矣。學校者，人材之藪淵，人材者，國家之楨榦，而一旦衰落如此，是可歎也。且今天下之士盡聰明才智之人也，既已離去《詩》、《書》，又無恒産，弱者不免爲饑寒流離之人，其强者不敢保其不爲頑梗難化之輩。國家留意教化，屢下詔旨，而人不知書，自絶其教化之原，是又其相謬違者也。凡若此者，其患始於進額之太少，其弊成於請託貨賂之公行。今進學額數人耳，而貴富有力之家輒攘之以去，單寒之子淹抑坐歎，白首無聊，或至改業，身爲工賈，苟且自活，罔顧禮義，所關民風，豈其細故，則亦豈非吾士大夫之自有以致是哉？尤可悲者，天下在學生徒寥寥焉減昔十之七八矣。司文者既不以教養爲心，又從而摧辱之、剥削之，其謂之保等者取其貲，保其不出三等者也。又最甚者，其始故置劣等，揚言於外，不肖州縣學官爲之通闗説賄而後置之三等，謂之拔等。前此諸公多有行之者。執事清嚴公正，萬萬無此事，誠慮有意外請託，或指名招摇者，若不慎其端而絶其流，終恐爲清名盛德之累，而於官方學校兩失之也。其於昔者砥行立名之意，豈不大相徑庭也哉？伏望駐節之次，嚴飭官屬，凡有前項舊弊，痛加埽除，至於矢公矢慎，務拔真才，則執事自有鑒别，無俟溷瀆清聽。顧自念行能無似，自襄先淑人葬事，廬居壠阡，即家事亦皆屏絶不問，恒懼獲罪名教，不敢以一字通州府，犯禮經不語之戒，而獨念此一事在朝廷不啻三令五申，而建言者亦嘗連章累牘，舉世所嫉而貪昧之風究未衰止。每見覆轍相尋，奚忍不一爲告語於下執事，是以茫茫然忘其言之愚狂以至於此也。伏惟執事大破情面，力革陋規，不勝祝願，至於盡言招尤，自取悔辱，實不敢苟避，惟冀照察不宣。

與守令學官紳士書

廷敬頓首言，考試一事請託公行，其來已久。思輓積習，人微言輕，不足取重當事。今兹不揣爲學使者特致一函，伏計大賢君子必有同心，今以書藁附呈清覽，以白區區鄙懷，惟願郡邑賢侯及我紳士或以書達，或以面言，共致此情，主持公道，不勝顒望。又聞投遞書扎，過付財賄，大半出於學官，學官者，朝廷教養士子之官，非爲學道作牙儈而設也。今之君子必不爲此，倘有流聞，公憤難犯，爲此冒昧謹白。

與里中鄉紳書

廷敬謬惟學使者試士一事，朝廷洞悉弊源，著爲法禁布之令甲，士大夫人人能言之，不惟言之，亦皆心知其非。而或身自蹈之，知其非而遂爲之，貨賄顯行，請託無忌，學校之地，公然爲貿易之場，此乃國典所不宥，而有志之士忿悁含怒之日久矣。此窮則變之時也，廷敬自知力薄言易，然輒不避怨侮，爲學使者專具一函，已使使致之矣。竊念郡邑鄉達高賢同心者衆，擬以傳帖白其事，以爲吾儕先自立於無過之地，而後可以責人，亦欲請鄉先生人人共達其情於當事，夫而後可以取信，決其從違，俾知非廷敬一人之臆説。而遠處荒山，恐不及徧致，謹以原書並傳帖呈到，倘令人分致焉，幸甚望甚。

答徐宫贊書

足下聞太夫人之憂也，某親承賢昆季，容色毁瘠，每一瞻對，感動銜泣。及奔赴出國門，觀者哀歎，自别以來，輒往往欲失聲而哭也。居幾何時，頓罹先淑人大故，自惟天降割罰，孽自己作，悔往追憾，莫由自解，跣歸抵舍，疾至大困。《經》云："不勝喪，不孝。"臯可勝言哉！憶與足下昆季，同抱終天之恨，其爲荼苦，當悉此情，重勞使者，遠涉情文，備極北望，稽顙以謝。伏審還闕以來，台候康豫德廣，聖天子方倚毗文學之臣，草土視息之餘，不能無厚望於大賢也。某自去歲冬獨處荒原，依栖丘壠，實不忍一旦捨去而歸。去冢墓十許武，居人兩三家在山峰遼阻之間，雖牧兒耘叟罕見踪跡，澗下有虎穴，虎孳息其中。某爲飼虎文，具特牲告之，謂母墓在此，虎宜避去。其後虎果不來，未知其後果能遠去否也，險遠可悲如此。又年凶人饑，盗者習爲椎埋之事，叠訴所在，官司不勝捕誅，每夜深宿冢旁，操挺刃與盗爲敵，其可怖畏又如此，亦何忍一旦捨而歸也。幸所在盗猶能有人心，竊聞其語曰："陳子母墓也，戒勿犯。"得恃以無恐。荷教愛之深，恐欲聞知，臨書不勝哽塞。

與汪鈍菴書

去歲居荒隴之側，得健菴徐君書，已知足下予假歸吴中，後得手書甚悉。是時雖居隴側，已釋服，故得爲歌詩，作五截句奉懷，且以自道其有終焉之志也。今年八月，奉父命再出，故嘗善病，於路轉劇，十月抵都下，補舊官，事數倍曩時，益不任其勞。率嘗杜門斷客，不知者曰孤介，或云傲物，其實皆非也。自歸而居三年，數承足下手書相問存，輒不即奉答，蓋不得以草土姓名時達京國。後足下既里居，僕僻處晉鄙，非通逵無由寄候，皆有辭以自解。今居京師，郵書易致而多疏闊，此直以嬾故耳。姚生公車來辱翰教，意懇懇有加，又不即答書，嬾益甚，不足復責。兹託健菴寄候祥後學爲古文近百篇，今録呈者求指教，截句并録奉覽。思仰不宣。

答立齋總憲論明史書

何真雖非羣雄起事之人，特以據有嶺表，又非佗将歸附者比，可槩入之功臣傳中，是以不得已列之羣雄之後。今即欲改入他傳，無其類者，惟有康茂才似可相次，然康茂才初起事蹟差小，又與真不類，不若仍舊卷似爲得也。今以二傳呈鑒定，或别有見，祈示之，不悉。

又答立齋總憲書

昨偶不克赴局，殊辜良約，顧辱枉存，又不獲奉教，且感且悚，悤悤過日，不能以時會晤，深用惘然。承諭何真入康茂才後，亦可爲類，即望移置，並改删論贊。李思齊入明玉珍諸人後也，擬得一藁，或恐未盡。又其未歸命時，事已載《元史》，竟畧之則無原委，書之則不免複見，專望裁正也。又事略中據俞本紀事録以斷臂事爲宜得實，而太祖御製祭文謂其善終，似不應隠覆若此，故不取，尊意以爲何如？徐壽輝别立一傳，於義當爾，即望命筆，並奉去陳友諒傳一卷，其論贊又須改易也。謹復不具。

答友人書

古之立言者多矣，其可傳者必其知道者也。若其道之弗知，言不足以傳，審矣。雖世降學衰，罔知決擇，傳於今有純有疵，幸而有知道者不絶於世，其不至爲所擯抑棄置者盖寡矣。某於此處茫然，實無所見，安敢語於著述之事哉？而先生盖知道者，乃亦爲是言，亦豈教學相長之意哉？然其所以掖引扶誘，以冀至夫知道之境者，則大賢與人爲善之心，不能不感且用自勉也。

與徐少宗伯論一統志書

《一統志》保定一府蓋全志之權輿，百六十府之律度繩矩，創始者難爲功，微吾健菴，莫任此事也。廷敬才力薄少，弗學，且今衰鈍，曾何足以語著述之事，而左右於萬一。自以與健菴同被命爲此書，既恧心汗顔，不以讓於能左右吾健菴者。今被命且久，而以荒陋無所能自解，則尸素之愆，知不免矣。然以健菴壹心力勤考據，發凡起例，規模大定之書，而必欲逞其私意以求自解免於咎責，妄加吹索，則天下庸有是理也哉？《語》雖云“泰山溟渤，不辭丘垤細流而成其高深”，“愚者之慮，千有一得”，然而白頭之豕，野人之芹，皆吾健菴之所先得乎心者，顧詡詡然謂吾能左右於萬一，亦何異蚍蜉之撼大樹，而腐草之螢求争光於星日也。其爲愚僭謬戾，詎不甚哉？惟吾健菴有以容之而已。謹按，今《志》之作，合天下輿地人物而備載一書，不患事少，但慮文多。顧文既多矣，而猶未免乎挂漏之虞，是知事貴博而文取約也。葢不博不足以備事，不約則不足以載博，如所編《建置沿革》，博以全史而約之行墨之間，此昔之所無而今之獨擅者也。《山川》則録其雄峻，《關梁》則有繫於要害，此昔之所無者。而一切詠歌之辭、風人之旨，可以備採聽而資輿觀者槩置弗録，則昔之所有而失之濫，今之所無而病其太畧者也。《户口》《田賦》，昔之所畧今詳焉，而或竟仍前代，或斷自國初，似應以新編《賦役全書》爲準也。《名宦》《人物》則三不朽之業，卓卓可考者，以某事得稱廉能，以某事某書而得名孝弟、文學，若都無事實而但曰政聲卓然，曰讀書樂道，非所以褒前勸後也。名宦既有美政可紀，雖其人爲賢者，或以他故不得有所施設，亦不必載。盖既録之曰《名宦》，而事蹟不著，則名與實戾矣。且賢者何患不傳，而予之以無實之名耶？又志與史畧相似，而與史有異者，史所重在人事而地理郡國其附見者也。推此而論，志與史各有詳略之可言矣。宗工鉅卿史所詳者，志不必更詳；片長軼事史不及載者，志不可不載。其法與史相經緯，又不與史相雷同，乃爲得耳。事取博矣，文取約矣，而所貴者書法，則宜古而不宜今，宜雅而不宜俗。如志遷擢則曰陞，士子首選則曰解元、曰會元、曰狀元、曰及第，宜悉改易，南昌人物不書字，保定書或書或不書，宜酌也。舊志人物一府合載，故於人名下分注曰某邑人，今志則逐縣分記，不待詳志而始知，可以不仍前例也，南昌志得之。分繫之例，名宦寂難。蓋古之郡國非今之郡國，如豫章一郡幾盡江西之地，漢時豫章太守自當繫於江西布政司之後，不當專入南昌府，然此猶易定者也。他如一郡而跨兩省，如會稽郡今分江南、浙江。一省而雜數郡，如山東、江南。一郡而包絡幾府，如豫章郡。幾郡而并成一郡，如江南淮安郡。則兩漢牧守不知將何編置始得允愜。此當熟論者也。今之督撫、藩臬、鹽鹺、學政、驛傳、糧儲、提督、總鎮，自當列於各布政司之後，一省而有兩巡撫、兩布按，雖分地而治，亦當與統轄全省者同例。雖駐劄別府，如江蘇巡撫布政駐蘇州，湖南巡撫布按駐長沙。而不得即繫於所駐之府，重體統也。惟分巡守道，及總鎮轄一二府者，則隨其所駐之地而繫之。北直巡撫不繫於順天而繫於保定者，所以讓尊也。他省初不得以爲例。至北直督學亦當繫於保定也。又志前朝事與志當代事自別，志當代則其辭嚴重，故明人書諸帝曰某陵、某廟，書上書報可曰特蒙施行，書奄人曰逆瑾、逆瑠，其體法宜爾。今志中或一二仍其文，而諸藁尤所宜悉易者，此其大較也。諸所欲商榷者已識浮簽於上，而江西省未經論定者亦并開具如左，以俟財擇焉。謹啓不宣。

保定府在京師正南

擬在京師西南，今云在正南，再詳。

按唐志析木津初尾七度，中箕五度，當今保定府之南境，據此則凡保定府東北之境，清苑、滿城、安肅、定興、新城、容城、雄縣、易水、淶水皆古燕地，當析木之次，爲箕尾分野。其保定府西南之境，唐、博野、慶都、完、蠡、祁州、深澤、安州、高陽、新安皆古趙地，當大梁之次，爲昴畢分野。

既據《唐志》，則南境應屬尾箕，而此又云東北屬尾箕，西南屬昴畢，再酌之。

隋名宦張允濟青州北海人，爲高陽郡丞。

按高陽自隋文開皇初已廢，後並未嘗置，安得有此官。允濟在唐循吏傳中，其爲郡丞必在唐初。舊《一統志》入唐名宦中，宜從之。又按清苑縣唐武德初入高陽郡，必唐初復建高陽郡而史失記也。允濟之爲郡丞在唐初無疑矣。

宋名宦何承矩

何承矩只載官爵而無事實。按承矩開渠屯田，捍邊卻敵，甚著功績，可補入也。北齊陳奇河北人，常非鄭康成、馬融解經失旨，因作註釋。與河間邢祐同赴召，補祕書太尉。

祕書太尉，疑古無此官。

滿城縣漢北平縣，地屬中山國，後漢屬中山郡，孝昌中改屬北平郡。東魏興和中置永樂縣於其地，高齊省北平郡，移北平縣之名於故郡地。後周以故北平爲永樂縣，隋仍之，屬易州。上谷郡唐天寶元年改爲滿城縣，屬涿州。

按《唐書》滿城屬易州上谷郡，非涿郡也。

遂城廢縣晉屬高陽郡。

按晉不稱郡，郡應改國。

瑾賊

劉瑾書名似妥，瑾賊可易。

魏璫

魏璫書中人魏忠賢亦得。

隋開皇十六年復置唐縣，屬北陵郡。唐初屬高陽郡，天寶元年更名定州博陵郡。更名定州博陵郡，應云更高陽爲定州博陵郡，縣仍屬。

博野縣漢蠡吾縣，地屬涿郡。桓帝設博陵縣爲高陽郡治，晉改縣曰博陸，仍爲高陽國治。後魏改爲博野縣，屬高陽郡。隋屬瀛州，唐武德五年置蠡吾州於此。

按《唐書》武德五年以博野、清苑、定州之義豐置蠡州，八年州廢，縣還故屬，九年復以博野、清苑置。貞觀元年州廢，以博野清苑隶瀛州。永泰中以博野来屬。元和十年復隶瀛州，後又来屬，則改置應改復置。葢武德五年已置蠡州。至八年而廢，九年又置，是當云復置不得云改置也。

博野縣宋雍熙四年置寧邊軍，景德初改永定軍，天聖七年又改永寧軍。

按《宋史》景德元年即改永寧軍，而不言天聖復改，更考。

明張貫歷遷貴州按察使，以忤劉瑾謫官叅議。

以按察而爲叅議，未是謫官，但可云左遷。

南臺御史

南臺御史不如改南京御史，葢恐疑謂明時實有此官號耳。

祁州漢安國縣地，隋改置義豐縣，唐中宗神功元年契丹攻之不下，改名立節。

按狗忠即完縣立節二録以拒契丹，同時賜名前狗忠。曰萬歲通天二年，今立節曰神功元年，不無互異。以唐史考之，或當在元年，而契丹攻之則在通天二年。從唐志俱屬之萬歲通天二年，何如？

景德二年

景德二年據宋志乃元年。

深澤縣元祐元年復置，今仍屬祁州蒲陰郡。

按蒲陰郡入金已廢，應止云祁州。

安州

按如意元年析河間地置武興縣，後改唐興見唐地理志。此安州建置之始，似不可畧。

隋名宦李衍以功拜安州總管。

按金始爲安州，隋無此名。今云拜安州總管，恐誤。

明人物邵錫

凡書歷代官爵，悉用其時官號爲雅。如明無中丞，今云既拜中丞之類，或一易之。

高陽縣後魏爲高陽郡治，隋開皇元年廢郡，以縣屬河間郡。十六年於縣置滿州，大業中廢。唐武德四年復置滿州，貞觀初又廢縣，仍屬瀛州。天寶元年屬河間郡。

按唐史瀛州郡、河間郡盖一郡而二名耳。今既云仍屬瀛州，不必更言屬河間郡矣。且考唐志止云貞觀初屬瀛州，無天寶年更屬河間之文。

楊忠愍

忠愍刑於市，非死獄中。

江西省《宋書》云領郡八

按《宋書》領郡十，非八也。遺建安、晉安二郡。

開元二十一年分爲江南西道採訪使

按江南西道初屬採訪使，至乾元二年設洪吉觀察使，領洪吉五州，後添領信江二州。建中間陞節度府，旋廢。咸通中復爲鎮南軍，亦廢置不常。是江西一道設觀察之時久，而設採訪節度使之時少，宜於採訪使下補舊觀察之廢置。

《元和郡縣志》云領郡八

按此正江西觀察所領，若採訪使所領，則有十八郡，非止八也。《唐藩鎮志》江西觀察領七州而無饒州，然《郡縣志》所載如此而韓昌黎《滕王閣記》亦云江西觀察領八州，豈《唐史》未及詳記耶？

饒南九江道贛南道

此分守巡道也，不如《保定志》列於駐劄之府爲妥。

桓冲，樵國龍亢人，江州刺史。後監江荆諸軍事，在江州凡十三年。

樵國，樵應作譙。冲下不書事。考晉史張駿殺督護趙毗北叛，冲遣将討獲之，不敢專决生殺，請上疏，須報，皆爲江州事也，可補入。又按晉史桓冲始爲江州刺史，後監江荆軍事，至桓温卒，遂以冲都督揚江豫三州。今但書刺史監軍而不書都督，似挂漏。且晉史所謂在江州十三年者，以桓温未卒時而言。若以溫死後冲爲都督，通計之則不止十三年矣。

蘇孝慈洪州都督

按隋時諸州有總管而無都督，又史孝慈傳亦言爲洪州總管，而不云爲都督也。

魏少游

魏少游爲觀察使，畧不載其政蹟，則似不必載諸。無事可紀者倣此例。

元明善江西左丞

按平劉貴時，明善爲江西行省掾，董士選爲左丞，非明善也。且明善終其官未嘗爲江西左丞，應改正。

解敏

一無事蹟，但云政聲著聞，則此類似可去。

鄭岳

逆濠應改宸濠。

南昌府武帝太康元年置江州

按晉史江州之置在惠帝元康元年，此應改正。

隸江南西道

注云：領縣六，增武寧、豫寧也。按唐史武寧即豫寧，蓋本名武寧，景雲間改名豫寧，後復原名，未嘗析爲二縣也。考唐志洪州屬縣尚有新吳，則所增二縣乃新吳、豫寧，非武寧、豫寧也。

乾元二年置南昌軍，六年廢。

按南昌軍，廢於元和六年，六年上添元和字。

太平興國八年割建昌縣

割建昌，據史乃太平興國七年。又太平興國六年置新建縣，宜補入。

豫章太守

兩漢之豫章太守，猶六朝之江州刺史，唐之江西觀察也。似宜與江州觀察同編布政司之後。至改洪州後，則凡爲守者皆可入此。

殷羡

羡若不屑爲人致書，宜却而不受。既受之矣而投之於水，輕薄不已甚乎？此事正足爲戒，安可入名宦，宜削之。

據前志如張育英、趙鼎皆有宦蹟，宜補入。

名宦

按前志所載明之名宦如張子明、胡本惠、張本、張翥、祝翰、汪潁、吴嘉聰、譙孟龍、陳紹儒、汪佐、王天性、丁應璧十餘人皆有政績可書，而張子明之忠烈、胡本惠之廉仁，前志以爲明之賢守第一，何都不載耶？且自萬曆而後前志所未及記，俱應酌取補入。

大業二年改豫章爲南昌縣

按隋史止有豫章縣而無南昌縣，《唐書》武德五年始析置南昌，若隋時已改南昌，唐初又何必析置乎？此處宜再考。

羅從彦

仲素以《春秋》、《中庸》、《論語》、《孟子》之説授李愿中，愿中傳其學於朱子，此其大者，不可不書。

宋太平興國元年置新建縣於洪州

太平興國元年，《宋史》作六年。

元嬰都督洪州時建閣，成命至封爲滕王，因以名閣。

按史貞觀十三年封弟元嬰爲滕王，至元嬰爲洪州都督，則在高宗時受封已久。且以理言,亦不應以己之國號名樓。此乃仍《一統志》所記,非事實也。應云唐高祖子滕王元嬰都督洪州時建,人因以名閣。又謂明時以其舊址重搆,額曰西江第一樓。按《一統志》滕王閣外自有西江第一樓,今合而一之,未審是否。

謝一夔

一夔乃廷對第一,似不應僅云及第,且及第字亦未雅。又按前志人物如宋之潘興嗣、趙康明、趙汝暨,元之湯霖,明之盧淵、陳安、魏默、丁鍊、魏棨、郭昇、丁以忠似尚可採入。

鄧以讚

會元及第,似未雅。按《宋史》會試第一人曰禮部試第一,殿試前列者曰廷對第幾,似可從。

隋文帝開皇九年廢巴山郡,併豐城入廣豐,屬撫州,後屬洪州。仁壽二年改廣豐曰豐城。

按隋史豐城縣以開皇九年廢,至十二年復置,曰廣豐。今云併豐城入廣豐,則豐城雖省而廣豐固在,十二年安得復置廣豐也?豈廣豐在十二年之前亦經省廢乎?再當考定。

朱全忠以父名城,改豐城曰吳皐。

按《五代史》全忠父名誠。

王季友

按季友事見於朱長孺注杜子美贈詩後,頗詳。據殷璠評,則謂其白首裋褐。據潘淳詩話,則季友爲江西觀察李勉幕僚。是時勉兼御史中丞,季友則兼監察御史。據于邵送季友序,則季友以幕僚兼司議,俱無第進士及爲中丞語也。且子美之詩作於大曆三四年間,已呼爲貧窮老叟，若至貞元，則又歷二三十年，安得復爲進士乎？爲進士且不能，安得復官中丞乎？此前志之誤也。

豐城人物

前志所載如宋之范士衡、王衡仲，元之熊復，明之范衷、李裕、范兆祥、劉華甫、熊卓、陸時通、朱概，尤表表者。今皆略去，似宜酌增。

揭奚斯

奚當作傒。按傒斯累官翰林侍講學士，不應僅書編修初授之官。又傒斯以詩文名世，及修宋遼金三史，似應載入。

舒芬

廷對第一，不應僅書及第。按嘉靖初，芬爲修撰，諫昭聖太后誕日停止命婦朝賀，逮訊而無哭廟事。又楊慎、王允正等以争大禮不聽，撼奉天門大哭，是時芬已即訊，恐不與此。且哭於門，非哭於廟也。

《宋書》有豫章侯相，屬豫章太守，無豫章。《南史》宋追封王曇首爲豫章縣侯，子僧綽襲封豫章縣侯。又謂晉爲豫章，宋爲豫寧。

按武寧縣在晉齊隋皆稱豫章，惟《宋書》稱豫寧，而《王曇首傳》亦云封豫寧侯，然自王僧綽襲封時已稱豫章，豈縣在宋初蹔改豫寧而後仍名豫章耶？再考。

與汪鈍翁書

與足下别久矣，昔别壯也，今髮蒼蒼，齒摇摇矣。以吾念足下，知足下之念吾，而不謂其非舊吾也！日月逝邁，道德不進，修名不立，竊禄於朝，欲如足下托跡丘園，不受當時之責，烏可得哉？《易傳》有云："德薄而位尊，力小而任重。"每誦斯言，頭面赬熱，汗流浹體，誠不自禁其愧且懼之動於心也。御史大夫，古之三公之職也。

位可謂卑而任可謂輕耶？位不卑則受位難，任不輕則稱任不易，知其難與不易而尸位曠任焉，顧念名義其可泯然默居而但已耶？此其所以既愧且懼之動乎心也。《傳》云："陳力就列，不能者止。"念國家厚恩，尚欲因事納忠報酬於萬一，未敢便决然爲自私之計也。漢唐人拜官輒數舉賢以自代，朝廷視舉多者往往進用。語云，不知其人，視其所舉。葢亦因是可以察其舉者之賢否，而知其所舉者之才。葢甞蓄此念矣。今世卿大夫士鮮自重，至使世疑其沽名聲少實用，是以遲廻於中而不果也。足下讀書樂道，如天雲卷舒，其視僕爲何如耶？古之聖賢莫如孔子、孟子，孔子孟子所遇之時最難，而終不肯少貶其道，變其所説而易其所守。今朝廷清明，聖天子在上，而直以卿大夫士之不能自重取疑於世爲解者，吾誠不知其何心。足下其謂之何耶？足下所樂者，孔子、孟子之道。孔子、孟子所遇之時如彼，栖栖皇皇游於列國諸侯卿大夫之間，未甞一日不欲行其道，不敢於山林泉石偃然俯仰，與世遂絶也。今足下所爲乃異於孔子、孟子矣。且主上親拔足下於儕流，疊有恩禮，視衆人爲獨厚，或未宜如此而遂已也。足下竟何以自解耶？久不通書問，因風畧及，惟裁擇而教之，幸甚。

答魏無僞書

李君来，得足下書，意甚勤厚，以愧以慰。足下名賢子，胚胎休光，耳目濡染，得於心，被服於身者，將遂致其用於世以大其施。僕橵固陋，學無師法。少日好爲辭章無用之虚言，又以才質所限，不究於成，遂復廢罷。雖縈繫簪組，自度材力無經世之用，常有山林之思。欲得一意静坐，纔補小學一段工夫，乃今問於僕所以立身行己者，豈非執盲者而問之途，在僕詎不可愧也耶？顧所以爲慰者，以足下名賢子耳。目所見聞，得之心，行於身以致用於世者，非僕所敢望，而猶歉然不自滿。假雖以僕無所知識，無所成就，猶勤勤懇懇下問如此，此其進，益寧可意量。至使不肖如僕者，亦得蒙被光采，以自託於一日游處之雅。使忘其譾劣，或亦奮竭其不肖之才，以得稍進於道，此其所以爲慰也。雖然，承足下之問而僕無一言以答之，則幾非愛助之意，亦望足下養益深，學益進，益廣大受之地，至於擇善之精，固執之一，足下所親承於父師者，非僕所能窺見也。在足下勉之而已矣。僕近來殊無意於爲詩，雖偶爲之，亦不能工。足下年正少，詩已工如此，後之日益工者，寧詎止於此耶？以工於詩者求進於道，又豈僕之所可望者耶？詩卷蹔留，小遲附内尊翁老先生，未敢專啓。望致區區之誠。惟以時保攝，以慰思念。不宣。

與王薛澱書

歲之除夜，讀足下見僕二錢説、榷關監督劄所爲詩二章，且吟且思，至於終夜，喜不能寐。歲之元日，朝退暫憩署中，意益感奮，因自强於善。念錢之用，爲廉爲惠，介在取與。又爲一錢説一篇，以廣其意。夫以足下之才，雄於述作，詩則清越秀美，中於法度，而其意指之所存，主於勸導規誡，與人爲善。僕之所爲，誠不足以當歌詠之萬一，而竊自喜者，謂爲知僕之心也。僕麄踈頑鈍，無以自立於世，雖欲竭其愚不肖之力，自度無有可合於時，惟是冰兢自持，所不敢變壞者，區區之心而已耳。孔子曰："不患人不己知"，老子亦言"知希我貴"，而僕謂足下知僕之心爲可喜者，豈有所私見哉？以足下與人爲善，勤勤然動僕感奮之意，而堅其爲善之心也。使僕不聞足下之言，不有以動其感奮之意，堅其從事於善之心，則是僕之可憂者莫大乎此。今幸而知感奮矣，堅其心矣，謂之可喜，亦豈不然乎？昔穆公問於子思曰："縣子言子之爲善，不欲人譽己，信乎？"子思曰："非臣之情也。臣之修善，人知之而譽臣，是爲善有助也。此臣之所願而不可得者也。修善而人莫知，則必毁臣，是爲善受毁也。此臣之所不願而不可避者也。"僕之意，亦猶子思之意也。雖然，子路人告之有過則喜，孔子謂不見是而無悶，亦望足下有以勤攻吾之闕而已。自足下而外，不知吾者多矣。不知則必毁吾，亦豈能避之哉？能勿悶焉，盖不敢不以聖人之道自勉也。

與韓佚園書

分袂以來，七易年所，時有人至，便問興居，極知佳勝。前接手書，記存情文備至，筆札之工有加於昔。伏讀數過，千里外遂如覿面，可勝歡慰。生平知交落落如吾兄者能復有幾？異時林山泉石，投老餘閒，闔門學道，性命之友舍吾兄其又誰與？此往日之素心，倦遊思歸，繫念彌切。仕宦之味，今已飽嘗，迂怪成僻，比昔更復可笑。雖身嬰塵網，此心如坐深山，堅白自守，誓不取公家一錢。已習慣自然，人亦不以爲異，不以爲同，如世間無此人也。蓋自昔家世所遺，薄有治生之業，節身儉用，足供朝夕，以此都無求於世。而二十年來，蕭然皆盡矣。然守其困約不敢變者，亦實不能也。蓋其平生性質，不能以其所不能者强之使能此與。吾兄三十年寒牕燈火，時所深知而篤信者也，亦何足道哉？然每念吾兄家居澹泊，亦竟愛莫能助。故人知我，但區區鄙懷，不無自愧，亦惟故人愛我，是以具道其所以然者，不覺瑣瑣耳。長安路回首，使人索然。又恐吾兄徒有跋涉之勞，斷可勿萌此意。非相知之深，不敢輕率及此。附寄薄物，唯哂存之。不具。

與楊都諫書

頃承見過，語次及玉堦玩《易》篤、事親孝二事。僕所撰玉堦墓碑，蓋專以講學檃括其生平，故於玩《易》之篤略見之矣。竊以自昔伏羲、神農、黄帝、堯、舜數大聖人，皆孝子也。伏羲、神農、黄帝、堯不以孝名而舜曰大孝者，以其處人倫之變也。葢瞽瞍傲象之事，聖人直以安常處順爲心。天下萬世見其所遭人倫之變如彼而所處之善如此，故以大孝名之，然而非舜之志也。孔子、孟子特以此教天下萬世之爲人子者，曰不幸而有父母兄弟之變，則當如舜之所爲大孝者耳，非謂伏羲、神農、黄帝、堯之孝皆不如舜，而舜之孝獨出於數聖人之上。是以數聖人之孝,有不必皆稱者也。甞見朱子解《周禮·師氏之官》:以三德教國子,一曰至德以爲道本,二曰敏德以爲行本,三曰孝德以知逆惡。以謂至德云者,誠意正心,端本清源之事,道則天人性命之理,事物當然之則,修身齊家治國平天下之術也。敏德云者,彊志力行,畜德廣業之事,行則理之所當爲,日可見之跡也。孝德云者,尊祖愛親,不忘其所由生之事,知逆惡則以得於已者篤實深固,有以真知彼之逆惡而自不忍爲者也。又自注云,至德以爲道本,明道先生以之;敏德以爲行本,司馬溫公以之;孝德以知逆惡,則趙無愧、徐仲車之徒是已。由是言之,有明道之學術,不難爲溫公之事功。至如趙無愧、徐仲車之所爲,則固已恢乎裕如矣。玉堦之學,将以求進乎至德以爲道本,而所謂敏德、孝德以爲行本以知逆惡者,盖將真知而力行焉。故撮其生平而以講學爲説,有無俟乎兼陳而備舉者焉。而玉堦之得乎己而傳於後世者,已具於吾説之中。盖亦自以爲此,或者古人立言之體當如是也。僕誠愚陋,無所知識,與玉堦同學久,重以其孤之請,而亦有所不能自已於中者,故不辭而爲之銘。未知有當焉否也,幸高明有以教之,拳拳切望。不宣。

午亭文編卷四十

頌箴銘贊

幸闕里頌有序　時直内廷特命臣與議

皇帝康熙之二十有三年，是歲甲子，東廵狩，謁孔子林廟。先事，皇帝曰："事先師，禮重且嚴。汝廷敬實惟予舊講臣，其與議所宜行。"臣從諸臣後議具上，詔曰："俞。"及恭覩禮成，臣不勝懽忭震躍。仰惟皇上聖神首出，化洽萬邦，君師之統，千禩一時，乃猶屈己求賢，詢輿訪道廣厦細旃之上。冊書討研，勤逾儒素，遐瞻東魯，慨想宣尼，希代曠古，前未有也。其時三事，大夫颺言曰："昔者刻玉遊河，披圖廵雒，襄壄之駕，凃山之會，皆能焜耀簡籍，垂於方來。今兹萬國既同，誠宜宣省風教，展義魯邦，下塞衆望。"皇上凝睿思，延廷問，久之廼曰："朕慕聖道，歷久於兹。敬因省方，詣先師宅里。其毋重煩吾民供億。"於是肆赦軫，農蠲租，已責弘敷愷澤於天下。乃歷吉日，協靈辰，壄廬警路，宫正設蹕，玉輿曉升，帷殿夕御，前驅珠旗，屬車日羽，以臨乎岱宗。是時未臻夫闕里也，飛旆江淮，觀民設教，月届黄鍾，旋軫南陸，聿來聖居，覽觀山川、雲物、廟寢、圖書之盛，嚴恭將事，禮行樂奏，聖歆如荅。臣廷敬雖不得備從官之列，緬懷宫牆，逖稽掌故，太牢特祀，肇自西京，褒成祼将，爰及東漢。貞觀定朝之儀，開元錫文宣之號，器物之賜，渥於廣順；陪位之班，詔始祥符。至和加衍聖之稱，承安世曲阜之令，凡爲崇儒重道，是以異代同符。若乃萬世師表之稱，則與乾坤同其悠久也。六經表章之澤，則與日月並其光華也。留鳳蓋於戟門，車服禮器所未備也；頒龍章於鄉校，普天率土所共瞻也。矞矞皇皇，莫與京矣。臣謹拜手稽首而獻頌曰：

惟聖體道，生民拔萃。德踰位兮，惟帝則聖。統壹萬類，位斯配兮。龍飛于天，周覽八極。嘉鳳德兮，聖作物覩。垂祀萬億，視魯國兮。帝開明堂，于羹于墻。坐則見兮，帝會方岳。東西南朔，來殷薦兮。鑾車戾止，鏘鏘穆穆。金絲肅兮，駐蹕古亭。雲霞委屬，清泉溲兮。上公稽首，籩豆奔走。昭世守兮，暨四姓後。博士童耇，恩滂厚兮。賜所過租，歌騰于涂。惠我人兮，惟帝福我。我神其妥，戴大君兮。莘莘髦士，百爾濟濟。頌聲美兮，於赫帝功。與天比崇，無終窮兮。

聖文神武至德頌并序

惟我皇上，聖文神武，躬御大寶，君臨萬邦，於今三十載矣。維時九垓軌道，四海波澄，至德所敷，際天蟠地，黎庶咸登仁壽，寰宇共底時和，固已符合三皇，功加五帝矣。而我皇上猶復治益求治，宵旰之焦勞，宫庭之咨儆，無息不以生民爲念，此與書傳所稱大禹之勤儉，成湯之寬仁，文王之不遑暇食若出一轍。蓋先聖後聖，不同揆也。夫是以蠲租減賦，省斂省耕，凡山陬海徼窮荒僻陋之鄉，扶杖嬉遊，瞻天表，聆玉音，識朝廷之德意，被盛世之恩膏，咸感激帖息，如雷霆之鼓，萬物罔不振慴其威；又如雨露之沐，羣生靡不沾濡其澤。盖區宇蕩平，中夏肅穆，有由然也。至如外藩之地，遼遠之區，其屬四十有八部衆，地大蘖，牙閒生，而自我皇上建極以來，治化光被，四十八部之長皆謹凛震慴，以爲上有聖人德洋恩普，靡不得其所，此真吾君，吾所天也。以故頓顙請命，奉贄稱臣。蓋今天下太平數十年，聖天子功德隆盛，浸灌浹洽，入於人心，無遠無近，願俯首而承順者皆動於不自知而感於不及覺，非威力之所加，非詔檄之所廹。蓋邊徼之外其願爲聖天子之民，而以不得親見聖天子赫濯之聲靈爲悵悵者，正不止四十八部矣。乃喀爾喀曩在古則雄長一方，擁其部族人民十餘萬衆，雖貢使絡繹而未甞躬修臣節，今者戴天威而懷聖德，向化輸誠，傾心臣服。皇上又念其僻處邊陲，罔知禮教，宸衷裁決，撫安激勸，必車駕親臨。於是乃馭馴駮之驷，乘雕玉之車，明月珠旗，干将雄戟，糾紛交錯，猗靡扶輿，壯中土之英聲，示遠人以文德。駕至之日，諸部咸集，蓋莫不覩車旗甲從而嗒然自失也，仰文物聲名而忻然歎羡也。慕義歸誠，聿得沐恩光，親笑語，而懽忭相慶也。天子嘉之，隆以宴賚，爵秩有差，什五有制，於時庭實既陳，皇歡是式，獻萬壽而喜氣緜幕，醉百壺而軍聲愷康。於以靖障塞於萬年，震威靈於奕葉，洵超古軼，今之偉畧哉！臣忝竊遭逢，得侍廷陛，不能韜弓荷殳，帓首韎袴，躍馬以從。駕旋之時，拜賀於車塵馬足之前，覩侍衛之雍容，見師陳之整肅，用以舞蹈，抑用以自愧也。而間從扈從諸臣，得悉諸部落免冑趨風、革心效順之盛事，踴躍之至，無以頌揚，謹賦韻語，紀載神功，垂諸来世，使知我皇上之所以治冠百王，功髙千聖者。盖誠如天之無不覆，如地之無不載，凡有血氣莫不尊親，而非徒以區宇蕩平、中夏肅穆爲盛治也。頌曰：

上聖垂統，巍巍皇皇。仁育義正，怙冒萬方。時雍風動，謡俗樂康。邇安遠慕，恩遍遐荒。幅幀西東，朔南萬里。日月出没，至無涯涘。罔不率從，我疆我理。皇風震赫，奮揚天威。馴梟屈虓，匪德焉歸。鴻澤以濡，讋我帝命。咸來享之，遂若厥性。環翼我畿，邊氓永靖。恩覃萬祀，歷久逾深。帝念外服，悉天所臨。萬物得所，予惟宅心。古者天子，有適諸侯。言廵所守，行慶賜休。兵車百萬，烈烈其旂。清風卷舒，交龍熊螭。平沙際天，雷迅雲馳。桓桓糾糾，羅列衛營。耳耳前驅，雅雅吉行。士若銜枚，驂牡不鳴。殷殷雷霆，川谷以震。既奉帝車，亦象天陳。恃力者殲，從德者順。弓櫜不控，箙委羽銈。一農之飢，飼以峙粻。一夫之寒，煖以襲裳。扶老提稚，近天子光。四十八部，增一曰九。匪惟册九，來者恐後。五十餘屬，厥角稽首。踰于古昔，王會其圖。百辟内向，要荒外俱。咿嚘重譯，萬狀睢盱。一我冠帶，同我車書。帝曰汝衆，朕不專有。天下萬家，四海爲守。爵賞賚予，繼絶持危。濯痍吹温，登之皞熙。如雨載霖，如日初晞。躑躅謳歌，舒愉以嬉。惟帝錫嘏，如山如茨。降百斯祥，延萬斯禧。醇醴萬石，嘉樽静籩。既莊以和，秩秩斯筵。存問齠耋，玉音朗然。守約則豐，克己乃賢。瞿瞿兢兢，若臨深淵。如帶如礪，如石其磐。凡兹藩長，帝訓是式。毋怠毋虞，毋敢失職。帝之歸來，如離慈哺。攀遮衮衣，遠越閭伍。帝其何時，更歷下土。緬昔重華，王畿靡遥。九州雖建，亦有三苗。三代之域，兵甲未銷。孰媲我皇，文神武聖。燮伐既張，干羽大定。擴清疆圉，惠安黎元。治成禮備，功昭德宣。永永眉壽，昌熾萬年。

言箴

與其易爾言也，寧喪爾躬。喪爾躬，人所同也。易爾言，禍不可窮也。不車而裂，不鼎而烹也。水溺火焚，情相攻也。嘅然永嘆，以身終也。胡不忍於俄頃，而禍及生平也。

動箴

天下之動凶，悔吝何多也。主吉而動凶，悔吝如我何。動以吉，其後有他。我其如凶，悔吝何吉。不易爲静，以勝之天下。不能有静，而無動也。動之，其奚宜。《易》稱幾者，動之微。知幾其神，惟君子吾與歸。

虚舟亭銘

我游於人，人觸而怒。怒不在人，觸以我故。我與世游，載沉載浮。泝焉洄焉，泛泛中流。適彼萬里，一葉輕蘋。隨所遇遭，無有怖嗔。或干翠霞，或栖丹壑。志士冥心，嘿往自託。自託伊何，體物無方。大莫之國，無何之鄉。方舟濟河，虚船洋洋。船来觸舟，渺然無人。有人怒呼，無人曷云。不見其人，不獲其身。虚舟名亭，汝視汝聽。

信芳齋銘

芰荷製衣，芙蓉集裳。靈均詔余，垂華流光。鴂鳴賢退，彗耀鯨藏。鶗鴂之聲，百草不香。余獨何爲，顏此信芳。相彼蕭艾，亦離於霜。維資菉葹，江蘺杜衡。孰穢孰潔，孰枯孰榮。有嘉我室，竹扉茅堂。扶疏荷屋，窈窕葯房。余獨樂斯，好修爲常。春蘭秋菊，年歲永康。

尊聞堂銘

古人於道，有見而知，有聞而知，有傳聞而知。自孔子歿，七十子散。所見所聞寥寥，千載其誰。其見於書者，所傳聞異辭。博觀而求，約取而思，儼私淑之在兹。吾不幸不生齊魯，及孔子之時，游夏之賢，孰敢等夷。我思其狂，琴張牧皮。俯仰百世，我友我師。既不可得見聞，若傳聞者，是亦曰聞，是故尊之。

慈泉銘并序

樊山之陽高千仞，未至巔百步有泉，在山徑沙石間，坎甃清澈，味甘冽，異他水。不盈不涸，居人兩三家汲以飲，不見多，食千人不見少。百鶴阡在其東，母夫人之所藏也，故得名慈泉而銘之。

慈山巖巖，下視王屋。我民錯居，賴此川瀆。巖巖兹山，民居其巔。載耕載穫，以粥以餐。承液生雲，洑流含潤。利澤之施，豈適膚寸。影月流天，漪風肅然。相我阡隴，於千億年。

米海岳硯銘并序

聞吾州有米海岳硯舊矣，莫知在所。素心弟於民間求得之以遺予，刻文曰彤池紫霧，魚龍起碧落，五星共月明。中窪而缺兩隅，殺墨而不敗筆，洵可寶也。銘曰：

刳有腹，剡有隅。隅不側，腹能瀦。以媿德，與我俱。米家書，世莫如。石爲兄，是吾徒。弟得此，故遺余。

義冢碑銘

吾所居鎮曰郭谷者連四五村，居人逾千家，皆在廻峯斷嶺長谿荒谷之間。地最磽陿，耕牧無所，其土方數畮者絶少，其狹者不可以畫遂溝，廣者不可以經洫澮。或土戴石，或泥淖沙，田既少而悉歸於有力者。其子孫或世守其先人之産，而重轉鬻諸人。其人好力作負販，俗尚儉嗇。四方来居者人日益衆，而田日益不足生。既不能以田爲事，死則無所於歸。即一旦不幸，叩强有力有田者之門丐尺寸之土而瘞焉。異時或斬鑿平治之，求若斧若馬鬣，安可得？古之人所謂不封不樹者豈遂若此耶？余捐金置義冢，得田若干畮，公之貧無地以葬者。余惟古者井天下之田，人有分地。自秦以兼并廢先王之制，始開阡陌而天下於是有甚貧甚富之民。至使斯人生無以養，而死無以葬者，暴秦之罪，於今爲烈也。夫分井均田之法，其大者不能行矣。若能令豪侈之家稍知品節制度，使天下甚窮之民生有所養，而死有所歸，無餓身暴骨之患，是亦有天下及禄食者之所宜三致思也。故吾爲書置冢之故，而系以銘曰：

記昔侍帝，狩於近郊。掩骼埋胔，豈惟蒐苗。工官戒途，誤平人冢。帝察治之，仁斷傾竦。顧瞻疆服，時聞興嗟。征骨露野，戰血染沙。時予之恤，孰紓予懷。記帝言動，臣所職哉！矧惟國家，怙冒下土。眷言我民，億萬以數。溝壑填委，道路棄捐。封狐夜歎，饑烏曉餮。凡我人牧，孰軫孰憐。樊山之原，樊川之浦。天寒雨濕，魂訴如語。解金卜幽，鬼兮宅女。耘叟耕夫，莫或女侮。山廻峩峨，川流湯湯。纍纍兹墳，我心摧傷。我力則殫，哀此衆民。爰作銘詩，以倡後人。

宛平王公像贊

階平星聚，泰運肇啓。二五儲精，誕生夫子。神觀挺拔，才名日起。受知世祖，顧問密邇。綸扉視草，籌政決疑。謂宜大任，燕翼是貽。我皇踐阼，表率憲司。數奏封事，正議忠規。三垂不靖，怙衆作逆。九伐張皇，中樞運策。欃槍迅掃，宗社磐石。遂陟台衡，臯夔接跡。稽典定法，教洽治宣。黼黻衣被，徧於九埏。退朝宴坐，泰宇翛然。誰其侍側，玉樹風前。鄴侯既相，仙骨在軀。精神淵著，不視體膚。謖謖清舉，温温德符。麟閣凌烟，此爲之模。

六公贊并序

吾鄉國多賢人君子，其以清德爲世所稱者，則有若曲汶衛文清公周祚、陽城故刑部尚書白公胤謙、蔚州魏敏果公象樞、永寧于清端公成龍、陽城故廵撫張公椿、高平故布政使畢公振姬，此六公者生同時，皆在鄉國數百里之内，然皆所謂天下之士也，而吾辱從之。夫吾豈能友天下之善士乎哉？吾之得游於六公者，直以鄉人之故耳。六公之賢，宜余知之尤得其實也。《詩》曰："維桑與梓，必恭敬止。"又曰："高山仰止，景行行止。"於是作六公贊云：

曲沃衛文清公周祚

公猨以和，不嬰於物。如秋之霜，如冬之日。清廟明堂，不改其節。金鐘大鏞，朱絃疏越。

陽城故刑部尚書白公胤謙

公起詞苑，無赫赫聲。清忠端亮，式和且平。有文有質，是訓是程。及蔚州公，理學宗盟。

蔚州魏敏果公象樞

國僑以惠，公叔以文。稱名責實，公清最聞。紹宗聖學，道集儒勳。頌詩讀書，百世彌尊。

永寧于清端公成龍

我懷斯人，流風悠邈。巍峩實望，磊砢節目。厥芳幽蘭，其堅純璞。社稷人民，即此是學。

陽城故巡撫張公椿

嶷嶷英挺，身標勝流。歷顯若晦，居辱不尤。聲迹未墜，民今思謳。瞻望衡宇，景彼前修。

高平故布政使畢公振姬

公文奇字，公行奇節。振玉摐金，飲冰嚼鐵。拂衣耕壄，穫而不輟。高風誰嗣，生芻凄咽。

任君八十像贊

我見黄石，来臨峨峨。仙禽無聲，息駕庭柯。貽我話言，禔福孔多。不辭而去，客有相過。手青松障，一老顏酡。適意與會，紫芝煙蘿。云何贈之，黄石同科。

午亭文編卷四十一

傳

太子太保兵部尚書總督江南江西謚清端于公傳

公諱成龍,字北溟,永寧人。先世仕明者諱坦,有聲弘治朝,官至大中丞,父時煌里中稱長者。明末盜起西疆,里中築堡于公先壟傍,形家者言堡成不利于氏。公笑曰:"我里千家保聚,獨我家不利。害少而利多,堡當築矣。"堡成卒無害。公生而才智絶人,攻場屋應舉之文,中崇禎己夘副榜。入國朝,仕爲羅城令。羅城秦桂林地,故多瘴癘,又猺獞頑黠不可治,仕或自罷去。公喟然曰:"荒徼皆吾民土,惟國家所使。人生仕宦,豈擇險易哉?且羅城可遂無官耶?"單裝徑往。羅城無城郭廬室,居人數家。公廨在叢篁深箐間,披草木入,得微徑,插籬棘爲門牖。虎歗猿擲,白晝行庭中,陽陽穿壞壁去。公即庭中,累土爲几案,其傍置爨,一釜一盂,炊烟併日,召吏民来前,從容問所苦,喻以急公敬上之義。申令行事,吏民皆鳥言啡嘤,與之語,心耳遼絶。公解析譬曉,神色愷易,良久,皆欣然拱聽。既去,則據案讀書,以數錢貰惡酒獨酌,醉則隱几而卧,或竟日不冠履。既數月,吏民樂公坦懷,益樂就。當是時,西粵數叛服,羅城民皆竄山谷,而猺獞與大姓相仇殺。民既失業,則阻險爲盜。他令或飾威規利,民益疑畏不敢前。公至則悉除諸禁,拊循殘氓,誠意憐惻感人。人皆自至,以田賦親輸公手。或留數錢置案上,公問何意,曰:

"阿耶不要火耗,不謀衣食,寧酒亦不買耶?"公感其意,爲留數錢,計得酒一壺而止。民益親愛,因與朝夕問地方利害,悉得其要領。編置保甲,約束猺民,盜皆屏跡。先是鄰猺殺掠我人畜,歲二三至以爲常。至是鼓勒鄉勇,将進搗其巢。猺大震懼,自誓不敢犯界上,歸所掠人畜。夫然後民得安居,盡力於耕稼之事矣。每春時,命兩猺舁竹兜行田野中,見力耕者輒呼與語相勞苦。民知公来,皆率婦子環公羅拜。或坐樹下,與飲食,笑語歡如家人。嘉其勤而穫者,愧其惰者荒蕪者,民大勸悔。棅穗被野,牛羊滿山。公以其暇日增障浚隍,招民入居,新築室者公手書題額或門聯,以示奬異。立學宫,教民其中,能讀書應舉者免徭役,民俗輯和。獨數大姓者負勢不爲下,其人皆號總戎侯伯,嘗指揮長吏恣爲殘慝,公曰:"此曹向皆倚恃猺獞盜賊爲之爪牙,一逆其心,則立致亂變,是故他令多匿意阿忍之。今吾威令已行,民服禮教,此曹可令終不悛耶?"會一大姓執其僮予公,屬致之死,公訊當與杖,視之已杖矣。因怒謂:"爾既歸之官,則有朝廷法在,何得先自擅刑,藐官蔑法乎?"叱之跪,将杖,下之獄。大姓大恐,叩頭謝死罪,移時始得免。公乃爲陳順逆禍福之理,遂大感悟。自是數大姓皆奉法,以公事至者望籬門股栗項縮,無復跳踉桀驁於公庭之上者矣。三年政成,臺使者勑粤中令以羅城爲法,公乃牒上寬征徭、疏鹺引諸利弊所宜興罷者行之,民愛敬如父母焉。公自来羅城,從僕皆散去,二僕病不能去,旋亦皆死。羅人憐公,每晨夕視問安否,間斂金錢跪進云:"知阿耶苦,我曹供些少鹽米費耳。"公笑謝曰:"我一人何須如許物。可持歸易甘旨,奉汝父母,一如我受也。"衆怏怏持去。居數年,家人来,羅人則大喜,奔譁庭中,言"阿耶人来,好将物安家去。"又進金錢如初,公又笑謝曰:"此去我家六千里,單人攜貲,適爲累耳。"麾使去,衆皆伏泣,公亦泣,卒不受。丙午秋試,辦事外簾,公布袍數浣,破被如鐵,一蒼頭從。衆簾官皆美服盛飾,傔從姣好,公衣敝垢藍縷,諸吏人皆指目揶揄之。大吏夙聞公名,指衣敝垢藍縷者曰:"必羅城令也。"諸吏人皆相顧愕眙。於是大吏委公以試事，使專督之事無不精當者，因與極論時事所宜及古今成敗是非得失之跡，公掀髯抵掌，詞氣激昂，語有倫要，大吏甚器重之，交章舉公卓異。在羅城七年，遷知合州。公復牒十事上幕府，皆爲公行之。去羅城，羅人遮道呼號：“公今去，我儕無天矣。”追送數百里，哭而還。一眇者獨留不去，公問故，曰：“民習星卜，度公橐中貲不能及千里，民技猶可資以行也。”公感其意，因不遣去。會霪雨貲盡，竟賴其力得達合州。州領三縣，合計纔遺黎百餘人，正賦十四兩，而供役繁重不支，官有騶從之費。公盡除習弊，畜一羸馬，以家僕自隨。府帖下取魚，公曰：“民脂膏竭矣，無憐而問者。顧乃欲漁吾魚，吾安所得魚乎？”卒不與府中魚。因極陳荒殘疾困狀，郡守笑謝，爲裁革十餘事。公念合州民多流亡，往時新歸流户便即力役而墾，田既熟，土著訟而争之，以故集者復散。公皆爲區畫田廬牛種，官立案籍，復三年而後同。新集者既知田業可恃爲己有，而復無征發倉卒之憂，遠近悦赴，旬月之間户以千計。未幾用前卓異，遷黄州同知，分鎮岐亭。岐亭當黄麻偏界，地多汊湖幽壑，盜所窟巢。時急盜，案官文法頗繁，長吏至諱忌不欲聞盜，盜反持長吏所忌，白晝行劫，莫敢何問。公捕得九人，集諸父老，謂之曰：“此皆巨盜，彼恃捕後上解，則牽制官吏長短，往往得脱。今以示諸父老，有能保後不爲盜者，吾將貰之，否則盡吾法。”諸父老願以身保者二人，立命鋃鐺駢首繫七賊，即諸父老前爲坑坑之。盜自是驚匿。嘗草笠蹇驢，微行村堡，以周訪山川要害閭里之情僞，貰大盜，責以捕盜自贖，捕輒得無脱者。四方来謁者無貴賤皆接以恩禮，延問利病，咨訪人物，是以所興舉悉中人情。黄州境壤蒸蒸樂土矣。攝漢陽黄安通城事，皆先絶火耗，飭保甲，所至輒著異跡，操守益自危苦，惡衣疏食，以圖民之急。巡撫張朝珍雅重之，特以卓異聞。會滇逆亂作，檄攝武昌事，問禦亂之策，公對以安人心莫先停徵求。時朝珍草疏欲奏，公意與合，以故凡兵事皆倚公以辦。公悉意擘畫，羽書交馳，師旅雲集，軍資億萬，皆咄嗟而具。惡少憑依禁旅，罔敢指問，公立置之法白大將軍，申明軍令。甲士十餘萬擁公忿譁,公不爲動,詞譬理解,神色抗厲,知公不可奪,皆徐斂去。或諜得武昌大姓與賊交通,指藏器仗爲證,朝珍欲發兵捕而召公,公言自烽警以来,武黄諸巨家多盡室避兵良子湖中,家人藏兵械以備他盜耳。若遽加兵,人人恐矣。跡之,果無他。公之鎮定知大體多此類也。用卓異遷知建寧,朝珍奏改武昌。時逆賊陷岳州、長沙,我師進剿,取道蒲圻。朝珍檄公往造軍所渡橋,賊鋒迫近,蒲圻人潰驚,城郭爲墟。公入城,嚴斥堠,戢逃兵,招集居人,城以不墮。通我師岳長之徑,旬日成橋,山水暴漲,橋復壞,公以此去職。會東山亂作,朝珍謂公:"極知君勞苦,然非公莫可辦賊。"公曰:"聞命矣。夫公知遇最深,敢辭艱乎?但黄州東連廬皖,北接光固,據三省形勝,控制七十二寨。其人剽悍善鬬,阻險跳梁,難以猝勝。若公見委,須便宜行事,方敢受命。"朝珍大喜,自起酌公曰:"君肯任事,吾無憂矣。剿撫一以聽君,需兵幾何?"公曰:"賊衆我寡,兵多適資亂,以前守蒲圻數人與俱,足矣。"遂嚴裝以行。初東山之亂也,妖人黄金龍詭言得天書寶劍,来往興寧山中,煽惑愚民,匿跡黄麻劉君孚家。君孚黠猾多智,數收召亡命,亦數數能禽獲盜賊,守令多其能,每撫而用之。公鎮岐時,君孚亦嘗居門下,後得滇逆僞劄,遂與金龍潛結河南、江西諸渠魁,私立将帥,衆號十萬,約以七月起事。會有人欲發之,君孚恐事泄,遂以五月望反於曹家河。黄守将王宗臣率所部兵駐興福寺,麻城令屈振奇率鄉勇駐白杲,約日進攻。君孚夜遣七騎斫黄将營,鄉勇亦自潰,退保麻城。賊勢甚張,而諸盜所在益蜂起。公行次陽邏,偵知君孚雖反,以衆未合,猶豫持兩端,遂兼程抵白杲。距賊十里止宿,榜示脅從者自首免罪,誣陷者即赴訴,過三日以從賊論。於是投訴者日千計,公皆宥之,賊勢大孤。君孚及其黨素服公恩信,聞公来,皆莫有鬬志,欲即降,恐見誅,惟擁衆自固。公度君孚倉猝反,其衆未聚,可就撫,若旬日黨合,則難圖矣。遂命白杲鄉約一人持檄,往布太守来待以不死之意,度已至賊所,公則獨騎一黑騾,一蓋一鑼,與二人徑趨賊寨。未至二里許，命鳴鑼前導者行呼："太守来救爾山中人。"君孚不虞公自来，倉皇匿後山，令數百鳥鎗弩矢夾道，伏望見公，皆燃火控弦，擬向公。公不顧，直前，賊亦卒不敢發。至寨門，門開，公入舍下騾，即廳中坐，衆賊環列。其黠者率衆羅拜，公問："老奴安在？"老奴，君孚也？以舊居麾下，故易暱之。衆云："暫出，頃可至矣。"又姁姁問："今歲山中雨暘，禾稼若何，若良民，何作賊取屠戮耶？時酷熱，若父母妻子匿何所，得無苦乎？"衆皆泣。公曰："熱甚，須少憩。"令賊爲脱韡取水飲，或支榻揮扇，餘四圍牆立。公熟睡，鼾聲如雷，賊驚異不知何爲。移時寤，又謾罵："君孚老奴，何爲久不出，豈有客至不設酒脯者？"君孚初意公必以兵来，且懼見紿，故深自匿，及見公推誠無猜，趨出叩頭，訴所以激變故。公爲開陳利害順逆，許以招撫，約日而還。至日盡降其衆數千人，黄麻數縣皆解嚴。朝珍上其事於朝，再命公知武昌，朝珍檄公留麻城。公親歷村落，度地形所宜，分立區保，籍其區之有勇力若火藥兵械者爲烟民，以愨者長之，曰："遇警而集蹤跡疑者，區長白逐之，容隱者同罪。"於是前與君孚、金龍潛結爲賊者皆隶烟民，樂爲用。秋七月，經畫有緒，行還武昌。當是時，金龍留君孚所，君孚既無所用，金龍因縱之逃，與紙棚河賊鄒君申合。公次岐亭，移檄東南區長，得二千人，率門下諸生數人督兵進討，駐望花山。君申初謂公已還武昌，今忽聞以兵来，大驚，退保山寨。公策賊新反，未穫食少，利速戰，而我兵驟集攻之，不如困之。乃分軍軍其三面，度賊走必徑黄岡馬鞍山，故不守而陰伏兵巇間。君申、金龍果糧絶，夜走馬鞍山，遇伏盡禽。公坐山上受俘，金龍縛急，欲以妖術遁，公手劍叱之，術不得施，遂斬其首。捷至武昌，朝珍持露布示寮屬曰："人謂我不應用醉漢，今定何如？"公酒無量，嘗爲簾官，與大吏抵掌論事，時觴公，公飲輒數十巨觥，露幘揎袖，酡顔瞋目而語，吏人皆竊笑公酒狂。及往東山，或以爲言，故朝珍云然也。疏聞晉級，八月調守黄州。時荆岳兵事急，公外輸供億，内靖奸宄，郡壤以寧。十月江西賊犯湖口，旁掠興寧，蘄州戒嚴。又滇逆密布僞劄書，湖北地復大亂，陳鼎業合逃兵掠驛馬反陽邏，何士榮反永寧鄉，劉啓業反石陂，周鐵爪、鮑世庸反白水畈，各擁衆數千人，號稱十萬，遥連湖口、寧州。諸賊約以十月上旬取黄州，遂及武昌、漢陽。高山大湖，烽火相望，城門皆晝閉，墟里寂無人。各鎮援兵悉隨大軍進攻湖南，黄州餘吏民才數百人，至不能備闔柝。議者欲棄黄州，退保麻城，公曰："黄州爲湖北七郡門户，我師屯荆岳者數十萬，水陸轉運，取道於此。且瀕江而城，控制阻險，前倚興寧、廬阜，後壓天堂、金剛諸寨，實東南關鍵。釋此不守，則荆岳有狼顧之虞，七郡成瓦解之勢，所繫非僅一城已也。吾誓死不能去此。然吾坐困以待，不若相機進剿，猶可僥倖以圖存。賊勢雖衆，皆取士榮進止。若先破士榮，餘可不戰而下。"於是徵各區鄉勇，又分守山隘，令逃民不得入合賊，別遣黄岡令李經政攻鼎業，禽其父子，陽邏平。十一月二日率諸生及吏卒二十二人前進。時千夫長、百夫長李茂昇、羅登雲、吳之蘭以所部来會，各區長讀公檄，皆感憤灑泣，厲鄉勇以同仇之義。漸次輻輳，得二千人。於是立什伍，標旗幟，號令明，整卒如素習。部署甫定，諜報士榮已據黄土坳，公遣登雲偕武舉張尚聖以偏師往偵，自率大隊遂發。七日，尚聖等遇賊前鋒，與戰，賊小卻。公疾馳，抵尚聖營，衆見公来，歡譟請賞，公無以應，惟用言語意氣拊循慰勞。衆感泣，氣益增，下春鄉勇大集，有衆五千人，屯箬金寨下，與賊對壘。八日黎明，士榮賊數萬自牧馬厓分東西兩路夾攻我師，賊皆手揮紅雜色旗，照耀山野。公著舊絨衣，匹馬仗劍，當營門立，見東路賊少，命登雲率千人禦之，自以大軍當其西，命尚聖攻右，之蘭攻左，公衝其中堅。戰甫合，之蘭中鎗死，賊鬭益急，礮火如爆豆，著處皆穿，左右勸公盍少避，公叱之曰："今吾死日也。敢言退者斬。"我軍見之蘭死，又被傷者衆，少卻，而箬金寨後民素爲賊誘，見我軍卻，鼓掌讙譁，袖出小紅旗相摩麾。公見勢益急，鞭馬徑前，迴顧茂昇曰："我死，可歸報張公。"茂昇恐失公，急發一矢，翦其大旗，我軍少進。茂昇馬被創倒，茂昇步射殺二人，鎗洞衷甲，乘他馬以進，短兵相接，復手刃數人。而尚聖自右山繞出賊後，我軍急擊，盡搴其旗，賊遂大敗。士榮手長矛殿後，左臂斷猶力戰，陷泥中，遂被禽。登雲擊賊東，亦追奔數十里。是役也斬馘數千，山谷填溢，溪水盡赤，獲軍資器械無算。檻送士榮於朝珍，公得賊名籍，立焚之，衆心以安。乘勝進至呂王城，茂昇等欲少息，公曰："白水石陂諸賊本以士榮爲盟主，今士榮既禽，諸賊膽落，捲甲疾趨，將自崩解。所謂破竹之勢，不可失也。若淹留晷刻，賊據險致死矣。"時諸營才午炊，公命盡覆其釜以進。據鞍草檄，有能禽賊来獻者重賞，投誠者待以不死，脅從而歸者但閉門坐家，無軍器者即從賊概不追問，身無鄉勇印號，家藏兵仗，即良民亦誅死。於是衆賊聞士榮禽，既大悔懼，及得檄書，又知毁其名籍，一時解散略盡。師至白水畈，鐵爪、世庸等尚有親兵數百人，欲保什子寨，公已先令人守隘，不得上，脱身走君乎。十一日軍定惠寺，遣追盡禽之，而石陂等賊亦皆平。公駐黄市，撫戢軍民，東山大定，散各路鄉勇歸農，勒石黄市旗亭間，班師而還。自出軍至是僅二十四日，以鄉民數千破賊數萬，不費公家粒粟，不煩師旅，徒手奮身，摧鋒陷堅而奏膚功，此近世所希有也。當此時，荆門岳湖燧火相望，對壘連疆，耕戎交跡，内患既消，邊圉孔固，公之功在天下而不在一隅矣。十四年春，湖南兵久不解，公于征斂轉輸，重紓民力，而行間所需物用器什，文檄横飛，旁午絡繹，公皆躬自購造，不假胥吏，省民費以千萬計。嚴飭屬邑，禁羨耗，絶私派，懲誣告，杜餽遺，以其隙招致文學之士講論經學，興起廢墜，人若無兵。秋大饑，發廩賑卹，廣募輸積，嚴冬冒雪，計口受賑，全活數萬人。十五年水旱洊臻，訛言復起，公謂人心易摇，宜示以暇豫，與爲鎮静，修治赤壁亭榭，日與文武寮吏歗咏飲射其間，士民相與慶曰："我公如此，吾屬何憂？"又以祕計禽詰奸細，撫定兇黨，流釁頓息。會丁繼母李夫人憂，士民數萬人伏撫軍轅門，號咷請留，制撫亦心知公不可去，疏請奪情，公勉起視事。十六年制撫以蘄州上接荆武，下臨潯吳，南連大冶、興國，東鄰宿松、太湖水陸要區，奏復江防道，以公爲之，三奏而報可。

公規復沿江墩戍，繕治戰艦，練習水師，計禽僞官渠盜，江境肅然。十七年遷福建按察使，士民請留不得，朝珍曰："公去，失吾所憑。"公條便宜十餘事，乘五兩小舟，蕭然去楚。去之日，蘄黄及旁郡人沿岸遮送，至九江者數萬，哭聲與江濤相亂，公亦垂泣不忍視。十八年春抵閩，時耿精忠亂新定，海寇犯漳泉四郡，連數歲用兵，徵役煩苦。又數起大獄，繫滿囹圄，每一卷牘羅重辟者輒至數十百人，獄皆已具，公視之怛然，謂："民命所關，寧以獄既成而可不慎乎？"時以親王主兵事，語聞，王令公會滿漢大臣覆録，公言通海數案所牽引半皆平民，遂白王，釋不問。或有持輕重兩可，公已盡得其狀，偪偪面折不爲屈，指庭下婦人孺子曰："此曹皆何辜，乃攖斧鑕。皇天在上，人命至重，吾誓不能緘阿從事。"王久聞公名，至是愈益傾折。每疑案子，公專訊讞，決明允，所生全以千計。其久繫得白貧不能歸者，皆給貲遣還，淹滯爲之一空。逆亂時多掠浙東江右子女，及後投誠没爲奴婢，老弱轉棄溝中，僵尸相屬，公設法勸募贖之歸籍。小兒女不能歸者養之署中，積數千百人，計滿一舟，則給口食，歸其父母親戚。公退食，羣兒皆環繞膝前，争索果餌，喧讙以爲笑樂。初占匿者猶衆，至是皆顧化，多自遣還者矣。爲臬司官吏慴服，閩俗翕然一變。未及朞，遷布政使。閩地久駐兵，重資民力，莝夫月計數萬。公白王："軍人芻牧，本有常役。今民困方殷，矧忍横派悉索耶？"力争請免。或謂非所職，何自苦爲，公曰："設兵以爲民，無民，設兵何爲？"調停者復議改折，公争之益力，王卒是公言，向所科莝夫數萬，一日盡皆罷去。民既樂公德愛，而凡軍中所需乃益趨事恐後。八郡正供及江浙協餉不下數百萬皆司庫收，公大書揭庭中，命皆應時收，正項外不增銖黍。即令原解官役計項支撥，略無虧累。署中薪米不給，至無衣可典，或終日一食。隨征滿漢大臣朝使者有時来過，徑入卧内，或繞署閒行，曲房阿閣，無不歷覽，几案間蛛絲鼠跡，一竹笥貯朝服，一釜備炊爨，文卷書冊數十束，此外都無一物，咸歎曰："于公清苦，天下第一也。"外畨貢舶或有所獻，公悉屏斥。或呈樣香一觔，即持還去。貢使皆囑指作禮，謂譯使云："天朝洪福，我儕實未見此清官也。"将軍制撫交章論薦，舉卓異。十九年春開府畿内，去閩亦如前去楚時也。駐節上谷郡，邑吏望風争自濯磨，求稱公意。會旱步禱，時雨大沛，禾麥重岐三穗，民號曰"于公穗"。立保甲，申約束，緝劇盜，懲豪强，政大修。舉所條上利病興除前後數十事，皆朝上夕報可，語在奏疏中，不具載。二十年春，督理孝昭皇后梓宫，前詣山陵，過闕，請陛見。上久知公清忠，著有勲勞，聞公入見，念其年老不勝步，命侍衛持席於午門中，令少坐。公拜謝，坐少頃，入見，賜食，並内帑金、天閑馬御書手卷及御製詩一章。既數日，山陵還，過闕，又賜鞍馬一匹。蓋自是隆禮異恩不可殫紀。是年冬，請歸葬母夫人，得俞旨。數日，命總督江南江西，單騎孤裝，如赴羅城時。方公之節制兩江也，初被命即已廉得陋習數十事，比至則揭之通衢，數翦除豪吏大猾隱蠹舊弊，神明洞察，如親至目覩。墨吏日數十驚，出見白鬚偉軀長者輒膽落，謂爲公微行，公亦數微行以實之。檄郡邑條具便宜，皆爲興舉，郡邑吏無不畏愛趨令。南中風俗素侈麗，厚自奉，美服游冶。聞公来，公私皆争衣布褐，布褐價騰貴而賤綺縠文繡。公知人心漸即於善，遂專用德化誨導之，凡文議爰書皆手自批勘，第其甲乙，以示褒貶。自雞鳴至夜分不休，寢食爲廢。或勸之少息，輒曰："吾非不知食少事繁，養生所忌。第吾受國厚恩，兩江官吏多至千百，何可盡劾耶？所以爲此者，冀其見聞知警，歸於廉慎。吾雖盡瘁，國家所得不已多乎？"性善飲，至是累月不一醉。嘗中夜苦飢，索少米作糜不得，遂笑而起視事達旦。時上下貺遺都絶，端午日，遣視寮吏，無敢以黍角諸節物相饋者。童孺攜金錢過市門，交易而退，無敢欺。吏民安恬，有歌笑而無管絃，有醉飽而無羞錯。商旅輻輳，闤市流通，每一令出，父老扶觀，有讀之垂涕者。公之清嚴忠直，勤勞國家，利濟民生者，大較如此。二十三年春，被命巡海還，護理安徽、江蘇兩巡撫印。四月十八日晨起視事，未出户疾作，召諸司，語不及家事，端坐而逝。至夜漏四十刻，坐不敧倚，顏色如生，年六十有八。

将軍都統寮吏来至寢室，皆見牀頭敝笥中惟綈袍一襲、靴帶二事，堂後瓦瓮米數斛、鹽豉數器而已，無不慟哭失聲，士民男女無少長皆巷哭罷市。持香楮錢日至者數萬人，下至菜傭負販、色目番僧亦伏地哭盡哀。公鞫獄多所平反，銜恩者皆設位於家，至是皆奉以来。櫬歸，士民數萬人步二十里外，伏地哭江干，江水聲如不聞。公之得吏民之心，江寧人謂數百年来無能如此者。士民立祠於清涼山，如黄州之赤壁云。訃聞於朝，天子震悼，祭卹有加。已而上東巡還，謂内閣九卿詹事科道曰："國家澄叙官方，首重廉吏。其治行最著者，尤當優加異數，以示褒揚。故江南江西總督于成龍操守端嚴，始終如一。朕巡幸江南，延訪吏治，博採輿評，咸稱居官清正，爲今古第一廉吏。應加褒卹，爲内外大小臣工勸。其詳加議卹，具聞。"於是集議，加太子太保，諡清端，廕一子入監讀書。葢上於公禮意盛隆，初終罔替。由公以来，士之以風節著者，皆知慕傚公，則豈獨公之爲幸也與？公剛介沈毅，彊力多智，正直自持，不少回曲，而臨事決機，應變無方。葢其誠與才合，識與力并，故所至能集大勳而著令名焉。初東山亂時，劉君孚爲逋逃主，黨羽甚衆，公欲用其力而實患之。會黄金龍就禽，公亟典衣分俸，得百金賞之。衆皆不平，謂："君孚匿金龍，何反被賞？"公曰："金龍之禽，實由君孚密計，君等不知耳。"其黨以爲然，又見君孚果得百金不讓，於是益疑君孚實賣金龍，其黨各稍稍散去。而公又因以縱間離其親屬，君孚計益窮，遂鬱鬱以死。其坑七盜也，其魁初以盜降，爲游徼，每進見，公輒賜酒肉慰勞之曰："吾深知汝能，汝爲吾盡心禽盜，吾貰罪旌汝。"一日又見賜之酒，問羣盜數名，魁唯唯不盡言，因復飲之，竟醉矣。出，公微服伺之，魁意得甚，與其徒大飲肆中，出橐中籍，歷指其名，别其勤惰狡拙。公悉覘聽之，明日召魁，盛賜之酒食，遂益歡，恃無所忌，復大醉，放意盡言諸盜狀。公曰："吾聞汝橐中有籍，可取視否？"匿不肯出，搜得之，大小盜名皆具。公因謂："若此行不可立於人世矣，宜速歸。"曰："小人從公，復何歸？"公曰："汝歸黄壤耳。"乃惶懼言："死自其分，幸與母訣。”不許。取篋中俸金一兩，俾寄其母，立斃之。公自得其籍，按以緝盜，無不得者。公嘗曰：“人命至重，上天好生。自非精察確訊，若寃殺一人，便應以命償之。”故多徒步獨行，或策蹇疾驅，雜田夫旅人中，偵聽野籬郵店樵牧童叟之語，以是疑情細事無不如犀燃燭照。遣使往察事，人亦不敢欺也，而往往蹙額哀矜，多所減宥。一日逮一盜，盜觳觫甚，公曰：“吾知汝已改行矣。汝傳語若黨，改行與否，官必知之，賞誅隨之矣。”賜以酒食放歸。一竊者公訊之曰：“汝竊也，未至死。汝所知某某皆巨盜，罪應死，然能自新，吾亦赦之。今釋汝歸，語若輩。”羣盜聞之，皆大畏斂跡。一營弁餽餉軍前，其弟無賴子也，久客歸而是夜盡失其餉，遂執弟歸之官。弟不勝拷掠，因誣服，株引平日交游市井惡少十餘人，問其贓，皆云用已盡。獄具，公適以江防来謁，巡撫偶舉此事，公曰：“無贓則案終疑，且數千金何得遽盡乎？”巡撫曰：“吾固疑之，今以屬君。”公承命，祕其事不發。越二日，引衆囚至，畧訊即釋去，復巡撫曰：“江夏盜案無一人實者。”問囚安在，公曰：“盡釋之矣。”巡撫大驚恚，公曰：“囚被刑已極，若再訊，即恐立斃。誠不忍其無罪就死。且上讞須得真盜，留此屬何所用之？”巡撫問：“真盜安在？”公指撫軍帳下一校曰：“盜主家也。”縛以付公。公曰：“衆盜數日可盡致也。”既數日，果皆就縛，贓在校家，封識如故。巡撫問公：“何術能爾？”公笑謝而已。他如此類，皆神變不可測。閩囚數十人當斬，公察知其枉，白王。王下其事，獄詞六七返不決，公度此終不得即脱，即取囚出，坐之階下，與飲食，去桎梏。凡囚臨刑給食脱械，衆囚謂即死，皆相對啼呼，忽聞傳語寃已白，令歸復業，乃驚喜不自持，狂叫叩頭出血。時滿漢吏方有事至公署，亦感激雨泣，自是羅織之風少衰，當事聞囚已盡釋，亦無以奪之也。公之緝盜惟善用人，所蓄游徼及降盜恒撫以恩威，四方有盜，此數人皆得来先白。公帶間繫一布夾袋，得盜名即投其中。自劇賊偷兒蹤跡畢具，探袋中名勾捕，無不得。開府時袋已敝，左右請去之。公曰：“此袋昔貯盜，今以貯酷墨吏，未可去也。”公自言人見我發奸擿伏，疑有他術,不知皆古人成法,第因時宜行,以誠心求耳。公每論事輒稱曰:“上帝式臨”,或曰:“天鑒在兹”。蓋往往夢寐與神明通,故其斷獄制事亦若神有相之者。公既苦節,好施予,每聽斷時,民有當償人錢物力不能,則倒囊代之償。歲饑,得俸多少悉施與,不顧已罄矣。惟一騾公所出入騎者,鬻之得十金,施一刻而盡。公日食粗糲,年飢更甚,舉家食粥,以少米爲之,雜以黍炒糠,令微焦屑之粥垂熟,入糠屑其中。客至亦出此粥,勸令依此法爲食,冀得存餘蓄以濟飢者。客皆不能堪,爲公强食之,有膏粱子不下咽,公謂之曰:“貧苦士之常,富貴人之幸。今民不飽糠粃而汝忍獨飫肥甘乎?若不節食及人,吾罰汝賑飢矣。”時人謡曰:“要得清廉分數足,惟學于公食糠粥。”公在岐亭,公子来省,及行,署中有一醃鴨,割其半與之,時人有半鴨于公之謡。先是,公每晨市豆腐二觔許,故又謡云“于公豆腐量太狹,長公臨歸割半鴨。半鴨于公過夜錢,五釐酒價何處拈。”蓋公飲酒每夜以半壺爲準,楚酒半壺價五釐,故云爾。公軀幹脩偉,紅頰隆準,美髭髯,精神炯炯四映。平居與人交不擇貴賤,談讌終日,畧不拘忌,及當大事,若羣議會讞有所可否,雖王公大人不爲少貶。性極慈易而御物整嚴,賓客故人有時過存,蔬食菜羹,言娓娓不倦。或當歡笑,一語涉私,即正色斥詰。諸吏望公威若負霜雪,及論説籌諮輒霽顔商確,務盡事理,以是雖見嚴憚,愈益親樂之。其喜怒哀樂本乎天性,得乎學力如此。公嘗語人曰:“人當惜福爲子孫留餘地。布衣蔬飯,享受無窮,膏粱紈綺實不解有何可戀?”凡公話言文字,單詞斷紙皆可以感人心,輓習尚,不悉載。載其《與友人荆雪濤書》,書言:《羅城事畧》曰廣西柳州羅城偏在山隅,土司環繞,山如劍排,水如湯沸,蠻烟瘴雨,北人居此生還者什不一二。土民有猺獞狑狼之種,帶刀執鎗,性好鬬殺,父子兄弟反目操戈,恬不知怪。順治十六年冬初入版籍,成龍以十八年之官選授後,親者不以爲親,故者不以爲故,行李蕭條。次清源同年生王君吉人所,其人忼慨好義,反覆開譬,謂粤西非吉祥地,夙知成龍家食尚可自給,勸之勿往。成龍時年四十五矣，然英氣有餘，私心自度古人利不苟趨，害不苟避之義，何爲也？俯首不答，王亦默知其意，揮淚别去。抵舍别母及妻兒，典鬻田屋，得百金，攜蒼頭五人頗勇壯可資，瀕行，族屬老稚相餞歡飲，至夜扶醉就枕，而天已曙矣。大兒廷翼爲諸生已久，猶謹朴如處子，以田産文券歷歷付之，但命之云“我爲官不管汝，汝作人莫想我”而已。拜别先祠，不覺腸斷，門内外但聞哭聲，不復回顧。此時壯氣直可吞猺獞而餐烟瘴也。行及湖南冷水灘，卧病顛連，扶掖陸行，至桂林謁上官，見羸體伶仃，驚憫特異，皆勸以善調治，勿亟赴羅城。抱病之人至是膽落，往日豪氣不知消磨何所矣。病幾危苦，孽未盡，不速死。及柳州稍瘥，尚不知羅城在何許也。羅城與融縣沙鞏連界，行至沙鞏，遇鄉老細詢之，乃知對山即是羅境。登山一望，蒿草滿目，無人行徑，繞山都似營壘陣場，瘴雲慘淡，苦霧凄迷，回憶同年生之忠告不置也。入縣中，居民僅六家，宿漢壽亭侯廟，支牀周桓侯背後，永夜不成寐。明日到縣庭，無門垣，草屋三間，東斷爲賓館，西斷爲書吏舍，中闢一門，入亦屋三間，内廨支茆穿漏，四無牆壁，鬱從中来，病不自持，一卧月餘，從僕環向而泣，了無生氣，張目一視，各不相顧，無如咎孽未盡，死而弗死。乞歸無路，扶病理事，立意修善，以回天意。凡有陋弊清察釐革，自以分死一官而已。命不殞，累及僕從，黄瘦如壁畫陰鬼，相對而泣，莫能救。無幾何，一僕死，餘僕皆病。成龍自忖一官落魄，復何恨諸僕無罪，何苦貽累？叮嚀令各逃生。一僕蘇朝卿仗義大言，若今生當死於此，去亦不得活，棄主人流落他鄉，即生亦何爲？餘僕掉頭不顧。當時通詳邊荒久反之地，一官一僕，難以理事，乞賜生歸，當事者置之一笑而已。無何蘇僕亦死，其年逃僕歸家，大兒續覔四僕来，而三僕又前後皆死，止存一僕，晝夜號咷如風魔，欲遣之，則一人難以遠行，且此僕歸則孑身更苦，無奈其思歸日切，遂聽其浩然長往萬里，惟餘一身，生死莫能自主。夜枕刀卧牀頭，樹二鎗以自防，然思爲民興利除害，囊無一物，猺獞雖頑，無可取之貲，亦無可殺之仇也。事到萬不得已時，只須勉强爲之，申明保甲，不得帶刀攜鎗，咸遵無犯。間有截路傷命無蹤盜情，必務緝獲，隱昧情事，盡心推詳，必得真實，立時誅戮，懸首郊野。漸次人心信服，地方寧静。而上官採訪真確，於是有大事招擬解省，小事即行處決之通行。羅城雖安，而地與柳州西鄉接境，其人祖孫父子生長爲賊，申明當事，輒以盜案爲艱，置之高閣。竊自思漸不可長，身爲民父母而可使子弟罹殃咎乎？約集鄉民練兵，親督勦殺，椎牛盟誓，合力攻擊。先發牌修路，刻日進攻，此未奉委命而擅兵，自揣功成亦在不赦之條矣。但奮不顧身爲民而死，勝於瘴病而死也。渠魁俯首乞恩講和，擄掠男女牛畜皆送還，仍約每年十月犒賞牛酒，敢有侵我境者竟行勦滅。蓋獞人不畏殺，惟以剥皮爲號令，而鄰盜漸息。至是上官採訪更確，反厭各州縣之請兵不已、報盜不休爲多事也。嗣後官民親睦，或三日，或六日，環集問安，如家人父子。言及家信杳絶，悲痛如切己膚。土謡云："武陽岡三年必一反。"比及三年甚憂之，蓋人既和，謡不驗矣。又云"三年一小勦，五年一大勦"，比及五年又復無事。而民俗婚喪之事亦皆行之以禮，感之以情，羅城之治如斯而已。自數年来，本非爲功名富貴計，止欲生歸故里，日二食，或日一食，讀書堂上，坐睡堂上，毛頭赤腳，無復官長體。夜酒一壺，直錢四文，無下酒物，亦不用箸，快讀唐詩，寫俚語，痛哭流涕，並不知杯中之爲酒爲淚也。回思同僚諸人，死亡無一得脱，興言及此，能不寒心。赴蜀之日，益勵前操，至死不變。此數年之大概也，偶書寄以發知己萬里一嘅。余昔過上谷，公自言一生得力在令羅城。蓋其澹泊之操、堅危之節始卒不渝老而彌厲者，已預定於此。故余獨載此書，以見公之志焉。余見公時，當公巡撫京畿，逆旅深夜執余手而語有知己之言，蓋康熙二十年冬十月也。後七年，公孫户部郎中準從余游，得公傳畧及軼事、雜文，攟掇而爲此傳。

陳廷敬曰：異時吾陽城楊公繼宗，天下稱清白吏所首指名者也。予爲史官時，陽城田侍御在京師，京師一老嫗往来侍御家，間嘗讕語云："某不愛錢，豈楊繼宗耶？"楊公去嫗時三百二十年餘矣，而嫗能稱説之。葢當時名聞天下,後世婦人女子猶皆習聞其名而尊美焉。凡爲士者可不嚮慕乎哉?予感嫗言而心識之,其後與衛文清公周祚、魏敏果公象樞、布政畢公振姬數公者遊,數公天下之所謂廉吏也,皆晉人,在陽城二三百里間。夫天下清白吏不易得,而爲世所指名者乃獨多在於晉,可謂盛矣。乃今又得于公,于公之清操偉烈章章如是,千百年下必有如老嫗之稱楊公者,可無以余文爲也。獨是余公之鄉人也,既多賢人之迭出於其鄉,而又嘗職在史官,親見聞公之行事,廢名臣之烈,湮鄉先生之蹟,咎莫重焉,故次叙之。《傳》曰:"高山仰止,景行行止。雖不能至,然心嚮往之。"余生賢人之鄉,而志其操行,亦將以爲取斯也。